BASTEI LÜBBE

Über das Buch:
Das geheimnisvolle Silbervolk wird Opfer einer Verschwörung.
Imaginär. Inspirierend. Isau.

Als Yeremi Bellmann, eine angesehene Anthropologin, mit der Leitung einer Expedition in den guyanischen Dschungel betraut wird, hätte sie diese Aufgabe am liebsten abgelehnt. Denn was sie als Kind im Regenwald Südamerikas erlebte, quält sie selbst 27 Jahre später noch immer in bösen Träumen. Aber ihr Forscherdrang ist stärker, und so willigt sie schließlich ein.

Die Expedition folgt den Spuren des Silbervolkes, einer geheimnisvollen Urbevölkerung, die über den »Silbernen Sinn« verfügen soll: eine besondere Gabe, die dazu befähigt, die Gedanken und Gefühle anderer Menschen nicht nur zu lesen, sondern auch bewusst zu steuern.

Als die Forscher einen hellhäutigen Waldläufer vor einem Jaguar retten und von ihm tiefer in den Dschungel geführt werden, ereignen sich mysteriöse Dinge: Alle Teammitglieder werden von den gleichen Träumen geplagt, und Yeremi weiß schon bald nicht mehr, was sie glauben soll. Und vor allem nicht, wem. Denn allmählich dämmert ihr, dass nicht alle ihre Kollegen lautere Ziele verfolgen …

Über den Autor:

Ralf Isau, geboren 1956 in Berlin, war zunächst als EDV-Berater tätig, bevor er die inzwischen legendäre NESCHAN-Trilogie schrieb. Im vergangenen Jahrzehnt veröffentlichte er zwölf Romane, die in zehn Sprachen übersetzt und mit zahlreichen Preisen ausgezeichnet wurden. Für DAS MUSEUM DER GESTOHLENEN ERINNERUNGEN erhielt er 1998 den »Buxtehuder Bullen« für das »beste erzählende Jugendbuch im deutschsprachigen Raum«.

Mit DER SILBERNE SINN knüpft Ralf Isau an einen gefährlichen Menschheitstraum an und verwebt Fiktion und Wirklichkeit zu einem atemberaubenden Abenteuer, das Leser jeden Alters fesseln wird.

RALF ISAU

DER SILBERNE SINN

ROMAN

BASTEI LÜBBE

BASTEI LÜBBE TASCHENBUCH
Band 15234

1. Auflage: Dezember 2004

Vollständige Taschenbuchausgabe
der unter dem Titel DER SILBERNE SINN bei
Ehrenwirth erschienenen Hardcoverausgabe

Bastei Lübbe Taschenbücher und Ehrenwirth
sind Imprints der Verlagsgruppe Lübbe

Innenilllustrationen: Tina Dreher, Alfeld/Leine
Diagramme im Innenteil: Mirjam Isau
Lektorat: Regina Maria Hartig
Umschlaggestaltung: HildenDesign, München
Titelillustration: Anke Koopmann
Satz: Kremerdruck GmbH, Lindlar-Hartegasse
Druck und Verarbeitung: AIT Nørhaven A/S, Viborg
Printed in Denmark
ISBN 3-404-15234-4

Meinem Vater zum Gedenken –
wie gerne
hätte ich ihm noch dieses Buch gezeigt

Die Gedanken der Gerechten
sind das Recht;
die Steuerung durch die Bösen Trug.
Sprüche 12:5

INHALT

ERSTER TEIL

JONESTOWN

FLUCHTGEDANKEN

Jonestown (Guyana)
18. November 1978
10.42 Uhr

Der tropische Regen ließ endlich nach. Es war eine Atempause, mehr nicht. Ehe die letzten Tröpfchen zu Boden fallen konnten, raffte der brausende Wind sie zusammen. Dunkle Wolken vor sich hertreibend, machte er sich mit seiner Beute auf die Suche nach einem glücklicheren Ort als diese Hütten und Felder da unten: Dort breitete sich zwischen Verzückung und Hoffnung ein feuchter, stinkender Brodem der Verzweiflung und Todesangst aus. Nicht nur am Himmel standen die Zeichen auf Sturm. Insgeheim wünschten sich viele, wie der Wind aus Jonestown entfliehen zu können.

Jerry stapfte lustlos durch den Matsch. Ihre Mutter hatte sie in blauen Gummistiefeln und gelbem Regenparka vor die Tür geschickt, um etwas mit Vater bereden zu können; es gehe da um eine Überraschung … Was immer die beiden ausheckten, es musste ziemlich aufregend sein. Jerry hörte ihre angespannten Stimmen aus dem kleinen, alles andere als schalldichten Holzhaus dringen, das sich hochtrabend *Bellman Cottage* nannte. Gerade verschaffte sich ihr Vater Luft.

»Du hättest zuerst mit mir reden müssen, bevor du dem *Congressman* eine derart brisante Nachricht zuspielst.«

Jerry spitzte die Ohren. Die Antwort ihrer Mutter klang leiser, weniger vorwurfsvoll, dafür überrascht. »Aber wir waren uns doch einig, von hier fortzugehen, eher früher als zu spät. Jonestown ist nicht das Paradies auf Erden, sondern bestenfalls eine hübsch dekorierte Hölle – waren das nicht deine Worte, Lars? Wenn es nur um uns und unsere zerplatzten Träume ginge … Aber wir müssen an Jerry denken!«

»Als wenn ich das nicht ständig täte! Ihre Zukunft liegt mir …«

»Du redest von *Zukunft?*«, begehrte Rachel Bellman zornig auf. Jerry entging nicht der verzweifelte Unterton in der Stimme ihrer Mutter. »Muss ich dich erst an die Weißen Nächte erinnern? An die ›Übungen‹ mit den angeblich vergifteten Getränken? Lars, der Reverend ist krank. Sein ganzer Körper zittert, wenn er nicht rechtzeitig seine Drogen bekommt. Und was seinen Verstand anbelangt … Er spricht ständig von revolutionärem Selbstmord. Mein Kind soll nicht im Dunstkreis eines Mannes aufwachsen, dessen Steckenpferd der Tod ist.«

Jerry rückte näher an die Hütte heran. Mit ihren fünf Jahren begriff sie zwar nur wenig von dem, was da drinnen gesagt wurde, aber dafür spürte sie umso intensiver die heftigen Gefühle ihrer Eltern. Die Stimme des Vaters klang einsichtig, beruhigend, doch auch besorgt.

»Du hast ja Recht, Rachel. Wir werden von hier fortgehen, das habe ich dir versprochen. Aber vergiss bitte unsere Stellung in der Kirche nicht. Wir gehören dem inneren Kreis an. Ist dir klar, was es bedeuten würde, wenn wir zusammen mit Leo Ryan von hier fortgingen? Dieser Mann gehört dem Repräsentantenhaus des Kongresses an. Er genießt die Aufmerksamkeit der Medien. Du hast gestern Abend selbst gesehen, wie viele Nachrichtenleute er im Schlepptau hat. Vom *San Francisco Examiner* waren auch zwei dabei – an den Schmutz, den das Blatt in den letzten fünf, sechs Jahren über dem Tempel ausgeschüttet hat, muss ich dich ja wohl nicht erst erinnern. Und dann die NBC-Crew. Gleich *vier* Mann! Diese Meute wartet doch nur auf so eine Sensation. Ich bin ihrem Kameramann gestern vor dem Pavillon in die Arme gelaufen, während drinnen unsere Rockband spielte. Er heißt Robert Brown, eigentlich ein ganz sympathischer Kerl. Aber ich sage dir, er würde keinen Augenblick zögern, jeden unserer Schritte von hier bis nach San Francisco zu filmen. Diese Leute wissen gar nicht, was Privatsphäre ist. Für eine Topnachricht würden sie über Leichen gehen.«

»Es muss ja nicht gleich zum Schlimmsten kommen, Lars.«

»Bis du dir sicher? Was, denkst du, würde passieren, wenn wir heute in Ryans Flugzeug stiegen? Ich kann es dir sagen. Dieser Don

Harris wird vor die Kamera treten und der Welt verkünden, Reverend Jim Jones liefen seine engsten Vertrauten weg.«

»Das wäre schlimm. Der Reverend leidet noch unter dem Schock vom Frühjahr, als Debbie Blakeley uns verlassen hat …«

Das plötzliche Schweigen der Mutter war mit verwirrenden Emotionen aufgeladen, die Jerry schaudern ließen. Das Kind spürte die Beklommenheit im *Bellman Cottage* wie einen kalten Nebel. Hatte es etwas angestellt, das den Eltern solche Sorgen bereitete? Nach einer Weile hörte es wieder seinen Vater sprechen, leise und undeutlich.

»Jetzt verstehst du, was ich meine, Rachel. Die stundenlangen Hasstiraden sind nicht das Schlimmste. Wenn der Reverend alles und jeden als ›faschistisch‹ abstempeln will – die Vereinigten Staaten, Congressman Ryan und was weiß ich, wen noch –, dann soll er's eben tun. Das geht vorüber. Er wird auch *uns* zu Verrätern erklären, sobald wir von hier fort sind. Auch damit können wir leben, Schatz. Was mir schlaflose Nächte bereitet, ist etwas ganz anderes. Jim Jones sät unablässig Furcht in die Herzen unserer Brüder und Schwestern.«

»Mir läuft es jetzt noch kalt den Rücken runter, wenn ich an seine Drohung neulich denke: Jeden gefassten Abtrünnigen will er als Menschenstew an uns verfüttern.«

»Nicht nur das. Er prophezeit uns ein Mordkomplott des CIA. Während der Weißen Nacht vor zwei Tagen hat er sich sogar zu der absurden Behauptung verstiegen, Leo Ryan – einer der lautesten *Kritiker* des Auslandsgeheimdienstes! – führe diese Verschwörung persönlich an. Um unser Blut zu trinken, seien diese ›Besorgten Angehörigen‹ in seinem Gefolge nach Jonestown gekommen. Verstehst du, warum ich in einer solchen Atmosphäre der Angst einen offenen Eklat vermeiden will, Rachel? Wenn Jim Jones vor der Weltöffentlichkeit sein Gesicht verliert, dann könnte er tatsächlich vergifteten Saft austeilen, und womöglich werden unsere Freunde ihn auch trinken.«

»Aber wie soll er so etwas anstellen? Man benötigt dazu hochtoxische Stoffe. Solches Zeug hätte mir in der Klinik doch irgendwann auffallen müssen. Zugegeben, manchmal scheint mir Doktor Schacht mit Substanzen zu experimentieren, deren therapeutischen Nutzen ich nicht erkennen kann; vielleicht sind es nur Placebos. Er hat mich sogar schon einmal zur Schnecke gemacht, weil ich ihn wegen der allzu großzügigen Verabreichung von Valium und Librium zu kritisieren wagte. Aber dabei ging es um sedative Hypnotika, Lars, leichte Beruhigungsmittel. Es gibt bei weitem nicht genug davon, um ganz Jonestown zu vergiften.«

»Ich habe neulich mit Harold Cordell gesprochen. Jemand aus der Schweinezucht hat ihm von einer größeren Lieferung erzählt, die vor einigen Wochen im Lagerschuppen versteckt worden ist. In den Behältern soll sich Zyankali befinden.«

»*Kaliumzyanid?* Bist du sicher, der Mann hat wirklich *Blausäuresalz* gesehen?«

»Auf dem Etikett sollen die Buchstaben ›KCN‹ gestanden haben.«

»Dann ist es Zyankali. Ich fass es nicht! Das ist doch …«

»Hochgradig giftig. Ich weiß.« Die Stimme von Jerrys Vater wurde plötzlich sehr leise. »Wir sitzen auf einem Pulverfass, Rachel, und ich will nicht derjenige sein, der die Lunte ansteckt. Wir müssen unter allen Umständen eine öffentliche Bloßstellung des Reverend vermeiden. Oder könntest du mit dem Gedanken leben, am Tod von eintausendzweihundert Menschen schuld zu sein?«

Jerrys Ohr saugte sich förmlich an die äußere Hüttenwand, aber alles, was sie hierauf vernahm, war Stille. Erst nach einer Weile drang ein herzerweichendes Schluchzen zu ihr nach draußen. »Nein«, hörte sie ihre Mutter sagen, »nein, natürlich nicht. Aber irgendwie müssen wir diesem Wahnsinn doch ein Ende setzen, Lars! Vielleicht kann der Congressman wenigstens Jerry in Sicherheit bringen.«

»Jerry allein …? Lass uns nichts überstürzen, Schatz. Und hab keine Angst. Mir wird schon etwas einfallen.«

Nun trat eine noch längere Pause ein, die Jerrys noch wenig entwickelte Geduld über Gebühr strapazierte. Ihre Mutter hatte sie zum Spielen nach draußen geschickt und erklärt, sie solle dort bleiben, bis sie gerufen werde. Aber da rief niemand. Nur leises Weinen war aus der Hütte zu hören, ab und zu begleitet von dem beruhigenden Gemurmel des Vaters. Wenn ein Mensch litt, fühlte Jerry immer das zwanghafte Bedürfnis, den Gepeinigten zu trösten. Aber jetzt war ihr dies verboten. Wie übel riechende Ausdünstungen quollen Furcht und Sorge aus den Ritzen der Hütte, und Jerry konnte nichts dagegen tun. Bald wurde ihr der beißende Gestank unerträglich, und sie lief patschend davon.

Missmutig hüpfte das weizenblonde Mädchen in eine große Pfütze. Das schlammige Wasser spritzte bis zu den Gummistiefeln eines kleinen blassen Jungen. Auch er trug eine gelbe Regenjacke. Unter der Kapuze sah sein Gesicht ernster aus als sonst, wenn Jerry mit ihm spielte. Sie kannte ihn gut. John Victor Stoen ließ keine Gelegenheit aus, den Erwachsenen sechs Finger entgegenzustrecken, womit er sein Alter kundzutun pflegte. Jerry brauchte für derlei Auskünfte nur eine Hand, was sich zum Glück bald ändern würde.

»Du hast mich mit Matsch bespritzt«, beschwerte sich John. »Ich gehe zu meinem Vater. Der wird dich ausschimpfen.«

Jerry nahm diese Drohung durchaus ernst. Kein Geringerer als Reverend Jim Jones persönlich erhob Anspruch auf die Vaterschaft von John Victor. Darin befand er sich in unfriedlichem Wettstreit mit Timothy Stoen, dem ehemaligen Anwalt des Volkstempels. Der zog seit mehr als einem Jahr alle juristischen Register, um den von Jones festgehaltenen Knaben zurückzubekommen. Ein Sechsundfünfzig-Millionen-Dollar-Prozess gegen Jones und den Volkstempel war noch im Gange. Nicht nur der *San Francisco Examiner* und andere Zeitungen hatten an dem Gezerre ihre helle Freude. Auf Timothys Initiative ging die Gründung der Gruppe »Besorgte Angehörige« zurück, eines Sammelbeckens für ehemalige Mitglieder des Volkstempels, für deren Verwandte und Freunde und für andere, die in der Kirche von James Warren »Jim« Jones eine Gefahr witterten und sie am liebsten von der religiösen Landkarte fegen würden. Das Ehepaar Stoen gehörte auch zu den Vertretern der Besorgten Angehörigen, die Congressman Ryan nach Georgetown, der Hauptstadt Guyanas, begleitet hatten. Der Zutritt zum »Agrarprojekt« von Jonestown und damit die Chance auf ein Wiedersehen mit John Victor war ihnen vom Reverend jedoch verwehrt worden. Grace Stoen, die Mutter des umstrittenen Knaben, hielt in dem Vaterschaftsstreit übrigens fest zu ihrem Ehemann Timothy. Im Volkstempel gab man nicht viel darauf. Der charismatische Reverend war in der Gemeinde schließlich für seinen verschwenderischen Umgang mit Liebe bekannt. Im Laufe der Zeit hatte er damit nicht nur Marceline, seine Angetraute, überhäuft, sondern noch eine ganze Reihe anderer Personen – sogar dem Arzt Lawrence Schacht hatte er sich nach dessen Bekunden nicht verschlossen. Man mochte über das Verhältnis des Reverend zur Sexualität denken, was man wollte, im Hinblick auf den kleinen John Victor wollte er sich seiner väterlichen Verantwortung jedenfalls nicht entziehen. In Jerrys Bewusstsein existierte an diesem feuchten Samstag bestenfalls eine Skizze dieser verwirrenden Zusammenhänge, aber selbst die war abschreckend genug, um »Vater Jones« nicht unnötig in den matschigen Zwischenfall hineinzuziehen.

Jerry zog den Kopf zwischen die Schultern, hielt sich die Hand vor den Mund und kicherte. Normalerweise war John sehr empfänglich für heitere Gesten. Und er neigte zu unvorhersehbaren Aktionen.

Der Junge ging in die Knie, stieß sich mit aller Kraft vom Boden ab und riss zugleich beide Arme hoch. Einen Wimpernschlag später landete er mit beiden Füßen neben dem Mädchen. Die schlammige Brühe spritzte bis über ihre Köpfe. In einem Nu hatten sie sich in Moorzwerge verwandelt.

»Kommst du mit?«, fragte John.

»Wohin denn?«, erwiderte Jerry.

»Weiß nicht.«

»Heute wollen alle fort.«

»Nach Russland?« Johns Frage kam nicht von ungefähr. Der Reverend hatte in den letzten Wochen häufig davon gesprochen, mit der ganzen Gemeinde in die Sowjetunion umzusiedeln.

Jerry zuckte mit den Schultern.

»Ich darf nicht zum Pavillon«, beschwerte sich der Junge.

»Und warum nicht?«

»Die Leute von gestern Abend kommen wieder. Sie sollen mich nicht sehen.«

»Wir können uns ja verstecken.«

»Gute Idee!«

Die beiden Kinder stapften zwischen Hütten, Schlafsälen und Werkstätten hindurch in Richtung Pavillon. Von Palmen und Bananenstauden tropfte träge das Wasser des letzten Schauers herab. Das Areal von Jonestown umfasste mehr als fünfzehn Quadratkilometer Land, aber die eigentliche Siedlung beanspruchte nur etwa ein Viertel davon. Die Wege zum großen Pavillon waren mit dicken Bohlen belegt, damit man zur Regenzeit nicht ständig durch Schlamm waten musste. Was andere schreckte, bedeutete für das Mädchen und den Jungen eine unwiderstehliche Versuchung – die beiden vermieden es tunlichst, die hölzernen Pfade zu betreten. Sie schlichen an der Schule vorbei, wo er kürzlich von Mr Rhodes einen vertrockneten Seestern geschenkt bekommen haben wollte.

Das Eindringen in den für John verbotenen Bezirk war aufregend, für ihn allerdings auf eine andere Weise als für Jerry. Er beschrieb seine Gefühle mit einem Wort, das sie noch nicht kannte, wenngleich sie zu verstehen glaubte, was er mit »Muffensausen« meinte. In schillerndsten Farben schilderte er ihr die Vorzüge anderer Jagdgründe, was Jerrys Sehnsucht nach dem Versammlungszentrum nicht schmälerte. Im »Sperrgebiet« nutzten sie jede sich bietende Deckung, um nicht von »Mutter« entdeckt zu werden, wie Marcy, die Ehefrau des Reverend, in der Gemeinde genannt wurde. Die Bepflanzung im Umkreis des Pavillons leistete den beiden schlammigen Spionen beim Anpirschen nützliche Dienste. Nicht ganz fünfhundert Meter vor ihrem Ziel entdeckte Jerry neben der durchgeweichten Sandpiste einen gelben Kipper, auf dem sich mehr Leute befanden, als man an zehn Fingern abzählen konnte. Die Kinder suchten Schutz hinter einer Bananenstaude und beobachteten gebannt das Geschehen.

Eine Reihe Erwachsener kletterte vom Lastwagen. Mehrere Männer trugen Fotoapparate, einer schleppte sich mit einer großen Filmkamera ab, einem anderen hing eine Ledertasche mit einem Tonbandgerät von der Schulter. Es waren dieselben Fremden, denen man am letzten Abend im Pavillon einen festlichen Empfang bereitet hatte. Die Ankömmlinge wurden von einem Mann in weißem

Hemd und grauer Hose willkommen geheißen. Ihn hatte Vater Jones, im Gegensatz zur Mehrzahl der Gäste, innerhalb der Siedlung übernachten lassen. Die beiden mussten Freunde oder gute Bekannte sein, vermutete Jerry und kam damit der Wahrheit sehr nahe, weil Charles Garry dem Reverend als Rechtsberater diente.

»Was soll das?«, beschwerte sich einer der Neuankömmlinge, noch während er vom Truck stieg. Der Mann im blauen Polohemd hatte üppig sprießendes, rötlich blondes Haar, unzählige Sommersprossen und ein zornrotes Gesicht.

Garry, der Anwalt, ließ sich nicht provozieren. In seinem makellosen Hemd und der roten Krawatte strahlte er eine selbstbewusste Gelassenheit aus. Er rückte seine dickrandige schwarze Brille zurecht, lächelte ausgiebig und erwiderte sodann freundlich: »Wenn Sie mir sagen, worum es geht, Mr Harris, dann kann ich Ihnen vielleicht helfen.«

»Es hieß, wir würden im Morgengrauen abgeholt. Jetzt ist es fast *elf*! Bis zu unserem Rückflug nach Georgetown bleiben uns – die Fahrt auf der Schlammpiste nach Port Kaituma eingerechnet – nicht einmal dreieinhalb Stunden. Ich bin geneigt, diese Verzögerung als ein Manöver des Reverend zu deuten, das nur einem Zweck dient: Er will unseren Aufenthalt hier auf ein Mindestmaß beschränken. Kommen Sie mir nachher nicht mit irgendwelchen Beschwerden, Mr Garry, wenn die NBC Ihrem Volkstempel in der Disziplin ›Offenheit gegenüber den Medien‹ einen satten Punktabzug gibt.«

Der Rechtsanwalt lächelte immer noch. »Nun, ad eins: Es ist nicht ›mein Volkstempel‹; die Kirche wird von Mr James W. Jones geleitet. Ad zwei: Wenn in dem Bericht Ihres Senders die Schwierigkeiten, die wir mit unserem Transportmittel und den witterungsbedingt schlechten Straßenverhältnissen hatten, auf die von Ihnen besagte Weise umgedeutet werden, dann ist das doch wohl nicht die Meinung der NBC, sondern eher die eines – zu Recht – verärgerten Korrespondenten namens Don Harris. Gibt es irgendetwas, was Sie umstimmen kann, Mr Harris?«

»Wie wäre es mit Offenheit?«

»Lassen Sie uns zum Pavillon gehen. Dort warten schon der

Reverend und mein Kollege Compte auf Sie. Wir hören uns die Wunschliste von Ihnen und Ihren geschätzten Kollegen an und sagen Ihnen dann, was wir für Sie tun können. Einverstanden?«

Das Lächeln des Anwalts war zu glatt, um sich längere Zeit daran festzukrallen. Don Harris schluckte seinen Ärger herunter und verzog sein Gesicht zu einer versöhnlichen Miene. »Verstehen Sie mich nicht falsch, Mr Garry. Wir wollen eine faire Berichterstattung.«

»Das möchten wir alle, Mr Harris. Bitte kommen Sie.«

Jerry und John blickten dem Tross hinterher, der in Richtung Pavillon entschwand.

»Mein Vater ist auch da«, sagte John und meinte damit den Reverend.

Jerry sah ihren Freund fragend an. »Hast du Muffensausen?«

»Wenn er mich erwischt, wird er böse.«

»Dann machen wir was anderes.«

John lächelte dankbar, nahm das Mädchen an die Hand und zog es aus dem Schatten der Bananenstaude hervor.

Eine Weile streiften sie durch die Dschungelsiedlung. Jerry fragte sich, ob sie schon jemals so viele lachende und singende Menschen gesehen hatte. Die Begeisterung über den Besuch aus den Vereinigten Staaten musste enorm sein. Nur, irgendetwas irritierte sie an diesem Freudentaumel. Alles erschien ihr so maskenhaft, zerbrechlich, unbeständig … Sie besaß noch jene kindliche Unbefangenheit, die nicht hinter jedem Mummenschanz sofort die Täuschung wittert.

Durch die offen stehende Tür eines Hauses konnte sie einige ihrer Spielkameraden vor einem Fernsehgerät sitzen sehen. Es lief gerade eine Kindersendung. Jemand winkte ihr zu. Jerry grüßte zurück und ließ sich von John weiterschieben. Bald entdeckten sie kleinere Gruppen von Besuchern. Familienangehörige fielen sich in die Arme. Die Leute vom Fernsehen filmten, die von den Zeitungen fotografierten, und alle stellten sie eine Menge Fragen.

Auch den Congressman bekamen die beiden Kinder zu Gesicht. Mit seinen dreiundfünfzig Jahren war Leo Ryan für sie schon ein steinalter Mann. Auf seine Freunde und Feinde wirkte er dagegen äußerst dynamisch. Trotz der hohen Stirn war sein blondes, links gescheiteltes Haar noch voll und nur an den Schläfen ergraut. Sein rundes Kinn verriet Nehmerqualitäten, und seine gerade Nase wirkte wie aus Marmor gemeißelt. Wenn er ein vermeintliches Recht einforderte, dann konnte sein sonst eher ansteckendes Lächeln enorm zwingend wirken. Gerade versuchte er sich Zugang zum *Jane Pittman House* zu verschaffen. Charles Garry und Alan Compte, die beiden Rechtsanwälte des Reverend, sträubten sich dagegen. Sie baten um Wahrung der Privatsphäre für die betagten Bewohner des Hauses. Jemand aus Ryans Gruppe rief: »Ihr wollt uns nur nicht reinlassen, weil sie da drinnen wie die Sardinen in der Büchse liegen.«

Mittlerweile verließen viele der Betagten das Gebäude. Als es fast menschenleer war, bekam Ryan schließlich doch seine Genehmigung. Die Presseleute drängelten sich durch die Tür und freuten sich im Haus über so rührende Fotomotive wie kränkliche alte Leute in dreistöckigen Betten.

Jerry konnte sich noch gut daran erinnern, selbst eine Zeit lang mit ihren Eltern unter Fremden in einer engen Hütte gewohnt zu haben, bis dann neue Gebäude fertig gestellt worden waren und man den Wohnraum großzügiger verteilen konnte. Das Hickhack beim *Jane Pittman House* hatte sich inzwischen gelegt, und die Kinder gelüstete es nach Abenteuern.

»Ich werde Astronaut, wenn ich groß bin«, sagte John, als sie bald darauf die Peripherie der Siedlung durchstreiften.

»Und ich Forscherin«, antwortete Jerry. Ihre Mutter hatte ihr davon erzählt, was für ein unbeschreibliches Vergnügen es war, nach immer Neuem zu forschen.

»Und was ist das?«

»Jemand, der nie mit dem Suchen aufhört.«

»Das ist doch langweilig.«

Jerrys umherschweifender Forscherblick streifte ein einzelnes Gebäude am Waldrand. Dabei bemerkte sie eine Bewegung, die ihre Neugier weckte. Rasch streckte sie einen Arm aus, der Zeigefinger reckte sich. »Schau mal, da!«

John verlängerte in Gedanken die Linie ihres Armes, bis er es auch sehen konnte: Ein Mann entfernte sich von der Sägemühle. Mehrere Köpfe lugten hinter dem Gebäude hervor.

»Spielen die Verstecken?«, fragte Jerry.

»Wenn, dann wollen sie Onkel Sturges nicht mitspielen lassen«, erwiderte John.

Jetzt erkannte auch Jerry den Mann, der mit langen Schritten zur Siedlung strebte. Ihr Spitzname war auch der seine. Aber warum hatte es Jerry Sturges so eilig?

»Ich schleiche mich an«, verkündete sie unvermittelt und lief zu einem Holzzaun, hinter dem sie sich verstecken konnte.

Nun begann eine generalstabsmäßig durchgeführte Spionageaktion. Die Sägemühle ständig als Deckung zwischen sich und die Gegenpartei haltend, näherte sich der zweiköpfige Erkundungstrupp schnell und einigermaßen lautlos den Zielobjekten. Die zuvor aufgetragene Schlammtarnung machte das Team so gut wie unsichtbar, weshalb die Annäherung unentdeckt blieb. Das Gebäude stand auf Holzpfosten, was sich als Glücksfall erwies. Das Duo kroch wieselflink darunter und näherte sich, durch den Schmutz robbend, den »Versteckspielern« auf der anderen Seite des Schuppens. Zwischen zwei Holzstapeln bezogen Jerry und John ihren Lauschposten. Zum ersten Mal konnten sie alle Heimlichtuer auf einmal sehen und waren überrascht.

Da kauerten wesentlich mehr Erwachsene beieinander, als die vier oder fünf zuvor gesichteten Köpfe hatten vermuten lassen. In ihrer Mitte befanden sich außerdem mehrere Jugendliche und Kinder. Alle waren hellhäutig, in Jonestown mit seinem Gemisch unterschiedlichster Rassen eine Besonderheit. John, der Zahlenspezialist unter den beiden Spionen, ermittelte eine Anzahl von zwanzig Personen. Die stillen Beobachter konnten nicht jede Zielperson eindeutig mit Namen identifizieren, aber da hockte fast die gesamte DePriest-Sippe, außerdem etliche von den Simons und Sturges. Jerry kannte Dale Sturges sogar recht gut. Erst kürzlich hatte sie mit ihm vor dem *Bellman Cottage* Ball gespielt, als er und seine Frau Joyce zum Abendessen gekommen waren. Dale arbeitete mit Jerrys Mutter zusammen in der Krankenstation.

Mit dem bisherigen Verlauf ihrer Operation waren die zwei Kundschafter unter der Sägemühle mehr als zufrieden. Vor lauter Begeisterung kicherten sie verräterisch laut, aber die Erwachsenen übertönten mit einer hitzigen Diskussion jedes verdächtige Geräusch.

»Wenn er nicht in zehn Minuten zurück ist, dann gehen wir ohne ihn«, sagte eine Frau, die zu den Simons gehörte. Sie war hager und ziemlich klein. Ihr Sohn Anthony beteiligte sich nicht an dem Versteckspiel. Vielleicht war sie deshalb so nervös, denn Tony gehörte zur Sicherheitstruppe von Jonestown, die solcherlei Zeitvertreib gar nicht gerne sah.

»Du bist verrückt!«, antwortete Edith DePriest barsch. John hatte sie ohne Schwierigkeiten identifiziert. Edith war eine imposante Person: etwas jünger als Tonys Mutter, aber erschreckend hoch gewachsen. Sie hatte einen starken Knochenbau, halblange braune Haare, ein breites Gesicht, auffälligen Bartwuchs, eine energische Stimme und große, von der Feldarbeit schwielige Hände. Den idealen Partner für Streitgespräche stellte man sich anders vor, doch das schien ihrer Kontrahentin wenig auszumachen.

»Aber so haben wir es abgemacht: Jerry hat zwanzig Minuten, um seinen Sohn zu holen. Danach brechen wir ohne ihn auf.«

Edith erhob sich zu ihrer ganzen beeindruckenden Größe und stemmte die Fäuste in die Seiten. »Ach, und wie sollen wir ohne ihn durch den Dschungel bis nach Venezuela kommen? Jerry ist am längsten von uns allen hier. Er kennt das Gebiet wie seine Westentasche. Gibt es sonst noch jemanden unter euch, der das von sich behaupten kann?«

Die Antwort der anderen bestand in einem unverständlichen Gemurmel. Offenbar fühlte sich niemand zum Anführer berufen.

Die Zeit verstrich, es wurde viel debattiert, aber Jerry Sturges kehrte nicht zurück. Daran änderte sich auch nach weiteren zwanzig Minuten nichts. Die Stimmung in der Gruppe war auf den Tiefpunkt gesunken.

Schließlich brach Edith DePriest das lange Schweigen. »Lasst uns umkehren.«

»Ihr wisst, was das bedeutet?«, gab Dale Sturges zu bedenken.

»Der Junge hat Recht«, sagte eine Frau, die Jerry mit flüsternder Stimme als Patricia Sturges, die Mutter von Dale, identifizierte. »Wir könnten ziemliche Schwierigkeiten kriegen, wenn man uns auf die Schliche kommt. Der Reverend hat nicht viel Verständnis für Leute wie uns. Er nennt sie ›Verräter‹. Ich habe von aufgegriffenen Flüchtlingen gehört, die in Fußketten achtzehn Stunden am Tag arbeiten mussten, und das wochenlang. Andere hat man mit Drogen voll gepumpt, bis ihnen alles egal war.«

»Würdest du Dad zurücklassen?«, fragte Dale.

Patricia blickte ihren Sohn aus funkelnden Augen an. Eine Träne rann ihre Wange hinab. Trotzig wischte sie mit dem Ärmel ihres Kleides darüber hinweg und schüttelte den Kopf. »Nein. Niemand wird uns trennen. Und er ist zurückgegangen, weil er über euch Kinder genauso denkt.«

»Dann bleiben wir alle hier.«

»Aber wir planen diese Flucht jetzt schon seit Monaten«, widersprach ein Mann, dessen Gesicht nicht zu sehen war. »Wir haben unsere Habseligkeiten im Dschungel versteckt. Wenn wir jetzt in die Siedlung zurückkehren, werden wir alles verlieren.«

»Als wenn irgendjemand von uns etwas besäße, was von wirklichem Wert ist!«, schnaubte Edith DePriest. »Nichts kann so schlimm sein, wie im Busch von giftigen Schlangen gebissen und von Ameisen gefressen zu werden. Ohne Jerry sind wir aufgeschmissen. Wenn wir uns beeilen, können wir noch den Congressman treffen. Vern Gosney sagte mir, er habe Mr Harris von der NBC gestern Nacht einen Zettel zugesteckt. Andere sollen sich direkt an Ryan gewandt haben, damit er sie aus Jonestown herausholt. Der Politiker hat ihnen Mut gemacht. Vielleicht kann er auch uns helfen, von hier fortzukommen.«

Nach einigem Hin und Her entschied sich die Gruppe schließlich für das vermeintlich kleinere Übel. Aus ihrem Versteck heraus sahen die beiden Kinder den entmutigten Haufen zur Siedlung zurückkehren.

»Jetzt wird's spannend! Lass uns hinterherlaufen«, sagte John, als die anderen außer Hörweite waren, und Jerry nickte.

AUF MESSERS SCHNEIDE

Jonestown (Guyana)
18. November 1978
13.11 Uhr

Leo Joseph Ryan ließ sich die innere Anspannung nicht anmerken. Er strich sich über das Kinn, die Rasur könnte besser sein. Hätte er vielleicht doch eine Krawatte umbinden sollen? Jackie meinte, seine Tatkraft käme vor der Kamera in Hemdsärmeln erheblich überzeugender rüber. Ein Gähnen zerrte an seinen Kiefermuskeln. Die vergangene Nacht war kurz gewesen und die Hütte, die ihm und Jackie als Quartier gedient hatte, wenig komfortabel. Aber die Strapazen waren nicht umsonst gewesen. Er hatte noch ein paar aufschlussreiche Gespräche führen können, nachdem die meisten Gäste von Reverend Jones nach Port Kaituma zurückgeschickt worden waren. Auf seinem Kassettenrecorder befanden sich die Stimmen einer ganzen Anzahl von Personen, die dem Volkstempel den Rücken kehren wollten. In der Aktentasche seiner Assistentin steckte ein Packen eidesstattlicher Erklärungen von Aussteigern, in denen sie die Freiwilligkeit ihres Entschlusses bezeugten.

Jim Jones galt nicht gerade als ein Hirte, der seine Schäfchen gerne ziehen ließ. Ryan war auf das Gesicht des Reverend gespannt, wenn dieser von dem kleinen Exodus in seiner Gemeinde erfuhr. Im Augenblick saß der Führer des Volkstempels im Pavillon auf einem Stuhl mit hoher Lehne, der auf dem Podium stand und wohl nicht von ungefähr einem Thron ähnlich sah. Hinter ihm ragte eine dunkelhäutige, glatzköpfige Gestalt auf, deren Anblick Ryan frösteln ließ. Jones ließ sich in der Öffentlichkeit nie ohne Bodyguards sehen. Verfolgungswahn? Oder gab es triftige Gründe für ein derart ausgeprägtes Schutzbedürfnis? Angeblich sollte der fromme Mann das Haus nie ohne seine 38er Magnum verlassen, was sich wegen des hellgrauen Sommersakkos, das er über dem blauen Hemd trug, weder bestätigen noch dementieren ließ. Ron Javers vom *San Francisco Chronicle* nutzte gerade seine Audienz, um dem Reverend dieselben Fragen zu stellen, die er schon von einer Reihe anderer Reporter und nicht zuletzt vom Congressman selbst gehört hatte: »Halten Sie die Leute hier gegen ihren Willen fest?« Jones' Antwort klang genauso stereotyp: »Wo denken Sie hin! Jeder kann Jonestown verlassen, wann immer er will. Wir sind hier alle eine große Familie, die …«

Ryan achtete kaum auf die Wortfetzen, die zu ihm herüberwehten und ständig vom Lachen und Singen irgendwelcher Leute übertönt wurden, die den Pavillon und seine Umgebung in eine Inszenierung der Lebenslust verwandelten. Seine Augen waren auf das Gesicht des »Racheengels« geheftet, der über den Reverend wachte. Am Vorabend hatte Jones den jungen Mann – er mochte fünfundzwanzig, höchstens achtundzwanzig Jahre alt sein – als Eugene Smith vorgestellt. Der Afroamerikaner war etwa ein Meter achtzig groß, muskulös und schien kein Gramm Fett zu viel unter seinem grünen T-Shirt zu haben. Seine braunen Knopfaugen suchten die Umgebung ständig nach Heckenschützen ab – so schien es wenigstens. Endlich glaubte Ryan zu wissen, weshalb er den Blick nicht von Jones' Leibwächter nehmen konnte: Der Mann war nicht aus Überzeugung kahl, sondern aufgrund einer Laune der Natur. Smith besaß weder Augenbrauen noch Wimpern, weder einen Bart noch irgendwelche Armbehaarung.

Ryan musste unwillkürlich lächeln. Seit Jahren kämpfte er nun schon gegen jede Art von Rassendiskriminierung und erschauerte trotzdem, wenn er einen »schwarzen Mann« sah – nach seiner Heimkehr würde er ein ernstes Wörtchen mit seiner Mutter zu reden haben. Entspannt lehnte er sich gegen einen der runden Holzpfosten, die das Wellblechdach der so genannten Versammlungshalle trugen. Seine Assistentin musste jeden Augenblick zurückkehren. K. Jacqueline Tailor hatte erst vor zwei Jahren ihren Abschluss auf dem Hastings College of the Law gemacht. Sie war jung, intelligent, hübsch und hungrig. Wenn er ihr eine glänzende

Karriere prophezeite, dann war das keine Schmeichelei. Die brünette Achtundzwanzigjährige wollte etwas bewegen, und das gefiel Ryan. Er war froh, sie gerade hier an seiner Seite zu haben. Jackie hatte sich »für eine Minute« verabschiedet – sie müsse noch einmal die Liste der Aussteiger durchgehen, die Jonestown verlassen und mit ihm in die Hauptstadt Guyanas fliegen wollten. Ryan blickte auf seine Armbanduhr. Fünfzehn Minuten nach eins. Über Funk hatte er zusätzlich eine größere Chartermaschine angefordert. Sie würde um vierzehn Uhr dreißig landen. Viel Zeit blieb ihm nicht mehr …

»Eine Erfrischung, Mr Ryan?«

Der Angesprochene hatte von neuem den Reverend beobachtet, wie er die Presse unter dem Zinndach des Pavillons mit seinen Verlautbarungen fütterte. Deshalb war Ryan die fast schon konspirative Annäherung jener Person, die ihn so überraschend aus den Gedanken gerissen hatte, völlig entgangen. Ihre rauchige Stimme hörte er nicht zum ersten Mal. Lächelnd drehte er sich um und erkannte sogleich die attraktive junge Frau mit den langen schwarzen Haaren wieder, die gestern Abend während der Talentshow zu ihm gekommen war.

»Mrs Bellman, wie schön, Sie wiederzusehen! Ich habe Sie gar nicht kommen hören.«

»Bitte nehmen Sie ein Glas«, raunte Jerrys Mutter und hielt dem Congressman ein Tablett unter die Nase, auf dem drei Gläser mit eisgekühlter Limonade standen.

»Aber ich habe gerade gefrühstückt und bin …«

»Nehmen Sie schon!«, zischte Rachel und spähte an Ryans linker Schulter vorbei zum Podium hin, wo Reverend Jones in seinem »Thron« lehnte und über die Feindseligkeit amerikanischer Medien lamentierte.

Der Congressman griff sich eines der hohen, schlanken Gläser und nippte höflich daran. Beiläufig fiel sein Blick auf ein kleines Mädchen in einem schlammbespritzten Regenmantel, das ganz in der Nähe, halb verdeckt von einer Palme, zu ihm herüberspähte. *Kinder!*, dachte er. Sie sind überall gleich. Das Glas von den Lippen nehmend, sah er wieder in die dunklen Augen von Rachel Bellman und fragte mit dem unverfänglichsten Gesicht, zu dem er fähig war: »Haben Sie Ihre Meinung geändert?«

»Wir wollen immer noch von hier fort. Aber Lars hat …«

»Lars?«

»Mein Ehemann. Er meinte, es könne für die Gläubigen hier gefährlich werden, wenn die Medien über uns berichten. Der Reverend vertraut uns. Er könnte sich betrogen fühlen, vielleicht sogar angegriffen.«

»Wollen Sie andeuten, es bestehe eine Gefahr für die Gesundheit oder sogar das Leben ihrer Mitgläubigen, wenn Sie Jonestown verlassen?«

Rachel blickte erneut in verschiedene Richtungen. Noch schien niemand von ihr und dem Kongressabgeordneten Notiz zu nehmen.

»Mrs Bellman?«

»Ich weiß es nicht«, zischte Rachel. »Lars und ich halten den Reverend nicht für den Wundertäter und neuen Messias, für den er sich ausgibt. Wir sind gute Christen und wollten uns für die Allgemeinheit engagieren. Eines Tages erzählte uns ein Bekannter von der vorbildlichen Sozialarbeit des Volkstempels. So kamen wir mit der Kirche in Berührung und haben uns ihr kurz darauf angeschlossen. Von irgendwelchen Opfern gewalttätiger Übergriffe weiß ich jedoch nichts, Mr Ryan, obwohl mir als Krankenschwester so etwas aufgefallen sein müsste.«

»Gibt es Bereiche in Ihrem Lazarett, die Ihnen verschlossen sind?«

»In der ›Erweiterten Pflegestation‹ werden Sonderfälle behandelt, mit denen ich nichts zu tun habe. Warum fragen Sie?«

»Was sind das für Sonderfälle?«

»Da müssen Sie Doktor Schacht fragen.«

»Das habe ich bereits.«

»Und was sagt er?«

»Ich solle mich um meinen eigenen Kram kümmern.«

»Doktor Schacht ist ein Sonderling. Sie dürfen es ihm nicht übel nehmen.«

»Na gut, vielleicht finden wir die Antworten, nach denen ich suche, auf andere Weise: Haben Sie jemals etwas von einem Robert Houston junior gehört?«

»Der Name sagt mir nichts.«

Ryan trank einen Schluck Limonade. Sein Gesicht wirkte mit einem Mal wie versteinert. »Der Vater dieses jungen Mannes ist Fotograf bei *Associated Press*. Wir sind befreundet. Sein Sohn wurde vor zwei Jahren angeblich von einem Eisenbahnzug getötet. Der Körper des Jungen war regelrecht zerfleischt, als habe irgendein Perversling Stew aus ihm kochen wollen.«

Rachel starrte entsetzt in Ryans Gesicht. Nur mit Mühe brachte sie eine Antwort hervor. »Warum erzählen Sie mir das?«

»Der Sohn von Robert Houston senior hatte erst kurz vor seinem Tod den Volkstempel verlassen. Angeblich soll er das Opfer einer Killertruppe gewesen sein, die sich ›Apostolische Beschützer‹ nennt.«

»Und?«

»Jemand behauptet steif und fest, die frommen Herren stünden unter Befehl von Jim Jones.«

»Haben Sie Beweise dafür?« Rachels Stimme klang schroffer als gewollt. In Jonestown hatte sie manche Illusion verloren, aber so etwas …!

»Ich bin unter anderem hier, um solche zu finden.«

»Leider kann ich Ihnen bei *dieser* Suche nicht helfen, Mr Ryan. Mein Mann und ich sind erst letztes Jahr zum Volkstempel gestoßen, und wir werden der Kirche bald den Rücken kehren. Ich bin nur gekommen, um Ihre Hilfe zu erbitten. Der Reverend hat alle Pässe eingesammelt. Sollte es meinem Mann, meiner Tochter und mir gelingen, von hier zu fliehen, dann werden wir neue Papiere benötigen.«

»Das wäre kein Problem. Mr Dwyer – er gehört zum Stab unserer Botschaft hier in Guyana – wird alles Nötige veranlassen. Aber warum kommen Sie nicht gleich mit? Ich denke, die Medienleute, die mich begleiten, sind vernünftige Menschen. Wenn ich ihnen die Umstände erkläre, könnten Sie und Ihre Familie ganz diskret von hier verschwinden. Heute Abend oder spätestens morgen wären Sie außer Landes. Was halten Sie davon?«

»Christine!«

Rachel erschrak. Ihre schwarzbraunen Augen blickten schuldbewusst zum Podium hin, von wo Reverend Jones ihr zulächelte. Er winkte ihr zu und rief: »Du hast eine Erfrischung für unsere Gäste gebracht, wie schön! Ist für uns noch ein Glas übrig?«

»Gerade noch zwei«, antwortete Rachel lachend. Als sie unter das Zinndach des Pavillons treten wollte, hielt Ryan sie am Oberarm fest.

»Christine?«

Sie lächelte, aber in ihren Augen spiegelte sich Angst. »So lautet mein zweiter Vorname. Wenn man so will, ein Vermächtnis meiner Mutter. Sie kommt aus Lowell, Massachusetts.«

»Ich hätte Sie eher für eine Mexikanerin gehalten, Mrs Bellman.«

»Das muss dann wohl an den Genen meines Vaters liegen. Er stammt aus einer der ältesten Familien von Aguascalientes. Die dunklen Haare habe ich allerdings von meiner Mutter geerbt – mein alter Herr ist blond wie ein Wikinger.«

»Die Natur geht manchmal seltsame Wege! Was hat der Reverend eigentlich an ›Rachel‹ auszusetzen?«

Jerrys Mutter löste sich sanft, aber bestimmt aus dem Griff des Politikers und flüsterte: »Es heißt, Jim Jones habe schon immer seinen eigenen Kopf durchgesetzt, wenn es um Frauen geht.«

Rachel setzte ihren Fuß in den Pavillon, drehte sich dann aber doch noch einmal zu dem Politiker um. »Wenn Sie uns ohne Medienrummel hier herausbringen können, dann wird sich mein Mann gegen eine sofortige Abreise nicht sperren.«

Ryan deutete ein Nicken an. »Meine Assistentin wird Ihnen Bescheid geben.« Nachdenklich blickte er der schlanken Gestalt nach, die ihr Tablett geschickt durch die Stuhlreihen im Pavillon balancierte. Der Reverend empfing Rachel mit finsterer Miene. Offenbar wollte er wissen, was sie so lange mit dem Congressman zu bereden hatte. Ihr helles Lachen hallte unter dem Dach der Versammlungshalle wider. Sie würde Jones eine Geschichte über Limonade und mexikanische Gene erzählen. Diese junge Frau war mutig, und sie besaß Verantwortungsgefühl. Ryan spürte das unbändige Verlangen, den Bellmans zu helfen …

»Leo, darf ich Sie einen Augenblick sprechen?«

Diesmal zuckte Ryan regelrecht zusammen. Als er sich umwandte, sah er sich einer Gruppe von Personen aus der Siedlung gegenüber, angeführt von dem NBC-Korrespondenten. »Don, müssen Sie mich so erschrecken!«

Der rotblonde Reporter grinste über das ganze sommersprossige Gesicht. »'tschuldigung, Leo, war nicht meine Absicht. Das hier ist Edith DePriest. Sie und ihre Familie wollen Jonestown verlassen.«

»Und zwar auf dem schnellsten Wege«, fügte Edith hinzu und verschränkte die Arme vor ihrer gewaltigen Brust.

Ryan stöhnte. »Allmählich mache ich mir Sorgen über unsere Transportkapazität. Wir hätten einen Jumbo chartern sollen. Warum haben Sie es so eilig, Mrs DePriest?«

Edith fasste kurz die Geschichte ihres Fluchtplans zusammen, der am Morgen wie Sägemehl zerstoben war. Als sie ihren Bericht schloss, schien der Mut sie verlassen zu wollen. »Joe Wilson hat uns zurückkehren sehen, ausgerechnet einer der Sicherheitschefs von Jonestown! Congressman Ryan, ich habe Angst um unser Leben.«

Ryan nickte wie jemand, der sich gerade über eine Angelegenheit von großer Tragweite klar wurde. Zu seiner Erleichterung sah er in diesem Moment Jackie Tailor herankommen. Sie trug einen Kassettenrecorder über der Schulter und umarmte ein Klemmbrett, vermutlich mit der Liste der Aussteiger. Er winkte ihr zu, und sie beschleunigte ihren Schritt.

»Wie groß ist Ihre Gruppe, Mrs DePriest?«

»Kann ich nicht sagen. Die Sturges wollen auch mitkommen, Sie …«

»Entschuldigen Sie, Mrs DePriest«, unterbrach Ryan die Frau und wandte sich seiner soeben eingetroffenen Assistentin zu. Er musste die Stimme heben, weil das Interview beim Podium gerade in einen hitzigen Wortwechsel umschlug. »Jackie, wir müssen die

Leute hier mitnehmen. Sie genießen Priorität. Schreiben Sie bitte die Namen auf, lassen Sie sich die Erklärungen unterzeichnen, und wenn noch genügend Zeit ist, machen Sie Tonbandaufzeichnungen von ...«

»Ich kenne das Prozedere, Leo«, sagte Jackie mit der typischen Ungeduld junger Menschen.

»Schon gut. Ich wollte ...«

»Sie haben mich nicht ausreden lassen«, fiel Edith dem Congressman laut ins Wort. Sie wirkte ziemlich ungehalten.

Ryan befleißigte sich seines strahlendsten Politikerlächelns. »Verzeihen Sie, Mrs DePriest.«

Edith deutete zum Podium hin. »Das da sind die Sturges, und wie es scheint, stecken sie in Schwierigkeiten.«

Erst jetzt bemerkte Ryan, dass der Reporter des *Chronicle* sich nicht mehr im Pavillon befand. Dafür hatte Jim Jones neue Gesellschaft erhalten. Vor dem Thron standen fünf oder sechs Personen unterschiedlichen Alters und gestikulierten aufgeregt mit den Armen.

»Geben Sie mir den Recorder, schnell!«, sagte Ryan. Er riss Jackie die Ledertasche mit dem Tonaufzeichnungsgerät aus der Hand und trat unter das Wellblechdach. So schnell wie es eben ging, ohne dabei den Anschein von Hektik zu erwecken, näherte er sich dem Podium am Kopfende der Freilufthalle. Das Erste, was er verstand, war die aufgeregte Stimme eines Mannes, der sich ihm bald als Dale Sturges vorstellen sollte.

»... haben unser Geld weggenommen, die Pässe einkassiert – ich komme mir vor wie ein Gefangener.«

»Deine Undankbarkeit zerreißt mir das Herz«, erwiderte Jones theatralisch und nicht ohne Groll. »Wenn ihr gehen wollt, dann werde ich euch nicht aufhalten. Ihr kriegt eure Pässe. Ich gebe dir sogar fünftausend Dollar für einen Neuanfang, wo immer das sein wird. Aber wartet wenigstens bis nächste Woche! Es würde ein schlechtes Licht auf die Kirche werfen, wenn ihr jetzt mit diesen Leuten ...« Jones' Kopf hatte sich ganz kurz in Ryans Richtung gedreht, wobei ihm der heraneilende Congressman aufgefallen war. Auf wundersame Weise wurde seine Stimme nun sanft wie die eines Hirten, der ein verlorenes Schäflein heimträgt. »Was euer Eigentum betrifft, Dale, solltest du wissen, wie sorgfältig ich es für euch aufbewahre. Einige eurer Brüder haben nie gelernt, mit Geld oder anderen Wertgegenständen umzugehen. Was ich tue, ist nur zu eurem Besten.«

Endlich hatte Ryan, im Kopf eine überstürzt entworfene Strategie zur Klärung der Situation, die Gruppe erreicht. »Ich würde gerne noch für meinen Kongressausschuss ein Interview mit Ihnen führen, Reverend, aber wie es scheint, störe ich.«

»Ganz und gar nicht, Mr Ryan«, erwiderte Jones in einem Ton, der eher das Gegenteil ausdrückte. Der Führer des Volkstempels war, obwohl von Krankheit, Drogen oder von beiden gezeichnet, ein stattlicher Mann. Seine dunklen Augenringe verbarg er hinter einer getönten Brille, die er ständig trug. Sein Gesicht sah teigig aus, was seiner legendären charismatischen Ausstrahlung eher abträglich war. Seine schmalen Lippen erinnerten an die sparsamen Federstriche eines Karikaturisten, der seinem Modell mit sicherer Hand den Zynismus ins Gesicht gemalt hatte. Jones trauerte der Elastizität früherer Tage nach. Er bewegte sich langsam. Obwohl sich in seinem schwarzen Schopf kein einziger grauer Faden zeigte, wirkte er mit siebenundvierzig bereits wie ein alter Mann. Und in den letzten Minuten hatte sich dieser Eindruck rapide verstärkt. Anscheinend kostete ihn die Konfrontation mit den Aussteigern die letzte Kraft.

»Was ist mit den Leuten?«, fragte Ryan.

»Mein Name ist Patricia Sturges. Wir möchten gerne in die Vereinigten Staaten zurückkehren«, antwortete eine ältere Frau, bevor ihr Hirte seine Sprachlosigkeit überwinden konnte.

»Gibt es da ein Problem?«, erkundigte sich Ryan bei dem Reverend.

»Absolut nicht. Wir waren uns nur noch nicht über den Zeitplan einig«, antwortete Jones.

»Ich bin Ihnen gerne behilflich«, erbot sich Ryan, wobei er dem Reverend den Rücken zuwandte. Ehe der Herr von Jonestown Einspruch erheben konnte, war Ryans Reisegesellschaft um weitere sechs Personen angewachsen. Jim Jones blieb nicht viel mehr, als die Aussteiger zu umarmen. Er versicherte ihnen, sie könnten in das Agrarprojekt zurückkehren, wann immer ihnen der Sinn danach stehe.

Die Sturges wollten zunächst nur weg und enteilten zu den Hütten, um ihre Habseligkeiten zu packen.

»Und nun zu dem Interview«, sagte Ryan lächelnd.

Jones ließ sich schwerfällig in seinen grob gezimmerten Thron sinken. »Was wollen Sie wissen, Congressman?«

»Gibt es in Ihrer Kirche Folter oder disziplinarische Maßnahmen, bei denen physische oder psychische Gewalt angewendet wird, oder hat es jemals solche Fälle gegeben?«

Ken Frielander schmunzelte vor sich hin. Er war zwar nur ein stiller Beobachter des Interviews seiner Kollegen vom NBC, aber es gefiel ihm, wie Don Harris seine Fragen, Akkupunkturnadeln gleich, in die Nerven des Reverend bohrte. Vor ihm hatte schon der Congressman gegen den Führer des Volkstempels gestichelt, ihn nach Folter, Waffen, Drogen und ähnlich unheiligen Dingen gefragt, bis Jones regelrecht ausgeflippt war. In der Nacht zuvor habe niemand vom Gehen gesprochen, und jetzt wollten ihn alle verlassen, lamentierte er. Sein Rechtsberater Garry hatte alle Mühe, ihn wieder zu beruhigen. Es seien ja nur sechs Personen, sechs von tausendzweihundert. Und Ryan, wohl selbst erschrocken über die heftige Reaktion des Reverend, versicherte mit Bezug auf die Siedler in Jonestown: »Ich höre viele sagen, dies sei das Beste, was ihnen jemals widerfahren konnte. Was hier getan wurde, ist von großer Bedeutung, sogar aus globaler Sicht.«

Frielander schätzte die beruhigende Wirkung dieses amtlichen Lobes nicht sehr hoch ein, und er sollte Recht behalten. Don Harris widmete sich nun bereits seit einer Dreiviertelstunde denselben unbequemen Themen, die Ryan gerade durchgekaut hatte. In aggressivem Ton traktierte er Jim Jones mit verbalen Brandbomben, während Bob Browns Videokamera jede Veränderung in dessen Gesicht aufzeichnete. Der Reverend rang sich rhetorisch grelle, inhaltlich dagegen eher farblose Antworten ab und klang dabei zusehends feindseliger. Er beschwerte sich über die Nachrichtenmedien im Allgemeinen und ihre »ungerechtfertigten Anwürfe gegen den Volkstempel« im Besonderen. Schließlich – es mochte inzwischen zwei Uhr nachmittags sein – zischte er: »Warum gehen Sie nicht? Verschwinden Sie hier!«

Harris hatte ein Einsehen mit dem geschundenen Mann. Er versicherte, die Berichterstattung über das Interview werde fair ausfallen, woraufhin Jones antwortete: »Ich hoffe, ich lebe noch lange genug, um Ihre Fairness zu sehen.«

Mit dieser Antwort hatte keiner gerechnet. In ihr schwang eine unterschwellige Drohung, aber niemand unter den Anwesenden hätte für sein Empfinden die Wortwahl oder den Ton der pastoralen Erklärung verantwortlich machen können. So trat ein, wonach Jim Jones sich so sehr sehnte. Don Harris bedankte sich für das Interview, und Bob Brown packte die Kamera ein.

Ken Frielander glaubte aus einem skurrilen Traum zu erwachen, als sein Kollege Greg Robinson ihm auf die Schulter klopfte.

»Lass uns die Pferde satteln, Cowboy. Wir sind spät dran.«

Ihr schrilles Kreischen ließ im näheren Umkreis Köpfe herumfahren, Füße mitten im Lauf verharren und Herzen für einen Moment stillstehen. Jerry wusste selbst nicht, warum sie der Anblick von Eugene Smith dermaßen erschreckt hatte. Sie konnte diesen Mann, den alle nur den »Haarlosen Eugene« nannten und der ständig mit dem Reverend flüsterte, zwar nicht besonders leiden, aber er hatte ihr noch nie etwas getan. Auch jetzt, wo sie hinter der Palme hervorgeschossen und ihm direkt in die Arme gelaufen war, fletschte er nur die weißen Zähne, weil er sich ein Lächeln abrang. Mit seinem ganz und gar unbehaarten Gesicht erinnerte er sie an eine Green Mama. Nun ja, die Farbe stimmte nicht ganz. Aber genau wie eine lauernde Giftschlange hielten seine Augen, in denen man fast kein Weiß sehen konnte, sie jetzt gefangen – er war zu diesem Zweck extra in die Knie gegangen. Anders als die Reptilien konnte er jedoch sprechen.

»Na, Jerry, hast es mal wieder eilig, was?«

»Lass mich los.« Sie hatte gerade in der Ferne den geblümten Regenmantel ihrer Mutter entschwinden sehen und ihr nachlaufen wollen.

»Schon gut, junge Dame«, sagte der Haarlose Eugene, während er das Mädchen freigab. Er wuchs vor Jerry in Schwindel erregende Höhe, hob die angewinkelten Arme und präsentierte ein Paar helle Handflächen, als wolle er damit seine Harmlosigkeit beweisen. »Ich tue dir nichts. Hast du etwas Spannendes gesehen?«

Jerrys Kopf lag nun im Nacken, ihr Mund stand offen. Sie starrte in das ebenholzfarbene Gesicht und gab keinen Pieps von sich.

»Du hast Vater Jones beobachtet, stimmt's?«

Das Mädchen zeigte in den Pavillon, wo gerade noch die Reporter mit dem Oberhaupt des Volkstempels die Klingen gekreuzt hatten. »Nur die Leute da.«

»Du meinst die Männer vom Fernsehen und von den Zeitungen? Die verlassen uns gerade. Was ist so Besonders an denen? Du hast mich ja überhaupt nicht kommen sehen, so gebannt warst du von ihrem Anblick.«

Jerry schwenkte ihren ausgestreckten Arm um einhundertachtzig Grad. »Ich will zu meiner Mama. Sie ist da hinten.«

Eugenes Knopfaugen sahen sie durchdringend an, und Jerry glaubte, sich in eine Eisfigur zu verwandeln. Doch bevor dies ganz geschehen konnte, lachte er plötzlich. »Na, lauf schon! Ich habe ohnehin gerade Dringenderes zu tun.«

Sie wirbelte herum, spürte eine Hand in Höhe ihres Hinterteils auf den Regenparka klatschen; dann war sie ihm entkommen. Nach einigen Metern drehte sie sich im Schutz eines Strauches nach Eugene um. Er war verschwunden.

Jerry atmete auf und lief weiter in die Richtung, in der sie ihre Mutter zu finden hoffte. Die Beobachtungen der letzten Stunde hatten sie verwirrt. Als die Sturges und der Congressman mit dem Reverend gesprochen hatten, war etwas Unerklärliches geschehen. Sie kannte Vater Jones nur als einen Mann, dessen bloße Gegenwart Leute zum Verstummen bringen konnte. Aber nun wirkte er wie ein angeschossenes Tier, das schon zu lange vor seinen Jägern geflohen war. Im Pavillon hatten sich Gefühle ausgebreitet, die ihr fremd waren: klamme, zähe Empfindungen, die noch immer an ihr klebten und ihr Furcht einflößten.

Es fing wieder an zu regnen. Gerade entfernte sich, dunkle Rußwolken ausstoßend, ein Lastwagen, auf dem die Männer vom Fernsehen und von den Zeitungen saßen. Der gelbe Kipper, der die Besucher am Vormittag ausgeladen hatte, wartete noch an derselben Stelle, um neue Fahrgäste aufzunehmen. Davor lagen sich die Sturges und die DePriests mit einer Anzahl anderer Menschen in den Armen und weinten. Eine Frau begann zu schreien, weil ihr Mann sie heimlich mit den Kindern verlassen wollte. Alles war so traurig!

Jerry sehnte sich nach ihrer Mutter, konnte sie aber nicht entdecken. Da standen die zwei Rechtsanwälte des Reverend und machten wichtige Mienen. Der Congressman redete auf sie ein. Die Frau mit den langen braunen Haaren, die ihm zur Hand ging, flitzte umher, scheuchte die Wartenden wie Hühner mit ausgebreiteten Armen in Richtung Lastwagen und kritzelte zwischendurch immer wieder Notizen auf einem kleinen Brett. Jerry bemerkte einmal mehr Eugene Smith, der mit weit ausholenden Schritten an dem Truck vorbeilief, ohne die einander verabschiedenden Menschen zu beachten. Er hielt auf ein anderes, weiter entfernt stehendes und von dem Kipper halb verdecktes Fahrzeug zu, einen roten Traktor mit einem langen, tief liegenden Anhänger aus Metall. Auf der Ladefläche stapelte sich Holz. Mehrere Männer warteten vor dem Fuhrwerk, und als Eugene es erreichte, kletterten alle auf den Anhänger. Der Motor wurde angelassen, und der Traktor knatterte davon.

»¡Ay, Jerry, aquí estás! Estaba ya muy preocupada.«

Das Mädchen fuhr zusammen. Spanisch gesprochene Sätze wie diese – »Jerry, da bist du ja! Ich habe mir schon Sorgen gemacht« – waren typisch für seine Mutter. Rachel Bellman hatte von ihrem Vater Mexikos Landessprache geerbt, und nun musste sie dieses Vermächtnis auf Biegen und Brechen an ihre Tochter weitergeben, selbst wenn sie dafür regelmäßig Unverständnis erntete.

Jerry fehlte noch die rechte Wertschätzung für eine mehrsprachige Erziehung, sie hasste es nur, angestarrt zu werden.

Schuldbewusst sah sie in das Gesicht ihrer Mutter und antwortete auf Spanisch: »Ich habe mit John gespielt.«

»Vermutlich im Schweinekoben, so wie du aussiehst.«

Jerry schaute an sich herab. Auf ihrem Regenparka konnte sie zwischen der Schlammschicht durchaus noch einige gelbe Flecken ausmachen. »John ist in eine Pfütze gesprungen.«

Ihre Mutter lachte, rieb mit dem Daumen eine Stelle auf Jerrys Stirn sauber und platzierte dort einen Kuss. »An wem so viel Schmutz klebt, der kann nicht ganz unschuldig sein. Wir unterhalten uns später darüber. Komm jetzt, erst muss ich noch ein paar wichtige Dinge erledigen.«

Das Mädchen ließ sich bei der Hand nehmen und zum gelben Lastwagen führen. Auf halbem Wege kamen ihnen im Eiltempo Charles Garry und Alan Compte, die beiden Anwälte des Reverend, entgegen. Sie schienen es kaum erwarten zu können, sich von ihm zu verabschieden; von Mutter und Tochter nahmen sie keine Notiz. In einigem Abstand hinter den beiden Männern liefen Leo Ryan, Jackie Tailor und Richard Dwyer, der stellvertretende Missionschef der US-Botschaft in Georgetown. Die drei sprachen angeregt miteinander und blieben immer wieder für einige Augenblicke stehen. Als sie Rachel und Jerry bemerkten, nickte Ryan der Mutter unauffällig zu, streichelte der Tochter über den Kopf und entschuldigte sich mit der Bemerkung, er wolle den Reverend über den Stand der Dinge unterrichten. Damit hatten er und Dwyer sich einem möglicherweise unangenehmen Gespräch entzogen, das zu führen nun Jackie Tailors Aufgabe war.

»Mrs Bellman.« Ryans Assistentin umschlang mit ihren Armen das Klemmbrett wie einen Rettungsring in stürmischer See. Dabei zeigte sie ein Lächeln, in das nur eine unangenehme Nachricht verpackt sein konnte. Auf das Kind blickend, fragte sie: »Kann ich sprechen?«

Jerry sah die nette Frau verwundert an.

Rachel zog die Kapuze über den von Regentropfen glitzernden

blonden Lockenschopf ihrer Tochter und entgegnete: »Verklausulieren Sie 's einfach.«

Der fragende Blick des Mädchens wanderte zu seiner Mutter.

Tailor klopfte mit dem Zeigefinger auf die Rückseite ihres Klemmbrettes und sagte: »Da stehen einunddreißig Namen, abgesehen von dem Congressman und meiner Wenigkeit. Außerdem gibt es einen weiteren Index, die Bellmans sind darin vorgemerkt, die Simons … Kurz: Wir haben ein Kapazitätsproblem.«

»Klingt dramatisch.«

»So ernst nun auch wieder nicht, Mrs Bellman. Leo … Mr Ryan hat über Kurzwelle bereits eine weitere Maschine angefordert. Sie wird voraussichtlich erst morgen in Port Kaituma eintreffen. Er will auf alle Fälle so lange in Jonestown bleiben, bis …« Tailors Blick senkte sich wieder zu dem Mädchen hinab.

»Bis alle Schismatiker evakuiert sind?«, schlug Rachel vor.

Die Juristin lächelte dankbar. »Besser hätte ich es auch nicht ausdrücken können. Sehen Sie es einmal so: Wenn Sie an die Reihe kommen, sind die Medien längst verschwunden.«

Rachel nickte. »*Das* wiederum hört sich gut an. Wir werden warten.«

Jerry beobachtete, wie Miss Tailor ihrer Mutter die Hand entgegenstreckte, sie aber aus unerklärlichem Grund wieder zurückzog. Stattdessen sagte sie nur: »Ich danke Ihnen für Ihr Verständnis, Mrs Bellman. Viel Glück!« Schon eilte sie davon.

Jerry zog an der Hand ihrer Mutter, um ihre Aufmerksamkeit zu erlangen. »Was ist ein Schismatiker, Mama?«

Rachel strich ihrer Tochter zärtlich übers Haar. »Das ist so eine Art Forscher, Schatz. Er entdeckt neue Wege, wo andere nichts sehen.«

Leo Ryan freute sich nicht gerade über die bevorstehende Aufgabe. Vielleicht ließ er sich deshalb so viel Zeit, Garry und Compte zu folgen. In den letzten ein bis anderthalb Stunden hatte sich das Klima in Jonestown dramatisch verschlechtert, und das lag nicht allein an dem tropischen Sturm, der nach Auskunft der Meteorologen bald über die Dschungelsiedlung hinwegfegen würde. Jim Jones hatte die Besucher regelrecht rausgeschmissen. Und jetzt würde sein unbequemster Gast für eine weitere Nacht um Quartier bitten müssen.

Ryan atmete tief durch, nickte, um Richard Dwyer das Bild eines aufmerksamen Zuhörers zu vermitteln, und arbeitete dann in Gedanken weiter an seiner kleinen Ansprache, mit der er Reverend Jones beruhigen wollte. Er hatte schon ganz andere Situationen gemeistert. Als er 1974 zusammen mit Harold Hughes der »Firma« – besser als CIA bekannt – auf den Pelz rückte und sie per Gesetz dazu zwang, dem Kongress sämtliche Auslandseinsätze offen zu legen, machte er sich eine Menge Feinde. Im Jahr darauf reiste er nach Südvietnam, und einige der ihm noch verbliebenen Freunde erklärten ihn für lebensmüde (wenige Wochen später jagte der Vietcong die US-Army aus Saigon). Und nun Jonestown. Seine Vermutungen hatten sich bestätigt. Die Kollegen im Kongress würden seinen Bericht mit großem Interesse lesen.

Rund um den Pavillon herrschte nach wie vor ein reger Betrieb. Der Reverend saß immer noch – oder schon wieder – auf seinem Thron. Das helle Sakko hatte er abgelegt. In seinem blauen Freizeithemd und der schwarzen Hose wirkte er nun weniger förmlich, eine zwanglose Fassade für einen aufs Äußerste angespannten Mann. Seine beiden Anwälte Garry und Compte redeten, den Gesten nach zu urteilen, beruhigend auf ihn ein. Mit dem Erscheinen von Ryan und Dwyer verstummte ihre Unterhaltung.

Der Congressman befeuchtete sich mit der Zunge die Lippen. Er hätte jetzt gerne in Jones' Augen geblickt, aber die obligatorische dunkle Brille des Reverend verhinderte dies. Ryan vollzog eine Geste, die ganz Jonestown einschloss, und wiederholte lächelnd seine bereits beim letzten Gespräch geäußerte Beruhigungsformel: Viele Angehörige des Volkstempels könnten sich nichts Besseres als ein Leben in Jonestown vorstellen, das der Welt ein leuchtendes Vorbild gebe.

Die schmalen Lippen des Reverend nahmen eine Stellung ein, die mit viel gutem Willen als Lächeln gedeutet werden konnte. Zur

Abgabe eines Statements konnte er sich jedoch nicht durchringen, sondern ließ sich dabei lieber von seinem Advokaten vertreten.

Charles Garry beherrschte perfekt jenes Repertoire aus Sprache, Mimik und Gesten, mit denen die Anwälte der Welt unentwegt signalisieren, unter welchem Zeitdruck sie stehen und wie wichtig sie sind. Er schob sich die Aktentasche unter den Arm und begann auf den Congressman einzureden. »Vielen Dank für diese positive Beurteilung unseres Agrarprojektes, Mr Ryan. Ehe Sie jedoch weiter ausholen, lassen Sie mich Ihnen bitte in der gebotenen Kürze eines sagen: Mein Kollege, Mr Compte, und ich haben den Reverend gerade auf den neuesten Stand gebracht. Er kennt und akzeptiert auch die Zahl der Kirchenmitglieder, die Jonestown heute verlassen werden. So, und jetzt entschuldigen Sie uns bitte. Wir müssen zum Truck zurück. Man erwartet uns dort schon.«

Ryan hatte seit seiner Ankunft in Guyana mehrmals die Klingen mit Jones' Anwälten gekreuzt. Ihre arrogante Art gefiel ihm nicht besonders. Jetzt dagegen atmete er erleichtert auf und schüttelte erst Compte, dann Garry die Hand. »Ich bin beeindruckt, Mr Garry, von dem, was ich in Jonestown gesehen habe. Wie Sie wissen, wollte ich mich auf dieser Reise vergewissern, ob irgendjemand gegen seinen Willen im Volkstempel festgehalten wird; nicht allein die Besorgten Angehörigen äußern in dieser Hinsicht immer wieder Bedenken. Nach meiner Rückkehr in die USA werde ich jedoch viele Missverständnisse aufklären können.«

»Das höre ich gerne, Mr Ryan.«

»Gestern in Georgetown habe ich Ihnen aber auch Offenheit versprochen. Deshalb will ich Sie nicht darüber im Unklaren lassen, welchen Kritikpunkt ich in meinen Bericht aufnehmen muss: Die Dschungelsiedlung ist geografisch isoliert. Hinzu kommt der Gruppenzwang. Beides macht das Verlassen der Gemeinschaft für die Leute hier sehr schwer. Es gibt durchaus noch einige Personen, die diesen Wunsch hegen. Ihre eidesstattlichen Erklärungen befinden sich im Gepäck meiner Assistentin. Deshalb würde ich gerne noch eine weitere Nacht die Gastfreundschaft des Reverend in Anspruch nehmen und morgen mit diesen Menschen in die Hauptstadt fliegen.«

Garry suchte Augenkontakt mit seinem Klienten, um dessen Zustimmung einzuholen. Als Jones zögerte, sagte der Anwalt: »Damit können Sie leben, Reverend, es ist ein guter Bericht. Die Kirche wird keinen Schaden nehmen, wenn einige wenige ihr den Rücken kehren. Im Gegenteil, wenn Sie die Leute in Frieden ziehen lassen, wird das in den Medien ein positives Echo …«

»Congressman Ryan, du Scheißkerl!«

Der blindwütige Aufschrei setzte dem vermittelnden Plädoyer des Anwalts ein jähes Ende. Urplötzlich verwandelte sich die versöhnliche Szene in ein tödliches Szenario. Scheinbar hatte niemand den Mann bemerkt, der von hinten an Ryan herangeschlichen war und jetzt den linken Arm um dessen Hals schlang, was dem Opfer sofort die Luft abschnürte.

Ryan röchelte. Er wusste nicht, wie ihm geschah. Aus den Augenwinkeln bemerkte er ein Aufblitzen. *Ein Messer!* Schon spürte er kaltes Metall an seinem Hals. Verzweifelt griff er nach hinten, renkte sich dabei fast die Schulter aus, fühlte, wie die Spitze der Waffe in seine Haut eindrang, und bekam endlich – keinen Augenblick zu spät – den rechten Arm des Angreifers zu packen. Mit aller Kraft stemmte sich Ryan gegen den Stahl an, der ihm das Leben aus dem Leib schneiden wollte. Er spürte, wie er samt Gegner ins Wanken geriet, und konnte doch nichts dagegen tun. Als sie gemeinsam umkippten, kam es ihm merkwürdig langsam vor. Im Sturz erhaschte er einen Blick auf den Reverend, der von seinem Thron hochgefahren war und – sich nicht rührte.

Dafür war die Hektik ringsherum umso größer. Erschreckt brachten sich einige der Anwesenden in Sicherheit, andere liefen herbei, um besser sehen zu können. Laute Schreie hallten über das Areal. »Lassen Sie ihn los, Sly!«, drang eine laute Stimme aus dem Tumult. »Bist du völlig durchgedreht, Ujara?«, rief eine andere.

Ryan landete hart auf dem Rücken. Die mordgierige Bestie hing immer noch an ihm. Sie stieß Flüche aus und zappelte wie besessen. Blut spritzte. Endlich konnte er den Hals freimachen und um sein Leben schreien. Erst jetzt bemerkte er einige der Mitstreiter, die ihm zu Hilfe geeilt waren. Garry und Compte hatten sich auf den

Attentäter geworfen und versuchten, ihm das Messer zu entringen. Für die Dauer eines Wimpernschlags tauchte vor Ryan ein weiteres Gesicht auf. Dann kam er endlich los. Er rollte sich zur Seite, weg von der Klinge.

Der Kampf ging schnell zu Ende. Alan Compte entwand dem Angreifer die Waffe. Garry und einige weitere, die sich nun, da die Gefahr gebannt war, zu Rettern berufen fühlten, zerrten Sly auf die Füße.

»Stellen Sie den Mann unter Arrest!«, rief Ryan erregt in Jones' Richtung.

Der Reverend schüttelte traurig den Kopf und sagte: »Du hast mich schwer enttäuscht, Ujara.« Dann wandte er sich an den dritten der herbeigeeilten Retter. »Ken, kümmere dich um ihn.«

Ryan suchte seinen Körper nach Stich- oder Schnittwunden ab. Hemd und Hose waren voller Blut. Wie sich herausstellte, stammte es von Sly, dessen Hand bei dem Kampf von der eigenen Waffe verletzt worden war. Bis auf ein paar kleinere Kratzer am Hals hatte Ryan den Mordanschlag unbeschadet überstanden.

»Don Sly!«, rief der Reverend, als handele es sich um einen rituellen Klageruf. Dabei rang er die Hände und schüttelte zutiefst bestürzt das sorgenschwere Haupt. Hiernach drückte er dem Opfer des Anschlages seine Anteilnahme aus. »Es tut mir unendlich Leid, Mr Ryan. Bitte entschuldigen Sie den schrecklichen Zwischenfall. Ich fürchte, dieser unselige Mensch hat in einem Augenblick alles zunichte gemacht, was Sie hier bisher an guten Eindrücken aufgenommen haben.«

Leo Ryan war ein mit allen Wassern gewaschener Vollblutpolitiker. Er sah schrecklich aus mit all dem Blut auf seiner Kleidung. Der Vorfall würde ihn vermutlich bis in die Träume verfolgen. Nur mit Mühe konnte er ein heftiges Zittern unterdrücken. Aber er schüttelte den Kopf und antwortete: »Machen Sie sich darüber keine Sorgen, Reverend Jones. Ich bin ein Mann, der zu seinem Wort steht.«

»Mr Ryan«, mischte sich Dwyer leise ein. Die Anwesenheit des stellvertretenden Missionschefs der hiesigen US-Botschaft war während des turbulenten Geschehens nicht weiter aufgefallen. Nun endlich konnte er Versäumtes nachholen. In seinem ungewöhnlich blassen Gesicht lag ein Ausdruck der Festigkeit, als er Ryan mit diplomatischem Geschick über die veränderte Sicherheitslage aufklärte. Zum eigenen Schutz sei es geraten, mit der Gruppe unverzüglich nach Georgetown zurückzukehren. Es schien Dwyer tatsächlich zu gelingen, seine Bedenken vorzutragen, ohne den Reverend zu brüskieren. Zum Teil mochte dieser Erfolg auch auf die Fürsprache der beiden Anwälte von Jim Jones zurückgehen, die mit einem Mal völlig unanwaltliche Vorschläge machten. Ehe das Ansehen des Volkstempels durch einen weiteren, womöglich noch schlimmeren Vorfall beschädigt werde, wollten sie ihren Aufenthalt in Jonestown lieber um einen Tag verlängern und erst am Sonntag in die Hauptstadt zurückfliegen.

Nachdem sich Ryan hinreichend lang gegen diese geballte Fürsorge angestemmt hatte, gab er nach. Insgeheim war er sogar froh, dieses Dschungelnest endlich verlassen zu können. Als er Jim Jones zum Abschied die Hand schüttelte, konnte er sogar schon wieder lächeln.

»Vielen Dank für alles, Reverend. Ich habe den Besuch in Jonestown wirklich genossen.«

Jerry wischte sich den Regen aus dem Gesicht, damit sie besser beobachten konnte, wie ihre Mutter Dale Sturges umarmte. Die beiden hatten zusammen in der Klinik gearbeitet. Dale verstand sich darauf, kranke Leute durch das Einatmen von Dämpfen wieder gesund zu machen. Irgendwo zwischen den Bananenstauden rief jemand das Wort »Verräter«. Jerry konnte ihn nicht sehen, aber sie würde ihre Mutter nachher fragen, was er gemeint hatte.

Bevor Dale auf die Ladefläche des Kippers kletterte, schlang Mutter Marcy die Arme um ihn, wie sie es zuvor schon mit allen anderen in der Reihe getan hatte. Miss Tailor stand bereits oben und sah zum wiederholten Mal auf ihre Armbanduhr. »Compte, Garry und Dwyer lassen sich viel Zeit. Unsere Medienmeute wird die Chartermaschine hoffentlich am Boden halten, bis wir in Port Kaituma eintreffen.«

Fast beschwörend blickten die Wartenden den Weg zum Pavillon hinauf. Er war leer, abgesehen von einem einzelnen Mann, der schnell auf den Truck zulief.

»Stanley Gieg kommt zum Winken«, sagte Jerrys Mutter auf Spanisch.

Jemand wendete den Kopf, wunderte sich vermutlich über die ihm unverständlichen Worte. Jerry ignorierte die Bewegung am Rand ihres Gesichtskreises und hielt den Blick starr auf den höchstens achtzehnjährigen Blondschopf gerichtet, der da heranstapfte.

Gieg ging direkt auf das Führerhaus des Fahrzeugs zu. Dabei bewegte er sich seltsam steif. Er blieb neben der Fahrerkabine stehen und sprach leise mit Big Ed, der mit seiner gewaltigen Körperfülle den Raum hinter dem Steuer ausfüllte. Die beiden wechselten nur wenige Worte, dann stieß Big Ed die Wagentür auf und wälzte sich ins Freie. Gieg stieg ein. Der Motor sprang an.

»Halt!«, schrie Jackie Tailor. Sie hielt sich an einer Strebe des Verdecks fest, das über die Ladefläche gespannt war, um den Regen abzuhalten, und neigte sich weit zur Seite hinaus. »Ich sagte, halt! Wir erwarten noch drei Passagiere.«

Gieg beugte sich aus dem Fenster und rief nach hinten: »Ruhig Blut, Lady! Bringe den Truck nur schon mal auf die Straße. Der Regen weicht alles auf hier. Sie wollen doch nicht stecken bleiben, oder?«

Miss Tailor schob die Unterlippe vor und blies sich das Wasser von der tropfenden Nasenspitze. Dann suchte sie wieder Schutz unter der Plane.

Jerry, ihre Mutter und mindestens ein Dutzend weiterer Siedler winkten den Angehörigen und Freunden zu, die auf dem Lastwagen saßen. Das schwere Fahrzeug fuhr ein Stück die Piste hinab bis zu einer etwas breiteren Stelle, die sich zum Wenden besser zu eignen schien. Bei dem Manöver geschah genau das, was Gieg angeblich hatte vermeiden wollen: Der Truck versank in einem Schlammloch. Die Räder drehten sich vor und zurück, wirbelten braunen Matsch auf, aber es half alles nichts. Der Wagen rührte sich nicht von der Stelle.

»Komm mit, Mama!«, sagte Jerry am Arm ihrer Mutter. Ein solches Spektakel bekam sie nicht alle Tage zu sehen.

Außer den beiden liefen noch andere die knapp einhundert Meter zu dem Schlammloch. Als Mutter und Tochter es erreichten, lagen sich Stanley Gieg und Jackie Tailor in den Haaren.

»Die Leute meinen, das war Absicht«, warf die junge Juristin dem Fahrer vor.

Giegs glasige Augen schienen durch sie hindurchzusehen, als er seelenruhig antwortete: »Kein Sorge. Das bekommen wir schon wieder hin.«

Dale Sturges lehnte sich hinten aus dem Wagen. »Ich sage Ihnen, die hecken irgendwas aus, Miss. Sie wollen Zeit schinden. Wir sollten so schnell wie möglich hier verschwinden.«

Gieg murmelte: »Ich hole Hilfe«, und verschwand.

Jerry blickte aus großen Augen in die besorgten Gesichter der »Verräter« unter dem Verdeck. Da hockten Bekannte, sogar Freunde. Verräter sein ist wohl nicht unbedingt schlimm, dachte sie.

Nach kurzer Zeit drang ein lautes Rattern an ihr Ohr. Ein Bulldozer näherte sich.

Mithilfe des Kettenfahrzeuges war der Kipper bald wieder flott. Er stand nun sogar richtig herum auf der Straße. Gerade wollte Gieg den ersten Gang einlegen, als aus Richtung des Pavillons laute Schreie herüberwehten. Jerry klammerte sich an die Hand der Mutter, denn sie fühlte die Panik wie eine Nebelwolke auf sich zurollen. Leute liefen zwischen den Bäumen hindurch, als wären sie auf der Flucht davor. Was war geschehen?

»Alles in Ordnung mit dir?«, erkundigte sich ihre Mutter.

»Ich habe Muffensausen.«

»Du …?« Der Motor des Lastwagens brüllte auf, und das Fahrzeug setzte sich langsam in Bewegung. Jerrys Mutter vergaß ihre Frage und rief stattdessen: »Komm schnell, vielleicht braucht jemand Hilfe!«

Jerry wurde emporgehoben und im Laufschritt unsanft neben dem Truck hergetragen. Viel lieber wäre sie nach Hause gerannt und hätte sich hinter geschlossenen Türen verrammelt – die Emotionen, die wie eine Sturzflut durch die Siedlung rasten, machten ihr Angst. Ihre Mutter war da ganz anders, sie lebte in dem Glauben, die weltweit einzige Krankenschwester zu sein. Jerry kannte sie nur so und nicht anders, als eine Art Supergirl, das jeden retten musste, dessen Gesundheit gefährdet war.

Die beiden hatten den Einsteigeplatz noch nicht ganz erreicht, als ein Pulk von Menschen auf die Schlammpiste strömte. Ganz vorn lief ein sichtlich benommener Congressman, geschoben vom Anwalt Alan Compte. Dessen Kollege Charles Garry und der Botschaftsmitarbeiter Richard Dwyer folgten dicht dahinter.

Jerry schrie entsetzt auf, als sie das viele Blut auf Mr Ryans Hemd und Hose sah. Sie fing an zu weinen. »*¡Madre mia!*«, rief ihre Mutter und drückte sie schützend an sich.

Kaum war der Truck quietschend und zischend stehen geblieben, da sprang Miss Tailor schon heraus und lief auf ihren Boss zu.

»Leo, sind Sie verletzt? Was ist passiert?«

»Ich bin okay. Jemand hat versucht, mir die Kehle aufzuschlitzen.«

Im Nu waren die beiden von einer Menschentraube umgeben. Zu Jerrys Erleichterung tauchte darin unversehens das Gesicht ihres Vaters auf. Er arbeitete in der Planungskommission von Jonestown und war, wie er Rachel in knappen Worten berichtete, von dem Lärm beim Pavillon ins Freie gelockt worden. Einander haltend und umarmend, verfolgte die Familie das weitere Geschehen.

Jackie Tailor hatte schnell ihre Fassung zurückerlangt. Sie nahm Ryans Oberarm, als wolle sie einem alten Mann über die Straße helfen, und sagte: »Kommen Sie, Leo. Hier sind Sie nicht sicher. Sie müssen mit uns fliegen.«

»Das habe ich ihm auch schon gesagt«, bemerkte Compte.

»Sie müssen jetzt leider doch bis morgen hier ausharren«, sagte Tailor zu den beiden Anwälten. »Jetzt, wo der Congressman uns begleitet, können wir Sie nicht mehr mitnehmen.«

»Das ist uns klar«, antwortete Garry einsichtig. »Lassen Sie Mr Compte bitte nur sein Zeug vom Truck holen.«

Während der Anwalt sein Gepäck in Empfang nahm, brachte jemand aus der Siedlung ein frisches Hemd und eine saubere Hose für den Congressman. Dwyer versprach den Anwälten, wenn möglich noch in der Nacht mit einem Flugzeug zurückzukehren, damit man mit den übrigen Aussteigern am Sonntagmorgen in aller Frühe nach Georgetown fliegen könne.

Jerry zog heftig an der Hand ihrer Mutter, bis sich diese zu ihr herunterbeugte.

»Was ist, mein Schatz?«

Das Mädchen deutete mit einem zitternden Händchen auf den Lastwagen und flüsterte in Spanisch: »Wir müssen da mitfahren.«

Auf dem Gesicht seiner Mutter erschien jenes Lächeln, das man unverständigen Kindern zu zeigen pflegt. »Heute nicht, mein Schatz. Wir verreisen ein andermal.«

Darauf fing Jerry zu weinen an und schüttelte trotzig den Kopf. »Nein, heute! Andermal ist es zu spät.«

Er war alles andere als abgebrüht. Als Politiker hatte Leo Ryan jedoch gelernt, seine Gefühle hinter Masken zu verbergen, meist solchen, die lächelten. Der Mordanschlag dieses Donald E. Sly steckte ihm noch in den Knochen, aber Ryan wusste, was man von ihm, dem Kopf dieses Unternehmens, erwartete. Panik gehörte nicht dazu.

Als er den Kipper besteigen wollte, nahten neue Schwierigkeiten. Äußerlich wirkte das Problem eher harmlos: etwa einen Meter fünfundsechzig groß, um die sechzig Kilo schwer – ein Federgewicht, das man im Truck als Larry Lanton kannte. Der zierliche Mann hatte gelocktes, schmutzig blondes Haar, tief liegende, stechende blaue Augen und trug eine khakifarbene Hose, ein weißes Sweatshirt sowie einen Armeeponcho. Sein Alter ließ sich schwer bestimmen; Ryan siedelte es irgendwo zwischen dreiundzwanzig und achtundzwanzig an. Weil der Nachzügler keinerlei Gepäck bei sich trug, brachte sein atemlos hervorgestoßenes Anliegen nicht wenige zum Staunen.

»Bitte lassen Sie mich mitfahren!« Lanton winkte mit hoch erhobenem Arm, als er auf die Gruppe zueilte. Auf den letzten Metern rutschte er im Matsch aus, konnte sich aber gerade noch fangen.

Im Truck regte sich Widerspruch. »Dem dürfen Sie nicht trauen«, zischte Dale Sturges, und sein Vater, Jerry, begann hektisch auf Ryan einzureden: »Der Mann ist ein Spitzel, ein Agent. Er gehört hier zum inneren Zirkel. Ich habe vorhin gesehen, wie er den Reverend fragte, ob er etwas für ihn tun könne. Sie hätten das sehen sollen, Mr Ryan: Jones hat Lantons gefaltete Hände genommen, als wolle er mit ihm beten, und dann haben sie getuschelt. Ich sage Ihnen, da stimmt was nicht. Schicken Sie ihn wieder …«

»Der Reverend hat auch andere umarmt und sich herzlich von ihnen verabschiedet«, schnitt Ryan dem aufgeregten Mann das Wort ab. Er wollte zunächst Lantons Erklärung für dessen überstürzten Entschluss hören.

Der angebliche Spitzel blieb keuchend vor dem Politiker stehen. »Mr Ryan, Sie müssen mich unbedingt mitnehmen!«

Der Congressman suchte angestrengt in Lantons stechenden Augen nach verräterischen Signalen. Der kleine Mann war sehr nervös, aber dafür konnte es viele Gründe geben. »Warum fällt Ihnen das erst jetzt ein, Mr …?«

»Lanton, Lawrence John Lanton.« Er streckte Ryan die Hand entgegen. »Ich will dieses Höllenloch verlassen. Mich hält hier nichts mehr, nachdem meine Mutter kürzlich gestorben ist.«

»Das tut mir aufrichtig Leid, Mr Lanton. Wie lange ist das her?«

»Ein paar Tage. Mir ist klar geworden, dass ich niemanden mehr in der Siedlung habe, nachdem Debbie – das ist meine Schwester – den Volkstempel schon im Mai verlassen hat.«

»Meinen Sie Debbie Blakey?«, fragte Jackie Tailor, die den Lastwagen inzwischen wieder verlassen hatte.

Lanton nickte.

Ryan sah seine Assistentin fragend an, worauf sie ihm erklärte: »Mrs Blakey gehört zu den Aussteigern, die wir vor unserer Reise befragt haben.«

Richtig. Er konnte sich erinnern. Und jetzt verspürte auch ihr Bruder Heimweh. Während Ryan sich nachdenklich das Kinn rieb, blickte er, wie auf der Suche nach einem göttlichen Wink, zum grauen Himmel auf – es regnete nicht mehr –, dann wieder in

Lantons Gesicht. Dieses nervöse Häuflein Mensch ließ sich schwer einschätzen.

»Ich verfüge über Insiderinformationen, die für Sie nützlich sein könnten«, raunte Lanton hinter vorgehaltener Hand.

Ryan horchte auf. Auf seiner Seele lastete noch jenes uneingelöste Versprechen, das er dem Vater eines vom Zug überrollten Jungen gegeben hatte. Mit gesenkter Stimme fragte er: »Haben Sie schon einmal etwas von den ›Apostolischen Beschützern‹ gehört, Mr Lanton?«

Dessen unsteter Blick strich über die im näheren Umkreis stehenden Siedler. Ein kleines Mädchen, das sich an seine Eltern klammerte, fixierte ihn ängstlich wie einen Jaguar. »Nicht hier«, flüsterte er. »Nicht jetzt.«

Ryan nickte. »Also gut. Steigen Sie auf, Mr Lanton. Sie fliegen mit.«

»Wenigstens ist Joyce in Sicherheit«, flüsterte Dale Sturges seiner Mutter ins Ohr.

»Sicher? In Caracas?« Patricia schüttelte ernst den Kopf. »Der Arm des Reverend ist lang, mein Junge. Was *wir* können, das kostet ihn nur ein müdes Lächeln. Heute früh wollten wir nach Venezuela aufbrechen, für seine Schergen dürfte der Gang über die Grenze erst recht kein Problem sein. Nein, Dale, deine Frau wird erst außer Gefahr sein, wenn wir in den Vereinigten Staaten wieder alle vereint sind.« Finster blickte sie zu Larry Lanton hinüber, den alle Passagiere wie einen Aussätzigen mieden. Sein Platz auf der Bank lag ganz am Ende der Ladefläche. Durch ihn war Ryans Gruppe nun auf sechzehn Aussteiger gewachsen. Es würde eng werden.

Hatte die Abfahrt aus der Siedlung eher einer Flucht geglichen, zuckelte der Truck jetzt umso gemächlicher über die Schlammpiste. Alle im Fahrzeug wollten natürlich genau wissen, was im Pavillon vorgefallen war. Ryan ließ sich schließlich erweichen, die Messerattacke noch einmal in allen Einzelheiten zu schildern. Zuvor bat er jedoch um frische Luft, unter dem Verdeck wurde es zunehmend schwül. Dale rollte die Plane mit Unterstützung einiger anderer Männer an den Seiten hoch und befestigte sie mit Riemen am Gestänge. Als alle wieder saßen, begann der Congressman zu erzählen. Die Passagiere wurden gleich zweifach durchgeschüttelt: äußerlich von der unruhigen Fahrt auf der Dschungelpiste und im Innern vom Schrecken des Berichts. Ryan sparte nicht am Lob für Alan Compte, den er bisher nur als knallharten Interessenvertreter von Jim Jones kennen gelernt hatte und dem er nun sein Leben verdankte.

Nach etwa drei Meilen versperrte eine Kette die Ausfahrt des Jonestown-Areals. Die Bremsen brachten sich fiepend in Erinnerung, als der Lastwagen neben zwei dunkelhäutigen Posten anhielt. Dale kannte die beiden Männer nur zu gut. Vor allem Joe Wilson sorgte im Truck für unruhiges Gemurmel. Niemand anderem als ihm, dem eine der drei Sicherheitstruppen von Jonestown unterstand, waren die Sturges, die DePriests und die Simons am Mittag nach gescheiterter Flucht in die Arme gelaufen. Zufall?

Ohne große Eile liefen Wilson und Edwards, der zweite Wachmann, zum Ende des Fahrzeugs. Von dort betrachteten sie die Menschen auf der Ladefläche. Obwohl sie schwiegen, verrieten ihre Mienen deutlich, was *sie* sahen: stinkendes Schlachtvieh.

»Gibt es Probleme?«, brach der Congressman das Schweigen.

Dale musste erst Edith DePriest zur Seite schieben, um den Sicherheitschef zu sehen. Joe Wilson war ein baumlanger Kerl mit einem durchtrainierten Körper. Seine Haut besaß das Aussehen fruchtbarer schwarzer Erde. In seinem jungen Gesicht – Dale schätzte ihn auf Mitte zwanzig – spiegelte sich Hass.

Wilson deutete mit dem Kinn ins Fahrzeug und sagte barsch: »Meine Frau und mein Kind sind verschwunden. Ihr habt sie nicht zufällig da irgendwo versteckt?«

Dale merkte, wie Edith DePriest sich zu ihrer vollen Größe aufrichtete. »Die sind nicht hier. Und jetzt räum endlich die Kette aus dem Weg, Joe«, keifte sie.

»Ich würde mich doch lieber selbst überzeugen«, knurrte Wilson. »Kommt alle mal nach vorn, damit ich mir eure Gesichter ansehen kann.«

»Tun wir, was er verlangt«, sagte Ryan beschwichtigend. »Umso schneller können wir weiterfahren.«

Die Menschen auf dem Lastwagen traten murrend ans Ende der Ladefläche, womit sie gleichzeitig Lanton auf den Pelz rückten. Wilson und Edwards musterten jeden, als wollten sie später aus dem Gedächtnis eine Liste anfertigen. Dann nickte Wilson seinem Kollegen zu, damit er die Straße freigebe. Auf der Ladefläche hörte man erleichtertes Aufatmen. Im nächsten Moment sprang der Sicherheitschef seitlich auf den Truck und hielt sich am Kasten fest. »Alles okay, Stanley. Kannst weiterfahren«, rief er nach vorne.

Der blonde Fahrer ließ den Motor aufbrüllen, eine dunkle Rußwolke schoss aus dem senkrecht stehenden Auspuff, und der Lastwagen setzte sich langsam wieder in Bewegung.

Dale konnte nicht sehen, wo Wilsons Füße Halt gefunden hatten. Doch ob er nun auf dem Tank stand oder sonst wo auf dem Fahrgestell, er schien sich wenig Sorgen um seine Sicherheit zu machen. Vielmehr widmete er sich ganz dem Verschießen finsterer Blicke auf jene Menschen, die er am Morgen noch als Mitgläubige betrachtet hatte und die, wie er zu glauben schien, Reverend Jones nun in den Rücken fielen. »Warum verratet ihr uns?«, fragte er diesen und jenen während der Fahrt, bekam aber nur selten eine Antwort.

Lanton, noch immer von den anderen gemieden, schloss sich dem Schweigen an. Nur Jim Cobb, einer der Besorgten Angehörigen, raunte dem Congressman leise zu: »Ich traue Lanton nicht. Vielleicht hat Jones ihn geschickt, um Schwierigkeiten zu machen. Er könnte bewaffnet sein.«

Dale bemerkte, wie der Congressman nachdenklich – gar zweifelnd? – zu Lanton hinübersah. Hinter dem verachteten Mann tauchte am Rande der Straße für einen Moment ein roter Traktor mit einem tief liegenden, holzbeladenen Anhänger auf. Dann folgte der Lastwagen einer engen Biegung, und das andere Fahrzeug verschwand wieder aus dem Blickfeld. Ein besonders heftiges Schaukeln ließ die Passagiere aufstöhnen. Einige stießen leise Flüche aus.

»Wenn er noch langsamer fährt, wird der Truck Wurzeln schlagen«, beschwerte sich Jerry Sturges.

Dale nickte. »Erst das Schlammloch und jetzt diese Schleichfahrt. Wenn du mich fragst, Dad, steckt Absicht dahinter. Sie schinden Zeit, weil sie irgendetwas aushecken.«

Tatsächlich lenkte Stanley Gieg den schweren Wagen fast schon provozierend langsam über die schmale und, zugegeben, tückische Dschungelstraße. Normalerweise benötigte man für die rund acht Meilen nach Port Kaituma fünfundzwanzig Minuten. Gieg schaffte die Strecke schließlich in einer Stunde.

BLUTIGE ERNTE

Port Kaituma (Guyana)
18. November 1978
15.15 Uhr

Als sie endlich den Flugplatz von Port Kaituma erreichten, blickte Ryan unwirsch auf seine Armbanduhr. Die bestellte Chartermaschine sollte schon vor fünfundvierzig Minuten gelandet sein, aber es war von ihr weit und breit nichts zu sehen. Sie konnte unmöglich schon wieder abgeflogen sein, die Journalisten im ersten Fahrzeug hätten die Piloten bestimmt über die Verspätung der Hauptgruppe informiert. Was also war jetzt schon wieder schief gelaufen?

Der Congressman ließ seinen Blick über den Dschungelflugplatz schweifen. Das Wort »Flughafen« schmeichelte der armseligen Anlage. Es gab hier weder eine asphaltierte Start- und Landebahn noch eine vernünftige Abfertigungshalle. Als Piste diente ein von hohem Gras gesäumter Sandstreifen, der bei Regen schnell aufweichte und unbenutzbar wurde. Die Wellblechhütten zum Schutz von Passagieren und Gepäck verwandelten sich bei Sonnenschein in Backöfen. Ringsum wucherte der Regenwald. Am Ende der Rollbahn stand, wie gestern schon, eine guyanische Militärmaschine mit beschädigtem Bugrad. Sie wurde von drei oder vier Soldaten bewacht. Mit der Reparatur schien man sich Zeit zu lassen – wie mit fast allem hier. Vom internationalen Standard war man an diesem gottverlassenen Flecken Erde noch Jahrzehnte entfernt.

»Ich hoffe, der Botschaft ist beim Buchen unserer Transportmittel kein Fehler unterlaufen«, wandte sich Ryan an Richard Dwyer.

Der stellvertretende Missionschef schüttelte den Kopf. »Ich habe alles persönlich geprüft. Wir müssen uns einfach gedulden, Mr Ryan. Das hier ist Südamerika. Da gehen die Uhren anders als in Kalifornien.«

Der Lastwagen hielt neben der Piste, und die Vorhut der Medienvertreter näherte sich den Ankömmlingen. Bob Brown von der NBC filmte. Das Gepäck wurde abgeladen und in einen Aluminiumschuppen gebracht, um es vor dem nächsten Regenguss zu schützen. Einige vertraten sich die Füße auf dem Flugfeld. Die Reporter scharten sich bei der Baracke um Ryan, der von dem Zwischenfall im Pavillon berichtete. Lanton lehnte in seinem Poncho außen an der Schuppenwand. Nachdem der Lastwagen entladen worden war, stiegen Wilson und Gieg ins Fahrerhaus und verschwanden grußlos in Richtung der Militärmaschine.

»Wir sind zweiunddreißig Personen«, sagte Ryan. Er hatte sich von seiner Assistentin zuvor noch einmal die letzten Zahlen bestätigen lassen. »Wie es aussieht, haben wir aber nur etwa fünfundzwanzig Plätze zur Verfügung. Ich weiß, dass die Mehrzahl von Ihnen in einem Etablissement namens *Mike & Son's* nächtigen musste, das alles andere als komfortabel zu sein scheint. Tja, wie es aussieht, werden ungefähr sieben von Ihnen eine weitere Nacht in dieser gemütlichen Discobar zubringen dürfen. Meldet sich irgendjemand freiwillig?«

Die Antwort bestand in Gemurmel.

»Mir wurde gesagt, der Rum fließe dort in Strömen«, fügte Ryan grinsend hinzu.

Zwei oder drei der Reporter lachten, aber niemand schien ernsthaft ans Bleiben zu denken.

»Jackie«, sagte Ryan zu seiner Assistentin. »Sie haben die Liste. Ich überlasse es Ihnen ...«

»Da kommt ein Flugzeug!«, rief jemand.

Annähernd zweiunddreißig Augenpaare erhoben sich zum grauen Himmel, aus dem eine kleine einmotorige Maschine auf die Landebahn zuschwebte.

»Da sollen fünfundzwanzig Menschen reingehen?«, fragte eine junge Frau, die zu den DePriests gehörte.

»Mit dem Piloten sechs, höchstens acht«, erwiderte Dwyer. »Wir haben gestern Nacht zusätzliche Transportkapazität angefordert, weil sich unsere Platzprobleme schon absehen ließen, aber man konnte uns noch nicht sagen, was für Flugzeuge zur Verfügung stehen.«

»Dann folgt bestimmt gleich noch eine größere Maschine«, sagte Ryan zu seiner Mitarbeiterin. »Jackie, suchen Sie bitte schon einmal diejenigen heraus, die als Erste fliegen.«

»Ist okay, Leo.« Die junge Frau seufzte leise. Allmählich konnte sie die Namen der Aussteiger im Schlaf hersagen.

Sie brütete noch über die gerechteste Reihenfolge auf ihrer Liste, als – etwa fünf Minuten nach der Landung des kleinen Flugzeuges – ein sonores Dröhnen ertönte. Diesmal war es die sehnlichst erwartete große Chartermaschine, eine zweimotorige Otter der guyanischen Regierung, die mit ihrer rundlichen Form an die Transportflugzeuge des Zweiten Weltkrieges erinnerte. Wenig später landete der silberne Vogel sicher auf der feuchten Piste. Er rollte in der Nähe des Aluminiumschuppens aus und blieb mit laufenden Rotoren stehen.

»Leo, könnten Sie für uns vor dem Abflug auf der Landebahn noch eine Pressekonferenz geben?«, bat Don Harris.

»Der alte Kongresskämpe vor einer klapprigen Otter: Das gibt ein paar nette Bilder mit Symbolcharakter – geben Sie 's zu, Don, es geht Ihnen ja nur darum«, frotzelte Ryan. Mit der Ankunft des zweiten Flugzeugs war ihm ein Stein vom Herzen gefallen. Er gab einige knappe Anweisungen – Jackie sollte festlegen, wer mit welcher Maschine fliegt, und Dwyer sich einige Helfer suchen, um jeden vor dem Einsteigen nach Waffen zu durchsuchen –, dann widmete er sich den Medien.

Allmählich erlangte Ryan Routine darin, die Messerattacke zu schildern. Man durfte nicht zu dick auftragen, musste den Rettern gebührend danken, vor einem Generalverdacht gegen alle Gläubigen des Volkstempels warnen und jeden Zweifel an der Entschlossenheit zur rückhaltlosen Aufklärung ausräumen. Während er den Reportern Rede und Antwort stand, versuchte er, sich den Blick durch Bob Browns Videokamera vorzustellen: er in blutbefleckter Hose (das Hemd hatte er inzwischen gewechselt) und das nasse Rollfeld im Vordergrund, weiter hinten die im Leerlauf rotierenden Propeller der Otter und schließlich das wogende Grün des Dschungels – keine schlechte Szenerie für einen medienwirksamen Auftritt.

Unvermittelt trat Jackie ins Bild. »Leo, es gibt da ein Problem.«

Ryan entschuldigte sich bei der Nachrichtenmeute. »Ich gebe gerade eine Pressekonferenz, Jackie …«

»Es geht um Lanton«, drängte sich Dale Sturges hinter der Assistentin hervor. »Er beabsichtigt nicht wirklich, in die Vereinigten Staaten zu fliegen, Mr Ryan. Sehen Sie sich ihn doch nur an. Er ist hypernervös und leichenblass – vielleicht hat er Drogen genommen. Der Mann ist gefährlich!«

»Er besteht darauf, mit Ihnen in der kleinen Maschine zu fliegen. Angeblich hätten Sie ihm das zugesichert«, fügte Jackie hinzu.

Lanton stand in seinem weiten Poncho nur wenige Meter entfernt und blickte wie ein gehetztes Tier zu ihnen herüber. Ryan winkte ihn heran und erkundigte sich erneut nach seinen Motiven. Lanton wiederholte die Geschichte, mit der er sich schon in Jonestown vorgestellt hatte, und empfahl sich erneut als »beste Informationsquelle über die Jonestown-Gruppe«.

Ryan wandte sich wieder seiner Assistentin zu. »Haben Sie ihn nach Waffen durchsucht, Jackie?«

Sie nickte. »Er ist von Jim Cobb gefilzt worden. Die beiden scheinen sich nicht besonders zu mögen.«

»Dann wird Mr Cobb gründlich gewesen sein. Lassen Sie Lanton in der einmotorigen Maschine mitfliegen. Und außerdem …« Ryan nahm seiner Assistentin die Namensliste mit dem Bleistift aus der Hand und markierte darin eilig fünf weitere Namen. Er gab ihr das Klemmbrett zurück und sagte dabei: »Lassen Sie die Leute ruhig schon einsteigen; und geben Sie dem Piloten Bescheid, wir kämen gleich nach.«

»Geht klar, Leo.« Jackie verschwand mit Sturges und Lanton aus dem Bereich der Kameras.

Ryan brauchte einen Moment, um sich zu sammeln. Aus den Augenwinkeln sah er Lanton zu einigen Zuschauern hinübergehen, die sich am Rande des Rollfeldes eingefunden hatten, Erwachsene und Kinder aus Port Kaituma und wohl auch einige Angehörige des Volkstempels, die zu Fuß hergekommen sein mussten. Als Ryan genauer hinschaute, entdeckte er das Gesicht des Jonestown-Sicherheitschefs. Joe Wilson nahm Lantons Hände und schüttelte sie heftig wie zum Abschied. Für den Bruchteil einer Sekunde glaubte Ryan in Lantons Rechten etwas aufblitzen zu sehen, aber dann war dieser flüchtige Eindruck auch schon wieder vorbei: Nein, da gab es kein Messer und auch sonst nichts, was zwischen den beiden den Besitzer gewechselt hatte …

Wilson tauchte in der Menge unter, und Ryan widmete sich erneut den ungeduldigen Fragen der Journalisten.

Während das Interview seinen Fortgang nahm, hielt ein Lastwagen der guyanischen Polizei auf der rechten Seite der Otter. Ryan sah einen Polizisten aussteigen. Der Uniformierte stellte sich neben das Flugzeug. In seinem Arm lag eine Schrotflinte. Die Menschen, die auf ihre Abreise warteten, quittierten diesen augenscheinlichen Sicherheitsgewinn mit Applaus. Auch Ryan atmete auf, denn die wachsende Anspannung unter den abtrünnigen Kirchenmitgliedern war auch an ihm nicht spurlos vorübergegangen. Erleichtert beantwortete er die nächste Frage.

Die gelöste Stimmung hielt nicht lange an. In der näheren Umgebung entstand bald neue Unruhe, eine hektische Aufgeregtheit, die auch die Medienmeute erfasste. Eine ungeduldige Stimme drängte die Einsteigenden zur Eile. Ryan kämpfte tapfer gegen die Störungen an, obwohl seine Nerven zum Zerreißen gespannt waren. Noch kamen Fragen, die es zu parieren galt, eine und dann noch eine und eine weitere …

Bis plötzlich Ken Frielander vom *San Francisco Examiner* etwas sagte, das völlig aus dem Rahmen fiel.

»Ich glaube, hier bricht gleich die Hölle los.«

Erst jetzt bemerkte Ryan den roten Traktor. Nein, es waren *zwei* Fahrzeuge, die sich ihnen vom Ende der Rollbahn her näherten. Verdeckt von der Zugmaschine mit dem stählernen Tiefladeanhänger, fuhr auch der gelbe Lastwagen heran, der ihnen auf der Fahrt nach Port Kaituma als Taxi gedient hatte. Der semmelblonde Haarschopf des Traktorfahrers leuchtete aus der Ferne – vermutlich war es wieder Stanley Gieg.

Unter den Menschen, die sich vor der großen Maschine zur Durchsuchung nach Waffen und zum Einsteigen in einer Schlange aufgestellt hatten, entstand ein nervöses Gedränge. Überreizte Stimmen verschafften sich Luft. »Beeilt euch! Da braut sich was zusammen.« Angstvolles Geschiebe und fahrige Gesten machten jede Disziplin vergessen. Jemand von den Aussteigern lief zum kleinen Flugzeug, um die Kontrolle der Passagiere dort zu beschleunigen.

Ryan verstand nicht, warum die ehemaligen Kirchenmitglieder so aufgeregt waren. Man konnte ja glauben, sie fürchteten einen weiteren Anschlag. Das Triebwerk der einmotorigen Maschine sprang an. Von der Einstiegsluke der Otter her rief Edith DePriest etwas herüber, aber der Lärm der Motoren verschluckte ihre Worte. Nur an ihrem aufgeregten Winken konnte Ryan ablesen, dass es sich um eine Aufforderung zum sofortigen Einsteigen handeln musste. Er blickte zum Traktor hin. Das Fahrzeug passierte gerade einen Wellblechschuppen. Der blonde Fahrer scheuchte eine Gruppe von Kindern aus dem Weg: eine umsichtige Geste. Verhielt sich so jemand, der Böses im Schilde führte?

Der Congressman wandte sich wieder den Reportern zu. Er hob die Stimme. Als Profi war er es gewohnt, sich selbst unter widrigen Umständen Gehör zu verschaffen. Für einen Augenblick sah er das kleine Flugzeug zum Ende der Piste rollen. Es fuhr an den beiden näher kommenden Fahrzeugen vorbei.

Don Harris warf eine Frage in den Lärm. »Befürchten Sie weitere Zwischenfälle?« Sein Kollege Bob Brown filmte.

Der Congressman sah seine Assistentin von der Otter herübereilen. Sie hob den Daumen der rechten Hand: Alles klar zum Abflug. Er lächelte und wollte gerade antworten, als der Wind verdächtige Geräusche über die Piste wehte. Leider waren sie sehr leise, nicht eindeutig zu bestimmen. Die kleine Maschine stand in vielleicht einhundertvierzig Metern Entfernung im rechten Winkel zur Rollbahn. Ryan sträubte sich gegen den Gedanken, von dort Schüsse gehört zu haben.

Jackie, bisher ein Muster standhafter Besonnenheit, wurde nun ebenfalls sehr nervös.

Ryan bemerkte, wie das Objektiv der NBC-Kamera herumschwenkte. Unweigerlich folgte er ihm mit dem Blick. Die langsam fahrenden Wagen näherten sich der Otter von der linken Seite her. Jeden Moment würden sie mit dem Flugzeug auf gleicher Höhe sein. Und dann sah er das Unfassbare. Auf dem Anhänger des Traktors lagen acht oder zehn Personen, die sich in diesem Moment mit steifen Bewegungen erhoben. Joe Wilson war dabei. Der Sicherheitschef hielt ein Gewehr in der Hand. Und auch die anderen auf dem Fahrzeug hatten Waffen.

»Schnell, zum Flieger!«, rief Don Harris und krallte sich an Bob Browns Weste fest, um ihn rückwärts zu ziehen. Der Kameramann filmte immer noch.

Die rote Zugmaschine umrundete das zweimotorige Flugzeug in einem Abstand von weniger als zehn Metern, wodurch der gelbe Lastwagen aus ihrer Deckung trat. Die Plane des Trucks war wieder herabgelassen, aber darunter blickten an mehreren Stellen bemalte Gesichter hervor, die sich an Gewehre schmiegten. Ryan bemerkte zwei Blitze, die Schüsse nahm er im Lärm der Motoren nur undeutlich war.

Von Todesangst gepackt, wirbelte er herum und rannte auf die Otter zu. Das Bugrad des Flugzeuges war zerschossen worden, ein Start damit unmöglich gemacht. Überall um ihn herum befanden sich flüchtende Reporter. Neben ihm lief Jackie.

»Was hat das zu bedeuten?«, rief sie.

»Sie wollen uns alle umbringen«, antwortete Ryan.

Im nächsten Moment brach ein Feuersturm los.

Als Dale Sturges in dem einmotorigen Flugzeug aus dem Fenster blickte, stockte ihm der Atem. Der rote Traktor, der ihm schon am Rand der Dschungelstraße und später am Ende des Rollfeldes aufgefallen war, glitt unhörbar vorbei. Anstelle des Holzes lagen jetzt Männer auf der Ladefläche des Anhängers – und mit ihnen Schrotflinten, M-16-Gewehre und Handfeuerwaffen. Er glaubte Joe Wilson entdeckt zu haben, außerdem Tom und Bob Kice. Etwas versetzt zu dem langen Gefährt fuhr der gelbe Truck mit Big Ed am Steuer vorbei. Dann zeigte das Kabinenfenster nur noch wucherndes Gras.

»Die planen etwas«, sagte Dale, schnallte sich los, erhob sich von seinem Sitz und drehte sich zu den anderen Passagieren um. »Habt ihr eben das Fuhrwerk und den Truck gesehen?«

Vern und Monica erhoben sich ebenfalls und nickten. Larry Lanton in der vierten und letzten Sitzreihe versuchte dagegen, dem zornigen Blick Dales auszuweichen.

»Was habt ihr vor?«, fuhr dieser Lanton an.

Der vergrub seine Hände unter dem Parka und schwieg. Nur seine Augen funkelten böse.

Dale deutete auf Lanton, als könne er seinen Zeigefinger als Schusswaffe gebrauchen. »Wir müssen ihn noch einmal durchsuchen. Vielleicht hat er eine Pistole oder ein Messer dabei. Vorhin ist mir aufgefallen, wie er mit Wilson …«

Weiter kam er nicht, weil Lanton in diesem Moment die Nerven verlor. Er sprang wie ein Schachtelteufel vom Sitz auf und riss den Arm hoch, in der Hand einen Revolver.

Im Nu verwandelte sich die Passagierkabine in ein Tollhaus. Köpfe wurden eingezogen. Frauen kreischten. Lanton richtete die Waffe auf Monica Bagby und feuerte. Dale glaubte, der Knall würde ihm das Trommelfell zerreißen. Monica schrie auf und wurde von der Wucht des Geschosses herumgewirbelt; aus der rechten Brust blutend, kippte sie über den Vordersitz. Das Stimmengewirr wurde ohrenbetäubend. Todesangst hatte jeden gepackt. Lantons Revolver suchte sich zitternd ein neues Ziel. Wieder dröhnte ein Schuss durch die Kabine. Er verfehlte sein Ziel. Aber Nummer drei traf Vernon Gosney in die Schulter. Vor Schmerz jaulte er auf.

Alles ging so wahnsinnig schnell. Dale hatte kaum Gelegenheit, in den schmalen Gang zu treten, um sich auf Lanton zu stürzen, als die Waffe schon wieder aufblitzte. Das Projektil pfiff an seinem Ohr vorbei und bohrte sich irgendwo in die Bordwand. Und noch ein weiteres Mal feuerte Lanton ins Leere.

Dann blickte Dale direkt in die rauchende Mündung. Es handelte sich um einen sechsschüssigen Revolver. Eine Kugel musste noch in der Trommel sein. Dale warf sich mit ausgestreckten Armen nach vorn. Lantons tief liegende Augen weiteten sich, er krümmte den Finger am Abzug …

Klick!

Im nächsten Moment hatte Dale das Handgelenk des Amokschützen umfasst und nach oben gerissen. Ladehemmung? Ein Zählfehler? Oder doch eine Kugel zu wenig in der Trommel? Was immer der Grund für den Rohrkrepierer war, er hatte ihm das Leben gerettet. Vorläufig jedenfalls, denn noch war Lanton nicht kampfunfähig. Der kleine Mann wehrte sich wie eine in die Enge getriebene Ratte.

Einige Sekunden lang herrschte eine unheimliche Stille. Dale drückte die Waffenhand seines Kontrahenten nach oben, der versuchte, die Mündung des Revolvers nach unten zu richten. Die anderen Passagiere saßen oder standen wie versteinert da und verfolgten mit aufgerissenen Augen den tödlichen Zweikampf …

Plötzlich fielen zwei Schüsse.

Sie waren nicht aus Lantons Revolver gekommen, der ohnehin nur noch über *eine* Kugel verfügte. Das doppelte Knallen wäre vermutlich auch niemandem aufgefallen, wenn nicht gerade diese unheimliche Pattsituation im Kräftemessen der beiden Männer geherrscht hätte. So jedoch sorgten die leisen, dumpf von der Otter herüberhallenden Schüsse in der Kabine für eine dramatische Zuspitzung der Lage.

»Alle raus hier!«, schrie der Pilot von vorn. Fast gleichzeitig ertönte das Zischen der Hydraulik für die hintere Klappe des Gepäckraums. Schwüle Luft strömte herein.

Dale nutzte das Überraschungsmoment, rammte Lanton sein Knie in die Weichteile und entriss ihm gleichzeitig die Waffe. Der Schütze sackte in sich zusammen. Dale kochte vor Zorn, der die zwei Narben in seinem braunen Gesicht rot erglühen ließ. Er richtete den Revolver auf den am Boden Liegenden und betätigte den Abzug.

Klick!

Kein Schuss löste sich.

Klick, klick, klick!

Lanton regte sich am Boden. In seinem Unterleib musste ein schreckliches Feuer brennen, aber die Todesangst zwang ihn auf die Knie. Dale hob den Revolver, um ihn als Schlagwaffe einzusetzen, aber sein Gegner ergriff die Flucht. Halb kriechend, halb stolpernd schlängelte er sich an dem Gepäcknetz vorbei, fiel erst über Taschen und Koffer und schließlich zur hinteren Luke hinaus.

»Der Kerl haut einfach ab!«, schrie Dale in rasender Wut.

»Besser, Sie folgen seinem Beispiel. Bei der Otter ist eine Riesenschießerei im Gange«, rief der Pilot von vorn.

»Lasst uns die Verletzten hier herausschaffen und in den Dschungel fliehen«, sagte Harold. Er gehörte zu den sechzehn Menschen, die sich einen sehr viel friedlicheren Abschied vom Volkstempel erhofft hatten.

In der Gepäckluke erschien unvermittelt ein Gesicht. Dale riss den Revolver hoch, erkannte dann aber Gordon Lindsay, einen freien Journalisten aus Ryans Gruppe.

»Mr Lindsay, wo kommen Sie denn her?«

»Bei der Otter ist die Hölle los. Sie schießen aus allen Rohren; überall Blut, Verletzte, Tote. Ich bin zu dem Militärposten am Ende der Piste gerannt, damit sie uns helfen, aber die Kerle sagen, wo Yankees auf Yankees schießen, mischen sie sich nicht ein. Nicht mal eine Kanone wollten sie mir geben. Sind Sie in Ordnung da drin?«

Dale steckte sich die Waffe in den Hosenbund. »Wir haben zwei Verletzte, die wir schnellstens in Deckung bringen müssen, bevor die Killer zurückkehren.«

»Ich helfe Ihnen.«

»Nun machen Sie schon, damit ich endlich Hilfe holen kann!«, drängte der Pilot aus dem Cockpit.

»*Was* wollen Sie?« Lindsay lachte bitter auf. »Dazu müssten Sie an der Otter vorbei, und das würde ich an Ihrer Stelle lieber bleiben lassen. Sobald Sie die Nase Ihrer Maschine in die Feuerhölle da hinten stecken, wird man sie Ihnen abschießen.«

Als das Sperrfeuer losging, ließen sich die meisten der Angegriffenen sofort zu Boden fallen. Ken Frielander befand sich gerade unter der Tragfläche der zweimotorigen Regierungsmaschine. Er zog den Kopf ein und sah sich nach seinem Kollegen Greg um. Der Fotograf lief, die schwere Tasche mit seiner Ausrüstung über der Schulter, die beiden Canons um den Hals gehängt, dicht hinter ihm – dieser Verrückte schoss während des Angriffs sogar noch Bilder! Ob der *San Francisco Examiner* sie jemals würde drucken können? Frielander hätte in diesem Moment keinen Cent darauf verwettet. Hilfe suchend blickte er sich um.

Von der guyanischen Polizei und ihrem Lastwagen fehlte jede Spur. Der rote Traktor umkreiste das Flugzeug. Die Männer auf seinem Anhänger bewegten sich merkwürdig hölzern. Aus glasigen Augen blickten sie mitleidlos wie Wölfe auf eine umzingelte Herde verängstigter Schafe und feuerten planlos in der Gegend herum. Es war ein ohrenbetäubender Lärm. Unzählige Geschosse trafen den silbernen Leib der Otter, Reifen platzten, Scheiben zersplitterten. Drei oder vier Bewaffnete waren gleich zu Beginn des Angriffs abgesprungen und verscheuchten Leute aus dem Dorf. Dabei wirkten die Kämpfer wie Zombies.

Mit der Abgeklärtheit eines erfahrenen Journalisten analysierte Frielander das Geschehen. Nicht von dem Fuhrwerk kam die tödliche Gefahr, sondern – er suchte und fand das von Bob Browns Kameraobjektiv anvisierte Ziel – von den Uniformierten, die katzengleich von dem gelben Truck sprangen, um sich nun den in die Enge getriebenen Menschen beim Flugzeug zu nähern.

Für einen Augenblick hoffte Frielander, bei den Bewaffneten könnte es sich um die ersehnten Retter handeln. Gleich Elitesoldaten bewegten sie sich in einer gestaffelten Formation: Jeder Kämpfer hatte von seiner Position aus ein freies Schussfeld, konnte den Verband zugleich aber zur Seite oder nach hinten absichern. Es waren keine Marines, und auch das Militär von Guyana trug andere Uniformen.

Während Frielander noch wie gebannt auf das mit breiten weißen Strichen bemalte Gesicht des dunkelhäutigen Truppführers starrte – etwas daran war sonderbar, aber was? –, wurde die Frage nach Freund oder Feind auf brutalstmögliche Weise beantwortet. Auf ein geheimes Kommando hin eröffnete die ganze Formation das Feuer.

In Frielanders linkem Handgelenk schien eine Bombe zu explodieren, und fast gleichzeitig spürte er etwas höher im Arm einen dumpfen Schmerz. Er wurde herumgerissen, seine Armbanduhr segelte auf grotesk langsame Weise davon, und er fiel bäuchlings in den Matsch. Er blutete aus zwei Wunden am Arm. Jede Bewegung der Hand verursachte heftige Schmerzen. Vom Boden aus verfolgte Frielander das generalstabsmäßige Vorrücken der Angreifer. Vor der Maschine teilte sich die Formation in zwei Flügel, die nach beiden Seiten ausschwärmten, und einen aus drei Männern bestehenden Stoßtrupp, der Ryans Gruppe frontal angriff. Ein Gedankenblitz zuckte durch Frielanders Hirn, die Erinnerung an das Gespräch mit einem ehemaligen Elitekämpfer der Green Berets, der angeblich zur Sicherheitstruppe von Jonestown gehörte. War es tatsächlich möglich, dass der Mann eine so perfekt harmonierende Kampfeinheit ausgebildet hatte?

Frielander drehte den Kopf zum Flugzeug hin. Unter dem Heck stand Bob Brown in geduckter Haltung und filmte immer noch. Seit dem Beginn des Angriffs waren erst wenige Sekunden vergangen. Plötzlich wurde der NBC-Kameramann von einem Schuss ins Bein getroffen. Die Gewalt des Treffers warf ihn in den Schmutz. Mit schmerzverzerrtem Gesicht fasste er sich an den Oberschenkel. Blut sickerte zwischen seinen Fingern hervor.

Plötzlich legte sich eine schwere Hand auf Frielanders Schulter. Er zuckte zusammen.

»Bleiben Sie wie tot liegen«, hörte er die Stimme von Don Harris sagen. Schon lief der NBC-Korrespondent mit gesenktem Oberkörper weiter, direkt unter die Otter.

Frielander hörte eine Explosion, aber sein eingeschränkter Gesichtskreis verriet ihm nichts über ihren Ursprung. Stattdessen sah er, wie Don Harris und Leo Ryan fast gleichzeitig getroffen wurden. Der Congressman hatte beim rechten vorderen Fahrgestell der Maschine Deckung gesucht. Wenige Meter von ihm entfernt lag Jackie Tailor. Die rechte Seite ihres Körpers war blutrot von Treffern am Unterarm sowie am Oberschenkel. Unweit von Ryans Assistentin entdeckte Frielander eine der Aussteigerinnen. Patricia Sturges, soweit er sich erinnerte. Ihr Sohn befand sich in der einmotorigen Maschine.

Nur noch wenige Herzschläge, und alles ist zu Ende, dachte der Reporter. Doch da bewegte sich die Angriffsformation an ihm vorbei. Frielander spürte die Schatten der Männer wie einen kalten Hauch über sich hinwegziehen. Aber niemand schoss auf ihn.

Was tun? Liegen bleiben und sich tot stellen oder um sein Leben laufen? Das hohe Gras neben der Rollbahn war vierzig, höchstens fünfzig Meter weit entfernt. Einen langen Augenblick lang haderte er mit sich selbst. Dabei fiel ihm etwas auf, das ihm in seiner Todesangst bisher entgangen war: Von den Flanken der Killereinheit aus wurde nur nach oben gefeuert, auf das Flugzeug. Wer dort noch lebte, lag wahrscheinlich zitternd am Boden der Kabine.

Wenn nicht jetzt, dann nie!

Gedanke und Handeln waren eins. Frielander drückte sich mit der unverletzten Hand aus dem Dreck. Kaum wieder auf den Beinen, rannte er am verlassenen Truck vorbei in das brusthohe Gras. Als er dort anlangte, kämpfte er gegen das unwiderstehliche Verlangen an, einfach weiterzulaufen in den Dschungel, nach Venezuela, an irgendeinen Ort, wo nicht geschossen wurde. Aber dann siegte ein anderer Instinkt, vielleicht der des ewig nach Storys suchenden Reporters, möglicherweise aber auch die Sorge um Greg und die anderen oder sogar die kristallklare Einsicht, dass er verbluten würde, wenn seine Wunden noch lange unversorgt blieben.

Frielander kam stolpernd zum Stehen und duckte sich ins Gras. Schnell öffnete er seinen Gürtel. Er wollte ihn zum Abbinden der Schlagader am Oberarm benutzen. Dabei ging er eher nachlässig vor, denn nachdem er sich zum Flugzeug umgewandt hatte, raubte ihm der Anblick des Gemetzels dort beinahe die Sinne.

In den Fenstern der Otter regte sich nichts mehr. Zahlreiche Einschusslöcher ließen für die Passagiere im Innern das Schlimmste ahnen. Die beiden NBC-Leute Bob Brown und Don Harris bewegten sich noch. Ihr Tontechniker Steve Sung rettete sich in diesem Moment, aus Arm und Schulter blutend, in den Dschungel. Ryan, Tailor und Patricia Sturges lagen bewegungslos im Matsch. Waren sie schon tot? Oder hofften sie noch auf ein Wunder?

Anscheinend wollte der Führer des Mordkommandos solche nicht zulassen. Deshalb kümmerte er sich persönlich um die Gnadenschüsse – kaum anders konnte man nennen, was er auf beispiellos ruhige und gründliche Art tat. Er lief zu Don Harris, der sich unter der Mitte der Otter im eigenen Blut wälzte. Der Kommandeur senkte die Mündung seines wie eine Schrotflinte aussehenden Gewehres, bis sie direkt auf den Kopf des NBC-Korrespondenten zielte, und drückte aus kürzester Entfernung ab.

Frielander hielt sich die rechte Hand vor den Mund, weil er glaubte schreien zu müssen. Er hatte schon viel erlebt, aber noch nie ansehen müssen, wie einem Menschen das Gehirn aus dem Schädel geblasen wurde. Schießpulver glühte noch auf der Kleidung des Opfers. Es war ein grauenhaftes Bild.

Aber das Werk des schwarzen Killers hatte gerade erst begonnen. Als Nächstes nahm er sich die Mutter von Dale Sturges vor. Dasselbe kaltblütige Vorgehen. Oder sah er sein grausiges Handeln als *coup de grâce*? Nein, ein Gnadenstoß tötet ein Lebewesen, das im Sterben liegt. Aber Patricia Sturges schien keine ernsthaften Verletzungen zu haben – bis ihr halber Kopf weggeschossen wurde. Eine blutige Wolke benetzte das Flugzeug. Die Hirnmasse der Ermordeten spritzte bis zu Jackie Tailor hinüber. Doch Ryans Assistentin stand auf der Abschussliste weiter unten. Zunächst widmete er sich Bob Brown. Die Gestalt im Tarnanzug setzte dem Kameramann die Gewehrmündung an den Kopf – Brown stöhnte noch einmal auf –, dann wurde abgedrückt.

Frielander hatte die Augen zugekniffen. Als er sie wieder öffnete, lag das, was von Browns Kopf noch übrig war, in einer blutigen Lache. Die Bestie befand sich bereits auf dem Weg zu Leo Ryan. Der Congressman regte sich. Er lebte also. Noch! Falls er vor seinem Henker fliehen wollte, dann kam dieser Versuch viel zu spät. Als der Kommandeur an Jackie Tailor vorbeilief, geschah etwas Unerwartetes.

Aller Augen waren wohl auf die Protagonisten in diesem zynischen Schauspiel gerichtet, den Delinquenten und seinen Scharfrichter. Deshalb bemerkte niemand, wie sich Tailor mühsam hochstemmte. Trotz ihres verletzten Beines schleppte sie sich zur noch offen stehenden Gepäckluke der Otter. Selbst die abgebrühten Elitekämpfer hatten sich zu lange ablenken lassen, ihrer Blutgier zu sehr nachgegeben. Des einen Unachtsamkeit ist des anderen Rettung. Eine Gewehrsalve fauchte über den Einstieg, aber die Kugeln trafen nur noch Aluminium.

Der Anführer des Mordkommandos fluchte, die erste menschliche Regung, die er seit Beginn des Einsatzes erkennen ließ. Mit einem Mal schien er es sehr eilig zu haben. Die Distanz zwischen sich und dem Congressman überbrückte er mit drei, vier schnellen Schritten; es war der Abstand, der zwischen Leben und Sterben lag. Der Killer hob seine Waffe, ein Donnern ertönte, und Leo Ryans Lebensfaden war durchtrennt.

Frielander starrte fassungslos auf das Rollfeld – es war zu einem Schlachtfeld geworden.

Eine gespenstische Stille lag über der Szenerie. Vier, fünf Atemzüge lang betrachteten die grün gekleideten Schergen ihr Tagewerk. Ihr Anführer nahm langsam seinen runden Stoffhut ab und wischte sich mit dem Uniformärmel über Stirn und Glatze …

Ken Frielander riss die Augen auf. Der schwarze Killer war kahl! Genauso wie … Im Gedächtnis des Reporters wurde plötzlich eine Tür aufgestoßen. Dahinter stand ein Afroamerikaner, der sich wie ein dunkler Schatten hinter Reverend Jones gehalten, ihm hier und da etwas zugeflüstert hatte. Am Vormittag war sich Frielander lange darüber im Unklaren gewesen, warum er den Glatzkopf unablässig anstarren musste. Jetzt glaubte er es zu wissen.

Der Mann besaß keine Augenbrauen, keine Wimpern, ja, offenbar kein einziges Haar …

DIE WEISSE NACHT

Jonestown (Guyana)
18. November 1978
16.50 Uhr

Alarm, Alarm, Alarm, Alarm!« Die Stimme drang blechern aus den überall in der Siedlung aufgestellten Lautsprechern. Nur wenige hatten sich bisher an die *alerts* gewöhnt, mit denen der Reverend seine Anhänger höchstpersönlich aufzuschrecken pflegte, nicht selten, wenn schon alle schliefen. Der Anlass für einen Alarm – Jones bevorzugte den Ausdruck »Weiße Nacht« – war stets eine Krisensituation oder das, was er dafür hielt.

»Das habe ich befürchtet«, sagte Rachel. Ihre Hand suchte und fand die ihres Mannes.

Lars nahm sie in die Arme. »Der Reverend hat ja schon um drei Uhr seine Leute zusammengerufen. Diese Weiße Nacht war abzusehen.«

»Und wir waren nicht dabei. Ob er Verdacht geschöpft hat?«

»Möglich wär's. Wir müssen vorsichtig sein.«

Jerry betrachtete ihre Eltern mit weit in den Nacken gelegtem Kopf. Sie konnte die Angst wahrnehmen, die das *Bellman Cottage* erfüllte wie ein disharmonischer Klang aus einer Ziehharmonika. Schutz suchend schmiegte sie sich an die Körper der Erwachsenen.

Ihre Mutter ging in die Knie, umfasste Jerrys Hände und suchte Blickkontakt. Sie rang sich ein Lächeln ab und sagte: »Wir machen jetzt ein Versteckspiel. Du kennst ja schon die losen Bretter im Schlafzimmer, nicht wahr?« Sie sah zum Vater auf. Die beiden wechselten einen kurzen Blick, von ihr ein sparsames Nicken, von ihm ein leises Seufzen. Eine stillschweigende Vereinbarung.

»Da, wo du immer deine Briefe versteckst?«, fragte Jerry. Sie spürte die warme Hand ihres Vaters auf dem Kopf.

»Komm!«, sagte er mit traurigem Lächeln.

Das Mädchen ließ sich in den zweiten der beiden Räume des Cottage führen, in dem die Betten standen: in der Mitte ein großes mit einem Messinggestell und rechts an der Wand dieses Babyding mit Gittern, dem sich Jerry längst entwachsen fühlte. Ihr Vater kniete sich am Fußende des Doppelbettes auf den Boden. Sie beobachtete ihn dabei, wie er die Klinge seines Taschenmessers in eine Ritze zwischen den Dielen steckte, ein wenig rüttelte und dann das gesamte Brett herauslöste. Im Handumdrehen hatte er noch zwei weitere Dielen auf die Seite gelegt. Unter dem Fußboden befand sich ein Hohlraum, der gerade groß genug war, um ein fünfjähriges Kind darin zu verstecken. Jerrys Vater legte eilig eine Decke und mehrere Kleidungsstücke in die Grube.

»Siehst du. Schon ist unsere Höhle fertig. Du bekommst noch etwas zu essen und zu trinken, dann kannst du da drinnen warten, bis alles vorüber ist.«

»Ich will aber nicht«, jammerte Jerry und klammerte sich an der Hand ihrer Mutter fest.

»Es ist nur eine Vorsichtsmaßnahme, Schatz«, sagte der Vater und zog seiner Tochter die Kapuze des – nun wieder gelben – Regenparkas über den Kopf.

Jerry sah zur Mutter auf. Ihre Eltern mochten noch so zuversichtlich dreinblicken, das Gefühl des Bedrohtseins konnten sie vor ihr nicht verbergen. Ihr kam es so vor, als habe sich nach der Abreise der Besucher eine Wolke auf Jonestown gesenkt, die unmerklich alles Leben erstickte. Niemand, außer vielleicht ihre Eltern, schien diesen »Nebel des Todes« zu bemerken. Jerry dagegen war in den letzten drei Stunden immer unausstehlicher geworden.

»Ich möchte lieber mit euch gehen«, wimmerte sie.

Wieder hockte sich ihre Mutter vor Jerry nieder, kniete sich dann sogar auf den Boden. Zärtlich strich sie ihr über den blonden Lockenschopf, blickte ihr eindringlich in die braunen Augen und sagte dann: »Schau, Jerry, Papa und ich wissen nicht, was uns in den nächsten ein, zwei Stunden erwartet. Du bist das Kostbarste, was wir besitzen, und deshalb möchten wir nicht, dass dir irgendetwas passiert. Verstehst du das?«

Jerry schob die Unterlippe vor und nickte.

»Deshalb musst du mir jetzt etwas ganz, ganz fest versprechen, hörst du?«

Jerrys Augen füllten sich mit Tränen, aber sie nickte ein weiteres Mal.

Rachel hätte ihre Tochter in diesem Moment gerne an sich gedrückt. Stattdessen hielt sie den Blick des Mädchens mit ihren funkelnden dunklen Augen fest und sagte eindringlich: »Du musst ganz still sein, Jerry. Sag *keinen Mucks*, egal was geschieht. Vielleicht hörst du Geräusche, die dir Angst machen, aber du darfst dich trotzdem nicht mucksen. Hast du das verstanden?«

Jerry schlang die Arme fest um den Hals ihrer Mutter und schluchzte: »Kommt ihr wieder, Mama?« Sie spürte, wie eine sanfte Hand zärtlich über ihren Rücken strich, und ihr Herz schlug augenblicklich ruhiger. Als sie nach oben blickte, sah sie ihren Vater weinen, zum ersten Mal in ihrem Leben. Auch die Stimme ihrer Mutter klang alles andere als fest.

»Solange ich lebe, werde ich immer zu dir zurückkehren, mein kleiner Schatz. Und Papa genauso. Sollten wir uns verspäten, dann wartest du, bis es dunkel geworden und alles ruhig ist. Dann, und erst dann, drückst du die Dielen nach oben und läufst in den Dschungel. Da wartest du, bis Hilfe eintrifft. So, und jetzt probieren wir deine Höhle aus.«

Nur widerwillig löste sich Jerry von ihrer Mutter, bedeckte ihr Gesicht mit Küssen, ließ sich noch einmal von ihrem Vater umarmen, stieg dann in die Grube und legte sich rücklings in das Nest aus Decken und Kleidern. Drei Bretter schoben sich nur eine Handbreit über ihr Gesicht. Sie empfand trotzdem keine Platzangst, weil sie sich gerne in enge Schlupfwinkel verkroch. Direkt über ihrem Auge ließ ein Spalt etwas Tageslicht hindurch. So konnte sie, aus ungewohnter Perspektive, ihren Vater sehen.

»Alles in Ordnung, Jerry?«, fragte er.

»Ja«, antwortete sie.

»Ich möchte wissen, ob du dich notfalls selbst aus dem Versteck befreien kannst. Versuch, irgendeines der Bretter anzuheben.«

Sie stemmte beide Hände von unten gegen die mittlere der drei lockeren Dielen. Mit einem kleinen Ruck löste sich das Brett. Und in diesem Augenblick meldete sich von draußen ein unerwarteter Besucher.

»Lars? Rachel? Seid ihr noch da drin?«

Jerry kannte diese helle, einschmeichelnde Männerstimme. Vorbei am gelüpften Bodenbrett beobachtete sie ihren Vater. Schnell bückte er sich, drückte die Diele sanft über ihr Gesicht und antwortete dann: »Eugene, bist du das?«

»Du weißt, dass ich es bin, Lars. Habt ihr nicht den Alarm gehört?«

»Und du?«, fragte Jerrys Mutter zurück. Ihre Stimme klang angriffslustig.

Mit einem Mal vernahm das Mädchen Schritte. So dicht unter dem Dielenboden klangen sie überraschend laut. Sie durchquerten die Wohnküche und kamen direkt auf das Versteck zu. Als im Bodenspalt der haarlose Kopf von Eugene Smith auftauchte, durchlief Jerry ein Schauer. Was hatte ausgerechnet der hier herumzuschnüffeln?

»Wo ist eure Tochter?«, fragte Eugene.

»Ist sie etwa nicht vor dem Haus?«, hörte Jerry ihre Mutter verwundert fragen.

»Der blonde Lockenkopf wäre mir bestimmt aufgefallen.«

»Dann müssen wir nach ihr suchen«, drang die Stimme eines besorgten Vaters ins Versteck hinab.

»Ihr treibt hier doch nicht etwa irgendein Spiel?«, fragte Eugene mit drohendem Unterton.

»Man merkt, dass du keine Kinder hast. Geh nur schon zur Versammlungshalle vor. Rachel und ich kommen sobald wie möglich nach.«

Jerry wagte nicht zu atmen. Sie glaubte, Eugenes Marderaugen würden direkt zu ihr hinabblicken. Unvermittelt holte er tief Luft und sagte: »Gegenvorschlag: Rachel geht schon mal vor zum Pavillon, und wir beide, Lars, suchen eure Tochter.«

Eugene machte einen Schritt vorwärts und legte seine Hand auf die Schulter von Jerrys Vater, um ihn zum Gehen zu bewegen. Dabei fiel dem Mädchen die seltsame Kleidung des Besuchers auf. Anders als vor ein paar Stunden trug Eugene jetzt einen Overall, dessen Farben und Muster sie an den Dschungel erinnerten.

Die drei Erwachsenen verließen das Schlafzimmer. Jerry schloss die Augen und fing leise an zu weinen. Mit einem Mal hörte sie schnelle Schritte herankommen und erschrak, als sich ein Schatten über den Spalt schob.

»Ich bin's, mein Schatz«, sagte ihre Mutter. »Du musst jetzt ganz tapfer sein. Und denk daran, was ich dir gesagt habe, Jerry: *Keinen Mucks!*«

Rachel hatte kein gutes Gefühl, als sie Lars zusammen mit Eugene Smith zwischen den Hütten verschwinden sah. Ohne allzu große Eile machte sie sich zum Pavillon auf. Andere Gläubige spurten besser – überall sah man rasch laufende Gestalten.

Als sie den Pavillon erreichte, waren die Stuhlreihen schon gut besetzt. Den engsten Mitarbeitern des Reverend stand ein Platz ganz vorne auf der Bühne zu. Jim Jones saß bereits auf seinem rauen Thron. Obwohl bald die für diese Breitengrade typisch kurze Dämmerung hereinbrechen würde, trug er noch immer seine getönte Brille. Der Reverend umklammerte die Armlehnen des Stuhles, als fürchte er herunterzufallen.

Wie bei den Weißen Nächten üblich, standen vor dem Thron ein Mikrofon und darunter ein Tonbandgerät. Jeder Sermon des Reverend wurde mitgeschnitten. Es gab ein ganzes Archiv solcher Aufnahmen, ein Vermächtnis an die Nachwelt, wie Rachel vermutete.

»Christine!«, begrüßte Jones seine »hingebungsvollste Krankenschwester«. Früher hatte Rachel die Eigenart des Reverend, sie bei ihrem zweiten Vornamen zu nennen, nicht weiter gestört. Jetzt wäre sie am liebsten auf der Stelle umgekehrt und ins *Bellman Cottage* zurückgelaufen. Ihr kleiner Schatz lag dort unter dicken Brettern und weinte sich vermutlich die Augen aus.

Rachel ließ sich vom Reverend umarmen. Seinen Jüngerinnen,

zumal wenn sie jung und hübsch waren, pflegte er stets besondere Fürsorge angedeihen zu lassen. An diesem Tag wirkte der Hirte jedoch fahrig und unaufmerksam.

»Wir haben dich schon erwartet«, sagte Mutter Jones und deutete auf einen Platz in der Nähe des Thrones. Marcy kannte die Vorlieben ihres Mannes und hatte sich irgendwie damit arrangiert.

Rachel setzte sich auf den ihr zugewiesenen Stuhl und blickte sehnsüchtig nach draußen. Wo Lars nur blieb!

Allmählich kehrte Ruhe unter dem Zinndach des Pavillons ein. Marceline Jones legte dem kleinen John Victor Stoen den Arm um die Schulter und setzte sich mit ihm zur Rechten ihres Mannes. Links nahm Jim McElvane Platz. Er war vorgestern aus Kalifornien herübergekommen, wo er für die Sicherheit im Volkstempel sorgte. Andere Mitglieder des inneren Zirkels besetzten, bis auf zwei Ausnahmen, die noch freien Stühle.

Jim Jones wollte nicht länger auf die Ankunft seines Alter Ego, Eugene Smith, sowie die seines Agrarkoordinators Lars Bellman warten. Die Weiße Nacht sollte endlich beginnen. Er erhob sich schwerfällig. Jeder in der Versammlungshalle konnte sehen, wie müde und abgespannt er wirkte. Auch die letzten Flüsterer verstummten.

»Ich habe euch geliebt«, begann Jones in der ihm eigenen getragenen Sprechweise. »Wie sehr habe ich mein Bestes versucht, euch ein gutes Leben zu geben! Ungeachtet all dessen, worum ich mich bemühte, hat eine Hand voll unserer Leute mit ihren Lügen unser Leben unmöglich gemacht. Es gibt keinen Weg, uns von dem zu distanzieren, was heute geschehen ist. Nicht nur …« Jones ließ sich langsam in seinen Thron sinken und schüttelte dabei bedauernd den Kopf. »Wir befinden uns in einer verzwickten Lage. Da sind nicht nur jene, die uns verließen und den Betrug des Jahrhunderts befürworteten. Einige von ihnen haben Kinder gestohlen, gerade jetzt trachten sie danach, einander zu töten. Und wir sitzen auf einem Pulverfass und warten.«

Rachel blickte verstohlen zu dem sechsjährigen Jungen in Marcys Arm. Jerrys Spielkamerad war vielleicht der eigentliche Auslöser für den Krieg, den der Reverend mittlerweile mit der kalifornischen Justiz, den Medien, ja, wie es aussah, mit der ganzen Welt führte. Warum hätte er seinen Anhängern sagen sollen, was nun durch die Lautsprecher bis in den letzten Winkel des Pavillons hallte?

»Ich denke nicht, dass wir uns für unsere Kleinen so etwas wünschen. Ich denke nicht – das hatten wir mit unseren Kindern nicht im Sinn. Es wurde vor undenklicher Zeit vom größten aller Propheten gesagt: ›Kein Mensch kann mir mein Leben wegnehmen, ich lege mein Leben nieder.‹«

»Ja!«, rief die Menge wie aus einem Munde.

Rachel fuhr erschrocken zusammen. Ungläubig bemerkte sie das Leuchten in den Augen der Menschen, die da zum Podium hinaufblickten, während der Reverend über eine nahende Katastrophe lamentierte, die offenbar Leo Ryans Flugzeug ereilen sollte und die hier, in Jonestown, ihren Anfang nahm.

»Der Congressman wurde fast getötet«, klagte er. »Aber du kannst Leuten nicht die Kinder stehlen. Du kannst nicht mit jemandes Kindern fortfliegen, ohne irgendeine gewaltsame Reaktion zu erwarten ...«

Rachel verspürte den Drang, diesem Theater ein Ende zu bereiten. Wie konnte der Reverend so mit den Gefühlen der Menschen spielen? Welches Recht hatte er, sie zur Selbstjustiz anzustacheln?

»... Wenn wir nicht in Frieden leben können, dann müssen wir in Frieden sterben.«

Die Menge applaudierte.

Irgendetwas ist heute anders, dachte Rachel. Sie hatte unsäglich viele dieser morbiden Weißen Nächte erlebt. Die Worte mochten sich ähneln, aber die suggestive Kraft, mit der Jones seine Todessehnsüchte verbreitete, hatte sie nie zuvor so intensiv, nie so zwingend empfunden. Er klagte darüber, jämmerlich betrogen worden zu sein, beschwor gleich darauf den höheren Sinn ihrer aller Arbeit, und die Leute jubelten. Rachel zitterte. Jemand musste diesen Wahnsinnigen aufhalten ...

Jim Jones warf seine beschwörende Stimme wie ein Netz über die Menschen aus, wie Fische schienen sie darin gefangen zu sein.

»Was sich hier in ein paar Minuten ereignen wird«, verkündete er, »geschieht, weil einer im Flugzeug im Begriffe steht, den Piloten zu erschießen. Ich weiß das. Ich habe es nicht geplant, aber ich weiß, es wird geschehen. Sie werden den Piloten niederschießen, und das Flugzeug wird in den Dschungel stürzen; und es wäre besser, wir hätten unsere Kinder fortgeschickt, weil man hier mit Fallschirmen einfallen wird.«

Was redete Jones da? Fallschirmjäger? Wer sollte die Siedlung überfallen? Ja, sicher, dieser Joe Mazor, ein zwielichtiger Mann, der sich als Privatdetektiv ausgab, hatte vor einigen Wochen eine Söldnertruppe hergeschickt, um in Jonestown Angst und Schrecken zu verbreiten. Mazor erhoffte sich Massenaustritte, was das Agrarprojekt des Volkstempels zweifellos ausgetrocknet hätte. Aber das war Schnee von gestern. Inzwischen hatte Jones diesen Mazor gekauft. Warum also wollte er jetzt seine Anhänger mit sich in ein Boot zwingen, dessen Name *Tod* war? Seiner in diesem Moment geäußerten Ansicht nach sollten sie freundlich zu Kindern und Betagten sein und »leise *hinübergehen*, weil wir Selbstmord nicht zustimmen können«.

Rachel spürte, wie ihr der kalte Schweiß ausbrach. War es so einfach, tausend Menschen zum Freitod zu verführen? Genügte es, vom leisen Hinübergehen zu säuseln, um das bittere Gift des Todes zu versüßen?

»Es ist ein revolutionärer Akt«, sagte Jones. »Wir können nicht umkehren. Sie wollen uns nicht in Ruhe lassen. Gerade jetzt kehren sie zurück, um mehr Lügen zu verbreiten. Weitere Kongressabgeordnete werden folgen. Und da gibt es keinen Weg, keinen Weg für uns, um zu überleben. Jeder … Jeder, der anders darüber denkt, soll bitte sprechen …«

Während Jones noch fortfuhr, vom Hinschlachten ihrer Kinder zu reden, und Timothy Stoen – John Victors Vater – die Schuld für ihre missliche Lage zuschob, atmete Rachel tief. Der Reverend hatte jeden dazu aufgefordert, seine Gedanken zu äußern. Offener Kritik begegnete er stets mit erstaunlichem Desinteresse, nicht selten auch mit Gereiztheit, aber womöglich konnte sie erreichen, dass die letale

Stimmung, die er herbeigeredet hatte, umschwenkte. Rachel hielt sich nicht für eine große Rednerin, jedenfalls nicht, wenn ihr derart viele Menschen zuhörten, aber jetzt zwang sie ihre Zurückhaltung nieder und hob zaghaft die Hand.

Jones drohte gerade mit den Folgen, welche die Leute in San Francisco angesichts des Todes so vieler Menschen würden verantworten müssen, als ihn die Bewegung zu seiner Linken ins Stocken brachte. Er drehte den Kopf, runzelte die Stirn. »Ja, Christine?«

»Ist es zu spät für Russland?«

Das war ein Themenwechsel, mit dem er nicht gerechnet hatte. Unter den Anwesenden verbreitete sich gespanntes Gemurmel. *Russland!* Der sowjetische Botschafter Feodor Timofeyev hatte der Siedlung erst vor wenigen Wochen einen Besuch abgestattet und sie, vom Agrarprojekt sichtlich angetan, mit viel versprechenden Worten wieder verlassen. Daraufhin waren Klassen für russischen Sprachunterricht eingerichtet worden. Ja, Russland war ein Hoffnungsschimmer, zumindest, wenn man die Alternativen bedachte.

Jones nahm Rachels Einwurf mit einer gewissen Unlust auf, versuchte aber freundlich zu klingen. Es gebe einen einfachen Grund, weshalb es zu spät für Russland sei: »Sie haben begonnen zu töten.« Außerdem könne er diese Leute nicht kontrollieren. »Sie sind da draußen. Sie sind mit den Waffen losgezogen.« Auch deshalb sei es zu spät. Mit erstickter Stimme beklagte er die Messerattacke von Don Sly. Aber was irgendeiner seiner Leute tue, das habe er selbst getan. Er werde Ujara nicht ausliefern. Und wenn es das Leben koste …

»Nein! Nein!«, schrien die Leute im Pavillon; niemand verlangte eine schlüssige Antwort auf Rachels Frage. Stattdessen wollte einer der Gläubigen hinausgehen, um für den Volkstempel zu streiten. Rachel kannte derlei Loyalitätsbekundungen. Bei einer früheren Gelegenheit hatten einige Senioren sich sogar erboten, mit umgeschnallten Bomben in Gebäude der US-Regierung zu spazieren. Wie damals wies Jones auch jetzt das freundliche Angebot zurück. »Du gehst nicht, du gehst nicht«, wiederholte er müde, und die Menge rief dazu ihr emphatisches »Nein! Nein!«.

»Nicht gehen«, murmelte Jones noch einmal, als fehle ihm bereits die Kraft, um vollständige Sätze zu bilden. »Ich kann nicht auf diese Weise leben. Nicht so. Ich habe für alle gelebt, und ich sterbe für alle ...«

Für dieses Versprechen erntete der Reverend Applaus, was ihn dazu anspornte, seine Hingabe noch anschaulicher zu machen. An Rachel gewandt, zeterte er: »Ich habe lange Zeit das Beste erhofft, Christine, und ich schätze ... Du bist mir immer eine gute Fürsprecherin gewesen. Ich schätze das, weil du beide Seiten ein und derselben Sache gesehen hast, beide Seiten der Frage. Was werden diese Leute tun, wenn sie damit durchkommen? Sie machen unser Leben schlimmer als die Hölle, sie werden die Russen dazu bringen, uns zurückzuweisen. Wenn sie mit ihren Lügen durchkommen ...« Er schüttelte verzweifelt sein schweres Haupt. »Sie haben so viele Lügen verbreitet, dass wir so gut wie keine andere Alternative mehr haben.«

Am liebsten hätte Rachel mit dem Fuß aufgestampft. Sie konnte sich kaum noch auf dem Stuhl halten, so sehr regte sie dieses Es-gibt-kein-Zurück-Gerede auf. »Gut«, erwiderte sie, mühsam auf einen ruhigen Ton bedacht, »ich sage, lasst uns die Luftbrücke nach Russland schlagen, das ist es, was *ich* sage. Ich denke, nichts ist unmöglich, wenn du daran glaubst.«

»Aber wie können wir ... Wie willst du über eine Luftbrücke nach Russland gelangen?«

Hatte Jones wieder Drogen genommen? Das Sprechen wollte ihm kaum noch gelingen, nur zum Sterben schien er noch Kraft zu haben. Sie bäumte sich auf gegen den Sog der von ihm verbreiteten Gefühle. »Ich dachte, sie hätten uns einen Code gegeben, damit wir uns im Notfall mit ihnen in Verbindung setzen können.«

Jones redete um den heißen Brei herum. Nein, einen solchen Code gebe es nicht, aber wenn sie unbedingt wolle, dann könne sie ja mit den Russen Kontakt aufnehmen und klären, ob man geneigt sei, alle sofort hier herauszuschaffen. »Andernfalls sterben wir. Ich weiß nicht, was du diesen Leuten noch erzählen willst. Aber für mich ist der Tod nicht ... Der Tod ist keine Furcht erregende Sache, das Leben dagegen ist verräterisch.«

Die Gläubigen applaudierten. Rachel kämpfte gegen das unbändige Verlangen an, sich die Ohren zuzuhalten und einfach davonzulaufen. Aber das wäre unklug gewesen. Jerry lag zu Hause unter dem Fußboden, und sie hatte versprochen, zu ihr zurückzukehren. Sie musste diesem Wahnsinnigen Paroli bieten, der ihr und allen anderen weismachen wollte, es hätte »keinen Wert mehr, so weiterzuleben«.

»Ich denke«, sagte Rachel mühsam beherrscht, »dass uns zu wenige verlassen haben, um dafür das Leben von zwölfhundert Leuten zu opfern.«

»Weißt du, wie viele gegangen sind?«

»Oh, zwanzig oder ein paar mehr. Das ist … Das ist wenig.«

»Zwanzig oder ein paar mehr, zwanzig oder …«

»Verglichen mit dem, was hier …« Rachel machte eine Geste, die den ganzen Saal umfasste.

Jones schüttelte schwermütig den Kopf. Er lamentierte über das, was war, und das, was sein könnte, wenn das Flugzeug nicht abstürzen würde. Rachel konnte sagen, was sie wollte, er fand immer eine Antwort, die ihn ein wenig näher an sein großes Ziel brachte. Er beklagte seine Müdigkeit, weil er schon zu lange das Leben so vieler Menschen in Händen gehalten habe. Dann gib deinen Thron doch endlich frei!, schrie Rachel in Gedanken und hörte den Reverend seufzen: »Ohne mich hat das Leben keine Bedeutung.« Ausgehend von dieser fundamentalen Feststellung, lenkte er den Disput wieder auf seine eigentliche Leidenschaft. Während er die Arme ausbreitete und seine – mehr oder weniger – Getreuen mit Blicken in die Pflicht nahm, verkündete er: »Ihr seid der Rat für den revolutionären Selbstmord. Ich rede nicht über Selbst… Selbstzerstörung. Ich spreche davon, dass es für uns keinen anderen Weg gibt. Wir werden es den Russen mitteilen, und ich kann dir jetzt schon ihre Antwort geben, weil ich ein Prophet bin. Rufe die Russen und sage es ihnen, und schau, ob sie uns holen werden.«

Verunsichert suchte Rachel die dunklen Brillengläser des Reverend mit Blicken zu durchdringen. Aber sie konnte seine Augen nur andeutungsweise erkennen. Meinte er dieses Angebot wirklich ernst? Sie räusperte sich. »Nicht, dass ich Angst hätte zu sterben …«

»Das glaube ich auch nicht …«

Rachel zögerte. Was ging hinter der Stirn dieses von Todessehnsucht erfüllten Menschen vor? Stellte er ihr eine Falle. »Auf keinen Fall …«

»Ich denke nicht, dass du Angst hast …« Jones hob auf eine ganz spezielle Weise die Hand, und hinter ihm erschien ein dunkler Schatten.

Rachel erstarrte zu Eis. Es war Eugene Smith, der da auf den Wink seines Meisters herbeigeeilt war wie ein diensteifriger Adept. Und Lars? Sie blickte sich um, konnte ihren Mann jedoch nirgends entdecken. Was hatte das zu bedeuten? Es wurde Zeit, sich auf elegante Weise zu verabschieden. Nicht sofort einlenken, mahnte sich Rachel zur Besonnenheit. Das würde auffallen …

Sie wandte den Blick zurück zur spiegelnden Brille des Reverend, sammelte sich und sagte: »Aber ich sehe da die Kinderchen, und ich denke, sie verdienen es zu leben.«

»Da stimme ich dir zu.«

»Du weißt …«

»Aber sie verdienen auch …«, unterbrach sie der Reverend, gönnte sich zur Hebung der Aufmerksamkeit eine wohl bemessene Pause und fuhr dann fort: »Was mehr verdienen sie als Frieden!«

Rachel starrte Jones an wie das Kaninchen die Schlange. Sie ahnte, welche Art von Frieden er meinte. »Wir sind hierher gekommen, um in Frieden zu leben.«

»Und haben wir ihn gefunden?«

»Nein!«, rief der Chor der Zuhörer.

»Nein«, wiederholte Rachel leise, um sich hiernach aus Jones' Munde anhören zu müssen, er habe praktisch seit langem schon sein Leben für den Frieden der Gemeinschaft niedergelegt, mit jedem Tag ein wenig mehr. Rachel beobachtete aus den Augenwinkeln, wie Eugene sich langsam auf sie zubewegte. Ihr Widerstand erlahmte, da Jones ihr Aufbegehren einfach ins Leere laufen ließ, ihr mit leidendem Blick zustimmte, als sie für jeden Einzelnen die Freiheit auf Selbstbestimmung forderte. Ihre Gedanken waren bei Jerry und Lars, was ihr die Kraft gab, sich erneut gegen den alles verzehrenden Strudel der Selbstzerstörung aufzubäumen und ein für alle Mal die Besitzverhältnisse an ihrem Leben klarzustellen.

»Und ich denke, ich habe das Recht, meines zu wählen, und jeder andere das seine.«

»Hm, hm«, machte Jones.

»Du weißt …«

»Hm, hm. Ich kritisiere dich nicht. Nicht ich bestimme … Was war das?«

Jemand aus den hinteren Sitzreihen hatte etwas gerufen. Jetzt erhob sich eine Frau und wiederholte mit fester Stimme: »Sie redet, als wollte sie uns verlassen. Lass sie fortfahren.« Direkt an Rachel gewandt, fügte sie hinzu: »Ich finde es wichtig, auch einmal von einem führenden Mitglied der Gemeinde zu hören, dass wir ein ›eigenes Leben‹ haben. Das ist es doch, was du sagen wolltest, oder?«

Rachel glaubte, die Körperwärme des jetzt hinter ihr stehenden Eugene zu spüren. Verunsichert sah sie zum Reverend hinüber, dessen Stirn tiefe Furchen aufwies. Was aus den Reihen der Gläubigen zu hören war, klang verdächtig nach Meuterei. Und sie war diejenige, die diesen Widerspruch geschürt hatte. Sie blickte wieder zur Fragestellerin und antwortete heiser: »Das ist richtig.«

»Du sprichst von heute«, eroberte sich Jones das Wort zurück. »Das genau ist es, was heute zwanzig Leute über *ihr* Leben gesagt haben.«

Trotzig sprang Rachel von ihrem Stuhl auf. »Ich denke, ich habe dennoch das Recht auf eine eigene Meinung.«

Jones hob beschwichtigend die Hände und erwiderte mit einem wölfischen Lächeln: »Ich will sie dir nicht nehmen. Ich will sie dir nicht nehmen.«

Überraschenderweise meldete sich hinter der eigensinnigen Frau unvermittelt Eugene Smith zu Wort: »Christine«, sagte er, als hätte er sie nie anders genannt – seine Rechte deutete auf den Reverend –, »du bist allein deshalb unter uns, weil *er* hier die erste Stelle einnimmt. Daher weiß ich nicht, was *du* uns über ein ›eigenes

Leben‹ erzählen willst. Sieh es einmal so: Dein Leben ist wegen ihm bis zu dem Tag, da du hier vor uns stehst, *verlängert* worden.«

Rachel blickte in Eugenes wimpernlose Knopfaugen. Sein Gesicht zeigte weder Anteilnahme noch Hass, nur eine gleichgültige Kälte, die ihr Herz gefrieren ließ. In diesem Moment wusste sie, was seine letzten Worte bedeuteten: Dank der Gnade des Reverend hatte sie ihr Leben bis zum heutigen Tag verlängern dürfen.

Aber nun war ihr Ende beschlossen.

Als zwischen den Bodenbrettern immer weniger Tageslicht zu Jerry herabdrang, wurde die Furcht übermächtig. Was, wenn Mama und Papa sich verspäteten? Oder wenn sie *nie* mehr zurückkehrten? Jerry lauschte. Abgesehen von dem Ächzen und Knarren, mit dem das Haus auf den zunehmend heftiger tobenden tropischen Sturm reagierte, war nichts zu hören.

Keinen Mucks!

Sie konnte die letzten Worte ihrer Mutter nicht vergessen. Wenn es dunkel wird und sich immer noch nichts rührt, dann darf ich mein Versteck verlassen – das hatte sie gesagt. Jerry stemmte vorsichtig eine Diele hoch, hob den Kopf gerade weit genug, um den Fußboden des Schlafzimmers überblicken zu können. Die Tür zum Nebenraum stand noch offen. Im Haus bewegte sich nichts.

So leise wie möglich entfernte sie die Dielen und kletterte aus ihrem Nest. Was nun? In den Dschungel laufen und sich dort verstecken, bis Hilfe kommt? Was ihre Mutter damit gemeint hatte, verstand Jerry noch immer nicht. Sie zog einen Stuhl vor das Schlafzimmerfenster und kletterte hinauf.

In der Nachbarhütte, kaum zehn Meter entfernt, brannte Licht. Es war das *East Guest House*, in dem, wie der Name erkennen ließ, Gäste beherbergt wurden. Jerry vernahm jetzt sogar leise Stimmen. Sie kamen von der Hütte dahinter, wo sie Johnson und Pauncho entdeckte. Die beiden Afroamerikaner traten gerade ins Freie und schleppten zu zweit eine längliche Kiste. Jeder hatte eine Flinte über der Schulter hängen. Als sie den Kasten vor dem Haus abstellten und öffneten, traute das Mädchen seinen Augen nicht.

Lauter Gewehre!

Wozu brauchten die beiden so viele Waffen? Eine Bewegung in unmittelbarer Nähe ließ Jerrys Blick zum Gästehaus zurückkehren. Da näherten sich zwei weiße und ein riesiger schwarzer Mann – an den Namen des Hünen erinnerte sie sich nicht mehr, aber er gehörte auch zur Kirche und war erst vor zwei Tagen aus San Francisco herübergekommen. Die beiden anderen hatte sie zuletzt beim gelben Truck gesehen, es waren die Anwälte des Reverend. Alle drei gingen in das Haus. Nach kurzer Zeit trat der Riese allein wieder heraus und verschwand in Richtung Pavillon.

Jerry überlegte, was sie tun sollte. War dies die Stille, die ihre Mutter gemeint hatte? Sie konnte sich nicht entsinnen, in der Siedlung jemals weniger Geräusche gehört zu haben. Vermutlich war ganz Jonestown in der Versammlungshalle. Warum haben Mama und Papa mich diesmal nicht mitgenommen?, grübelte das Mädchen. Hatte es mit der Angst zu tun, die seine Eltern seit dem Nachmittag spürten?

Jerry beschloss, der Sache auf den Grund zu gehen. Um nicht am Eingang von Johnson und Pauncho entdeckt zu werden, kletterte sie auf die Fensterbank und sprang in den Matsch. Inzwischen war die Dämmerung weit fortgeschritten, und so bemerkte niemand, dass sie schnell zur Längsseite des Gästehauses hinüberlief und sich unter das Fenster kauerte. Gerade rechtzeitig, denn in diesem Moment wurde es geöffnet, und eine leise Stimme drang aus dem Haus.

»Was ist los, Charly?«

»Nichts, Alan. Dachte, ich hätte ein Geräusch gehört.«

»Wir befinden uns hier im Dschungel, Kollege. Der ist voller Geräusche.«

»Muss mich wohl geirrt haben.«

Ein Klappen ertönte. Jerry erschrak, rührte sich jedoch nicht. Das Fenster war wieder geschlossen.

Jemand bewegte sich auf das Haus zu. Zwei Männer. Es waren Pauncho und Johnson. Sie sprachen laut miteinander. Einer klopfte an die Tür. Von innen wurde geöffnet.

Die beiden Besucher kamen schnell zur Sache. Ihre Stimmen klangen fröhlich, während sie den Anwälten nahe legten, einen Ausflug in den Dschungel zu unternehmen, am besten sofort. Einige Sätze, aus denen Jerry nur einzelne Wortfetzen herauspflücken konnte, gingen hin und her. Mehrmals tauchte der Begriff »Selbstmord« auf. Allmählich wurde die Unterhaltung angeregter und damit lauter.

»Für die Leute zu sterben ist revolutionärer Selbstmord. Wir sterben, um den Faschismus und Rassismus zu entlarven«, verkündete Pauncho.

»Gibt es denn keinen anderen Weg?«, erkundigte sich der Anwalt, dessen Stimme Jerry jetzt als diejenige von Mr Compte erkannte.

»Der Reverend ist unser Licht im Dunkel dieser Welt. Wohin er geht, werden wir folgen«, antwortete Pauncho.

»Dann seien Sie mir und meinem Kollegen wenigstens dabei behilflich, uns aus der Sache rauszuhalten. Irgendjemand muss aufschreiben, was hier geschehen ist, damit die Welt Ihre wahren Gründe erfährt.«

Leises, für Jerry unverständliches Gemurmel umwehte das Haus. Dann willigte Pauncho in freundlichem Ton ein.

»Wie kommen wir aus dieser Siedlung heraus?«, erkundigte sich der andere Anwalt.

»Nehmen Sie ein Flugzeug.«

»Es gibt keines. Das wissen Sie so gut wie wir.«

»Dann müssen Sie durch den Busch gehen.«

»Bei Dunkelheit? Wie sollen wir …«

»Lassen Sie sich nicht zu viel Zeit, Mr Garry. Und jetzt haben wir noch etwas zu tun. Viel Glück!«

Jerrys Herz blieb fast stehen, als sie die beiden Wachmänner näher kommen hörte. Schnell lief sie zur Rückseite des Hauses. Anscheinend hatten sich Johnson und Pauncho denselben Weg zum Pavillon ausgesucht wie sie. Mit dem Rücken drückte sie sich an die Holzwand und vergaß ganz das Atmen, als die beiden Wachleute an ihr vorübergingen. Und dann hatte sie einen für ein fünfjähriges

Mädchen bemerkenswerten Einfall: Johnson und Pauncho konnten sich überall in der Siedlung blicken lassen, denn sie gehörten zur Sicherheitsmannschaft. Wenn sie sich daher an die Fersen der beiden Männer heftete, dürfte sie unbemerkt zum Pavillon gelangen.

Das Mädchen erkannte nicht die Gefahr, in die es sich durch diesen gewagten Entschluss begab. Vielleicht gelang sein Plan genau deshalb.

Wie schon am Morgen fand Jerry unter einem Schuppen Deckung. Das lang gezogene Gebäude stand parallel zur Längsseite des Pavillons und war von diesem nur durch einen Weg sowie einen schmalen begrünten Streifen getrennt. In der Freilufthalle brannten sämtliche Lichter, denn die Nacht zog schnell herauf. Zahlreiche Menschen, vom Alarmruf des Reverend aufgeschreckt, hatten sich darin versammelt. Jerrys Herz machte einen Sprung, als sie auf der Bühne ihre Mutter sah. Doch dann lief ihr ein kalter Schauer über den Rücken, weil sie den Mann dahinter erkannte. Es war Eugene Smith.

»Papa?«, flüsterte das Mädchen, weil es seinen Vater nirgends sehen konnte.

Eugene legte eine Hand auf die Schulter von Jerrys Mutter und beugte sich zu ihrem Ohr hinab. Augen, die keine Brauen besaßen, blickten auf ihr dunkles Haar herab, während breite Lippen etwas flüsterten. Jerrys Mutter zuckte zusammen. Dann erhob sie sich und verließ mit Eugene den Pavillon.

Das Mädchen schob sich rückwärts, um wieder in die Schatten zu entschwinden und den beiden hinterherzuschleichen, aber da hörte sie ein Scharren ganz in ihrer Nähe. Eine dunkle Gestalt baute sich neben dem Schuppen auf. Es war Pauncho. Er hielt ein Gewehr im Arm. Gleich darauf erschien ein zweiter Schemen. Weil sein Gesicht im Dunkeln lag, konnte Jerry ihn nicht erkennen. Aber sie sah die Umrisse einer Armbrust in seiner Hand.

Keinen Mucks!

Die Mahnung ihrer Mutter hallte in Jerry wider. Solange die beiden Posten dort wachten, würde sie sich nicht von der Stelle rühren.

Im Pavillon hielt Vater Jones eine Predigt. Vieles davon verstand

Jerry nicht, anderes kam ihr sattsam bekannt vor. Vom Sterben war da die Rede, immer und immer wieder. Dennoch spürte sie Unterschiede zu allen früheren Predigten. Während sie den sonderbaren Sehnsüchten des Reverend einen Sinn abzutrotzen versuchte, ging ihr allmählich ein Licht auf. Endlich glaubte sie die Ursache für den Nebel des Todes zu kennen, der sich nach der Abfahrt des gelben Lastwagens auf Jonestown gesenkt hatte, und sie schauderte. Die schleichende Angst ging von Vater Jones aus und übertrug sich auf die Übrigen im Saal.

Nicht alle waren dazu bereit, dem Reverend in den Tod zu folgen. Auch das spürte Jerry. Da gab es einen stillen Widerstand: Furcht, die in Flucht umschlagen würde, sobald sie einen Ausweg fand.

Neben dem Pavillon stand auf einem der Bohlenpfade ein Tisch aus rötlichem Holz. Darauf befanden sich zwei große weiße sowie ein dunkelgrauer Plastikbehälter, außerdem ein brauner Kunststoffkanister und eine Vielzahl von Schachteln. Eine Reihe von Leuten, die Jerry bekannt vorkamen, machten sich an den Behältern zu schaffen; sie schütteten den Inhalt kleinerer in größere, rührten ... Anscheinend mischten sie ein Erfrischungsgetränk für ihre Brüder und Schwestern im Pavillon – kosten wollte allerdings niemand. Jerry fragte sich nur, warum Doktor Schacht, der ihrer Mutter normalerweise sagte, welche Kranken sie zuerst retten sollte, Küchendienst hatte.

Schließlich wurde das Gebräu vom Arzt für gut befunden und in einen bereitstehenden Zinkkübel gegossen. Die Flüssigkeit war rot. Vermutlich Traubensaft, dachte Jerry. Weil sich nun die ganze Prozedur des Mischens wiederholte, blickte sie wieder zur Bühne unter dem erleuchteten Blechdach hinüber.

Der Reverend machte einen seltsam benommenen Eindruck, als er ins Mikrofon ächzte: »Wo ist der Bottich, der Bottich, der Bottich? Wo ist der Bottich mit dem grünen C-Zeug? KCN.«

»C-Zeug?«, murmelte Jerry leise und hielt sich schnell die Hand vor den Mund. Zum Glück hatte sie niemand gehört. Was ist KCN? Und warum sagt der Reverend, das »Zeug« ist grün, wenn es doch rot ist?

Eine Frau aus den Stuhlreihen im Saal sprang auf und rief: »Liebe ist, dahin zu gehen, wo du hingehst. Ich folge, und ich danke dir, Vater.«

»Der Bottich.« Die unablässig aus den Lautsprechern hallende Wiederholung dieser Worte erinnerte Jerry an eine kaputte Schallplatte. Der Reverend musste wirklich großen Durst haben. »Den Bottich mit dem grünen KCN bitte. Bringt ihn her, damit die Erwachsenen beginnen können, es den Babys zu geben. Spritzt es ihnen in die Münder. Tut ... Tut, was ich euch sage. Fehlt nicht! Folgt meinen Anweisungen. Es tut euch Leid. Es *darf* euch Leid tun ...«

Jerry wurde aus dem merkwürdigen Brabbeln des Reverend ebenso wenig schlau wie aus seinen sonderbaren Anweisungen. Warum sollte man Spritzen nehmen, um den kleinen Kindern ein Erfrischungsgetränk zu verabreichen? Konnten sie nicht selber trinken? Selbst ein Säugling nahm die Nuckelflasche.

Im Saal wurde es zusehends unruhiger. Die Menschen erhoben sich. Mütter trugen ihre Kinder nach draußen, wo Helfer beim viel beschworenen Bottich standen und ihnen gefüllte Plastikspritzen und Pappbecher reichten. »Richtig so, richtig so«, feuerten einige sie an. Andere Eltern führten ihre größeren Kinder an der Hand. Wieder andere drängten sich in einer Ecke des Pavillons zusammen. Sie schienen keinen Durst zu haben ...

Nein, sie fürchteten sich.

Nur wenige Schritte von Jerry entfernt tobte ein Gefühlssturm, der sie ganz durcheinander brachte. Was ging da drüben vor? Warum dieses Getue um einen Kübel mit farbigem Wasser?

Der Reverend sprach den Zaghaften Mut zu: »Habt Vertrauen! Ihr müsst hinübergehen. Wir pflegten zu singen: ›Diese Welt, diese Welt ist nicht unser Zuhause.‹ Ja, das ist sicher. Sie ist es nicht.« Das Schreien von Kindern, deren Mütter ihnen Saft in den Rachen spritzten, ließ den Reverend stocken. Die Kleinen husteten, manche spuckten, aber am Ende schluckten sie das C-Zeug doch. Ungeduldig verlangte Vater Jones: »Kann jemand diesen Kindern begreiflich machen, welches Vergnügen es ist, auf die nächste Ebene hinüberzuschreiten? Das würde den anderen ein Beispiel geben. Ihr bahnt tausend Menschen den Weg, die sagen: ›Wir mögen nicht die Art und Weise, wie die Welt ist …‹«

»Das stimmt. Das ist richtig«, übertönten zahlreiche Rufe die Predigt des Reverend. Erst nach einigen Sekunden konnte Jerry seine Worte wieder verstehen.

»Niemand kann uns unser Leben nehmen, wir haben es niedergelegt, wir sind seiner müde geworden. Wir befürworten keinen Selbstmord. Wir stimmen einem *revolutionären* Freitod zu, um gegen die Bedingungen einer unmenschlichen Welt zu protestieren …«

Wieder zustimmende Rufe aus der Halle. Noch immer wehrten sich zahlreiche Kinder gegen den Saft. Ihr Weinen schien den Reverend zu stören, weil er mit einer Geste um Musik bat. Die Orgel setzte ein. Aber die Szene wurde dadurch nicht fröhlicher.

Eine ganze Anzahl Mütter legte sich mit ihren Kindern neben den Pfad. Einige hielten sich den Hals und röchelten schaurig. Der Traubensaft schien ihnen nicht zu schmecken. Kurz darauf schliefen sie ein.

Irgendwo in der Ferne knallte es. Das Geräusch ertönte genau zwischen zwei Akkorden des Kirchenliedes. Unter den Sicherheitsleuten von Jonestown gab es Jäger, und Jerry kannte den Klang eines Schusses. Genauso hatte es sich angehört.

Die Alarmrufe, die Weiße Nacht mit den salbungsvollen Worten des Reverend, sogar der Saft oder die Limonade – all das war Jerry vertraut, wenngleich sie damit auf mütterliche Anordnung ihren Durst nie hatte löschen dürfen. Aber der Schuss gehörte nicht zum Zeremoniell und diese sonderbare Müdigkeit der Leute schon gar nicht. Während das Mädchen zu ergründen versuchte, was die reglos zwischen Bäumen und Büschen liegenden Gestalten fühlten, ob sie schöne oder weniger angenehme Träume hatten, drang etwas Neues und Fremdes in sein Bewusstsein.

Das Nichts.

Seit Jerry denken konnte, freute sie sich mit den Fröhlichen und weinte mit den Traurigen. Aber hier schien jemand die Verbindung zu den Mitmenschen durchschnitten, sie wie eine Telefonleitung gekappt zu haben. Sie konnte sich dieses Wegdämmern der Gefühle zuerst nicht erklären, dieses sachte Ausblenden von Angst oder Leidenschaft, bis nichts mehr blieb. Innerhalb von nur fünf Minuten, bei den Kindern sogar noch schneller, hatten sich empfindsame Menschen in gefühllose Puppen verwandelt. Allmählich ahnte Jerry, was mit den Ärmsten geschehen war.

Das Leben hatte sie verlassen. Sie waren tot.

Natürlich hatte Jerry mit ihren Eltern über den Tod gesprochen. Ihr Vater war ein Meister im Erklären. Bis zu diesem Moment hatte sie das Sterben als eine Art Einschlafen verstanden, das Hinabsinken in einen tiefen Traum, dem nur Gott ein Ende setzen konnte. Aber nun überfiel sie der kalte Schrecken. Warum taten sie das? Weshalb tranken diese Menschen Saft, der ihnen jedes Gefühl aus dem Leib spülte, bis kein Fünkchen Leben mehr übrig war?

Ein Schrei ließ Jerry aufhorchen. Mutter Jones war jetzt an der Reihe. Ihre Rechte lag auf Johns Schulter, die Linke hielt ihn am Arm fest. Der Junge sträubte sich. Jerry musste an die vielen Abenteuer denken, die sie mit ihrem Spielkameraden erlebt hatte. Wusste er, was jenes Hinübergehen bedeutete, von dem der Reverend, angeblich sein Vater, gerade noch gesprochen hatte? Ahnte er, dass es ein Schritt in den bodenlosen Abgrund des Nichts sein würde? Wünschte er sich vielleicht, Timothy Stoen wäre sein richtiger Vater und er könnte jetzt bei ihm und seiner Mutter Grace sein?

Als John die Spritze in Marcys Hand sah, wurde er mit einem Mal still. Jerry wusste, er hasste es, wie ein kleines Kind behandelt zu werden. Trotzig griff er sich einen der Pappbecher, die für die größeren Kinder und die Erwachsenen bereitgestellt worden waren, setzte ihn an die Lippen und …

Nein!

Niemand konnte Jerrys Schrei hören. *Keinen Mucks!* Das Gebot ihrer Mutter bekam angesichts dessen, was Jerry da mit ansehen musste, ein völlig anderes Gewicht. Es legte sich auf ihre Seele wie die Dielen des häuslichen Verstecks. Es verschluckte ihre Worte, versiegelte ihre Gefühle.

Doch das Versteck im Schlafzimmer hatte einen winzigen Spalt gehabt, einen Blick in das Licht gewährt. Jerry schaute sich um. Sie musste irgendwie hier weg. Im Pavillon wurde es immer unruhiger. Nicht alle wollten der Empfehlung des Reverend folgen und »auf die nächste Ebene hinüberschreiten«. Pauncho und der andere Sicherheitsmann brachten ihre Gewehre in Anschlag. Sie waren abgelenkt. Jerry warf einen letzten Blick auf den Pfad mit den Freiwilligen. Auch Marcy und John waren auf dem Holzweg. Sie schwankten. Dann sank John Victor Stoen zu Boden.

Jerry riss sich von der leblosen Gestalt ihres Spielkameraden los und kroch rückwärts. Drei Schüsse fielen. Diesmal ganz in der Nähe. Paunchos namenloser Partner hatte auf eine alte Frau gefeuert, die aus der Warteschlange vor dem Giftkübel ausgebrochen war, um zu fliehen. Ihre Beine trugen sie nicht so schnell, wie sie wohl erhofft hatte. Von mindestens einer Kugel in den Rücken getroffen, stürzte die Greisin nach vorn und regte sich nicht mehr.

Schreie ertönten, Menschen liefen durcheinander, Schemen flohen ins Dunkel hinaus. Weitere Schüsse hallten über das Areal …

Jerry hielt sich die Ohren zu, aber der Lärm vielhundertfacher Todesangst ließ sich nicht aussperren. Glühende Kohlen schienen sich durch ihren Schädel zu fressen. Sie musste fort von hier, sonst würde er unweigerlich zerplatzen. So schnell sie konnte, lief sie davon. Die Sicherheitsleute hatten alle Hände voll zu tun, für ein geordnetes Sterben zu sorgen. In dem Durcheinander fiel die Fünfjährige nicht weiter auf.

Nach einem kurzen Sprint sprang Jerry in einen Graben, um einen Moment zu verschnaufen. Die Glut in ihrem Kopf schwelte nur noch. Alles fühlte sich taub an, das Nachdenken fiel ihr unsäglich schwer. In welche Richtung sollte sie fliehen? Pauncho und Johnson hatten die Anwälte des Reverend in den Dschungel geschickt. »Du läufst in den Dschungel. Da wartest du dann, bis Hilfe eintrifft.« War das nicht die Anweisung der Mutter?

Der Gedanke an die Eltern ließ sich nicht so einfach auf die Seite schieben. Vielleicht suchten sie nach »ihrem Schatz«. Jerry beschloss, noch einmal nach Hause zu laufen. Wenn dort niemand war, dann konnte sie immer noch in den Busch fliehen.

Sie spähte über den Rand des Grabens. Höchstens zehn Schritte entfernt befand sich eine Werkstatt, in der die Stoffpuppen, Mäuse und Bären hergestellt wurden, die zur Weihnachtszeit im Geschäft von J. P. Santos in Georgetown verkauft wurden. An der Außenwand des Schuppens brannte Licht. Gerade wollte Jerry aus dem Graben kriechen, als sie zu ihrer Rechten eine Bewegung gewahrte. Erschrocken fuhr sie herum und sah ...

»Mr Rhodes?«

Sie mochte Odell Rhodes, weil der Lehrer die Kinder ab und zu mit kleinen Mitbringseln überraschte, Strandgut aus dem Ozean, verdorrte Frösche und ähnlich aufregende Sachen. Als zukünftige Forscherin konnte Jerry es kaum erwarten, endlich zu ihm in die Schule zu kommen. Jetzt stand ihr der Sinn allerdings nicht nach Unterricht. Mr Rhodes kroch auf sie zu. Ob er ...?

»Keine Angst, ich tue dir nichts«, flüsterte der Lehrer, als habe er die Gedanken des Mädchens erraten. Sein schwarzer Vollbart und die dunkle Hautfarbe erschwerten es, in seinem Gesicht zu lesen.

»Sie machen mir kein Muffensausen«, versicherte Jerry.

Der Lehrer lächelte. »Es heißt: Ich *habe* kein Muffensausen.«

»Sie auch nicht? Warum sind Sie dann weggelaufen?«

Mr Rhodes kratzte sich am Hinterkopf, wobei seine bunte, runde Häkelmütze seltsam wippte. »Als Doktor Schacht nach einem Stethoskop verlangte, habe ich mich angeboten, es ihm zu bringen. Dadurch konnte ich mich verdrücken. Habe mich unter einer Hütte versteckt, bis dieses Tohuwabohu losgebrochen ist. Und jetzt fliehen wir in den Dschungel. Komm!« Er streckte den Arm aus, damit Jerry seine Hand greifen konnte.

»Ich muss zu Mama und Papa«, sagte sie nur, krabbelte aus dem Graben und lief davon.

Als Jerry das *Bellman Cottage* erreichte, stand die Haustür offen. Auf der Veranda verharrte sie einen Moment und spähte in die dunkle Wohnküche. Kein Laut drang heraus.

»Mama?«

Das Mädchen dachte nicht darüber nach, in welche Gefahr es

sich durch sein weithin hörbares Rufen begab. Die Stille gefiel ihm nicht. Zögernd betrat es die finstere Hütte.

»Papa?«

Keine Antwort. Jerry versuchte das Licht einzuschalten, aber es funktionierte nicht. Stromausfälle waren in Jonestown normal. Seltsam nur, dass die Beleuchtung des Gästehauses immer noch brannte.

Mit leisen Schritten durchquerte Jerry den menschenleeren Raum. *Keinen Mucks!* Galt das auch für die Eltern? Die Tür zum Schlafzimmer war angelehnt. Jemand musste hier gewesen sein. Behutsam drückte Jerry dagegen. Mit leisem Quietschen schwang die Tür auf.

In dem schwachen Licht, das vom Nachbarhaus durchs Fenster fiel, konnte sie nicht viel erkennen, aber sie wusste dennoch sofort – die Person auf dem Bett war ihre Mutter.

Wie versteinert starrte das Mädchen auf die reglose Gestalt. Es wünschte, die innere Taubheit würde endlich wieder von ihm abfallen. So unerträglich ihm die Todesangst so vieler Menschen auch erschienen war, so wenig verstand es die unheimliche Stille: Warum hörte es den Klang der Liebe seiner Mutter nicht mehr?

»Mama?«, wiederholte Jerry leise.

Ihre Mutter rührte sich nicht.

Langsam näherte sich Jerry dem schwach schimmernden Messinggestell. Sie wich dem schmalen Loch im Fußboden aus. Hatte sie die drei Bretter nicht beiseite geschoben? Jetzt lagen sie, bis auf eines, wieder an ihrem Platz. Jerry tastete sich vorbei an dem Stuhl, der noch genauso vor dem Fenster stand, wie sie ihn am frühen Abend verlassen hatte, bis zum Kopfende des Doppelbettes. Sie beugte sich vor und nahm die Hand ihrer Mutter.

Sie war eiskalt.

»Mama, bitte wach auf!«, wimmerte das Mädchen und schob erst das eine, dann das andere Knie aufs Bett. Es drückte den Kopf seiner Mutter an die Brust und streichelte ihre Wange. Einen Moment glaubte Jerry, die offenen schwarzen Augen der Schlafenden würden sie anblicken, aber dann sah sie den dunklen Fleck auf der

Brust ihrer Mutter. Er glänzte feucht im matten Licht. Aus Jerrys Erinnerung stieg ein Geräusch auf, der ferne Klang eines Schusses zwischen zwei Akkorden einer Orgel. Dicke Tränen schossen ihr in die Augen, ihr Mund öffnete sich, wollte die ganze Trauer hinausschreien …

Als plötzlich ein Schatten durch den Raum huschte.

Jerry erkannte sofort, dass es nicht ihr Vater war, denn der hatte keine Glatze.

Sie kroch wieselflink rückwärts, ließ sich vom Bett gleiten und lief auf den Stuhl zu. Doch bevor sie das Ende des Bettes erreichen konnte, drängte sich schon Eugene Smith in den schmalen Gang zwischen Wand und Rohrgestell. Er bückte sich, umfasste ihre Taille und riss sie vom Boden hoch.

Jerry schrie aus Leibeskräften.

»Halt deine Klappe!«, zischte Eugene.

Sie kreischte wie am Spieß.

»Sei still, dann passiert dir nichts!«

Warum sollte sie ihm glauben? Sie brüllte weiter. Er hatte ihre Mutter erschossen! Das Mädchen zappelte, trat, schlug mit den Fäusten um sich – bis plötzlich eine Messerklinge vor seinen Augen aufblitzte.

»Wenn du nicht gleich ruhig bist, schlitze ich dir die Kehle auf.«

Jerry spürte kalten Stahl am Hals. Sie hob unvermittelt die Beine und stieß sich mit aller Kraft von der Wand ab.

Eugene verlor das Gleichgewicht, sein linker Fuß stieß gegen das Bettgestell. Um nicht nach hinten zu kippen, drehte er sich, wendig wie er war, nach links, was seinem rechten Bein hinter dem Bett einen festen Stand ermöglicht hätte – wäre da nicht das Versteck gewesen.

Mit dem ganzen Gewicht seines Halt suchenden Körpers trat er auf die lose Diele. Wie ein Katapult schnellte das Brett nach oben und traf Eugene einen Sekundenbruchteil später im Rücken. Dem Schlag folgte ein hässliches Knacken, als sein rechtes Bein brach. Eugene stürzte vornüber, das zappelnde Mädchen rutschte ihm aus dem Arm. Im Fall krachte Eugenes Kopf gegen einen Messingknauf des Bettes, und der Mann sank wie ein nasser Sack zusammen.

Jerry zog sich unter dem schweren Leib hervor, der sie halb begraben hatte. Ihr Hals fühlte sich merkwürdig warm an. Als sie der Nässe nachspürte, die unter dem Regenparka ihre Brust herabrann, ertastete sie eine lange Wunde an der Kehle. Das Blut floss wie Wasser aus einer undichten Regenrinne. *Wenn du nicht gleich ruhig bist, schlitze ich dir die Kehle auf.* Um Haaresbreite hätte Eugene seine Drohung doch noch wahr gemacht.

Das Mädchen blickte auf den Körper des besinnungslosen Mannes. Eugenes Bein steckte noch im Dielenspalt, es war grotesk abgewinkelt. Über seinem linken Auge sickerte Blut aus einer Platzwunde.

Der Anblick des Blutes erinnerte Jerry an etwas, das sie bei ihrer Mutter gelernt hatte: Jede Wunde muss versorgt werden – Sauberkeit ist dabei oberstes Gebot.

In mancherlei Hinsicht war Jerry ein außergewöhnliches Mädchen, geprägt von der täglichen Nähe einer Mutter, die auf medizinische Notfälle stets mit Besonnenheit reagierte. Wie Rachel es getan hätte, eilte Jerry in die Wohnküche, um sich Verbandszeug und Jod zu holen. Wohl nicht allein das mütterliche Vorbild trieb sie an, sondern mindestens ebenso der im Schlafzimmer erlebte Schrecken, vor dem sie davonzulaufen versuchte. Wie auch immer – es rettete ihr das Leben.

Sie rannte, ohne zu überlegen, zum Gästehaus, wo es ein Badezimmer gab. Dort, vor dem Spiegel, wiederholte das Kind, was es seine Mutter im Krankenhaus schon unzählige Mal hatte tun sehen: Es reinigte in aller Eile die Wunde, träufelte die rote Tinktur auf ein sauberes Tuch, betupfte trotz der Schmerzen damit großzügig den Schnitt und wickelte sich anschließend einen Verband um den Hals. Dann lief Jerry auf direktem Weg in den Busch.

Es war noch dunkel, als der Himmel über Jonestown zu beben begann. Genau so empfand Jerry das dumpfe Rattern aus der Ferne. Sie kroch ein Stück weit aus der Höhle, die sie unter den Wurzeln eines Baumes entdeckt und in der sie Schutz vor dem Sturm gesucht hatte. Sie reckte den Kopf nach oben. Dabei erinnerte sie ihr Hals schmerzhaft an Eugenes »Andenken«.

Regen tropfte ihr ins Gesicht. Das Klopfen näherte sich mit großer Geschwindigkeit. Es war nichts zu sehen, aber die Baumwipfel fingen an zu zittern, und bald peitschten sie wie wild hin und her. *Hubschrauber!* Jerrys Lippen formten das Wort, ohne einen Laut von sich zu geben. *Keinen Mucks!* Kam da die von Mutter versprochene Hilfe?

In der Finsternis hatte Jerry nicht weit in den Dschungel vordringen können. Nun wagte sie sich bis zum Rand des gerodeten Areals vor. Wie vermutet, schwebten darüber riesige Schatten. Kaum hatten die vier Helikopter den Boden berührt, entließen sie einen Schwarm kleinerer Schemen. Sollte das die Hilfe sein? Für Sanitäter bewegten sich die Leute sehr ungewöhnlich.

Zahlreiche Gestalten liefen aus der Siedlung und dem Dschungel herbei, um die Ankömmlinge willkommen zu heißen – anscheinend hatten sich doch viele Menschen des tödlichen Gebräus enthalten. Aber dann geschah etwas Furchtbares. Die Leute aus den Hubschraubern hoben Gewehre – nein, im Licht der Scheinwerfer konnte Jerry es nun deutlicher erkennen: Es waren Armbrüste.

Als die »Helfer« zu schießen begannen, drang kein einziger Laut zum Dschungelrand vor. Nur die Schreie der Getroffenen markierten die Treffer.

Wie zu Stein erstarrt, verfolgte Jerry das Unfassbare, beobachtete, wie die Männer aus den Hubschraubern ihre Bolzen verschossen. Nicht wenige Bewohner der Siedlung versuchten in den Regenwald zu entkommen. Den meisten erging es wie jenem Mann, der, ohne es zu wissen, direkt auf Jerry zurannte: Ein Pfeil traf ihn mitten ins Herz. Andere hofften wohl auf die Gnade der lautlosen Mörder – jedoch vergeblich. Mehrere Siedler wurden von Soldaten mit dem Gesicht voran zu Boden geworfen, während ein weiterer Bewaffneter ihnen mit irgendetwas Kleinem zwischen die Schulterblätter stach. Die Gegenwehr der Gefangenen ließ schnell nach, bis sie schließlich ebenso erschlafften wie jene, die zuvor den Saft getrunken hatten.

Das Morden war noch im Gange, als zwei Verletzte auf Bahren zu einem Hubschrauber gebracht wurden. Der eine rührte sich überhaupt nicht, der andere dafür umso mehr. Das schwere Fluggerät stand Jerry im Weg, sodass sie sich keine Gewissheit über den dunkelhäutigen Mann verschaffen konnte, den sie nur für einen winzigen Augenblick im Halbdunkel bemerkt hatte. Eine Anzahl Kämpfer stieg in den Helikopter, der unverzüglich abhob und Jonestown verließ.

Jerry erwachte erst wieder aus ihrer Starre, als sich ihr zwei der Killer näherten. *Papa!* Ihre Lippen formten den Hilferuf zwar, ließen jedoch keinen Laut passieren. Mehr noch als das Gebot ihrer Mutter schnürte ihr Angst die Kehle zu. Jetzt holen sie dich, dachte sie. Aber das Interesse der Männer galt nur dem Toten, den die Armbrust niedergestreckt hatte. Sie luden ihn auf eine Bahre, trugen ihn zu den Häusern zurück und kippten ihn dort einfach in den Dreck.

Vorsichtiger als jemals zuvor schlich Jerry in den Dschungel zurück.

Einige Zeit nach Sonnenaufgang, die Hubschrauber waren längst abgeflogen, hörte Jerry Stimmen. Sie wagte nicht, ihr Erdloch zu verlassen. *Keinen Mucks!* Es waren zwei Männer, die da miteinander sprachen. *Papa?* Nein, ihn hätte sie sofort erkannt. Auch Odell Rhodes' tiefes, leicht kratzendes Organ gehörte keinem der beiden. Vielleicht waren es die Anwälte des Reverend? Einer der Männer klingt ein wenig wie dieser Alan Compte, dachte Jerry. Aber sie war sich nicht sicher. Die Stimmen entfernten sich wieder und gingen schließlich in den Geräuschen des Regenwaldes unter.

Den ganzen Sonntag über war Jerry zu verängstigt, um sich aus ihrem Erdloch herauszuwagen. Sie starrte nur aus leeren Augen vor sich hin und konzentrierte sich ganz darauf, keine Geräusche zu machen. Der tropische Sturm war weitergezogen, und der Dschungel dampfte. Dann ging die Sonne unter, und es wurde Nacht.

Als ein neuer Morgen über den grünen Wipfeln dämmerte und Jerry aus unruhigem Schlaf erwachte, verspürte sie einen unbändigen

Hunger. Die Hubschrauber waren nicht zurückgekehrt, aber auch sonst schien sich niemand für Jonestown zu interessieren. Langsam kroch das Mädchen aus dem Versteck.

Vielleicht hatte in der Siedlung jemand überlebt. Womöglich sogar ihr Vater. Sie musste nachsehen. Und wenn alle tot waren? Dann würde sie die Straße hinauf nach Port Kaituma laufen. Man konnte sich nicht verirren.

Schnell erreichte sie das freie Gelände, auf dem sich noch vor zwei Nächten so schreckliche Szenen abgespielt hatten. Sie folgte einem Trampelpfad in die Siedlung. Noch ehe sie die ersten Häuser erreichte, schlug ihr ein Übelkeit erregender Geruch entgegen. Kurz darauf entdeckte sie die ersten Leichen. Einige Tote waren seltsam aufgebläht. Nicht wenige hatten im Todeskampf ihre Blase oder den Darm entleert. Angestrengt blickte Jerry in eine andere Richtung, aber aus den Augenwinkeln sah sie immer noch die leblosen Leiber, und mit einem Mal war sie völlig von ihnen umgeben.

Und dann fand sie ihre Mutter.

Der Körper lag seltsam verdreht im Schmutz. Als hätte ihn jemand eilig dorthin geschafft und achtlos fallen gelassen. Auf dem Rücken scharten sich Fliegen um eine großes, blutverkrustetes Loch.

Was von der Welt des Mädchens noch übrig geblieben war, das stürzte in diesem Augenblick wie ein Kartenhaus in sich zusammen. Tränen schossen Jerry in die Augen. Ihrem wunden, geschwollenen Hals entwichen krächzende Klagelaute. Tränenblind lief sie davon, tappte zwischen Leichen hindurch, stolperte über leblose Beine und Arme, bis sie über sich erneut das Geräusch eines Hubschraubers vernahm.

ZWEITER TEIL

DIE SUCHE
NACH
DEN WEISSEN
GÖTTERN

DER AUFTRAG

27 Jahre später
Berkeley (Kalifornien, USA)
22. September 2005
11.48 Uhr

Erst aus der Vogelperspektive war das schreckliche Ausmaß der Tragödie zu erahnen. Dutzende, womöglich sogar mehrere hundert Leichen bedeckten das Areal. Der Helikopter flog über ein weit ausladendes Satteldach aus hellem Blech hinweg. Es gehörte dem größten Gebäude von Jonestown, offenbar eine Art Versammlungshalle. Ringsum bot sich den Helfern ein Anblick wie nach einem Krieg. Überall Tote. Doch etwas an diesem grauenvollen Fund machte die hart gesottenen Navy-Soldaten stutzig. Es waren nirgends Zerstörungen zu sehen. Niemand hatte hier Handgranaten geworfen oder Maschinengewehrsalven abgefeuert. Es sah so aus, als hätten sich die Leute alle selbst umgebracht.

Plötzlich erschien ein Zeigefinger und deutete an den Rand des Blickfeldes. Dort bewegte sich etwas. Der Hubschrauber ging tiefer. Und dann erkannte man es, nur einen kleinen Augenblick lang. Ein Kind, allem Anschein nach ein kleines Mädchen in einer schmutzigen gelben Regenjacke, irrte verstört zwischen den Leichen umher, als suche es jemanden.

Ein grelles Flimmern huschte über die Leinwand, dann wurde es schlagartig dunkel. Kurz darauf ging im Hörsaal das Licht an.

Yeremi blinzelte benommen. Sie war blass wie eine Wand und zitterte, wusste sie doch nur zu genau, was dieses Kind dort unten gesucht hatte.

Denn sie *war* das fünfjährige Mädchen in dem Film.

Viele Erinnerungen an die grauenvollen Ereignisse von damals besaß sie nicht mehr, aber den Geruch der Toten von Jonestown würde sie nie vergessen – diese nach Kot, Urin, Blut und Verwesung stinkende Wolke, die wie ein beflecktes Leichentuch über allem gelegen hatte. Und der Anblick ihrer toten Mutter schwärte noch immer wie ein Abszess in ihrem Gedächtnis. Hätte Yeremi gewusst, was sie im Hörsaal erwartete, wäre sie niemals hingegangen.

Durch den Film war der Schlick wieder aufgewühlt worden, der düstere Bodensatz ihrer Seele, all jene Erlebnisse, die sie am liebsten für immer aus ihrem Bewusstsein verbannt hätte. Der seinerzeit eilig erstellte Regierungsbericht über das so genannte Jonestown-Massaker vom 18. November 1978 wies die Zahl von neunhundertdreizehn Toten aus. Ungefähr einhundertsiebenundsechzig Personen hätten überlebt, davon galten etwa zwanzig offiziell als »nicht identifiziert«.

Yeremi Rose Bellman war eine von ihnen.

Während sich die Weltöffentlichkeit im Herbst 1978 an den schaurigen Bildern und Berichten der Medien von aufgedunsenen Leichen und lebensmüden Angehörigen der religiösen Volkstempel-Bewegung geweidet hatte, war Yeremis Großvater im Verborgenen aktiv geworden. Carl Bellman besaß schon damals Beziehungen bis in höchste politische Kreise und zudem ein millionenschweres Vermögen. Beides setzte er großzügig ein – zuletzt sogar in einem Rechtsstreit mit dem CIA –, um seine Enkelin aus dem Medienrummel herauszuhalten. Er wollte der kleinen Jerry wieder ein behütetes und geordnetes Leben verschaffen. Zu diesem Zweck redete er auch seinem zweiten Sohn Nils und dessen Ehefrau Molly ins Gewissen. Sie seien ohnehin kinderlos, was spräche dagegen, die Kleine zu adoptieren? Das Paar konnte keine stichhaltigen Einwände vorbringen. So wuchs Jerry im texanischen El Paso bei Onkel und Tante auf, die sie bald Papa und Mama nannte. Später zog die Familie ins kalifornische Pacific Grove.

Inzwischen haderte Jerry aber nur noch selten mit ihrem Schicksal, sie hatte sich damit arrangiert, sah sich als Opfer eines Dominoeffekts: Vor siebenundzwanzig Jahren war im Dschungel von Guyana der erste schwarze Stein umgekippt und hatte damit eine Folge von Unglücken ausgelöst, die sie mehr als einmal zu

Fall bringen sollten. Doch mit der Starrköpfigkeit eines Stehaufmännchens war sie immer wieder auf die Beine gekommen. Vielleicht verschwendete sie deshalb keinen Gedanken an den nächsten Dominostein ihres Lebens, der in diesem Moment bereits zu fallen begonnen hatte.

Yeremi ließ den Blick durch die gebogenen Sitzreihen des Auditoriums schweifen und musterte die Gesichter der Studenten. In vielen Augen leuchtete ein Feuer, das Professor McFarell entfacht hatte. Sie entsann sich gut jener Begeisterungsfähigkeit, die bei ihr mit ungefähr dreizehn Jahren eingesetzt hatte. Damals glaubte sie tatsächlich, man brauche die großen Sinnfragen nur zu stellen, um befriedigende Antworten zu erhalten. Also hatte sie gefragt: Warum haben sich Mama und Papa von diesem Reverend Jim Jones wie Schafe zur Schlachtbank führen lassen? Molly und Nils konnten oder wollten ihr dazu keine zufrieden stellenden Erklärungen geben.

Die unbegreifliche Verführbarkeit ihrer leiblichen Eltern hatte Hass in Yeremi geweckt, Gefühle, die sie noch mehr verwirrten. Ihre Schlafgewohnheiten gerieten völlig aus dem Takt. Nachts dröhnte sie sich Rockmusik in den Kopf, um die dort spukenden Gespenster zu vertreiben, tagsüber schlief sie in der Schule ein. Deshalb nahm sie Weckamine, putschte sich am Morgen hoch und schluckte am Abend Barbiturate, um endlich Schlaf zu finden. Über Monate hinweg nahm ihr Zustand immer ernstere Formen an. Die Ärzte tippten auf Dysthymie, eine »chronische Form der milden bis mäßigen Depression«.

Yeremi empfand die Diagnose als blanken Zynismus. Wie konnte dieser Schmerz »mild« sein? Sie wurde reizbar, aufsässig, lief von zu Hause weg, wurde von der Polizei wieder eingefangen. Dafür verachtete sie ihre Pflegeeltern. Und sie hasste auch sich selbst, war übermäßig selbstkritisch, dachte an Selbstmord. Eine Zeit lang bestrafte sie sich durch Essensverzicht, magerte bedrohlich ab. Eine Therapeutin deutete Yeremis Stimmungen als »klare Anzeichen einer unbewussten Selbstanklage. Du musst dich von dem Gedanken lösen, Unglück heraufzubeschwören, sobald du jemandem erlaubst, dich zu lieben«. Lächerlich! Yeremi hatte davon nichts wissen wollen. Sie war ein fünfjähriges Mädchen gewesen, als das Verhängnis seinen Lauf nahm, und keine Unglücksbotin.

Dem Mangel an Erkenntnis folgte Enttäuschung. Die weiterhin offenen Sinnfragen drohten in böse Omen umzuschlagen. Es folgte eine Phase der Desillusionierung, in der Yeremi eine tiefe Abneigung gegen jeden entwickelte, dem sie, ob nun berechtigt oder nicht, die Manipulation menschlicher Gefühle unterstellen konnte, insbesondere ihrer eigenen. Dieses Feindbild hatte sie durchaus großzügig angelegt. Es schloss neben charismatischen Religionsführern vom Schlage eines Jim Jones auch Politiker, Militärs, Wissenschaftler und Wirtschaftsmagnaten ein. Wer sich Einfluss verschaffte, verdiente ihr Misstrauen – auf diese Maxime gestützt und dank ihres eisernen Willens, hatte sie sich letztlich selbst aus dem Sumpf ihrer verletzten Gefühle befreit. Niemand durfte an dieser Überzeugung rütteln, womöglich weil sie ahnte, wie schnell ihr Leben dadurch aus den Fugen geraten könnte.

So hatte sich das verstörte Kind, das eben noch über die Leinwand des Auditoriums gehuscht war, zu einer geachteten Anthropologin gemausert, die schließlich doch noch für Schlagzeilen sorgte: als jüngste Assistenzprofessorin der Universität von Kalifornien in Berkeley. Professor Doktor Yeremi R. Bellman wurde in der akademischen Welt hoch geschätzt. In ihrer unmittelbaren Nachbarschaft dagegen blieb sie zumeist unbemerkt, weil sie den Kontakt mit anderen Menschen scheute. Schon eine zufällige Berührung, etwa die eines Studenten beim gleichzeitigen Griff nach dem Salzstreuer in der Mensa, ließ sie heftig zurückschrecken. In solchen Momenten wurde die Oberfläche der gestandenen Wissenschaftlerin durchscheinend, und darunter trat für Augenblicke das verletzliche Mädchen zu Tage. Dem ungeübten Beobachter mochten derlei flüchtige Eindrücke entgehen, weil er im nächsten Moment schon wieder die undurchdringliche Fassade einer Wissenschaftlerin sah, einer selbstbewussten Frau, die mit der Universität verheiratet war und niemandem traute außer sich selbst und einer handverlesenen Schar ihr nahe stehender Menschen.

Zu diesen zählten ihre Großeltern Carl und Fredrika, ihre

Freundin und entfernte Verwandte Sandra Schroeder sowie seit der Studienzeit auch Stan McFarell, der Dekan der Anthropologischen Fakultät von Berkeley. Letzterem musste vor mehr als einem Dutzend Jahren ein Engel nahe gelegt haben, sich der Bellman-Erbin anzunehmen, die den Ruf einer schwierigen jungen Dame besaß. Im Moment zweifelte Yeremi allerdings an den guten Absichten ihres Mentors.

Allmählich fand sie in die Wirklichkeit zurück. Die Worte von Professor Doktor Stanley A. McFarell schienen aus weiter Ferne zu kommen. Warum hat Stan ausgerechnet diesen Film für seinen Vortrag benutzt?, fragte sich Yeremi. Er weiß doch, wer das Mädchen auf den letzten Bildern ist. Wieso zwingt er mich, alles noch einmal zu durchleben? … Will er mich provozieren? Nein. Yeremi schüttelte kaum wahrnehmbar den Kopf. Derlei Hinterhältigkeiten gehörten nicht zu Stans Art, zumindest nicht gegenüber Menschen, die er schätzte, und als solchen betrachtete sie sich. Trotzdem: Laut höchstrichterlicher Verfügung mussten die Filmsequenzen, auf denen sie zu erkennen war, unter Verschluss gehalten werden; nur Wissenschaftler mit einem begründeten Forschungsvorhaben durften sie sehen. Natürlich gehörte es für einen einflussreichen und bisweilen sogar schlitzohrigen Gelehrten wie Stanley McFarell zu den leichtesten Übungen, einen solchen Nachweis zu erbringen, aber neben dem juristischen Recht gab es immer noch ein moralisches, und das hatte Yeremi auf ihrer Seite, zumindest glaubte sie es.

Professor McFarell dozierte über »Die Bedeutung der Empathie im Wandel der Zeiten« – oder präziser, er verkörperte seinen Stoff wie ein brillanter Mime: routiniert, ohne abgedroschen zu klingen, faktensicher und doch bar jeder Überheblichkeit, humorvoll, aber keinesfalls albern. Psychologische Anthropologie war sein Spezialgebiet. Yeremi lauschte missmutig, wenngleich auch fasziniert, den abschließenden Ausführungen des Wissenschaftlers. Stan war ein begnadeter Lehrer. Insgeheim musste sie ihm selbst jetzt, da in ihrem Magen feuriges Magma zu brodeln schien, Anerkennung zollen.

Äußerlich war der vierundsechzigjährige Psychologe eher unscheinbar: mittelgroß, schwergewichtig, bekrönt von einem schlohweißen Haarkranz. Schon oft hatte sich Yeremi gefragt, ob Stanley McFarells Wirkung auf andere Menschen etwas mit seinen blassgrünen Augen zu tun hatte, die bald kalt wie Gletschereis funkelten, bald Wärme versprühten wie die Seelenfenster eines gutmütigen Großvaters, dem man alles anvertrauen mochte. Zweifellos besaß der Professor eine Aura, die Menschen in ihren Bann ziehen konnte. Auch die gut fünfzig Hörer im Auditorium waren gefesselt. Kein Student schlief, und niemand schlürfte geräuschvoll an seiner Coladose.

»Wie gezeigt«, resümierte McFarell, »definieren wir in der Psychologie die Empathie als Bereitschaft und Fähigkeit, sich in die Einstellung anderer Menschen einzufühlen. Doch sie ist weit mehr als bloßes Mitgefühl. Je mehr Empathie eine Person besitzt, desto eher kann sie die einzigartigen Erfahrungen eines anderen Menschen verstehen und darauf reagieren. Aber Vorsicht! Das Paradox der Empathie ist ihre Zweischneidigkeit. In gewisser Hinsicht gleicht sie einer aufgemotzten Chevrolet Corvette mit dreihundert Pferdestärken: Man kann mit ihr sowohl majestätisch über den Boulevard rollen und dabei eine Menge Herzen höher schlagen lassen, als auch die Angebetete im Jettempo zur Entbindungsklinik katapultieren, sollten die Wehen plötzlich einsetzen; aber die Corvette lässt sich auch als Waffe gebrauchen, etwa um schwächer motorisierte Zeitgenossen in den Straßengraben zu schubsen. Ebenso verhält es sich mit der uns angeborenen Gabe der Empathie, die wir sowohl in hilfsbereiter als auch in verletzender Absicht einsetzen können. Männer wie auch Frauen haben zu allen Zeiten die Gefühle und Gedanken ihrer Mitmenschen manipuliert, manchmal zum Guten, oft – wie das Jonestown-Massaker beweist – auch zu ihrem Schaden. In alten Legenden wird vom Eingriff der Götter in die Geschicke der Sterblichen gesprochen, nicht zuletzt dadurch, dass sie deren Gefühle und damit menschliches Handeln beeinflussten. Sogar die Bibel widmet der Empathie breiten Raum: Wenn König Saul von einem ›schlechten Geist‹ heimgesucht wurde, heißt es im Ersten

Buch Samuel, dann verschaffte David dem in Aufruhr geratenen Gemüt durch Harfenspiel Erleichterung. Von Christus berichtet der Evangelist Matthäus sogar: ›Und Jesus, der ihre *Gedanken erkannte*, sprach: »Warum denkt ihr Böses in eurem Herzen?«‹ Wohnt jedem Menschen ein Funke jener Gabe inne, die dem Herrn die Fähigkeit verlieh, das ›Böse im Herzen‹ seiner Gegner zu ›erkennen‹?«

Der Professor ließ seine rhetorische Frage in wohl bemessener Dauer auf die Studentenhirne einwirken, währenddessen seine Gletschereisaugen durch eine altmodische Hornbrille in das Rund der Zuhörer emporblickten. Erst jetzt schien er Yeremi zu bemerken. Sein Mundwinkel verzog sich, die Andeutung eines Lächelns. Dann fügte er, an seine gebannt lauschende Jüngerschaft gewandt, hinzu: »Falls auch nur die geringste Aussicht bestünde, dieses göttliche Geheimnis zu lüften, sollten wir es dann nicht wenigstens versuchen? Könnte uns irgendetwas davon abhalten, selbst wenn es, eingraviert auf einer Steintafel, irgendwo in den frostigen Höhen des Himalaja versteckt läge?«

Viele Studenten schüttelten den Kopf, andere murmelten Worte wie »Nein!« oder »Niemals!«. Die Miene des Professors verzog sich unvermittelt zu einer Furchenlandschaft des Zweifels. Mit schief gelegtem Kopf und abwiegelnder Geste fügte er hinzu: »Oder sollten wir dieses gefährliche Wissen besser als Teufelswerk verdammen? Wir haben ja anhand mehrerer Beispiele gesehen, zu welchen Tragödien die Manipulation menschlicher Emotionen führen kann.«

Yeremi bemerkte, wie in der jungen Zuhörerschaft eine Anzahl Köpfe zu nicken begannen, als säßen sie auf dem Rumpf von Buddhastatuen. Unterdessen löste sich die Spannung in McFarells Gesicht. Er lächelte und beschloss seinen Vortrag auf altbewährte Art.

»Die Antwort auf diese Fragen zu finden ist nicht Gegenstand unserer heutigen Vorlesung, aber ich denke, meine Damen, meine Herren, Sie werden nun ausreichend Stoff zum Diskutieren haben. Vielen Dank für Ihre Geduld und einen schönen Tag.«

Yeremi erlebte nicht zum ersten Mal diese erstaunlich lange Stille, die nach der fast schon rituellen Schlussformel des Professors eintrat. Aber schließlich wich der Bann doch vom Auditorium – auch das hatte Tradition. Die Zuhörer klopften mit Kugelschreibern und anderen Requisiten anerkennend auf die Schreibpulte; Stuhllehnen klappten hörbar nach oben, und Sportschuhe aller gängigen Marken transportierten ihre mehr oder weniger gesprächigen Träger aus dem Saal.

»Wie war ich?« Professor McFarell hatte wie ein Olympiasieger die Arme hochgerissen und strahlte über das ganze Gesicht.

Die letzte noch sitzende Zuhörerin klatschte betont langsam. Ihr Gesicht blieb ausdruckslos. Die kleinen und großen Selbstinszenierungen des Dekans waren Yeremi bestens vertraut. Stanley McFarell pflegte das Klischee des spleenigen Professors, der zu gelegentlichen Ausfällen neigte: Er liebte es, die mental ungefestigte Wissenschaftsgemeinde durch bisweilen abenteuerliche Theorien aus der Fassung zu bringen. Manche behaupteten, er täte das nur, um seiner Fakultät mehr Publicity und Fördermittel zu verschaffen. Aber Yeremi kannte McFarells Scheu vor Kameras und hielt seine provozierenden Thesen eher für eine Art Spiel, mit dem er die geistige Beweglichkeit seiner Mitmenschen, vor allem seiner Kritiker, auszuloten suchte.

»Sind Sie böse mit mir, Jerry?« Der Professor lehrte nicht nur zum Thema Empathie, er besaß sie auch.

Ihr war das nur recht. Sein versöhnlicher Ton dämpfte ihren Zorn nur unwesentlich. Sie erhob sich von ihrem Sitzplatz am Gang und stieg ohne große Eile die Treppe zu ihm hinab.

»Wie konnten Sie mir das antun, Stan? Ich werde wieder nächtelang Albträume haben.« Sie erreichte den Professor, der neben dem Katheder stand. »Ich bin enttäuscht, und Sie wissen genau, was der Grund dafür ist.«

»Der Film hat Sie innerlich aufgewühlt. Das kann ich gut verstehen, Jerry.«

»Wenn Sie ihn schon unbedingt vorführen mussten, warum haben Sie dann nicht wenigstens *mir* die Bilder erspart?«

McFarell öffnete den Mund, holte Luft, sagte aber nichts. Nur seine grünen Augen ruhten auf Yeremis Gesicht. Hörbar atmete er wieder aus.

»Sagen Sie mir den Grund!«, entfuhr es Yeremi, heftiger als beabsichtigt.

McFarells Antwort kam leise, beinahe so, als zweifele er noch, ob er sie wirklich aussprechen dürfe. »Ich wollte herausfinden, ob Sie der vermutlich größten Herausforderung Ihres Lebens gewachsen sind.«

Yeremis Zorn wich einem unangenehmen Gefühl der Beklommenheit. Ihre Augen verengten sich zu schmalen Schlitzen. »Worauf wollen Sie hinaus, Stan?«

Der Dekan blickte über ihre Schulter zu den leeren Sitzreihen hinauf. »Lassen Sie uns darüber in meinem Büro reden, Jerry. Diese Angelegenheit dürfte zu brisant sein, um sie ausgerechnet in einem Hörsaal zu besprechen.«

Die Anthropologische Fakultät von Berkeley residierte in der Kroeber Hall, einem lichtgrauen, kantigen Bau mit dem spröden Charme eines Schuhkartons. In Professor McFarells Arbeitszimmer spürte man davon jedoch wenig. Eine Mischung aus Gediegenheit und Chaos herrschte in dem mit Zedernholz getäfelten Raum. Überall lagen Bücher verstreut, auch auf dem mit Perserteppichen dekorierten Fußboden. Ein Viertel des Zimmers war mit einer opulenten Sitzecke aus schwarzem Leder ausgestattet, die dem Dekan als gepolsterter Kampfplatz diente, sowohl für hitzige wissenschaftliche Diskussionen als auch für jene unvermeidlichen Auseinandersetzungen, die seine administrativen Pflichten mit sich brachten. Sein Lieblingsmöbel war jedoch der Eichenschreibtisch aus dem Nachlass eines spanischen Kapitäns: sechzehntes Jahrhundert, rotbraun und gewaltig. Auf dem Möbel stapelten sich Akten, Fachliteratur, unredigierte Manuskripte, ein Schrumpfkopf, mehrere Keramik-Artefakte aus der Inka-Zeit, ein offener Teakholzkasten mit einem Schiffskompass aus Messing und andere nützliche Utensilien.

Yeremi saß mit gestrafftem Rücken auf der Kante eines der wuchtigen Sessel und reckte ihrem am Schreibtisch sitzenden Mentor herausfordernd das Kinn entgegen. »Ich habe in Brasilien mit Anakondas gerungen und bin in Peru unter Mumien begraben worden. Warum denken Sie, diese Aufgabe könnte mich überfordern?«

Der Dekan blickte seine Assistenzprofessorin, die ihn an ein trotziges Kind erinnerte, über den Rand eines dampfenden Kaffeebechers hinweg an; auf dem Gefäß prangten in goldener Farbe die Pyramiden von Giseh. McFarells Brillengläser beschlugen, während er sich Zeit für seine Antwort nahm. Er taxierte die zusehends verschwimmende Yeremi wie ein Rennpferd, das ihm im Wettbüro zu Reichtum verhelfen sollte. In den letzten drei, vier Jahren war sie gereift, im besten Sinne des Wortes. Selbstbewusst und mental gefestigt, präsentierte sie sich auch physisch in Bestform. Ihr schlanker Körper war durch etliche Marathonläufe gestählt. Mit ihren ein Meter achtundsiebzig erreichte sie zwar nicht ganz das Gardemaß eines Modells, war für den Laufsteg insgesamt wohl auch zu sehnig und oben herum zu flach gebaut, aber dafür besaß ihr Gesicht etwas Exotisches, das sich auf der Titelseite von Frauenmagazinen durchaus gut machen würde. In ihren Adern floss deutsches, schwedisches, italienisches und mexikanisches Blut. Wenn sie – wie jetzt – wütend war, funkelten ihre dunkelbraunen Augen besonders intensiv und boten einen hinreißenden Kontrast zu ihren schulterlangen goldblonden Locken. Ihre hohen Wangenknochen, die gerade, schmale Nase und das spitz zulaufende Kinn verliehen ihr einen fast aristokratischen Ausdruck.

McFarell nickte wie jemand, dem gefiel, was er gesehen hatte, bevor er gänzlich erblindet war. Beim Abstellen des Bechers verschüttete er etwas Kaffee über eine noch ungeprüfte Doktorarbeit. Er nahm die Lesebrille ab und putzte sie bedächtig mit seiner rotblau gestreiften Seidenkrawatte, den Blick weiter auf Yeremi gerichtet. Sie kannte ihren Mentor als einen Mann, der sich nicht schnell aus der Ruhe bringen ließ. Auch jetzt klang er völlig entspannt, als er erwiderte: »Schlangen und Mumien sind eine Sache, Jerry. Ich frage mich allerdings, ob Sie auch fähig wären, die Götter herauszufordern.«

Yeremi starrte McFarell verständnislos an. Mit einem Mal warf sie den Kopf in den Nacken und stieß ein leises Lachen aus. »Nehmen Sie 's mir nicht krumm, Stan, aber mein Verhältnis zu geistigen Sphären ist ziemlich gestört, seit ein Mann, der sich seinen Anhängern als Reinkarnation des Messias verkaufte, meine Eltern umgebracht hat. Mit Ihrem Götterschmus können Sie vielleicht meinen Großvater beeindrucken – der ist ein frommer Mann –, aber ich berausche mich lieber an der Wissenschaft. Die dürfte ehrlicher und auch ein ganzes Stück handfester sein als dieser mystische Kram.«

McFarell schüttelte bedauernd den Kopf. »Sie wollen Gott für etwas bestrafen, das ein Gottloser Ihnen und Ihrer Familie angetan hat. Ist das vernünftig, Jerry?«

»Es bewahrt mich vor Enttäuschungen.«

»Einstein hat einmal gesagt: ›Naturwissenschaft ohne Religion ist lahm, Religion ohne Naturwissenschaft ist blind.‹ Jeder tief schürfende wissenschaftliche Geist, diese Ansicht teile ich mit ihm, besitzt auch eine eigentümliche Religiosität, die sich im verzückten Staunen über die Harmonie der Naturgesetze und den dahinter stehenden überlegenen Verstand äußert. Glauben Sie mir, meine Liebe, ohne ein gewisses Maß an Spiritualität werden Sie die wirklich großen Geheimnisse nie ergründen.«

»Und um welches Geheimnis geht es im Speziellen?«

»Zunächst sollten wir das Allgemeine klären, die Umstände, bevor ich Sie in die Details einweihe.«

»Sie machen es wirklich spannend, Stan. Diese ›Umstände‹ haben nicht rein zufällig etwas mit dem Film über das Jonestown-Massaker zu tun?«

McFarell griff wieder zu seinem Becher, nippte am Kaffee und legte dann den Kopf schief. »Jedem anderen würde ich mit Nein antworten, aber Ihnen … Kurz gesagt: Ich möchte Sie mit der Leitung einer Expedition betrauen. Das Zielgebiet liegt in den Wassarai Mountains, also im Regenwald von Süd-Guyana.«

Yeremis Kinnlade sackte herab, und sie rutschte tief in den Sessel hinein. Noch während sie sich wieder aufrichtete, machte sie ihrer Entrüstung Luft. »Keine zehn Pferde bringen mich je wieder nach Guyana! Sie müssen vom Teufel geritten sein, dass Sie mir diesen Vorschlag überhaupt unterbreiten.«

Der Professor blickte nachdenklich in seinen Kaffee und nickte gewichtig. »Ich dachte mir schon, dass Sie so reagieren würden, es ist nur allzu verständlich. Sie verbinden traumatische Erlebnisse mit diesem Land, aber bevor Sie mir vorschnell einen Korb geben, sollten Sie eines bedenken, Jerry: Die Reise nach Guyana könnte für Sie – das sage ich als Freund *und* Psychologe – neben dem wissenschaftlichen auch einen therapeutischem Nutzen haben.«

»Sie meinen in der Art, wie man Leuten die Spinnenphobie austreibt – indem man ihnen eine Tarantel zum Spielen gibt? Darauf kann ich verzichten. Und überhaupt: Was soll ich in Guyana, Stan? Mein Schwerpunkt liegt auf den präkolumbischen Hochkulturen, wobei die Betonung auf dem Wörtchen ›hoch‹ liegt. In den vergangenen drei Jahren habe ich mich ausschließlich den Inka gewidmet, und die Ergebnisse der letzten Kampagne in Machu Picchu sind noch längst nicht ausgewertet. Wieso wollen Sie gerade *mich* in ein Land schicken, in dem bestenfalls die Tropenwaldkulturen von Arawaken- und Karibenstämmen zu erforschen sind? Das waren Jäger, Sammler und Fischer, nichts im Vergleich zu den Inka, Maya, Azteken, Olmeken ...«

»Jerry«, sagte McFarell leise. Doch weil sie nicht sofort reagierte, wiederholte er ihren Namen in eindringlicherem Ton: »Jerry! Bitte hören Sie mir doch zu. Ich will Sie keineswegs nach Süd-Guyana schicken, um Sie von Ihrem Forschungsschwerpunkt abzuziehen, sondern gerade *weil* Sie mit Ihren speziellen Kenntnissen und Fähigkeiten die ideale Besetzung dafür sind.«

Yeremis Mund, der nach McFarells Unterbrechung offen geblieben war, klappte hörbar wieder zu. »Ich glaube, Stan, jetzt sollten Sie allmählich deutlicher werden. Was soll diese Expedition bezwecken?«

»Haben Sie schon einmal etwas von den ›Weißen Göttern‹ gehört?«

»Sie meinen von jener geheimnisvollen prähistorischen Hochkultur, die von dem urzeitlichen Superkontinent Gondwana kam und deren Spuren einige Träumer irgendwann unter dem Eis der Antarktis zu finden hoffen? Bitte kommen Sie mir jetzt nicht mit den pseudowissenschaftlichen Hypothesen von Graham Hancock oder gar den Hirngespinsten dieses Schwediken …«

»Sie meinen Erich von Däniken.«

»Ist doch egal. Bis heute habe ich Sie für einen seriösen Wissenschaftler gehalten, Stan.«

»Oh, danke. Dann mag es Sie beruhigen, wenn ich mich hier und heute ausdrücklich von allen wichtigtuerischen Fantasten distanziere. Andererseits sollten wir nicht leichtfertig etwas als unseriös abtun, nur weil es jenseits unseres Vorstellungshorizonts liegt. Die großen Entdeckungen der Wissenschaftsgeschichte wurden gerade von jenen Unverzagten gemacht, die einen Schritt weiter als die anderen gegangen sind.«

»Geschickte Argumentation, Stan, aber ich werde trotzdem *nicht* nach Guyana gehen. Die Jagd auf Phantome und Weiße Götter fällt eindeutig nicht in mein Fachgebiet.«

»Und ob sie das tut, Jerry! Ein Baum beginnt an den Wurzeln zu wachsen, nicht erst da, wo die Blätter sprießen. Als Expertin für die frühen Kulturen Meso- und Südamerikas können Sie nicht einfach deren Ursprünge ignorieren. Bei der Inbesitznahme Südamerikas durch die spanische Krone wollen vereinzelte Konquistadoren hoch gewachsene, hellhäutige, bärtige ›Wilde‹ gesichtet haben, die der Überlieferung nach blond gewesen sind. Es gibt Beschreibungen, die an Kaukasier, oder andere Berichte, die eher an Basken, Bretonen oder Westiren denken lassen. Womöglich handelte es sich um Nachfahren jener bärtigen Götter, die von den Azteken, Maya, Inka und anderen Urvölkern des Kontinents verehrt wurden. Wollen Sie mir allen Ernstes einreden, die Herkunft dieser Kulturbringer interessiere Sie nicht?«

»Ich kenne die Theorien. Das *Epos von Quetzalcoatl* kann ich Ihnen im Schlaf dahersagen:

Seht, sein Bart ist lang gewachsen,
ganz besonders lang sein Bart ist,
gelb wie Stroh sein langer Bart ist!

Und so weiter und so fort. Mal sind es die Phönizier, dann wieder die Kelten oder Ägypter, die als Bindeglied zwischen Alter und Neuer Welt herhalten müssen. Mir sind auch die Fachbeiträge über die Petroglyphen auf den Kanarischen Inseln und ihre verblüffende Ähnlichkeit zu Felsbildern in Ohio, Arizona und Venezuela bekannt. Verstehen Sie mich nicht falsch, ich sträube mich nicht gegen den Gedanken an eine ältere weiße Rasse, die vor oder mit den Indios in Mexiko, Peru, Kolumbien oder Paraguay gelebt haben soll, aber dieses Geschwafel von den Weißen Göttern besitzt für mich den befremdlichen Beigeschmack einer Mystifizierung, die unmöglich der Wahrheitsfindung dienen kann. Daran will und werde ich mich nicht beteiligen.«

Für einen Moment wirkte McFarell durch Yeremis brüske Ablehnung eingeschüchtert. Verdrießlich suchte er auf dem Grund seines Kaffeebechers nach Erleuchtung. Unvermittelt hob er wieder den Blick, das Gletschereis in seinen Augen taute auf, und er lächelte wie ein lieber Märchenonkel.

»Sie sind ein harter Brocken, Jerry. Seien Sie versichert, mir geht es nicht in erster Linie um den Nachweis eines transatlantischen Schiffsverkehrs vor Christoph Kolumbus. Jedes halbwegs gescheite Kind kennt heute Leif Eriksson und die Geschichte von der Landung der Wikinger in der Neuen Welt. Mental Health würde keine größeren Summen in ein Unternehmen investieren, das lediglich …«

»Moment mal!«, fuhr Yeremi dazwischen. »Von einem Sponsor haben Sie bisher nichts erwähnt. Wer ist Mental Health?«

»Eine hundertprozentige Tochter von Stheno Industries. Mental Health gehört zwar nicht zu den Global Playern, arbeitet aber sehr erfolgreich im Bereich der Psychohygiene. Das Unternehmen betreibt Forschungen in unterschiedlichen Bereichen: Biofeedback, Schlaf, neuronale Prothesen und, und, und. Der Mutterkonzern hält Mehrheitsbeteiligungen an diversen pharmazeutischen Unternehmen, die Psychopharmaka herstellen.«

»Und wo liegt da die Verbindung zur Götterjagd?«

McFarell lächelte. »Im Vorstandsvorsitzenden des Konzerns. Vielleicht haben Sie den Namen Jefferson H. Flatstone schon einmal gehört. Er ist ein leidenschaftlicher Amateurforscher, ein ziemlich erfolgreicher sogar. Kürzlich hat er ein Dokument aufgespürt, das die Atlantiküberquerung des deutschen Kapitäns Pining sowie des Portugiesen Cortereal im Jahr 1473 – also neunzehn Jahre *vor* Kolumbus! – zweifelsfrei belegt; die beiden Entdecker sind auf Neufundland und möglicherweise sogar an der nordamerikanischen Küste gelandet. Jefferson Flatstone steckt Millionen von Dollars in Forschungsprojekte und Stiftungen, ›um das Wissen über präkolumbische Kontakte zwischen der Neuen und der Alten Welt zu mehren‹, wie es in einer Firmenbroschüre von Mental Health vollblumig heißt. Die so genannten Weißen Götter haben es ihm besonders angetan.«

Yeremi sprang empört von der Sessellehne auf. »Das heißt, Sie wollen mich an einen Multimillionär vermieten, damit er seine verrückten Hypothesen beweisen kann?«

»Werden Sie nicht unsachlich, Jerry, und setzen Sie sich wieder hin«, erwiderte McFarell kühl, fiel aber, nachdem Yeremi seinem Befehl Folge geleistet hatte, sogleich wieder in seinen großväterlichen Ton zurück. »Wir beide kennen doch das Geschäft: Die wissenschaftliche Forschung hängt am Tropf von Staat und Wirtschaft. Ohne Fördergelder läuft nichts. Um es deutlich zu sagen: Das kostspielige Hobby Flatstones ist momentan der einzige Strohhalm, an den ich mich klammern kann, um die Fakultät vor einschneidenden Kostensparmaßnahmen zu bewahren.«

»Uff!« Yeremi stieß hörbar die Luft aus. Sie brauchte einen Moment, um diese Eröffnung zu verdauen. Einsparungen bedeuteten meist auch Personalabbau. Zwar genoss sie als zukünftige Bellman-Erbin den Vorzug finanzieller Unabhängigkeit, aber die Arbeit an der Universität bedeutete ihr Leben. Sichtlich geknickt, fragte sie schließlich: »Warum haben Sie nie etwas davon erwähnt?«

»Jeder Ebbe folgt eine Flut – ich glaubte, den Engpass aus eigener Kraft überwinden zu können. Aber nun brauche ich Ihre Hilfe, Jerry.«

»Reden wir endlich Klartext, Stan. Worum geht es bei dieser Expedition wirklich?«

Die grünen Augen des Professors zitterten einen Moment. Dann antwortete er: »Um das *Wesen* und das *Wissen* der Weißen Götter.«

»Wären Sie zufrieden, wenn ich Ihnen verriete, dass es Außerirdische waren?«

McFarell lachte lautlos, was allein am Hüpfen seines Oberkörpers zu erkennen war. »Das würde mich, offen gestanden, überraschen. Flatstone – und ich muss zugeben, auch *mich* – interessiert vornehmlich, warum man den so genannten Weißen Göttern die Gabe zuspricht, *Herzen zu lesen und sie wie Ton zu formen.*«

Yeremi nickte langsam. »Jetzt dämmert mir, warum Sie mich wirklich in Ihre Vorlesung gelockt haben.«

Der Professor gönnte sich ein kleines Lächeln. »Ihr Scharfsinn hat mir schon immer gefallen, Jerry. Der Zusammenhang zwischen meinem heutigen Vortrag und der geplanten Expedition lässt sich nicht leugnen. Es geht, hier wie da, um Empathie. Die Weißen Götter waren aller Wahrscheinlichkeit nach *empathische Telepathen*. Nein!« McFarell riss wie zur Abwehr die Hände hoch. »Schütteln Sie nicht gleich den Kopf, sondern nehmen Sie sich Zeit, um in Ruhe über diese Möglichkeit nachzudenken. Fragen Sie sich, wie die weißen Zivilisationsbringer ihre Schützlinge innerhalb weniger Generationen auf eine kulturell so viel höher stehende Entwicklungsstufe heben konnten. Für mich gibt es nur eine Antwort: durch Empathie. Die *uns* angeborene Gabe der Einfühlung ist nichts gegen jene urwüchsige Kraft der Weißen Götter aus vorgeschichtlicher Zeit. Sie beschränkten sich nicht darauf, die einzigartigen Erfahrungen ihrer Mitmenschen zu verstehen, sondern besaßen überdies die Fähigkeit, aktiv auf deren Gefühle einzuwirken.«

Yeremi starrte ihren Mentor konsterniert an. »Sie wollen mich also tatsächlich auf die Suche nach *Telepathen* schicken?«

»Hier geht es um *empathische* Telephatie, nicht um die Wahrnehmung ideomotorischer Muskelbewegungen oder andere Formen des so genannten Gedankenlesens.«

»Was Sie nicht sagen! Vergessen Sie 's, Stan! Die unterschiedlichen Theorien und Mythen über die Zivilisationsbringer, die auf Schiffen kamen und ihre hoch entwickelten Kenntnisse an die

Ägypter, die Sumerer, die mesoamerikanischen Indianer, vielleicht sogar an die Ureinwohner Japans weitergegeben haben, sind mir hinlänglich bekannt. Ich will die Fakten auch gar nicht leugnen. Na schön, es hat um das Jahr 3000 vor unserer Zeitrechnung am Nil wie am Euphrat, am Indus wie auch anderswo eine wahre Kulturexplosion gegeben; in Ägypten ist plötzlich, ohne erkennbare Vorstufen, eine komplexe Hieroglyphenschrift aufgetaucht, und die frühen Kulturzentren zeichnen sich durch monumentale Pyramiden und den damit verbundenen Sonnenkult aus. Das alles gehört ja mittlerweile zum wissenschaftlichen Allgemeingut. Aber diese Telepathie-Nummer …« Yeremi schüttelte entrüstet den Kopf.

McFarell zupfte nachdenklich an einer buschigen Augenbraue. »Wussten Sie eigentlich, dass die Pharaonen gekokst haben?«

»Wie bitte?«

»Sie nahmen Kokain. Ein paar Kollegen vom Institut für Anthropologie und Humangenetik in München haben das bei der Untersuchung von ägyptischen Mumien festgestellt. Der Kokastrauch wächst aber nur in der Andenregion und einigen nördlicheren Gegenden Südamerikas. Woher also hatten die Pharaonen ihren Koks?«

»Was weiß ich! Niemand kann heute mit Sicherheit sagen, ob ihr Stoff nicht aus den tropischen Regenwäldern Afrikas oder Asiens stammte. Dort könnten Pflanzen mit demselben Wirkstoff existiert haben und möglicherweise – bislang unentdeckt – immer noch wachsen und gedeihen.«

»Die Erkenntnisse der deutschen Forscher ließen sich aber auch als Indiz für einen regelmäßigen Warenaustausch zwischen Ägypten und Südamerika deuten.«

»Worauf wollen Sie eigentlich hinaus, Stan?«

Der Professor bedeutete ihr durch eine Geste, Geduld zu bewahren. »Lassen sie mich noch eine letzte Eigentümlichkeit ansprechen, dann komme ich auf den Punkt. Es geht um die Anordnung der Pyramiden von Giseh.«

»Was soll damit sein?«

»Sie sind exakt so gruppiert wie die Gürtelsterne des Orion.«

»Wundert Sie das? Die Sterndeuter der frühen Hochkulturen waren Cracks auf dem Gebiet der Astronomie.«

»Sie sprechen vermutlich jene Ära von etwa eintausendeinhundertfünfzig Jahren an, in der die klassischen ägyptischen Pyramiden entstanden sind, also zwischen der dritten Dynastie – so um 2750 vor unserer Zeitrechnung – bis zur siebzehnten. Scheinbar haben die Baumeister der Monumente von Giseh aber Konstruktionspläne benutzt, die mindestens *fünftausendsiebenhundert* Jahre älter waren.«

»Sie machen Witze! Woher nehmen Sie diese hanebüchene Vermutung?«

»Von einem belgischen Bauingenieur namens Robert Bauval.« McFarell beugte sich vor und fixierte Yeremi aus seinen kühlen Augen. »Er behauptet, die Formation der großen ägyptischen Pyramiden entspräche exakt jener Konstellation, wie sie im Sternbild des Orion vor *zehntausendfünfhundert* Jahren bestanden hat. Was sagen Sie nun?«

»Ich bin zwar keine Astroarchäologin, aber meines Wissens verändert sich am Firmament nicht nur die Position der Sternbilder als *Ganzes*, sondern auch die Stellung der einzelnen Himmelskörper *zueinander*. Hat Ihr Belgier auch diese Verschiebungen in seine Berechnungen einbezogen?«

»Nein. Das sieht wie ein Schwachpunkt in Bauvals Hypothese aus, nicht wahr?«

»Allerdings. Damit bricht sie in sich zusammen.«

»Das habe ich auch lange gedacht. Aber dann fiel mein Blick eines Morgens auf eine der großen Reklametafeln am Highway. Ein Elektrofachmarkt warb für seine Toaster mit einer brünetten Schönheit, die drei Brüste hatte. Fotomontage, versteht sich. Aber die Botschaft war klar: ›Wir bieten mehr, als normal ist!‹ Hinter dem Spiel mit der Abnormität steckt eine Taktik. Könnte es sich mit dem kosmischen Plan, nach dem die Anlage von Giseh errichtet wurde, nicht genauso verhalten? Angenommen, die Architekten wussten um die Eigenbewegung der Sterne und haben gerade deshalb eine Konstellation aus der Zukunft in ihre Zeit projiziert. Stellen Sie sich das vor: eine gigantische Reklametafel, sogar vom Weltraum aus zu sehen, die eine simple Botschaft vermittelt: ›Wir bieten mehr, als normal ist.‹ Wäre das nicht sensationell?«

Yeremi wäre fast ein zweites Mal in den Sessel gerutscht. Zunächst erwiderte sie gar nichts, starrte den Professor nur ungläubig an. Dann warf sie die Hände in die Höhe, ließ sie wieder schlaff herabfallen und rief: »Ich bin versucht, an Ihrer Identität zu zweifeln. Sind Sie wirklich *der* Stanley A. McFarell, den ich seit mehr als anderthalb Jahrzehnten zu kennen glaube? Oder habe ich jemand anderen vor mir, einen Schwindler, der nur vorgibt, Dekan der Anthropologischen Fakultät von Berkeley zu sein?«

Der Professor wurde leichenblass. Er wirkte ehrlich betroffen.

Yeremi flüchtete sich in ein verlegenes Lächeln. Sie pflegte mit ihrem Mentor zwar einen saloppen Umgangston, aber es gab trotzdem nur wenige Menschen, die sie so respektierte wie ihn. Versöhnlich fügte sie hinzu: »Tut mir Leid, wenn ich zu hart mit Ihnen umgesprungen bin, Stan. Aber meine ehrliche Meinung zu Ihren Argumenten lässt sich in einem Wort zusammenfassen: Spekulation. Nichts daran ist wirklich stichhaltig. Selbst die angebliche Übereinstimmung der Pyramidenanordnung mit den Gürtelsternen des Orion könnte reiner Zufall sein.«

McFarell musterte die junge Frau sekundenlang ohne erkennbare Regung. Allmählich kehrte die Farbe in sein Gesicht zurück, und er lächelte nachsichtig. »Schon gut, ich bin Ihnen nicht böse für Ihre Offenheit. Vielleicht lassen Sie mich meinen Gedanken zu Ende spinnen, bevor Sie abschließend darüber urteilen. Sie haben natürlich Recht. Die Auffälligkeiten in Verbindung mit den Pyramiden von Giseh beweisen allein noch nichts, wenngleich es bemerkenswert ist, dass der ägyptischen Mythologie zufolge das Sternbild des Orion dem Osiris als Heimstatt dient, ausgerechnet jenem Gott also, von dem es heißt, er habe dem Land in fernen Urzeiten ›die Ordnung‹ gebracht? Dem Osiris-Mythos zufolge befreite er die Ägypter, zeigte ihnen die Früchte der Erde, gab ihnen Gesetze und lehrte sie, die Götter zu achten. Dann machte er sich auf, den ganzen Erdkreis zu durchziehen, um auch anderen seine Künste zu schenken …«

»Und dabei ist er dann irgendwie in Guyana hängen geblieben? Vermutlich war es Liebe auf den ersten Blick.«

»Eine interessante Interpretation! Wie Ihnen zweifellos bekannt sein dürfte, findet der ägyptische Osiris eine Entsprechung im Quetzalcoatl der Azteken, von dem die Legende sagt, er sei ›mit einem Boot übers Meer gekommen, das sich aus eigener Kraft, ohne Paddel, fortbewegte‹. Auch Quetzalcoatl gilt, ebenso wie Kon-Tiki oder andere legendäre Helden der präkolumbischen Völker Amerikas, als Kulturbringer. Und obwohl wir Anthropologen heute wissen, dass den Ureinwohnern Amerikas aufgrund einer Laune der Natur nie Bärte gewachsen sind, wird er im Heiligtum von Teotihuacán mit einem solchen dargestellt. Stellen Sie sich vor, welche wissenschaftliche Sensation es wäre, lebende Nachkommen jener Zivilisationsbringer zu finden, die, wie es im Osiris-Mythos heißt, ›das Land aus dem Chaos in die Ordnung führten‹. Ein solches Volk besäße womöglich einen reichen Schatz an Überlieferungen, ein Wissen, mit dem sich unsere heutige, untereinander entzweite Welt heilen ließe. Würden die empathischen Telepathen zurückkehren, könnten sie Neid, Machtgier, Eifersucht und Zwietracht an der Wurzel packen und die Menschen lehren, mit gemeinsamen Anstrengungen die Herausforderungen der Zukunft zu meistern. Kann eine solche Aussicht Sie nicht überzeugen, die Mühsal einer Reise nach Guyana auf sich zu nehmen?«

Yeremi wurde heiß und kalt. Das Gespräch hatte sich unversehens auf eine persönliche Ebene verlagert, die ihr Unbehagen bereitete. Bei allem Verständnis für McFarells Finanznot sträubte sich doch alles in ihr dagegen, wegen eines wissenschaftlich eher zweifelhaften Auftrags in das Land ihrer Kindheitsschrecken zurückzukehren. Sie schüttelte langsam den Kopf und murmelte: »Wenn Sie mir nur einen *einzigen* Beweis liefern könnten, der diesem verrückten Unternehmen eine Perspektive verleiht …«

»Ich habe noch *einen* Trumpf im Ärmel«, verkündete McFarell. Mit seinem erhobenen Zeigefinger und den hochgezogenen Augenbrauen wirkte er wie ein ergrauter Bühnenmagier. »Unser Fachbereich unterstützt ja in Mexiko mehrere Forschungsvorhaben.

Dadurch habe ich von einer, ich möchte fast sagen, sensationellen Entdeckung erfahren. In der mexikanischen Stadt Aguascalientes gibt es, das dürfte Ihnen nicht neu sein, präkolumbische Katakomben, die keiner uns bekannten ethnischen Gruppe der amerikanischen Urbevölkerung zuzuordnen sind. Schon länger habe ich darin ein Werk der Weißen Götter vermutet. Nun ist man dort kürzlich auf einen raffiniert versteckten Zugang gestoßen, der in ein riesiges Höhlensystem führt, das die bisher erkundeten Katakomben in seinen Ausmaßen um ein Vielfaches übertrifft. Die Entdeckung ist noch nicht öffentlich geworden, weil die mexikanische Regierung den Ansturm einer Schar von Schatzsuchern fürchtet, die wertvolle Artefakte stehlen oder archäologisch relevante Spuren zerstören könnten.«

Die Horrorvorstellung jedes Altertumsforschers. Yeremi nickte verständnisvoll. »Mein Großvater mütterlicherseits stammt aus Aguascalientes. Ich war schon des Öfteren dort. Verwandtenbesuche. Die Stadt wurde 1575 aufgrund reicher Silbervorkommen gegründet …«

»Aber wie die Katakomben belegen, war die Gegend schon lange vor den Spaniern besiedelt. Ich hatte vor einigen Wochen die Gelegenheit, mir einen ersten Eindruck von den neu entdeckten Höhlen zu verschaffen, und ich sage Ihnen, was ich dort gesehen habe, ist unglaublich. Drei der großen unterirdischen Kammern haben ein spitzes Gewölbe, als seien sie Gussformen für Pyramiden gewesen. Ihre Anordnung entspricht – berücksichtigt man die Taumelbewegung der Erde – exakt jener der Gürtelsterne des Orion vor zweitausend Jahren.«

Yeremis Rücken straffte sich jäh. »Haben Sie ›Gussformen‹ gesagt?«

»Mir fällt keine bessere Beschreibung der Höhlenform ein. Wie ich sehe, habe ich endlich Ihr Interesse gewonnen?«

»Wo liegt die Verbindung zu Guyana, Stan?«

»Das werden Sie sofort sehen.« McFarell setzte die Hornbrille wieder auf die Nase, griff zu einer Pappröhre, die neben seinem Schreibtisch stand, erhob sich und trat damit zur Sitzgruppe. Yeremi rutschte rückwärts in den Sessel und schwenkte die Beine um neunzig Grad zum Tisch herum. Der Professor ließ sich in den Sessel zu ihrer Rechten sinken, zog einen gerollten Bogen Papier von der Größe eines Posters aus der Pappe und breitete ihn auf dem viereckigen Tisch aus. Nachdem er die Ränder des Bogens mit dem steinernen Keulenkopf einer Inka-Streitaxt und einem aus Silber geschmiedeten Maiskolben fixiert hatte, fragte er: »Was sehen Sie hier?«

Sie beugte sich über den hochglänzenden Druck, der spontan an die rissige, stark verschmierte Farbpalette eines in Öl arbeitenden Malers erinnerte. »Die Satellitenaufnahme einer bewaldeten Bergregion. Ungewöhnlich hohe Auflösung«, sagte sie sachkundig. Mit derlei Fotografien konnten geringste Verwerfungen und Bodenanomalien sichtbar gemacht werden, weshalb sich auch die Archäologie immer häufiger der »Himmelsspione« bediente. Sie deutete auf eine Anzahl Flecken in Türkis- und Rosatönen. »Die Farbdifferenzen im Infrarotbereich wurden verstärkt.«

McFarell nickte. »Fernaufklärungstechnik von dieser Güte stand bis vor kurzem nur dem Militär zur Verfügung. Vielleicht kennen Sie die Bilder, mit denen man 1987 die unterirdischen Schiffsgräber in Giseh geortet hat. Das hier ist hundertmal besser. Eigentlich hatte man mit dem neuen Satelliten den Zustand des tropischen Regenwaldes im nördlichen Südamerika untersuchen wollen. Als man die Aufnahmen aus dem Grenzgebiet von Guyana und Brasilien unter die Lupe nahm, ist man auf *das* da gestoßen.« Der Professor bohrte einen knubbeligen Zeigefinger mitten in den Regenwald.

Yeremi beugte sich vor und beäugte skeptisch die Stelle im unteren Teil des Großbildes. Bei dem betreffenden Gebiet handelte es sich um eine Gebirgsgegend. Inmitten einer ultramarinblauen Fläche waren drei kleine rote Punkte zu sehen. Sie zuckte die Achseln. »Wärmequellen, möglicherweise Erdthermik vulkanischen Ursprungs, na und?«

McFarell ließ zwei weniger große Fotografien aus der Pappröhre in seine Hand rutschen. Eine legte er nach einem kurzen Blick sofort wieder zur Seite, während er die zweite direkt unter Yeremis

Nase entrollte. »Diese Aufnahme zeigt dieselbe Region, die Wassarai Mountains, jetzt aber in zwanzigfacher Vergrößerung, ohne Falschfarben, dafür jedoch vom Computer zusätzlich scharf gerechnet.«

»Wie aufregend! Ein bewaldeter Berg, vermutlich mit drei heißen Quellen, die unter der Vegetation nicht zu erkennen sind. Endlich mal was, das zu erforschen sich lohnt.«

»Sie sind heute wieder besonders bissig, meine Liebe. Aber warten Sie's ab!« Der Professor entrollte ein weiteres Satellitenfoto.

Yeremis Augen weiteten sich. Wieder handelte es sich um eine Vergrößerung, aber diesmal hatte man die Wärmeunterschiede erneut durch Farbverfälschungen hervorgehoben. Auf dem Foto waren deutlich drei in einer Reihe angeordnete quadratische rote Felder zu erkennen. »Das kann unmöglich eine zufällige Formation sein«, hauchte sie, während ihre Fingerkuppen behutsam über die glänzende Oberfläche des Bildes strichen.

McFarell seufzte befreit. »Sie glauben gar nicht, wie sehr mich Ihr Urteil beruhigt!«

»Es könnte sich um eine unterirdische Anlage handeln, die ursprünglich rituellen Zwecken diente.«

»Und es möglicherweise immer noch tut. Der Rotton in der Falschfarbendarstellung weist auf eine im Vergleich zur Umgebung deutlich höhere Temperatur hin.«

»Ich bin keine Physikerin, aber könnte nicht auch eine natürliche Wärmequelle in diesem Bergmassiv eine solche Temperaturverteilung hervorrufen, sofern sie genau unter dem künstlich geschaffenen Hohlraum läge?«

»Um das festzustellen, möchte ich Sie nach Guyana schicken.«

Yeremi sah nur für einen Moment von der Fotografie auf, um in McFarells zufriedenes Lächeln zu blicken. Sofort kehrte ihr Blick wieder zu dem Bild zurück. Sie fuhr mit dem Zeigefinger die Umrisse des mittleren Vierecks nach.

»Sehen Sie diesen Farbverlauf in den Karrees? Anscheinend sind sie in ihrem Zentrum am wärmsten, und hier …« Ihr Finger folgte den betreffenden Konturen. »Es sieht so aus, als würden feine Linien von den Eckpunkten zur Mitte hin laufen.«

»Stellen Sie sich eine unterirdische Pyramide vor, in der die warme Luft zur Spitze hin aufsteigt, dann bekommen Sie genau diese Wärmeverteilung.«

Yeremi spürte, dass ihr Herz heftig zu pochen begann. »Pyramiden? Sie meinen, wie die Gewölbe in der mexikanischen Silberstadt? Wie groß sind diese Höhlenkarrees?«

»Jedes nimmt die Fläche von mehr als neunzig Metern im Quadrat ein. Sollten die Schöpfer dieser Anlage sich an das klassische Pyramidenmaß gehalten haben, wovon wir aufgrund der gemessenen Temperaturverteilung ausgehen können, dann laufen die Höhlenwände in einem Winkel von zweiundfünfzig Grad zur Spitze hin. Demnach müsste jeder der drei Hohlräume knapp vierundsechzig Meter hoch sein.«

Yeremis Augen waren glasig geworden. Sie versuchte, das Gehörte zu begreifen. »Eine Hohlraumpyramide, in die man bequem den schiefen Turm von Pisa hineinstellen könnte – das ist unglaublich! Bei drei dieser Strukturen müsste doch eine gewaltige Menge Abraum entstanden sein, genug, um sogar aus dem Weltraum bemerkt zu werden.«

»Die Baumeister könnten den Schutt in andere Höhlen geschafft haben. Aber selbst im ungünstigsten Fall – der Dschungel ist ein Nimmersatt. Im Verlauf von fünfhundert Jahren verschluckt er alles, sogar …«

»Haben Sie *fünfhundert* Jahre gesagt?«

McFarells grüne Augen blitzten, während er diebisch grinste. »Sollte ich etwa vergessen haben, das zu erwähnen? Die drei Höhlenpyramiden von Guyana sind genau nach den Gürtelsternen des Orion ausgerichtet, und zwar in der Formation, wie sie sich dem Betrachter vor fünfhundert Jahren geboten hat.«

»Wenn das stimmt …« Yeremi verschlug es die Sprache. Mit der Satellitenaufnahme aus den Wassarai Mountains hatte sich alles geändert. Ihr Widerstand fiel in sich zusammen. Eine Chance wie diese bot sich einem Forscher nur einmal im Leben. Sie, Professor Yeremi R. Bellman, konnte den Annalen der Wissenschaft ein neues Kapitel hinzufügen. Mehr noch …

»Die Geschichtsbücher wären Makulatur«, sprach McFarell zufrieden lächelnd aus, was Yeremi kaum zu denken wagte. Er hatte sie für sein Unternehmen gewonnen, und er wusste es. Unvermittelt verhärtete sich sein Blick. »Allerdings sollten wir keine Zeit verlieren, damit es uns nicht genauso wie bei dem Höhenheiligtum in Argentinien ergeht.«

Yeremi wusste, worauf der Professor anspielte. Kollegen hatten vor einigen Jahren auf einem Berggipfel – sage und schreibe sechstausendachthundert Meter über dem Meeresspiegel! – eine Treppe entdeckt, die zu einer Plattform mit einem in typischer Inka-Bauweise gemauerten Turm hinaufführte. Darin befand sich die mit Pretiosen geschmückte Mumie eines kleinen Jungen. Die Wissenschaftler staunten, denn der Knabe war *blond*! Als sie die sterblichen Überreste mit Spezialgeräten aus dem ewigen Eis bergen wollten, waren ihnen Grabräuber zuvorgekommen.

»Gibt es einen konkreten Anlass zur Sorge?«, fragte sie mit belegter Stimme.

McFarell zeigte ihr die geöffneten Handflächen. »Unsere Arbeit ist ein ständiger Wettlauf mit Grabräubern, Kunstdieben und anderem lichtscheuen Gesindel.«

Yeremi sog die Oberlippe zwischen die Schneidezähne und nickte mehrmals. »Sie haben Recht. Wir müssen die Höhlen des Orion finden, bevor es jemand anders tut. Dann werde ich ein solches Fiasko wie das in Argentinien auch zu verhindern wissen.« Sie schüttelte grimmig den Kopf. »Können Sie mir erklären, Stan, was für Menschen das sind, die eine Stange Dynamit in die Mumie eines blonden Inka-Jungen stecken und sie einfach in die Luft jagen?«

WIDERSPRUCH UND WANKELMUT

Berkeley (Kalifornien, USA)
30. September 2005
10.21 Uhr

Die Vorbereitungen liefen gut. Fast zu gut. Eine wochen- oder sogar monatelange Expedition stellte die Nerven aller Beteiligten gewöhnlich schon im Vorfeld auf eine harte Probe. Die Verantwortlichen und ihre Mitarbeiter mussten sich um Tausende von Einzelheiten kümmern. Die Zusammenstellung der Ausrüstung war da noch eine der leichteren Übungen. Vor allem die Behörden, nicht nur im Zielland, verlangten ihr Recht: Zollformalitäten mussten abgewickelt, Pässe verlängert, Visa beantragt, Genehmigungen eingeholt und Bestechungsgelder gezahlt werden. Logistische Probleme waren zu lösen, Hilfskräfte anzuheuern. Wer gehörte ins Kernteam, und wen ließ man besser zu Hause? Mehr als jeder andere in diesem Geschäft überlegte Yeremi sich gründlich, wem sie im Notfall ihr Leben anvertrauen wollte. Bei einem früheren Unternehmen war sie sogar kurzfristig als Leiterin zurückgetreten, weil der Sponsor ihr seinen Schulfreund, einen Gebrauchtwagenhändler aus Scottsbluff, Nebraska, ins Team hatte drücken wollen.

Hätte McFarell nicht Yeremis Leidenschaft als Forscherin geweckt, wäre sie wohl wenige Tage nach ihrer Zusage ein zweites Mal von einem bereits rollenden Expeditionszug abgesprungen, weil sie sich wie eine Galionsfigur vorkam, die zwar für den Fachbereich ihre Nase in den Wind recken durfte, aber letztlich doch nur dekoratives Beiwerk war. Den Kurs bestimmten andere, will heißen, Professor Stanley McFarell. Was er »Hilfestellung« nannte, empfand sie immer stärker als Bevormundung. Fast alles war schon geregelt, die Materialien bestellt, der Papierkram in die Wege geleitet, sogar die Mannschaft stand im Großen und Ganzen bereits fest.

An einem regnerischen Morgen zwei Wochen vor dem geplanten Aufbruch – es war der letzte Tag im September – machte Yeremi ihrem Unmut Luft. Als Aufhänger benutzte sie ein Relikt aus ihrer Studienzeit, das ihr wie ein Muttermal anhaftete: Der Professor nannte sie in schöner Regelmäßigkeit seine »Lieblingsfamula«. Yeremi fühlte sich durch diesen vermeintlichen Ehrentitel provoziert. Sie war alles andere als eine *studentische Hilfskraft.* Mit zweiunddreißig konnte sie schließlich nicht nur den Studienabschluss, sondern auch bahnbrechende Entdeckungen in der Feldforschung vorweisen, viel beachtete Veröffentlichungen und zwei unter ihrer Leitung äußerst erfolgreich verlaufene Expeditionen. Sie genoss die Anerkennung des Fachbereichs sowie die der internationalen Anthropologengemeinde. Nein, McFarell würde sie nicht wieder zu seinem Dienstmädchen machen, das ihm den Kaffee kochte und die Aktentasche hinterhertrug.

»So etwas habe ich nie von Ihnen verlangt.« Der Professor wirkte indigniert. Yeremi hatte ihn beim Springbrunnen vor der Kroeber Hall abgepasst. Sie trug einen Regenschirm, er nicht – die ideale Ausgangsposition für eine kurze, aber intensive Auseinandersetzung.

»Scheinbar holen Sie jetzt mit aller Macht Versäumtes nach«, schnaubte sie. »Wieso wollten Sie ausgerechnet *mich* für ein Vorhaben gewinnen, in dem ohnehin *Sie* alle Fäden in der Hand halten?«

McFarells weißer Haarkranz klebte an seinem Kopf, das Wasser lief ihm übers Gesicht. »Können wir das nicht in meinem Büro besprechen, Jerry? Hier draußen ist es ziemlich ungemütlich und …«

»Entweder hier oder gar nicht«, fiel sie ihm wütend ins Wort.

Das blaue Jackett des Professors färbte sich von den Schultern abwärts dunkel. Mürrisch musterte er seine Lieblingsfamula. Es fehlte nicht fiel, und Yeremi – sie stand direkt in einer Pfütze – würde mit dem Fuß aufstampfen. Er seufzte. »Wenn Sie den Eindruck haben, ich wollte Sie bei irgendetwas übergehen, dann ist das ein bedauerliches Missverständnis, Jerry. Wegen des eng gesteckten Zeitrahmens hatte ich schon gewisse Vorbereitungen treffen lassen, bevor ich Sie ins Boot geholt habe. Aber von nun an sind Sie der Steuermann.«

»Der die Befehle des Kapitäns zu befolgen hat – darum geht es ja gerade, Stan!«

McFarell übte sich eine Weile in Seelenmassage und verwies auf die »Sachzwänge«, womit er vor allem das Geld von Jefferson H. Flatstone meinte. Allmählich beruhigte sich Yeremi wieder. Der Professor – inzwischen hätte man ihn auswringen können – tat alles, um seine Kompromissbereitschaft unter Beweis zu stellen.

»Sagen Sie mir, was Sie brauchen, Jerry, und Sie werden es bekommen.«

Ihre Antwort kam wie aus der Pistole geschossen. »Als Forschungseinrichtung können wir die Öffentlichkeit nicht gänzlich außen vor lassen. Zu viel Geheimniskrämerei könnte uns den Vorwurf eintragen, die Ergebnisse zu manipulieren. Trotzdem möchte ich für die multimediale Dokumentation der Expedition jemanden haben, der auch einmal ein Bild zurückhält, wenn es mir nötig erscheint.«

»Wenn ich Sie richtig verstehe, denken Sie an einen seriösen Journalisten, der über alle Zweifel erhaben ist. Ich vermute, Sie haben schon jemanden im Auge.«

»Irma Block. Sie fotografiert für *National Geographic.*«

»Genießt sie Ihr Vertrauen?«

Yeremi zögerte und sah den Professor unter ihrem Regenschirm hervor an. »Ich habe sie bei den Ausgrabungen des Inka-Friedhofs in Lima kennen und schätzen gelernt. In ihrem Metier ist sie ein absoluter Profi, und außerdem versteht sie genug von unserer Arbeit, um uns nicht im Wege zu stehen.«

»Das ist nicht die Antwort auf meine Frage, Jerry.«

»Es ist die einzige Antwort, die ich Ihnen geben kann, Stan.«

McFarell seufzte. »Also gut. Rufen Sie Mrs Block an.«

Je näher der Abreisetermin rückte, desto unruhiger wurde Yeremi. Sie war hin- und hergerissen zwischen Enthusiasmus und Verzweiflung. Die letzte Aussprache mit Professor McFarell hatte sich als reinigendes Gewitter erwiesen. Yeremi genoss es inzwischen sogar, eine Expedition ohne den üblichen Vorbereitungsstress planen zu können. Alles lief wie ein Schweizer Uhrwerk. Zur Ablenkung gönnte sie sich eine kleine Abschiedsfeier mit Sandra Schroeder, einem der wenigen Menschen, denen sie vertraute. Sandra war die Urenkelin der Schwester Heinrich Bellmans und somit eine »Urgroßcousine« Yeremis. Die beiden hatten in El Paso dieselbe Schule besucht und waren seit dieser Zeit befreundet. Jetzt lebte Sandra in San Francisco, wo sie für den *Chronicle* schrieb.

Der »Frauenabend« in einem Nobelrestaurant nahe der Golden Gate Bridge tat Yeremi gut, denn in der folgenden Nacht konnte sie unbeschwert schlafen. Nicht immer war ihr dieses Glück beschert, denn trotz aller Fortschritte bei den Expeditionsvorbereitungen lastete auf ihrer Seele ein schwerer, kalter Stein. In letzter Zeit war sie oft schweißgebadet aus dem Bett hochgeschreckt. Sie fürchtete diesen Albtraum, der sie immer wieder als einzige Lebende durch eine Stadt von Toten wandeln ließ. Allein der Gedanke an die vorwurfsvollen Blicke der leeren Augen, an das Klagen zahnloser Münder trieb ihr den Schweiß aus den Poren.

Nach Jahren hatte dieser Traum sie zum ersten Mal wieder heimgesucht, als sie in Tupac Amaru, einem Slumviertel der peruanischen Hauptstadt Lima, bei Ausgrabungen halb verschüttet worden war; unter einem Berg von Mumien musste sie sich ins Leben zurückkämpfen. Durch den Film über die Leichenfunde von Jonestown war alles nur noch schlimmer geworden. Und nun sollte sie in wenigen Tagen nach Guyana fahren, wo dieses Grauen seinen Anfang genommen hatte.

»Ich bin's, Opa Carl.« Yeremi saß in ihrem Arbeitszimmer in Pacific Grove, den Telefonhörer zwischen Ohr und Schulter geklemmt. Ihr Blick lag verloren auf den Wellen, die den Strand unterhalb des Hauses umspülten.

»Jerry! Ich dachte schon, meine Enkeltochter hätte mich endgültig vergessen!« Der Einundachtzigjährige klang erfreut und schien seine kleine Stichelei nicht einmal zu bemerken. Gewöhnlich sprachen Carl Bellman und Yeremi Deutsch miteinander und folgten so einer Gepflogenheit, der er schon bei der Erziehung seiner Söhne gefolgt war. Diese Familientradition gehörte neben einer streng religiösen Erziehung zu den identitätssichernden Maßnahmen aus Minnesota, wo Carls Eltern nach ihrer Einwanderung aus Deutschland Fuß gefasst hatten. Yeremis Urgroßmutter Rose stammte ursprünglich aus dem italienischen Pistoia, ihr Ehemann Heinrich aus der norddeutschen Hansestadt Lübeck.

Yeremi gab sich eine feste Stimme. »Ich rufe wegen Molly an.«

»Hat sie wieder ...?« Seit Nils vor zwei Jahren gestorben war, litt Yeremis Adoptivmutter unter Depressionsschüben, die das freundliche Wesen manchmal völlig überraschend in tiefste Finsternis stürzten. Carl und Fredrika zeigten viel Verständnis für das Leiden ihrer Schwiegertochter.

»Im Moment geht es ihr gut. Aber es sollte sich jemand um sie kümmern, wenn ich am 15. Oktober nach Guyana fliege ...«

»*Wohin* willst du reisen?«

»Du hast mich schon ganz richtig verstanden, Opa Carl.«

»Aber was, um Himmels willen, treibt dich dazu, ausgerechnet *dorthin* zu fahren?«

»Na, was schon? Ein Forschungsauftrag natürlich.«

»Ich denke, die Inkas haben in Peru gelebt.«

»Ihr Reich erstreckte sich dreitausend Meilen weit vom heutigen Ecuador bis weit nach Chile hinein.«

»Und jetzt haben sie eine Dependance in Guyana aufgemacht?«

Yeremi verdrehte die Augen. Ihr Großvater war Geologe, aber der Aufbau von Bellman Enterprises hatte aus ihm einen waschechten Unternehmer gemacht. Zum Unwillen seiner Vorstände mischte sich der äußerst vitale Greis gelegentlich immer noch in die Leitung seines florierenden Erdöl- und Chemiekonzerns ein. Früher oder später kam er, wenn man einmal von seiner Passion für die Heilige Schrift absah, immer auf Wirtschaftsthemen zu sprechen.

»Die Inka sind aus dem Geschäft«, sagte Yeremi, nachdem sie sich innerlich gesammelt hatte. »Bei dieser Expedition geht es um ein eher spirituelles Kulturerbe.«

Während der Unternehmer Carl sich aus dem Gespräch zurückzog, erwachte unvermittelt der Glaubensmensch. »Was willst du damit andeuten?«

»Darüber darf ich nichts sagen. Das Projekt ist zwar kein Staatsgeheimnis, aber …«

»Soll das heißen, du vertraust mir nicht mehr?«

Yeremi biss sich auf die Oberlippe. Ihr Großvater zählte zu den wenigen Menschen, denen sie Einblick in ihre tiefsten Empfindungen gewährte, wenngleich selbst er nicht alle ihre Geheimnisse kannte. Manchmal plagte sie ein schlechtes Gewissen, weil sie sich dem geliebten und respektierten alten Mann nicht vorbehaltlos öffnen konnte. Seine Frage hatte sie mitten ins Herz getroffen; und obwohl sie schon ahnte, wie er reagieren würde, erzählte sie ihm von den Erwartungen, die McFarell mit der Expedition verband. Hierauf entstand eine längere Pause.

Und dann polterte Carls kraftvolle, tiefe Stimme: »*Was* willst du tun? *Telepathen* ausfindig machen?« Er war offenkundig bestürzt.

Yeremis Antwort dagegen fiel eher nüchtern aus. »Bei der telepathischen Empathie handelt es sich nicht um Teufelswerk, wie du vermutlich gerade denkst, sondern um die Fähigkeit, sich in die einzigartigen Empfindungen anderer Menschen einzufühlen und darauf Einfluss zu nehmen.«

»Anscheinend kannst du meine Gedanken schon jetzt sehr gut lesen«, drang es vorwurfsvoll aus dem Hörer. »Verstehe mich nicht falsch, Jerry. Du bist mein einziges Enkelkind. Ich mache mir Sorgen um dich. Du bist eine bezaubernde junge Frau, hast einen faszinierenden Beruf, kennst keinerlei Nöte, was das Finanzielle angeht – aber immer wieder treibt es dich hinaus in Schlammlöcher und die grüne Hölle des Dschungels. Dahinter verbirgt sich doch noch etwas anderes als rein wissenschaftliche Interessen. Ich kenne dich schon zu lang, als dass du mir etwas vormachen könntest. Was du da tust, ist ein Davonlaufen auf Raten – wovor, kann ich nur ahnen.« Carl räumte ein, wenig Verständnis für die sonderbaren Vorstellungen Professor McFarells zu haben. »Ein Volk mit übersinnlichen Kräften!«, brummte er grimmig, um sich gleich wieder auf einen flehentlichen Ton zu besinnen. »Lass dich bloß nicht mit Okkultisten ein, Kind!«

Mit einer dermaßen heftigen Reaktion ihres Großvaters hatte

Yeremi nicht gerechnet, und sie konnte sich keinen Reim darauf machen. Dachte er vielleicht, sie hätte sich nicht im Griff, würde sich in die Hand eines Verführers begeben, so wie es ihre Eltern getan hatten? Trotzig schob sie den Gedanken beiseite.

»Opa Carl, bei der Expedition geht es nicht um irgendwelchen spiritistischen Schnickschnack, sondern um den wissenschaftlichen Nachweis der *empathischen* Telepathie.«

»Und wenn du dich täuschst? Bedenke die warnenden Worte aus dem Deuteronomium: ›Ihr dürft keine Wahrsager und Wahrsagerinnen unter euch dulden, niemanden, der aus irgendwelchen Zeichen oder mit irgendwelchen Praktiken die Zukunft voraussagt, auch niemanden, der Zauberformeln benutzt und damit Geister beschwört oder Tote befragt. Wer so etwas tut, ist dem Herrn zuwider. Genau dieser Dinge wegen vertreibt der Herr die Bewohner des Landes …‹«

»Hör sofort auf damit, Opa Carl! Wann wirst du endlich akzeptieren, dass ich mich gegen *Holy Hill* entschieden habe? Genau denselben Bibeltext hast du mir übrigens schon unter die Nase gerieben, bevor ich nach Lima aufgebrochen bin. Wenn ich dort – auf einem Friedhof! – keine Toten befragt habe, dann werde ich es in Guyana erst recht nicht tun. Zufrieden?«

Mit der Bemerkung über Berkeleys »Heiligen Berg« hatte Yeremi auf die Pacific School of Religion angespielt, deren Campus sich gleich neben dem der Universität auf einer Anhöhe über der Stadt befand. Wäre es nach Carl gegangen, hätte seine Enkelin dort ihre Ausbildung genossen.

Aus dem Hörer ertönte nur Rauschen.

Yeremi schloss die Augen und holte tief Luft. »Tut mir Leid, Opa Carl. Ich verspreche dir, keine Drogen zu nehmen, mich von niemandem hypnotisieren zu lassen und mich an keinen Séancen zu beteiligen. Können wir jetzt auf den eigentlichen Grund meines Anrufes kommen?«

Endlich erklang wieder die tiefe Stimme des alten Mannes an ihrem Ohr. »Ich möchte dich glücklich wissen, Jerry. Das ist alles, was ich mir auf meine alten Tage noch wünsche.«

»Ich liebe dich, Opa Carl. Auch wenn das Schicksal etwas in mir zerstört hat, was du noch besitzt, bin ich doch dankbar für die Werte, die du deinen beiden Söhnen eingepflanzt hast. Glaube mir, sie haben trotz allem eine Menge davon an mich weitergegeben. Ich werde dich bestimmt nicht enttäuschen.«

»Davon bin ich überzeugt, meine Kleine. Wenn ich nur wüsste, warum es dich immer wieder in den Dschungel zieht!«

»Du solltest den tropischen Regenwald selbst mal besuchen, dann könntest du mich verstehen. Ich glaube, je öfter man uns Menschen einredet, dass die Welt nur noch vom Geld regiert wird, desto mehr schätzen wir die *ideellen* Werte des Lebens, der wunderschönen, faszinierenden Arten und der verbleibenden Fleckchen herrlicher, unberührter Natur. Nur im Dschungel spüre ich meine Verbundenheit mit der Schöpfung so intensiv. In dieser unberührten Natur empfinde ich eine innere Ruhe und Freude, wann immer ich mich in ihr aufhalte. Ich weiß nicht, wie ich es anders ausdrücken soll …«

»Du hast es genau richtig gesagt, und ich kann dich sehr wohl verstehen, Jerry. Sei einem alten Mann nicht gram wegen seiner Visionen. Vielleicht kommst du ja als Berühmtheit aus Südamerika zurück. Deine Spürnase soll in Fachkreisen ja fast schon legendär sein.«

»Jetzt übertreibst du wieder! Man muss nur gelernt haben, die Spuren richtig zu lesen. Als Stan die Gussformen der Pyramiden in Aguascalientes und in den Wassarai Mountains erwähnte, war ich wie elektrisiert. Ich musste sofort an die Kukulcán-Pyramide von Chichén Itzá denken.«

»Du meinst die Ruinenstadt der Mayas in Mexiko?«

»Genau die. Unter der Außenfläche des Heiligtums verbirgt sich noch eine weitere, eine *innere* Pyramide. Es ist nicht die einzige versteckte Tempelanlage in Mexiko. Eine andere hat man in der Zentralpyramide von Teotihuacán gefunden. Und jetzt diese Höhlen des Orion in einer Gegend, die bisher nur als Siedlungsgebiet von Jägern, Fischern und Sammlern bekannt war! Wir könnten da wirklich einer wissenschaftlichen Sensation auf der Spur sein.«

»Dann geht es dir gar nicht so sehr um Professor McFarells Theorie von den empathischen Telepathen?«

Yeremi gab ein abschätziges Geräusch von sich. »Wenn wir dadurch den Zivilisationsbringern aus der Alten Welt auf die Spur kommen, soll es mir recht sein. Aber offen gestanden gebe ich nicht viel auf die Idee von empathischen Geistesakrobaten.«

Bisweilen hört man, Krebs lasse sich durch Aushungern besiegen. In Yeremis Kopf wucherte jedoch ein Tumor, der nicht aus Zellen, sondern aus halb verschütteten Erinnerungen und diffusen Ahnungen bestand und ihre gesunden Gedanken zu ersticken drohte. Jeden Morgen joggte sie in scharfem Tempo den Strand entlang, bis sie nur noch ihren Körper spürte und sich ein Hochgefühl einstellte, das vorübergehend jeden Seelenschmerz verdrängte. Mehrmals im Jahr absolvierte sie Marathonläufe. Sie redete sich ein, diese Torturen nur deshalb auf sich zu nehmen, weil sie für ihre Expeditionen fit sein musste. Eine schlechte körperliche Verfassung sei schon manchem in der freien Natur, fernab jeder Zivilisation, zum Verhängnis geworden. Über die Opfer mentaler Unzulänglichkeiten verlor sie nie ein Wort.

Yeremi hatte den Samstag ihres letzten Wochenendes vor der Abreise nach Guyana gemeinsam mit Molly im Strandhaus verbracht und ihre Adoptivmutter am Sonntagmorgen zu Carl und Fredrika gefahren. *Bellman's Paradise*, das großzügige Anwesen der beiden alten Leute, lag an einem malerischen Wasserlauf zwischen dem Henry W. Coe State Park und Morgan Hill, einem hübschen Städtchen im Santa Clara Valley, ungefähr zwölf Meilen südlich von San Jose und fünfzehn vom Pazifik entfernt. Das etwa vier Meilen breite Tal wurde im Westen von den Santa Cruz Mountains und östlich von den Diablo Mountains umschlossen.

Carl hatte sich und seiner Frau hier auf einer Fläche von knapp vier Quadratkilometern fürwahr ein kleines Paradies geschaffen. Als passionierter Angler zog er sich auch gerne für ein oder zwei Tage in seine Hütte am Fluss zurück, um »mit den Fischen über Gott und die Welt zu philosophieren«. Das alte Ehepaar unternahm auf eigenen Pferden überdies regelmäßig Ausritte in die nähere Umgebung. Carl und Fredrika waren ihr Leben lang aktiv gewesen und sahen keinen Grund, damit aufzuhören.

Yeremi legte oft bei ihren Großeltern Zwischenstation ein, wenn sie nach Berkeley fuhr, wo sie die Woche gewöhnlich in ihrem eigenen Apartment verbrachte. Auch am Montagmorgen verschmolz ihr Auto auf dem Highway 101 mit der Blechlawine, die sich hinter Morgan Hill das Silicon Valley hinaufwälzte.

Der kalifornische Himmel war ansichtskartenblau, die Klimaanlage in Yeremis Geländewagen, einem Mercedes der M-Serie, sorgte für angenehme Temperaturen, und aus dem Radio ertönte ein Oldie der Beach Boys – abgesehen von der verstopften Straße ideale Bedingungen für einen unbeschwerten Wochenanfang.

Und dann wurde den Beach Boys plötzlich die Luft abgedreht.

Sondermeldung. Auf die US-Botschaft in Moskau sei mit einer Panzerfaust geschossen worden, verkündete eine weibliche, sehr ernste Stimme aus dem Radio. Keine Verletzten. Auch der materielle Schaden halte sich in Grenzen, aber politisch sei der Anschlag ein Desaster. Bei San Jose wählte Yeremi die östliche Route um die San Francisco Bay herum, die über Fremont und Oakland führte, und drehte das Radio lauter.

Die russischen Behörden machten die Mafia für den dreisten Terrorakt verantwortlich. Der Regierungssprecher in der Pressekonferenz wählte etwas moderatere Worte, aber letztlich lief es aufs Gleiche hinaus. In den zurückliegenden Wochen hatten sich die Nachrichten von einer gänzlich undemokratischen Machtübernahme im Land gehäuft. Einige Kommentatoren behaupteten, Russland werde längst von der organisierten Kriminalität beherrscht. Eine häufig geäußerte Sorge fand neue Nahrung: Hatte eigentlich noch jemand die Kontrolle über das russische Atomwaffenarsenal? Das Gerangel zwischen den gemäßigten Politikern und den Altkommunisten fand kein Ende und kostete das Land Kraft, die zulasten von Reformen ging. Außerdem blühte die Korruption. Auch wegen solcher Nachrichten sehnte sich Yeremi danach, in einer Woche endlich der so genannten zivilisierten Welt zu entkommen.

Sie schaltete das Radio aus und rief im Sekretariat der Fakultät an, weil sie gleich nach ihrer Ankunft die Doe Library aufsuchen wollte. In Berkeley nahm sie die Abfahrt Telegraph Avenue, bog auf dem Campus rechts in den Bancroft Way ein und erreichte kurz vor elf ihren Parkplatz an der Westseite der Kroeber Hall.

Die Vorbereitungen für Guyana waren so gut wie abgeschlossen. Nach der Pflicht wollte sich Yeremi ein wenig der Kür widmen, sich einen Überblick auch in jenen Forschungsgebieten verschaffen, die ihr weniger vertraut waren. Zum Team gehörte zwar ein Psychologe – der von Yeremi vorgeschlagene Wissenschaftler hatte kurzfristig abgesagt, weshalb McFarell einen Ersatz beibringen wollte –, aber es konnte nicht schaden, sich wenigstens ansatzweise mit dem Thema Empathie vertraut zu machen.

Der Lesesaal der Doe Library war sehr lang und besaß eine hohe, gewölbte Decke. Tageslicht flutete aus Oberlichtern herein ebenso wie durch die großen Fenster, die sich über eine ganze Seite des Raumes erstreckten. Hölzerne Lesetische standen wie Ruderbänke in einer Galeere über die gesamte Länge hinweg quer zum Mittelgang. Der Gesamtbestand der Bibliotheken von Berkeley zählte ungefähr neun Millionen Bände, dazu kamen Abertausende von Fachzeitschriften, Manuskripten, Landkarten, Mikrofilmen und vieles mehr. Regelmäßig wurden Orientierungskurse für neue Studenten angeboten, damit sie sich in diesem Irrgarten des Wissens nicht verliefen.

Yeremi brauchte derlei Hilfestellungen schon lange nicht mehr. Routiniert durchforstete sie die einschlägigen Kataloge nach Schlagworten wie »Empathie«, »Gedankenlesen« und »Telepathie«. Mit einem gewaltigen Stapel von Büchern und Fachmagazinen suchte sie sich einen Platz an einem Lesetisch nahe der Fensterwand. Sie klappte ihr Notebook auf und schloss den Lesestift an, mit dem sie einzelne Textpassagen aus den Publikationen direkt in den Computer übertragen konnte. Ein junger Mann, der Lektüre nach zu urteilen ein Student des College of Chemistry, lächelte ihr von der anderen Seite her zu, aber als er das gefährliche Funkeln ihrer dunklen Augen sah, steckte er die Nase schnell wieder in sein Buch.

Können Menschen durch Geisteskraft die Gefühle anderer Personen lesen oder sogar manipulieren? Diese Frage bewegte Yeremi. Bei ihren Recherchen im Internet war sie auf eine Unmenge von esoterischen Quellen gestoßen. Aber was sagten ernst zu nehmende Wissenschaftler?

Gelehrte verschiedener Fachrichtungen hatten die Empathie längst als lohnendes Forschungsgebiet entdeckt. Erwiesenermaßen sei die Einfühlung, das konnte Yeremi in einem dicken Wälzer lesen, direkt mit zwei verschiedenen, aber zusammenhängenden Regionen des Gehirns verbunden: Im Neokortex, in dem die intellektuellen Leistungen des Menschen stattfinden, werden Gefühle sortiert, bewertet und reflektiert; der Mandelkern – auch Amygdala genannt – kontrolliert die Entstehung von Empfindungen im limbischen System. Es besitzt das Monopol auf die Erzeugung von Lust, Wut und Freude, es sei »der Ort, wo die Tränen ihren Ursprung haben und unsere bedeutendsten individuellen Erinnerungen gespeichert sind«, hieß es in dem Buch. Aber es erwähnte die empathische Telepathie nicht.

Die seriöse Literatur behandelte dieses Thema offensichtlich mit großer Zurückhaltung. Die bislang erforschten sensorischen Fähigkeiten des Homo sapiens seien ziemlich beschränkt, war immer wieder zu lesen. Mit der Fremdsteuerung von Emotionen verhalte es sich ähnlich. Yeremi schnaubte verächtlich. Sie musste an einen Mann denken, der diese Gabe wohl besessen hatte. Wie sonst …? Ihr Blick traf sich mit dem des argwöhnisch zu ihr herüberlinsenden Studenten von der anderen Seite des Tisches, ein dunkelhaariger Lockenkopf, höchstens zweiundzwanzig, schlanker Körperbau, semitische Physiognomie, neugierig, möglicherweise auf der Suche nach einem Abenteuer … Die Anthropologin in ihr analysierte noch den Typus, während ihre Augen schon wieder Blitze verschossen. Der junge Mann senkte erschrocken den Blick. Zufrieden widmete sie sich wieder ihrem Fachbuch.

»Die Psychologie verweist auf ein Instrumentarium sensoriell wahrnehmbarer Reize, zu denen auch die Körpersprache, der Tonfall, verschiedene umgebungs- und situationsbedingte Einflussfaktoren und natürlich das gesprochene Wort selbst gehören. Aber die Wissenschaft weiß praktisch nichts über Organe, die als Empfangs- oder gar Sendeantennen in die Gefühlswelt anderer Individuen dienen könnten.« Yeremi las dieses Resümee mit einer gewissen Genugtuung, fühlte sie sich doch in ihrer skeptischen Haltung gegenüber Professor McFarells Empathietheorie bestätigt. Aber dann stieß sie auf einen Artikel im *New Scientist*.

Verblüfft las sie da von den »Spiegelneuronen«, einer besonderen Art von Nervenzellen, die in zwei speziellen Hirnregionen beheimatet seien. Eines der betreffenden Areale, das Broca-Zentrum, sei für die motorische Sprachfähigkeit verantwortlich. Die Spiegelneuronen feuerten nicht nur dann Signale ab, wenn der Mensch bestimmte Handlungen *selbst* ausführte, sondern verhielten sich ebenso, wenn eine *andere* Person bei den gleichen Verrichtungen lediglich beobachtet wurde. Wissenschaftlern der Universität von Kalifornien in San Diego zufolge könnte dieses Prinzip maßgebend sein »für die Lernfähigkeit des Menschen sowie für den Einfallsreichtum und die Entwicklung einer Kultur«.

Yeremis Kopf fuhr mit einem Ruck auf. Mit Augen, die nur noch Schlitze waren, fixierte sie den Studenten, der gerade über seinen Buchrand geschielt hatte und sich nun – ertappt – zurück ins Gestrüpp der anorganischen Chemie flüchtete. Sie musste an Professor McFarells Äußerungen über die empathisch begabten Zivilisationsbringer denken. Ohne es zu wollen, stellten sich bei ihr eine Reihe von Assoziationen ein: Wenn beobachtete Handlungen im Gehirn wie selbst verrichtete Aktivitäten wahrgenommen werden, könnte sich dann nicht auch etwas Ähnliches auf der Gefühlsebene abspielen? Zugvögel benutzten für ihre Navigation nachweislich das unglaublich schwache Magnetfeld der Erde. Auch im menschlichen Gehirn flossen Ströme, die zumindest mit Geräten messbar waren. Gefühle beeinflussten außerdem die Muskelaktivität – in einem Aufsatz hatte Yeremi von dem Hellseher Erik Jan Hanussen gelesen, der in den Zwanziger- und Dreißigerjahren Varietébesuchern gerne als Telepathie verkaufte, was in Wirklichkeit nur »Muskellesen« war. Die Wissenschaftlerin in Yeremi mahnte zur Objektivität:

Konnte man unter Berücksichtigung all dieser Faktoren zweifelsfrei die Existenz eines »empathischen Organs« oder eines anderen natürlichen »Apparats« ausschließen, der dem Menschen, vielleicht auch nur besonders begabten Einzelpersonen, den Zugriff auf die Gefühle anderer gestattete?

Yeremi hatte die Augen nun ganz geschlossen und versuchte das Empfinden zu ignorieren, von dem Lockenkopf auf der anderen Seite angegafft zu werden. Aber sosehr sie sich auch konzentrierte, wollte ihr doch kein Gegenbeispiel einfallen, durch das sich Professor McFarells Hypothese von den empathischen Telepathen zweifelsfrei widerlegen ließe. Und solange eine solche Falsifikation nicht möglich war, musste man einer Theorie die Chance einräumen, sich empirisch zu bewähren – so arbeitete die Wissenschaft …

Yeremis Gedankenfaden riss unvermittelt ab. Ihre Nase hatte einen vertrauten Duft aufgefangen, während ihre Augen immer noch geschlossen waren. Ihr Puls, eben noch ganz ruhig, raste wie nach dem morgendlichen Lauftraining. Der Geruch, diese unverkennbare Mischung aus Rosmarin, Koriander, Salbei, mit einem Hauch Sandelholz und Eichenmoos, war wie ein Schlüssel, der in ihrem Innern überraschend eine Tür geöffnet hatte. Kalter Schweiß trat aus ihren Poren. Angst kroch durch sie hindurch wie ein feuchtes, schleimiges Wesen. Sie wollte den Kopf drehen, sich selbst beruhigen, indem sie den Mann anblickte, der glaubte, seine Männlichkeit mit Cool Water von Zino Davidoff unterstreichen zu müssen, aber sie konnte es nicht. Der Duft des Eau de Toilette wirkte auf Yeremi wie ein Nervengas.

»Hier bist du also«, flüsterte eine Stimme direkt neben ihrem rechten Ohr. Sie spürte den warmen Hauch des Atems, und gleichzeitig schien sich ein Heer von Nadeln in ihren Rücken zu bohren. Sämtliche Haare richteten sich in ihrem Nacken auf, und endlich gelang es Yeremi zu krächzen: »*¡Madre mia!* Du hast wirklich Mut, hier aufzukreuzen, Al Leary!«

»Immer noch sauer auf mich?«, antwortete der Mann in ihrem Rücken gekränkt.

Inzwischen hatte der Chemiestudent von gegenüber Yeremis

Körpersprache übersetzt und fragte: »Alles in Ordnung? Belästigt Sie der Mann?«

»Und ob er das tut«, antwortete sie. »Sie haben nicht zufällig einen Baseballschläger zur Hand?«

»Sie scherzt«, krakeelte Al Leary, als sei der Lesesaal die Börse. Dabei breitete er demonstrativ die Arme aus und zeigte allen, die er mittlerweile hatte aufstören können, sein von einem breiten Grinsen überstrahltes, kantiges Gesicht. Zugegeben, er sah gut aus. Ein mittelgroßer, aschblonder Mann – eine gepflegte Erscheinung –, graue, exakt gebügelte Hose, kurzärmeliges blaues Hemd mit goldgelber Krawatte. Er erinnerte an einen Politiker im Wahlkampf, dessen Slogan lautete: »Wir sind alte Bekannte. Nur keine Panik.«

Unter Aufbietung ihrer ganzen Kraft wandte sich Yeremi ihrem Erzfeind zu und zischte: »Wie hast du mich gefunden?«

Leary entzog dem Wahlvolk die Aufmerksamkeit, um sie der einzelnen Dame zu schenken, die vor ihm am Tisch saß. »Das Sekretariat sagte mir, du hättest dich heute vom Highway 880 über das Autotelefon gemeldet und gesagt, du würdest dich sofort in die Doe oder die Bancroft Library begeben ...«

»Warum höre ich dir überhaupt zu?«

»Vielleicht, weil du mich gefragt hast? Ehrlich gesagt, könntest du diese alte Sache endlich vergessen. Es war ein Unfall ...«

»Einen *Unfall* nennst du das? Raus hier! Wir haben uns nichts mehr zu sagen, Al Leary. Geh, sonst lasse ich den Sicherheitsdienst rufen.«

Yeremi wandte sich wieder dem besorgt dreinblickenden Chemiestudenten zu, verschränkte die Arme vor der Brust und schloss die Augen, um ihre Fassung wiederzugewinnen.

Al Leary war tatsächlich ein alter Bekannter. Sie hatte ihn während ihrer Studienzeit kennen gelernt. Obwohl – oder vielleicht gerade weil – er sieben Jahre älter war als sie, entwickelte sich zwischen ihnen bald eine enge Freundschaft. Al war schon damals kein grüner Junge mehr wie die anderen Studenten. Seine Ernsthaftigkeit, die gelegentlich in Zynismus umschlug, wurzelte tief. Nachdem die beiden sich näher gekommen waren, erzählte er ihr von den Misshandlungen, die ihm sein Vater über Jahre hinweg hatte »angedeihen« lassen. Später lief Al von zu Hause fort und ging zur Marine. Er wurde Pilot. Als Navy-Flieger meisterte er eine Reihe lebensbedrohlicher Situationen, was Yeremi einmal ziemlich beeindruckt hatte. Weil er die ihm vom Vater zugefügten seelischen Wunden verstehen und anderen, die Ähnliches wie er durchgemacht hatten, helfen wollte, ließ er eine viel versprechende Militärkarriere fahren und schrieb sich an der Universität von Kalifornien für den Studiengang Psychologie ein. Nach der Promotion machte er Karriere in der Wirtschaft, während Yeremi sich für eine akademische Laufbahn als Anthropologin entschied. Obwohl sie beide im Großraum San Francisco lebten, gingen sie sich seit Jahren aus dem Weg. Ihre gemeinsame Vergangenheit war durch einen schmutzigen Vorgang befleckt, den Yeremi in ihrem Erinnerungsarchiv nicht ablegen konnte. Nie mehr, das hatte sie sich damals geschworen, sollte irgendein Mensch in sie eindringen und ihr seinen Willen aufzwingen dürfen – schon gar nicht Al.

Der Geruch von Cool Water wollte nicht weichen. Leary stand immer noch hinter ihr. Yeremis Herz schlug wie verrückt. Sie legte ihre Handflächen auf den Tisch und sammelte Kraft. Dann stieß sie sich ab und fuhr wie eine Furie von ihrem Stuhl auf, was diesen nach hinten kippen und direkt vor den Zehenspitzen des im Rückzug begriffenen Leary auf den Boden poltern ließ. Der Chemiestudent betrachtete nachdenklich die feuchten Flecken, die Yeremis Hände auf der Tischplatte hinterlassen hatten und nun langsam verblassten. Sie dagegen bohrte ihren Blick in Learys Gesicht und fauchte: »Du besitzt tatsächlich die Unverfrorenheit, mich hier hinterrücks zu überfallen, um mich mit deinen Rechtfertigungen voll zu quatschen. Ein *Unfall*! Ha! Dass ich nicht lache! Fährt mit durchtrennten Bremsleitungen und nennt es dann noch Unfall!«

Wenn sich den Studenten im Umkreis auch der metaphorische Charakter von Yeremis Worten nicht erschloss – überwiegend gelangten sie zu der Ansicht, bei dem Disput gehe es um irgendeine Fahrlässigkeit im Umgang mit Automobiltechnik –, entging ihnen doch keinesfalls die Feindseligkeit, die wie ein rotes Signal in allem aufleuchtete, was die junge Professorin sagte oder tat. Während einige Ruhebedürftige lediglich ihren Unmut über die Störung kundtaten, erkannten andere die Notwendigkeit, die beiden Kontrahenten oder zumindest ihr Problem aus dem Lesesaal zu schaffen. Zwei Leser fühlten sich schließlich berufen, für den vermeintlich Schwächeren Stellung zu beziehen, und sie zeigten dies in eindrucksvoller Weise. Bei den beherzten Studenten handelte es sich um Afroamerikaner, die, dem Körperbau nach zu urteilen, mit einem Stipendium als Football- oder Eishockey-Spieler an die Universität gekommen waren und ihre Schutzkleidung niemals ablegten. Schon als sie sich von ihren Plätzen erhoben, stießen sie ihre Stühle mit martialischem Scharren nach hinten, was ihnen eine breite Aufmerksamkeit verschaffte. Hierauf schlurften sie lässig zu den beiden Streithähnen hinüber und nahmen, einer rechts, der andere links, hinter Leary Aufstellung, der zwischen ihnen wie ein Zwerg aussah.

»Können wir Ihnen behilflich sein, Ma'am?«, fragte einer der Riesen in einem Akzent, wie man ihn wohl nur in Mobile, Alabama, spricht.

»Ja«, sagte Yeremi. »Dieser Mann hat vergessen, wo der Ausgang ist. Würden Sie ihm bitte behilflich sein?«

»Sir?«, wandte sich der Hüne daraufhin an Leary und lächelte dabei wie ein Krabbenfischer, der gerade einen prächtigen Fang gemacht hatte.

Der Psychologe kapitulierte vor der Übermacht. Er bedachte Yeremi mit einem schwer zu ergründenden Blick, warf die Hände in die Höhe und suchte das Weite.

»Danke«, sagte sie zu den beiden Rettern und schraubte sich in ihren Stuhl zurück, den eine hilfreiche Fee inzwischen wieder aufgestellt hatte.

Allmählich kehrte im Lesesaal wieder andächtige Stille ein. Trotzdem fühlte Yeremi unzählige Blicke auf sich ruhen, als würden klamme Finger sie betasten. Beschämt duckte sie sich hinter ihrem Berg aus Büchern und Magazinen. Was immer Leary ihr hatte mitteilen wollen, war ungesagt geblieben. In Gedanken wiederholte sie die Anweisungen ihrer Psychotherapeutin. Sie analysierte die gerade durchlebte Szene, forschte nach den Ursachen ihres plötzlichen Angstgefühls, redete sich beruhigend zu: In der Bibliothek bist du sicher vor ihm. Lenke deinen Zorn in konstruktive Bahnen …

Allmählich verlangsamte sich ihr Puls, aber es dauerte trotzdem fast fünfzehn Minuten, bis sie sich wieder einigermaßen in der Gewalt hatte. An konzentrierte Arbeit war allerdings nicht mehr zu denken, zumal die bis zu Learys Auftauchen gewonnenen Erkenntnisse sie eher verunsichert hatten. Wie ein Schatten ihrer selbst klappte Yeremi das Notebook zu, klemmte es unter den Arm und schlich sich, einen Stapel von Papier zurücklassend, aus der Bibliothek. Niemand, mit Ausnahme des jungen Chemiestudenten, bemerkte ihr Verschwinden.

»Sagen Sie das noch einmal, Stan.« Yeremi stand wie vom Blitz getroffen vor Professor McFarells Schreibtisch. Alle Farbe war aus ihrem Gesicht gewichen. Verwirrt blickte sie zwischen dem Professor und Al Leary hin und her. Der Psychologe saß in sicherem Abstand auf einem der beiden Besucherstühle, die McFarells Kapitänsschreibtisch wie zwei kleine Karavellen eskortierten. Yeremi konnte nicht fassen, auf welch widerwärtige Weise ausgerechnet ihr Mentor sie überrascht hatte. Schon die Anwesenheit ihres Erzfeindes in McFarells Büro war ein Schock für sie gewesen, aber das …!

»Wenn Sie Doktor Leary nicht mit Ihrem schwarzen Schlägertrupp aus der Doe vertrieben hätten, müsste *ich* Ihnen diese Sache jetzt nicht beibringen. Im Übrigen haben Sie nie etwas von ihrer Abneigung gegen Mr Leary erwähnt.«

»Aber Sie wussten, dass ich Al kenne.«

»Zugegeben. Mir ist Ihre Liaison mit ihm damals nicht entgangen. Schließlich waren Sie zu der Zeit schon meine Lieblingsfamula …«

»Hören Sie auf damit, Stan! Außerdem war es keine Romanze, sondern nur eine gute Freundschaft.«

»Und was hat sie in Feindschaft verwandelt?«

»Das ist meine Privatsache.«

McFarells grüne Augen wechselten für Sekunden zu dem sitzenden Psychologen hinüber, der dem Anschein nach ganz und gar in die Betrachtung des Schrumpfkopfes auf dem Schreibtisch versunken war. Unnachgiebig nahm der Dekan wieder Yeremi ins Visier und sagte barsch: »Dann wollen Sie die Leitung der Expedition also aus privaten Gründen hinschmeißen? Ich habe Sie bis heute immer für einen Profi gehalten, Jerry.«

Diese Äußerung war ein Tiefschlag, der saß. Yeremi hatte stets mit Stolz auf ihre Professionalität verwiesen. Aber eine Expedition zusammen mit Al Leary …! »Ihre Friss-oder-stirb-Taktik gefällt mir absolut nicht, Stan. Ich bin geneigt, mich lieber für das berufliche Harakiri zu entscheiden, als mit *diesem* Mann in die Wildnis zu gehen.« Ihr Kinn deutete auf Leary. »Sie wissen so gut wie ich, dass im Dschungel andere Gesetze herrschen als auf dem Campus. Das Leben des Teams hängt von einer reibungslosen Zusammenarbeit ab …«

»Mr Leary hat bei den Marines gedient. Das bedeutet Überlebenstraining, Nahkampfausbildung, hohe mentale Belastbarkeit, und zudem genießt er als Psychologe einen hervorragenden Ruf. Tut mir Leid, Jerry, Sie haben mir keine überzeugenden Argumente genannt – ich kann Ihre Ablehnung nicht akzeptieren. Entweder arrangieren Sie sich mit Al Leary als Ihrem Stellvertreter, genauso wie Sie auch den von Flatstone vorgeschlagenen Botaniker und den Pharmakologen akzeptiert haben, oder die Expedition findet ohne Sie statt.«

Yeremi hatte das Gefühl, alles drehe sich um sie herum. Unwillkürlich stützte sie sich am Schreibtisch ab, womit sie Leary den Blick auf den Schrumpfkopf verstellte. Der Psychologe sah zu ihr auf. Sein Gesicht war ausdruckslos, aber Yeremi glaubte trotzdem in den graublauen Augen ein triumphierendes Glitzern auszumachen. Hilfe suchend blickte sie ihren Mentor an. Anders als bei früheren Meinungsverschiedenheiten waren all ihre Drohungen heute wirkungslos an McFarell abgeprallt. Er zeigte nicht die geringste Bereitschaft nachzugeben. Wie sollte sie sich entscheiden? Diese Expedition bedeutete für sie mehr als nur eine berufliche Herausforderung. Längst war Yeremi mit ihrer neuen Aufgabe verwachsen. Sie wollte heraus aus Berkeley, aus Kalifornien, aus der Zivilisation. Es zog sie in die Wildnis. Und ihr ganzes Denken wurde von der

Hoffnung getragen, in Guyana endlich abzuladen, was ihr dort vor Jahren aufgebürdet worden war. Ihr Leben sollte durch die Reise einen neuen Anfang finden …

»Bei dem Gedanken, mit Al Leary zusammen in ein Boot zu steigen und tagelang durch den Dschungel zu fahren, wird mir jetzt schon übel, Stan.« Ihr Einwand klang nicht mehr so vehement wie noch vor wenigen Augenblicken, und sie vermied den Seitenblick auf ihren ehemaligen Freund.

McFarell fing den ihm zugeworfenen Ball bereitwillig auf. Als Dekan stand er im Ruf, ein geschickter Schlichter zu sein. Eine fruchtbare Zusammenarbeit hieß zuallererst, die Würde jeder Partei zu wahren. Er lächelte und sagte in nachsichtigem Ton: »Das müssen Sie auch nicht, Yeremi. Ihr Team besteht aus acht Wissenschaftlern. Dazu kommen die Fotografin, ein Aufpasser vom guyanischen Wissenschaftsministerium, die von Ihnen angeheuerten Träger und Fährtensucher. Sie werden auf jeden Fall mehrere Boote benutzen. Und wenn Ihnen nach weiblicher Gesellschaft ist, können Sie sich an Irma Block oder Abby halten. Ihr Kontakt mit Mr Leary braucht sich nur auf das Nötigste zu beschränken; als Expeditionsleiterin liegt es in Ihrer Hand, wann und wie oft Sie mit ihm reden. Denken Sie nicht, mir wäre entgangen, welche Erwartungen Sie an diese Expedition knüpfen, und ich finde das durchaus legitim. Ich wünsche Ihnen *den* großen wissenschaftlichen Durchbruch – und Frieden für ihre Seele noch dazu. Erforschen Sie die Höhlen des Orion, und lassen Sie Mr Leary den Wissensdurst seines Brötchengebers stillen. Nur damit wir uns richtig verstehen: Ich brauche Sie *beide* in diesem Unternehmen. Wenn Sie sich an meinen Rat halten, dann werden Sie sich auch nicht in die Quere kommen.«

Zuletzt hatte McFarell beinahe väterlich geklungen. Yeremis Ängste und Zweifel wirkten im Lichte seiner beruhigenden Worte gar nicht mehr so bedrohlich. Sie seufzte. »Also gut, Stan. Ich mache mit. Das Projekt wird nicht unter meiner Fehde mit Al leiden, das verspreche ich Ihnen.«

Während sie dies sagte, funkelte sie Al Leary an wie ein in die Enge getriebenes Jaguarweibchen.

DIE BEGEGNUNG

Georgetown (Guyana)
16. Oktober 2005
14.12 Uhr

Im Kabinenfenster der Boeing 737-800 wanderte der Strand wie ein weißer Riesenwurm vorbei. Eine winzige Karte der Küstenlinie von Guyana spiegelte sich in braunen Augen – ohne tatsächlich wahrgenommen zu werden. Yeremis Bewusstsein empfing nur klamme Gefühle und zauberte, dazu passend, längst vergessen geglaubte Bilder hervor. Sie schlang die Hände ineinander und presste sie in den Schoß, damit das Zittern aufhörte. Flashback. So nannten die Psychologen das Gefühl, ein traumatisches Erlebnis wiederhole sich. Yeremi bohrte sich die Fingernägel ins eigene Fleisch, um die Halluzinationen mit Schmerz zu vertreiben, aber es half nichts. Sie schloss die Augen. Das Gedächtnisstroboskop drehte sich dadurch nur noch schneller. Schlaglichtartig flackerten Bilder auf: ein gerodetes Waldstück, Hütten und Leichen, die überall herumlagen wie Stäbe in einem makabren Mikadospiel.

Yeremi schüttelte verzweifelt den Kopf. Sie musste sich auf etwas Positives konzentrieren. Bald durfte sie wieder durch den »Garten Gottes« streifen, den tropischen Regenwald mit allen Sinnen erfahren. Sie würde Irma Block hübsche Motive zeigen und vielleicht sogar einem bisher wenig bekannten Indiovolk begegnen – von den Atorad-Indianern gab es ja allerlei blutrünstige Geschichten …

»Bist du okay, Yeremi?«

Sie wandte den Kopf auf einem merkwürdig steifen Hals zu ihrer Nachbarin und öffnete die Augen. Im Gesicht der Fotografin spiegelte sich Sorge. Yeremi zwang sich ein Lächeln auf die Lippen. »Ja, ja, alles bestens.«

Blocks Augen blickten kurz nach unten, dann wieder in Yeremis Gesicht. »Und warum kratzt du dir dann die Hände blutig?«

Erst jetzt bemerkte Yeremi die Schrammen. »Das ... Das ist eine andere Geschichte, Irma, die nichts mit unserer Expedition zu tun hat – und schon gar nichts mit deinem Magazin.«

»Was soll *das* denn jetzt heißen? Das *National Geographic* ist mein Job, aber du bist meine Freundin. Jedenfalls habe ich das bis eben gedacht.«

Yeremi wandte sich wieder dem Fenster zu. Sie war sich nicht sicher, ob sie ebenso empfand. »Manche Dinge können eine Freundschaft auch belasten.«

»Du hast Recht: Wenn man sie unausgesprochen lässt.«

Yeremi deutete durch das Kabinenfenster. »Da unten ist der Flughafen.«

Der Pilot setzte die Maschine mit der Flugnummer 425 der BWIA ruppig und mit halbstündiger Verspätung auf. Ein dankbares Publikum applaudierte. Aus den Kabinenlautsprechern drangen leiernd letzte Anweisungen: Gurte bis zum Erreichen der endgültigen Parkposition angeschnallt lassen, Zeitmesser auf vierzehn Uhr fünfundzwanzig Ortszeit und Schweißdrüsen auf feuchte zweiunddreißig Grad Celsius einstellen, beim nächsten Flug nicht vergessen, wieder die Airline von Trinidad und Tobago zu buchen, schönen Urlaub verbringen oder erfolgreiche Geschäfte tätigen ...

Von den Gesichtern der Wissenschaftler konnte man die Strapazen der Reise ablesen. Die meisten Mitglieder des Expeditionsteams waren am Vortag um fünfzehn Uhr fünfzig mit einer Maschine der Continental Airlines von San Francisco nach New York geflogen. Als man kurz nach Mitternacht in Newark landete, dachte niemand ans Schlafen. Bereits um sieben Uhr fünfzehn würden sie wieder in einem Flieger sitzen und vom John F. Kennedy Airport aus in Richtung Guyana starten. Die akademische Zweckgemeinschaft heuerte zwei Taxis an und ließ sich nach Manhattan fahren. Die Yellow Cabs hielten vor einem Club in der Bleeker Street. Hier wurde Abschied genommen von jenem Teil der Welt, in dem Riesenschlangen und

Spinnen durch Glasscheiben von der Menschheit getrennt waren. Die Rechnung zahlte Doktor Norryl Unsworth, ein kleiner, untersetzter, ausgesprochen agiler Mittvierziger, der als Pharmakologe in Diensten von Mental Health stand und im Verlaufe der Nacht erstaunliche Dinge über sein Spesenkonto erzählt hatte. Seine beiden Kollegen, Al Leary und der Botaniker Dave Clarke, waren bereits drei Tage zuvor nach Georgetown aufgebrochen, um in der Hauptstadt Guyanas letzte Vorbereitungen für die Expedition zu treffen. Damit hatte sich Yeremi eine Galgenfrist von zweiundsiebzig Stunden verschafft.

Jetzt wappnete sie sich für ein Wiedersehen, auf das sie gerne verzichtet hätte. Leary und Clarke erwarteten ihre Kollegen in der Empfangshalle des Timheri Airport.

»Habt euch einen heißen Tag für die Ankunft ausgesucht«, begrüßte Al Leary seine Expeditionsleiterin. Er bemühte sich um einen lockeren Ton, wenngleich Yeremi die Anspannung in seiner Stimme nicht entging.

Sie verzog das Gesicht zu einem schadenfrohen Grinsen. »Und dazu der sanfte Nordostwind. Prächtig, nicht wahr! Aber mach dich erst auf den Dschungel gefasst: Sauna von morgens bis tief in die Nacht.«

»Du scheinst dich ja darauf zu freuen.«

»Natürlich. Du etwa nicht?«

Leary musterte sie mit säuerlicher Miene.

»Habt ihr Quartier gemacht?«, wechselte Yeremi in geschäftsmäßigem Ton das Thema.

»Das Hotel hat die Reservierungen verschlampt. Es ist bis zur Besenkammer ausgebucht: Ärztekongress. Aber ich konnte im Pegasus für uns Zimmer bekommen. Der Schuppen ist zwar reichlich exklusiv, aber die zwei Nächte werden unser Budget nicht sprengen. Ich hoffe, du bist einverstanden.«

Yeremis Hals war schlagartig ausgetrocknet. Das Pegasus-Hotel! Der Name tauchte wie ein unheilvolles Zeichen aus ihrem trüben Gedächtnistümpel auf. Oder erinnerte sie sich nur an Einzelheiten, die sie als Teenager über den November 1978 gelesen hatte? Unmittelbar vor dem Jonestown-Massaker waren Congressman Leo J. Ryan und seine Begleiter im Pegasus abgestiegen. Als der Politiker schon längst nicht mehr lebte, verbrachte Yeremi hier eine unruhige Nacht, bevor Opa Carl gekommen war und sie …

»Also hast du nichts dagegen?«, fasste Leary nach, weil Yeremi ihn nur angestarrt, aber kein Wort hervorgebracht hatte.

Sie schluckte. »Was sollte ich dagegen haben?«

Yeremi fühlte sich wie gerädert. Aber sie verspürte auch Genugtuung. Sie hatte einen Sieg errungen und die zwei Nächte im Pegasus-Hotel überstanden, ohne in einem seelischen Tief zu versinken. Vielleicht würde es ihr doch gelingen, die Geister der Vergangenheit zurück in den Dschungel von Guyana zu locken, um sie ein für alle Mal hinter sich zu lassen.

Als sie am Dienstagmorgen ihr Gepäck in zwei große blaue Eastpak-Rucksäcke verstaute, fiel ihr auch die Liste der Expeditionsteilnehmer in die Hand. Nachdenklich betrachtete sie die Namen auf dem Blatt.

- Prof. Dr. Yeremi Rose Bellman, Anthropologin (Expeditionsleiterin), UC Berkeley
- Dr. Al Leary, Psychologe (stellvertretender Expeditionsleiter), Mental Health (San Francisco)
- Irma Block, Fotografin, National Geographic Society (Washington, D.C.)
- Gil Burne, Astroarchäologe, UC Los Angeles
- Dave Clarke, Botaniker, Mental Health (San Francisco)
- Jeff Josiah Greenleaf, Archäologe, UC Berkeley
- Abbatissa Jerilynn Hamilton-Longhorne, Anthropologin, UC Berkeley
- Dr. Percey Montague Lytton, Mediziner (Expeditionsarzt), UC San Diego
- Thomas Sosé, Wissenschaftsministerium Guyana (Georgetown)
- Dr. Norryl Unsworth, Pharmakologe, Mental Health (New York)

Dies waren also die Menschen, denen sie in den nächsten Wochen auf Gedeih und Verderb ausgeliefert sein würde. Einige hatte sie bereits während früherer Exkursionen schätzen gelernt: die aufmerksame Irma Block, den stoischen Engländer Percey Lytton, das junge Archäologietalent J. J. Greenleaf und die legendäre Abbatissa Jerilynn Hamilton-Longhorne, die ihren Namen nur aussprechen konnte, weil ihr Gehirn aufgrund einer Laune der Natur zu ungewöhnlich verschlungenen Gedankengängen fähig war – der Rest der Welt nannte die zähe kleine Fünfzigjährige schlicht Abby.

Die anderen Teammitglieder kannte Yeremi bisher nur aus den Dossiers, die sie von Professor McFarell und Jefferson H. Flatstone bekommen hatte, sowie von kurzen, im Vorfeld der Reise geführten Gesprächen. Alle Männer waren Profis, in der Feldforschung erfahren und neben ihrem Spezialgebiet in zusätzlichen Fertigkeiten ausgebildet. Norryl legte viel Wert auf seinen Ruf als Gourmetkoch, was bei einem Pharmakologen zwangsläufig Skepsis hervorrief.

Die Hinzunahme von Thomas Sosé musste als Konzession an die Regierung des Gastlandes angesehen werden. Der Ministeriumsmitarbeiter war indianischer Abstammung, klein und stämmig, besaß dunkelbraune, listige, eng beieinander liegende Augen, einen schier unerschöpflichen Vorrat an Zigarren sowie einen Hang zu lästigen Fragen. Außerdem neigte er zur Selbstüberschätzung.

Über Al Leary nachzudenken gewöhnte sich Yeremi gerade ab. Es würde nicht leicht werden.

Sie faltete den Bogen mit der Namensliste zusammen und verstaute ihn im Rucksack. Das Telefon neben ihrem Bett klingelte.

»Ja?«

Aus dem Hörer erklang, von lautem Knistern begleitet, die Stimme Irma Blocks. »Die Taxis sind da. Kommst du?«

»Bin sofort unten.«

Vier Minuten später klemmte sie, eingekeilt zwischen Irma Block und Abbatissa Hamilton-Longhorne, den Blick starr auf Norryl Unsworth' schweißtriefenden Nacken gerichtet, in einem alten Toyota, der mit überhöhter Geschwindigkeit dem Flughafen entgegenraste. Der Fahrer verfolgte einen Kollegen, der die zweite Hälfte des Teams in Angst und Schrecken versetzte. Aufgrund glücklicher Umstände erreichte die Expeditionstruppe die Abfertigungshalle unversehrt.

Dave Clarke, ein großer, schlaksiger Mann mit braunem Haar und sauber gestutztem Vollbart, erwartete sie schon. Grienend näherte er sich dem schwitzenden Haufen. Der etwa fünfundvierzigjährige Botaniker trug braune, grobstollige Boots, Bluejeans und ein hauptsächlich aus Taschen bestehendes khakifarbenes Baumwollhemd. Auf seiner Nase saß ein dünnes silbernes Brillengestell. Wie Yeremi inzwischen wusste, redete er nur, wenn es ihm unausweichlich erschien, obgleich man ihm nachsagte, er führe gelegentlich Zwiegespräche mit Pflanzen. Sein Mienenspiel war ein unablässiger Wechsel zwischen Versonnenheit und – scheinbar – unmotiviertem Schmunzeln. Yeremi fragte sich, ob es die Unzulänglichkeiten seiner Mitmenschen waren, die ihn so oft erheiterten. In den letzten beiden Tagen hatte sich der Botaniker in ihrem Ansehen um mehrere Stufen nach oben gearbeitet. Als der guyanische Zoll, trotz korrekter Papiere, die Expeditionsausrüstung nicht freigeben wollte, fand Clarke genau den richtigen Ton und das passende Schmiergeld, um die Formalitäten schnell und unbürokratisch zu regeln. Auf das anerkennende Schulterklopfen seiner Kollegen hin meinte er bescheiden, er habe vor sechs Jahren schon einmal die Gegend um die Wassarai-Berge besucht und kenne sich eben mit den hiesigen Gepflogenheiten aus.

»Wie sieht's aus, Dave?«, fragte Yeremi, als der Botaniker die Gruppe auf das Rollfeld hinausführte.

»Dem Piloten hat noch eine Genehmigung gefehlt, aber jetzt ist alles klar. Es kann losgehen.«

»Wie viel?« Yeremi rieb Daumen und Zeigefinger aneinander.

Clarke grinste. »War ganz umsonst. Nach einem Telefonat von Mr Sosé hat der gute Mann gespurt. Unser Minister sitzt schon im Vogel.«

»Es wäre vielleicht angebracht, diesen Titel nicht in Mr Sosés Gegenwart zu gebrauchen.«

»Keine Sorge, ich werde ihn korrekt mit Eure Majestät ansprechen.«

Argwöhnisch blickte Yeremi zu der irgendwie seltsam anmutenden Propellermaschine hinüber, auf die Clarke geradewegs zusteuerte. »Haben Sie nichts anderes auftreiben können? Das Ding sieht aus, als würde es noch in der Pubertät stecken – es ist so dünn, spitz und … übermotorisiert.« Ihre letzte Feststellung bezog sich auf das dritte Triebwerk am hinteren Seitenstabilisator, das den Eindruck vermittelte, die Maschine werde entweder vor dem Start nach hinten kippen oder kurz danach entzweibrechen.

Clarke schmunzelte, vermutlich hielt er Yeremis Einschätzung für typisch weiblich. »Das ist eine Britten-Norman BN-2 Mk. III-2 Trislander, ein sehr zuverlässiger Typ. Und was den Rotor am Seitenleitwerk betrifft, der wird dem Piloten noch sehr nützlich sein, wenn er sein Baby im Dschungel wieder in die Luft bekommen will, ohne in den Baumkronen hängen zu bleiben.«

Der Botaniker ließ Yeremi mit dem Hinweis allein, er wolle noch einen Blick in den Laderaum werfen. Sie schob den Riemen des zweiten Rucksacks auf ihrer Schulter zurecht und lief mit den anderen zur Einstiegsluke hinüber. Über der Piste flirrte die Luft, obwohl es erst zehn Uhr morgens war.

Wenige Minuten später hob die Trislander mit dröhnenden Motoren vom Rollfeld des Timheri Airport in Richtung Atlantik ab. Kurz darauf schwenkte sie nach Süden. Das Ziel des etwa dreistündigen Fluges hieß Gunn's Strip, eine Siedlung, in der ungefähr zweihundertfünfzig Wai-Wai-Indianer lebten, ein Dorf, das man auf keiner Straße erreichen konnte, ein Ort jenseits der Welt.

Kurz nach dem Start unterhielt Yeremi sich erneut mit Clarke, der in derselben Reihe wie sie, jedoch auf der anderen Seite des schmalen Mittelganges Platz genommen hatte. Sie war ins Heck geflüchtet, weil Al Leary ganz vorne hinter den beiden Piloten saß. »Was halten Sie als Botaniker von der Idee, in einer ehemaligen britischen Kolonie nach einem Volk zu forschen, das der Aufmerksamkeit des Empire entgangen sein soll?«

Clarke schob die Unterlippe vor. »Mehr als achtzig Prozent der Landfläche Guyanas liegt unter einem grünen Flor üppiger Vegetation. Die Einheimischen bezeichnen alles, was sich jenseits der schmalen Küstenregion befindet, schlicht als Hinterland. Ich würde es eher ›vergessenes Land‹ nennen. Der tropische Regenwald im Süden ist so gut wie unerforscht. Als ich 1999 zum ersten Mal die Wassarais besuchte, hieß es, niemand, auch kein Indianer, sei jemals in dem Gebiet gewesen. Beantwortet das Ihre Frage?«

Yeremi nickte. »Sie werden lachen, Dave, aber das gefällt mir: Wir haben Spionagesatelliten entwickelt, mit denen man aus dem Weltraum die neueste Schlagzeile der *New York Times* lesen könnte, aber trotzdem gibt es immer noch unerforschte Flecken auf der Welt, die voller Geheimnisse stecken.«

»Ich glaube, es kommt nicht so sehr darauf an, was wir sehen *können*, sondern vielmehr darauf, wofür wir unseren Blick öffnen.«

Yeremi sah für einen Moment aus dem Fenster. Unter ihnen lag ein ausgedehntes Zuckerrohrfeld. Nickend wandte sie sich wieder dem Botaniker zu.

»Sie scheinen ein nachdenklicher Mann zu sein, Dave.«

»*Darüber* habe ich, ehrlich gesagt, noch nie nachgedacht.«

»Wenigstens ist Stan ... Ich meine Professor McFarell. Zum Glück ist er in Berkeley geblieben. Sonst müsste ich mir unentwegt seine Visionen über die Weißen Götter anhören. Schlimm genug, dass wir ihn täglich über das Satellitentelefon kontaktieren müssen.«

Über Clarkes Gesicht ging ein verschlossenes Lächeln, das schwer zu deuten war, und er erwiderte: »Mein Boss ist genauso versessen darauf, jeden Fortschritt unserer Suche zu erfahren. Er hat die *Briefings* zur Bedingung gemacht.«

»Sie meinen, wir müssen ihn regelmäßig über alles informieren, damit er uns nicht den Geldhahn abdreht?«

»Mit Ihrem vorwurfsvollen Unterton sind Sie bei mir leider an der falschen Adresse, Yeremi. Ich bin, wenn man so will, ein Wissenschaftssöldner. Flatstone hat mich gekauft. Es gab da so eine dumme Geschichte, die sich verheerend auf mein Bankkonto ausgewirkt hat. Und da meldet sich Mental Health bei mir und lädt mich gegen Zahlung eines satten Honorars zu dieser Expedition ein. Ich habe ja gesagt. Finden Sie das verkehrt?«

Yeremi saugte an ihrer Oberlippe, schüttelte dann den Kopf und sagte: »Meistens sind es nicht so sehr die *Taten* als eher die *Beweggründe*, an denen etwas auszusetzen ist. Zu welchem Zweck hat Flatstone Sie in das Team berufen?«

»Sie kennen ja seinen Ehrgeiz. Er will unbedingt diese empathischen Telepathen finden. Sollten sie tatsächlich existieren, könnten sie ihre Fähigkeiten pflanzlichen Wirkstoffen verdanken.«

»Sie denken an Halluzinogene, wie sie im Peyotl-Kaktus stecken?«

»Der Peyotl enthält Meskalin, das ist richtig. Wie ich sehe, haben Sie Ihre Hausaufgaben gemacht.«

»Hier ein bisschen in der Fachliteratur gestöbert, da einem alten Mann zugehört ...«

»Ich vermute, er ist Mexikaner.«

Yeremi musste schmunzeln. »Und außerdem mein Großvater. Er hat mir schon vor Jahren von der Verwendung des Kaktus in der Folklore seines Heimatlandes erzählt.«

»Man sagt nicht nur dem Peyotl, sondern auch zahlreichen anderen Pflanzen nach, sie würden übersinnliche Wahrnehmungen unterstützen. Aus Yagé – das ist eine südamerikanische Liane – kann man Harmin, ein anderes Halluzinogen, gewinnen. Es soll die Gabe des Hellsehens hervorrufen. Offen gestanden halte ich nichts davon. Mit Drogen sollte man nicht herumspielen. Sogar Norryl hegt Zweifel an der Existenz einer Substanz, die einem Menschen empathische Fähigkeiten verleihen kann.«

»Dann hat sich Flatstone für sein Geld also einen Haufen Skeptiker eingekauft. Seltsam, aber mir gefällt dieser Gedanke.«

»Solange Sie mit seinen Dollars ungestört forschen können?« Clarke musste lachen. »Ist schon komisch, aber mir gehen die gleichen Gedanken durch den Kopf. Ich hoffe ein paar neue Pflanzen zu entdecken; und sollten wir tatsächlich auf die Weißen Götter stoßen und ihnen ein Wunderkraut entreißen, dann werde ich ein *National Geographic*-Magazin nehmen, das geheimnisvolle Blümchen zwischen Irma Blocks bunte Fotos pressen, wenn möglich noch ein paar Proben derselben Art sammeln, sie wissenschaftlich untersuchen, sie bestimmen und alles nach Hause tragen, frohgemut, weil mich dort ein prächtiger Scheck erwartet. Vielleicht gibt's sogar noch einen Bonus. Jeff Flatstone wird der spendabelste Mensch auf Erden sein, wenn ich ihm mehr liefern kann als eine *passiflora species novum.*«

»Eine was?«

»Eine unbekannte Passionsblume oder auch eine Liane, ein Bärlappgewächs oder sonst irgendein Kraut – ich schätze, im Hinterland von Guyana gibt es noch Zehntausende unentdeckter Pflanzenarten, und jede von ihnen könnte uns den Sieg über millionenfaches Leid bescheren. Es ist ein Wettlauf mit der Zeit.«

»In einem Monat beginnt die zweite Regenperiode.«

»Das habe ich nicht gemeint.«

»Ich weiß, Dave. Aber so gerne ich Ihnen etwas anderes sagen würde: Es gehört nicht zu den Aufgaben dieser Expedition, den Regenwald zu retten.«

Der Botaniker sah sie lange nachdenklich an. Dann antwortete er: »Kommt drauf an, was sich darin verbirgt.«

Abbatissa Jerilynn Hamilton-Longhorne schrie. Es war nur ein Schrei so dünn wie der Ast, den das Fahrwerk der Trislander soeben gestreift hatte. Das Flugzeug taumelte auf die schmale Sandpiste zu. Als Dave Clarke wenige Minuten zuvor Stoßgebete an die Waldgötter empfohlen hatte, war er von den übrigen Wissenschaftlern belächelt worden. Inzwischen lächelte keiner mehr.

Als würde die Erde selbst sich öffnen, tauchte vor der Maschine die Landeschneise auf. Thomas Sosé bekreuzigte sich. Das Heck des Flugzeugs schien zu einem Überholversuch anzusetzen – es schwenkte einen beunruhigenden Moment lang nach Backbord –, aber der Chefpilot brachte es wieder auf Kurs. Baumkronen fegten an den Kabinenfenstern vorbei. Yeremi hielt den Atem an. Ein Ruck presste sie in den Ledersitz. Das übermütige Heck war gelandet, der Bug flog immer noch. Erschreckend langsam senkte sich die Nase der Trislander nach unten. Ein letztes Mal brüllten die Motoren auf.

»Wir leben! Lasst uns eine *tekia* blasen!«, jubelte J. J. Greenleaf. Er saß direkt vor dem Botaniker.

»Was will er tun?«, rief Clarke.

Yeremi lachte. »Anlässlich von Rosch Ha-Schana und Jom Kippur lassen die Juden den Schofar, das heilige Widderhorn, erschallen. Es erinnert an Isaaks Rettung vor dem Opfermesser seines Vaters Abraham, weil Gott als Ersatz einen Widder sandte. Das gleiche Wunder soll einen zum Sterben Verurteilten retten, wenn das Schofar geblasen wird.«

»Er hat aber nicht Schofar, sondern Tekia gesagt.«

J. J. reckte sich über die Sessellehne nach hinten und grinste. »So nennen wir Juden das lang gezogene Signal, das wir auf dem Widderhorn blasen. Tekia bedeutet ›im Boden befestigt, eingerammt sein‹.«

Clarke schüttelte lachend den Kopf.

Sobald die Maschine neben einer rostigen Wellblechhütte ausgerollt war, kam der Copilot nach hinten und öffnete die Kabinentür. Augenblicklich quoll eine feuchte Hitze ins Flugzeug, die den Schweiß aus den Poren trieb. Yeremi ließ die Luft des Dschungels tief in ihre Lungen strömen. Endlich war sie wieder im Garten Gottes!

Während Al Leary das Entladen der Ausrüstung überwachte, marschierte sie zusammen mit Irma Block und Dave Clarke ins Dorf. An der Hand des Botanikers baumelte eine Plastiktüte.

»Gastgeschenke?«, fragte Yeremi.

»Ein Taschenmesser und noch dazu einige Angelhaken«, antwortete Clarke.

»Dafür ist die Tasche aber ziemlich prall gefüllt.«

»Es stecken noch ein Paar Schuhe drin, Marke Adidas.«

»Machen Sie Witze?«

»Als ich Wachana zum letzten Mal getroffen habe, wünschte er sich nichts sehnlicher als solche Sportschuhe.«

»Ist das nicht schon sechs Jahre her?«, wunderte sich Block.

Clarke zuckte die Achseln. »Hier ticken die Uhren anders. Sie werden das schon noch feststellen.«

Innerhalb von Minuten waren die drei von einer Menschentraube umringt. Nur höchst selten verirre sich ein Regierungsvertreter in diesen letzten Vorposten der Zivilisation, erklärte der Botaniker seinen Begleiterinnen. Tourismus existiere überhaupt nicht. Wenn die Wai-Wai-Indianer von Gunn's Strip Seife oder Salz einkaufen wollten, dann müssten sie bis zum nächsten Laden elf Tage mit dem Boot fahren und noch drei weitere durch den Dschungel laufen. Wichtigstes Zahlungsmittel zur Anheuerung von Trägern und Fährtensuchern seien daher die mitgebrachten »Handelswaren«: Äxte, Feilen, Macheten, Taschenlampenbatterien … Die Wai-Wai seien Fischer, Jäger und Bauern. Bargeld bedeute ihnen nicht viel. Was man brauchte, wurde getauscht: Blümchenstoff gegen Bananen und Orangen, Ananas, Gummistiefel und Messer gegen Muskelkraft und Ortskenntnis.

Vorbei an bescheidenen Holzhütten mit spitzen Grasdächern folgten die Neuankömmlinge und ihre neugierige Eskorte einem schlammigen Pfad. Einige Greise, die vor einem großen Gebäude im Zentrum von Gunn's Strip saßen, beteiligten sich nicht am Begrüßungsritual. In ihren runzeligen Händen hielten sie Zedernholzstücke und Taschenmesser.

Einen Bogenschuss vom Treffpunkt der Schnitzer entfernt stießen Yeremi und ihre Begleiter auf ein winziges Haus, vor dem ein kleiner, stämmiger Mann damit beschäftigt war, einen orangefarbenen Vogel zu rupfen. Als der Indianer Clarke sah, warf er seine Jagdbeute auf ein großes Blatt, sprang von der Grasmatte auf und eilte ihm entgegen. Der Botaniker und der Fährtensucher begrüßten sich wie alte Schulkameraden.

Wachana Yaymochi bewegte sich geschmeidig wie ein Jaguar: voll gezügelter Kraft, die nur darauf wartete, entfesselt zu werden. Dabei reichte er Yeremi gerade bis zur Schulter. Sein Alter ließ sich nur schwer schätzen; er war vielleicht fünfundzwanzig oder dreißig. Sein glattes, kurzes Haar schimmerte bläulich schwarz. Mit den hohen Wangenknochen, dem breiten Gesicht und den mandelförmigen Augen besaß er das typisch indianische Aussehen, das noch an die Vorfahren der amerikanischen Ureinwohner im fernen Asien erinnerte. Der Kleidung nach hätte Wachana auch Fußballspieler sein können: kurze rote Shorts mit schwarzen Längsstreifen, blaues, ärmelloses Hemd. Nur die schwarzen Gummistiefel störten dieses Bild.

Die beiden Frauen wurden weniger überschwänglich begrüßt. »Yeremi R. Bellman, University of California, Berkeley, und Irma Block, *National Geographic Magazine*«, wiederholte Wachana, als wolle er die Namen in das kollektive Gedächtnis seines Stammes eingraben. Er sprach fließend Englisch, jedoch mit einem schweren Akzent, der Yeremis ganze Aufmerksamkeit beanspruchte, als er nun auf den geschäftlichen Teil des Unternehmens zu sprechen kam. Wachana wusste über Größe und Zielgebiet der Expedition genauestens Bescheid, und hierin liege das Problem, sagte er.

»Was soll das heißen?«, fragte Yeremi. Sie saß mit den anderen auf einem geflochtenen Teppich vor Wachanas Haus, das kaum groß genug war, um darin eine Hängematte unterzubringen.

Der Indianer wandte sich an Dave, als hätte der die Frage gestellt. »Die Maruwanaru-Brüder – Yuphon und Aaron – machen mit. Außerdem Kayanama Ayaw.«

»Erfahrene Männer. Ich kenne sie schon von meiner letzten Expedition«, erläuterte der Botaniker seinen Begleiterinnen.

Wachana fuhr unbeirrt fort. »Aber sie wollen den doppelten Lohn. Genauso die anderen Männer.« Er nannte vier weitere unaussprechliche Namen.

Yeremi schüttelte empört den Kopf. »Wir haben das übliche Entgelt vereinbart.«

»Dann werden sie nicht gehen«, erklärte Wachana mit Blick auf Clarke.

»Ich bin nicht bereit, mich erpressen zu lassen. Wir können uns auch andere Helfer suchen …« Yeremi verstummte jäh, weil Clarke seine Hand auf ihren Unterarm gelegt hatte. Hastig entzog sie sich der Berührung und funkelte ihn wütend an. Die dunklen Augen des Botanikers flehten sie an, sich herauszuhalten. Yeremi stieß schnaubend die Luft aus, sagte aber nichts.

»Du und deine Gefährten, ihr seid die besten Führer«, sagte Clarke.

Wachana grinste. »Wir sind die einzigen.«

»Wir werden den Preis zahlen.«

»Das wird die anderen beruhigen.«

»Und warum sollte das nötig sein?«

»Weil wir in ein heiliges Gebiet vorstoßen müssen. Es liegt jenseits der Pfade, die du und ich auf unserer letzten Reise besucht haben.« Der Wai-Wai blinzelte gen Himmel, als erwarte er von dort ein Zeichen. Als er den Blick wieder senkte, wirkte sein Gesicht hart wie gebrannter Ton. »Und weil in diesem Teil der Wassarais die Geister wohnen.«

Die Ausrüstung wurde auf acht Kanus verteilt: fünfhundert Liter Benzin, neunzig Liter Alkohol zum Kochen und Konservieren von Pflanzen, Dutzende Packen mit Zeitungen für Clarkes botanische Proben, neunhundert Kilo Lebensmittel, darunter allein zweihundert Kilo Maniokmehl, das Grundnahrungsmittel der Indianer, außerdem Hängematten, Moskitonetze, mehrere tragbare Computer, zwei Satellitentelefone …

Jedes der schwankenden Wasserfahrzeuge war mit einem Wai-Wai besetzt. Erster-Klasse-Plätze gab es nicht – alle Expeditionsteilnehmer kauerten mehr schlecht als recht zwischen Kübeln, Kisten und geflochtenen Körben. Wachana Yaymochi führte die Gruppe an. Er steuerte das Kanu, in dem noch Yeremi, Irma und Dave mitfuhren. Außenbordmotoren trieben die Boote den Essequibo hinauf. Die Paddel dienten nur für den Notfall. Wachana hatte das seine mit einem roten Muster versehen: Abwehrzauber gegen böse Geister.

»Glaubst du daran?«, fragte Yeremi.

Er lachte nur.

Die Sonne war erst vor kurzem aufgegangen. Der Essequibo mäanderte träge dahin, ein glitzernder Lindwurm in einem grünen Bett. Yeremi betrachtete gedankenversunken die wuchernde Vegetation, die das Flussufer verhüllte. Nebelwolken hingen in den Baumkronen. Am Vorabend hatte das ganze Dorf Abschied gefeiert. Wachanas Zurückhaltung war so schnell gewichen wie das Sonnenlicht. Bald erzählte er Yeremi Anekdoten über frühere Expeditionen und Geschichten von Ajuga, dem sagenumwobenen König aller Pflanzen, der sich den Kleingläubigen nur als uralter Baum zeige. Seit dem Fest behandelte Wachana seinen neuen Boss wie eine ältere Schwester.

Yeremi lehnte sich im Boot zurück, schaute in den blauen Himmel und lauschte genussvoll den Stimmen des Waldes. Den weisen Rat Ajugas vernahm sie nicht, aber dafür waren Vögel und Affen recht mitteilsam. Eine Schwalbe kreuzte anmutig Yeremis Blickfeld. Sie lächelte selig. Kurz vor dem Aufbruch hatte sie mit Leary, Clarke und Wachana noch einmal die Karte studiert, um die Route abzustimmen. »*Dense Forest*« stand da über dem Gebiet der Wassarai Mountains, »dichter Wald« – als habe sich der Kartograf verzweifelt bemüht, um die grüne Wildnis weniger unbekannt erscheinen zu lassen. Nun hatte der Wald die Kanus verschluckt und sich hinter ihnen geschlossen, als wolle er den achtzehn Expeditionsteilnehmern jeden Rückweg verstellen …

»Wenn die weiße Frau noch lebt, soll sie sich hinsetzen. Nur Tote liegen in einem Boot.«

Yeremi schreckte hoch. Sie blickte über Wachanas Schulter hinweg nach hinten, um in den folgenden Booten den Urheber dieser seltsamen Warnung ausfindig zu machen. Die Gesichter der Indianer waren wie versteinert. Nur Wachana grinste.

»Das war Aaron.«

»Hat einen merkwürdigen Humor, dein Kumpel.«

»Er ist nur abergläubischer als ich.«

»Wie meinst du das?«

»Wer sich tot stellt, ist bald tot.«

»Ich kann mich vor Lachen kaum halten.« Verärgert schaute Yeremi wieder nach vorn. Während ihres Studiums waren ihr des Öfteren Bestattungsbräuche begegnet, in denen Schiffe eine Rolle spielten: die Sonnenbarken der Ägypter, die steinernen Hällristningar-Schiffe der Skandinavier – und nun auch die Einbäume der Wai-Wai-Indianer? Als Wissenschaftlerin neigte sie dazu, von Übereinstimmungen auf Zusammenhänge zu schließen. Das Kanu fing plötzlich an zu schwanken, was ihren Überlegungen vorerst ein Ende setzte.

Dave Clarke rührte sich im Bug. »Ich hasse es, meine Beine zwischen Plastikeimern und Alukisten zusammenzufalten.« Er setzte sich auf das Dollbord, was die Fahrt noch unruhiger machte.

»Was haben Sie vor?«, fragte Block besorgt. Sie saß unmittelbar hinter dem Botaniker und hatte gerade ihr Teleobjektiv auf eine Affensippe gerichtet.

»Ich will noch einmal unseren ›Sextanten‹ überprüfen. Im Moment wissen wir noch, wo wir sind. Ungefähr jedenfalls.« Er schaltete den GPS-Empfänger ein und schüttelte das Gerät wie eine streikende Uhr.

»Anscheinend trauen Sie dem fortschrittlichsten Navigationsmittel der Menschheit nicht«, sagte Yeremi amüsiert.

Clarke lehnte sich gefährlich weit über das grüne Wasser hinaus, um an der Fotografin vorbeisehen zu können. »Das GPS erleichtert unsere Positionsbestimmung auf den Karten – ganz nett für das Tagebuch –, aber ohne Wachana und seine Stammesbrüder wäre die Expedition vermutlich schon hinter der ersten Flussbiegung verloren gegangen.«

»Meinen Berechnungen nach sind es etwas mehr als einhundert Meilen bis zu unserem Zielgebiet. Ich habe für die Fahrt drei Tage veranschlagt. Was meinen Sie dazu?«

»Dasselbe wie neulich: Sie haben Ihre Hausaufgaben gemacht.«

Der Urwald diktierte den Eindringlingen seinen Rhythmus: moskitoverseuchte Dämmerung, flirrende Mittagshitze, lackschwarze Nacht. Dazu immer wieder Regenschauer, die bisweilen Sturzfluten glichen. Yeremi genoss jede Minute. Sie wollte an keinem anderen Ort der Welt sein. Hier fühlte sie sich als ein Teil der Schöpfung. Nur hier existierte überhaupt noch Natur. Hier konnte man das Leben in den Steinwüsten der Zivilisation vergessen, ja, man *musste* alles abwerfen, was die Sinne trübte, sonst war man verloren.

Gunn's Strip lag ungefähr siebzig Meilen und zwei Nächte hinter ihnen. Am Vormittag des zweiten Tages waren sie auf eine

Flussgabelung gestoßen. Wachana hatte nach rechts gedeutet, und seitdem fuhren sie den Kamoa hinauf, der, noch schmaler als der Essequibo, dahinfloss. Die Kanus schwebten immer tiefer in das dampfende Irgendwo hinein – eine Traumreise durch einen riesigen lebenden Organismus. Selbst die berüchtigten Atorad-Indianer schienen den Frieden dieser abgeschiedenen Welt nicht stören zu wollen. Vielleicht waren sie längst vom Angesicht der Erde verschwunden, ebenso still wie der Wald, den unersättliche Gier bereits ausgerottet hatte.

Manchmal wünschte sich Yeremi beinahe eine Begegnung mit den Dschungelbewohnern, die in dem Ruf standen, unerbittlich zu sein. Doch sie kannte die Scheu der verborgenen Völker von früheren Expeditionen. Wenn sich die Atorads nicht zeigen wollten, würden sie unsichtbar bleiben. Selbst die scharfen Augen der Wai-Wais vermochten die filzigen Vegetationswände nicht zu durchdringen, dieses Dickicht aus Stämmen, Baumkronen, Lianen, Epiphyten … *Innerhalb* dieses Hohlweges ließ sich eine Menge Leben sehen. Anakondas sonnten sich an den Ufern. Riesenotter kreischten wie rollige Katzen und machten sich einen Spaß daraus, in einer Phalanx von fünf oder sechs Tieren auf Irma Blocks Linse zuzuschwimmen.

»Als hätten sie das Posieren gelernt«, lobte die Fotografin die Wassermarder, die im Sonnenlicht glänzten.

Yeremi warf einen Blick zurück auf den Fluss, der nun etwa siebeneinhalb Meter breit war. Die Kanus reihten sich hinter dem Führungsboot wie Perlen an einer Schnur. Die Expeditionsleiterin schmunzelte, als sie im letzten Al Leary ausmachte. Der Psychologe blickte stumpf vor sich hin. Er hatte kein Auge fur die Schönheiten des Regenwaldes. Zu heiß, zu nass, zu unberechenbar. Und sein Insektenschutzmittel hatte auch versagt.

»Heb dir noch etwas Speicherplatz für die Höhlen des Orion auf«, sagte Yeremi.

Block ließ die schwere Digitalkamera in den Schoß sinken und setzte sich vorsichtig um, bis sie Yeremi gegenübersaß. Die Fotografin lächelte, wobei sich die zahlreichen Fältchen in ihrem wettergegerbten Gesicht noch deutlicher abzeichneten. Sie war ein gutes Dutzend Jahre älter als Yeremi. Menschen, die der kleinen, knochigen Frau zum ersten Mal begegneten, beschrieben sie oft als herb, sogar als schroff, eben jenem Typ Frau zugehörig, dem man nicht auf Anhieb Sanftmut, Umgänglichkeit und Feingefühl attestieren würde. Doch genau diese Eigenschaften besaß Irma Block. Sie war eine gute Zuhörerin. Ihrem Scharfblick entging kaum etwas. Und sie wollte alles immer ganz genau wissen.

»Ich habe in der Fachliteratur nach diesem Namen gesucht, aber nichts darüber gefunden.«

Yeremi lachte. »Die ›Höhlen des Orion‹? Kein Wunder, der ist auf meinem Mist gewachsen.« In knappen Worten spannte sie einen Bogen von der astronomischen Ausrichtung der Pyramiden von Giseh über die Höhlen im mexikanischen Aguascalientes bis zu den Satellitenaufnahmen von den Wassarai Mountains.

»Und? Denkst du, die Weißen Götter existieren wirklich?«, fragte Block.

»Professor McFarells Idee von einem letzten Häuflein weißer Ureinwohner, das irgendwo versteckt in den Wassarai-Bergen lebt, halte ich, gelinde gesagt, für sehr gewagt. Wenn du mich allerdings fragst, ob Amerika blondhaarige weiße Ureinwohner *hatte*, lautet meine Antwort: ›Ja!‹ Man hat auf diesem Kontinent zahlreiche Mumien mit blonden Haaren entdeckt. In den Gräbern wurden außerdem viele Totenmasken mit eindeutig europäischen Gesichtszügen gefunden. Über mindestens zweitausend Jahre hinweg lassen sich in Mittel- und Südamerika die Legenden von bärtigen blonden Göttern und Kriegern verfolgen. Ihre Darstellungen finden sich an den Tempelfassaden von Chichén Itzá, Yucatán und an vielen weiteren heiligen Plätzen. Hinzu kommen zahllose andere Funde, die eine vorkolumbische Verbindung zwischen Alter und Neuer Welt zweifelsfrei belegen.«

»Was sind das für Funde?«

»Hüben wie drüben wurden Kulturpflanzen wie die Gartenbohne und die Banane angebaut. Die Maya, Azteken und Olmeken hielten sich Hunderassen, die eine verblüffende Ähnlichkeit mit den mumifizierten Grabbeigaben der alten Ägypter aufweisen; ähnlich verhält es sich mit einbalsamierten Vögeln. Die Schlange wurde von Ägyptern und Phöniziern ebenso wie von den Maya und Azteken verehrt. Im dynastischen Ägypten galt die Uräusschlange, die heilige Natter über der Stirn des Pharao, als Sinnbild uneingeschränkter Macht. Bei dem phönizischen König Gebal schlängelt sie sich um das Zepter; die drei blonden bärtigen Hauptgötter der frühen amerikanischen Hochkulturen hießen *Quetzalcoatl* – was in der Aztekensprache ›gefiederte Schlange‹ bedeutet –, *Kukulcán* – in Maya: ›die mit Federn bedeckte Schlange‹ – und *Gucumatz* – das ist Quiche und steht für ›die grün gefiederte Schlange‹.«

»Erinnert mich an die ›Urschlange‹ aus der Apokalypse.«

»›... welche der Teufel und der Satan ist‹, würde mein Großvater hinzufügen. Es ist sein Steckenpferd, vor dunklen Mächten zu warnen. Zugegeben, es gibt kein ergiebigeres Gebiet als die Religion, um die Verbindung zwischen den Kulturen diesseits und jenseits des Atlantik nachzuweisen: Auf beiden Seiten wurden Sonnentempel und Stufenpyramiden nach astronomischen Gesichtspunkten errichtet. Das ägyptische Ankh, das Henkelkreuz, findet sich auch im olmekischen La Venta, im toltekischen Teotihuacán, im Palenque der Maya und an weiteren Plätzen. Aus mexikanischen Gräbern hat man Tausende altamerikanischer Terrakottaköpfchen mit keltischer, semitischer und ägyptischer Physiognomie geborgen. Der ägyptische Gott Bes, der in Altmesopotamien seine Entsprechung in dem dämonenhaften Chumbawa findet und im *Gilgamesch-Epos* erwähnt wird, ist auch im Maya-Gebiet Guatemalas und Mexikos gefunden worden – als Maske oder figürliche Darstellung. Der Name des phönizischen Sonnengottes Baal taucht häufig an den amerikanischen Küsten auf. Einige Linguisten behaupten sogar, es gebe erstaunliche Parallelen zwischen der Maya-Sprache und dem Semitischen. Manches davon kommt mir an den Haaren herbeigezogen vor, aber in der Schrift sind die Übereinstimmungen kaum zu leugnen, etwa mit den keltischen Runen und deutlicher noch bei einem Vergleich altägyptischer Hieroglyphen mit denen der Micmac-Indianer. Es gibt so viele Entsprechungen, dass man sie kaum aufzählen kann: halbmondförmiger Brustschmuck, Darstellungen von Elefanten …«

»In Amerika?«

»Auf einer kleinen in Ecuador gefundenen Tafel, die außerdem altlybische Schriftzeichen trägt. Du kannst nehmen, was du willst – die Kunst des Mumifizierens, der Trepanation …«

»Der was?«

»Schädelbohren. Man hat in Peru genauso wie in Ägypten oder auf den Kanaren Schädel gefunden, die operativ geöffnet worden sind und deutliche Merkmale einer Vernarbung zeigen.«

»Das heißt, die Patienten haben den Eingriff überlebt.«

»Zumindest eine gewisse Zeit.«

Block war sichtlich beeindruckt.

Yeremi blickte nachdenklich auf das im Sonnenlicht glitzernde Wasser des Kamoa hinaus. Ein Stück stromaufwärts schoss ein Eisvogel im Sturzflug herab und suchte mit einem silbrigen Fischlein im Schnabel das Weite. In diesem Abschnitt war der Fluss ungewöhnlich flach. An einigen Stellen konnte man bis auf den Grund sehen. Auf den Ästen eines nahen Baumes am Südufer hockten grüne Ibisse nebeneinander wie eine greise Jagdgemeinschaft. Unvermittelt flatterten die Vögel davon.

Yeremi stutzte. Was hatte die Ibisse aufgeschreckt?

Gerade wollte sie Wachanas Meinung einholen, als vom Ufer her ein lautes Knacken ertönte. Ihr Kopf fuhr herum. Einen Steinwurf weit flussaufwärts bewegten sich die Blätter der Böschung. Wieder knackten Äste. Und dann brach eine Kakophonie von Geräuschen los, die ihr, ungeachtet der brütenden Hitze, eine Gänsehaut verursachte: zuerst ein tiefes Grollen, dann ein Fauchen und Kreischen.

»Was ist das?«, rief Yeremi entsetzt.

»Ein Jaguar«, antwortete Wachana hinter ihr. »Er kämpft um sein Leben.«

»Sind wir in Gefahr?« Das Führungsboot trieb direkt auf die Stelle zu.

»Nicht, wenn wir in der Mitte des Flusses bleiben.«

»Sind es *zwei* Raubkatzen?«

»Nein.«

»Bist du sicher?«

»Da brüllt nur *ein* Jaguar. Sein Gegner ist stumm wie der Tod.«

Das Kanu befand sich beinahe auf Höhe des Kampfgeschehens, aber Yeremi konnte nicht mehr sehen als wild hin und her schlagende Äste. Die steile Uferböschung war von undurchdringlichem Grün überwuchert. Nur ein einzelner, dicker, fast kahler Ast ragte weit auf das Wasser hinaus. Und über diesen hölzernen Pfad, fast zum Greifen nah, lief plötzlich ein Jaguar.

Die Großkatze erreichte mit zwei, drei kraftvollen Sprüngen das Ende des Astes, der bedrohlich wippte. Sie blickte gehetzt aus bernsteinfarbenen Augen auf die Boote hinab, fauchte und wandte sich wieder hechelnd dem Dschungel zu. Der Jaguar war schwarz wie die Nacht. Auf seinem Fell zeichneten sich im Sonnenlicht schwach die arttypischen Flecken und Rosetten ab. Yeremi entdeckte eine stark blutende Wunde an seiner Schulter. Sie schätzte das Tier auf dreihundert Pfund, von der Nase bis zur Schwanzspitze mochte es zweieinhalb Meter lang sein – es war riesig. Und trotzdem hatte der, abgesehen vom Menschen, gefürchtetste Jäger des süd- und mittelamerikanischen Dschungels Angst. Aber vor wem?

Im selben Moment brach ein Hüne aus dem Geäst hervor. Der Mann war an die zwei Meter groß, breitschultrig und muskulös. Er trug nichts weiter als ein buntes Perlenhalsband und einen blauen Wickelrock, der vorn in der Mitte knapp über, hinten und an den Seiten jedoch unter den Knien endete. Doch was den Kanufahrern die Sprache verschlug, war etwas ganz anderes: Der Koloss war weiß, blond, blauäugig und vollbärtig.

Der Waldläufer schreckte vor dem grellen Sonnenlicht zurück. Als er den Unterarm hob, um damit seine Augen zu beschirmen, bemerkte Yeremi einen gewaltigen Dolch in seiner rechten Hand, den man fast schon für ein Kurzschwert halten konnte. Mit dieser Waffe stürzte er sich nun auf den Jaguar.

»Halt das Kanu an! Dreh um!«, befahl Yeremi. In Wachanas

Augen spiegelte sich Furcht, aber er gehorchte. Auch die anderen Boote stellten sich in die Strömung. Achtzehn Gesichter waren nach oben gerichtet.

Auf dem schwankenden Ast tobte inzwischen ein Kampf um Leben und Tod. Der weiße Jäger griff den schwarzen gnadenlos an, als ginge es darum, ein für alle Mal den Stärkeren auszumachen. Er besaß ähnliche Reflexe wie die Raubkatze, gepaart mit dem Gleichgewichtssinn eines Hochseilakrobaten. Wenn die mächtigen Pranken des Jaguars nach ihm schlugen, wich er geschickt aus, ohne ein einziges Mal ins Wanken zu geraten. Obwohl auch der Waldläufer aus mehreren Schrammen an Schulter und Hals blutete, zeigte er keine Anzeichen von Ermüdung. Unablässig schnellte seine Klinge vor, um der Katze weitere Wunden zuzufügen.

Yeremi war ebenso fasziniert wie abgestoßen von diesem Kampf, der ihr sinnlos erschien. In Brasilien hatte sie den *yaguara*, »das Tier, das mit einem Sprung tötet«, wie die Guaraní-Indianer sich ausdrückten, zum ersten Mal in freier Wildbahn erlebt. Und genau diese Chance zum Sprung suchte der in die Enge getriebene Jaguar. Gewöhnlich erlegte er seine Beute durch einen gezielten Biss in den Hals oder in den Schädel.

»Schießen Sie ihn ab, Norryl!«, rief Yeremi zu Unsworth hinüber, der in dem von Yuphon Maruwanaru gesteuerten Kanu saß. Der Indianer hielt das Boot mithilfe von Motor und Paddel geschickt in der Strömung.

Dem Pharmakologen war eines der beiden Jagdgewehre anvertraut worden, weil er sich schon in New York seiner Leistungen als Großwildjäger gebrüstet hatte. Jetzt blickte er Yeremi allerdings an, als wisse er nicht, wen er eigentlich ins Visier nehmen sollte – die Katze oder den Mann.

Der Hüne auf dem überhängenden Ast nahm keine Notiz von seinem Publikum. Seine ganze Konzentration galt dem Jaguar. Wieder und wieder schnellte er vor und zurück – wenn die Katze mit Prankenschlägen parierte. Man konnte glauben, der Waldläufer wisse genau, wann das Tier zuschlug.

Endlich hatte Norryl Unsworth das Gewehr aus dem wasserdichten Futteral gezerrt und in Anschlag gebracht. Der Zeitpunkt schien günstig, weil der Jaguar gerade bis zur äußersten Spitze des Astes geflüchtet war. Sein Blut tropfte in den träge dahinziehenden Strom. Norryl hielt die Luft an. Sein Finger krümmte sich am Abzug – als Yuphons Paddel unvermittelt abrutschte und das Kanu schwankend seine Lage änderte. Es war zu spät. Ein Schuss hallte durch den Dschungel. Vögel flogen auf. Affen schrien. Der Jaguar fauchte den Schützen an, und der Waldläufer verwandelte sich in ein versteinertes Abbild seiner selbst.

Die Katze nutzte seine Schrecksekunde. Ihre gewaltigen Muskeln spannten sich unter dem schwarz schimmernden Fell und schienen im nächsten Moment regelrecht zu explodieren. Der weiße Hüne, der ihr den Weg versperrte, riss sich erst jetzt vom Anblick der donnernden Lanze in den Händen des Fremden los. Das Jaguargebiss schnappte zu.

Der Angegriffene erwies sich jedoch trotz seiner Größe als ungemein geschmeidig. Er hatte sich wie ein Schilfrohr nach hinten gebogen, und obwohl sein Hals nur um ein Haar den Zähnen der Katze entging, rammte er ihr noch seine Klinge in die Flanke. Dann aber fegte der Jaguar ihn förmlich vom Ast, und beide stürzten, ineinander verknäuelt, in den Fluss.

Entsetzt verfolgten die Menschen in den Kanus den unerbittlichen Kampf – schwarzes Fell, weiße Haut, eine immer wieder im Sonnenlicht aufblitzende Klinge, Blut und das aufgewühlte Wasser: einen Kampf, dessen Ausgang nicht abzusehen war.

»Tut doch was!«, schrie Yeremi.

»Wenn ich schieße, trifft's womöglich den Falschen«, jammerte Norryl.

Plötzlich hörte sie ein sirrendes Geräusch, sah für Sekundenbruchteile einen hellen Strich auf die beiden Kämpfer zurasen; dann traf Wachanas Pfeil den Nacken der Katze.

Der Treffer war nicht sofort tödlich, aber doch so überraschend und schmerzhaft, dass das Tier zur Abwehr des unsichtbaren Angreifers herumfuhr. Diesen Moment nutzte der Hüne für den entscheidenden Stoß. Die Klinge bohrte sich tief ins Herz des Jaguars, der einen letzten, schrecklichen Todesschrei von sich gab, bevor er röchelnd erschlaffte.

Aber auch der Waldläufer wankte plötzlich und fiel mit dem Gesicht nach unten ins Wasser, das sich sogleich rot färbte.

»Zieht ihn raus, schnell!«, rief eine Stimme, noch ehe Yeremi es tun konnte. Es war Al Leary, der diesen Befehl gegeben hatte.

Kayanama Ayaw und J. J. Greenleaf sprangen in das brusttiefe Wasser und arbeiteten sich mit rudernden Armbewegungen zu dem treibenden Körper vor. Der Indianer bekam den Fuß des reglosen Hünen zu packen. Gemeinsam drehten die beiden den Besinnungslosen auf den Rücken und trugen ihn zum Kanu.

Yeremi fuhr zusammen, als erneut ein Schuss durch die Stille peitschte. Leary hatte, nur um sicherzugehen, auf den Kopf der Großkatze gezielt, bevor Aaron Maruwanaru die Jaguarleiche mit dem Paddel einfing.

»Da hinten können wir anlegen«, sagte Wachana und deutete den Fluss hinauf.

Yeremi musste die Augen mit der Hand beschirmen, um die Stelle zu sehen. Sie nickte. »Bringen wir den Mann dorthin, damit sich Percey um ihn kümmern kann.«

Nach wenigen Minuten hatten die Kanus eine kleine Sandbucht erreicht. Zu viert schafften sie den reglosen Waldläufer an Land. Eine tiefe Wunde, die bis auf den Knochen ging, klaffte an seiner linken Schulter, eine zweite in der Taille. Die Krallen der Katze hatten ihm zahlreiche weitere Verletzungen zugefügt. Der Blutfluss ließ nichts Gutes ahnen. Lytton suchte nach Lebenszeichen.

»Was ist?«, fragte Yeremi ungeduldig. »Ist er …?«

»Er lebt, aber der Jaguar hat ihn schlimm zugerichtet.«

»Wird er durchkommen?«

»Kann ich noch nicht sagen.«

»Ist euch aufgefallen, wie er aussieht?«, fragte Leary aufgeregt.

»Wir sind ja nicht blind«, zischte Yeremi.

»Leute, wisst ihr, was ich glaube?«

»Das ist nicht der richtige Zeitpunkt, Al. Der Mann kämpft um sein Leben.«

»Das wir unbedingt retten müssen. Schaut ihn euch doch nur an. Er sieht aus wie der aztekische Quetzalcoatl: weiß, blond und bärtig.«

Yeremi verdrehte die Augen. »Abgesehen vom Bart trifft das auf mich auch zu.«

Leary schüttelte den Kopf. »Du kannst meiner Intuition vertrauen. Der Mann da ist einer von den Weißen Göttern.«

DER CHOR DER TRÄUME

Östliche Wassarai Mountains (Guyana)
21. Oktober 2005
16.42 Uhr

Yeremi betrachtete argwöhnisch die Nadeln im Körper des Verletzten. Eben erst hatte Lytton ihm ein Schmerzmittel injiziert, und nun setzte er schon wieder eine Spritze. Im Unterarm des Bewusstlosen befand sich eine Kanüle, die mit einem durchsichtigen Plastikschlauch verbunden war, durch den eine klare Flüssigkeit lief. Der Infusionsbeutel hing an einem im Boden steckenden Ast. Nur ein Volumenexpander, hatte Lytton erklärt, eine simple Kochsalzlösung, die dem vom schnellen Blutverlust verursachten Abfall des Blutdrucks und damit einhergehenden Schock entgegenwirken solle.

»Ist es wirklich nötig, ihm sämtliche Spritzen zu geben, die Sie in Ihrer Arzttasche haben, Percey?«

Lytton lächelte auf typisch britische Art. Seine sparsame Mimik wurde von einem dezenten dunklen Schnurrbart unterstrichen. »Seien Sie unbesorgt, meine Liebe. Ich spritze nur ein Antibiotikum, um Infektionen vorzubeugen. Der schwarze Chirurg, dem die Indianer da gerade das Fell abziehen, dürfte seine Skalpelle kaum sterilisiert haben, bevor er den Eingriff an unserem Patienten hier vorgenommen hat.«

Yeremi blickte zum Ufer, wo Wachana und seine Stammesbrüder den Jaguar abhäuteten. Für seinen Schädel hatten sie schon einen Platz auf einem nahen Felsen am Ufer ausgesucht – zur Abschreckung böser Geister. Leary stand mit verzücktem Gesicht in der Nähe der Wai-Wais und gab über das Satellitentelefon einen aktuellen Lagebericht.

Angewidert wandte Yeremi sich wieder dem Waldläufer zu. Er lag auf einer der dünnen Isomatten, die den Expeditionsteilnehmern als Unterlage für die Schlafsäcke dienten. Sein mächtiger Brustkorb hob und senkte sich in ruhigem Rhythmus und wiegte dabei – nur Zufall? – ein Katzentier mit riesigen Fangzähnen. Das vier oder fünf Millimeter dicke Schmuckstück bestand aus gehämmertem Gold. Es hing an dem Halsband aus verschiedenfarbigen Korallen und Perlen, das Yeremi schon zuvor aufgefallen war.

J. J. Greenleaf und der Astroarchäologe Gil Burne vollendeten gerade eine in Gemeinschaftsarbeit entstandene Dachkonstruktion aus Plastik, Schnüren und passend zurechtgestutzten Ästen, von der nicht sicher war, ob sie den Verletzten tatsächlich vor Sonne und Regen schützte oder sein Leben nur noch mehr gefährdete. Zufrieden gesellten sich die beiden Hobbyarchitekten nach einer letzten Stabilitätskontrolle wieder zu den anderen Kollegen, die den Bewusstlosen umstanden und ihn wie ein Relikt aus grauer Vorzeit anstarrten.

Sein Körper sah aus wie eine Schaufläche für Verbandsmaterialien. Wundersamerweise klebte nicht das kleinste Pflaster in dem archaisch anmutenden Gesicht mit den hohen Wangenknochen und der dicken, kleinen Nase. Es war breit und kurz, hinter dem Bart ließ sich ein kantiges Kinn vermuten. Über den tief liegenden Augen wölbten sich ausgeprägte Brauen. Das Alter des Verletzten zu schätzen war schwierig. Vierzig, höchstens fünfundvierzig, dachte Yeremi.

Während sie darüber nachgrübelte, welches Leben dieser Mann wohl führte, beobachtete sie argwöhnisch den routiniert mit seinen Nadeln hantierenden Lytton. »Er hat so viel Blut verloren, Percey, und jetzt zapfen Sie ihm noch mehr ab? Ist das wirklich nötig?«

»Das war *meine* Anweisung«, sagte Leary, bevor der Arzt antworten konnte.

Yeremis Miene verfinsterte sich. »Der stellvertretende Kommandeur hat sein Telefonat mit der Generalität beendet und besichtigt nun das Feldlazarett. Alles hübsch der Reihe nach, nicht wahr?« Ihre Stimme wechselte von Verachtung zum Angriff. »Sag bloß, du experimentierst schon an diesem Mann herum, bevor wir überhaupt wissen, wer er ist.«

»Für was hältst *du* ihn denn, Jerry?«

»Was weiß ich! Vielleicht für einen Aussteiger, der sein Karma in der freien Natur auffrischen will, oder für einen Kriminellen, der sich vor der Polizei in den Dschungel geflüchtet hat.«

»So antwortet jeder, der nur das sehen will, was seinen Erwartungen entspricht.«

»Hört, hört! Der große Psychologe hat gesprochen. Ich vermute, deinen Augen eröffnen sich ganz andere Sphären.«

»Spotte nur! Ist dir der schwere Anhänger aufgefallen, den er um seinen Hals trägt?«

»Was für ein Anhänger?«

»Natürlich hast du ihn gesehen. Sieht ziemlich alt aus, wenn du mich fragst. Sehr alt sogar! Ich wette, du als Expertin kannst mir sogar seine Herkunft nennen.«

Yeremi knirschte mit den Zähnen. »Dem Augenschein nach ist das eine Arbeit der Moche.«

»Die Moche-Krieger!«, freute sich Leary und blickte mit geschwellter Brust in die Runde. »Nennt man sie wegen ihrer meisterhaften Kunstwerke nicht auch die ›Griechen der Neuen Welt‹? Sie lebten im heutigen Peru, nicht wahr? Ihre Kenntnisse in der Metallverarbeitung versetzten später selbst die Inka in Erstaunen, die auch gerne ihre Straßen benutzten. Wie du siehst, habe auch ich mich ein wenig auf unsere Expedition vorbereitet. Wann hatten die Moche doch gleich ihre Blüte …?«

»Zwischen 100 und 800 unserer Zeitrechnung. Findest du es nicht reichlich kühn, von einem Schmuckstück, dessen Echtheit nicht einmal bewiesen ist, auf die Weißen Götter zu schließen? Darauf willst du doch hinaus, oder etwa nicht? Vielleicht ist dir bei deinen Recherchen eine Kleinigkeit entgangen: Die Moche waren keine Bleichgesichter.«

»Schon mal darüber nachgedacht, woher ihr Wissen stammte?«

Yeremi deutete auf den Hünen, der reglos neben ihr lag. »Jetzt sag bitte nicht, von ihm.«

»Wohl kaum von unserem Jaguartöter persönlich, aber von seinen Vorfahren.«

Yeremi lachte spöttisch.

»Hat euch beiden schon mal jemand gesagt, dass ihr ein Riesenproblem miteinander habt?«, mischte sich Abby ein.

»*Sie* hat eines, nicht ich«, widersprach Leary und blickte zornig auf Yeremi herab. »Unser Fund müsste eigentlich in Ihr Spezialgebiet fallen, Abby. Wenn Sie seine Physiognomie mit einem Wort beschreiben müssten, was würden Sie sagen?«

»Cromagnoid.« Die Antwort der Anthropologin kam wie aus der Pistole geschossen.

Leary sah Yeremi triumphierend an. »Man sagt, der Cromagnon sei der erste neuzeitliche Mensch gewesen. Er soll die atlantische Westkultur begründet haben, die – lange vor den Hochkulturen am Nil, Euphrat, Indus und denen Mittel- und Südamerikas – riesige Megalithbauten errichtete. In der Seefahrt sollen die Cromagnon wahre Höchstleistungen vollbracht und bereits regelmäßige Handelsbeziehungen jenseits des Atlantiks unterhalten haben.«

»Zwar nicht neu, aber immer wieder interessant, Al Leary«, sagte Yeremi kühl. »Vermutlich wirst du mir gleich noch die Geschichte von Atlantis erzählen und behaupten, unser Katzenjäger sei König Atlas höchstpersönlich. Bevor du dich zu solchen Höhen aufschwingst, noch ein kleiner Hinweis: Die Gesichter der französischen Basken und Bretonen wie auch die der Westiren und *Canarios* sind demjenigen unseres Freundes hier verblüffend ähnlich.«

Abby tippte Yeremi auf die Schulter und räusperte sich. »Ich will dir nicht in den Rücken fallen, Schätzchen, aber die Basken und Bretonen *sind* direkte Nachfahren der Cromagnon, ebenso wie die Westiren und die Abkommen der Urbevölkerung auf den Kanarischen Inseln. Man hat das unter anderem an ihrer übereinstimmenden Blutgruppe festgestellt: Null mit Rhesusfaktor negativ, eine in der übrigen Welt eher seltene Kombination.«

Yeremi funkelte ihre Kollegin an. »Trotzdem sollten wir zunächst das nahe Liegende prüfen, bevor wir uns auf ein Minenfeld von Spekulationen begeben. Der Ärmste ist ja noch nicht einmal aufgewacht. Vielleicht öffnet er die Augen und bittet uns als Erstes um Rotwein und Baguette.«

Ein leises Schmatzen ließ Yeremi hochschrecken. Oder war es dieser seltsame Traum von dem schwarzen Jaguar, der …?

Sie schüttelte den Kopf, verärgert über sich selbst, weil sie eingenickt war. Vor zwei Stunden hatte sie unbedingt die erste Nachtwache am Lager des Verletzten übernehmen wollen. Sie wusste selbst nicht, warum. Der Widerspruch der anderen Expeditionsteilnehmer war ausgeblieben. Aufseiten der Indianer herrschte eine unerklärliche Scheu gegenüber dem weißen Jäger, und die Übrigen waren froh, ihrer Erschöpfung nachgeben zu können. Sogar Lytton nahm Yeremis Angebot dankbar an.

Der Zustand des Patienten sei »erstaunlich stabil«, lautete sein Bulletin. »Der Gute hat die Konstitution eines Grizzlybären. Wecken Sie mich nur, wenn es Komplikationen gibt«, sagte der Arzt noch, bevor er sich auf seine Schlafmatte zurückzog.

Yeremi machte es sich im Schneidersitz neben dem Bewusstlosen bequem und studierte nochmals sein Gesicht und seinen Körper. Eine kleine Speziallampe, deren Batterien Hunderte von Stunden durchhielten, spendete ihr das nötige Licht.

Das Gesicht des Patienten wirkte friedlich. Was sich jenseits der Moskitonetze abspielte, die J. J. bei Einbruch der Dämmerung über sein Schutzdach gespannt hatte, konnte sie nur ahnen. Irgendwo schien sich jemand unruhig im Schlaf zu wälzen, aber ansonsten hörte sie nur das übliche Nachtkonzert des Regenwaldes. Sie würde sich nie an die rußschwarze Dunkelheit im Dschungel gewöhnen, an dieses Gefühl des Ausgeliefertseins, das sie seit frühester Kindheit kannte. Nur zu gerne war sie in die Rolle der Nachtschwester geschlüpft, hier, an der Seite des Fremden. Welcher Feind würde es wagen, sich diesem Mann zu nähern, der selbst im Schlaf noch eine so große Autorität ausstrahlte?

Yeremi erschrak. Wo war sie nur? Sie setzte sich auf. Schlagartig wurde ihr klar, dass sie erneut am Krankenbett des Fremden eingeschlafen sein musste. Ihr rechter Arm fühlte sich taub an. Als sie ihn schütteln wollte, bemerkte sie, dass ihre rechte Hand von einer Pranke umschlossen war.

Yeremi schrie. Ihre Rechte ließ sich nicht mehr aus der Falle lösen. Im Nu war sie schweißgebadet. Ihr Herz raste, pumpte kochendes Blut und das Gefühl der Panik bis in die äußersten Kapillaren ihres Körpers. Jenseits des Moskitonetzes flammten Lichter auf. Yeremi zog mit aller Kraft, krallte die Fingernägel ihrer freien Hand in den Arm des Riesen, doch er ließ sie nicht los. Die Augen des Waldläufers waren noch immer geschlossen, aber ganz langsam verzog sich sein Mund unter dem blonden Bart.

Er lächelte!

Yeremi entspannte sich. Dieser Kerl machte sich doch tatsächlich einen Spaß daraus, seine Krankenschwester zu erschrecken! Nein, er tat ihr nicht weh, allenfalls sorgte sie selbst durch ihr Zerren für Schmerzen. Aber er hielt sie gefangen wie ein wehrloses Vögelchen, das man in hohlen Händen hält. Yeremis Angst war verflogen und hatte einer verwirrenden Empfindung Platz gemacht: Wieso gab ihr ausgerechnet diese fremde Hand so etwas wie *Geborgenheit*?

Mit aufgerissenen Augen starrte Yeremi den lächelnden Fremden an. Was sie da fühlte, *konnte* nicht echt sein. Schlagartig wurde ihr die Konsequenz dieses Gedankens bewusst, und sie geriet erneut in Panik. Abermals schrie sie auf.

Inzwischen war es ihr gelungen, das Expeditionsteam vollständig aufzuwecken. Die ersten Helfer stürzten ins Lazarett, allen voran ein bleicher Al Leary.

»Was brüllst du so?«

»Ausgerechnet *du* musst mich das fragen!«

Irma Block riss eine Ecke des Moskitonetzes hoch, hinter ihr erschienen verängstigte Indianergesichter. »Ist der Kerl zudringlich geworden?«

»Ja. – *Nein!* Er hält mich einfach nur fest.«

Weitere besorgte Kollegen drängten unter das Dach. Endlich erschien auch Lytton mit einem ziemlich verstörten Gesichtsausdruck, der aber sogleich verschwand, als er die Lage überblickte. Der Arzt hob verwundert eine Augenbraue.

»Was soll das werden? Eine Verlobung?«

»Befreien Sie mich endlich von diesem Kerl! Notfalls greifen Sie zum Skalpell und schneiden ihm die Hand ab.«

Der Arzt, der auf Kopfhöhe eine Campinglampe hielt, schob sich vor, um sich neben den Patienten zu knien, der immer noch mit geschlossenen Augen dalag, als schliefe er. Mit einem Mal lächelte Lytton.

»Der gute Junge fürchtet sich.«

»Und dabei *lächelt* er?«

Der Mediziner überhörte den Einwand. Stattdessen legte er seine Hand auf die Brust des Patienten, an einer unbandagierten Stelle, und tat – nichts.

»Was soll das werden?«, ächzte Yeremi, während sie sich im Griff ihres Schutzbefohlenen wand.

»Empathie. Ich lasse ihn spüren, dass ich bei ihm bin, Verständnis für seine verwirrende Lage habe. Er fühlt die Wärme meiner Hand, die offen ist, um zu empfangen und zu geben.«

Yeremi hielt nicht viel von dieser Therapie, und sie wollte gerade ihre Bedenken mitteilen, als sich der Griff des Fremden unvermittelt löste. Schnell rückte sie von ihm ab, allerdings nicht sehr weit. Der Waldläufer drehte ihr das Gesicht zu und öffnete die Augen. Sie waren erstaunlich klar und so blau wie der Mittagshimmel über dem Regenwald. Nie hatte Yeremi im Blick eines Menschen solche Weite gesehen.

Lytton beugte sich über den Patienten. »Können Sie mich verstehen?«

Der Verletzte sah den Arzt mit einem seltsamen Ausdruck an, in dem Yeremi nur wenig Furcht, doch sehr viel Traurigkeit zu erkennen glaubte.

»Gestatten Sie mir, mich vorzustellen«, sagte der Arzt in vollendeter britischer Höflichkeit – man hätte allerdings glauben können, er spräche mit einem Schwerhörigen. Lächelnd legte er sich die Hand auf die Brust. »Ich bin Doktor Percey Montague Lytton.« Dann zeigte er auf den Verwundeten und fragte: »Darf ich auch Ihren Namen erfahren?«

Der Waldläufer zögerte. Er schien durch den Arzt hindurchzusehen, während er sich Yeremi zuwandte und leise, aber mit tiefer, voller Stimme antwortete: »Saraf Argyr.«

Unter der Plastikplane entstand Unruhe. »Er kann Sie verstehen«, sagte Sosé, als handele es sich um eine offizielle Verlautbarung der guyanischen Regierung.

»Ein Weißer Gott, der Englisch spricht?«, spöttelte Yeremi. Sie wollte Leary gerade eine Grimasse schneiden, als der Patient unvermittelt zu reden anfing. Er sprach ruhig, eindringlich, und jedes seiner Worte war anscheinend wohl überlegt – aber für Yeremi völlig unverständlich.

»Hat ihn jemand verstanden?«, fragte sie. Ihre linke Hand streichelte die rechte, als müsse sie jeden einzelnen der soeben aus Geiselhaft befreiten Finger trösten.

Niemand konnte sich auf die Sprache des Waldläufers einen Reim machen. Unsworth versuchte es mit Französisch, Yeremi mit Deutsch, Sosé beherrschte sogar ein paar Brocken Kreol und Urdu (fast die Hälfte der guyanischen Bevölkerung stammte aus Indien), aber nichts fruchtete. Yeremi holte tief Luft, um ihr Spanisch anzubringen, als Wachana Yaymochi ihr in einer anderen Sprache zuvorkam. Leise und ehrfürchtig richtete er eine Frage an den Fremden.

Die wachen Augen des Waldläufers leuchteten plötzlich. Er hatte verstanden! Und er antwortete.

»Das ist Arawakisch«, flüsterte Yeremi beeindruckt. Sie hatte vor Jahren einige arawakische Texte mithilfe eines Wörterbuches übersetzt, war aber weit davon entfernt, die Sprache zu beherrschen.

Wachana nickte. »Aber er benutzt die alten Worte.«

»Wie meinst du das?«

»In Guyana finden Sie noch ungefähr dreißigtausend Menschen, die Arawakisch verstehen«, mischte sich Thomas Sosé ein, der sich bedächtig eine Zigarre anzündete. »Saraf Argyr bedient sich jedoch eines sehr alten Dialektes. Das ist es doch, was Sie uns sagen wollten, nicht wahr, Mr Yaymochi?«

Wachana nickte.

»Arawakisch – nie davon gehört«, brummte Leary.

Yeremi schloss kurz die Augen. Ihre Gefühle waren gerade von einem Erdstoß erschüttert worden, dessen Nachbeben noch anhielten. Aber sie wollte sich diese Schwäche nicht anmerken lassen. Als sie die Fassung zurückgewonnen hatte, verzog sie höhnisch den Mund. »Kein Wunder, Al, bei deiner einseitigen Ausbildung. Ist für westlich orientierte Hochschulen allerdings typisch. Alle reden von Latein, aber Arawakisch kennt kaum jemand. Dabei war es in Südamerika vor der Ankunft von Christoph Kolumbus *die* Lingua franca – viele Indianerstämme haben sich in ihr verständigt.« Sie wandte sich dem Anführer der Wai-Wais zu. »Wachana, du musst bitte für uns übersetzen. Nur, um sicherzugehen, dass wir den Waldmann richtig verstanden haben, frage ihn noch einmal, wer er ist.«

Mit finsterer Miene schob sich Wachana an Irma Block vorbei und kauerte sich zu Füßen des Verletzten nieder. Langsam und betont akzentuiert übersetzte er Yeremis Frage.

»Saraf Argyr«, lautete die Antwort.

»Warum hat er mich festgehalten?«, fragte Yeremi.

Wachanas dunkle Augen huschten wie zwei scheue Vögel zwischen den Gesichtern seiner Gefährten hin und her, er machte aber keine Anstalten, die Frage zu übersetzen. Yeremi bemerkte verwundert, dass alle sie betreten ansahen.

»Was ist los? Warum starrt ihr mich an, als wäre ich ein Gespenst?«

Einige schlugen die Augen nieder, aber niemand antwortete.

Ungeduldig forderte sie von Wachana: »Übersetze bitte meine Frage!«

Widerstrebend gehorchte der Indianer. Die Reaktion des Waldläufers überraschte Yeremi. Während er sie ansah, durchlief seinen Körper ein Zucken, das ihr Angst einjagte. Schmerz von einer Intensität, die sie seit Jahren nicht mehr gefühlt hatte, sprang ihr aus seinen blauen Augen entgegen. Dann beruhigte er sich wieder. Seine Antwort kam leise und stockend.

Nur mit Mühe konnte Yeremi sich von dem gequälten Blick des Waldläufers losreißen, um den Dolmetscher anzusehen. »Wachana?«

Der Wai-Wai schaute zu Boden. Er wirkte um Jahre gealtert. Das Sprechen schien ihm unendliche Mühe zu bereiten. »Seine Antwort lautet: Saraf wollte die weiße Frau vor dem schwarzen Jaguar retten.«

Ein kalter Schauer lief über Yeremis Rücken. Ihre Augen suchten wieder die des Verletzten. »Frage ihn, wie er das meint, Wachana.«

Zu ihrer Überraschung sprach nun Doktor Lytton. »Er muss Sie für eine andere Frau gehalten haben, Yeremi, eine, deren Leben er zu retten versucht hat.«

Verständnislos starrte Yeremi den Arzt an. »Wie kommen Sie darauf?«

»Der schwarze Jaguar hat sie getötet«, erklärte Irma Block unvermittelt.

Und Abby fügte hinzu: »Saraf ist ihr nachgegangen. Hat sie gesucht. Aber seine Hilfe kam zu spät.«

»Er hat sie am Blaufrosch-Hügel begraben«, verkündete Wachana feierlich. »Der Ort liegt ungefähr zwei Tagesmärsche von hier.«

Dave Clarke fuhr sich mit den Fingern durchs kurz geschnittene Haar und schüttelte den Kopf. »Ich kann dem armen Burschen nicht verübeln, dass er dich festhalten wollte, Yeremi. Er hat geglaubt, alles wiederhole sich und er würde sie ein zweites Mal verlieren.«

Yeremi war entgeistert. Sie hatte selbst kurz vor ihrem Erwachen vom schwarzen Jaguar geträumt. Aber woher kannten die anderen diese ganzen Details? Aufgeregt stieß sie hervor: »Was, um Himmels willen, ist hier los? Seid ihr komplett übergeschnappt, oder soll das ein Scherz sein, den ich nicht kapiere?«

Clarke schüttelte erneut den Kopf. »Ich kann mir das selbst nicht erklären, Yeremi, aber wie es aussieht, haben wir alle dasselbe geträumt.«

Wachana erhob sich mit einer Geste, als wolle er einen Fluch abwehren. »Ja«, flüsterte der Indianer, und seine Stimme bebte. Ohne den Blick von dem Verletzten zu nehmen, murmelte er: »Und es war *Sarafs* Traum.«

»Nun beruhige dich doch, Jerry. Glaubst du tatsächlich, der Aberglaube der Wai-Wais könnte mich auch nur im Geringsten beeindrucken? Nein, wir haben es hier mit einem Phänomen zu tun, für das es eine wissenschaftliche Erklärung geben muss.« Al Leary war zu nervös, um wie die anderen am Lagerfeuer zu sitzen. Er lief hin und her, eine Hand in der Hosentasche, die andere zur Abwehr von Blutsaugern ständig in Aktion.

Die Wissenschaftler Irma Block und Thomas Sosé hielten ihre nächtliche Beratung nicht von ungefähr an diesem Ort – genau zwischen den Kanus und den Indianern. So ließ sich wenigstens der Diebstahl der Boote verhindern. Denn die Wai-Wai-Indianer waren von Furcht befallen. Der »Chor der Träume«, wie sie die gemeinschaftliche Erfahrung der Nacht nannten, könne nur ein böses Omen sein. Einige rieten sogar zur Umkehr. Yeremi und Dave hatten ihre ganze Überzeugungskraft einsetzen müssen, um Wachana die Angst vor dem »weißen Geist« auszureden. Nun erläuterte der Anführer seinen verängstigten Stammesbrüdern die Vorzüge eines an den Erfolg der Expedition geknüpften Bonus.

Yeremi nutzte die Zeit, um im Kreis ihrer Kollegen nach sinnvollen Erklärungen für das Erlebte zu suchen. Sie saß neben dem Feuer und spürte die Hitze nicht einmal. »Wenigstens von dir als Psychologen hätte ich eine Idee erwartet«, beklagte sie sich bei Leary.

Der stellvertretende Expeditionsleiter warf die Arme in die Höhe. »Niemand von uns hat je so etwas erlebt. Es könnte vielleicht …« Er kratzte sich am Kopf.

»Ja?«

»Physiologischer Synchronismus.«

Yeremi klatschte sich die Hand an die Stirn. »Natürlich! Damit ist alles klar.«

Abby warf ihr einen strafenden Blick zu, um sich daraufhin an Leary zu wenden. »Könnten Sie uns das noch etwas genauer erklären, Al?«

Der Psychologe blieb stehen, schlug nach einem Insekt in seinem Nacken und holte dann zu einer umfassenden Erklärung aus.

Wenn er seine Worte sorgsam wählte, war seine Redeweise stets schleppend. »Physiologischer Synchronismus hat nichts mit Zauberei zu tun. Er beruht auf dem engen Zusammenspiel zwischen Seele und Körper oder, präziser ausgedrückt, zwischen den menschlichen Emotionen und seinen physiologischen Reaktionen. Gewissermaßen ›reden‹ unsere Nervensysteme miteinander. Man nennt dieses Phänomen auch ›Spiegelung‹: Wenn ein Mensch starke Gefühle entwickelt – Hass, Ärger, Freude oder auch Furcht –, dann können sich diese auf eine andere Person übertragen. Erstaunlicherweise zeigt der ›Empfänger‹ der Spiegelung, je nach Art des Gefühls, genau die gleichen Symptome wie der ›Sender‹: beschleunigten Pulsschlag, erhöhte Atemfrequenz, vermehrte Transpiration, Ausschüttung von Stresshormonen wie Adrenalin, Noradrenalin und Cortisol – das volle Programm.«

Eine längst verloren geglaubte Erinnerung schwebte durch Yeremis Bewusstsein: Sie hatte im Schlafzimmer ihrer Eltern in eine Grube steigen sollen, sich aber gefürchtet. Erst als ihre Mutter sie umarmte, war sie ruhiger geworden, weil ihrer beider Herzen im Gleichklang schlugen. Yeremi glaubte zu verstehen, worauf Leary hinauswollte.

»Was du sagst, kann ich nachvollziehen, Al. Aber funktioniert dieser physiologische Synchronismus nicht nur dann, wenn man sein Gegenüber sieht oder seine Gefühle wie mit eigenen Sinnen wahrnehmen kann? Das war bei uns nicht der Fall. Wir haben geschlafen. Und der Waldmann wohl ebenso. Wie konnte er da seine Ängste auf uns projizieren?«

Leary schüttelte den Kopf und hob schließlich die Schultern. »Ich weiß es nicht. Du wolltest von mir einen möglichen Erklärungsansatz für den kollektiven Traum, und den habe ich dir geliefert. Tatsache ist, die Einfühlung hat ganz entschieden eine körperliche Komponente. Einige meiner forschenden Kollegen definieren die Empathie sogar als ›einen Zustand des vegetativen Nervensystems mit der Neigung, das einer anderen Person zu stimulieren‹. Möglicherweise wohnt uns *allen* eine Gabe inne, von der wir nur noch eine schwache Ahnung haben, weil sie zu verkümmert ist.

Oder wir benötigen pharmakologisch bestimmbare Substanzen wie Telepathin, um sie neu anzuregen. Wir sind ja nicht in diese Waschküche gereist, um Bekanntes zu bestätigen, sondern Unerklärliches zu erforschen. Unser Ziel ist es, empathische Telepathen zu finden, Menschen also, deren Fähigkeiten die unsrigen weit übersteigen.«

Das Gebäude aus Skepsis und Voreingenommenheit, in dem Yeremi sich bisher verschanzt hatte, bekam Risse. Ohne die bisherige Schärfe fragte sie: »Und du glaubst ernsthaft, Saraf Argyr könnte ein solcher Mensch sein?«

Al Leary sah sie offen an und nickte langsam. »Ja, Jerry. Je länger ich über den heutigen Tag nachdenke, desto fester bin ich davon überzeugt.«

Doktor Lytton war verblüfft. Er konnte förmlich beobachten, wie sich Sarafs Zustand besserte. Schon am Morgen nach dem Kampf setzte er sich auf. Am Nachmittag lief er sogar zum Fluss hinab, um seinen Durst zu stillen. Keine der Wunden hatte sich entzündet, was der Arzt allerdings dem verabreichten Antibiotikum zuschrieb. Für die medizinisch nicht vorgebildeten Expeditionsteilnehmer fasste Lytton seine Beobachtungen in einfachen Worten zusammen: Saraf Argyr besitze die Lebenskraft von einem Dutzend Menschen, und die Reparaturwerkstatt in seinem Körper sei so gut in Schuss, wie er es noch nie zuvor bei irgendjemandem erlebt habe.

Diese Erklärung stellte auch die Wai-Wai-Indianer zufrieden. Zwar hatte Wachana seine Stammesbrüder von einer kopflosen Flucht zurückhalten können, aber sie mieden Saraf. Der weiße Dschungelmann war ihnen nicht geheuer.

Um sich bei den Wai-Wais als Fürsprecherin des rätselhaften Waldläufers zu verwenden, musste selbst Yeremi über den eigenen Schatten springen, wenn auch aus gänzlich anderen Motiven. Sie schreckte der Gedanke, einem Mann mit empathischer Gabe ausgeliefert zu sein. Schon die Vorstellung, Saraf könne in den Gefühlen anderer Menschen wie in einem Tagebuch lesen, war für sie beängstigend. Aber was, wenn er darin sogar zu *schreiben* vermochte …?

Auf Drängen des Arztes ließ Yeremi ein provisorisches Lager am Flussufer aufschlagen. Er wolle erst abwarten, bis sich der Gesundheitszustand seines Patienten ausreichend stabilisiert habe, erklärte Lytton. Der Mediziner war augenscheinlich fasziniert von dem Waldläufer und wollte sein Studienobjekt so schnell nicht wieder verlieren. Der Hauptsponsor und der wissenschaftliche Initiator der Expedition – Flatstone und McFarell – begrüßten diese Entwicklung. Über Satellitentelefon forderten sie Yeremi und Leary ausdrücklich auf, die ethnische Herkunft des Waldläufers und die Hintergründe seines Auftauchens im Wassarai-Gebiet zu klären. Sollte er tatsächlich ein Angehöriger des gesuchten Volkes sein, dann lohne sich die außerplanmäßige Verzögerung allemal.

Während Wachanas Stammesbrüder Zelte errichteten und im Dschungel nach Hokkohühnern jagten, begann für ihn selbst eine anstrengende Zeit. Der stämmige Indianer war ein Fährtensucher und Jäger. Auf der bisherigen Reise hatte er selten mehr als das Allernötigste gesagt. Doch in seiner neuen Eigenschaft als Dolmetscher musste er reden wie ein Wasserfall. Die Forscher hätten entschieden zu viele Fragen, beschwerte er sich wiederholt. Niemand achtete auf ihn.

Saraf Argyr gab herzlich wenig von sich preis. Ein paar Details über die Jagd nach dem Jaguar, aber Yeremi, Leary, Abby, Sosé und Lytton erfuhren trotz unermüdlichen Fragens weder, wo und wie groß seine Sippe war, noch welche Stellung er darin einnahm. Obwohl Saraf die Scheu schnell abgelegt hatte, blieb er sehr zurückhaltend. Ja, er umgab sich mit einer kaum zu durchdringenden Aura. Yeremi brauchte lange, um sich seiner unterschwelligen Stärke überhaupt bewusst zu werden, welche die Forscher davon abhielt weiterzufragen, wenn sie von Saraf nur eine knappe Antwort erhielten. Es war, als warne sie ihr Gefühl davor, ein Tabu zu brechen und damit das dünne Band zwischen ihnen und diesem besonderen Menschen zu zerreißen. Solcherlei Empfindungen entstanden nur im persönlichen Gespräch mit Saraf. Als Yeremi das mit ihrem tragbaren Computer aufgezeichnete Interview später noch einmal anhörte, spürte sie nichts mehr davon.

Sie hatte sich während der Unterhaltung alles andere als wohl gefühlt. Saraf wandte sich meistens direkt an sie, auch wenn er anderen eine Frage beantwortete. Seine klaren Augen übten auf sie eine Faszination aus, die ihren Argwohn weckte. Die schrecklichen Momente der vergangenen Nacht steckten ihr noch in den Knochen. Sollte er nur versuchen, sie zu manipulieren! Er würde auf Granit beißen.

»Ich weiß, es muss schmerzlich für Sie sein«, sagte sie, äußerlich beherrscht, »aber wir würden gerne mehr über die Frau erfahren, das Opfer des schwarzen Jaguars.«

Sarafs Augen ruhten auf ihrem Gesicht, während Wachana übersetzte. »Woher weißt du, dass es für mich schmerzlich ist?«, fragte der Waldläufer zurück.

Yeremi sah ihre Kollegen Hilfe suchend an, aber niemand sprang ihr bei. »Nun«, begann sie zögernd, »wir haben es alle erlebt. Im Traum.«

»Ist das wahr?«, erwiderte Saraf und blickte in die Runde.

Für Yeremi wurde das Gespräch immer beunruhigender.

Lytton holte tief Luft, öffnete den Mund, schloss ihn wieder und schüttelte nachdenklich den Kopf. Endlich sagte er: »Ich habe gesehen, wie Saraf Argyr sich um Sie bemühte, Yeremi. Er hätte sein Leben gegeben, um das Ihre zu retten. Aber ich vermag nicht zu sagen, was ihn dazu getrieben hat.«

Leary, Abby und Sosé stimmten dieser Einschätzung zu.

Saraf wartete ruhig die Übersetzung des Indianers ab und nickte, offenbar zufrieden mit dem, was er gehört hatte. Hierauf wandte er sich wieder Yeremi zu und begann leise zu sprechen. Ein sichtlich bewegter Wachana übertrug den tragischen Bericht anschließend ins Englische.

»Du hast Recht, Yeremi Bellman. Mein Herz ist angefüllt mit Schmerz. Faïna, die nun im Haus der Toten wohnt, war guter Hoffnung. Sie wollte sich zum Gebet an den Ort begeben, den Wachana Blaufrosch-Hügel nennt. Bei uns trägt er den Namen ›Ajugas Thron‹. Sie brach bei Mondlicht auf, wie es die alten Gesetze vorschreiben. Als ich ihr Fehlen bemerkte, machte auch ich mich auf den Weg zum Thron des Ajuga. Aber ich kam zu spät. Der Jaguar griff sie an, während sie unter dem großen *ahuehuete* im Gespräch mit Gott am Boden kniete. Mit einem Sprung hat der schwarze Jäger sie getötet. Ihr Kind wird nie das Licht der Welt erblicken. Nachdem ich Faïna zur Ruhe gebettet und das Totengebet für sie gesprochen hatte, machte ich mich an die Verfolgung des Mörders. So verlangt es unser Gesetz.«

Yeremi konnte nicht sogleich antworten. Schließlich sagte sie: »Es tut mir sehr Leid, Saraf. War sie … War Faïna Ihre Ehefrau?«

»Ich hätte dasselbe für jeden von uns getan«, antwortete der Waldläufer nur. Wieder fühlte sich Yeremi unfähig, weiter in ihn zu dringen. Sie beschloss, das Thema zu wechseln.

»Arawakisch scheint nicht Ihre Muttersprache zu sein. Von wem haben Sie sie gelernt?«

»Früher haben wir die anderen Bewohner des Waldes hin und wieder besucht. Sie schätzten unseren Rat und unsere Hilfe. Wir tauschten uns gerne mit ihnen aus – mit offenen Händen und offenem Geist.«

Yeremi sah den Dolmetscher an. »Wie steht's mit dir, Wachana. Kannst du dich noch an diese Zeit erinnern?«

Der Indianer schüttelte den Kopf.

»Aber man begegnet doch nicht alle Tage weißen Waldbewohnern. Ich habe eines eurer Feste miterlebt. Da wird viel erzählt. Es müsste doch irgendjemand davon berichtet haben.«

»Als ich ein Kind war, hat mir unser Schamane von den Geistern erzählt, die an den Quellen des Kamoa hausen. Seit vielen Generationen schon meidet das Volk der Wai-Wai diese Gegend.«

»Hat euer Schamane diese Geister beschrieben?«

Wachana nickte. »Er sagte: ›Sie leuchten im Mondlicht wie Silber.‹«

Der Mond hing wie eine riesige Opferschale am Nachthimmel. Unter ihm wogte ein Meer von Geräuschen. Aus dem Tiergeschrei und Blätterrascheln des Dschungels erhob sich unvermittelt ein Laut, der Yeremi aufhorchen ließ. Es war ein Knurren, so tief, dass sie es nicht nur hören, sondern auch im Bauch spüren konnte.

Das silberne Himmelsgefäß stand nun über einem Berg – man konnte glauben, es solle dort ausgeschüttet werden –, als auf der Kuppe eine schwarze Silhouette auftauchte.

Ein Jaguar!

Yeremi erschrak. Wie versteinert starrte sie auf den Schattenriss, der vor dem Mond zu wachsen begann. Während ihre Augen den sich mit unglaublicher Geschwindigkeit nähernden Jäger verfolgten, bemerkte sie das Unfassbare. Drei, sechs, neun – immer mehr Raubkatzen schlossen sich dem Leittier an. Eine ganze Meute stürmte vom Berg herab auf Yeremi zu, die dem Verhängnis nur bewegungslos entgegenblickte.

Plötzlich wuchs eine hünenhafte Gestalt vor der schimmernden Himmelsschale in die Höhe. Obwohl das Gesicht nicht zu sehen war, erkannte Yeremi ihn trotzdem …

Mit einem Schrei fuhr sie hoch. Einen Moment lang glaubte sie zu ersticken und schlug wild um sich. Ihr Kopf steckte in einem feinen Gewebe …

Im Moskitonetz. Sie saß in ihrem Zelt.

Von draußen drangen aufgeregte Stimmen herein. So schnell es ging, schlüpfte Yeremi in ihre Jeans, schnappte sich eine Taschenlampe und lief hinaus. Aus tintenschwarzer Nacht und nervös zuckenden Lichtkegeln trat ihr Clarke entgegen.

»Was ist los, Dave?«

»Weiß ich nicht so genau. Möglicherweise ein zweiter Jaguar, der das Lager umschleicht. Alle sind zur gleichen Zeit aus dem Schlaf hochgeschreckt.«

»Du hattest einen Albtraum, stimmt's?«

»Sag bloß, du auch?«

»Eine Meute von Jaguaren hat dich angegriffen, angeführt von Saraf Argyr.«

»Genau so war's. Das *gibt's* doch nicht!«

»Was Al uns da in der letzten Nacht über die Spiegelung von Gefühlen erzählt hat – allmählich bin ich mir nicht mehr so sicher, ob das alles nur Hirngespinste waren.«

Inzwischen tanzten die bleichen Gesichter ihrer Teamgefährten um sie herum, sporadisch angeleuchtet von Handlampen. Aufgeregte Stimmen sprachen durcheinander. Bald stand es fest: Derselbe Traum hatte achtzehn Personen heimgesucht – anders konnte man es kaum ausdrücken.

Die Wai-Wais glaubten an einen Fluch, eine letzte Warnung, bevor das Unglück aus den Wassarai Mountains auf sie herniederfahren würde. Sie wollten zurück nach Gunn's Strip, am besten gleich. Nur mit Mühe konnte Yeremi ihren Anführer ein weiteres Mal zum Zuhören bewegen.

»Denk doch mal nach, Wachana! Die wenigsten Wunder unserer Welt sind das Werk von Geistern. Erinnere dich an die Flugzeuge – früher habt ihr sie für Boten der Götter gehalten. Oder das Fernsehen, auf das heute kaum jemand von euch verzichten mag – der Kasten war für euch früher eine Brutstätte schlimmster Dämonen. Selbst meine kleine Photonenpumpe, diese Halbleiterkristalllampe, deren Energie nie zu erlöschen scheint, haben einige in eurem Dorf noch vor wenigen Tagen für einen Götterfunken gehalten. Auch für unseren Traum heute Nacht gibt es eine normale Erklärung. Wir müssen sie nur finden.«

»Und wenn diese Erklärung uns sagt, dass wir sterben müssen?«, erwiderte Wachana trotzig.

»Es sind nicht die Träume, die uns töten, Wachana, sondern höchstens die eigene Unvernunft. Ich habe dich bis jetzt für einen sehr klugen Mann gehalten.«

»Wachana *ist* klug.«

»Dann sage deinen Brüdern, dass sie nichts zu befürchten haben.«

»Das wird ihnen nicht genügen.«

»Du meinst, weil ich eine Frau bin und sie …«

»Nein, Yeremi, das haben sie geschluckt.«

»Ah! Ich verstehe.« Yeremi musste unwillkürlich lachen. Sie sah den Vertreter des Hauptsponsors an, Al Leary, der neben Wachana stand. Der Psychologe stöhnte leise, nickte dann aber doch. »Also gut«, sagte Yeremi. »Ihr bekommt einen weiteren Zuschlag von fünfundzwanzig Prozent, wenn ihr bei uns bleibt, bis die Expedition ihren Zweck erfüllt hat oder wir euch nach Hause schicken.«

»Fünfzig Prozent.«

»Zwanzig.«

Ein schelmisches Lächeln stahl sich auf Wachanas Lippen. »Ich werde mit meinen Brüdern sprechen.«

»Die sind ja hundertmal schlimmer als die Händler in einem türkischen Basar«, klagte Leary, als Wachana außer Hörweite war.

»Das mag stimmen, aber zumindest hier sind sie auch hundertmal nützlicher. Mal ehrlich, Al, was will Saraf mit diesem Traum bezwecken?«

Learys Augenbrauen hoben sich. »Sag bloß, du glaubst mir endlich!«

»Erst wenn du mir eine plausible Erklärung dafür lieferst, wie der Waldmann uns gestern den Traum einpflanzen konnte, obwohl er bewusstlos war.«

»Schade«, sagte der Psychologe enttäuscht. »Aber sogar du wirst Sarafs empathische Gabe irgendwann nicht mehr leugnen können. Möglicherweise ist es ja gerade sein Unterbewusstsein, das uns die Träume schickt. Auf ihn prasseln, wie bei jedem Menschen, pro Sekunde an die sechshunderttausend Informationseinheiten nieder, und wenn er nur halbwegs normal ist, kann er gerade zwanzig davon bewusst wahrnehmen. Er will etwas vor uns verbergen, so viel steht fest, und deshalb setzt er – ob nun vom Verstand gesteuert oder nicht – seine außergewöhnliche Gabe ein, um uns von diesem Ort zu vertreiben.«

Yeremi zog ein finsteres Gesicht. Es widerstrebte ihr, Leary Recht zu geben, aber er hatte eine überzeugende Erklärung geliefert. Das machte sie wütend. Und sollte Al Recht behalten, würde das ihre Wut nur noch steigern. »Also gut«, schnaubte sie. »Jetzt werden die Glacéhandschuhe ausgezogen. Ich muss nur kurz in mein Zelt. Hol du bitte in der Zwischenzeit Wachana. Wir treffen uns an Sarafs Krankenbett.«

Die beiden stoben auseinander.

Wenig später umzingelte eine Schar Albtraumgeschädigter das zum Verhörzimmer umfunktionierte Ein-Mann-Lazarett. Yeremi erschien mit einer wasserdichten Kartentasche unter dem Arm. Bald fanden sich auch Leary und Wachana ein, und die Befragung konnte beginnen.

»Haben *Sie* uns den Traum geschickt, Saraf?«, fragte Yeremi.

»Blicke auf die Oberfläche eines Sees herab, und du siehst dein zweites Gesicht; betrachte deine Träume, und du lernst dein inneres Wesen kennen«, antwortete der Waldläufer stoisch. Seine ausdruckslose Miene gab wenig Aufschluss darüber, was er wirklich dachte.

»Weshalb wollen Sie uns von hier vertreiben, Saraf?«

»Frage deine Freunde, warum sie diese Reise in den Dschungel unternommen haben.«

»Nein!«, schnaubte Yeremi. Diesmal wollte sie hart bleiben. »Nein, ich frage *Sie*, Saraf. Sie wollen Ihre Sippe schützen, nicht wahr? Deshalb diese Albträume. Solange Sie denken können, haben Ihre Leute in diesem Wald gewohnt. Früher haben sie noch mit den Indianern verkehrt, bis Ihrer Gruppe selbst dieser Kontakt zur Außenwelt zu riskant wurde und sie sich zurückzog. Die ›weißen Indianer‹ wurden unsichtbar, waren wie vom Erdboden verschluckt, und so soll es, wenn es nach Ihnen geht, auch bleiben. Wenn ich mich irre, dann sagen Sie 's mir.«

Ein Anflug von Unsicherheit huschte über Sarafs Gesicht, bevor es ein seltsam gütiges Lächeln zeigte, das auf Yeremi allerdings eher beunruhigend wirkte. »Was ist?«, stieß sie hervor.

»Du bist anders als deine Gefährten, Yeremi Bellman.«

Etliche Augenpaare wandten sich aus kritischer Distanz der Expeditionsleiterin zu.

»So, jetzt langt's!«, zischte sie erbost, blätterte ungestüm in ihren Karten herum, bis sie die Satellitenaufnahme von den Wassarai Mountains gefunden hatte. Sie ließ die aufgeschlagene Mappe vor Saraf aufs Bett fallen und fragte: »Was sehen Sie da?«

Seine große Hand fuhr behutsam über die glatte Plastikhülle. »Bunte Farben.«

Wenn Sarafs Sippe tatsächlich seit Jahrhunderten abgeschieden im Regenwald lebte, dann wäre jede andere Antwort verdächtig gewesen. Yeremi beugte sich vor und tippte auf die drei roten Felder, deren Entdeckung letztlich den Anlass zu der Expedition gegeben hatte. »Stellen Sie sich vor, dieses Bild hätte ein Vogel gemalt, der einmal hoch über Ihren Wald hinweggeflogen ist. Was ist dann *das* da?«

Saraf schaute zuerst die Felder an, dann Yeremi. Er verschränkte die zugepflasterten Arme vor der bandagierten Brust und schwieg.

Heftiger als nötig blätterte sie zur nächsten Karte um, die in Falschfarben einen vergrößerten Ausschnitt der Höhlen des Orion zeigte. Wieder tippte sie auf die drei quadratischen roten Flächen. »Erkennen Sie es jetzt?«

Einen Moment lang schienen Sarafs blaue Augen die Vierecke aus der Karte herausbrennen zu wollen, aber dann gab er das sinnlose Unterfangen auf. Seine Lider begannen zu flimmern, bis er sie fest zudrückte. Er schwankte. Sein Gesicht wurde aschfahl, und das Kinn sank ihm auf die Brust. Offenbar trug er einen inneren Kampf aus, der ihm fast die Besinnung raubte. Yeremi bedauerte schon, dem Verletzten so hartnäckig zugesetzt zu haben, da hob Saraf unvermittelt den Kopf und schaute ihr fester in die Augen, als sie es je bei einem Menschen erlebt hatte.

»Ihr werdet den Weg dorthin auch so finden, nicht wahr?« Seine Stimme war kaum hörbar.

Yeremis Ärger wich einer irritierenden Schwerelosigkeit. Ihr Team existierte nicht mehr. Nur sie und dieser von Schmerzen gepeinigte Mensch schwebten in der fremden Dimension, die aus dem Blau seiner Augen zu bestehen schien. Zu ihrer Verwunderung konnte sie darin lesen: »Sorge« stand da geschrieben, »Furcht« und auch »freudige Erregtheit«. Mit der Kraft ihres Willens schüttelte sie diese widersprüchliche Sinnestäuschung ab und sagte sanft: »Hätten wir Sie nicht gerettet, dann wären wir schon längst dort, um den Eingang zur Höhle zu suchen. Ihn zu finden ist nur eine Frage der Zeit.«

»Seid ihr gekommen, um uns zu töten?«

»Aber nein! Sie haben mein Wort darauf: Wir wollen Ihr Volk kennen lernen.«

Saraf nickte feierlich. »So soll es sein, Yeremi Bellman. Ich will dir glauben. Vielleicht beginnt an diesem Tag ja der neue Anfang, der uns vor langer Zeit verheißen wurde. Lass die Sonne noch einmal auf- und wieder untergehen – dann werde ich euch zur Stadt des ›Silbernen Volkes‹ führen.«

FÜHRUNGSWECHSEL

Wassarai Mountains (Guyana)
23. Oktober 2005
13.03 Uhr

Sehen Sie den kleinen blauen Frosch dort?« Clarke blickte von der Blume auf, die eben noch seine ganze Aufmerksamkeit beansprucht hatte, und deutete mit einer Lupe in Richtung des Geräuschs. Das kleine Tier mit den großen Augen saß auf einem umgestürzten Baumstamm. »Sein grelles Kolorit ist eine Warnung an alle hungrigen Jäger.«

»Ich finde ihn süß«, sagte Yeremi. Sie begleitete den Botaniker auf einem Ausflug in den Regenwald. Er wollte ihr einige Pflanzen zeigen, die pharmakologisch bedeutsame Substanzen enthielten. Weiter als eine halbe Meile waren sie allerdings noch nicht vorgedrungen, weil Clarke ständig stehen blieb und neue Wunder unter die Lupe nahm.

Soeben versenkte er sich wieder in die Betrachtung der bizarr geformten Blüte und murmelte lächelnd: »Das könnte ein verhängnisvoller Irrtum sein. Der Winzling trägt ein hochwirksames Gift in der Haut. Die Indianer bestreichen damit ihre Pfeile.«

»Kennen Sie den Blaufrosch-Hügel, von dem Wachana und Saraf gesprochen haben?«

»Was haben wir denn da Hübsches? Das Köpfchen eines verzauberten mythischen Vogels … Du bist eine *Heliconia*, gib's zu!«, murmelte Dave nur.

Es gab Momente, in denen Yeremi sich fragte, wo die Verschrobenheit eines Menschen aufhörte und der Schwachsinn begann – und dies war einer davon. »Dave?«

Wie aus dem Schlaf gerissen, blickte er über den Rand seiner beschlagenen Brille zu ihr auf. »Der Hügel? Ja, ich kenne ihn.

Wachana hat ihn mir vor sechs Jahren gezeigt. Die Pfeilgiftfrösche tummeln sich dort, daher der Name. Ich kann verstehen, weshalb die Indianer ihn für einen magischen Ort halten, selbst ich konnte seine Ausstrahlung spüren. Ihnen ist vielleicht aufgefallen, dass die meisten Bäume im Umkreis eher schlank und hoch sind. Aber dort thront ein alter Bursche, den zwei Dutzend Männer nicht umspannen könnten. Als ich den Baumriesen zum ersten Mal sah, konnte ich ihn nicht bestimmen; für mich war er einzigartig. Kein Mensch weiß, wie lange er sich schon störrisch der Zeit widersetzt. Irgendwann hat ein Blitz ihn niederstrecken wollen, ihn aber nur bis zur Hälfte spalten können. Wenn man seinen Anblick auf sich wirken lässt, wie er dort aufragt über seinem Herrschersitz aus mannshohen, bemoosten Granitblöcken, dann wird man unweigerlich wieder zum Kind, das voller Zuneigung und trotzdem ehrfürchtig zu seinem Urgroßvater aufschaut.«

»Seltsam, aber Sie scheinen diesen Ort mit den gleichen Gefühlen zu assoziieren wie Saraf Argyr – er nannte ihn Ajugas Thron.«

»Was ein Indiz für den Wahrheitsgehalt seiner Geschichte ist: Offenbar hat das Silberne Volk tatsächlich vor langer Zeit Beziehungen zu den Indianern nicht nur dieser Gegend unterhalten.«

»Wie meinen Sie das?«

»Saraf hat dem Baumriesen am Blaufrosch-Hügel einen Beinamen gegeben. Erinnern Sie sich noch?«

»Ja, er nannte ihn … Ach, ich hab's vergessen.«

»Ahuehuete. In der Nahuatl-Sprache bedeutet das ›der Alte vom Wasser‹, weil die knorrigen Greise es am liebsten feucht haben. Das prominenteste Exemplar kennen Sie vielleicht, den ›Baum von Tule‹, knapp zehn Meilen östlich der mexikanischen Stadt Oaxaca.«

»Ich war einmal in Santa Maria del Tule und habe ihn bewundert. Die Einheimischen nennen ihn *El Gigante*, ›den Riesen‹.«

»Ein botanisches Weltwunder, wenn Sie mich fragen. Ungefähr zweitausend Jahre alt! Der Riese gehört zum Geschlecht der *Taxodium mucronatum* …«

»Hört sich geheimnisvoll an.«

Dave schmunzelte. »Zumindest ehrfurchtgebietender als ›Mexikanische Sumpfzypresse‹. Ein Verwandter des Mammutbaums. Das Exemplar von Tule hat in Bodennähe einen Umfang von sechsundvierzig Metern. Man brauchte mindestens dreißig Personen, um die bizarren Ausbuchtungen des Stammes mit ausgebreiteten Armen zu umspannen. In seinem Schatten finden fünfhundert Menschen Platz.«

»Genug, um schlichte Gemüter nachhaltig zu beeindrucken.«

Clarke nickte. »Ich gehöre auch dazu.«

Yeremi spürte, wie ihr die Röte ins Gesicht stieg. »Entschuldigen Sie, so habe ich das nicht gemeint.«

Den Botaniker schien ihre Verlegenheit zu amüsieren. »Kein Problem. Ich bin es gewohnt, als Sonderling betrachtet zu werden. Würde mich übrigens nicht wundern, wenn die vom Silbernen Volk verwendeten Ortsnamen einen Anhaltspunkt über seinen Ursprung geben.«

Yeremi fing die Rettungsleine dankbar auf. »Sie meinen, so wie bei dem Handelsposten New Amsterdam, aus dem später New York City wurde? Möglicherweise liegen Sie mit Ihren Vermutungen gar nicht so falsch, Dave. Ich habe Sarafs Aussagen mitgeschnitten und sie auszugsweise per E-Mail an einen Linguisten geschickt. Die Antwort ist heute Morgen eingetroffen. Raten Sie mal, was dabei herausgekommen ist.«

»Machen Sie 's nicht so spannend, Yeremi!«

»Einige der Wendungen und Wörter, die Saraf Argyr benutzt, sind sehr antiquiert. Der Linguist wollte wissen, ob die Aufnahme ein Scherz sei, weil das von unserem Silbermann gesprochene Arawakisch rund vier- bis fünfhundert Jahre alt ist.«

Der Botaniker pfiff leise durch die Zähne. »Sind nicht auch die Höhlen des Orion aufgrund ihrer astronomischen Orientierung auf dieses Zeitfenster datiert worden?«

»Sie sagen es.«

»Weiß Leary schon davon?«

»Ich hab's ihm beim Mittagessen erzählt.«

»Und?«

»Können Sie sich seine Antwort nicht denken, Dave?« Yeremi

versuchte, die gedehnte Sprechweise des Psychologen nachzuahmen. »›Das Mosaik formt sich zu einem erkennbaren Bild, Jerry‹, hat er gesagt. ›Dieser Mann, dessen Physiognomie so gar nicht zu der anderer einheimischer Volksgruppen in Mittel- und Südamerika passt, könnte einem Stamm angehören, der in den letzten fünfhundert Jahren von der Außenwelt völlig isoliert gelebt hat. Natürlich müssen wir objektiv bleiben und besonnen vorgehen. Doch mein Gefühl sagt mir, dass wir einen Nachfahren der Weißen Götter vor uns haben.‹« Yeremi lachte. »Meiner Ansicht nach ist Saraf eher ein Abkomme der ersten Konquistadoren oder eines in den spanischen Kolonien entlaufenen Sträflings. Aber Sie wissen ja, wie Al ist. Er glaubt, wissenschaftliche Theorien ließen sich durch die ständige Wiederholung bloßer Behauptungen beweisen.«

»Sie können Al nicht besonders leiden, stimmt's?«

»Wie konnte Ihnen das nur auffallen, Dave?«, entgegnete Yeremi mit aufgesetzter Heiterkeit.

»Überhaupt scheinen Sie mir ein Mensch zu sein, der schwer Kontakt zu anderen findet.«

»Haben Sie mich in den Wald gelockt, um mir diese Fragen zu stellen? Al ist der Psychologe in unserem Team, nicht Sie, Dave.« Yeremis Stimme klang mit einem Mal ungewöhnlich schrill. Ihr Herz begann heftig zu schlagen, und in ihrem Nacken richteten sich die Haare auf. Sie fühlte sich in die Enge getrieben und wusste keinen anderen Ausweg als Schroffheit.

»Nein, Yeremi«, erwiderte Clarke ruhig. »Ein Botaniker muss wohl mindestens ebenso gut beobachten können wie ein Seelendoktor. Wissen Sie, was ein *Impatiens noli-tangere* ist?«

Yeremi blickte Clarke nur verständnislos an. Sie war viel zu aufgeregt, um über seine Frage nachzudenken.

»So lautet die lateinische Bezeichnung für eine Mimose, die Sie möglicherweise besser unter dem Namen ›Rührmichnichtan‹ kennen. Ich musste spontan daran denken, als wir neulich vor Wachanas Haus saßen und er den Preis in die Höhe treiben wollte. Ich hatte meine Hand auf Ihren Arm gelegt, und Sie zuckten zusammen, als wäre ich statisch aufgeladen. Was ist los mit Ihnen, Yeremi?«

Die Bäume ringsum schienen näher zu rücken. Yeremi entfernte sich unwillkürlich einen Schritt von Clarke. Obwohl er sie freundlich ansah, wich sie seinem Blick aus. Und dabei machte sie eine erschreckende Entdeckung.

Über der Schulter des Botanikers, und nur etwa fünf Schritte dahinter, befand sich ein Gesicht.

Es hätte eine Maske aus Ton sein können – rotbraun, unbeweglich und grimmig –, wäre da nicht dieses bedrohliche Funkeln in den Augen gewesen.

Yeremi trat langsam einen Schritt zur Seite, spreizte die Arme leicht vom Körper ab und drehte dem Indianer die offenen Handflächen zu. Sie lächelte, herzlich, wie sie hoffte, obschon sie ahnte, wie abschreckend der erzwungene Gesichtsausdruck auf ihn wirken musste. Der Mann, der mit einem – vermutlich vergifteten – Pfeil auf sie zielte, war splitternackt.

Es bedurfte keiner Erklärung, um auch Clarke den Ernst der Situation verständlich zu machen. Beide waren sie urwalderfahrene Forscher. Jeder konnte auf eine Reihe ähnlicher Begegnungen zurückblicken. Vorsicht und Verhandlungsgeschick gehörten zu den nun gefragten Tugenden. Wie in Zeitlupe tauchten weitere Bogenschützen aus dem Dickicht auf.

»Sind das Atorads?«, flüsterte Yeremi.

»Im Zweifelsfall ja«, antwortete Clarke ebenso leise.

»Ich schlage vor, Sie als Mann beginnen mit dem Begrüßungsritual.«

Clarke drehte sich langsam mit angewinkelten Armen und den Indianern zugewandten Handflächen einmal um die eigene Achse. Dann sagte er freundlich und würdevoll: »Wir kommen in friedlicher Absicht.«

Die Indianer rührten sich nicht.

»Sie hören sich an wie ein Außerirdischer auf Erdmission«, raunte Yeremi.

»Die können uns sowieso nicht verstehen. Es kommt nur auf den

Tonfall an«, flüsterte Clarke zurück. Sodann lächelte er wieder in Richtung der hinter Yeremi stehenden Indianer.

»Wir haben Geschenke für euch mitgebracht.« Er streckte die Lupe in der offenen Hand einem der Atorads entgegen.

Der Jäger zeigte kein Interesse daran.

Clarke machte einen vorsichtigen Schritt auf den Indianer zu.

Hektisches Geraschel von allen Seiten verriet nun die Gegenwart weiterer Indianer. Einige Giftpfeile tauchten auf und bedrohten Clarkes Gesicht.

Der Botaniker senkte demütig den Blick und zog sich wieder neben Yeremi zurück.

»Scheinen zwar Jäger, aber keine Sammler zu sein. Soll ich den Burschen unsere Machete anbieten?«

»Unterstehen Sie sich, Dave! Sobald Sie das Buschmesser anfassen, werden wir mit Pfeilen gespickt.«

»Woher wollen Sie das wissen?«

»Sie erinnern sich doch noch, was uns die Wai-Wais über die Atorads erzählt haben.«

»Ja. Sie seien nackt, grausam und unerbittlich, wenn sie Fremde auf ihrem Territorium erwischen. Wir können nur hoffen …«

Unversehens brach neben den beiden Wissenschaftlern ein kleiner Atorad-Indianer aus dem Dickicht hervor. Er beschimpfte sie und fuchtelte mit einer Obsidianklinge gefährlich dicht vor ihren Gesichtern herum; vermutlich war auch sie vergiftet. Yeremi zuckte immer wieder zusammen, wenn das Messer ihr zu nahe kam oder der Speichel des Cholerikers sie traf. Das Gefühl, ausgeliefert zu sein, bereitete ihr Übelkeit. In Gedanken spielte sie einige Szenarien von Aktion und Reaktion durch, die samt und sonders in einer Katastrophe endeten. Ihr Kopf drohte zu zerspringen. Isoliert lebende Urwaldvölker waren naturgemäß scheu, man musste mit freundlichen Gesten ihr Vertrauen gewinnen. Aber solcherlei Verständigung schienen diese Männer nur bei ihresgleichen zu dulden. Ihre Feindseligkeit war, dessen wurde sich Yeremi mit Schrecken bewusst, kompromisslos.

Der übellaunige Zwerg zog sich unvermittelt wieder zurück.

»Er gibt die Schussbahn frei!«, raunte Yeremi. »Ich fürchte, Dave, wir kommen hier nicht mehr lebend heraus.«

»Wenn ich mich bücke, kann ich die Machete erreichen«, flüsterte Clarke.

»Tun Sie das bloß nicht!«

»Sollen wir uns einfach abschlachten lassen?«

Es war ohnehin zu spät. Yeremi schloss die Augen. Sie wollte nicht länger die sich erneut auf ihr Ziel ausrichtenden Pfeilspitzen anstarren. Ein irrwitziger Gedanke huschte durch ihr Bewusstsein: Du bist hergekommen, um hier deine Vergangenheit abzuladen, jetzt wird dir gar nichts mehr bleiben. Zitternd erwartete sie den Schmerz …

Aber stattdessen ertönte eine tiefe, volle Stimme. Sie klang ruhig, sogar freundlich, und trotzdem lag in ihr eine Überlegenheit, die jedes Aufbegehren im Keim erstickte.

Yeremi riss die Augen auf. Sie hatte Saraf Argyrs charakteristisches Timbre längst erkannt. Und trotzdem wollte sie kaum glauben, dass er da zwischen ihr und den vergifteten Pfeilen stand, mit all seinen Pflastern und Verbänden. Sie verstand nicht, was er zu den Indianern sagte, aber seine maßvollen, beinahe sanften Worte verfehlten ihre Wirkung nicht. Die feindseligen Mienen aus dem Dickicht wurden rasch freundlicher. Sogar Yeremi spürte, wie die Anspannung gleich einem schweren Umhang von ihr abfiel. Dann traten der Waldläufer und die Indianer aufeinander zu und streichelten sich gegenseitig die Gesichter, offenbar eine Geste friedlicher Übereinkunft. Die Körpersprache der Atorads wirkte fast unterwürfig.

Endlich wandte sich Saraf zu den staunenden Forschern um und informierte sie auf Arawakisch über die aktuelle Lage. Yeremi verstand nur ein einziges Wort: »Geschenke«.

Anschließend zeigte Saraf seinen neuen Freunden den Weg ins Lager.

Die Wai-Wai-Indianer reagierten nervöser auf die Ankunft ihrer kriegerischen Verwandten als der Rest des Teams. Die Atorads kassierten einige Geschenke von den Forschern, verabschiedeten sich respektvoll von Saraf Argyr und verschwanden ebenso lautlos im Dschungel, wie sie gekommen waren.

Yeremi stand noch immer unter dem Eindruck des Erlebten. Nun besaß sie also einen Beweis für die unbestimmbare Aura natürlicher Autorität, die sie wiederholt in Sarafs Nähe wahrgenommen hatte. Mehr noch als seine starke Präsenz schien aber seine Einfühlsamkeit die angeblich so blutrünstigen Atorad-Indianer bezähmt zu haben. Oder steckte mehr dahinter? Auf die nahe liegende Frage, warum er, ein geschwächter und Schmerzen leidender Mann, von seinem Krankenlager aufgestanden und zum Ort des Geschehens gelaufen war, gab Saraf die orakelhafte Antwort: »Der Wald spricht seine eigene Sprache. Wer ihm zuhört, weiß, was zu tun ist.«

Als Leary von dem Abenteuer erfuhr, war er hellauf begeistert. Obgleich er in einer gründlichen Befragung Sarafs keine weiteren Erkenntnisse darüber gewinnen konnte, wie der Silbermann die friedliche Saite in den Herzen der Atorads angeschlagen hatte, stand für ihn die Antwort ohnehin fest: Saraf Argyr musste ein empathischer Telepath sein.

Für Yeremi klangen Wachanas Übersetzungen erheblich weniger spektakulär. »Ich habe ihnen gesagt, wir seien als Freunde gekommen und wollten ihnen Geschenke geben. Das haben sie geglaubt«, erklärte Saraf bescheiden.

»Aber Miss Bellman und Mr Clarke haben das, zumindest durch Gesten, doch auch zum Ausdruck gebracht. Warum waren die Atorads ihnen gegenüber so aggressiv?«, fragte Leary und hoffte wohl auf Sarafs Eingeständnis seiner empathischen Telepathie.

»Weil sie Angst hatten?«, antwortete stattdessen der Silbermann.

»Wer? Meine Begleiter?«

»Die Indianer.«

»Haben sie das gesagt?«

»Das war nicht nötig.«

Learys Kinn schob sich nach vorne, und seine Pupillen weiteten sich. »Interessant! Woher wussten dann *Sie* dann, dass die Atorads Angst hatten?«

»Im Wald der ›stillen Jäger‹ seid *ihr* die Eindringlinge, Al Leary. Ihr seid mit euren Booten gekommen, ohne sie um Erlaubnis zu fragen. Ihr seid einfach eingedrungen. Ihr tragt wunderliche Kleidung. Ihr seht auch sonst merkwürdig aus. Ihr riecht ungewöhnlich. Ihr benehmt euch absonderlich. Ihr sprecht in einer unbekannten Sprache. Die stillen Jäger haben jemanden wie Yeremi Bellman oder Dave Clarke noch nie getroffen. Alles an euch ist ihnen fremd. Und wer in der Abgeschlossenheit lebt, fürchtet das Unbekannte.«

Leary seufzte resignierend. Als Psychologe war er natürlich mit derlei Verhaltensmustern vertraut. »Haben die Atorads irgendetwas gesagt, das ich noch nicht weiß?«

»Nichts von Bedeutung.«

»Ich würde gerne selbst entscheiden, was wichtig oder unwichtig ist, Saraf.«

»Sie sagten: Die weißen Eindringlinge sind blind. Und dumm. So dumm wie Hokkohühner.«

Obwohl Yeremi den glücklichen Ausgang der Begegnung mit den Atorads begrüßte, widerstrebte ihr die Leichtigkeit, mit der Saraf die Krieger besänftigt hatte. Waren die Indianer noch Herr ihres eigenen Willens gewesen? Oder verfügte der Silbermann tatsächlich über die Gabe, andere Menschen zu beherrschen? Wenn dem so war, warum hatte er dann die Wissenschaftler und die Wai-Wais nicht mit Leichtigkeit abgeschüttelt? Fragen über Fragen. Als die Kanus der Expedition sich am Morgen nach der seltsamen Begegnung mit den stillen Jägern wieder dem Kamoa anvertrauten, hatte Yeremi ausreichend Gelegenheit, darüber nachzudenken.

Clarke war freiwillig ins nachfolgende Kanu umgezogen, damit der Waldläufer im Bug des Führungsbootes die Lotsenrolle übernehmen konnte. Rein optisch änderte sich dadurch wenig, weil Saraf das Zweithemd des Botanikers sowie dessen Baseballkappe zum Schutz gegen die Sonne trug. Irma Block hatte sich von Position zwei nicht vertreiben lassen, sie fotografierte den Silbermann ungefähr alle zehn Sekunden. Ab und zu schielte Yeremi an der Reporterin vorbei zu ihm nach vorne, als könne allein sein Anblick alle Rätsel in ihrem Kopf lösen.

Sarafs Gesicht glich einem versiegelten Buch mit dem Titel »Trauer und Schmerz«. Gerne hätte Yeremi darin gelesen, die Geschichte von Faïna kennen gelernt, mehr über die Rolle dieser Frau in seinem Leben erfahren, den Grund verstanden, weshalb Saraf sich das eigene Versagen nicht verzeihen mochte ... Unvermittelt drehte sich der Waldmann zu ihr um – er blinzelte, weil seine Augen das helle Tageslicht kaum ertragen konnten –, und sie blickte schnell in das monotone Grün des Dschungels hinüber.

Am Nachmittag rückten die Flussufer immer enger zusammen. Regenwolken zogen heran. Wieder einmal. Die Wai-Wai-Indianer wurden zusehends unruhig, und Yeremi wusste auch, warum. Die Quelle des Kamoa konnte nicht mehr fern sein. Sie hatten nun jenen Teil der Wassarais erreicht, in dem die Geister wohnten.

Saraf deutete den Fluss hinauf. Yeremi beschirmte ihre Augen mit der Hand und entdeckte eine lichte Stelle am Nordufer.

»Dort werden wir die Boote lassen und unser Lager aufschlagen«, übersetzte Wachana die Anweisung des Silbermannes.

»Aber wir haben noch ein paar Stunden Tageslicht ...« Yeremi verstummte, weil ihr unvermittelt klar wurde, was sie dem Waldmann ohnehin schon abverlangte. »Entschuldigen Sie bitte, Saraf. Ich habe nicht an Ihre Verletzungen gedacht.«

»Doch, das hast du, Yeremi Bellman. Gerade eben – und dafür danke ich dir. Ich bin sehr müde. Außerdem wird der Himmel diesen Fluss sowieso bald in einen fauchenden Drachen verwandeln.« Saraf deutete nach Nordwesten, wo Wolkenberge das vollkommene Blau des Himmelsgewölbes verbargen. Dumpf dröhnend rollten sie auf die Boote zu, mit den schwefelgelben Farbtönen eines Wetterleuchtens.

Yeremi nickte und wandte sich zu ihrem Steuermann um. »Halt bitte aufs Ufer zu, Wachana, genau da, wo Saraf es dir zeigt.«

Der Indianer nahm Kurs auf eine kleine Bucht in einer Flussbiegung. Als er argwöhnisch zum Himmel blickte, schien der Silbermann seine Gedanken zu erraten.

»Zieht bitte die Boote weit aufs Land, sonst wird der Drache sie fressen«, sagte Saraf.

»Erwartet Saraf Schlimmeres als den normalen Nachmittagsschauer?«, erkundigte sich Yeremi.

»Ja«, antwortete Wachana, ohne die Frage zu übersetzen. »Bei schwerem Regen kann der Kamoa zehn Meter oder mehr ansteigen. Dann ertrinkt der Wald.«

Yeremi schluckte. »Wir wollen kein Risiko eingehen. Schleppt die Kanus so tief in den Wald, wie es nötig ist, und dann noch einen Bogenschuss weiter.«

Wachana übermittelte die Anweisungen lautstark an seine Stammesbrüder.

»Wie weit müssen wir morgen noch den Fluss hinauffahren?«, fragte Yeremi den Silbermann. Mit der Linken hielt sie ihre geflochtene Schirmmütze fest, die eine heftige Windbö ihr entreißen wollte.

»Überhaupt nicht mehr. Von hier aus werden wir zu Fuß weitermarschieren.«

Während Saraf dies sagte, zerplatzte ein erster schwerer Regentropfen auf Yeremis Hand. Dunkle Wolken läuteten vorzeitig die Nacht ein.

In aller Eile wurden die Kanus entladen und mit dem Gepäck in den Wald gebracht. Als der Himmel die Schleusen öffnete, war das Lager noch nicht aufgeschlagen. Sarafs Einschätzung der Wetterlage traf ein, wahre Sturzfluten ergossen sich über die Expedition. Das Blätterdach hielt zwar die zerstörerische Wirkung des Platzregens für den Wald in Grenzen, aber die Menschen waren im Nu bis auf die Haut durchnässt.

Das Lager wurde ungefähr eine Viertelmeile vom Ufer entfernt aufgeschlagen. Die Maruwanaru-Brüder rammten in Windeseile Pflöcke in den feuchten Boden und zogen Planen darüber, um ein provisorisches Dach zu schaffen. Derweil zurrten die anderen Wai-Wai-Indianer die Kanus mitsamt Ausrüstung an Bäumen fest. Die übrigen Mitglieder des Teams brachten kleinere Gepäckstücke in Sicherheit. Nur Saraf Argyr war die Ruhe selbst. Er stand abseits und beobachtete mit dem Gleichmut eines Riesen die ihn umgebende Betriebsamkeit. In der Rechten hielt er das geborgte Hemd und die Mütze; die Sonne konnte seiner ungewöhnlich hellen Haut nun nichts mehr anhaben.

Yeremi glaubte zu ahnen, was dem Silbermann durch den Kopf ging. Die Fremdlinge standen nun an der Grenze seines Reichs und die eigenen Leute an der Schwelle einer neuen Zeit. Jahrhunderte der Isolation nahmen ein Ende. Es würde nicht leicht werden für das Silberne Volk.

Am Morgen nach dem Unwetter strahlte die Sonne von einem azurblauen Himmel. Yeremi erteilte die Anweisung zum Aufbruch.

Die Indianer hatten für den Transport Tragegestelle aus *turu*, den Blättern der *Oenocarpus*-Palme, geflochten. Darin konnten sie über Stunden vierzig bis fünfzig Kilogramm Ausrüstung tragen. Die übrigen Teilnehmer der Expedition schleppten vergleichsweise leichte Rucksäcke. Niemand wollte allerdings Saraf Argyr eine Last aufbürden.

Doktor Lytton hatte dem Silbermann wie jeden Tag vor dem Frühstück eine Penicillintablette gegeben, seine Wunden versorgt und sich einmal mehr über deren schnelle Heilung gewundert. Sogar die schlimmen Verletzungen oberhalb der linken Hüfte und an der Schulter würden ihm bald keine Schmerzen mehr bereiten. Während der Arzt – nach nur vier Tagen! – sämtliche Fäden zog, schüttelte er unablässig den Kopf.

»Hätte ein Kollege mir vor einer Woche diese Therapie vorgeschlagen, wäre ich wahrscheinlich zur Ärztekammer gelaufen, damit sie ihm die Zulassung entziehen.«

Saraf dankte Lytton für seine hervorragende Arbeit und sagte, er sei selten einem so tüchtigen Heiler begegnet.

Kurze Zeit darauf bewegte sich der Silbermann mit dem aufrechten Gang eines Königs durch den Wald, als hätte es den Angriff des Jaguars nie gegeben. In seinem Gefolge gab es etliche überraschte Mienen, weil er nicht ein einziges Mal stehen blieb, um sich zu orientieren. Seine Zielstrebigkeit nährte in vielen Köpfen den Verdacht, er folge einer lückenlosen Kette von Wegweisern, die für seine Begleiter unsichtbar waren. Im Vergleich zu Saraf wirkten die Wai-Wais mit ihrem sensationellen Gespür für die Natur wie Jungpfadfinder. Aus nahe liegenden Gründen behielt Yeremi nicht nur Saraf, sondern auch die immer stiller werdenden Indianer im Auge, denen die schlafwandlerische Sicherheit des Silbermannes alles andere als geheuer zu sein schien.

Der unsichtbare Pfad, dem er gemessenen Schrittes folgte, führte stetig bergan. Die Lastenträger konnten nicht so elegant wie er durch das Dickicht gleiten, obwohl er nach Möglichkeit einen Weg wählte, der ihren Macheten wenig entgegensetzte. Manchmal glaubte Yeremi allerdings, seine Rücksicht gelte eher den Pflanzen des Waldes als den schwitzenden Expeditionsteilnehmern. Wiederholt beobachtete sie ihn dabei, wie seine Finger im Vorübergehen sanft über ein Blatt, eine Blüte oder die Rinde eines Baumes strichen, als entbiete er ihnen einen stillen Gruß. Oder gab es einen Zusammenhang zwischen diesen Berührungen und seinem verblüffenden Orientierungssinn?

Das Waten durch Bäche, Klettern über entwurzelte Bäume und Stolpern durch Lianengewirr kostete viel Kraft. Yeremis Lauftraining machte sich bezahlt. Mit Rücksicht auf die anderen legte sie trotzdem nach zwei Stunden eine Pause ein. Etwas abseits der Gruppe ließ sie sich auf einen umgestürzten Stamm sinken und blickte zum grünen Gewölbe des Waldes empor. Nach einer Weile hörte sie Schritte. Es war Clarke, der sich vorsichtig näherte, das Satellitennavigationsgerät in der Rechten.

»Sollte unser GPS noch funktionieren, dann bewegen wir uns derzeit von Süden her auf die höchste Erhebung der Wassarais zu«, sagte er.

Yeremi wischte sich energisch Schweiß, Spinnweben und Zecken aus dem Gesicht. »Gemäß den Satellitenfotos liegt dort unser Zielgebiet.«

»Der Berg weist in der Karte eine Höhe von elfhundertfünfunddreißig Metern auf. Wäre vielleicht sinnvoll, wir schlagen unten ein

Basislager auf und lassen uns von Saraf zum Eingang der Höhlen hinaufführen.«

»Guter Vorschlag, Dave. Können wir den Lagerplatz beim jetzigen Tempo heute noch erreichen?«

»Es sind vielleicht noch drei bis fünf Meilen Luftlinie, aber du weißt ja, was das hier bedeutet.«

Yeremi nickte. Sie stemmte sich vom Baumstamm hoch und drehte sich mit ausgestreckten Armen und geschlossenen Augen im Kreis, bis sie die Orientierung verloren hatte. Als sie endlich verharrte, entdeckte sie einen unruhig wankenden Botaniker, der sie skeptisch musterte.

»Alles in Ordnung, Yeremi?«

»Schauen Sie mich nicht so entgeistert an, Dave. Jeder von uns braucht seine entrückten Momente, nicht nur Sie. Mir ist nur gerade bewusst geworden, wie hoffnungslos wir uns in diesem Pflanzengeschling verheddern könnten. Angenommen, die Satellitennavigation lässt uns tatsächlich im Stich – was Sie ja anscheinend befürchten – und Saraf Argyr löst sich plötzlich in Luft auf, dann sind wir Gefangene des Waldes. Einem unberechenbaren Organismus ausgeliefert, der uns unserer zivilisierten Existenz beraubt. Wie schnell kann man sich darin verlieren! Halten Sie es für möglich, dass in fünfhundert Jahren jemand hier vorbeikommt und über einen unserer Nachkommen staunt?«

Clarkes Brille war wieder einmal beschlagen. Er schielte über den Rand und fragte: »Reden Sie jetzt von den Kindern des Expeditionsteams im Allgemeinen oder von *unseren* im Besonderen?«

Die verklärte Stimmung fiel jäh von Yeremi ab. Ihre Augen verschossen Blitze. »Vergessen Sie, was ich eben gesagt habe.«

Hastig entfernte sie sich von dem verwirrt dreinblickenden Botaniker. Am Rande des Gesichtsfeldes entdeckte sie eine reglose Gestalt. Es war Saraf Argyr, der wie versteinert neben einem Baum stand.

Am Abend wirkte selbst Wachana alt; er sah nun aus wie der Greis, der er einmal sein würde. Stunden des Laufens, Schwitzens und

Stolperns lagen hinter ihm. Er und seine Stammesbrüder waren jedoch zäh. So kraftlos sie sich auch fühlten, am nächsten Morgen würden sie wieder energiegeladen durch den Wald marschieren. Bei den Besuchern aus der so genannten Zivilisation mündete die körperliche Erschöpfung leicht in eine Stimmung unergründlicher Verlorenheit. Auch Saraf Argyr war von den Strapazen des Tages gezeichnet, aber er schien dennoch frischer als alle anderen zu sein.

»Geht es nicht jedem so, wenn er nach langer Zeit endlich wieder nach Hause kommt?«, sinnierte Irma, als Yeremi der Fotografin ihre Beobachtungen mitteilte. Die Frauen saßen nebeneinander auf einer Schlafmatte und beobachteten das Geschehen im Camp.

»Manche Menschen zeigen sich auch euphorisch, bevor sie einen tollkühnen Plan ausführen«, murmelte Yeremi. Ihre Augen suchten den Silbermann und fanden ihn am Rand des Lagers, wo er mit untergeschlagenen Beinen auf dem Boden hockte und ernst vor sich hinblickte. Seine weiße Haut leuchtete im Zwielicht der Dämmerung.

Der Auslöser von Irmas Digitalkamera klickte vier- oder fünfmal. »Ich wette, auf den Bildern sieht er aus wie hineinretuschiert.«

Überrascht runzelte Yeremi die Stirn. Die Äußerung der Reporterin hatte ihre Aufmerksamkeit auf jenen Teil von Sarafs Wesen gelenkt, der ihn aus ihrer gewohnten Sicht der Wirklichkeit heraushob.

Da traten drei Indianer aus dem Dickicht. Sie hatten den Silbermann kurz nach der Ankunft um Erlaubnis gebeten, in seinem Reich jagen zu dürfen. Er gestand ihnen so viel Beute zu, »wie sie an einem Abend essen konnten«. Kayanama Ayaw trug zwei erlegte Nabelschweine über der Schulter.

Yeremi erhob sich von der Matte. »Ich werd mal rübergehen und unsere kleinen Helfer für ihren Fleiß und ihre Tapferkeit loben. Sie können's gut gebrauchen, glaube ich.«

Irma nickte. Nachdenklich sah sie Yeremi hinterher.

Die Nacht hatte das Lager mit einem weichen Überwurf aus Geräuschen zugedeckt. Der Mond ließ die Ränder der Wolken erglühen.

Die Luft war schwül. Yeremi konnte nicht schlafen. Sie lag zwischen Irma Block und Abbatissa Hamilton-Longhorne unter einem behelfsmäßigen Regenschutz. Vereinzelte Tropfen klatschten noch auf die Plastikplane. Um sich herum hörte sie den regelmäßigen Atem der anderen. Die Erschöpfung zog selbst die Indianer mit unwiderstehlicher Kraft hinab ins Meer der Träume. Norryl Unsworth schnarchte wie eine Motorsäge.

Mit einem leisen Seufzer setzte sich Yeremi auf. Sie schlüpfte in ihre Stiefel. Vielleicht würde sie einschlafen, wenn sie sich ein wenig die Beine vertreten hatte. Bevor sie mit ihrer Taschenlampe unter dem Moskitonetz hervorkroch, rieb sie sich Arme und Gesicht mit Insektenschutzmittel ein.

Aaron Maruwanaru saß am Rand des Lagers und hielt Wache. Seine Bluejeans leuchteten matt im Mondlicht. Unterhalb der Knie schienen Aarons Beine zu fehlen, weil die schmutzigen Gummistiefel keinerlei Licht reflektierten.

»Alles okay, Ma'am?«, fragte er.

»Alles okay«, erwiderte Yeremi leise. »Was macht Saraf Argyr?«

»Er schläft dort in den Farnen.« Aaron deutete auf eine dunkle Stelle, die Yeremi in den Schatten des schwachen Lichts unmöglich als menschlichen Körper hätte deuten können.

»Werde mal zwei, drei Schritte in den Wald gehen.«

»Aber nicht zu weit, Ma'am!«

»Ich bleibe in Rufweite.«

Der Indianer nickte.

Yeremi stapfte ein Stück in das Dickicht hinein. Da, wo kein Mondlicht durch die Baumkronen fiel, schaltete sie ihre Handlampe ein. Außer Reichweite von Aarons wachsamen Blicken lehnte sie sich an einen fahl schimmernden Stamm und sah durch eine Lücke im Blätterdach zum Erdtrabanten hinauf.

Sie leuchten im Mondlicht wie Silber. So hatte ein Schamane der Wai-Wais die Geister beschrieben, die angeblich in den Wassarai-Bergen wohnten …

Ein leises Knacken ließ Yeremi aufhorchen. Plötzlich streifte ein Schatten ihr Gesicht, und sie schreckte zusammen.

Vor ihr stand Saraf Argyr.

Yeremi war wie elektrisiert. Ihre Augen wanderten nach oben, über den goldenen Anhänger auf seiner Brust und das Perlenhalsband, und verharrten schließlich wie gebannt auf seinem Gesicht. Ein leichtes Schwanken ihres Körpers hätte genügt, um ihn zu berühren. Seine Nähe bereitete ihr Unbehagen, aber sie konnte nicht fliehen. Es wäre ihr wie ein Vertrauensbruch vorgekommen. Ihr Körper befand sich in einem Schwebezustand der Unentschlossenheit. Sie glaubte seine Wärme zu spüren, konnte seinen Geruch wahrnehmen, den Duft von Farnen, der sich – nicht unangenehm – mit seinen maskulinen Ausdünstungen mischte. Yeremi öffnete den Mund. Und schloss ihn wieder. Ihr Arawakisch war jämmerlich und ihre Gedanken ohne klare Struktur. Gefühle und Fragen verwirrten sich in ihrem Kopf zu einem unlösbaren Knäuel. Würde der Silbermann sich davonschleichen und allem entziehen? Zu ihrer Verblüffung entdeckte sie in ihren aufgewühlten Emotionen auch Angst um das Silberne Volk. Im Zeitalter satellitengestützter Navigation war es Sarafs Sippe unmöglich, weiterhin im Verborgenen zu leben. Selbst dann nicht, wenn er die Seinen warnte und sie alle Expeditionsteilnehmer auslöschen würden …

Leise und eindringlich begann der Silbermann auf Yeremi einzureden. »… Rat … Gericht … zurückkehren …«

Gerade drei Worte konnte sie aus seinen ernsten Erklärungen herausfiltern, zu mehr reichten ihre Sprachkenntnisse nicht. Zur Interpretation blieben ihr nur sein Tonfall – ernst, aber nicht drohend, kraftvoll, aber nicht zwingend – und vage Vermutungen. Was hatte er sagen wollen? Etwa: »Ich gehe zu meinen Leuten, damit ich mit ihnen Kriegs*rat* halten, über euch zu *Gericht* sitzen und alsbald zur Vollstreckung des Urteils *zurückkehren* kann.« Oder: »Ich weiß mir keinen anderen *Rat*, als zunächst an einem einsamen Ort mit mir selbst ins *Gericht* zu gehen; danach entscheide ich, ob ich zu euch *zurückkehren* werde.«

Saraf schien ihre Verwirrung zu spüren, denn er fügte noch eine weitere Bemerkung hinzu, die Yeremi allerdings mehr als alles vorher Gesagte aus der Fassung brachte, weil er sich hierzu der *englischen* Sprache bediente.

»Hilfe!«

Binnen Sekunden war Saraf Argyr im finsteren Dickicht des Waldes verschwunden. Obwohl sie ihn längst nicht mehr sehen konnte, blickte Yeremi ihm noch lange nach. Hier, im sanften Licht des Halbmondes, glaubte sie noch immer seine Gegenwart zu spüren. Hinaus in die Dunkelheit zu treten hieß, diesen Augenblick zu vergessen. So lehnte sie an dem Stamm, wurde mehr und mehr eins mit ihm, und bald schien es ihr unmöglich, sich jemals wieder davon zu lösen.

Hilfe! Woher hatte der Silbermann dieses Wort? Gehörte es, ebenso wie das Arawakische, zum überlieferten Erbe seines Volkes? Sowohl die Niederländer als auch die Briten hatten in Guyana Spuren hinterlassen.

Aber nach allem, was Yeremi zu wissen glaubte, lebte das Silberne Volk schon seit Generationen völlig zurückgezogen im Regenwald. Wäre es anders, hätten die Chroniken der niederländischen Händler oder der britischen Entdeckungsreisenden bestimmt von ihnen berichtet. Aber so war es nicht. Saraf musste dieses englische Wort – und möglicherweise weitere – anders erworben haben.

So angestrengt Yeremi auch nachdachte, sie konnte sich doch nicht entsinnen, ob und wann das Wort »Hilfe« in den Gesprächen mit ihm gefallen war. So viel stand fest: Saraf hatte sich nie wie ein primitiver Dschungelbewohner verhalten. Seine Kenntnisse des Arawakischen wie auch der Sprache der Atorad-Indianer zeigten sein geistiges Vermögen. Zweifellos konnte ein Mann von solcher Auffassungsgabe im Laufe einiger Tage etliche Sprachfetzen aufschnappen und sich ihre Bedeutungen erschließen.

Oder war Saraf Argyr doch nur ein Zivilisationsflüchtling mit schauspielerischer Begabung, dessen Wiege in der New Yorker Bronx, dem Londoner Soho oder an den Grachten Amsterdams gestanden hatte?

Yeremi machte sich von dem Baum los. Auf dem Rückweg zum

Lager ließ sie ihre Taschenlampe eingeschaltet, damit Aaron Maruwanaru sie nicht versehentlich mit einem Hokkohuhn verwechselte und Pfeile auf sie abschoss. Schläfrig blickte er ihr entgegen.

»Alles okay, Ma'am?«

»Ich bin mir nicht sicher«, antwortete sie.

Es hätte wenig Sinn gehabt, das ganze Lager aufzuwecken. Wenn nicht einmal Maruwanaru den Aufbruch des Silbermannes bemerkt hatte, wie sollten sie Saraf dann des Nachts verfolgen oder gar wiederfinden? Während sich Yeremi unruhig auf ihrer Schlafmatte hin und her wälzte, sann sie über die merkwürdige Begegnung im Mondlicht nach. Immer noch trug sie Sarafs schweren Duft in der Nase. Wann hatte sie zum letzten Mal einem Mann erlaubt, ihr so nahe zu sein? Warum war sie nicht sofort geflohen? Schon die Erinnerung an seine Nähe beunruhigte sie. Selbst jetzt noch fühlte sie sich von ihm berührt, obwohl er sie kein einziges Mal angefasst hatte. Ein verwirrendes Gefühl! Vergeblich versuchte sie, den Nachhall jener Vertrautheit einzuordnen, die sie im Mondlicht hatte verharren lassen, obwohl alles in ihr dagegen aufbegehrte. Sarafs Körper glühte wie Silber, eine geheimnisvolle Ausstrahlung, die ihn für Yeremi gefährlich machte. Könnte er den Wachposten mit Blind- und Taubheit geschlagen haben – oder gar sie selbst? Je länger sie darüber nachdachte, desto absurder erschien ihr dieser Gedanke.

Hilfe! War das eine Bitte um Beistand oder als Ankündigung zu verstehen gewesen? Auch diese Frage vermochte Yeremi sich nicht zu beantworten. Sie hatte keinen Alarm geschlagen und ihm damit auf jeden Fall geholfen. Al Leary hätte Saraf bestimmt mit der Flinte verfolgt, um seinen Weißen Gott nicht wieder zu verlieren.

Yeremi nutzte das gemeinsame Frühstück zu einer Lagebesprechung. Wie meistens, wenn sie einen vermeintlich schwierigen Sachverhalt erklären musste, lief sie vor ihren Zuhörern auf und ab. Als sie auf das Verschwinden Sarafs zu sprechen kam, erntete sie verständnislose Blicke.

Der Astroarchäologe Gil Burne stieß einen leisen Pfiff aus. »Gratulation, Boss! Sie haben unser *missing link* einfach ziehen lassen!«

»Sparen Sie sich Ihren Sarkasmus, Gil. Sie hätten sehen sollen, wie schnell und lautlos der Silbermann im Dschungel verschwunden ist! Selbst Aaron hätte ihn nicht zurückhalten können.«

»Er hat ihn ja nicht bemerkt.«

»Ach, und *Sie* hätten ihn wieder eingefangen?«

Burne schwieg.

Dafür knurrte jetzt Leary: »Du hättest uns trotzdem informieren müssen, Jerry.«

»Und wie nennst du das, was ich gerade tue, Al?«

»Jetzt ist es zu spät. Ich werde McFarell anrufen müssen und ihm von deinem Fehler berichten.«

»Ah, jetzt wird mir einiges klar! Er und Flatstone haben dich als Aufpasser mitgeschickt. Wenn die kleine Jerry nicht spurt, beißt ihr der Terrier in die Wade …«

»Sei nicht albern, Jerry! Es steht zu viel auf dem Spiel, um dieses Unternehmen durch Empfindlichkeiten zu gefährden.«

»Du hörst dich an wie ein Investor, der um sein Risikokapital bangt. Ich dachte bis heute, wir seien eine wissenschaftliche Expedition und kein …« Yeremis Augen verengten sich zu schmalen Schlitzen. »Worum genau geht es deinem Geldgeber eigentlich?«

Leary wich ihrem bohrenden Blick aus und grinste stattdessen in die Runde. »Als Expeditionsleiterin solltest du das eigentlich wissen. Flatstones Hobby ist die Erforschung präkolumbischer Kontakte zwischen Alter und Neuer Welt. Nebenbei erhofft er sich noch Impulse für seine pharmazeutische Forschungsabteilung.«

»Mir scheinen seine Prioritäten eher umgekehrt verteilt zu sein.«

»Selbst wenn es so wäre – was kümmert's dich? Du und deine Fakultät können durch diese Expedition einen wissenschaftlichen Durchbruch erlangen, der seinesgleichen sucht. Dank Flatstones Geld! Als Gegenleistung verlangt er von dir lediglich professionelle Arbeit. Und was tust du? Du lässt unseren wertvollsten Fund einfach so davonlaufen. Ich an deiner Stelle würde mich ernsthaft fragen …«

»Erstens …«, unterbrach Yeremi den Psychologen gereizt – und wirkte mit einem Mal zerstreut. Ihr Blick bewegte sich von Leary weg und blieb bei den Bäumen jenseits des Lagers stehen. Sie lächelte. »Erstens«, sagte sie triumphierend, »*bist* du – sosehr du es dir vielleicht auch wünschen magst – nicht an meiner Stelle, und zweitens gefällt es mir überhaupt nicht, wenn du von Saraf Argyr sprichst, als wäre er ein Fossil. Er und seine Gefährten sind nämlich äußerst lebendig.«

Damit deutete sie zum Waldrand, wo Saraf Argyr mit einer Abordnung des Silbernen Volkes stand.

Einige der Forscher erschraken, als sie die hoch gewachsenen Hellhäutigen sahen. Unter den Wai-Wai-Indianern verbreitete sich aufgeregtes Gemurmel. Einige griffen zu den Waffen.

Saraf trat vor und hob zum Gruß die rechte Hand. Er trug einen sauberen blauen Rock, hatte sich sämtlicher Verbände und Pflaster entledigt und wirkte majestätischer als je zuvor. Ein Sonnenstrahl fiel auf seinen goldenen Anhänger. Das reflektierte Licht zog die Blicke der Expeditionsteilnehmer magisch an.

Hinter Saraf standen vier Männer mit Bart, ebenso blond und blauäugig wie er. Obwohl sie seine Größe nicht ganz erreichten und weniger muskulös waren als er, waren sie dennoch beeindruckende Erscheinungen. Die Farben ihrer Wickelröcke variierten, aber ihr Stil war einheitlich.

Dann begann Saraf zu sprechen. Leary winkte eilig Wachana herbei.

»Als Hüter des Silbernen Volkes«, übersetzte der Indianer den arawakischen Gruß, »heiße ich euch in unserem Reich willkommen. In der vergangenen Nacht hat unser ›Großer Rat‹ darüber abgestimmt, ob wir aus unseren Höhlen fortziehen oder die Fremden gastfreundlich aufnehmen sollen. Mit knapper Mehrheit haben die Ältesten meinem Vorschlag zugestimmt, euch als unsere Gäste zu begrüßen.«

In Yeremis Erinnerung fielen einige Mosaiksteinchen endlich an den richtigen Platz. Sie trat aus dem Kreis ihrer Begleiter hervor und fragte laut: »Hat das *Gericht* des Silbernen Volkes auch über seinen König entschieden?«

»Wir haben keinen König außer Gott. Als Ältester im Großen Rat unseres Volkes bekleide ich das Amt des Hüters. Auf deine Frage, Yeremi Bellman, kann ich mit Ja antworten. Das Gericht fand bei mir keine Schuld an Faïnas Tod.«

»Dann sollten endlich auch *Sie* das Urteil annehmen, Saraf Argyr.«

Ein seltsamer Ausdruck huschte über das Gesicht des Silbermannes, und seine traurigen blauen Augen schienen für einen Moment durch Yeremi hindurchzublicken. Sie allerdings glaubte, er sähe mitten in sie hinein. Der Anflug eines Lächelns umspielte seine Lippen, dann nahm seine Miene wieder den würdigen Ausdruck an, den sein Amt ihm auferlegte.

»Ich habe dir im Licht des Mondes versprochen zurückzukehren, wenn du mir hilfst, mein Volk auf diese Begegnung vorzubereiten. Nun erfülle ich mein Versprechen. Seid ihr bereit, uns auf das ›Dach des Waldes‹ zu begleiten?«

Yeremi holte tief Luft und nickte. »Wir sind bereit.«

Der Aufstieg war beschwerlich. Auch die größte Erhebung der Wassarai Mountains lag unter einer Decke üppiger Vegetation. Nur hier und da ragten einzelne Felsen daraus hervor. Von einem Pfad konnte nicht die Rede sein. Das Silberne Volk schien nur selten ins Tal hinabzusteigen.

»Achtung, Holz!«, warnte Wachana, wenn ein Ast zu tief hing. Der Indianer hatte ungemein scharfe Augen. Er konnte eine perfekt getarnte Wolfsspinne erkennen, wo andere nur Blätter sahen. Die Wai-Wais besaßen eine instinktive Vertrautheit mit der Natur. Eigentlich haben die Indianer bis vor kurzem die Expedition geleitet, dachte Yeremi, der es so vorkam, als sei sie selbst nur zufällig dabei. Nun allerdings befanden die Indianer sich in Konkurrenz mit den Silbernen, die sich mindestens ebenso sicher im Wald bewegten, wenngleich sie wenig Neigung zeigten, ihre Gäste vor Ästen oder Spinnen zu warnen.

Saraf hatte die ihn begleitenden Mitglieder des Großen Rates als Agando, Bentamor, Hupalpa und Ugranfir vorgestellt. Während die ersten drei eine feierliche Verbindlichkeit an den Tag legten, begegnete Ugranfir den Fremdlingen mit offenem Misstrauen. Wie sich bald herausstellte, hatte er im Rat *gegen* Saraf gestimmt.

Yeremis Abordnung bestand aus Leary, Block, Greenleaf, Hamilton-Longhorne, Sosé und Wachana sowie den beiden Maruwanaru-Brüdern. Die anderen Forscher mussten im Hauptcamp die psychologische Betreuung der zurückgebliebenen Träger übernehmen. Saraf und seine Ratsbrüder hatten den Wai-Wais einen gehörigen Schrecken eingejagt. Es war nicht auszuschließen, dass sich die abergläubischen Indianer bei nächster Gelegenheit »von der Truppe absetzen würden«, wie Percey Lytton es ausgedrückt hatte.

Gegen Mittag erreichte die Gruppe eine zerklüftete Felswand, die etwa dreißig Meter steil aufragte, um dann in einem Überhang zu enden. Jenseits des steinernen Vorsprungs war nur blauer Himmel zu sehen. Ungefähr zwei Drittel des Aufstiegs lagen nun hinter ihnen.

Yeremi fühlte sich seltsam euphorisch. Obwohl sie in der vergangenen Nacht kein Auge zugetan hatte, war jede Mattheit von ihr gewichen. Sie überprüfte zum wiederholten Mal die geografische Position auf dem GPS, und ihr Herz begann heftig zu schlagen. Sie befanden sich in unmittelbarer Nähe der Höhlen des Orion.

Neben ihr fluchte Leary, weil ein Insekt mit großer Beharrlichkeit auf seiner Nase zu landen versuchte und sich mit keinerlei Drohgebärden verscheuchen ließ. Plötzlich huschte eine Hand durch die Luft, und der kleine Flugkünstler war verschwunden.

Wachana grinste.

»Danke«, knirschte Leary, zog die Armeemütze vom Kopf und wischte sich mit dem Unterarm den Schweiß von der Stirn. Während er die Felswand emporblickte, stöhnte er: »Wir könnten Jahre in diesem Dickicht herumirren und trotzdem keinen Höhleneingang finden.«

»Das ist der Dschungel«, erwiderte Yeremi lächelnd, »man sieht niemals alles sofort, und es gibt immer wieder Überraschungen.«

Saraf Argyr steckte sich zwei Finger in den Mund und pfiff. Verwundert lauschten die Forscher der komplizierten Tonfolge. Von oberhalb der Wand ertönte, wie es schien, ein Echo, das nur bei genauerem Hinhören als andersartiges Signal zu erkennen war.

»*Silbo!* Sie kommunizieren miteinander durch Pfiffe!«, staunte Hamilton-Longhorne.

»Das ist so neu nicht«, sagte Yeremi.

»Nein, aber zumindest bemerkenswert. Auf Gomera verständigen sich die Nachkommen der Guanchen, der Ureinwohner, heute noch durch diese Pfeifsprache.«

»Auf den Kanarischen Inseln? Vor *Afrika*? Das höre ich zum ersten Mal!«, staunte Leary.

Yeremi warf ihm einen geringschätzigen Blick zu. »Dann kann es ja auch zur Mehrung deines Wissens beitragen, wenn du dir Folgendes notierst: Diesseits des großen Teiches hat man vor Erfindung des Funktelefons ebenfalls schon drahtlos Nachrichten ausgetauscht, und ich rede nicht von den Rauchzeichen der nordamerikanischen Indianer. Auch die Indios von Mexiko und Patagonien kennen eine dem Silbo sehr ähnliche Form der Verständigung.«

»Kein Wunder, wenn die Weißen Götter ihr Wissen nach Amerika exportiert haben.«

Yeremi verdrehte die Augen zum Himmel.

»Vielleicht liegt Al mit seiner Vermutung gar nicht so verkehrt«, sagte Abby.

»Und wie kommst du darauf?«, fragte Yeremi.

»Ich habe die ganze Zeit über die Namen unserer Begleiter nachgedacht. Agando, Bentamor, Hupalpa und Ugranfir – bei den Guanchen klingen sie ganz ähnlich …«

Sarafs Stimme mischte sich unaufdringlich in die Unterhaltung der Experten. Als Yeremi ihn ansah, deutete er die Wand hinauf. Dort stand eine weiß gekleidete Frau und schaute zu der Gruppe herab.

»Der Weg zum Dach des Waldes ist jetzt frei«, übersetzte Wachana die Worte des Silbermannes.

Über eine schmale Steintreppe gelangten die Ankömmlinge auf den Felsen hinauf. Yeremi schätzte, dass dieser Zugang von einem einzigen Wächter gegen eine ganze Armee verteidigt werden könnte.

Der halb von Pflanzen bedeckte Pfad war von unten unsichtbar gewesen. An seinem Ende lag ein kahles Felsplateau, das etwas größer als ein Basketballfeld war und weitgehend von den Ästen der umstehenden Bäume überschattet wurde. Jenseits der zerklüfteten grauen Hochfläche setzte sich der dichte Pflanzenbewuchs bis zum Gipfel des mehr als elfhundert Meter hohen Berges fort. Obwohl einzelne Baumwipfel sogar das Dach des Waldes überragten, gewährten freie Lücken dazwischen einen grandiosen Ausblick auf den Dschungel der südlichen Wassarais, vermutlich sogar bis weit nach Brasilien hinein.

»Und wo ist jetzt der Eingang?«, fragte Leary ungeduldig, als seine Augen die Felsplatte abgesucht, aber bis auf die Empfangsdame nichts Nennenswertes entdeckt hatten.

»Nur einen Steinwurf weit entfernt. Adma wird euch den Weg zeigen«, antwortete Saraf und deutete auf die Frau, die gemessenen Schrittes zum Rand des Plateaus vorausging.

Ihr blondes Haar wallte, ungebändigt von Spangen oder Bändern, über den Rücken hinab. Insgeheim verglich sich Yeremi mit der schlanken Fremden, die nur geringfügig größer war als sie selbst, jedoch deutlich weiblicher proportioniert. Adma trug eine lange Hose und darüber eine gürtellose Tunika, die über die Knie reichte, beide aus feinstem Stoff. Yeremi bewunderte neidlos ihre Schönheit und Anmut.

Hinter den Besuchern bildeten Saraf und seine Begleiter die Nachhut. Wachsam blickten die Silbernen sich um. Al Leary hielt sich das Walkie-Talkie vor den Mund und drückte die Sprechtaste.

»Hermes an Basislager. Basislager, bitte kommen.« Er ließ die Taste wieder los. Aus dem Lautsprecher des Funkgeräts drang nur statisches Rauschen.

Irma schmunzelte. »Hermes? Der Götterbote?«

»Das ist nur sein Nebenjob. Im Hauptberuf ist er der Gott der Schelme und Diebe«, erwiderte Yeremi ernst.

»Wie originell!«

»Al war früher beim Militär.«

Irma hob die Augenbrauen und nickte. »Alles klar!«

»Hier spricht Hermes. Basislager, bitte melden Sie sich. Kommen«, wiederholte Leary. Die Abordnung des Großen Rates verfolgte das Gespräch mit dem grauen Kasten interessiert.

Endlich ertönte knackend und rauschend die Antwort. »Hier Basislager. Unsworth am Mikro. Was gibt's, Sportsfreund? Kommen.«

Leary behielt den geschäftsmäßigen Ton bei. »Wir betreten gleich die Höhlen des Orion. Kommen.«

Wieder drang nur Rauschen aus dem Funkgerät.

»Haben Sie mich verstanden, Basislager? Kommen«, wiederholte Leary.

Als er diesmal die Sprechtaste losließ, ertönte vielstimmiger Jubel aus dem Lautsprecher. Es hörte sich an, als hätte sich das gesamte Team des Hauptlagers vor dem Mikrofon versammelt. Nach einer Weile erklang wieder Unsworth' Stimme.

»Und ob wir Sie verstanden haben, Al! Das muss gefeiert werden. Wenn Sie alle erst wieder gesund im Lager sind, dann brate ich Ihnen ein Nabelschwein à la Norryl. Kommen.«

Yeremi nahm Al das Walkie-Talkie aus der Hand. »Norryl? Ende.«

»Ich höre Sie, Yeremi? Gratulation! Kommen.«

»Danke. Was die Party betrifft – sie findet hier oben statt. Richten Sie sich bitte darauf ein, morgen das Lager abzubrechen. Wenn alles glatt läuft, ziehen Sie spätestens gegen Mittag auf das Dach des Waldes um. Ende.«

»Wohin? Kommen.«

»Bitte notieren Sie, Norryl: Unsere derzeitige Position beträgt 1°35'34" nördlicher Breite und 59°14'42,6" westlicher Länge. Haben Sie das? Ende.«

Unsworth wiederholte die geografischen Koordinaten deutlich und fragte hierauf: »Gibt es irgendein Problem bei Ihnen da oben? Kommen.«

»Warum fragen Sie? Ende.«

»Sie sagten: ›Wenn alles glatt läuft …‹ Hat das etwas Bestimmtes zu bedeuten? Kommen.«

Während Yeremi in Saraf Argyrs blaue Augen sah, die jede ihrer Bewegungen verfolgten, drückte sie die Taste. »Nur so eine Redensart. Machen Sie sich keine Sorgen, Norryl. Wir melden uns, wenn wir wieder draußen sind. Grüßen Sie das Team. Ende und aus.«

Sie gab Leary das Walkie-Talkie zurück und verließ den Kreis der sie umstehenden Personen. Adma war bereits zum westlichen Rand des Felsplateaus vorangegangen und wartete dort geduldig. Jetzt lächelte sie Yeremi und den nachfolgenden Gästen freundlich zu, drehte sich um und verschwand plötzlich im Boden.

Wenige Schritte später entdeckte Yeremi den Grund für Admas überraschenden Abgang. Die Silberfrau war katzengleich auf einen tiefer liegenden Absatz gesprungen und winkte den Nachfolgenden einladend zu. Yeremi und Leary sprangen kurzerhand hinterher. Die anderen Expeditionsteilnehmer überbrückten die ungefähr anderthalb Meter hohe Stufe kletternd; Vorsprünge, die ihnen Tritt und Halt boten, waren zur Genüge vorhanden. Adma lief nun in nördlicher Richtung einen leicht abschüssigen, schmalen Felsgrat entlang, der vom Überhang des »Daches« beschattet wurde. Wie die Säulen einer gewaltigen Kolonnade ragten rechter Hand Bäume auf. Der Waldboden lag mehr als fünfundzwanzig Meter tiefer.

Ungefähr die gleiche Distanz legten die Besucher nun in der Waagerechten zurück, bis Adma einen großen Strauch erreichte, der das Ende des Höhenweges zu markieren schien. Vorsichtig drückte sie die biegsamen Äste zur Seite und gab dadurch den Blick auf eine Spalte frei, die gerade breit genug war, um zwei Männer nebeneinander einzulassen.

Die Öffnung hätte der Schlupfwinkel eines wilden Tieres sein können. Sie war finster, nicht besonders tief und mit einem menschlichen Skelett dekoriert.

DIE HÖHLEN DES ORION

Wassarai Mountains (Guyana)
26. Oktober 2005
12.57 Uhr

Yeremi starrte überrascht auf die fahlen Knochen. Ein zerbrochenes Obsidianmesser lag neben dem Schädel, ein stummes Symbol einsamen Scheiterns.

»Der Mann wurde vom schwarzen Jaguar getötet«, übersetzte Wachana die Erläuterungen Admas. Ihr Arawakisch klang ebenso fließend wie dasjenige Sarafs. »Wir haben seine Gebeine hierher geschafft, um einen zufälligen Entdecker der Höhlen nachdenklich zu stimmen.«

»Fein ausgedrückt. So pietätvoll!«, rief Leary, nicht ohne einen gewissen Spott in der Stimme. Der Indianer gab die Äußerung hörbar respektvoller weiter. Er befand sich auf dem schmalen Felsgrat an dritter Position.

Yeremi verspürte das unbändige Verlangen, Leary von dem Felsen zu stoßen. Wütend drehte sie sich zu ihm um und fauchte: »Du bist hier nicht in deinem Büro in San Francisco, Al. Reiß dich gefälligst zusammen, und verhalte dich so professionell, wie du es von anderen verlangst!«

»Ein Scherz wird ja wohl noch erlaubt sein …«

»Spar dir deinen Humor für später auf! Es könnte sämtliche Ergebnisse verfälschen, wenn wir diese Leuten unser Befremden spüren lassen. Ihre Gastfreundschaft würde sie dazu bewegen, sich unseren Erwartungen anzupassen. Also halt am besten den Mund, und nimm das Gesamtbild in dich auf! Vielleicht beginnst du dann zu verstehen.«

Learys graublaue Augen hielten ihrem frostigen Blick stand. Sein Gesicht hätte ebenso gut aus Stein sein können. Leise, aber unüberhörbar drohend, sagte er: »Du solltest den Bogen nicht überspannen, Jerry.«

Sie wandte sich abrupt ab und verwandelte sich für die Silberfrau zurück in die aufmerksame und respektvolle Besucherin, die es kaum erwarten konnte, endlich das Reich des Silbernen Volkes zu sehen. »Wir betrachten es als eine große Ehre, euer Zuhause kennen zu lernen, Adma.«

Die Gastgeberin lauschte aufmerksam den Erklärungen des Dolmetschers, deutete sodann mit einem einladenden Nicken in die Höhle und ging voran. Yeremi folgte ihr dichtauf, dann Wachana, Leary, Irma und all die anderen. Jeder Neugierige, der zufällig die Spalte hinter dem Busch entdeckte, würde unweigerlich das Skelett in dem engen Höhlenraum anstarren, erschauern und – weil er eine Falle vermutete – unverzüglich kehrtmachen und das Weite suchen. Den eigentlichen Eingang zu den Höhlen des Orion würde er so zwangsläufig übersehen. Leary bezeichnete diese Art der Abschreckung als klassisches Beispiel angewandter Empathie.

Wenn der Eingeweihte den »Vorraum« betrat und sich vor dem Skelett im Uhrzeigersinn um knapp einhundertachtzig Grad drehte – Gevatter Tod also den Rücken zuwandte –, konnte er das Tor zum Reich des Silbernen Volkes unmittelbar links neben dem Ausgang sehen; für die Hereinkommenden lag es dagegen scharf rechts in einem schwer einsehbaren Winkel. Ihnen bot sich der Anblick eines großen Monolithen, der die Funktion einer Pforte erfüllte. Der aufrecht stehende Block fügte sich harmonisch in seine Umgebung ein. Nichts ließ seinen eigentlichen Zweck erkennen. Er lagerte, perfekt austariert, auf einem Gelenk. Mit einer Hand konnte Adma den Stein bewegen und damit das Tor öffnen.

»Das ist doch nicht möglich!«, staunte Yeremi.

Wachana starrte die Silberfrau an, als sei er soeben einer Göttin begegnet. Stotternd übersetzte er.

Adma ließ ihn nachsichtig aussprechen, lächelte sodann und erklärte: »Wir benutzen Gegengewichte, um die Tür leichter zu machen. Was ihr seht, ist übrigens kein Fels, sondern Holz, genauer gesagt, Baumrinde. Den Anschein einer steinernen Beschaffenheit erzielen unsere Handwerker durch eine besondere Behandlung mit Pflanzensäften. Wegen des Skeletts nennen wir sie allerdings die ›Knochenpforte‹.«

Yeremi schüttelte verblüfft den Kopf. »Besser könnten es die Special-Effects-Leute in Hollywood auch nicht hinkriegen!«

Der Indianer sah sie verständnislos an.

Sie grinste. »Schon gut, Wachana. Sage Adma bitte, ich empfinde große Bewunderung für die Kunstfertigkeit des Silbernen Volkes.«

Er übersetzte, und die Silberfrau nickte dankend. Hierauf deutete sie ins dunkle Innere der Höhle.

Hinter Yeremi ertönte jäh ein lautes Knistern und Rauschen. Unwillig drehte sie sich zu Leary um.

»Du kannst das Walkie-Talkie getrost ausschalten und die Batterien schonen. Wir betreten jetzt eine andere Welt, in der es dir nichts nützen wird.«

Nur wenige Schritte hinter dem falschen Monolithen wurde die Luft spürbar kühl und klamm. Der stark abschüssige, dunkle Stollen bot keinerlei Anzeichen menschlicher Bearbeitung. Er war alles andere als einladend. Wachana hielt sich enger an Yeremis rechter Seite, als ihr lieb sein konnte. Krampfhaft blickte er auf die vorausgehende Silberfrau, die nurmehr ein bleicher Schemen war, der allzu leicht entschwinden konnte. Bereits nach der ersten engen Biegung fragte sich Yeremi, wie lange sie Adma noch würde sehen können. Es folgten kurz hintereinander zwei weitere Kehren, und plötzlich änderte sich alles.

Unvermittelt befand sich die Gruppe in einem fantastischen unterirdischen Reich. Yeremi – und nicht nur sie – war von dem überraschenden Wandel der Umgebung geradezu überwältigt. Selbst Al Learys kühne Erwartungen wurden übertroffen. Der Tunnel weitete sich zu einem lichten, großzügig dimensionierten Gang, der von der hohen Fertigkeit seiner Erbauer kündete. Soweit Yeremi das im matten Licht der Wandlampen beurteilen konnte, besaß er einen perfekten quadratischen Querschnitt. Er war etwa drei Meter hoch und ebenso breit. In Augenhöhe verlief ein erhabener Fries, der sich rot vom glatten weißen Untergrund abhob und allerlei Pflanzen und Tiere von bisweilen fantasievoller Gestalt zeigte, außerdem Schiffsdarstellungen, Spiralen, konzentrische Kreise und Bögen, die an große Daumenabdrücke oder fremde Schriftzeichen erinnerten. Darüber reihten sich kupferne Halterungen mit Gefäßen aus poliertem Halbedelstein, in denen Dochte brannten. Der Hauptanteil des kargen Lichts wurde zur weiß gekalkten Decke geworfen und von dort in den Gang reflektiert. Die blütenförmigen, braun, grün und gelb schimmernden Lampenkörper waren jedoch dünn und durchscheinend, wodurch ihre natürliche Struktur erkennbar wurde, die sich zudem an den Wänden und am Boden als unberechenbares Lichtmuster abzeichnete.

Die Decke war ganz und gar von einem Gitter kleiner quadratischer Löcher überzogen, deren Abstand zueinander ihrer Seitenlänge von vier bis fünf Zentimetern entsprach. Zwei ähnliche, jedoch deutlich schmalere Gitterbänder schmückten dicht über dem Boden die Seitenwände, die unterhalb des Frieses aus glatt geschliffenem grauem Fels bestanden. Mehrfach spürte Yeremi einen Luftzug oder sah ein verräterisches Flackern der Lampen. Offenbar dienten die Gitter nicht nur als Dekor, sondern waren Teil eines ausgeklügelten Belüftungssystems von bestechender Leistungsfähigkeit. Denn das Höhlenklima änderte sich erneut. War die Luft anfangs immer kälter geworden, wurde sie nun trocken und warm. Anscheinend gab es, wie wegen der roten Verfärbungen auf den Satellitenbildern ja zu vermuten war, tatsächlich eine natürliche Wärmequelle im Innern des Berges, die seine Bewohner auf geniale Art nutzten.

Das Silberne Volk war alles andere als eine primitive Urwaldgesellschaft von nackten Jägern und Sammlern, die ein armseliges Dasein in einem ständig schrumpfenden Lebensraum fristete. Yeremi hatte diese Sichtweisen ohnehin nie vertreten. Reichtum bestand für sie weniger aus materiellen Dingen, die man besaß, sondern eher aus ideellen, die man in sich trug. Und so gesehen erwiesen sich die Silbernen immer deutlicher als ein sehr wohlhabendes Volk.

Bald mündete der Tunnel in einen größeren Quergang, etwa sechs Meter breit wie hoch. Adma lief nach links. Die Neigung des

Weges nahm allmählich ab. Yeremi betrachtete im Vorübergehen gerade die Darstellung eines Phönix, als sie zu ihrer Linken eine Bewegung spürte. Unvermutet ragte neben ihr der Hüter der Silbernen auf, und sie verlor vor Überraschung das Gleichgewicht und taumelte nach rechts, sodass sie gegen Wachana stieß. Saraf Argyr ließ sich nicht anmerken, ob er diese für ihn nicht gerade schmeichelhafte Reaktion überhaupt bemerkt hatte.

»Du scheinst etwas anderes erwartet zu haben.« Seine vieldeutige Äußerung schien sogar Wachana zu verwirren. Der Indianer übersetzte sie als Frage, obwohl Sarafs Worte eher wie eine Feststellung geklungen hatten.

Yeremi entschied sich für die unverfänglichste Sinngebung. Sie ließ ihren Blick demonstrativ über Boden, Wände und Decke streifen. »Es ist wunderbar, Saraf! Ist dies alles das Werk Ihres Volkes?«

»Wir haben uns die natürlichen Tunnel und Höhlen zu Nutze gemacht und sie so erweitert, wie es für unsere Zwecke erforderlich war. Außerdem besitzt der Berg viele Spalten und Öffnungen, durch die Luft in unsere Welt gelangen und der Rauch der Lampen abziehen kann. Mit Kanälen und Kaminen haben unsere Baumeister eine steinerne Lunge geschaffen, die Tag und Nacht für uns atmet. Sie fördert aus den Tiefen des Berges auch Wärme zu uns.«

»Ich nehme an, dort gibt es eine heiße Quelle.«

»In der Tat! Wir haben ganz unterschiedliche Brunnen hier.«

»Wenn der Fels so löchrig ist, wie Sie sagen, dann müsste es bei dem vielen Regen hier doch überall rinnen und tropfen.«

»An einigen Stellen tut es das auch. Aber der Berg ist voll der Güte zu uns. Er nimmt viel von der Feuchtigkeit auf und sorgt so in seinem Innern für ein angenehmes Wetter.« Sarafs antiquierte Ausdrucksweise schlug erkennbar auf Wachanas Übersetzungen durch.

Yeremi musste schmunzeln. »Womit speisen Sie Ihre Lampen?«

»Der Brennstoff stammt aus einem anderen Brunnen, der an den Wurzeln des Berges liegt. Wir nennen ihn die ›Schwarze Quelle‹.«

Yeremi hoffte, dass der ein gutes Stück hinter ihr auf einem kalten Zigarrenstummel herumkauende Sosé die letzten Worte nicht verstanden hatte. Wenn es unter den Wassarais tatsächlich eine

Ölquelle gab, dann dürfte das Silberne Volk hier die längste Zeit in Ruhe und Frieden gelebt haben. Rasch wechselte sie das Thema.

»Ist das Höhlensystem sehr groß?«

»Wir nutzen nur einen kleinen Teil davon.«

McFarells Bilddokumentation von den unterirdischen Anlagen in Aguascalientes kam Yeremi in den Sinn. Sowohl die Wandfriese als auch die Deckenbeschaffenheit der Stollen glichen denen in Mexiko – mehr, als es der Zufall erlauben dürfte.

»Woher stammt Ihr Volk, Saraf?«

Der Hüter behielt den Blick auf Adma gerichtet, die der Gruppe noch immer voranging. »Es ist noch nicht die Zeit, darüber zu sprechen.«

Er vertraut dir nicht! Yeremi schluckte. Sie durfte nicht zu voreilig sein. Fragend blickte sie Saraf an. »Dürfen wir die Pyramiden sehen?«

Das Oberhaupt des Silbernen Volkes blieb unvermittelt stehen und erwiderte Yeremis Blick. »Du weißt von den großen Hallen?«

»Sie haben die Vogelbilder mit den drei roten Flecken gesehen.«

»Aber die waren flach, zeigten nur Vierecke.«

Wir haben Kenntnisse, die Ihre Vorstellungen übersteigen, dachte Yeremi und lächelte, als müsse sie sich bei dem Hüter für ihr Wissen entschuldigen.

Einmal mehr schienen seine hellen Augen ihr ganzes Wesen zu durchleuchten. Yeremi glaubte, ihnen ausweichen zu müssen, als der Silbermann ihr zuvorkam. Er wandte sich wieder dem Stollen zu und lief weiter. Yeremi brauchte drei, vier schnelle Schritte, um zu ihm aufzuschließen. Beide vertieften sich in Admas grazilen Gang. Erst nach einer ganzen Weile sagte Saraf leise einen einzelnen Satz, den Wachana fast flüsternd übersetzte:

»Auch wir besitzen Gaben, die *eure* Vorstellungen übersteigen, Yeremi Bellman.«

Die Begegnung mit den Bewohnern der Höhle war für beide Seiten gleichermaßen aufregend. Yeremi und ihren Begleitern schloss sich eine immer größer werdende Zahl von Männern und Frauen an, die aus Nebenstollen zu ihnen stießen. Diese Gänge zweigten ohne erkennbares System vom Haupttunnel in unterschiedlichen Winkeln ab und ließen im spärlichen Licht der Wandlampen weitere Öffnungen erkennen: die Eingänge zu den Wohnhöhlen, wie Adma erklärte.

Neben Neugier und Herzlichkeit entdeckte Yeremi in den markanten Gesichtern ihrer Gastgeber auch Scheu bis hin zu offener Feindseligkeit. Allmählich wurde ihr bewusst, wie knapp sich Saraf gegen seine Opponenten im Großen Rat hatte durchsetzen können.

Yeremi sah auf ihr Chronometer und staunte: Der Marsch durch das Innere des Berges dauerte bereits zwanzig Minuten. Angesichts der vielen neuen Eindrücke war die Zeit nur so verflogen. Und nun sollte eine weitere Entdeckung hinzukommen. Das überwältigende Gefühl, sich im Innern einer großen Pyramide zu befinden.

»Seht nur, die vielen Kinder der Weißen Götter!«, flüsterte Al Leary ergriffen. Das bernsteinfarbene Licht Dutzender Steinlampen ließ seine Augen funkeln. Auf dem viereckigen Platz, dessen Seitenlänge nicht ganz hundert Meter betrug, herrschte ein reges Leben. Darüber verjüngte sich der Innenraum, bis die Seitenwände in schwindelnder Höhe zusammenstießen.

Sobald die Ankunft der Fremdlinge bemerkt wurde, liefen die Silbernen aufgeregt zusammen. Sie waren durchweg leicht gekleidet, was angesichts der milden Temperaturen in den Höhlen nicht verwunderte. Die Gewänder leuchteten in allen erdenklichen Farben. Ihre Träger waren ausnahmslos blond und blauäugig, die Männer zudem vollbärtig. Einige der Herbeiströmenden jubelten, andere starrten die Besucher nur stumm an.

Bei den Forschern schien das vorherrschende Gefühl Euphorie zu sein. Sosé strahlte, als könne er es kaum erwarten, seinem Premierminister Dutzende neuer Wähler zu melden. Nur Yeremi fühlte sich innerlich zerrissen. Einerseits bangte sie um die Sicherheit ihres Teams. Sollte die Stimmung unter den Silbernen umschlagen, konnten die Höhlen für die Forscher zu einer tödlichen Falle werden. Sie würden nicht einmal über Funk um Hilfe bitten können. In diese Angst mischte sich andererseits eine Faszination, der sich Yeremi nicht entziehen konnte. Im Unterschied zu McFarell, Flatstone und Leary hoffte sie nicht, empathische Telepathen zu entdecken. Vielmehr hatte sie nach einer seit vielen Generationen isoliert lebenden Gemeinschaft gesucht und stand nun unmittelbar vor ihrem Ziel. Selbst wenn die Vorfahren dieser Menschen nicht in präkolumbischer Zeit nach Amerika gekommen waren, bedeutete ihre Entdeckung doch eine wissenschaftliche Sensation. Bildlich gesprochen, hatten sie in einem Reagenzglas gelebt, völlig isoliert vom Rest der Menschheit. Sie zu beobachten käme einer Zeitreise gleich. Ihre Sozialstrukturen, ihre Kultur, ihre Sprache und vieles mehr würden unschätzbare Einblicke in die Vergangenheit eröffnen und möglicherweise sogar Zukunftsprognosen erlauben für eine Welt, die – wie das Silberne Volk – in einem Dorf lebte, wenn es auch ein globales war.

»Das ist die ›Halle der Begegnungen‹«, sagte Adma und schloss mit einer einzigen Geste den überwältigenden Höhlendom ein.

Yeremi blickte mit offenem Mund nach oben.

»Gigantisch! Die Spitze dürfte über sechzig Meter hoch sein«, staunte Sosé neben ihr. Seine Hand zupfte nervös an einer Aluminiumröhre, die aus der Brusttasche seines karierten Hemdes lugte. Nur mühsam hielt er sich zurück, die großartige Entdeckung mit einer Zigarre zu feiern.

»Unsere Berechnungen stimmen also«, sagte Leary zufrieden.

»Welchen Zweck erfüllen die anderen zwei Pyramiden?«, fragte Yeremi die Silberfrau.

»Dieser hier schließt sich die ›Halle des Gebets‹ an, und zuletzt folgt die ›Halle des Großen Rates‹.«

»Ist es erlaubt, sie zu sehen?«

Wachana hatte die Frage noch nicht ganz übersetzt, als plötzlich ein Raunen durch die Halle ging. Von hinten arbeitete sich ein Mann nach vorn. Es war Ugranfir. Sein Gesicht stach rot von dem Elfenbeinweiß seines Oberkörpers ab. Es verriet einen Zorn, der schon viel zu lange gezügelt worden war. Die Statur des Silbermannes erreichte zwar nicht die beeindruckenden Maße eines Saraf

Argyr, aber Ugranfir musste im Ernstfall ein zäher Gegner sein: an die ein Meter fünfundachtzig groß, sehnig und vermutlich schwer zu packen. Er deutete mit dem Zeigefinger auf die Besucher und schimpfte in der Sprache seines Volkes. Dabei schwollen die Adern an seinem Hals bedrohlich an, und Sehnen wölbten sich, als wollten sie die Haut sprengen.

Die unverhohlene Aggression des Ratsmitgliedes war ansteckend. Er fand zahlreiche Anhänger, die lautstark ihren Unmut bekundeten. Yeremi glaubte schon, ihre schlimmsten Befürchtungen würden sich erfüllen, als unvermittelt eine Welle sengender Hitze über sie hinwegrollte. Ihre Haare stellten sich auf. Es war ihr völlig unverständlich, warum diese nicht augenblicklich weggesengt wurden. Unwillkürlich reckte sie die Nase in die Luft, konnte aber keinen Brandgeruch wittern. Und dann erhob sich Sarafs Stimme machtvoll aus dem Geschrei seiner Leute. Nun erst wurde Yeremi sich ihres Irrtums bewusst. Es hatte keine Feuersbrunst gegeben, sondern nur eine beunruhigende Wahrnehmung, die aus ihren eigenen Gefühlen emporgezüngelt war.

Nach einem kurzen, selbst für Wachana unverständlichen Schlagabtausch schwieg Ugranfir beschämt. Dennoch verschossen seine tiefblauen Augen giftige Pfeile in Richtung der Besucher. Seine Anhänger schwiegen ebenfalls. Saraf sprach einige kurze Worte in Admas Richtung, packte Ugranfir an der Schulter und zog ihn aus der Halle. Die übrigen drei Ratsmitglieder folgten ihnen.

Adma wandte sich nun wieder den Gästen zu und bemühte sich mit mäßigem Erfolg, ihr gleichmütiges Lächeln wiederherzustellen. So ruhig es ihr möglich war, sagte sie: »Ugranfir ist wenig erfreut über euren Besuch.«

»Das kann ich sogar verstehen«, antwortete Yeremi.

»Ich möchte nicht erleben, wie es aussieht, wenn er wütend wird«, brummte Greenleaf von hinten.

Yeremi packte Wachanas Handgelenk, um ihm zu bedeuten, diesen Einwurf nicht zu übersetzen, und erkundigte sich: »Können wir irgendetwas tun, um Ugranfir von unseren wohlmeinenden Absichten zu überzeugen?«

Admas Lächeln gewann allmählich wieder die Gelöstheit zurück. »Das dürfte schwierig sein. Er sagte, die Frau mit den hellen Haaren und ihr Diener dürften bleiben, aber ihre Begleiter müssten gehen.«

Yeremi sah erstaunt den Indianer an, der ihren Blick mit ausdrucksloser Miene erwiderte. Dann wandte sie sich kopfschüttelnd wieder an Adma: »Wachana ist nicht mein Diener, sondern ein Freund. Dasselbe trifft auf die anderen zu.« Wenigstens auf die meisten, fügte sie in Gedanken hinzu.

»Etwas Ähnliches hat mir Saraf auch schon gesagt. Er, Ugranfir und die anderen Mitglieder des Großen Rates haben sich zurückgezogen, damit sie ihren Vorwurf noch einmal überdenken.«

»Was für einen Vorwurf?«

»Es wäre nicht sehr taktvoll, Ugranfirs Verdacht zu wiederholen.«

»Nur Offenheit kann die Missgunst besiegen.«

»Du bist eine weise Frau, Yeremi Bellman.«

Yeremi lachte. »Ich glaube, das hat mir noch niemand gesagt. Also, Adma, wie können wir Ugranfirs Misstrauen besänftigen?«

Die Gefragte schlug die Augen nieder. »Er behauptet, jemand in deiner Gruppe trage eine Maske.«

Yeremi drehte sich unwillkürlich zu ihren Begleitern um, die jedes Wort von Wachanas Übersetzung verstanden hatten. Einige lachten leise, andere schüttelten verständnislos den Kopf. Sich erneut an Adma wendend, fragte sie: »Sie meinen, irgendjemand von uns sei nicht aufrichtig?«

Die Silberfrau hielt ihren Blick gesenkt und nickte stumm.

»Bitte lassen Sie Saraf wissen, dass ich mich um die Angelegenheit kümmern werde.«

Adma sah wieder in Yeremis Gesicht und lächelte erleichtert. »Das werde ich tun. Es wird ihn glücklich stimmen, weil er dir vertraut.«

Wieso soll er ausgerechnet mir vertrauen?, dachte Yeremi und runzelte verwundert die Stirn.

Die Silberfrau wandte sich dem gegenüberliegenden Ausgang

der Halle zu. Obwohl sie sich größte Mühe gab, ihr Schmunzeln zu verbergen, bemerkte Yeremi es trotzdem. »Saraf sagte übrigens, er wolle euch den Besuch der beiden anderen Hallen nicht verwehren. Bitte folgt mir!«

»Ist das Betreten der Hallen des Gebets und des Großen Rates den Ungeweihten verboten?«, fragte Yeremi, nachdem sie und Wachana wieder zu Adma aufgeschlossen hatten.

»Es gibt im Silbernen Volk nur wenige Ge- und Verbote. Wir bemühen uns, den Sinn hinter einem *Grundsatz* zu erkennen und ihn auf unser Handeln zu übertragen.«

»In unserer Welt bemüht man sich, die Gesetzeslücken zu finden und davon zu profitieren.«

»Das muss auf die Dauer ein sehr unbefriedigendes Leben sein.«

Yeremi suchte in Admas Gesicht nach Anzeichen der Verachtung, aber sie fand nur Mitgefühl. Sie nickte bedächtig und begann an ihrer Oberlippe zu saugen, während sich ihr Blick wieder in die Halle der Begegnungen verirrte. Bevor man das Kommen der Fremden bemerkt hatte, glich das bunte Treiben dort jenem eines antiken Marktplatzes – da wurden Gespräche geführt, Töpferwaren und Stoffe angeboten, Spiele gespielt –, jetzt allerdings löste sich die zusammengeströmte Menge langsam wieder in einzelne Grüppchen auf.

Je länger Yeremi die Menschen betrachtete, desto merkwürdiger kam ihr diese Begegnungsstätte vor. Irgendetwas stimmte hier nicht. Die Männer und Frauen und …

»Es gibt keine Kinder!« Yeremis Geistesblitz war noch nicht ganz erloschen, als sich ihre Verwunderung schon Gehör verschaffte.

»Jetzt, wo Sie es sagen, bemerke ich es auch«, wunderte sich Greenleaf. Der hinter ihr gehende Archäologe kratzte sich den Kopf unter den dunklen Locken und rückte seine Brille mit dem Ringfinger zurecht. »Und außerdem scheint niemand älter als Saraf Argyr zu sein.«

»Das ist allerdings sonderbar«, stimmte ihm Hamilton-Longhorne zu. Sie schloss zu Greenleaf auf. »Was ist das für eine Gesellschaft, in der nur Erwachsene im Alter zwischen dreißig und fünfundvierzig leben?«

»Vielleicht eine, die mehr Geheimnisse hütet, als wir auch nur ahnen können«, murmelte Leary.

»Wieso? Die Werbebranche mit ihrem Zielgruppendenken hätte ihre helle Freude daran«, frotzelte Greenleaf.

Die nach diesem Zielgruppenschema bereits überreife Anthropologin ahndete die Bemerkung mit einem vernichtenden Blick. »Vielleicht sind die Jungen ja gerade in der Schule und lauschen der Weisheit des Alters.«

»Würdet ihr Adma bitte folgen«, mischte sich ein reichlich unglücklicher Wachana ein. Der Indianer zeigte auf die Silberfrau, die den hinterherbummelnden Forschern zu entschwinden drohte. Sie hatte den quadratischen Ausgang am gegenüberliegenden Ende der Halle schon fast erreicht.

Die Besuchergruppe folgte der Führerin nun schneller und diskutierte unterdessen alle möglichen Erklärungsansätze für Yeremis sonderbare Entdeckung.

Ihrer Meinung nach favorisierte Leary, auch wenn er es nicht offen zugab, eindeutig die Jungbrunnentheorie. Damit stand er ziemlich allein. Das vollständige Fehlen von Säuglingen und Greisen ließ jedoch auch Abbys spontanen Erklärungsversuch als äußerst zweifelhaft erscheinen. Daher verlegten sich die beiden Anthropologinnen auf die These, eine rätselhafte Epidemie könne die Mehrzahl der Silbernen dahingerafft haben. Alte Menschen wie auch Kinder seien für mancherlei Krankheiten erheblich anfälliger als junge Erwachsene.

»Und wo sind dann die Zwanzig- oder Fünfundzwanzigjährigen?«, erkundigte sich Thomas Sosé, als fülle er gerade einen amtlichen Fragebogen aus.

»Menschenopfer?«, warf Greenleaf in die Runde.

»Und dies ist die Halle des Gebets.« Wachanas Übersetzung unterbrach die wild wuchernden Spekulationen.

Im Innenraum der Pyramide standen Holzbänke, und an der rechten Seite befand sich ein Podest mit einem hochlehnigen Stuhl.

Über die Wände erstreckten sich wie Jahresringe vom Boden bis unter die Spitze hinauf farbig bemalte Friese. Hier beschränkten sich die Motive auf Blumen und Tiere. Spiralen und Kreise, typische Symbole eines archaischen Sonnenkultes, fehlten.

»Sieht aus wie eine Kirche«, murmelte Greenleaf.

»Schaut euch einmal das an!« Die Stimme von Hamilton-Longhorne hallte aus einiger Entfernung herüber. Sie stand unter einem großen Wandrelief, das gegenüber vom Thron in die Felswand gemeißelt war. Es glich einem Triptychon, wobei die bildhaften Darstellungen nur den oberen Bereich der drei glatten, rechteckigen Tafeln verzierten. Darunter befanden sich Inschriften, die jeweils in zehn Segmente eingeteilt waren.

»Fällt euch etwas auf?«, fragte Hamilton-Longhorne.

Leary nickte langsam. »Auf jeder Tafel wurde eine andere Schrift verwendet.«

»Wie beim Stein von Rosette!«, hauchte Yeremi staunend.

»Muss mir das etwas sagen?«, fragte Block.

»Sollte es eigentlich. Der Stein von Rosette ist ein schwarzer Basaltblock aus dem zweiten Jahrhundert vor unserer Zeitrechnung. Er trägt unter einer Hieroglypheninschrift den gleichen Text in demotischen Zeichen sowie in einer griechischen Übersetzung. Ihm, dem britischen Physiker Thomas Young und vor allem dem Franzosen Jean-François Champollion verdanken wir unser Verständnis der ägyptischen Hieroglyphenschrift. Das da« – sie deutete mit dem Kinn auf die Tafeln – »könnte den Schlüssel zu Dokumenten liefern, die bisher als unentzifferbar galten.«

Hamilton-Longhorne deutete auf die rechte Tafel. »Seht ihr diese runenartigen Zeichen hier? Ich mag mich ja tauschen, aber das sieht nach Ogham aus.«

Yeremi bemerkte den hilflosen Blick der Fotografin und lächelte. »Das Ogham-Alphabet ist eine Schriftschöpfung der Kelten.«

»Die Kelten? In Amerika?«, wunderte sich Block.

»Man hat Ogham-Inschriften überall in Nord-, Mittel- und Südamerika gefunden.«

»Das wusste ich nicht. Können Sie den Text lesen, Abby?«

»Nicht ohne meine klugen Bücher. Könnten Sie bitte ein paar Fotos davon machen?«

Während Irma ihr Stativ aufbaute, untersuchte Hamilton-Longhorne die anderen beiden Tafeln. Die Inschrift der mittleren sei iberisch-punisch, eine aus dem Phönizischen entstandene Schriftvariante, erklärte sie. Der dritte Text gab ihr Rätsel auf.

»Ich will einer gründlichen Untersuchung nicht vorgreifen«, murmelte sie, »aber offenbar handelt es sich um alphabetiforme Schriftzeichen, die aus Bildsymbolen hervorgegangen sind. Sie ähneln in gewisser Hinsicht jenen in Gavrinis.«

»Könnten Sie das für uns entschlüsseln?«, bat Leary.

»Man nennt sie auch die ›Ziegeninsel‹. Gavrinis liegt im Golf von Morbihan, also vor der bretonischen Küste.«

»Ah, Frankreich! Was gibt es auf dieser Ziegeninsel, das für uns von Bedeutung sein könnte?«

»Einen Tumulus. Er soll rund zweitausend Jahre vor der ersten ägyptischen Pyramide errichtet worden sein. Man sagt, der Grabhügel berge eines der schönsten Monumente der Erde, eine versteckte Stufenpyramide, wenn man so will.«

»Eine verborgene …?« Leary stieß pfeifend die Luft aus, nickte wie jemand, dessen letzte große Lebensfrage soeben beantwortet worden war, und ließ seinen Blick zur Spitze der Halle emporwandern.

»Da gibt es noch eine andere Geschichte, die sich um das Monument von Gavrinis rankt«, meldete sich Greenleaf zu Wort. Seine Stimme klang leise, unentschlossen, fast so, als wolle er nur widerstrebend Learys Hang zu Spekulationen neue Nahrung geben.

Doch gerade dieses Verhalten ließ den Psychologen aufhorchen. »Ich liebe Geschichten, Jeff. Von wem stammt sie denn?«

»Von Platon.«

»Dem griechischen Philosophen? Wusste nicht, dass der seine Ferien jemals in der Bretagne verbracht hat.«

Greenleaf überhörte die offenbar als Scherz gedachte, seiner Meinung nach aber gänzlich unkomische Bemerkung. »Einige Forscher sind der Ansicht, der Golf von Morbihan habe einst ein Gebiet überflutet, das von einer bedeutenden Hochkultur bevölkert war. Mit ihrer Religion, Schrift und Architektur befruchtete sie die Ägypter, Mesopotamier und sogar die Völker am Indus. Diese so genannte ›atlantische Westkultur‹ besaß eine hoch entwickelte Seefahrt und unterhielt, wie man glaubt, sogar einen regelmäßigen Schiffsverkehr nach und von Amerika.«

»Und über diese Kultur soll Platon geschrieben haben?«

»Nun, bei ihm heißt das Reich der Seefahrer Atlantis.«

BEDROHLICHE GEFÜHLE

Wassarai Mountains (Guyana)
28. Oktober 2005
18.08 Uhr

Nachdem Al Learys Erfolgsmeldung via Satellit in Kalifornien Wind gemacht hatte, rauschte bald ein Sturm durch den nordamerikanischen Blätterwald. Die Zeitungen übertrumpften sich gegenseitig mit sensationellen Schlagzeilen. »Kolumbus war nicht der Erste«, titelte, vergleichsweise unaufdringlich, die *New York Times*. Von *USA Today* erfuhr der Leser: »Die Weißen Götter sind zurückgekehrt.« Und CNN hätte am liebsten ein Kamerateam über den Wassarai-Bergen abgeworfen, musste sich aber mit einem Live-Interview begnügen. Die Schaltung in den Regenwald gelang am Abend des dritten Tages nach der Entdeckung der Höhlen des Orion. Doktor Leary gab stellvertretend für seinen Geldgeber Jefferson H. Flatstone eine neue Atlantis-Theorie zum Besten, und Yeremi dementierte später im Namen der Universität von Kalifornien das meiste davon.

»Wenn das Silberne Volk von den Phöniziern abstammt, warum dann der andere Name?«, fragte die CNN-Reporterin am Satellitentelefon.

Yeremi stand auf dem Felsplateau, von wo aus die Kommunikation mit dem Erdtrabanten am besten funktionierte, und verdrehte die Augen. Wie sie solche Fragen hasste! Um sich zur Geduld zu mahnen, stellte sie sich einen Hörsaal voller pickeliger Erstsemester vor und antwortete in gespielter Heiterkeit: »Gute Frage, Tracy! Der Name ist vermutlich erst auf dem amerikanischen Kontinent entstanden. Weil ihre hellen Körper im Mondlicht silbern leuchten, nannten die Indianer sie anfangs die Silbernen, später wurde daraus das Silberne Volk. Es gab offenbar enge Kontakte zwischen den Ureinwohnern und den fremden Entdeckern, welcher Natur, können wir derzeit noch nicht sagen, genauso wenig, wie feststeht, ob die Silbernen tatsächlich mit den Phöniziern verwandt sind.« Yeremi spulte einfach ab, was Saraf Argyr erst kurz zuvor erzählt oder vielmehr nicht ausdrücklich bestritten hatte.

»Dann sagen Sie also, das Silberne Volk könne sich nicht mehr an seine phönizischen Wurzeln erinnern?«

Am liebsten hätte Yeremi das Satellitentelefon in den Dschungel hinabgeworfen. Stattdessen erwiderte sie ruhig, nun aber unüberhörbar belehrend: »Selbst wenn sie ›Phönizier‹ heißen würden, verriete das noch lange nicht ihre Herkunft, die wir zu erforschen suchen. Die so genannten Phönizier waren eine Nation aus Seefahrern, die eifrig Kolonien gründete. Ihre Nachbarn gaben ihnen Namen wie Phöniker, Sidonier, Kanaanäer, Punier, Karthager und noch einige mehr. Ihr Ursprungsort ist bis heute nicht eindeutig geklärt. Es heißt, die Phönizier seien hellhäutig, blond und blauäugig gewesen, und das sind auch die Angehörigen des Silbernen Volkes ausnahmslos. Übrigens war auch die Tochter von Pharao Cheops, Ehefrau des Pharao Chephren, blond und blauäugig, wie auf den Wandgemälden in ihrer Grabkammer am Fuß der großen Pyramiden von Giseh zu sehen ist. Die Ägypter hatten einen speziellen Namen für Menschen von hohem Wuchs mit blondem Haar, die blauäugig sowie langschädlig waren. Sie nannten sie *tamehu.*«

»Dann müssten wir Ihre Entdeckung also nicht Phönizier, sondern Tamehu nennen?«

Yeremi biss die Zähne zusammen, schloss die Augen und stampfte mehrmals mit dem Fuß auf.

»Hallo? Professor Bellman, sind Sie noch dran?«

»Ja, Tracy, es war nur … eine kleine Störung.«

»Sicher werden Sie uns in den nächsten Tagen weitere aufregende Neuigkeiten über die letzten noch lebenden Nachfahren der Phönizier verraten können …«

Der Abgesang der CNN-Reporterin war erfreulich kurz. Als Yeremi endlich die Unterbrechungstaste am Telefon gedrückt hatte, stieß sie einen schrillen Schrei aus.

»Geht es dir gut?«, fragte Al Leary. Er wirkte enttäuscht. Vermutlich hatte er gehofft, dem CNN-Publikum noch einmal seine Stimme in Erinnerung rufen zu können.

»Nein, geht es nicht. Wenn du das nächste Mal eine Live-Schaltung mit dem Fernsehen oder einem Rundfunksender vereinbarst, dann gib mir gefälligst rechtzeitig Bescheid.«

»Wieso denn das?«

»Damit ich mir ein paar gruselige Märchen über die Phönizier ausdenken kann.«

Wütend stapfte Yeremi davon. Sie lief zu der Felsenstiege, die zum neu errichteten Basislager hinabführte. Die Hauptgruppe des Expeditionsteams war am Vortag eingetroffen und hatte sich auf dem roten, sandigen Tonboden am Fuß der Felswand eingerichtet. Yeremi bestand auf dieser Distanz zu den Silbernen, um deren Alltag so wenig wie möglich zu stören.

Wie sich inzwischen herausgestellt hatte, verließen die Bewohner der Höhlen erst in der Dämmerung ihr Versteck und kehrten meist vor Tagesanbruch wieder zurück. Dies mochte einer der Gründe sein, weshalb sie so lange unentdeckt geblieben waren. Es erklärte zumindest auch die bleiche Haut des Stammes. Sogar die Sinne des Silbervolkes waren dem Leben im Dämmerlicht angepasst, wohingegen sie im grellen Sonnenlicht fast orientierungslos wurden.

Abgesehen von solch nahe liegenden Erkenntnissen drangen die Forscher nur sehr langsam zu den Geheimnissen des Silbernen Volkes vor. Ugranfir schürte noch immer die Angst seiner Sippenbrüder vor »einem großen Unglück«, das die Fremdlinge in ihrem Gepäck trügen. Yeremi wusste um die Notwendigkeit vertrauensbildender Maßnahmen und predigte sie ihrem Team wie das Evangelium. Die Scheu der Silbernen unterscheide sich nicht von jener anderer Urwaldvölker, die sich plötzlich mit Besuchern aus der so genannten Zivilisation konfrontiert sähen. Habt Geduld mit ihnen!, lautete ihr Credo.

Der von Al Leary medienwirksam in Szene gesetzte – und mit den Phöniziern großzügig verquickte – Atlantis-Mythos hatte einen realen Hintergrund, denn nicht allein die in den Fels gravierten Bilder und Inschriften, von den Silbernen *tara* genannt, belegten ihre Herkunft aus der Alten Welt. Auch einige Äußerungen Sarafs vom Vortag lieferten dafür Anhaltspunkte. Er hatte die neu eingetroffenen Forscher ungeachtet der Proteste von Ugranfir zu einem Gespräch in die Halle des Großen Rates eingeladen. Die dritte Hohlpyramide wurde von einem großen Kreis aus hochlehnigen Stühlen beherrscht, auf denen nicht nur die anwesenden Ratsmitglieder, sondern auch die Gäste Platz nehmen durften.

Der Hüter des Silbernen Volkes hatte den Vorsitz inne. Nach seinen Willkommensworten durften die Besucher zwar Fragen stellen, aber seine Antworten waren selten ausführlich. Offenbar lebte das Silberne Volk schon lange vor Christoph Kolumbus auf dem amerikanischen Kontinent. Saraf erwähnte die Stadt Tula, in der Hamilton-Longhorne eine Neugründung des legendären Thule vermutete. Yeremi horchte sogleich auf. Sie erinnerte sich noch lebhaft an das Gespräch mit Dave Clarke über den Baum von Tule, auf den Saraf möglicherweise angespielt hatte, als er den vom Blitz gespaltenen Riesenbaum über dem Blaufroschhügel Ahuehuete nannte. Allmählich verknüpften sich die Fäden in ihrem Kopf zu einem Teppich, der immer deutlicher ein Muster bildete. Gebannt verfolgte sie Hamilton-Longhornes Erläuterungen zum sagenumwobenen Thule.

Sichtlich erregt erklärte die Anthropologin: »Dieser ›Ort am äußersten Ende der Welt‹ wird schon vom römischen Schriftsteller Seneca erwähnt. Auch auf der so genannten ›Toscanelli-Karte‹ – der Überlieferung nach hat Kolumbus eine Kopie davon besessen – ist *Ultima Thule*, das ›letzte Thule‹, eingezeichnet gewesen und darüber hinaus sogar Teile Amerikas. Auf Toscanelli hat sich auch der türkische Seefahrer und Entdecker Piri-Reis bezogen, der 1513 eine Karte mit Küstenlinien des amerikanischen Kontinents veröffentlicht hat, die bis dato noch gar nicht entdeckt war. Einigen Wissenschaftlern zufolge ist der sagenumwobene Gott Quetzalcoatl aus Thule gekommen. Seine erste Stadtgründung in Mexiko habe – ebenso wie die von Saraf erwähnte Stadt – Tula geheißen, in anderen Sprachen der präkolumbischen Indianer auch Tollan genannt.«

Der Quetzalcoatl-Mythos war Yeremi bestens bekannt, und sie wusste auch, dass man 1940 etwa fünfzig Meilen von Mexiko-City entfernt tatsächlich die Ruinen des neuen Tula entdeckt hatte. Und als Saraf über die Geschichte des Silbernen Volkes sprach, musste sie an die Worte im *Popol Vuh*, dem heiligen Buch der Quiche-Maya, denken: »Als die Quiche-Maya Tulan verließen, sagten die Väter: ›Eure Heimstätte ist nicht hier; jenseits der Meere werdet ihr eure Berge und Täler finden ...‹«

»Dann hat das Silberne Volk also seine Wurzeln in Thule?«, fragte sie den Hüter.

Saraf antwortete nicht sogleich, sondern schien seine Ratgeber mit Blicken zu konsultieren. In Ugranfirs Augen brannte ein bläuliches Feuer. Als der Hüter endlich zu sprechen begann, drückte er sich vage und vieldeutig aus. »Zeige mir einen Baum, der nur einen einzigen Wurzelstrang besitzt. Nährt sich nicht jeder Stamm aus vielen Verästelungen?«

»Sagt Ihnen der Name Karnak etwas?«, hakte Yeremi sofort nach und erhoffte sich eine ebenso schnelle Antwort auf ihre doppelbödige Frage. El-Karnak war schließlich nicht nur ein bedeutendes Kultzentrum in Oberägypten, sondern – Zufall? – auch eine andere Schreibweise des französischen Carnac, das im Vogelflug lediglich acht Meilen von Gavrinis, dem angeblichen Atlantis, entfernt lag.

Saraf durchschaute ihre List. Seine unergründlichen Augen blickten Yeremi forschend an, es war ein stilles Ringen, das er mit einem geheimnisvollen Lächeln beendete. »Die Überlieferungen meiner Familie reichen bis nach Kerne zurück, das im Land Armorika liegt.«

Yeremi spürte, wie Greenleaf – er saß zwei Stühle weiter rechts – unruhig wurde. »Das kann unmöglich nur Zufall sein!«, stieß er hervor. »Armorika ist keltisch und bedeutet ›am Rande des Meeres‹, und Kerne ist der alte Name des französischen Carnac, das in der bretonischen Sprache Karnak heißt – mit K geschrieben.«

»Und das ist noch nicht alles«, fügte Hamilton-Longhorne hinzu. Die Fünfzigjährige war aufgeregt wie ein Schulmädchen. »Die Silbernen nennen ihre Petroglyphen Tara. Bei den kanarischen Guanchen bedeutet dieses Wort ›Zeichen, Erinnerung‹, aber es steht auch für den Namen der großen Urmutter. Erstaunlicherweise wird auch in Platons Atlantis-Bericht gesagt, das Volk des sagenhaften Reiches habe die Göttin Tara verehrt!«

»Die Weißen Götter«, sagte Leary, zufrieden nickend, als wäre damit alles erklärt.

Selbst Yeremi konnte die vielen Hinweise nicht länger ignorieren. Inzwischen lagen die Ergebnisse der Saraf entnommenen Blutprobe vor. Resultat: Null, Rhesusfaktor negativ. In den Adern des Hüters pulsierte also jene Rezeptur des Lebenssaftes, die laut Hamilton-Longhorne kennzeichnend war für die noch in Irland, in der Bretagne und auf den Kanarischen Inseln lebenden Nachfahren der Cromagnon, der so genannten »ersten modernen Menschen«. Die Verbindung des Silbernen Volkes zu jenen frühen Seefahrern, die – möglicherweise Jahrtausende vor Kolumbus – den Atlantik überquerten, schien auf der Hand zu liegen.

»Wir danken Ihnen für Ihre bereitwilligen Auskünfte«, wandte Yeremi sich erneut an Saraf Argyr. Mit dieser Übertreibung wollte sie seine Zunge für die Antwort auf ihre nächste Frage lockern. »Wie ist das Silberne Volk später hierher gekommen?« Saraf war viel zu wachsam, um sich von Schmeicheleien einwickeln zu lassen. Als wolle er Yeremi für ihre Überrumpelungstaktik strafen, wurden seine Schilderungen eher noch unpräziser. Nicht viel anders als bei einer archäologischen Ausgrabung, die nur Bruchstücke alter Dokumente zu Tage förderte, mussten sich die Wissenschaftler ihre Fassung von der Wirklichkeit zusammenreimen.

Mit dem Auftauchen der Konquistadoren hatte sich das Leben der Silbernen offenbar schlagartig verändert. Wie andere Ureinwohner der Neuen Welt starben sie fast völlig aus, möglicherweise durch Pocken oder eine andere Seuche. Nur seine kleine Sippe von einhundertzweiundzwanzig Menschen habe die Zeit überdauert, erklärte Saraf. Vor etlichen Silberjahren seien sie an diesen verborgenen Ort geflohen, um ihr Erbe zu bewahren, bis die Weissagungen sich erfüllten. Der Hüter war vom Großen Rat überstimmt worden, als man über den Bau der drei Hallen befand. Anders als die Mehrzahl der Ratsmitglieder hatte er für sich persönlich mit den alten Kulten gebrochen, weil durch das Schicksal seines Volkes die Machtlosigkeit der Urmutter und des Phönix bewiesen worden sei. Dennoch habe er sich durch das gewaltige Bauvorhaben die Einigung des untereinander zerstrittenen Volkes erhofft. Als die drei großen Hallen nach acht Silberjahren endlich eingeweiht werden konnten, hatte sich sein Wunsch erfüllt.

»Beinahe jedenfalls«, fügte Saraf mit einem tiefgründigen Blick auf Ugranfir hinzu.

»Sie haben mehrmals den Begriff ›Silberjahre‹ benutzt, Saraf. Was bedeutet das?«, fragte Yeremi.

Der Hüter antwortete darauf erstaunlich genau. »Ein Kreis aus zwölf Mondjahren schließt sich zu einem Silberjahr zusammen.«

»Solche übergeordneten Zyklen sind in alten Hochkulturen nichts Außergewöhnliches«, warf Gil Burne ein. Der Astroarchäologe des Teams, ein kleiner Mann, Ende dreißig, von untersetzter Statur mit schütterem blondem Haar, besaß eine Leidenschaft für Zahlen. Er nahm die Brille von der Nase, begann sie mit seinem T-Shirt zu putzen und sagte mit zurückgelegtem Kopf: »Bei verschiedenen Indianervölkern wie den Maya kannte man das ›große Sonnenjahr‹. Es besteht aus zweiundfünfzig normalen Jahren. Sie glaubten, nach einem oder zwei großen Sonnenjahren vollziehe sich jeweils eine grundlegende Veränderung der Welt. An solchen Wendepunkten im Zeitstrom hat es ihren Legenden zufolge bereits vier große Katastrophen gegeben. Die fünfte soll noch ausstehen und der Menschheit möglicherweise den Untergang …«

»Wir kommen vom Thema ab, Gil«, unterbrach Yeremi ihn ungeduldig.

»Nicht unbedingt. Wie Sie selbst gesagt haben, beträgt der Neigungswinkel der Seitenwände in dieser Hohlpyramide exakt *zweiundfünfzig* Grad.«

»Das klassische Pyramidenmaß, das sich auch in Giseh findet – na und?«

»Vielleicht ist die Übereinstimmung mit der Kernzahl des großen Sonnenjahrs *kein* Zufall. Ich möchte gerne einige zusätzliche Messungen und Berechnungen anstellen, um zu überprüfen, ob das

Silberne Volk hier auch eine Zahlensymbolik verwendet, wie sie beispielsweise in der Kultstätte des Kukulcán zu beobachten ist. Einige Theorien behaupten, der ausgeklügelte Maya-Kalender gehe auf die Olmeken zurück, von denen wiederum gesagt wird …«

»Sie seien in Wirklichkeit Phönizier gewesen«, fiel Yeremi dem Wissenschaftler abermals ins Wort. »Wehe, Sie verraten dieser Tracy von CNN auch nur ein Sterbenswörtchen davon! Ansonsten dürfen Sie gerne alle nötigen Berechnungen vornehmen, Gil, solange unsere Gastgeber sich dadurch nicht gestört fühlen.« Nachdenklich wandte sie sich wieder dem Hüter zu. »Gibt es eigentlich in Ihren Überlieferungen Warnungen vor einem Unglück oder einer tief greifenden Veränderung für das Silberne Volk?«

Zu ihrer Überraschung zögerte Saraf auffällig lange, bis er schließlich antwortete: »Gäbe es die nicht, hätten wir euch niemals hierher gelassen.«

Sie erreichte das Lager gerade noch rechtzeitig vor Einbruch der Dunkelheit. In Äquatornähe fiel die Nacht so schnell wie ein schwarzer Theatervorhang herab. Yeremi würde sich wohl nie daran gewöhnen. Ohne eine Handlampe hätte sie sich auf dem schmalen Felssteig, der zu den Zelten hinabführte, leicht den Hals brechen können.

Norryl Unsworth empfing sie mit strahlender Miene und einer riesigen Fleischgabel in der Hand. »Ich hoffe, Sie haben Hunger mitgebracht, Yeremi. Heute wird nämlich unser Erfolg gefeiert.«

»Mit Nabelschwein à la Norryl?«

»Die Wai-Wais haben noch ein paar andere Leckerbissen geschossen: ein Gürteltier, einen Brüllaffen, eine …«

»Ich glaube, ich lege mich gleich hin, Norryl.«

»Seien Sie kein Spielverderber, Yeremi! Als Boss haben Sie schließlich gesellschaftliche Verpflichtungen …«

»Vielleicht stoße ich später noch zu Ihnen, aber jetzt brauche ich Ruhe.«

Unsworth nickte und winkte Yeremi zum Abschied mit seiner Gabel zu.

Der Nächste, dem sie auf ihrem Weg zum Zelt begegnete, war Dave Clarke. Der Botaniker kehrte gerade von einem Streifzug durch den Wald zurück.

»Na, was gefangen?«, erkundigte sich Yeremi.

Clarke rückte die Tasche mit den Proben auf der Schulter zurecht. »Mir ist ein hübsches *Lycopodium* in die Arme gelaufen, ein urzeitlich anmutendes lebendes Fossil.«

»Klingt wahnsinnig aufregend!«

»Sie haben ja keine Ahnung, *wie* hinreißend Bärlappgewächse sein können!«

Yeremi lachte. »Da dürften Sie allerdings Recht haben, Dave. Ich bewundere die Geduld, mit der Sie die unscheinbarsten Pflänzchen aus diesem wuchernden Organismus klauben.«

»Sammeln ist der Anfang der Erkenntnis.«

»Das ist wohl wahr! Bis später, Dave.« Sie hob die Hand zum Gruß und strebte weiter ihrem Zelt entgegen. Es stand ganz am Rande des Lagers. *Seien Sie kein Spielverderber, Yeremi!* Norryl hatte mit seiner Bemerkung, vermutlich ohne es zu ahnen, einen empfindlichen Nerv getroffen. Anstatt mit den anderen zu feiern, sonderte sie sich ab …

Im Lager brannten eine Reihe von Lampen. Weiße Menschen rieben sich mit Insektenschutzmitteln ein, und rote sahen ihnen grinsend dabei zu. Es herrschte eine ausgelassene Stimmung wie seit Beginn der Expedition nicht mehr. Abgesehen von den wenigen Silbernen, die ihre Abneigung gegen die Fremdlinge offen zur Schau trugen, herrschte unter Besuchern wie Gastgebern Eintracht und Frieden. Ein viel versprechender Anfang, dachte Yeremi und fühlte sich dabei trotzdem nicht wohl.

Was hatte Saraf Argyr mit seiner Antwort gemeint, als sie ihn nach einschneidenden Umwälzungen in der Zukunft seines Volkes fragte? *Gäbe es die nicht, hätten wir euch niemals hierher gelassen …*

Sie schlug die Klappe ihres Zweipersonenzeltes hoch, schlüpfte hinein und legte sich in voller Bekleidung unter das Moskitonetz. Der Schweiß stand ihr auf der Haut, sie fühlte sich ausgelaugt, aber sie schloss einfach die Augen und betrat dadurch einen Raum kühler Stille. Je tiefer sie sich in ihre Gedanken versenkte, desto weniger nahm sie von ihrer Umgebung wahr.

Noch immer fiel es ihr schwer, die Entdeckung des Silbernen Volkes einzuordnen. In der Welt jenseits des Gartens Gottes zierte der Name von Professor Yeremi R. Bellman bereits die Titelseiten bedeutender Tageszeitungen. Bald würden Hochglanzmagazine hinzukommen, Fachzeitschriften, populärwissenschaftliche Publikationen, Rundfunk, Fernsehen und vieles mehr. Natürlich freute sie sich über jede Anerkennung, die sie für ihre Arbeit bekam, aber der Medienrummel bedeutete ihr wenig. Ganz im Gegensatz zu Al …

Ein Geräusch ließ sie hochfahren. Jenseits des Moskitonetzes stand unter dem spitzen Zeltdach, leicht gebeugt, die Gestalt eines Mannes. Sie schaltete die Taschenlampe an.

»*¡Madre mia!* Al, wie kannst du mich so erschrecken!?« Sie raffte wütend das feinmaschige Gewebe zusammen, das sie vor Blutsaugern schützen sollte, und warf es sich nach hinten über den Kopf. Wie eine Rakete stieg sie von ihrer Schlafmatte auf und zischte: »Was hast du in meinem Zelt verloren? Ich dachte, wir hätten vor Jahren eine Abmachung getroffen. Raus hier!«

»Aber ich wollte …«

»*Raus*, habe ich gesagt, sonst schreie ich das ganze Lager zusammen!«

Eilig zog sich der Psychologe hinter die Grenzlinie zurück, die durch die Zeltplane markiert wurde. »Ich wollte dir lediglich etwas mitteilen«, begann er erneut.

»Und warum tust du 's nicht?«

Er stieß hörbar die Luft durch die Nase aus, sagte dann aber bewundernswert ruhig: »Morgen früh brauche ich Wachana.«

»Wieso, willst du Nabelschweine jagen?«

»Ich möchte mich mit einigen Mitgliedern des Großen Rates unterhalten – vertrauensbildende Maßnahmen, du weißt schon.«

»Wir sind für morgen ohnehin zu einer Besprechung in die Höhlen eingeladen …«

»Hör mir zu, Jerry! Das bringt uns nicht weiter. Es ist mein Beruf, mit aufgeregten Leuten zu reden und ihre Ängste zu zerstreuen. Gib mir eine Chance.«

Zornig funkelten Yeremis Augen im Schatten des Zeltes. *Die hast du längst verspielt, Al Leary.* »Also gut«, lenkte sie ein. »Adma wird uns gegen neun Uhr zum Treffen in der Halle des Großen Rates abholen. Für die Zeit davor kannst du Wachana haben – unter einer Bedingung!«

»Und die wäre?«

»Betrete niemals wieder unaufgefordert mein Zelt.«

Yeremi ließ sich nur kurz bei den feiernden Kollegen blicken. Von Unsworth' kulinarischen Eskapaden hielt sie sich fern, nippte nur einmal an dem uralten Cognac, den er nach eigenem Bekunden ausschließlich ins Gepäck geschmuggelt hatte, um sein gegrilltes Gürteltier zu krönen.

Um elf lag Yeremi wieder auf ihrer Schlafmatte und ließ sich von dem leichten Luftzug umfächeln, der durch die Netzfenster des Zeltes strich. Weil sie nicht ernsthaft mit einer Rückkehr Learys oder dem Auftauchen irgendeines anderen männlichen Expeditionsteilnehmers rechnete, trug sie nur einen Slip und ein kurzes, hauchdünnes Hemd. Als gegen ein Uhr morgens endlich Ruhe im Lager einkehrte, schlief sie bereits tief und fest.

Es sollte ein kurzer Schlummer werden. Sie wurde von einem schnarrenden Geräusch geweckt, das sich aus dem üblichen Nachtkonzert des Dschungels deutlich abhob. Es kam ganz aus der Nähe. Unwillkürlich dachte sie an ein schreckliches Erlebnis in Brasilien, als ein Expeditionsmitglied den Biss der Cascaval, einer tropischen Klapperschlange, nur knapp überlebt hatte. Lytton wusste vermutlich, ob diese Grubenottern auch im Dschungel Guyanas vorkamen – in seiner Kühlbox befanden sich Seren gegen die verbreitetsten Schlangengifte –, aber Yeremis Kopf war in diesem Augenblick wie leer gefegt. Was immer sie in Vorbereitung auf die Expedition gelernt hatte, existierte nicht mehr.

Wieder hörte sie das leise Rasseln! Es klang näher als beim ersten Mal. Und dann fühlte sie es: Ein warmer, rauer Körper berührte ihren Knöchel. Augenblicklich erstarrte sie zu Eis. Jede hastige Bewegung konnte jetzt tödlich sein. Gleichzeitig brach ihr der kalte Schweiß aus, und sie fürchtete, schon dessen Geruch könne ihr zum Verhängnis werden. Aber wie konnte sie ruhig hinnehmen, was da mit ihr geschah? Das Kriechtier wand sich um ihre Fessel, kroch ein Stück an ihrem Bein hinauf, glitt an der Innenseite ihres Oberschenkels entlang. Längst hatte sich die eigentliche Natur des Ungeheuers im dunklen Tümpel ihrer Erinnerungen aufgelöst, war zu einem Feind geworden, dem sie sich hilflos ausgeliefert fühlte …

Das warme Gewicht des sich windenden Körpers schlüpfte unter ihr Hemd, schob sich über ihre Leistenbeuge hinweg, wanderte den Bauch hinauf, berührte den Nabel. Yeremi öffnete den Mund und rang nach Luft. Sie glaubte ersticken zu müssen. Ihr Herz raste, jeden Moment musste es zerbersten. Sie wollte schreien, aber das hätte ihr sicheres Ende bedeutet. Doch der stumme Eroberer nahm keine Rücksicht darauf. Zwischen ihren bebenden Brüsten hielt er inne, als wolle er sich dort ein Nest bauen, setzte dann jedoch seinen Weg nach oben fort. Entsetzt drückte Yeremi ihr Kinn auf die Brust und starrte auf ihren Halsausschnitt. Jeden Moment würde es sich zeigen …

Sie musste nicht lang warten. Wenn sie je dem Grauen ein Gesicht hätte geben müssen, dann wohl dieses, das ihr von dort unten, zwischen ihren Brüsten, entgegenblickte. Es war das hämisch grinsende Antlitz eines Mannes …

Yeremi schrie, wie sie noch nie in ihrem Leben geschrien hatte.

Ohne den geringsten Gedanken an giftige Zähne zu verschwenden, fuhr sie von ihrem Lager hoch. Sie verhedderte sich im Moskitonetz. Keine Schlangen fielen von ihr ab und auch kein Mann …

Es war nur ein Traum gewesen.

Erst jetzt bemerkte sie das tumultartige Stimmengewirr im Lager. Schreie gellten durch die Nacht. Äste brachen. So schnell sie konnte, schlüpfte Yeremi in ihre kurze Baumwollhose, pellte sich aus dem schweißnassen Hemd und streifte sich ein T-Shirt über. Dann taumelte sie mit ihrer Taschenlampe zwischen die Zelte hinaus. Sie ahnte längst, was geschehen war.

Die sonst so nüchternen Wissenschaftler waren bis ins Mark erschüttert. Unter den Wai-Wai-Indianern herrschte helle Aufregung. Sie liefen wie aufgescheuchte Hühner umher. Mindestens einer war spurlos verschwunden.

Nur mühsam gelang es Yeremi und Leary, die Gruppe einigermaßen zu beruhigen. Der Psychologe bestätigte Yeremis Verdacht, wenngleich sie seine Einschätzung eher befremdete.

»Das ist faszinierend!«, schwärmte er. »Alle im Lager hatten einen Albtraum, aber diesmal trafen die Silbernen unseren empfindlichsten Nerv, bei jedem Einzelnen.«

»Bist du jetzt völlig durchgedreht?«, fuhr sie ihn an. Learys strahlendes Gesicht ließ sie unwillkürlich zurückweichen. »Wie kannst du das ›faszinierend‹ finden?«

»Aber überleg doch mal, Jerry. Ihre Fähigkeiten übersteigen bei weitem das, was wir uns erhofft haben.«

»Du hast dir *so etwas* gewünscht? Also entweder ist dein Traum die absolute Ausnahme gewesen, oder du hast tatsächlich deinen Verstand ausgeschwitzt.«

»Ich habe von Geißelspinnen geträumt«, erwiderte er kühl. »Mein ganzer Körper war davon bedeckt. Sie saugten mich aus, und ich konnte nichts dagegen tun.«

Yeremi erschauerte. Die von Leary erwähnten »Traumtiere« konnten größer werden als gewöhnliche Vogelspinnen. In etwas milderem Ton entgegnete sie: »Vielleicht hilft dir ja dein Army-Überlebenstraining, leichter damit umzugehen.«

Leary schüttelte den Kopf. »Ich habe eine Spinnenphobie.«

»Aber das …!«

»Das bedeutet, Jerry, die Silbernen verfügen über die Fähigkeit, unsere Urängste zu wecken. Sie sind empathische Telepathen. Das steht für mich zweifelsfrei fest.«

Yeremi blickte sich Hilfe suchend in der Runde der Expeditionsteilnehmer um, die viel zu eingeschüchtert waren, um sich für einen wissenschaftlichen Disput zu begeistern. Sie selbst sträubte sich noch immer dagegen, die Meinung des Psychologen zu teilen. Es musste doch einfachere Erklärungen geben! Sein überraschendes Auftauchen in ihrem Zelt hatte sie in einer schwachen Minute zutiefst erschreckt. War es verwunderlich, wenn sie …? Für alle waren die letzten Stunden und Tage strapaziös gewesen. Jeder hatte viele neue Eindrücke verarbeiten, überkommene Vorstellungen über Bord werfen, sich mit uralten Legenden und Weltuntergangsprophezeiungen herumschlagen müssen. Möglicherweise war dadurch eine mentale Verfassung entstanden, in der solche furchtbaren Albträume gediehen …

Sie schüttelte den Kopf. All diese Erklärungen waren doch nur Ausflüchte, um sich nicht vor versammelter Mannschaft auf Learys Seite stellen zu müssen. »Mir erscheint etwas ganz anderes unzweifelhaft«, sagte sie leise. Resignation schwang in ihrer Stimme, und sie fühlte die auf ihr lastenden Blicke.

»Wir sind hier nicht willkommen; und sollte dieser Zustand anhalten, wird unsere Expedition kein gutes Ende nehmen.«

Zwei Indianer blieben verschwunden. Yeremi rechnete mit dem Schlimmsten: ein der Abschreckung dienendes Exempel der »Hausherren«, vielleicht auch ein tödlicher Unfall der in Panik durch den nächtlichen Wald Geflohenen – aber warum hatten sie dann ihre Waffen mitgenommen? Vor Beginn der vereinbarten Besprechung in der Halle des Großen Rates stellte sie Wachana zur Rede, um zu erfahren, was wirklich geschehen war. Zögerlich rückte der Wai-Wai mit der Wahrheit heraus.

»Die beiden hatten große Furcht vor den bösen weißen Geistern. Sie sind in den Wald gerannt und vor Tagesanbruch zurückgekehrt, um ihre Sachen zu holen. Jetzt sind sie auf dem Rückweg nach Gunn's Strip.«

»Vermutlich sitzen sie längst in einem unserer Kanus«, sagte Yeremi grimmig. »Bitte versuche, die Gemüter deiner Männer abzukühlen, Wachana. Wenn wir die Lage nicht endlich in den Griff bekommen, haben wir bald überhaupt keine Helfer mehr.« Der Indianer nickte.

Sie wandte sich an Leary. »Al, was immer hier mit uns geschieht, wir müssen endlich etwas dagegen unternehmen. Hast du in deinem Gespräch mit den Skeptikern etwas erreicht?«

»Das wird sich zeigen.«

»Also nicht. Dann werde ich mir diesen Saraf Argyr vorknöpfen.«

Wie auf ein Stichwort erschien die riesenhafte Gestalt des Hüters im Durchlass der Halle, im Gefolge sechs Mitglieder des Großen Rates, darunter Ugranfir.

»Ich bin bereits über die Vorfälle der letzten Nacht in Kenntnis gesetzt«, eröffnete Saraf die Debatte, noch ehe Yeremi das Thema ansprechen konnte.

»Das überrascht mich nicht«, erwiderte Yeremi kühl.

»Du denkst, *ich* hätte euch diese Träume geschickt, nicht wahr, Yeremi Bellman?« Es klang eher bedauernd als anklagend.

Sie wich seinem Blick aus, um das beklemmende Gefühl abzuwehren, er läse mühelos ihre Gedanken. Bei Ugranfir mit seiner feindseligen Miene wusste sie wenigstens, woran sie war. Betont langsam antwortete sie: »Wäre das so abwegig? Immerhin scheinen wir hier nicht besonders willkommen zu sein.«

»Das habe ich nie verhehlt. Doch mir sind die Männer und Frauen bekannt, die euch heute Nacht vertreiben wollten, und sie werden für ihr Vergehen bestraft.«

Verwundert kehrte Yeremis Blick zu Saraf zurück. »Dann geben Sie es also zu? Die Träume stammen von Ihren Leuten?«

»Es ist ein wenig komplizierter.«

»Wie wär 's, wenn Sie's mir erklärten?«

»Niemand von uns kann einen Traum in eure Köpfe schreiben.«

»Was bedeutet das?«

»Stell dir die Träume als eine Schuttlawine vor – wir lösen sie durch ein winziges Steinchen aus und bestimmen, wo und wann sie abgeht. Der kleine Verursacher ist ein Gefühl, das Wo entscheidet darüber, ob es angenehme oder schmerzliche Empfindungen sind, und das Wann ist der Zeitpunkt, den wir wählen.«

Auf Learys Gesicht lag ein Ausdruck des Triumphes. »Sie sprechen immer in der Mehrzahl, Saraf.«

»Gewöhnlich ist die Gabe nur stark genug, wenn sich mehrere von uns zusammenschließen.«

Yeremis Augen weiteten sich wie die eines staunenden Kindes. Sie ahnte längst, was Sarafs bildhafte Erklärungen bedeuteten, aber sie fragte dennoch: »Und *wie* macht ihr das?«

Der Hüter sah sie unverwandt an und erwiderte: »Mit dem ›Silbernen Sinn‹.«

Allein die Möglichkeit, so vage sie auch sein mochte, erschreckte Yeremi. Jede Art von Beeinflussung ihrer Gefühle und Gedanken war ihr zuwider. Sie weigerte sich, eine solche Ungeheuerlichkeit auch nur in Erwägung zu ziehen – und deshalb leugnete sie die von Al aufgezählten Fakten.

»Wir müssen streng objektiv vorgehen, Al. Na gut, ich gebe zu, da gibt es irgendetwas. Aber dieser Silberne Sinn – das kann alles Mögliche sein.«

Der Psychologe verfolgte belustigt, wie hartnäckig sie sich gegen eine Vorstellung sträubte, die er für bewiesen hielt. Die beiden standen allein auf dem Dach des Waldes. Leary hatte Yeremi um eine Aussprache unter vier Augen gebeten. »Es handelt sich eindeutig um eine empathische Gabe, Jerry. Spürst du das denn nicht?«

»Bist du jetzt völlig übergeschnappt? Was soll ich fühlen?«

»Offen gestanden, beginne ich allmählich an dir zu zweifeln.«

»Wie ist *das* nun wieder gemeint?«

Leary sah aus, als bedauere er seine letzte Äußerung. »Nichts. Gar nichts.«

»Was geht in deinem Kopf vor, Al?«

»Sag du es mir, Jerry.«

»Anscheinend leidest du unter Halluzinationen. *Ich* bin kein Telepath, das kann ich dir versichern.«

»Hast du dir noch nie gewünscht, auf die Emotionen anderer Einfluss nehmen zu können?«

»Ausgerechnet du musst mich danach fragen! So etwas wäre das *Letzte* für mich. Allein der Gedanke, jemand könne in meinen Gefühlen herumrühren, macht mich wahnsinnig.«

Leary nickte gewichtig. »Allmählich wird mir so einiges klar.«

»Hört, hört, der Psychologe spricht!«

»Du verschließt die Augen vor den Tatsachen, Jerry. Das ist unwissenschaftlich.«

»Und du bist so sehr auf diese *eine* Erklärung fixiert, dass du von vornherein jede andere ausschließt. Willst du etwa behaupten, das wäre wissenschaftlicher?«

»Nenne mir eine andere Ursache für unsere Beobachtungen.«

»Was weiß ich!«

»Siehst du.«

Yeremi ballte die Fäuste, beherrschte sich aber. »Es existieren noch eine Menge anderer Dinge, die ich nicht verstehe.«

»Aber das ist doch meine Rede, Jerry! Die empathische Telepathie mag uns vom gegenwärtigen Kenntnisstand …«

»Man hat in Abertausenden von Sektionen beim Menschen noch nie ein empathisches Organ entdeckt, Al – *das* ist der Stand der Wissenschaft.«

Leary lächelte überlegen. »Als Jurij Gagarin 1961 als erster Mensch die Erde umrundete, sagte er, es könne keinen Gott geben, weil er ihn nicht gesehen habe.«

»Jetzt redest du schon wie mein Großvater. Mit dieser ganzen Debatte drehen wir uns doch nur im Kreis. Wir haben erstklassige Leute in unserem Team. Medizin, Pharmakologie, Botanik – alle wichtigen Fachgebiete sind abgedeckt. Nutze diese Ressourcen, aber verlange bitte nicht von mir, der Welt angebliche Forschungsergebnisse zu präsentieren und sie mit *Träumen* zu erklären. Beim Fachpublikum könnte das ziemlich schlecht ankommen.«

Leary fuhr sich mit den Fingern durchs Haar. »Also gut, du willst Beweise haben, und du sollst sie bekommen.«

Einige Tage lang gab sich Yeremi der Illusion hin, alles im Griff zu haben. Die Albträume kehrten nicht wieder. Der von Saraf gescholtene Ugranfir und seine Anhänger gingen den Forschern aus dem Weg. Al Leary konzentrierte sich ganz auf sein großes Ziel, die Erforschung der empathischen Telepathen. Hin und wieder verschwand er mit Wachana allein in den Höhlen, um den Silbernen ihre Geheimnisse zu entreißen. Wie bündelten sie ihren Silbernen Sinn? Konnten sie jede Art von Gefühlen wecken? Auf welche Weise nahmen sie selbst die Empfindungen anderer Menschen wahr? Benutzten sie Pflanzenextrakte, um ihre Gabe zu verstärken?

Yeremi widmete sich den, wie sie meinte, wichtigeren Fragen. Neben wechselnden Spezialisten waren Wachana und Irma Block hierbei fast immer an ihrer Seite. Gelegentlich führte Saraf Argyr die Gruppe durch sein Reich, aber meistens stellte er für die Erkundungstouren Adma ab. Yeremi begrüßte diese Entscheidung, denn mit jedem neuen Hinweis auf die empathischen Fähigkeiten des Silbernen Volkes wuchsen ihre Vorbehalte gegen dessen Hüter. Leary propagierte schon offen die Überzeugung, es sei nur noch eine Frage der Zeit, bis er die Existenz eines »empathischen Senders« nachweisen könnte – so nannte er »die Bündelung der Kräfte einer Gruppe von Silbernen zum Hervorrufen von Albträumen oder anderer emotionaler Phänomene«. Vordergründig zeigte sich Yeremi von Learys Argumenten unbeeindruckt, obwohl ihr seine Worte keine Ruhe ließen. Warum hatte er sie so eindringlich nach ihren Empfindungen ausgehorcht? Obgleich sie ihre Gefühle vor ihm und vor sich selbst zu leugnen suchte, spürte sie doch unbewusst, wie stark der Silberne Sinn in Saraf Argyr wirkte. Natürlich erwähnte sie Leary gegenüber nichts davon. Allein die Möglichkeit, von Saraf Argyr manipuliert zu werden, versetzte sie in Angst und Schrecken.

Die Beziehung zwischen Yeremi und Adma war in den neun Tagen seit dem ersten Betreten der Höhlen des Orion immer freundschaftlicher geworden. Als die Expeditionsleiterin an einem Freitag mit Block, Hamilton-Longhorne und Wachana von der Besichtigung einer unterirdischen Schmiede in die Halle der Begegnungen zurückkehrte, machte ihr die Silberfrau ein überraschendes Geständnis.

»Ich wünschte, ich könnte den Hüter trösten.«

»Wie meinst du das?«, fragte Yeremi und sah Wachana gespannt an, weil sie dessen Übersetzung kaum erwarten konnte.

»Weil er sich die Schuld für den Tod meiner Schwester gibt.«

»Deiner …? Du sprichst von Faïna, nicht wahr?«

Adma nickte traurig. »Ich empfinde große Zuneigung für Saraf, so wie ich auch meine Schwester sehr geliebt habe.«

Yeremi verharrte mitten im Schritt. Ihre Augenbrauen rückten zusammen, während sie die Silberfrau durchdringend ansah. »Mir scheint, deine Gefühle sind stärker als solche, die man für einen Bruder empfindet.«

Adma war ebenfalls stehen geblieben und senkte den Blick.

Yeremi verstand auch ohne Worte, was in der Silberfrau vorging. »Hat Faïna *sein* Kind unter dem Herzen getragen?«

Erschrocken sah Adma zu ihr auf. »Saraf vertraut mir, und ich möchte nicht …«

»Und was?«

»Nichts.«

»Du würdest gerne an die Stelle deiner Schwester treten, nicht wahr?«

Admas meerblaue Augen weiteten sich. »Besitzt du auch den Silbernen Sinn?«

Yeremi lachte, wurde aber gleich wieder ernst. »Nein, Adma. Ich bin nur eine Frau, aber das ist manchmal auch ganz hilfreich.« Weil sie ihre Gastgeberin nicht weiter in Verlegenheit bringen wollte, nutzte sie das Thema geschickt für eine Frage, die dem Team schon länger Kopfzerbrechen bereitete.

»Es muss wunderbar sein, wenn das Echo von lachenden Kindern durch eure Höhlen hallt. Wie lange ist es her, seit du es das letzte Mal gehört hast?«

Adma zögerte. »Schon viele Jahre«, antwortete sie schließlich.

»Gibt es einen bestimmten Grund dafür?«

»Die Kinder des Silbernen Volkes sollen leben.«

»Ja, natürlich sollen sie das …« Die Antwort brachte Yeremi für einen Moment völlig aus dem Konzept.

Hamilton-Longhorne ahnte wohl, was Admas merkwürdige Äußerung andeutete. »Hat es in eurer Vergangenheit ein Unglück gegeben, bei dem eure Kinder zu Schaden gekommen sind?«

Admas Gleichmut schien nun völlig aus der Balance zu geraten. Hilflos irrte ihr Blick zwischen den beiden Frauen und Wachana umher.

Yeremi legte schnell ihre Hand auf Admas Arm. »Du musst jetzt nicht darüber sprechen. Dennoch wundert es mich, in den Höhlen auch keine *alten* Menschen zu sehen. Sind sie an einer Krankheit gestorben? Können wir uns eure Begräbnisstätte ansehen?«

Die Silberfrau starrte Yeremi an, als hätte sie die Frage nicht verstanden.

»Irgendwo müssen sie ihre Toten doch bestatten«, murmelte Block.

Yeremi drückte Wachanas Hand und schüttelte unmerklich den Kopf, damit die nachfolgenden Worte unübersetzt blieben. »Nicht unbedingt«, flüsterte sie in Richtung der Fotografin.

»Was willst du damit sagen?«

»Vielleicht essen die Hinterbliebenen sie auf.«

Blocks Kinnlade sackte herab. »Das ist nicht dein Ernst!«

»Bei den brasilianischen Wari-Indianern galt es noch in den Sechzigern des zwanzigsten Jahrhunderts als Ausdruck des Mitgefühls, die Verwandten nach ihrem Ableben zu verspeisen.«

»Das ist ja …!«

»Fremd?«, bot Yeremi an. »Ich nenne es ›sozialen Kannibalismus‹. Den Toten zu essen bedeutet, sich Leid zu ersparen. Im Weltbild der Wari sichert jeder Verzehrte das Fortleben des Stammes: Die vom Körper befreite Seele kann sich so in die Tierwelt aufmachen und mit etwas Glück als neues Glied in der Nahrungskette wiedergeboren werden – als Nabelschwein oder Gürteltier oder was auch immer. So betrachtet, landet jeder Wari womöglich sogar zweimal in den Mägen seiner Lieben.«

Block musterte die Silberfrau wie eine gestrandete Feuerqualle.

Die Veränderung vollzog sich unmerklich, fast wie eine natürliche Entwicklung. Von früheren Expeditionen her kannte Yeremi jenes Phänomen, das gemeinhin als Lagerkoller bekannt war: Selbst die diszipliniertesten Wissenschaftler gingen sich irgendwann gegenseitig auf die Nerven. Mitten im Dschungel gab es wenig Abwechslung. Tagein, tagaus sah man dieselben Gesichter, hörte dieselben Frotzeleien, litt unter denselben Marotten. Hinzu kamen die brütende Hitze, die selbst in der Nacht kaum erträglicher wurde, die Moskitostiche und das Gefühl, ständig am Rande der Erschöpfung zu balancieren. Als daher die ersten Wissenschaftler aufeinander losgingen, maß Yeremi dem noch keine größere Bedeutung bei.

Bald begann sie jedoch an ihrer Koller-Theorie zu zweifeln. Nicht nur die Reizbarkeit und Aggressivität einiger Teammitglieder nahm zu, sondern auch ihr Verlangen nach Liebe und Anerkennung. Doktor Percey Montague Lytton, bisher ein eher zurückhaltender Charakter, wurde von Tag zu Tag neugieriger und ziemlich albern. Norryl Unsworth befiel über Nacht eine erschreckende Appetitlosigkeit. Bisweilen traten die Gefühle überraschend heftig zu Tage. Launenhaftigkeit und Angstzustände wechselten sich ab, und Streitsucht wich übertriebenem Harmoniebedürfnis.

Am vierzehnten Tag der Höhlenentdeckung kam es beinahe zur Katastrophe. Drei Wai-Wai-Indianer legten sich während eines Wolkenbruchs auf dem Dach des Waldes in einen Hinterhalt. Sie griffen sich den Erstbesten, einen Silbermann, der in der Dämmerung jagen wollte. Während zwei Wai-Wais den Mann auf den nackten Fels drückten, riss der dritte sein Messer aus der Scheide, um dem »bösen Geist« das Herz aus dem Leib zu schneiden. Plötzlich wurde das Handgelenk des Indianers gepackt und sein Körper wie eine Strohpuppe davongeschleudert. Als die beiden anderen Saraf Argyrs Gestalt über sich aufragen sahen – hinter ihm zuckten Blitze über den Himmel –, verließen sie den Schauplatz in kopfloser Flucht.

Yeremi hatte nachher alle Mühe, den Hüter des Silbernen Volkes zu besänftigen. Er war mitten ins Lager gestampft und hatte nach ihr und dem Dolmetscher verlangt. Sie stand vor ihm im Regen und sah nicht nur aus wie ein begossener Pudel. Seinen unangenehmen Fragen fügte Thomas Sosé weitere hinzu. Dicker Zigarrenqualm umfächelte die linke, von einem verbogenen Taschenschirm trocken gehaltene Gesichtshälfte des kleinen Beamten, während er sich nach Kräften aufregte: Überdies müsse er als Vertreter der guyanischen

Regierung schärfstens protestieren – seine Stimme nahm an Schrillheit zu –, sogar allerschärfstens! Was würde die Presse schreiben? Es wäre ein Skandal, wenn der Silbermann das Leben verloren hätte.

»Nein, es wäre Mord«, erwiderte Yeremi ruhig und ließ Sosé im Regen stehen.

Obwohl es ihr widerstrebte, ersuchte sie Leary um eine Unterredung. Seine Erklärung für die seltsamen Vorgänge überraschte sie nicht.

»Warum wunderst du dich? Wir haben es hier mit einem Volk empathischer Telepathen zu tun. Faszinierend, wie subtil sie ihren Silbersinn einsetzen!«

»Und dadurch beinahe eine Katastrophe heraufbeschworen hätten. Was sollen wir jetzt tun? Die Indianer kann ich kaum noch zur Räson bringen, und der Rest des Teams wird sich demnächst gegenseitig an die Gurgel gehen.«

»Anscheinend ist Ugranfirs Partei wieder aktiv geworden. Das Beste wird sein, Saraf Argyr erneut um Intervention zu bitten.«

»Womit wir weiteren Unfrieden stiften werden. Mir gefällt das ganz und gar nicht, Al. Die Dinge geraten uns außer Kontrolle. Vielleicht sollte ich die Expedition abbrechen.«

»Und damit die Chance deines Lebens aus der Hand geben? Probleme lösen sich nicht durchs Davonlaufen, man muss sie entschlossen anpacken. Dir ist das ebenso klar wie mir.«

Yeremi schwieg. Der Regen rann über ihr Gesicht, die Haare klebten wie Algen an ihrem Kopf, und sie suchte in Learys beschwörendem Blick nach einer rettenden Idee. Im Grunde hatte er Recht, und sie wusste es.

Die Morgensonne malte Lichttupfer auf den Waldboden am Fuße der Felswand, quirlige helle Kleckse, die dem Betrachter eine heitere Stimmung vorgaukelten. Doch das Bild war trügerisch. Wenn der Wind durch die Baumwipfel rauschte, leuchteten blutrote Flecken in dem Gemälde auf. Und als eine heftige Windböe ein Fenster in das Blätterdach schlug, zerstörte ein grauenvoller Anblick vollends die Stimmung.

Ugranfirs zerschmetterter Leichnam lag auf dem Waldboden. Wachana Yaymochi hatte ihn entdeckt. Normalerweise wäre das tote Mitglied des Großen Rates sogar noch länger unbemerkt geblieben, weil die Fundstelle vom Lager aus nicht einsehbar war, doch der Indianer hatte sich für neun Uhr mit Yeremi und Leary unterhalb vom Dach des Waldes verabredet. Gemeinsam wollten sie den Silbernen einen Besuch abstatten, um über den Anschlag des vergangenen Abends zu beraten und sich für eine friedliche Fortsetzung der Forschungsarbeit zu verwenden. Daran war vorerst nicht mehr zu denken.

Doktor Lytton konnte nur feststellen, woran ohnehin niemand zweifelte. Der Sturz habe Ugranfir getötet. Anzeichen von Gewaltanwendung seien, sofern man dies auf die Schnelle überhaupt sagen könne, nicht zu finden. Ein abschließendes Urteil wolle er jedoch erst nach einer Autopsie fällen.

Dazu kam es nicht. Im Laufe des Vormittags wurde der grotesk verdrehte Körper des toten Silbermannes von seinen Leuten auf eine Bahre gebettet und fortgeschafft. Er sollte in seiner Wohnhöhle eingemauert werden. Thomas Sosé war außer sich. Er protestierte lautstark, forderte die Beschlagnahmung der Leiche und eine gründliche Obduktion durch den Expeditionsarzt, aber niemand hörte auf ihn: Yeremi nicht – die unter Sarafs fragenden Blicken am liebsten im Boden versunken wäre – und die Silbernen schon gar nicht. Lediglich eine Fotoserie, die Block nach einem tiefen Schluck aus Unsworth' Cognacflasche angefertigt hatte, konnte der Ministerialbeamte zur Beweissicherung konfiszieren. Er kündigte ein Nachspiel an.

Nie zuvor hatte Yeremi bei einer Expedition ein solches Desaster erlebt. Wie sollte sie jemals das Vertrauen des Silbernen Volkes zurückgewinnen? Erst als Al Leary ihr eine nahe liegende Frage stellte, sah sie einen Lichtblick.

»Hast du eine Idee, wer der Mörder sein könnte?«

Benommen starrte sie den Psychologen an. »Wer sagt, dass es ein Mord war? Ugranfir könnte doch versehentlich von dem Felsen gestürzt sein.«

»Mach dich nicht lächerlich, Yeremi! Die Silbernen leben seit Generationen hier. Dieses Terrain ist ihnen ebenso vertraut wie dir deine Veranda in Pacific Grove.«

Ein durchaus stichhaltiges Argument, dachte Yeremi. »Wenn man von der Verwirrung absieht, die unser Auftauchen hier verursacht hat, scheinen mir die Silbernen ein sehr friedfertiges Volk zu sein. Ich kann mir nicht vorstellen …« Sie schüttelte den Kopf.

»Der Konflikt zwischen Saraf Argyr und Ugranfir war offensichtlich.«

»Du meinst, Saraf …?«

»Es könnten auch die Wai-Wai-Indianer gewesen sein, nachdem ihr erster Anschlag gestern Abend so schmählich beendet wurde.«

»Aber hätten sie dann nicht den Hüter angreifen müssen? Nein, das kann ich mir nicht vorstellen.«

»Im Grunde könnte es jeder von uns gewesen sein, so aufgeheizt, wie die Stimmung in den letzten Tagen war.«

»Nicht jeder – *ich* war es bestimmt nicht.«

»Meinst du etwa, *ich* …?« Leary hielt sich die Hände vor die Brust und machte ein entrüstetes Gesicht.

Yeremi sah nachdenklich in seine Unschuld heischende Miene. »Wir wissen noch viel zu wenig über das Silberne Volk. Als ich mich vorhin mit Abby über die Beisetzung von Ugranfir in einer Höhlenkammer unterhielt, kam sie wieder auf ihr Lieblingsthema zu sprechen, die Guanchen. Die Ureinwohner der Kanaren sahen im Tod eine natürliche Folge des Lebens, möglicherweise sogar nur eine Art Übergangsstadium in eine andere Daseinsform. Es ist geschichtlich bezeugt, dass hochbetagte Leute ihren Todestag selbst bestimmten, indem sie ›*Vacaguare!*‹ ausriefen: ›Ich möchte sterben!‹ Anschließend zogen sie sich mit einer Schale vergifteter Milch in eine abgelegene Höhle zurück, die später von den Angehörigen zugemauert wurde – ganz ähnlich wie im Falle Ugranfirs.«

»Der Silbermann kam mir nicht wie jemand vor, der freiwillig in den Tod gehen würde, und alt war er auch nicht.«

»Würdest du ihn als stolz charakterisieren oder als Menschen mit übersteigertem Ehrgefühl?«

»Darüber möchte ich mir kein Urteil erlauben. Was denkst du?«

»Nun, mir erschien er durchaus als ein Mann, auf den diese Eigenschaften zutreffen könnten. Abby erzählte mir vom Guanchenkönig Bentor auf Teneriffa, der sich nach einer verlorenen Schlacht bei Acentejo von einer Klippe in den Tod stürzte. Diese Art des Freitodes war üblich unter den Guanchen und wurde nicht selten bereits dann praktiziert, wenn eine Niederlage sich nur abzeichnete.«

Der Psychologe nickte. »Eine andere Art von Harakiri, wenn man so will. Klingt gar nicht so abwegig, Jerry! Durch den Vorfall gestern Abend wäre beinahe ein Silbermann ums Leben gekommen. Möglicherweise hatte Ugranfir dadurch sein Gesicht verloren und konnte seine Ehre nur durch den Freitod wiederherstellen.« Er klatschte die Hände zusammen. »Das ist es! Mit dieser Erklärung wären wir aus dem Schneider.«

Yeremi verachtete Leary für seine Art, mit dem Tod anderer Menschen umzugehen. »Wir wissen nicht, ob es so war.«

»Deine Version des Zwischenfalls wird Mr Sosé und seinen Minister zufrieden stellen, das allein ist entscheidend.«

»Und wenn sich herausstellt, dass Ugranfirs Tod eine andere Ursache hatte, eine, die für uns, die wir die Zivilisation auf unseren Bannern tragen, zu ungeheuerlich ist, um sie überhaupt …« Yeremis Stimme war immer leiser geworden, bis sie schließlich ganz versagte.

Leary wartete mit offenem Mund, hoffte, dass ihre Sprache zurückkehrte, fragte dann aber doch: »Woran denkst du?«

»Es könnte sich um ein Menschenopfer gehandelt haben«, antwortete sie zögernd. »Auch für das rituelle Töten durch Herabstürzen von hohen Felsen gibt es zahllose Vorbilder.«

»Aber doch nicht im einundzwanzigsten Jahrhundert!«

»Nach Meinung einiger Kollegen werden von der Indiobevölkerung Südamerikas sogar heute noch an bestimmten Plätzen Menschenopfer dargebracht. Wir dürfen eines nicht vergessen: In gewisser Hinsicht lebt das Silberne Volk noch im Mittelalter oder sogar in einer noch früheren Epoche. Was mich allerdings stutzig macht, ist die Person selbst: Ugranfir. Ein Mitglied des Großen Rates!«

»Meines Wissens nach wurden oft Kriegsgefangene oder Verbrecher als Opfer ausgewählt. Mir klingen noch Sarafs Worte in den Ohren: ›Die Schuldigen, die euch heute Nacht vertreiben wollten, sind mir bekannt, und sie werden für ihr Vergehen bestraft.‹ Ja, das reimt sich zusammen! Ugranfir war allem Anschein nach der Hauptverschwörer. Percey hat keine Anzeichen von Gewaltanwendung an dem Leichnam entdeckt. Vermutlich hat das Silberne Volk den Delinquenten durch empathischen Zwang zum Sprung von dem Felsen genötigt.«

Yeremis finstere Miene verriet, wie wenig sie von diesem Szenario hielt. Nachdenklich saugte sie an ihrer Unterlippe, bevor sie, erst sacht, dann immer überzeugter, zu nicken begann. »Möglicherweise haben wir durch Ugranfirs Tod aber auch eine Antwort auf eine unserer drängendsten Fragen bekommen.«

Learys Stirn legte sich in Falten. »Wovon sprichst du überhaupt?«

»Von dem merkwürdigen Umstand, dass es unter dem Silbernen Volk keine alten Menschen gibt.«

DIE HEIMSUCHUNG

Wassarai Mountains (Guyana)
10. November 2005
6.37 Uhr

Sturm zog auf im Garten Gottes. Nicht der übliche Gewitterschauer braute sich da zusammen, mit dem sich Yeremi längst arrangiert hatte, sondern ein Unwetter von ganz anderer Art.

In der ersten Morgendämmerung des 10. November, ein wolkenverhangener Donnerstag, öffnete sich eine weitere Pforte in Yeremis Erinnerungskerker, um vorzeitig und ziemlich überraschend einen unbequemen Insassen aus lebenslanger Vergessenheit zu entlassen. Auslöser war ein Geräusch. Zuerst konnte sie es nicht orten. Die Luft schien zu beben. Dann hörte Yeremi das dumpfe Rattern!

Keinen Mucks!

Die Worte hallten aus dunkler Ferne durch ihren Geist. Yeremi wusste nichts mit ihnen anzufangen. Sie spürte heftige Angst und konnte sich nicht erklären, warum. Spätestens nachdem Thomas Sosés Vorgesetzter am vergangenen Mittag über das Satellitentelefon zurückgerufen und die Abholzung sämtlicher großer Bäume rund um das Dach des Waldes befohlen hatte, wusste sie, was geschehen würde. Allerdings wunderte sie sich über das Tempo, mit dem die Regierung ihre Armee in Marsch gesetzt hatte.

Die Wai-Wai-Indianer waren tags zuvor geradezu darauf versessen gewesen, den Spuk der letzten Zeit mit Äxten, Macheten und Sägedrähten zu bekämpfen. Die aufgestauten Ängste und Aggressionen entluden sich an sechs oder acht schlanken Stämmen. Andere Bäume kamen mit Verstümmelungen davon, weil ihnen ohne Motorsägen in der knappen Zeit nicht zu Leibe zu rücken war. Rings um das Dach des Waldes vollzog sich stundenlang derselbe Anblick: Wie Spiralfedern, die sich zusammenzogen und wieder auseinander schnellten, glitten die Indianer an den Stämmen hinauf. Als Steighilfe diente ihnen das *bushrope*, ein zähfaseriges Stück Liane, das zu einer Acht geflochten war. Oben angelangt, klebten sie in schwindelnder Höhe an den Bäumen, in zerrissenem T-Shirt und Fußballershorts oder kurzen Jeans, ohne Schutz vor Wespen und Ameisen, und hackten auf Äste ein, die unter jedem Schlag erbebten – bis sie schließlich in die Tiefe stürzten …

Der Wald der Wassarais war zwar abgeschieden von der Welt, aber keineswegs *aus* der Welt. Nicht einmal zweiundzwanzig Stunden nach dem Auffinden von Ugranfirs Leiche landete der erste Hubschrauber des guyanischen Air Corps auf dem geräumten Felsplateau oberhalb der Steilwand.

Die Dämmerung mit ihrem trügerischen Licht, der dampfende Dschungel, das klopfende Geräusch des Helikopters und zuletzt dessen Anblick – all diese Eindrücke versetzten Yeremi in jene schreckliche Nacht vor siebenundzwanzig Jahren zurück, in der sie Rettung erhofft hatte und stattdessen dem Tod begegnet war. Während die Soldaten aus dem Helikopter sprangen und das Terrain sicherten, saß sie zitternd auf ihrer Schlafmatte und weinte hemmungslos. Erst als Irma Block zu ihr ins Zelt trat, um sie zu trösten, beruhigte sie sich allmählich. Die Fotografin hielt Ugranfirs Tod und die dramatische Zuspitzung der Lage für den Auslöser von Yeremis desolatem Zustand.

»Wenn eine Expedition so viel versprechend beginnt und urplötzlich zu einer Militäraktion mutiert, dann würde jeder die Nerven verlieren«, behauptete sie und tätschelte dabei Yeremis Rücken.

Die Getröstete nickte nur, wischte sich mit einem Handtuch die Tränen aus dem Gesicht und schwieg. Von ihrer Therapeutin hatte sie gelernt, was ein Flashback ist, dieses überraschende Aufblitzen einer Erinnerung mit allen dazugehörenden Gefühlen. Man könne lernen, damit umzugehen. Irgendwann. Wozu sollte sie Irma mit dem bitteren Nachgeschmack ihrer Vergangenheit das Urwaldabenteuer verderben? Dazu schien sich die Expedition ja nun zu entwickeln.

»Wir sollten gehen und unsere ›Schutztruppen‹ begrüßen«, sagte Yeremi, schniefte und erhob sich von ihrem Lager.

»Bist du in Ordnung?«, erkundigte sich Irma besorgt.

»Mir ging's schon mal besser. Kommst du?«

Gemeinsam verließen sie Yeremis Zelt und liefen zur Felswand hinüber. Fast das ganze Lager hatte sich bereits dort versammelt. Es war nicht nötig, der schwer bewaffneten Einheit entgegenzugehen, denn sie rückte bereits in Kampfanzügen, Tarnbemalung und mit schussbereiten Sturmgewehren über die Felsstiege vor, angeführt von einem khakifarbenen Hünen und dem Navy-Veteran Al Leary.

»Das ist Colonel Rudi Hoogeven«, stellte der Psychologe den Befehlshabenden vor, nachdem er den Namen seiner »Kollegin« genannt hatte.

Yeremi musterte den Militär argwöhnisch. Hoogeven war eine in jeder Hinsicht auffällige Erscheinung. Im Gegensatz zu seinen fast unsichtbaren Männern wirkte er in seiner Khakiuniform und mit dem roten Barett wie eine wandelnde Zielscheibe. Er war ein hoch gewachsener Mann mit breiten Schultern und einem klobigen Gesicht. Im knappen Kostüm eines Ringers hätte er auch keine schlechte Figur gemacht. Sein Stiernacken, die extrem kurz geschorenen blonden Haare, die baumdicken Arme und Oberschenkel sowie seine aggressiv funkelnden grauen Augen ließen ihn wie den Urtyp des Wrestlers erscheinen. Als er Yeremi jedoch mit einem aufgesetzten Lächeln wie ein Beutetier fixierte, verflog diese Assoziation sogleich, denn nun ähnelte er einem zähnefletschenden Bären.

»Hocherfreut, Sie kennen zu lernen, Professor Bellman. Sie sind also der Boss hier.«

Etwas an dem Gesichtsausdruck von Hoogeven gefiel Yeremi nicht. Sie war in diesem Augenblick übersensibel, ihre Nerven aufs Äußerste gereizt. Vielleicht ließ sie Hoogeven deshalb spüren, dass sie diese Begegnung nicht für den Beginn einer wunderbaren Freundschaft hielt.

»Mir wurde die Leitung dieser Expedition anvertraut, ja. Ich heiße Sie willkommen, Colonel, wenn mir auch die Reaktion der guyanischen Regierung etwas … *überzogen* erscheint. Zugegeben, wir haben hier einen bedauerlichen Todesfall zu beklagen, aber …«

»Aber«, fiel Hoogeven ihr schneidend ins Wort, »Sie hielten es nicht für nötig, die erforderlichen Maßnahmen zur Spurensicherung anzuordnen. Das war nicht sehr klug, Professor Bellman!«

Körpersprache, Ton und Wortwahl des Kommandanten ließen unzweifelhaft erkennen, wie wenig er von Yeremis Kompetenzen hielt, und ihre psychische Verfassung ließ keinen Spielraum für Diplomatie.

»Ich finde es reichlich kühn, Colonel, hier aus dem Hubschrauber zu springen und so zu tun, als könnten Sie die Situation bereits überblicken.«

»Manche Angelegenheiten darf man nicht mit Samthandschuhen anpacken, sonst entgleiten sie einem.«

»Es gibt auch ethische Aspekte, die zu berücksichtigen sind – gerade bei einem Unternehmen wie diesem! Ich halte meine Vorgehensweise für durchaus angemessen.«

»Und ich Ihre falsche Rücksicht für ausgesprochen schädlich«, erwiderte der Colonel in drohendem Ton. »Sie haben gegen allgemein gültige Regeln verstoßen, Professor. Offen gestanden bin ich geneigt, Ihr Verhalten als Verschleierung auszulegen.«

»Im Umgang mit fremden Kulturen braucht man Fingerspitzengefühl und keine Bajonette. Man nimmt Rücksicht auf die Empfindungen …«

»Weibische Gefühlsduselei!«, stieß Hoogeven barsch hervor. Seine Meinung von Frauen schien nicht sehr hoch zu sein – und die von weiblichen Führungskräften schon gar nicht. »Wenn Sie Ihr Zartgefühl mal für einen Moment vergessen könnten, Professor, dann würden Sie erkennen, worum es hier wirklich geht. Wie mir berichtet wurde, hat es schon vor zwei Tagen einen Zwischenfall gegeben, der beinahe tödlich ausgegangen ist. Ich bin hierher abkommandiert worden, um Menschenleben zu schützen und den Mord an dem weißen Indio aufzuklären.«

Yeremi schnappte nach Luft. Sie hatte nicht die Absicht, den rüden Ton des Kommandanten …

»Wir schätzen Ihre Präsenz durchaus, Colonel Hoogeven«, schaltete Leary sich beschwichtigend in die Auseinandersetzung ein. Er lächelte gewinnend. »Es ist nur so, dass wir hier, abgesehen von meiner Wenigkeit, kaum Erfahrung im Umgang mit dem Militär haben. Dies ist kein Platoon, sondern eine verschworene Gemeinschaft von Wissenschaftlern.« Der Psychologe verdrehte die Augen und ließ dabei die mit gespreizten Fingern abgewinkelte Hand kreisen, als wolle er sagen: Sie wissen schon! Alle ein bisschen verrückt.

Fassungslos verfolgte Yeremi, wie der Kommandant dem Seelendoktor auf den Leim ging. Der Soldat grinste von einem Ohrläppchen zum anderen und entgegnete: »Wenigstens scheinen Sie den Überblick noch nicht verloren zu haben, Doktor Leary. Man merkt gleich, wenn man es mit einem Ledernacken zu tun hat.«

»Ich war Pilot im US-Marinecorps.«

»Ein Flieger wie ich! Dann funken wir ja auf der gleichen Wellenlänge, Doktor Leary. Wie lautete Ihr letzter Dienstgrad?«

»Lieutenant-Commander, Sir.«

Das schien Hoogeven zu beruhigen, der nur einen Rang unter einem Brigadier General und somit in der militärischen Hierarchie über Leary stand. Er lächelte befreit. Yeremi schien nur mehr Luft für ihn zu sein. »Die Regierung von Guyana hat Ihre Expedition unter unseren Schutz gestellt, Lieutenant-Commander Leary. Das bedeutet, *ich* habe ab jetzt das Kommando. Wenn Sie kooperieren, was für mich außer Zweifel steht, wird Ihre wissenschaftliche Arbeit kaum darunter leiden.«

»Das freut mich, Sir. Sie sind mit einem Bell UH-1 Iroquois gekommen. Zehn, maximal fünfzehn Infanteristen, nehme ich an. Ich vermute, ein zweiter Helikopter wird folgen.«

»Sie gefallen mir, Lieutenant-Commander. Genauso ist es. Elf Mann haben bereits Posten bezogen. Der alte Huey wird gerade nachgetankt und fliegt dann zum Stützpunkt nach Lethem zurück. Um null siebenhundert erwarten wir eine zweite und gegen null siebenhundertdreißig eine dritte Maschine, die insgesamt weitere vierundzwanzig Männer bringen. Bei Bedarf können wir Verstärkung anfordern.«

»Planen Sie hier den Dritten Weltkrieg oder was?«, platzte es aus Yeremi heraus. Endlich hatte sie ihre Sprache wiedergefunden. »Das Silberne Volk besitzt Messer, Speere und Bogen – sämtliche Waffen werden ausschließlich zur Jagd eingesetzt. Es gibt keinerlei Anzeichen für einen Ausbruch offener Gewalt.«

Hoogeven musterte sie abschätzig. »Das zu beurteilen überlassen Sie bitte mir, Gnädigste. Ich würde es zudem begrüßen, wenn Sie mir Lieutenant-Commander Leary als Verbindungsoffizier zur Verfügung stellen könnten. Sofern Sie an einer reibungslosen Zusammenarbeit interessiert sind.«

Yeremi funkelte Leary wütend an, bevor sie sich wieder dem Kommandeur zuwandte. »Sie können ihn geschenkt haben, Colonel. Aber vergessen Sie eines bitte nicht: In meinem Team bin immer noch *ich* der Befehlshaber – und nicht mein Adjutant.«

Sie drehte auf dem Absatz um und stapfte davon.

Faktisch lief die »Absicherung« durch das Air Command der GDF auf eine Okkupation hinaus. Die Guyanese Defense Force war keine Polizeitruppe, sondern eine militärische Einheit, und genau so verhielt sich Colonel Rudi Hoogevens Zug auch. Bewaffnete Posten kontrollierten ab sofort den Eingang der Höhlen des Orion. Andere patrouillierten im Umkreis des Basislagers, dem sich nun unmittelbar das Armeecamp anschloss.

Hoogeven und Sosé betätigten sich fernerhin als Kriminologen. Sie verhörten sämtliche Mitglieder der Expedition. Die Wai-Wai-Indianer wurden, nachdem sie hinreichend ausgequetscht, ihnen die Fingerabdrücke abgenommen und ihre Personalien notiert worden waren, nach Hause geschickt. Nur Wachana Yaymochi durfte bleiben, um seine Pflicht als Dolmetscher zu leisten. Hoogeven hatte für seine Ermittlungen darüber hinaus einen eigenen Übersetzer mitgebracht.

Yeremi verfolgte all diese Entwicklungen mit größter Sorge. Anfangs hatte sie sich noch aus Kalifornien Schützenhilfe erhofft; ihre Erwartung wurde jedoch enttäuscht. McFarell erlegte ihr nach vorheriger Abstimmung mit Flatstone strenge Zurückhaltung auf. Die

Expedition dürfe nicht durch Ressentiments, gleich welcher Seite, gefährdet werden. Wenn nötig, solle sie sämtliche Kontakte mit den Militärs über ihren Stellvertreter laufen lassen.

Es blieb ihr kaum eine andere Wahl. Al Leary verstand sich bestens mit Colonel Hoogeven, nach Yeremis Dafürhalten sogar *zu* gut. Immer häufiger traf er Entscheidungen, ohne sie vorher zu konsultieren, manchmal informierte er sie nicht einmal nachträglich.

Auch Saraf Argyr blies der Wind nun scharf ins Gesicht. Er konnte von Glück sagen, dass der Colonel ihn nicht sofort arretiert hatte. Sosé und Hoogeven hielten ihn für den Hauptverdächtigen im Mordfall Ugranfir, ein Freitod oder ein rituelles Opfer erschien ihnen unwahrscheinlich.

Der Hüter des Silbernen Volkes wurde wenige Stunden nach Abflug des dritten Hubschraubers mit einer bewaffneten Eskorte aus GDF-Soldaten zu seinem ersten Verhör in das Zelt des Kommandanten geführt. Yeremi und Leary durften Hoogeven und Sosé als Berater zur Seite stehen. Außer ihnen war nur noch Second Lieutenant John Benmer zugegen, ein Indianer aus dem Stamm der Wapisiana, der einzigen ethnischen Gruppe Zentral-Guyanas, die zur arawakischen Sprachfamilie gehörte.

Als Saraf Argyrs Vernehmung begann, wäre Yeremi am liebsten im Boden versunken, so demütigend empfand sie das Prozedere. Der Silbermann selbst ertrug die Fragen der Regierungsvertreter mit einer bewundernswerten Würde.

»Name?«, schnarrte Sosé, als sähe er den Hüter gerade zum ersten Mal. In seiner Linken klemmte eine qualmende Zigarre, in der Rechten ein Filzstift zum Ausfüllen des Verhörformulars.

»Saraf Argyr«, antwortete der Gefragte, ehe Benmer das Wort übersetzen konnte.

Alle Blicke richteten sich verwundert auf den Silbermann.

»Er verfügt über eine erstaunliche Auffassungsgabe und hat durch das Verfolgen der Übersetzungen schon einige Brocken Englisch gelernt«, erläuterte Yeremi.

Obwohl ein Minidiscgerät das Verhör aufzeichnete, begann Sosé den Namen umständlich in das Formular einzutragen. »Ist Argyr der zweite Vor- oder der Nachname?«

»Saraf Argyr ist mein *ganzer* Name«, erwiderte der Hüter auf Arawakisch, während er mit versteinerter Miene Al Leary fixierte.

»Alter?«, fuhr Sosé fort.

»Bald einundvierzig Jahre.«

Yeremis Aufmerksamkeit wurde für einen Augenblick von einer bizarren Assoziation gestört, einem seltsamen Zahlenspiel, das sich ihr aus unerfindlichem Grund aufdrängte.

1 Silberjahr = 12 Mondjahre
12 mal 41 = 492 Jahre
2005 minus 492 = 1513
Ungefähr zu dieser Zeit begannen Hernán Cortés und
andere Konquistadoren mit dem Segen der spanischen Krone
die Neue Welt zu erobern ...

»... ich habe Sie nach Ihrem Geschlecht gefragt?« Sosés entnervte Stimme riss Yeremi in die Wirklichkeit des 10. November 2005 zurück.

»Und ich sagte, ich stamme aus dem Geschlecht derer von Kerne. Mein Ahnherr ist Atlax vom Meer.«

Sosé sog an seiner Zigarre und blinzelte dabei missmutig das Formblatt an. »Ich habe hier nur ›männlich‹ und ›weiblich‹ zur Auswahl.«

»Kreuzen Sie ›weiblich‹ an«, knurrte Hoogeven. Er saß mit vor der Brust verschränkten Armen in einem viel zu klein wirkenden Klappstuhl und starrte auf Sarafs Wickelrock.

Sosé blickte verwirrt von dem Vordruck auf. »Wie bitte?«

»*Männlich*, Sie Schwachkopf!«, herrschte der Kommandant seinen Protokollführer an. »Sie sehen doch, dass es ein Kerl ist.«

»Und die Sache mit Atlax aus dem Meer?«

»Die lassen wir unter den Tisch fallen.«

Sosé machte gehorsam sein Kreuz, sammelte sich und visierte dann wieder Saraf an. »Hautfarbe?«

»Silbern.«

Der Vernehmungsbeamte stöhnte. Er ahnte bereits, worüber ihm sein Formular nach kurzer Prüfung Gewissheit gab. Indigniert sah er davon auf. »Ich könnte Ihnen ›weiß‹ anbieten.«

Hoogeven riss Sosé den Filzstift aus der Hand, kreuzte eigenhändig ›weiß‹ an, schubste das Blatt zu dem Beamten zurück und wandte sich nun direkt an den Verdächtigen.

»Haben Sie den Mann, dessen Tod unter dem Namen Ugranfir gemeldet ist, in den Abgrund gestoßen?«

Während Benmer übersetzte, lag Sarafs trauriger Blick auf Yeremis Gesicht. Dann folgte Stille.

»Bitte antworten Sie!«, verlangte Hoogeven.

Endlich drehte ihm Saraf den Kopf zu und sagte: »Nein!«

»Und warum sollte ich Ihnen das glauben?«

»Frag diesen Mann dort.« Saraf deutete auf den Psychologen.

Leary begann nervös auf seinem Klappstuhl umherzurutschen.

»Können Sie sich erklären, was Mr Saraf Argyr damit andeuten will?«, richtete der Colonel nun sein Wort an den Psychologen.

»Ja, das kann ich«, antwortete Leary wie aus der Pistole geschossen. »Ich habe mehrmals Gespräche mit verschiedenen Mitgliedern des Großen Rates der Silbernen geführt, zuletzt auch mit Ugranfir, kurz nach dem Zwischenfall mit dem Jäger und den drei Wai-Wais. Die Unterredung war sehr emotionsgeladen. Möglicherweise glaubt Saraf, meine Worte könnten seinen Ratsbruder zum Suizid bewegt haben.«

»Und was sagen Sie dazu?«, erkundigte sich Hoogeven bei Saraf, nachdem er die Worte des Psychologen hatte übersetzen lassen.

Der Silbermann blickte nicht den Kommandanten, sondern Leary an, als er antwortete.

»Wovor hast du Angst?«

Yeremi gefiel es absolut nicht, ausgerechnet auf Al Learys Gnade und Fürsprache angewiesen zu sein. Vor Jahren hatte sie beschlossen, niemals wieder von ihm abhängig zu werden, und nun musste sie diesen schweren Rückschlag hinnehmen. Ihre derzeitige Situation empfand sie als einen Verlust der Selbstkontrolle, der sie emotional mehr belastete, als sie sich eingestehen wollte. Zusätzlich verunsichernd wirkten auf sie die vielen ungelösten Fragen rund um die Person Saraf Argyrs. Die Wissenschaftlerin in ihr mahnte zu kühler und rationaler Zusammenarbeit mit dem Hüter des Silbernen Volkes – er schien sie in ihrem Bemühen um Ausgleich zwischen den Fronten sogar zu unterstützen –, aber je ohnmächtiger sie sich in ihrer Führungsrolle vorkam, desto mehr fürchtete sie eine Vereinnahmung ihrer Gefühle durch das stille Sippenoberhaupt. Ihre Eltern waren einst in den Tod gegangen, weil sie ihren Verführer zu spät entlarvt hatten. Niemals sollte ihr das Gleiche widerfahren.

Acht Tage nach dem mysteriösen Todesfall war der genaue Hergang von Ugranfirs Ableben noch immer nicht bekannt, aber der Psychologe de facto zum Expeditionsleiter avanciert. Sämtliche Bewegungen der Forscher wie auch des Silbernen Volkes wurden vom Militär kontrolliert. Nach verhältnismäßig kurzer Zeit war eine Normalität im Lager eingekehrt, die Yeremi angesichts der martialischen Kulisse als unwirklich empfand. Aber sie hatte aufgehört, offen gegen Leary anzukämpfen; das glaubte sie den Teammitgliedern und vor allem dem Silbernen Volk schuldig zu sein. Es gab noch so viel zu lernen über diese erstaunlichen Menschen.

Auf dem Papier leitete Yeremi immer noch den wissenschaftlichen Teil der Expedition, wenngleich nichts ohne eine funktionierende Kommunikation mit dem Befehlshaber der so genannten Schutztruppe ging. Grund genug für Yeremi, ihrem allseits gelobten »Verbindungsoffizier« hin und wieder einen Seitenhieb zu versetzen.

»Na, kommst wohl gerade von einem Kameradschaftsabend mit deinem Kumpel Hoogeven«, begrüßte sie den Psychologen, als sie ihn am Abend des 17. November im Lager traf.

»Ohne mich hätte dir der Colonel vermutlich längst die Kehle durchgebissen.«

»Oder ich ihm die Augen ausgekratzt. Katzen sind wehrhafte

Tiere. Sein Machogehabe geht mir jedenfalls gewaltig gegen den Strich.«

Leary schien ihr gar nicht richtig zuzuhören. Nervös blickte er auf seine Armbanduhr und sagte: »Dann sei froh, dass ich dir den unbequemen Teil unserer Zusammenarbeit abnehme. Ich muss noch einige Dinge für morgen vorbereiten. Du entschuldigst mich.«

Ohne Yeremis Antwort abzuwarten, entschwand er.

Yeremi verbuchte einen kleinen Bonus auf dem Konto ihrer Sticheleien und setzte ihren Rundgang durch das Lager fort. Seit der Entdeckung der Höhlen vor gut drei Wochen war so viel geschehen! Sie vermisste die Wai-Wais mit ihren manchmal so kindlichen, dann wieder greisenhaft weisen Eigentümlichkeiten. Das Fehlen von Wachanas Stammesbrüdern machte sich nicht nur auf dem Speisezettel bemerkbar.

Zwei Soldaten kamen ihr entgegen, grüßten und setzten, miteinander flüsternd, ihren Kontrollgang fort. Yeremi erreichte das Zelt von Dave Clarke. Der Botaniker gehörte eindeutig zu den Aktivposten ihres Teams, weswegen sie ihm mittlerweile einen etwas vertraulicheren Umgangston zugestand als anderen Mitgliedern der Expedition. Er saß auf einem Klappstuhl aus Leichtmetallrohr und grünem Nylongewebe, den Blick bewundernd auf einen Blütenstängel gerichtet, den er in der Hand hielt und langsam vor seiner Lupe drehte. Vor ihm stand eine Aluminiumkiste und auf dieser lag *Pulse – das schärfste Magazin Guyanas*.

»Hi, Dave, seit wann studierst du Softpornos?«

Der Botaniker blinzelte durch die Brille. Offensichtlich wusste er nicht, wovon sie sprach.

Yeremi deutete mit dem Kinn auf das Erotikmagazin.

Clarke grinste. »Ach das! Hab ich noch gar nicht bemerkt. Die pralle Lola ist nur Makulatur, um meine Miss Regenwald hier aufzubewahren. Du weißt ja …«

»Sammeln ist der Anfang der Erkenntnis«, wiederholte Yeremi schmunzelnd, was sie in den letzten Wochen schon oft von ihm gehört hatte. »Was ist *das* für eine Schönheit?« Jetzt zeigte sie auf die Blume.

»Ein Veilchen. Gattung *Rinorea*, Familie *Violaceae*.«

»Du kannst mir viel erzählen! So ein Veilchen habe ich noch nie gesehen.«

»Wie sieht denn deiner Meinung nach ein Veilchen aus?«, fragte Clarke spitz.

»Fingerlang, lilafarben, zart. Wenn meine Urgroßmutter sie von ihrem Verlobten bekommen hat, fing der Frühling an.«

»Vermutlich war das nicht in Britisch-Guayana.«

»Nein, in Malmö.«

»Nun, hier haben wir 's mit einer *Viola odorata* zu tun. Sie ist untypisch für die Violaceae-Familie. Gehört zur einzigen Gattung, die auch auf der anderen Seite des Atlantik anzutreffen ist. Europa ist ein Witz, wenn es um Pflanzenvielfalt geht. Hier wachsen die Veilchen in den Himmel. Rinorea wird acht bis zehn Meter hoch.«

»Hoffentlich gehen dir die dicken Lolas nicht aus, bevor du deine Viola neu eingekleidet hast.«

Clarke lachte schallend. »Keine Sorge. Hier ist noch eine ganze Kiste davon. Die Magazine sind so miserabel, dass sie in Georgetown keiner haben wollte.«

»Na, wenigstens weißt du dich zu beschäftigen. Leary hat dich bisher ja nicht gerade mit Arbeit überschüttet.«

»Nein, das kann man wirklich nicht behaupten. Vielleicht ändert's sich ja demnächst. Heute früh sagte er zu Norryl und mir, wir sollten uns bereithalten, ihm einen großen Kübel Zaubertrank zu brauen.«

»*Zaubertrank*? Hat er dieses Wort wirklich gebraucht?«

»Nicht direkt. Er nannte es ›Super-Telepathin‹ oder so ähnlich. Du kennst ja seine Neigung zu exorbitanten Termini.«

»O ja, die ist mir bestens vertraut! Hast du eine Ahnung, woher Al seine Zuversicht nimmt?«

»Nicht die Bohne. Muss wohl irgendetwas von den Silbernen aufgeschnappt haben, das ihn wieder mal euphorisch gestimmt hat. Wir werden's schon noch erfahren. Er kann seine wilden Theorien ja nie lange für sich behalten.«

Jetzt musste auch Yeremi lachen. »Manchmal sind sie ja recht unterhaltsam.«

Clarke sah sie schmunzelnd an. »Schön, dich wieder scherzen zu hören, Yeremi.«

Das Lächeln gefror auf ihrem Gesicht. »Versprich dir nicht zu viel davon, Dave.«

In der Nacht wälzte sie sich unruhig von einer Seite auf die andere. Ein beunruhigender Traum schüttelte sie, nicht vergleichbar mit den anderen, die ihr zuvor Angst und Schrecken eingejagt hatten. Vielmehr handelte es sich um einen dissonanten Akkord bedrückender Gefühle, der – ähnlich dem Fehlgriff auf der Klaviatur eines Pianos – weder durch Worte noch durch klare Konturen zu beschreiben war. Der kalte Ton der Angst schwang darin, aber auch das Vibrato der Verwirrung und das Moll der Hoffnungslosigkeit. Ein fremdes Geräusch, diesmal ein echtes, wie es schien, ließ Yeremi hochschrecken.

Sie lauschte. Aber da war nichts. Nur die übliche Intonation des Regenwaldorchesters. Sie kniff sich in den Arm und rang mit zusammengebissenen Zähnen vor Schmerz nach Luft. Also kein Traum, dachte sie und fasste sich an die schweißnasse Stirn. Hatte sie Fieber? Nein, es war vermutlich nur die Hitze der tropischen Nacht. Aber warum fröstelte sie dann? Weil sie schlecht geträumt hatte. Yeremi seufzte und ließ sich bleischwer zurück auf ihr Lager sinken.

Als sie am nächsten Morgen erwachte, fühlte sie sich matt und krank. Mühsam drehte sie sich auf die andere Seite. Ihre Glieder schienen in einer Streckbank zu hängen, selbst im Kopf spürte sie ein lästiges Ziehen. Mit einem Mal erinnerte sie sich wieder an die vergangene Nacht. Da war dieser Traum – sie konnte sich an keine Einzelheiten erinnern –, die schweißnasse Stirn, das Zittern …

Yeremi fuhr von ihrer Schlafmatte hoch, als habe sie einen Skorpion im Bett. Obwohl ihr Körper nach einer Auszeit schrie, begann sie sich in ihre Hose zu quälen. Als sie, auf dem rechten Fuß stehend, den linken in das Hosenbein einfädeln wollte, wurde ihr plötzlich schwindelig. In dem verzweifelten Versuch, das Gleichgewicht zu halten, führte sie einige bange Augenblicke lang einen grotesken Tanz auf. Ihr angewinkeltes Bein steckte in der Jeans fest, an einen rettenden Ausfallschritt war nicht zu denken. Also hüpfte sie durch ihr Zelt – zwei, drei kurze Sprünge – und landete zuletzt auf ihrem Schuh. Wie ein gefällter Baum fiel sie lang hin und prallte dabei mit dem Kopf gegen eine Aluminiumkiste.

Der dumpfe Schlag raubte ihr fast die Besinnung. Einen Moment lang sah sie nur Sterne. Ein warmer Schwall von Übelkeit stieg in ihr hoch. Sie richtete sich zum Sitzen auf und kämpfte gegen den Brechreiz an, indem sie die Arme hob und tief Atem holte. Mit einem Mal fühlte sie ein Brennen auf ihrem Kopf. Entsetzt blickte sie an sich herab. Ihr gelbes, als Nachthemd zweckentfremdetes langes T-Shirt war mit feuchten roten Flecken übersät, und immer noch tropfte weiteres Blut darauf herab. Entsetzt suchte Yeremi nach der Wunde und wurde schnell fündig. Sie befand sich dicht über der Stirn. Ein absurder Gedanke zuckte ihr durch den Kopf: *Mein Lieblings-Snoopy-Schlaf-T-Shirt!*

Im Sitzen schaffte sie es endlich, sich die Hose und dann auch die Schuhe anzuziehen. In Ermangelung besserer Alternativen drückte sie zwischendurch immer wieder einen sauberen weißen Slip auf die Wunde. Taumelnd verließ sie das Zelt. Ihr Ziel war das Quartier von Percey Lytton und Norryl Unsworth. Der Arzt saß unter freiem Himmel an einem von zwei Klapptischen, vor sich sein Notebook, und las kopfschüttelnd die gerade über Satellit eingetroffene Tagespresse. Er wirkte beunruhigt. Als er Yeremi entdeckte, steigerte sich dieser Ausdruck in seinem Gesicht noch.

»Was haben *Sie* denn angestellt?«

Yeremi ließ sich von ihm zu einem Stuhl führen, den Unsworth schnell zurechtgerückt hatte. Noch ganz benommen, schilderte sie den Hergang des Unfalls. Lytton untersuchte derweil die Wunde.

»Sie haben Glück gehabt, meine Liebe: Ist nur eine oberflächliche Hautläsion, das, was man irrigerweise als Platzwunde bezeichnet. Lässt sich problemlos klammern. Allerdings liegt sie knapp über dem Haaransatz. Ich werde Ihnen eine Ihrer hübschen blonden

Locken abrasieren müssen. Aber das können Sie mit dem, was ich Ihnen lasse, problemlos kaschieren …« Der Arzt sprach ruhig und in kurzen Sätzen, er wusste genau, was seine aufgeregte Patientin jetzt brauchte, oder zumindest glaubte er das.

In dem Bemühen, sie während der medizinischen Versorgung abzulenken, deutete Lytton mit einem blutigen Tupfer kurz auf seinen Computer und sagte: »Ein Skandal ist das! Norryl, drehen Sie den Bildschirm doch mal herum, damit unsere Patientin hier sich das ansehen kann.« Der Pharmakologe tat ihm den Gefallen. »Schauen Sie nur«, fuhr Lytton an Yeremi gewandt fort. »Die Mafia hat heute Nacht den russischen Verteidigungsminister ermordet. Der General ist noch nicht kalt, da reibt sich schon ein Linksradikaler die Hände, weil alle Welt ihn für den aussichtsreichsten Nachfolger hält. Der Kerl träumt allen Ernstes von einem Phönix Russland, der aus der Asche der Sowjetunion wieder zur Supermacht aufsteigt. Mir …«

»Das ist jetzt alles nicht so wichtig, Percey«, unterbrach Yeremi unvermittelt den Arzt. Schlagartig war ihr wieder eingefallen, weshalb sie sich überhaupt zu solcher Eile hatte hinreißen lassen.

Lytton missdeutete ihre plötzliche Aufgelöstheit. »Machen Sie sich keine Sorgen um die Wunde. Vermutlich bleibt nicht mal eine Narbe zurück. Ihr lustiges T-Shirt allerdings …«

»Hören Sie, mein Schädel hat schon vor dem Sturz gebrummt, und mir war übel, sämtliche Glieder tun mir weh, Fieber scheine ich auch zu haben.«

Die Stirn des Arztes furchte sich, weil seine Patientin sich aufführte, als habe sie die Cholera. Und dann begriff er endlich, was ihr durch den Kopf ging, und alle Farbe wich aus seinem Gesicht. »Das Silberne Volk besitzt vermutlich keinerlei Abwehrkräfte gegen Ihre Infektion, Yeremi. Die Krankheit könnte sie alle umbringen.«

Yeremi sah verzweifelt aus. »Stellen Sie mich unter Quarantäne. Jagen Sie mir Nadeln in den Körper. Tun Sie *irgendetwas*, Percey!«

Hoogevens Bedauern hielt sich in Grenzen. Ja, Yeremi konnte sich des Eindrucks nicht erwehren, ihm mit ihrer Erkrankung sogar einen Gefallen getan zu haben. Er ließ sofort ein Zelt am Rande des Armeecamps räumen. Innerhalb von Minuten war sie isoliert. Wie eine gemeingefährliche Schwerverbrecherin ließ er sie von einem bewaffneten Posten am Eingang der provisorischen Quarantänestation bewachen – zur »Eindämmung ihres natürlichen Bewegungsdrangs«, wie er mit stiller Genugtuung erklärte.

Wenigstens schien Lyttons Fürsorge echt zu sein. Mit ernstem Gesicht unterzog der Arzt sie einer Reihe von Tests.

»Merkwürdig«, murmelte er, nachdem er das Röhrchen mit dem ihr entnommenen Blut durch einen Stopfen verschlossen hatte.

»Nun machen Sie es nicht so spannend, Percey«, drängte Yeremi. »Was ist los mit mir?«

»Ich muss natürlich erst Ihr Blut, den Rachenabstrich, Stuhl und Urin untersuchen, um ein abschließendes Urteil fällen zu können, aber ich tippe auf eine initiale Sepsis.«

»Und das bedeutet?«

»Bakterien im Blut. Könnte sich zu einer gefährlichen Bakteriämie entwickeln. Um kein Risiko einzugehen, werde ich Ihnen vorsorglich ein Breitspektrumpenicillin verabreichen. Sobald meine Vermutung bestätigt ist und ich die Art des Erregers ermittelt habe, bekommen Sie einen optimal darauf abgestimmten Wirkstoff. Notfalls lasse ich Sie in ein Krankenhaus ausfliegen.«

»Ist es so schlimm?«

»Über die Virulenz der Keime kann ich noch nichts sagen, obschon mich ein wenig das Tempo beunruhigt, mit dem die Symptome bei Ihnen aufgetreten sind. Sie sollten sich unbedingt schonen und vorerst unter Quarantäne bleiben. Der Dschungel hält vielerlei Überraschungen für uns parat, nicht nur angenehme.«

»Wenn es denn nur irgendein hiesiger Erreger wäre! Dann müssten wir wenigstens nicht um die Silbernen fürchten. Sollte irgendein Soldat die Krankheit eingeschleppt haben …« Sie schüttelte verzweifelt den Kopf.

»Darf ich stören?« Learys Stimme drang von außen ins Zelt. Lytton trat einen Schritt beiseite, damit Yeremi von ihrer Pritsche durch den Eingang hinausblicken konnte.

»Bleibe lieber draußen, Al, wenn du dich nicht anstecken willst. Was gibt's denn?«

Der Psychologe reckte den Kopf ins Zelt, weiter hinein traute er sich nicht. Sein Gesicht war ernst. Sehr ernst. »Eben ist Hoogeven zu mir gekommen und sagte, sein Posten vom Höhleneingang habe ihm vor etwa einer halben Stunde eine beunruhigende Botschaft gebracht. Der Colonel ist sofort hinaufgestiegen, um sich die Sache selbst anzusehen.«

Ein kalter Schauer lief über Yeremis Rücken. »Was für eine *Sache*?«

»Ich spreche von einer Leiche.«

»Etwa jemand von den Silbernen?«

»Ja.«

»O nein! Ist es Saraf …?«

»Es handelt sich um eine Frau. Ich selbst habe sie noch nicht gesehen.«

»Was ist passiert?«

»Sie muss krank gewesen sein. Wie der Posten berichtete, hatte sie sich mit letzter Kraft zum Höhlenausgang geschleppt und ist dort zusammengebrochen. Bevor sie das Bewusstsein verlor, stammelte sie noch eine arawakische Botschaft. Der Soldat hat nur ihr letztes Wort verstanden, weil sie es in Englisch aussprach: *Hilfe!*«

Yeremi fuhr von ihrer Liege hoch. Ihr war schwindelig. Obwohl ein Schüttelfrost ihren Körper erbeben ließ, schwankte sie auf Leary zu. Der Arzt sprang auf, um sie zu stützen. Ihr Puls raste. »Das ist einer der englischen Begriffe, die Saraf gleich zu Anfang von uns gelernt hat!«

»Second Lieutenant Benmer hat Colonel Hoogeven mit aufs Plateau begleitet und konnte aus der Erinnerung des verstörten Postens noch einige wenige Brocken der Botschaft herauslesen. Klang ziemlich wirr. Die Silberfrau hat in ihrem Todeskampf ›gelbe Geister‹ erwähnt und von Saraf Argyr gesprochen, der sie zu dir geschickt habe, um Hilfe zu holen.«

»Zu mir?«, hauchte Yeremi. Erneut wurde ihr Körper von einem Frösteln geschüttelt. »Und sonst hat die Silberfrau nichts gesagt?«

»Nein. Jedenfalls war das alles, woran sich der Posten noch erinnern konnte.«

»Hoogeven muss sofort eine Sanitätseinheit in die Höhlen schicken.«

»Lieutenant-Commander Leary, Sir!«

Der Psychologe zog seinen Kopf aus dem Zelt, als er jemanden seinen Namen rufen hörte. Yeremi sah, wie sich ein Soldat ihrem Zelt näherte, offenbar mit einer wichtigen Nachricht. Sie wartete nicht, bis die Ordonnanz ihre Botschaft übermittelt hatte, sondern wandte sich Lytton zu.

»Percey, Sie vermuten bei mir einen bakteriellen Infekt. Sollte ich denselben Erreger erwischt haben wie die Verstorbene, könnte dem Silbernen Volk dann nicht ein Antibiotikum helfen?«

»Das ist mir alles zu vage, Yeremi …«

»Es geht hier um Menschenleben, Percey. Können Antibiotika den Silbernen helfen oder nicht?«

»Normalerweise müsste ich, wie ich es bei Ihnen vorhabe, einige Analysen durchführen: Gramtest, Kulturen anlegen, das übliche Programm eben, um die Art des Bakteriums und das Resistenzmuster zu ermitteln sowie das klinisch wirksamste Antibiotikum auszuwählen …«

»Dazu haben wir keine Zeit. Sie hören doch, um wie viel aggressiver die Krankheit bei den Silbernen verläuft. Sie müssen *sofort* etwas tun.«

»Da gibt es noch ein anderes Problem, Yeremi: Wir befinden uns im Dschungel. Ich bin zwar gut ausgestattet, aber selbst wenn wir die passenden Medikamente finden, dürfte es ein Mengenproblem geben. Mein Penicillinvorrat ist auf zwei Dutzend Personen ausgelegt, aber das Silberne Volk zählt fünfmal so viel!«

»Was ist mit Hoogevens Truppe? Die müssten doch einen Sanitäter und Medikamente haben.«

»Ich werde mich erkundigen.«

»Nein, Percey, Sie müssen *handeln*. Wenn es auch nur die kleinste Chance gibt, dann verabreichen Sie dem Silbernen Volk jedes Antibiotikum, das Sie und Hoogevens Sanitäter in ihrem Gepäck finden können.«

Der britische Arzt war normalerweise ein Mann, der sich von niemandem herumkommandieren ließ, schon gar nicht, wenn es um sein Fachgebiet ging, aber als er das entschlossene Funkeln in Yeremis dunklen Augen sah, zögerte er nicht lang. Mit einem Nicken sagte er: »Ich werde mein Bestes tun, Yeremi.« Dann verschwand er aus dem Zelt.

Erst jetzt sah sie, dass die Ordonnanz sich schon wieder aus dem Staub gemacht hatte. Nur Leary war zurückgeblieben, stand vor dem Eingang und blickte finster zu ihr herein.

»Bitte nicht noch eine schlechte Nachricht!«, flehte sie ihn an. Der Ausdruck seines versteinerten Gesichts gefiel ihr nicht.

»Ich sollte dir das besser nicht vorenthalten.«

»Was ist passiert?«

»Die tote Frau …«

»Ja?«

»Es ist Adma.«

Ihnen habe sich ein Bild des Grauens geboten, berichtete Lytton. Er schilderte seine Erlebnisse kühl und distanziert – ein verzweifelter Versuch, das Gesehene von sich fern zu halten. Aber Yeremi durchschaute ihn: Er war zutiefst erschüttert. Sie saß im Krankenzelt auf ihrer Pritsche und hörte ihm atemlos zu. Selbst als Arzt habe er dergleichen noch nie erlebt, gestand er.

Das Rettungsteam hatte aus acht Personen bestanden: einem Captain, dem Sanitäter mit fünf Helfern und ihm, dem Mediziner. Zügig waren sie ins Innere der Höhlen des Orion vorgerückt. Je tiefer sie jedoch eindrangen, desto unheimlicher wurde die Stille um sie herum. Lytton hatte zuvor schon viele Streifzüge in das System unternommen und kannte das Gewirr von Stimmen, das gewöhnlich die Gänge erfüllte. Davon war nichts zu hören.

Als die Helfer dann in der Nähe der Wohnhöhlen auf die ersten Toten stießen, erschauderten sie. Erst da wurde den meisten bewusst, wie schlecht sie auf einen derartigen Notfall vorbereitet waren. Die Einheit verfügte über keinerlei bakteriologische Schutzanzüge. Nicht einmal Gasmasken standen zur Verfügung. Ihre Vorsichtsmaßnahmen beschränkten sich auf Mundschutz und Sturmgewehre. Letztere hatte Hoogeven gefordert, falls seine Männer von Silbernen angegriffen würden, die im Fieberwahn Amok liefen. Aber dazu kam es nicht. Die wenigen noch Lebenden besaßen keine Kraft mehr, um auch nur auf eigenen Beinen zu stehen.

Es war furchtbar! Auf dem Weg zur Halle der Begegnungen drang aus einem der Seitengänge ein leises Klagen zu den Rettern. Als sie dem Geräusch folgten, stießen sie auf eine Frau. Sie litt unter hohem Fieber, war schweißgebadet, und heftiger Schüttelfrost trieb ihre Temperatur immer weiter in die Höhe. Dabei keuchte sie, ihr Atem raste, und ihr Puls galoppierte in tödlichem Tempo. Es gab kein Eis, mit dem man das Fieber hätte radikal senken können, nicht einmal ausreichend starke Medikamente. Schnell schwärmte das Rettungsteam aus, suchte und fand in den benachbarten Wohnhöhlen einige weitere Kranke. Der Todeskampf verlief überall gleich. Ohne wirksame fiebersenkende Mittel fochten die Helfer einen aussichtslosen Kampf. Zwar wurde noch eilig Penicillin gespritzt, aber jede Hilfe kam zu spät. Einer nach dem anderen verlor das Bewusstsein und starb schließlich an Kreislaufversagen.

Weil bis zu jenem Zeitpunkt nur so wenige Opfer gefunden worden waren, habe er Hoogevens Männer zur Eile angetrieben, fuhr Lytton in seinem Bericht fort, nachdem er sich bei geschlossenen Augen einen Moment der Besinnung zugestanden hatte. Möglicherweise habe man die Kranken in ihren Höhlen isoliert, und die Mehrzahl der Silbernen lebte noch. Während vier Helfer bei den Sterbenden blieben, brach die zweite Hälfte des Teams zur Höhle der Begegnungen auf. Mit größter Wahrscheinlichkeit würde man dort auf die Hauptgruppe der Silbernen stoßen. Die Vermutung bestätigte sich auf schreckliche Weise.

In der großen Hohlpyramide wurden über achtzig Leichen gefunden. Vermutlich hatten sich alle, die noch nicht infiziert gewesen waren, hier angesteckt. Der Anblick war entsetzlich. An manchen

Stellen lagen die Toten aufgereiht wie Puppen in einer Lagerhalle. Hier und da sah man Frauen und Männer in enger Umarmung …

Während Yeremi auf ihrem Feldbett saß und den Bericht des Arztes verfolgte, begann ihr Herz immer heftiger zu schlagen. Vor ihrem inneren Auge entstand ein Bild des Schreckens, das von einer ähnlichen Szenerie überblendet wurde, die sie lange verdrängt hatte. Damals war sie als eine der wenigen Überlebenden dem Massensterben entronnen. Was hatte sie falsch gemacht? Warum war sie nicht einmal in der Lage gewesen, ihre Eltern zu retten? Über die Jahre hatte Yeremi das Gefühl der Schuld in ihrem Unterbewusstsein verkapselt, so wie der Körper einen eingedrungenen Fremdkörper mit Gewebe umhüllt, ohne ihn jedoch am schmerzvollen Wandern zu hindern. Nun war dieses Projektil wieder in Bewegung geraten, heftiger als je zuvor.

Lytton bemerkte ihre zunehmende Erregung nicht sogleich, sondern schilderte in seiner sachlichen Art den dutzendfachen Tod. Seine Stimme klang seltsam gedämpft in Yeremis Ohren. Alles um sie herum wirkte verzerrt. Die Halluzinationen waren sekundenlang erschreckend real: Sie sah aufgedunsene Leiber von Kindern und alten Leuten, von weißen und schwarzen Menschen, die unter der spitzen Decke der Hohlpyramiden neben- und übereinander lagen. Und dann erblickte sie ihre Mutter …

Yeremi schrie!

Lytton hielt erschrocken inne. »Was ist …?« Er sprang von seinem Stuhl auf und nahm ihr Handgelenk, um ihren Puls zu fühlen.

»Welches Datum haben wir heute?«, keuchte Yeremi.

»Was spielt das jetzt für eine Rolle …«

»Was für einen *Tag*?«, schrie Yeremi. »Sagen Sie 's mir!«

»Heute ist der 18. November 2005.«

Yeremi schloss die Augen und ließ sich kraftlos auf ihr Kissen zurücksinken. Tränen schossen hervor. Sie schüttelte immer wieder den Kopf. »Ich bin an allem schuld«, murmelte sie. »Ich habe sie auf dem Gewissen …«

»Was reden Sie da!«, widersprach Lytton energisch. »Sie haben keinerlei Veranlassung, sich schuldig zu fühlen.«

»Doch!«, brach es aus Yeremi hervor. »Sie haben ja keine Ahnung! Heute vor siebenundzwanzig Jahren kam der Tod über Jonestown, mehr als neunhundert Menschen verloren dabei ihr Leben – dasselbe Land, der gleiche Tag. Ich bin damals nicht umgekommen, weil der Sensenmann mich noch für andere Zwecke brauchte. Wer mir zu nahe kommt, der …« Yeremis Stimme versiegte, und sie begann heftig zu weinen.

Lytton war nicht sehr geschickt im Trösten. Er tätschelte Yeremis Hand und suchte nach passenden Worten. »Im Moment empfinden Sie so, meine Liebe, aber glauben Sie mir, dieses Schuldgefühl ist ein böser Streich Ihrer überstrapazierten Nerven. Überlegen wir doch einmal logisch: Selbst wenn der Zufall Sie mit diesen Ähnlichkeiten narrt, gibt es keinen logischen Grund, warum das Schicksal Sie zweimal zur Schlüsselperson einer solchen Tragödie auswählen sollte.«

Yeremi wischte sich mit dem Handrücken die Tränen aus dem Gesicht und blickte Lytton ernst an. »Ich glaube nicht an das Schicksal, Percey. Wenn mir diese Rolle zugedacht war, dann von etwas anderem.«

Während ihres Studiums hatte Yeremi bisweilen geringschätzig über die Konquistadoren gedacht. Es war so leicht, ihnen die Schuld an der Ausrottung der vielen eingeborenen Stämme Amerikas zu geben, deren Immunkräfte den aus Europa eingeschleppten Krankheiten nichts entgegenzusetzen hatten. Nun war sie selbst zu einem Todesengel geworden – jedenfalls fühlte sie sich so.

Sie bekam jedoch keine einzige Leiche zu sehen. Nur einen Tag nachdem das ganze schreckliche Ausmaß der Tragödie offenbar geworden war, ließ Hoogeven die Höhlen des Orion weiträumig absperren. Selbst Doktor Lytton wurde jede weitere Untersuchung der Leichen untersagt. Das Gesundheitsministerium in Georgetown erteilte die strenge Order, die Seuche mit allen Mitteln zu bekämpfen. In der Hauptstadt fürchtete man das Schlimmste; sogar eine Infektion mit einer südamerikanischen Variante des Ebola- oder Lassa-Virus, die bisher nur in Afrika vorkamen, wurde in Betracht gezogen.

Lytton wies vergeblich darauf hin, dass alle Anzeichen auf eine Sepsis deuteten, also auf eine Vergiftung des Blutes durch Bakterien. Seit er Yeremi mit Penicillin behandelte, ging es ihr deutlich besser. Zumindest körperlich. Ihre Psyche litt nach wie vor unter dem furchtbaren Verdacht, das Silberne Volk angesteckt und damit ausgerottet zu haben. Admas anklagender Blick und Saraf Argyrs aus unergründlicher Ferne um Hilfe rufende Stimme verfolgten sie bis in ihre Träume. Zudem fühlte sie sich in ihrem Quarantänezelt wie in Einzelhaft. Ihr Wissen um die Geschehnisse draußen stammte größtenteils von Irma Block, Abbatissa Hamilton-Longhorne und Dave Clarke, die sie regelmäßig besuchten.

Einige »Sicherungsmaßnahmen« Colonel Hoogevens spürte sie am eigenen Leibe. Nein, er war wahrhaftig kein Mann, der die Dinge mit Samthandschuhen anfasste. Zunächst hatte er von seinen Leuten die beiden Camps tiefer in den Dschungel verlegen lassen. Auch Yeremi musste umziehen. Sie ahnte Schlimmes, und als sie das Geräusch weiterer Helikopter vernahm, verdichtete sich ihr Verdacht. Aufgeregt verlangte sie nach Al Leary.

»Was ist da draußen los?«, fragte sie ihn, nachdem er vor ihrer Quarantänestation erschienen war.

»Hoogeven hat eine ABC-Einheit angefordert.«

»Wozu? Das Penicillin schlägt bei mir doch an.«

»Hast du vergessen, wie viele Tote in den Höhlen liegen?«

»Du bist ein Zyniker, Al Leary, ich denke pausenlos an sie. Aber deshalb dürfen wir die Fakten nicht ignorieren: Weder unter den Soldaten noch den Expeditionsmitgliedern hat es weitere Erkrankungen gegeben.«

»Leider interessiert das die Bürokraten in Georgetown nicht. Sie haben die Operation *Clean Sweep* angeordnet.«

Yeremis Augen schienen auf das Doppelte ihrer Größe anzuwachsen. »Sie wollen *›gründlich aufräumen‹*? Sag mir bitte, dass dieses Unternehmen nicht das ist, wofür ich es halte.«

»Die Höhlen werden vollständig ausgeräuchert. Alle einhunderteinundzwanzig Leichen sollen, sofern sie da nicht ohnehin schon liegen, in die Halle der Begegnungen geschafft werden. Dort sowie an vier weiteren Plätzen des Höhlensystems montiert die Spezialeinheit die *Daisy Cutter* …«

»Al, lass bitte diesen Militärjargon und rede Klartext mit mir! Was verbirgt sich hinter diesem ›Gänseblümchenmäher‹?«

»Eine Bombe. So groß wie ein VW Beetle und fünfzehntausend Pfund schwer. Deshalb kann sie auch nicht in einem Stück in die Höhlen verbracht werden. Ihr Name stammt aus dem Antiterrorkrieg in Afghanistan. Damit sind unsere Jungs den Taliban zu Leibe gerückt. In Vietnam hieß das Baby noch *Commando Vault* – ›Gruftkommando‹. Die BLU-82B ist die stärkste konventionelle Waffe, die es gibt, absolut tödlich in einem Radius von ein- bis dreihundert Metern.«

»Und was hat das Ding mit der Seuche zu tun?«

»Die Daisy Cutter basiert auf einer GSX-Suspension: Ammoniumnitrat, Aluminiumpulver und Polystyrol – billig, aber sehr effektiv! Wenn sie hochgeht, verwandelt sie im näheren Umkreis alles zu Asche. Was dennoch übrig bleibt, muss unweigerlich ersticken, weil die Bombe sämtlichen Sauerstoff verbrennt. Außerdem entsteht eine gigantische Druckwelle.«

»Jetzt ist mir klar, warum Hoogeven unsere Lager weiter von den Höhlen weg verlegt hat.«

»Er wartet nur noch den nächsten großen Regen ab, eine Sicherheitsmaßnahme, falls der Wald in Brand gerät. Dann tritt das ›Gruftkommando‹ in Aktion. Das Silberne Volk bekommt eine Feuerbestattung erster Klasse.«

»Und Saraf Argyr? Seine Leiche wurde nicht gefunden. Was ist, wenn er sich noch irgendwo in den Höhlen versteckt hält?«

»Warum sollte er das tun?«

»Weil er uns für den Tod seines Volkes verantwortlich hält.«

»Du meinst *dich*.«

Yeremi wich Learys bohrendem Blick aus. Er kannte sie gut genug, um ihre Gedanken zu erraten.

»Was geschehen ist, lässt sich nicht rückgängig machen, Jerry. Und falls Saraf Argyr trotzdem noch leben sollte, was ich für ziemlich unwahrscheinlich halte …« Leary zuckte resignierend mit den

Schultern. »Hoogeven sagte, sein Tod sei ein vergleichsweise kleiner Preis, wenn dadurch die Ausbreitung einer tödlichen Epidemie verhindert werden könne, die möglicherweise Hunderten oder sogar Tausenden von Menschen den Tod bringen würde. Abgesehen davon – vergiss bitte nicht: Adma wurde von Saraf zu uns geschickt, weil er, wie ich vermute, seinem Volk beistehen wollte. Vielleicht hat er sich zum Sterben an einen abgelegenen Ort des Höhlenlabyrinths zurückgezogen. Hätten wir noch etwas länger gesucht, wären wir bestimmt irgendwo tief im Berg auf seine Leiche gestoßen.«

Yeremi verstand absolut nicht, wie Leary den Hüter so einfach vergessen konnte, als handele es sich lediglich um einen verpassten Patiententermin. Sein Zynismus ekelte sie an. Erst Admas qualvolles Ende, dann das explosionsartige Aussterben des Silbernen Volkes und nun auch noch das Verschwinden oder der Tod des Hüters … Yeremi war angesichts der erschütternden Ereignisse außer sich vor Leid. Überdies verwirrte sie der heftige Schmerz, den sie vor allem beim Gedanken an den Tod Saraf Argyrs empfand. Bisher hatte die Gegenwart des Silbermanns in ihr nur Argwohn, manchmal sogar Furcht geweckt. Warum dann plötzlich dieses Gefühl eines großen Verlusts? Vermutlich weil der Wissenschaft dadurch eine einmalige Chance entgeht, redete sie sich ein. Aber dann musste sie an den Feuersturm denken, der bald durch die Höhlen rasen würde, und erschauderte.

Mit unverhohlener Verachtung erwiderte sie: »Wenn dir schon Menschen nichts bedeuten, dann solltest du wenigstens um die Artefakte trauern, die bei der Explosion unweigerlich verloren gehen werden.«

Leary ließ sich nicht provozieren. »Unser Auftrag lautete, nach empathischen Telepathen zu suchen, Jerry. Wir konnten ihre Existenz beweisen, haben sie gefilmt, fotografiert und ihre Stimmen aufgezeichnet. Wenn sie auch ihr größtes Geheimnis mit ins Grab genommen haben, wird für unsere Forschung nichts mehr so sein wie früher. Keiner hat mehr das Recht, uns in die esoterische Ecke abzuschieben. Unser großes Ziel ist erreichbar geworden! Wir werden die Pflanzen der Umgegend katalogisieren und ihre Wirkstoffe analysieren. Und mit etwas Glück werden die Höhlen des Orion sogar die Explosionen überstehen und weiter für die Forschung zur Verfügung stehen.«

»Ja, als Mahnstätte zum Gedenken an die menschliche Überheblichkeit.«

Hinter Leary erschien der aschgraue Haarschopf von Hamilton-Longhorne. »Darf ich stören?«, fragte die Anthropologin.

»Nur zu«, sagte Yeremi. »Wir sind ohnehin gerade fertig miteinander.«

»Nur jetzt?« Hamilton-Longhorne sah den Psychologen fragend an, der erst die Augenbrauen, dann die Schultern hob und sich danach verabschiedete. Anschließend wandte sich Berkeleys große alte Dame der Anthropologie ihrer Kollegin im Zelt zu, ohne es jedoch zu betreten.

»Tut mir Leid, wie die ganze Sache hier gelaufen ist, Yeremi.«

»Mir auch, Abby, das kannst du mir glauben! Was gibt's denn?«

»Du hast dich bestimmt gewundert, warum uns die Übersetzung des Triptychons noch nicht vorliegt.«

»Entschuldige, wenn ich im Moment auf der Leitung stehe, aber ...«

»Ich rede von unserem ›Stein von Rosette‹, von der dreiteiligen Inschrift, die wir in der Halle der Gebete entdeckt haben.«

»Jetzt bin ich wieder online! Was ist damit?«

»Der New Yorker Kollege, dem ich Irmas Fotos zur Begutachtung geschickt habe, ist leider ziemlich zerstreut. Er hat die Bilder schlichtweg vergessen, und als wir nachfassten, sagte uns sein Büro, er sei noch an der Sache dran, was gar nicht stimmte.«

»Hätte ebenso gut auch in Berkeley passieren können. Was hat die Koryphäe denn herausgefunden?«

»Zwei der Tafeln tragen, wie wir vermutet haben, denselben Text in unterschiedlichen Sprachen. Somit besitzen wir auch einen Schlüssel für die dritte und vermutlich älteste Schrift, die den Steingravuren auf Gavrinis gleicht, der bretonischen Ziegeninsel ...«

»Die Al für das sagenumwobene Atlantis hält. Was hat uns der alte König Atlas denn für ein Vermächtnis hinterlassen?«

Hamilton-Longhornes Mundwinkel zuckten. »Es handelt sich um den Dekalog.«

»Wie bitte?«

»Du hast mich schon richtig verstanden, Yeremi. Ich rede von der Geschichte aus dem Buch Exodus: Moses ging mit zwei Steintafeln auf den Berg Sinai, und Gott schrieb darauf die Zehn Gebote.«

»Aber das hieße ja ...!« Yeremi starrte die Anthropologin ungläubig an und versuchte diese Nachricht in ihrer ganzen Bedeutung zu erfassen.

Hamilton-Longhorne nickte gewichtig. »Was wir bisher über das Silberne Volk erfahren haben, war nur ein Kratzen an der Oberfläche. Sein Geheimnis ist noch längst nicht gelüftet.«

DER UNSICHTBARE

Wassarai Mountains (Guyana)
21. November 2005
7.30 Uhr

Der Himmel öffnete seine Schleusen am frühen Montagmorgen. Drei Tage hatten die Leichname des Silbernen Volkes in den Höhlen gelegen und längst zu verwesen begonnen. Nun sollten sie zu Asche zerfallen.

Yeremi hoffte noch immer auf ein Wunder. Sie stand vor dem Ausgang ihres Zeltes und blickte finster zum wolkenverhangenen Himmel hinauf. Sollte Saraf Argyr tatsächlich noch leben, war es für ihn jetzt höchste Zeit, die Höhlen zu verlassen. Jeden Moment musste das Warnsignal ertönen, das die Sprengung ankündigen würde …

Sie zuckte heftig zusammen, als die Sirene aufheulte. Händeringend wechselte sie einen Blick mit dem Soldaten, der die Einhaltung der Quarantäne überwachte. Der dunkelhaarige Mann mit den indianischen Gesichtszügen wirkte angespannt. Yeremi schauderte. Wie in Zeitlupe massierte sie ihre Oberarme, spürte dort beiläufig die Gänsehaut, lauschte und lauschte und … Beinahe unendlich erschien ihr der scheußlich quäkende Ton, doch als Stille eintrat, empfand sie diese als noch viel unerträglicher. Sogar die Tiere des Waldes schwiegen, als erwarteten sie die Detonationen. Und dann begann unter ihr die Erde zu beben.

Die Zeitzünder lösten die fünf Explosionen praktisch synchron aus. Im Flammenhauch der Daisy Cutter verglühten die Leichen augenblicklich. Eine Feuerwalze raste durch die Höhlengänge und löschte alles aus. Der unvorstellbare Druck der Explosion suchte ein Ventil und entwich nur Sekunden später mit einer gewaltigen Flammenzunge durch den Ausgang unterhalb des Felsentisches.

Der feurige Atem fauchte mehr als einhundertfünfzig Meter weit in den Wald hinein. Er verkohlte Bäume und äscherte Vögel, Affen und andere Waldbewohner ein. Dann verschwand er wieder, schnell und fast lautlos.

Die Desinfektion der Höhlen des Orion war abgeschlossen.

Der Regen sorgte für Schadensbegrenzung. Bald waren die brennenden Stämme erloschen. Yeremi ließ die Hände sinken, die sie, ohne es zu merken, vor ihre Ohren gehalten hatte.

Zwei Tage nach Abschluss der Operation Clean Sweep durfte Yeremi die Quarantänestation verlassen. Zum einen war sie seit mindestens zweiundsiebzig Stunden beschwerdefrei, und zum anderen hatte das guyanische Gesundheitsministerium aus Gründen der Sicherheit ohnehin der ganzen Expedition wie auch der »Schutztruppe« eine Sperrfrist von zwei Wochen auferlegt. Sollten in dieser Zeit auch nur bei einer einzigen Person Symptome des »Silbernen Fiebers« – so der behördliche Name für die tödliche Seuche – ausbrechen, dann wäre an eine Rückkehr aus dem Dschungel vorerst nicht zu denken.

Obwohl Lytton täglich Rationen der von einem Flugzeug abgeworfenen Medikamente verteilte und deren Einnahme streng kontrollierte, wollte keine rechte Zuversicht aufkommen. Das Silberne Fieber schwebte wie ein Damoklesschwert über den beiden Lagern, und jeder konnte der Nächste sein, auf den es niederfuhr. Selbst bei Yeremi stellte sich keine wirkliche Erleichterung ein, obwohl sie die Seuche überwunden hatte. Ständig dachte sie an das hundertfache Sterben in den Höhlen. Und an Saraf Argyr.

Sie musste dringend Abstand gewinnen, einen Weg finden, die belastenden Gedanken gleichsam fortzuwischen. Ihr kam die Idee, Ablenkung bei einem Bad zu suchen. In der Nähe des Lagers befand sich ein Bach, dem sie ein Stück stromabwärts folgte. An einer ruhigen Stelle entledigte sie sich ihrer Kleider und stieg vorsichtig ins Wasser. Es war eiskalt. Dennoch wagte sie sich weiter vor. Schon bald genoss sie die erfrischende Umarmung, der sie nur ihren Kopf vorenthielt – an ihm prangte immer noch ein dickes Pflaster. Ja, danach hatte sie sich gesehnt: den ganzen Schmutz der letzten Tage abzuwaschen! Das kühle Nass schien nicht nur Schweiß, Staub und Spinnweben abzulösen, sondern auch ihre Gedanken zu klären.

Unvermittelt überkam sie das Gefühl, beobachtet zu werden. Ihr Blick wanderte nervös zu ihren Kleidern hin, die über einem Busch am Ufer hingen – unerreichbar fern. Während sie sich flach im Wasser ausstreckte – sogar Kinn und Mund waren jetzt untergetaucht –, schaute sie sich um. Im nahen Geäst eines Baumes entdeckte sie einen Roten Brüllaffen, der sie interessiert beäugte. Sonst war niemand zu sehen. Warum auch? Der Gedanke, die Gegenwart eines anderen Menschen fühlen zu können, war absurd! Solche angeblichen Wahrnehmungen gehörten, wie Yeremi aus einschlägigen Untersuchungen wusste, ins Reich der Ammenmärchen. Und trotzdem fühlte sie sich unwohl in ihrer nur von klarem Wasser bedeckten, nackten Haut.

Sie zählte leise bis zehn – niemand gab sich zu erkennen – und huschte sodann ans Ufer. Dort streifte sie hastig die Kleider über die nasse Haut und eilte zum Lager zurück. Erst beim Zelt von Lytton und Unsworth erlaubte sie sich ein erstes Aufatmen. Wachana saß am Boden und beobachtete die beiden Wissenschaftler dabei, wie sie an zwei Tischen mit Petrischalen und Reagenzgläsern hantierten.

»Haben Sie sich ein Bad gegönnt?«, begrüßte Unsworth die Besucherin.

»Wie kommen Sie darauf?« Yeremis Augen verengten sich.

»Du bist nass«, sagte Wachana und grinste.

Sie ließ ihre Haare durch die Finger gleiten, und als ihr hierauf das Wasser den Arm hinunterlief, sah sie erschrocken an sich herab. Es stimmte. Ihre Jeans und vor allem ihr weißes T-Shirt waren, so wie sie am Körper klebten, entschieden *zu* nass. Bestürzt zog sie den Stoff von der Brust weg.

»Nichts, was wir nicht schon irgendwann gesehen hätten«, sagte Lytton, ohne auch nur mit der Wimper zu zucken.

»Eine Expedition ist nichts weiter als eine große Familie aus Brüdern und Schwestern«, sagte Unsworth und grinste noch breiter als Wachana.

»Wenn Sie denken, ich lasse mein Hemd gleich wieder los, dann muss ich Sie enttäuschen. Gehen Sie zu Dave, der hat vielleicht ein paar Magazine, die Sie entschädigen«, versetzte Yeremi, peinlich darauf bedacht, mindestens zwei Handbreit Luft zwischen Haut und Stoff zu lassen.

»Wie geht es Ihrem Kopf?« Lytton hatte es vorgezogen, das Thema zu wechseln.

»Der funktioniert«, erwiderte Yeremi spitz.

»Ich habe zwar die Wunde gemeint, aber Ihren klaren Verstand werden Sie auch gleich brauchen.«

»Wie darf ich das nun wieder verstehen?«

»Da gibt es ein paar Neuigkeiten, die Sie interessieren dürften. Beide betreffen die Blutsenkungen.«

»Sie meinen die Proben, die Sie mir am letzten Freitag und vorgestern abgenommen haben?«

»Sowohl die als auch das den Silbernen entnommene Blut.«

»Aber davon wusste ich ja gar nichts! Sie haben … von den Toten …?«

»Die Proben stammen hauptsächlich von den Patienten, die wir noch retten wollten. Im Blut aller untersuchten Personen gab es zwei bemerkenswerte Übereinstimmungen. Die erste betrifft die Blutgruppe. Wie schon zuvor bei Saraf Argyr fand ich durchweg die Kombination Null, Rhesusfaktor negativ.«

»Meine Probe ausgenommen.«

»Nein, Yeremi, Ihre Probe *ein*geschlossen.«

»Oh! Das war mir neu. Ich sehe schon Abby, wie sie mich für ihre Cromagnon-Sammlung um eine Ganzkörperspende anfleht.«

Lytton verzog keine Miene, sondern fragte streng: »Haben Sie sich nie die Resultate Ihrer Blutuntersuchungen vorlesen lassen? Das ist äußerst nachlässig, meine Liebe! Wenn Sie Kinder bekommen möchten …«

»Ich habe mich nie dafür interessiert«, schnitt Yeremi ihm kühl das Wort ab, wobei sie nicht näher darauf einging, ob sie die Ergebnisse der Blutsenkungen oder den Nachwuchs meinte. »Worum ging es bei dieser zweiten Sache, die Sie festgestellt haben?«

»Um die Erreger, denen das Silberne Volk zum Opfer gefallen ist. Wie schon von mir vermutet, handelt es sich um grampositive Streptokokken …«

»Halt, halt, halt! Ich bin keine Mikrobiologin. Können Sie das bitte für mich übersetzen.«

»Ja, entschuldigen Sie bitte. Also, wir haben verschiedene Untersuchungen mit den Mikroben durchgeführt, darunter auch den nach dem dänischen Arzt Hans Christian Gram benannten ›Gramfärbetest‹, der uns etwas über die Eigenschaften ihrer Zellwände verrät und somit bei ihrer Kategorisierung hilft. Die eingefärbten Keime wurden lila-schwarz, was sie als *grampositiv* kenntlich macht. Im Gegensatz zu *anaeroben* Bakterien, die an der Luft absterben, scheren sich diese kleinen Biester nicht um Sauerstoff, weshalb man sie als *aerotolerant* bezeichnet. Ich möchte noch einen serologischen Test vornehmen, der mir endgültige Gewissheit verschaffen sollte; aber ohne dem abschließenden Ergebnis vorgreifen zu wollen, tippe ich auf *Streptococcus pyogenes* …«

»Mit anderen Worten, es handelt sich um ganz gewöhnliche Bakterien.«

Lytton legte den Kopf schräg. »Nun, viele Streptokokken sind tatsächlich völlig harmlose, teilweise sogar nützliche Bakterien, aber *unseren* Kandidaten würde ich auf keinen Fall als ›gewöhnlich‹ bezeichnen. Der Erreger hat viele Gesichter, manche verursachen vergleichsweise harmlose Racheninfektionen, andere Scharlach, es kann aber sogar STSS auftreten, das so genannte Streptococcus-Toxic-Shock-Syndrome – es verläuft in dreißig Prozent der Fälle tödlich.«

Yeremi wurde heiß und kalt zugleich. »Wollen Sie damit andeuten …?«

»Nein, nein«, unterbrach der Arzt sie rasch, die Hände zu einer abwehrenden Geste erhoben. »Ich habe Ihnen zusätzlich zum Penicillin noch *Clindamycin* verabreicht, als mir der Verdacht kam, es könne sich um STSS handeln. Seitdem sind keine neuen Symptome aufgetreten, die einen solchen Befund stützen würden. Normalerweise sollten Sie über den Berg sein.«

»Das klingt aber alles andere als beruhigend.«

Lytton zog ein Taschentuch aus der Hose und wischte sich den Schweiß aus dem Nacken. »Wie ich schon sagte, der Erreger ist alles andere als gewöhnlich …« Er schien nach Worten zu suchen, sie aber nicht zu finden.

»Raus mit der Sprache, Percey. Was haben Sie festgestellt?«

»Ich kann es mir offen gestanden noch nicht erklären. In Ihrem Blut, genauso wie in dem der Verstorbenen, fand sich derselbe neue Bakterienstamm.«

»Neu?«

»Unbekannt, wenn Ihnen dieser Ausdruck lieber ist. Natürlich können wir hier keine PCR- beziehungsweise RAPD-Analysen …«

»Bitte reden Sie Klartext, Percey! Ich verstehe kein Wort.«

»Verzeihung. Ja, wie gesagt, es gibt da einige molekularbiologische Methoden, für die wir ein stationäres Labor in Anspruch nehmen müssten: die besagte PCR, also die Polymerasekettenreaktion, oder eine Abwandlung davon, die sich *Random amplified polymorphic DNA*, kurz RAPD, nennt. Mit solchen Verfahren kann man Mikroben sehr genau untersuchen. RAPD dient der Anfertigung von DNA-Fingerabdrücken. Selbst äußerlich scheinbar gleichartige Bakterien können sich je nach Herkunft ihres Stammes in einigen Erbanlagen unterscheiden. Mit den DNA-Fingerprints lassen sich die kleinen Biester sehr genau identifizieren.«

»Bitte treffen Sie sämtliche Vorbereitungen, um diese Untersuchungen gleich nach unserer Rückkehr in die Wege zu leiten, Percey. Wir müssen alles über diesen *neuen* Erreger erfahren, was man herausfinden kann. Wo könnte er Ihrer Meinung nach herkommen?«

»Norryl und ich haben lange darüber diskutiert. Beide dachten wir zunächst an ein Bakterium, das sich bisher in diesem Winkel der Welt versteckt hat.«

»Und warum ist ihm das Silberne Volk dann nicht schon viel früher zum Opfer gefallen?«

»Genau das haben wir uns auch gefragt. Ihr Immunsystem hätte sich schon vor langer Zeit auf diesen Stamm einstellen müssen.«

»In welcher Beziehung kann das Bakterium dann trotzdem neu sein?«

Der Arzt und der Pharmakologe wechselten einen viel sagenden Blick. Dann war es Unsworth, der zu einer Erklärung ausholte.

»Es könnte sich um einen durch Umwelteinflüsse mutierten Streptokokkenstamm handeln oder …«

»Oder?«

»Genmanipulation«, sagte Lytton mit ausdrucksloser Miene. »Um künstlich hergestellte Krankheitserreger.«

»Faultiere sind wirklich faul«, sagte Wachana und rekelte sich in der Sonne. Seit er als Dolmetscher nicht mehr gefragt war, verdiente er sein Geld hauptsächlich mit Müßiggang und einigen kleinen Handreichungen.

Yeremi schloss das Textdokument mit dem Expeditionstagebuch und klappte ihr Notebook zu. »Was hast du gesagt?«

Der Indianer deutete in die Baumkronen hinauf.

Es dauerte eine ganze Weile, bis sie das träge Tier entdeckte. Sie lächelte, und ihr Blick kehrte zu Wachana zurück. »Morgen verlassen wir diesen Ort, und es gibt tatsächlich ein paar hartgesottene Optimisten in unserem Team, die das feiern wollen. Norryl wäre dir dankbar, wenn du ihm etwas für seinen Grillspieß besorgst, ein paar Nabelschweine, Hokkohühner, was immer dir vor den Bogen läuft.«

»Die Tageszeit ist nicht sehr günstig für die Jagd.«

»Und wenn ich dich darum bitte?«

Wachana seufzte, quälte sich dann aber doch wie ein hundertjähriger Greis in eine aufrechte Position. »Fur meine große Schwester finde ich etwas ganz Besonderes, das verspreche ich dir.«

Yeremi brachte ein Lächeln zu Stande. »Das ist lieb von dir, Wachana. Ich werde dich vermissen, wenn ich erst wieder in meinem klimatisierten Büro in Berkeley sitze.«

Der Indianer räusperte sich verlegen und verschwand mit federnden Sprüngen zwischen den Zelten.

Nachdenklich blickte sie hinter ihm her. Die Expedition war für sie eine Stafette von Katastrophen gewesen, und trotzdem erfüllte sie der Gedanke an die Abreise mit Wehmut. Nicht nur Wachana würde sie in ihrer Erinnerung nach Kalifornien begleiten, sondern auch Saraf Argyr …

Nirgendwo war in den Höhlen und Gängen unter dem Berg eine einzelne Leiche gefunden worden, obwohl das Team in den zwei Wochen nach der Operation Clean Sweep jeden Winkel des Systems erkundet hatte. Dafür entdeckten die Forscher tief unter dem Explosionsherd Alltägliches und Wundersames, das von der hohen Kunstfertigkeit der Silbernen zeugte. Eines war jedoch auffällig: Es wurde kein einziges Dokument gefunden, sei es aus Papier, Pergament, Ton oder einem anderen Material. Das Triptychon aus der Halle des Gebets blieb das einzige Indiz für die Fähigkeit des Silbernen Volkes, Aufzeichnungen anzufertigen. Oder war es nur die Kopie einer lange nicht mehr existierenden Vorlage, deren Bedeutung weder der Hüter noch sein Volk gekannt hatten?

Irma Block schoss in den Höhlen Hunderte von Fotos. So konnten sich die Wissenschaftler später ein genaues Bild vom Habitat des Silbernen Volkes machen und die Petroglyphen und Wandfriese studieren, die das Feuer der Daisy Cutter überstanden hatten. Möglicherweise war in den Felsgravuren ja eine geheime Botschaft enthalten.

Je näher der 6. Dezember – der Tag des Aufbruchs – heranrückte, desto längere Streifzüge unternahm Yeremi durch den Garten Gottes. Mehrmals beschlich sie dabei das Gefühl, beobachtet zu werden. So unerklärlich es für sie auch blieb, verlor sie doch allmählich die Scheu vor dem Unsichtbaren, der über sie wachte. Ja, genau diese Gewissheit spürte sie tief in ihrem Innern.

Die Feier am Vorabend der Abreise erinnerte sie an einen Leichenschmaus. Unsworth hatte Wachanas Jagdbeute – einige Affen – in ein kulinarisches Wunderwerk verwandelt und Hoogeven aus Armeebeständen eine Kiste Rum spendiert, dem gewisse Herren so hingebungsvoll zusprachen, als sei die Vernichtung des Getränks Ziel eines Kampfeinsatzes. Leary glänzte dabei durch besonderes Stehvermögen und eine beschwingte Laune. Er schien es kaum erwarten zu können, seinem Boss persönlich Bericht zu erstatten, so gelöst wirkte er. Oder hatte er die Heiterkeit nur vorgetäuscht, um etwas zu verbergen? Die Stimmung seiner Kollegen von Mental Health war jedenfalls gedämpft. Dave Clarke machte ein betrübtes Gesicht, als seien ihm sämtliche Pflanzenpräparate abhanden gekommen. Dabei warf er Yeremi verstohlene Blicke zu, die sie geflissentlich übersah. Ja, sie mochte ihn auch, aber mehr ließen ihre Gefühle nicht zu.

Einige Minuten nach zwölf verabschiedete sie sich in die Nacht. Die Proteste des Teams – vor allem die von Leary – ließ sie nicht gelten. Sie habe ihre Sachen noch nicht gepackt. Der weitere Widerspruch verhallte im Wald.

Wenig später saß sie in einer Lichtwolke auf ihrer Schlafunterlage, über sich das Moskitonetz, auf dem Schoß einen Rucksack, und kramte in ihren Habseligkeiten. Sie vermisste ihren Pass. Von draußen hallte Learys Gelächter herein. Entnervt ließ sie das schwere Gepäckstück auf den Boden sinken und zog sich den zweiten Rucksack heran. Weil sich die Papiere in den Außentaschen nicht fanden, begann sie ein Kleidungsstück nach dem anderen auszuräumen und neben sich aufs Bett zu legen. Ganz unten stieß sie auf das blutverschmierte Snoopy-T-Shirt. Sie seufzte bedauernd und legte es zu den anderen Sachen. Plötzlich vernahm sie einen Laut. Ihr Kopf fuhr hoch.

Hinter dem Moskitonetz – in ihrem Zelt! – ragte ein Schemen auf.

Al!, schoss es ihr durch den Kopf. Offenbar wollte Leary ihr frühes Ausscheiden aus der Runde nicht akzeptieren. Sie bezwang den Schauder, den der Gedanke an seinen geheimnisvollen Auftritt heraufbeschworen hatte, und wappnete sich für eine Konfrontation. Sodann packte sie das Insektennetz und schoss wie eine Furie darunter hervor.

Nur eine Handbreit von ihr entfernt stand gebeugt und ernst – Saraf Argyr.

»*¡Madre mía!*«, keuchte sie. »Haben Sie mich erschreckt!« Sie taumelte haltlos rückwärts, blieb mit der Ferse an der Isomatte hängen, suchte und fand mit der Hand das Moskitonetz, riss es von dem Haken im Zeltdach und fiel – eingewickelt wie eine Riesenmotte im Spinnennetz – einigermaßen sanft auf ihre Schlafunterlage. Trotzig kämpfte sie sich wieder frei und funkelte den Silbermann von unten herauf an.

Saraf hielt den Kopf schräg, als warte er auf das Echo ihrer Stimme. Ein merkwürdiger Ausdruck lag auf seinem Gesicht. Wegen ihrer unfreiwilligen Slapstickeinlage hatte Yeremi von ihm Heiterkeit erwartet, vielleicht auch Zorn oder sogar Sorge, stattdessen entdeckte sie ungläubiges Staunen. Einerseits war sie erleichtert, den Hüter des Silbernen Volkes lebendig und ohne ein einziges angesengtes Haar vor sich zu sehen, andererseits fand sie seinen Auftritt dreist. Während sie umständlich die letzten Verschlingungen ihrer Füße löste und sich dabei schwankend aufrichtete, legte sie sich in Gedanken schon ein paar Brocken Arawakisch zurecht, mit denen sie ihn zur Rede stellen wollte. Doch wieder kam Saraf ihr zuvor.

In antiquiert klingendem, gleichwohl flüssigem Spanisch erkundigte sich der Silbermann: »Warum hast du dich mir nie in der Sprache der Konquistadoren offenbart?«

Yeremi verlor sofort wieder das Gleichgewicht und landete da, wo sie schon einmal gewesen war. Auf ihrem Allerwertesten sitzend, beäugte sie den Silbermann wie ein sprechendes Gürteltier. Unter Vernachlässigung aller Höflichkeitsformen stotterte sie: »Du … Du verstehst Spanisch?«

»Ich verstehe *dich*. Das allein zählt.«

»Wo hast du den altmodischen Wortschatz her?« Yeremi übernahm nun endgültig Sarafs persönlichen Ton. Das distanzierende Sie erschien ihr mit einem Mal unpassend, weder der Freude über seine Auferstehung noch der neuen Verständigungsmöglichkeit angemessen.

In seiner Antwort schwang ein melancholischer Unterton. »Wie ich schon andeutete: von den spanischen Eroberern. Mein Volk besaß ein großes Gedächtnis. Was es einmal gelernt hatte, das vergaß es so schnell nicht wieder.«

»Ich würde es keineswegs als Schande ansehen, wenn über fast fünfhundert Jahre hinweg das ein oder andere verloren gegangen wäre.«

Saraf reichte ihr nur wortlos die Hand.

Ohne lange nachzudenken, griff Yeremi zu und zog sich an ihm hoch. Diesmal wich sie nicht vor ihm zurück. Diesem Mann so nahe zu sein war ... Sie konnte das Gefühl nicht einordnen. Beiläufig schob sie ein paar Haare über die rasierte Stelle, die inzwischen gut verheilt war, und blickte fragend in seine blauen Augen. Weil sie dort außer einer großen Traurigkeit nicht viele Antworten fand, sagte sie: »Was ist geschehen? Ich dachte, du wärst tot wie die anderen.«

»Nein, das stimmt nicht, Yeremi Bellman.«

»Was soll das heißen? Ich ...«

»Du hast meine Nähe gespürt, als ich über dich wachte. Erinnerst du dich?«

Yeremi zog sich im Rückwärtsgang auf ihre Schlafmatte zurück. Sie schüttelte entschieden den Kopf. Was der Silbermann da sagte, war ihr nicht geheuer.

Obwohl es der Wahrheit entsprach.

»Nein, Saraf, du irrst dich«, antwortete sie wider besseres Wissen. »Vielleicht habe ich hier und da ein fremdes Geräusch gehört, bin aufgeschreckt, aber gefühlt haben kann ich dich ganz sicher nicht.« Plötzlich erschrak sie. »Als ich in dem Bach gebadet habe ...«

»Du bist ebenso schön wie Faïna. Etwas dünner vielleicht ...«

Yeremi konnte die Röte spüren, die ihr ins Gesicht stieg. Ihr Mund stand offen, aber sie brachte nichts heraus, was einem artikulierten Laut auch nur im Entferntesten ähnelte.

»Unter dem Silbernen Volk gilt die Ehre einer Frau als unantastbar«, fügte Saraf schnell hinzu. »Ich hätte mich nie erdreistet ... Jedenfalls habe ich an diesem Tag besonders aufmerksam die Umgebung beobachtet.«

Yeremi wollte das Thema nicht vertiefen. »Wieso hast du dich die letzten zwei Wochen versteckt gehalten?«

»Weil ich herausfinden wollte, warum ihr uns das angetan habt.«

»Du meinst ...?«

»Ich rede vom *Hirguan*, das in Gestalt gelber Geister zu uns kam.«

Yeremi sah ihn fragend an. Sie erinnerte sich an die überlieferten letzten Worte von Adma. Also war es doch kein wirres Zeug gewesen. »Was meinst du damit?«

»Du hältst mein Gerede von den Geistern für ein Hirngespinst, nicht wahr?«

»Nun …«

»Nicht die Vorstellungskraft des Einzelnen entscheidet zwischen Sein und Nichtsein, Yeremi Bellman, oder darüber, was zwischen Himmel und Erde existiert. Ob *du* an die gelben Geister glaubst oder nicht, ist ohne Belang. *Ich* habe sie gesehen und höre das Blut meines Volkes zu mir schreien. Es wird nicht eher verstummen, bis ich weiß, wer uns die Geister geschickt hat.«

»Und dann?«

»Die Gerechtigkeit verlangt ihren Tribut.«

»Erzähle mir mehr von diesen gelben Geistern.«

Sarafs Augen, die voller Schmerz waren, schienen mit einem Mal durch Yeremi hindurchzublicken. »Adma hatte schon drei Tage früher behauptet, ›gelbe Schattenwesen‹ geisterten nachts durch die Höhlen. Seit dem Tod ihrer Schwester litt sie unter schweren Träumen, und wir nahmen ihre Visionen nicht ernst. Aber dann sah ich die gelben Geister mit eigenen Augen. Zuerst glaubte ich, nun selbst einen bösen Traum zu haben, aber dann …«

»Du hattest Angst.«

Sofort war sein Blick wieder klar. »Nie habe ich solche Wesen gesehen.«

»Es ist keine Schande, sich zu fürchten, Saraf.«

»Wie du das sagst … Als spräche meine Mutter zu mir: ›Angst ist ein Schutz, mein Sohn. Nutze sie …‹« Sarafs Gedanken schienen in unerreichbare Ferne abzuschweifen. Yeremi hielt es für angebracht, ihn in die Wirklichkeit zurückzuholen.

»Wie ging es dann weiter?«

»Ich habe meine Furcht bezwungen, mir den Jagddolch gegriffen und einen der gelben Geister verfolgt, fest entschlossen, mich auf ihn zu stürzen, sollte er einem von uns auch nur ein Haar krümmen.«

»Kannst du die … *Geister* etwas genauer beschreiben?«

»Sie sahen aus wie Menschen und doch ganz anders. Ihr Kopf war groß wie ein Wasserkübel, sie besaßen nur ein einziges Auge, und ihre Haut …« Saraf schauderte. »Sie war gelb und schlackerte um ihren Körper. In den Händen hielten sie einen glänzenden Zauberstab.«

»Warum haben sie euch deiner Meinung nach … *heimgesucht*?«

»Was für eine merkwürdige Frage! Sie kamen, um uns zu töten. Schrecklicherweise ist mir das erst später klar geworden. Zunächst war ich zu verwirrt. Ich wagte nicht, den Silbernen Sinn einzusetzen, weil ich mich nicht verraten wollte. Dieserhalb heftete ich mich an die Fersen des einen. Er schlich durch unsere Gänge und Höhlen, als suche er jemand Bestimmten. Selbst an finsteren Stellen verlangsamte er seinen Schritt nicht. Er muss in der Dunkelheit genauso gut sehen können wie wir, dachte ich, also werden er und seine Mitgenossen aus den unerschlossenen Tiefen des Berges zu uns heraufgestiegen sein. Umso verwunderlicher war für mich ihr späteres Zusammentreffen in der Nähe des Haupteingangs. Zwei schoben eine Art Sänfte vor sich her, die aber keinerlei Träger bedurfte. Auf ihr nahmen sie unsere heiligen Schriften mit. Gemeinsam verließen sie die Höhlen durch die Knochenpforte und kehrten nicht mehr zurück …«

Yeremi hatte bis zu diesem Punkt angespannt Sarafs Bericht verfolgt, doch jetzt konnte sie nicht länger an sich halten. »*Heilige Schriften?* Wir haben, abgesehen von den Tafeln in der Halle des Gebets, nie irgendwelche Aufzeichnungen bei euch gesehen.«

»Die Knotenschnüre waren gut versteckt«, erwiderte Saraf müde.

»Schnüre? Etwa Quipus, wie die Inka sie verwendet haben?«

»Du bist ein stetig sprudelnder Quell von Überraschungen für mich, Yeremi Bellman.«

»Also waren es Quipus – ein einfaches Ja hätte auch genügt. Was enthalten sie?«

Saraf klang ein wenig gekränkt, als er antwortete: »Wir nennen sie *azofa*, was in unserer Sprache ›Quelle‹ bedeutet; die Knotenschnüre der Inka sind ärmlich gegen unsere Schriften. Das Silberne Volk hat sein uraltes Wissen in wesentlich reicherer Form bewahrt.«

»Uraltes Wissen?«, wiederholte Yeremi murmelnd und mit gläsernem Blick – richtete jedoch gleich hellwach die nächste Frage an den Silbermann. »Hat irgendjemand aus dem Team von diesen Knotenschnüren gewusst?«

»Darauf zu antworten fällt mir schwer …«

»Wieso?«

»Ich habe vielen Gesprächen, die deine Leute mit uns führten, nicht beigewohnt. Vor allem der Mann, der sich Al Leary nennt, ist nie müde geworden, mein Volk nach dem Fühlsinn auszuhorchen …«

»Fühlsinn? Sind er und der *Silberne* Sinn ein und dasselbe?«

»Ja, jeder Mensch besitzt, wie wir glauben, diese Fähigkeit, wenngleich nicht jeder sie in sich entfalten lässt. Wir messen ihr ein großes Gewicht zu, und deshalb haben wir ihr viele Namen gegeben: Silberner Sinn, Fühlsinn, manchmal nennen wir sie auch die ›Gabe der Gefühlsspieler‹. Sie hilft uns dabei, ein Übergewicht Hirguans zu verhindern.«

»Du hast dieses Wort schon einmal benutzt. Was bedeutet es?«

»Hirguan steht für das Böse, *Abora* hingegen ist das Prinzip des Guten, Edlen und Reinen.«

Yeremi nickte. »Die gelben Geister haben eine Spur des Todes zurückgelassen. Ich kann gut verstehen, warum du sie für eine Verkörperung des Bösen hältst.«

Er schöpfte tief Atem und stieß die Luft in einem langen Seufzer aus. »Wenn ich nur Klarheit hätte, warum Hirguan mich als Einzigen verschonte!«

Das war tatsächlich merkwürdig. Yeremi sog ihre Oberlippe in den Mund und begann daran zu lutschen. Mit einem Mal wurden ihre Augen groß. »Natürlich! Der schwarze Jaguar hat dich gerettet.«

Saraf blickte sie nur verständnislos an.

»Percey, unser Heiler, hat dir ein Antibiotikum verabreicht …«

»Was ist das?«

»Ein Mittel gegen Infektionen …«

»Was sind *Infektionen*?«

»Nun …« Wie sollte sie ihm die Erkenntnisse der modernen Mikrobiologie in drei Sätzen erklären? »Viele Krankheiten werden von winzigen Schädlingen ausgelöst, die zu klein sind, um sie mit dem bloßen Auge zu erkennen. Einige davon nennt man Bakterien, Bazillen oder Mikroben. Als Gegenmittel benutzen unsere Heilkundigen Antibiotika. Nachdem die Raubkatze dich so schwer verletzt hatte, gab Percey Lytton dir vorsorglich diese Medizin. Sie muss dich vor der tödlichen Seuche geschützt haben.«

»Fürwahr ein mächtiger Gegenzauber!«

»Diese Medizin hat mit Magie nichts zu tun, Saraf. Sie konnte nicht einmal dein Volk retten. Wie hat sich die Krankheit überhaupt bemerkbar gemacht?«

Ein schmerzvoller Ausdruck zog wie eine dunkle Wolke über Sarafs Gesicht. »Das Sterben kam nicht sogleich. Nachdem sie unsere Höhlen verlassen hatten, rief ich den Großen Rat zusammen, um von meinen Beobachtungen zu berichten. Stunden vergingen, bis die Ersten meines Volkes über Gliederschmerzen klagten, bald zu schwitzen begannen und von heftigem Schütteln ergriffen wurden. Unsere Heiler verteilten Tränke und Pulver, aber kein Mittel half. Bis zum Morgen breitete sich das Übel mit rasender Geschwindigkeit aus. Ich schickte Adma zur Knochenpforte, damit sie dich um Hilfe bittet, während ich selbst einen geheimen Ausgang benutzte, um der Spur der gelben Geister zu folgen.«

»Es gibt mehr als nur *einen* Eingang in die Höhlen?«

»Für wie töricht haltet ihr uns eigentlich?«

»Vergiss, was ich gerade gesagt habe. Konntest du die gelben Geister im Wald einholen?«

»Beinahe.«

Yeremis Augenbrauen hoben sich.

»Ihre Prozession strebte dem Gipfel unseres Berges entgegen

und bewegte sich zugleich halb um ihn herum. Fast hatte ich sie erreicht, als ein gleißendes Licht mit großem Getöse vom Himmel herniederfuhr und sie alle mit sich nahm.«

Yeremi starrte wie versteinert auf Sarafs Gesicht. Ihre wirren Gedanken wollten sich nur widerstrebend in irgendeine Ordnung fügen. Fliegende Geister mit Zauberstäben – was sollte sie davon halten? »Und …« Sie benetzte ihre trockenen Lippen mit der Zunge. »Und was ist in den Tagen danach geschehen, einmal abgesehen davon, dass du mir beim Baden zugesehen hast?«

»Ich versuchte, den Schuldigen zu finden. Tagsüber schlief ich in einer Höhle, und bei Einbruch der Dämmerung habe ich mich an euren Wachen vorbei ins Lager geschlichen, um meinen Silbernen Sinn umherwandern zu lassen.«

»Heißt das, du bist in unsere Gedanken eingedrungen?«

»Nur in die Gefühle.«

»Du *allein*? Sind nicht immer mehrere Silberne erforderlich, um …?«

»Ich bin der Einzige von uns, in dem die Gabe so mächtig ist.«

Sämtliche Haare auf Yeremis Haut richteten sich auf. »Was … Was hast du herausgefunden?«

»Nichts«, erwiderte Saraf niedergedrückt. »Ihr habt die gleichen Empfindungen wie wir, aber die Melodie ist eine andere.«

»Äh …«

»Das bedeutet, eure Gefühle sind anders verteilt. Ihr freut euch über Begebnisse, die bei uns nur Abscheu wecken, und verabscheut Dinge, die uns Freude bereiten.«

»Dafür haben *wir* wiederum verschiedene Namen: Manch einer nennt es ›Zeitenwandel‹, mein Großvater hingegen ›Sittenverfall‹.«

»Zumindest ist es verwirrend, Yeremi Bellman. Ihr kommt aus einer anderen Welt, und ich kann vieles nicht verstehen, was für euch selbstverständlich ist.«

Allmählich schwante Yeremi, weshalb Saraf zu ihr gekommen war. »Du möchtest, dass ich dir helfe.«

»Es ist keine Frage des Möchtens oder Wollens. Vor vielen Jahren wurde ich mit der Aufgabe betraut, mein Volk eines Tages hinter den Horizont zu einem neuen Anfang zu führen. Als ich dich an meinem Krankenlager zum ersten Mal sah, wusste ich, dieser Tag würde nicht mehr fern sein.« Saraf hielt für einen Moment inne, und seine Augen schienen Yeremi regelrecht zu durchleuchten. »Anscheinend hat sich die Weissagung nun erfüllt, wenn auch anders, als ich dachte.«

»Bist du etwa hier, um …?« Yeremi erstarrte.

»An dir Rache zu nehmen?« Saraf lächelte schwach und schüttelte zugleich sein müdes Haupt. »Nein, du trägst keine Schuld am Geschick meines Volkes.«

Yeremi entspannte sich wieder. Sie hätte gerne gewusst, warum ihr der Silbermann so uneingeschränkt vertraute. Konnte er ihre Aufrichtigkeit etwa *fühlen*? Einmal mehr bekam sie eine Gänsehaut. Auf keinen Fall wollte sie ihre Empfindungen freiwillig preisgeben. Zaghaft fragte sie: »Aber … warum hältst du ausgerechnet mich für etwas Besonderes?«

Saraf wirkte überrascht. »Weil du es *bist*. Wusstest du das nicht?«

»Ich habe nicht die geringste Ahnung, wovon du sprichst.«

Er nickte traurig. »Weil deine Vergangenheit die Gefühle des Jetzt beeinflusst. Ich habe dich lange beobachtet, Yeremi Bellman, und konnte den Schmerz in dir fühlen. Warum, denkst du, fällt es dir so schwer, die Absichten anderer Menschen einzuschätzen?«

»Das weiß ich doch nicht! Vermutlich weil ich ihnen nicht traue. Wenn mir jemand zu nahe kommt, kriege ich Angst, die Gefühle kochen hoch, mir … Ach, ich kann es nicht richtig beschreiben.«

»Ich glaube, ich verstehe dich ganz gut. Welche Eigenschaft würde dir deiner Meinung nach am ehesten helfen, gegen diese kochenden Gefühle anzukämpfen?«

»Keine Ahnung. Vielleicht ein wenig mehr Ausgeglichenheit?«

Saraf nickte und lächelte dabei wie ein mit seinem Schüler zufriedener Lehrer. »Das klingt vernünftig. Der Silberne Sinn – du magst ihn *Einfühlung* nennen – gedeiht in einem überhitzten oder unterkühlten Umfeld nicht besonders gut.«

»Willst du damit etwa andeuten, *ich* besäße so etwas wie den

Fühlsinn?« Yeremi schüttelte entschieden den Kopf. »Nein, Saraf, darauf falle ich nicht herein. Was ist der wirkliche Grund, weshalb du gerade *mich* zu deiner Fee auserkoren hast?«

Der Silbermann hielt Yeremis weidwundem Blick gleichmütig stand. Als sie schon glaubte, ihm ausweichen zu müssen, sagte er ruhig: »Alle anderen in deiner Gruppe sind in diesen Wald eingedrungen, um sich etwas zu nehmen, aber du bist die Einzige, die diesen Ort aufsuchte, um etwas zu *bringen*.«

Yeremi hatte mit einem Mal das Gefühl, ihr T-Shirt schnüre ihr die Luft ab. »Woher willst du das wissen?«, fragte sie barsch.

Saraf lächelte. »Du hast es mir gesagt.«

Sie machte eine wegwerfende Geste. »Gar nichts habe ich. *Du* hast dich in meinen Kopf geschlichen, in meine Gefühle. Lass das bleiben, Saraf!«

Der Silbermann schüttelte ruhig den Kopf. »Ich denke, du glaubst nicht an den Silbernen Sinn, die Gabe der Gefühlsspieler. Wenn hier jemand nach den Gefühlen des anderen geforscht hat, dann bist *du* das gewesen.«

Yeremi stieß einen leisen Schrei aus. »Wie oft muss ich dir das noch sagen? Ich bin kein empathischer Telepath!«

Saraf erwiderte ihren zornsprühenden Blick. »Das habe ich nie behauptet.«

»Doch! Hast du. Empathie, Einfühlung – das sind die verkümmerten Reste von dem, was du als Silbernen Sinn bezeichnest.« Sie warf ihren Kopf in den Nacken. »Ich fasse es nicht! Wirft mir vor, in seinen Gefühlen herumzustochern, als wäre ich eine von ihnen.«

Saraf wartete mit schräg gelegtem Kopf und seltsam wissendem Lächeln ab, bis sich Yeremis emotionales Gewitter verzogen hatte. Anschließend sagte er: »Deine Wissenschaften sind mir ebenso fremd wie die Sprache, hinter der sich eure Gelehrten verschanzen. Aber ich weiß, was ich fühle, Yeremi Bellman. Deshalb kam ich zu dir, und darum frage ich dich jetzt: Wirst du für mich den Herren der gelben Geister finden?«

Yeremi war fassungslos. Er hatte sie mit seinem messerscharfen Verstand oder dem Silbernen Sinn umzingelt, sie in die Enge getrieben, sie ertappt. Und jetzt stellte er auch noch diese Frage! Sie war in den Dschungel gereist, um ihr Kindheitstrauma loszuwerden, also tatsächlich, wie Saraf sich ausdrückte, um etwas zu »bringen«. Entgegen ihrem Willen war sie fasziniert von diesem – fast immer – bewundernswert ausgeglichenen Menschen. Wenn sie nur die Gewissheit hätte, die Kontrolle über ihre eigenen Gefühle und Gedanken zu besitzen …!

Einmal mehr wurde sie sich Sarafs forschenden Blickes bewusst. Er wartete auf eine Antwort. Sollte sie ihm helfen? *Konnte* sie es überhaupt? Nach einem tiefen Atemzug erwiderte sie: »Du verlangst viel von mir. Ehe ich auf deine Frage eingehe, musst du mir ein Unterpfand deines Vertrauens geben.«

Er sah sie verständnislos an.

»Ihr seid nicht immer sehr offen zu uns gewesen«, erklärte Yeremi, »weshalb ich über einige Dinge Klarheit haben möchte.«

Sarafs Gesicht zeigte keine Regung. »Was möchtest du von mir wissen?«

»Du sagst, eure Azofa, die Knotenschnüre, enthielten uralte Überlieferungen, aber ich kenne die Geschichte deines Volkes nur bruchstückhaft. Vor allem über die letzten fünfhundert Jahre hast du und haben deine Brüder mehr geschwiegen als gesprochen. In eurer Halle des Gebets befinden sich die Zehn Gebote aus der Bibel. Wie ist das Silberne Volk an diese Worte gekommen? Stammen sie von den Konquistadoren, ebenso wie dein antiquiertes Spanisch? Ich vermute, deine Vorfahren haben früher in Mexiko gelebt. Da gibt es drei Hohlpyramiden, nach den Gürtelsternen des Orion gruppiert, genauso wie hier. Und du hast einmal Ahuehuete erwähnt, den Baum von Tule oder einen seiner Artgenossen. Die wachsen ebenfalls in Mexiko. Wenn ich die Geschichte des Silbernen Volkes besser verstehen würde, könnte ich vielleicht erkennen, warum ihm dieses grausame Schicksal widerfahren ist. Allein mit Vermutungen werde ich nicht weit kommen.«

Noch immer wirkte Saraf wie versteinert. Seine hellen Augen schienen Yeremi durchleuchten zu wollen, um nach irgendeinem Makel zu suchen.

Endlich sagte er: »Also gut. Ich werde dir einige Dinge erzählen, die niemand sonst in deiner Gruppe weiß.«

Yeremi steckte kurz den Kopf aus dem Zelt. Im Lager wurde immer noch gefeiert. Dann drehte sie das Licht auf Sparflamme herunter, um möglichst keine verräterischen Schatten an die Außenwand zu werfen, und wandte sich wieder dem Silbermann zu. »Jetzt bin ich bereit, dir zuzuhören.«

Sarafs Rechte wanderte zu der Perlenkette an seinem Hals. Einen Moment lang ließ er die Korallen durch seine Finger gleiten – er schien in Gedanken durch die Zeit zu reisen –, bis er den rechten Anfang gefunden hatte.

»Das Silberne Volk«, sagte er mit ruhiger Stimme, »kam vor langer Zeit aus Armorika, dem Land ›am Rande des Meeres‹. Es wurde selten wirklich geliebt, obwohl es doch gekommen war, um den Völkern des Westens Wissen und Weisheit zu bringen. Anfangs wurden die Armorikaner noch als Ratgeber geduldet, aber dann begann man sie zu verfolgen. Ein Teil meiner Vorfahren floh schließlich unter die Erde, erweiterte die natürlichen Höhlen und uralten Kultstätten unter der Silberstadt …«

»Sprichst du etwa von Aguascalientes? Dort hatten die Spanier Silber abgebaut. Es ist der Ort mit den unterirdischen Hohlpyramiden, die ich eben erwähnt habe.«

»Dann muss es sich um die Stadt meiner Ahnen handeln. Darf ich fortfahren?«

»Entschuldige die Unterbrechung.«

»Tief unter der Silberstadt, jenseits der Sonne, wurde eines Tages ein Knabe geboren, dessen Leben enger mit dem Geschick seines Volkes verknüpft sein sollte als das irgendeines anderen. Als er den von Wehen geschüttelten Schoß verließ, brach sich das Licht der Feuerschalen in einer Silberader, die an dieser Stelle den Fels durchzog. Die glückliche Mutter war von dem Sternenfunkeln ganz hingerissen und nannte den Knaben Saraf Argyr, was in der alten Sprache ›Brennendes Silber‹ bedeutet …«

»Er hieß genauso wie du?«, entfuhr es Yeremi erstaunt.

Der Silbermann lächelte. Seine Antwort bestand in einem Nicken.

Seltsam, dachte sie. Wieso war der von einer stolzen Mutter erdachte Name bis in die Gegenwart erhalten geblieben? Vielleicht standen die Worte »Saraf Argyr« für einen Titel oder einen Beinamen, so wie die römischen Cäsaren den ihren von einem Mann namens Gajus Julius herleiteten. Im Deutschen kannte man den »Kaiser«, in Russland den »Zaren«, sprachliche Relikte, in denen der Name von Julius Caesar fortlebte. Yeremi entschuldigte sich einmal mehr für die Unterbrechung, und Saraf berichtete weiter über das Leben des kleinen Hoffnungsträgers.

Als dieser noch ein Säugling war, habe seine Mutter bereits die besondere Stärke seines Fühlsinnes bemerkt. Manchmal verspürte sie ein unbändiges Hungergefühl, aber sobald sie das Kind zu stillen begann, wurde auch sie wieder satt. Diese Beobachtungen beunruhigten sie, denn seit langem hatte niemand von ihnen über einen derart mächtigen Fühlsinn verfügt. Als sie der Sippenältesten von ihren Beobachtungen erzählte, erklärte diese, dem Kind sei ein besonderes Schicksal beschieden. Eines Tages werde es das Silberne Volk zu einem »neuen Anfang jenseits des Horizonts führen«.

Diesmal verkniff sich Yeremi eine störende Bemerkung. Vor wenigen Minuten erst hatte Saraf Ähnliches über seine *eigene* Bestimmung gesagt. Also doch die Bürde eines Amtes, das von Generation zu Generation, von Saraf Argyr zu Saraf Argyr weitergereicht wurde?

Die ersten Lebensjahre, fuhr Saraf zügig fort, habe der Knabe mit dem Namen »Brennendes Silber« in den Katakomben verbracht. Als dann eine Zeit des Friedens einkehrte, zog er und mit ihm der Großteil seiner Sippe zu den Brüdern, die schon seit langem im Reich der Inka, weit im Süden, lebten. Dort waren die Silbernen einst durch Verrat an Pachacuti Inca Yupanqui ausgeliefert und versklavt worden, aber dessen Nachkommen schienen das Volk nun zu achten. Kurz nach der Vereinigung der armorikanischen Sippen nahm das Unglück jedoch erneut seinen Lauf. Huayna Capac wandelte sich – nachdem er sein Reich zu nie gekannter Größe ausgedehnt hatte – zu einem noch unbarmherzigeren Unterdrücker, als es sein Großvater gewesen war. Dieser, Pachacuti, hatte sich bei aller Machtgier stets als umsichtig erwiesen, weil er das letzte Tabu nie brach, das Allerheiligste der Silbernen nie entweihte …

»Worum handelte es sich dabei?«, fragte Yeremi.

»Um das ›Gedächtnis des Silbernen Volkes‹, das vom Anbeginn der Zeit stammt. Ihm verdanke ich den Titel des Hüters.«

»Bis heute dachte ich, ihr gebt eure Überlieferungen nur mündlich weiter.«

»Das ist nicht ganz falsch. Unser Volk betrachtet es als seine edelste Pflicht, das Wissen unserer Vorväter in die Köpfe einzugraben. Der Hüter bewahrt nur eine Abschrift dieses geistigen Erbes.«

»Die Quipus – sind die Knotenschnüre dieses ›Gedächtnis‹?«

»Sie enthalten einen großen Teil davon, aber die ursprünglichen Aufzeichnungen meiner Ahnen sind in den Wolken versteckt.«

»Du meinst an einem verborgenen Platz, im Allerheiligsten?«

»Ja. Allein die Hüter und ihre Stellvertreter besitzen das vollständige Wissen über den geheimen Hort. Ihn zu finden ist jedem anderen unmöglich, ihn zu betreten tödlich. Zwar wurde das Versteck verraten, doch war anfangs die Achtung vor dem Silbernen Volk zu groß, um ihr Allerheiligstes zu entweihen. Selbst Pachacuti Inca Yupanqui durfte das nicht wagen. Daher traf er eine listige Entscheidung. Ab sofort sollten an gleicher Stelle die Schätze der Inkakönige aufbewahrt werden. Als Hüter diente nun ein kleiner Zirkel von Edlen beider Völker. Sogar als später unter Huayna Capac die Verfolgung der Silbernen erneut einsetzte, tastete man die Bewahrer des Schatzes nicht an, obwohl sie dem Gesetz nach Sklaven waren. Die Übrigen des Silbernen Volkes traf es härter. Sie wurden mit wenigen Ausnahmen aus dem riesigen Reich Tahuantinsuyu in die Hauptstadt Cuzco gebracht, wo sie den dort ansässigen Adligen und Beamten als Lehrer, Erzieher, Baumeister, Heiler oder Himmelskundler dienten.«

Yeremi war fasziniert von Sarafs erstaunlichem Wissen der präkolumbischen Kulturen Amerikas. Seine präzisen Schilderungen klangen glaubhaft. Er kannte die alten Namen wie Tahuantinsuyu, was das »Land der Vier Viertel« bedeutete und für das Reich der

Inka stand. In Yeremis Stimme schwang Ehrfurcht, als sie fragte: »Und wie ist es dem Knaben Saraf Argyr ergangen?«

»Er wurde von Francisco Pizarro gefangen genommen …«

»*Wie bitte?* Du meinst doch nicht etwa *den* Francisco Pizarro, der 1524 seine erste Expedition in das Inkareich unternahm?«

Saraf sprach von niemand anderem. Als Übersetzer habe der Halbwüchsige die »weißen Götter« – so nannten die Inka Pizarro und seine Horde – auf ihren Beutezügen begleitet. Schließlich kam er sogar nach Spanien. Hier lernte der Knabe das Christentum kennen, konnte bald sogar die Bibel lesen. Die Zehn Gebote hatten es ihm besonders angetan. So gelangten sie in das Gedächtnis des Silbernen Volkes. Bald kehrte Pizarro mit dem Titel eines Gouverneurs und dem großzügigsten Freibrief, der – so wurde am Hof gemunkelt – je einem Konquistador ausgestellt worden war, nach Amerika zurück. Der Knabe blieb an seiner Seite, bis es eines Tages zu einem blutigen Gemetzel in der Ebene von Cajamarca kam. Vom Blutrausch der Christen in Panik versetzt, von ihrer Heuchelei abgestoßen, floh Saraf Argyr nach Süden. Hier wurde er später zum Hüter seines Volkes ernannt.

»Und damit begründete er die Dynastie, die bis zu dir, dem letzten Saraf Argyr, reicht«, flüsterte Yeremi mit einem schwachen Nicken.

Die Antwort des Hüters bestand aus einem geheimnisvollen Blick.

Yeremi überspielte die ihr unangenehme Stille mit einem Lächeln. »Jetzt verstehe ich einiges besser. Danke für deine Offenheit, Saraf.«

»Ich habe dir meines Volkes Geschichte erzählt, um sie zu deiner eigenen zu machen. Wie wirst du dich entscheiden?«

Yeremi war innerlich zerrissen. Was Saraf da von ihr verlangte, konnte ihr ganzes Leben auf den Kopf stellen. Doch schließlich schob sie ihr Unbehagen beiseite – was bedeuteten schon ihre Bedenken, die beklemmenden Gefühle im Vergleich zum Tod des Silbernen Volkes? – und nickte.

»Also gut, Saraf. Ich werde mich für eine restlose Aufklärung der Vorgänge in den Höhlen einsetzen. Das ist ein Versprechen.«

»Du brauchst keinen Schwur zu leisten, Yeremi Bellman. Ich glaube dir auch so.«

Und ich wünschte, du wärst nicht so überzeugt von meiner Aufrichtigkeit!, schrie sie im Geist und sagte, wie zur Entschuldigung: »Es ist schließlich auch in meinem Interesse, die Vorfälle in den Höhlen aufzuklären. In letzter Zeit sind mir da einige … Merkwürdigkeiten aufgefallen, denen ich ohnehin auf den Grund gehen wollte. Sollte irgendjemand deinem Volk dieses Unrecht mit Vorsatz zugefügt haben, dann wird er dafür bezahlen. Ob du es hören willst oder nicht: Ich *schwöre* es.«

Saraf nickte zufrieden. Erkennbar fiel eine große Last von ihm ab. Doch mit der schwindenden Anspannung kehrte der Schmerz zurück. Erfüllt von tiefer Trauer über den Tod seiner Schutzbefohlenen und doch würdevoll, verkündete er: »Dann werde ich nun durch die Reihen der fremden Krieger schlüpfen und mir einen friedlicheren Ort suchen, so wie es das Silberne Volk schon oft getan hat.«

Yeremi verstand immer besser, weshalb die Silbernen sich so lange vor der Welt versteckt halten konnten. Aber da gab es noch ein anderes und größeres Geheimnis, das ihr Hüter in seinem Kopf verwahrte; das glaubte sie sicher zu spüren.

»Ich lasse dich nicht gehen«, hörte sie sich unvermittelt sagen.

Der Silbermann wirkte nicht überrascht. Ruhig blickte er sie an.

»Mein Versprechen, dir zu helfen, werde ich halten«, fügte sie schnell hinzu, »aber ich knüpfe eine Bedingung daran.«

»Das war nicht abgemacht.«

»Frauen verhandeln immer so.«

»Ich wusste nicht, dass wir in Verhandlung stehen.«

»Du musst mich in die USA begleiten, Saraf, in meine Heimat. Dort habe ich einflussreiche Freunde. Ohne deine Hilfe kann ich die Rätsel, die dein Volk umgeben, nicht lösen.« Ihre wahren Motive für den Vorbehalt sprach Yeremi nicht aus: Sollten die Militärs einen Überlebenden des Massensterbens finden, dann würden sie womöglich Saraf zum Sündenbock abstempeln. So Furcht einflößend der Waldläufer auch für Yeremi war, so wenig hatte er es doch verdient, in irgendeinem guyanischen Gefängnis zu verrotten oder gar auf den Seziertischen von Wissenschaftlern zu enden, die ihn mit ziemlicher Sicherheit als letzten Vertreter einer ausgestorbenen Spezies bis auf das letzte Molekül erforschen und dann zur gefälligen Begaffung als Mumie in einem naturhistorischen Museum ausstellen würden.

»Nur du bist noch übrig von deinem stolzen Volk«, fügte Yeremi ernst hinzu. »Wenn du mit mir gehst, kann ich dich beschützen, und du wirst deine Bestimmung vielleicht in einer neuen Welt doch noch erfüllen können.«

Saraf betrachtete Yeremi auf eine Weise, die sie frösteln machte. Wusste er, was ihr durch den Kopf ging? Schließlich nickte er.

»Ich werde mit dir gehen.«

Yeremi stand etwas abseits auf dem Dach des Waldes und beobachtete, wie ein Teil der Ausrüstung in einen Hubschrauber verladen wurde. Nervös blickte sie auf ihr wasserdichtes Chronometer. In einer guten Stunde würde ein zweiter Helikopter eintreffen, der das Team ausfliegen sollte. Was hatte sie sich nur dabei gedacht, Sarafs Plan zuzustimmen?

Sie zwang sich zur Ruhe, atmete tief ein und wieder aus. Die Verladung der wichtigsten Ausrüstungsgegenstände war fast abgeschlossen. Der Rest würde erst später nach Georgetown verbracht werden.

Traurig ließ sie ihren Blick über die Baumwipfel schweifen – ihre Art, vom Garten Gottes Abschied zu nehmen. Als ihre Augen zum Ende der Felsstiege zurückkehrten, tauchten dort gerade die geröteten, schweißüberströmten Gesichter zweier Soldaten auf. Die Männer schleppten sich mit einer Holzkiste ab, die sofort Yeremis Aufmerksamkeit erregte. Das annähernd kubische Behältnis besaß eine Seitenlänge von mehr als einem Meter. Die Expedition verfügte nicht über derart sperriges Gut. Während die Uniformierten noch ihre gewichtige Ladung auf das Plateau bugsierten, erschien Al Learys Kopf über dem Felsentisch. Sein Blick klebte förmlich an der Kiste. Yeremis Neugier war nun endgültig geweckt. Mit wenigen Schritten erreichte sie das Ende der Stiege.

»Hast dir wohl ein Souvenir eingepackt?«, empfing sie dort ihren Stellvertreter.

»Du scherzt wieder. Das ist schön«, erwiderte Leary lakonisch.

»Was befindet sich in dieser Kiste, Al?« Sie deutete mit dem Zeigefinger auf das Corpus Delicti.

»Unterlagen.«

Yeremi glaubte ihm nicht. Er verheimlichte ihr etwas. Sie entschied sich für einen Schuss ins Blaue. »Saraf erzählte mir, sein Volk bewahre an einem geheimen Ort heilige Schriften auf, Quipus mit uralten Überlieferungen. Diese Kiste enthält nicht zufällig diese Knotenschnurbibliothek?«

Leary wurde blass. Sein Gesicht verriet bereits mehr als jedes offene Geständnis. Dann reichte er sogar eine verbale Erklärung nach. »Also gut, ich habe die Quipus gerettet, ehe die Daisy Cutter sie in Asche verwandeln konnten.«

»Das ist fein, Al Leary. Und warum erfahre ich erst jetzt davon?«

»Du warst in Quarantäne.«

»Eine miesere Ausrede fällt dir wohl nicht ein?«

»Es ging alles drunter und drüber, da habe ich es schlichtweg vergessen.«

»Bis gerade eben. Ich werde dich vor eine wissenschaftliche Untersuchungskommission schleppen, Al, und dann musst du dir schon etwas Besseres einfallen lassen.«

»Ach!«, ging Leary zum Gegenangriff über. »Dann wird das Gremium bestimmt auch die Frage interessieren, warum *du* von den heiligen Schriften wusstest und *mir* nichts davon verraten hast. Vielleicht lassen wir besser diese Drohgebärden, Jerry. Sobald wir in San Francisco gelandet sind, händige ich die Knotenschnüre sowieso Professor McFarell aus. Bist du jetzt zufrieden?«

Am liebsten wäre Yeremi ihm ins Gesicht gesprungen. Doch ehe sie aufbrausen konnte, fiel ihr wieder jener Teil des erst wenige Stunden alten Gespräches mit Saraf Argyr ein, in dem es um Ausgeglichenheit und ein passendes Milieu zum Gedeihen von Einfühlung gegangen war.

Und plötzlich wurde sie ruhiger. Learys Manöver erschien ihr mit einem Mal lächerlich durchsichtig. Sein Geständnis bedeutete nichts anderes, als dass er sie ein weiteres Mal hatte ausbooten wollen. Vielleicht steckte auch mehr dahinter. Das würde sich zeigen.

Sie lächelte mild und sagte: »Wir sprechen uns noch, Al.«

Leary hatte ihre verhaltene Reaktion offenbar nicht erwartet. Mit verstörtem Blick verfolgte er ihren Abstieg zum Lagerplatz.

Viele Zelte waren bereits abgebrochen, andere würden erst am nächsten Tag zerlegt werden. Die Evakuierung der Expedition hatte Priorität, wie Colonel Hoogeven es ausdrückte.

Percey Lytton verstaute gerade die empfindliche Optik eines mit dem Computer koppelbaren Mikroskops, als Yeremi ihn nach dem letzten Stand der mikrobiologischen Untersuchungen fragte. Der Arzt brummte etwas, was sie zuerst nicht verstand.

»Ist Ihnen eine Laus über die Leber gelaufen, Percey?«

»Das kann man wohl sagen!«, erwiderte er. »Ich schätze, wir werden nie herausfinden, woher dieser ominöse Mikrobenstamm gekommen ist.«

Sie erstarrte. »Was soll das heißen?«

»Sämtliche Blutproben und die von uns angelegten Kulturen sind verschwunden.«

»Das ist nicht Ihr Ernst.«

»Doch. Gestern waren sie noch da, heute früh sind sie weg.«

Fassungslos blickte sie in Lyttons grimmiges Gesicht. Wie sollten sie jemals herausfinden, ob ein genmanipulierter Bakterienstamm das Silberne Volk getötet hatte, wenn es keine Proben mehr gab? Nur stockend erlangte sie ihre Sprache zurück.

»Und … wie erklären Sie sich das?«

»Ist das so schwer zu erraten?«

»Jemand muss sie gestohlen haben.«

»Bingo!«

»Hoogeven?«

»Das war auch mein erster Gedanke. Der Colonel streitet alles ab. Wie ich mich erdreisten könne, ihm dergleichen zu unterstellen, hat er gewettert.«

»Und Al?«

»Leary ist völlig perplex. Sie kennen ihn ja.«

Yeremi fragte sich, wie dieser neuerliche Vorfall in das Gesamtbild passte, von dem Sarafs seltsame Beobachtungen nur ein kleiner, wenn auch beunruhigender Teil waren. »Denken Sie, jemand könnte das Silberne Volk mit Absicht ausgerottet haben, Percey?«

Der Arzt zog eine Grimasse. »Ich halte nicht viel von James-Bond-Geschichten, Yeremi. Nehmen wir einmal an, die Killermikroben sind wirklich in einem Labor gezüchtet worden. Ist die Annahme da nicht viel plausibler, jemand habe fahrlässig gehandelt und sie versehentlich freigesetzt? Solche Pannen passieren häufiger, als man denkt.«

»Sie haben Recht. Andererseits ...« Nachdenklich saugte Yeremi ihre Unterlippe in den Mund. »Stellen Sie sich vor – auch das nur rein hypothetisch gesprochen –, Sie würden im Zeugenstand vor Gericht stehen. Würden Sie als Ursache für die ominösen Vorfälle der letzten Zeit eine Verschwörung kategorisch ausschließen?«

Lytton war anzusehen, wie ungern er auf diese Frage antwortete. Grimmig schüttelte er den Kopf. »Nein, gänzlich verwerfen kann man diese Möglichkeit wohl nicht.«

Yeremi fand Wachana bei dem Gepäck der Wissenschaftler. Sie hatte ihn am frühen Morgen um einen Gefallen gebeten und ihm Bedenkzeit eingeräumt.

»Wie geht es dir?«

»Gut«, antwortete der Indianer. »Ich darf jetzt endlich nach Hause.«

»Mit der Bezahlung ist alles geklärt. Auch die Geflohenen bekommen ihren Anteil.«

»Das ist sehr großzügig von dir, Yeremi.«

»Hast du dir meinen Vorschlag überlegt?«

»Ja. Ich werde tun, worum du mich gebeten hast. Falls kein Kanu mehr da ist, baue ich mir ein Floß. Ich schlage mich schon irgendwie nach Gunn's Strip durch. Da gibt es nur eine Sache, die ich nicht verstehe.«

»So?«

»Warum bist du so versessen auf mein altes Sporthemd und die Shorts?«

Als sich Yeremi zum Einsteigen in geduckter Haltung dem Hubschrauber näherte, kam ihr Sarafs Plan aberwitzig vor. Es würde nicht gelingen. Als Letzte des Teams kletterte sie durch die offene Luke in den Bauch der mörderisch dröhnenden Maschine. Was für einen Lärm würde das Ding erst machen, wenn es abhob?

Der Innenraum des Bell Huey bot den Passagieren ein spartanisches Ambiente: zwei längs der Flugrichtung am Boden festgeschraubte Sitzreihen, mehr nicht. Yeremi nahm schräg gegenüber Leary Platz. Er reckte den Daumen nach oben und brüllte: »Ich liebe den Iroquois! Wo bleibt Wachana?«

Sie gab sich genervt, verdrehte die Augen und schrie zurück: »Du weißt ja, wie er ist. Mit der Pünktlichkeit nimmt er es nie so genau.«

Der Psychologe nickte grinsend und sah zum Cockpit. Offenbar wollte er ihr nach dem Vorfall auf dem Felsplateau keine Gelegenheit mehr geben, lästige Fragen zu stellen, und der Lärm machte ohnehin jede längere Unterhaltung unmöglich. Unwillkürlich musste Yeremi wieder an die Begegnung der letzten Nacht denken. Was hatte Saraf über das Entschwinden der gelben Geister gesagt? Es habe ein gleißendes Licht gegeben, das mit *großem Getöse* vom Himmel herniederfuhr … Hatte er womöglich den Suchscheinwerfer eines Helikopters gesehen?

Verstohlen musterte sie die wartenden Männer und Frauen. Abgesehen von Leary schien sich in dem fliegenden Oldtimer niemand so recht wohl zu fühlen.

Plötzlich fiel ein Schleier der Gleichgültigkeit auf die Gesichter.

Niemand blickte mehr zur Luke, als dort eine hoch gewachsene Gestalt auftauchte. Sie steckte in engen, schmutzigen roten Shorts mit schwarzen Längsstreifen und einem blauen, ärmellosen, deutlich zu kurzen Hemd, das vor Löchern und Flecken nur so starrte. Wachanas Kleider passten Saraf nicht besonders gut.

Der Silbermann blinzelte. Im grellen Sonnenlicht konnte er sich nur mit Mühe orientieren. Der letzte Schritt in das Innere des lärmenden Ungetüms schien für ihn ein besonders großer zu sein. Hinter ihm stand ein Infanterist und wartete mit glasigen Augen auf das Einsteigen des Passagiers. Wie lange würde der Soldat sich noch täuschen lassen? *Nun komm endlich rein!*, schrie Yeremi in stillem Bangen. Als habe Saraf ihre Gedanken gehört, fuhr plötzlich ein Ruck durch seinen Körper, und er kletterte vorsichtig in den Hubschrauber. Der Soldat schloss die Luke, und der Motor brüllte auf.

Yeremi verfolgte, wie Saraf bedächtig auf den freien Platz neben Leary zustrebte und sich hinsetzte. Die Bewegungen des Silbermannes erinnerten sie an jenes Faultier, das sie kürzlich beobachtet hatte. Als er endlich mit steifem Rücken an der Bordwand saß, wirkte er bis in die Haarspitzen verkrampft. Nie hatte sie sein Gesicht so kreidebleich gesehen. Diese Flugreise würde an die Grenzen seiner mentalen Belastbarkeit gehen. Er bewegte keinen Finger. Nur die Mundwinkel verzogen sich zu einem gequälten Lächeln, als seine blauen Augen Yeremis Blick auffingen und sich daran festklammerten wie an einer Halteleine. Sie gab sich alle Mühe, zuversichtlich auszusehen. Mehr konnte sie nicht tun, um ihm Mut und Kraft einzuflößen. Beides würde er brauchen, denn sollte die Angst vor dieser fremden Situation ihn übermannen, würde unweigerlich auch seine Tarnung auffliegen. Der Silbermann war so ungefähr in allem das genaue Gegenteil von Wachana Yaymochi.

Aber niemand nahm von ihm Notiz. Alle Passagiere verhielten sich so, als wäre er nur eine Fliege an der Wand, etwas, das ihre Aufmerksamkeit nicht verdiente. Für das Team war Saraf Argyr unsichtbar.

Endlich hob die Maschine ab, stieg über die Baumwipfel empor und neigte hierauf die Nase nach vorne, um vom Steig- in den Geradeausflug überzugehen.

Während der ganzen Reise blieb Saraf der Letzte auf der Bank, der Nachzügler, den keiner beachten wollte, solange er sich nicht selbst bemerkbar machte. Und er hütete sich davor, dies zu tun. In Lethem wechselten die Wissenschaftler und ihre Begleiter in ein ziviles Flugzeug, das kurz darauf in Richtung Georgetown startete. Mit Ausnahme von Yeremi sprach weder auf dem Flugfeld noch in der Turbo-Prop-Maschine irgendjemand mit dem wundersam gebleichten »Riesenwachana«, der gar nicht Wachana war. Niemand kümmerte sich um ihn. Yeremi konnte es nicht fassen.

Ihr Schützling wurde ihr immer unheimlicher.

DRITTER TEIL

VERHÄNGNIS-
VOLLE
BEZIEHUNGEN

DIE VERWANDLUNG

Georgetown (Guyana)
6. Dezember 2005
14.51 Uhr

»Wo ist Wachana?« Abbatissa Jerilynn Hamilton-Longhorne machte auf Yeremi den Eindruck einer Wissenschaftlerin, die so vergreist und zerstreut war, wie sie selbst es wohl nie werden würde. Sarafs stundenlange »Gefühlsspielerei« hatte nicht nur ihn, sondern auch seine »Instrumente« erschöpft. Jetzt waren sie verstimmt.

Yeremis Blick verweilte noch bei dem Tor am Rande des Flughafens, durch das der Silbermann gemächlich herausspaziert war, ohne von den Wachen beachtet worden zu sein, und antwortete leise: »Ich glaube, er will nicht länger in unserer Welt bleiben, als unbedingt nötig ist.«

»Ginge mir an seiner Stelle wohl auch nicht anders. Du hast alles für seinen Weiterflug arrangiert?«

Endlich wandte sich Yeremi wieder ihrer Kollegin zu. »Ich werde im Hotel noch einige Telefonate führen, nur zur Sicherheit.«

»Tu das. Willst du wirklich nicht mit uns ins Le Meridien Pegasus gehen und Abschied feiern?«

»Wir haben doch gestern schon …« Sie lächelte schief. »Sei mir bitte nicht böse, aber das Pegasus-Hotel bereitet mir Albträume. Außerdem fürchte ich, wir werden spätestens in der Empfangshalle von Reportern umlagert, und die dürften schnell herausfinden, wo unser Team logiert. Ich möchte nicht auf Schritt und Tritt von Kameraobjektiven verfolgt werden, sondern mich hier vor dem Heimflug noch ein paar Tage erholen.«

»Also hast du dir einen geheimen Zufluchtsort gesucht, Vollpension inklusive.«

»So könnte man sagen.«

»Also schön. Wir sehen uns ja dann in Berkeley.«

Yeremi nickte. »Ach! Da fällt mir noch eine Frage ein, Abby. Sagen dir die Namen ›Hirguan‹ und ›Abora‹ irgendetwas?«

Die Anthropologin schürzte die Lippen. »Warte … Ja! Ich kenne sie von meiner Arbeit über die atlantische Westkultur. Vielleicht erinnerst du dich an unser Gespräch über die Nachfahren der Cromagnon. Sie waren ein Volk von Seefahrern, das viele Kolonien gründete, unter anderem auch auf den Kanarischen Inseln; möglicherweise dienten diese ihnen sogar als Sprungbrett über den Atlantik. Wie auch immer: ›Abora‹ stand bei den kanarischen Ureinwohnern für das Gute, während die böse Gegenmacht auf der Insel El Hierro ›Hirguan‹ hieß, auf La Palma ›Iruene‹ und ›Guayote‹ auf Teneriffa …«

»Das Böse hat viele Namen«, murmelte Yeremi und nickte wie jemand, dem gerade ein Licht aufging. »Danke, Abby, und passt auf euch auf. Du hast mir sehr geholfen.«

»Ich werde *nicht* in diese Sänfte steigen, sie stinkt, und Träger sind auch keine da«, sagte Saraf trotzig. Mit der Hand beschirmte er seine empfindlichen Augen.

Zum Glück war der Fahrer und – dem Lizenzdokument am Armaturenbrett nach zu urteilen – Eigentümer des Taxis des Spanischen nicht mächtig. Sein Aussehen verriet indische Wurzeln. Yeremi stöhnte leise. Sie hatte den Silbermann wie verabredet außerhalb des Flughafens an der stark befahrenen Straße entdeckt, saß selbst bereits in der »Sänfte« und stand nun vor der durchaus schwierigen Aufgabe, dieses nicht gerade dschungelgerechte Beförderungsmittel einem einigermaßen verwirrten Waldläufer schmackhaft zu machen. Vielleicht konnte sie ihn mit einem Präzedenzfall aushebeln.

»Du bist doch auch in den Hubschrauber gestiegen, Saraf. Der hat noch viel mehr gestunken und wie ein Drache getobt. Diese … *Sänfte* hier fliegt nicht einmal.«

»Bist du dir sicher?«

Yeremi bemerkte, wie die dunkel umrandeten Augen des Fahrers sie im Rückspiegel beobachteten. In diesen Breitengraden war das Zusteigen von Fahrgästen zwar eine häufig praktizierte Übung zur

Umsatzsteigerung, aber der bärtige Riese in seinem knappen Sportdress schien dem Taxibesitzer nicht geheuer zu sein.

»Ich zahle für ihn«, erklärte Yeremi.

Die Augen im Spiegel verengten sich.

»Und noch ein dickes Trinkgeld dazu.«

Im Reflektor gingen zwei braune Sonnen auf.

Endlich konnte sich Yeremi wieder um ihren Schützling kümmern. »Saraf, wir verursachen noch einen Auffahrunfall, wenn wir länger auf dieser Ausfallstraße stehen bleiben. Oder die Polizei kommt und verpasst dem Chauffeur einen Strafzettel …« Sie verstummte, weil im Gesicht des Silbermannes nur noch Ratlosigkeit zu sehen war. »Vermutlich hat sich Kolumbus noch nicht mit Cops herumstreiten müssen, die seinem Gaul ein Ticket unter den Pony klemmen wollten«, brummte sie unwillig in sich hinein und beugte sich dann weit aus dem Wagen.

»Steig ein, Saraf!«

Ihr energischer Appell zeigte sofort Wirkung. Der Silbermann gehorchte. Etwas umständlich wirkte es schon, wie er sich in den Mitsubishi faltete. Die beiden Augen im Rückspiegel waren von dem Schauspiel geradezu gebannt.

»Sie können jetzt losfahren«, erinnerte Yeremi den Taxiunternehmer an seine Pflichten. Er schrak zusammen und drückte aufs Gaspedal. Mit quietschenden Rädern schoss sein Wagen davon.

»Wo soll's denn hingehen, Ma'am?«, fragte er nach einer Weile.

Yeremi warf einen Seitenblick auf Saraf und antwortete: »Bringen Sie uns zu einem anständigen Herrenausstatter.«

»Guter Vorschlag, Ma'am.« Der Fahrer verzog keine Miene.

Das Bekleidungsgeschäft lag in der Main Street, einer geschäftigen Allee in Georgetowns historischem Zentrum. Es war durch und durch nobel: Teppichboden zum Versinken, Tropenholz, das man unentwegt polieren mochte, und Spiegel zum Blenden. Ein Messingglöckchen verkündete die Ankunft der neuen Kundschaft.

Da um vier Uhr nachmittags die Läden schlossen, wollte bei dem älteren Herrn hinter dem Tresen keine rechte Freude aufkommen, als eine Kundin nur wenige Minuten vor dem Kassensturz allzu forsch die Glastür durchschritt. Kinn, Nase und auch die grauen Augenbrauen des beinahe kahlköpfigen Ladenbesitzers gingen wie von Fäden gezogen in die Höhe. Seine Kundschaft pflegte sich standesgemäß zu kleiden, wenn sie bei ihm um Bedienung ersuchte, aber so wie diese junge Dame aussah, hätte sie geradewegs aus dem Dschungel kommen können.

Archibald Twinankle – man nannte ihn auch den »Schneider von Georgetown« – dräute, dass diesem an sich absurden Eindruck mehr als nur ein Hauch von Wahrheit anhaftete, als er die beiden Rucksäcke gewahrte, die hinter der Frau ins Geschäft bugsiert wurden. Der Träger war ein grobschlächtiger Kerl: riesengroß, bärtig, blond und …

Mr Twinankle erstarrte, als Yeremi den Blick auf Saraf Argyrs sportliches Outfit freigab. »Wir sind ein Herrenausstatter«, rief er der Kundin eilig entgegen, um ihr und ihrem Kofferkuli die Zeitverschwendung eines längeren Aufenthalts in seinem Geschäft zu ersparen. Er überlegte, ob es einen Sinn machen würde, die Rollos herunterzulassen – man sollte die Stammkundschaft nicht vergraulen.

»Guten Tag«, sagte Yeremi. »Dann bin ich hier ja genau richtig.«

»Madam?«, erwiderte der Ladenbesitzer und sah dabei aus, als habe sie ihn nach der Schuhgröße von Quetzalcoatl gefragt.

Sie drehte den Oberkörper nach rechts, deutete lächelnd mit beiden Händen auf Saraf Argyr und sagte: »Ich möchte gerne diesen Herren hier einkleiden.«

Mr Twinankle schaute erst die kühne junge Frau an, dann »diesen Herren« und schließlich wieder sie. »Das könnte … nicht ganz billig werden.«

Sie zog einen ledernen Brustbeutel unter ihrem T-Shirt hervor, entnahm diesem eine American Express Platin Card und legte sie auf den Verkaufstisch. »Darauf bin ich vorbereitet.«

Allmählich taute Mr Twinankle auf. Er gewann Interesse an dieser Herausforderung. Den Kopf in den Nacken gelegt, umschlich er

Saraf und erinnerte dabei ein wenig an Christo, der die Verhüllung der New Yorker Freiheitsstatue in Angriff nahm. Nach einer Weile nickte er.

»Sie treiben Sport?«

Saraf sah ihn verständnislos an.

»Er spricht Spanisch«, erläuterte Yeremi.

»Ah!«, machte Mr Twinankle, als sei damit alles erklärt. »Sehr modisch.«

»Was?«

»Diese bunte Perlenhalskette.« Der Schneider von Georgetown deutete auf den schweren Goldanhänger.

Sarafs Hand schnellte zu dem Schmuckstück, um sich schützend darüber zu legen.

»Die steht nicht zur Disposition. Den Rest dürfen Sie umgestalten«, sagte Yeremi.

»Was haben Sie sich vorgestellt?«

»Einen leichten Sommeranzug, dazu ein paar Baumwollhosen, Hemden, Unterwäsche, Socken, Schuhe …« Yeremi schob die Unterlippe vor und hob die Schultern. »Was man eben so braucht.«

Mr Twinankle wollte gerade Luft holen, als Yeremi schnell hinzufügte: »Und eine Sonnenbrille, falls Ihr Haus damit dienen kann.«

Kurzzeitig geriet der Gleichmut des versnobten Tailors ins Wanken. Sein Geschäft war hervorragend sortiert, aber das … Dann hatte er eine Idee. Er hob die Hand und schnippte mit den Fingern. Wie aus dem Nichts erschien ein ziemlich kleiner, dafür aber um so runderer junger Mann von höchstens achtzehn Jahren. »Shorty, spring schnell zu Mr Apeldoorn. Wir brauchen eine Musterkollektion von Sonnenbrillen für … diesen Herren hier.« Er deutete auf Saraf.

Shorty hüpfte wie ein Gummiball davon, und der Schneider von Georgetown widmete sich wieder der Begutachtung seines Rohlings.

»Krawatten?«, fragte er.

Skeptisch betrachtete Yeremi ihren Begleiter. Dann schüttelte sie den Kopf, zog die Nase kraus und raunte konspirativ: »Er ist das nicht gewohnt, wissen Sie.«

»Verstehe.« Mr Twinankle konzentrierte sich nun auf die Basis seines Großprojektes. »Wie steht es mit Schuhen?«

»Etwas Saloppes und ein zweites Paar zum Anzug sollten vorerst reichen.«

Im Hirn des Schneiders von Georgetown schien eine Vision Gestalt anzunehmen. Seine Augen bekamen einen feuchten Glanz. Er zwinkerte Saraf vertraulich zu und sagte: »Na, dann wollen wir mal sehen, ob wir aus Ihnen nicht einen neuen Menschen machen können.«

Das Messer näherte sich langsam Sarafs Hals. Plötzlich schnellte seine Hand vor und packte den Arm des Angreifers. Der Barbier schrie vor Schmerzen auf.

»Saraf, lass ihn sofort wieder los!«, rief Yeremi entsetzt.

»Ich habe meine Meinung geändert und behalte meinen Bart«, brummte der Silbermann.

»Müssen wir das alles wirklich noch einmal durchkauen?«, raunte sie ihm ins Ohr und sah sich zu den Wartenden an der Wand um. Der Barbier sprach zwar nur Englisch, aber wer konnte schon wissen, ob nicht jemand unter seinen obskuren Kunden der verbreitetsten Sprache des Kontinents mächtig war. Bei einem Casting hätten die vier Herren auf den Stühlen wohl auf Anhieb eine Rolle als Geldeintreiber der Mafia bekommen. Vielleicht gab es ja gute Gründe, weshalb sie ausgerechnet *dieses* Frisörgeschäft aufsuchten, das auch nach Ladenschluss noch Kunden bediente. Die Empfehlung stammte von Mr Twinankle.

»Und wenn er mir die Kehle durchschneidet?«, fragte Saraf in normaler Lautstärke.

»Dann bekommt er kein Geld«, rief einer von den Geldeintreibern und lachte.

Yeremi bedachte den Mann mit einem vernichtenden Blick, bevor sie sich wieder Saraf zuwandte. Wenn sie nicht offen reden konnte, würde sie ihn kaum überzeugen können, ohne gleichzeitig ihre Tarnung zu gefährden. Segelschuhe, eine khakifarbene Baumwollhose und ein Jeanshemd machten aus ihm noch keinen anonymen Großstädter (an die dunkle Ray-Ban-Sonnenbrille würde sie ihn erst noch gewöhnen müssen).

Sie schob ihr Gesicht ganz nah an seine eingeseifte Wange und flüsterte: »Vertraust du mir?«

Er blickte sie verwundert an. »Ja!«

»Wenn du ein so guter Menschenkenner bist, dann beantworte mir eine Frage: Der Mann mit dem Messer – hasst er dich, ist er zornig, oder will er dir irgendetwas stehlen?«

Saraf drehte sich zu dem Barbier um, der immer noch vorgebeugt dastand, weil sein Handgelenk in einem menschlichen Schraubstock steckte. Sein Gesicht war verzerrt, und der bohrende Blick, dem er nun ausgesetzt wurde, machte die Lage für ihn nicht gerade erträglicher. Der Silbermann wandte sich wieder Yeremi zu. »Zornig ist er nicht, nur furchtsam und ein wenig ungeduldig. Aber du hast Recht: Er will mir etwas nehmen.«

Yeremi fuhr verwundert hoch, sah erst den Barbier, dann wieder Saraf an: »Was?«

Der Silbermann grinste. »Meinen Bart.«

Le Meridien Pegasus erhob zwar den Anspruch, das vornehmste Hotel am Platz zu sein, aber Yeremi verzichtete gerne auf seinen Luxus. Im Gegensatz zu dem hellblauen runden Bettenturm an der Seawall Road glich die Cara Lodge einem Dornröschenschloss aus längst vergangener Zeit. Hier erhoffte sich Yeremi, jene Ruhe zu finden, die sie so dringend brauchte, um Saraf auf das Leben in der Zivilisation vorzubereiten. Wenn sie an den Schauder zurückdachte, den ihr vor einigen Wochen noch die Vorstellung an eine Nacht im Pegasus bereitet hatte, dann musste sie allerdings lächeln. Irgendetwas war mit ihr im Dschungel geschehen. Die Schatten der Vergangenheit hellten sich ganz allmählich auf, und bei dieser Veränderung spielte Saraf Argyr eine wichtige Rolle. Yeremi wusste nur noch nicht welche.

Als das kleine Taxi in der Quamina Street hielt, war es bereits dunkel. Yeremi musste mit dem Fuß nachhelfen, um die Tür des Wagens aufzustoßen. Erst quollen Einkaufstüten von Twinankle heraus, dann folgten die Passagiere. Der Fahrer zerrte derweil die Rucksäcke aus dem Kofferraum. Noch ganz unter dem Eindruck des großzügigen Trinkgeldes stehend, ließ er sich dazu hinreißen, das Gepäck in die Hotelhalle zu schleppen.

Saraf beobachtete jede Bewegung des Mannes. Seine Wachsamkeit beruhte nicht auf Misstrauen, sondern auf einem großen Staunen, das ihn nicht mehr loslassen wollte. Alles für ihn war neu, fremd, sonderbar.

An seiner Seite, dem Taxifahrer mit den Rucksäcken immer dicht auf den Fersen, durchquerte Yeremi den vorderen Garten des Hotels. Eigentlich bestand es aus zwei Gebäuden, die aus den Vierzigerjahren des neunzehnten Jahrhunderts stammten. Mit seiner weiß lackierten Holzfassade und den überdachten Balkonen besaß die Cara Lodge jenen viktorianisch-kolonialen Charme, dem man sich nur schwer entziehen konnte.

Als die neuen Gäste in das weihnachtlich dekorierte Foyer traten, strahlte ihnen von dem roten Holztresen der Rezeption ein weibliches Gesicht entgegen. Yeremi dankte dem Taxifahrer und nannte der molligen schwarzen Empfangsdame ihren Namen. Die nickte und lächelte Saraf erwartungsvoll an, dessen Miene die Freundlichkeit wie ein Spiegel zurückwarf.

Damit begann ein heiteres Schweigen, das Yeremi schließlich mit dem Hinweis beendete: »Er spricht Spanisch.«

»*¡No hay problema!*«, entfuhr es ihrem Gegenüber, das die Problemlosigkeit des Sprachwechsels auch sofort unter Beweis stellte, als es sich nach dem vollstandigen Namen des Gastes erkundigte.

»Silverman«, erwiderte Yeremi. »Saraf A. Silverman.«

»Alter: vierzig. Hautfarbe: silbern. Und mein Geschlecht …«, begann der, ehe sie ihm das Wort abschneiden konnte.

»Das genügt vorerst, mein Lieber.« Für eine Sekunde hatte Yeremi ihm die Hand auf den Arm gelegt, zog sie aber schnell wieder zurück, um sich mit einem bemühten Lächeln bei der Rezeptionistin zu entschuldigen. »Ich habe die Suite auf meinen Namen reserviert.«

Die Empfangsdame verdaute noch Sarafs Personalien. »Warum hat er einen englischen Namen, wenn er doch ...?«

»Adoptiert«, erwiderte Yeremi. »Genau genommen handelt es sich um eine Patenschaft.«

»Ahaaa!«, machte Lisa Martinez – ein Schild an ihrer bunten Bluse identifizierte sie als ebendiese. Nur mit Mühe konnte sie sich von Mr Silvermans Anblick losreißen. Sie verlagerte wie in Zeitlupe ihre Aufmerksamkeit auf eine Computertastatur, die sie bald heftig, wenn auch unter Beibehaltung ihres Lächelns, traktierte. Saraf staunte.

Das fröhliche Tippen dauerte nach Yeremis Empfinden ungewöhnlich lang. Sie hatte ihre Reservierung vom Dschungel aus über das Internet vorgenommen. Hoffentlich war die Buchung nicht einem Virus zum Opfer gefallen. Endlich riss sich die Dame vom Monitor los und strahlte nun wieder die Gäste an.

»Sie hatten eine Suite mit zwei Schlafräumen bestellt, Professor Bellman?«

»Gibt es ein Problem?«, erkundigte sich Yeremi.

»Ich kann Ihnen die Quamina-Suite anbieten. Sie geht über die gesamte Breite und die halbe Länge des Hotels ...«

»Aber?«

»Sie hat keine zwei Schlafzimmer.«

»Das ist schlecht.« Yeremi warf einen Seitenblick auf Saraf, der Lisa Martinez zu erhöhten Anstrengungen anstachelte.

»Im Wohnzimmer gibt es ein Sofa, das sich zu einem Bett ausklappen lässt.«

»Das genügt nicht.«

»Wofür?« Die Empfangsdame schüttelte über sich selbst den Kopf und fügte schnell hinzu: »Entschuldigung, ich wollte natürlich fragen: Was genau haben Sie sich vorgestellt?«

Wenn ich das nur wüsste!, jammerte Yeremi in Gedanken. Eine Nacht mit Spinnen und Ameisenbären im Dschungel löste bei ihr weniger Beklemmung aus als der Gedanke an einen geschlossenen

Raum, in dem sich neben ihr noch ein Mann und ein Bett befanden. Am liebsten hätte sie der Empfangsdame Lebewohl gesagt und die Flucht ergriffen – der ganze Plan kam ihr immer aberwitziger vor. Sie hatte eine Suite mit zwei Schlafräumen buchen wollen, um sich ganz ungestört der Ausbildung Sarafs widmen zu können. Während seiner ersten Schritte in einer ihm fremden Welt konnte so viel schief gehen! Er musste lernen, sich wie ein Amerikaner zu benehmen, nur dann konnte er in der anonymen Masse untertauchen. Im Augenblick zweifelte Yeremi jedoch daran, dieses Ziel jemals zu erreichen.

Lisa Martinez wartete geduldig auf eine Antwort. Yeremi schob die Zweifel beiseite. Sie bemühte sich, freundlich und gelassen auszusehen. »Mr Silverman ist mein Partner.«

»So habe ich mir das vorgestellt«, antwortete Lisa Martinez nickend und mit wissendem Lächeln.

»Eben nicht!«, beeilte sich Yeremi dagegenzuhalten. »Es ist eher eine … *geschäftliche* Verbindung.«

»Selbstverständlich.«

»Wir haben viel zu besprechen und brauchen dafür eine ungestörte Umgebung.«

»Dafür habe ich vollstes Verständnis.«

Saraf wandte sich Yeremi zu und sagte gleichmütig: »Lisa Martinez beneidet dich.«

Das schwarzbraune Gesicht der Empfangsdame wirkte plötzlich beinahe fahl. Verstörte Blicke schossen zwischen den Frauen hin und her.

»Ich kann Ihnen die Walter-Raleigh-Suite und ein benachbartes Zimmer geben«, sagte Lisa Martinez rasch, und es klang, als werde sie mit der Pistole bedroht.

»Ich weiß nicht …«, grübelte Yeremi wie jemand, der von der Hochwertigkeit des Angebots nicht recht überzeugt ist.

Lisa Martinez wirkte pikiert und begann sogleich, *ihr* Hotel zu verteidigen. »*Alle* unsere Suiten bieten höchsten Komfort, der sogar die Ansprüche gekrönter Häupter befriedigen konnte: 1923 hat Edward VII. hier logiert, 1996 Ex-Präsident Jimmy Carter, und erst vor fünf Jahren durften wir Seine königliche Majestät Prinz Charles …«

»Wir nehmen die Zimmer«, unterbrach Yeremi die beeindruckende Aufzählung.

»Sind Sie sicher?«

»Ja.«

»Auch … Mr Silverman?«

»Er vertraut völlig auf meinen Geschmack.«

»Ich könnte eventuell ein anderes Hotel anrufen und mich erkundigen, ob …«

»Das wird nicht nötig sein. Die Räume sind bestimmt reizend. Wenn sogar der Prince of Wales sich hier wohl gefühlt hat …«

Lisa Martinez lachte auf – ihr Ärger war schon verflogen. »Dann dürften Sie und Ihr … Partner es auch tun. Sie werden sehen, Professor Bellman, man muss kein Gebieter über ein ganzes Volk sein, um sich bei uns wohl zu fühlen.«

Nach der dezenten Übergabe eines stattlichen Trinkgeldes hatte sich das vorübergehend schwächelnde Gedächtnis des Concierge erstaunlich schnell erholt. Kein Wort mehr von seinem begrenzten Aufgabengebiet, das bei der Reservierung von Tischen in teuren Restaurants beginne und bereits mit der Vermittlung von Theaterkarten ende. Plötzlich fiel ihm auch eine Lösung für Yeremis nur flüsternd vorgetragenes Anliegen ein. Doktor Singh sei genau der Richtige für solche Fälle.

Kaum eine halbe Stunde später klopfte es an der Tür der Suite. Yeremi öffnete und ließ den Mann ein, der dem Aussehen nach vom indischen Subkontinent stammte. Der Arzt war kahlköpfig, über Augen und Oberlippe wucherte das schwarze Haar dafür umso hemmungsloser. Singhs Statur ließ sich am besten mit dem Wort »übersehbar« beschreiben: Wenn der große, aber extrem schmal gebaute Mann einem die Schulter zeigte, wurde er praktisch unsichtbar.

Er trug einen schwarzen Maßanzug und eine Tasche aus erlesenem Büffelleder. Als er Yeremi die schweißfeuchte Hand reichte, entdeckte sie auf dem abgestoßenen Ärmel seines Jacketts einige dunkle Flecken. Vielleicht Blut?

Der Concierge des Hotels hatte zugesichert, Singh behandele nur Privatpatienten, verstehe sich auf Diskretion und das flinke Ausfüllen stattlicher Liquidationen. Dafür sei er aber auch sehr kundig in der Behandlung unerklärlicher Schussverletzungen, Schwangerschaften und anderer »Zivilisationskrankheiten«.

Yeremi bot dem Besucher einen Platz an. Doktor Singh setzte sich auf die vordere Kante des von Saraf Argyr am weitesten entfernten Sessels. Der Silbermann verfolgte wie eine zum Sprung bereite Katze vom Sofa her jede Bewegung des Arztes. Singh erkundigte sich mit einschmeichelnder Stimme nach dem Grund des abendlichen »Noteinsatzes«, wobei er jeden Blickkontakt mit dem muskulösen Hünen vermied.

»Ich möchte, dass Sie mir Blut abnehmen«, antwortete Yeremi.

Der Arzt hob eine pechschwarze Augenbraue, blickte nun doch, wenngleich nur kurz, zu Saraf, dann erneut zu ihr. »An welche Menge hatten Sie denn gedacht?«

Yeremi stutzte. Dann fielen ihr wieder die Worte des Concierge ein. Sie schüttelte den Kopf. »Ich will keine schwarze Messe abhalten oder sonst ein schauriges Ritual. Sie sollen nur mein Blut von einem Labor untersuchen lassen.«

»Wäre es Ihnen sehr unangenehm, wenn die Probe nicht Ihren richtigen Namen trüge?«, fragte Doktor Singh mit süffisantem Lächeln.

»Nein«, antwortete Yeremi. Der Mediziner war ihr alles andere als sympathisch.

»Soll das Labor in eine ganz bestimmte Richtung suchen? Aids? Syphilis? Schwangerschaftstest? ...«

»Es geht um eine von Streptokokken verursachte Sepsis. Jedenfalls nehme ich das an. Ich möchte eine möglichst präzise Identifikation des Erregers.«

»Welche Symptome?«

»Ich bin mit Penicillin behandelt worden und inzwischen beschwerdefrei.«

»Seit wann?«

»Die Krankheit hat sich erstmals am 18. November bemerkbar gemacht. Seit ungefähr zwei Wochen geht es mir wieder gut.«

Der Arzt seufzte, als habe er im Lotto die richtigen Zahlen getippt, aber vergessen, den Schein abzugeben. »Dann muss ich Sie leider enttäuschen, Mrs Bellman. Abgetötete Mikroben sind im menschlichen Organismus nur wenige Stunden lang nachweisbar. Es gibt spezialisierte Blutzellen, die so genannten Makrophagen, die sich mit Heißhunger auf die Bakterientrümmer stürzen und sich an ihnen gütlich tun. Kann ich sonst noch etwas für Sie tun?«

»Wäre ja auch zu leicht gewesen.«

»Wie bitte?«

Yeremi schüttelte enttäuscht den Kopf. »Nein, das ist schon alles. Ich danke Ihnen für Ihr sofortiges Kommen, Doktor Singh.«

Der Arzt schenkte ihr ein vollendetes Lächeln. »Nun, ganz fertig sind wir noch nicht, Mrs Bellman. Da wäre noch eine Kleinigkeit. Sie beläuft sich auf exakt fünfhundert Dollar.«

Traurig betrachtete Yeremi ihr Lieblings-Schlaf-T-Shirt. Snoopy hatte seine Unschuld verloren. Er war kein freundlicher kleiner Vierbeiner mehr, der mit Pilotenkappe auf dem Kopf, auf seiner Hundehütte sitzend, die zivile Luftfahrt bereicherte. Das eingetrocknete Blut auf seinem vormals weißen Fell entlarvte ihn als hündische Reinkarnation des Roten Barons. Seufzend steckte Yeremi das T-Shirt zu den anderen verschmutzten Wäschestücken in den Plastikbeutel der Hotelreinigung.

Saraf Argyr saß im Nebenraum kerzengerade auf dem Sofa und starrte in den Fernsehapparat. Er kannte zwar bereits tragbare Computer, aber die flimmernden Bilder aus dem Äther übten eine weit stärkere Faszination auf ihn aus. Es hatte Yeremi einige Mühe gekostet, ihm die Funktionsweise des Fernsehers in einfachen Worten zu erklären, hielt er diese Erfindung doch zunächst für eine Art Zauberkiste zur Einschrumpfung von Lebewesen, Häusern, Sänften, Schiffen und vielem mehr.

Vor wenigen Minuten war Yeremi selbst von dem Programm wie

hypnotisiert gewesen. Das guyanische Staatsfernsehen hatte in einer Nachrichtensendung von der Rückkehr ihrer Expedition berichtet. In der Empfangshalle des Flughafens waren sie von einem Reporterteam abgefangen und interviewt worden. Das Massensterben im Garten Gottes schlug in den Medien immer noch hohe Wellen. Während des ganzen Berichts befürchtete Yeremi, der Kameramann könnte das Teleobjektiv auch auf das Flugfeld, die aussteigenden Passagiere und insbesondere auf Saraf Argyr gerichtet haben. Das ganze Land würde den Waldmann sehen und sich, unbenebelt vom Silbernen Sinn, fragen, wer dieser bärtige Athlet sei. Aber alles ging gut. Saraf blieb unsichtbar.

Er hatte nach der Verabschiedung des Arztes die Knöpfe der Fernbedienung erkundet, die Lautstärke des Fernsehers angehoben und einen neuen Sender entdeckt. Yeremi hörte unvermittelt ein wildes Gekreische. Um das Gerät leiser zu stellen, rutschte sie von dem auf einem Podest thronenden Bett und schlurfte auf Socken ins Wohnzimmer. Die Suite war der Kajüte von Kapitän Walter Raleigh nachempfunden, der im sechzehnten und siebzehnten Jahrhundert El Dorado suchte und auf diese Weise nach Guayana kam. Mit einem großen Messingkompass, Seekarten und einer kompletten Bibliothek appellierte das Apartment an das Fernweh der Gäste. Saraf, dessen Vorfahren einst die Ozeane überquert hatten, schien sich in dem nautischen Ambiente wohl zu fühlen.

Als Yeremis Blick auf den Fernseher fiel, erstarrte sie. Auf der Mattscheibe fand gerade ein vom Publikum lautstark unterstützter Weltrekordversuch im Dominosteine-Umwerfen statt. Ein Team hatte wochenlang die schwarzen, bisweilen auch bunten Klötzchen aneinander gereiht, daraus Bilder gestaltet, bewegliche Szenerien geschaffen, Feuerwerkskörper integriert und vieles mehr entworfen, um es jetzt innerhalb von Minuten zu zerstören. Der Kommentator sprach Spanisch, was die Angelegenheit für Saraf nur bedingt verständlicher machte.

Er bemerkte Yeremi und fragte: »Warum tun sie das? Dient ihre Handlung irgendeinem rituellen Zweck?«

Sie war noch viel zu benommen, um darauf zu antworten. Die

fallenden Steine hatten bei Yeremi eine Assoziation ausgelöst. Seit der Weißen Nacht von Jonestown war sie immer wieder von Ereignissen umgerissen worden und hatte sich hernach wieder mühsam auf die Beine gekämpft. Gehörte auch Saraf zu diesem Spiel?

»Yeremi?«

Endlich kehrte sie in die Wirklichkeit zurück. »Was?«

»Du bist jetzt meine Lehrmeisterin. Bitte erkläre mir das: Die Stimme aus der Bilderkiste sagt, all diese Männer und Frauen hätten viele Tage und Wochen gebraucht, um die kleinen Ziegel aufzustellen, die sie Dominosteine nennen. Und jetzt kippen sie alle wieder um. Euer Leben ist so kurz, Yeremi! Warum verschwendet ihr so viel Zeit mit derart müßigen Dingen?«

Sie schaute ratlos zum Fernseher, dann wieder in Sarafs fragende Miene. Über den Sinn oder vielmehr Unsinn derartiger Übungen hatte sie sich noch nie den Kopf zerbrochen. »Vielleicht …« Sie saugte an der Unterlippe. »Möglicherweise wollen diese Menschen etwas tun, was vor ihnen noch niemand geschafft hat.«

»Millionen von kleinen Ziegelsteinen umkippen? *Wozu?*«

»Manch einer möchte gerne beachtet und bewundert werden. Er braucht etwas, woran er sich festhalten kann, weil er sonst wie diese Dominosteine umzufallen droht.«

»Dann scheint er den Sinn des Lebens nicht begriffen zu haben.«

»Und woraus soll der, deiner Meinung nach, bestehen?«

»Ich bin eine Kreatur Gottes. Ich existiere, weil er es will. Nur wenn ich im Einklang mit ihm und seiner Schöpfung lebe, kann ich Glück und Zufriedenheit erlangen.«

»Wer sagt dir, dass sich diese Menschen nicht auch in Harmonie mit ihrem Gott befinden?« Sie deutete auf den Bildschirm, wo noch immer die Steine purzelten und das Publikum hysterisch jubelte.

»Niemand. Nur frage ich mich, ob die Lebenszeit nicht ein zu kostbares Gut ist, um sie mit nutzlosen Dingen zu vergeuden.«

»Für die Männer und Frauen dort ist diese Sache vielleicht alles andere als unwichtig.«

»Das befürchte ich auch«, sagte Saraf ernst.

»Du solltest nicht so selbstherrlich über sie urteilen, Saraf.« Sie glaubte mit einem Mal, die Rekordjäger verteidigen zu müssen. »*Dein* Gott mag diesen Menschen nichts bedeuten. Sie müssen sich mit einem Leben arrangieren, in dem oft andere allzu willkürlich über ihr Geschick bestimmen: gierige Arbeitgeber, die ihnen nach Belieben Lohn und Brot entreißen, korrupte Politiker, denen die verbrieften Menschenrechte nichts, die eigene Macht jedoch alles bedeutet, oder profitsüchtige Unternehmen, die ihre Gesundheit ruinieren. Ist es da verwunderlich, wenn die Menschen sich ausgeliefert fühlen und einen Halt im Leben suchen?«

»Man glaubt oft ohnmächtig zu sein, ist aber so gut wie nie wehrlos.«

»Du kennst unsere Welt noch nicht, Saraf.«

»Das mag stimmen. Aber erkläre mir eines: Ist es in deiner Welt von dauerhaftem Nutzen, nur an den *eigenen* Vorteil zu denken?«

»Manchmal habe ich das Gefühl, dieses Lebensprinzip verdrängt alles andere, was uns Menschen jemals von Bedeutung war.«

»Das klingt trostlos. Dabei braucht jeder das Wasser der Hoffnung, damit Körper und Geist nicht vertrocknen wie ein entwurzelter Baum. Selbst der Silberne Sinn kann ohne sie nicht gedeihen.«

»Die Einfühlung? Was könnte die Empathie wohl an unserer gefühlskalten Welt ändern! Mir kommt alles so verfahren, so ausweglos vor.«

»Korrigiere mich bitte, wenn ich mich irre, aber könnte deine Einschätzung etwas damit zu tun haben, wie du deine eigene Lage siehst?«

Yeremi stand mit offenem Mund da und wusste nicht, was sie darauf erwidern sollte. Schon wieder hatte Saraf sie kalt erwischt. Zögernd antwortete sie: »Vor langer Zeit schon ist hinter mir eine Tür zugeschlagen, die sich nicht mehr öffnen lässt.«

»Umkehr bedeutet selten Fortschritt. Warum nicht einfach weitergehen, Yeremi? Ist nicht jeder Ausgang irgendwohin auch ein *Zu*gang?«

Sie brachte ein gequältes Lachen hervor. »Das erinnert mich an etwas, das Oscar Wilde einmal gesagt hat: ›Wann immer Sie stürzen, heben Sie etwas auf.‹«

»Weise Worte! Ist er ein Priester?«

»Wenn, dann einer, dessen Religion die Ästhetik war – er lebt schon lange nicht mehr. Seine Zeitgenossen haben ihn allerdings eher für einen Exzentriker gehalten.«

»Was bedeutet dieses Wort?«

»Oscar Wilde galt als verschroben und überspannt, aber auch als ein begnadeter Dichter und Dramatiker. Es heißt, er habe das männliche Geschlecht dem weiblichen vorgezogen. Der Vater seines Geliebten ließ ihn wegen Sodomie ins Zuchthaus sperren.«

Saraf schien den Fernseher vergessen zu haben und vermittelte Yeremi das Gefühl, jedes ihrer Worte sei von großem Wert für ihn. Langsam nickte er. »Du sagst, dieser Dichter habe außergewöhnliche Gaben besessen?«

»Ganz bestimmt.«

»War er ein – wie nennst du es doch gleich? – ein empathischer Telepath?«

»Davon ist mir nichts bekannt, wenngleich … Mit Worten konnte er die Gefühle anderer Menschen wohl mehr anrühren als mancher andere.«

»Dann erscheint es mir nicht verwunderlich, wenn er Neider hatte. Ich will dir eine Geschichte erzählen, die ebenso von Hoffnung wie auch davon spricht, wie wir andere Menschen sehen.«

Es klopfte an der Tür.

»Sekunde bitte. Ich habe darum gebeten, heute noch die Schmutzwäsche abzuholen«, entschuldigte sich Yeremi und lief schnell in ihr Schlafzimmer. Mit dem knisternden Plastikbeutel kehrte sie zurück und übergab ihn dem Zimmermädchen. Anschließend ließ sie sich Saraf gegenüber in einen Sessel fallen, machte es sich mit angewinkelten Beinen darin bequem und sagte: »Jetzt zu deiner Geschichte. Ist sie wahr?«

Saraf lächelte. »Selbst das wundersamste Märchen ist ein Kind der Wirklichkeit, denn es wurde von einem wahren Geist erdacht – kann es da gänzlich erfunden sein? Also pass auf: Da gab es einst ein

Dorf, das von einer Mauer umgeben war. Am Tor saß jeden Tag ein alter Mann und begrüßte die Neuankömmlinge. Eines Nachmittags traf ein Vater mit seiner Familie und zwei Lamas ein. ›Was für Menschen leben hier?‹, fragte er den Alten. ›Welche Menschen leben denn in dem Ort, aus dem ihr kommt?‹, entgegnete der. ›Das sind samt und sonders Diebe, alles Taugenichtse, gierig, selbstsüchtig, gedankenlos, gefühllos …‹ Dem Familienvater fielen noch zahllose schlechte Eigenschaften ein. Der alte Mann nickte verstehend und sagte dann: ›Die gleichen Menschen werdet ihr hier antreffen.‹ Der Familienvater machte sofort kehrt und verließ mit seinen Angehörigen das Dorf. Wenig später kam ein Wanderer daher und fragte den alten Mann: ›Was für Menschen leben hier?‹ Der Dörfler erwiderte: ›Sag mir zuerst, welche Art von Menschen es da gibt, wo du herkommst.‹ Der Wanderer grübelte nicht lang. ›Es sind freundliche, fürsorgliche und rücksichtsvolle Menschen‹, antwortete er. Darauf lächelte der alte Mann und sagte: ›Die gleichen Menschen wirst du hier auch antreffen.‹«

Saraf machte keinerlei Anstalten, den tieferen Sinn seiner Geschichte zu erläutern. Offenbar hatte er diese Aufgabe Yeremi zugedacht. Sie räusperte sich, als sich das Schweigen unangenehm lang auszudehnen drohte, und sagte: »Im Leben erntet man eben das, was man sät.«

Saraf nickte zustimmend, schwieg jedoch weiterhin. Dadurch verlangsamte er – bewusst oder nicht – Yeremis Gedankenfluss und zwang sie, hinter die Fassade der Vordergründigkeit zu blicken. Sie schürzte die Lippen und sinnierte angestrengt. Schließlich begann sie leise und mit Bedacht zu sprechen.

»Ich glaube, die Geschichte entlarvt eine typische menschliche Schwäche: Wir schieben anderen die Schuld an unseren eigenen Problemen zu. Dann suchen wir uns Leute, die genauso handeln – davon gibt es ja jede Menge –, wodurch wir uns bestätigt fühlen. Und finden wir diesen Zuspruch einmal nicht, dann bringen wir unsere inneren Stimmen eben auf andere Weise zum Schweigen.«

»Du behauptest, keinen Fühlsinn zu besitzen?« Saraf schüttelte lächelnd den Kopf. »Im Grunde ähneln sich unsere Welten sehr: Das

Leugnen der eigenen Fehler führt leicht zur Anklage der Mitmenschen, wer sich jedoch seiner Unvollkommenheit stellt, kann auch vor anderen bestehen. Leider hat Ugranfir das zu spät erkannt.«

»Ugranfir?« Dessen Erwähnung überraschte Yeremi. Sie erinnerte sich an das Verhör im Zelt des Colonels. »Du hast Al Leary einmal gefragt, warum er sich fürchte. Glaubst du, er verschweigt uns etwas über den Tod deines Bruders oder er könnte sogar selber …?« Yeremi biss sich auf die Zunge und schüttelte missfällig den Kopf. Allein die Vorstellung war ungeheuerlich!

Sarafs Antwort kam zögernd. »Ich … kann nur sagen, was Al Leary gefühlt hat. Seine Gedanken waren für mich nicht erkennbar. Ugranfir hat mir in der Nacht vor seinem Tod eine Botschaft von Al Leary überbracht. Ich sollte deinen Stellvertreter auf dem Dach des Waldes treffen. Aber weil mir jede Verhandlung hinter deinem Rücken wie ein Vertrauensbruch erschien, habe ich mich geweigert und stattdessen Ugranfir ins Gewissen geredet. Ich machte ihm bewusst, wohin es führen könne, wenn er weiterhin mit den Gefühlen der Fremdlinge spielt. Schließlich schien Ugranfir seinen Fehler einzusehen und versprach, alles wieder ins Reine zu bringen. Am nächsten Tag war er tot.«

»Könnte er sich selbst gerichtet haben?«

»Möglich wäre es.«

»Aber du glaubst nicht daran.«

»Nein.«

»Warum nicht?«

»Ich habe Ugranfir fast mein ganzes Leben lang gekannt. Auch wenn er zuletzt Einsicht bekundete, so wurde er dadurch nicht sofort zu einem neuen Menschen.« Saraf deutete wieder auf das Fernsehgerät. »In mancher Hinsicht glich er den Dominomenschen dort.«

»Wie meinst du das?«

»Ugranfir strebte rastlos nach Ansehen und Bewunderung, wodurch er sich seiner inneren Ruhe beraubte. Im Wald unseres Herzens hat uns der Fühlsinn einen Ort bereitet, der *Demut* heißt, Yeremi. Von dieser Lichtung aus erkennen wir unsere Winzigkeit – wir leben am Rande des Universums, nicht in seinem Mittelpunkt. Diese Erkenntnis verleiht Ausgeglichenheit. Sie macht frei. Aber Ugranfir hatte sich in Anmaßung verstrickt und merkte gar nicht, wie er seine Lebenszeit mit unnützen Dingen vergeudete.«

»Nein, die kleinen Kisten, mit denen die Menschen auf der Straße sprechen, sind keine Amulette. Man nennt sie Handys. Du hast im Wald doch bestimmt beobachtet, wie wir mit ganz ähnlichen Dingern hantiert haben.«

»Du meinst die *großen* Zauberknochen?«

»Handys haben nicht das Geringste mit Magie zu tun, Saraf!«

Er blickte ratlos der jungen Brünetten nach, die ihr Mobiltelefon ans Ohr presste und laut Vertraulichkeiten ausplauderte, die sie sonst vermutlich nicht einmal in einem Polizeiverhör preisgegeben hätte. Das Mädchen sprach sogar Spanisch.

»Wenn es weder ein Amulett noch ein Liebeszauber ist, warum bespricht sie den grauen Knochen dann mit diesen obszönen Worten?«

»Weil vermutlich irgendwo ein junger Mann einen ganz ähnlichen Knochen am Ohr hat und ihr atemlos zuhört.«

»Ich finde, das ist eine sehr beklagenswerte Art, seine Liebe zu zeigen.«

»Manchmal ist es die einzige, die uns noch bleibt.«

Saraf dachte eine Weile darüber nach. Dann fragte er: »Könnt ihr mit diesen Knochen auch Kinder zeugen?«

Yeremi war es gewohnt, Wissen zu vermitteln. In Berkeley lehrte sie regelmäßig. Saraf war allerdings ihre bisher größte Herausforderung. Ihn äußerlich an die westliche Norm anzupassen fiel nicht schwer, aus ihm einen modernen Menschen zu machen dagegen sehr. Sie hatte sich hierfür nur eine Woche gegeben. Der Tod des Silbernen Volkes musste schnell aufgeklärt werden, oder er würde womöglich für immer ein Geheimnis bleiben.

Am Donnerstagabend stand The Bottle Restaurant auf dem Programm. Saraf musste lernen, in der Öffentlichkeit mit Messer und

Gabel umzugehen, ohne sich oder andere Personen zu verletzen. In der Abgeschiedenheit der Suite hatte er bereits viel versprechende Ansätze gezeigt. Nun wagte Yeremi die Probe aufs Exempel.

Sollte das Dinner von Peinlichkeiten überschattet werden, erhoffte sie sich in dem hoteleigenen Restaurant einen Hausbonus, der den vorzeitigen Abbruch der Übung zu verhindern helfen mochte. The Bottle war ein geschmackvolles Etablissement, dekoriert mit Säulen aus den Ballastziegeln englischer Schiffe, mit portugiesischen Keramikfliesen am Boden und Hunderten von holländischen Flaschen in den Wandregalen. Die kleine Karte bot jene Überschaubarkeit, die Saraf brauchte, um die plötzliche Unabhängigkeit vom Jagdglück nicht als Bedrohung zu empfinden. Yeremi schloss sich seiner Wahl an: Ente à l'orange.

Das Geflügel leistete Sarafs Angriffen erbitterten Widerstand, obwohl der Ober es als »völlig tot« deklariert hatte. Er war ein hagerer Inder fortgeschrittenen Alters mit einem herzerfrischenden Humor. Von den Ungeschicklichkeiten seines Gastes zeigte er sich weitgehend ungerührt, keine Spur von dem blasierten Gehabe, wie man es sonst vom Personal nobler Fresstempel erwartete. Sarafs ansteckender Freundlichkeit und seinem einnehmenden Wesen konnte allerdings auch selten jemand länger als eine Minute widerstehen. So nahm es die Bedienung ihm auch nicht besonders übel, als seine Ente schon nach wenigen Sekunden des Herumschwimmens in der Orangensoße den Flug zum Nachbartisch antrat.

»Das kann schon mal passieren«, erwiderte die überraschte Matrone, in deren Salat der tote Vogel gelandet war. Mit seiner Entschuldigung hatte Saraf sie im Sturm erobert; die ehrwürdige Dame war glücklicherweise des Spanischen mächtig. Sie übersah das Dressing auf ihrem giftgrünen Abendkleid einfach und versicherte Yeremi ihre Sympathie.

»Sie sind so ein nettes Paar, meine Liebe! Und Ihr Mann …« Die Matrone verdrehte viel sagend die Augen. »Wie könnte man so einem prachtvollen Burschen böse sein?«

»Wir sind nicht verheiratet«, erwiderte Yeremi spitz.

»Dann wird es aber höchste Zeit!« Die Matrone lachte. »Hätten Sie gerne Ihre Ente zurück?«

»Um deinen Anzug brauchst du dir weniger Sorgen zu machen. Die Reinigung wird ihn wieder hinbekommen. Aber an deinem Essverhalten müssen wir noch ein wenig feilen.« Yeremi saß auf dem Sofa im Wohnzimmer ihrer Suite, die Beine auf dem Glastisch, und hielt einen alkoholfreien Longdrink in der Hand.

Ihr Gegenüber blickte unglücklich an sich herab. Sarafs edler Zwirn bot eine Kurzfassung der Speisefolge des Abends. »Ein scharfes Messer hätte mir genügt, um den Vogel zu zerlegen«, beschwerte er sich.

»Wir reisen bald in ein Land, in dem das Essen mit den Fingern als unkultiviert gilt.«

»Ihr esst nie mit den Fingern?«, staunte Saraf.

»Na ja, gelegentlich schon. Eigentlich sogar ziemlich oft, wenn es sich um Hamburger oder Doughnuts handelt.«

»Ich glaube, die Konquistadoren kannten diese Tiere nicht.«

Yeremi lachte.

»Eure Kultur ist voller Widersprüche!«, beklagte sich Saraf.

Geduldig erklärte Yeremi ihm den Unterschied zwischen einer Schnellimbisskette und jener Art von Restaurant, das sie gerade heimgesucht hatten. Plötzlich klingelte das Telefon.

»Das ist bestimmt mein Großvater«, sagte sie, sprang auf und eilte ins Schlafzimmer. »Ja?«

»Jerry, bist du es?«

»Opa Carl! Ich habe schon sehnsüchtig auf deinen Anruf gewartet. Was gibt es Neues?«

»Ich habe seit vorgestern Abend einige Hebel in Bewegung gesetzt, um deine ungewöhnliche Wunschliste zu erfüllen.«

»Du bist ein Schatz! Was ist mit der Chartermaschine?«

»Euer Flug geht am Dreizehnten um acht Uhr dreißig. Also in fünf Tagen. Die Monterey Airplane Company schickt dir alle nötigen Unterlagen per Kurier direkt ins Hotel. Der Düsenjet fliegt euch direkt zur Monterey Bay.«

»Fast bis vor die Haustür! Ich wusste, auf dich ist Verlass, Opa Carl.«

»Mir gefällt trotzdem nicht, was du da vorhast, Jerry.«

Sie überhörte den milden Vorwurf. Es gab noch einen zweiten Gefallen, um den sie ihn gebeten hatte. Selbst wenn sie mit einer Privatmaschine nach Kalifornien reiste, brauchte Saraf Papiere. »Werden wir bis nächsten Dienstag rechtzeitig die anderen Dokumente bekommen? Du weißt schon …«

»Ich habe dir ja von dem Mann erzählt, der mir vor Jahren dabei geholfen hat, in Venezuela einen entführten Mitarbeiter freizubekommen und samt Angehörigen in die Vereinigten Staaten auszufliegen. Er wird uns helfen. Bis spätestens Montag früh hast du alles Nötige.«

»Betrachte dich als umarmt und geküsst, Opa Carl.«

Ein raues Lachen drang aus dem Hörer. »So leicht kommst du mir nicht davon, Jerry! Wenn du wieder heil zurück bist, werden wir ein ernstes Gespräch miteinander führen.«

»O ja, das glaube ich auch. Aber bis dahin halte ich Funkstille, es sei denn, die Lage spitzt sich irgendwie zu.«

Einen Moment lang hörte Yeremi nur leises Rauschen. Dann ertönte wieder Carls kräftige Stimme.

»Ich mache mir Sorgen, Jerry. Pass gut auf dich auf!«

Der Jet des lokalen Charterunternehmens landete kurz nach zweiundzwanzig Uhr auf dem Monterey Peninsula Airport. Nur zwei Passagiere verließen die Maschine, ein fast zwei Meter großer Mann und eine auffallend schlanke blonde Frau. Der Beamte des Einwanderungsbüros sah sich im Fernsehen gerade ein Footballspiel an und hatte keine Zeit für eine Überprüfung der Ankömmlinge. Rasch begaben diese sich zum Ausgang des Flughafens, wo sie in ein Taxi stiegen. Der Fahrer nahm den Highway 68 nach Pacific Grove. Später bog er in den 17 Mile Drive ein. Am Südende der Spanish Bay hörte er die Frau auf dem Rücksitz seit dem Einsteigen zum ersten Mal sprechen.

»Biegen Sie dort in die kleine Stichstraße ein, die nach Norden führt.«

Der Taxifahrer gehorchte. Er war es gewohnt, die Verstecke der Schönen und Reichen anzusteuern. Weder Schild noch Briefkasten ließen erkennen, wer hier wohnte. Und jeder, der zum ersten Mal die dichte Mauer aus Büschen und Bäumen durchbrach, war hingerissen von dem großzügig dimensionierten Anwesen der Bellmans.

Das in den Farben Gelb und Weiß gehaltene Vierundzwanzig-Zimmer-Haus lag nur einen Steinwurf vom Strand entfernt. Obwohl dieser nicht zum Privatgrund des Besitzes gehörte, wurde er selten von Erholungssuchenden frequentiert. Sie bevölkerten bei schönem Wetter lieber den gut eine Meile weiter nördlich liegenden Asilomar State Beach oder die nahen Strände von Monterey. Hier jedoch bot die Küste ein buntes Gemisch aus Klippen und kleineren Sandbuchten, das in jeder Jahreszeit seine Reize hatte.

Für Yeremi war es stets ein merkwürdiges Gefühl, nach längerer Abwesenheit in das große Holzhaus zurückzukehren, vor allem jetzt, da es leer stand. Die Dielen knarzten leise, als sie und Saraf die Vorhalle betraten. Sie ließ die Schlüssel bei einer Anrichte aus der Hand gleiten und wandte sich dem Silbermann zu, dessen Augen die fremde Umgebung neugierig erkundeten. Eine Zeit lang beobachtete sie ihn, bis sich ihre Blicke trafen.

»Großvater hat das Hausmädchen angewiesen, für dich die blaue Gästeflucht im ersten Stock herzurichten«, sagte sie.

Saraf nickte. »Du lebst wirklich *nur* mit deiner Mutter in diesem Palast?«

»Ja. Früher haben hier mehr Menschen gewohnt.«

»Ihr müsst eine sehr wohlhabende Familie sein.«

Yeremi schmunzelte. »Nun, einige Leute behaupten das. Ich verbringe allerdings den größten Teil der Woche in einer bescheidenen kleinen Wohnung in Berkeley. Das ist eine Stadt weiter nördlich von hier.«

»Und was bedeutet das Wort ›Wohnung‹?«

»Oh!« Immer wieder passierte ihr das. Sie mutete Saraf einfach zu viel zu. »Meine Wohnung, du kannst auch Apartment dazu sagen, ist eine von vielen in einem größeren Haus. Stell dir einfach euren Berg vor, in dem es zahlreiche Höhlen gibt, dann hast du ein ziemlich genaues Bild davon.«

Er nickte. »Wann führst du mich in deine Höhle?«

»Das … äh, wird vorerst nicht nötig sein. Und nun zeige ich dir deine Zimmer. Bitte folge mir unauffällig.«

Yeremi lief rasch die Treppe hinauf, die von der Diele in den ersten Stock führte. Etwa auf halber Höhe merkte sie, dass der Silbermann immer noch unten stand und sie argwöhnisch beobachtete.

»Was ist, Saraf? Warum kommst du nicht?«

»Gibt es in diesem Haus gefährliche Tiere?«

»Ob es …?« Ihre Stirn legte sich in Falten. »Was soll diese Frage?«

»Du hast mich gebeten, dir *unauffällig* zu folgen. Vor wem müssen wir uns denn verstecken?«

Yeremi konnte nicht anders, sie musste lachen. »Das war nur so eine Redensart. Ein Scherz! Wenn jemand mit Argwohn auf uns blicken könnte, dann mein Großvater. Er sieht es bestimmt nicht gern, dass ich allein mit einem fremden Mann in diesem Haus die Nacht verbringe. Aber damit muss *ich* zurechtkommen und nicht du.«

»Wird er versuchen, mich zu töten?«

»Das halte ich für weniger wahrscheinlich.«

»Aber er traut mir zu, deine Keuschheit anzutasten?«

»Reden wir lieber nicht über meine Unschuld, Saraf.« Yeremi wollte ihren Aufstieg fortsetzen, wurde aber von Sarafs ernster Stimme zurückgehalten.

»Da ist diese Bitternis in deinem Herzen, Yeremi. Sie ist mir schon früher aufgefallen, wenn du mit Al Leary …«

»Saraf!«, unterbrach sie ihn schroff. »Wenn wir Freunde bleiben wollen, dann lass uns *dieses* Thema aussparen. Hast du mich verstanden?«

»Wir können schweigen, solange du es wünschst. Würdest du es für möglich halten, dass ein Mensch sich den Blick auf sich selbst versperrt?«

»Was soll *das* jetzt?«

»Hältst du es für vorstellbar?«

»Kann sein. Ich habe jetzt keine Lust, darüber nachzudenken.«

Saraf nickte. »Das kann ich verstehen, Yeremi. Sei einfach, wer du bist. Und vergiss bitte nicht, auch *meine* Seele ist verwundet. Fast ständig denke ich an mein Volk, das ein so schreckliches Schicksal erlitten hat, und natürlich ganz besonders an Faïna. Sie hat mir sehr viel bedeutet.«

Yeremi starrte ihn entgeistert an. »Natürlich hat sie das. Entschuldige bitte.«

Saraf schwieg einige ruhige Atemzüge lang. Dann fragte er leise: »Bin ich denn dein Freund?«

Sie stand im Begriff, nun endgültig die Fassung zu verlieren. Ausweichend antwortete sie: »In erweitertem Sinne schon.«

Saraf sah Yeremi traurig in die Augen, bis sie verlegen den Blick senkte und flüsterte: »Sag Jerry zu mir.«

»Jerry.«

»Nein, ich meine, du darfst mich Jerry nennen. Das erlaube ich nur Menschen, die mir etwas bedeuten.«

Er lächelte. »Danke, Jerry.«

Sie betrat eilig ihre Zimmerflucht im Erdgeschoss und sank kraftlos mit dem Rücken gegen die Tür, die hierauf leise ins Schloss schnappte. Ohne sich umzuwenden, drehte Yeremi den Schlüssel herum.

Ihre Gefühle spielten verrückt. Sie wusste nicht, ob sie Saraf bewundern oder ihn fürchten sollte. In seiner Nähe fühlte sie sich wohl und zugleich bedroht. Sie wollte nicht von ihm verletzt werden, litt aber ebenso unter der Vorstellung, ihm ihrerseits Schaden zuzufügen.

Wenig später lag sie in ihrem Bett und war hellwach. Eine Zeit lang wälzte sie sich von einer Seite auf die andere, bis sie sich entschloss, das Licht einzuschalten, und in ihr Arbeitszimmer schlurfte. Ein Bein untergeschlagen, das andere locker vom Stuhl hängend, machte sie es sich hinter ihrem Schreibtisch bequem. Behutsam, als handele es sich um einen sehr zerbrechlichen Gegenstand, nahm sie einen Bleistift aus der Schale über der ledernen Schreibunterlage, zog aus einer polierten Holzablage ein leeres Blatt Briefpapier hervor und stützte ihr Kinn auf die linke Hand. Ihre Augen wanderten zu dem Bilderrahmen neben dem Holzkasten – er zeigte die verblichene Fotografie eines lachenden kleinen Mädchens zwischen glücklichen Eltern vor einer Hütte in Jonestown – und von diesem Ruhepunkt weiter zum Fenster.

Das Haus lag auf einem Felsen oberhalb des Strandes. Am Tage bot sich ein prachtvoller Ausblick auf den Pazifik und die Küstenlinie der Spanish Bay. Jetzt allerdings herrschte da draußen die Schwärze der Nacht. Gerade recht zum Grübeln, dachte Yeremi und setzte ihren Stift auf das Papier.

In dieser Sekunde klingelte das Telefon.

Der Anruf kam nicht über den normalen Hausanschluss herein, sondern über ihre Privatnummer, die nur ein kleiner Kreis von Personen kannte. Yeremi starrte auf den Apparat, als könne er jeden Moment nach ihr schnappen. Tatsächlich glich die Tonfolge des schnurlosen Gerätes weniger den Klängen eines althergebrachten Telefons als viel eher der Melodie eines indischen Schlangenbeschwörers, eine lustige Option des Herstellers, den sie in diesem Moment für seinen Erfindungsreichtum verfluchte. Wer rief da an, über diesen Anschluss, um diese Zeit, ausgerechnet an *diesem* Tag?

Sie dachte angestrengt nach, fand aber keine zufrieden stellende Antwort. Carl hatte sie bereits vom Flughafen aus über Handy von ihrer Landung informiert. Ansonsten wusste niemand von dem Charterflug …

Das Telefon dudelte erneut. Mit jeder Wiederholung schrillte es lauter, eine oftmals sinnvolle, in diesem Augenblick jedoch nervtötende »Komfortfunktion«. Yeremi schüttelte ärgerlich den Kopf. Das konnte nur ein Zufall sein … *Um diese Uhrzeit?* Sie riss das Telefon aus der Ladeschale.

»Bellman?« Kaum hatte Yeremi sich gemeldet, schalt sie sich auch schon eine Närrin. Hätte sie nicht einfach »Hallo?« oder »Ja?« sagen können?

Niemand antwortete. Aber sie hörte ein provozierend lautes Atmen am anderen Ende der Leitung. Ein Schauer lief ihr über den Rücken.

»Perversling!«, schrie sie ins Telefon und unterbrach die Verbindung. Sie hoffte, der Anrufer, wer immer er war, brauchte jetzt ein neues Trommelfell.

Zornig funkelte sie den schwarzen Apparat an, als wäre er ein mephistophelischer Fetisch. Dies war so ein Moment, in dem sie die Segnungen der Technik verfluchte, weil der Mensch, wollte er in ihren Genuss kommen, ihnen notgedrungen ausgeliefert war.

Erneut leierte das Telefon seine Beschwörungsmelodie.

Mit ansteigender Atemfrequenz verfolgte Yeremi das Crescendo des Kunststoff-Fakirs. Ihr wurde schwindelig. Was tun? Wieder abnehmen? Erneut dieses Stöhnen anhören? Aufgebracht riss sie das Telefon samt Ladeschale zu sich heran und zog den Stecker heraus. Das Läuten erstarb.

Die Ruhe war trügerisch. Unwillkürlich wanderte Yeremis Blick zurück zum Fenster. Hinter dem Glas befand sich eine unergründliche Dunkelheit. Einen Moment lang beschlich Yeremi das beklemmende Gefühl, von dort draußen beobachtet zu werden. Vielleicht hielt der Kerl noch sein Mobiltelefon in der Hand und überlegte, ob er ein weiteres Mal auf die Wahlwiederholung drücken sollte.

»Wird ihm nicht viel nützen«, schnaubte Yeremi und zwang ihre Aufmerksamkeit erneut in die engen Grenzen des gelblichen Bogens, der vor ihr lag. Je intensiver sie sich auf etwas anderes konzentrierte, desto schneller würde sie den anonymen Anrufer vergessen.

Es gehörte zu ihren schon länger gepflegten Gewohnheiten, dem eigenen Geist durch Diagramme und kleine Skizzen auf die Sprünge zu helfen. Als Erstes notierte sie einen Namen und umkreiste ihn mit dem Bleistift: Saraf.

Nun folgten einige Augenblicke der Versunkenheit, bis sie ein Y an den rechten Rand des Blattes schrieb. Der Buchstabe, der für »Yeremi« stand, wurde ebenfalls mit einem Kringel versehen. Langsam verband sie die beiden Kreise mit einem Strich, den sie an Sarafs Ende mit einer großen Pfeilspitze abschloss – als seine Lehrerin nahm sie erheblichen Einfluss auf ihn. Sie zögerte. Stimmte die Beziehung so? Zögernd malte sie eine zweite, deutlich kleinere Spitze ans andere Ende der Linie.

Ihre Gedanken wanderten im Strom der Zeit zurück. Alles war so verwirrend: Saraf, die Geschehnisse im Regenwald, die gelben Geister ... Diese ganze Verschwörungsgeschichte klang wie jene Mythen, mit denen alte Völker die Rätsel des Lebens zu erklären versuchten. Yeremi starrte auf das Blatt. Jagte sie in Wirklichkeit nur einem Hirngespinst nach?

Sie schüttelte langsam den Kopf. Es gab da ein paar Ungereimtheiten, denen sie nachgehen musste. Ugranfirs Tod – der Ratsbruder war noch nicht ganz kalt gewesen, da schwebte schon das guyanische Militär ein, als hätten sie bereits gestiefelt und gespornt auf den Marschbefehl gewartet. Und dann das Sterben des Silbernen Volkes – Lytton meinte, eine mutierte Mikrobe habe sie dahingerafft. Verdankte der heimtückische Streptokokkenstamm seine Aggressivität wirklich nur zufälligen Umwelteinflüssen oder einer bewussten Genmanipulation, wie es der Arzt angedeutet hatte? Je länger Yeremi über die letztgenannte Möglichkeit nachsann, desto mehr neue Fragen stiegen in ihr auf: Waren die Mutanten zufällig in die Höhlen des Orion gelangt? Das erschien ihr höchst unwahrscheinlich. Aber warum sollte jemand das Silberne Volk ausrotten wollen? Und wer konnte ein Interesse daran haben ...?

Yeremi notierte zwei neue Buchstaben: AL. Der Psychologe bekam ein hässliches Ei am Rande des Blattes. Weshalb wollte Al Leary still und heimlich die Knotenschnüre entwenden? Ging es ihm nur darum, mit den heiligen Schriften des Silbernen Volkes bei seinem Boss und McFarell zu punkten? Oder diente sein falsches Spiel einem ganz anderen Zweck von womöglich viel größerer Tragweite? Auch wenn sich die Silbernen in der Mehrzahl aufgeschlossen und freundlich gegeben hatten, konnten sie sehr schnell sehr schweigsam werden, wenn die Forscher bestimmte Punkte ihrer Geschichte zu erhellen suchten. Die Quipus mussten so ein Tabuthema gewesen sein. Wer immer Al von ihrer Existenz erzählt hatte, galt in den Augen der Silbernen bestimmt als Hochverräter. Wer war dieser Unbekannte? Yeremi zeichnete einen »Ugranfir-Kringel« in die Nähe des »AL-Eies« und verband beide durch eine gestrichelte Linie mit zwei Pfeilspitzen.

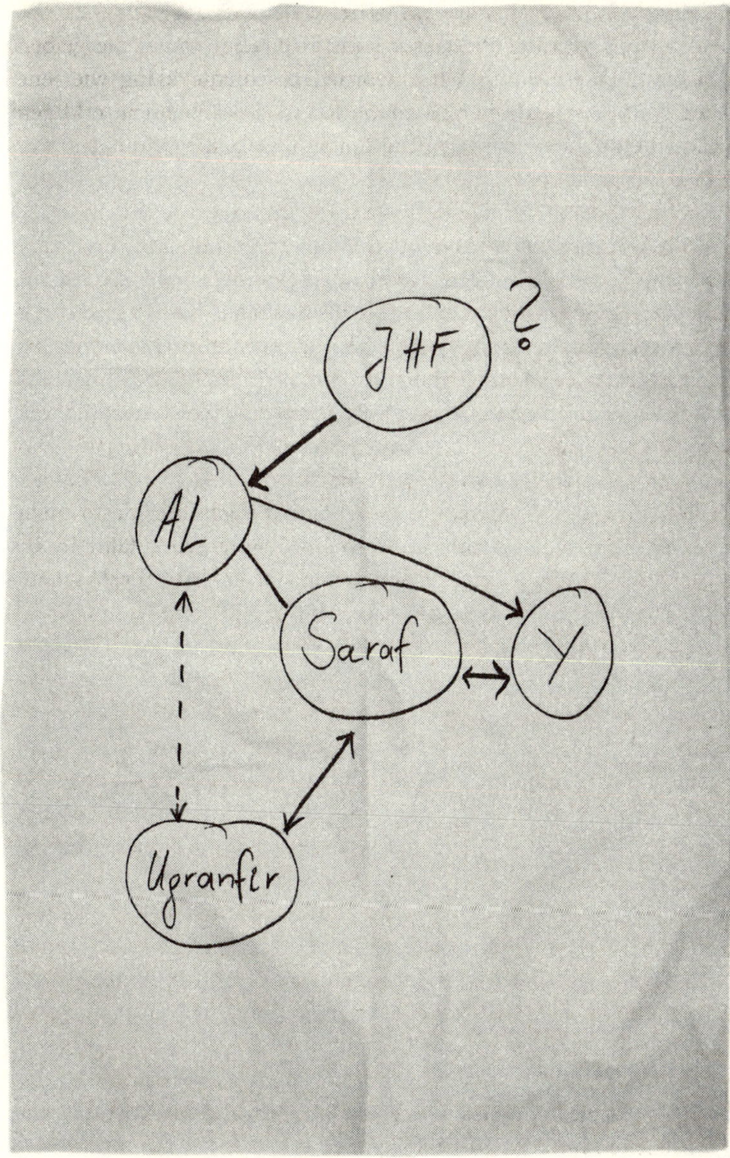
JHF
?
AL
Saraf
Y
Upranfir

Hatte Al im eigenen Interesse gehandelt? Wohl kaum. Er verdankte seine Stellung und sein beträchtliches Einkommen Jefferson H. Flatstone. Nur durch den Industriellen war der Psychologe zum Team gestoßen. Ja, die ganze Expedition wäre wohl ohne Flatstones Unterstützung nie zustande gekommen. Im oberen Drittel des Blattes entstand ein »JHF-Oval«, das mit dem AL-Ei durch einen dicken Strich verbunden wurde, der Pfeil zeigte auf Leary.

Wer war dieser Flatstone überhaupt? Yeremi blickte versonnen aus dem Fenster. Schon im Hotel in Georgetown hatte sie nächtelang über ihre Verstrickung in dieses Geflecht aus Namen und Ereignissen nachgegrübelt, aber jene letzte Frage stets vernachlässigt. Ihr Blick kehrte wieder zum Briefpapier zurück. Sorgfältig zeichnete ihr Stift ein Fragezeichen neben das Symbol, in dem Flatstones Initialen standen.

DER VERLEUGNETE AHN

Morgan Hill (Kalifornien, USA)
14. Dezember 2005
11.44 Uhr

»Ich habe mit allem Möglichen gerechnet, aber das! Du hast einen *Schamanen* ins Land geschmuggelt?« Carl Bellman hätte ebenso gut vom Anführer eines kolumbianischen Drogenkartells reden können, so entrüstet sah er aus. Der alte Mann stand auf der Treppe vor dem Eingang seines Anwesens, die Hände in die Seiten gestemmt, den Oberkörper leicht nach rechts gebeugt, und spähte an seiner Enkelin vorbei zu dem Geländewagen, dessen dunkel getönte Scheiben ihm weniger Einblick gewährten, als er sich in diesem Moment wünschte.

Yeremi verdrehte die Augen zum Himmel. Alles hatte so gut begonnen. Nach einem prächtigen Frühstück war sie mit Saraf in den Mercedes gestiegen, hatte ihm rund einhundert Meilen Kalifornien gezeigt und war schließlich – zugegeben, mit einem flauen Gefühl in der Magengrube – die Zufahrt von Bellmans's Paradise hinaufgerollt. Weil ihre Großmutter in Morgan Hill Einkäufe erledigte, musste sie sich nun ohne Schützenhilfe mit dem eigensinnigen Patriarchen herumschlagen.

»Er ist kein Zauberpriester, Opa Carl, sondern das Oberhaupt eines ausgerotteten Urwaldstammes. Ich helfe ihm, die Drahtzieher hinter dem Anschlag zu finden.«

»Drahtzieher!«, schnaubte der alte Mann. »Hast du überhaupt Beweise für deine Verschwörungstheorie, Jerry?«

»Sagen wir, sehr ernste Verdachtsmomente. Ich kann sie dir nennen. Allerdings müsstest du einmal für kurze Zeit deine Vorurteile beiseite schieben und dich beruhigen.«

»Ich glaube, du machst einen großen Fehler, Jerry. Im Fernsehen haben sie gesagt, alle weißen Indios seien umgekommen, und jetzt schleppst du mir diesen *Geisterbeschwörer* an.« Sein Zeigefinger schleuderte einen unsichtbaren Blitz in Richtung Auffahrt, wo der Silbermann auf Yeremis Zeichen zum Aussteigen wartete.

»Was soll der Unsinn, Opa Carl? Ich habe Saraf Argyr nie bei irgendwelchen Beschwörungsriten beobachtet, er nimmt keine bewusstseinserweiternden Drogen und führt auch keine Tänze auf, um in Trance zu fallen …«

»›Und kein Wunder‹, warnte schon Paulus die Korinther, ›denn der Satan selbst nimmt immer wieder die Gestalt eines Engels des Lichts an.‹«

Yeremi fühlte, wie ihr Puls zu rasen begann. Sie konnte das Blut in ihren Ohren rauschen hören. Physiologischer Synchronismus, versuchte sie sich zu beruhigen. Du kennst das Phänomen. Dein Körper spiegelt seine Feindseligkeit wider. Aber damit war nicht erklärt, warum Carl so heftig auf Sarafs Gegenwart reagierte. Schon vor ihrer Abreise nach Guyana hatte er sie mit aller Macht von der Suche nach den empathischen Telepathen abhalten wollen, aber nun grenzte sein Verhalten fast an Hysterie. Früher hatte sie ihren Großvater manchmal um sein Gottvertrauen und seine Beständigkeit beneidet, er hielt an seinem Wertekodex fest, selbst wenn er dadurch einen wirtschaftlichen Nachteil in Kauf nehmen musste. Aber nun ging er eindeutig zu weit.

Was auch immer der Grund für seine plötzliche Hartnäckigkeit war, Yeremi verspürte jedenfalls wenig Neigung, sich noch länger seinen Launen auszusetzen, und warnte daher: »Wenn du nicht gleich damit aufhörst, lade ich Molly ins Auto und fahre sofort wieder ab!«

Carl rang die Hände. »Aber versteh mich doch, Jerry! Ich will dich vor Schaden bewahren. Wenn diese empathischen Telepathen wirklich existieren, dann können ihre Kräfte nur von unheimlichen Mächten stammen …«

»Woher willst du das wissen?«, schnitt ihm Yeremi wütend das Wort ab.

»Nun … Gott hat so etwas nicht vorgesehen.«

»Wo steht das? Etwa in der Bibel? Hat Christus seine Wunder etwa mit Satans Macht bewirkt?«

Carl wurde blass. »Gott bewahre! Aber du wirst diesen … Mann da in deinem Wagen wohl kaum mit unserem Heiland vergleichen wollen.«

»Warst *du* es nicht, der mich mehr als einmal gemahnt hat, Jesus nachzuahmen? Hast *du* mir nicht auch erzählt, der Messias habe jene vollkommene Geistes- und Körperkraft besessen, die Adam und Eva im Garten Eden verspielten und die ihre Nachkommen von Generation zu Generation zunehmend verloren? Und ich höre dich noch heute sagen: ›Vor Gott sind alle Menschen gleich.‹ Jetzt erkläre mir eines: Muss jedes Wunder, das unser schwaches Begriffsvermögen übersteigt, eine Ausgeburt des Bösen sein, oder könnte in Saraf nicht jene göttliche Flamme brennen, die bei uns bestenfalls noch schwelt?«

Carl sah seine aufgebrachte Enkelin erschrocken an. Mit dieser heftigen Reaktion hatte er nicht gerechnet. Fast kleinlaut sagte er: »Ich habe mich nie für einen Mann gehalten, der sich von Vorurteilen blenden lässt.«

»Dasselbe dürften auch die spanischen Konquistadoren von sich gedacht haben.«

»Du bist hart mit mir, Jerry.«

»Manchmal muss man grob sein, um eine alte Kruste aufzubrechen.«

»Du darfst mir meine Sorge nicht übel nehmen! Dieser Urwaldmann wird wohl kaum ein guter Christ sein, und ich fürchte …«

»Weißt du, was wir in der Halle des Gebets gefunden haben?«, unterbrach Yeremi ihn abermals. Ihr Kinn war wie ein Rammbock vorgestreckt.

»Was? Ich verstehe nicht …«

»Ich rede vom Heiligtum des Silbernen Volkes, der Stätte, die ihnen zur Anbetung diente, bis ihnen jemand den Tod geschickt hat. Wir haben dort Tafeln an der Wand gefunden, ein und denselben Text in drei verschiedenen Sprachen; die Fotos sind auf meinem Notebook, ich kann sie dir zeigen. Die Silbernen hatten in der Halle keine anderen schriftlichen Zeugnisse hinterlassen, nur diese in den Stein gegrabenen Worte. Es handelte sich um die Zehn Gebote.«

Carls graublaue Augen wurden ein gutes Stück größer. »Die von Moses?«

»Nein, die von Greenpeace.«

»Wie bitte?«

»War nur ein Scherz. *Natürlich* meine ich den Dekalog.«

»Die Tafeln des Zeugnisses!«, hauchte Carl.

»Nun, es sind nicht die Originale. Ehe Sarafs Vorfahren die Abgeschiedenheit des Dschungels wählten, hat ihr Anführer einige Jahre bei den Spaniern gelebt und so das Christentum kennen gelernt. Auf diese Weise hat der Dekalog Eingang ins Gedächtnis des Silbernen Volkes gefunden.«

»Gedächtnis?«

»Saraf benutzt bisweilen diese Wendung. Er spricht ein etwas angestaubtes, aber fließendes Spanisch.«

»*Spanisch?* Ein Indianer, der vor acht Wochen noch dachte, die Welt sei ein Wald?«

»Man könnte glauben, du hättest einen Papagei verschluckt, Opa Carl. Willst du ihn dir nicht doch einmal ansehen?«

Carl schluckte einen imaginären Klumpen herunter und schaute Yeremi unsicher an.

»Ich verspreche dir, er wird dich nicht in einen Frosch verzaubern.«

»Du solltest etwas mehr Respekt vor einem Graukopf wie mir haben, junge Dame. Also meinetwegen. Stelle mir deinen Medizinmann vor.«

Yeremi winkte in Richtung Geländewagen, die Tür öffnete sich, und Saraf wuchs heraus. Er trug wieder seine Khakihose, ein schwarzes Poloshirt und ein Pflaster auf der Wange (Folge eines Unfalls bei der Morgenrasur). Die Sonnenbrille hielt er in der Hand. Seine Augen waren schmal, doch er lächelte.

Yeremi bemerkte mit Genugtuung, wie die Kinnlade ihres Großvaters heruntersackte. Sein Blick war starr auf Saraf gerichtet. Augenscheinlich entsprach das, was er da sah, nicht im Geringsten seinen Erwartungen. Möglicherweise hatte er mit einem rothäutigen Waldgnom gerechnet, aber nicht mit einem weißen Riesen. Nach einer Weile beiderseitigen Staunens neigte er sich zu seiner Enkelin herüber und flüsterte: »Warum beäugt er mich so argwöhnisch?«

»Er überlegt, ob er dich an Stelle eines Frosches in ein anderes Tier verwandeln könnte.«

Carl straffte den Rücken, lächelte Saraf entgegen und knurrte durch die zusammengebissenen Zähne: »Wir sprechen uns noch, Jerry.«

Molly saß in einem Schaukelstuhl, eine Decke über den Knien, und beäugte – unauffällig, wie sie meinte – den stattlichen Burschen zu Yeremis Linken. In galantem Spanisch hatte der seiner Freude Ausdruck verliehen, sie »endlich kennen zu lernen«, und damit ihr Herz berührt wie seit langem niemand mehr. Yeremis Hand hielt sie umklammert wie einen schon verloren geglaubten, doch überraschend wieder aufgetauchten Schatz. Carl hatte seiner Enkeltochter erklärt, die Depressionen ihrer Adoptivmutter seien in letzter Zeit schlimmer geworden. Das war unübersehbar. Obwohl Molly sich über Yeremis Heimkehr freute, brachte sie nur selten ein überzeugendes Lächeln zu Stande.

Die um Saraf Argyr erweiterte Familie saß auf der Veranda des Landhauses. Fredrika war inzwischen aus Morgan Hill zurückgekehrt und hatte die Köchin mit einem Kofferraum voller Einkäufe überrascht. Während das mehrgängige Willkommensmahl entstand, berichtete Yeremi ausführlich von den verhängnisvollen Ereignissen in den Wassarai-Bergen.

Ab und zu wurde sie von Ahs und Ohs unterbrochen, aber im Großen und Ganzen konnte sie ihre Erinnerungen ungestört ausbreiten. Saraf selbst verstand kein einziges Wort von dem, was da am großen Mosaiktisch bei Eistee gesprochen wurde, weil Yeremi, der Hausordnung folgend, Deutsch reden musste. Gleichwohl registrierte er die verstohlenen Blicke, mit denen er, nicht allein von Yeremis Ziehmutter, in meist zeitlicher Nähe zu den Ahs und Ohs gemustert wurde. Als die Erzählerin zu Ende gekommen war, entstand eine längere Pause; nur Augen tauschten über den Tisch hinweg aus, wozu Zungen nicht den Mut fanden. Fredrika lächelte Saraf zu. Er lächelte zurück. Molly nutzte den Moment der Ablenkung, um erneut an Yeremi vorbeizuspähen. Carl räusperte sich.

»Was du da vorhast, Jerry, kann dich in Teufels Küche bringen.«

»Ach?«

»Ich meine das sehr ernst.«

»Ich auch, Opa Carl. Wir haben einem illegalen Einwanderer geholfen. Na schön. Seine Papiere sind nicht ganz vorschriftsmäßig. Aber Saraf ist es auch nicht. Er hätte tot sein sollen, wenn es nach den Leuten ginge, die das Silberne Volk infiziert haben. Ich betrachte meine Tat als einen Akt der Notwehr. Und alles Übrige lässt sich regeln. Ich werde ihm einen Job geben und ihn für unentbehrlich erklären. Dann zahlt er Steuern, und alle sind zufrieden.«

»Ich weiß nicht, ob du dir die Sache nicht zu einfach machst …«

Yeremi schnappte nach Luft. »Du kennst Gott und die Welt, Opa Carl: Wirtschaftsbosse, Generäle, Bischöfe, Senatoren und Kongressabgeordnete. Deine Kontakte reichen bis ins Weiße Haus. Erzähle mir bitte nicht, diese Angelegenheit würde dich überfordern.«

»Ruhig Blut, junge Dame! Ich will dir ja deinen Silbermann nicht wegnehmen. Aber du solltest mich kennen. Wenn ich meinen Einfluss geltend mache, dann muss es dem Recht dienen. Vorteilsnahme und Intrigen sind mir zuwider. Deshalb verrate mir eins, Jerry: Warum willst du Saraf wirklich helfen?«

»Ich verstehe die Frage nicht.«

»Im Buch Kohelet heißt es: ›Wer nur Silber liebt, wird mit Silber nicht gesättigt werden, noch jemand, der Reichtum liebt, mit Einkünften. Auch das ist Nichtigkeit.‹ An Geld mangelt es dir nicht, aber der Reichtum, dem du verfallen könntest, heißt Ansehen und Bewunderung, wissenschaftliche Reputation. Sprich: Geht es dir nur darum?«

Erschrocken blickte Yeremi in die Runde, als erhoffe sie sich von dort Widerspruch. Aber alle sahen sie nur erwartungsvoll an, selbst Saraf, der doch nichts verstand. »Dieser Mann da«, sie zeigte auf den Hüter, »hat mir gesagt, ich sei die Einzige der ganzen Expedition, die in den Dschungel kam, um etwas dort zu lassen. Alle anderen hätten sich nur bereichern wollen.« Sie schüttelte empört den Kopf.

Carl betrachtete finster den Silbermann. »Stimmt das?«, fragte er ihn.

Yeremi musste den Sachverhalt erst in Spanisch erklären, aber dann nickte Saraf. »So habe ich gesprochen. Was dein Kindeskind für sich sucht, kann weder mit Geld noch mit Ruhm aufgewogen werden. Ich frage mich nur, warum Yeremis Familie es ihr noch nicht gegeben hat.«

Der harte Ausdruck in Carls Gesicht verschwand. Nun entdeckte Yeremi dort Unsicherheit und … *Angst?*

Wieder trat ein längeres Schweigen ein, bis die Jüngste am Tisch schließlich das Wort ergriff.

»Kann ich dich unter vier Augen sprechen, Opa Carl?«

Dessen zottige Brauen hoben sich. »Was gibt es, das wir nicht in dieser Runde bereden könnten?«

Yeremi erwiderte seinen strengen Blick. »Das genau möchte ich von dir wissen.«

Der alte Mann und seine Enkelin wanderten durch den Garten von Bellman's Paradise, wie sie es schon sehr oft getan hatten, und doch war es an diesem sonnigen Dezembermittag so, als täten sie es zum allerersten Mal. Carls Füße hinterließen kleine Krater im Kiesweg. Er war zwar nur geringfügig kleiner und mit seinem kleinen Bauch ungefähr genauso schwer wie Yeremi, aber sie bewegte sich deutlich geschmeidiger als er, vor allem an diesem Tag. Wie ein trotziges Kind stapfte er neben ihr her, die graublauen Augen fest auf den Weg gerichtet. Die frische Brise hatte sein volles graues Haar zerzaust.

Nach etlichen Minuten des Schweigens stieß er einen tiefen Seufzer aus. »Also du willst wissen, warum es dir so vorkommt, als würde ich etwas fürchten, als wäre ich zornig auf dich … Ich weiß nicht, woher du diese Eingebung hast, aber es stimmt. Dein Gespür sagt dir, meine ablehnende Haltung gegen deine Neuerwerbung sei nicht normal, nicht allein durch Gottesfurcht zu erklären …«

»Saraf ist ein Mensch, Opa Carl, keine Sache, die man sich anschafft und wieder wegwirft, wenn man ihrer überdrüssig geworden ist!«

»Schon gut, Jerry. Entschuldige. Deine plötzliche Fürsorge für einen anderen Menschen ist nur ein wenig … *verwirrend* für mich. Wie auch immer, ich werde dir jetzt etwas erzählen, das nicht einmal dein Vater gewusst hat. Auch Nils habe ich diese Bürde erspart.«

Plötzlich empfand Yeremi die frische Luft als unangenehm kühl. Sie schlang die Arme um den Körper, wagte aber nicht, stehen zu bleiben. »Was für ein dunkles Geheimnis kann einen besonnenen Mann wie dich so in Erregung versetzen?«

»Du sagst, es sei ›dunkel‹, und wie Recht du hast, Jerry!« Carls Gesicht spiegelte die düsteren Erinnerungen wider, die gerade in ihm hochstiegen. Nach einem langen Moment der Besinnung begann er wieder leise zu sprechen.

»Dein Urgroßvater ist nicht Heinrich Bellman …«

»Was sagst du da!? Aber …«

»Lass mich bitte ausreden, Jerry. Ich weiß nicht, ob ich ein zweites Mal die Kraft dazu finde.«

Yeremi war wie versteinert stehen geblieben, aber Carl zog ihre Hand durch seine Armbeuge und setzte sich mit ihr wieder in Bewegung. So musste er seiner Enkelin wenigstens nicht in die Augen sehen, während er vor ihr jenes Kapitel der Familiengeschichte aufschlug, das er so lange unter Verschluss gehalten hatte. Was sie da von ihm zu hören bekam, erschien ihr anfangs zu bizarr, um es glauben zu können. Aber seine Stimme wurde bald fester, und es drängte ihn nun sogar, ihr von der Schmach zu erzählen, die »wie ein Fluch auf den Bellmans« lag: Genau so drückte er sich aus.

Es habe alles mit einer verhängnisvollen Liaison zwischen Urgroßmutter Rose und einem »halbseidenen Trickkünstler« begonnen, der sich dem Okkultismus verschrieben hatte, erzählte Carl. Seine Mutter habe als Rose Presi im italienischen Pistoza das Licht der Welt erblickt und sei Zirkusreiterin gewesen, als ihr neuer Chef und baldiger Liebhaber sie »entdeckte«. Mit seiner Gunst habe er ihr auch einen neuen Künstlernamen geschenkt. Genau genommen war es ein Pseudonym aus zweiter Hand, denn schon seine letzte Assistentin, die ihm davongelaufen war, hieß Martha Farra. Jerrys Urgroßmutter Rose wurde in der Welt des Varietés als die »Eisenkönigin« bekannt, weil sie eiserne Ketten zu zerbeißen pflegte – eine der zahllosen Betrügereien, die sie von ihrem »Kunstfreund« gelernt hatte.

»Aber wo ist da der Zusammenhang zu meiner Guyana-Expedition? Wieso hast du dich so sehr gegen diese Reise gesträubt?«, unterbrach Yeremi den befremdlichen Monolog dann doch. »Und warum bringt dich diese Tingeltangelgeschichte so gegen Saraf Argyr auf?«

Finster starrte Carl vor sich hin und stampfte einen Fuß vor den anderen in den Kies. »Weil dein Urgroßvater Erik Jan Hanussen war.«

Yeremi schluckte. Erst vor wenigen Wochen hatte sie bei ihren Recherchen von dem österreichisch-tschechischen Hellseher gelesen, der sich mit telepathischen Fähigkeiten zu brüsten pflegte. »Bei allem Verständnis für deinen Abscheu gegen Geisterbeschwörer, Opa Carl, aber mir ist die Literatur über Hanussen bekannt. Sie äußert sich sehr skeptisch über seine angebliche Begabung.«

Carls verbitterte Miene ließ erkennen, wie wenig ihn dieses Argument beeindruckte. »Hanussen hat zu jeder Zeit Bewunderer gehabt, die an ihn glaubten, aber dadurch lässt sich meine Meinung über diesen Scharlatan nicht aufpolieren. Selbst wenn Hermann Steinschneider – so sein bürgerlicher Name – nie einen Geist beschworen und sein ganzes spiritistisches Gehabe nur Maskerade war, verdient er trotzdem meine tiefste Verachtung. Dieser so genannte Hellseher ist durch Betrügereien groß geworden. Er war hinter jedem Rock her, so manches Familienglück hat er zerstört und unzählige Frauen unglücklich gemacht. Er paktierte mit den Nationalsozialisten, und vermutlich hat er durch perfide Manipulationen 1933 sogar den Reichstagsbrand verursacht. Aber wofür ich ihn besonders verachte, das ist die herzlose, ja, schändliche Art und Weise, mit der er deine Urgroßmutter plötzlich fallen ließ: Er hat sie fast umgebracht, und während sie mit dem Tode rang, machte er sich klammheimlich aus dem Staub.«

»Wie das?«, fragt Yeremi atemlos.

Offenkundig kostete es ihren Großvater viel Überwindung, das Kapitel zum Abschluss zu bringen. »Rose hatte sich 1923 in New York von Hanussen getrennt, nachdem es bei einer Vorstellung zu einem Unglück gekommen war. Er hatte sie in einen hypnotischen Schlaf versetzt und einen Elefanten irrtümlich so ›ferngelenkt‹, dass der ihr auf die Brust trampelte. Die Eisenkönigin trug zu diesem Zeitpunkt Hanussens Kind unter dem Herzen, aber davon wusste er nichts. Das Gerücht verbreitete sich, Martha Farra alias Rose Presi sei an den Folgen des Unfalls gestorben. Hanussen, rücksichtslos wie er war, hatte sich schon bald eine neue – mittlerweile die dritte – Martha Farra angeschafft. Rose dagegen erholte sich wieder von ihren Verletzungen, heiratete bald darauf den Industriellen Heinrich Bellman und lebte fortan in Minnesota.«

Dort sei dann er, Carl, zur Welt gekommen. In den folgenden Jahren hatte seine Mutter noch einige Male brieflich mit dem Vater ihres Sohnes verkehrt; erst später erzählte sie Heinrich von dieser Korrespondenz. Kurz nach Hitlers Machtergreifung und vor dem Reichstagsbrand vom 27. Februar 1933 reiste Rose mit ihrem Mann nach Deutschland – Heinrich gehörte zu einer diplomatischen Delegation, deren Besuch bereits im Dezember '32, also *vor* Hitlers Wahlsieg, als Konsequenz aus den politischen Erfolgen Kurt von Schleichers vereinbart worden war. Auch er, Carl, sei mit von der Partie gewesen.

In Berlin kam es zum ersten und einzigen Treffen von Vater Hanussen und seinem unehelichen Sohn. Hanussen wirkte sehr nervös. Um ungestört mit Rose sprechen zu können, trieb er ein halbes Dutzend Leute aus dem »Palast des Okkultismus« – so nannte er sein Domizil in der Lietzenburger Straße. Er sei von einer »bösen Vorahnung« beunruhigt, raunte er, wollte diese jedoch nicht konkretisieren. Nur einige Andeutungen machte er: Karl Ernst, einer seiner Gönner, habe sich trotz Einladung am Vorabend nicht bei einer Séance gezeigt, ein böses Omen an *diesem Tag* – es war jener, an dem der Reichstag brennen sollte, wie Rose wenige Stunden später erfuhr. Hanussen übergab ihr einen Stapel Dokumente, angeblich sein »Vermächtnis«, und flehte sie an, diese für ihn im Diplomatengepäck nach Amerika mitzunehmen. Wenn sein Engagement in der Berliner Scala Ende März abgelaufen sei, wolle er die Stadt unverzüglich verlassen, um über Meran und Rom in die Vereinigten Staaten auszureisen. Dort solle Rose ihm die Papiere zurückgeben – falls sich seine Ahnungen nicht bewahrheiten würden. Andernfalls, bestimmte er, werde Carl eines Tages fortführen, was er begonnen habe.

»Hanussen wurde am 25. März 1933 ermordet, nur wenige Tage vor seiner geplanten Abreise aus Berlin.« In Carls letzten Worten schwang ein seltsames Gemisch aus Genugtuung und Bedauern.

Tränen rannen über Yeremis Gesicht. Sie fühlte sich benommen, sprachlos und *betrogen*! Nicht nur die überraschenden Neuigkeiten über ihre familiären Wurzeln verwirrten sie, sondern vor allem …

»Warum hast du mir all die Jahre über nie etwas davon gesagt?« Wut und Enttäuschung brachen wie eine Eruption von Lava aus ihr hervor.

Der alte Mann war tief zerknirscht. Er legte eine Hand tröstend auf die Schulter seiner Enkelin, aber Yeremi schüttelte sie ab. »Ich wollte dir dieses schwere Erbe nicht zumuten, Jerry. Dein Urgroßvater ist ein Betrüger gewesen, ein Nazi-Kollaborateur, jemand, der aus Eigennutz sogar mit dem Teufel einen Pakt geschlossen hätte – und vielleicht hat er es sogar getan.«

Durch den Tränenschleier konnte Yeremi ihren Großvater nur als verschwommenen Schemen wahrnehmen. Ebenso diffus erschienen ihr seine Rechtfertigungen. Einmal mehr kam sie sich manipuliert vor, weil sie von ihm jahrelang in eine flauschige Lüge eingehüllt worden war. Mochte seinem Schweigen auch die Arglist fehlen, öffnete es ihr doch zumindest in einem Punkt die Augen: Sie musste diese fortdauernde Täuschung unbewusst gespürt und aus diesem Grund ihre dunkelsten Geheimnisse vor ihm verborgen haben. Diese Einsicht war für sie wie ein Bad in eisigem Wasser, sie spürte ihre Füße schon nicht mehr …

Ärgerlich schüttelte sie den Kopf. Das war absurd. Wie hätte sie das Ungesagte fühlen sollen? Unmöglich!

»Was ist?«, fragte Carl, dem das Verhalten seiner Enkelin Sorgen bereitete.

Es dauerte eine Weile, bis sich Yeremi wieder hinreichend gefasst hatte. Erst jetzt sickerte die letzte Äußerung aus Carls Bericht in ihr Bewusstsein hinab. »Ich … Ich verstehe nicht … Wie hast du diese Bemerkung über den Pakt mit dem Teufel gemeint?«

Das Thema bereitete Carl offenkundige Pein. Er wand sich, antwortete aber schließlich doch. »Hanussen hat sich mit telepathischen Experimenten befasst. Nicht alle diese Versuche konnten als Tricks entlarvt werden. Es gab und gibt immer noch Menschen, die ihm eine besondere Sensibilität für die Gefühle oder sogar die Gedanken anderer Personen bescheinigen. Er soll ein Abkömmling des Wunderrabbis von Prossnitz gewesen sein, eines Angehörigen der Chassidim, die wegen ihrer angeblich magischen Kräfte eine große Anhängerschaft hatten.« Ein Schauder ließ Carls Leib erbeben. »Die Berichte von derartigen Wunderkräften sind mir mein Lebtag suspekt gewesen. Nicht zuletzt deshalb habe ich mich meines leiblichen Vaters immer geschämt, ihn verabscheut, ja, ihn sogar gefürchtet. Gott hat, wie der 104. Psalm es ausdrückt, ›seine Engel zu Geistern gemacht, seine Diener zu einem verzehrenden Feuer‹. Von diesen Geistern haben einige gegen ihren himmlischen Vater rebelliert und treiben nun als Dämonen ihr Unwesen. Ich befürchte, mein Vater hat sich in ihre Gewalt begeben und ist schließlich an ihrem Feuer verbrannt. Du darfst dem teuflischen Lauf deiner Ahnen *niemals* folgen, Yeremi!« Carls Stimme klang jetzt beschwörend.

»Dann ist *das* der Grund, weshalb du mich von der Suche nach den Telepathen abhalten wolltest?«

Carl nickte. »Du sollst nicht wie dein Urgroßvater enden. Und deshalb flehe ich dich an: Schicke Saraf Argyr fort, damit er nicht dein Verderben wird.«

Yeremi befreite sich brüsk aus Carls Armbeuge und taumelte ein, zwei Schritte zurück, als sei er das Böse, vor dem er sie doch warnen wollte. Ihre Brust hob und senkte sich vor Erregung. Was verlangte er da von ihr?

Es kostete sie schon Anstrengung, ihre Atmung unter Kontrolle zu bringen, aber seine Warnung nicht in Bausch und Bogen zu verwerfen erschien ihr fast noch schwerer. Andererseits – bei allem, was er je gesagt oder getan hatte, war es ihm immer um ihr Wohl gegangen. Vielleicht sollte sie auf ihn hören. Seine Schwarzmalerei mochte auf einer Ahnung beruhen, für die er keine andere Erklärung fand als das Wirken dunkler Mächte. Einhunderteinundzwanzig Menschen lebten nicht mehr, weil, wie Saraf es ausdrückte, gelbe Geister sie heimgesucht hatten und nachher in den Himmel entschwunden waren. Wer immer die »Gespenster« geschickt hatte, besaß große Macht …

Yeremi fühlte sich innerlich zerrissen. Wieder kochte in ihr die Empörung hoch. So leicht durfte sich Carl nicht aus der Affäre ziehen! Er hatte mit einer Lüge gelebt oder doch zumindest ein trügerisches Schweigen über die Familie gebreitet. Yeremi war mit ihrem Vertrauen nie verschwenderisch umgegangen, aber sie hatte ihm den Löwenanteil dessen geschenkt, zu dem sie fähig war. Nun sah sie dieses Verhältnis in seinen Grundfesten erschüttert. Wie konnte er das Recht beanspruchen, sie von Saraf zu trennen? Zugegeben, der Silbermann besaß etwas, das ihr Unbehagen bereitete, aber schließlich wollte sie ihn nicht heiraten. Er verlangte nur Gerechtigkeit für das, was seinem Volk angetan worden war, und sie würde ihm dazu verhelfen. Dazu hatte sie sich verpflichtet.

Yeremi hob wieder den Blick und sah Carl fest in die Augen. »Was du mir gerade über meinen Urgroßvater verraten hast, schmerzt mich weniger als dein jahrelanges Schweigen. Sollte er sich wirklich dem Teufel verschrieben haben, dann verabscheue ich sein Handeln ebenso wie du. Aber *ich* bin nicht Hanussen, Opa Carl, selbst wenn sein Blut in meinen Adern fließt. Was immer er getan hat, ist nicht *meine* Schuld. Und deshalb lasse ich mir von deinen Ängsten auch nicht den Blick auf Saraf oder sonst irgendjemanden verstellen. Ich kann mich noch gut an etwas erinnern, was du mir vor langer Zeit erzählt hast; ich muss damals ungefähr zehn gewesen sein. Wir unterhielten uns bei einem Spaziergang wie diesem über die Vielfalt der Menschen, ihre Lieder, ihre Geschichten und ihre wunderbaren Gaben. Ich glaube, damals hast du ein

Samenkorn in meine Seele gelegt, aus dem später die Liebe zur Wissenschaft vom Menschen wuchs. Weißt du noch, mit welchen Worten dir das gelungen ist?«

»Nun, ehrlich gesagt …«

»Schon gut, Opa Carl. Ist auch eine Weile her. Ich werde es dir verraten: ›Der Allmächtige‹, sagtest du mir, ›hat den Menschen nur »ein *wenig geringer* als Gottähnliche« gemacht.‹«

Carl nickte. »Die Worte stammen aus dem 8. Psalm.«

»Und ich habe sie bis heute in meinem Innern bewahrt, weil ich sie für die Wahrheit halte: Wir Menschen sind fast so wunderbar wie die Engel – einige von uns bestimmt sogar mehr als andere. Warum sollten in Saraf nicht Fähigkeiten schlummern, die wir längst verloren haben?«

Carl schüttelte traurig den Kopf. »Merkst du nicht, wie du dich bereits veränderst? Vor zwei Monaten hättest du so etwas bestimmt nicht gesagt.«

»Seitdem ist viel geschehen, Opa Carl.« Yeremi ließ ihn stehen und ging weiter den Kiesweg entlang. Sie wollte Zeit zum Ordnen ihrer Gedanken gewinnen.

Also gut, sie stammte aus einer Familie, die immer wieder mit wundersamen Gaben in Verbindung gebracht worden war. Als Nachfahre eines so genannten Wunderrabbis hatte Hanussen sich höheren Sphären verbunden gefühlt, im Gegensatz zu Carl, der dieser Versuchung nie erlegen war. Seine Charakterfestigkeit wusste Yeremi durchaus zu schätzen, denn sie hielt den Okkultismus keineswegs für einen harmlosen Zeitvertreib. Was in der westlichen Welt zunehmend als unterhaltsamer Nervenkitzel angesehen wurde, barg, wie sie aus der Fachliteratur wusste, Gefahren, die keinesfalls unterschätzt werden durften, schon weil die Szene allen möglichen Abartigkeiten frönte. Betroffene berichteten von unvorstellbaren Qualen, die sie erlitten hätten: Stimmen, Albträume, Bedrohungen. Manche seien von anderen Satanisten seelisch und körperlich gefoltert worden, als sie versuchten auszusteigen. Blutige Rituale und furchtbare Gräueltaten waren symptomatisch für die Szene. Viele junge Leute gerieten aus Neugier in den Bann der dunklen Geheimlehren und kamen später nur schwer wieder davon los. In einer Erhebung unter Lehrern hatten ein Viertel der Befragten bei ihren Schülern durch Okkultismus hervorgerufene Störungen bemerkt: Lernschwierigkeiten, Ängste, Depressionen, der Rückzug von Alltagsaufgaben und eine Neigung zu Fremd- und Selbstschädigungen bis hin zum Suizid. Was immer hinter den übernatürlichen Erscheinungen und außersinnlichen Wahrnehmungen steckte, durfte nicht bagatellisiert werden. Es war höchst gefährlich.

Ungeachtet dessen hielt Yeremi den Menschen bei weitem nicht für ein restlos erforschtes Geschöpf. Er dürfte die Wissenschaftler noch mit so manchem Wunder überraschen. Während Carl sie langsam einholte, fragte sie sich, ob es in ihrer Familie so etwas wie eine erbliche Prädisposition geben könnte, die sie für Sarafs Gefühlsspielerei besonders empfänglich machte. Yeremi erinnerte sich noch lebhaft an seine Antwort auf die Frage, warum er sie für etwas Besonderes halte: »Weil du es *bist.*« Weshalb hatte er ihr fast von Anfang an so rückhaltlos vertraut? Etwa weil er wusste, wie er sie in seinem Sinne lenken konnte? Auch ihr Vater hatte sich einst von Jim Jones manipulieren lassen, obwohl er, wie Carl und Fredrika immer wieder betonten, alles andere als ein leichtgläubiger Mensch gewesen war. Yeremi nickte unmerklich. In ihrem Kopf formte sich eine erschreckende und zugleich aufregende Theorie.

Vielleicht gab es in ihrer Familie eine besondere Sensibilität, deren Natur sie erst noch ergründen musste. Hanussen hatte diese Empfindsamkeit missbraucht und war schließlich daran gescheitert – wenn er wirklich der machtbesessene, lüsterne und anmaßende Mensch war, als den ihn Carl beschrieben hatte. Richtiger wäre es gewesen, seine Veranlagung für das Gute einzusetzen. Es war ein erhebender Gedanke, fast märchenhaft wie aus *Tausendundeiner Nacht*, aber Yeremi glaubte darin einen Hoffnungsfunken aufblitzen zu sehen, vor dem sie ihre Augen nicht verschließen durfte. Zu lange schon hatte sie sich aus Angst vor Manipulation einfach nur abgeschottet, war in die Einsamkeit geflohen, die sie wissenschaftliche Arbeit nannte.

Und dabei lief sie vor sich selbst davon …

Ihr Herz geriet für einen Moment ins Stolpern, weil sie von dieser Einsicht völlig überrascht wurde. *Sei einfach, wer du bist!* In der letzten Nacht hatte sie diese Worte Sarafs kaum beachtet, geschweige denn verstanden. Aber sie mussten in den Tiefen ihres Unterbewusstseins trotzdem gegärt und gearbeitet haben – warum sonst erschien ihr die jahrzehntelange Abkehr vom eigenen Ich plötzlich so klar? *Wer bin ich?* Diese Frage entfaltete sich nun in ihrem Kopf wie ein prachtvoller Schmetterling, der aus seinem Kokon schlüpft. Nur wenn sie ihre Selbsttäuschungen aufgab und neben den starken und bewunderungswürdigen Facetten ihrer Persönlichkeit ebenso die schwachen und verletzlichen akzeptierte, würde sie auch andere Menschen mit deren Talenten und Marotten bejahen können. Und erst dadurch – seltsam, wie lange sie das hatte übersehen können! – wurde das Leben wirklich reich, durch den Austausch von Gedanken und Gefühlen, durch das harmonische Miteinander. Nur wenn sie sich öffnete, konnte sie sich schützen. Diese Überlegungen waren wie ein Befreiungsschlag.

Wie hatte Saraf noch gesagt? *Man glaubt oft, ohnmächtig zu sein, ist aber so gut wie nie wehrlos.*

»Du nickst? Was geht dir durch den Kopf?« Carl hatte sie eingeholt. Seine Stimme klang sanft, als fürchte er, den eben geschlüpften, zarten Falter zu verletzen.

Yeremi erwiderte seinen besorgten Blick ohne jeden Groll. »Entschuldige, wenn ich so barsch zu dir war, Opa Carl.«

»Du hattest allen Grund dazu.«

Sie hakte sich wieder bei ihm ein und zauberte ein zerbrechliches Lächeln auf ihr Gesicht. »Was ist eigentlich aus den Dokumenten geworden, die Hanussen deiner Mutter gegeben hat?«

»Rose hat sie ihr Leben lang in der Eichenholztruhe mit den Putten verwahrt.«

Yeremi nickte. »Ich kann mich noch gut an das sperrige Möbel mit den geschnitzten Engelchen erinnern.«

»Als ich die Truhe vor einigen Jahren aus dem Haus geschafft habe, ist mir der Nachlass Hanussens wieder in die Hände gefallen. Alles war noch da – bis auf die schwarze Akte.«

»Enthielt sie die Dokumente, die er ihr am Tag des Reichstagsbrandes in Berlin übergeben hat?«

»Sie war ein Teil davon. Es handelte sich um einen zwei Finger dicken Packen von Unterlagen, mit Gummibändern zwischen schwarzen Pappdeckeln verschnürt. Rose solle gut darauf Acht geben, hatte Hanussen ihr eingeschärft. Sie muss die schwarze Akte gesondert aufbewahrt oder nach seiner Ermordung vielleicht sogar vernichtet haben; Mutter war nicht im Geringsten daran interessiert, mich in Hanussens Fußstapfen treten zu lassen. Was von seinem Zeug noch da ist, darfst du dir gerne ansehen. Die Akten enthalten seine biografischen Daten, Unterlagen über geschäftliche Transaktionen und pseudowissenschaftliche Erläuterungen zu seinen ›Experimenten‹. Es sind sogar ein paar Erstausgaben seiner Bücher darunter.«

»Ich würde mir das Material gerne anschauen.«

»Dann laden wir es nachher in deinen Mercedes, und du nimmst es mit ins Strandhaus.«

»Danke, Opa Carl.« Yeremi fühlte sich merkwürdig aufgekratzt. Vielleicht beantwortete ja das Vermächtnis ihres verleugneten Ahnen einige der Fragen, die sie umtrieben. Und womöglich fand sie darin sogar ein Patentrezept, wie sie sich ihrer Gefühle in Bezug auf Saraf Argyr sicher sein konnte.

Der Lunch überraschte Saraf. Als Entree gab es gebackene Garnelen, zum Hauptgang Spare Ribs, und die Nachspeise bestand aus gespießtem und mit Kuvertüre übergossenem Obst – allesamt Speisen, die mit geringstmöglichem Werkzeugeinsatz genossen werden konnten. Die sonst so auf perfekte Tischsitten bedachte Fredrika war zu Ehren des Gastes über ihren eigenen Schatten gesprungen, und Yeremi musste einige Überzeugungsarbeit leisten, um ihn vor einem Rückfall in alte Essgewohnheiten zu bewahren.

Dabei war sie ein wenig zerstreut. Ihr ging noch das Gespräch mit Carl durch den Kopf. Nach der Aussprache mit ihm hatte sie ihn – wieder einmal – um mehrere Gefallen gebeten. Zum einen beschäftigte sie nach wie vor die rätselhafte Krankheit, die das Silberne Volk dahingerafft hatte. Sie wollte sich mit der von Doktor Singh erhaltenen Auskunft nicht abfinden. Der zwielichtige Arzt mochte ja einige Übung in der Behandlung von Schussverletzungen haben, aber Yeremi traute ihm keine fachliche Kompetenz in Fragen der Mikrobiologie oder Immunologie zu.

Carl wusste für ihr Anliegen eine Lösung. Doktor Heinz Sibelius kümmere sich seit drei Jahrzehnten um sein körperliches Wohl. Er verfüge über ein profundes Wissen und kenne einige sehr namhafte Kollegen, die er im Bedarfsfall »ganz privat« um Rat fragen könne. Yeremi kannte den Vertrauensarzt ihrer Großeltern. Als Zehnjährige war sie von einem Baum gefallen, und Sibelius hatte ihr eine Tetanusspritze in den Hintern gejagt. Gleich nach dem Spaziergang rief Carl den Arzt an. Nach wenigen Minuten hatte Yeremi ihn dann am Telefon.

Sie schilderte ihr Problem: Bakterieninfektion am 18. November, möglicherweise eine Blutvergiftung durch eine Streptokokkenart, die unter anderem auch Scharlach auslösen kann; dank Penicillin und anderer Medikamente, deren Namen sie nicht mehr wusste, ging es ihr schnell wieder besser. Sibelius wiederholte, was sinngemäß schon Singh gesagt hatte: »Für das Immunsystem des Körpers sind abgetötete Bakterien nur Müll, der innerhalb weniger Stunden hinausgekehrt wird.«

»Dann gibt es keinerlei Möglichkeit, die Art des Bakteriums zu ermitteln?«

»Das habe ich nicht behauptet«, drang Sibelius' Stimme aus dem Hörer.

Yeremi horchte auf. »Wie meinen Sie das?«

»Es ist schon richtig: Um den Stamm exakt zu bestimmen, brauchen wir Ihr Blut *mit* dem Bakterium. Die Zellen müssen dazu aber nicht mehr leben. Schon ein Blutstropfen in einem Taschentuch kann ausreichen, um die Mikroben zu identifizieren. Sie haben im Dschungel nicht zufällig Nasenbluten gehabt und sich ein Kleidungsstück befleckt?«

Yeremi wäre fast der Hörer aus der Hand gefallen, als ihr siedend heiß einfiel, welchen fatalen Fehler sie begangen hatte. »Mein Lieblings-Snoopy-Schlaf-T-Shirt!«, keuchte sie.

»Wie bitte?«

»Ich hatte mir eine Platzwunde am Kopf zugezogen. Das ganze Blut tropfte mir aufs Nachthemd ...«

»Prächtig! Genau das, was wir brauchen.«

»Leider habe ich meine verschmutzte Wäsche im Hotel reinigen lassen. Das Snoopy-T-Shirt ist wieder wie neu.«

»Oh!«

»Das wär's dann wohl, oder?«

»Nun ... Nicht unbedingt. Der menschliche Organismus ist ein Wunderwerk der Schöpfung, das uns noch eine Hintertür offen hält. Vielleicht haben Sie schon einmal vom *immunologischen Gedächtnis* gehört?«

»Allerdings. Wenn man einmal krank war, dann erinnert sich der Körper daran und kann den Erreger beim nächsten Mal bekämpfen.«

»In vielen Fällen trifft das zu. Gäbe es kein immunologisches Gedächtnis, brauchte man kleine Mädchen nicht gegen Röteln oder andere Krankheiten zu impfen. Dank dieser Fähigkeit unseres Immunsystems kann man eine frühere Erkrankung in vielen Fällen *indirekt* nachweisen, also selbst dann noch, wenn die Erreger längst aus dem Körper herausgespült sind. Man verwendet hierzu Tests, durch die sich ganz spezifische Antikörper nachweisen lassen. Jeder Mensch produziert bei einer Bakterieninfektion innerhalb von Tagen oder wenigen Wochen nach dem Befall solche Abwehrstoffe, die dann mehr oder weniger erfolgreich die Erreger bekämpfen. Ein Teil von ihnen kann sehr lange im Körper überdauern und bildet dort das besagte immunologische Gedächtnis. Wenn sich also in Ihrem Organismus Antikörper gegen das betreffende Bakterium nachweisen lassen, so müssen Sie in der Vergangenheit mit dem Erreger infiziert worden sein. Aus der Höhe des Spiegels der Immunkörper und der Zusammensetzung ihrer verschiedenen Arten kann der versierte Mediziner möglicherweise noch weitere Daten herauslesen: ob die Infektion erst kürzlich stattfand oder bereits lange zurückliegt und einiges mehr.«

»Wie genau ist diese Methode? Angenommen, das Bakterium

wurde genetisch verändert, lässt sich dann der Stamm aus dem immunologischen Gedächtnis herauslesen?«

Unterkühltes Schweigen war alles, was Yeremi hörte. Offenbar hatte sie gerade ein heikles Thema angesprochen. Oder fragte sich Doktor Sibelius nur, worauf sie eigentlich hinauswollte? Endlich, sehr zögernd, antwortete er: »Das dürfte nur in Ausnahmefällen möglich sein. Solange der Erreger seine genetischen Veränderungen vor dem Immunsystem verbergen kann, wird es die gleichen Antikörper hervorbringen wie bei dem Original.«

»So als würde er sich hinter einer Maske verbergen?«

»Ja, in etwa. Die Maske wäre in dem Fall die Oberfläche des Bakteriums. Falls dieses nur in seinem Inneren verändert wurde, bleibt die Manipulation dem Immunsystem verborgen. Wenn dagegen auf der Zellwand des Bakteriums durch Mutation oder eine gentechnologische Veränderung ein neues Protein entstanden ist – das sind …«

»Eiweißstoffe, ich weiß.«

»Genau. Wenn also außen ein neues Proteinmolekül auftaucht, dann wird sich der fragliche Organismus höchstwahrscheinlich ins immunologische Gedächtnis des Körpers einprägen, und wir können ihn indirekt nachweisen.«

»Wie lange dauern diese Analysen?«

»Na ja … Je weniger man über die gesuchten Mikroben weiß, desto mehr Tests muss man durchführen. Ich würde sagen, in einer Woche könnten Sie die Ergebnisse bekommen.«

Yeremi bedankte sich für die Auskunft und reichte ihrem Großvater, der mitgehört hatte, den Telefonhörer.

»Hier ist wieder Carl. Kannst du sofort vorbeikommen und meiner Enkelin Blut abzapfen?«

»Für eine Patientin, die längst wieder gesund ist, legt deine Kleine ja ein mächtiges Tempo vor. Elli Weizmann wartet schon auf mich. Hausbesuch. Anschließend könnte ich auf einen Sprung bei dir reinschauen.«

»Grüß Elli von mir, und beeil dich, Heinz. Es gibt frisch gebackenen Kuchen.«

»Das ist etwas anders. Ich fliege.«

Der Arzt verabschiedete sich und legte auf.

Carl sah Yeremi an. »Bist du zufrieden?«

»Beinahe. Es gibt da noch etwas anderes, um das ich dich bitten muss.«

Der alte Mann stöhnte. »Meine einzige Enkelin bringt mich noch ins Grab! Worum geht es?«

Sie erzählte ihm von Jefferson H. Flatstone, dem Chef von Stheno Industries, der die Expedition so großzügig gefördert hatte. Carl erklärte, er kenne Flatstone vom Hörensagen. Vor Jahren habe er sich ein Firmenprofil des Stheno-Konzerns erstellen lassen, um Art und Ausmaß von Überschneidungen mit den geschäftlichen Aktivitäten der Chemiesparte von Bellman Enterprises zu überprüfen. Hierauf sei es sogar zur ein oder anderen Kooperation zwischen den Konzernen gekommen. Flatstone habe seinerzeit zu den »Hoflieferanten« des Pentagon gehört. Er, Carl, sei ihm jedoch nie persönlich begegnet …

»Was ist?« Yeremi war die plötzliche Nachdenklichkeit ihres Großvaters aufgefallen, die ihn mitten im Satz hatte innehalten lassen.

Er schüttelte den Kopf. »Ich weiß nicht. Es ist, als hätte der Name des Vorstandsvorsitzenden von Stheno Industries in mir eine Erinnerung ausgelöst, aber ich kann sie nicht konkretisieren. Noch nicht. Lass mich einige Nachforschungen anstellen, Jerry. Ganz diskret. Es gibt da ein paar Leute, die mir noch einen Gefallen schuldig sind. Sobald ich was herausgefunden habe, melde ich mich bei dir.«

Yeremi nahm seine Hand und drückte sie ganz fest. »Sei bitte vorsichtig! Man kann es drehen, wie man will, aber letztlich hat Flatstones Forscherdrang zum Tod von einhunderteinundzwanzig Menschen geführt. Ich könnte es mir nie verzeihen, wenn dir etwas passiert, Opa Carl.«

DAS VERMÄCHTNIS

Pacific Grove (Kalifornien, USA)
17. Dezember 2005
16.37 Uhr

Der nette Mann aus dem Wald gefällt mir. Meinetwegen musst du ihn nicht gleich wieder fortschicken.« Molly saß in einem langen roten Hauskleid aus Seide auf dem cremefarbenen Ledersofa im Wohnzimmer. Sie hatte es sich mit einer Tasse Tee bequem gemacht und hielt die strahlenden dunkelbraunen Augen fest auf den Pazifik gerichtet, als fürchte sie, dort das Segel eines Schiffes zu erblicken, das ihr Saraf entführen könnte. Sie gehörte zu jener Art zierlicher Frauen, die in Männern den Beschützerinstinkt wecken. Wenn es ihr einigermaßen gut ging – so wie jetzt –, achtete sie penibel auf ihr Äußeres. Trotz ihrer einundfünfzig Jahre sah sie mit ihrer schlanken Figur, dem freundlichen, fast faltenlosen, schmalen Gesicht und den rotbraun getönten Haaren immer noch gut aus. Molly befand sich jedoch momentan in einem merkwürdig entrückten Zustand, der ihrer Adoptivtochter Sorgen bereitete.

Yeremi stöhnte leise, schlug demonstrativ die Akte mit Hanussens privater Korrespondenz zu und ließ sich in den Sessel zurücksinken, in dem sie bis dahin aufrecht, mit untergeschlagenen Beinen – fast wie ein Yogi –, gesessen hatte. Sie trug eine überweite, dünne hellgraue Baumwollhose und ein dunkelblaues Sweatshirt, Ausdruck ihres Wunsches nach Entspannung, der nun jedoch von unvermuteter Seite durchkreuzt worden war. Mit geschlossenen Augen sammelte sie sich für die Diskussion, die sie wohl schon an die einhundert Mal geführt hatte und die sie vermutlich noch ebenso oft würde durchstehen müssen. Ihre Adoptivmutter wurde nicht müde, ihr Männer anzupreisen, die sie aus absurden Gründen für geeignet hielt, den Posten ihres Schwiegersohnes einzunehmen.

Bisher hatte Yeremi alle Kandidaten gefeuert, bevor sie überhaupt eingestellt waren. Saraf würde der Nächste sein.

In den letzten drei Tagen hatte sie viele Stunden mit dem Silbermann verbracht. Wenn man sich mit ihm unterhielt, floss die Zeit nur so dahin. Er war wissbegierig, erzählte auch selbst viel über das Leben im Wald. Allerdings, und das stimmte Yeremi nachdenklich, hielt er sich nach wie vor bedeckt, wenn sie ihn nach den Gründen für das jahrhundertelange »Versteckspiel« des Silbernen Volkes fragte. Allein die Vorstellung, diesen geheimnisumwitterten Mann zum Lebenspartner zu wählen, verursachte ihr eine Gänsehaut.

Zum Glück beschäftigte er sich gerade in seinem Apartment mit alten Heften von *Nature* und *National Geographic* (er liebte die bunten Bilder), vielleicht sah er auch gerade fern (ihn verblüfften die Verhaltensweisen moderner Menschen). So brauchte Yeremi kein Blatt vor den Mund zu nehmen.

Sie schaute Molly an, gerade streng genug, um deren labile Psyche nicht gleich wieder ins Wanken zu bringen. »Damit das klar ist, Mama: Saraf Argyr ist nicht mein Liebhaber. Wehe, du machst ihm einen Antrag!«

»Ich?« Molly gab sich ahnungslos. »Was könnte *ich* ihn schon fragen?«

»Ob er dein Schwiegersohn werden möchte.«

»Das würde ich nie …«

»Du hast es bei Guillermo getan.«

»Na ja, der kam aus der Nachbarschaft, und du warst erst dreizehn.«

»Und was ist mit Bill Schneider?«

»Aber das weißt du doch, Kind! Ich habe ihm Spanisch beigebracht, und er war ein so höflicher und talentierter Schüler!« Molly lächelte im warmen Bad glücklicher Erinnerungen.

»Du preist mich an wie saures Bier, und das nun schon seit Jahren. Wenn mir jemand einen Heiratsantrag machen will, dann lasse ihn das bitte selbst entscheiden, Mama. Und du musst mich auch nicht vertreten, wenn es ums Jawort geht.«

»Aber Saraf …«

»Saraf ist ein außergewöhnlicher Mann, und ich helfe ihm, aber das ist alles. Ein für alle Mal: Du brauchst uns *nicht* zu verkuppeln. Und jetzt möchte ich gerne weiterlesen.« Sie hob den Aktendeckel.

»Ich wollte nur sagen: Saraf tut mir gut.«

Mollys Worte schnürten Yeremi die Kehle zu. Was hatte der Silbermann erklärt? Die Einfühlung gedeihe in einem überhitzten oder unterkühlten Umfeld nicht besonders gut. Wie wahr! Wenn sie auf Mollys Gefühle geachtet hätte, wäre ihr vielleicht früher aufgefallen, dass ihre Adoptivmutter in Wirklichkeit von sich selbst reden wollte. Ja, Saraf tat Molly gut. Die letzten zwei Tage in seiner Gesellschaft hatten sie geradezu aufblühen lassen. So sehr Yeremi diesen Fortschritt begrüßte, so wenig akzeptierte sie Sarafs Mittel. Wenn er die Mollakkorde aus Mollys Seele nur durch seine Gefühlsspielerei in Dur verwandeln konnte, dann sollte er es besser lassen. Bald würde er seiner Wege gehen und Molly erneut in Depressionen versinken. Yeremi fürchtete, ihre Adoptivmutter könne dann endgültig in die geistige Umnachtung abtauchen. Aber diese Sorge sprach sie nicht aus.

»Ich bin dankbar über jedes Lächeln von dir, Mama. Aber nimm ein wenig Rücksicht auf Saraf. Seine Frau ist vor gerade erst zwei Monaten von einem schwarzen Jaguar zerrissen worden. Er muss zunächst den eigenen Schmerz verkraften, bevor er den anderer tragen kann.« Yeremi versenkte sich wieder in die Akte.

Molly nippte an ihrem Tee. »Saraf meinte, er höre mir gerne zu. Er hat auch gesagt, der Schmerz sei einer unserer größten Lehrer.«

»Ach? Hat er das?« Yeremi blätterte weiter.

»Wir unterhalten uns viel.«

»Das ist mir nicht entgangen.«

»Er hat auch über dich gesprochen.«

Yeremis Blick sprang förmlich in Mollys Gesicht. »So?«

»Vielleicht hat er auch mich gemeint. Bei ihm weiß man das nie so genau.«

Yeremi stöhnte. »Wäre es dir möglich, mir zu sagen, worum es in dem Gespräch ging?«

»Habe ich das nicht schon? Er sagte dem Sinne nach: Wir können nicht in einer echten menschlichen Beziehung aufgehen, ohne verletzt zu werden. Der Schmerz ist einer unserer größten Lehrer. Wir wachsen, indem wir leiden, weil unsere tiefsten Wunden oftmals die Quelle unserer größten Stärke sind.«

»Er hat keine Ahnung, was in mir vorgeht.«

»Hast du es denn, Liebes?«

Yeremis Blick tauchte wieder in die Dokumente ab. »Ich bin gerade dabei, es herauszufinden.«

»Dann wünsche ich dir viel Glück.«

Ohne den Kopf zu heben, schielte Yeremi zu Molly herüber, deren Lächeln zweifellos aufrichtig war. Weil die Tochter sich in Schweigen hüllte, ergriff wiederum die Mutter das Wort.

»Ich habe mir etwas überlegt.«

»Ach.« Yeremi bohrte den Finger auf eine Textstelle, damit sie nicht erneut den Faden verlor.

»Ja, ich nehme wieder einen Englischschüler an.«

Erstaunt blickte Yeremi auf. »Das ist ja wunderbar!«

»Nicht, dass ich es bereut hätte, die Dolmetscherei nach der Heirat aufgegeben zu haben, aber nun ist Nils tot. Warum soll ich nicht ab und zu etwas Unterricht geben, so wie damals?«

»Wir könnten das alte Chauffeurzimmer dafür herrichten lassen.«

»Das wird vorerst nicht nötig sein.«

»Wieso?«

»Weil Saraf Argyr mein erster Schüler ist.«

»Was hast du dir eigentlich dabei gedacht?« Es war dunkel. Die beiden standen am Strand in Sichtweite des Hauses, dessen Lichter über ihnen leuchteten. Yeremi rang um ihre Fassung.

Saraf tat alles, um sie zu beruhigen. »Der Vorschlag kam von deiner Mutter. Sie erzählte von ihrer früheren Arbeit als Übersetzerin und von den Schülern, die sie Französisch und Spanisch gelehrt hatte. Danach fragte sie mich, was dagegen spreche, wenn sie ihre Sprachkenntnisse in den Dienst meiner Ausbildung stelle. Ich sagte: ›Nichts!‹«

»Saraf, ich möchte Molly vor jeglichen Gefühlsspielereien bewahren. Du hast deine empathische Gabe doch bei ihr eingesetzt, oder etwa nicht?«

»Du meinst den Silbernen Sinn?« Saraf wiegte den Kopf hin und her. »Ich glaube, du hast immer noch nicht verstanden, wie der Fühlsinn wirkt, Jerry. Ich verzaubere die Menschen nicht, sondern zum großen Teil beobachte ich sie nur und höre ihnen zu. Wann hast du zum letzten Mal deiner Mutter zugehört?«

»Vor zwei Stunden. Aber du lenkst ab, Saraf! Hier geht es um Molly, nicht um mich.«

»Bist du sicher?« Saraf ließ einige zähe Sekunden verstreichen, bevor er hinzufügte: »Molly braucht jemanden, dem sie ihre Gedanken und Empfindungen anvertrauen kann, und wer wäre dazu besser geeignet als ihre Tochter?«

»Willst du etwa behaupten, ich würde meine Mutter vernachlässigen?«

»Das liegt mir fern, Jerry. Ich weiß, wie du für sie empfindest. Aber das einfühlende Zuhören bedeutet weit mehr, als respektvoll zu schweigen, wenn der andere spricht. Es erfordert höchste Aufmerksamkeit, denn allzu leicht lässt man sich durch übereilte Schlussfolgerungen und tief sitzende Vorurteile ablenken. Damit der Fühlsinn sich entfalten kann, muss man seine inneren Stimmen zum Schweigen bringen und darüber hinaus nicht nur auf Worte, sondern auch auf Gesten, die Haltung des Körpers und das Mienenspiel des anderen achten. Wenn es gelingt, eine Seele durch diese Art des ›Sichleihens‹ zu beleben, einen Zustand der Enthüllung und Entdeckung herzustellen, dann sprechen wir Silbernen vom ›Heiligen Zuhören‹. Wir betrachten es als einen der größten Dienste, die ein Mensch dem anderen erweisen kann, und ich leiste ihn deiner Mutter, die mich so gastfreundlich aufgenommen hat, sehr gerne. Hältst du es für denkbar, ihr in dieser Hinsicht auch hin und wieder behilflich zu sein?«

Yeremi blickte den dunklen Schemen an, der vor den erhellten Fenstern des Strandhauses aufragte. Was konnte sie Saraf auf *diese* Frage schon antworten? Unwirsch brummte sie: »Die Gefühle meiner Mutter sind mir so heilig wie die eigenen. Gerade deshalb muss ich uns vor jeder Einflussnahme schützen.«

»Das ist seltsam«, erwiderte Saraf leise. »Als ich dich nach Al Learys Stellung fragte, hast du mir erstaunliche Dinge über Psychologen, Psychiater, Psychotherapeuten und Nervenärzte erzählt – viele neue Worte, die ich mir trotzdem gut gemerkt habe. Du sagtest, zivilisierte Menschen trügen viel Geld zu solchen Gelehrten, um sich von ihren seelischen Leiden befreien zu lassen. Lehnst du die Einflussnahme derartiger Ärzte ebenfalls ab?«

»Das ist etwas anderes.«

»Den Eindruck habe ich allerdings auch, wenn ich an Al Leary denke. Ich kann deiner Mutter bestimmt besser helfen als alle eure Seelenheiler zusammen.«

»Du darfst die ganze Zunft nicht wegen einiger schwarzer Schafe verteufeln.«

»Ich verstehe. Den weißen Schafen vertraust du also.« Saraf nickte bedächtig. »Und warum?«

Yeremi blickte verwirrt über seine Schulter hinweg zum Haus hinauf. »Weil … Nun … sie haben das eben studiert.«

»Das macht sie natürlich zu besonderen Menschen!« Nicht der Hauch von Ironie lag in Sarafs Stimme, was Yeremi umso mehr irritierte. Einige Atemzüge lang schien er intensiv über die Bedeutung akademischer Ausbildungen nachzusinnen, dann fragte er: »Schöpfen sie ihr Wissen aus Büchern?«

»Und aus der Erfahrung weiser Männer und Frauen.«

»Beides trifft auch auf mich zu.« Er schüttelte den Kopf. »Ich verstehe immer noch nicht, weshalb ich deiner Mutter nicht helfen darf.«

Yeremi stöhnte, trat einen Schritt auf ihn zu und reckte ihm ihr Kinn entgegen. »Dann tu einfach, worum ich dich bitte, Saraf. Meinetwegen lass dich von ihr in die Geheimnisse der englischen Sprache einweihen, aber – *bitte!* – spiele weder mit ihren noch mit meinen Gefühlen.«

»Das habe ich nicht mehr getan, seit ich dich zum Dach des Waldes führte.«

Dieses Geständnis verwirrte Yeremi nur noch mehr. Warum nur misstraute sie diesem Mann? Zugegeben, er sprach fast nie über die ferne Vergangenheit seines Volkes, aber ansonsten schien er ihr gegenüber nicht den geringsten Argwohn zu hegen. Trotzig fuhr sie herum, und ihr zum Pferdeschwanz gebundenes Haar peitschte sein Gesicht. Mit vor der Brust verschränkten Armen stapfte sie in Richtung Ozean und blieb erst dicht vor dem Umkehrpunkt der Wellen stehen. Sie hoffte, Saraf würde sich wie das Wasser vor ihr zurückziehen.

Wie schlecht sie ihn doch kannte! Wenige Atemzüge später befand er sich wieder neben ihr; die Arme hingen locker am Körper herab, und sein Blick war auf das Meer gerichtet.

Soll er doch da stehen bleiben, bis ihn die Krebse holen! In Gedanken verwünschte Yeremi ihn und *wünschte* sich zugleich, sein Vertrauen ebenso reflektieren zu können wie das Meer den noch fast vollen Mond. Nach einer ganzen Weile brach Saraf das Schweigen.

»Manchmal sprechen deine Gefühle zu mir, auch wenn ich sie nicht angetastet habe.«

Nervös zog sie ihren Pferdeschwanz über die Schulter nach vorn und begann an ihrem Haar herumzuzupfen. »Und … was verraten sie dir?«

»Immer wenn du von Al Leary sprichst, fühle ich eine große Kälte in dir. Ich spüre, dass er dir etwas angetan hat, aber ich weiß nicht, was. Wenn du das Bedürfnis empfindest, darüber zu reden, dann könnte ich dir das Heilige Zuhören schenken.«

Sie zitterte. Eine warme Träne lief unbemerkt ihre Wange hinab und verriet sich erst durch den salzigen Geschmack auf ihrer nervös hervorschnellenden Zunge. Yeremis Mund war geöffnet, sie schöpfte tief Luft, als wolle sie seiner Einladung folgen – aber dann schüttelte sie verzweifelt den Kopf. »Al Leary hat mich vor vielen Jahren auf eine Weise verletzt und gedemütigt, wie ich es selbst meiner ärgsten Feindin nicht wünschen würde. Mehr kann ich dazu nicht sagen, Saraf. Noch nicht! Und vielleicht niemals.«

Am nächsten Morgen blickte Yeremi verdrießlich auf den Wäschekorb mit Hanussens Nachlass neben ihrem Schreibtisch. Bis jetzt hatte sie in den Unterlagen wenig Ergiebiges gefunden, nur obskure Reflektionen über die Natur transzendenter Erfahrungen, vergilbte Zeitungsausschnitte, Notizen zu geplanten Artikeln in der *Hanussen-Zeitung* sowie geschäftliche und private Korrespondenz, darunter einige Dankesschreiben von Polizeidienststellen, die Hanussen für die hellseherische Unterstützung bei der Aufklärung von Verbrechen lobten. In Yeremis Vorstellung formte sich allmählich ein Bild ihres Urgroßvaters, das wenig schmeichelhaft war. Seine Arroganz hatte bisweilen paranoide Züge angenommen.

Hanussens Größenwahn zeichnete sich schon früh ab. Am 20. Februar 1919 wurden seine »Hypnose-Experimente« in Wien verboten. Forsch ging er zum Gegenangriff über. Um die amtliche Verfügung zu umgehen, nannte er seine Versuche kurzerhand »Wachsuggestion«, was mancher noch als Schelmenstreich ansah. Zwei Tage später lieferte er im *Neuen Wiener Journal* unter der Schlagzeile »Wie ich arbeite« dann aber eine Kostprobe seiner Überheblichkeit. Yeremi las kopfschüttelnd den Zeitungsausschnitt.

> *Die Suggestion hat mit der Hypnose so wenig zu tun wie der Seiltänzer mit der Primadonna. Ich darf mir schmeicheln, als Hypnotiseur einen nicht ganz unbekannten Namen in der Welt zu besitzen, und kenne den Unterschied zwischen den beiden Vorgängen sehr genau. … Seit wann unterstehen die freien Bürger eines Freistaates einer so rührenden Bevormundung ihrer Nerven? Wenn jemand an sich die Sache ausprobieren lässt, ist dies seine Angelegenheit. Ich habe mindestens mit 10 000 Menschen derartige Experimente gemacht.*

Vier Jahre später brach dann der »Krieg der Eisenbeißer« aus. Hanussen hatte einen Trick von Siegmund Breitbart kopiert, dem so genannten »Eisenkönig«, der allein durch das Zerbeißen von Ketten viele Bewunderer fand. Aber Hanussen duldete keinen zweiten Star neben sich. Also engagierte er eine neunzehnjährige Probiermamsell namens Martha Kohn und machte sie zur ersten Martha Farra, auch »Eisenkönigin« genannt. Breitbart und sein Impresario Erich Juhn zeigten den Etikettenschwindel an, erhoben sie doch den alleinigen Anspruch auf eherne Monarchentitel. Eine wissenschaftliche Jury fällte hierauf einen Schiedsspruch. Die berufliche Vorgängerin von Yeremis Urgroßmutter wurde zur »Eisen*prinzessin*« degradiert – und Hanussen explodierte. Obwohl er selbst das Publikum mit gestohlenen Tricks irregeführt hatte, bezichtigte er dreist in einem offenen Brief, am 4. Februar 1923 wiederum im *Neuen Wiener Journal* erschienen, Breitbart des Betruges. Die Schiedskommission erklärte er für inkompetent.

Das Herauskehren der eigenen Gelehrsamkeit, Erfahrung und Genialität, um den Gegner mundtot zu machen, war Yeremi an sich vertraut. Auch so genannte Wissenschaftler bedienten sich dieser bewährten Methode, um Kritik von ihren löcherigen Theorien abzuwenden. Was Yeremi jedoch anwiderte, war die Hybris, mit der Hanussen sich gleichsam zu einem Gott erhob. Deshalb verspürte sie wenig Lust, ihre Zeit mit den selbstherrlichen Ergüssen dieses Menschen zu verschwenden.

Es war Sonntag. Sie hatte McFarell versprochen, am Montagnachmittag einem Meeting in der Fakultät beizuwohnen. Am Abend wollte sie sich mit ihrer »Urgroßcousine« Sandra treffen. Die Woche in Berkeley würde anstrengend werden. Yeremi blickte zur Tür, die auf den Flur hinausführte. Saraf saß mit Molly im Salon und stopfte krümelige Kekse sowie englische Sprachbrocken in sich hinein. Sie könnte den beiden Gesellschaft leisten …

Mitten in diesen verlockenden Gedanken platzte ein synthetisches Flöten. Yeremi zögerte. Der anonyme Anruf von Mittwochnacht steckte ihr noch in den Knochen. Diesmal wurde im Display jedoch eine Nummer angezeigt. Vorsichtig griff sie zum Telefon.

»Hallo?«

»Jerry, bist du das?«

Learys Stimme! Wie eine Rakete fuhr Yeremi aus ihrem Schreibtischstuhl hoch. Vor Schreck wäre ihr fast das Telefon aus der Hand gerutscht. Sie spürte, wie ihr Puls zu rasen begann. »Was willst du?«

»Hören, wie es dir geht? Das bin ich dir schuldig – um der alten Freundschaft willen.«

Sie schnappte nach Luft, zügelte dann aber ihren aufwallenden Zorn. »Wir sind schon lange keine Freunde mehr, Al.«

»Aber Kollegen. Die Expedition war strapaziös, selbst für eine Powerfrau wie dich. Ich hoffe, du hast aus Guyana nichts eingeschleppt.«

Yeremi erstarrte zu einem Eisblock. Hatte Al diese Worte nur zufällig gewählt, oder wusste er von Sarafs illegaler Einreise? Sie schloss die Augen und glaubte, ihn am anderen Ende der Leitung grinsen zu sehen. Aber das war absurd! Mühsam zwang sie sich zu ruhigerem Atmen.

»Ich habe nicht die geringste Ahnung, wovon du sprichst, Al.«

»Du weißt genau, an was ich denke. Diese hässliche Infektion muss dir einen Mordsschrecken eingejagt haben. Schließlich ist das ganze Silberne Volk daran zu Grunde gegangen. Ist doch so, oder?«

Worauf will der Kerl hinaus? Schon wieder so eine zweideutige Frage! Yeremis Mund war so trocken wie das sandige Versteck einer afrikanischen Hornviper. Jetzt zeigte sie ihre Giftzähne. »Hör mir gut zu, Al Leary«, zischte sie. »Mir geht es hervorragend, alle Krankheitssymptome sind abgeklungen, die Erholung in Georgetown hat mich neu motiviert, und ab morgen bin ich wieder auf dem Campus. Ich kann also gut auf deine Fürsorge verzichten! Und jetzt nimm bitte einen dicken schwarzen Filzstift in die Hand.«

»Wozu?«

»Um meine Nummer aus deinem Adressbuch zu streichen.«

»Leg noch nicht auf, Jerry!«, sagte Leary schnell, als ahne er bereits, was sie vorhatte. »Hör mir zu! Wenn du in Schwierigkeiten bist und Hilfe brauchst, dann ruf mich an.«

Yeremi drückte die Unterbrechungstaste und warf das Telefon auf die Ladeschale. »Der Letzte, dessen Rat ich suchen werde, bist du!«, fauchte sie.

Danach setzten nagende Zweifel ein.

Konnte Al etwas von Saraf wissen? Sie hatte das Äußere ihres Schützlings radikal verändert und sich mit ihm fast nie bei Tageslicht ins Freie begeben. Zufällig konnte Leary ihr kaum auf die Schliche gekommen sein. Aber was, wenn er ihr nachspionierte?

Yeremi wirbelte herum und stürmte aus dem Raum. Ein furchtbarer Verdacht trieb sie in Richtung Wohnzimmer. Sie traute Leary sogar die Bespitzelung des Strandhauses zu. Ohne anzuklopfen, stürmte sie in das lichte Arrangement aus rötlicher amerikanischer Kirsche, cremefarbenem Leder und kostbaren Accessoires. Molly rekelte sich auf dem Sofa. Saraf knabberte im Sessel an Keksen und Redewendungen. Beide sahen Yeremi erschrocken an.

Sie huschte wie ein Schatten zum ersten Fenster, riss es auf, zog die Fensterläden zu und öffnete die verstellbaren Lamellen gerade weit genug, um etwas Tageslicht, aber keine neugierigen Blicke hereinzulassen. Dann nahm sie das nächste Fenster in Angriff.

»Was hast du, Liebes?«, fragte ihre Adoptivmutter besorgt.

»Ein schlechtes Gefühl.«

»Sie hat große Angst«, bestätigte Saraf.

»Du, misch dich da nicht ein!«, befahl Yeremi.

»Aber was ist denn los?«, beharrte Molly.

»Al Leary hat gerade angerufen. Er weiß, dass Saraf Argyr hier ist.«

»Und warum versteckst du mich dann noch?«, fragte der Silbermann.

Yeremi verharrte in ihrer Tätigkeit, als hätte jemand einen Knopf gedrückt. Verstört drehte sie sich zu Saraf und Molly um. »Nun … Ich bin mir nicht *sicher*, ob Leary alles weiß. Er hat so Andeutungen gemacht … Besser, wir gehen kein Risiko ein. Du solltest das Haus vorerst nicht mehr verlassen, Saraf, und bitte halte die Läden in deinen Zimmern geschlossen.«

Er nickte lächelnd. »Ich bin es gewohnt, den Tag in einer Höhle zu verbringen.«

»Oh!« Mollys Sopran hallte durch den Raum.

»Entschuldige, ehrenwerte Lehrerin, das war nicht abwertend gemeint.«

Sie kicherte wie ein Schulmädchen. »Schon gut, Saraf. So habe ich es auch nicht aufgefasst.«

»Ihr scheint mich nicht ernst zu nehmen«, beschwerte sich

Yeremi. »Wenn die Öffentlichkeit von unserem neuen Untermieter Wind bekommt, dann haben wir die längste Zeit ungestört nach den Mördern seines Volkes gesucht.«

Sarafs Augen leuchteten selbst im Zwielicht noch wie zwei blaue Saphire. Sie waren direkt auf Yeremi gerichtet. »Ich vertraue deinen Gefühlen, Jerry. Sollte Al Leary wissen, wen du hier versteckt hältst, heißt das noch lange nicht, dass es ihm auch nützt. Schließlich bist du meine Meisterin. Ich habe dich nicht ohne Grund erwählt.«

»Das tröstet mich ungemein!«

»Was genau hat Al Leary denn gesagt?«

Yeremi wiederholte das kurze Telefonat fast wortwörtlich.

Saraf nickte verstehend. »Er scheint mehr über den Fühlsinn zu wissen, als ich bisher glaubte.«

»Was willst du damit sagen?«

»Zunächst hat er freundliche, einschmeichelnde Worte benutzt und sich auf eure alte Freundschaft berufen …«

»Und dann hat er mir gedroht – zumindest kam es mir so vor.«

»Verführung und Kommando«, bescheinigte Saraf, »ein altes und immer wieder wirksames Rezept, um Menschen gefügig zu machen.«

»Ich lasse mich von Al zu nichts verführen!«, fauchte Yeremi.

Saraf überhörte die gereizte Bemerkung. »Kinder lernen schon früh, den mal freundlichen, dann wieder strengen Worten ihrer Eltern zu folgen. Mit dem Erwachsensein geht dieses anerzogene Verhalten nicht verloren. Es ist keine Schande, im Seegang von Schmeichelei und Strenge die Kontrolle über sein Seelenschiff zu verlieren.«

Yeremi schien durch Saraf hindurchzublicken, während sie im Geist noch einmal das Gespräch mit Leary Revue passieren ließ. Hatte der Psychologe sie tatsächlich manipulieren wollen?

»Was hast du gefühlt?«, fragte der Silbermann unverwandt.

»Ich hatte Angst.«

»Das ist gut.«

»Wie bitte?«

»Du darfst den Silbernen Sinn – das Einfühlungsvermögen oder die Empathie, wie du ihn nennst – nicht allein als Waffe begreifen, Jerry, er ist vor allem ein starkes Mittel zur Verteidigung. Nette Worte können deinen Schutzwall zum Einsturz bringen, aber die Furcht ist ein starkes Gefühl, das dich zu warnen vermag. Wenn du dich zur Ruhe zwingst, deinen Verstand schärfst und die Angst auf *einen* Punkt verdichtest, dann kann sie dich nicht überfluten, und der Fühlsinn wird dich in die Sicherheit führen.«

»Aber ich *habe* meine Gefühle abgekühlt, wie du mir geraten hast – mehr oder weniger jedenfalls.«

»Das ist gut. Du machst Fortschritte.«

Sie verstand nicht wirklich, was er damit meinte. »Ich wünschte nur, mir wäre klar, was Al mit dem Anruf bezweckte.«

Saraf lächelte ihr aufmunternd zu. »Das wird sich zeigen, Jerry. Geduld und Gelassenheit sollen in solchen Fällen wahre Wunder wirken. Früher oder später bringt der Fühlsinn die Wahrheit immer ans Licht.«

Im gelben Licht der Schreibtischlampe betrachtete Yeremi nachdenklich das vor ihr liegende Diagramm. Es hatte nicht mehr auf den alten Zettel gepasst. Jetzt lagen die beiden Blätter nebeneinander, und das neue war schon übersät mit Wörtern und Buchstaben, Kreisen und Pfeilen. Am linken Rand stand ihr eigenes Initial, darüber, nach rechts versetzt, das ihres Vaters, dann schlossen sich die Kreise von Großvater Carl und Urgroßmutter Rose an. Und im Mittelpunkt prangte ein dicker Kringel mit dem Kürzel EJH für Erik Jan Hanussen. Andere Namen und Begriffe waren im Verlaufe der vielen Stunden hinzugekommen, die Yeremi nun schon über den Akten ihres Urgroßvaters brütete. Wichtige Überlegungen hatte sie überdies in ihrem mobilen Computer notiert, sodass allmählich ein elektronisches Dossier entstanden war; darin spielte ihr angeblich telepathisch begabter Ahnherr eine zentrale Rolle. Je mehr Energie sie auf das Strukturieren ihrer Gedanken verwandte, desto weniger beunruhigte sie Learys Anruf.

Sie musste alles daransetzen, die eigene Rolle in diesem empathischen Rätselspiel zu entschlüsseln. Verfügte sie über eine – mög-

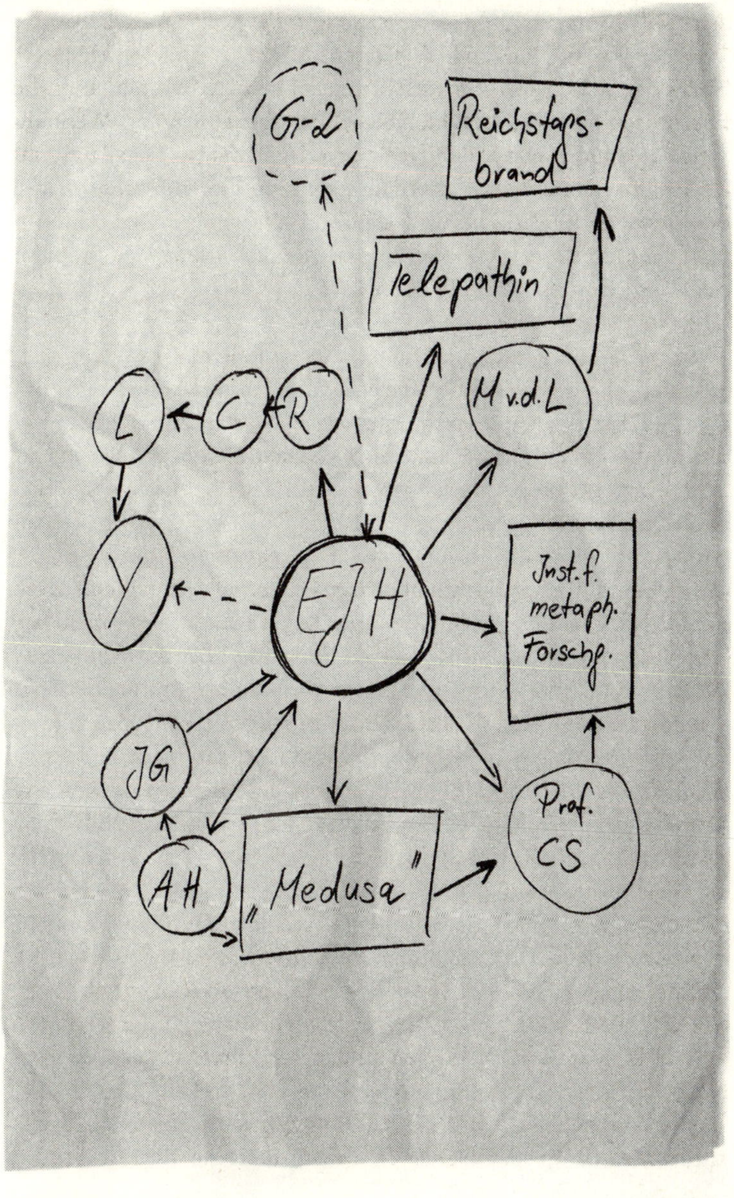
G-2
Reichstags-
brand
Telepathin
L
C
R
M v.d. L
Y
EJH
Inst. f.
metaph.
Forschg.
JG
Prof.
CS
AH
„Medusa"

licherweise angeborene – Eigenschaft, die sie für Sarafs Silbernen Sinn besonders empfänglich machte? Um den ging es McFarell, Flatstone und Leary schließlich. Trieb diese Männer tatsächlich nur das hehre Streben nach höherer Erkenntnis zum Wohle der Menschheit an? Oder steckte mehr dahinter: das Begehren von Profit, Ansehen oder …? Yeremi schüttelte den Kopf. Sie durfte jetzt nicht hysterisch werden, sondern musste ihren Verstand gebrauchen. Nur wenn sie systematisch die Fäden suchte, aufnahm und weiterverfolgte, würde sie das mysteriöse Sterben des Silbernen Volkes aufklären können.

Also: Es ging um empathische Telepathie. Hanussen hatte sich selbst als einen Gedankenleser bezeichnet, womit er nicht nur das gewöhnliche Muskellesen meinte, also das Deuten so genannter ideomotorischer Bewegungen, die bei den meisten Menschen unwillkürlich infolge geistiger Prozesse auftreten. Bereits im Jahr 1920 publizierte er ein Werk mit dem bezeichnenden Titel *Das Gedankenlesen – Telepathie*, in dem er sich über die Möglichkeit echter Gedankenübertragung ausbreitete. Kurz: Hanussen hielt sich für fähig, ebendiese zu beherrschen.

Selbstverständlich löste er damit kontroverse Diskussionen aus. Die einen vergötterten, die anderen verteufelten ihn. Beim Überfliegen der vielen Zettel und Schnipsel stieß Yeremi unvermittelt auf zwei Zeitungsartikel der *Bosnischen Post* aus dem Jahr 1918, die ihrer bis dahin eher planlosen Suche eine Richtung geben sollten. Der erste Beitrag stammte vom 24. Juni und behandelte einen »Hanussen-Abend in Travnik«. Besagter Herr sei »gegenwärtig auf Einladung der Polizeidirektion für Bosnien-Hercegovina auf kriminalpolizeilichem Gebiete tätig«, meldete das Blatt. Ähnliche Hinweise hatte Yeremi schon zuvor gefunden. Dann jedoch las sie den zweiten, einige Wochen später verfassten Artikel:

Das *Militär* hatte sich für Hanussens »Fähigkeiten« interessiert!

Gegen Ende des Ersten Weltkrieges wurde er sogar zum Kompanieführer eines »Rutenkommandos der österreichischen Armee« zur besonderen Verfügung des IV. Armeekorps in Bosnien, Landeskommando Sarajevo, berufen. Den Rang hatte man eigens für ihn erfunden. Er ließ sich eine Fantasieuniform mit silbernem Kragen schneidern, auf der eine Wünschelrute prunkte. In dieser »fantastischen Aufmachung«, wie er selbst über sich schrieb, brachte er zahlreichen österreichischen Soldaten das Wünschelrutengehen bei.

So bizarr diese Einzelheiten einem naturwissenschaftlich gebildeten Menschen des einundzwanzigsten Jahrhunderts auch erscheinen mochten, verrieten sie doch das anhaltende Interesse der Staatsgewalt an der Stärkung ihrer Macht, selbst wenn die Mittel höchst zweifelhaft waren. Die schwarz auf weiß dokumentierte Verknüpfung von Telepathie und militärischen Zielen und die übrigen Informationsschnipsel verdichteten sich für Yeremi allmählich zu einem höchst aufschlussreichen Bild.

Hanussen beschrieb unverblümt einige Tricks der Illusionisten. Er sei immer daran interessiert gewesen, seine Experimente wissenschaftlich untersuchen zu lassen. Seit dem 16. Mai 1930 habe er hierzu mit Professor Christoph Schröder und dessen Institut für metaphysische Forschungen in Berlin-Lichterfelde-Ost zusammengearbeitet. Die Untersuchungen waren weit gefächert, erstreckten sich von der Telepathie über Hellseherei bis hin zum Gebrauch bewusstseinserweiternder Drogen, wie das aus dem mexikanischen Peyotl-Kaktus gewonnene Meskalin oder ein Halluzinogen, das Hanussen als »Telepathin« bezeichnete und offenbar aus einer südamerikanischen Liane namens Yagé gewonnen wurde.

Yeremis über die Computertastatur huschende Finger erstarrten plötzlich. *Telepathin!* Sie wechselte zu ihrem Diagramm und widmete dem Begriff ein neues Kästchen. Pharmakologisch gesehen war er nicht ganz korrekt. Dennoch hatte Leary ihn mehrmals erwähnt. Ob er Hanussens »Experimente« kannte?

Eine Weile dachte sie über diese Frage nach, konnte ihre Bedeutung aber nicht recht einordnen. Schließlich stellte sie den Namen der ominösen Substanz auf dem Bildschirm rot und fett dar, dann kehrte sie zu den Unterlagen ihres Urgroßvaters zurück.

Über Professor Christoph Schröder hieß es da, er sei auch in die »Fänge der Medusa« geraten. Yeremi malte ein »Medusa«-Kästchen in ihr Schaubild. Aber erst etliche Minuten später konnte sie das

Geheimnis dieses neuen Namens lüften, der ihr zuvor nur aus der griechischen Mythologie bekannt war.

Das Medusa-Projekt wurde von Adolf Hitler persönlich ins Leben gerufen, um Methoden zur Manipulation von Menschen zu entwickeln. Hanussen behauptete von sich selbst, er habe dem Führer das »Handwerkszeug hierzu geliefert«. Doch Medusa verfolgte ein weit höher gestecktes Ziel, als die Massen durch flammende Reden zu begeistern. Durch das Projekt sollte die Idee von der Herrenrasse verwirklicht werden. Die Nazis wollten mentale Gewalt über die Emotionen von Einzelpersonen und sogar von ganzen Völkern gewinnen. Im Falle eines Krieges sollten, so lautete eines ihrer Vorhaben, die Gefühle des Feindes zerrüttet werden und dessen Heere, bildlich gesprochen, zu Stein erstarren – gerade so, als hätten die Soldaten in das Angesicht schlangenhaariger Gorgonen wie das der Medusa geblickt. Hanussen gestand in einer Notiz aus dem Jahr 1933, er sei mehr als ein Berater des Programmes gewesen; er habe sich der »Mittäterschaft« schuldig gemacht. Niemand Geringerer als Joseph Goebbels sei mit der verhängnisvollen Bitte um einen »Gefallen« an ihn herangetreten: Den Holländer Marinus van der Lubbe habe er, Hanussen, dafür präpariert, den Deutschen Reichstag in Brand zu stecken. Inzwischen seien ihm Zweifel an seinem Schulterschluss mit den Nationalsozialisten gekommen, und er hoffe, die Suggestion des Holländers werde fehlschlagen. Doch vermutlich komme seine Einsicht zu spät.

Er sollte Recht behalten. Der Reichstagsbrand war Geschichte. Hitler brauchte ihn, um die Notverordnung des Reichspräsidenten »zum Schutz von Volk und Staat« aus dem Hut zu zaubern. Mit dem lodernden »Frevel am deutschen Volk« rechtfertigte er ein sehr viel größeres und wahrhaft folgenschweres Unrecht: Er setzte die politischen Grundrechte der Weimarer Verfassung außer Kraft und verschaffte sich dadurch freie Bahn für die Verfolgung politischer Gegner. Und Hanussen hatte ihm mit der Manipulation van der Lubbes den Vorwand dazu verschafft.

Während sie sich durch den Schriftenberg ihres Urgroßvaters wühlte, schwankte Yeremi zwischen Abscheu und Faszination.

Hatte Hanussen die Zusammenarbeit mit den Nazis wirklich bereut? Oder war seine so genannte Einsicht nichts als Bedauern über eine lebensbedrohliche Situation, in die er sich selbst hineinmanövriert hatte? Yeremis Meinung tendierte eher in Carls Richtung. Hanussen schien aufgegangen zu sein, wie unhaltbar seine Position als »Prophet der NSDAP« für die Nazis geworden war. Als Mitwisser des fingierten kommunistischen Anschlages auf den Reichstag konnten sie ihn nicht mehr dulden. Doch für ihn schlimmer noch: Er war Jude. Erich Juhn, ehemals Manager des »Eisenkönigs«, hatte sich bei Hanussen als Impresario eingeschlichen und sich nun als Todfeind entpuppt. Durch ihn wurde der Schwindel um Hanussens gefälschte dänische Herkunft aufgedeckt. Die innere Kehrtwende des kläglich gescheiterten Hellsehers, der eigentlich Hermann Steinschneider hieß, dürfte somit, zu diesem Schluss kam Yeremi, wohl eher ein Kind seines Selbsterhaltungstriebes gewesen sein. Als Künstler war er es gewohnt, sich an denjenigen zu verkaufen, der die höchste Gage bot.

Im Frühjahr 1933 ging es für ihn jedoch ums nackte Überleben. Er misstraute selbst seinen engsten Mitarbeitern wie dem für die *Hanussen-Zeitung* tätigen Astrologen Doktor W. Baecker. Seinem Sekretär Izmet Aga Dzino – offenbar einer der Wenigen, die er nicht verdächtigte – offenbarte Hanussen in einer undatierten Notiz seine Ängste. Yeremi konnte die Handschrift ihres Urgroßvaters kaum lesen; er musste unter großer nervlicher Anspannung gestanden haben.

Izmet!

Baecker ist ein Nazispitzel. Ich bin fest davon überzeugt. Nagle ihn fest! Als Detektiv weißt Du, wie ihm auf die Schliche zu kommen ist. Aber nimm Dich vor ihm in acht!

Jetzt, da der große Wallot-Bau bald in Flammen stehen wird, werde ich jemanden an sein Angebot erinnern müssen. Solltest Du Post aus dem Ausland bekommen, wundere Dich nicht. Du erinnerst Dich noch an Denis Sefton Delmer, den englischen Reporter vom Daily Express*? Ich habe ihm auf Deine Vermitt-*

lung hin vor zwei Jahren ein längeres Interview gewährt. Sollte ich jäh von der Bildfläche verschwinden, sprich mit Delmer. Alles übrige wickelst Du so ab, wie wir es für diesen Fall besprochen haben.

Hanussen

Yeremi holte tief Luft. Das war starker Tobak! Sie wechselte zur Tastatur ihres Notebook-Computers und suchte im Internet nach dem Namen »Wallot«. Wenige Sekunden später bestätigte sich ihre Vermutung: Paul Wallot hatte in den Achtzigerjahren des neunzehnten Jahrhunderts das Berliner Reichstagsgebäude errichtet. Hanussen musste somit von dem Anschlag gewusst haben, *bevor* der »Wallot-Bau« niederbrannte. Seine Mitteilung an Dzino dürfte demnach kurz vor dem verhängnisvollen Ereignis verfasst worden sein.

Die Schlusspassage der Notiz gab ihr jedoch Rätsel auf. Von welchem »Angebot« sprach Hanussen da? Die Erwähnung des englischen Journalisten legte die Vermutung nahe, es könne sich um eine Initiative der Briten gehandelt haben.

Fieberhaft überflog Yeremi aufs Neue die bereits gesichteten Unterlagen. Hatte sie etwas übersehen? Der konspirative Brief an Dzino war ein wichtiges Dokument, das spürte sie. Ihr fehlte nur der Schlüssel zu seiner Deutung. Irgendwo musste sich noch ein Hinweis verstecken, der Licht in Hanussens geheimnisvolles Treiben brachte. Wieder nahm sie sein »Gedankenlese-Buch« zur Hand, überlegte einen Moment, ob sie sich darin vertiefen sollte, schüttelte aber dann den Kopf. Zu zeitaufwändig! Es war bereits weit nach Mitternacht. Als sie das Buch zurück in den Wäschekorb legen wollte, rutschte es ihr aus der Hand. Blitzschnell packte sie es beim hinteren Deckel, die Seiten fächerten auf, ein kleiner Zettel fiel heraus und blieb mit der blassblauen Schrift nach oben auf den Dielen liegen.

Yeremi starrte auf das vergilbte Blatt. Wie in Zeitlupe hob sie es vom Boden auf, um seinen Inhalt erneut zu lesen. Es stand nicht viel darauf, nur eine kurze Notiz, die sie jedoch elektrisierte.

Optionen (31.3.1931):
Mitarbeit im »Telepathieprojekt« des G-2 – vielversprechend!
Angebot des Russen – prüfen

Minutenlang hielt sie den Zettel in der Hand und starrte ihn an, als könne sie allein durch Geisteskraft mehr aus ihm herauskitzeln. Aber keine neuen Buchstaben wurden sichtbar. Wer oder was war »G-2«? Vielleicht ein Codename für Denis Sefton Delmer oder irgendeinen Unbekannten? Der Dzino-Brief legte diese Vermutung nahe. Hanussen erhoffte sich eine viel versprechende Mitwirkung im »Telepathieprojekt« des Anonymus.

Die letzte Zeile auf dem Zettel schien den gesuchten Schlüssel zu enthalten. Die Sowjetunion hatte jahrelang intensive parapsychologische Forschungen betrieben, das wusste Yeremi. Offenbar besaß Hanussen im März 1931 zwei konkurrierende »Angebote« und stand vor der Qual der Wahl. In Yeremis ohnehin schon vollem Diagramm entstand ein gestrichelter »G-2«-Kreis. Die kurze Notiz musste sich auf dasselbe Angebot beziehen, an das Hanussen »jemanden« zwei Jahre später hatte erinnern wollen, da war sich Yeremi ganz sicher. In ihrem Kopf bildete sich eine kühne Vermutung: Sollte die gleiche Organisation, die Anfang der Dreißigerjahre des letzten Jahrhunderts aus einem wie auch immer gearteten Interesse an der Telepathie mit Hanussen Kontakt aufgenommen hatte, auch siebzig Jahre später noch die Beherrschung dieser Macht anstreben?

DAS TROJANISCHE PFERD

Pacific Grove (Kalifornien, USA)
19. Dezember 2005
6.02 Uhr

Fast wäre Yeremi gegen die Badezimmertür gerannt. Ihre Augen waren verklebt. Kurz nach dem Aufstehen sah sie nie besonders viel. Wie eine Schlafwandlerin tappte sie am Bett vorbei in den Ankleideraum, achtete kaum darauf, was sie anzog. Nur wenig mehr als drei Stunden hatte sie geschlafen, Hanussens Vermächtnis ließ sie kaum Ruhe finden.

Das Frühstück bestand aus zwei großen Bechern schwarzem Kaffee und einem Marmeladentoast. Anschließend pochte sie zaghaft an Sarafs Zimmertür. Von drinnen – keine Reaktion. Sie klopfte stärker. Niemand meldete sich. Sollte sie einfach zu ihm hineingehen? Einige Herzschläge lang verharrte ihre Hand auf dem Knauf, aber dann machte sie kehrt und lief wieder nach unten.

Sie würde einfach von unterwegs anrufen. Molly hatte bei der vorgezogenen Verabschiedung am vergangenen Abend keinen besonders traurigen Eindruck gemacht. »Fahr nur nach Berkeley, Liebes. Ich kümmere mich um deinen Silbermann.« Die eigene Angst vor dem Alleinsein erwähnte sie mit keinem Wort, ja, seit ein paar Tagen schien diese spurlos verschwunden.

Auf der Suche nach ihrer Sonnenbrille betrat Yeremi noch einmal den Salon. Sie ging zum Fenster und öffnete die Lamellen, um noch einen letzten Blick auf die vom Mond beschienene Bucht zu werfen. Dabei erschrak sie.

Am Strand verharrte ein dunkler Schemen.

Der anonyme Anrufer kam ihr wieder in den Sinn. Schnell lief sie zum Schalter und knipste das Licht aus. Sie kehrte zum Fenster zurück und spähte durch einen der schmalen Schlitze hinaus.

Der Schatten stand immer noch da. Es musste sich um einen großen Mann handeln. Seine Augen waren auf das Meer gerichtet, zumindest glaubte Yeremi das zu erkennen. Er schien also kein großes Interesse am Strandhaus zu haben …

Plötzlich drehte der Schemen sich um. Sein Gesicht schimmerte silbrig im Licht des fast vollen Mondes. Es blickte direkt zu ihr herauf.

Saraf! Der Gedanke tauchte wie eine grelle Markierungsboje aus den trüben Tiefen ihres Unterbewusstseins auf. Woher diese Eingebung kam …? Vielleicht war es die Art gewesen, wie er sich bewegt hatte. Yeremi konnte den Silbermann nicht wirklich erkannt haben, doch sie glaubte den Blick seiner Augen wie ein warmes Licht auf ihrem Gesicht zu spüren.

Aufgebracht lief sie zur Tür, die auf die Terrasse und den etwa sechs Meter tiefer liegenden Strand hinausführte. Mit weit ausholenden Schritten stapfte sie auf Saraf zu. Er erwartete sie ohne erkennbare Regung.

»Wie kannst du nur!«, zischte sie auf Spanisch.

»Guten Morgen«, erwiderte er auf Englisch. »Wie geht es dir? Hast du gut gefrühstückt?«

»Das ist nicht lustig«, beharrte sie in der Sprache ihrer Mutter, wohl wissend, wessen Floskeln er da repetierte. »Du weißt, wie vorsichtig wir sein müssen.«

Saraf fiel nun wieder ins ihm vertrautere Spanisch zurück. »Sei mir bitte nicht böse, Jerry. Ich bin es zwar gewohnt, mich stundenlang in einer Höhle zu verkriechen, aber wie jedes wilde Geschöpf des Waldes brauche auch ich hin und wieder den Sternenhimmel über mir. Es wird mich schon niemand entdecken, wenn ich mich nachts ab und an aus dem Haus schleiche.«

»Das denkst du, weil dir Molly noch nicht die schwierigen Worte beigebracht hat: ›Nachtsichtgerät‹, ›Restlichtaufheller‹, ›Infrarotkamera‹ …«

»Sind das Zauberformeln?«

»So könnte man sagen. Die Hexereien des Fortschritts.«

»Mir wäre bestimmt aufgefallen, wenn uns jemand nachspioniert. Meine Sinne arbeiten gewöhnlich sehr zuverlässig, auch im Dunkeln.«

Yeremi seufzte. »Ich kann dich ja verstehen, Saraf, aber bitte nimm auch Rücksicht auf mich. Wenn man dich entdeckt, bekommen wir beide große Schwierigkeiten. Bleib bitte im Haus!«

Er erwiderte nichts.

»*Bitte* versprich es mir!«

Von irgendwo brach sich ein Licht in Sarafs Augen. Traurig erwiderte er: »Ich kann dir mein Wort nicht geben, solange ich bezweifle, es auch halten zu können.«

Als Yeremi etwa drei Stunden später in die Auffahrt von Bellman's Paradise einbog, hatte sie Sarafs ernüchternde Antwort zwar noch nicht verdaut, aber im Geiste beiseite geschoben. Im weiten Garten seines Vertrauens gab es noch immer einen kleinen Pavillon des Schweigens, in dem er etwas vor ihr verbarg.

Der Geländewagen hielt direkt vor dem Eingang des Landhauses. Sie hatte Carl über das Autotelefon von ihrer Absicht unterrichtet, »auf einen Kaffee hereinzuschauen«, bevor sie weiter nach Berkeley fuhr. Die Luft war noch empfindlich frisch an diesem Morgen, weshalb sich die beiden für ihre Unterhaltung in den großen Wintergarten zurückzogen, der durch seine üppige Bepflanzung allerdings eher wie ein Gewächshaus erschien. Großvater und Enkelin nahmen in geflochtenen Möbeln Platz, die in dem wuchernden Grün einen Hauch von Karibik verbreiteten. Fredrika versorgte sie mit heißen Getränken. Sie kannte die gelegentliche Heimlichtuerei der beiden und zog sich verständnisvoll zurück.

»Entschuldige, wenn ich hier so hereinschneie, Opa Carl.«

Er lachte. »Als wenn mich das jemals gestört hätte! Im Übrigen bin ich schon seit fünf Uhr wach. Im Alter braucht man nicht mehr so viel Schlaf.«

Sie hob die hauchdünne Porzellantasse dicht an den Mund und atmete genüsslich das Aroma des Kaffees ein. Zum Trinken war er noch zu heiß. »Gibt es Neues über Jefferson H. Flatstone und seine Stheno Industries?«

»Ich habe Ed Edmundson darauf angesetzt, einen alten Haudegen, der früher zum ONI gehörte, dem *Office of Naval Intelligence*. Er ist über hundert Ecken mit deiner Großmutter verwandt. Ich kann mich auf ihn verlassen. Aus seiner Zeit beim Marinegeheimdienst unterhält er noch viele nützliche Kontakte, und er weiß, wie man diskrete Nachforschungen anstellt.«

Yeremi nickte. Sie erinnerte sich schwach an einen Mann dieses Namens. »Ich wusste, du würdest den Passenden für diese Aufgabe finden. Wenn du ihn das nächste Mal sprichst, bitte ihn doch nachzuforschen, ob Flatstone sich irgendwann in der Forschung an biologischen Kampfstoffen engagiert hat.«

»Mach ich. An technischen Voraussetzungen dazu dürfte es Flatstone nicht fehlen, so viel kann ich dir jetzt schon sagen. Du fragst wegen der Krankheit, die das Silberne Volk hingerafft hat?«

»Ja. Wenn das Massensterben nachweislich von einem genetisch veränderten Erreger ausgelöst wurde, der aus einem von Flatstones Labors stammt, dann dürfte es für ihn ziemlich eng werden.«

»Aber es wäre noch kein hundertprozentiger Schuldbeweis. Sei vorsichtig, Jerry! Flatstone ist mächtig. Er könnte dich wegen übler Nachrede oder Rufschädigung verklagen.«

»Wenn seine Firma die Bakterien zusammengebastelt hat, muss sich die Staatsanwaltschaft einschalten, andernfalls gehe ich mit der Sache an die Öffentlichkeit, und es gibt einen handfesten Skandal. Hat sich Doktor Sibelius schon bei dir gemeldet?«

»Wegen der Blutprobe? Nein. Er wollte dich doch ohnehin auf deinem Handy anrufen.«

»Schade. Ich verspreche mir so viel davon. Aber eigentlich wollte ich dich etwas ganz anderes fragen. Klingelt's bei dir, wenn du das Kürzel G-2 hörst?«

Carl dachte nicht lange nach. »Und ob! Eddy könnte dir bestimmt einen stundenlangen Vortrag darüber halten. Soweit ich mich erinnere, hat General Pershing den G-2 ins Leben gerufen, als die USA in den großen Krieg hineingezogen wurden – muss demnach 1917 gewesen sein.«

»Wir sprechen also über eine militärische Einrichtung?«

»Sagt dir das Akronym MID etwas?«

»Ein Geheimdienst, oder?«

Carl nickte. »Die Buchstaben stehen für *Military Intelligence Division*. MID und G-2 sind ein und derselbe Verein. Er existierte, lange bevor Präsident Roosevelt unter dem Eindruck der Nazi-Bedrohung die Koordinierung der verschiedenen geheimdienstlichen Tätigkeiten anordnete. Ursprünglich war G-2 vom Kriegsministerium zum Zwecke der taktischen Aufklärung gegründet worden, aber meines Wissens wurde die nachrichtendienstliche Tätigkeit der Abteilung bald auch auf Politik und Wirtschaft ausgedehnt.«

»Interessant!«

»Worauf genau zielt deine Frage?«

»Ich bin in Hanussens Nachlass auf eine kleine Notiz gestoßen. Scheinbar hat G-2 ihm eine Zusammenarbeit angeboten. Unter Umständen waren sie es sogar, die ihm die Flucht aus Deutschland ermöglichen wollten.«

Carls Gesicht verfinsterte sich. »Mir graut bei dem, was aus diesem Pakt hätte werden können.«

»Wieso?«

Er wich ihrem fragenden Blick aus, indem er einen Schluck Kaffee nahm.

Yeremi ließ ihre Unterlippe hörbar aus dem Mund schnalzen und sagte: »Wenn man den Gedanken weiterspinnt, erscheint es nicht verwunderlich, wenn die Nazis ihn liquidiert haben. Vorausgesetzt, sie sind ihm auf die Schliche gekommen.«

»Das braune Pack! Wie viel weißt du über seine Mörder?«

»Nur das, was ich während der Vorbereitung auf die Expedition über Hanussen gelesen habe. Allerdings spricht mein ominöser Urgroßvater einige Verdächtigungen aus. Da gab es einen Juhn, der ihn als Juden denunzierte, und außerdem einen Nazi namens Baecker, den er in der Redaktion seiner *Hanussen-Zeitung* beschäftigte. Wer deinen Vater letztlich mit Kugeln durchlöcherte, kann ich natürlich nicht sagen.«

»Dann belassen wir es dabei. Ich rede nicht gerne über dieses

Kapitel unserer Familiengeschichte. Es ist abgeschlossen, und dabei sollten wir es belassen.«

Irgendetwas an Carls Ton vermittelte Yeremi den Eindruck, er habe diesen dunklen Abschnitt der Vergangenheit noch längst nicht bewältigt. Aber sie spürte auch, dass jedes weitere Nachbohren im Augenblick zwecklos sein würde.

»Ich wollte dich noch etwas anderes fragen. Sagt dir der Name Denis Sefton Delmer irgendetwas?«

»Britischer Korrespondent. War bis zu Hitlers Machtergreifung in Berlin akkreditiert. Ich glaube, der Name steht ebenfalls in Vaters Akten.«

Yeremi nickte. »Aber auch nicht viel mehr. Wie du sagst, war Delmer offenbar britischer Staatsbürger. Nun hast du G-2 aber als Abteilung der US-Army identifiziert. Wie passt das zusammen?«

»Dafür gäbe es viele Erklärungen. Ich schlage vor, wir rufen Eddy an. Der kann uns bestimmt weiterhelfen.«

Eine halbe Stunde später wusste Yeremi mehr. Ed Edmundson war in Carls Alter und geistig ebenso beweglich wie er. Bereits nach einer Viertelstunde rief der Navy-Veteran über Carls Geheimanschluss zurück. Carl fasste die Fakten anschließend in knappen Worten zusammen:

»Denis Sefton Delmer wurde 1904 in Berlin als Sohn australischer Eltern geboren. Staatsbürgerschaft: britisch. Zwischen '28 und '33 war er Berliner Korrespondent des *Daily Express*, kannte viele prominente Nazis und schrieb deutschfreundliche Berichte. Ab 1941 arbeitete er für den englischen Nachrichtendienst. Gerüchten zufolge soll er Seiner Majestät schon früher hin und wieder einen Gefallen getan haben.«

»Das passt!«, sagte Yeremi mit abwesendem Blick. Ihr Ringfinger kreiste um den Rand der mittlerweile leeren Tasse.

»Du glaubst, Delmer hat G-2 Schützenhilfe gegeben?«

Sie nickte. Ihr Blick verirrte sich zwischen die Nadelbäume jenseits der großen Glasfenster. »Ich kenne mich zwar in Spionagefragen weit weniger gut aus als du, aber selbst mir ist bekannt, dass die britischen Nachrichtendienste – zumindest im Zweiten Weltkrieg – mit den unsrigen eng zusammengearbeitet haben. Wenn Delmer sogar Umgang mit Nazigrößen pflegte, dann wird sein Kontakt zu Hanussen, dem ›Propheten der NSDAP‹, nicht weiter aufgefallen sein. Was mich nur wundert …«

Es entstand eine lange Pause, in der Yeremis Geist einen ungeheuerlichen, aber nicht ganz unlogischen Gedanken gebar. Ihr Großvater schwieg derweil. Als sie ihm endlich wieder ins Gesicht blickte, entdeckte sie dort einen Ausdruck banger Erwartung, der sie überraschte. Trotzdem sprach sie ihre Überlegungen aus.

»Haben sich bei meiner Urgroßmutter eigentlich jemals Leute vom G-2 gemeldet?«

»Jetzt reicht's aber!«, polterte Carls Stimme wie ein mittleres Gewitter. Yeremi erschrak, als er agil aus seinem Korbsessel aufsprang und die Arme in die Höhe warf. »Du schusterst dir da eine wilde Agentenstory zusammen, Jerry. Wo soll das hinführen?«

Sie wäre am liebsten selbst aufgesprungen und hätte lautstark ihr Recht auf Wahrheit eingefordert, aber diesmal blieb sie ruhig. »Das ist keine Antwort, Opa Carl. Hat Rose nach ihrer Berlinreise Besuch vom MID bekommen?«

»*Nein*, hat sie nicht«, antwortete Carl schroff und rannte mit einer fadenscheinigen Entschuldigung in den Garten hinaus.

Yeremi blickte ihm nach, bis er im nahen Föhrenhain verschwand. »Gelogen hast du nicht, Opa Carl«, murmelte sie. »Aber gefragt, wo das hinführen soll.«

Die Weiterfahrt nach Berkeley war für Yeremi wie ein langweiliger Film, an den sie sich im Augenblick ihres Eintreffens schon nicht mehr erinnern konnte. Während sie vom Montagmorgenstau nach Norden getragen wurde, grübelte sie über Carls beunruhigende Reaktion nach. Früher hätte sie sich von seinen Gefühlen mitreißen lassen, jetzt war ihr erstmals die große Unsicherheit hinter seinem barschen Verhalten aufgefallen. Quälte ihn lediglich die schmachvolle Familiengeschichte, oder gab es noch ein anderes Geheimnis, das er vor ihr verbarg?

Als Yeremis Mercedes auf den Campus rollte, kämpfte sie mit

einem unguten Gefühl. Was würde sie in der Anthropologischen Fakultät erwarten? Die Antwort sollte sie überraschen.

Professor Doktor Stanley A. McFarell hatte sich nicht verändert. Zwischen Schrumpfkopf und Schiffskompass brütete er mit versteinertem Gesicht über Bergen von Akten, als Yeremi gegen fünfzehn Uhr sein Büro betrat. Sobald er sie erblickte, strahlte er übers ganze Gesicht, riss die Brille von der Nase, ließ sie auf den Schreibtisch fallen und lief ihr mit offenen Armen entgegen.

»Jerry, endlich sind Sie wieder da, meine wertvollste Mitarbeiterin, meine Lieblingsfamula!«

Ehe sie es verhindern konnte, sah sie sich von ihm umarmt und, wenn auch nur andeutungsweise, auf beide Wangen geküsst. Verwirrt trat sie zwei Schritte zurück, die überschäumende Vertraulichkeit des Dekans war ihr nicht geheuer. Mit schiefem Grinsen sagte sie: »Schön, Sie wiederzusehen, Stan. Ich kann ja nicht ewig auf der faulen Haut liegen. Außerdem lässt sich hier selten so ungestört arbeiten wie in den Ferien.«

Ihre Antwort war nicht ganz ohne Hintergedanken. Das Weihnachtsfest nahte. Während überall die Nerven blank lagen, weil die Vorbereitungen auf das Fest der Liebe letzte Geld-, Kraft- und Mentalreserven erschöpfte, wollte sie in Ruhe einige Nachforschungen anstellen. Die Zeit dafür war ideal, das Trimester seit dem 10. Dezember beendet; und selbst wenn die Studenten noch bis zur Wochenmitte mit Abschlusstests kämpften, wurde es auf dem Campus doch zusehends stiller. Yeremi wollte diese Atempause nutzen, um die während der Expedition angefallenen Daten offiziell aufzuarbeiten und dabei, ohne Verdacht zu wecken, insgeheim den Ursachen des mysteriösen Massensterbens nachzugehen. Berkeley eignete sich für derlei Recherchen ohnehin viel besser. Hier hatte sie Zugriff auf riesige Bibliotheken, exzellente Informationstechnologie und zahlreiche Datenbanken, die dem normalen Internetreisenden verschlossen blieben.

»... Einsatz in Guyana einen prima Job gemacht! Gönnen Sie sich zwischen den Jahren ruhig eine Auszeit«, hörte sie McFarell sagen. Den Anfang seiner kleinen Belobigungsansprache musste sie verpasst haben.

Sie lächelte flüchtig. »Nett, dass Sie mich aufmuntern wollen, Stan, aber die Expedition war ein einziges Desaster. Ehe das Meeting beginnt: Was ist aus den Quipus geworden, die Al Leary außer Landes geschafft hat?«

Yeremi hatte gehofft, ihn mit dieser Frage zu überraschen, aber McFarell lächelte nur. »Sie befinden sich derzeit im Keller unseres Kunstmuseums und werden gründlich untersucht. Die guyanische Regierung hat uns die Knotenschnüre unbefristet zur Restauration und Erforschung ausgeliehen. Mr Sosé war ausgesprochen rührig, damit wir die nötigen Genehmigungen rechtzeitig bekommen. Alles Weitere fragen Sie Doktor Leary am besten gleich selbst.«

»Sie …« Yeremi verstummte, weil sie plötzlich einen vertrauten Duft wahrnahm: Cool Water von Zino Davidoff. Rasch drehte sie sich um.

»Hi, Jerry«, sagte Leary und grinste. »Du warst so mit dem Professor im Gespräch vertieft, dass ich euch nicht stören wollte.«

»Bei dem Eau de Toilette wird dir das nie gelingen, Al.«

Mit ausgebreiteten Armen und gespreizten Fingern grinste er McFarell an. »Ich weiß, ehrlich gesagt, nicht, was sie daran auszusetzen hat.«

McFarell schien sich bei dem obligatorischen Schlagabtausch der beiden keine Blessuren holen zu wollen. Er deutete mit ausdrucksloser Miene auf die Sitzecke. »Bitte nehmen Sie doch Platz.«

Yeremi folgte der Einladung, aber nicht ohne einen Seitenhieb in Learys Richtung. »Neulich hat so ein anonymer Lüstling bei mir angerufen und mir die Ohren voll gestöhnt. Warst du das?«

Leary machte ein betroffenes Gesicht, doch der Professor ließ keine Antwort zu. »Wir sind komplett. Außer uns dreien wird niemand an dieser Besprechung teilnehmen. Ich habe Sie beide mit der festen Absicht zu mir gebeten, einen Waffenstillstand zwischen Ihnen zu erzwingen. Ja, Sie haben mich richtig verstanden. Ich sagte: *erzwingen*. Sosehr ich Ihre Qualitäten schätze, Jerry – und auch die Ihrigen, Al –, kann ich doch diese dauernden Querelen nicht länger dulden. Sie schaden dem Ansehen der Anthropologischen Fakultät, und sie sabotieren unsere Forschung.«

»Was denn für eine Forschung?«, begehrte Yeremi auf. »Das Silberne Volk ist ausgerottet!«

»Sie wissen besser als ich, *wie* viel Material Sie in den Höhlen des Orion gesammelt haben.« Er wandte sich Leary zu. »Al, bitte berichten Sie Yeremi von den Knotenschnüren.«

Der Psychologe schilderte sachlich, was seit Yeremis Trennung von der Gruppe geschehen war. Das Team sei wohlbehalten in die verschiedenen Institute und Büros zurückgekehrt, die Knotenschnüre würden derzeit gründlich von einer Gruppe Spezialisten untersucht. Wenn die Wissenschaftler gelegentlich der Schlaf übermannte, was eigentlich nicht vorgesehen sei, lagere der Schatz sicher im »Bunker«; so nannten die Mitarbeiter der Universität das hermetisch abgeschlossene Archiv unter dem U.C. Berkeley Art Museum. Bis jetzt sei der Code der heiligen Schriften des Silbernen Volkes jedoch nicht geknackt worden.

McFarell dankte Leary mit einem Nicken und richtete dann das Wort an Yeremi. »Haben Sie zufällig irgendeine Vorstellung, wie wir da weiterkommen können?«

Sie zögerte. Natürlich wusste sie, wie die Quipus aus den Höhlen des Orion zu entschlüsseln waren. Saraf Argyr konnte sie lesen. Er hatte sie Azofa genannt, eine ›Quelle‹ uralten Wissens. Als Dekan und ihr Vorgesetzter kannte McFarell Yeremis Forschungsschwerpunkte ziemlich genau. Deshalb war ihr nicht ganz klar, worauf er eigentlich hinauswollte.

»Ich kenne nur die einfachen Quipus«, antwortete sie ausweichend. »Die Inka benutzten sie für statistische und rechnerische Zwecke, zum Festlegen von Abgaben oder Zählen von Lagerbeständen. Wenn ich die Schilderungen von Al und Ihre Frage korrekt interpretiere, dann enthalten die Knotenschnüre aus den Wassarais einen komplizierteren Code – ist das richtig?«

»Goldrichtig«, antwortete Leary an Stelle des Dekans. »Ich habe mich ein bisschen schlau gemacht. Gewöhnliche Quipus sind tatsächlich nur ein System zur zahlenmäßigen Erfassung von Waren oder anderen zählbaren Dingen. Sie bestehen aus einem langen Seil, von dem achtundvierzig Sekundärstränge abzweigen. Diese wiederum können unterschiedlich viele Tertiärschnüre tragen. Darin befinden sich Knoten, die Zehner- oder Hunderterstellen anzeigen. In den königlichen Quipus aus Cuzco gibt es außerdem Farbcodes zur Unterscheidung von Regierungsangelegenheiten wie Tributzahlungen, Landwirtschaft, Wirtschaftsproduktivität, zeremonielle Belange, Krieg, Frieden …«

»Du brauchst hier nicht über die Inkakultur zu dozieren, Al, das ist mein Spezialgebiet. Was habt ihr über die Orion-Quipus herausgefunden?«

»Sie stellen alles in den Schatten, was wir bisher über Knotenschriften wussten«, antwortete Leary nun freiheraus. »Wir haben es hier mit einer Art Stamm-Tau zu tun, das sich wurzelartig bis zu *achtmal* verzweigt. Die einzelnen Seile sind von unterschiedlicher Länge. Zwischen den Knoten gibt es deutlich variierende Abstände. Das Spektrum der verwendeten – zwar schon ausgeblichenen, aber noch deutlich unterscheidbaren – Farben ist weit größer als bei den kompliziertesten der bisher bekannten Schnurdokumenten aus der Inkahauptstadt Cuzco. Kurz: Wenn die klassischen Quipus die Welt der Inkas beschrieben, dann die Orion-Quipus, wie du sie nennst, ein unbekanntes *Universum*!«

Nun staunte selbst Yeremi. Saraf hatte die Knotenschnüre der Inka im Vergleich zur Azofa des Silbernen Volkes zwar als »ärmlich« bezeichnet, aber die Millionen von Kombinationsmöglichkeiten, die in der vielfach abgestuften Variabilität dieser Super-Quipus steckten, mussten selbst das hochkomplexe, aus Zigtausenden von Zeichen bestehende Schriftsystem des alten China wie ein simples Alphabet erscheinen lassen.

»Jerry?« Es war McFarell, der sie aus den Gedanken riss.

Sie blinzelte. »Ja?«

Er lächelte nachsichtig. »Ich wiederhole meine Frage gerne noch einmal: Können Sie zur Entschlüsselung der Orion-Quipus irgendetwas beitragen?«

Sie durfte sich nicht in die Enge treiben lassen. »Ich würde mir die Knotenschnüre gerne ansehen. Ist das möglich?«

»Natürlich. Nur, im Moment dürfte das schwierig sein. Wir

machen einige Tests zur Altersbestimmung, und ein paar von uns eingeflogene Experten sind auch an der Sache dran. Die Kollegen wollen möglichst bald wieder nach Hause – die Feiertage, Sie wissen schon.«

Yeremi nickte. Sie glaubte zu verstehen. Nachdem in Guyana erst Colonel Hoogeven und später eine Mikrobeninfektion sie außer Gefecht gesetzt hatten, übernahmen nun Datierungsverfahren und »eingeflogene Experten« diese Funktion. Obwohl es doch *ihr* Projekt war, wurde sie, Yeremi, ständig davon isoliert.

Oder handelte es sich nur um eine unglückliche Verkettung von Zufällen?

Yeremi schonte sich nicht. Bis zum Freitag kämpfte sie verbissen an verschiedenen Fronten, um dem Massensterben in den Wassarais auf die Spur zu kommen. Dabei nahm sie erneut die Fährte der Weißen Götter auf. Erwartungsgemäß musste sie zahlreiche Quellen aussondern, deren Seriosität ihr – vorsichtig gesprochen – zweifelhaft erschien. Selbst ernannte Experten wie der Entdecker und Wissenschaftsjournalist Graham Hancock verbreiteten dubiose Theorien über prähistorische Hochkulturen. Immer wieder tauchte der Name »Atlantis« auf. Aber es gab wenige oder vielleicht gar keine hieb- und stichfesten Beweise, die auf eine Verbindung der weißen Kulturbringer Amerikas mit dem Silbernen Volk hindeuteten. Die Physiognomie seiner Angehörigen sprach natürlich für sich. Auch die Schiffsdarstellungen in den Höhlen des Orion und einige Andeutungen der Silbernen verwiesen auf eine Herkunft jenseits des Atlantiks. Aber die Einzelheiten blieben im Dunkel der Vergangenheit verborgen. Saraf hätte gewiss Licht in die Zusammenhänge bringen können, und in mehreren Telefongesprächen bat Yeremi ihn, sein Wissen mit ihr zu teilen. Stattdessen wurde er immer einsilbiger. Sie glaubte zu spüren, wie er sich selbst immer mehr unter Druck setzte – dem Gefühl nach hätte er ihr seine Kenntnisse wohl längst offenbart –, aber ausgerechnet ihn, den letzten Bewahrer des Silbernen Sinnes, schien der Verstand davon abzuhalten, das Schweigen zu brechen. Für Montagabend, zwanzig Uhr, hatte Yeremi sich mit

Sandra in San Francisco zu einem »Frauenabend« verabredet. Kurz bevor sie ihre Wohnung verließ, rief sie im Strandhaus an, weil sie Saraf vermisste – eine für sie irritierende Feststellung, die sie sich nicht gerne eingestand. Sie erklärte sich dieses Gefühl mit ihrer zweimonatigen engen Zusammenarbeit. Abgesehen von der kurzen Zeit, als sie Saraf für tot gehalten hatte, war sie jeden Tag mit ihm zusammen gewesen.

Mollys Stimme klang sorglos und heiter. Saraf mache erstaunliche Fortschritte. Nie habe sie einen so begabten Schüler gehabt. Yeremi musste ihr schließlich ins Wort fallen, weil Mollys Redefluss anders nicht zu bremsen war. Der Mustereleve selbst sprach nicht sehr viel. Das Telefonieren war ihm immer noch ein wenig unheimlich.

»Geht es dir gut, Jerry?« Seine Stimme klang besorgt.

»Ich habe Al getroffen«, antwortete sie.

»Nimm dich vor der dunklen Seite der Empathie in Acht!«

Es fröstelte sie. Eher beiläufig registrierte sie die selbstverständliche Art und Weise, wie er diesen Terminus inzwischen benutzte. Saraf lernte wirklich schnell. »Ich pass schon auf mich auf.«

»Zu schnell!«

»Wie bitte?«

»Deine Antwort kam zu schnell, Jerry. Voreilige Schlüsse sind die Lügen unserer Befangenheiten. Sie führen uns leicht in die Irre. Ich wäre beruhigter, wenn du auf den Silbernen Sinn hörtest. Er spricht meist sehr leise; und nur, wer ihm Zeit gibt und die Voreingenommenheit ablegt, kann seine Stimme hören.«

»Wie oft muss ich dir das noch sagen, Saraf? Ich besitze diesen Fühlsinn nicht.«

»Die Empathie wohnt in jedem Menschen. Bitte glaube mir, Jerry. Wir sind komplizierte Geschöpfe. Nur wer bereit ist, auch von schlechten Lehrern zu lernen, wird am Ende verstehen.«

Den Gesprächen mit Saraf, selbst den kürzesten Telefonaten, folgten meist lange Phasen geistiger Verdauung. Manche seiner bisweilen ziemlich verwirrenden Äußerungen schlang Yeremi zunächst gleichsam herunter, und später stiegen die Worte wieder in ihr

Bewusstsein auf, wo sie gewissermaßen wiedergekäut wurden. Auf Learys Namen hatte Saraf auffallend besorgt reagiert. Yeremi nahm sich vor, wachsam zu sein.

Bei allen ihren Recherchen hielt sie sich streng an eine Reihe von Sicherheitsmaßnahmen. Alle Notizen speicherte sie nur in stark verschlüsselter Form. Jeden Abend verschob sie zudem ihre Ergebnisse vom Campusnetzwerk auf die Festplatte ihres Notebooks. Weil sämtliche über die Computer der Universität laufenden Datenbankzugriffe später in Logdateien nachverfolgt werden konnten, unterschied Yeremi streng zwischen solchen Abfragen, die sie mit ihrem Projekt rechtfertigen konnte, und jenen von eher privater Natur. Sollte es wirklich ein Interesse des Militärs oder des Geheimdienstes an der empathischen Telepathie geben, dann konnte sie nicht vorsichtig genug sein.

Im Hinblick auf Hanussen sprudelten die historischen Quellen unerwartet ergiebig. Wie bei den Weißen Göttern ließen sich Fakten und Legenden auch hier bisweilen nur schwer unterscheiden. Im deutschen Freiburg spürte Yeremi ein Institut für Grenzgebiete der Psychologie und Psychohygiene auf, das sie an einen gewissen Doktor Wilfried Kugel verwies, einen Physiker, der sich zugleich mit Philosophie beschäftigte und mindestens ein Jahrzehnt seines Lebens mit der Erforschung Erik Jan Hanussens verbracht hatte. Gewissermaßen als Extrakt dieser Arbeit war ihm das Buch *Hanussen – Die wahre Geschichte des Hermann Steinschneider* aus der Feder geflossen.

Yeremi telefonierte mit dem Deutschen von einem öffentlichen Fernsprecher aus. Anfangs misstraute Kugel ihr, hielt ihre Fragen für die Finte einer sensationslüsternen Journalistin, aber nachdem sie ihm einige bisher unveröffentlichte Details über Rose Presi, ihre Urgroßmutter, geschildert hatte, verflog sein anfängliches Misstrauen. Der Wissenschaftler zeigte sich nun sogar erfreut, eine bisher unbekannte Nachfahrin seines langjährigen Studienobjektes kennen zu lernen. Noch am Dienstag wolle er ihr »eine Überraschung« per Luftpost nach Pacific Grove schicken. Als sie ihn nach Informationen fragte, »die eine eventuelle Verstrickung Hanussens in außerdeutsche Geheimdienstaktivitäten belegen könnten«, versprach er »tatkräftige Unterstützung bei ihrer Ahnenforschung«.

Aus ihrer Wohnung in Berkeley rief sie am Abend zu Hause an. Der Tag war ohne Komplikationen verlaufen. McFarell hatte sie nur einmal ermahnt, sich »zwischen den Jahren« ein oder zwei Wochen Ruhe zu gönnen. Learys Name war dabei kein einziges Mal erwähnt worden. Ihre Stimmung hatte sich im Verlauf der zurückliegenden Stunden zusehends gehoben. Bis ihre Adoptivmutter sie zerstörte.

»Weißt du, was wir heute Nachmittag gemacht haben, Liebes?«

»Shakespeares *König Lear* analysiert?«

»Das steht für morgen auf dem Programm.« Molly kicherte. »Nein, ich habe Saraf meiner Damenrunde vorgestellt. Du glaubst nicht, wie begeistert sie alle von ihm waren.«

Yeremi erstarrte. »*Wie bitte!?* Das glaube ich nicht. Du hast tatsächlich zu Hause ein Kaffeekränzchen abgehalten und Saraf allen vorgeführt?«

»Menschen zu verstecken ist eine sehr ungezogene Eigenart, Jerry! Außerdem musste ich den Damen doch seine neue Garderobe zeigen.«

»Neue … *was*?«

»Saraf und ich waren in der Stadt. Wir haben ein wenig eingekauft. Er kann ja nicht ewig in dem Plunder herumlaufen, den du ihm im Dschungel gekauft hast.«

Yeremi schnappte nach Luft. »Der Plunder hat dreitausend Dollar gekostet! Bei einem der besten Herrenausstatter in Georgetown! Es war nicht nötig, Saraf in aller Öffentlichkeit herumzuzeigen wie einen frisch gestutzten Pudel. Er ist nicht umsonst …«

»Mäßige dich, Yeremi! Nicht in diesem Ton!«

Die Gescholtene war unfähig, sich schuldig zu fühlen. »Aber ich habe dich ausdrücklich gebeten, niemandem etwas von ihm zu erzählen.«

Molly lachte. »Das war gar nicht nötig. Meine Damen haben ihn ja mit eigenen Augen bewundern können. Im Übrigen sind sie es gewesen, die nicht mehr aufhören wollten, ihm von ihren Wehwehchen zu berichten. Saraf hat nur wenig gesagt, aber nachher sind alle selig nach Hause gegangen.«

Yeremi hatte die Augen geschlossen, die Stirn auf die Linke gestützt, und sie schüttelte fassungslos den Kopf. So ziemlich die sicherste Methode, ein Geheimnis in der Monterey Bay zu verbreiten, war ein Wink an Mollys Kaffeekränzchen, einen erlesenen Kreis von Ehefrauen und Witwen wohlhabender Honoratioren. Die Damen besaßen ein erstaunlich flexibles Verständnis von Diskretion. Selbst Medienprofis hatten ihrem ungestümen Mitteilungsdrang wenig entgegenzusetzen. Bevor Molly von ihren Depressionen in die Isolation gerissen worden war, hatte sie dem Damenzirkel wöchentlich beigewohnt. Man traf sich an wechselnden Orten, mal am Nachmittag zu koffeinfreiem Kaffee und Diätkuchen, dann wieder abends zum Bridge.

»Jerry, bist du noch da?«

Wie aus tiefem Schlaf erwachend, öffnete Yeremi die Augen. »Ja, Mama.«

»Bist du mir böse?«

»Nicht böse, aber … Verstehe mich doch! Ich möchte Saraf helfen. Jetzt wird bald die ganze Gegend von deinem neuen Seelenmasseur reden. Das ist … *nicht hilfreich*!«

»Du verübelst es mir also doch.«

»Nur ein bisschen, Mama. Kannst du mir einen Gefallen tun?«

»Ja?«

»Bevor du CNN anrufst, gib mir bitte Bescheid.«

Mit jedem weiteren Tag bangte Yeremi mehr um ihren persönlichen »Alien«, denn in der Behördensprache war Saraf Argyr nichts anderes: nur ein illegal eingereister Ausländer. Für einen Fernsehsender wie CNN dürfte er dagegen in der Kategorie »Außerirdische und andere Weltwunder« rangieren. Doch wenn Molly ihr Versprechen hielt, dann würden die Medien nie von seiner Existenz erfahren. Mit diesem nicht ganz schlüssigen Gedanken beruhigte sich Yeremi auch am Mittwochabend, während sie ihr Apartment am Bancroft Way betrat. Gedankenlos ließ sie ihren Rucksack bei der Sitzgruppe im Wohnzimmer zu Boden fallen und schlurfte in die Küche. Sie schenkte sich einen Tomatensaft ein, gab Pfeffer und Salz dazu und warf beinahe das Glas um, als ihr Rucksack plötzlich melodisch zu piepen begann. Er intonierte das Motiv von *Memory* aus dem Musical *Cats*.

Mit wenigen Sätzen war Yeremi im Wohnzimmer und riss das Mobiltelefon aus dem Lederbeutel. Es war Doktor Sibelius. Der heiß ersehnte Anruf!

Der Arzt klang seltsam zerstreut, erklärte unnötigerweise, worum Yeremi ihn vor einer Woche gebeten hatte, und kam erst zur Sache, als sie ihn ungeduldig danach fragte.

»Was hat der Antikörpertest denn erbracht? Konnten Sie den Erreger identifizieren?«

»Sie sagten, von dem Kollegen, der Sie im Dschungel untersucht hat, sei eine Sepsis diagnostiziert worden?«

»Ja doch!« Yeremi wurde immer nervöser.

»Aufgrund welcher Symptome ist er zu diesem Schluss gekommen?«

»Aber das habe ich Ihnen doch schon alles in Morgan Hill erzählt: Kopf- und Gliederschmerzen, Schüttelfrost, Fieber, schneller Puls, mir war elend zu Mute wie lange nicht mehr.«

»Blutiges Erbrechen?«

»Nein.«

»Vielleicht Blut im Stuhl?«

»Unsinn! Worauf wollen Sie hinaus, Doktor?«

»Nur ein paar Fragen noch, Mrs Bellman: War der Schüttelfrost von Hustenanfällen begleitet, oder konnte mein Kollege Symptome einer Lungenentzündung ausmachen? Blutiger Auswurf vielleicht? Hatten Sie eine Hautverletzung, auf der sich ein rotes Knötchen mit einem schwarzen Zentrum gebildet hat, das später zu einer eitrigen Blase wurde?«

»Nein, nein und nochmals nein. Ich habe Ihnen bereits alles gesagt. Und nun verraten Sie mir bitte endlich, was Sie herausgefunden haben.«

»Ehrlich gesagt, kann ich das nicht.«

»Wie bitte?«

»Ich will damit sagen, ich kann mir keinen rechten Reim darauf machen. Einige der von Ihnen geschilderten Symptome passen, aber andere fehlen.«

»Fehlen *wofür*, Doktor Sibelius?«, rief Yeremi aufgeregt ins Telefon.

»Für eine Infektion mit *Bacillus anthracis*.«

Yeremis Finger erschlafften. Das Handy fiel ihr aus der Hand, landete aber zum Glück auf dem Sofa, neben dem sie stand. Mit fahrigen Bewegungen hob sie es wieder auf, ließ sich rasch über die Lehne hinweg in die Polster sinken und beugte sich zum Tisch vor, wo ein Notizblock und ein Druckbleistift lagen. Während sie schon wieder ins Telefon sprach, kritzelte sie den lateinischen Namen aufs Blatt.

»Doktor Sibelius, sind Sie noch da?«

»Warum sollte ich nicht …«

»Reden Sie von *Anthrax*? Soll das heißen, ich habe mich mit Milzbrand angesteckt?«

»Zumindest behauptet Ihr immunologisches Gedächtnis, sich an eine solche Infektion zu erinnern. Ihre Körperabwehr hat sich kürzlich auf einen Mikrobenstamm eingeschossen, der bisher nur im Osten der USA registriert wurde. Der Höhe Ihres Antikörperspiegels nach zu urteilen, liegt die Erkrankung noch nicht lange zurück. Sie fällt etwa in die Zeit, als Sie sich in Guyana aufgehalten haben.«

Yeremi schüttelte fassungslos den Kopf. »Anthrax«, wiederholte sie leise und versuchte zu begreifen, was diese Nachricht bedeutete.

»Nun, wie gesagt, der Befund ist höchst widersprüchlich«, drängte sich die Stimme des Arztes in ihr aufgestörtes Bewusstsein. »Sie sagten, der Kollege habe bei Ihnen den *Streptococcus pyogenes* festgestellt. Diese Mikroben treten gewöhnlich in Ketten auf und haben die Form kleiner Kügelchen. *Bacillus anthracis* dagegen ist stäbchenförmig und bildet Sporen aus. Beide Organismen sind zwar grampositiv, was auf einen verwandten Aufbau der Zellwände hindeutet, und einige der von Ihnen geschilderten Symptome können auch bei einer Anthraxinfektion auftreten, aber …« Die Stimme des Arztes erstarb.

»Wenn ich Sie richtig verstehe, passt mein Krankheitsbild nicht zur Erinnerung meines Immunsystems.«

»So könnte man es ausdrücken.«

»Wäre ein Trojanisches Pferd denkbar, ein Erreger, der nur wie eine Scharlachbakterie aussieht, dessen Erbmaterial aber – zumindest teilweise – vom Milzbrandbazillus stammt?«

»Ja, sofern man die Möglichkeit von Genmanipulation nicht ausschließt. Darauf zielen Sie doch ab, oder? Zumindest einige anthraxspezifische Proteine müssen aber auch in der Zellwand des Bakteriums zu finden sein, sonst könnten wir den Milzbrand nicht in Ihrem Immunsystem nachweisen.« Yeremi hörte, wie Sibelius tief Luft holte, bevor er hinzufügte: »Offen gesagt, gefallen mir Ihre Gedankenspiele nicht besonders – und die Hinweise darauf, dass Sie damit Recht haben könnten, noch viel weniger. Ich habe den Zweiten Weltkrieg erlebt und genug Perversitäten gesehen. Wissen Sie überhaupt, was für ein Meilenstein in der Menschheitsgeschichte das Jahr 1972 war?«

»Da bin ich geboren worden«, sagte Yeremi. Es war mehr als eine Entschuldigung für ihre Unkenntnis gedacht, aber Sibelius verstand die Antwort offensichtlich anders. Seine Stimme klang jedenfalls plötzlich sehr erregt.

»Bei allem Respekt, Mrs Bellman, aber das ist nicht einmal eine Fußnote in den Annalen der Geschichte wert. Nein, ich rede von der Biowaffenkonvention. Mehr als hundert Staaten haben damals ein Verbot der Entwicklung, Herstellung und Lagerung bakteriologischer Waffen vereinbart. Das war für mich ein Freudentag, und nun …« Sibelius verstummte.

Yeremi überhörte den bitteren Ton des Arztes. Ihre Antwort klang eher beschwichtigend. »Ich will Ihnen ja nicht zu nahe treten, Doktor, aber das Abkommen war doch nur ein Papiertiger. In meiner Studienzeit bin ich auf die Straße gegangen, weil sich die Unterzeichner nicht an das Verbot gehalten haben. Es gab ja keine Verpflichtung zu Kontrollmaßnahmen. Bestimmt erinnern Sie sich auch noch an die Biowaffenkonferenz vom Dezember 2001. Es war kurz nach den Terrorattacken auf das World Trade Center. Eine Reihe von Milzbrandanschlägen drohte in den folgenden Wochen das ganze Land zu lähmen. Anstatt dem Schrecken ein Ende zu machen, weigerten sich ausgerechnet die Vereinigten Staaten – gegen die Mehrheit der Konferenzteilnehmer –, eine Überprüfung ihrer Vertragstreue zuzulassen. Angeblich fürchtete man Spionage, wenn Ausländern der Zugang zu Industrie- und Militäreinrichtungen im Land gewährt würde. Ich denke eher, man wollte nicht als böser Bube der Weltgemeinschaft entlarvt werden.«

»Das mag sein, aber gerade deshalb sollten Sie meinen inneren Zwiespalt verstehen. Immerhin reden wir hier über Dinge, die es eigentlich gar nicht geben dürfte.«

Sie ließ sich von den Bedenken des Arztes nicht beirren. »Dafür habe ich vollstes Verständnis, Doktor Sibelius, aber nun hätte ich gerne Ihre Expertenmeinung: Kennen Sie Fälle, in denen solche Trojanischen Pferde hergestellt wurden?«

»Ich bin Hausarzt und kein Spezialist für Biowaffen.«

»Das heißt, Sie können mir nicht weiterhelfen?«

Sibelius stöhnte leise. »Sie sind genauso hartnäckig wie Ihr Großvater, Mrs Bellman. Das ist mir schon aufgefallen, als Sie noch ein kleines Mädchen waren, das auf die höchsten Bäume kletterte.« Ein Seufzer drang aus dem Telefon. »Und deshalb habe ich nach Erhalt der seltsamen Analyseergebnisse noch ein wenig weiterrecherchiert. Ich glaubte mich an einen Aufsatz über Anthrax zu erinnern, den ich vor einiger Zeit gelesen hatte, und bin die Inhaltsverzeichnisse meiner Fachzeitschriften durchgegangen. Mit Erfolg. Ich habe sie wiedergefunden, diese äußerst interessante Abhandlung, die unter anderem Israels Kampf gegen den Terrorismus beschreibt. Das Heilige Land hatte und hat immer noch viele Feinde, die wohl selbst vor dem Einsatz biologischer Waffen nicht zurückschrecken würden. Denken Sie nur an Saddam Hussein, der sogar im eigenen Land mit Massenvernichtungswaffen gegen die Kurden vorgegangen ist. Er hat allerdings Giftgas eingesetzt …«

»Das ist mir bekannt, Doktor Sibelius.«

»Selbstverständlich. Entschuldigen Sie meine Abschweifung. Jedenfalls wird in dem erwähnten Beitrag die israelische Zeitung *Ha'aretz* angeführt, die von der Arbeit eines gewissen Avigdor Shafferman berichtet. Er leitet ein Forschungsinstitut in Nes Ziona. Sein Team hat einem weniger aggressiven Stamm von *Bacillus anthracis* ein Gen implantiert, das die Produktion von Antikörpern anregt. So konnten Shaffermans Wissenschaftler einen Impfstoff namens MASC-10 entwickeln. Um den zu erproben, haben sie zwei Gruppen von Meerschweinchen mit Milzbrand infiziert. Die geimpften Tiere überlebten ohne Ausnahme, die anderen starben innerhalb von drei Tagen …«

»Moment, Moment«, unterbrach Yeremi den Arzt erneut, während ihr Bleistift hektisch über den Notizblock flog. MASC erinnerte sie an das Wort »Maske«. Ein seltsamer Zufall. »Wenn ich Sie richtig verstehe, dann hat man dem Bazillus bestimmte Erbinformationen eingepflanzt, um damit die Reaktion des Immunsystems zu verändern. Korrekt?«

»Genau so ist es.«

»Dann könnte man also umgekehrt auch eine Kugelbakterie hernehmen und ihr ausgewählte Eigenschaften von Milzbrand einbauen?«

»Meine Antwort auf diese Frage kennen Sie bereits. Mehr kann und will ich dazu nicht sagen. Das Thema wird mir allmählich zu heiß.«

»Sie haben mir schon sehr geholfen, Doktor Sibelius. Danke.«

Nachdem Yeremi sich von dem Arzt verabschiedet hatte, wählte sie die Nummer ihres Großvaters.

»Opa Carl? Ich bin's. Rufe bitte so schnell wie möglich bei unserem Militärexperten an.«

»Du meinst Ed?«

»Ja. Er muss etwas für mich herausfinden.«

MR SILVERMAN

Monterey (Kalifornien, USA)
23. Dezember 2005
17.04 Uhr

Yeremi hatte die scherzhafte Bemerkung schon fast vergessen. Ihre Schwiegermutter war vielleicht ein wenig seltsam, spielte hin und wieder auch gerne die naive Witwe, aber man durfte Molly keinesfalls unterschätzen. Nie käme sie auf die Idee, Saraf Argyr bei CNN auftreten zu lassen.

Das tat sie auch nicht. Was Yeremi am Freitagnachmittag erwartete, übertraf dennoch ihre schlimmsten Befürchtungen.

Sie war am späten Morgen aus Berkeley abgefahren, nachdem sie McFarell hatte versprechen müssen, »in diesem Jahr nicht mehr hier aufzukreuzen«. Unterwegs haderte sie mit sich selbst, weil sie den aktuellen Datenbestand nicht mehr auf ihren mobilen Computer heruntergeladen und im Campusnetzwerk gelöscht hatte. Ausgerechnet eine erst am Morgen empfangene E-Mail des Hanussen-Experten Kugel lag noch auf dem Server der Fakultät. Der Deutsche hatte auf Yeremis Bitte hin den Werdegang einiger Personen verfolgt, die mit ihrem Urgroßvater enger verbunden gewesen waren, und die zusammengetragenen Fakten in der elektronischen Nachricht ausführlich beschrieben. Außerdem avisierte er eine Paketsendung aus Berlin, »die Pacific Grove aber vermutlich erst nach Weihnachten erreichen« werde.

Leider wurde Yeremi das Versäumnis erst südlich von San Jose bewusst. Jetzt noch umzukehren hieße, sich auf einen Horrortrip zu begeben. Die Straßen waren heillos verstopft. In den letzten Stunden vor Heiligabend strebte jeder heimischen Gefilden entgegen, um sich im Familienkreis dem Rausch der Besinnlichkeit hinzugeben und am Sonntag eine schöne Bescherung zu erleben. Nach menschlichem Ermessen dürfte niemand die stark verschlüsselten Dokumente finden, geschweige denn lesen können. Aber das klitzekleine Restrisiko und die Erkenntnis, mit einer gründlichen Lektüre der möglicherweise aufschlussreichen Nachricht bis zum neuen Jahr warten zu müssen, wurmte Yeremi.

Als sie gegen Abend an der Sloat Avenue den Highway 1 verließ, um die kürzere Strecke durch Monterey zu nehmen, leuchtete die gelbe Kontrolllampe des Reservetanks schon beunruhigend lange. Sie wollte nicht das Wagnis eingehen, auf den letzten Metern liegen zu bleiben, und steuerte eine Tankstelle an. Während sie sich an der Kasse zum Bezahlen anstellte, schweifte ihr Blick nach oben, wo ein Fernsehapparat unter der Decke hing. Der lokale Sender strahlte das übliche Nachmittagsprogramm aus, eine von den Talkshows, in denen leutselige Zeitgenossen in schlechtem Englisch ihre bizarren Sexualpraktiken ausbreiteten, sich über die Perversitäten ihrer Nachbarn beschwerten oder sich vor laufender Kamera an die Gurgel gingen. Vor ungefähr einem Jahr hatte sich Yeremi, geschwächt von einer Grippe, nicht dazu aufraffen können, den Fernseher auszuschalten, und ein solches Schmierendrama in voller Länge angesehen. Seitdem fürchtete sie die Sendung.

Die Moderatorin hieß Emma, was auffallend mit ihrem asiatischen Aussehen kontrastierte. Weitere Details zu ihrer Abstammung gab sie jedoch nicht preis – vielleicht aus gutem Grund. Abgesehen von diesem kleinen Geheimnis war Emma ein sehr extrovertierter Mensch. Ihr maskenhaft geschminktes Gesicht wirkte auffallend maskulin. Es gehörte ebenso zu ihrem Markenzeichen wie die ausgefallene Garderobe, die sie in ihren Shows zu tragen pflegte. An diesem Tag moderierte sie in einem Santa-Claus-roten, metallisch glänzenden Trikot, wie es üblicherweise – sah man einmal von dem weißen Pelzbesatz an Fuß- und Handgelenken, dem halbtransparenten Miniröckchen und der Zipfelmütze ab – von Eisschnellläufern getragen wurde.

Als Yeremis Blick in die Sendung stolperte, lachte Emma gerade exaltiert. Die Talkmasterin war eine sehr gefühlsbetonte Person, die Tiere liebte, Zigaretten hasste, mindestens einmal in jeder Show in Tränen ausbrach und sich offen zu ihrer Bulimie bekannte. Die Abschaffung »überkommener Wertesysteme« war ihr ein Herzensanliegen. Jeder Gast, der in einer Ehegemeinschaft interniert war, Greenpeace für eine Erbsenmarke hielt oder pünktlich seine Steuern zahlte, musste sich ihren kritischen Fragen stellen. Die Glaubhaftigkeit des demokratischen Rechtssystems sah sie ernsthaft gefährdet, sollte das höchste Amt der Vereinigten Staaten nicht bei der nächsten Wahl einer lesbischen Vegetarierin zufallen.

Auch in ihrer »letzten Show vor dem Fest der Liebe« präsentierte Emma gewohnheitsmäßig »Gäste wie du und ich«, wobei sie nicht ausdrücklich erwähnte, dass es sich dabei vorwiegend um weibliche Millionäre handelte und die Geladenen Emmas künstlerische Arbeit mit Zuwendungen in unbekannter Höhe förderten. Vielleicht waren derlei schillernde Pressemeldungen ja auch nur Enten, die ihrer Sendung eine höhere Popularität verschafften. Augenscheinlich tat Emma alles, um sich dem Vorwurf feministischer Radikalität zu entziehen. Sie lud sogar Männer ein.

An diesem nasskalten Spätnachmittag war der in kurzer Hose und einem nur zur Hälfte zugeknöpften, schreiend bunten Hawaiihemd steckende Quotenmann besonders eindrucksvoll: Selbst sitzend ein Hüne, breitschultrig wie ein olympischer Hammerwerfer und mit der Haltung eines Monarchen, machte er sogar Emma die Aufmerksamkeit des Publikums abspenstig. Eine schwarze Ray-Ban-Sonnenbrille verlieh ihm eine geheimnisvolle Aura, die Yeremi genauer hinsehen ließ. Da fiel ihr Blick auf das bunte Perlenhalsband des Talkgastes. Ein schwerer goldener Anhänger prangte daran.

»Können Sie das bitte lauter stellen?«, rief sie in einem fordernden Ton, dem sich der entnervte Kassierer nicht zu entziehen vermochte. Er tippte auf die Fernbedienung. Alle Kunden starrten auf die Mattscheibe.

»… unsere letzten Gäste von einer spirituellen Erfahrung berichten, die wie kaum eine andere den Geist dieser Jahreszeit widerspiegelt«, trötete Emma. Ihre Stimme erinnerte an ein Tenorsaxophon. Sie deutete auf den Gast mit der Sonnenbrille. Saraf trug eine schwarze, schulterlange Perücke, die einen interessanten Gegensatz zu der blonden Brust- und Beinbehaarung bildete. Der Anblick riss Yeremi fast den Boden unter den Füßen weg.

»Zunächst möchte ich Xenia Cadence und Yzanne Baldwin begrüßen, die Ihren Seelenfrieden dank der erstaunlichen Einfühlsamkeit dieses Prachtburschen zurückgewonnen haben. Nun aber ...« – Emma deutete großspurig auf den falschen *man in black* und las ein letztes Mal den Namen ihres Besuchers von einer rosafarbenen Karte in ihrer Hand ab – »heißen Sie mit mir herzlich den Spezialgast des heutigen Nachmittags willkommen, den sensationellen Mr Silvermaaaan.« Emma hatte Sarafs Tarnnamen extrem in die Länge gezogen, als ginge es darum, den Favoriten eines Weltmeisterschaftsboxkampfes anzukündigen. Saraf Argyr wirkte ein wenig angespannt. Die Kamera ignorierend, konzentrierte er sich ganz auf seine Gesprächspartnerin.

»Yzanne«, richtete Emma nun das Wort an den Gast zu Sarafs Linken, einer Mittfünfzigerin aus Mollys Damenrunde, die Yeremi seit Jugendtagen vor allem wegen ihrer unverdaulichen Cremetorten kannte. »Sie verdanken Mr Silverman das Ende schlafloser Nächte voll düsterster Albträume.«

»Xenia hat auch wenig geschlafen«, korrigierte Mrs Baldwin.

»Wie wir gleich noch hören werden. Doch zunächst zu Ihnen, Yzanne. Sie haben vor einiger Zeit einen schweren Verlust hinnehmen müssen. Es fehlte nicht viel, und sie hätten im Freitod Erlösung gesucht. Bitte erzählen Sie uns mehr über diese ganz und gar furchtbare Zeit.«

»Verlust ist gar kein Ausdruck, Emma!« Mrs Baldwin seufzte spektakulär. »Als Quentin von uns ging, begann eine Nacht anzubrechen, die niemals mehr zu enden drohte. Ich war verzweifelt, aß, nein, *fraß* Dutzende von Cremetorten, was mir nicht besonders bekommen ist. Wenn ich mich nicht übergeben musste, weinte ich, etwa zehn Tage lang ...«

»Und was geschah dann?«

»Trauer hat sich in Trost verwandelt. Ich kann es gar nicht beschreiben. Als hätte er an einer Strippe gezogen und eine neue Sonne aufgehen lassen.«

»Silverman? Reden Sie von dem gut aussehenden Mann da an Ihrer Seite?«

»Richtig. Sara… Äh, ich meine, Sarabande tanzend entkam ich, dank Mr Silvermans Hilfe, den Fesseln der Schwermut.«

»Quentin ist also abgehakt?«

»Persönlichkeiten wie Quentin hakt man nicht ab«, erwiderte Mrs Baldwin pikiert. »Nie habe ich einen Streuner so geliebt wie ihn. Doch Mr Silverman hat mir gezeigt, dass Trauer ein Ort in unserem Herzen ist, an dem wir rasten, aber niemals wohnen dürfen.«

»Oh, das haben Sie schön gesagt, Yzanne!« Emma drückte sich eine Träne aus dem Auge. »Hat Quentin wenigstens … Ich wollte sagen, hat er *sehr* gelitten?«

»Nun, das kann man wohl sagen, Emma! Er war zuletzt auf beiden Augen blind. Wenn ich ihm das Fleisch nicht durchgedreht habe, hat er es nicht angerührt. Bei jeder Bewegung hat er gejapst. Sein Mäuschen ließ er links liegen, nicht mal die Pussy von nebenan hat ihn noch interessiert.«

»Man könnte glauben, ihr Quentin war ein ziemlicher Schwerenöter, Yzanne!« Emma lachte im Rausch erotischer Fantasien.

»Lange nicht so schlimm, wie Sie denken, meine Liebe. Er war ein ganz normaler Köter.«

»Köter?«, wiederholte Emma mit schriller Stimme. Irritiert blickte sie auf den rosafarbenen Karteikartenstapel in ihrer Hand, der ihr gewöhnlich verriet, mit wem sie wann über welche Skandälchen zu plaudern hatte. In ihrer Sendung überließ sie nichts dem Zufall. Alles war genau geplant. Gags und Tränen folgten einer strengen Dramaturgie, einer fast alphabetischen Ordnung. Und nun hatte diese Person, die sich Yzanne nannte, doch glatt alles auf den Kopf gestellt! Emma stieß ein hysterisches Lachen aus. Offenbar hatten ihre Rechercheure da ein unscheinbares Detail übersehen. Sie blickte wieder von ihrer Karte auf und röhrte: »Wollen Sie damit andeuten, der Dahingeschiedene sei ein ganz gewöhnlicher *Hund* gewesen?«

»Ja doch! Was dachten Sie denn?« Mrs Baldwins Lachen klang erheblich natürlicher.

»Ich …« Emma blickte erst Xenia Cadence an, die Yeremi ein Leben lang als Entdeckerin neuer Tonarten auf dem heimischen Flügel in Erinnerung behalten würde, dann den getarnten Silbermann. »Mr Silverman. Haben Sie gewusst, dass Yzannes Depressionen – wie soll ich sagen? – *hündischer* Natur waren?«

»Hunde sind treue Freunde von Menschen«, antwortete Saraf – zu Yeremis großer Verwunderung – in gebrochenem Englisch. Dann fiel er aber doch in das ihm vertrautere Spanisch zurück. Seine Stimme wurde in der Lautstärke abgesenkt, und ein Simultanübersetzer schaltete sich ein. »Die Vierbeiner begleiten die Menschen schon seit Anbeginn der Zeit. Selbst auf große Reisen über das Meer. Beim Lesen von *Scientific American* habe ich ein Bild von Laika gesehen, der ersten Weltraumfliegerin, die eine Hündin war. Bei so viel Treue verstehe ich den Schmerz, den Yzanne nach Quentins Tod gefühlt hat. Ihre Trauer bewegte mich tief, deshalb wollte und konnte ich ihr neuen Lebensmut einflößen.«

»Ganz sensationell!«, lobte Emma und brachte ihre Tränenmaschine auf Touren. »Dieses Einfühlungsvermögen! So süß! Und dabei ist Yzanne kein Einzelfall. Sie haben auch Xenia aus ihrer Lebenskrise geholfen. Wie schaffen Sie das nur, Mr Silverman?«

»Fühlsinn«, antwortete Saraf langsam auf Englisch. »Durch die Fähigkeit, sich in die Seele anderer Menschen einzufühlen.«

»Einfühlung ist also das Rezept? Das klingt so schlicht und ist doch so machtvoll, wenn sie von Männern Ihresgleichen … *gefühlt* wird. Ach! …« Emmas Handrücken sank schwer gegen die Stirn, und sie vergoss seufzend eine weitere Träne. »Ich wünschte, mir würde so etwas passieren.«

»Dazu müsstest du zuerst deine Maske ablegen, Emma. Ein Chamäleon findet wenig Mitgefühl, weil man es zu leicht übersieht.«

»*Chamäleon!?*«, quäkte die Moderatorin in wenig moderatem Ton. »Wie kommen Sie dazu, mich ein Chamäleon zu nennen?«

»Bist du das etwa nicht? Die Menschen sollen denken, du weinst, dabei lachst du sie in deinem Herzen aus. Du bittest freundlich deine Gäste darum, ihre Seelen nach außen zu kehren, aber nicht helfen willst du ihnen, sondern sie zum Gespött der Zuschauer machen. Ich habe mir einige deiner Gespräche angesehen. Im Namen der Wahrheit hetzt du deine Besucher gegeneinander auf, lässt sie die übelsten Abartigkeiten verbreiten, damit die Menschen an den Flimmerkisten sagen können: ›Lasst uns weiter unsere Partner betrügen, unsere Eltern schlagen und unsere Freunde belügen, denn – schaut nur diesen Abschaum da bei Emma! – so übel sind wir doch gar nicht.‹ Wer so täuschen kann, der ist für mich ein wahrer Meister. *Deshalb* nenne ich dich ein Chamäleon und nicht – wie du wohl befürchtet hast –, weil du mir als Frau nicht gefällst, zumal du doch ein Mann bist.«

»Aus!«, schrie Emma und fuchtelte mit den Armen vor der Kamera herum. Weil die Regie nicht rechtzeitig reagierte, täuschte sie eine Ohnmacht vor.

Yeremi fuhr wutschnaubend nach Hause. Sie würde ihre Mutter vierteilen und Saraf zum Sezieren freigeben. Was sie da im Fernsehen tatenlos hatte mitverfolgen müssen, war mehr als eine Dummheit. Katastrophe, nein, Super-GAU – diese Wörter vermittelten eine ungefähre Ahnung von den wahren Ausmaßen dieser »Unterhaltungssendung«. Der Mann von Judith O'Conell, einer weiteren Bridgedame, kontrollierte den örtlichen Fernsehsender. Vermutlich war sie die Drahtzieherin hinter diesem aberwitzigen Auftritt. *Wie hatte Molly das nur zulassen können!?*

Als Yeremi nach Art eines Überfallkommandos in das Strandhaus stürmte, war es finster und leer. Von der Diele aus rief sie trotzdem nach Molly. Vergeblich. Ein zweiter Versuch mit dem Namen Isabellas, der mexikanischen Haushälterin, blieb ebenfalls ohne Resonanz. Eigentlich logisch, machte Yeremi sich klar. Isabella ist vermutlich längst in Monterey bei ihrer sechsköpfigen Familie. Molly und Saraf dürften noch im Studio sein – die Talkshow ist ja live ausgestrahlt worden. Vermutlich machen sie gerade Wiederbelebungsversuche bei Emma Chamäleon.

Yeremi schüttelte fassungslos den Kopf. Die Zeitungen würden das Ereignis genüsslich zerpflücken und es den Lesern fein säuberlich häppchenweise servieren – jeden Tag eine neue Enthüllung.

Wie sich schnell zeigte, konzentrierte sich das Medieninteresse nicht allein auf Emma, das Chamäleon. Es wurde auch zur Hatz auf Mr Silverman geblasen. *The Monterey County Herald* überstürzte sich fast, um ein »erstes Interview zu der sensationellen Show zu bekommen«: Nur wenige Minuten nach Yeremis Heimkehr bettelte ein Vertreter der Lokalredaktion des Blattes am Telefon »um ein oder zwei Worte mit dem mirakulösen Witwentröster«.

»Hier gibt es keinen Wundermann, versuchen Sie es woanders!«, fauchte sie in die Sprechmuschel und legte auf. Gleich darauf klingelte es erneut. Diesmal war KTEE dran, der lokale Rundfunksender. Nein, Witwentröster seien hier nicht zu sprechen, knurrte Yeremi, man möge es doch anderweitig probieren. Als dann *Coast Weekly* anrief, ein Blatt aus dem benachbarten Seaside, wiederholte sie süßlich säuselnd ihr Mantra – kein Wundermann, falsch verbunden – und zog das Kabel aus der Wand.

Kurz vor zweiundzwanzig Uhr trafen der neue Fernsehstar und seine Agentin ein. Gut gelaunt berichteten sie, nun wieder in Spanisch, von »Sarafs großem Tag«. O'Conell habe sie noch zum Essen eingeladen, weil er sich von Mr Silvermans Auftritt so viel Publicity verspreche, wie er »in einem ganzen Leben nicht würde bezahlen können«. Eine eigene Sendung habe Saraf vorerst abgelehnt.

Yeremi nickte lahm. Seltsamerweise hatte sich ihr Ärger zum größten Teil verflüchtigt. Natürlich machte sie ihrer Mutter Vorwürfe, aber vom Vierteilen war keine Rede mehr. Auch die Idee, Saraf zu sezieren, ließ sie fallen. Geduldig hörte sie sich die Rechtfertigungen des seltsamen Gespanns an. Molly bestand darauf, ihr Versprechen in Bezug auf CNN gehalten zu haben. Aber als ihre Freundinnen nach dem Kaffeekränzchen am Mittwoch wiedergekommen waren, weitere seelenwunde Damen mitgebracht und alle hingebungsvoll Sarafs tröstlichen Worten gelauscht hatten – da war die Idee von der Talkshow geboren worden.

Er habe dem Vorschlag von Judith O'Conell zugestimmt, gestand Saraf, weil die Gesprächsrunden im Fernsehen seine Neugier geweckt hätten. Sie seien ihm wie »Grüfte der Empathie« erschienen, voller Schuldzuweisungen und Attacken. Er habe die Sendungen zunächst für das absurde Theater einer Hand voll schlechter Schauspieler gehalten, sei dann aber doch überrascht gewesen, sie als inszenierte Geschmacklosigkeit mit echten Menschen zu entlarven.

»Die moderne Gesellschaft dürfte noch viele Überraschungen für dich parat haben«, sagte Yeremi müde.

»Das ist wohl wahr! Jetzt, wo ich deine Welt kennen lerne, vermisse ich die anregenden Stunden in unserer Halle der Begegnungen. Wir haben einander Geschichten erzählt, uns getröstet, miteinander gebetet, gesungen, kunstvolle Gegenstände angefertigt, die Erkenntnisse unserer Forschungen ausgetauscht ... Das Leben war so reich! Ihr überrascht mich, weil ihr den Sinn für das wahrhaft Kostbare verkümmern lasst. All euer Streben scheint sich auf die Befriedigung von Sinnenfreuden zu beschränken, und dabei merkt ihr nicht einmal, welchen Verlust ihr dadurch erleidet.«

»Ich finde, du übertreibst.«

Saraf nickte einsichtig. »Das mag stimmen. Ich kann nur sagen, was ich in eurem Fernsehen gehört und in den Druckwerken gelesen habe. Molly meinte, viele deiner Zeitgenossen hielten diese Welt künstlicher Bilder für die einzig wirkliche. Wenn da nur die seltsamen Plauderrunden von Männern wären, die sich mit Frauennamen schmücken. Aber da ist so viel anderes ...! Warum gebt ihr euch einem solchen Rausch der Gewalt hin? Zu jeder Tageszeit kann man lernen, wie Menschen zu verstümmeln und zu töten sind. Dann wieder gibt es diese albernen Spiele, bei denen haufenweise Geld verschenkt wird. Wenn *ich* ein Tier essen will, muss ich mich auf die Jagd begeben, ihr aber redet euch ständig ein, ihr könntet ohne Anstrengung reich werden. Du musst mir unbedingt erklären, wie sich eure Gesellschaft auf diese Weise vervollkommnen kann. Und stell dir vor: Ich habe sogar gesehen, wie Menschen beliebigen Geschlechts in ihrer Wollust zueinander entbrannten, auch Männer mit Männern und Frauen mit Frauen. Wie Tiere sind sie übereinander hergefallen, und alles wird schamlos in eure Häuser gespien, damit ihr euch daran ergötzen könnt. Wenn das Fernsehen eure Wirklichkeit ist, dann muss euer Leben arm sein.«

»Die Medienmacher halten ihr Programm für einfallsreich«, brummte Yeremi. »Wie soll ich dir das erklären? Mit Begriffen wie Reizüberflutung, Hemmschwelle und Marktanteil kannst du vermutlich nicht viel anfangen.«

»Würde ich euren Mangel an Werten verstehen, wenn du sie mir erklärst?«

Yeremi blickte ihm nachdenklich in die Augen. Dann schüttelte sie den Kopf. »Vermutlich nicht. Aber sei beruhigt: Ich begreife selbst nicht genau, was um mich herum vorgeht. Niemand tut das. Aber eines weiß ich gewiss: Meine Welt ist nicht allein die des Glamours und der Hochglanzmagazine. Es leben auch in unserer Zivilisation Menschen, die das Schöne, das wahrhaft Wertvolle lieben und es bewahren möchten.«

»Davon bin ich überzeugt, Jerry. Schließlich gibt es ja dich.«

Molly seufzte. »Das hast du nett gesagt, Saraf! Ich glaube, ich lasse euch jetzt mal allein. Gute Nacht.«

»Schlaf gut, Mama«, sagte Yeremi. »Und eines noch!«

»Ja?«

»Als ich nach Hause kam, liefen bereits die Telefone heiß, weil alle Welt Saraf sprechen wollte, aber – damit das klar ist – wir lassen die Medienmeute ins Leere laufen. Ab jetzt herrscht Funkstille. Keine Fernsehauftritte mehr. Keine Rundfunkinterviews. Keine Schlagzeilen in der Presse. Saraf ist von nun an unsichtbar, nicht existent. Haben wir uns verstanden?«

»Aber ja doch, Liebes. Er hat so viel Gutes getan in dieser Woche. Da wollte ich nur ...«

»Ich habe heute gesehen, was du wolltest, Mama. Aber durch diesen kindischen Auftritt hast du Saraf in große Gefahr gebracht. Daran ändert auch seine alberne Hippiemaskerade nichts. Damit muss Schluss sein.«

Molly nickte. Dann lächelte sie Saraf zu, strich mit ihrer Hand liebevoll über die seine und entschwebte in die Nacht.

»Du darfst ihr nicht böse sein, Jerry. Sie hat es nur gut gemeint, und ich bin freiwillig in dieses Fernsehhaus gegangen.«

In ihrem Blick lag etwas Kristallines von diamantener Härte.

»Was ich zu Molly gesagt habe, gilt auch für dich, Saraf: Keine weiteren Eskapaden!«

»Ich gebe dir mein Wort, wenn du mir versprichst, mich nicht länger einzusperren.«

Sie seufzte. »Ich werde mir etwas einfallen lassen. Doch jetzt erkläre mir bitte eines: Warum kannst du mit einem Mal so gut Englisch sprechen?«

»Molly hat es mir beigebracht.«

»In *anderthalb Wochen*?«

»Nicht ganz. Ich habe dich schon wesentlich länger begleitet und fast jeden Tag eure Sprache und die passenden Übersetzungen gehört.«

»Aber …« Yeremi schüttelte ungläubig den Kopf. »Du tust so, als sei das völlig ausreichend. Ich kenne *niemanden*, der so schnell eine neue Sprache lernen kann.«

Saraf machte ein verwundertes Gesicht. »Du kennst doch mich.«

»Willst du mir tatsächlich weismachen, du hättest nie zuvor ein einziges Wort Englisch gehört?« Mit strengem Blick forderte Yeremi die Wahrheit.

»So gut wie nie«, antwortete Saraf ausweichend.

»Was heißt das?«

»Ich kann es dir nicht sagen.«

Die Enttäuschung stand ihr ins Gesicht geschrieben. »Also sitzt du wieder in deinem Pavillon des Schweigens.«

»Wie bitte?«

»Ach, nichts. Vermutlich willst du mir auch nicht erklären, woher deine Kenntnisse unserer lateinischen Schrift stammen. Streite es nicht ab, du hast es heute selbst zugegeben, zweimal sogar.«

»Eure paar Buchstaben sind nicht besonders schwer zu erlernen.«

Yeremi nickte. »Du drückst dich schon wieder. Weil du mir nicht traust.«

Sie drehte sich um und lief ohne Gutenachtgruß in ihr Zimmer.

Als Yeremi am nächsten Morgen die Zeitung ins Haus holen wollte, wurde sie von einem Blitzlichtgewitter überrascht. Mindestens zwei Dutzend Presseleute umlagerten den Eingang des Strandhauses. Silverman war in aller Munde. Einstimmig verlangten die Berichterstatter nach dem Wundermann, wollten das Geheimnis des einfühlenden Witwentrösters gelüftet wissen. Yzanne Baldwin wurde nur am Rande erwähnt. Sie war glücklich verheiratet und hatte lediglich um einen Hund namens Quentin getrauert. Wen interessierte das schon?

Oder kannten die Reporter bereits die Geschichte der echten Witwe, Molly Bellman, und ihres neuen Schülers?

Yeremi wiederholte ihr Mantra und wies die Fragesteller darauf hin, dass sie sich auf Privatgrund befanden. Freundlich erklärte sie, die Verfassung der Vereinigten Staaten räume jedem Bürger das Recht ein, den eigenen Besitz zu verteidigen, notfalls mit Waffengewalt. In dem Strandhaus gebe es einige Schrotflinten, die prima in Schuss seien. Es wäre doch bedauerlich, wenn das Fest des Friedens auf derart martialische Weise Schlagzeilen machte, fügte sie noch hinzu. Allmählich kehrte vor der Haustür Ruhe ein.

Nach dem Frühstück verließ Yeremi in einem roten Trainingsanzug auf der Küstenseite das Haus, um sich unauffällig über den aktuellen Zustand der Belagerung zu informieren. Dabei bemerkte sie einen Angler, der auf seinem Klappstuhl am Strand saß, neben sich eine große braune Plastikbox, und auf das Meer hinausstarrte. Der Mann trug einen blauen Hut mit umlaufender Krempe, unter dem dunkelbraune Strähnen hervorlugten, eine dünne Jacke gegen den Seewind und eine weite graue Baumwollhose. Sein Gesicht war hinter einem buschigen dunklen Oberlippenbart und einer eng anliegenden schwarzen Sonnenbrille nahezu verborgen. Die Brille erinnerte entfernt an eine Zorromaske. Der Angler war schwer gebaut und offenbar nicht sehr groß. Yeremi kannte die meisten der Jogger, Sonnenanbeter und anderen Nutzer dieses wenig frequentierten Strandabschnittes, aber diesen Mann hatte sie hier noch nie gesehen. Vielleicht gehörte er zu der Medienmeute, die sich nach ihrer unmissverständlichen Drohung bis zur Grenze des Bellman-Anwesens zurückgezogen hatte.

Zunächst lief sie zwei Meilen an der Küste nach Süden und dann in einem weiten Bogen zum Strandhaus zurück. Aus der Ferne sah sie die Journaille wie eine Meute gefräßiger Raubtiere vor der Auffahrt lauern. Dort, auf öffentlichem Grund, konnte Yeremi wenig gegen sie tun. Vermutlich würde die Belagerung ohnehin bald zusammenbrechen. Sobald man keine Sensationen mehr witterte, musste das Bedürfnis, Weihnachten am heimischen Herd oder zumindest in der warmen Redaktion zu feiern, übermächtig werden.

Nach der Rückkehr machte Yeremi sich sogleich auf die Suche nach Saraf. Sie fand ihn in seinem privaten Wohnzimmer über einer Ausgabe von *National Geographic*.

»Da draußen sitzt ein Mann am Strand, Saraf.«

»Ich weiß.«

»Seit wann ist er da?«

»Schon seit mehreren Tagen.«

»Aber ... dann kann es kein Reporter sein. Die jagen dich erst seit gestern.«

»Judith O'Conell kennt mich seit Dienstag, und sie hat wohl noch am selben Abend ihrem Mann von mir erzählt.«

»Stimmt! Ich habe nicht an die Effektivität von Mollys Klatschtantenverein gedacht. Aber irgendwie befriedigt mich diese Erklärung nicht. Wer interessiert sich schon im Vorfeld einer drittklassigen Talkshow für einen Gast, der weder prominent noch sonst irgendwie auffällig geworden ist? Könnte der Mann am Strand doch nur ein normaler Angler sein, der seine Ferien hier verbringt?«

Der Silbermann legte das Magazin zur Seite und schüttelte den Kopf »Der Fremde jagt nicht im Wasser. Sein Revier liegt hinter ihm.«

Saraf hatte versprochen, sich um den Angler zu kümmern, was Yeremi nicht ohne Sorge zur Kenntnis nahm. Sie machte ihrem ausländischen Gast klar, wie unangenehm die amerikanischen Gesetzeshüter werden konnten, wenn man einem Mitmenschen giftige Pfeile in den Körper schoss, ihn mit Messern bearbeitete oder andere Überredungstechniken anwandte.

»Gut, zu wissen«, bedankte sich Saraf. »Nach einer Woche Fernsehen dachte ich, in deinem Land gilt allein das Recht des Stärkeren.«

Yeremi sah ihn entsetzt an.

Saraf grinste. »Ich habe das nicht ernst gemeint. Wir Silbernen verabscheuen Gewalt.«

Die Belagerung durch den Fremden hielt auch in den kommenden Stunden an. Am Nachmittag klarte der Himmel auf, und gegen Abend versank die Sonne blutrot im Meer. Ab und zu hatte sich der Angler aus einer Thermoskanne mit heißer Flüssigkeit versorgt oder von einem Sandwich abgebissen, aber ansonsten bewegte er sich so gut wie gar nicht.

»Er muss nicht mal pinkeln gehen«, nörgelte Yeremi. Sie stand neben Saraf, blickte ab und zu in seine ausdruckslose Miene, dann wieder aus dem Fenster.

»Man kann lernen, seinen Körper zu beherrschen«, erwiderte der Silbermann gleichmütig.

»Ja, wenn man zu irgendeiner Spezialeinheit gehört.«

Weil Saraf nicht antwortete, wandte ihm Yeremi ihr Gesicht zu. Sie konnte sehen, ja, regelrecht fühlen, wie er sich auf die reglose Gestalt da draußen konzentrierte. Ein eisiger Schauer lief ihr über den Rücken. Irgendetwas passierte da, das sie nicht begriff.

Als sie wieder zu dem Angler hinabsah, bemerkte sie, wie dessen Körper plötzlich erstarrte. Man hätte glauben können, er habe soeben auf dem Meer das Ungeheuer von Loch Ness gesichtet. Obwohl er sich nicht bewegte, verriet seine Haltung doch lähmende Angst. Er musste eine Gefahr wittern, die es in Wirklichkeit nicht gab. Nach einer ganzen Weile wandte er sich mit steifem Nacken um.

Das Gefühl, von dem Angler angeblickt zu werden, war vermutlich unbegründet – Sarafs Wohnzimmer lag im Dunkeln –, aber es verursachte Yeremi trotzdem eine Gänsehaut. Unvermittelt raffte der Angler sein Zeug zusammen und flüchtete außer Sichtweite.

»Ich hätte jetzt Lust zu einem Strandspaziergang«, sagte Saraf ruhig.

»Und der Mann da unten?«

»Sei unbesorgt. Heute wird er nicht wiederkommen.«

Im Schutz der Dunkelheit verließen sie auf der Seeseite das Haus. Es war eine milde, sternenklare Nacht. Yeremi trug einen dicken naturfarbenen Pullover aus Schafswolle und Saraf ein zwei Nummern zu kleines Sakko mit Lederknöpfen und Flicken an den Ärmeln, das früher einmal Nils gehört hatte. Nebeneinander liefen sie den Strand entlang, überquerten einige Klippen und rasteten schließlich bei einem rund geschliffenen Felsen, der Yeremi schon oft als Ort der Ruhe und Besinnung gedient hatte.

»Ich danke dir für diesen Spaziergang«, sagte Saraf nach einigen Minuten des Schweigens.

Sie lächelte schwach. »Schon gut. Ich wollte auch nicht ewig eingesperrt sein.«

Er lehnte sich auf dem Felsen zurück, um zum Himmel emporzublicken. Als er sich dabei abstützen wollte, berührte er leicht Yeremis kleinen Finger. Wie unter einem elektrischen Schlag zuckte sie zusammen.

Forschend blickte er in ihr Gesicht. »Wovor fürchtest du dich, Jerry?«

Sie konnte sich seinen suchenden Augen einfach nicht entziehen, fühlte sich seltsam schwerelos. Dieser Moment unter den Sternen, an dem ihr so vertrauten Ort, war zu außergewöhnlich, um ihn mit Barschheit zu entweihen. Yeremi versuchte erst gar nicht, ihre Ängstlichkeit abzustreiten. Tief in ihrem Innern war sie ihm sogar dankbar. Er hatte endlich mit Namen genannt, was sie sich selbst nie eingestehen mochte. Eher lahm wehrte sie seinen Vorstoß in ihre Privatsphäre ab.

»Du willst mir helfen – das ist lieb gemeint, Saraf –, aber ich brauche Zeit, um mit mir ins Reine zu kommen. Diesen Weg kann ich nur alleine gehen.«

»Manchmal kommt man erst dann voran, wenn man sich jemandem anvertraut.«

Yeremi bemerkte seinen bekümmerten Ton. Es war, als wolle

er sich diese Lebensweisheit selbst bewusst machen. Trotzdem schüttelte sie den Kopf. »Zuerst muss ich mir Klarheit über meine Gefühle verschaffen.«

Sarafs Hand näherte sich Yeremis Gesicht, als wolle er ihre Wange streicheln, aber ehe sie erneut zurückschrecken konnte, ließ er den Arm wieder sinken. Traurig lächelte er. »Ich verstehe dich gut. Wenn jemand seinen Geist zu einer Festung macht, dann kann niemand sie so leicht einnehmen.« Damit schien das Thema für ihn erledigt zu sein. Wortlos blickte er zu den Sternen auf.

Auch Yeremi schwieg. Sie war Saraf so nah wie lange nicht mehr. Seit jenem verwirrenden Augenblick im Dschungel, als er sie im Mondlicht überrascht hatte, schien eine Ewigkeit vergangen zu sein. Sie spürte wieder die Wärme, roch den Duft seines Körpers. Doch inzwischen fühlte sie sich an seiner Seite behütet. Könnten sie ewig so sitzen bleiben, würde ihr kein Unheil geschehen. Die Furcht vor dem, was in ihm wohnte, war nur mehr ein kühler Hauch, der ihre Wachsamkeit lebendig hielt.

»Es ist frisch geworden. Was hältst du von einem heißen Tee?«, fragte sie ihn unvermittelt.

»Gerne«, antwortete er und schnellte geschmeidig von dem Felsen hoch. »Du wirst dich wundern, aber gerade verspürte ich Lust darauf.«

Seite an Seite traten sie den Rückweg an. Nach einigen Schritten hakte sich Yeremi zaghaft bei ihm unter und ließ ihn bis zum Strandhaus nicht mehr los.

Während Yeremi den Kräutertee kochte, saß Saraf auf dem Sofa und blätterte in einer vier Jahre alten Ausgabe von *Scientific American*. Molly hatte sich eilig zurückgezogen, um die beiden allein zu lassen. Mit einem Tablett, auf dem zwei dampfende Tassen standen, kehrte Yeremi in das holzgetäfelte Zimmer zurück. Dabei bemerkte sie, wie Saraf unvermittelt erstarrte. Es war fast eine Wiederholung jener Szene, die sie zuvor bei dem Angler am Strand beobachtet hatte.

»Was ist?«, fragte sie besorgt.

Sarafs Blick hing an einem bunten Foto in dem Wissenschaftsmagazin. Er schien Yeremis Frage nicht gehört zu haben.

Eilig stellte sie das Tablett auf den Tisch und umrundete das Sofa, damit sie ihm über die Schulter schauen konnte. Ihre herabfallenden Haare streiften sein Gesicht, doch selbst darauf reagierte er nicht.

Die aufgeschlagene Seite der Zeitschrift zeigte eine Person in einem gelben bakteriologischen Schutzanzug. Der Bildunterschrift zufolge untersuchte sie Briefumschläge, in denen Milzbranderreger vermutet wurden. Yeremi ahnte, warum Saraf so erschüttert auf den Anblick reagierte.

Er flüsterte: »Das ist einer von ihnen. So habe ich sie in unseren Höhlen gesehen, die gelben Geister.«

DÜSTERE ERINNERUNGEN

Pacific Grove (Kalifornien, USA)
26. Dezember 2005
9.11 Uhr

Der Angler verbrachte Weihnachten am Strand. Yeremi war am Sonntagmorgen früh aufgestanden, weil ihr Sarafs Entdeckung keine Ruhe gelassen hatte. Als sie im Internet einige Nachforschungen anstellen wollte, sah sie den Fremden kommen. Erst bei Einbruch der Dunkelheit verschwand er wieder. Man hätte glauben können, er verdiene seinen Lebensunterhalt mit seiner »Tätigkeit« am Meeresufer, so regelmäßig ging er ihr nach.

Auch am Montag saß er wieder auf dem Klappstuhl und klammerte sich an sein Jagdgerät. Yeremi grübelte über den Sinn der Belagerung nach. Wenn es dem hinter Bart und Sonnenbrille Vermummten tatsächlich um eine Beschattung des Strandhauses ging, warum räumte er dann *nachts* das Feld? Täte er es nicht, würde es auffallen, hatte Molly als Erklärung vorgeschlagen. Man merkte, dass sie keine große Erfahrung mit konspirativen Ermittlungen hatte. Sarafs Kommentar mochte der Wahrheit schon näher kommen. Dem Fremden gehe es nicht in erster Linie um die Entdeckung des Silbermannes, behauptete er, sondern um Yeremis Gefühle.

Kurz nach dem Frühstück unternahm sie ihren Morgenlauf. Wenn dieser Angler tatsächlich glaubte, er könne sie einschüchtern, dann wollte sie ihm zeigen, wie wenig beeindruckt sie davon war. Kurz nach dem Aufstehen hatte Carl angerufen und seine Ankunft für die Mittagszeit angekündigt; bis dahin würde sie den lästigen Belagerer vielleicht vergrault haben.

Als sie nach einer Sechsmeilenstrecke wieder zurückkehrte, saß er, wie erwartet, immer noch da. Yeremi lief zu dem Mann hin und blieb auf der Stelle tretend, leicht versetzt, vor ihm stehen. Erst jetzt, aus der Nähe, sah sie die Pockennarben auf seiner breiten Nase und den vollen Wangen. Wie die Gipsplastik seiner selbst starrte er reglos an ihr vorbei auf den Pazifik. Ein kurzer Blick in die Plastikschale neben seinem Stuhl verriet Yeremi die Erfolglosigkeit seiner bisherigen Bemühungen – nicht das winzigste Fischlein lag darin.

»Beißen heute wohl nicht besonders«, sagte sie, ohne das Tänzeln zu unterbrechen.

»Hmm«, brummte der Mittvierziger.

»Vielleicht haben Sie woanders mehr Glück.«

Der Angler antwortete nicht.

»Um diese Jahrezeit ist die Spanish Bay unberechenbar. Alte Legenden berichten von Fischern, die beim Netzeflicken am Strand plötzlich eine unerklärliche Angst in sich aufsteigen fühlten. Einige sind glücklicherweise geflohen, andere hat das Monster ins Meer gezogen.« Yeremi legte Dramatik in ihre Stimme und empfand sogar die Furcht der Seeleute höchst realistisch nach. Der Erfolg ihrer schauspielerischen Einlage überraschte sie.

Das schwere Haupt des Anglers ruckte so heftig herum, dass ihm fast die schwarze Sonnenbrille von der Nase gerutscht wäre. Für einen Moment sah Yeremi bestürzt aufgerissene dunkle Augen unter einem Paar auffallend buschiger Brauen, die außen fast wie ein Schnurrbart gezwirbelt waren. Dem Aussehen nach musste der Mann Mexikaner sein. Und dann – sie erschrak – entdeckte sie die zwei kleinen, farbig leuchtenden Abbilder des Bellman-Hauses auf der Innenseite der Brillengläser. Hastig schob der Mann sein Observationsinstrument in die ordnungsgemäße Position zurück und verfiel erneut in regloses Starren.

Zwei, drei überstürzte Herzschläge lang kämpfte Yeremi um Fassung. Sie schielte zu dem Anglerkasten herab, in dem eine auf das Strandhaus gerichtete Kamera versteckt sein musste. Wie konnte sie den Spion nur vertreiben?

Unter Aufbietung ihrer ganzen Beherrschung täuschte sie ein unterdrücktes Lachen vor und sagte: »Nichts für ungut, ist nur Seemannsgarn gewesen. Übrigens, beim Golfclub, ein Stückchen weiter unten an der Bucht, gibt es ein hervorragendes Restaurant. Die haben sogar Fisch. Schönen Tag noch.«

Sie deutete einen militärischen Gruß an und stieß im Loslaufen wie aus Versehen den Anglerkasten des wortkargen Mannes um. Darin befand sich kein einziger Köder, nur ein Gewirr aus Kabeln, elektronischen Elementen und Batterien.

»Was bin ich ungeschickt!«, kicherte sie. Ehe sie sich bücken konnte, hatte der Angler den Kasten wieder zugeklappt und ihn in die alte Position gerückt.

Yeremi richtete sich drohend vor ihm auf. »Vielleicht sollten Sie sich doch eine andere Stelle suchen, Sportsmann. An diesem Strand sind die Tiere zu schlau, um sich von einem leeren Haken ködern zu lassen.«

Während Yeremi noch den unechten Angler musterte, lieferte UPS eine Büchersendung aus Berlin. Der Adressant war Doktor Wilfried Kugel, der philosophierende Physiker mit dem profunden Wissen über Yeremis Urgroßvater. Sie hatte zwar aufgrund der E-Mail vom letzten Freitag mit einem Paket gerechnet, aber über dessen Inhalt nur spekulieren können. Sobald sie das Hanussen-Buch in Händen hielt, zog es sie in seinen Bann.

Yeremi ließ sich im Wohnzimmer in einen Sessel sinken und war so in ihre Lektüre vertieft, dass Saraf, der ihr gegenübersaß, sie kein einziges Mal zu stören wagte. Beim Überfliegen des dreihundert Seiten starken Werkes gelangte sie bald zu einem Abschnitt, der den Reichstagsbrand von 1933 behandelte. Hier fiel ihr ein seltsames Schwarz-Weiß-Foto auf. Es zeigte anlässlich eines Lokaltermins Marinus van der Lubbe, den niederländischen Maurer, Anarchisten und ehemaligen Kommunisten, der später als Brandstifter zum Tode verurteilt wurde. Er stand auf einer flachen Treppe neben zwei uniformierten Polizeibeamten in Reitstiefeln. Im Hintergrund war eine Säule zu sehen. Van der Lubbe trug eine viel zu große Hose, deren Beine bis auf den Boden reichten, und eine längs gestreifte Sträflingsjacke. Das wirklich Auffällige an der Fotografie war aber die Körperhaltung des Niederländers. Er stand leicht vornüber gebeugt, und sein Kopf hing unnatürlich weit herab, als wolle er damit jeden Moment einem der beiden Polizisten die Brust einrammen. Das war alles andere als eine Büßerpose.

Yeremi durchforstete den Text. Da behauptete ein SS-Sturmbannführer namens Grosse, Hanussen habe im Februar 1933 vom SA-Führer Helldorf den Auftrag erhalten, van der Lubbe hypnotisch zu behandeln, »um ihn im Sinne der Ausführung der Reichstagsbrandstiftung zu beeinflussen«. Atemlos las sie den weiteren Bericht.

Da van der Lubbe, wie auch medizinische Sachverständige im Leipziger Prozeß bestätigt haben, ein außerordentlich leicht zu beeinflussender Mensch gewesen ist, stellte er für Hanussen ein geradezu glänzendes Medium dar. Bei diesen hypnotischen Sitzungen ist laut Aussage Grosses Graf Helldorf stets zugegen gewesen … Die Hauptarbeit Hanussens soll hierbei darin bestanden haben, in van der Lubbe sein ohnehin schon überreichlich vorhandenes Geltungsbedürfnis noch zu steigern und in ihm das Gefühl zu erzeugen, daß er durch die Brandstiftung eine Tat begehe, auf die die ganze Welt ihre Aufmerksamkeit richten werde …

Das Buch sank in Yeremis Schoß. Sie sah zu Saraf hinüber, der ihren Blick zwar fragend erwiderte, aber ihre Gedankenkreise nicht zu stören wagte. Mental fühlte sie sich von dem, was sie da gelesen hatte, regelrecht platt gewalzt: Hanussen, hieß es in den Erinnerungen des SS-Sturmbannführers, – ihr eigener Urgroßvater also! – habe in dem Holländer ein *Gefühl erzeugt*.

Sie sackte mit dem ganzen Gewicht ihres Oberkörpers gegen die Sessellehne, legte den Kopf in den Nacken, schloss die Augen und forschte nach Mustern in diesem Gewirr von Informationsfäden, in die sie sich immer mehr zu verstricken schien, anstatt endlich Klarheit zu gewinnen. Gestern erst hatte sie erstaunliche Hinweise im Internet gefunden – offenbar suchten amerikanische Geheimdienste schon seit Jahrzehnten nach einer Möglichkeit, das menschliche Verhalten zu manipulieren –, und jetzt das! Einmal mehr musste Yeremi an jene Nacht im Dschungel denken, als Saraf zu ihr ins Zelt gekommen war. *Wenn hier jemand nach den Gefühlen des anderen geforscht hat, dann bist* du *das gewesen.* Diese Worte, wie abwegig sie auch geklungen haben mochten, hatten sich ihrem Gedächtnis eingebrannt. Und nun – der entsetzte Blick des Anglers stand ihr noch vor Augen – musste sie lesen, es habe in ihrer Familie einen Mann gegeben, der die Gefühle anderer Menschen beeinflussen konnte …

»Geht es dir gut?« Sarafs besorgte Stimme befreite Yeremi aus dem Spinnennetz ihrer Gedanken.

Sie hob mühsam den Kopf. »Nein, Saraf. Mir geht es überhaupt nicht gut.«

Carl Bellmans annähernd vierzig Jahre alte Mercedes-Benz-600-Limousine hielt kurz nach zwölf vor dem Strandhaus. An diesem Tag war er selbst gefahren. Der Anlass gebot Diskretion.

Das Wiedersehen mit Saraf verlief zunächst ohne allzu große Herzlichkeit. Carl wirkte irgendwie abwesend. Er nickte dem Silbermann mit versteinerter Miene zu und sagte: »Ich kann nun mal nicht über den eigenen Schatten springen. Geisterbeschwörer und Magier sind mir suspekt.«

Saraf lächelte, nachdem Yeremi die harsche Begrüßung in abgemilderter Form ins Spanische übersetzt hatte. Auf Englisch antwortete er: »Das beruhigt mich, Carl Bellman. Mir geht es nämlich genauso.«

Der bibelfeste Greis war einigermaßen perplex. »Aber Sie sind doch ein Schamane!«

»Die mir Anvertrauten nannten mich ihren Hüter. Mit bösen Geistern habe ich allerdings nichts im Sinn. Ich glaube an sie, das stimmt, aber ich halte jeglichen Versuch, mit ihnen Kontakt aufzunehmen oder von ihnen Hilfe zu erlangen, für ein tödliches Spiel.«

Carl schüttelte den Kopf. »Yeremi hat mir von den Zehn Geboten in Ihrem Heiligtum erzählt. Das hat mich sehr beeindruckt.«

»Die Silbernen empfanden anfangs leider nicht so. Als sie in die Höhlen unter dem Dach des Waldes einzogen, dachte niemand außer ihrem Hüter an die Kraft der Zehn Worte. Man suchte Stabilität und Zusammenhalt in der Tradition der Vorväter. Aus diesem

Bestreben heraus wurde auch die Idee zum Bau der drei pyramidenförmigen Hallen geboren.«

»Dann hat also der Anführer sein Volk zum Christentum bekehrt?«

Saraf lächelte. »Nun, es war etwas anders. Er stimmte nach anfänglichem Zögern dem gewaltigen Bauvorhaben zu. Gleichzeitig erzählte er den Seinen von den Dingen, die er jenseits des Atlantik kennen gelernt hatte. Er brachte ihnen die Zehn Gebote näher wie auch die Lehren des größeren Moses, Jesus Christus, aus der Bergpredigt und vieles mehr. Das schlechte Beispiel der Konquistadoren untergrub jedoch seine wohlmeinenden Worte. Jeder Silberne hatte Eltern oder andere Angehörige durch die Träger des Kreuzes verloren, die Ströme von Blut im Namen ihres Gottes vergossen. Diese Christen verdienten ihren Namen nicht, erklärte der Hüter den Seinigen, denn Jesus hat das Evangelium weder mit dem Schwert verkündet noch dazu aufgerufen. Im Übrigen hätten ja auch sie, das Silberne Volk, viele Zeitalter lang als Ratgeber des Guten gewirkt, aber ihr Einfluss auf die Häuptlinge, Könige und anderen Herrscher ihrer Welt immer mehr schwinden sehen, bis er schließlich ganz erlosch. Der Hüter rief ihnen die grauenhaften Menschenopfer ins Gedächtnis. Viel zu selten hatten sie diese zu verhindern vermocht. Konnte es nicht sein, fragte er, dass auch das Feuer Christi von Ignoranz und Selbstsucht erstickt worden war? Lohnte es nicht, die im mosaischen Gesetz und den Evangelien enthaltenen christlichen Grundgedanken, das Gebot der Gottesfurcht und der gegenseitigen Achtung, zu Leitsätzen des Silbernen Volkes zu erheben?«

Carls Augen funkelten vor Erregung. »Das ist ein Mann nach meinem Geschmack! Und wie ging die Sache aus?«

»Sein feuriger Appell fand Befürworter und Gegner. Schließlich entschied der Rat, die Zehn Worte in der Halle des Gebets anzubringen und jedem freizustellen, welchem Gott er dienen wolle. An diesen Grundsatz der Glaubensfreiheit hat sich das Silberne Volk bis zuletzt gehalten.«

Carl nickte. »Das nenne ich ein salomonisches Urteil. Man kann die Wahrheit nicht in die Menschen hineinstopfen, als seien sie Gänse, sie müssen sie schon freiwillig fressen.«

Saraf blickte Hilfe suchend in Yeremis Richtung.

Sie zwinkerte ihm ermutigend zu. »Mein Großvater hat manchmal eine sehr direkte Art, die Dinge auszudrücken. Ich glaube, er fängt an, dich zu mögen.«

Der Patriarch kehrte seine Gefühle nicht oft nach außen. Aber nun lächelte er und sagte, man müsse jedem Menschen eine Chance geben. Dann fügte er hinzu: »Sie sprechen neuerdings Englisch?«

»Seit letzter Woche«, antwortete Saraf.

Carl musterte den Silbermann argwöhnisch. »Das ist von Vorteil! Aber wie ...?«

»Mein Magen knurrt«, sagte Yeremi schnell. Das Ablenkungsmanöver funktionierte.

Carls Gesicht erhellte sich. »Es riecht auch schon so verführerisch. Ich schlage vor, wir sorgen erst einmal für eine solide Grundlage. Der Tag wird noch lang genug.«

Mollys Perle Isabella hatte Gänsebrust, Rosenkohl und Kartoffeln für Carl gekocht. Alles schwamm in einer dunklen, kräftigen Soße. Mindestens so sehr wie deutsche Automobile liebte er die Küche aus dem Land seiner Vorfahren. Die kulinarischen Freuden machten auch die letzten Vorbehalte gegen den Silbermann schnell vergessen, und die anfangs eher gedrückte Stimmung besserte sich merklich.

Nach dem Essen lud ein zufriedener Patriarch seine Enkelin zu einem Strandspaziergang ein: Er wolle ein wenig mit ihr plaudern. Sie hakte sich bei ihm unter, wie sie es vor kurzem erst bei Saraf getan hatte. Der Anglerplatz vor dem Strandhaus war verwaist. Keiner beobachtete die beiden, jedenfalls niemand, der sich sehen ließ.

Yeremi stand noch ganz unter dem Eindruck der jüngsten Ereignisse. Der merkwürdige Angler beschäftigte sie ebenso wie die Neuigkeiten aus dem Hanussen-Buch. Vor allem aber beunruhigte sie Sarafs Entdeckung in der alten Ausgabe des *Scientific American*. Ihr verdankte sie einen Sonntagsausflug in den Cyberspace, dessen Eindrücke sie noch nicht ganz verarbeitet hatte. Ständig musste sie über die Blutproben von Percey Lytton nachdenken, die auf mysteriöse Weise verschwunden waren. Deshalb sprach sie eine Bitte aus, ehe Carl auf den eigentlichen Zweck seines Besuches eingehen konnte.

»Kannst du herausfinden, ob eine amerikanische Behörde oder sonst wer um den 17. November herum einen Einsatz in Guyana durchgeführt hat, bei dem Spezialwissen in bakteriologischer Kriegsführung erforderlich war?«

Ihr Großvater seufzte und antwortete kopfschüttelnd: »Eine Verschwörung, die selbst vor einem Genozid nicht zurückschreckt – wo sind wir da nur reingeraten! Ich hoffe, dieser ungeheuerliche Verdacht beruht nicht nur auf dem, was du von Heinz weißt.«

»Von wem?«

»Doktor Sibelius. Er hat dir doch von den israelischen Genforschern und dem manipulierten Anthraxbazillus erzählt.«

Weil die Verflechtungen der jüngsten Ereignisse immer komplizierter wurden und Yeremi nichts Wichtiges auslassen wollte, berichtete sie noch einmal ausführlich von den – teilweise bereits am Telefon angesprochenen – Vorkommnissen der letzten Tage: von dem falschen Angler, den sie verscheucht, von der Fernsehshow, die Saraf berühmt gemacht, und von dem gelben Geist, den er wiederentdeckt hatte.

Als sie den Artikel im *Scientific American* gelesen habe, hätten bei ihr die Alarmglocken geschrillt. Sofort seien ihr die Pressemeldungen aus der Zeit nach dem Anschlag vom 11. September 2001 eingefallen, und sie habe gleich am nächsten Morgen im Internet ihre Erinnerungen auffrischen wollen. Dabei sei es aber nicht geblieben. Durch Querverweise sei sie auf neue, aufregende Fakten gestoßen. Eine Kette von Milzbrandanschlägen hatte die Vereinigten Staaten nach den Attacken auf das World Trade Center in New York in Angst und Schrecken versetzt. Die Post stellte Briefe mit einem tödlichen weißen Pulver zu, an Abgeordnete, Medienvertreter und andere Personen. Sofort stand Al Kaida unter Verdacht, die Terrororganisation von Osama bin Laden. Das FBI setzte ein Viertel seiner Agenten für die Ermittlungen ein. Am 16. November verschwand dann der

Harvard-Professor Don C. Wiley auf rätselhafte Weise von einer Ärztekonferenz in Memphis. Sein Mietwagen stand voll getankt auf einer Mississippibrücke, die Schlüssel im Zündschloss. Es heißt, der Mikrobiologe sei im US-Biowaffenprogramm aktiv gewesen …

»Moment mal!«, unterbrach Carl sie. »Willst du damit andeuten, die Anschläge oder gar das Massensterben des Silbernen Volkes gingen auf das Konto dieses Harvard-Professors?«

»Nein. Zumindest Letzteres ist ausgeschlossen, denn Professor Wiley ist tot. Aber man glaubte anfangs tatsächlich, Terroristen hätten ihn entführt, um sich seines Wissens zu bedienen. Dann wurde jedoch bekannt, dass die Milzbranderreger aus Labors der US-Army stammten, dem weißen Pulver war der Stoff *Silica* beigemengt, typisch für amerikanisches Waffenanthrax. Am 20. Dezember, also nicht ganz fünf Wochen nach Wileys Verschwinden, fand man seine Leiche. Ab da wird die Sache merkwürdig. In den Medien kursieren unterschiedliche Fassungen von dem grausigen Fund. Offizielle Quellen behaupten, Wiley sei von einer Brücke gefallen und ertrunken. Als introvertierter Einzeltäter habe er die Mittelkürzungen in der Biowaffenforschung durch eine öffentlichkeitswirksame Aktion rückgängig machen wollen, ganz nach der Devise: Wenn ihr den Etat zusammenstreicht, werdet ihr eher früher als später selbst Opfer eines biologischen Anschlags werden. Als er damit rechnen musste, entlarvt und verhaftet zu werden, stellte er sein Auto auf der Brücke ab und sprang in den Mississippi.«

»Wäre möglich.«

»Ja, gäbe es da nicht die anderen Zeitungsmeldungen, die ich im Netz gefunden habe. Sie behaupten, Wileys Leiche sei südlich von Memphis *an einen Baum gefesselt* aufgefunden worden.«

»Wie kann jemand ins Wasser springen, ertrinken und sich nachher selbst an einen Baum binden?«

»Ich sagte ja, es gibt *unterschiedliche* Versionen über den Leichenfund. Bei der zweiten scheidet die Selbstmordtheorie natürlich aus. Nun stellt sich mir die Frage: Wie kam das amerikanische Waffenanthrax, durch das mehrere US-Bürger getötet wurden, in die Briefumschläge? War Schlamperei im Spiel, und es wurde einfach gestohlen? Hat man es jemandem freiwillig zur Verfügung gestellt? Oder wurde es von einer Regierungsbehörde gezielt eingesetzt? Ich weiß, das klingt abwegig …«

»Sag das nicht! Hast du je von *Green Run* gehört?«

»Nicht, dass ich wüsste.«

»War auch lange vor deiner Geburt. So lautet der Name eines Experimentes, das die Regierung in Hanford durchgeführt hat …«

»Du meinst das Hanford in Washington?«

»Ja. Es wurde zwei Jahre vor Ende des Zweiten Weltkrieges als eine von drei Atomstädten gegründet, und man begann sofort mit dem Bau von drei Reaktoren, in denen das Plutonium für die Bombe von Nagasaki hergestellt werden sollte. Im Jahr 1949 wurde die Bevölkerung der Stadt vorsätzlich gewaltigen Mengen radioaktiver Strahlung ausgesetzt.«

»Hat man deren Gefährlichkeit denn damals schon gekannt?«

»Von offizieller Seite wird das bestritten. Aber wie glaubhaft klingen derartige Beteuerungen? Hiroshima und Nagasaki lagen vier Jahre zurück, und immer noch starben in Japan Menschen an den Folgen der Atombombenabwürfe.«

»Green Run liegt ein halbes Jahrhundert zurück. Mir fällt es schwer zu glauben, das Weiße Haus habe vor gerade mal *vier Jahren* den Einsatz von Milzbranderregern gegen das eigene Volk gebilligt.«

»Offen gestanden, mir auch. Aber wenn ich der Journaille glauben und einem Mikrobiologen aus Harvard eine solche Tat zutrauen soll, warum dann nicht ebenso einem General oder einem Geheimdienstdirektor, die schließlich einen ganz anderen Bezug zum Töten von Menschen haben als dieser Wiley? Vergiss nicht: Der Einsturz der Zwillingstürme am 11. September war eine Kriegserklärung. Nur Stunden nach den Anschlägen hat Präsident Bush einen langen Waffengang gegen den Terrorismus angekündigt. Dazu brauchte er die dauerhafte Unterstützung der Bevölkerung. Die Welle des Patriotismus durfte nicht allzu schnell abebben. Und genau dafür haben die immer neuen Meldungen von Briefen, aus denen weißes Pulver rieselte, gesorgt. Sie weckten das Gefühl einer anhaltenden Bedrohung. Sie …«

»Schürten die Angst und stärkten damit die dunkle Seite der Empathie …«, murmelte Yeremi, während sie langsam nickte.

»Nenne es, wie du willst. Um die Welt anzuzünden, brauchst du nur einen übereifrigen Patrioten. Zum Löschen musst du ganze Völker an den Tisch bringen.«

»Ich kann mir Don Wiley nicht als durchgeknallten Wissenschaftler vorstellen. Er gehörte der Amerikanischen Philosophischen Gesellschaft an, der Amerikanischen Akademie der Wissenschaften und vielen anderen bedeutenden Gremien. Er hat zahlreiche angesehene Preise gewonnen. So ein Mann bringt weder andere noch sich selbst um, nur weil ihm der Etat gekürzt wird. Eher passt zu ihm das Bild des Forschers, der irgendetwas über den nicht ganz vorschriftsmäßigen Einsatz des amerikanischen Waffenanthrax gewusst hat und es nicht länger vertuschen wollte …«

»Sodass man ihn an einen Baum band und zum Schweigen brachte?«

Yeremi nickte. »Mir ist klar, diese zweite Version klingt verschwörerischer. Man neigt dazu, sie zu belächeln und nicht weiter darüber nachzudenken. Aber nur mal angenommen, unser Geheimdienst steckt hinter der Anschlagserie oder Wiley hat plötzlich Skrupel bekommen, als er erkannte, dass man mithilfe der Anthrax-DNA ein flexibel einsetzbares ›Trojaner-Bakterium‹ bastelte – musste man eine solche Vertuschungsaktion nicht geradezu erwarten?«

»So kenne ich dich überhaupt nicht, Jerry … Früher hast du Agentengeschichten immer als hanebüchenen Unsinn abgetan, und jetzt denkst du dir selbst welche aus.«

»Dazu bedarf es keiner großen Fantasie. Denk an Lee Harvey Oswald: Kaum jemand sieht in ihm noch den alleinigen Mörder Kennedys, und trotzdem hält die Regierung offiziell immer noch an dieser Version fest. Zwei Tage nach den Schüssen von Dallas war er selbst tot. Und mit Doktor Frank Olson verhielt es sich ähnlich.«

»Nie gehört. Wer soll das sein?«

»Ich bin durch Don Wiley und die gelben Geister auf ihn gestoßen, als ich meine Suchmaschine im Internet mit den Stichworten ›Anthrax‹, ›CIA‹ und ›Mord‹ gefüttert habe. Olson verlor am 28. November

1953 unter obskuren Umständen sein Leben. Selbstmord, hieß es – angeblich hatte man ihm testweise LSD verabreicht. Infolgedessen sei er aus einem Fenster im zehnten Stock des New Yorker Statler Hotel gesprungen. Vierzig Jahre nach dem Vorfall hat seine Exhumierung und Obduktion eine andere Wahrheit ans Licht gebracht: Er war vor dem Sturz durch einen Schlag auf den Kopf betäubt worden.«

»Wenn ich dich richtig verstehe, gehörte Olson dem CIA an und wurde von den eigenen Leuten ermordet. Was hatte er dann mit Anthrax zu tun?«

»Er war als Wissenschaftler in einer Forschungseinrichtung der Army in Fort Detrick, Maryland, mit der Erprobung biologischer Waffen beschäftigt, darunter auch Milzbrand. Dann wurde er für ein anderes Geheimdienstprogramm angeheuert. Anfangs trug es den Decknamen ›Artischocke‹, später wurde es unter der Bezeichnung ›MK-Ultra‹ bekannt.« Yeremi spürte, wie Carls Körper sich plötzlich versteifte. Sie blickte ihm in die Augen. »Du hast davon gehört?«

Sein Gesicht verriet Unbehagen. »Leider ja. Ich wollte auch mit dir über MK-Ultra reden. Allerdings hatte ich keine Ahnung, wie lange dieses Programm schon existiert.«

»Du machst mich neugierig.«

»Lass mich erst hören, was du noch herausgefunden hast.«

»Also gut. Willst du raten, was für Ziele Artischocke verfolgte?«

Carl machte einen großen Schritt, um einer im Sand liegenden Qualle auszuweichen. »Mir ist nicht nach Quizfragen zu Mute, Jerry.«

»Das Programm, in dem Olson arbeitete, stand für Menschenversuche der übelsten Art. Es war eine direkte Fortsetzung der grausamen medizinischen Experimente, die von den Nazis an den Insassen der Konzentrationslager durchgeführt worden waren. Wohl nicht ganz zufällig befand sich eines der Verhörzentren von Artischocke im Berliner Hauptquartier der US-Army. Eine Reihe von Häftlingen soll die Torturen nicht überlebt haben. Zuerst brach man ihren Willen, dann quetschte man die Wahrheit aus ihnen heraus, und anschließend löschte man ihr Gedächtnis. Man hat die Gefangenen wie Versuchskaninchen verschiedensten Einflussfaktoren ausgesetzt – Hitze, Kälte, atmosphärischem Druck, möglicherweise sogar radioaktiver Strahlung; Drogen wie LSD wurden ihnen verabreicht. Auch Folter gehörte zum Standardverfahren, außerdem – du wirst staunen – *Hypnose*.«

»Was dich natürlich sofort an deinen Urgroßvater erinnert hat, nicht wahr?«

»Geht es dir etwa anders? Hanussen hat unzählige Menschen hypnotisiert. Und wir wissen, dass der amerikanische G-2 an seinen Fähigkeiten interessiert war. Der Zweite Weltkrieg ist kaum zu Ende, da experimentiert unser Geheimdienst in Berlin munter weiter; diesmal müssen russische Spione und ehemalige Parteigänger Hitlers als Versuchskaninchen herhalten. Vielleicht hoffte man gerade dort, wo die Gedankenkontrolle schon Tradition hatte und Fragmente dieses geheimen Wissens womöglich noch in den Köpfen einiger Menschen existierte, schnell zum Erfolg zu kommen. Ich würde zu gerne wissen, wer die Nazis waren, die dem CIA geholfen haben.«

»Vermutlich soll ich das als Aufforderung verstehen, unsere Spürnase darauf anzusetzen.«

Yeremi lehnte den Kopf an Carls Schulter. »Wenn ich dich nicht hätte!«

Früher wäre in einem solchen Augenblick auf den Lippen des alten Mannes ein seliges Lächeln erschienen, jetzt blieb er ernst. »Also gut, Jerry. Ich kümmere mich darum. Mein Gott, in was für einer Welt leben wir nur! Da stellen die USA andere Staaten wegen der Verletzung von Menschenrechten an den Pranger und scheren sich selbst kein bisschen darum. Sie foltern und bringen ihre Wissenschaftler sogar um. Der Einsatz von Massenvernichtungswaffen gegen das eigene Volk ist allerdings …«

»Vorerst nur eine dunkle Ahnung, die sich hoffentlich nicht bewahrheitet«, fiel Yeremi ihm ins Wort. »Vielleicht verstehst du nun, warum ich Sarafs Gerede von den gelben Geistern so ernst nehme. Je länger ich in diesem Sumpf herumstochere, desto mehr Moorleichen kommen zum Vorschein. Wir müssen diesen Morast trockenlegen, sonst werden die Silbernen nicht die Letzen sein, die darin untergegangen sind.«

»Solltest du mit deinen Überlegungen richtig liegen, dann haben wir uns auf ein gefährliches Spiel eingelassen.«

»Vielleicht bin ich ja nur hysterisch und Sarafs Leute wurden aus reiner Geldgier umgebracht. Der CIA hätte uns doch bestimmt schon längst einkassiert. Stattdessen …«

»Lungert an der Einfahrt zum Grundstück nur eine Horde Wegelagerer herum – die übrigens aufzugeben scheint. Als ich vorhin eintraf, haben sie gerade ihr Zeug zusammengepackt. Vielleicht sind es ja doch nur Journalisten gewesen.«

»Und der mexikanische Angler mit seinen Überwachungsgeräten?«

»Ich habe schon Reporter erlebt, die weit raffinierter waren.«

»Hoffentlich hast du Recht, Opa Carl. Langsam wird mir die Sache unheimlich. Sarafs Auftritt war wirklich nicht spektakulär genug, um einen solchen Aufwand zu betreiben. Wenn Flatstone sie geschickt hat …«

»Diese Möglichkeit können wir leider nicht ausschließen. Hör dir an, was ich inzwischen herausgefunden habe.«

Sie setzten den Fußmarsch fort, und Yeremi schmiegte sich eng an ihren Großvater, um sich von der Meeresbrise kein Wort entreißen zu lassen.

Carl berichtete ruhig und sachlich über die Fakten, die Ed Edmundson für ihn über Jefferson H. Flatstone und dessen Aktivitäten zusammengetragen hatte. Ergänzende Informationen konnte er aus den Archiven von Bellman Industries sowie aus persönlichen Aufzeichnungen gewinnen. Kurz gesagt, begann er in der ihm eigenen Zurückhaltung, es gebe Gerüchte, Mental Health sei ursprünglich als Tarnunternehmen des CIA ins Leben gerufen worden, um ein streng geheimes Forschungsprogramm zu unterstützen. Einiges spreche für diese Hinweise. Flatstone habe das Psychohygieneunternehmen Anfang der Achtziger mit scheinbar unbegrenzten Geldmitteln aus dem Boden gestampft. Schon nach kurzer Zeit wurde es Stheno Industries einverleibt, und bald darauf übernahm Flatstone sogar die Leitung des gesamten Konzerns.

Inzwischen waren der alte Mann und seine Enkelin bei dem

glatten Felsen angelangt, der vor zwei Nächten Yeremis und Sarafs Unterhaltung verfolgt hatte. Nun wurde er Zeuge eines noch bewegenderen Gesprächs.

Nach dem, was Yeremi gerade über das Geheimprogramm Artischocke in Erfahrung gebracht hatte, war sie über Flatstones Verbindung zum CIA alles andere als erfreut. Hatte man sie etwa ohne ihre Einwilligung dazu missbraucht, für den Auslandsgeheimdienst zu forschen?

»Ist Ed auf diese ›Gerüchte‹ gestoßen?«

Carl wischte sich mit der Hand über das Gesicht und nickte. »Ja, er glaubt sogar, Flatstone steht immer noch mit der CIA-Abteilung in Verbindung, die das geheimnisvolle Projekt betreut. Möglicherweise leitet er sie sogar.« Der rüstige Einundachtzigjährige nötigte seine Enkelin, auf dem Felsen Platz zu nehmen, setzte sich neben sie und legte den Arm um sie. »Und jetzt«, sagte er mit auffallend ernster Stimme, »muss ich dir etwas erzählen, was dir möglicherweise Schmerzen zufügen wird.«

Unwillkürlich verkrampfte sich Yeremi, aber sie bezwang das Bedürfnis, sich aus seiner Umarmung zu winden. Lauernd fragte sie: »Worauf willst du hinaus, Opa Carl?«

»Flatstone gehört schon sehr lange zur jener ›Firma‹, die uns beiden besser als Central Intelligence Agency bekannt ist. Es heißt, er sei in den Siebzigern als junger Agent von einem mächtigen Mentor gefördert worden. Das hohe Tier hieß Sam Iceberg – vermutlich ein Deckname – und soll sich mit Methoden zur emotionalen Manipulation von Menschen beschäftigt haben. Na, dämmert dir was?«

Yeremi riss die Augen auf. »Du meinst doch nicht etwa …?«

Carl nickte. »MK-Ultra. Oder vielmehr ein Ableger davon.«

»Iceberg und Flatstone haben für dasselbe Programm gearbeitet, das schon Anfang der Fünfzigerjahre existierte«, sprach Yeremi aus, was ihr durch den Kopf ging. »Bei MK-Ultra ging es um Gedanken- und Verhaltenskontrolle. Und wie könnte man Menschen besser steuern als durch direkte Manipulation ihrer Gefühle? Ahnungslos in solche Machenschaften hineingezogen zu werden ist tatsächlich nicht ganz leicht zu verkraften!« Sie knabberte an ihrer Unterlippe.

Carls Gesicht war wie versteinert. Er holte tief Luft und sagte: »Das war noch nicht die Sache, die ich dir mitteilen muss.«

»Sondern?« Yeremi hielt den Atem an.

»Eddys Informant behauptet, ein gewisser Jeff Flatstone habe zu der Sicherheitstruppe von Jonestown gehört, die am 18. November 1978 Congressman Leo Ryan erschossen haben soll.«

Yeremi öffnete den Mund, brachte aber keinen Laut hervor. Sie schüttelte nur ungläubig den Kopf. Das eben Gehörte war schlimmer als ein Keulenschlag, weil es sie völlig unerwartet getroffen hatte. Flatstone – derselbe Mann, dem sie ihre desaströse Expedition zu den Weißen Göttern verdankte – war eine Schlüsselperson im *Jonestown-Massaker*?

Alles um sie herum begann sich zu drehen …

»Jerry, bist du in Ordnung?« Carls fester Griff riss sie in die Wirklichkeit zurück.

»Sag, dass du dir das alles nur ausgedacht hast, um mir einen Schrecken einzujagen, Opa Carl!« Sie lachte hysterisch. »Ist dir wirklich gelungen!«

Er schüttelte langsam den Kopf. Dem Ausdruck in seinem Gesicht war anzusehen, wie wütend ihn dieses Gespräch machte. Carl liebte seine Enkelin. Sie hatte schon als kleines Kind so viel leiden müssen. Nie wieder sollte jemand ihr wehtun. Und nun fiel ausgerechnet ihm diese Rolle zu. »Nein, Kleines, ich habe diese Dinge nicht erfunden. Flatstone gehörte offenbar einer geheimen Killertruppe an, die sich *Apostolic Guardians* nannte.«

»Apostolische Beschützer?«, wiederholte Yeremi auf Deutsch, weil die beiden ihr Gespräch wie gewohnt in dieser Sprache führten.

»Hast du schon einmal von ihnen gehört?«

Sie lauschte in sich hinein, um der Stimme ihrer Erinnerung eine Chance zur Antwort zu geben, aber aus den halb verschütteten Steinbrüchen ihres Unterbewusstseins drang kein einziger Laut herauf. »Nein, die sind mir noch nie begegnet.«

Carl nickte, beobachtete einige Herzschläge lang die anbrandenden Wellen und sagte dann: »Ich kann verstehen, wenn dich das alles beunruhigt: Ein geheimes CIA-Projekt, das Techniken zur Gefühlskontrolle von Menschenmassen erforscht. Der Leiter der Abteilung fördert einen jungen Agenten, der zur Sicherheitstruppe von Jim Jones gehört. Der Reverend verführt neunhundert seiner Anhänger zum Selbstmord, lässt ein paar weitere, darunter auch deine Eltern, erschießen und nimmt sich schließlich selbst – nach offizieller Lesart in geistiger Umnachtung – das Leben. Und meine Enkelin musste das alles miterleben. Ich meine … Das hat sogar mich umgehauen.«

»Als Teenie habe ich alles studiert, was über das Massaker zu kriegen war. Ich weiß noch, wie du mich ausgeschimpft hast, weil ich mal zu einer dieser Gedenkveranstaltungen gegangen bin, die jeden November von den Jonestown-Überlebenden auf dem Friedhof Oakland's Evergreen veranstaltet werden. Warum habe ich nie irgendwo von Flatstone gelesen oder gehört?«

»Als Agent wird er einen Decknamen benutzt haben. Vielleicht hast du ihn sogar gekannt und mit ihm Ball gespielt, ohne sein wahres Wesen zu durchschauen. Wie konntest du auch? Du warst ja erst fünf.«

»In der Weißen Nacht sind einige in den Dschungel geflohen. Man hat lange nach Überlebenden gesucht – keine angenehme Situation für einen Killer. Hat Ed etwas darüber herausgefunden, ob oder wo Flatstone untergetaucht ist?«

»Wie gesagt, Jerry, so gut wie alles, was ich dir hier erzähle, ist Mundpropaganda, manches vielleicht sogar erfunden. Mit dem, was wir bis jetzt haben, könnte man Flatstone vor keinem Gericht dieser Welt anklagen. Aber, um auf deine Frage zurückzukommen, ja, es gibt da noch ein paar unbestätigte Hinweise, auf die Eddy gestoßen ist. Demnach verschwand der Protegé des mächtigen CIA-›Eisberges‹ für etwa zwei Jahre von der Bildfläche. Flatstone soll sich in Afghanistan aufgehalten haben, wo ja 1978 der Krieg gegen die UdSSR ausgebrochen war und sich der CIA fürsorglich der afghanischen Mudschaheddin angenommen hatte, um deren Widerstand gegen die Sowjetarmee zu stärken. Dann tauchte Flatstone plötzlich in Kalifornien auf, als Privatmann, genauer gesagt als Gründer eines erfolgreichen Wirtschaftsunternehmens namens Mental Health. Und wie es der Zufall so will, hat dieser Konzernchef ein ausgefallenes Hobby: Er interessiert sich für Legenden prähistorischer Kulturen, in denen das Erkennen und Beeinflussen menschlicher Gefühle so normal gewesen sein soll wie heute das Lesen und Schreiben von Briefen.«

Yeremi glaubte ihren Körper nicht mehr zu spüren, alles war taub. In was hatte man sie da nur hineingezogen? Ihr Ärger klang mehr als deutlich an, als sie Carl fragte: »Warum rückst du erst heute mit diesen Informationen heraus, Opa Carl? Wenn Jeff Flatstone in Verdacht steht, Leo Ryan ermordet zu haben, dann hat er vielleicht auch meine Eltern auf dem Gewissen.«

Der Gefragte stocherte wie ein kleiner Junge mit den Fußspitzen im Sand. Sein finsterer Blick folgte den rätselhaften Spuren. Unwillig brummte er: »Der Mord an Lars und Rachel hat auch mich fast um den Verstand gebracht, das kannst du mir glauben, Jerry! Damals habe ich Himmel und Hölle in Bewegung gesetzt, um Licht in das Dunkel der so genannten Weißen Nacht zu bringen. Du darfst nicht vergessen, vor siebenundzwanzig Jahren waren nur wenige Fakten zu dem Vorfall bekannt. Erst durch Clintons *Executive Order 12958* sind unsere Behörden dazu gezwungen worden, viele bis dahin als *topsecret* eingestufte Dokumente nach einer Sperrfrist von fünfundzwanzig Jahren herauszurücken. Einige der Jonestown-Akten stehen der Öffentlichkeit also erst seit knapp zwei Jahren zur Verfügung, andere – und das halte ich zumindest für verdächtig – sind immer noch als geheim klassifiziert. Was also hätte ich seinerzeit tun sollen? Alles deutete auf Jim Jones als den Hauptschuldigen hin, den charismatischen Sektenführer, der seine Anhänger mit sich in den Tod nahm. Ohne Eddys Ermittlungen wäre ich diesem Schweinehund Flatstone nie auf die Schliche gekommen.«

»Warum habe ich nur das Gefühl, du verschweigst mir trotzdem was?«

Carl hob, wie bei einem verbotenen Spiel ertappt, erschrocken den Blick. Argwöhnisch musterte er seine Enkelin, um letztlich doch zu gestehen: »Vermutlich, weil es so ist.«

»Du …?«

»Ehe du mich verurteilst, höre mir bitte erst zu. Ich wollte ohnehin darüber sprechen. Es gibt da eine schreckliche Sache, die ich dir mit Absicht all die Jahre verschwiegen habe. Doch damit ist jetzt Schluss.«

Yeremi hatte das unbestimmte Gefühl, gleich würde eine Bombe platzen, die sie in Stücke reißen könnte. Unbewusst suchten ihre Hände auf dem steinigen Untergrund Halt. »Hat diese … *Sache* wieder mit Hanussen zu tun?«

Der alte Mann bewegte den Kopf auf eine Weise, die eine Vielzahl von Deutungen zuließ. Voll Schmerz blickte er dabei in das Gesicht seiner Enkelin und sagte schließlich: »In Wirklichkeit trage *ich* die Schuld am Tod deiner Eltern.«

Wie vom Donner gerührt, starrte Yeremi ihn an. Einmal mehr schüttelte sie ungläubig den Kopf, noch heftiger als zuvor. Dieses Geständnis war wie ein Eiszapfen, der sich in ihr Herz bohrte. Sie entwand sich ihrem Großvater und lief einige Schritte auf das Meer zu, blieb stehen, drehte sich weinend zu ihm um, rannte noch einmal, bis ihre Schuhe im nassen Sand einsanken, und fuhr abermals herum. Sie warf die Arme in die Höhe und schrie: »Nein, das kann ich nicht glauben. Du hättest sie nie mit Absicht getötet. Aber …« Sie knickte mit den Knien ein, als würde sie jeden Moment zu Boden sinken, fing sich dann aber doch wieder ab und rief: »Sag mir die Wahrheit, Opa Carl, die ganze, unverhohlene, schmutzige, schmerzhafte Wahrheit. Nimm keine Rücksicht auf mich: *Wie* hast du das gemeint?«

Carls Miene verriet, wie sehr Yeremis Qualen ihn bewegten. Er streckte eine Hand nach ihr aus und flehte: »Komm zurück, Jerry! Schau doch, die Wellen machen dich ganz nass. Du wirst dich erkälten …«

»Ohne Rücksicht!«, schrie sie trotzig und stampfte mit dem Fuß auf, dass es nur so platschte. Ihr Gesicht war eine schmerzverzerrte Grimasse. Die Tränen rannen in Strömen über ihre Wangen.

»Bitte, Jerry! Lass uns in Ruhe darüber reden.«

Unwillig stapfte sie ein paar Schritte auf ihn zu, blieb aber im sicheren Abstand mit vor der Brust verschränkten Armen vor ihm stehen. »Ich höre.«

Carl stieß einen tiefen Seufzer aus und begann: »Mitte der Siebziger ist ein gewisser S. Arthur Moltridge bei mir aufgetaucht. Redselig berichtete er von seiner Arbeit für ein Regierungsprojekt, das sich um sozial schwache Menschen kümmere, die gewisse Verhaltensmuster an den Tag legten, durch die sie jede Verbesserung ihrer Lebenssituation selbst blockierten. Der Psychologe forschte an wirksamen Methoden, um diese »Fehlschaltungen« schnell zu beheben. Dabei war er auf das »Hanussen-Dossier« eines gewissen Erich Adolf Juhn gestoßen, in dem auch Martha Farra alias Rose Presi erwähnt wurde. Weil es insgesamt drei Assistentinnen dieses Namens gegeben habe, verliefen die Ermittlungen zunächst im Sande. Unter Hinzuziehung von mittlerweile öffentlich gemachten Geheimdienstberichten hatte man die Falschmeldungen über Roses Tod im Jahr 1923 aber schließlich als solche erkannt und von New York aus ihre Spur aufnehmen können. So ist man zuletzt auf mich gestoßen. Mutter wohnte zu dieser Zeit im Gartenhaus. Arthur Moltridge brachte zum Ausdruck, wie sehr er sich freuen würde, wenn die Familie noch Informationen über Hanussen besäße, alte Dokumente vielleicht, in denen er seine Arbeit beschrieben habe …«

Carls Stimme versiegte wie die letzten heranschwappenden Wellen im Sand. Yeremi konnte den brennenden Schmerz in seiner Seele von seinem Gesicht ablesen, aber den Grund des Leidens verstand sie nicht.

»Was für ein Mensch ist Moltridge gewesen? Was hat er wirklich gewollt, Opa Carl?«

Ihr Großvater schöpfte tief Atem und erwiderte: »Ich habe ihn als sehr einfühlsamen Mann in Erinnerung, der Typ, dem du – sieht man mal von seinen kühlen Augen ab – sofort helfen willst, wenn er dich um einen Gefallen bittet. Da ist ein Foto von ihm in meiner Tasche. Willst du es sehen?«

Yeremi zweifelte, ob ihre eisigen, gefühllosen Beine sie überhaupt noch bis zum Felsen zurücktragen würden – die Kälte kam von innen heraus. Behutsam nahm sie Carl das Bild aus der Hand.

Es handelte sich um eine verblichene Farbfotografie. Sie zeigte ihren Vater, Lars, zusammen mit Carl und einem Fremden auf der Veranda des Bellman-Anwesens in El Paso.

»Das ist Moltridge«, sagte Carl und tippte mit dem Zeigefinger auf den Unbekannten. »Den Schnappschuss hat Fredrika gemacht. Ich erinnere mich noch: Er hat sich mit Händen und Füßen dagegen gesträubt und behauptete, nicht fotogen zu sein.«

Moltridge war ein stämmiger Mittdreißiger mit roten, sich bereits lichtenden Haaren und blassen Augen. Yeremi hatte schon viele Männer dieser Sorte gesehen. Schulterzuckend wollte sie Carl das Foto zurückgeben, doch er sagte, sie dürfe es behalten als Andenken an ihren Vater. Sie steckte das Bild auffallend langsam in die Innentasche ihres Parkas.

»Worüber denkst du nach, Jerry?«

»An eine Bemerkung von dir. Warte, das war … Ja! Als du mir meinen echten Urgroßvater vorgestellt hast. Es habe zu jeder Zeit Bewunderer gegeben, die an Hanussens paranormale Fähigkeiten glaubten – so oder ähnlich lauteten deine Worte. Einer dieser Fans ist Moltridge gewesen, stimmt's?«

»Du warst schon immer die scharfsinnigste von den Bellman-Frauen.«

»Darf ich das als ein Ja nehmen?«

Er nickte. »Ich erinnere mich noch gut an die Antwort, die ich Moltridge gab, als er mich um Einblick in den Nachlass meines Vaters bat. Dieser angebliche Regierungsbeamte war sehr genau über die Akten informiert, die Hanussen meiner Mutter in Berlin übergeben hatte. Aber er wusste nicht, dass sie in der Truhe mit den pausbäckigen Engeln ruhten. Um Moltridge abzuwimmeln, sagte ich ihm, Rose Bellman habe längst mit der Vergangenheit abgeschlossen. Außerdem sei sie hochbetagt und ziemlich hinfällig. Fragen nach Hanussen, dem Mann, der sie fast getötet und dann sitzen gelassen hatte, würden sie nur unnötig aufregen. Ich hoffte, den hartnäckigen Bittsteller mit diesem Bescheid loszuwerden, aber Moltridge blieb ebenso freundlich wie beharrlich. Schließlich hat er doch bekommen, wonach es ihn gelüstete.«

»Du hast ihm allen Ernstes Hanussens Nachlass gezeigt?«

»Es war Rose, die sich von ihm einwickeln ließ. Vom Tage ihrer Zustimmung an besuchte uns Arthur Moltridge regelmäßig. Wie gesagt, er war kein Flegel, sondern immer freundlich und taktvoll. Bald hatten wir uns an ihn gewöhnt, und wann immer er auftauchte, war er ein willkommener Gast. In zwanglosen Gesprächen versuchte er, meine Erinnerungen an den Besuch im Berlin der Dreißigerjahre aufzufrischen. Sein Wissensdurst war unstillbar. Wenn ich seine Fragen hin und wieder an Mutter weiterreichte, hat sie immer gesagt: ›Nur die Engelchen kennen das Geheimnis deines Vaters.‹ Sie wollte wohl nicht über ihre so unglücklich beendete Liaison mit Hanussen reden. Jedenfalls hat Moltridge bei einem seiner Besuche auch deine Eltern kennen gelernt, Jerry. In schillernden Farben beschrieb er Lars und Rachel die Arbeit einer religiösen Vereinigung in Kalifornien, die sich *People's Temple* nannte …«

»Du meinst *den* Volkstempel von Jim Jones? Willst du damit sagen, *Moltridge* hat Mama und Papa in die Hände dieses Wahnsinnigen getrieben?«

Carl senkte den Kopf. »Ich rechne *mir* diese Schuld an, Jerry. Damals war ich – wie auch deine Eltern – durchaus von Jones und seiner Bewegung angetan, die sich um sozial schwache Bevölkerungsgruppen kümmerte. Er genoss breite Unterstützung bis in höchste gesellschaftliche Kreise: George Mascone, der Bürgermeister von San Francisco, rühmte ihn, Gouverneur Jerry Brown bewunderte ihn, und sogar Rosalyn Carter, die damalige First Lady, lobte ihn. Ich will mich damit nicht entschuldigen. Wir alle waren zu leichtgläubig. Vielleicht hat es mir auch am nötigen Einfühlungsvermögen gefehlt, um die Warnsignale zu erkennen.«

»Was geschah mit Mama und Papa?«

»Im Gegensatz zu seinem Bruder Nils, der mit seinem Geschäftssinn eher nach mir schlug, besaß dein Vater die Seele eines barmherzigen Samariters. Er wollte sich aktiv für die Verbesserung des Lebens benachteiligter Menschen einsetzen. Deine Mutter war ausgebildete Krankenschwester und hatte sozusagen von Berufs wegen ein Helfersyndrom. Die Arbeit des Volkstempels begeisterte sie. Schließlich engagierten sie sich mit Leib und Seele für Jim Jones' Kult, weniger aus religiöser Überzeugung, sondern eher aus dem Grund, der sogar den Staat Kalifornien wohlwollend auf Jones' Arbeit blicken ließ: Sie waren von den Sozialprogrammen des Reverend überzeugt. Kurze Zeit später sind deine Eltern mit ihm nach Guyana gegangen ... und dort starben sie dann auch ...« Wieder versagte Carl die Stimme.

Yeremi war anfangs viel zu benommen, um auf seine Gefühle zu reagieren. Sie musste erst ihren eigenen inneren Aufruhr niederkämpfen, fühlte sie sich doch verletzt von seiner Lüge. Ja, genau so empfand sie das jahrelange Schweigen ihres Großvaters: als ein Verschleiern der Wahrheit. Wie sollte sie ihm je wieder vertrauen? Einmal mehr kam sie sich manipuliert vor. Warum hatte ausgerechnet Carl sie so verletzen müssen!? Aber dann erinnerte sie sich an *ihre* Selbstzweifel, und die Einsicht in die eigene Unvollkommenheit öffnete allmählich ihr Herz. Nach längerem Schweigen tröstete sie ihn doch, wenn es ihr auch große Kraft abverlangte.

»Was ist aus diesem S. Arthur Moltridge geworden?«, fragte sie schließlich.

»Nach dem Jonestown-Massaker war er wie vom Erdboden verschluckt.«

»Bist du je einem seiner Kollegen begegnet?«

Carl nickte. Seine Stimme war wegen der Brandung des Ozeans kaum zu verstehen. »Nachdem Moltridge die Hanussen-Akten scheinbar ohne befriedigendes Ergebnis durchgearbeitet hatte, kreuzte er eines Tages mit einem sehr alten Mann auf, einem Deutschen namens Becker, Bäka oder so ähnlich. Der wollte Rose unbedingt sprechen. Obwohl Mutter gegenüber ›Besuchern aus ihrem früheren Leben‹ eher ablehnend eingestellt war, weckte die Herkunft des Gastes in diesem Fall ihre Neugierde. Sie erklärte sich bereit, Becker zu empfangen.« Carl seufzte.

»Und?«

»Nichts. Jedenfalls, was die Unterhaltung betraf. Sie war ausgesprochen kurz. Rose wirkte gleich nach der Begrüßung Beckers verstockt wie ein trotziges kleines Mädchen. Nachdem er wieder gegangen war, hat sie mir gesagt, weshalb sie ihm nichts verraten wollte: Als sie Hanussen am 27. Februar 1933 in dessen Berliner Wohnung besucht hatte, sei auch dieser Mann zugegen gewesen. Einen Irrtum schloss sie kategorisch aus, denn es habe früher zu ihrem Beruf gehört, sich Gesichter und die dazugehörigen Geschichten zu merken. Jedenfalls sei Hanussen ihm und einigen anderen Fremden gegenüber sehr misstrauisch gewesen, denn er habe sie mit herrischer Geste hinausgeschickt. Das, sagte Mutter noch, sei für sie Grund genug, dem Deutschen nichts zu erzählen.«

Yeremis Augen waren bei Carls letzten Worten immer größer geworden. Aufgeregt sagte sie: »Ich habe in Urgroßvaters Nachlass etwas von einem Doktor W. Baecker gelesen, der regelmäßig Horoskope für die *Hanussen-Zeitung* aufgestellt hat. Das hört sich ja fast so an, als wären dieser ›Nazispitzel‹ – so nannte Hanussen ihn in einem Brief an seinen Sekretär – und der Begleiter von Moltridge ein und dieselbe Person!«

»Dazu kann ich weiter nichts sagen. Rose hat den Vornamen des Mannes nie erwähnt, dem sie im Palast des Okkultismus begegnet ist.«

Yeremis Blick sank zu den Sandbildern herab, die Carls Füße geschaffen hatten.

Der alte Mann ließ sich schwerfällig vom Felsen rutschen und breitete die Arme aus. »Komm, Jerry! Shakespeare hat einmal geschrieben: ›Lasst die Erinnerung uns nicht belasten mit dem Verdrusse, der vorüber ist.‹ Mir ist heute klar geworden, was für ein alter Trottel ich gewesen bin. Vor lauter Sorge um dich habe ich dir Dinge verschwiegen, die zu wissen dein gutes Recht ist. Das war ein Fehler. Kannst du mir verzeihen?«

Unsicher erwiderte sie seinen flehenden Blick. Auf ihrer Wange glitzerte eine einzelne Träne. Schließlich gab sie sich einen Ruck und sank in seine Arme. Ihr Kinn lag auf seiner Schulter. Erst schniefte sie. Und dann hörte er deutlich ihr Flüstern.

»Ich verzeihe dir.«

GLEICHUNG MIT VIELEN UNBEKANNTEN

Pacific Grove (Kalifornien, USA)
26. Dezember 2005
22.10 Uhr

Die Zeitgenossen beschrieben Erik Jan Hanussen als einen untersetzten und muskulösen Mann von gerade mal einem Meter fünfundsechzig. Entgegen den üblichen Klischees, die schon lange vor Hitlers Machtergreifung das Bild »des Juden« geprägt hatten, habe er brennende graublaue Augen und mittelblondes Haar gehabt, das er straff und glatt nach hinten gekämmt trug, meist links gescheitelt. Seine Stirn sei niedrig gewesen, die Augenbrauen buschig und die Lippen wulstig. Er wusste sich korrekt zu kleiden – nur Maßanzüge! – und trug oft einen Hut. Zu seinen Markenzeichen gehörte fernerhin ein überlegenes Lächeln, das von Wissen zeugte, zu dem gewöhnliche Menschen keinen Zugang besaßen. Seine Ernährung habe hauptsächlich aus Kaffee und Zigaretten bestanden, was erklären mochte, weshalb er als unruhig und fahrig dargestellt wurde. Das Image eines in fremden Sphären vagabundierenden Geistes schien darunter nicht zu leiden, eher im Gegenteil. Dennoch fragte sich Yeremi, was die Menschen so an Hanussen faszinierte.

Sie blickte von dem scharlachroten Buch zum Fenster auf. Die Läden hatte sie fest verschlossen, obwohl der Strand frei von Anglern mit Sonnenbrillen war. Aber konnte sie sicher sein, dass nicht andere finstere Gestalten da draußen durch die mondlose Nacht schlichen?

Der Mercedes 600 stand in der Garage, vor neugierigen Blicken geschützt. Nach dem Frühstück würde sie mit Saraf in das lange Fahrzeug steigen und sich auf dem Boden verstecken, bis Carl es auf den Highway gelenkt hätte. Wenn Flatstone das Strandhaus observieren ließ und tatsächlich ein hohes Tier im Geheimdienst war, dann verfügte er natürlich über erstklassige Profis, denen der heimliche »Umzug« nach Bellman's Paradise nicht lange verborgen bleiben würde. Der CIA war mächtig.

Andererseits mochte Flatstones Weiße-Götter-Manie ein Privatvergnügen sein; die Hand voll Spione konnte er aus der Portokasse bezahlen. Die Halbherzigkeit des zweimal vertriebenen und bis jetzt nicht zurückgekehrten Anglers sprach eher für diese Vermutung. Ja, so muss es sein, dachte Yeremi. Agententhriller, ob nun in Hollywood oder von irgendeinem überspannten Romancier inszeniert, hatten bei ihr stets Skepsis hervorgerufen. Warum sollte ausgerechnet eine unbedeutende Anthropologin ganze Beobachtungsteams des CIA in Atem halten? Vielleicht würde sie mit Carls Hilfe bald Licht in das mysteriöse Massensterben unter dem Dach des Waldes bringen. Der Umzug nach Morgan Hill würde ihr die nötige Atempause verschaffen. Dort konnte sie ihre Suche bis Neujahr ungestört fortsetzen.

Yeremi konzentrierte sich wieder auf die Hanussen-Dokumentation von Wilfried Kugel. Wenn das Buch des Deutschen bisher auch keinerlei Hinweise auf eine Verbindung ihres Urgroßvaters zum G-2 geliefert hatte, verhalf es ihr doch zu einem umfassenderen Verständnis des Mannes, dessen Blut zu einem Achtel in ihren Adern floss. Bereits zu seinen Lebzeiten hatte Hanussen das Interesse der Wissenschaft geweckt, und es blieb bis in Yeremis Kindertage wach. Beunruhigend war allerdings die Hartnäckigkeit seiner Widersacher – vorausgesetzt, der bei Urgroßmutter Rose aufgekreuzte »Besucher aus dem früheren Leben« war mit dem »Nazispitzel« Doktor W. Baecker identisch. Um welche Geheimnisse ging es in dieser generationsübergreifenden Jagd eigentlich? Immer wieder war von Gefühlskontrolle die Rede. Offenbar wollte man wissen, wie Hanussen sich so viele Menschen – vor allem auch Frauen – gefügig machen konnte. War es allein die Aura des Despoten gewesen? Oder steckte mehr dahinter?

Yeremi schob das Buch zur Seite und blickte mutlos auf das Diagramm Nummer zwei mit den vielen Linien und Kreisen, die sich um Erik Jan Hanussens Symbol gruppierten. Demonstrativ drehte sie es um. Die weiße Rückseite des Blattes war ein Sinnbild ihrer Unkenntnis. Tabula rasa. Alles, was sie hatte, waren Andeutungen und Vermutungen, aber Hanussens Vermächtnis schien keinen einzigen konkreten Hinweis auf die Natur der empathischen Telepathie zu enthalten.

Sie nahm einen Bleistift, holte ein neues, noch jungfräuliches Blatt aus dem lackierten Holzkasten auf ihrem Schreibtisch und zeichnete in dessen Mitte eine Ellipse, die eigentlich ein Kreis hätte werden sollen. Wie das blinde Auge eines Zyklopen glotzte das missgestaltete Ding sie an. Was als Jagd nach gelben Geistern begonnen hatte, war für sie längst zu einer Suche nach dem eigenen Ich geworden. Jeder Mensch stellte sich irgendwann die zentralen Fragen: Wer bin ich? Woher komme ich? Und wohin gehe ich? Carls Schuldbekenntnis zum Tod der Schwiegertochter und des eigenen Sohnes mochte zwar den Weg zu den Antworten weisen, nur wusste Yeremi die Zeichen nicht zu deuten. Im Nachhinein glaubte sie mehr als einmal sein dunkles Geheimnis gespürt zu haben. Diese Einsicht beunruhigte sie zutiefst. In ihrem Stammbaum reihten sich höchst seltsame Phänomene wie schwarze Perlen aneinander: angebliche Wundertaten, Telepathie und sogar Gefühls- und Gedankenkontrolle. Wohin sollte das noch führen? Mal waren ihre Vorfahren Opfer, dann wieder selbst Akteure solch »unheiligen Treibens«, wie ihr Großvater sich auszudrücken pflegte. Und diese Folge von Manipulationen reichte – eine für Yeremi unerträgliche Vorstellung – bis in ihr eigenes Leben hinein!

»SAM«: Langsam malte sie die drei Buchstaben in das Oval. Sie standen für S. Arthur Moltridge. Schnell kamen weitere Kreise, Rechtecke, Initialen und Verbindungslinien hinzu, ließen das Diagramm bald wie ein Atommodell aussehen: »Jonestown«, »JWJ«, »LR« – die Symbole für den Ort des Massakers, den Kultführer James Warren Jones, Congressman Leo Ryan und für all die anderen Beteiligten und Betroffenen umkreisten den Kern. Auch der geheimnisvolle Name »Sam Iceberg« bekam einen Kringel. Yeremi notierte das Pseudonym, weil sie die wirkliche Person hinter dem Decknamen nicht kannte. Und dabei stutzte sie. Wenn Iceberg in Wahrheit

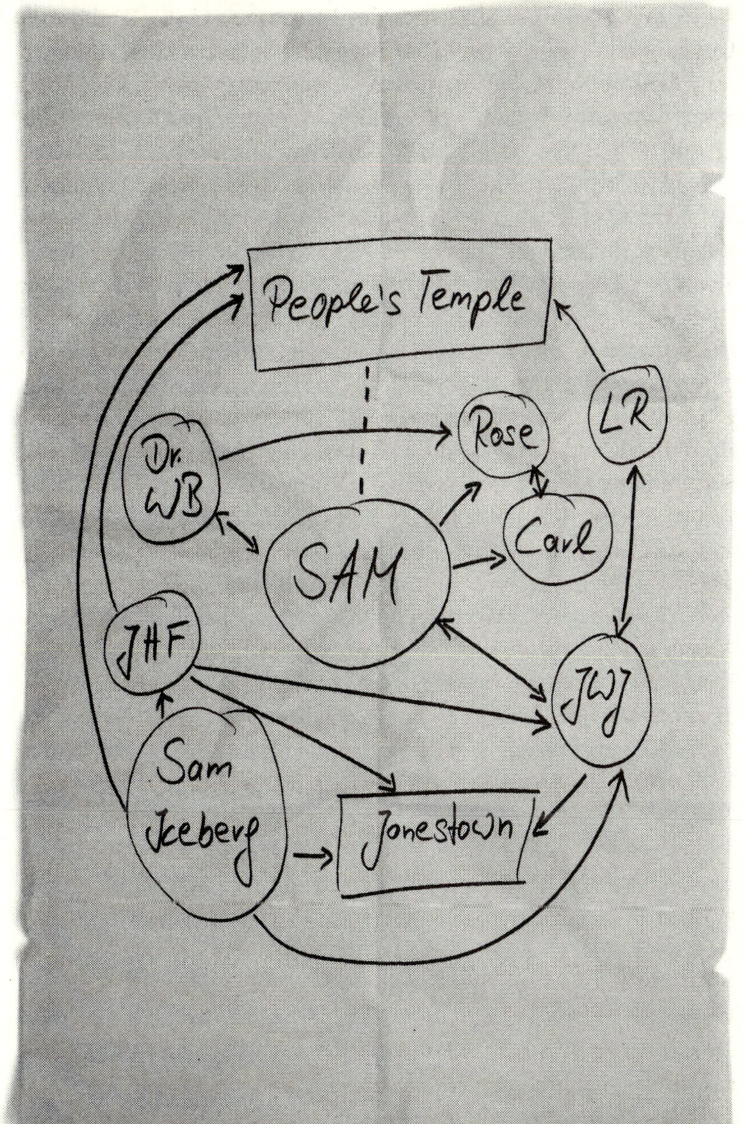
People's Temple
Dr. WB
Rose
LR
SAM
Carl
JHF
JWJ
Sam Iceberg
Jonestown

anders hieß, dann könnte auch der Vorname Sam ein künstliches Gebilde sein. Vielleicht ein Akronym …

Die drei Anfangsbuchstaben von Moltridges Namen lauteten ebenfalls »S. A. M.«!

Einen Moment lang schienen die Symbole des Diagramms auf Yeremi zuzustürzen. Sie kam sich vor, als kreise sie selbst mit den Kringeln und Rechtecken um das Zyklopenauge. Diese Übereinstimmung – war das nur ein Zufall? Hanussen wollte das Telepathieprojekt des amerikanischen Militärgeheimdienstes unterstützen und sich damit die Fahrkarte in die Neue Welt erkaufen. Hätten die Amerikaner – immer vorausgesetzt, G-2 war tatsächlich an der Kooperation interessiert – nach Hanussens Ermordung gleich die Flinte ins Korn geworfen? Wäre ein Szenario nicht viel plausibler, in dem der Geheimdienst alles daransetzte, doch noch an das geheime Wissen des Telepathen zu gelangen? Der 1947 gegründete CIA hatte sich, wie hinlänglich bekannt, nicht gescheut, alte Nazis unter Vertrag zu nehmen. Das Artischocke-Programm lieferte den Beweis dafür. Doktor W. Baecker, ein Mann, der sich als Hanussen-Kenner ausgegeben haben mochte, wäre dort bestimmt mit offenen Armen empfangen worden. Baeckers Führungsoffizier könnte Sam Iceberg gewesen sein. Oder hieß der Agent in Wirklichkeit S. Arthur Moltridge?

Yeremi griff spontan zu ihrem Handy und wählte eine Nummer in San Francisco. Nach kurzem Klingeln meldete sich eine weibliche Stimme.

»Hallo?«

»Sandra, ich bin's. Entschuldige, wenn ich dich so spät noch störe.«

»Macht nichts. Alles okay mit dir? Du klingst so bedrückt.«

»Eher nachdenklich. Könntest du in die ›Schwarze Kammer‹ kommen?«

»Oh! Hört sich ja verschwörerisch an. Ich bin gleich online.« Es klickte.

Yeremi legte ihr Handy zur Seite und schaltete das Notebook ein. Ursprünglich dienten die Schwarzen Kammern den Regierungen zur

Entschlüsselung der Korrespondenz fremder Staaten. Die »Geheime Kabinettskanzlei« im Wien des achtzehnten Jahrhunderts war berühmt-berüchtigt für ihre Effizienz. Aber auch die USA unterhielten mit Herbert Yardleys MI-8 in den Jahren nach dem Ersten Weltkrieg eine nicht immer erfolglose *Black Chamber*. Sandra Schroeder hatte schon als leitende Chefredakteurin der Schülerzeitung ein Faible für Geheimnisse gehabt. Von ihr stammte die Namensgebung für jenen privaten Internet-Chatroom, den sie in der Studienzeit eingerichtet hatte, um sich und ihrem »Cousinchen« Yeremi einen Zufluchtsort für hochbrisante Plaudereien zu bieten. Mithilfe der Computer konnten sie sich auf einer gesicherten Verbindung über den neuesten Schwarm, den abartigsten Professor oder die angesagtesten Rockbands unterhalten. Mittlerweile war das Klappern auf der Tastatur out, und sie benutzten eine Sprachverbindung, die mit einer 256-Bit-Verschlüsselung abgesichert wurde.

Yeremi stellte die Verbindung zum Internet her und tippte das Schlüsselwort »b1ackch&« ein, um die Schwarze Kammer zu öffnen. Nach wenigen Sekunden erschien auf dem Bildschirm eine miniaturisierte Fotografie Sandras.

»Wie ist die Verbindung?«, fragte Yeremi in das Mikrofon ihres Notebooks.

»Du klingst wie eine sprechende Blechdose«, ertönte die Stimme der Journalistin schnarrend aus dem Lautsprecher des mobilen Computers. »Sag mal, bist du schon wieder in Peru, oder warum schlägst du die Schwarze Kammer vor?« Ihre Frage bezog sich auf das Ausgrabungscamp in Tupac Amaru, das über einen Internetanschluss verfügt hatte; diese Art der Telefonie war für die Freundinnen eine kostengünstige und zeitweise sogar die einzig funktionierende Art der Kommunikation gewesen.

Sandra wusste von Yeremis Plänen, über die Feiertage nach Pacific Grove zu fahren, deshalb kam diese gleich zur Sache. »Mein Telefon wird möglicherweise abgehört.«

Ein Laut des Erstaunens drang aus dem kleinen Lautsprecher. Dann: »Die Geheimniskrämerei ist eigentlich *mein* Ressort, Jerry. Geht es um diese Guyana-Sache?«

»Könnte man so sagen, Cousinchen …« Yeremi stockte. Neuerdings musste sie ihren Stammbaum ja über Hanussen herleiten, was Sandra zu einer Fremden für sie machte. Nein, das stimmte nicht. Sie war immer noch ihre beste Freundin. »Hör mal, du hast doch schon oft im Archiv des *San Francisco Chronicle* für mich recherchiert.«

»Nachtigall, ick hör dir trapsen«, drang es in Deutsch aus dem Notebook. Diese Bellman-Marotte schlich sich hin und wieder auch in die Schwarze Kammer ein.

Yeremi berichtete im Telegrammstil, was sie über MK-Ultra und die Aktivitäten US-amerikanischer Geheimdienste auf dem Feld der Gefühls- und Gedankenkontrolle wusste. Sie müsse dringend erfahren, ob es hierzu aktuelle Forschungsprojekte oder sogar Bestrebungen zur Anwendung von empathischer Telepathie gebe.

Es dauerte einige Augenblicke, bis sich wieder Sandras blecherne Stimme über das leise Rauschen des Lautsprechers erhob. »Ich kann dir definitiv bestätigen, dass die US-Regierung in der Vergangenheit paranormale Phänomene erforscht hat. Telepathie gehörte auch dazu. Man wollte gegenüber Moskau nicht ins Hintertreffen geraten, das auf diesem Gebiet sehr aktiv war. Alles, was ich dir darüber sagen kann, entspringt eher privatem Interesse – du weißt ja …«

»Die Geheimniskrämerin, ja, ja!«

»Genau.« Ein quietschendes Lachen hallte aus dem Computer. »In der Lokalredaktion des *Chronicle* kommt man leider nur selten mit den Mysterien der großen weiten Welt in Berührung. Na, jedenfalls müsste ich ein wenig recherchieren, um herauszufinden, wie diese Forschungen in Gang kamen, ob sie noch andauern und, vor allem, ob die gewonnenen Erkenntnisse jemals zum Einsatz gekommen sind. Ich habe da allerdings einen Informanten, der mir schon des Öfteren einen heißen Tipp gegeben hat.«

»Sei bitte vorsichtig, Sandra! Möglicherweise hört der CIA oder die NSA diese Leitung ab. Wenn ihr Supercomputer unser Gespräch erst lange genug durchgemangelt hat, werden sie wissen, was wir vorhaben.«

»Ich dachte, das dauert bei einem 256-Bit-Schlüssel ein paar Millionen Jahre.«

»Die Zeiten ändern sich, Sandra: Sie schrumpfen.«

»Sehr poetisch! Wie weit soll ich denn auf dem komprimierten Zeitstrahl in die Vergangenheit zurückreisen?«

Yeremi drehte den Zettel mit dem Diagramm Nummer zwei um und betrachtete nachdenklich das Kästchen, in dem das Wort »Medusa« stand. »Sagen wir bis Anfang der Dreißigerjahre des letzten Jahrhunderts. Außerdem würde mich interessieren, ob es irgendwelche Verbindungen zwischen dem Jonestown-Massaker und etwaigen Telepathieprojekten der Regierung gibt.«

»O mein Gott! Fängst du *damit* wieder an?« Sandra wusste um Yeremis traumatische Kindheitserlebnisse.

»Tust du mir den Gefallen? Ich würde mir nur ungern eine neue Rechercheurin suchen.«

»Na gut,wenn du dich unbedingt wieder auf diesen Psychotrip einlassen willst – ist deine Entscheidung.«

»Ich meld mich wieder bei dir. Mach's gut. Du bist ein Schatz, Sandra.«

»Aber das weiß ich doch, Cousinchen. Und sieh dich vor, Jerry! Cheerio!«

Yeremi schloss die Tür zur Schwarzen Kammer. Gerade wollte sie die Verbindung zum Internet unterbrechen, als ihr Finger über der Maustaste verharrte. In ihrem Kopf hatte sich ein Gedanke zu Wort gemeldet, der sich sofort zu einem inneren Konflikt ausweitete. Seit mindestens fünfzehn Jahren mied sie alles, was mit den mehr als ein Vierteljahrhundert zurückliegenden Vorfällen in und um Jonestown zusammenhing. Doch jetzt sah sie sich – gezwungenermaßen – wieder in das Geschehen zurückversetzt, das sie so lange verdrängt hatte, weil ihr die gesuchten Antworten im Teenageralter unerreichbar erschienen waren.

Sie stieß einen leisen Seufzer aus und rief die Homepage ihrer bevorzugten Suchmaschine auf. Dort tippte sie Begriffe wie »Jonestown«, »Jim Jones« und »Leo Ryan« ein und wunderte sich bald über die Fülle von Namen, Fakten und Spekulationen, die ihr in Sekundenschnelle angeboten wurden; Anfang der Neunzigerjahre waren der Öffentlichkeit längst nicht so viele Informationen zum so genannten Jonestown-Massaker verfügbar gewesen wie jetzt. Yeremi entschied sich, vorerst nicht tiefer in das Material einzusteigen. Stattdessen kopierte sie etwa eine halbe Stunde lang lediglich alle irgendwie interessant aussehenden Webseiten auf die Festplatte ihres Notebooks. In den nächsten Tagen würde sie eine Menge zu lesen haben.

Mit Grübelmiene wandte sie sich wieder ihrem neuesten – dem mittlerweile dritten – Diagramm zu.

Der CIA-Abteilungsleiter Sam Iceberg und der Regierungspsychologe S. Arthur Moltridge – handelte es sich um ein und dieselbe Person? Die Frage ließ ihr keine Ruhe, denn wenn der eine nur das Alter Ego des anderen war, dann wäre Jefferson H. Flatstone womöglich der geistige Erbe von Arthur Moltridge, so wie dieser …

In Yeremis Kopf entstanden mit einem Mal neue aufregende Gedankenverbindungen. Erst als Hanussens Vermächtnis für Moltridge wertlos geworden war, hatte der noch einen letzten Trumpf aus dem Ärmel gezaubert: den ehemaligen Nazi Doktor W. Baecker – so es denn derselbe Mann war, der einst für die *Hanussen-Zeitung* geschrieben und angeblich als brauner Spitzel gearbeitet hatte. Jedenfalls war Rose dem Deutschen schon einmal 1933 in Hanussens Wohnung begegnet. Yeremi schob Diagramm Nummer drei zur Seite und betrachtete wieder den darunter zum Vorschein kommenden Zettel, auf dem sie ihre Hanussen-Recherchen grafisch zusammengefasst hatte. Beide Schaubilder lagen jetzt nebeneinander.

Plötzlich fing ihr Herz heftig an zu schlagen. Mit fahrigen Bewegungen kramte sie Diagramm Nummer eins – die »Silbervolk-Skizze« – hervor und legte es links neben die beiden anderen Blätter. Vor ihren geweiteten Augen begannen die Schaubilder zu verschmelzen. Abwesend strich sie ihr Haar aus dem Gesicht, drehte die drei Bögen um und verband sie auf der Rückseite mit Klebestreifen. Hiernach zog sie auf dem daraus entstandenen Metadiagramm neue Linien. Um die Symbole von Moltridge und Iceberg legte sie ein gestricheltes Lasso. Auch einige der Verbindungen zeichnete sie als unterbrochene Pfeile, weil die Identität der betreffenden Personen noch nicht eindeutig geklärt war. Am Ende ergab sich ein ganz neues

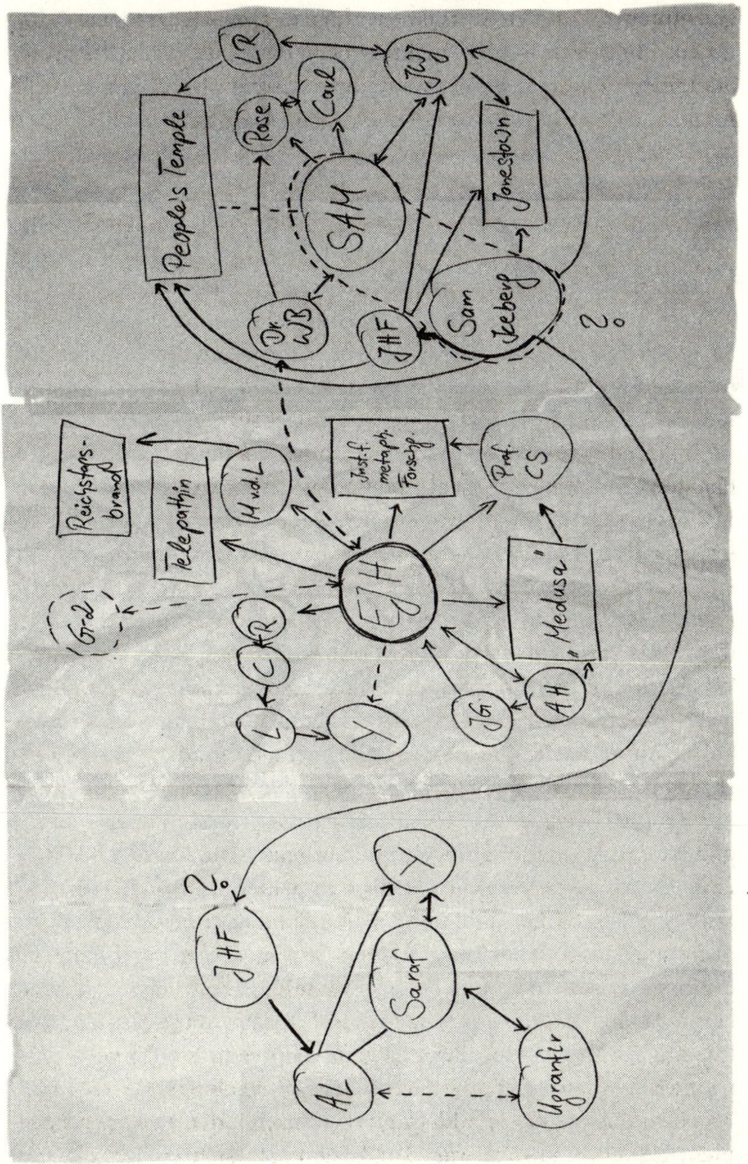
People's Temple
LR
JWJ
Rose
Carl
SAM
Jonestown
Dr. WB
JHF
Sam Ikeberg
?
Reichstags-brand
Telepathin
H.v.d.L
Inst. f. metaph. Forschg.
Prof. CS
EJH
„Medusa"
C
R
L
Y
JG
AH
JHF
?
Y
Sarof
AL
Ugranfir

Beziehungsgeflecht, das von Hanussen über Baecker zu Moltridge führte und von dessen Alter Ego Sam Iceberg zu Flatstone. Und Letzterer stand wiederum mit Al Leary in Verbindung, von dem jeweils ein Pfeil zu Yeremi und zu Saraf Argyr zeigte.

Yeremi lehnte sich schwer in ihren Drehsessel zurück, ohne die Augen von dem Metadiagramm zu nehmen. Sie fühlte sich ausgelaugt wie nach einem Marathonlauf. Sollten alle angenommenen Verflechtungen auf der Übersicht stimmen, dann … Fassungslos schüttelte sie den Kopf. Ihr Handeln und ihre Gefühle wären auf unvorstellbare Weise manipuliert worden.

Das vor ihr liegende, skizzenhafte Szenario sprach leider für diese Befürchtung. Zwei oder sogar drei Männer aus ebenso vielen Generationen verfolgten ein gemeinsames Ziel: Sie wollten die Gefühle von Menschen steuern und glaubten in Hanussen den Schlüssel zu diesem geheimnisvollen Vorgang entdeckt zu haben. Sie mussten der Ansicht gewesen sein, Hanussens telepathische Experimente beruhten entweder auf einem erlernbaren Prinzip oder auf einer angeborenen Begabung. Für die letztgenannte Möglichkeit sprach sein Vorfahr, der berühmte Wunderrabbi von Prossnitz. Gab es also tatsächlich eine erbliche Prädisposition für die empathische Telepathie, dann durfte man auch unter seinen Nachfahren mit derlei Talenten rechnen. Der Stammbaum führte über Carl und seinen Sohn Lars zu Yeremi Rose Bellman …

Ein Schauer lief ihr über den Rücken. War sie nur zufällig mit der Leitung der Guyana-Expedition betraut worden, oder gehörte das alles zu einem großen, geheimen, unfassbaren Plan?

Wieder stiegen aus ihrem Gedächtnis die von Saraf in ihrem Zelt gesprochenen Worte auf: *Wenn hier jemand nach den Gefühlen des anderen geforscht hat, dann bist du das gewesen.* Natürlich hatte sie diese absurde Behauptung sofort verworfen. Doch Saraf hatte auf seine geheimnisvolle Weise geantwortet: *Aber ich weiß, was ich fühle.* Mit einem Laut des Unwillens drehte sie ihren Stuhl herum. Yeremi wollte das Diagramm nicht mehr sehen.

Einige heftige Atemzüge später wurde ihr die Dummheit dieser Vogel-Strauß-Politik bewusst. Es gab nur einen Weg, ihr Leben in den Griff zu bekommen: Sie musste endlich Licht in die dunklen Winkel ihrer Familiengeschichte bringen, selbst wenn die Verstrickung des eigenen Schicksals mit dem Sarafs Gefahr bedeutete.

Noch gab es einige Unbekannte in ihrer komplexen Lebensgleichung. Handelte es sich bei Doktor W. Baecker und dem Mann, der Urgroßmutter Rose in den Siebzigern besucht hatte, um ein und dieselbe Person? Waren darüber hinaus Sam Iceberg und S. Arthur Moltridge identisch? Und wer hatte die Leute in den gelben Bioschutzanzügen geschickt? Yeremi holte tief Luft. Mit Carls und Sandras Hilfe würde sie dieses wuchernde Dickicht immer neuer Rätsel durchdringen.

Langsam drehte sie ihren Stuhl wieder zum Schreibtisch zurück. Ihr Blick wanderte über das Metadiagramm. Nach einer Weile bohrte sich ihr Bleistift in die Initialen Al Learys. War der Psychologe nur ein ahnungsloser Erfüllungsgehilfe Flatstones, oder könnte er einige dieser Unbekannten aus der geheimnisvollen Gleichung auflösen? Immerhin hatte er ihr seine Unterstützung angeboten.

Ärgerlich schüttelte Yeremi den Kopf. Sie war noch nicht verzweifelt genug, um Al um Hilfe zu bitten.

DIE KINDER DES SILBERNEN VOLKES

Pacific Grove (Kalifornien, USA)
27. Dezember 2005
3.18 Uhr

Stöhnend hob sie den Kopf aus dem Kissen. Er fühlte sich an, als hätte sie den gesamten Nachlass Hanussens dort eingelagert: prall gefüllt und kurz vor dem Bersten. Was war das für ein Laut gewesen?

Wieder hörte sie das Geräusch. Es kam von oben. Aus Sarafs Schlafzimmer? Vielleicht konnte er genauso schlecht schlafen wie sie. Yeremi ließ den schweren Kopf wieder sinken.

Einige lange Minuten vergingen. An Schlaf war nicht zu denken. Yeremi lauschte. Da! Sie hörte dumpfe Stimmen. Oder vielmehr eine, die mal ruhig sprach, dann wieder aufgeregte Worte hervorstieß. Vielleicht hatte Saraf einen Albtraum.

Yeremi machte sich Sorgen, fühlte sich schuldig. Sie hatte den Silbermann aus dem Dschungel entführt, ihm einen Kulturschock versetzt. Kein Wunder, wenn er jetzt durchdrehte! Schwerfällig hievte sie die Beine aus dem Bett, schlüpfte blind in die Hausschuhe und machte sich im Schlafanzug auf den Weg in den ersten Stock.

Die Stimme erfüllte das ganze Haus. Yeremi schnaubte ungläubig angesichts des unerschütterlich tiefen Schlafes der anderen Bewohner. Wäre Molly eine Grizzlydame gewesen, hätte ihr Verhalten ja noch in die Jahreszeit gepasst. Für eine verantwortungsvolle Gastgeberin bewies sie allerdings erschreckend wenig Feinfühligkeit.

Yeremi durchquerte die Diele und lief in das Obergeschoss. Der Lärm wurde immer lauter. Zaghaft klopfte sie an Sarafs Tür und lauschte erneut. Auf der anderen Seite des Flurs ertönte ein penetrantes Sägen – Carls ebenso geräuschvollen wie unverwüstlichen Nachtschlaf hatte sie schon als kleines Mädchen bewundert.

Kurze angstvolle Schreie drangen durch die Tür. War das die Antwort auf ihr Klopfen? Sie drehte den Knauf und trat in Sarafs Suite. Neben der Tür stand ein Sideboard mit einer Tischlampe. Yeremi schaltete sie ein, um sich nicht im Dunkeln die Beine zu brechen. Schnell eilte sie weiter, der herzerweichenden Stimme entgegen. Das Schlafzimmer befand sich nebenan.

Die Tür war nur angelehnt. Als Yeremi behutsam dagegen drückte, fiel ein schwacher Lichtschein in den Raum; ihr eigener Schatten war schon beim Silbermann. Sie selbst folgte weniger entschlossen.

Saraf lag mit entblößtem Oberkörper im Bett. Seine schweißnasse Brust glänzte. Er stöhnte, als habe er furchtbare Schmerzen zu ertragen, bäumte sich auf, warf den Kopf hin und her. Gemurmelte Worte und ängstliche Rufe wechselten sich ab.

Yeremis Hand näherte sich Sarafs Schulter. Sie musste ihn aufwecken. Plötzlich schrie er laut auf. Ihr Arm schreckte zurück.

»Nehmt! Nehmt, was ihr wollt! Doch lasst uns unser Gedächtnis. Es ist alles, was wir haben«, stieß er auf Spanisch hervor, was Yeremi einigermaßen erstaunte. Atemlos schnappte sie weitere Satzfetzen auf. Da war von Atahualpa die Rede – dem Inkakönig, wie sie sehr wohl wusste –, auch von Francisco Pizarro. »Lasst wenigstens die Kinder des Silbernen Volkes am Leben!«, flehte Saraf und schrie abermals.

Die Qualen des Träumers waren selbst für Yeremi nicht länger zu ertragen. Sie packte ihn bei den Schultern und schüttelte mit aller Kraft. Plötzlich schnellten zwei Hände aus der Dunkelheit und packten ihre Unterarme. Vor Schreck schien ihr das Herz aus der Brust zu springen.

»*¡Saraf, despierta de una vez!*«, schrie sie: Saraf, wach schon endlich auf!

Und er erwachte.

Seine blauen Augen starrten sie entgeistert an.

»Du hast geträumt«, sagte sie rasch.

Der Zangengriff löste sich. Schamvoll zog er die Bettdecke hoch, bis nur noch Kopf und Schultern herausschauten. Yeremi trat zurück. Das Licht aus dem Nebenzimmer fiel jetzt direkt auf Sarafs Gesicht. Die Angst hatte sich dort eingenistet.

»In letzter Zeit sucht mich dieser Traum wieder öfter heim«, sagte er wie zur Entschuldigung.

Sie nickte. Die Situation war ihr unangenehm. »Ich kenne das. Besser, als du denkst. Wenn es dir wieder gut geht, dann kann ich ja jetzt …«

»Habe ich im Traum gesprochen?«, unterbrach Saraf sie.

Yeremi zögerte.

»Was habe ich gesagt?«, fragte er.

»Du hast die Namen von Atahualpa sowie von Pizarro gerufen. Und dann diese verzweifelte Bitte, die ›Kinder des Silbernen Volkes‹ nicht zu töten. Was hat das zu bedeuten?«

Saraf atmete schwer. Er senkte den Blick auf die weiße Seidendecke, als könne er dort, wo seine großen, müden Hände lagen, Erleuchtung finden. So verharrte er wie in tiefer Meditation. Yeremi glaubte schon, sich heimlich aus dem Raum stehlen zu können, als er ihr unvermittelt in die Augen sah.

»Bitte bleib!«

»W-was …?«

»Komm, setz dich zu mir aufs Bett.« Er streckte ihr die Hand entgegen.

Sie starrte auf die ausgestreckten Finger, als könnten sie jeden Moment Giftpfeile verschießen. Anstatt der Einladung zu folgen, zog sie einen nahe stehenden Hocker heran und nahm darauf Platz.

Saraf wirkte sehr nachdenklich, aber dann fragte er unverblümt: »Du glaubst, ich würde dir misstrauen, nicht wahr?«

Yeremis Blick wanderte unstet zwischen seinem Gesicht, der Halskette und seinen Händen hin und her.

»Du brauchst nichts zu sagen«, fuhr er leise fort. »Ich weiß es, und es schmerzt mich, wo du doch schon so viel für mich getan hast. Glaube mir, es gibt Gründe, weshalb ich jetzt nicht darüber sprechen kann … Aber wenigstens eine Ahnung sollst du haben, damit du mich vielleicht verstehst.«

»Ich möchte dich zu nichts zwingen, Saraf.« Erneut versuchte Yeremi aufzustehen, doch er hielt sie mit einer Handbewegung zurück. Sie ließ sich wieder auf den Hocker fallen.

Seine Finger spielten mit den Perlen der Halskette, während er wohl nach passenden Worten suchte, um das zu erzählen, was er so lange verborgen hatte.

»Als ich unter dem Dach des Waldes in dein Zelt kam«, begann er schließlich mit leiser Stimme, »erzählte ich dir von dem Knaben Saraf Argyr, dessen Bestimmung es war, sein Volk zu einem neuen Anfang jenseits des Horizonts zu führen.«

»Ich erinnere mich an jedes Wort.«

»Aber ich habe dir nicht alles über den Jungen berichtet. Als er Pizarro und seiner mordenden und plündernden Horde entronnen war, eilte er nach Cuzco, in die Hauptstadt, um die Seinen und ihre Herren vor den Konquistadoren zu warnen. Doch man hielt ihn für einen Hochverräter. Es kam zu einem Prozess, dessen Ziel darin bestand, den Knaben mit den Einzelheiten seiner baldigen Hinrichtung vertraut zu machen. In seiner Not gebrauchte er zum ersten Mal bewusst den Silbernen Sinn, um die Gefühle anderer Menschen in eigennütziger Absicht zu beeinflussen. Entgegen aller Erwartung wich das Misstrauen der Adligen unvermittelt einer wohlwollenden Gnade. Der Junge sei viel zu nützlich, um ihn als Menschenopfer zu verschwenden, verkündete der Vorsitzende, er könne doch dem Fürsten Roca in Sacsahuamán – dem festungsartigen Königspalast – zur Hand gehen. So wurde Saraf Argyr als Sklave dem Mann unterstellt, der den Titel ›Hüter des königlichen Schatzes‹ trug, mithin das Versteck des Gedächtnisses des Silbernen Volkes kannte. Von dem kleinen Zirkel vertrauenswürdiger Personen, denen dieses Wissen anvertraut war, lebte nur noch er.

Obwohl unfrei, erfreute sich Saraf Argyr nach seiner Verurteilung friedlicher Wochen, die ihn wie kaum eine andere Zeit in seinem Leben prägten. Der kinderlose Fürst Roca erkannte die guten Anlagen des ›Silberknaben‹ und behandelte ihn bald wie einen eigenen Sohn.

Doch dann eroberten die Spanier Cuzco. Die Macht des Silbernen Volkes war in den Augen ihrer Priester ›Teufelswerk‹, und so trieben sie die Menschen in einem großen Hof zusammen, der zur Königsfestung Sacsahuamán gehörte. Auch Roca und andere Adlige wurden dort unter Arrest gestellt, weil die Spanier nach verborgenen Schätzen gierten; durch Folter wollten sie ihre Geiseln zum Verrat der Verstecke ›überreden‹.

Unter der gemeinsam ertragenen Mühsal der Gefangenschaft kamen sich der junge Saraf Argyr und Fürst Roca näher als je zuvor. Die Spanier hatten gerade das Jahr des Herrn 1534 ausgerufen, als ein Getreuer des Hüters eine furchtbare Nachricht in den Palasthof schmuggelte. Weil Pizarro einen Aufstand fürchtete, beabsichtigte er, sich der Gegner nach bewährter Manier zu entledigen: durch eine Bluttat. Die Spanier wollten bei Nacht alle Feinde töten, die Silbernen eingeschlossen. Angeblich habe Bartolomé de Vega, der als Chronist in Pizarros Diensten stand, den Gouverneur noch händeringend um Gnade angefleht. ›Lasst wenigstens die Kinder des Silbernen Volkes am Leben!‹, soll er gerufen haben. Aber das Blutbad war längst beschlossen.

In dieser verzweifelten Lage nahm Roca den Knaben Saraf Argyr auf die Seite und sagte: ›Du wirst deine Brüder und Schwestern in die Freiheit führen.‹

Der Junge antwortete verwirrt: ›Aber wie soll das gehen?‹

Roca flüsterte: ›Es gibt einen Fluchtweg, einen schmalen Zugang, der in die unterirdischen Tunnel hinabführt.‹

›Dann können wir doch alle fliehen‹, sagte Saraf Argyr. Tränen schossen ihm in die Augen.

›Nein, mein Junge‹, erwiderte der Fürst traurig. ›Wir Männer sind zu groß für den Durchschlupf, und unsere Frauen wollen uns nicht im Stich lassen. Nur Kinder können sich in den Eingang zwängen. Schon du wirst ihn nur mit Mühe durchqueren können. Für einen anderen Plan fehlt uns die Zeit, denn heute Nacht werden die Meuchler kommen. Und jetzt höre mir gut zu, mein Sohn. Nur wenn du die folgenden Worte im Sinn bewahrst, wirst du dein Volk zu einem neuen Anfang führen können.‹

Der Fürst vertraute Saraf Argyr ein Geheimnis an, das dem

Jungen wie eine schier unerträgliche Bürde erschien, weil es von unermesslichem Wert war. Roca sagte, damit wolle er sein Gewissen reinwaschen, bevor er sterbe; er gebe dem Silbernen Volk zurück, was ihm ohnehin gehöre: sein Gedächtnis. Damit überreichte er dem Knaben ein buntes Korallenhalsband mit einem goldenen Anhänger …«

»Ist es das da?«, unterbrach Yeremi den Erzähler und deutete dabei auf Sarafs Perlenschnur.

Er nickte.

Jetzt glaubte Yeremi zu verstehen, weshalb er das kostbare Stück nie ablegte. Offenbar handelte es sich um eine Fürstenkette, um ein Insigne der Hüter des Silbervolkes. Saraf schwieg eine Weile und gab so seiner Zuhörerin die Gelegenheit, Ruhe in das Stimmengewirr ihrer Gedanken zu bringen, bevor er fortfuhr.

»Als im Festungshof Stille eingekehrt war, öffnete Roca den verborgenen Zugang in die unterirdischen Tunnel. Ein Kind nach dem anderen schlüpfte in den dunklen Schacht. Plötzlich flammten Fackeln auf. Im Hof brach lautes Geschrei aus. Obwohl nur wenige wussten, was sie erwartete, ahnten sie es doch längst. Dann fielen die ersten Schüsse von der Mauer herab. Noch immer waren nicht alle Kinder in Sicherheit. Inka und Silberne starben Seite an Seite, als hätte es unter ihnen nie Herren und Sklaven gegeben. Zuletzt schob der junge Saraf Argyr seine Schultern durch die schmale Öffnung. Nur mit Mühe und dem vereinten Ziehen einiger Kinder konnte er endlich den Oberkörper in das Loch bekommen. Aber dann packte ihn kaltes Entsetzen: Sein Unterleib steckte fest.

Die Kinder zogen heftiger. Er glaubte, sie würden ihm die Arme aus- oder gleich den ganzen Oberkörper abreißen, als ihn plötzlich von hinten eine gewaltige Faust traf und er durch das Loch rutschte.

In Wirklichkeit war es keine Hand gewesen, der er die Rettung verdankte, sondern die Kugel aus einer Feuerwaffe. Sie hatte den jungen Saraf Argyr ins Gesäß getroffen. Die stark blutende Wunde wurde notdürftig verbunden – bereits im Kindesalter lernten die Silbernen das Heilen. Gestützt von den Seinen, führte der Verletzte die

Kinder durch einen unterirdischen Wassertunnel, der die Bewohner Sacsahuamáns in Belagerungszeiten vor dem Verdursten hatte bewahren sollen.

Die Flucht gelang. Doch Saraf Argyr hatte viel Blut verloren. Einige Zeit versteckten er und die Kinderschar sich im Dschungel nordöstlich der Hauptstadt. Fürst Rocas Ahnungen waren grausame Gewissheit geworden, wie einige Kundschafter der Kinder bald erfuhren: Die Spanier hatten den Hüter des königlichen Schatzes und das Silberne Volk ohne Gnade hingeschlachtet.

Bald erholte sich Saraf Argyr von seiner Verletzung und führte die Seinen über das große Gebirge immer weiter nach Nordosten. Er suchte nach einem Zufluchtsort, an dem sie sich verbergen konnten, bis die Weissagung der alten Frau sich erfüllen und er das Silberne Volk zu einem neuen Anfang hinter dem Horizont führen würde. Mondjahre der Wanderung vergingen, bis man endlich die Höhlen unter dem Dach des Waldes entdeckte.«

Minutenlanges Schweigen hing zwischen den beiden wie ein loses Tau, das sie vereinte und zugleich auf Abstand hielt. Das Zwielicht im Zimmer kam Yeremi gelegen. Sarafs Schilderungen hatten sie tief berührt. Verstohlen blickte sie in sein Gesicht. Seit dem Fernsehauftritt hatte er sich nicht mehr rasiert. Der Vier-Tage-Bart tat seiner würdevollen Erscheinung jedoch keinen Abbruch, im Gegenteil. Die Bettdecke wurde an ihm zur Toga, sein Haupt auf den breiten Schultern zur Büste eines antiken Fürsten. Mit einem Mal erschienen Yeremi die von McFarell, Flatstone und Leary verteidigten Hypothesen gar nicht mehr so abwegig. Die Azteken hatten Cortés für Quetzalcoatl gehalten, einen hellhäutigen und bärtigen Gottkönig, dessen Rückkehr sie aufgrund einer alten Prophezeiung erwarteten. Und auch die Inka glaubten, wie von Saraf selbst bezeugt, Pizarro sei einer ihrer wiedergekehrten Götter gewesen. Weshalb nur war ihnen nicht aufgefallen, welchen Schatz sie mit dem Silbernen Volk in ihrer Mitte hatten? Der Grund mochte, wie so oft im Leben, Voreingenommenheit gewesen sein. Man erwartete von himmlischen Wesen Macht und Unbesiegbarkeit. Da wurden Sarafs friedliebende und gefühlsbetonte Vorfahren schlichtweg übersehen. Anders die kriegerischen Konquistadoren, die sich nahtlos in das vorgegebene Schema fügten.

Mit derselben Blindheit, dessen wurde sich Yeremi zunehmend bewusst, hatte auch sie die alten Legenden lange Zeit belächelt. Obgleich sie sich nach wie vor dagegen sträubte, konnte sie die weit über die normale Menschenkenntnis hinausgehende Kraft des Silbernen Sinnes kaum noch leugnen. Sie beneidete Fürst Roca um sein unerschütterliches Vertrauen in den Knaben Saraf Argyr. Könnte sie sich ihrer Gefühle für den Silbermann und seiner Aufrichtigkeit doch nur genauso sicher sein! Endlich fand sie die Sprache wieder.

»Etwas verstehe ich nicht, Saraf. Die Geschichte deines Volkes hat mich tief bewegt, aber ich kann darin nichts entdecken, was man mit aller Macht geheim halten müsste.«

»Mit anderen Worten, du möchtest wissen, warum ich dir das alles nicht schon unter dem Dach des Waldes erzählt habe, als ich in dein Zelt kam.«

»Offen gestanden, ja.«

»Dafür gibt es mehrere Gründe. Der unbedeutendste von ihnen ist die Weissagung der Sippenältesten. Du erinnerst dich? Sie prophezeiten, der Knabe Saraf Argyr werde das Silberne Volk eines Tages zu einem neuen Anfang jenseits des Horizonts führen. Den Weg dorthin muss er jedoch *allein* finden. Jeder Mitwisser kann – willentlich oder sogar in guter Absicht – trügerische Zeichen aufstellen, die am Ende zum Scheitern führen.«

»Du meinst, wie Fürst Roca den jungen Saraf zum Retter erwählte, obwohl sich dadurch die Hoffnungen seines Volkes wohl nicht erfüllten? Oder …« Sie schluckte. »Oder wie ich den Deinigen das Verderben gebracht habe?«

»Du trägst keine Schuld am Tod meiner Brüder und Schwestern, Jerry, aber er kam trotzdem mit dir und deinen Begleitern in unsere Höhlen. Deine Arglosigkeit konnte uns nicht schützen.«

Sie nickte und ließ den Kopf hängen. »Ich kann dein Misstrauen verstehen.«

»Ich vertraue *dir*, Jerry, sonst hätte ich dir die Geschichte von den Kindern des Silbernen Volkes nicht erzählt. Aber was wirst du tun, wenn Hirguan, das Böse, deine Witterung aufnimmt und dich schließlich einholt? Wie viel Schmerzen könntest du ertragen, wenn man dich zwänge, mein Geheimnis preiszugeben?«

»Ich würde nie …!«

»Schwöre nichts, was du nicht halten kannst, Jerry.«

Wieder senkte sie den Blick. Saraf war im Recht, und sie wusste es. Sie hatte das Unheil in die Höhlen des Orion getragen, und die Last dieser Erkenntnis schnürte ihr die Kehle zu.

Saraf griff nach ihrer Hand. Yeremi spürte die Wärme seiner Haut, das kraftvolle Leben, das seine Adern durchströmte, aber sie glaubte auch seine Schwermut zu fühlen. »Du darfst dir keine Vorwürfe machen«, sagte er sanft.

Sie nickte und schwieg.

Saraf drückte ermutigend ihre Hand. »Wären alle Menschen so wie du, dann könnte ich ihnen heute schon Einblick in das Gedächtnis des Silbernen Volkes gewähren.«

Ihr Kopf fuhr nach oben. »Dann existiert das dem Knaben Saraf Argyr von Roca anvertraute Wissen immer noch?«

»Ich bin der Einzige, der es noch hüten kann.«

»Natürlich. Verzeih …«

»Schon gut, Jerry.«

»Was ist dieses ›Gedächtnis‹ eigentlich? Du sagtest einmal, die Knotenschnüre seien nur eine Abschrift davon. Ist es eine richtige Bibliothek aus Tontafeln, Schriftrollen oder Ähnlichem?«

»Ich musste schwören, meine Lippen zu versiegeln – bis zum Tag des Aufbruchs der Silbernen zu den Grenzen des Horizonts. Deshalb darf ich dir keine Einzelheiten verraten. Nur so viel: Mein Volk vergisst nicht so schnell, was es einmal gelernt hat. Dadurch war es ihm möglich, in den Jahren des Exils viele der von den Inka gestohlenen Überlieferungen zurückzugewinnen und in die Knoten zu flechten, die dein Begleiter gestohlen hat.«

Saraf musste keinen Namen nennen, um bei seiner Zuhörerin sogleich Wut aufwallen zu lassen. Für Al Learys selbstsüchtige

Eigenmächtigkeit gab es keine Entschuldigung. In ihrer Erregung bemerkte Yeremi nicht einmal, wie unpräzise sich der Silbermann ausgedrückt hatte. Sie war vollauf damit beschäftigt, sich um die Sicherheit der hochkomplexen Knotenschnüre zu sorgen. Wenn diese auch nur einen winzigen Teil des kollektiven Gedächtnisses enthielten, dann durften sie – das hatte Saraf klar gemacht – auf keinen Fall in falsche Hände gelangen.

Saraf schien ihre Gedanken zu erraten, denn er fügte hinzu: »Niemand außer mir kann die Azofa lesen.«

Yeremi schüttelte zweifelnd den Kopf. »Wir leben hier in einer anderen Zeit, Saraf. Viele meiner Kollegen haben das Wort ›unmöglich‹ abgeschafft. Ihnen erscheint jedes Ziel erreichbar, wenn man ihnen nur genügend finanzielle Mittel und Zeit zur Verfügung stellt.«

Auf Sarafs Stirn erschienen tiefe Falten. »Wie reich ist Jefferson H. Flatstone?«

»Er schwimmt im Geld.«

Der Silbermann nickte. »Dann sollten wir etwas unternehmen, um die heiligen Schriften des Silbernen Volkes zurückzubekommen.«

DER KORPULENTE GARTENZWERG

Pacific Grove (Kalifornien, USA)
27. Dezember 2005
8.54 Uhr

Bellman's Paradise verfügte über einen begehbaren Kleiderschrank, in dem ausschließlich Yeremis Garderobe aufbewahrt wurde. Ihre an der San Francisco Bay gelegene Wohnung in Berkeley war ähnlich komplett ausgestattet. Die meisten Sachen hatte sie allerdings seit Jahren nicht mehr getragen, manche sogar noch nie. Sie stammten noch aus einer Phase ihres Lebens, in der sie das mangelnde Selbstwertgefühl mit Einkaufsorgien bekämpft hatte. Gemessen an ihrem Wohlstand, lebte Yeremi ziemlich bescheiden. Der heimliche Rückzug aus dem Strandhaus konnte daher ohne Schrankkoffer vonstatten gehen.

Natürlich musste der Hanussen-Nachlass in Carls Mercedes verstaut werden, außerdem ihr Notebook-Computer und einige persönliche Gegenstände. Letztere ließen sich bequem in einem der beiden blauen Eastpak-Rucksäcke unterbringen, die sie seit dem Auspacken nach der Rückkehr aus Guyana nicht mehr angesehen hatte. Bevor Yeremi ihr längst wieder fleckenlos sauberes Lieblings-Snoopy-Schlaf-T-Shirt dem leichten Kunststoffsack anvertraute, kontrollierte sie das Innere noch einmal auf tote Vogelspinnen, Tausendfüßler oder andere »Mitbringsel« aus dem Dschungel. Dabei machte sie eine überraschende Entdeckung. Der verstärkte Boden des Eastpaks konnte innen hochgeklappt werden, und darunter lag zusammengeknüllt ein blutiger Slip.

Yeremis Kopf fuhr hoch, als hätte sie ein Stromstoß durchfahren. Vor ihrem inneren Auge zuckten wie in einem Blitzlichtgewitter einzelne Bilder jenes Morgens auf: Geschwächt vom mysteriösen Trojaner-Bakterium, war sie durch ihr Zelt gestolpert, hatte sich den

Kopf angeschlagen, den Slip zum Stillen des Blutes auf die Wunde gepresst und ihn danach vergessen. Wie war er in den Rucksack gekommen? Hatte sie ihn selbst achtlos dort hineingeworfen? Oder vielleicht Wachana? Percey Lytton könnte ihn dazu beauftragt haben, während sie in der Quarantänestation lag.

Durch den überraschenden Fund bekam Yeremi eine zweite Chance: Ihre Suche nach den möglicherweise genmanipulierten Mikroben könnte doch noch erfolgreich enden. Doktor Sibelius hatte gesagt, er brauche für eine exakte Analyse des Stammes eine Probe ihres Blutes *mit* dem Erreger, wobei es nicht darauf ankäme, ob die Zellen noch lebten.

Nun war es wie aus dem Nichts aufgetaucht, dieses Beweisstück, das Jefferson H. Flatstones Beteiligung an der Ausrottung des Silbernen Volkes untermauern könnte.

Yeremi rannte, das rotbraun befleckte Höschen in der Hand, auf den Flur hinaus, hinunter in das Speisezimmer, wo es nach gebratenen Eiern roch. Carl ließ sich gerade von Isabella einen Kaffee einschenken.

»Rat mal, was ich gefunden habe?«, begrüßte sie ihn und schwenkte den Baumwollslip. Isabella, eine pralle Endvierzigerin mit hoch sensiblem Schamgefühl, kreischte erschrocken auf.

Carl reagierte eher gelassen. »Guten Morgen, Jerry. Hoffe, wohl geruht zu haben. Ja, ich habe auch prächtig geschlafen.« Er zog eine Augenbraue hoch, betrachtete das Wäschestück argwöhnisch und fügte dann seufzend hinzu: »Du wirst nie einen Mann bekommen, wenn du so weitermachst!«

Sie überhörte den Spott und erklärte ihm, was sie da in Händen hielt. Weil sie es inzwischen nicht für ausgeschlossen hielt, von Flatstones Agenten abgehört zu werden, wählte sie bewusst vieldeutige Formulierungen. Carl, der den »Schatz in ihrer Hand« sah, verstand sie dennoch: Endlich konnte man einen genetischen Fingerabdruck von dem Bakterium anfertigen und so vielleicht seine Herkunft enträtseln. Als er die Hand nach dem schnurlosen Telefon ausstreckte, das vor ihm auf dem Tisch lag – vermutlich, um Ed anzurufen –, packte Yeremi ihn am Unterarm. Sie schüttelte den Kopf, ließ die Augen zur Decke kreisen, als suche sie nach versteckten Wanzen, und flüsterte: »Später!«

Nein, mit zärtlichen Gefühlen hatte das nichts zu tun. Zugegeben, Saraf Argyr war ein attraktiver Mann, warmherzig, rücksichtsvoll, einfühlsam, vertrauenswürdig, eben eine beeindruckende Persönlichkeit. Yeremi traute sich durchaus zu, diese Eigenschaften wahrzunehmen, ohne ihnen gleich zu erliegen. Sicher, sie empfand so etwas wie Freundschaft für den Silbermann, aber dafür gab es eine ganz natürliche Erklärung: Hilflosigkeit weckt bei Frauen mütterliche Instinkte. Ja, das musste der Grund für diesen Anflug von Zuneigung sein, den sie seit Jahren zum ersten Mal wieder für einen Mann verspürte. Saraf war eigentlich wie ein Kind in einem zu großen Körper, das sich einer fremden, gefährlichen Welt gegenübersah. Er brauchte ihre Unterstützung, und sie würde ihn nicht im Stich lassen.

Das hatte sie ihm deutlich zu verstehen gegeben, als er in einem Anflug von Besorgnis von »Trennung« und »Alleingang« sprach. Lächerlich! Sie würde ihn nicht auf eigene Faust gegen die Mörder seines Volkes antreten lassen. Das hatte sie ihm ins Gesicht gesagt. Ganz offen. Schon aus eigenem Interesse müsse sie die Linien und Symbole auf ihrem dreiteiligen Diagramm enträtseln. Damit erklärte sie, angesichts der möglichen Bedrohung durch fremde Lauscher, die Diskussion um ihre persönliche Sicherheit für beendet.

Doch in Gedanken nährte sie weiter die Hoffnung, schon bald die Antworten auf jene Fragen zu erhalten, die ihre inneren Stimmen nachdrücklicher denn je stellten: Warum und von wem waren ihre Eltern in Jonestown getötet worden? Aus welchem Grund hatte sie sich das Leben stehlen und mit diesem kläglichen Ersatzdasein abspeisen lassen müssen? In den letzten Tagen war sie zeitweilig entmutigt gewesen. Zu vage erschienen ihr die eigenen Verdächtigungen, zu verwirrend die einzelnen Stücke des riesigen Puzzles, das sie da zusammenzusetzen versuchte. Doch die Entdeckung ihres blutbefleckten Slips hatte ihr neuen Auftrieb gegeben.

Auch Carls Einschätzung der veränderten Lage war ermutigend. Dem Drängen seiner Enkelin nachgebend, hatte er in seiner schwungvollen Handschrift einfach alles auf ein Blatt Papier geschrieben. Zum wiederholten Male betonte er, wie viele Leute Ed Edmundson beim Geheimdienst und in der Army kenne. Fredrikas entfernter Verwandter werde jemanden finden, um das eingetrocknete Blut gründlich untersuchen zu lassen und, was noch viel wichtiger sei, auch die Hersteller des Trojaner-Bakteriums ausfindig zu machen, selbst wenn es sich um geheime Gentechniklabors handele.

Als Yeremi und ihr Schützling nach dem Frühstück die Garage betraten, sah er sie traurig an. Sie konnte in Sarafs klaren Augen lesen, wie ungern er sie in Gefahr brachte, aber ihre Reaktion war eindeutig. Wortlos stieg sie in den riesigen Mercedes.

Missmutig folgte er ihr. Beide kauerten sich, sie links, er rechts, auf den Boden zwischen die beiden hinteren Sitzbänke und zogen eine blau-schwarz karierte Wolldecke über sich. Carl saß bereits hinter dem Steuer und mahnte sie, die Köpfe so tief wie möglich zu halten. Das Gepäck hatte er schon im Kofferraum verstaut. Die Operation »Nestflüchter« konnte beginnen.

Molly drehte den Schalter für die elektrische Toröffnung der Garage. Sie folgte der langsam rückwärts rollenden Limousine ins Freie und winkte ihrem Schwiegervater mit einem Spitzentaschentuch nach. Die Komplizen des Anglers sollten eine rührende Abschiedsszene zu sehen bekommen. Sie würden noch da draußen zwischen den Büschen hocken und die Ferngläser auf das Anwesen richten, wenn ihre Beute längst über alle Berge war. Das hoffte Yeremi.

Unter einem grauen Himmel bog der Mercedes 600 in nördlicher Richtung auf den 17 Mile Drive ein. Die Körperwärme von Sarafs Bein schien Yeremis Oberschenkel wie Sonnenlicht aufzuheizen. Oder schwitzte sie nur wegen der Wolldecke so? Ihre Stimme drang dumpf, aber hörbar ungeduldig zum Fahrer nach vorn.

»Die Luft ist ziemlich stickig hier unten. Wann können wir endlich unter der Decke vorkommen?«

»Legt euch ganz flach auf den Boden!«, knurrte Carl. Es klang, als brächte er nicht die Zähne auseinander.

»Was ist los?«

»Wir werden verfolgt.«

»Bist du sicher?«

»Ein Motorrad: korpulenter Gartenzwerg am Lenker, hinter ihm ragt ein zweiter Helm auf. Ich fahre nur zwanzig Meilen die Stunde, aber der Feuerstuhl denkt gar nicht daran zu überholen.«

Yeremi vergewisserte sich noch einmal, ob nicht irgendwo ein Fuß oder andere Körperteile unter der Decke hervorschauten. »Wenn sie durch die Fenster hineinsehen, werden sie trotzdem Verdacht schöpfen«, jammerte sie.

»Dazu müssten sie sehr dicht an den Benz heranfahren, und das ginge nicht, ohne aufzufallen.«

»Vielleicht wollen sie das ja gerade. Beim Angler kam es mir jedenfalls so vor.«

»Gleich werden wir es wissen.«

»Wieso …?«

»Still jetzt! Die Maschine kommt näher.«

Bald hörte auch Yeremi das sonore Dröhnen des Motorrades. Es war der typische Klang einer Harley Davidson. Saraf bewegte sich unruhig unter der Decke. Yeremi umfasste sein Bein oberhalb des Knies und drückte es an ihr eigenes. Sofort erstarrte der Silbermann.

Sie hörte das blubbernde Auspuffgeräusch anschwellen, bis sich die Lautstärke nicht mehr veränderte. Fast spürte sie die Blicke, die vom Motorrad durch das Fenster drangen. Wie dicht würde sich der Fahrer heranwagen? Konnte er oder sein Begleiter die verdächtig gewölbte Decke auf dem Boden des Fonds sehen? Unvermittelt brüllte der großvolumige Motor der Harley auf und wurde dann schnell leiser.

»Bleibt sicherheitshalber noch eine Weile unten«, raunte Carl nach hinten.

»Haben sie uns entdeckt?«, fragte Yeremi unter der Decke hervor.

»Das glaube ich nicht. Die Maschine hat Abstand gehalten.«

»Hoffentlich irrst du dich nicht!«

»Vertraue deinem Großvater. Dann wird alles gut«, meldete sich Saraf überraschend zu Wort. Erst jetzt bemerkte Yeremi, dass sie immer noch sein Bein festhielt. Erschrocken zog sie die Hand zurück.

Kurz vor Morgan Hill spielte Yeremis Handy wieder einmal *Memory* aus Andrew Lloyd Webbers Katzenmusical. Sandra Schroeder meldete sich und drängte auf ein Gespräch in der Schwarzen Kammer. Maulend lenkte Carl seinen »Stretch-Mercedes« in eine Haltebucht am Straßenrand. Yeremi sprang heraus, holte ihren Computer aus dem Kofferraum und initiierte über ihr Mobiltelefon die gesicherte Verbindung.

»Was gibt's denn so Dringendes?«, sprach sie ins Mikrofon.

»Kannst du heute Nachmittag um sechzehn Uhr auf der Trabrennbahn sein?« Damit meinte Sandra nicht etwa eine Strecke zur Ertüchtigung feuriger Rosse, sondern den Golden Gate Park in San Francisco. Hier trafen sich die beiden Frauen des Öfteren zum Power Walking.

»Bin schon auf halbem Weg dorthin. Wenn Opa Carl mir den Porsche borgt, schaffe ich es rechtzeitig. Hast du wieder zu viele Marshmallows gegessen, oder warum zieht es dich so dringend auf die Marterstrecke?«

»Wir werden jemanden treffen, der dir einige Fragen beantworten kann.«

»Wo genau?«

»Unter Wilhelminas Flügeln.«

»Gut. Ich werde da sein.«

Im Frühling lockte Königin Wilhelminas Tulpengarten zahlreiche Touristen an. Zur Jahreswende verliefen sich dagegen eher wenige in das von hohen Bäumen umstandene Areal am John F. Kennedy Drive, unweit des Great Highway. Der Ort war ideal für ein konspiratives Gespräch. Sandra hatte nicht etwa die Flügel eines blaublütigen Engels als Treffpunkt vorgeschlagen, sondern die einer hundertjährigen Windmühle, ein liebenswerter Anachronismus des Parks, ein gezähmtes Monster, das aus dem derzeit tulpenlosen Tulpengarten aufragte, als halte es wehmütig Ausschau nach einem wackeren Don Quichotte. Das Gebäude holländischen Zuschnitts hatte ursprünglich Wasser aus der Erde gepumpt, war aber mittlerweile nur noch ein malerisches Baudenkmal und beliebtes Fotomotiv. Hier, nahe dem Pazifik, begannen oder endeten oft die Sturmschrittexkursionen der beiden Freundinnen.

Bereits kurz nach dem Eintreffen in Bellman's Paradise hatten sich Yeremi und ihr Begleiter im Porsche Carrera wieder auf den Weg gemacht. Der Sportwagen war nur einer von vielen Vertretern deutscher Automobilbaukunst in Carls artenreichem Fahrzeugzoo. Saraf hatte unbedingt mitfahren wollen. Unterwegs klarte der Himmel auf. Es schien doch noch ein typischer kalifornischer Wintertag zu werden: Einheimische trugen dicke Jacken, die aus dem kühleren Norden eingeflogenen Touristen kurzärmelige Hemden.

Yeremi ließ den Wagen in der Cabrillo Street stehen, ausreichend weit vom Treffpunkt entfernt. Sie erreichten die Windmühle kurz vor vier Uhr nachmittags. Sandra wartete bereits.

Die Journalistin trug olivgrüne Cargohosen und ein enges sandfarbenes T-Shirt mit langen Ärmeln. Sie besaß rotblondes, kurz gelocktes Haar, ein rundes, stupsnasiges, erstaunlich wandlungsfähiges Gesicht sowie einen sich periodisch bemerkbar machenden Heißhunger auf Süßigkeiten. Zudem beklagte Sandra Schroeder leidenschaftlich gern ihren »Zwergenwuchs von lächerlichen ein Meter einundsechzig, der ihre üppigen Proportionen über Gebühr« betone. Sie behauptete hartnäckig, dick zu sein, aber tatsächlich besaß sie eine typische weibliche Durchschnittsfigur. In ihrem Körper gab es einige schwer kontrollierbare Fettdepots, die sie – wie die meisten ihrer Leidensgenossinnen – in einem aussichtslosen Kampf abzubauen trachtete. Selten hielt sie eine Diät länger als vierundzwanzig Stunden durch. Als Ausgleich fackelte sie im schweißtreibenden Power Walking Kalorien ab. Yeremi zog einen anständigen Dauerlauf zwar dem strammen Gehen mit hektisch rudernden Armen vor, doch um ihrer langjährigen Freundschaft willen ließ sie sich immer wieder von Sandra auf die »Trabrennbahn« entführen.

»Ist er das?«, fragte die Wartende im Anschluss an eine herzliche Umarmung und warf dabei einen Bände sprechenden Blick auf Saraf Argyr.

Yeremi stellte sich ahnungslos. »Wer?«

»Jetzt tu nicht so! Der Silbermann natürlich.«

»Ach so, Saraf Argyr meinst du. Ja, ich würde sagen, das ist er.« Yeremi zog ihren Begleiter am Arm zu sich heran und machte die beiden miteinander bekannt.

Sandra stellte sich auf die Zehenspitzen und flüsterte Yeremi ein einzelnes Wort ins Ohr, das sie auffallend in die Länge zog: »Süüüß!«

Saraf hatte es trotzdem gehört, lächelte und sagte: »Du bist auch süß, Sandra Schroeder. Ich danke dir für deine Hilfe.«

Während Sandra rot wurde, kräuselte sich Yeremis Stirn wie ein sturmgepeitschtes Gewässer. Unwirsch knurrte sie: »Was soll das hier werden, ein Wettbewerb der Zuckerbäcker? Er ist doch kein Marshmallowmännchen!« Saraf blickte sie auf eine wissende und für Yeremi ausgesprochen ernüchternde Weise an. Schnell fügte sie, in erheblich gemäßigterem Ton, hinzu: »Wo bleibt eigentlich der große Unbekannte?«

»Du meinst Accolon?«, fragte Sandra. Ihr bewundernder Blick hing immer noch an Saraf.

»Ist das sein Name? Klingt merkwürdig.«

Endlich sah Sandra ihre Freundin an. »Nein, er nennt sich nur so, weil er seine wahre Identität nicht preisgeben will. Accolon hat in der Army gedient. Major. Inzwischen pensioniert.«

Yeremi blickte sich nach allen Seiten hin um.

»Alles in Ordnung?«, fragte Sandra.

»Das hoffe ich. Unser Haus in Pacific Grove wird beobachtet. Ein Motorrad hat uns verfolgt. Möglicherweise hören sie auch mein Telefon ab.«

»Wer sind *sie*?«

Yeremi zuckte die Achseln. »Wenn ich das so genau wüsste! Vermutlich Flatstones Leute, vielleicht der CIA, möglicherweise gibt es da auch keinen Unterschied.«

Sandra pfiff leise durch die Zähne. »Einen leichtgewichtigeren Gegner konntest du dir wohl nicht aussuchen? Na, vielleicht beruhigt es dich ja, wenn du *das* hier siehst.« Sie öffnete den Klettverschluss einer der unzähligen Taschen, die ihrer weiten Hose ein sehr zweckmäßiges Aussehen verliehen, griff hinein und förderte einen gewaltigen Schlüssel zu Tage.

Sarafs Augenbrauen hoben sich, und Yeremi fragte: »Du willst damit unsere Kontrahenten erschlagen. Gute Idee!«

»Quatsch! Ich habe der Parkverwaltung von meinen Recherchen für einen Artikel über die beiden Windmühlen erzählt. Im nächsten Jahr wird es fünfundzwanzig Jahre her sein, dass diese hier ...« – sie zeigte auf das Backsteingebäude – »vor dem Verfall gerettet wurde. Das muss doch auf den Lokalseiten des *Chronicle* gebührend gewürdigt werden, oder? Jedenfalls haben sie mir den Schlüssel gegeben, damit ich innen ein paar Fotos machen kann.«

Yeremi grinste. »Du warst schon immer ein Schlitzohr. Weiß Accolon, wo wir ihn erwarten?«

»Er ist im Bilde, Cousinchen. Und jetzt lasst uns in die Mühle huschen. Es ist gerade niemand zu sehen.«

Sie liefen auf den von Parkbänken gesäumten Weg um das malerische Bauwerk herum. Die vier Flügel des zum Wind hin drehbaren Oberteils standen gerade über dem Eingang. Sandra steckte den Schlüssel ins Schloss, bekam die Tür aber nicht auf. Erst als Saraf sich des widerspenstigen Schlosses annahm, gab es mit metallischem Knirschen nach. Hintereinander betraten sie die Mühle.

Yeremis Augen mussten sich erst an das Halbdunkel gewöhnen. An der Wand sah sie eine steile Holztreppe, die in die oberen Stockwerke hinaufführte. Von oben senkte sich die stählerne Welle der stillgelegten Wasserpumpe in den Boden. Ansonsten war der kreisrunde Raum völlig leer. Als sie sich zu dem gleißenden Ausschnitt der noch offen stehenden Tür umwandte, schrak sie zusammen.

Die Silhouette des Mannes war wie aus dem Nichts erschienen. Sandra stieß einen spitzen Schrei aus. Nur Saraf blieb so ruhig, als hätte er den Fremden bereits erwartet. Im Gegenlicht konnte Yeremi nicht viel mehr als Konturen erkennen. Es handelte sich um eine etwa ein Meter achtzig große Gestalt von massigem Körperbau. Sie trug eine Baseballkappe und ein lose herabfallendes Hemd.

»Accolon?«, fragte Sandra zaghaft.

»Wen erwarten Sie denn noch?«, knurrte mürrisch eine tiefe Stimme. »Hätten Sie mir erzählt, dass Sie hier eine Party veranstalten wollen, wäre ich zu Hause geblieben.«

Yeremi sah kurz Saraf an, dann wieder den Mann in der Tür. »Das ist Mr Silverman. Er gehört zu mir.«

»Und wer sind Sie?«

Yeremi nannte ihren Namen. Einen Moment lang glaubte sie, Accolon würde sofort wieder verschwinden. Seine Unentschlossenheit war für sie förmlich spürbar. Zu ihrer Rechten hörte sie Saraf Argyrs gleichmäßigen Atem, der wie ein Metronom die nervöse Stimmung in einen ruhigeren Takt zu führen schien. Quälend lange Sekunden verstrichen. Dann trat Accolon in den Mühlenraum.

Es mochte zur Tarnung von Sandras Informanten gehören, sich völlig unmilitärisch zu geben. In der blauen Jeans, dem offenen Flanellhemd mit großen schwarz-weißen Karos und der schwarzen Mütze hätte er ebenso gut ein Hilfsarbeiter von den Docks sein können. Yeremi glaubte allerdings in den vordergründig, lässigen Bewegungen Accolons eine Wachsamkeit zu bemerken, die nicht spontan, sondern durch jahrelange Einsätze in gefährlichen Umgebungen erworben war. Sie schätzte den Mann auf Ende sechzig. Wie die Narben vergangener Seelenpein trug er einen verbitterten Ausdruck im Gesicht.

»Miss Schroeder hatte nur von Ihnen gesprochen«, sagte er, und es klang fast wie eine Entschuldigung.

Yeremi deutete mit dem Kopf auf Saraf. »Eigentlich geht es hier um ihn. Ich helfe Mr Silverman nur, weil er mit den Gepflogenheiten in unserem Land nicht so vertraut ist.«

»Gehört er zum Silbernen Volk?«

Fast wollten Yeremis Knie nachgeben, die Frage hatte sie völlig überrumpelt. Missbilligend blickte sie in Sandras Richtung.

Ihre Freundin hob abwehrend die Hände. »Ich habe nichts verraten.«

»Doch. Hast du. Gerade jetzt«, knirschte Yeremi.

»Hören Sie, Mrs Bellman«, sagte Accolon ungeduldig. »Die Medien sprudelten über von Ihrer Entdeckung im guyanischen Urwald, den Spekulationen über ein empathisch begabtes Volk, dem unerwarteten Massensterben. Dann höre ich von Miss Schroeder Ihren Namen, erfahre von Ihren Ermittlungen im Hinblick auf militärische Forschungen paranormaler Phänomene … Sie sollten mich nicht für dumm verkaufen.«

»Das steht mir fern, Mister …«

»Accolon genügt.«

»Ein Deckname aus Ihrem früheren Leben?«

»Das tut nichts zur Sache.«

»Sandra deutete an, Sie könnten mir etwas über Telepathieprojekte beim Militär oder im Geheimdienst erzählen. Ich gehe davon aus, diese Informationen sind streng geheim. Wie viel kostet mich Ihre Gesprächigkeit?«

»Keinen Cent.«

Yeremi strich sich eine Haarsträhne aus dem Gesicht und blickte den ehemaligen Major forschend an. »Das müssen Sie mir erklären.«

»Der Tod eines ganzen Volkes im Dschungel von Guyana hat mir die Augen geöffnet. Ich darf nicht länger schweigen. Es könnten Dinge außer Kontrolle geraten sein, die nicht nur dem Ansehen unserer Nation schaden, sondern – verzeihen Sie meine pathetische Ausdrucksweise – sogar dem Wohl der ganzen Menschheit.«

»Übertreiben Sie da nicht ein wenig?«

»Kennen Sie schon die Nachrichten von heute?«

»Ehrlich gesagt, war ich etwas zu beschäftigt, um …«

»Ich sage Ihnen, was passiert ist: In Russland wurde ein terroristischer Anschlag auf die Hauptpipeline verübt, die Europa mit Erdgas versorgt. Dies ist nur einer von vielen Vorfällen in jüngster Zeit, die das Land in ein Chaos zu stürzen scheinen. Die Vereinigten Staaten können den Verfall jeglicher Ordnung in einem Land, das immer noch über ein stattliches Atomarsenal verfügt, nicht beliebig lang dulden.«

»Soweit ich weiß, setzt man alle diplomatischen Hebel in Bewegung, um der Sache Herr zu werden.«

»Und wenn das nicht reicht? Soll die russische Mafia unsere Nation mit Nuklearwaffen erpressen?«

»Was hat Russland mit dem Tod des Silbernen Volkes zu tun, Mr Accolon?«

»Vielleicht nichts. Möglicherweise aber auch alles. Sie haben Kontakt mit mir aufgenommen, weil Sie etwas über amerikanische Telepathieprojekte erfahren wollten. Nun, ich kann Ihnen versichern, es hat solche Aktivitäten gegeben, und ich bin überzeugt, es gibt sie immer noch.«

»Wie können Sie das mit solcher Gewissheit sagen?«

»Ich war selbst an entsprechenden Operationen beteiligt. Das liegt allerdings schon mehr als fünfzehn Jahre zurück. Wir haben damals nach versteckten Massenvernichtungsmitteln im Irak gesucht. Saddam Hussein war nicht sehr kooperativ, als die UN Inspekteure in sein Land schicken wollte. Deshalb beschloss unsere Regierung auf Anraten der Vereinigten Stabschefs, ›jedes verfügbare Mittel‹ einzusetzen, um den biologischen oder chemischen Waffen, die wir im Irak vermuteten, auf die Spur zu kommen.«

»Und? Waren Sie erfolgreich?«

»Das kann man wohl sagen. Wir haben Mental Health um Hilfe gebeten …«

»Sagten Sie, der Name der Firma lautete *Mental Health*?«

»Sie kennen den Laden?«

Yeremi sah Accolon aus großen Augen an und nickte. »Entschuldigen Sie. Fahren Sie bitte fort.«

»Ja, also dieses Unternehmen hatte eine Niederlassung in der Nähe von Washington, die sich im Regierungsauftrag mit der Erforschung von PSI-Technologien, insbesondere auch mit Telepathie, beschäftigte. Angeblich gehörte der Laden einem ehemaligen CIA-Mann; bin ihm aber nie vorgestellt worden. Ich war damals Verbindungsoffizier zwischen dem Pentagon und der Washingtoner Zweigstelle von Mental Health. Dort sind sechs Leute von uns ausgebildet worden. Diese Gruppe hat dann später zwei Lager für biologische Kampfstoffe ausfindig gemacht.«

Yeremis Blick wanderte unruhig zu Saraf. Nach Professor McFarells Schilderungen hatte sie Mental Health nur als Firma gesehen, die auf dem nicht immer seriösen Feld der Psychohygiene Geld verdiente und sich mit der empathischen Telepathie ein neues, lukratives Geschäftsfeld erschließen wollte. Dann kamen Carls Andeutungen über streng geheime Forschungsprogramme des CIA im Allgemeinen und das Anfang der Achtzigerjahre gegründete Unternehmen Flatstones im Speziellen. Und nun das! Mental Health beschäftigte sich offenbar intensiv mit PSI, der Erforschung und Anwendung paranormaler und okkulter Erscheinungen. Yeremi schauderte. Die Warnungen ihres Großvaters vor den Okkultisten klangen ihr noch in den Ohren. Sie schüttelte benommen den Kopf. Ihr Rachen war ausgetrocknet.

Sogar den Silbermann schienen Accolons Schilderungen zu beunruhigen. »Du solltest dich von diesen Leuten fern halten, Jerry«, sagte er auf Spanisch, ohne den Blick von dem Major zu nehmen. »Sie handeln wider die Natur und bedienen sich dunkler Mächte, um den Fühlsinn zu beherrschen.«

»Was hat er gesagt?«, fragte Accolon.

Yeremi blinzelte verwirrt. »Was? Ach … Er macht sich nur Sorgen um mich.«

»Da tut er recht. Sie könnten in ein Hornissennest stechen, wenn Sie in der Sache weiter ermitteln.«

»Und trotzdem verraten Sie mir diese Geheimnisse?«

»Ja, weil ich hoffe, dass Sie Ihren Weg erfolgreich zu Ende gehen. Aber sollten Sie scheitern, wollte ich Sie wenigstens gewarnt haben.«

»Danke. Das ist sehr rücksichtsvoll von Ihnen, aber wir sind schon zu weit gegangen, um noch umzukehren. Haben Sie schon einmal den Namen Iceberg gehört?«

»Sam Iceberg, meinen Sie?« Accolons schweres Haupt nickte bedächtig. »Offenbar sind Sie schon weiter in den Sumpf eingedrungen, als ich Ihnen zugetraut hätte. Iceberg ist gefährlich. Halten Sie sich von ihm fern.«

»Den Rat würde ich gerne befolgen, wenn ich wüsste, wer er ist.«

»Wir hatten mal miteinander zu tun; muss ungefähr 1981 gewesen sein, vielleicht auch '82. Ich gehörte zur Army, Iceberg zum CIA. Ob es eine Koordination unserer Programme gab, kann ich nicht mit Sicherheit sagen, aber einiges weist darauf hin. Es heißt, Iceberg habe es sich zur Aufgabe gesetzt, Menschen nach Belieben zu programmieren. Er experimentierte mit neuartigen Drogen. Mit meiner PSI-Einheit gab es Kontakte, weil er händeringend nach paranormal disponierten Personen gesucht hatte.«

Yeremis Mund wurde immer trockener. »Und? Konnten Sie ihm helfen?«

»Anfangs sah es so aus. INSCOM verfolgte …«

»Wer, bitte?«

»Das *Intelligence and Security Command*, dem ich unterstellt war. INSCOM gehört zur DIA, der *Defense Intelligence Agency* …«

»Dem Gegenstück des CIA bei der US-Army?«

»Vereinfacht könnte man es so ausdrücken. Der Schwerpunkt meiner Gruppe lag jedenfalls auf *remote viewing*, also Fernwahrnehmung und Hellsehen zum Zwecke geheimdienstlicher Aufklärung. Wir hatten da ein paar wirklich begabte Leute, von denen wir zwei an Iceberg ausgeliehen haben, weil er sie für empathische Telepathen hielt. Später sagte er, wir verfolgten den falschen Ansatz, und hat sich von uns abgenabelt.«

»Kennen Sie Iceberg persönlich?«

»Ich habe nur ein einziges Mal mit ihm telefoniert – Anfang der Achtziger, wie ich bereits sagte –, bin ihm aber nie begegnet. Seine Stimme klang warm und tief, durchaus sympathisch, sie besaß allerdings eine enorme suggestive Kraft. Ich hatte den Eindruck, der Mann wusste, was er wollte und wie er es bekommen konnte.«

»Gibt es einen Weg, mit Iceberg Kontakt aufzunehmen?«

Accolons Gesicht wirkte mit einem Mal wie versteinert. »Das sollten Sie jemand anderen fragen, aber nicht mich. Ich selbst habe schon viel zu lange meinen Kopf für andere hingehalten und muss jetzt an meine Frau, Kinder und Enkel denken.«

»Natürlich. Das kann ich gut verstehen.«

»Wenn Sie noch etwas von mir wissen wollen, Mrs Bellman, dann fragen Sie jetzt – eine zweite Chance gibt es nicht.«

Yeremi holte tief Luft. »Sie haben vorhin über die instabile Lage in Russland gesprochen. Wo genau ist da die Verbindung zu den PSI-Projekten der US-Army oder den Schwesterprogrammen beim CIA?«

»Die Vereinigten Staaten verfolgen Moskaus Aktivitäten auf den Gebieten der Gedankenkontrolle und der parapsychologischen Forschung schon seit den Anfangsjahren der Sowjetunion. Der in der Presse bekannt gewordene Psychiatrie-Missbrauch unter dem kommunistischen Regime ist nur die Spitze des Eisbergs.«

»Ich habe davon gelesen. Angeblich hat man unliebsame Dissidenten in Nervenkliniken gesperrt, um ihre Psyche zu zerstören.«

Accolon nickte. »Es ist bis heute in Russland ein Tabuthema, das auch die gegenwärtige Regierung, so man noch von einer sprechen kann, am liebsten totschweigt. Mir liegt jedoch ein Dossier über das Serbskij Institut für Rechtspsychiatrie in Moskau vor, in das unseren Ermittlungen zufolge etwa dreihundertsiebzig Dissidenten zur ›Begutachtung‹ eingewiesen wurden, wie es im offiziellen Jargon heißt. Die Betroffenen sehen das anders. ›Folter mit Neuroleptika‹, so nannte es Vladimir Sidorov, ein Arbeiter, der wegen ›antisowjetischer Gedichte‹ inhaftiert worden war.«

»Wenn das nur der sichtbare Teil der eisigen Wahrheit ist, was verbirgt sich dann *unter* der Oberfläche?«

»Die Sowjets haben, vor allem zur Zeit des Kalten Krieges, massive Anstrengungen unternommen, sich im Rüstungswettlauf durch parapsychologische Methoden Vorteile gegenüber den USA zu verschaffen. Bei der DIA liegt in einer gut verschlossenen Schublade ein Geheimpapier, demzufolge die UdSSR ebenso über Hellseher verfügte wie über Wunderkinder, die Gegenstände durch die Luft fliegen lassen konnten. Ach ja, Telepathen hatten sie selbstverständlich auch!«

»Und wie reagierte Washington darauf?« Yeremi konnte es sich längst denken, denn zu diesem Thema waren ihr schon zahlreiche Gerüchte und Vermutungen zu Ohren gekommen, wenngleich eine Bestätigung aus erster Hand bisher fehlte.

»Durch eine Reihe streng geheimer Gegenprogramme: *Sun Streak, Grill Flame, Center Lane, ScanAte* … Der CIA und die Army haben sich im Erfinden neuer Codenamen gegenseitig übertroffen. 1991 übertrug die DIA ihre Aktivitäten der SAIC – steht für *Science Applications International Corporation*. Die nannten ihr neues Baby dann *Star Gate*.«

»Ich dachte immer …«

»Das sei ein Sciencefictionfilm?« Accolon lachte freudlos. »Ich weiß. Hollywood hat diesen Namen erst viel später für sich entdeckt. Die Anfänge des echten Star-Gate-Projektes dürften bis ins Jahr 1972 zurückreichen. In den Achtzigerjahren wurden die parapsychologischen Forschungen dann mit besonders viel Energie und finanziellem Aufwand vorangetrieben. Ich habe maßgeblich daran mitgewirkt.«

»Das scheint Sie nicht mit Stolz zu erfüllen.«

»Heute kommt mir das, was wir damals getan haben, wie der sprichwörtliche Tanz auf dem Vulkan vor. Es hat Rückschläge gegeben, die mein Gewissen bis heute schwer belasten. Ich habe mich dann in eine andere Einheit versetzen lassen.«

»Was ist passiert?«

Accolon wich Yeremis forderndem Blick aus und sah stattdessen Saraf an. Mit einem Mal begannen sich seine Augen zu weiten, und er wandte sich wieder Yeremi zu. »Es stimmt tatsächlich, oder?«

»Was?«

»Dieses Silberne Volk – es kann die Gefühle von Menschen lesen und manipulieren. Wäre ich nicht darauf trainiert, würde mir die Begabung dieses Mannes vermutlich nicht auffallen.«

»Sie haben mir meine Frage noch nicht beantwortet, Accolon. Welche Rückschläge hat es in dem geheimen PSI-Programm gegeben?«

»Man wollte einige Menschen gezielt manipulieren, damit sie

im Sinne der amerikanischen Sicherheitspolitik handeln, aber der Schuss ging nach hinten los. Es gab Unglücksfälle. Tote!«

»Und das alles ist vor zwanzig Jahren geschehen?«

»Das Verhängnis hat schon viel früher seinen Lauf genommen, und die Folgen reichen bis in die Gegenwart. Wenn nicht bald etwas geschieht, wird alles außer Kontrolle geraten.«

»Können Sie nicht deutlicher werden, Accolon? Ist Mental Health in diese Unglücksfälle verwickelt gewesen? Was genau ist passiert?«

Der Army-Veteran blickte zu Boden und schüttelte den Kopf. »Ich habe schon zu viel darüber gesagt. Jedes weitere Wort könnte mich den Hals kosten.«

Yeremi fühlte den inneren Widerstand des pensionierten Majors. Auf diesem Weg würde sie nicht weiterkommen. »Vielleicht können Sie mir noch eine unverfänglichere Frage beantworten. Sie sagten eben, die Anfänge oder Vorläufer von Star Gate lagen weit vor Ihrer aktiven Dienstzeit. Ich interessiere mich hauptsächlich für die Geschichte der Telepathieprogramme. Was wissen Sie über die frühen Forschungen auf diesem Gebiet? Wann hat man damit begonnen?«

»So genau kann ich das nicht sagen«, antwortete Accolon, sichtlich dankbar für Yeremis Verständnis. »Mein Schwerpunkt war ja die Fernwahrnehmung: das Auffinden eines abgestürzten Sowjetbombers im Dschungel von Zaire oder die Rückbringung gestohlener Nuklearwaffen aus Zululand. Politiker und Militärs bedienten sich zu allen Zeiten der ›Begabungen‹ ihrer Seher. Was jedoch die wissenschaftliche Erforschung der Telepathie betrifft ... Ich glaube, die ersten ernsthaften Ansätze dazu hat es an der Duke-Universität in Durham, North Carolina, gegeben. Doktor J. B. Rhine ließ damals Tausende von Kartenexperimenten durchführen, mit denen er die Existenz der Telepathie nachgewiesen haben will.«

»Wann ist das gewesen?

Accolon kratzte sich nachdenklich am Hinterkopf, wobei ihm die Baseballkappe in die Stirn rutschte. Er schien es nicht einmal zu bemerken. »Soweit ich mich erinnere, war es 1933.«

Yeremi wechselte einen viel sagenden Blick mit Saraf. Sie war wie elektrisiert: Hanussen bietet der USA Unterstützung zur Gründung eines eigenen Medusa-Projektes an, anschließend wird er ermordet, aber die Vereinigten Staaten haben längst Blut geleckt und treiben das Programm mit Macht weiter voran. Accolons Aussagen deckten sich hundertprozentig mit ihren Vermutungen. Vielleicht war es der ominöse Doktor W. Baecker gewesen, der dem Militärgeheimdienst G-2 versprochen hatte, die durch Hanussens Tod gerissene Lücke zu schließen. Sie musste Accolon unbedingt danach fragen.

»Kennen Sie zufällig einen Deutschen namens …«

»Wir bekommen Besuch!«, stieß Saraf hervor und besaß sofort die Aufmerksamkeit aller Anwesenden.

»W-was …«, stammelte Yeremi, ohne ihre Frage zu beenden.

»Ich spüre jemanden, einen bekannten Geist, der starke Furcht empfindet. Seine Gefühle sind wie trockenes Holz, das beim geringsten Funken Feuer fängt.«

»Verstehst du, was er meint?«, fragte Sandra ängstlich.

»Wer immer sich da nähert, neigt zu Kurzschlussreaktionen«, übersetzte Yeremi.

Accolon starrte den Silbermann verblüfft an. Im nächsten Moment ertönte auch schon das schnell anschwellende Geräusch eines Motorrades. »Ich habe nie einen Menschen gesehen, in dem die Gabe so stark ist!«, stieß der Major hervor und machte Anstalten zu fliehen, doch Saraf packte ihn am Oberarm.

»Es ist zu spät. Er wird jeden Moment hier sein.«

»Und was sollen wir jetzt tun?«, jammerte Sandra.

»Stellt euch an die Wand, möglichst weit auseinander – dort, da und da.« Saraf deutete auf verschiedene Stellen, als wolle er die vier Himmelsrichtungen anzeigen.

»Schnell!«, sagte Yeremi und scheuchte die Journalistin und den Major wie verängstigte Schafe aus dem Zentrum des Raumes – keinen Moment zu früh. Kaum hatten sie sich an der Wand verteilt, erschien schon der Schemen des angekündigten Besuchers in der sonnendurchfluteten Tür.

Saraf stand dem Eingang direkt gegenüber, Auge in Auge mit dem reglosen Schattenriss. Der Fremde trug einen Motorradhelm, viel mehr konnte Yeremi, die sich rechts von ihrem Schützling befand, im Gegenlicht nicht erkennen. Ihr Körper klebte förmlich an der Wand, nur ihre Augen sprangen hin und her. Sie atmete flach, und ihre Knie waren wie Wachs, das langsam, aber sicher zu schmelzen begann.

Der Mann in der Tür hatte sich noch immer nicht bewegt. Konnte er Saraf nicht sehen, oder *wollte* er es nicht? Yeremi glaubte, ihr Herz müsse stehen bleiben, als der Fremde plötzlich in die Mühle trat. Er lief beinahe gemächlich bis zu der Pumpenwelle im Zentrum des Raumes, klappte das Visier seines Helmes hoch und begann sich langsam um die eigene Achse zu drehen. Seine in einer schwarzen Ledermontur steckende massige Statur suggerierte das Bild eines in die Jahre gekommenen Rockers. Unwillkürlich kamen Yeremi die Worte ihres Großvaters während der Verfolgung durch das Motorrad in den Sinn. Er hatte von einem »korpulenten Gartenzwerg am Lenker« gesprochen. Sie konnte diese Einschätzung nur bedingt nachvollziehen. Jedenfalls hatte sie noch nie einen Gartenzwerg mit Pistole gesehen.

Inzwischen hatte der gedrungene Unbekannte seine Pirouette fast vollendet. Yeremi trat der kalte Schweiß auf die Stirn. Der Lauf der matt schimmernden Waffe in seiner rechten Hand war jetzt unmittelbar auf sie gerichtet. Sie konnte ihm direkt ins Visier blicken. Ein Schauer lief ihr über den Rücken.

Es war der Angler.

Die buschigen, außen so auffällig verzwirbelten Augenbrauen würde sie so schnell nicht vergessen. Sein glasiger Blick kreuzte sich nicht einmal für den Bruchteil einer Sekunde mit dem ihrigen. Vielmehr sah es so aus, als suche der Angler etwas, das sich *über* den Köpfen der wie Steinfiguren dastehenden Menschen befand. Als er die Holztreppe entdeckte, versteifte sich sein Körper für einen kurzen Moment. Dann lief er schnell darauf zu. Ungläubig verfolgte Yeremi seinen Aufstieg über die knarrende Stiege. Die Menschen im Untergeschoss würdigte er keines Blickes.

Sobald der Angler den oberen Raum erreicht hatte, deutete Saraf stumm zum Ausgang hin. Accolon verstand die Geste auf Anhieb und war im Nu verschwunden. Sandra hingegen rührte sich nicht vom Fleck. Sie war starr vor Angst, ihr Gesicht verzerrt wie eine venezianische Maske. Yeremi und Saraf mussten sie förmlich von der Wand loseisen und hinauszerren.

Da die Mühle nur wenige schmale Lichtöffnungen besaß, gelang es den vieren, sich ungesehen an der Harley Davidson vorbei aus dem Garten zu stehlen. Als sie die Fulton Street erreichten, sagte der Major: »Das war knapp! Ich verschwinde jetzt wohl besser.«

Yeremi reichte ihm die Hand. »Vielen Dank für Ihre Hilfe, Accolon. Sie haben Mr Silverman und mir sehr geholfen.«

»Tatsächlich? Ich dachte, ich könnte Ihnen etwas über die PSI-Forschung erzählen; dabei haben Sie den mächtigsten Telepathen an Ihrer Seite, dem ich je begegnet bin.« Er wandte sich Saraf zu. »Nehmen Sie sich vor dem Militär, dem CIA und Firmen wie Mental Health in Acht, mein Freund! Die suchen seit Jahrzehnten nach genau jener Macht, die in Ihnen steckt. Sie sind die längste Zeit ein freier Mann gewesen, wenn diese Leute erst spitzkriegen, über welche Gaben Sie verfügen.«

Als Carl von dem Vorfall im Golden Gate Park erfuhr, geriet er außer sich vor Zorn. Mit Rücksicht auf den Silbermann bediente er sich hierzu der englischen Sprache.

»Wenn ihr das nächste Mal so eine leichtsinnige Aktion plant, dann sagt mir vorher Bescheid«, donnerte er. Die drei liefen durch den dunklen Garten von Bellman's Paradise, weil Yeremi inzwischen sogar den Wänden im Haus ihres Großvaters nicht mehr traute.

»Du hast das Gespräch in der Schwarzen Kammer doch mit angehört. Niemand konnte ahnen, wie die Sache ausgehen würde«, verteidigte Yeremi sich.

»Zum Glück hat Saraf diesen Angler abgelenkt. Wie konntest du ihn überhaupt so früh … *orten*?«

Der Silbermann antwortete auf die an ihn gerichtete Frage: »Normalerweise muss ich einen Menschen erst sehen, bevor sich mein Fühlsinn auf ihn einstellen kann. Aber die Angst des Anglers eilte ihm voraus. Ich verstehe nicht, wie man einen solch ungestümen Schergen anheuern kann.«

»Ich finde, er hat stoische Ruhe bewiesen, als er tagelang am Strand saß«, wandte Yeremi ein.

»Ja, bis du ihn aufgeschreckt hast, Jerry. Zum Glück konnte ich in der Windmühle auf seinen Gefühlen spielen wie auf einer Harfe.«

»Bei Accolon scheint dir das nur bedingt gelungen zu sein.«

Saraf lächelte. »Du hast es bemerkt? Erstaunlich! Accolon war wie ein verstopftes Widderhorn.«

Es war Carl anzusehen, wie wenig ihm das Gespräch über die Fähigkeiten des Silbermannes behagte. Mürrisch wechselte er das Thema. »Fragt euch lieber, wie die Auftraggeber des Motorrad fahrenden Anglers von dem Treffen mit Accolon erfahren haben. Vielleicht ist eure Schwarze Kammer nicht mehr sicher, Jerry.«

»Das kann ich mir kaum vorstellen. Eher fürchte ich, dass sie auch Sandra beschatten. Wir haben sicherheitshalber für unsere zukünftigen Kontaktaufnahmen einen Code verabredet, bevor wir auseinander gingen.«

Er nickte grimmig. »Ihr könnt gar nicht vorsichtig genug sein. Es war jedenfalls klug, den Porsche in einer Tiefgarage zu parken und mit dem Zug zurückzukommen. Falls die Kerle mein Auto mit einem Peilsender versehen haben, wird ihre Jagd jetzt unter der Erde enden.«

»Vorausgesetzt, die Maulwürfe können den Transmitter dort unten überhaupt orten. Gibt es bei dir etwas Neues, Opa Carl?«

»Kann man wohl sagen. Während ihr heute mit diesem Angler Katz und Maus gespielt habt, ist Eddy hier gewesen. Ich habe ihm wie verabredet dein Höschen …«

»Etwa das *ganze* …?!« Um keinen neuen Fehler zu machen, hatte Yeremi ihren Slip in zwei Teile zerschnitten. Eine Hälfte wollte sie für den Fall der Fälle zurückbehalten.

»Nein, nein«, beruhigte Carl sie. »Meinst du, ich schnüffele in deinem Zimmer herum? Er hat das bekommen, was du mir gegeben hast. Es gibt da einen Mikrobiologen, der ein Labor in San Jose leitet. Ed schwört auf den Mann. Er hat früher in geheimen Regierungsprogrammen gearbeitet und kennt sich mit genetisch veränderten Krankheitserregern aus. Ich habe Eddy gesagt, wir brauchen die Analyseergebnisse *gestern*. Übrigens war seine Stippvisite kein Zufall. Er hat mir ein paar aufregende Dinge erzählt, die ...«

»Habt ihr etwa im Haus miteinander gesprochen?«

»Natürlich. Ich konnte ja nicht ahnen, wie weit diese Leute gehen würden. Allerdings drückte er sich schon aus Gewohnheit knapp und vieldeutig aus.«

»Hoffentlich ist Bellman's Paradise nicht auch schon verwanzt. Nach dem heutigen Tag ...! Was hat Ed denn herausgefunden?« Yeremis Blick huschte durch den dunklen Garten. »Erzähl's am besten in unserer ›privaten‹ Sprache.«

Carl nickte düster und setzte seine Ausführungen auf Deutsch fort. »Wenn ich es noch richtig zusammenbringe, sagte er: ›Es geht um den gelben Geist. Als dein Täubchen im Garten Gottes herumflatterte, hat die Gurkenfabrik einen Kammerjäger angefordert. Der Spezialist ist nach Süden aufgebrochen. Nach achtundvierzig Stunden war er wieder zurück. Ich kann weder sagen, wie sein genauer Auftrag lautete, noch habe ich das exakte Operationsziel in Erfahrung bringen können. Mein Informant sagte, die Angelegenheit sei zu brisant.‹«

»Was, bitte schön, ist die *Gurkenfabrik*?«

»Du kannst auch ›die Firma‹ dazu sagen. So nennen die CIA-Leute ihre Behörde.«

»Und bei dem Kammerjäger dürfte es sich, wenn ich Eds Code richtig verstehe, um eine ABC-Spezialeinheit handeln, die auf Anforderung des CIA zu einem Sondereinsatz für zwei Tage nach Süden – vermutlich Südamerika – aufgebrochen ist.«

»Du hast es erfasst.«

Sie schüttelte den Kopf. Das hatte sie geahnt, aber bis zu dieser Minute nicht glauben wollen.

»Was hat er gesagt?«, fragte Saraf, mit dem Kopf auf Carl deutend.

»Höchstwahrscheinlich kennen wir jetzt die Sippe, aus der Hirguan zu euch gesandt wurde.«

»Aber noch nicht die Person?«

»Nein. Leider ist Opa Carls Quelle ausgetrocknet, bevor wir unseren Durst stillen konnten. Nachdem wir uns um die heiligen Schriften deines Volkes gekümmert haben, muss ich wohl etwas ziemlich Unangenehmes tun. Leider sehe ich keine andere Möglichkeit, den Tod deines Volkes aufzuklären.« Sie seufzte.

»Du wünschtest, dieser Kelch würde an dir vorübergehen, nicht wahr?«

»Ich würde es anders ausdrücken.«

»Und wie?«

»Ich wünschte, dieser *Kerl* würde an mir vorübergehen.«

BALLSPIELE

Berkeley (Kalifornien, USA)
30. Dezember 2005
17.59 Uhr

Das von Yeremi und Saraf ausgewählte Operationsgebiet lag in Berkeley, genauer gesagt mitten auf dem Campus der Universität von Kalifornien. Trotz der vorlesungsfreien Zeit gab es nur wenige Tage im Jahr, an denen hier Ruhe einkehrte. Mit großer Zuverlässigkeit schlossen die Büros am 31. Dezember und 1. Januar. Leider fielen die »Neujahrsferien« diesmal auf ein Wochenende.

Yeremi hatte knapp siebentausend Dollar in das Unternehmen investiert und alles minutiös geplant. Sie war mit Saraf jede Einzelheit mehrmals durchgegangen. Sollte etwas schief gehen, dann würde man sie nicht nur von der Universität, sondern auch ins Gefängnis werfen. Wenigstens dürften für diesen Fall auch ihre Vorbereitungen für das Treffen mit dem »Kerl« überflüssig sein.

Die Quipus vom Dach des Waldes wurden nach McFarells Aussage im U.C. Berkeley Art Museum aufbewahrt, das sich auf der anderen Seite des Bancroft Way befand, direkt gegenüber der Kroeber Hall. Das Gebäude der universitären Kunstsammlung verfügte über die nötigen Sicherheitseinrichtungen, die man zur Aufbewahrung des Schatzes für notwendig hielt. Yeremi war keine Meisterdiebin. Wenn es ihr und Saraf gelingen sollte, die Knotenschnüre zu stehlen, dann mussten sie genau den richtigen Moment abpassen.

Der Plan war an sich einfach. Die Quipus wurden in einem Labor untersucht, das sich im Keller des Museums befand. Zu einer anderen Zeit wäre es kaum möglich gewesen, bei den unter Hochdruck forschenden Wissenschaftlern regelmäßige Arbeitsunterbrechungen oder auch nur ein halbwegs geordnetes Schlafverhalten zu erkennen. Aber in Kürze begann die zweitägige Zwangspause. Man würde nach Hause fahren, mit den Familien das neue Jahr willkommen heißen – und am Montagmorgen zu einer spurlos verschwundenen Dokumentensammlung zurückkehren.

Es konnte nicht mehr lange dauern, bis auch der letzte Forscher an diesem Abend den Campus verlassen hatte. Dann brach die Stunde der bewaffneten Posten an. Sie würden die geknüpfte Bibliothek in den »Bunker« bringen, jenen speziell gesicherten Raum mit stahlverkleideten Wänden, elektronischen Überwachungseinrichtungen und all dem technischen Schnickschnack, der Dieben den Spaß an der Arbeit rauben sollte. Nur auf der relativ kurzen Wegstrecke vom Labor in dieses Archiv konnte Saraf den Wagen mit den Schnüren an sich bringen, ihn zum Hinterausgang und von dort in den Daihatsu-Kleintransporter befördern, den Yeremi eigens für diesen Zweck gekauft hatte. Unmittelbar nachdem die Quipus in Sicherheit waren, würde sie den Wagen in einer Schrottpresse verschwinden lassen. Ein geschäftstüchtiger Altmetallverwerter stand schon Gewehr bei Fuß. Manchmal war es durchaus nützlich, finanziell unabhängig zu sein.

»Wart's nur ab, alles wird wie am Schnürchen klappen«, sagte Yeremi, während sie auf den Van der Reinigungsfirma warteten, der jeden Moment eintreffen musste.

Saraf blickte sie verwirrt an.

Sie lachte. »Nur so eine Redewendung. Sobald wir die Quipus haben, nehmen wir uns Flatstones Adjutanten vor. Und dann bringe ich dich in den Dschungel zurück.«

»In meinem Volk sagt man: Es ist dumm, das Feuer anzuzünden, bevor der Braten erlegt ist.«

»Wir schaffen das schon, Saraf.«

»Mir gefällt es nicht, dass du mich in dem Kunsthaus allein lassen willst.«

»Aber ich habe dir doch von den Überwachungskameras erzählt. Ihre Bilder werden vom Sicherheitspersonal kontrolliert. Du hast selbst gesagt, dass du diese Menschen nicht mit Gleichgültigkeit schlagen kannst, solange du keinen Kontakt zu ihnen aufgenommen hast.«

»Das stimmt.«

»Dann machen wir es so, wie *ich* es gesagt habe. Außerdem muss ich noch etwas erledigen, bevor man mir womöglich Hausverbot erteilt. Ich habe auf dem Server der Fakultät einige Daten versteckt, die ich dringend downloaden und löschen muss.«

»Wie bitte?«

»Der Server ist ein Computer, der für viele andere Computer Daten vorhält und verteilt und …«

»Schon gut, du kannst es mir ein andermal erklären. Das dort ist doch der Wagen, auf den wir warten, oder?« Saraf deutete auf einen sich nähernden hellen Lieferwagen, auf dessen Seiten eine Putzfrau mit Kopftuch und Wischmopp abgebildet war.

Yeremi atmete tief durch. Gleich würde es kein Zurück mehr geben. »Das ist er.«

Sie kannte die täglichen Abläufe rund um die Archäologische Fakultät. Die Gebäudereiniger hielten immer um die gleiche Zeit Einzug, wenn die Büros sich bis auf ein paar hartgesottene Workaholics längst gelehrt hatten. Yeremi selbst war bis vor kurzem ein Mitglied in diesem erlauchten Kreis Arbeitswütiger gewesen, die sich und ihr Wühlen nach Geheimnissen, die niemand wirklich interessierten, für unverzichtbar erachteten. Der Van hielt vor dem Eingang des Pacific Film Archive, das im selben Gebäude wie das Kunstmuseum untergebracht war.

»Jetzt!«, sagte Saraf und lief schnell auf den Wagen zu.

Hinter der Windschutzscheibe blickte ihm ein hell- und ein dunkelbraunes Gesicht entgegen. Yeremi wurde sich erst jetzt bewusst, dass sie sich zum ersten Mal fest auf Sarafs Gaben verließ. Ohne dieses Vertrauen hätte der Plan nicht Gestalt annehmen konnen. Wenn alles klappte, würden sich die beiden Gebäudereiniger plötzlich unwiderstehlich schläfrig fühlen. Auch die Müdigkeit – obgleich von anderer Natur als Liebe, Hass oder Scham – sei letztlich eine Empfindung, mit der man »spielen« könne, hatte Saraf erklärt. Yeremi glaubte ihm – notgedrungen.

Während sie sich an Sarafs Seite von vorn dem Lieferwagen näherte, konnte sie im Licht der Straßenlaterne das Unglaubliche mit verfolgen. Die Augen des Mexikaners und des Afroamerikaners schalteten erst auf Schlafzimmerblick, dann kippten ihre Köpfe nach hinten, und zuletzt sanken sie gegeneinander.

»Das ging schnell!«, staunte sie, während Sarafs Hand schon am Türgriff des Wagens war.

»Wenn man nur müde genug ist, schläft man auch rasch ein. Komm, hilf mir!«

Yeremi blickte sich nach allen Seiten um. Niemand war zu sehen. Saraf öffnete die Tür der Fahrerkabine und zog den Mexikaner zu sich heran. Während er ihn wie eine Strohpuppe nach hinten trug, hatte Yeremi bereits die hinteren Türen geöffnet und für die Schläfer Platz geschaffen. Saraf ließ den Mexikaner hineinsinken und kehrte sofort nach vorn zurück, um den Schwarzen zu holen. Yeremi befreite den kleineren der beiden Männer derweil von seiner zweiten Haut, einem hellgrauen Overall mit dem aufgestickten Putzfrauenmotiv auf dem Rücken. Dieses Unterfangen kostete sie nicht wenig Überwindung, und der starke Schweißgeruch der Kleidung war nur einer der Gründe dafür. Gebäudereiniger Nummer zwei landete neben seinem Kameraden. Die Türen des Vans wurden wieder geschlossen. Das Entermanöver hatte kaum länger als eine Minute gedauert.

Wenig später stiegen zwei Gestalten in hellgrauen Overalls aus dem Heck des Wagens: eine sehr große, die ihrem Arbeitsanzug bereits vor Jahren entwachsen zu sein schien, und eine sehr schlanke, schmale, deren »Robe« noch über beträchtliche Reserven verfügte. Beide trugen Kappen mit aufgestickten Wischmoppfrauen.

»Wie lange werden sie schlafen?«, fragte die hagere Gestalt.

»Das weiß man nie«, antwortete der Hüne.

»Und das soll ein Plan sein?«

»Ich habe ihn mir nicht ausgedacht.«

Yeremi zog ein Handy unter ihrem Overall hervor und drückte eine Kurzwahltaste. Darauf kicherte Saraf.

»Was ist?«, fragte sie.

»Der vibrierende Knochen kitzelt mich.« Auch er griff unter seinen Anzug und holte ebenfalls ein Handy hervor. Es war mit einer kleinen Kamera ausgestattet, die ungefähr alle zwei Sekunden ein

Bild an Yeremis Mobiltelefon schickte, wo es kurze Zeit später auf der farbigen Anzeige erschien.

»Es könnte fatal werden, wenn dein Handy im falschen Augenblick piept. Stell den Vibrationsalarm auf keinen Fall ab.«

»Ich weiß gar nicht, wie das geht.«

»Umso besser. Über die Telefone bleiben wir miteinander in Kontakt, und was immer du mir zeigen willst, kann ich auf dem Minidisplay sehen.«

Saraf nickte und steckte sich die Stöpsel der Freisprecheinrichtung in die Ohren. Jetzt sah er aus wie Meister Proper mit Walkman. Yeremi folgte seinem Beispiel. Sie steuerten gerade auf den Eingang zu. Ungefähr in diesem Moment mussten sie in den Sichtbereich der Kameras kommen, die außen wie auch innen beinahe jeden Winkel des Gebäudes abdeckten. Aber eben nur beinahe. Yeremi hatte im letzten Jahr an einem regnerischen Dezembertag ihren Schirm im Keller des Kunstmuseums stehen lassen, sich aber nachher nicht mehr erinnern können, wo genau er ihr abhanden gekommen war. Als sie kurz darauf beim Sicherheitsdienst vorbeischaute, um ein Problem in Verbindung mit einer Nachtarbeitserlaubnis abzuklären, fiel ihr der Schirm wieder ein. Sie bat den Verantwortlichen des Kontrollraums, die Kamerabilder aus dem Museumskeller auf den Monitor zu rufen. Dabei entdeckte sie einen Fleck auf dem Fußboden: Der Schirm selbst stand in einem toten Winkel und war demzufolge nicht zu sehen, sehr wohl aber die Spuren der inzwischen getrockneten Pfütze, die er hinterlassen hatte. Jetzt, mehr als zwölf Monate später, hing alles von diesem »blinden Fleck« der Überwachungskamera ab. Hoffentlich war der Fehler inzwischen nicht korrigiert worden.

Der Komplex des U.C. Berkeley Art Museum glich aus der Luft dem Profil eines Männerkopfes mit eher kurzer, aber struppiger Frisur, dessen Augen ungefähr nach Süden blickten. Yeremi führte Saraf gewissermaßen mitten ins »Gesicht« des eigenwilligen Baus, hinab in den Keller zu der Kammer mit den Reinigungsgeräten. Unterwegs begegneten sie einer Mitarbeiterin des Museums, in deren Gefühlen der Silbermann den Akkord der Ungeduld anschlug. Ohne auch nur einen einzigen Blick auf die beiden »Raumpfleger« zu werfen, drängte die Frau hastig nach draußen, um endlich bei ihrem kleinen Sohn zu sein und ihn auf den zweiten Jahreswechsel seines Lebens vorzubereiten.

Kurze Zeit später verließ das putzmuntere Paar den Materialraum wieder. Jeder schob einen Wagen vor sich her. In den fahrbaren Aluminiumrahmen hingen jeweils zwei große Müllsäcke, die zum Abtransport der Knotenschnüre dienen sollten. Allerlei Reinigungsutensilien rundeten das harmlose Aussehen der beiden Fahrzeuge ab.

»Ich lasse dich beim toten Winkel zurück. Die Posten mit den Quipus werden auf dem Weg zum Bunker direkt an dir vorbeikommen«, flüsterte Yeremi – alles Worte, die Saraf schon längst im Schlaf hersagen konnte.

»Wenn ich allein die zwei Putzwagen mit den Azofa über die Straße zu unserem Auto schiebe, dann wird das auffallen«, mahnte er, übrigens auch nicht zum ersten Mal.

»Ich komme so schnell wie möglich wieder zurück und reinige dann die Büros im Erdgeschoss, bis du mir über das Handy Bescheid gibst. Wenn Probleme auftauchen, meldest du es mir ebenfalls. Alles klar?«

»Ja, Meisterin.«

»Das ist jetzt wirklich nicht der richtige Augenblick, um Scherze zu machen, Mr Silverman.« Yeremis Puls kam allmählich auf Touren.

Sie beendeten ihr Gespräch, da sie nun in den unterirdischen Gang einbogen, der zum Bunker führte. Ihre Blicke waren starr auf den Boden gerichtet, für die Überwachungskameras würden ihre Gesichter verdeckt bleiben. Die Tür zu dem Raum, der zur Untersuchung der Quipus diente, stand offen. Davor ragte ein schwarzer Wachmann auf und starrte mit seltsam verschleiertem Blick in den Gang. Der Silbermann glitt an ihm vorüber, nur ein hellgrauer Schatten, den zu beachten nicht lohnte. Als Yeremi hinter Saraf an der Tür vorbeiging, warf sie einen raschen Blick hindurch. Fast wäre sie dabei gestolpert.

Al Leary stand in dem hell erleuchteten Raum, wie immer korrekt gekleidet – schilfgrüner Anzug, Krawatte im passenden Ton –, und verstaute gerade die Quipus in einem großen, auf Rollen stehenden Aluminiumkasten. Schnell zwang Yeremi ihren Blick geradeaus. Hatte er zu ihr aufgesehen? Aus den Augenwinkeln kam es ihr so vor. Ihr Herz setzte zum Spurt an. Sie lief langsam weiter, lauschte. Keine Stimme rief nach ihr oder nach sonst irgendjemandem. Jeder in dem Keller tat, aufmerksamer als je zuvor, nur seine Arbeit, ohne sich ablenken zu lassen.

Endlich erreichten die beiden den toten Winkel. Der Gang knickte an dieser Stelle – einem stilisierten Blitz nicht unähnlich – im rechten Winkel ab, um sogleich wieder geradeaus weiterzuführen. Die Architekten schienen beim Entwurf des Gebäudes ihre Vorliebe für unkonventionelle Formen ausgelebt zu haben.

»Hier ist es«, flüsterte Yeremi. »Von jetzt an musst du allein klarkommen.«

»Ich werde mein Bestes tun, Jerry. Pass auf dich auf.«

Sie hob die Hand – ein wortloses »Bis später!« für die direkt über Sarafs Kopf hängende Kamera – und schob ihren Wagen weiter. Am Ende des Flurs öffnete sie eine schwere Metalltür, ging ohne Zögern hindurch und drehte sich noch einmal um. Saraf kam gerade aus einem Lagerraum, direkt gegenüber dem toten Winkel, wo er seinen Putzwagen geparkt hatte. Er schmiegte sich im blinden Fleck der Überwachungskamera an die Wand und lächelte ihr zu. Wenn in diesem Moment ein misstrauischer Kontrolleur am Monitor das spurlose Verschwinden des Raumpflegers bemerkt hatte, dann …

Peng! Laut knallend war die Feuerschutztür vor ihrem Gesicht zugefallen.

Das grelle Neonlicht schmerzte in den Augen. Der spiegelnde Linoleumboden und die kahlen, weiß getünchten Wände strahlten Kälte aus. Saraf Argyr kam sich fremd vor in diesen Höhlen. Er wünschte sich, Yeremi wäre bei ihm geblieben. Sie überschätzte bisweilen ihre Möglichkeiten als Lehrerin, schien nicht einmal zu merken, wer in ihrem Gespann der eigentliche Meister war, aber dennoch hatte sie ihm immer ein Gefühl der Wichtigkeit vermittelt, das ihm Kraft verlieh. Wie sehr sie doch Faïna glich! Schade nur, wie blind sie gegenüber ihren eigenen Gaben war, weil der bloße Gedanke, von ihrem Schüler kontrolliert werden zu können, noch immer wie eine schwarze Binde auf ihren Augen lag. Aber auch das würde sich geben.

»Das wär's dann.« Die Worte hallten leise den Gang hinauf. Learys Stimme klang müde. Enttäuscht. Der Seelenarzt und seine Helfer tappten bei der Entschlüsselung der Azofa also noch im Dunkeln. Gut, dachte Saraf und lächelte. Weniger behagte ihm Al Learys Gegenwart. Der Mann wusste seine Gefühle zu hüten. Nur ab und zu blitzte ein wenig davon unter der Decke hervor, mit der er sie beschirmte.

Eine der vier Rollen quietschte. Sie eierte unter der fahrbaren Aluminiumkiste hin und her, während einer der Posten sie den Gang hinaufschob. Saraf setzte seine schwarze Sonnenbrille auf. Jetzt brauchte er alle Sinne. Er spürte außer Leary noch die Gegenwart eines dritten Mannes. Als das Geräusch des Wagens ganz nahe war, griff er in die rechte Hosentasche, ging schnell in die Knie und ließ seine Hand für einen winzigen Augenblick um die Ecke schnellen.

Eben noch hatten die drei Männer sorgenvoll in die silberne Kiste gestarrt, als fürchteten sie jeden Moment eine überraschende Flucht der Knotenschnüre, doch jetzt starrten sie auf den kleinen, leuchtend roten Gummiball, der ihnen aus dem Flur entgegenkam. Sofort waren sie von der kullernden Kugel begeistert.

Sie rollte geradewegs unter den Quipu-Transporter, kam dahinter wieder zum Vorschein und machte sich auf, den langen Flur bis zum Ende zu durchmessen. Die Männer nahmen, gebannt von diesem bezaubernden Anblick, sofort die Verfolgung auf.

Wer hatte je so etwas Schönes gesehen! Diese makellose Form – vollkommen rund. Die lebendige Farbe – rot wie Blut. Diese anmutige Bewegung – als kullerte sie den sanft geschwungenen Rücken einer Venus herab. Eine unstillbare Neugier bemächtigte sich der drei Bewunderer des Kleinods. Der Ball durfte ihnen nicht verloren gehen. Sie wollten mehr über ihn erfahren, alle seine Geheimnisse ergründen, und wenn es ein ganzes Leben kostete. Deshalb durften sie ihn nicht entkommen lassen – und fingen an zu laufen.

Saraf sprang hinter der Ecke hervor, packte den Wagen und zog ihn direkt vor den blinden Fleck. Dort kippte er das Gefährt kurzerhand um, sodass sämtliche Quipus wie fadenscheinige Lumpen zu Boden fielen. Nur wenige Sekunden später stand der Wagen wieder dort, wo er von seinen Beschützern verlassen worden war. Als Nächstes lief Saraf in den Lagerraum und kehrte mit seinem Reinigungsmobil zurück.

»Ich kann alles sehen«, drang Yeremis Stimme leise aus dem Ohrstöpsel. »Mach weiter! Ich bin gleich bei dir.« Saraf wagte nicht zu antworten. Mit seiner Gefühlsspielerei mochte er die drei Männer im Gang abgelenkt haben, sie waren gewissermaßen schwerhörig, aber keinesfalls taub.

Die Jäger hatten den verlorenen Ball mittlerweile eingeholt und umzingelt. Sie wagten nicht, das fragile Kügelchen anzurühren. Es könnte ja zerbrechen – was für ein unwiederbringlicher Verlust das wäre!

Saraf stopfte, so schnell und so vorsichtig es ging, die Quipus in die beiden Müllsäcke. An der Brusttasche seines Overalls hing, gehalten von einem Klipp, Yeremis Handy. Wenn sie gerade nichts Besseres zu tun hatte, würde sie seine Arme und die Knotenschnüre sehen können. Noch einmal hörte er kurz ihre flüsternde Stimme: »Weg damit!« Wie war das gemeint?

Am Ende des Ganges trat die Erforschung der geheimnisvollen roten Kugel derweil in eine neue Phase ein. Unter den drei Männern war eine gewisse Uneinigkeit darüber entstanden, wie die Besitzverhältnisse an dem Schatz zu regeln seien. Sollte man ihn in drei gleiche Stücke zerteilen? Das wäre eine Barbarei! Oder ihn an einem zentralen Ort deponieren und regelmäßige Treffen veranstalten, die ganz im Zeichen der Bewunderung des Kleinods stünden? Diese Möglichkeit schied aufgrund Al Learys enger Terminsituation aus. Man könnte den Ball der Götter auch in der Manier eines Wanderpokals herumreichen. Aber das barg die Gefahr einer Entführung in sich. Diese Wahrscheinlichkeit durfte nicht heruntergespielt werden. Nein, sie war sogar eine ernst zu nehmende Gefahr.

Unter den Männern brach nun ein lauter Streit aus, den Saraf zur Verpackung der letzten Quipus nutzte. Als die Schlägerei anfing, war alles verstaut, die Plastikbeutel zum Überquellen gefüllt. Langsam zog er sich zur Tür zurück.

Ein schmaler Mittelstreifen des blitzförmigen Ganges war auf ganzer Länge zu überblicken. Saraf hielt sich so lange wie möglich dicht an der Wand. Zwar blieb er so vor den drei Raufbolden verborgen, aber spätestens jetzt war er wieder einmal im Fernsehen zu sehen, wenn auch nur in dem des campuseigenen Sicherheitsdienstes. Nicht jedes Bild werde beachtet, hatte ihn Yeremi beruhigt. Es sei sogar höchst unwahrscheinlich, in den wenigen Sekunden entdeckt zu werden, die er zum Umladen der Quipus benötige. Danach, auf dem Weg zum Treppenhaus, sei ohnehin nur ein Raumpfleger zu sehen, der seinen Wagen schöbe. Als Yeremi ihren Plan beschrieben hatte, war alles so einfach erschienen. Hoffentlich würde sie Recht behalten.

Während am anderen Ende des Flures drei Männer über einer geduldig des Siegers harrenden Kugel rauften, erreichte der Hüne im Overall endlich die Feuerschutztür. In diesem Moment drehte sich Al Leary um.

Was immer *nun* sein Denken beherrschte – es war stark, machtvoller als die Gier nach dem Ball. Als er den hoch gewachsenen Gebäudereiniger gewahrte und aus einem seiner Müllsäcke farbige Schnüre heraushängen sah, stieß er einen gellenden Schrei aus. Der Bann fiel augenblicklich von ihm ab. Die beiden Posten prügelten sich dagegen immer noch um die rote Kugel, ihnen waren die Quipus gleichgültig.

»Halt!«, schrie Leary. »Bleiben Sie stehen!«

Sarafs Hand knallte gegen das schwere Eisenschott. Es flog auf wie eine hölzerne Saloontür.

Leary wusste, er konnte den Mann am anderen Ende des Ganges nicht mehr einholen, es sei denn … Der Psychologe wirbelte herum und schlug einen der beiden Posten nieder. Der andere sah ihn einen Augenblick erstaunt an, dann warf er sich auf den Gummiball. Leary riss dem an der Grenze des Bewusstseins dümpelnden Verlierer die Dienstwaffe aus dem Halfter, entsicherte sie im Umdrehen und feuerte mehrere Schüsse auf die knapp fünfzig Meter von ihm entfernte Gestalt, die ihr Alugestell gerade durch die Tür bugsierte.

Saraf zuckte zusammen, als um ihn herum die Projektile einschlugen. Eines traf Funken sprühend die Feuerschutztür, bevor diese geräuschvoll ins Schloss krachte. Er riss die beiden Müllsäcke aus ihrer Halterung, umfasste einen mit der rechten, den anderen mit der linken Hand und rannte die Treppe hinauf.

»Yeremi, kannst du mich hören?«, rief er ins Mikrofon der Freisprecheinrichtung.

Diese war eingeschaltet, der Ohrstöpsel hing da, wo er hingehörte, aber keine Antwort kam. Saraf lief weiter. Als er das Erdgeschoss erreichte, vernahm er einen unangenehmen, brenzligen Geruch. In der Nähe sah er Yeremis Putzmobil in der offenen Tür eines Zimmers stehen. Von ihr selbst fehlte jedoch jede Spur.

So schnell er konnte, lief Saraf zu den Glastüren, die hinaus auf die Straße führten. Dabei bemerkte er blaue, blinkende Lichter. Sie waren oben auf Autos montiert, die sich schnell näherten. Die Campuspolizei! Mit quietschenden Reifen kamen die ersten beiden Streifenwagen vor dem Museumsbau zum Stehen.

»Yeremi!«, schrie Saraf. »Sie müssen mich auf ihren Monitoren entdeckt haben. Ich stecke in der Falle!«

Aus dem Ohrhörer drang nur leises Rauschen.

Nachdem Yeremi sich ihres Overalls entledigt hatte, verließ sie das Büro im Erdgeschoss des Kunstmuseums und eilte mit großen Schritten auf die Straße hinaus. Am liebsten wäre sie einfach losgerannt, aber das hätte Verdacht erregen können. Sie lief die College Avenue hinauf, überquerte den Bancroft Way und hatte damit schon das Südende der Kroeber Hall erreicht. In einigen Fenstern brannte noch Licht. Auch im Büro des Dekans. Yeremi zwang sich zur Ruhe. Es war äußerst unwahrscheinlich, ausgerechnet jetzt Professor McFarell über den Weg zu laufen.

Sie konzentrierte sich auf Sarafs gleichmäßigen Atem im Ohrhörer ihrer Freisprecheinrichtung. Ein weiterer Blick auf die farbige Flüssigkeitskristallanzeige verriet nichts Neues – er stand immer noch im toten Winkel und wartete. Yeremi lief zwischen Springbrunnen und Hearst Museum hindurch. Letzteres bildete den südlichen Abschluss des Komplexes, in dem die Anthropologische Fakultät untergebracht war. Ohne einer einzigen Menschenseele zu begegnen, erreichte sie den Eingang an der nordöstlichen Flanke des L-förmigen Baus.

Auch in ihrem Innern war die Kroeber Hall wie leer gefegt. Auf dem Weg in ihr Büro sah Yeremi einmal die Gestalt eines beleibten Mannes über den Flur huschen, ansonsten begegnete sie niemandem. Endlich hatte sie ihr Ziel erreicht.

Es gab Assistenzprofessoren, die ihre winzigen »Denkkisten« mit Kollegen teilen mussten, Yeremi dagegen hatte ein Zimmer ganz für sich allein. Als »Lieblingsfamula« des Dekans genoss man gewisse Privilegien, ohne darum bitten zu müssen. Sie schaltete ihren PC ein, zog den Klipp ihres Handys vom Gürtel und legte es in ihren Schoß. Während der Computer das Betriebssystem lud, warf sie einen Blick auf den Miniaturbildschirm des Telefons – und erschrak. Das Bild auf dem Zwergmonitor zeigte nicht mehr die Feuerschutztür am Ende des langen Flures, sondern zitterte hektisch hin und her. Yeremi erkannte Sarafs Hände, die den Aluminiumcontainer packten, der die Quipus barg, ihn über den Boden zerrten, ausschütteten und wieder zurückschoben. Anschließend flogen zehn Finger dem Putzkarren entgegen, der in einem Nebenraum wartete, und schleppten ihn auf den Gang hinaus.

»Ich kann alles sehen«, raunte Yeremi ins Mikrofon. »Mach weiter! Ich bin gleich bei dir.«

Saraf durfte sich nicht verraten und schwieg daher. Das Booten des PC war inzwischen abgeschlossen. Yeremi atmete tief ein und aus, damit ihre Hände nicht zitterten. Jetzt durfte sie keinen Fehler machen. Saraf brauchte ihre Hilfe. Dringend! Sie rief das E-Mail-Programm auf, in dem sich Wilfried Kugels letzte Nachricht befand, und drückte in dem Bildschirmfenster die Schaltfläche »Weiterleiten«. Die Anzeige veränderte sich. Eine Sekunde lang dachte sie nach. Eine DVD mit ihren codierten Aufzeichnungen und den aus diversen Datenbanken zusammengetragenen Rechercheergebnissen zu brennen dauerte zu lange. Sie würde einfach alle persönlichen Dateien zur elektronischen Post des Deutschen hinzufügen und an ihre eigene private E-Mail-Adresse schicken. Später konnte sie dann die Daten in aller Seelenruhe aus dem Internet auf ihr Notebook herunterladen.

In wenigen Sekunden hatte sie ihre Dokumente in einem anderen Fenster mit der Maus markiert und in eine Archivdatei zusammengepackt. Diese klickte sie an, zog sie über die Mail Kugels und ließ das virtuelle Paket fallen.

»Weg damit!«, flüsterte sie und drückte auf die Schaltfläche mit der Aufschrift »Senden«.

Die Übertragung lief. Unglücklicherweise hatte der deutsche Hanussen-Experte seiner Mail mehrere Dutzend Megabytes an Faksimiles beigefügt: eingescannte Briefe, Urkunden und andere Dokumente. Selbst das schnelle Campusnetzwerk würde ein oder zwei Minuten brauchen, um diesen Datenberg abzutragen. Erst anschließend konnte sie die Mitteilung mit sämtlichen Anhängen löschen und damit ihre Spuren verwischen. Ungeduldig flog ihr Blick hin und her zwischen dem Bildschirm, der den Status der Übertragung anzeigte, und ihrem Handy, auf dem Sarafs Hände noch immer damit beschäftigt waren, die Quipus in Müllsäcke zu verstauen.

Die Fortschrittsanzeige des E-Mail-Programmes signalisierte einundneunzig Prozent. Zweiundneunzig, dreiundneunzig …

»Jerry! Ich wusste gar nicht, dass Sie in der Fakultät sind.«

Yeremi schrak heftig zusammen. Sie hatte ihre Aufmerksamkeit auf das Geschehen im Kunstmuseum gerichtet und daher das Öffnen der Bürotür völlig überhört. Schnell ließ sie ihr Handy in der Hosentasche verschwinden und gab sich alle Mühe, nicht ertappt auszusehen. Sie brachte sogar ein schwaches Lächeln zu Stande.

»Das bin ich auch nicht, Stan. In ein paar Minuten verschwinde ich wieder. Ich war gerade in der Gegend, und da fielen mir ein paar Dateien ein, die ich letzte Woche auf dem Server vergessen hatte. Ich wollte sie am Wochenende durchgehen. Es geht um unser Projekt.«

»Natürlich, worum sollte es sonst gehen?« McFarells großväterliches Gesicht lächelte, aber seine grünen Augen blieben kühl.

Yeremi warf einen raschen Blick auf den Bildschirm. Achtundneunzig Prozent.

»Kommen Sie doch bitte kurz in mein Büro, Jerry. Ich muss etwas mit Ihnen besprechen.«

»Können wir das nicht am Montag tun, wenn ...?«

»Nein, es ist dringend«, unterbrach der Dekan sie, immer noch freundlich, aber seine Stimme duldete keinen Widerspruch. Er hatte die Tür ganz aufgestoßen und lud Yeremi mit ausgestrecktem Arm zum Vorangehen ein.

Neunundneunzig Prozent. Die Übertragung war praktisch abgeschlossen. Aber die Daten mussten noch gelöscht werden. Yeremi erhob sich langsam aus ihrem Stuhl.

»Was ist denn?«, drängte der Dekan. »Nun kommen Sie schon!«

Aus den Augenwinkeln sah sie die Fortschrittsanzeige verschwinden; Hanussens Dossier reiste jetzt durch den Cyberspace. Yeremi hätte am liebsten laut aufgeschrien. Das Löschen der Daten erforderte nur einen einzigen Mausklick – wenn man es entsprechend vorbereitete. Aber das hatte sie nicht getan. Widerwillig umrundete sie den Schreibtisch und zwängte sich an McFarell vorbei durch die Tür.

»Sie hören Musik?«, sagte der Professor, während er zu ihr aufschloss.

»Was?«

»Die Stöpsel da in Ihrem Ohr.« Er deutete auf ihren Kopf. »Ist das ein MP3-Spieler oder wie die Dinger heißen? Wollte mir schon immer so eine Miniaturjukebox anschaffen. Zeigen Sie mal her!«

Yeremi konnte kaum noch einen Fuß vor den anderen setzen. »Die Musik kommt aus meinem Handy. Habe mindestens einhundert Titel drauf.«

»Unglaublich! Das müssen Sie mir zeigen.« Der Professor blieb stehen und reckte ihr fordernd die Hand entgegen. Dabei machte er ein Gesicht wie ein Hi-Fi-Enthusiast.

Die Bemerkung über das musikbegabte Handy war nicht gelogen: Eine einziger langer Druck auf die richtige Taste, und das Gerät begann den ersten Titel abzuspielen. Um es jedoch McFarell vorführen zu können, würde sie die Verbindung mit Saraf kappen müssen. Anstatt endlich nachzugeben, strahlte der offenbar zum Audiophilen mutierte Professor vor freudiger Erwartung.

»Vielleicht ist Ohrenschmalz am Kopfhörer.«

»Das macht nichts. Ich will die Stöpsel ja nicht essen.«

Yeremi stieß einen Seufzer aus, griff in die Hosentasche und drückte die Taste zum Beenden des Telefonats. Während ihre Hand das Handy herauszog, startete sie die Abspielfunktion. McFarell nahm ihr das Gerät aus der Hand und hielt sich die plärrenden Miniaturlautsprecher an die Ohren. Er freute sich wie ein kleiner Junge.

Das haben Sie mir nicht umsonst angetan, Stan!, schoss es Yeremi durch den Sinn. Im nächsten Augenblick rief sie: »Ach, wo habe ich nur meinen Kopf! Bin sofort wieder da …«

Sie machte auf dem Absatz kehrt und lief zu ihrer Bürotür zurück. Ohne auf McFarells Rufen zu achten, stürmte sie in den Raum, an den PC, markierte ihre verschlüsselten Dateien, wählte und bestätigte die Löschfunktion. Jetzt musste sie nur noch die Sicherungskopie im elektronischen Papierkorb entfernen. Kurzerhand wählte sie die Funktion »Alles löschen«. McFarells schwere Schritte hallten durch den Flur.

»Jerry, was soll denn das? Sie können doch später …«

»Komme schon!« Yeremi bestätigte die Sicherheitsabfrage, und alle Dateien waren unwiderruflich entfernt. Natürlich wusste sie, dass gewiefte Computerspezialisten immer noch an die Bits und Bytes herankommen konnten, aber dazu musste man gezielt suchen und einen begründeten Verdacht haben.

Sie lief zur Tür zurück und stieß unter dem Sturz beinahe mit dem Professor zusammen.

»Fast könnte man glauben, Sie wollten etwas vor mir verbergen«, murrte er.

Yeremi klimperte vor seiner Nase mit den Autoschlüsseln und schaltete mit der anderen Hand das Licht aus. »Ich will nur nicht zu Fuß nach Hause gehen. Können wir?«

McFarell warf einen argwöhnischen Blick in den Raum. »Ich werde später jemanden schicken, der Ihren Rechner ausschaltet.«

Auf dem Weg ins Büro des Dekans musste Yeremi über die Leistungsfähigkeit moderner Handys dozieren. Es fiel ihr schwer, überhaupt einen Satz herauszubringen. Saraf war vermutlich längst auf dem Weg zum Lieferwagen. Was immer er mit Leary und den Sicherheitsleuten angestellt hatte – es würde nicht ewig währen.

»Bitte nehmen Sie Platz«, sagte McFarell und deutete auf seine Ledersessel.

»Ich stehe lieber.«

»Setzen Sie sich!«, wiederholte er streng.

Yeremi ließ sich widerwillig auf einer Lehne des nächstgelegenen Sessels nieder.

Nachdem auch der schwere Körper des Professors eine bequeme Sitzposition gefunden hatte, blickten seine Gletschereisaugen Yeremi nachdenklich an. »Sie bereiten mir Kopfschmerzen«, eröffnete McFarell schließlich das Gespräch.

»Warum das?«, erwiderte Yeremi und klang dabei glaubhaft verwundert.

»Möglicherweise sind Sie nicht ehrlich zu mir.«

»Wer hat das gesagt? Etwa Al? Dieser …«

»Ich denke, mir ist die Problematik Ihrer Beziehung zu Doktor Leary durchaus bewusst, Jerry. Aber ich habe sie nicht zu mir gebeten, um irgendwelche Schuldfragen zu diskutieren. Mich interessiert etwas ganz anders: Halten Sie es für möglich, dass es einen Überlebenden des Massensterbens in den Wassarai Mountains gegeben hat?«

Die Frage traf Yeremi wie ein Keulenschlag. Mit offenem Mund starrte sie den Professor an.

»Darf ich Ihre Reaktion als ein Ja deuten?«, fragte McFarell nach einer Weile.

»Nichts dürfen Sie«, widersprach Yeremi ärgerlich. »Wie kommen Sie überhaupt auf diese Idee? Die Seuche kennt keine Sympathie oder Antipathie. Percey Lytton sagte …«

»Mich interessiert nicht, was Ihr Expeditionsarzt behauptet. Ich will wissen, was *Sie* denken, Jerry. Immerhin gibt es Resistenzen. Außerdem wurde mir berichtet, der Anführer des Silbernen Volkes sei mehrere Tage lang mit Antibiotika behandelt worden. Das könnte ihn vor der mörderischen Bakterieninfektion gerettet haben.«

Yeremi saß in der Klemme. McFarell war ein alter Fuchs. Er ließ sich nicht so leicht hinters Licht führen. Wie konnte sie diesen Raum verlassen, ohne seinen Verdacht zu erregen? Ihr Kopf war wie leer gefegt.

Das Telefon auf McFarells Schreibtisch klingelte. Einmal. Zweimal. Der Professor machte ein griesgrämiges Gesicht, erhob sich dann aber doch. Yeremi atmete leise auf. Wenigstens eine Verschnaufpause. Was konnte sie sagen, um ihn zu vertrösten? Sie drehte sich zum Schreibtisch um und erschrak.

McFarells Augen waren starr auf sie gerichtet, während er mehrmals nickte oder knappe Antworten gab. »Kommen Sie umgehend in mein Büro«, war der längste und letzte Satz, den er sprach. Dann legte er den Hörer auf und kehrte zu Yeremi zurück.

Weil er keine Anstalten machte, wieder seinen alten Platz einzunehmen, erhob auch sie sich von ihrer Sessellehne.

»Was gibt's?«, fragte sie.

»Ein Feuer.«

»Was? … *Wo?*«

»Gleich nebenan, im Berkeley Art Museum.«

Yeremi schauderte. »Ist es … Müssen wir evakuiert werden?«

»Der Brand selbst ist nicht das Problem. Er ist im Trakt des Pacific Film Archive ausgebrochen, mitten auf dem Steinfußboden im Foyer. Die Campuspolizei hat ihn mit Feuerlöschern unter Kontrolle bringen können, bevor überhaupt die Sprinkleranlage angesprungen ist.«

»Was … Warum sind Sie dann so … *verzweifelt*?«

McFarells Augenbrauen hoben sich. »Finden Sie, dass ich verzweifelt aussehe?«

»Zornig wäre vielleicht das bessere Wort.«

»Und trotzdem haben Sie meine Verzweiflung erkannt?«

Yeremi wäre am liebsten aus dem Büro gerannt. Sie wollte endlich wissen, was mit Saraf geschehen war, ob es ihm gut ging ... »Was sollen diese merkwürdigen Fragen?«, fauchte sie den Professor an.

Der indifferente Ausdruck in McFarells Gesicht wich einer kühlen Beherrschung, wie man sie eher von einem verantwortungsvollen Amtsträger erwartete. Er fixierte Yeremi aus seinen grünen Augen und sagte: »Wir haben alle Hoffnung auf die Quipus vom Dach des Waldes gesetzt. Aber die heiligen Schriften des Silbernen Volkes sind soeben verbrannt.«

Saraf Argyr wusste, was eine Falle war. Eingeschlossen, das Ziel tödlicher Waffen zu sein war ein ihm durchaus vertrautes Gefühl. Es gab noch eine Chance, seinen Hals aus der Schlinge zu ziehen. Nur für die Azofa war die Zeit abgelaufen. Die heiligen Schriften standen in Flammen. Al Leary selbst hatte sie mit seinem letzten Schuss entzündet, als der Querschläger und die Funken den Müllsack trafen. Die trockenen Knotenschnüre mussten sofort zu schwelen begonnen haben.

Sarafs Kehle war wie zugeschnürt. Er hätte das Feuer in der Eingangshalle löschen, den Großteil der Azofa noch retten können. Aber wenn die Polizisten seiner Beute habhaft geworden wären, dann hätten Yeremi und er die heiligen Schriften für immer verloren. Die Sicherheitsvorkehrungen wären drastisch verschärft worden. Al Leary war kein Mann, der sich ein zweites Mal überrumpeln ließ.

Vielleicht richtete man sich draußen auf eine wilde Schießerei ein. Oder man glaubte, der Mann auf dem Überwachungsmonitor habe weitere Komplizen. Jedenfalls stürmten die Polizisten nicht blindlings in das Foyer, sondern suchten zunächst vor dem Gebäude Deckung. Diese Zeit nutzte Saraf, um das geknüpfte Gedächtnis seines Volkes feierlich zu verbrennen. Er schüttete den Inhalt des zweiten Sacks in die Flammen des ersten. Gönnte sich noch einen Moment der Besinnung und verschwand dann im Innern des längst umstellten Gebäudes.

»Ist der Dieb jemand, den wir kennen?« McFarells Frage war an Al Leary gerichtet. Die beiden Männer und Yeremi saßen auf den schweren Ledermöbeln im Büro des Dekans und machten ernste Gesichter.

»Möglicherweise.« Der Psychologe beobachtete nun schon seit Minuten Yeremis minimalistisches Mienenspiel. Er blickte McFarell nicht einmal an, wenn er mit ihm sprach.

»Was soll das heißen, Al?«, knurrte McFarell. »Haben Sie den Mann erkannt oder nicht?«

»Ich bin mir nicht sicher. Mein Kopf war … Es ist schwer, das zu beschreiben.«

»Wie konnte so etwas überhaupt passieren? Sie haben zwei bewaffnete Sicherheitsleute bei sich gehabt. Hat der Fremde Sie bedroht, niedergeschlagen oder narkotisiert?«

»Er hat uns einen roten Ball vor die Füße gerollt.«

Yeremi hatte den Dekan selten sprachlos erlebt. Dies war einer jener seltenen Augenblicke. Wütend starrte er den Psychologen an und sagte einfach nichts. Sie selbst verbarg ihre Gefühle, so gut es ging. *Achte auf deinen Körper!* So lautete eine der zahlreichen Lektionen, die sie in den letzten Tagen von Saraf gelernt hatte.

Als das Schweigen kaum noch zu ertragen war, ergriff Leary erneut das Wort. Er klang wie jemand, der sich verantwortlich fühlte und doch alle Schuld von sich zu weisen suchte. »Es muss ein empathischer Trick gewesen sein. Je weiter sich der Gummiball von uns entfernte, umso mehr begehrten wir ihn. Er kam uns zart und zerbrechlich vor. Und unendlich kostbar. Erst wollten wir ihn nur ansehen und beschützen, aber dann brach ein Streit aus. Jeder kämpfte um den Ball …«

»Und kümmerte sich einen Dreck um die Quipus.«

»So ungefähr. Als ich den Dieb entdeckte, war es schon zu spät.«

»Das wird ein Nachspiel haben.«

Leary ließ den Kopf hängen.

»Vielleicht liefern uns die Bilder der Überwachungskameras weitere Hinweise.« Der Kopf des Professors machte eine Vierteldrehung, dann sah er Yeremi offen ins Gesicht. »Wissen Sie, was ich glaube, Jerry?«

Sie wusste es und zuckte die Achseln.

McFarell kratzte sich an der Nase, stand auf und begann im Raum auf- und abzugehen. »Was uns Al da eben beschrieben hat, ist ein Phänomen, das eine Ursache haben muss: Drei Männer verlieben sich in einen kleinen Gummiball. Hätte jeder etwas anderes empfunden, würde ich vielleicht auf eine Droge tippen, ein Gas, mit dem unser kluger Dieb sie benebelt hat. So aber … Ich kann nicht umhin, an die kollektiven Träume zu denken, die Sie im Dschungel von Guyana hatten. Damals war *ein* Mann dafür verantwortlich.«

Leary nickte. Er klang nicht einmal überrascht, als er sagte: »Saraf Argyr.«

Yeremis Hände wurden feucht, ihre Kehle trocken. Ihr Blick wanderte zwischen den beiden Männern hin und her.

Noch einmal ergriff Leary das Wort. »Du bist die Hauptverdächtige, Jerry. Ich könnte eine lange Liste von Gründen dafür aufzählen, angefangen von deinem unbändigen Bedürfnis, allein zu sein, nachdem wir in Georgetown eingetroffen waren, bis hin zu der Tatsache, dass du rein zufällig hier mit uns am Tisch sitzt, während drüben noch die Asche der Quipus raucht und du doch eigentlich deinen Urlaub in Morgan Hill genießen müsstest.«

Yeremi horchte auf. »Woher weißt du, dass ich gerade bei meinem Großvater wohne?«

Leary breitete die Arme aus. »Du wirst dich kaum einen halben Tag ins Auto setzen, um ein paar vergessene Unterlagen abzuholen. Was genau steht in diesen Dokumenten, die du *vergessen* hast?«

»Ist das jetzt schon ein Verhör? Dann rufe ich meinen Anwalt.«

McFarell baute sich vor ihr auf und sagte eindringlich: »Jerry, ich *flehe* Sie an! Haben Sie irgendetwas mit dem Feuer zu tun? Können Sie mir wirklich nichts über den Silbermann sagen?«

Sie blickte in seine klaren Augen und kam lange nicht mehr davon los. Wenn sie ihrem alten Mentor diese haarsträubende Geschichte erzählte, die sich von Hanussen über S. Arthur Moltridge und Iceberg bis zu Flatstone erstreckte, würde er ihr glauben? Vielleicht war Offenheit die letzte Chance, um den Professor auf ihre Seite zu ziehen. Als Alternative blieb nur – das war ihr klar – die Verhaftung. Sicher, Carl würde sie mit einem Spitzenanwalt schnell wieder freibekommen, aber Sarafs Suche nach den Mördern seines Volkes wäre dann wohl endgültig gescheitert. Sie holte tief Luft, öffnete den Mund …

Als plötzlich *Memory* aus dem Musical *Cats* erklang.

Die beiden Männer blickten sie verärgert an. »Ich glaube, das ist Ihr's«, sagte McFarell.

Yeremi griff in die Hosentasche und kontrollierte das Display. Sie fürchtete, den Namen »Silverman« dort zu lesen – so war Sarafs Handy in ihrem elektronischen Telefonverzeichnis hinterlegt –, aber stattdessen stand dort ein deutsches Wort: »Opa«.

Sie drückte die Abhebentaste. »Ja?«

»Ich bin's, Opa Carl. Ich Hornochse habe die ganze Zeit versucht, dich über deine übliche Nummer zu erreichen, bis mir endlich einfiel, dass du heute Abend ja eine neue hast. Dann war ununterbrochen besetzt und …«

»Worum geht's denn?«

Carl stutzte. Dann fragte er: »Kannst du reden?«

Sie sah die beiden Männer an, die jede ihrer Bewegungen verfolgten.

»Schlecht. Gib mir ein Stichwort.«

»Wir haben ihn am Schlafittchen.«

»Wen?«

»Flatstone! Eddy hat dein Höschen an das besagte Hightech-Labor gegeben – du weißt schon – und mordsmäßig Druck gemacht. Es hat sich als kluger Schachzug erwiesen, einen Mikrobiologen mit der Analyse zu beauftragen, der bis vor kurzer Zeit noch für das USAMRIID tätig war.«

»Für wen?«

»Das U. S. Army Medical Research Institute of Infectious Diseases in Fort Detrick, Maryland …«

»Doch nicht …?« Yeremi verschluckte den Rest ihrer Frage und blickte mit großen Augen in die Gesichter von McFarell und Leary.

»Es handelt sich um denselben Komplex, in dem Doktor Olson Anfang der Fünfziger mit Anthrax experimentierte, bevor er in das Artischocke-Programm gerufen wurde. Interessant, nicht wahr? In dem Labor werden immer noch Biowaffen entwickelt. Eddys Kontaktmann kennt den Bakterienstamm, der in deinem Blut nachgewiesen werden konnte, oder zumindest einen sehr ähnlichen. Es handelt sich um eine ›Designermikrobe‹, die durch gentechnische Tricks so eingestellt werden kann, dass sie nur für bestimmte Bevölkerungsgruppen schädlich ist, zum Beispiel ausschließlich für Personen mit einer bestimmten *Blutgruppe*. Klingelt's bei dir? Er sagt, die Grundlagen des Verfahrens wurden von einer Tochterfirma der Stheno Industries entwickelt und der USAMRIID verkauft …«

»Das genügt«, unterbrach Yeremi ihren Großvater. Sie schilderte ihm kurz die prekäre Lage, in der sie sich befand, und bat ihn, die Beweise für eine Verbindung Flatstones mit dem Massensterben im Dschungel noch einmal für den Dekan der Anthropologischen Fakultät zusammenzufassen. Dann reichte sie McFarell das Handy.

Mit versteinertem Gesicht hörte sich der Professor die Argumente des Bellman-Patriarchen an und sagte hierauf: »Dadurch ändert sich alles, Mr Bellman. Freuen Sie sich darauf, Ihre Enkeltochter heute Abend in die Arme zu schließen. Auf Wiederhören und gute Nacht.« Er drückte die Unterbrechungstaste und gab Yeremi das Telefon zurück.

Leary sprang aus seinem Sitz hoch. »Was soll das heißen, Professor? Jerry steht nach wie vor unter Verdacht, mit dem Dieb der Quipus unter einer Decke zu stecken. Sie können doch nicht …«

»Still!«, zischte McFarell. Der Ton seiner Stimme ließ den Psychologen förmlich gefrieren. »Wir hängen vielleicht am Geldtropf Ihres Arbeitgebers, aber das macht uns nicht zu seinen Leibeigenen. Wenn das Ansehen der Fakultät durch die Machenschaften Ihres Chefs beschädigt wird, verstehe ich keinen Spaß. Ich werde ihn persönlich aufsuchen und diese Angelegenheit auf den Tisch bringen. Bis nicht alles geklärt ist, was es zu klären gibt, bleibt Jerry auf freiem Fuß. Haben wir uns verstanden?«

McFarells Frage war nicht wirklich auf Widerspruch angelegt. Leary schien das zu spüren und nickte.

Der Dekan wandte sich Yeremi zu. »Das wäre vorerst alles, Jerry. Ihren Computer schalte ich schon aus. Gehen Sie nur nach Hause. Kommen Sie gut ins neue Jahr.«

Yeremi musste sich immer wieder mäßigen und sich zu einem normalen Tempo zwingen, während sie an der Ostfassade des U.C. Berkeley Art Museum entlang die College Avenue hinabging. An der Ecke Durant Avenue stand ein Streifenwagen der Campuspolizei mit laufendem Blaulicht. *Jetzt nur keine Aufmerksamkeit erregen!* Durch ihren Kopf flirrten tausend blitzende Gedanken wie Aluminiumkonfetti im Sonnenlicht. Immer wieder waren silberne Schnipsel darunter, die sie an Saraf erinnerten. Wo war er? Unauffällig blickte sie sich nach allen Seiten um. Vom Silbermann fehlte jede Spur.

McFarell hatte nicht erkennen lassen, ob jemand verhaftet oder – Yeremi schauderte bei dem Gedanken – verletzt worden war. Auf ihre Anrufe reagierte Saraf nicht. Stattdessen erklärte ihr eine weibliche Stimme mit Engelsgeduld, der Teilnehmer sei im Augenblick nicht erreichbar. *Aber wo ist er?* Darauf wusste auch die freundliche Dame am Telefon keine Antwort.

Ein junger Polizist stand auf dem Gehweg, lässig gegen die Motorhaube seines Streifenwagens gelehnt. Als Yeremi sich ihm näherte, tippte er mit der Hand an seine Mütze. Die Bondine nickte ihm lächelnd zu und lief weiter – um gleich darauf, täuschend spontan, stehen zu bleiben und sich umzudrehen.

»Guten Abend, Officer. Weiß man inzwischen, was den Brand ausgelöst hat? Der ganze Campus spricht davon.«

»Und ich dachte, alle seien längst zu Hause und bereiteten sich auf den Silvesterabend vor.«

»Nicht alle. Sie wissen ja, wie das ist. Forscher! Die finden nie ein Ende.« Sie schenkte dem Polizisten ein bezauberndes Lächeln. *Wahre und berechnende Einfühlung sind wie die dunkle und die helle Seite des Mondes, Jerry. Lerne, sie zu unterscheiden!* Sarafs Mahnung klang in ihrer Erinnerung wie eine Anklage, weil sie die funktionale Empathie gerade wie eine Wahrheitsdroge für ihre Zwecke einsetzte und sich ziemlich schlecht dabei fühlte.

Der junge Polizist empfand Dankbarkeit für die Abwechselung. Yeremi war genau sein Typ. Er lächelte zurück, nickte und scherzte: »Und ob ich das kenne! Erlebe es tagtäglich. Wenn es nachts in den Labors rumort, wissen wir nie, ob nur irgendein zerstreuter Professor ohne Anmeldung sich dort gerade den Nobelpreis verdient oder ein Dieb sein Unwesen treibt. Heute Abend war's jedenfalls keiner von der ersten Sorte.«

»Wollen Sie damit sagen, Einbrecher hätten …?« Yeremis Mund blieb offen stehen, ihre braunen Augen waren weit aufgerissen.

Der junge Mann erkannte die einmalige Chance, sich wichtig zu machen. »Wir wissen noch nicht, wie viele es waren. Einen hatten wir gestellt, ehe er sich absetzen konnte …«

»Dann sitzt der Brandstifter jetzt hinter Gittern? Das geschieht ihm recht!« Yeremi hielt den Atem an.

»Leider nicht. Er ist den Kollegen entkommen.«

»Das gibt's doch nicht! Wie konnte denn das passieren?«

»Ich war selbst nicht dabei. Schade! Mir wäre dieser Schnitzer bestimmt nicht passiert.«

»Kann ich mir auch nicht vorstellen«, schmeichelte Yeremi. »Wie haben's Ihre Kameraden denn verbockt?«

»Sind eingeschlafen.«

»Wie bitte?«

»Der Bursche ist drüben auf der anderen Seite aus dem Fenster gesprungen und getürmt.«

»Bei der Bowditch Street?«

»Ja. Drei Beamte waren dort postiert, Verstärkung von der Stadtpolizei. Man fand sie zusammengerollt wie schlummernde Kinder im Gras. Irre, was!«

»Kann man wohl sagen.« Yeremi hob die Schultern und spreizte die Arme ab. »Na ja, dann werd ich mal wieder.«

»Ich habe bald Dienstschluss. Hätten Sie Lust zu 'ner Pizza?«

Yeremi war schon wieder auf dem Weg. Sie drehte sich noch

einmal um, lachte im Rückwärtsgehen und erwiderte: »Tut mir Leid, Officer, aber ich habe heute noch eine Menge vor.«

Weitere Polizisten beobachteten den Komplex des U.C. Berkeley Art Museum von anderen Positionen aus. Saraf musste an den schlafenden Beamten vorbei zur Bowditch Street gelaufen sein und von dort …

Yeremi hatte keine Ahnung.

Ihr Minitransporter stand einen Block weiter südlich. Sie hatte gehofft, Saraf in dem Wagen anzutreffen – er besaß einen kompletten Satz Schlüssel –, wurde aber enttäuscht. Sie warf nur einen kurzen Blick in den kleinen Daihatsu Extol, verriegelte ihn sogleich wieder und machte sich erneut auf die Suche. Wo nur hatte sich Saraf versteckt?

Es dauerte ungefähr eine Stunde, bis Yeremi am Rand der Verzweiflung stand. Immer wieder wischte sie sich Tränen aus dem Gesicht. Der Gedanke, Saraf könne orientierungslos wie ein kleines Kind durch Berkeley irren, erschien ihr unerträglich. Er kannte sich in dieser Welt doch nicht aus. Nein, ihre Sorge hatte nun wirklich nichts mit zärtlichen Gefühlen zu tun, sondern nur mit Verantwortungsbewusstsein. Ihr verdankte er doch diesen ganzen Schlamassel! Er musste verzweifelt sein. Die heiligen Schriften seines Volkes waren zerstört, für immer verloren. Was fleißige Hände in ungezählten Jahren aus farbigen Schnüren geknüpft hatten, war zu Asche zerfallen.

Endlich kehrte Yeremi zu ihrem Wagen zurück. Nein, sie würde nicht aufgeben. Möglicherweise, nur diese Hoffnung blieb ihr noch, lief Saraf den Weg zurück, den sie gekommen waren. Auf dieser Strecke wollte sie ihn suchen.

Sie fuhr im Schritttempo die College Avenue nach Süden, bog dann in östlicher Richtung auf den Dwight Way ein. Dabei blickte sie in Nebenstraßen und Hauseingänge. Nirgends war eine hoch gewachsene Gestalt zu entdecken, die Saraf auch nur entfernt ähnelte. Kurz hinter dem *Dwight Way House* betätigte sie den linken Blinker und nahm die Telegraph Avenue. Sie verließ nun endgültig den Campus, und von Saraf fehlte noch immer jede Spur.

»Jetzt lass dich endlich blicken!«, jammerte sie und hämmerte dabei mit den Fäusten aufs Lenkrad. Aus ihrem Unterbewusstsein drängte sich eine fürchterliche Vorstellung in ihre Gedanken: *Was ist, wenn du ihn niemals wiedersiehst?*

Die letzten Dämme gegen die Tränenflut brachen. Das salzige Elend schoss ihr unkontrolliert aus den Augen. Zum Glück war die Straße nur wenig befahren. Yeremi konnte kaum etwas sehen. Auch die dunkle Gestalt nicht, die plötzlich vor ihr Auto sprang.

Im letzten Moment trat Yeremi auf die Bremse. Reifen quietschten. Der Daihatsu drohte hinten auszubrechen und blieb nur eine Handbreit vor dem Lebensmüden stehen. Yeremi war völlig benommen. Sie schaltete den Scheibenwischer an, aber die Gestalt hinter der verschwommenen Windschutzscheibe wurde dadurch nicht klarer. Es schien ein Mann zu sein. Er lief jetzt zur Beifahrertür und klopfte ans Fenster. So begannen viele Überfälle. Yeremi dachte nicht im Traum daran zu öffnen.

»Jerry, nun öffne bitte endlich die Tür!«

Yeremis Atem stockte. Eine heiße Welle durchwogte sie. Das nicht unangenehme Kribbeln entsprang irgendwo hinter ihren Ohren, rann den Nacken herab, über ihren ganzen Rücken und brach sich dann in ihrem Leib. Schnell wischte sie sich mit dem Ärmel die Tränen aus den Augen und konnte nun auch erkennen, was ihr Herz längst gesehen hatte.

»Saraf!«

Anstatt ihn hereinzulassen, riss sie die Wagentür auf, rannte um den Kühler herum und prallte sodann gegen den Silbermann. »Du lebst!« Sie bemerkte nicht, wie schwer es ihm fiel, seine Arme auf ihren Rücken zu legen, sie an sich zu drücken – so sehr wurde sie in diesem Moment vom Gefühl der Erleichterung beherrscht.

»Hast du daran gezweifelt?«, fragte er verwundert. Ein gelber Achtzylinder donnerte mit überhöhter Geschwindigkeit an ihnen vorbei.

»Du hättest tot sein können!«

Er lächelte, und sein Daumen fuhr sanft über die verblasste Narbe an Yeremis Hals. »Du hast mir nie erzählt, wie du dazu gekommen bist.«

Unvermittelt änderte sich ihr Gemütszustand. Sie stieß sich von Saraf ab und begann ihn zu beschimpfen. »Du bist ein Hornochse. Oder ein dummes Kalb, wenn dir das lieber ist. Die Knotenschnüre sind verbrannt, die Polizei ist auf der Suche nach dir, und du fragst mich nach alten *Narben*! Ich hätte mir lieber eine Tüte Popcorn kaufen und ins Kino gehen sollen.«

Er runzelte die Stirn. »*Kino?* War das nicht dieser riesengroße Fernseher, der in einem Tempel …?«

»Das ist jetzt nicht lustig, Saraf!«

»So war es auch nicht gemeint, Jerry.«

»Dann steig endlich ein.«

»Die Tür ist verschlossen.«

»Oh!« Sie blitzte ihn noch einmal an, das musste als Strafe für seinen Leichtsinn genügen. Dann umrundete sie wieder den Wagen, kletterte hinter das Lenkrad und öffnete von innen die Beifahrertür.

Als er endlich neben ihr saß und der Kleintransporter sich wieder in Bewegung gesetzt hatte, sagte sie leise: »Tu so etwas bitte nie wieder, Saraf!«

Der Silbermann sah sie traurig an. »Vielleicht werde ich es aber müssen, Jerry. Schon bald.«

GEFÜHLSTOTER GESUCHT

San Francisco (Kalifornien, USA)
31. Dezember 2005
0.41 Uhr

An dem langen Mahagonitisch saßen nur drei Personen, obwohl auch zwei Dutzend bequem daran Platz gefunden hätten. Das monströse Möbel stand im sechsundvierzigsten Stock des *Stheno Building*, im Herzen von San Franciscos Finanzdistrikt. Über den drei Männern gab es nur einen seit Jahren nicht mehr benutzten Hubschrauberlandeplatz. Und den Himmel.

Jefferson H. Flatstone saß bewegungslos am oberen Ende des Tisches. Er war ein Mann von strenger Disziplin. In jeder Beziehung. Das begann beim eigenen Körper, der trotz seiner zweiundfünfzig Jahre nach wie vor kein Gramm Fett zu viel auf die Waage brachte, und es endete noch lange nicht bei dem schwitzenden Mitarbeiter, der links von ihm saß, gerade diese haarsträubende Geschichte erzählt hatte und vermutlich lieber ein paar glühende Eisenstäbe auf dem Gesicht erduldet hätte, als den Blick seines Chefs noch eine Sekunde länger zu ertragen. Endlich brach der Herr von Stheno Industries das Schweigen.

»Und es war nur ein *Ball*?«

Al Leary konnte sich endlich von den hypnotischen Augen Flatstones lösen. Verstört sah er zu dem Mann auf der anderen Seite des Tisches, der das Verhör mit einem amüsierten Ausdruck verfolgte. »Nun«, druckste Leary, »ich denke, es war weit mehr als das.«

»Das glaube ich allerdings auch.« Flatstone nickte gewichtig. Seine schwarze Haut war, abgesehen von einer Narbe über dem linken Auge, makellos glatt. Das Licht einer einzelnen Deckenlampe schimmerte auf seiner Stirn. Vor Jahren hatte er es sich zur

Gewohnheit gemacht, grelle Scheinwerfer ebenso zu meiden wie die Sonne. Beides erzeugte Hitze, man schwitzte, und der Schweiß lief in die Augen. Das Halbdunkel passte ohnehin besser zu seinen Geschäften.

»Ich glaube, wir wissen alle, was das bedeutet«, sagte der Mann, der Leary gegenübersaß. Sein Ton war ernst, aber nicht übermäßig besorgt.

Flatstone nickte. »Saraf Argyr kommt uns näher.«

»Ja, und Yeremi Bellman hilft ihm dabei«, mischte sich Leary ein. »Sie ist schlau! Jetzt, wo sie die Verbindung zwischen dem Massensterben auf dem Dach des Waldes und unserem Unternehmen hergestellt hat, ist es nur noch eine Frage der Zeit …«

»Stheno Industries ist immer noch *mein* Unternehmen«, unterbrach Flatstone den Psychologen. Seine Stimme klang schneidend.

»Es gibt nicht viele Labors in Kalifornien, die in der Lage sind, aus einigen vertrockneten Blutstropfen auf uns zu schließen«, gab der Dritte am Tisch ruhig zu bedenken.

»Zieht man das Insiderwissen über die geheimen Biowaffenprogramme des USAMRIID in Betracht, bleibt im näheren Umkreis wohl nur eines übrig«, sagte Flatstone auf eine bedrohlich klingende Weise.

»Dann wissen Sie ja, was zu tun ist, Jeff.«

Flatstone schürzte die Lippen und lächelte. »Ja, ich denke, das weiß ich. Wir werden uns um die Sache kümmern.«

»Das beruhigt mich.«

»Bleibt immer noch Saraf Argyr«, merkte Leary an.

Flatstones eng beieinander stehende Augen wurden zu schmalen Schlitzen. »Sie sollten ihn allmählich unter Kontrolle bringen, Al. Umso mehr, da die Quipus jetzt zerstört sind. Saraf Argyr ist vielleicht der Einzige, der uns das Wissen der Weißen Götter erschließen kann. Wenn die Polizisten ihn heute Abend aufgrund *Ihrer* Nachlässigkeit erschossen hätten, dann …« Flatstone musste das Strafmaß nicht erst aussprechen, um den Adrenalinpegel in Learys Blut anzuheben.

»Das Problem mit diesem Silbermann ist sein Fühlsinn …«

»Sie meinen die empathische Telepathie.«

»Ja. Wenn er wachsam ist – und das scheint er in den letzten Tagen stets zu sein –, dann kann man sich ihm nicht nähern, ohne von ihm bemerkt zu werden. Jeder Mensch fühlt *irgendetwas*, wenn er sich auf die Jagd nach einem anderen begibt. Sobald Saraf die von einem Angreifer ausgehende Gefahr spürt, greift er auf seine Gefühlsspielerei zurück: Er pflanzt ihm Müdigkeit ein oder Interesselosigkeit oder …«

»Die Gier nach einem kleinen roten Gummiball.«

Leary schlug die Augen nieder.

Flatstone blieb unerbittlich. »Sie haben den Karren in den Dreck gefahren, Al, jetzt sehen Sie zu, wie Sie ihn da wieder rausbekommen.«

Leary war es gewohnt, den eigenen Körper einzusetzen, um Menschen zu manipulieren, und er konnte die Signale anderer normalerweise erkennen und bewusst gegensteuern. Aber Flatstones Physis bediente sich einer Sprache, der selbst er sich beugen musste. Wie ein gescholtener Junge starrte Leary vor sich auf die Tischplatte. Plötzlich vibrierte sein Handy in der Brusttasche. Erschrocken sah er auf.

Flatstone runzelte die Stirn.

»Ein Anruf«, sagte Leary. »Entschuldigen Sie, aber die Nummer kennen, abgesehen von Ihnen natürlich, nur ganz wenige.«

Flatstone fuchtelte ungeduldig mit der Hand – ein wortloses »Nun nehmen Sie schon ab!«.

»Ja?«, sagte Leary, nachdem er die grüne Taste auf seinem Handy gedrückt hatte.

»Ich bin's.«

»Jerry?!« Leary war mehr als erstaunt. Mit den Lippen formte er für die anderen beiden am Tisch die Worte »Yeremi Bellman«.

»Du musst dich mit mir treffen, heute noch.«

»*Du* willst dich mit *mir* treffen?«, wiederholte Leary in ungläubigem Ton. Er wollte Flatstone und Sam wissen lassen, worum es in dem Gespräch ging. »Ist das etwa eine neue zarte Annäherung?«

»Nach dem, was du dir vor ein paar Stunden geleistet hast? Dein

Selbstvertrauen ist wirklich unerschütterlich, Al Leary. Nein, ich muss ein paar Dinge mit dir besprechen. Mir gefällt es nicht sonderlich, als Diebin und Brandstifterin verdächtigt zu werden.«

»Dann geht es also um eine persönliche Aussprache?«

»Wenn du es so nennen willst. Ich würde es eher als Hilfsangebot betrachten. Immerhin arbeitest du für eine Firma, deren Verantwortliche des vielfachen Mordes angeklagt werden könnten. Warst du nicht stellvertretender Expeditionsleiter …?«

»Keine Drohungen, Jerry! Also gut, ich treffe mich mit dir …«

Flatstone verschaffte sich mit einer abwiegelnden Geste Aufmerksamkeit. Als Leary ihn fragend anblickte, warf sein Boss drei Worte auf den vor ihm liegenden Notizblock und drehte das Blatt um.

Nicht vor morgen!

Leary nickte Flatstone zu und sagte ins Telefon: »Heute passt es mir überhaupt nicht. Können wir uns morgen sehen?«

»Damit du in Ruhe Neujahr feiern kannst? Meinetwegen. Kennst du das *Caffe Trieste*?«

»Du meinst das Café an der Ecke Vallejo und Grant Street?«

»Sei um zwei Uhr mittags dort. *Pünktlich!*« Es klickte, und das Gespräch war beendet.

Leary fasste für die beiden Männer am Tisch noch einmal das Telefongespräch zusammen.

Flatstone sank in seinen Sessel zurück und lächelte zufrieden. »Wenn sie schon hieb- und stichhaltige Beweise gegen uns hätte, würde sie nicht anrufen.«

»Sie hat genug, um das FBI auf uns zu hetzen.«

»Dann müssen wir dafür sorgen, dass es nicht dazu kommt. Wir haben siebenunddreißig Stunden Zeit. Wo waren wir stehen geblieben?«

»Bei Saraf Argyr. Vielmehr bei der Suche nach einer Möglichkeit, seiner habhaft zu werden. Wie ich schon sagte: Kein Mensch, ob in guter oder böser Absicht, kann sich dem Silbermann nähern, ohne von ihm bemerkt zu werden …« Learys Stimme versickerte in tiefer Nachdenklichkeit. Plötzlich hellte sich sein Gesicht auf.

»Es sei denn, er hat überhaupt keine Gefühle!«

Flatstone wirkte skeptisch. »Selbst gefühls*kalte* Menschen besitzen immer noch eine Spur von Emotionen.«

Al schüttelte den Kopf und sagte nur ein Wort: »Agnosie.«

Flatstone begann langsam zu nicken. Seine Stellung an der Spitze von Stheno Industries hatte er sich nicht nur durch Rücksichtslosigkeit erkämpft, sondern vor allem durch ein profundes Wissen über die menschliche Seele. Kontinuierlich informierte er sich über den Stand der Forschung. Agnosie konnte tatsächlich den Weg zur Lösung weisen. In einem Aufsatz hatte er über diese seltene psychische Erkrankung gelesen, die meist infolge einer Hirnverletzung auftritt. Die Patienten zeichneten sich durch eine erschreckende Teilnahmslosigkeit aus, weil ihnen das Bewusstsein ihrer selbst abhanden gekommen sei, hieß es in dem Fachartikel. Ohne diesen Sinn für das Selbst könne man seine Erlebnisse nicht mehr dem eigenen Organismus zuordnen. Damit sei man auch unempfänglich für das Leid anderer. Jemand, dessen Emotionen aufgrund von Agnosie gleichsam gelähmt waren, würde sich kaum unauffällig in der Öffentlichkeit bewegen können, aber Learys Ansatz zeigte eine viel versprechende Perspektive auf. Flatstone grinste.

»Ich hatte schon fast an Ihnen gezweifelt, Al. Wir müssen also nur jemanden finden und zur Zusammenarbeit überreden, der unter einer zerebralen Läsion mit agnosieähnlichen Symptomen leidet. Was schlagen Sie vor?«

»Man könnte sich in die Patientendateien von Universitätskliniken hacken, die solche Fälle behandeln, besser wäre allerdings …« Leary rieb sich nachdenklich das Kinn.

»Ja?«

»Die Securitate, die Geheimpolizei unter dem rumänischen Staatschef Ceausescu, hatte eine ganz spezielle Methode, um sich skrupellose Rekruten heranzuziehen. Sie steckte Waisenkinder in Heime, wo sie fast völlig ohne emotionale Zuwendung aufwuchsen. Normalerweise stirbt ein Kind, das unter totalem Liebesentzug aufwächst. Wenn es trotzdem überlebt, dann könnte man sich keinen kälteren Killer vorstellen.«

»Jetzt sind Sie wieder der Alte«, freute sich Flatstone. »Und wenn ein solcher Killer dann noch – sagen wir, durch eine Hirnblutung – eine Störung davonträgt, die seine Fähigkeit zu fühlen ganz abtötet, dann wird er zum Roboter im Körper eines Menschen: frei programmierbar, zu allem bereit.«

»So jemand dürfte nicht leicht zu finden sein. Und vor allem nicht auf die Schnelle.«

»Das lassen Sie meine Sorge sein. Noch ist die Situation nicht außer Kontrolle, und wir kommen vielleicht mit ›sanfteren‹ Methoden auch zum Ziel.«

»Sanft?« Der amüsierte Einwurf kam von dem Mann, den Flatstone mit Sam angesprochen hatte.

Der Chef von Stheno Industries lächelte diabolisch. »Wie sagen doch die Chinesen? Wenn du deinen Gegner nicht besiegen kannst, dann mache dir seine Stärken zu Nutze.«

KESSELJAGD

Morgan Hill (Kalifornien, USA)
31. Dezember 2005
0.44 Uhr

Genau vierzig Tage waren vergangen, seit die Operation Clean Sweep mit feurigem Besen die Höhlen des Silbernen Volkes leer gefegt hatte. Und nun war auch der letzte Schatz aus Sarafs unterirdischem Heimatdorf verbrannt. Yeremi hätte immerfort heulen können.

Sie hörte kaum zu, als Saraf im Garten von Bellman's Paradise für ihren Großvater die dramatischen Ereignisse der letzten Stunden zusammenfasste. Fredrika schlief tief und fest im Haus.

»Was wollt ihr jetzt tun?«, fragte Carl, nachdem er alles gehört hatte.

»Die Schlinge zieht sich zu. Wir müssen unseren Hals herausziehen, bevor es zu spät ist«, sagte Saraf.

»Ihr könntet Montag früh nach San Jose fahren und die Ergebnisse der Blutanalyse abholen, gleich nachdem das Labor geöffnet hat. Du wirst dort unter dem Namen Lina Lunowitsch geführt, Jerry.«

»Wie einfallsreich!«, brummte sie.

»Eddy meinte, das sei sicherer.«

»Das Timing ist perfekt. Wenn Al sich morgen quer stellt, dann übergeben wir am Montag den Behörden mein Dossier und die Daten der Blutuntersuchung.«

»Ich kann mir nicht vorstellen, dass Leary seinen Boss verpfeift.«

Yeremi lächelte wissend. »Das werde ich von Al auch nicht verlangen. Jedenfalls nicht sofort. Er soll mir erst ein paar Antworten geben, um Licht in das Massensterben von Guyana zu bringen.«

»Welches Sterben meinst du?«

Der optimistische Ausdruck wich aus Yeremis Gesicht, sie schlug die Augen nieder und antwortete: »Das eine wie das andere.«

»Also gut. Ruf den Burschen an, und gib ihm Feuer.«

Yeremi holte ihr Handy hervor und wechselte im Licht eines von Saraf gehaltenen Feuerzeugs die SIM-Karte, wodurch das Mobiltelefon wieder seine ursprüngliche »Identität« zurückerlangte. In dem Gerät bewahrte sie seit Learys überraschendem Anruf in Pacific Grove seine Geheimnummer auf. Man könne ja nie wissen, hatte sie damals gedacht. Jetzt kam ihr diese Voraussicht zugute.

»Ja?«, meldete sich Learys Stimme.

»Ich bin's«, sagte Yeremi und kam schnell zur Sache. Leary gab sich beschäftigt. Nachdem die Verabredung für den Neujahrstag getroffen worden war, blickte Yeremi ihren Großvater und Saraf gespannt an.

»Sie führen irgendetwas im Schilde.«

»Wie kommst du darauf?«, fragte Carl.

»Sie spürt es«, sagte Saraf.

»Al hatte richtig Muffensausen, als ich ihm drohte, aber dann wollte er sich doch nicht auf den heutigen Tag festlegen lassen.«

»Sie versuchen, Zeit zu schinden«, brummte Carl.

»Fragt sich nur, wofür.«

»Wir sollten jedenfalls vorsichtig sein. Hast du die Telefonnummer von dem Laborleiter in San Jose? Ich traue Flatstone zu, dass er ein paar Leute schickt, die meine Proben und Testergebnisse stehlen.«

Carl schüttelte den Kopf. »Eddy hält sich immer sehr bedeckt, was seine Informanten betrifft.«

»Dann rufen wir ihn an, und er soll den Mann bitten, mein Zeug in Sicherheit zu bringen.«

»Also gut, gib mal her, dein fotografierendes Musiktelefon. Ich werde Eddy über den neuesten Stand der Dinge ins Bild setzen und ihm ein Liedchen singen, das ihn auf Trab bringt.«

Die Strapazen forderten ihren Tribut. Am Samstagmorgen erwachte Yeremi erst kurz vor zehn. Als ihr verschleierter Blick den Wecker streifte, fuhr sie wie eine Rakete aus dem Bett. Nur Minuten später traf sie im Wintergarten auf Saraf und ihren Großvater. Die beiden Männer plauderten über belanglose Dinge, keine Spur mehr von den Ressentiments, die Carl anfangs gegen den Silbermann gehegt hatte.

Saraf begrüßte Yeremi mit einem seltsam tiefen Blick, der sie nervös machte. Er hatte die Nacht über im Haus Wache gehalten, was ihm aber nicht anzusehen war. Nach dem Frühstück unternahmen sie einen Ausritt in Richtung Henry W. Coe State Park. Auf dem Rücken ihres Pferdes fühlte sich Yeremi einigermaßen sicher vor unsichtbaren Mikrofonen. Ihnen blieben nicht einmal vierundzwanzig Stunden, um die nächsten Schritte vorzubereiten. Morgen Mittag würde sie mit Al Leary sprechen. Danach gab es zwei Optionen: Wenn er sagte, was Yeremi hören wollte, würde sie für Flatstones umgehende Verhaftung sorgen. Andernfalls, das war Yeremi klar, musste sie mit Saraf untertauchen. Sie hatte ihn und ihre Familie schon lange genug in Gefahr gebracht.

Obwohl Yeremi es sich nur zögernd eingestand – sie genoss das Alleinsein mit Saraf. Er strahlte fast in jeder Situation Ruhe und Sicherheit aus. Ausführlich unterhielten sich die beiden, während sie durch die Natur ritten. Saraf erzählte über den Silbernen Sinn. Er tat es nie belehrend. Offenbar machte er sich Sorgen um sie, und das gefiel ihr. Sie lauschte aufmerksam, selbst wenn er über »die dunkle Seite des Fühlsinns« sprach, und wiederholte geduldig seine Lehrsätze, obgleich er sie nie darum bat.

»Der Fühlsinn geht immer mit ehrlicher Selbsteinschätzung einher, Jerry. Mach dich nicht schlechter, als du bist. Aber übertünche deine Schwächen auch nicht mit einer geschönten Wirklichkeit. Wenn du gelernt hast, dich so zu sehen, wie du bist, wirst du auch dein Gegenüber klarer erkennen. Dadurch gewinnst du Macht.«

Ihre Pferde schritten langsam nebeneinander her. Yeremi betrachtete Saraf von der Seite. Er sah gut aus. Wie ein antiker König auf seinem Schlachtross. Seit er den Bart wieder wachsen ließ, wirkte er mit jedem Tag ein wenig weiser. Sie wich einem tief hängenden Ast aus und sagte: »Die Menschen in deiner Nähe verändern sich.

Molly ist ein neuer Mensch geworden, und auch ich habe gelernt umzudenken. Früher war ich mir meiner Sehnsüchte nicht bewusst. Das hat mich verführbar, für die dunkle Seite der Empathie empfänglich gemacht. Ich konnte meine Wunschträume nicht richtig einschätzen. Manchmal habe ich Unsummen von Geld für Sachen ausgegeben, die mich weder interessierten noch meine wahren Bedürfnisse befriedigten. So mancher Verkäufer hat mich ausgenommen wie eine Gans. Irgendwie war ich das wohl auch: eine dumme, eingebildete Gans. Ich brauche alle diese Dinge nicht, damit mein Herz Ruhe findet. Das wird mir allmählich bewusst.«

»Gut, dann ist es jetzt an der Zeit zu lernen, deinen natürlichen Instinkten zu vertrauen.«

»Wie meinst du das?«

»Der Silberne Sinn ist in jedem Menschen verborgen. Er warnt uns vor Gefahr. Man muss der Einfühlung nur Aufmerksamkeit schenken. So kannst du überlegt auf sie reagieren, anstatt dich von Angst lähmen zu lassen.«

»Du bist hier der Gefühlsspieler, nicht ich.«

»Neulich hast du mir erzählt, du hättest vor deiner Reise in den Dschungel eine Bibliothek besucht und das Empfinden gehabt, Dutzende von Blicken seien auf dich gerichtet gewesen. Wie du siehst, bist du nicht ganz unbegabt.«

»Ich habe Al eine ziemliche Szene gemacht. Da ist es wohl ganz normal, wenn man sich angeglotzt fühlt. Außerdem gibt es wissenschaftliche Untersuchungen, die solche ›Wahrnehmungen‹ als Ammenmärchen entlarvt haben.«

»Wurdest *du* dabei untersucht?«

Sie wich seinem fragenden Blick aus und verlegte sich stattdessen aufs Schweigen. Etwa eine halbe Meile später sagte sie: »Egal ob man den Silbernen Sinn besitzt oder nicht, man muss sich hüten, seine Wahrnehmung durch die eigenen erregten Gefühle zu behindern.«

»Ja, sonst übersiehst oder überhörst du vielleicht, was lebenswichtig für dich sein könnte. Du bist eine gute Schülerin, Jerry!«

»Ich …« Yeremi stutzte. Hatte er da eben gesagt, *sie* sei die Schülerin? Ein Lächeln huschte über ihre Lippen. »An deiner Seite fühle ich mich sicher, Saraf. Wenn du bei mir bist, wird Leary mir nichts antun können.«

»Ich bin kein Gott, Jerry, und nicht allmächtig. Je eher du lernst, auf den eigenen Beinen Halt zu finden, desto schwerer werden dich Männer wie Leary erschüttern können. Bald brauchst du mich nicht mehr.«

Yeremi erschrak. »Was willst du damit sagen?«

»Wir sind aus zwei verschiedenen Welten. Ich muss meinen Weg gehen und du den deinen. Mein Herz könnte keinen zweiten Verlust wie den Faïnas erleiden.«

Yeremi zügelte ihr Pferd und starrte Saraf fassungslos an. »Heißt das … Ich bedeute dir etwas?«

Er seufzte und ließ den Kopf hängen, ein für Saraf höchst ungewöhnliches Verhalten. »Ach, Jerry! Du weißt es doch längst, aber du leugnest deine Gefühle noch immer.«

Ihr Herz schlug in der Brust wie eine Trommel. Sie war nicht nur aufgeregt, sondern vor allem verwirrt. »Und warum spüre ich da diese Mauer, hinter der du dich vor mir versteckst?«

»Vielleicht, weil ich es nicht ertragen könnte, dich an meiner Seite dahinwelken zu sehen.« Er trieb seinem Pferd die Fersen in die Weichen und trabte davon.

Nach dem Ausritt war nichts mehr wie zuvor. Immer noch beherrschte Scheu Yeremis Umgang mit Saraf, aber jetzt war die Angst, von seinem Fühlsinn manipuliert zu werden, fast ganz verschwunden. Dafür fürchtete sie nun, ihn durch irgendeine dumme Äußerung zu vertreiben. Er war der erste Mann seit Jahren, der ihr Herz mit Wärme füllte. Irgendwie liebte sie ihn. Sie wollte ihn nicht verlieren, bevor sie die wahre Natur dieser Liebe ergründet hatte.

Mit diesen Erkenntnissen stellte sich bei Yeremi auch eine neue Qualität von Fürsorglichkeit ein. Es war ihre Großmutter, die sie darauf aufmerksam machte.

»Bist du verliebt in ihn?«, fragte Fredrika, während sie Yeremi beim Packen des Rucksacks half.

Die Herrin von Bellman's Paradise war das, was man landläufig eine feine alte Dame nannte, gelegentlich kapriziös, aber stets auf Korrektheit, Etikette und ein gepflegtes Äußeres bedacht. In vielem war Molly Bellman eine fünfundzwanzig Jahre jüngere Ausgabe ihrer Schwiegermutter. Fredrikas vom schwedischen Protestantismus geprägte Erziehung erlaubte ihr, Carl uneingeschränkt als ihr »Haupt« zu respektieren, ohne sich dabei einer blinden Hörigkeit hinzugeben. Ihre Zurückhaltung war alles andere als Dummheit. Sie agierte lieber unauffällig im Hintergrund, besonders dann, wenn ihr untrüglicher Blick für die menschliche Seele und ihr wacher Verstand sie dazu anregten.

Yeremi kannte den auf Samtpfoten schleichenden Scharfsinn Fredrikas nur zu gut und stellte sich ahnungslos. »In wen?«

»Du musst mich nicht für dumm verkaufen, Kind. Meinst du, ich sehe nicht, wie du ihm die Kissen zurechtrückst, ihn mästest wie einen Puter, ihn ständig nach seiner Meinung fragst, auf seine zufälligen Berührungen nicht mehr wie auf Stromschläge reagierst, sondern eher wie auf das Schmusen eines Katers. Ich freue mich ja darüber. Nichts würde ich mir so sehr wünschen …«

»Bei Gelegenheit muss ich eine Untersuchung über das Verkuppelungsverhalten von Müttern und Großmüttern im Wandel der Zeiten durchführen. Du und Mama, ihr werdet meine ersten Studienobjekte sein.«

»Ich bin ein großer Bewunderer von Fjodor Dostojewski.«

»Du lenkst ab, Oma Fredrika.«

»Nein, *du* lenkst ab, mein Kind. Dostojewski sagte: ›Wenn wir uns selbst belügen, sitzt das tiefer, als wenn wir andere belügen.‹ Irgendwann einmal wirst du dich deinen Gefühlen stellen müssen, Jerry.«

»Ja, Oma Fredrika. Aber nicht jetzt.« Yeremi deutete mit dem Finger zur Decke und formte mit den Lippen das Wort »Wanzen«. Damit hoffte sie, das Thema los zu sein.

Gegen Abend nötigte Yeremi ihren Schützling zu vorzeitiger Bettruhe. Sie würde die erste Wache übernehmen, noch einmal ihr Notgepäck überprüfen, einen Ausflug in den Cyberspace unternehmen und vermutlich viel grübeln.

Nachdem sich Saraf zurückgezogen und sie ihren Rucksack kontrolliert hatte, richtete sie sich im Arbeitszimmer ihres Großvaters häuslich ein. Durch die offen stehende Tür konnte sie Carl und Fredrika im Wohnzimmer auf der wuchtigen Couch beobachten: Sie lehnte an seiner Brust, er hielt ein Glas Rotwein in der Hand, gemeinsam lauschten sie Beethovens *Neunter Symphonie*. Wohl über eine Minute lang ließ Yeremi das friedliche Bild auf sich wirken. Sie wünschte sich, einen Menschen zu haben, an den sie sich genauso anlehnen und Geborgenheit finden, dem sie aber auch selbst Vertrauen, Wärme und Liebe schenken konnte. Ob Saraf …?

Sie schüttelte den Kopf. Nein, er war nicht der Hafen, in dem ihr Schiff der Gefühle vor Anker gehen konnte, das hatte er ihr deutlich zu verstehen gegeben. Er könne es nicht ertragen, sie an seiner Seite »dahinwelken« zu sehen. Wie er das wohl gemeint hatte? Yeremi war nicht in der Lage gewesen, ihn danach zu fragen. Sie wusste nur eines: Dahinwelken kann nur, wer an seinem Leben leidet, und darin hatte sie eine Menge Erfahrung.

Entschiedener als nötig klappte sie den mobilen Computer auf. Sie stöpselte das Ende des Modemkabels in eine Telefondose und breitete ihre Notizen neben dem Notebook aus. Der jüngste Stand ihrer Recherchen und Wilfried Kugels letzte E-Mail befanden sich immer noch auf dem Postserver ihres Internetdienstleisters. Die dramatischen Ereignisse der letzten vierundzwanzig Stunden – vor allem die Zerstörung der Quipus – hatten jeden Gedanken daran verdrängt. Es war höchste Zeit, die von dem Deutschen zusammengetragenen Informationen zu sichten, denn bei dem morgigen Treffen mit Leary würde sie jeden Trumpf gebrauchen können.

Der Abruf ihres im Cyberspace deponierten Datenpakets dauerte mehrere Minuten, wesentlich länger, als sie am gestrigen Abend dazu benötigt hatte, es an McFarell vorbei ins Internet zu schmuggeln. Endlich meldete das E-Mail-Programm den Eingang der neuen Nachrichten. Yeremi rief Kugels Mitteilung auf den Schirm.

Sehr geehrte Frau Bellman,

auf Ihren Wunsch hin habe ich die mir vorliegenden oder sonst wie zugänglichen Dokumente noch einmal gründlich auf eine mögliche Verbindung Hanussens zum amerikanischen Geheimdienst überprüft. Die schlechte Nachricht vorweg: Es gib keine eindeutigen Beweise für solche Kontakte. Aber – und dieses Aber wiegt schwer! – mir sind während der Recherchen einige Dinge aufgefallen, die gelinde gesagt sonderbar sind: So gut wie alle Personen, die über den Mord an Erik Jan Hanussen sowie über seine eventuelle Zusammenarbeit mit dem G-2 oder mit anderen Geheimdiensten Bescheid gewusst haben könnten, sind vorzeitig verstorben.

Zuerst konzentrierte ich mich auf Hanussens letzten Sekretär, Izmet Aga Dzino. Er starb am 22. September 1937 unter mysteriösen Umständen. Wie am Folgetag die »Illustrierte Kronen-Zeitung« (Wien) und der »Daily Express« (London) übereinstimmend berichteten, hat Dzino zuerst seine Frau und seinen Sohn, darauf sich selbst erschossen. Urteilen Sie anhand meiner beigefügten Faksimiles bitte selbst, ob nicht ein dreifacher Mord die wahrscheinlichere Erklärung für diesen Vorfall ist. Dzino war, wie ich schon andeutete, weder der Erste noch der Letzte in einer langen Reihe von Todesfällen.

Es bleibt unklar, ob Hitler den Mord an Ihrem Urgroßvater persönlich angeordnet hat, auch er lebt nicht mehr. Und so geht es die ganze Befehlskette hinab: Hermann Göring nahm am 15. Oktober 1946 Gift, wodurch er sich der Vollstreckung des während der Nürnberger Prozesse gegen ihn ergangenen Todesurteils entzog. Der 1. Gestapo-Chef Rudolf Diel verstarb 1957 an den Folgen eines »Jagdunfalls«. Ernst Röhm und Karl Ernst wurden bereits am 30. Juni 1934 im Zuge des Röhm-Putsches von der SS erschossen – Karl Ernst hatte das Mordkommando aus Mitgliedern seiner Stabswache zusammengestellt. Wolf Heinrich Graf Helldorf, dem der Liquidierungsbefehl zu Unrecht angelastet wird, wurde am 10. September 1944 gehängt. Wilhelm Ohst, einer der drei Mörder, wurde als SS-Truppenführer in Ser-

bien von Partisanen erschlagen. Rudolf Steinle, Mörder Nummer zwei, fiel am 12. August 1941 in Russland. Kurt Egger, der dritte Meuchelmörder im Bunde, gilt seit dem 12. Februar 1945 als bei den Kämpfen in Budapest vermisst und wurde 1951 vom Amtsgericht Berlin-Neukölln für tot erklärt. Zwei Schlüsselfiguren aus Hanussens Leben sind nach seinem Tod spurlos verschwunden. Der erste war Hanussens ehemaliger Impresario Erich Juhn. Er hatte Ihren Urgroßvater bei den Nazis als Juden angeschwärzt. Der zweite Vermisste ist ein gewisser Dr. W. Baecker – ich spreche in meinem Buch über ihn. Dieser Nazi war nach dem Mord an Ihrem Urgroßvater noch für kurze Zeit Mitherausgeber der »Astropolitischen Rundschau«, wie er die »Hanussen-Zeitung« nun nannte. Später verliert sich auch seine Spur …

Yeremi lehnte sich in dem Schreibtischstuhl zurück und legte den Kopf in den Nacken. Mit geschlossenen Augen dachte sie über das bisher Gelesene nach. Sie teilte Kugels Ansicht. Selbst wenn nicht alle aufgezählten Todesfälle gleich Teil einer Verschwörung sein mussten, fiel ihre Häufung doch auf. Dzino war, wie Yeremi aus der privaten Korrespondenz ihres Urgroßvaters inzwischen wusste, über dessen Verbindung zu Denis Sefton Delmer im Bilde. Der Brite arbeitete für den Londoner *Daily Express*. Ausgerechnet diese Zeitung, die sich außerhalb von Hitlers Einflussbereich befand und daher nicht von ihm gleichgeschaltet werden konnte, berichtete über den Tod der Dzino-Familie. Spätestens seit 1941 war Delmer für den britischen Geheimdienst tätig.

Yeremi blickte wieder auf den Bildschirm im Deckel ihres Computers und massierte sich die Schläfen. Die Wahrheit steckte irgendwo in der Flut von Fakten, die mittlerweile in diesem Gerät als Bits und Bytes hübsch ordentlich aneinander gereiht lagen. Hanussen hatte seinem Privatsekretär befohlen, den ominösen Doktor W. Baecker »festzunageln«. War dieser Befehl letztlich Dzinos Todesurteil gewesen? Vielleicht hatte Baecker fortführen wollen, was seinem Chef nicht mehr gelungen war: ein konspiratives Treffen mit dem britischen »Zeitungskorrespondenten«; die Bitte um Vermittlung bei einem Geschäft mit den Amerikanern, denen er, Hanussens »Nachlassverwalter«, ein exklusives Wissen anbieten wolle … Yeremi konnte sich die Verhandlung lebhaft vorstellen:

Können Sie uns die Exklusivität Ihrer Informationen auch garantieren, Doktor Baecker?

Ja, das kann ich. Geben Sie mir etwas Zeit, und es wird keine Mitwisser mehr geben.

So oder ähnlich mochte Baecker gefeilscht haben. Yeremi steckte sich einen Cracker in den Mund, ohne den Blick vom Bildschirm zu nehmen. Der deutsche Hanussen-Experte wollte sich dahingehend natürlich nicht festlegen. Er verwies in seinen weiteren Ausführungen auf die Peinlichkeit, die ein Bekanntwerden von Hitlers enger Verbindung zu einem jüdischen Hellseher für die Nationalsozialisten bedeutet hätte. Dabei gab er, eher beiläufig, einen interessanten Hinweis.

Für die Nr. 26 der »Hanussen-Zeitung« waren zwei große Themen angekündigt worden: Das erste betraf die Ergebnisse von Hanussens Experimenten mit dem Halluzinogen Telepathin. Schwerpunkt Nummer zwei war ein großes Hitler-Horoskop. Ich konnte in den Archiven sämtliche Ausgaben des Wochenblatts wiederfinden. Bis auf eine, die im Juli 1932 erschienen war. Es handelt sich um die Nr. 26!

Telepathin! Da war er wieder, dieser Name, den Yeremi in keinem pharmakologischen Handbuch gefunden, den Al Leary aber trotzdem mehrmals benutzt hatte. Nur allzu gerne hätte sie gewusst, was in jener verschollenen Ausgabe der *Hanussen-Zeitung* über diese Substanz stand. Flüchtig las sie über Kugels Entschuldigungen hinweg, so wenig Greifbares herausgefunden zu haben. Offenbar unterschätzte der deutsche Wissenschaftler seine Arbeit.

Die E-Mail hatte mehrere Anhänge: Ablichtungen von Totenscheinen, Zeitungsmeldungen, Auszüge aus Gerichtsakten … Auch einige Aussagen der Mörder ihres Urgroßvaters befanden sich darunter. Bemerkenswert war das allerletzte Faksimile in dem virtuellen Paket Kugels, die von der Geheimen Staatspolizei protokollierte Äußerung Rudolf Steinles …

> *… daß ein Mann, der von sich behauptet habe, »er sei der deutsche Rasputin, er habe die SA in der Tasche und den Stabschef Röhm im Arsch, er sei in der Lage, die SA auszuspielen gegen wen er wolle, trotzdem er ein Jude sei«, auf dem schnellsten Wege beseitigt werden müßte. Auf meine erstaunte Frage, wer denn dieser Mann sei, wurde mir gesagt, dass es der jüdische angebliche Hellseher Eric Jan Hanussen sei, der in Wirklichkeit Steinschneider heiße und tschechisch-jüdischer Abstammung sei. Nach dieser Eröffnung traten der Chauffeuer des Gruppenführers Ernst, ein gewisser Stenzel, der Sturmbannführer Ohst sowie der Sturmführer Egger ein. Diesen SA-Führern wurde dasselbe eröffnet und hinzugefügt, daß Hanussen diese seine Redensarten auch in Schriftstücken in das Ausland niedergelegt habe. Da der Stabschef Röhm also aufs schwerste beleidigt worden sei und darüber hinaus auch die SA gegenüber dem Ausland in unerhörtester Weise mißkreditiert wurde, müsse nunmehr Hanussen beseitigt werden. Nach diesen Erklärungen erhielt ich den Befehl, den Hellseher Hanussen zu erschießen.*

Lange konnte Yeremi den Blick nicht von diesem unscheinbaren Halbsatz nehmen, in dem der Mörder ihres Urgroßvaters zugab, dass »Hanussen diese seine Redensarten auch in *Schriftstücken in das Ausland* niedergelegt habe«. Hatte Rudolf Steinle damit nur schmähliche Äußerungen des »angeblichen Hellsehers« über Röhm und andere Nazichargen gemeint? Oder wusste Hitlers Sturmabteilung von Hanussens Absicht, dem G-2 Unterlagen über Medusa zuzuspielen? Mehr noch als zuvor drängte sich Yeremi der Eindruck auf, Baecker könne womöglich getan haben, wozu ihr Urgroßvater nicht mehr fähig gewesen war, nämlich den amerikanischen Militärgeheimdienst über das Geheimprojekt der Nazis aufzuklären, das Methoden zur Manipulation von Menschen erarbeiten sollte. War Medusa so zum direkten Vorläufer von Artischocke und MK-Ultra geworden …?

Yeremi schwirrte der Kopf. Sie klappte ihr Notebook zu und blickte ins Wohnzimmer hinüber. Ihr Großvater hatte irgendwann die Brücken zu seiner Vergangenheit abgerissen, um für sich Frieden zu finden. Jetzt musste ausgerechnet sie, seine Enkelin, diese trügerische Ruhe stören.

Die Unterbrechung hatte Yeremi gut getan. Während des Nachsinnens waren ihr neue Gedankenverbindungen eingefallen, die sie zum Weitermachen anspornten. Es gab noch so viel, das sie bis zum Treffen mit Leary lernen und überdenken musste. Bis kurz vor Mitternacht brütete sie über dem Jonestown-Material, das sie noch im Strandhaus aus dem Internet zusammengetragen hatte. Dann brannte sie es samt ihren Notizen, Wilfried Kugels Dossier sowie allen anderen Daten des »Silbervolk-Projektes« auf eine DVD, steckte diese in den Umschlag, der auch den zurückbehaltenen Stofffetzen mit ihrem vertrockneten Blut enthielt, und übergab alles Carl »zur sicheren Aufbewahrung«. Müde und den Kopf voller unbeantworteter Fragen, machte sie sich anschließend auf den Weg in den ersten Stock. Zaghaft klopfte sie an Sarafs Zimmertür.

Er öffnete nur Sekunden später.

Sie lächelte ihn müde an. »Du hast bestimmt noch nie ein Silvesterfeuerwerk gesehen.«

Das alte Jahr gehörte bereits seit einigen Sekunden der Vergangenheit an, als die beiden sich vor dem Haus zu Carl und Fredrika gesellten. Der Patriarch selbst war kein Freund von Geistervertreibungen, weshalb es in Bellman's Paradise paradiesisch ruhig blieb. Fast jedenfalls. Ab und zu wehte der Wind das Geräusch explodierender Böller und Raketen aus der Ferne herüber. Aus pyrotechnischer Sicht konnte Morgan Hill einem Vergleich mit San Francisco oder Berkeley nicht standhalten, die Kulisse hier war eher bescheiden. Aber für jemanden, der so etwas noch nie gesehen hatte …

»Die Feuerwerke am spanischen Hof waren prachtvoller«, sagte Saraf, als er an Yeremis Seite zum westlichen Horizont blickte.

Yeremi musterte ihren Schützling von unten herauf. »Ja, aber so etwas mit *eigenen* Augen zu sehen ist doch auch etwas, oder?«

»Damit hast du wohl Recht.«

Ihr Blick haftete noch eine ganze Weile auf seinem von Leuchtkugeln illuminierten Gesicht.

Gegen vier Uhr morgens war längst Ruhe eingekehrt im Anwesen des Bellman-Patriarchen. Alle schliefen. Nur Saraf nicht. Bewegungslos saß er im großen Salon und blickte in die erlöschende Glut des Kamins. Sie spendete ein wenig Licht, mehr als Saraf Argyr brauchte. Er hatte viele Silberjahre in der Dunkelheit gelebt.

Plötzlich fuhr sein Kopf hoch.

Kein Geräusch war zu hören, kein Aufblitzen einer Taschenlampe, aber er nahm den Eindringling trotzdem wahr. Der Silberne Sinn war in manchem mit dem Gehör zu vergleichen. Dem Unaufmerksamen entgingen verräterische Laute leicht, aber der geschärfte Sinn war nur schwer zu überrumpeln. Genauso »hörte« Saraf zwar fremde Gefühle meistens erst im Angesicht des anderen, doch mit gespitzten empathischen »Ohren« konnte er starke Empfindungen wie Angst, Hass, Freude und Liebe aus größerer Entfernung orten. Im Augenblick registrierte er Furcht.

So, wie die Stimme jedes Menschen charakteristische Merkmale besitzt, erkannte Saraf auch den Klang dieser mühsam gebändigten Panik wieder. Er glitt aus dem Sessel und huschte in einen dunklen Winkel. Als Jäger konnte er sich auf Laub und trockenen Ästen lautlos bewegen, die flauschigen Teppiche in Bellman's Paradise waren fast eine Beleidigung für seine katzenhaften Instinkte.

Der Einbrecher näherte sich vom Wintergarten her, also von der hinteren Nordostfront des Hauses. Wo wollte er hin? Was war seine Absicht? Saraf beschloss abzuwarten, den Feind zu beobachten.

Der Eindringling bewegte sich auf die Diele zu und von dort die Treppe hinauf. Er trug einen seltsamen Apparat auf dem Kopf, der ihn wie einen Dämon aussehen ließ. Saraf kannte das Sausen der Orientierungslosigkeit, das einen Menschen in völliger Dunkelheit erfüllte. Im Bewusstsein des Einbrechers gab es nicht den kleinsten Anklang dieses Gefühls. Das bedeutete, er konnte sich in dem finsteren Haus mindestens ebenso sicher bewegen wie sein lautloser Verfolger.

Auffallend war zudem die Zielstrebigkeit des Fremden. Er blieb nie lange stehen, schien genau zu wissen, welchen Weg er einschlagen musste. Mit Schrecken erkannte Saraf, wohin es diesen »Dämon« trieb: direkt auf Yeremis Gemächer zu.

Saraf schlich sich näher heran. Der schwarze Schemen vor ihm fühlte Unbehagen. Er wollte so schnell wie möglich wieder hier fort. Aber zuerst musste er seinen Auftrag erfüllen. Es war nicht Pflichttreue, die ihn trieb, sondern kalte Angst. Er war so auf sein Ziel fixiert, dass er sich nicht einmal umdrehte. Jetzt legte sich seine Hand auf den Türknauf, der ihm Yeremis Zimmerflucht öffnen würde …

Er hätte es besser nicht tun sollen. Unvermittelt begann es in dem Mann zu brodeln. Die bis dahin leidlich gebändigte Angst erzeugte in seiner Brust einen ungeheuren Druck. Wie ein Vulkan, in dem flüssiges Magma mit unvorstellbarer Gewalt nach oben drängt, fing der massige Körper des Fremden zu zittern an.

Saraf stand höchstens vier Schritte von dem schwarz gekleideten Fremden entfernt. Äußerlich wirkte der Silbermann ruhig. Er schrieb die letzten Zeilen der Angst im Lebensepilog des Anglers.

Mit lautem Krachen stürzte Flatstones Scherge zu Boden. Er riss sich das Nachtsichtgerät vom Kopf. Sein Gesicht war hinter einer Schi-Maske verborgen, nur die dunklen Augen starrten angsterfüllt in die Finsternis. Er griff sich an den Hals, versuchte die einengende Ledermontur zu öffnen. Röchelnd rang er nach Atem. Aber es war zu spät. Leblos glitt er zu Boden. Sein krankes, mit mehreren Bypässen geflicktes Herz hatte aufgehört zu schlagen.

Die Tür flog auf. Yeremi, im seidenen Schlafanzug, starrte auf die Leiche. Sie knipste in ihrem Zimmer das Licht an. »Was …?«

»Er hat versucht, in dein Schlafgemach einzudringen«, sagte Saraf in einem Ton, der Yeremi schaudern ließ.

»Hast du ihn …?«

Der Silbermann schüttelte den Kopf. »Ich habe ihn nicht angefasst. Allerdings konnte ich nicht umhin, ihm die Fratze der Angst zu zeigen. Den Anblick hat er offenbar nicht ertragen.«

In diesem Moment öffnete sich weiter vorn im Flur eine andere Tür. Carl und Fredrika näherten sich mit schnellen Schritten.

»Ein Einbrecher? Warum ist die Alarmanlage nicht angesprungen?«, wunderte sich der Herr von Bellman's Paradise.

»Vermutlich hat er sie ausgeschaltet, Schatz. Manche Leute können das«, murmelte Fredrika. Ihr starrer Blick war auf den Toten gerichtet.

»Er ist sehr klein und korpulent«, sagte Yeremi.

Saraf nickte. »Ich weiß, was du denkst.« Er bückte sich und zog dem Einbrecher die Maske vom Kopf.

»Der Angler.« Yeremi klang nicht überrascht.

»Wir müssen die Polizei rufen«, sagte Fredrika.

Carl nahm sie in den Arm. »Ja, aber vorher müssen wir Saraf …«

»Pscht!«, machte Yeremi und erinnerte mit ihrer nun schon zur Gewohnheit gewordenen Geste an die unsichtbaren Lauscher. Auch wenn der Angler tot war, konnten sie sich nicht in Sicherheit wiegen. Eher im Gegenteil.

»Ich kümmere mich um ihn«, sagte Carl und zog Saraf mit sich.

Doktor Sibelius wohnte gleich in der Nachbarschaft. Er war noch vor der Polizei da, was sich als angenehme Fügung erwies. Als die Beamten aus Morgan Hill eintrafen, hatte er schon eine vorläufige Todesursache festgestellt: Herzversagen.

Der Arzt schüttelte verwundert den Kopf. »Selten habe ich einen Hingeschiedenen mit einem solchen Ausdruck auf dem Gesicht gesehen: als hätte er Gevatter Tod direkt ins Antlitz geblickt.«

»Vielleicht hat er das ja«, sagte Lieutenant Gilbert von der örtlichen Polizei. Der junge Streifenbeamte vertrat seine Behörde gegenüber dem Bürger gerne als guter Kumpel. Er war mit einem sonnigen Gemüt gesegnet und zudem ein großer Bewunderer von Fredrikas Blaubeertorte. »Wie es aussieht, ist der Fall klar. Der Bursche ist hier eingedrungen, um nach Schmuck oder Wertgegenständen zu suchen.«

»Mit einem Nachtsichtgerät?«, fragte Carl. Yeremi gab ihm hinter dem Rücken des Polizisten ein Zeichen, um nicht unnötig Gilberts Argwohn zu wecken.

Aber der Beamte und sein Begleiter – ein pickeliger Bursche mit asiatischem Gesicht – sahen, was ihnen der Arzt bestätigt hatte. Man kannte sich in Morgan Hill, vertraute einander, der Fall war klar. »Solche Dinger kauft man heute im Internet, Mr Bellman. Überhaupt kein Problem«, sagte Gilbert mit einer wegwerfenden Handbewegung. »Und die Waffe, die wir bei ihm gefunden haben – jedes Kind kann sich heute so eine Pistole beschaffen. Willkommen im Amerika des einundzwanzigsten Jahrhunderts!«

Carl konnte über diesen Neujahrsscherz nicht lachen.

Gilbert glaubte seinen kleinen Ausrutscher durch Förmlichkeit korrigieren zu müssen. Er räusperte sich. »Ich muss leider noch ein paar Formalitäten mit Ihnen, Ihrer Frau und Ihrer Enkeltochter klären, Mr Bellman. Tut mir sehr Leid.« Gilbert lachte schon wieder. »Das neue Jahr hat wohl nicht besonders gut für Sie angefangen, was?«

Innerhalb weniger Stunden war es sein zweiter Ausflug zu dem kleinen, etwa vier Meilen entfernten Blockhaus. Sonst benutzte er es manchmal wochenlang gar nicht. Es lag nur einen Steinwurf weit vom Coyote Creek entfernt, beschattet von uralten Kanadischen Hemlocktannen. Das Westufer des Anderson Lake erreichte man zu Fuß in fünf Minuten. Die Hütte war Carls Refugium zum Nachdenken – er nannte es »mit den Fischen reden«. Er hatte Saraf unmittelbar nach dem Ableben des Anglers dorthin gefahren und war fast gleichzeitig mit Doktor Sibelius wieder in Bellman's Paradise eingetroffen. Bei dieser zweiten Fahrt in der Dämmerung des Neujahrstages begleitete Yeremi ihren Großvater.

Saraf saß wie bestellt und nicht abgeholt auf der alten Kleidertruhe von Urgroßmutter Rose. Yeremi stürzte in den Raum und fiel ihm in die Arme.

»Die Polizei ist fort. Aber wir sind bei meinen Großeltern nicht mehr sicher.«

Saraf drückte Yeremi kurz an sich, dann löste er sich wieder von ihr. »Schon um Carls und Fredrikas willen müssen wir gehen.«

»Im Auto ist mein Rucksack. Die Tasche mit deinen Sachen

haben wir auch mitgebracht. Wir können also sofort nach San Francisco starten, nachdem wir Opa Carl abgesetzt haben.«

»Willst du dich wirklich noch mit Al Leary treffen?«

»Er könnte uns den Schlüssel zur Wahrheit liefern.«

Saraf trat einen Schritt vor und umarmte Yeremi ein zweites Mal. »Du bist sehr mutig, Jerry. Ich bin dir schon jetzt dankbar für alles, was du für mich getan hast. Vergiss diese Verabredung, und lass uns sofort von hier verschwinden.«

Diesmal war es Yeremi, die ihn sanft von sich schob. »Nein, Saraf, wir sind noch nicht am Ziel. Wer dein Volk getötet hat, ist womöglich auch der Mörder meiner Eltern. Ich muss diesen Weg zu Ende gehen.«

»Es ist gleich sieben. Mich würde interessieren, ob das Fernsehen irgendetwas über unseren toten Angler bringt. Bevor ihr aufbrecht, sollten wir noch einen kurzen Blick in die Nachrichten werfen.« Carl war sich neben den beiden wie ein Fremdkörper vorgekommen und hatte einfach irgendetwas sagen müssen.

Weil Yeremi kaum noch daran zweifelte, dass Bellman's Paradise ebenso wie das Strandhaus in Pacific Grove verwanzt war, hielt sie den Vorschlag kaum für hilfreich. Vom Scheitern seines »Anglers« dürfte Flatstone ohnehin längst Kenntnis haben, aber trotzdem lief sie zu dem Eichenholzschrank, in dem das Gerät verborgen war, öffnete die beiden Flügeltüren, schaltete es ein und wählte mit der Fernbedienung den Lokalsender.

Gerade lief der computeranimierte Vorspann, der, begleitet von einer pompösen Erkennungsmelodie, den Beginn der Sendung ankündigte. Das glatt gespachtelte Gesicht einer blutjungen Moderatorin erschien auf der Mattscheibe. Es sah wenig entspannt aus, eher so, als müsse es jeden Moment zerspringen. Das, was die Sprecherin aus dem Konzept zu bringen drohte, noch bevor sie es vorlas, war nicht etwa der Tod eines motorradbegeisterten Anglers, der während eines Raubzuges außerhalb von Morgan Hill an akutem Herzversagen verstorben war, sondern eine erst Sekunden vorher auf ihren Tisch geflatterte Nachricht. Zu ihrer Entschuldigung stellte sie diesen Hinweis ihrer Meldung voran:

Murmansk. Seit Jahren wurde es befürchtet, jetzt ist es geschehen: Unbekannte Täter haben in der russischen Hafenstadt Murmansk größere Mengen von Atommüll gestohlen. Der Vorfall trug sich offenbar bereits vor einigen Tagen zu, aber Moskau hat den Vorfall erst jetzt publik gemacht.

Murmansk gilt als die gefährlichste Stadt der Welt, weil dort in einem Umkreis von dreißig Meilen mehr Nuklearabfälle lagern als in allen Zwischen- und Endlagern der westlichen Welt zusammen. Schon lange beklagen Experten die davon ausgehende Gefahr. Im so genannten Bellona-Gutachten wurde »das substanzielle Risiko einer unkontrollierbaren Kettenreaktion, so wie sie in Tschernobyl geschehen ist«, nachgewiesen. Eine Kernschmelze in den baufälligen Zwischenlagern würde die gesamte nördliche Erdhalbkugel verseuchen. Unterschätzt hat man offenbar, welche Versuchung Zigtausende Tonnen von schlecht oder gar nicht bewachtem Atomschrott für Terroristen darstellen musste. Nach Meinung amerikanischer Sicherheitsexperten waren es Personen mit terroristischem Hintergrund, die nun den Frachter Lepse *überfallen haben. Er liegt nur etwas mehr als eine Meile vom Stadtzentrum entfernt im zivilen Teil des Hafens vertäut. Laut Greenpeace war die* Lepse *mit Tausenden von einbetonierten Brennelementen beladen. Das fast siebzig Jahre alte und nur noch mit Pressluft über Wasser gehaltene Schiff gilt hauptsächlich wegen seines maroden Zustands als Bedrohung. Und nun ist geschehen, was von behördlicher Seite stets als unmöglich heruntergespielt worden war: Eine noch unbekannte Anzahl der Brennstäbe wurde gestohlen.*

Das Weiße Haus hat der russischen Regierung sofortige Hilfe bei der Suche nach den Tätern angeboten. Zur Stunde liegt aus Moskau aber noch keine Antwort vor. Auch das offizielle Washington hält sich noch bedeckt. Ein paar erste Stellungnahmen von Seiten amerikanischer Militärexperten klingen fast ausnahmslos besorgt. Die Fachleute halten den Vorfall für eine ernst zu nehmende Bedrohung der nationalen Sicherheit. Ihre Planspiele konzentrieren sich hauptsächlich auf zwei Szenarien: Erstens könnten

Terroristen aus dem Material der Brennstäbe relativ einfach eine »schmutzige Bombe« bauen, so nennt man einen Explosivkörper, der – etwa mit Plastiksprengstoff – konventionell gezündet wird und bei der Detonation radioaktives Material in der Luft verbreitet. Weniger durch die Sprengkraft als viel mehr durch die radioaktive Verseuchung könnte eine solche Bombe, in einer amerikanischen Großstadt gezündet, Tausende Menschen töten. Weit schlimmer wäre das zweite Szenario: Gelänge es den Terroristen, eine echte Atombombe zu bauen und diese womöglich in den nuklearen Zwischenlagern rund um Murmansk zu zünden, dann wäre das Leben in der gesamten nördlichen Hemisphäre bedroht. So viel zu dieser Meldung. Wir bemühen uns fieberhaft um weitere Informationen und offizielle Stellungnahmen. Mehr dazu bald in einer aktuellen Sondersendung.

Yeremi hatte sofort an Accolons Worte denken müssen. Sie blickte ihren Großvater an. »Wie wird das Weiße Haus reagieren, wenn die Russen sich nicht helfen lassen?«

»Ich denke, der amerikanische Präsident wird den russischen Präsidenten unmissverständlich davon überzeugen, dass er sich helfen lassen *muss*.«

»Und wenn der zu stolz dazu ist?«

»Dann könnte Washington Russland vorwerfen, es beherberge Terroristen, die Amerika bedrohten. Wir haben in Afghanistan gesehen, wohin das führt.«

»Es gibt da einen kleinen Unterschied: Die Taliban und Osama bin Laden konnten nicht mit Atomwaffen zurückschlagen.«

»Bist du dir da so sicher?«

»Angenommen, die amerikanische Regierung könnte den russischen Verhandlungsführern Angst vor einem solchen Konflikt einjagen. Todesangst. Würden sie dann nicht einlenken, selbst wenn dadurch ihr Nationalstolz angekratzt werden könnte?«

»Du denkst an Flatstones geheimes Programm, nicht wahr?«

»Das liegt doch auf der Hand, oder? Der Mann, den wir in der Windmühle getroffen haben …«

»Hört doch mal!« Es war Saraf, der die beiden unterbrach und auf das Fernsehgerät deutete.

Das Porzellanpuppengesicht der Moderatorin verlas mit wiedergewonnener Sicherheit gerade eine Lokalnachricht:

… arbeitete das Labor seit der Kette von Milzbrandanschlägen im Jahr 2001 hauptsächlich im Regierungsauftrag. Die Häuser im Umkreis von zwei Blocks wurden vorsorglich evakuiert, weil die Feuerwehr nicht sicher war, ob der Brand auf die benachbarten Häuser übergreifen würde. Inzwischen ist das Feuer jedoch bis auf wenige Brandnester gelöscht. Von dem Labor selbst existiert nur noch Schutt und Asche. Die Polizei vermutet die Tat eines Verzweifelten. In den vom Feuer zerstörten Räumlichkeiten wurde eine verkohlte Leiche gefunden. Dabei könnte es sich um Cedric Youngberg, den Leiter des Labors, handeln, der zur Zeit vermisst wird. Es klingt wie eine Ironie des Schicksals, dass ausgerechnet eine DNA-Analyse, jene Art von Verfahren also, mit dem Youngberg seinen Lebensunterhalt bestritt, nun seinen eigenen Tod beweisen soll.

Während die glattgesichtige Moderatorin munter weiterplauderte, starrten Yeremi und Carl fassungslos auf den Bildschirm. Sie waren wie gelähmt.

Saraf deutete auf den Fernseher. »Die Frau hat am Anfang gesagt, das Feuer sei um halb vier ausgebrochen. Ungefähr eine halbe Stunde später hat uns der Angler besucht. Wie viel Zeit braucht man, um von San Jose nach Morgan Hill zu fahren?«

Carl dachte laut darüber nach. »Für ungefähr zwölf Meilen, dann noch die Strecke hinaus nach Bellman's Paradise – tagsüber wäre das in dreißig Minuten kaum zu schaffen, aber mitten in der Nacht …«

Yeremi schüttelte den Kopf. »Vielleicht hat der Angler das Feuer mit einer Art Zeitzünder entfacht. Oder er ist gar nicht der Brandstifter.«

»Das hieße, Flatstone setzt jetzt eine ganze Armee gegen euch ein.«

»Zwei Schurken sind noch keine Armee«, widersprach Saraf, »aber eine ernste Bedrohung. Womöglich bist du, Carl, auch in Gefahr, ebenso Fredrika. Kennst du einen Ort, an dem ihr euch für eine Weile verstecken könnt?«

»Ja, diese Hütte hier.«

Saraf blickte den alten Mann verwundert an.

Carl grinste füchsisch. »Du denkst, sie ist doch so nah bei unserem Haus, nicht wahr? Ist sie auch. Aber niemand weiß, dass die Hütte und das Grundstück, auf dem sie steht, mir gehören, nicht mal das Katasteramt. Ich habe das alles über einen Strohmann gekauft, und es ist auf eine Stiftung in Liechtenstein eingetragen.«

»Was ist ein Liechtenstein?«

»Ein Felsen in den europäischen Alpen, der reichen Kerlen wie mir erlaubt, so zu tun, als ob sie bettelarm wären.«

Saraf blickte Yeremi Hilfe suchend an. »Er macht nur Scherze. Opa Carl ist der ehrlichste Geschäftsmann, den ich kenne. Allerdings auch der gerissenste.« Sie wandte sich ihrem Großvater zu. »Vorläufig ist die Hütte wohl sicher genug. Wenn Flatstones Schergen annehmen müssen, ihr hättet euch abgesetzt, dann lassen sie das Anwesen bestimmt in Frieden. Hole Oma Fredrika und ein paar Sachen aus dem Haus, dreht ein paar Runden in der Gegend, und wenn ihr sicher seid, dass euch niemand folgt, dann schlüpft hier unter.«

GAMBIT

Freeway 280, zwischen San Jose und
San Francisco (Kalifornien, USA)
1. Januar 2006
11.02 Uhr

Da der Daihatsu nicht zum Transport von Diebesgut gedient hatte, bestand kein Anlass, ihn vorschnell zu verschrotten. Er war noch auf einen Pizzabäcker aus Oakland zugelassen, der vermutlich gar nicht existierte – Yeremi hatte beim Kauf auf dem Parkplatz eines Supermarktes lieber nicht so genau nachgefragt. Abgesehen von einer Menge Stauraum besaß der Wagen vor allem ein gut funktionierendes Radio.

Es lief fast pausenlos, während Yeremi und Saraf nach San Francisco fuhren, und brachte ununterbrochen neue Nachrichten von dem Nukleardiebstahl aus Murmansk. Schnell hatten sich vermeintliche und echte Experten gefunden, die alles Mögliche behaupteten und damit nicht gerade zur Beruhigung der Hörer beitrugen. Da wurde einerseits versichert, die technischen Anforderungen an die Handhabung von radioaktivem Material seien viel zu hoch, um eine ernsthafte Bedrohung der USA befürchten zu müssen. Andererseits wurde gezeigt, mit welch geringen Summen ein russischer Nuklearphysiker, der für einen Hungerlohn arbeitete, bestochen und zum Bau einer Atombombe überredet werden könnte. Ein Fachmann behauptete, der »Stoff« für den nuklearen Holocaust sei fast so leicht zu beschaffen wie ein Sixpack *root beer*: Wozu der Aufwand, extra zur *Komsomolez* hinabzutauchen, die mit einem Reaktor und zwei Atomsprengköpfen vor der norwegischen Bäreninsel auf dem Meeresgrund liege, wenn sich gut fünfhundert Meilen weiter südöstlich – also rund um Murmansk – jeder Terrorist wie aus einem Selbstbedienungsladen beschaffen könne, was er für seine diabolischen Pläne brauche?

Yeremi drehte das Radio ab. »Ich kann das nicht mehr hören. Mir wird schlecht, wenn ich mir ausmale, wohin das alles führen kann.«

»Bist du die Einzige, der es so geht?«

»Ich hoffe doch nicht!«

»Ist schon seltsam, wie die Welt dann so verkommen konnte.«

»Ich kann dem russischen Präsidenten nicht vorschreiben, wie er mit seinem Atommüll umgehen soll.«

»Nein«, sagte Saraf, »nein, das kannst du wohl nicht.«

Etwa zwei Meilen später murmelte Yeremi: »Warum hat er das getan?«

Saraf wandte ihr sein Gesicht zu. »Wer? Der russische Präsident?«

»Ich rede von dem Angler. Warum ist er in Bellman's Paradise eingedrungen?«

»Er wollte zu dir.«

»Um mich zu …?«

»Töten? Er hatte eine Feuerwaffe dabei. Aber ich bin mir nicht sicher, ob er das beabsichtigte.«

»Willst du mich jetzt beruhigen? Gib's auf. Es gelingt dir nicht.«

»Wenn ich wollte, könnte ich es vielleicht. Aber der Grund, weshalb ich mir über die Absichten des Anglers im Unklaren bin, ist ein ganz anderer. Seine Gefühle wirkten so verschwommen auf mich. Da war so viel Angst. Wie das Rauschen eines Wasserfalls. Aber hinter diesem Klang habe ich noch etwas anderes wahrgenommen, das ich nicht recht zu deuten vermag.«

»Es wäre aber sehr hilfreich, wenn dir das gelänge! Immerhin geht es hier um mein Leben.«

Saraf blickte traurig auf die Straße hinaus. »Das weiß ich, Jerry. Glaube mir, das weiß ich.«

Wie die Checkliste vor dem Start eines Spaceshuttle war Saraf noch einmal alle Punkte mit ihr durchgegangen. Die dunkle Seite des Fühlsinnes durfte nicht unterschätzt werden. Sie war machtvoll, gefährlich, aber wenn Yeremi die in letzter Zeit gelernten Lektionen anwandte, würde sie ihre Gefühle beherrschen und kein Mensch sie besiegen können. Selbst Al Leary nicht.

Während sie an einem rechteckigen Granittisch im Caffe Trieste auf den Psychologen wartete, ging sie in Gedanken noch einmal alle Punkte der »Checkliste« durch: *1. Erkenne den Unterschied zwischen authentischer und funktionaler Einfühlung …*

Das Café in North Beach war weit über die Grenzen San Franciscos hinaus für seinen Espresso und für seine Musik bekannt. Mit Sandra hatte Yeremi hier schon manch kurzweiligen Samstagnachmittag verbracht. Nur hier konnte man gleichzeitig einen hausgerösteten Espresso trinken, sich von seiner Freundin über die neuesten Schlankheitskuren informieren lassen und dabei noch Papa Gianni zuhören, der italienische Volkslieder oder Opernarien zum Besten gab. Die ganze Giotta-Familie hatte sich dem Belkanto und den schwarzen Koffeinbomben verschrieben.

… 5. Hüte dich vor ungewollter Intimität. 6. Achtung vor Extremen! …

Sie überprüfte noch einmal den Sitz ihrer Garderobe, weil es ihr ein Gefühl der Sicherheit gab, wenn ihre Kleidung tadellos war. Yeremi trug dunkelblaue Velourslederschuhe mit Absatz, einen sandfarbenen, schmal geschnittenen, knielangen Rock, eine ärmellose Bluse aus nachtblauer Wildseide und einen darauf abgestimmten Cardigan.

7. Entwickle ein Gespür für diejenigen, die immer einen Schuldigen brauchen und suchen. 8. Schärfe deinen Sinn für Interpretationen, hinter denen Eigeninteresse steckt. 9. Achte auf widersprüchliches Verhalten …

Yeremi spulte ihre Kontrollliste ab und warf dabei einen kurzen Blick hinüber zu der mit Fotografien gepflasterten Wand. Wie ein harmloser Gast saß dort in der Ecke Saraf auf einer mit rotem Kunstleder bezogenen Bank. Mit seiner dunklen Sonnenbrille und dem von Carl ausgeliehenen schwarzen Hut ähnelte er einem bisher unentdeckten Mitglied der Blues Brothers. Allein ihn zu sehen gab Yeremi Mut. Vor dem Café hatten sich beide gegenseitig Glück gewünscht und er sie an seine Worte in jener Nacht erinnert, als sie gemeinsam am Strand spazieren gegangen waren: »Wenn jemand seinen Geist zu einer Festung macht, dann kann diese so leicht niemand einnehmen.« Yeremis Mundwinkel deuteten ein Lächeln an – sie würde eine Burg sein, die nichts und niemand zu Fall bringen konnte.

10. Nicht vergessen: Einfühlung ist nicht gleichbedeutend mit Freundlichkeit …

Yeremis Gedanken wurden plötzlich zäh wir Harz. Ein nur allzu vertrauter Geruch stieg ihr in die Nase. Ihre Pulsfrequenz stieg augenblicklich an. Sie drehte den Kopf …

»Entschuldige die kleine Verspätung, bin aufgehalten worden. Darf ich mich setzen?«, sagte Leary. Er musste, während sie Blickkontakt mit Saraf gesucht hatte, ungesehen durch die Gruppe Japaner geschlüpft sein, die gerade eine Fotodokumentation über den Eingang des Cafés zu erstellen schien. Hoffentlich war ihm ihr stiller Hilferuf entgangen.

»Wir hatten uns vor zwanzig Minuten …«, setzte sie zu einem Vorwurf an, rief aber ihre Gefühle sofort zur Ordnung. Sie zwang sich zu einem Lächeln. »Danke für dein Kommen, Al. Offen gestanden fürchtete ich schon, vergeblich zu warten.«

»So? Wieso das denn?«

»Kannst du es dir wirklich nicht denken? Hast *du* denn ernsthaft damit gerechnet, *mich* hier zu sehen?«

Mit keiner Silbe hatte Yeremi den Tod des Anglers oder den des Laborleiters Cedric Youngberg erwähnt, aber Leary verhielt sich so, als hätte er ihre Andeutung genau verstanden: Er blickte sich ungeduldig nach der Bedienung um, griff in die Hosentasche und holte einen Schlüsselbund hervor, den er klimpernd über die Granitplatte schlittern ließ, bevor er Anstalten machte, sich zu setzen. Entgegen seiner sonstigen Gewohnheit war er an diesem Tag ausgesprochen leger gekleidet: eine sandfarbene Hose mit exakten Bügelfalten, ein schwarzes Poloshirt und darüber ein ebenfalls schwarzes Leinensakko. Unter seinem Arm klemmte eine dünne Aktentasche – farblich abgestimmt auf Hemd und Jackett –, die er jetzt auf den Nachbarsitz warf. Er nahm Yeremi gegenüber Platz, mit dem Rücken zu Saraf. Inzwischen musste er sein Gleichgewicht wiedergefunden haben, denn er breitete großspurig die Arme aus und beteuerte: »Ehrlich gesagt, wüsste ich nicht, wo ich im Augenblick lieber wäre.«

Sie ließ die Schmeichelei von sich abprallen. Aus seiner Äußerung sprach alles andere als echte Einfühlung. Er war hier, um etwas zu bekommen. Ebenso wie sie. Yeremi nahm die Espressotasse fest in beide Hände. Die Hitze des Porzellans half ihr, das Gefühl des Ausgeliefertseins wegzubrennen, das sie fast jedes Mal in Learys Nähe befiel. Er war Psychologe. Konnte er ihre Gefühle erraten? Sie hatte lange darüber nachgedacht, wie sie ihr kleines »Schachspiel« eröffnen sollte, und sich zu einer Überraschungsfrage entschieden.

»Was ist dran an der Empathie?«

In Anbetracht ihrer besonderen Situation war es das Natürlichste von der Welt, sich danach zu erkundigen. Dennoch stutzte Leary zunächst. Aber dann verzogen sich seine Lippen zu jenem Lächeln, das Yeremi früher einmal gefallen hatte. Er war schon immer ein Mann gewesen, der gerne mit seinem Wissen glänzte. Nach einem eher spöttischen Auftakt verfiel er daher schnell ins Dozieren.

»Heiliger Strohsack, der Silbermann scheint es dir ja wirklich angetan zu haben. Und weißt du was? Ich kann dich sogar verstehen. Auf mich übt seine Gabe vielleicht sogar eine noch größere Anziehungskraft aus als auf dich. Die Empathie ist ein in jeder Hinsicht faszinierendes Forschungsgebiet, das mich schon seit Jahren fesselt. Mit ihrer Hilfe können wir die individuellen Erfahrungen eines anderen Menschen verstehen und darauf reagieren. Empathie ist uns allen angeboren. Durch sie heilen oder verletzen wir.«

Verletzen? Yeremi traute Leary zu, dieses Wort aus purem Kalkül gewählt zu haben, und erschauerte. Er wollte ihre Wachsamkeit schwächen, aber das würde sie nicht zulassen. Sie beugte sich vor, sah ihm fest in die Augen und sagte: »Oder wir töten.«

Ein Schatten huschte über Learys Gesicht, nur eine Sekunde lang. Für eine Weile hielt er ihrem Blick stand, ehe er bekannte: »Auch das.«

»Es kommt also darauf an, *wer* die Einfühlung einsetzt.«

Er verschaffte sich eine Atempause, indem er einem vorbeieilenden Ober eine Bestellung zuwarf. Dann antwortete er: »Die Person ist zweitrangig, wenn man weiß, *wie* die Empathie zu gebrauchen ist.«

»O wie Recht du hast! Man denke nur an die Dissidenten, deren Willen in der Sowjetzeit mit Neuroleptika gebrochen wurde. Die Täter in den psychiatrischen Kliniken waren austauschbar, es kam auf die *Methode* an.«

Leary lächelte. »Du solltest dieses erlesene Thema nicht mit deinem Sarkasmus versalzen. Natürlich hat es viele Versuche gegeben, die Gedanken und Empfindungen von Menschen auf stümperhafte Weise zu manipulieren, in der Sowjetunion, der DDR …«

»Und in Hitler-Deutschland. Die Nazis sollen sehr geschickt darin gewesen sein.«

»Wohl wahr! Sie haben ihre Tiefflugbomber mit schrillen Sirenen ausgerüstet, weil sie genau wussten, welche Panik der vom Himmel niederfahrende Lärm auslösen würde. Durch die Fähigkeit, anderen Menschen ins Herz zu schauen, konnten sie mit den Ängsten ihrer Opfer spielen, im vollen Bewusstsein, sie damit am Ende zu töten.«

Yeremi zügelte ihren Zorn. Anstatt den Ball aufzufangen, den sie Leary zugeworfen hatte, lamentierte er über die Ängste emotional manipulierter Opfer. Ausgerechnet er! Sie musste direkter werden. »Und trotzdem waren das nur Taschenspielertricks. Im Umfeld unserer Expedition habe ich eine Menge recherchiert. Du wirst es nicht glauben, aber die Nazis haben sogar ein Forschungsprogramm betrieben, das sich mit angewandter Empathie beschäftigte. Irgendein griechischer Name, wie hieß es doch gleich …?«

Ein kaum merkliches Zucken an Learys rechtem Augenlid verriet Yeremi, dass sie auf dem richtigen Weg war. Seine Zunge bediente sich allerdings einer anderen Sprache als sein Körper. »Da weißt du anscheinend mehr als ich, Jerry. Herzlich willkommen im Club der Psychologen!«

»Soviel ich weiß«, fuhr Yeremi im Plauderton fort, »haben die Nationalsozialisten zu diesem Zweck in den Dreißigerjahren sogar schon mit bewusstseinsverändernden Drogen experimentiert. Das müsste dir eigentlich bekannt sein, wo du doch selbst im Dschungel nach Telepathin oder einer ähnlichen Substanz gesucht hast.«

»Mach dich doch nicht lächerlich, Jerry! Da einen Zusammenhang zu sehen ist ziemlich kühn.«

»Warum bist du plötzlich so erregt?«

»Weil ich mich nicht gerne in eine Ecke drängen lasse, in der ich nichts verloren habe.« Der Ober lieferte eine Tasse Espresso, was von dem Gast unbeachtet blieb.

Wie eine warme Welle durchwogte Yeremi ein Gefühl der Befriedigung. Learys Gleichmut hatte zu bröckeln begonnen. Gerne hätte sie an seiner Schulter vorbei zu Saraf hinübergesehen, um sich dessen Anerkennung zu versichern. Stattdessen sagte sie in bewusst beiläufigem Ton: »Ich erinnere mich, dich im Dschungel von Telepathin sprechen gehört zu haben. In Dave Clarkes Gegenwart hast du sogar mindestens einmal den Ausdruck ›Super-Telepathin‹ verwendet. Wie schon erwähnt, musste ich in letzter Zeit viel nachlesen. Die empathische Telepathie war mein Lieblingsthema.« Yeremi zog die Nase kraus. »Wirklich spannend, kann ich dir sagen! Na, jedenfalls bin ich bei dem Hellseher Hanussen genau auf denselben Namen gestoßen: Telepathin. Anfangs habe ich dem kaum eine besondere Bedeutung beigemessen, weil die Substanz aus einer südamerikanischen Lianenart gewonnen wird.«

Leary zuckte die Achseln. »Na und? Passt das nicht?«

Yeremi lächelte. »Und ob! In Anbetracht dessen, wohin unsere Reise gehen sollte, passt das sogar sehr genau. Natürlich wollte ich mehr über dieses Telepathin erfahren. Und das habe ich dann auch. Die Pharmakologen nennen den Wirkstoff *Harmin*. So wird er auch in fast allen Nachschlagewerken bezeichnet. Den Namen ›Telepathin‹ dagegen gebrauchen seriöse Forscher praktisch nie, im Gegensatz zu Esoterikern ...«

»Das ist nicht ganz richtig«, fiel Leary ihr ins Wort. »In alten Quellen taucht dieser Begriff des Öfteren auf.«

»Du meinst in solchen, die von Erik Jan Hanussen stammen? Er hat den Namen auffallend oft gebraucht.«

»Aber bestimmt nicht als Einziger.« Eine steile Falte mitten auf Learys Stirn verriet seine Verunsicherung. Kaum jemand konnte sein Gesicht so gut lesen wie Yeremi.

»Sicher bist du dir da anscheinend nicht«, erwiderte sie ruhig. »Du musst zugeben, es ist schon merkwürdig, dass ausgerechnet ein moderner, ehrgeiziger Psychologe wie du immer wieder von Telepathin anstatt von Harmin spricht. Wie erklärt sich das?«

Yeremis Augen hielten Learys Blick wie mit Enterhaken fest. Als er schließlich antwortete, klang es wie eine billige Ausrede.

»Nicht nur du hast dich gründlich auf die Expedition vorbereitet, sondern auch ich. Dabei habe ich mich auch nicht davor gescheut, obskure Quellen zu konsultieren. Schließlich wollten wir ja etwas entdecken, das unsere Kollegen günstigstenfalls den Grenzwissenschaften zurechnen, allzu oft aber als faulen Zauber oder Scharlatanerie abtun. Dabei muss mir der Name ›Telepathin‹ begegnet sein.«

»Und dich so fasziniert haben, dass er dir ständig über die Lippen gekommen ist.«

»Du solltest besser wissen als ich, welch bedeutende Rolle die Verwendung bestimmter Drogen in den frühen Kulturen gespielt hat, auch in Mittel- und Südamerika. Funde rund um den Titicacasee liefern Belege dafür. Die Grabstätten der Wari sind umgeben von zerbrochenen Krügen, die mit dem Muster halluzinogener Pflanzen dekoriert sind. Überreste solcher Gewächse hat man in den Ruinen von Tiwanaku entdeckt, außerdem Utensilien für die Einnahme von Drogen und Schnupftabak. Ein Forscher ist erst kürzlich auf die Mumie eines Schamanen gestoßen, der ein ganzes Bündel Drogen und Medikamente bei sich hatte …«

»Ja, und in Ägypten wurde ein mumifizierter Pharao gefunden, der zu Lebzeiten gekokst hat – ich kenne solche Berichte, Al. Schon im Orakel von Delphi wurden Drogen genommen, um der Zukunft ihre Geheimnisse zu entreißen. Das erklärt aber noch nicht, warum du und dein Arbeitgeber so brennend an einem Wirkstoff interessiert sind, den ein Hellseher im Nazideutschland publik gemacht hat.«

»Du scheinst dich da in etwas verrannt zu haben, Jerry.«

»Ach, dann behauptest du also, dich gründlich auf die Expedition vorbereitet, selbst ›obskure Quellen‹, wie du es nennst, ›konsultiert‹, dich aber kein einziges Mal mit Erik Jan Hanussen alias Hermann Steinschneider befasst zu haben?«

»Nun, ganz will ich das nicht ausschließen. Irgendwann habe ich wohl mal etwas über ihn gelesen.«

Bis jetzt war Yeremis Schlachtplan aufgegangen. Jetzt wagte sie einen Schuss ins Blaue: »Angeblich soll ein Deutscher, der in den historischen Dokumenten als Doktor W. Baecker auftaucht, in Hanussens Geheimnisse eingeweiht gewesen sein und diese an den US-Geheimdienst verraten haben. Seltsamerweise hat man noch im Jahr von Hanussens Ermordung an der Duke-Universität mit Experimenten zur Telepathie begonnen. Einige Gerüchte besagen, Hanussen habe in die Vereinigten Staaten auswandern und derartige Forschungen unterstützen wollen. Könnte nicht Baecker – immerhin ist er ja später selbst in die USA emigriert – in die Bresche gesprungen sein, die Hanussens Tod gerissen hat?«

Leary zögerte. Er verschaffte sich Zeit, indem er einen Schluck Espresso nahm. »Wie, sagtest du, hieß dieser Deutsche?«

»Doktor W. Baecker. Vom Vornamen kenne ich nur den ersten Buchstaben.«

Noch ließ sich Leary viel Zeit, bis er schließlich die Achseln zuckte. »Tut mir Leid. Ich kenne nur Boris Becker.«

»Humor war nie deine Stärke, Al Leary. Nehmen wir also einmal an, dieser Doktor W. Baecker hat sein brisantes Wissen dem amerikanischen Geheimdienst verkauft, als Starthilfe für ihre Menschenexperimente gewissermaßen. Davon zumindest dürftest du ja schon gehört haben.«

»Natürlich kenne ich *Bluebird*. Es war unsere Antwort auf die Gedankenkontrollprogramme der Sowjets, Chinesen und Nordkoreaner ...« Leary verstummte, als ihm Yeremis gespannter Gesichtsausdruck auffiel.

Sie saugte nachdenklich an der Unterlippe und nickte. Indirekt hatte er gerade zugegeben, von Baecker zu wissen: Die Informationen des Deutschen waren offenbar in ein Projekt namens Bluebird eingeflossen. Yeremi pokerte weiter. »Später wurde dieses Programm dann in MK-Ultra integriert, dessen Methoden hinlänglich dokumentiert sind. Baeckers Wissen muss unvollständig oder fehlerhaft gewesen sein, sonst hätte man sich MK-Ultra sparen können, dessen Ansatz wesentlich breiter war – man experimentierte mit Drogen, Folter, psychologischen Techniken …«

»Falls du gerade ein Ungeheuer aus mir machen willst, einen zweiten Auschwitzarzt vom Kaliber eines Doktor Mengele, dann muss ich dich leider enttäuschen. Gerald Ford hat 1976 einen Beschluss erlassen, der unseren Geheimdiensten strenge ethische Regeln auferlegt. Seither sind Menschenexperimente mit Drogen ausdrücklich verboten, sofern die Testpersonen nicht schriftlich ihr Einverständnis erklären. Das war praktisch der Todesstoß für MK-Ultra.«

Yeremi starrte Leary erstaunt an. Das hatte sie nicht gewusst. Das Jonestown-Massaker fand erst zwei Jahre *nach* dieser Präsidentenverordnung statt. Waren die Gerüchte um eine Verbindung von Reverend Jones zum CIA im Allgemeinen und dem MK-Ultra-Programm im Besonderen doch nur heiße Luft gewesen? Oder hatte ihr Leary gerade mit einer raffinierten Finte Schach geboten? Um sich nicht matt setzen zu lassen, durfte sie beim nächsten Zug keinen Fehler machen.

»Dann verstehe ich allerdings nicht«, sagte sie langsam, wie in großer Nachdenklichkeit, »warum Doktor W. Baecker sich *nach* Präsident Fords Erlass immer noch mit einem gewissen S. Arthur Moltridge vom CIA getroffen und in Sachen empathische Telepathie geforscht hat. Vielleicht haben die beiden ja auf einem inoffiziellen Weg weiter versucht, das verschollene Wissen Hanussens wiederzufinden. Möglicherweise kennst du Moltridge ja unter seinem Decknamen. Er lautet Sam Iceberg.«

Yeremi konnte fast körperlich spüren, wie sich Learys Rückenmuskeln verhärteten. *Moltridge und Iceberg sind identisch, das ist der Schlüssel!* Es war mehr ein Gefühl als eine Erkenntnis, aber ihr Herz begann heftig zu schlagen. Learys abwiegelnde Antwort war ein empathisches Manöver, das ihre Zuversicht nicht erschüttern konnte.

»Hör mir zu, Jerry. Du bist eine intelligente Frau. Das brauchst du mir nicht durch solche Gedankenkunststücke zu beweisen. Zum letzten Mal: Ich kenne keinen Baecker und diesen Moltridge noch viel weniger. Flatstone zahlt mir ein fürstliches Gehalt, damit ich ihm einen Vorsprung vor der Konkurrenz verschaffe. Ich denke, ein kommerzielles Interesse an der empathischen Telepathie ist kein Verbrechen, wenn man dadurch Tausenden zu einem normalen Leben verhelfen kann. Aber solltest du irgendetwas Konkretes über eine Beteiligung des CIA oder eines anderen Geheimdienstes an unserem Projekt erfahren, dann lass es mich wissen. Mein Boss würde dir für eine solche Information sogar ein Beraterhonorar zahlen. Schließlich geht es für ihn um Millionen von Dollar.«

Nicht für eine Milliarde werde ich dir irgendetwas liefern, dachte Yeremi und lächelte. »Wie lässt es sich denn mit den ethischen Grundsätzen von Stheno Industries vereinbaren, ein ganzes Volk auszurotten?«

»Was?«

»Du weißt genau, wovon ich rede, Al Leary.«

»Na gut. Endlich kommst du zur Sache, Jerry. Flatstone ist nicht sehr erfreut darüber, dass du ihn und seine Firma mit deiner ganz und gar unbewiesenen Behauptung in Verruf bringst. Professor McFarell hat ihm alle möglichen Drohungen an den Kopf geworfen. Ich soll dir Folgendes von meinem Boss ausrichten: Wenn du weiterhin die Lüge verbreitest, Stheno hätte absichtlich genmanipulierte Mikroben auf dem Dach des Waldes freigesetzt, wird er dir eine Schadenersatzklage anhängen, die sogar dich, die Erbin des Bellmanvermögens, ruinieren würde.«

An den Nachbartischen erregte das leidenschaftliche Wortgefecht der beiden bereits große Aufmerksamkeit. Yeremi beugte sich nun vor und zischte mehr, als dass sie sprach: »Wie nett! Endlich zeigst *du* dein wahres Gesicht, Al Leary. Wenn der Anruf meines Großvaters vorgestern nicht dazwischengekommen wäre, hättest du mich schon längst verhaften lassen, nicht wahr? Wer allerdings im Glashaus sitzt, sollte nicht mit Steinen werfen. Warst du es nicht, der die Quipus wie ein Grabräuber klammheimlich aus dem

Dschungel fortschleppen wollte? Deinetwegen durfte ich sie kein einziges Mal auch nur ansehen. Wenn du in den Knotenschnüren fündig geworden wärest – da bin ich mir ganz sicher –, hätte auch die Öffentlichkeit sie niemals zu Gesicht bekommen, egal wie historisch bedeutsam sie waren. Was du getan hast, ist aus wissenschaftlich-ethischer Sicht unentschuldbar.«

»Das musst ausgerechnet du sagen, eine Museumsdiebin!«

»Ich war zum Zeitpunkt des Diebstahles in der Anthropologischen Fakultät. Professor McFarell ist mein Zeuge.«

»Komplizenschaft bei einem Raub wird auch hart bestraft.«

»Nicht so schwer wie die Verübung eines Kapitalverbrechens.«

Leary schnappte nach Luft, sagte dann aber leise: »Was willst du damit andeuten?«

»Ich habe mich in letzter Zeit oft gefragt, ob der tödliche Sturz Ugranfirs vom Dach des Waldes wirklich ein Unfall war.«

»Soll das etwa heißen, du verdächtigst *mich* …?«

»Ich sage nur, was ich denke. Aber das hat dich ja schon früher zur Weißglut gebracht.«

Leary schüttelte empört den Kopf. »Mit dem Unglücksfall in den Wassarai-Bergen habe ich nichts zu tun. Sollte es tatsächlich Mord gewesen sein, dann kommt doch wohl eher Saraf Argyr als Täter in Frage. Hast du das je in Betracht gezogen? Er und Ugranfir hatten ziemlich Stress miteinander. Im Übrigen solltest du dir kein Urteil über den ethischen Wert meines Handelns erlauben. Moral und Ethik sind ohnehin keine verlässlichen Größen, dazu ändern sie sich zu schnell. Als Psychologe muss ich die Beziehungen untersuchen, die Vergangenes mit Zukünftigem verbinden.«

»Mit anderen Worten: Der Zweck heiligt jedes Mittel. Ist das deine ehrliche Meinung?«, fragte Yeremi drohend. »Dann verrate du mir, welche ›Beziehungen‹ du für die richtigen hältst.«

Sie hoffte, Leary endlich am Boden zu haben. Aber er gab sich noch immer nicht geschlagen. Im Gegenteil, nun ging er zum Angriff über. »Die Frage ist doch wohl eher, wer *deine* neuen Freunde sind. Du kennst nicht zufällig den neuen Aufenthaltsort des Silbermannes?«

Yeremis nur auf Willensstärke beruhende Fassade wurde schwer erschüttert. »Hat McFarell dir diesen Floh ins Ohr gesetzt? Der hat auch schon solche Andeutungen gemacht. Das Silberne Volk ist in den Höhlen des Orion jämmerlich zu Grunde gegangen. Schon merkwürdig, wie gering bei dir und deinem Arbeitgeber das Bedauern über diese Tragödie ist. Vielleicht sind die von Stheno hergestellten Bakterien ja doch nicht zufällig oder nur durch Fahrlässigkeit in die Höhlen gelangt.« Sie nickte drei-, vier-, fünfmal. »Ja, das könnte erklären, warum du mich nach einem Überlebenden fragst. Will dein Boss auch noch den letzten Silbernen umbringen?«

»Du solltest Acht geben, was du sagst«, knurrte Leary. Sein Zeigefinger war wie ein Revolver auf Yeremis Nasenspitze gerichtet. »Deine Anschuldigungen sind völlig aus der Luft gegriffen. Im Übrigen könnte ein Gericht sich fragen, ob du damit nicht von deinen eigenen Untaten ablenken willst.«

»Was soll *das* denn jetzt?«

»Es gibt einen Polizeibericht über einen Toten, der heute in den frühen Morgenstunden aufgefunden wurde. Der Mann war Mexikaner. Du weißt, von wem ich rede.«

Der Angler! Yeremi nickte. »Es ist also bereits bis zu dir durchgedrungen. Warum nur wundere ich mich nicht darüber? Gib es zu: Ihr habt Bellman's Paradise verwanzt und vermutlich ebenso unser Strandhaus.«

»Schon wieder so eine unbewiesene Behauptung! Du bringst dich noch in Teufels Küche, Jerry! Ich will doch nur dein Bestes. Die Polizei durchsucht mit einem richterlichen Beschluss in diesem Moment das Haus deines Großvaters. Der Mexikaner war ein Privatdetektiv, der – vielleicht nicht ganz vorschriftsmäßig – in dem Quipu-Diebstahl ermittelt hat.«

»Er ist nicht erst seit letztem Freitag hinter mir her.«

»Das stimmt. Jeff Flatstone hat den Mann beauftragt, weil er Anlass zu der Vermutung hatte, du würdest das Projekt sabotieren.«

»Das ist Irrsinn! Wovon redest du überhaupt?«

Leary zog die Aktentasche vom Nachbarstuhl auf seinen Schoß, öffnete sie und entnahm ihr einen großen braunen Umschlag. Aus diesem zog er ein Foto und legte es vor Yeremi auf den Tisch.

»Kennst du diesen Mann?«

Sie hatte das Bild schon einmal gesehen, eine Aufnahme von Irma Block, die Saraf Argyr zeigte, kurz nach dem Kampf mit dem schwarzen Jaguar. Neben den weißen Verbänden fiel vor allem seine bunte Perlenkette auf. Yeremi selbst war auch darauf zu sehen. Jetzt lachte sie. »Was soll das, Al? Natürlich weiß ich, wer das ist.«

»Und wie steht es mit dieser Person hier?« Leary legte auf die erste eine zweite Fotografie. Sie war grobkörniger und etwas unscharf, offenbar mit einem Teleobjektiv aus der Dunkelheit geschossen. Im Hintergrund leuchteten die Lichter einer kleinen Halle. Es war das Flughafengebäude von Monterey. Die beiden Personen im Vordergrund kannte Yeremi nur zu gut: Es handelte sich um Saraf und sie selbst. Sogar im direkten Vergleich mit dem vorhergehenden Bild war der Silbermann kaum wiederzuerkennen – wenn da nicht in seinem Hemdausschnitt die bunte Perlenkette gewesen wäre …

Yeremi schluckte. Flatstone hatte sie von Anfang an beschatten lassen. Sie blickte verunsichert in Learys Gesicht, der die kleine Vorführung sichtlich genoss. Jetzt präsentierte er ihr ein drittes Foto.

»Das hier«, sagte er nonchalant, »wurde übrigens von einer Überwachungskamera im Keller des U.C. Berkeley Art Museum aufgenommen. Ich entschuldige mich für die schlechte Qualität. Die Fotografie ist vom letzten Freitagabend.«

Yeremi glaubte zu Stein erstarren zu müssen. Das Bild zeigte Saraf und sie, beide in Overalls des Reinigungspersonals steckend, die Gesichter unkenntlich, weil von den Schirmmützen verdeckt. Ihre Zunge schien am Gaumen festzukleben. Sie musste erst den letzten, inzwischen kalt gewordenen Schluck Espresso nehmen, bevor sie antworten konnte: »Sollte mir das Foto irgendetwas sagen?«

»Das wollte ich eigentlich von dir wissen.«

»Es zeigt zwei Gebäudereiniger. An die Wand würde ich es mir nicht hängen.«

»Jetzt lässt *dein* Humor zu wünschen übrig, Jerry. Achte bitte einmal auf dieses Detail hier.« Leary zeigte mit dem kleinen Finger der rechten Hand auf den Halsausschnitt des größeren der beiden Raumpfleger. Dann zog er ein weiteres Foto aus dem Umschlag und legte es daneben auf den Tisch. »Das hier ist eine Vergrößerung, die von einer Bildbearbeitungssoftware scharf gerechnet wurde. So kannst du die Halskette besser erkennen.«

Yeremi hatte Sarafs Perlenschnur auch schon vorher gesehen. *Schach matt!* Der Gedanke raubte ihr alle Energie. Sie konnte sich gerade noch beherrschen, nicht zu Saraf hinüberzublicken. Weil ihr die Kraft zu einer Antwort fehlte, ergriff erneut Leary das Wort.

»Fällt dir jetzt vielleicht ein, ob es Überlebende der Tragödie gegeben hat?«

Yeremi wusste nicht, was sie darauf antworten sollte. Sie konnte spüren, wie die Panik in ihr aufstieg. War damit alles verloren? Das Einzige, woran sie in diesem Moment denken konnte, war Flucht. Sie sprang von ihrem Stuhl auf und stieß dabei mit den Oberschenkeln gegen den Tisch. Learys vorbildlich gebügelte Hose bekam den Rest seines Espressos zu kosten.

»Warte, Jerry!«, rief er, um sie zurückzuhalten.

Tatsächlich verharrte sie noch einmal.

»Ich habe dir schon im Dschungel gesagt, man könne Probleme nicht durch Davonlaufen lösen, sondern müsse sie entschlossen anpacken. Das war dir damals schon klar. Noch hast du Zeit, alles zum Guten zu wenden.«

Die dramatische Zuspitzung ihrer Konversation war weder dem Personal noch den Gästen des Trieste entgangen. Interessiert lauschte man dem Finale des, so die einhellige Ansicht, Beziehungsstreits.

»Gut?«, stieß Yeremi hervor. »Was soll da gut werden? Du drohst mir mit der Polizei …« – ein vielstimmiges Raunen ging durchs Lokal –, »bezichtigst mich des Diebstahls …« – das Getuschel wurde lauter – »und willst in meinem Keller sogar nach Leichen graben …« – mehrere verzückte »Oh!« erschollen. »Was soll ich darauf noch erwidern?«

Zustimmendes Nicken im Publikum. »Da hat sie Recht«, sagte am Nachbartisch ein wohlbeleibter, älterer Herr, dem eine Meerschaumpfeife aus dem Gesicht ragte.

»Bringe ihn zu mir. Zu dritt schaffen wir das Problem aus der Welt«, schlug Leary vor.

»Wusste ich 's doch: Sie betrügt ihn«, flüsterte jemand, den Yeremi nicht sehen konnte.

Sie zögerte noch. Leary, nein, Flatstone hatte sie in der Hand. Er konnte sie wegen etlicher Vergehen anzeigen: Menschenhandel, Diebstahl, vielleicht sogar Mord. Irgendwann würde ein hoch bezahlter Anwalt sie da rauspauken, aber bis dahin wäre Saraf vermutlich seziert, ihr Ruf ruiniert und sie in Untersuchungshaft restlos demoralisiert. Sie musste sich eine Galgenfrist verschaffen, um wenigstens Saraf zu retten. Danach …

»Was ist?«, drängte Leary. Demonstrativ holte er sein Handy aus der Tasche.

»Ich brauche Bedenkzeit.«

»Du bist nicht in der Position, um Forderungen zu stellen.«

»Ekelhafter Kerl«, sagte eine bohnenstangendürre Dame in Sarafs Nähe.

»Wenn ich untergehe, dann du mit mir«, erwiderte Yeremi. Wenigstens darin wollte sie unnachgiebig bleiben. »Vierundzwanzig Stunden«, sagte sie mit fester Stimme. »Das bist du mir schuldig, schon wegen dem, was du mir angetan hast.«

Langsam begann Leary zu nicken. »Also gut, Jerry. Einen Tag und nicht länger. Und vergiss nicht: Davonlaufen verschlimmert alles nur.«

Beifall erklang, für wen auch immer. Yeremi hörte es nicht einmal. Sie stürmte aus dem Café.

Benjamin Franklin ahnte nichts von Yeremis Leid. Er stand – so stumm und steif, wie es eine Statue nur konnte – im Zentrum des Washington Square Park und würdigte sie keines Blickes. Endlich erschien Saraf. Er eilte mit langen Schritten herbei. Die Grünanlage lag nicht einmal fünf Minuten vom Caffe Trieste entfernt. Sie hatten sich direkt vor dem Erfinder des Blitzableiters verabredet.

»Ich habe alles vermasselt!«, wetterte Yeremi, die Hände in die Luft werfend, den Tränen nahe.

Saraf nahm sie in den Arm. »Nun beruhige dich erst einmal, Jerry.«

»Er weiß alles über uns. Wie kann ich mich da beruhigen?«, jammerte sie.

»Komm, lass uns ein Stück laufen. Das wird dir gut tun.«

Yeremi zog sich die Strickjacke aus, obwohl es an diesem Neujahrstag alles andere als warm war – der Gefühlsaufruhr hatte ihren Kreislauf in Schwung gebracht. Gemessenen Schrittes ließ sie sich von ihm auf einen Weg führen, der die großen Rasenflächen des Parks durchschnitt.

Dem zufälligen Beobachter mussten die beiden wie ein Liebespaar erscheinen: Sie spazierten eine Weile auf die Kirche der Heiligen Peter und Paul zu, ein strahlendes Bauwerk mit zwei in der Sonne blitzenden weißen Türmen.

Allmählich ging es Yeremi besser, was Saraf wohl spüren musste, denn gerade im richtigen Augenblick sagte er: »Wir wissen nun auch eine ganze Menge über Al Leary.«

Sie hielt in ihrer Bewegung inne, blieb jedoch bei ihm untergehakt und sah ihn verwundert an. »So?«

Saraf nickte. »Während du mit ihm gesprochen hast, erkundete mein Fühlsinn seine Empfindungen. Ich habe mir eingeprägt, wie du deine Lippen bewegst, wenn du bestimmte Worte aussprichst oder Namen wie ›Telepathin‹, ›Hanussen‹, ›Baecker‹ oder ›Moltridge‹. Als ihr lauter wurdet, konnte ich sogar ein paar Brocken eurer Unterhaltung aufschnappen. Aus allen diesen Mosaiksteinchen ergibt sich ein aufschlussreiches Bild.«

»Ich bin gespannt.«

»Als du über die Droge gesprochen hast – das Telepathin – und im gleichen Atemzug über deinen Urgroßvater Hanussen, fühlte sich Leary ertappt.«

»Das habe ich auch so empfunden.«

Saraf lächelte. »Du machst Fortschritte.«

»Learys Körpersprache war nicht schwer zu deuten. Also hat er sich bei seiner Vorbereitung auf die Expedition wohl doch intensiver mit Hanussen beschäftigt, als er zugeben wollte.«

»Als du mehrmals Baeckers Namen erwähnt hast, war Leary beunruhigt, aber zugleich verwirrt.«

Ein Mann mit Schubkarre kreuzte ihren Weg. »Das könnte bedeuten, er weiß von einem deutschen Berater, kennt aber keine oder nur wenige Einzelheiten über ihn.«

»Interessant wurde es dann, als du Moltridge und Iceberg ins Spiel gebracht hast …«

»Das habe ich auch bemerkt!«, unterbrach Yeremi ihn aufgeregt, verstummte aber sogleich wieder, als ihr Sarafs wissender Blick auffiel.

Wieder lächelte er. »Die beiden dürften, wie du vermutet hast, ein und dieselbe Person sein.«

»Leider hat sich Al kein Wort über den eigentlichen Zweck des Projektes entlocken lassen. Klar, sie wollen die empathische Telepathie beherrschen wie … wie …«

»Eine Waffe?«

Yeremi starrte Saraf zuerst nur erschrocken an, aber dann nickte sie. »Ja, du hast Recht. Dieses ganze Gerede vom therapeutischen Nutzen der Empathie ist sowieso nur Maskerade. Der CIA ist nicht die CDC.«

»Wer?«

»Das Seuchenkontrollzentrum in Atlanta.«

»Anscheinend verstehen gewisse Leute den Geheimdienst eher als Seuchen*verbreitungszentrum*. Es gibt noch etwas, das mir im Laufe deines Gesprächs mit Al Leary aufgefallen ist, und allein wegen dieser Beobachtung hat sich die Begegnung gelohnt.«

»Du sprichst von Ugranfir, stimmt's? Als ich Al verdächtigte, deinen Ratsbruder von der Klippe gestoßen zu haben, war er ziemlich aufgeregt. Natürlich hat er alles abgestritten und sogar den Verdacht auf dich gelenkt. Wie sagtest du doch so schön? ›Entwickle ein Gespür für diejenigen, die immer einen Schuldigen brauchen und suchen.‹«

Saraf nickte. »Deine Beobachtungen stimmen ziemlich genau mit dem überein, was ich durch meinen Fühlsinn wahrgenommen habe. Al Leary hat Ugranfirs Tod verschuldet, da bin ich mir ganz sicher. Vielleicht war es ein Unfall, aber auf jeden Fall plagte ihn ein schlechtes Gewissen. Ich wollte jedoch auf etwas anderes hinaus.«

»Und das wäre?«

Saraf nahm Yeremis Hand. »Gegen Ende eures Gesprächs hast du langsam die Kontrolle verloren. Aber das ist nicht schlimm. Du bist sehr mutig gewesen, Jerry.«

Sie erwiderte dankbar seinen tröstenden Blick. »Erfahre ich jetzt, wofür sich diese Tortur gelohnt haben soll?«

»Erinnere dich, wie aggressiv Al Leary geantwortet hat. Es sah aus, als wäre seine Hand ein Vorderlader, der auf dich gerichtet ist. In seinem Innern dröhnte zu dieser Zeit die pure Angst. Wenn die Gefühle so klingen, dann nur, weil jemand etwas Schreckliches zu verbergen hat und fürchtet, entlarvt zu werden.«

»Du meinst …?«

Saraf nickte. »Al Leary ist direkt am Tod des Silbernen Volkes beteiligt. Sein Herr, Jefferson H. Flatstone, mag den Mord beschlossen haben, aber ich bin überzeugt, Al Leary wählte den Zeitpunkt. Er hat die gelben Geister gerufen.«

Obwohl Yeremi diese Nachricht nicht wirklich überraschte, machte es sie doch einige Augenblicke lang fassungslos. Sie hatte einmal einen Menschen geliebt, der ein Massenmörder war. Gehörte etwa auch die dramatische Zuspitzung ihrer jüngsten Begegnung zu Learys niederträchtigen Manipulationen? Womöglich waren die Hinweise, die er ihr durch sein Verhalten und seine Gefühle gegeben hatte, nur ein Bauernopfer gewesen im Vergleich zu dem, was er ihr in dem Gespräch abtrotzen konnte. Ihre Reaktion auf die Fotos war unmissverständlich gewesen. Vermutlich telefonierte er bereits mit Flatstone und meldete die gute Nachricht: Der Silbermann befindet sich ganz in der Nähe. Schnappt ihn euch!

Sie drückte fest Sarafs Hand und murmelte: »Leider wird kein Gericht Leary nur auf das Zeugnis deines Silbernen Sinnes hin verurteilen. Wir müssen eine Entscheidung treffen, was als Nächstes zu tun ist.«

»Hat Al Leary dir gedroht?«

»Er will mir einen Haufen Verbrechen anhängen. Vermutlich

werden gerade Beweise gefälscht, damit es so aussieht, als hätte ich den Tod des Anglers verursacht. Al kann sehr hartnäckig sein. Er wird selbst dann nicht lockerlassen, wenn ich dich in ein Flugzeug setzen und wieder in den Dschungel fliegen ließe.«

»Du hast schon genug für mich getan, Jerry. Wir können uns trennen. Gleich jetzt und hier. Nach dem Gesetz des Silbernen Volkes sind die Schuldigen gefunden. Nun müssen sie nur noch verurteilt und bestraft werden.«

»Was soll das heißen? Willst du etwa allein losziehen, dir beim Pfandleiher ein Henkersbeil besorgen und alle abmurksen?«

»Was ist ein Pfandleiher?«

»Jemand, der armen Kriegern für einen Apfel und ein Ei ihr Schwert abluchst, um es für ein Vielfaches an andere weiterzuverscherbeln.«

»Kennst du einen Pfandleiher in der Nähe?«

»Saraf! Schlag dir das aus dem Kopf. Dir und deinem Volk muss Gerechtigkeit widerfahren. Mein Versprechen, dir dabei zu helfen, gilt. Wir brauchen Zeit, um gerichtsverwertbare Beweise herbeizuschaffen, und ich habe auch schon eine Idee, wie uns das gelingen kann.«

DAS OUTING

San Francisco (Kalifornien, USA),
2. Januar 2006,
9.16 Uhr

Er durfte nicht länger ein Phantom bleiben. Solange sie mit seiner Unterstützung nur Ermittlungen angestellt hatte, war die Strategie vielleicht richtig gewesen. Nun jedoch kämpfte der Gegner mit harten Bandagen. Es gab nach Yeremis Einschätzung nur einen Ausweg aus ihrer bedrohlichen Situation: die Flucht in die Öffentlichkeit. Wenn alle Welt von Saraf Argyrs Schicksal wusste, würde man ihn nicht still und heimlich vereinnahmen können wie zuvor die Knotenschnüre.

Sandra Schroeder hatte dem Plan tags zuvor sofort zugestimmt, Einladungen an die Redaktionen erstellt und diese gleich per E-Mail verschickt. »Mach dir keine Sorgen, du bekommst dein Publikum«, hatte ihr in der Schwarzen Kammer gegebenes Versprechen gelautet. »Ich weiß genau, wie wir den Nerv der Journaille treffen. Maile mir deine Notizen zu, und ich bereite für dich eine hübsche kleine Multimediashow vor. Bei dieser anderen Sache allerdings … Das könnte schwierig werden.«

Die »andere Sache« betraf eine Frau, genauer gesagt die Senatorin des achten Distrikts, der die westliche Hälfte von San Francisco und das nördliche San Mateo umfasste. Ihr Name lautete Jackie Tailor.

Erst durch ihre kürzliche Recherche im Internet war Yeremi von neuem auf sie aufmerksam geworden und hatte sich plötzlich wieder an die nette junge Assistentin von Congressman Leo Ryan erinnert. Am Morgen der letzten Weißen Nacht des Jahres 1978 war Tailor eine hoffnungsvolle Juristin von gerade achtundzwanzig Jahren gewesen, die sich als Rechtsberaterin Ryans gute Chancen auf eine steile Karriere ausrechnen durfte. Einige Stunden später hätte sie in einem Kugelhagel beinahe ein jähes Ende gefunden. Doch sie überlebte knapp die Schießerei auf dem Flugfeld von Port Kaituma. Dank ihres Engagements im Dienst der Öffentlichkeit hatte sie sich seitdem eine wachsende Anhängerschaft erworben.

Gab es tatsächlich einen Zusammenhang zwischen den Ereignissen vom 18. November 1978 und dem Massaker am Silbernen Volk? Yeremis Verdacht stand auf wackligen Füßen. Sie brauchte Beweise, und diese erhoffte sie von der Senatorin zu bekommen. Sollte es gelingen, Flatstone, dem CIA oder beiden zusammen die geheime Fortführung des menschenverachtenden MK-Ultra-Programmes nachzuweisen, dann konnte die energische Politikerin zu ihrer Kronzeugin werden.

Als Yeremi jedoch zu früher Stunde Tailors Büro in der Golden Gate Avenue anrief, prallte sie auf eine menschliche Barriere, die sich Thelma Splendour nannte. Tailors Assistentin schien sich der Aufgabe verschrieben zu haben, jeden abzuwimmeln, der im nächsten Wahlkampf nicht mindestens tausend Stimmen aktivieren konnte.

»Wenn Sie einen Termin mit der Senatorin hätten …«, leierte Splendour ihren Abwehrzauber herunter.

»Wie oft soll ich Ihnen das noch sagen? *Ich habe keinen!* Aber Sie können mir gerne einen geben – gleich jetzt.«

»Ha!« Splendour lachte hämisch auf. »Haben Sie eine Ahnung, wie voll der Kalender von Mrs Tailor ist? Das können Sie sich aus dem Kopf schlagen, Werteste. Wenn Sie einen Termin mit der Senatorin hätten …«

Yeremi legte auf und sah Saraf enttäuscht an. Sie standen vor einem Telefon in der Halle des Mandarin Oriental Hotel, wo sie unter fantasievollen Namen übernachtet hatten – Saraf im achtunddreißigsten und sie selbst im achtundvierzigsten Stock des drittgrößten Gebäudes der Stadt. Offiziell kannte keiner den anderen. Die Zimmer hatte Yeremi bar bezahlt.

»Das fängt ja gut an«, sagte sie.

»Lass dich nicht entmutigen. Du hattest da noch einen Namen erwähnt.«

»Ja. Ken Frielander. Ich habe ihm gestern schon eine E-Mail mit einem Auszug meiner Notizen geschickt.«

»Ist es derselbe Mann, auf den Sandra dich aufmerksam gemacht hat?«

»Eigentlich bin ich vor zwei Tagen schon auf seinen Namen gestoßen, habe ihm aber zunächst keine besondere Aufmerksamkeit geschenkt. Er gehört zu den Überlebenden der Schießerei von Port Kaituma. Mein Interesse an ihm ist erst gestern erwacht, als Sandra ihn erwähnte. Sie beschrieb ihn als einen seriösen und sehr gründlich arbeitenden Journalisten. Frielander hatte Leo Ryan 1978 im Auftrag des *San Francisco Examiner* nach Guyana begleitet. Inzwischen schreibt er für die *Los Angeles Times*. Er ist zwar nicht so einflussreich wie die Senatorin, aber als Reporter dürfte er ein guter Beobachter sein. Vielleicht können wir seiner Erinnerung die Beweise entlocken, die wir bis heute Mittag brauchen.«

Wenige Minuten später hatte Yeremi den Journalisten am Telefon.

Sie war auf eine längere Überzeugungsarbeit eingestellt, wurde jedoch angenehm überrascht. Sobald sie ihren Namen genannt hatte, besaß sie Frielanders volle Aufmerksamkeit. Das ihm vorab zugesandte Material sei hochinteressant, sagte er, vielleicht etwas spekulativ, aber nichtsdestoweniger sehr explosiv. Nebenbei bemerkt habe er vor Wochen aufmerksam die Berichterstattung über die sensationellen Entdeckungen im Dschungel von Guyana und das tragische Ende des Silbernen Volkes verfolgt und könne sich sogar an Yeremis Telefoninterview bei CNN erinnern. Frielander sprach mit einer besonnenen, freundlichen Stimme, die einem Mann zwischen fünfzig und sechzig gehören musste.

Yeremi schilderte ihr Anliegen kurz: Es gebe, wie er aus ihren Unterlagen bereits ersehen könnte, konkrete Hinweise für ein Engagement des CIA in Jonestown. Außerdem deute einiges auf eine Fortführung der verbotenen MK-Ultra-Experimente bis in die jüngste Zeit hin. Der Schwerpunkt liege bei der Beherrschung der empathischen Telepathie. Zwischen dem Mordanschlag auf Congressman Ryan und seine Begleiter, dem Jonestown-Massaker sowie der Ausrottung des Silbernen Volkes bestehe mit großer Wahrscheinlichkeit ein Zusammenhang.

Frielander reagierte auf diese geballte Ladung von Ungeheuerlichkeiten mit einem lakonischen Kommentar. »Entweder sind Sie verrückt oder einer Story auf der Spur, die einen Pulitzerpreis einheimsen wird.«

»Gehen Sie von Letzterem aus«, antwortete Yeremi.

»Gibt es schon jemanden, der Ihre Geschichte bringt?«

»Nein.«

»Jetzt haben Sie einen.«

»Sie glauben mir?« Yeremi war verblüfft.

»Nun … Sagen wir, ich halte Ihre Überlegungen für alles andere als an den Haaren herbeigezogen. Meinen Mangel an Euphorie müssen Sie mir bitte nachsehen – über Jonestown gibt es einfach zu viele Missverständnisse und Fehlinformationen. Ich müsste erst die Fakten prüfen, aber wenn alles stimmt, was Sie da sagen, dann verspreche ich Ihnen einen Leitartikel, der ein Erdbeben auslösen wird. Sind Sie bereit, die Story der *Los Angeles Times* exklusiv anzubieten?«

»Das hängt von den Antworten ab, die Sie *mir* geben.«

»Stellen Sie Ihre Fragen.«

Yeremi wechselte einen hoffnungsvollen Blick mit Saraf und atmete tief durch. »Zuerst möchte ich eines wissen: Ich habe Ihnen gerade eine Geschichte erzählt, die sich eher wie ein Thriller anhört als nach der grauen Wirklichkeit – warum regt sich da bei Ihnen kein Widerspruch?«

»Weil ich am 18. November 1978 am Ort des Geschehens war, Mrs Bellman. Ich weiß, was ich dort gesehen habe.«

»Würden Sie es mir verraten, Mr Frielander? Gibt es irgendwelche Beweise, die von der offiziellen Darstellung einer Gruppe schießwütiger Sektenfanatiker abweichen?«

Diesmal antwortete der Journalist nicht sofort, anschließend dafür aber umso deutlicher. »Ja, die gibt es. Ich halte die Attacke auf Leo Ryan für eine gezielte militärische Operation.«

Yeremi verschlug es die Sprache. Erregt riss sie die Augen auf und strahlte Saraf an.

»Hallo, sind Sie noch da?«, tönte es aus dem Hörer.

»Ja, ich bin am Apparat. Warten Sie, ich muss mir das notieren.« Yeremi holte Stift und Notizblock aus dem Rucksack und fing an zu kritzeln. Den Telefonhörer zwischen Wange und Schulter geklemmt, fragte sie: »Wie kommen Sie zu dieser Behauptung, Mr Frielander?«

»Am besten, ich erzählen Ihnen, was damals auf dem Flugfeld von Port Kaituma vorgefallen ist. Ich beschränke mich auf das Wesentliche.« Frielander schilderte im Telegrammstil die mehr als siebenundzwanzig Jahre zurückliegenden Ereignisse. Er berichtete von den Männern auf dem langen, tief liegenden Anhänger des roten Traktors und von den Bewaffneten in dem zweiten Wagen, der sich im Schatten des Tiefladers genähert hatte.

»Dann fielen die ersten Schüsse. Die zuvor noch bei dem großen Flugzeug stehenden guyanischen Polizisten waren plötzlich verschwunden. Auch das Militär hielt sich aus der Schießerei raus. Alles sah so aus, als habe man günstige Voraussetzungen für das spätere Blutbad schaffen, es aber keinesfalls verhindern wollen. Mein Partner Greg Robinson schoss etliche Fotos, und der NBC-Kameramann Bob Brown filmte die Attacke fast bis zu seiner eigenen Exekution – anders kann man es nicht ausdrücken«, sagte Frielander. »Bob ist aus kürzester Distanz durch einen Kopfschuss regelrecht hingerichtet worden. Mit Congressman Ryan hat es sich ähnlich verhalten. Und beim Angriff des Mordkommandos ist mir etwas Merkwürdiges aufgefallen: die Formation der Kämpfer. Später war in den Zeitungen immer wieder zu lesen, die Sicherheitstruppe von Jonestown habe sich mit ›glasigem Blick‹ seinen Opfern genähert, sich ›hölzern wie Marionetten‹ bewegt. Das stimmte zwar – sie verhielten sich tatsächlich, als stünden sie unter Drogen oder Hypnose –, aber diese Angreifer, davon bin ich fest überzeugt, waren nur Camouflage, nichts als Ablenkung. Die Hauptarbeit hat eine eiskalt operierende Gruppe geleistet, die sich so lange wie möglich in der Deckung der schießwütigen Vorhut bewegte. Diese Männer agierten so, wie man es von einer Eliteeinheit erwarten würde, in einer *Diamantformation.*«

»Was verstehen Sie darunter?« Yeremi kritzelte das Wort auf ihren Block.

»Stellen Sie sich die Gruppe der Kämpfer wie ein gleichschenkliges Dreieck vor, wie einen Keil, dessen Spitze zum Gegner vorrückt. Hinten ist die Figur geschlossen, aber ebenfalls gestaffelt, so wie bei einem Trapez. Jeder Schütze kann also einen großen Radius abdecken, ohne seinen Nebenmännern in die Quere zu kommen.«

»Das klingt tatsächlich nicht nach einer Amateurtruppe.«

»Sie sagen es! Die gingen ruhig, leise, brutal und methodisch vor.«

»Was geschah dann?«

Frielanders Stimme wurde düster. Immer wieder unterbrach er nun seine Schilderungen, die längst nicht mehr der Chronologie folgten. Dieses und jenes Ereignis blitzte im Feld seiner Erinnerungen auf wie Bäume im Licht eines nächtlichen Gewitters – die kaltblütigen Morde an Leo Ryan, Patricia Sturges und den Reporterkollegen Greg Robinson, Don Harris und Bob Brown, die blutüberströmte Jackie Tailor, die eigene Verwundung – erst zertrümmerte eine Kugel sein Handgelenk, und gleich darauf traf eine zweite seinen Arm –, die Flucht ins hohe Gras am Rande des Rollfeldes …

»Würden Sie die Mörder wiedererkennen?«, unterbrach Yeremi den Reporter.

»Unmöglich – sie trugen Fantasieuniformen, Hüte, ihre Gesichter waren bemalt. Bis auf einen. Es war offenbar ihr Truppführer, derjenige, der unter anderem Leo Ryan in den Kopf geschossen hat. Einmal nahm er kurz den Hut ab, um sich den Schweiß von der Glatze zu wischen. Da habe ich ihn wiedererkannt. Er gehörte zu den Leibwächtern von Reverend Jones: ein Schwarzer, etwa ein Meter achtzig groß, muskulös gebaut, hatte keine Haare, nicht mal Augenbrauen oder Wimpern. Sein Name war Eugene Smith.«

Der Mörder ihrer Mutter! Yeremi würde ihn nie vergessen. Die überraschende Konfrontation mit diesem Namen wirkte auf sie wie ein Stromstoß: Herzstolpern, Atemlähmung, sämtliche Härchen standen ihr zu Berge – so jedenfalls hätte sie die Reaktion ihres Körpers beschrieben. Noch einmal durchlebte sie im Zeitraffertempo die Angst der Weißen Nacht. Der Telefonhörer rutschte ihr aus den Fingern, doch Saraf fing ihn auf. Unwillkürlich berührte Yeremi die Narbe an ihrem Hals. Sekundenlang durchlebte sie noch einmal die Szene am Bett ihrer toten Mutter, als der Haarlose Eugene ihr fast die Kehle durchgeschnitten hätte …

»Bitte warten Sie einen Moment, Ken Frielander. Jerry scheint sich gerade an etwas sehr Schmerzhaftes zu erinnern«, sagte der Silbermann ins Telefon.

Er legte den Arm um ihre Schulter und sprach beruhigend auf sie ein. Allmählich gewann Yeremi ihr inneres Gleichgewicht zurück und ließ sich wieder den Hörer geben. »Mr Frielander?«

»Geht es Ihnen besser?«

»Ja, danke. Ich … Ich kenne den Mann, von dem Sie gerade gesprochen haben. Er … hat meine Eltern auf dem Gewissen.«

»Oh, mein Gott! Das tut mir Leid. Ich hoffe, ich habe da nicht eben …«

»Schon gut, Mr Frielander. Ich hätte Sie nicht angerufen, wenn es mir nicht darum ginge, die Ereignisse von damals aufzuklären.«

»Weil Sie glauben, dass sie noch nicht zu Ende sind?«

»Ja. Kennen Sie andere Zeugen, die Ihre Beobachtungen in Port Kaituma bestätigen können?«

»Sie sagten, Sie hätten es schon bei der Senatorin versucht?«

»Jackie Tailor? Ja. Sie wird von einer Furie abgeschirmt, die niemanden durchlässt.«

»Nun, ich verfolge die Berichterstattung um das Jonestown-Massaker schon seit siebenundzwanzig Jahren. Habe selbst einige Artikel darüber verfasst. Es gibt tatsächlich noch eine Reihe anderer Überlebender, aber scheinbar kann sich niemand mehr so genau an die Details der Attacke erinnern. Möglicherweise wurden die Leute zum Schweigen verpflichtet. Oder sogar bedroht.«

»Vom CIA?«

»Das kann ich nicht sagen. Mir persönlich wurde jedenfalls eine deutliche Botschaft von der Bundespolizei übermittelt. Ich hatte das FBI-Büro in San Francisco aufgesucht, weil zwei Filme von Greg spurlos verschwunden waren und ich annahm, sie seien vom Militär beschlagnahmt worden. Mein Partner hatte seinen Finger während der Schießerei ständig am Auslöser, aber keines der Bilder ist bis heute aufgetaucht. Jedenfalls haben mich die Beamten gleich vernommen und mir anschließend klar gemacht, wie störend sie eine Behinderung der laufenden Ermittlungen durch spekulative Artikel meinerseits empfänden.«

»Das klingt allerdings sehr nach einer Drohung.«

»Sie hatten eine sehr subtile Art, mir ihre Vorstellungen von ›Kooperation‹ zu vermitteln: höflich, aber bestimmt. Würde mich nicht wundern, wenn die anderen Zeugen Ähnliches erlebt haben.«

»Dann steht unsere Pulitzer-Story also auf wackligen Füßen.«

»Vielleicht …« Frielanders Stimme verlor sich im Rauschen der Telefonverbindung.

»Wenn Sie eine Idee haben, egal wie abwegig sie Ihnen erscheint, dann raus damit«, sagte Yeremi.

»Nun, ich erwähnte ja schon, dass Bob Brown den Angriff mit seiner Videokamera aufgenommen …«

»Heißt das, der Film existiert noch?«, platzte Yeremi aufgeregt heraus.

»Es sind damals, kurz nach der Weißen Nacht, eine ganze Reihe merkwürdiger Dinge geschehen. Erst verschwinden Gregs Filmrollen, und dann – Sie werden es kaum glauben – passiert mit den Videoaufnahmen von Bob Brown genau das Gleiche. Doch im November 1979, auf einem Treffen der Jonestown-Überlebenden in Oakland anlässlich des ersten Jahrestages des Massakers, tauchte das Video plötzlich wieder auf. Ich selbst habe nur davon gehört: Die Diamantformation, die ich erwähnte, soll deutlich auf dem Film zu sehen gewesen sein. Aber dann ist er erneut verschwunden.«

»Was soll das heißen?«

»Ich vermute, die Bilder waren zu brisant.«

»Aber die Zeugen, die diesen Film gesehen haben, leben noch?«

»Einige bestimmt.«

»Könnten Sie das herausfinden?«

»Das werde ich tun. Sollten FBI, CIA oder eine andere Regierungsbehörde die Aufnahmen unter Verschluss halten, dann können wir mit einer genügend großen Anzahl von Zeugen im Rücken vielleicht Druck machen, und der Film wird wieder freigegeben – sofern er noch existiert.«

»Tun Sie Ihr Bestes, Mr Frielander.«

»Das werde ich. Übrigens: Sagen Sie Ken zu mir.«

»Wenn Sie mich Jerry nennen.«

»Gerne, Jerry. Und jetzt werde ich Ihnen noch ein paar Dinge verraten, die Ihnen bei Ihrer kleinen Veranstaltung heute Mittag nützlich sein könnten.«

Journalisten sind auch nur Menschen. Dieser schlichten Weisheit folgend, hatte Yeremi für ihr Vorhaben eine der nobelsten Adressen San Franciscos ausgewählt. Es genügte schon lange nicht mehr, eine Bombe platzen zu lassen, sie musste auch appetitlich verpackt sein. Das Palace Hotel bot also genau den geeigneten Rahmen.

Es war zwei oder drei Minuten nach zwölf. In einer knappen halben Stunde würde sie zum Gegenschlag ausholen. Ihre Knie waren weich, und sie fühlte sich hundeelend – das Telefonat mit Ken Frielander hatte Yeremi mehr Kraft abverlangt, als sie sich eingestehen wollte. Mit wenigen Worten war es ihm gelungen, den Staub von einigen ihrer düstersten Erinnerungen zu blasen; sie hatte ihn darum gebeten, um für die nun kommende Auseinandersetzung gewappnet zu sein.

»Jerry! Hörst du mir überhaupt zu?« Sandras Stimme drang an ihr Ohr.

Yeremi blinzelte benommen, sah zuerst Sarafs Gesicht, dann das ihrer Freundin. Die drei standen in der Hotelhalle des Palace. Um sie herum wimmelte es von gut betuchten Touristen, die ein Neujahrsfest in San Francisco gebucht hatten.

»Du siehst schlecht aus«, sagte Sandra besorgt.

»Danke sehr, Cousinchen. Aufmunternde Worte sind genau das, was ich im Augenblick gebrauchen kann. Ist von deiner Seite alles klar?«

»Ja, sollte es eigentlich. Bei den Hunderten von Pressekonferenzen, die ich schon besucht habe, dürfte es nicht so schwer sein, selbst mal eine zu organisieren. Die Zeit war ein bisschen knapp, aber jetzt müsste alles stehen.«

»Was ist mit den Infos von Frielander?«

»Sind auch schon im Präsentationscomputer, alles fein säuberlich in Charts aufgelistet. Wenn du stecken bleibst, folge einfach dem Leitfaden am Monitor. Gerade wird noch einmal die Technik gecheckt. Die Webcam ist bereits online – man wird dein hübsches Konterfei heute weltweit im Internet sehen können.«

»Hoffentlich beschränkt sich mein Publikum nicht auf die virtuellen Zaungäste.«

»Der Termin um zwölf Uhr dreißig ist nicht gerade optimal – spätestens ab zwei wollen alle Kollegen hinter ihren Tastaturen kleben, um bis Redaktionsschluss die Artikel fertig zu kriegen. Aber ich denke, wir haben sie heiß gemacht.«

»Ich fasse mich so kurz wie möglich. Wie viele werden denn kommen?«

»Ich habe den Monterey-Saal für uns gemietet. Da passen mindestens fünfzig Leute rein.«

»Fünfzig!«

»Wenn wir Pech haben, tauchen nur zwei oder drei auf.«

»Du machst mir Mut! Vielleicht kann ich meine Zuhörerschaft ja noch etwas aufstocken.« Yeremi holte ihr Handy aus dem kleinen schwarzen Lederrucksack, der nicht ganz zu ihrer gediegenen Garderobe passen wollte. Sie trug den sandfarbenen Rock und die dunkelblaue, ärmellose Wildseidenbluse vom Vortag.

»Wen willst du anrufen?«, fragte Sandra verwundert.

»Stheno Industries.«

»Bist du verrückt?!«

»Hallo Al?« Yeremi sprach bereits mit Flatstones Erfüllungsgehilfen. »Ich bin's. In …« – sie blickte auf ihre Armbanduhr – »gut fünfundzwanzig Minuten beginnt im Palace Hotel, San Francisco, eine Pressekonferenz. Sie könnte für dich und deinen Chef spannend werden. Ihr beide seid herzlich eingeladen. Monterey-Saal. Das ist im …« – Yeremi sah Sandra fragend an, die daraufhin einen Finger hob – »im *ersten* Stockwerk. Man sieht sich.«

Yeremi hatte aufgelegt, ehe Leary etwas fragen konnte.

»Da kommt dein Großvater, mit Begleitung«, meldete sich Saraf zu Wort.

Yeremi wandte sich dem Eingang zu. Sie hatte Carl am Vortag von einem öffentlichen Fernsprecher aus angerufen, sich über die neuesten Ermittlungsergebnisse von Ed Edmundson informieren lassen und dann ihre Pläne erläutert.

Der alte Mann nahm seine Enkelin in den Arm und stellte ihr dann Oswald Shoemaker vor, seinen langjährigen Notar, einen kleinen, dunkelhaarigen, bulligen Mann mit Hornbrille und Geheimratsecken von der Größe der San Francisco Bay.

»Ich bin nicht sehr erbaut über das, was du da tun willst«, brummte Carl.

»Das hast du gestern auch schon gesagt.«

Carls buschige Augenbrauen hoben sich. »Tatsächlich? Nun, dann wird es wohl seinen Grund haben. Bleibst du bei deinem Entschluss?«

»Ja. Ich überschreibe dir mit sofortiger Wirkung mein ganzes Vermögen. Nachher kann mich Flatstone verklagen, so viel er will, aber er wird keinen Cent vom Bellman-Vermögen bekommen.«

»Und wenn er dich ins Gefängnis sperren lässt?«

»Machen wir uns darüber Gedanken, wenn es so weit ist. Sind das die Unterlagen?« Yeremi deutete auf einen Aktendeckel, den der Notar in der Hand hielt.

Shoemaker geleitete seine Klienten zu einer freien Sitzgruppe und breitete die Papiere vor Yeremi aus. Sie ließ sich das Kreuz zeigen, hinter das sie ihre Unterschrift setzte, ohne die Übereignungsurkunde noch einmal zu lesen. Anschließend strahlte sie Saraf an.

»Jetzt bin ich bettelarm.«

Es fiel ihm sichtlich schwer, ihren einschneidenden Entschluss mit einem Lächeln zu honorieren.

»Nicht ganz«, mischte sich Carl ein. »Ich habe dir *das* hier mitgebracht. Ein kleines Geschenk. Nur für den Fall der Fälle.« Er reichte ihr einen Umschlag von beträchtlicher Dicke. Yeremi warf einen Blick hinein. Das Kuvert enthielt eine größere Anzahl Hundert-Dollar-Noten.

»Betrachte es als Vorschuss auf dein Erbe. Ich dachte, du könntest es in den nächsten Tagen vielleicht brauchen«, fügte Carl hinzu. Seine Voraussicht war durchaus angebracht. Sollten Yeremi und Saraf fliehen müssen, konnte jede Kreditkartenzahlung verräterisch sein.

Die Enkelin bedankte sich gerührt bei ihrem Großvater. Dann sah sie auf ihre Uhr. In zehn Minuten würde die Pressekonferenz beginnen. Yeremi legte die Hand auf Sarafs Arm. »Es wird Zeit für dich abzutauchen. Sandra zeigt dir dein Versteck. Wenn ich dir das Signal gebe, kommst du in den Saal. Erschrick nicht, wenn viele Lichter aufblitzen. Das sind keine bösen Geister – jedenfalls hoffe ich das.« Als sie ihm zum Abschied die bärtige Wange streichelte, küsste er die Innenfläche ihrer Hand.

»Danke, Jerry. Du hast so viel für mich getan.«

Sandra räusperte sich. »Ehe ich es wieder vergesse, Jerry – ich schleppe das hier schon eine ganze Weile mit mir herum. Genauer gesagt, seit dem Treffen mit diesem abgedrehten Motorradfahrer in der Mühle.« Sie reichte Yeremi ein zusammengefaltetes Blatt.

Die Angesprochene nahm den Zettel entgegen. »Was ist das?«

»Ein kleiner Nachtrag zu deiner Anfrage an unser Archiv. Ich weiß nicht recht, was ich davon halten soll, aber vielleicht wirst du schlau daraus. Lies es nach der Pressekonferenz. Könnte dich jetzt nur von deinem großen Auftritt ablenken.«

Yeremi nickte und steckte das Blatt in den Rucksack. Sandra führte Saraf aus der Halle. Ihn vorerst vor den Journalisten zu verstecken war ein dramaturgischer Kniff und eine Vorsichtsmaßnahme zugleich. Je später Al Leary vom Auftritt des Silbermannes erfuhr, desto besser. Früher als erwartet sollte sich die Vorahnung bestätigen.

Einige Journalisten hatten die seit der Guyana-Expedition geradezu prominante Anthropologin erkannt und drängten sich um sie. Blitzlichter flammten auf.

»Professor Bellman wird alle Ihre Fragen beantworten, aber

nicht jetzt und hier, meine Damen und Herren«, vertröstete Carl die Reporter. Er und der terrierhafte Oswald Shoemaker schirmten Yeremi mit ausgebreiteten Armen ab wie Adlereltern ihre Brut und geleiteten sie in Richtung Fahrstuhl.

Mit einem Mal stand Al Leary vor ihr. »Was hast du vor?«, zischte er.

»Alle Achtung! Du bist aber schnell«, erwiderte Yeremi spöttisch.

»Solltest du beabsichtigen, Saraf Argyr dieser Meute vorzuführen, dann mach dich auf eine Überraschung gefasst.«

Jetzt begann sich Yeremi doch zu sorgen. »Was heckst du jetzt wieder aus, Al Leary?«

Er deutete über seine Schulter, wo Yeremi zwei stattliche, in tadellose dunkle Anzüge gekleidete Männer mit militärisch kurzem Haarschnitt bemerkte. Sie trugen Sonnenbrillen und wetteiferten darum, cool auszusehen. »Flatstone hat mir seine Bodyguards ausgeliehen. Sie werden vor dem Konferenzraum Posten beziehen.«

»Machen Sie bitte Platz«, knurrte Carl und drückte Leary zur Seite.

Yeremi stolperte dem Fahrstuhl entgegen. Als sie, Carl und Shoemaker endlich im Lift standen und sich die Türen schlossen, fragte ihr Großvater: »Wer war der Mann?«

»Al Leary.«

»Der Kerl gefällt mir nicht. War richtig, ihm den Laufpass zu geben.«

Yeremi blickte starr auf den Schlitz zwischen den Fahrstuhltüren, der sich in diesem Moment auch schon wieder öffnete. »Ja.«

Carl spürte, wie sehr die Begegnung im Foyer seine Enkelin aufgewühlt hatte, und versprach: »Ich werde ihn dir vom Leib halten.«

Yeremi trat aus dem Fahrstuhl. »Sie wollen Saraf vor dem Saal abfangen.«

»Mache dir um ihn keine Sorgen, Jerry. Er kann ganz gut auf sich selbst aufpassen.«

Verwundert musterte Yeremi das im Gang herumstehende Publikum. Neben einigen typischen Exemplaren der Gattung Reporter – saloppe Kleidung, tonnenschwere Kameras – entdeckte sie auch zahlreiche Damen vorwiegend mittleren Alters in antiquiert anmutenden, aber vermutlich sündhaft teuren Kostümen. Sie hielten Sektgläser in den Händen und kauten auf Gemüsekanapees herum. »Was sind das für Leute?«, fragte Yeremi.

»Ich habe etwas von einer Wohltätigkeitsveranstaltung zur Rettung bedrohter Arten gehört«, antwortete Carl.

»Na, das passt ja«, schnaubte Yeremi und betrat den Saal, dessen Name sie an ihr Strandhaus bei Monterey erinnerte. Augenblicklich brach ein weiteres Blitzlichtgewitter los. Abgesehen von jenem Morgen nach Sarafs Fernsehauftritt, als ihr die Pressemeute vor dem Strandhaus aufgelauert hatte, war sie seit der Rückkehr aus Guyana nicht mehr vor die Medien getreten. Die von Sandra verbreitete Einladung zur Pressekonferenz kündigte »sensationelle Parallelen zwischen dem Aussterben des Silbernen Volkes und dem Jonestown-Massaker von 1978« an. Offenbar hatte dieser reißerische Aufmacher seine Wirkung nicht verfehlt.

Der Monterey-Saal war ungefähr neun Meter lang und über sechs Meter breit. An zwei Seiten befanden sich Fenster, die jedoch verdunkelt waren. Teppiche, Vorhänge, die Stuckelemente an der etwa drei Meter hohen Decke, ja das ganze plüschige Ambiente passte zu dem mehr als einhundertdreißig Jahre alten Hotel. Der Raum war bis auf den letzten Platz gefüllt. An der Wand standen hinter der von Sandra Schroeder bestellten Webcam vier oder fünf Videokameras von lokalen und überregionalen Fernsehgesellschaften.

Sandra eilte Yeremi entgegen. »Wie geht's dir?«

»Leary hat draußen Schlägertypen postiert, die sich Saraf schnappen wollen.«

»Sollen wir abbrechen?«

Yeremi ließ ihren Blick durch den Raum schweifen und schüttelte den Kopf. »Nein, wir müssen die Sache durchziehen. Der ganze Saal ist voll von Journalisten. Du hast glänzende Arbeit geleistet.«

»Es sind eine ganze Reihe landesweit berichtender Medien vertreten und außerdem mehrere Nachrichtenagenturen. Ken Frielander hat übrigens sein Versprechen gehalten: Sein hiesiger Kollege von der *Los Angeles Times* ist auch da.«

»Die Chance kriegen wir kein zweites Mal. Sobald die Pressekonferenz angefangen hat, schleichst du dich raus und warnst Saraf. Irgendwie muss es euch gelingen, an Flatstones Leibgarde vorbeizukommen.«

»Wir werden uns was einfallen lassen. Gib das verabredete Zeichen, wenn du so weit bist.«

Sandra zeigte Yeremi noch einmal das Präsentationsequipment, das im Wesentlichen aus einem Notebook-Computer und einem Projektor bestand, der die vorzuführenden Bilder an eine Leinwand warf. Anschließend hängte sie ihr ein drahtloses Mikrofon um, drückte ihr eine Fernbedienung in die Hand und wünschte ihr viel Glück. Yeremi schaltete eine kleine Leselampe an, um ihre Notizen in dem Dämmerlicht – Sandra reduzierte gerade die Raumbeleuchtung – besser lesen zu können. Zuletzt legte sie ihr Handy neben den Projektor. Im Rahmen ihrer wissenschaftlichen Arbeit hatte Yeremi schon viele Pressekonferenzen abgehalten, aber noch nie war sie so aufgeregt gewesen wie jetzt. Sie räusperte sich. Aus den Lautsprechern drang ein schriller Pfeifton, aber der Techniker des Hotels hatte die Rückkopplung schnell im Griff.

»Zunächst«, begann Yeremi ihren Vortrag, »möchte ich Ihnen allen für Ihr Kommen danken. Sie haben meine Einladung erst gestern erhalten und sind trotzdem so zahlreich erschienen. Nun wird's also doch nichts aus dem Selbstgespräch, auf das ich mich, ehrlich gesagt, schon so gefreut hatte.«

Einige Journalisten lachten leise, aber die Heiterkeit sollte schnell verfliegen.

Yeremi drückte eine Taste ihrer Fernbedienung. Der Beamer warf das erste Bild an die Wand. Es zeigte eine Luftaufnahme von der großen Versammlungshalle in Jonestown. An dem Gebäude führte eine braune Sandpiste mit tiefen Fahrrinnen vorbei. Ringsherum lagen Hunderte von Leichen.

»Am 18. November 1978 starben mindestens neunhundertdreizehn Mitglieder einer religiösen Gruppe im Dschungel von Guyana.

Mit wenigen Ausnahmen waren sie Bürger der Vereinigten Staaten. Ihr geistiger Führer, Reverend James Warren Jones – Ihnen ist er vermutlich besser als Jim Jones bekannt –, nannte seine Kirche Volkstempel. Amerikanischen Regierungsberichten zufolge haben die meisten der in jener berüchtigten Weißen Nacht Verstorbenen ›revolutionären Selbstmord‹ begangen, indem sie aromatisiertes, mit Zyanid vergiftetes Wasser tranken. Eine der wenigen Überlebenden jenes tragischen Ereignisses war ein kleines Mädchen, das man, so die Berichterstattung von damals, mit ›durchgeschnittener Kehle‹ aufgefunden hatte. Nun, ich darf Ihnen versichern, der Hals dieses Mädchens war nur angeritzt, denn sonst könnte es hier und heute nicht vor Ihnen stehen und Ihnen die wahre Geschichte des Jonestown-Massakers erzählen.«

Yeremi wollte das Interesse der sensationsverwöhnten Medienvertreter von Anfang an gewinnen, und das war ihr mit dem großen Paukenschlag gelungen. Sie hob das Kinn, deutete mit dem Zeigefinger auf ihre Halsnarbe, und ein neuerliches Blitzlichtgewitter zog über sie hinweg. Zahlreiche Stimmen hallten durch den Raum. Mithilfe des Mikrofons verschaffte sich Yeremi schnell wieder Gehör und versprach, alle Fragen im Anschluss an die Präsentation zu beantworten.

Dann fuhr sie fort: »Das Jonestown-Massaker löste eine wahre Flut von Berichten in den Medien aus, Bücher wurden darüber geschrieben, auch im Internet finden sich zahlreiche Quellen zu diesem Thema. ›Wer erschoss Jim Jones?‹, lautet eine häufig gestellte Frage. Der Reverend hatte seinen Todestrunk verschmäht. Angeblich sollte er mit einem Boot aus Guyana herausgeschafft werden. Von einem Phantom ist da die Rede, einem der engsten Vertrauten des Reverend, der die Weiße Nacht überlebt haben soll, aber bis heute nicht wieder aufgetaucht ist. Setzte dieser Unbekannte seinem geistigen Vater die Pistole an den Kopf? Möglicherweise stehen wir kurz davor, die wahre Identität dieses Mannes zu ergründen.«

Einige Journalisten murmelten aufgeregt miteinander.

Mit einem lauten »Zunächst« verschaffte sich Yeremi wieder die Aufmerksamkeit aller. »Zunächst möchte ich – so schmerzvoll es für mich persönlich auch ist – jenen schrecklichen Tag für Sie noch einmal Revue passieren lassen. Durch ihn haben viele Mitmenschen ihre Toleranz gegenüber Andersdenkenden verloren. Eine an mittelalterliche Hexenverbrennungen erinnernde Sektenhysterie war die Folge des so genannten Jonestown-Massakers – weltanschauliche Gruppierungen, die sich jenseits der Großkirchen bewegten, wurden gebrandmarkt. Aber viel zu selten wagte jemand kritisch zu hinterfragen, was wirklich zu der Tragödie führte.

Als unmittelbar Betroffene kann ich solche aus Unkenntnis und Angst geborenen Gefühle bis zu einem gewissen Grad nachvollziehen, habe ich mich doch selbst lange Zeit hinter Pauschalurteilen verschanzt. Heute weiß ich, dass dies ein Fehler war. Mit Vorurteilen können wir uns nicht wirklich schützen, sondern werden nur manipulierbarer. Zu dieser Einsicht bin auch ich nicht aus eigenem Antrieb gekommen. Die Erforschung der Hintergründe von Jonestown ist mir gewissermaßen aufgezwungen worden. Und dabei musste ich feststellen: Es ist nicht vorbei. Als kürzlich die Ausrottung des Silbernen Volkes durch eine mysteriöse Seuche Schlagzeilen machte, ahnten Sie und Ihre Kollegen noch nichts von dem Zusammenhang: Zweimal wurde der Dschungel von Guyana zum Schauplatz eines Massensterbens, und jedes Mal steckte dieselbe Gruppe dahinter.«

Ein Raunen ging durch den Saal.

Yeremi fasste nun wie angekündigt die Ereignisse des 18. November 1978 zusammen. Dabei stützte sie sich auf alte und neue Notizen, den jüngsten Ermittlungsbericht von Ed Edmundson, die erst vor Stunden von Ken Frielander zugespielten Informationen sowie auf ihre eigenen, immer klarer werdenden Erinnerungen. Sie berichtete von dem Versteck unter den Wurzeln des Baumes, in dem sie Zuflucht gesucht hatte, von den Helikoptern, die plötzlich aufgetaucht waren, und von dem furchtbaren Abschlachten jener, die nicht von dem Gift getrunken hatten. Dazu zeigte sie die von Sandra vorbereiteten Bilder aus Jonestown, Fotografien von Dokumenten und immer wieder Übersichten mit den erläuterten Fakten. Dann zog sie eine erste Zwischenbilanz.

»Wie glaubhaft ist dieser Bericht? Habe ich, damals ein verängstigtes Kind, mir das alles nur eingebildet? Bin ich nur eine Wissenschaftlerin, die Publicity für ihre Forschungsarbeit sucht? Oder gibt es andere Quellen, die meine Darstellungen belegen? Hören Sie selbst.

Alan Compte, einer der beiden Rechtsanwälte von Jim Jones, wurde später in Zeitungsartikeln zitiert. Auch er will mindestens achtzig bis neunzig Schüsse gehört haben, nachdem er sich in den Busch geflüchtet hatte. Die lautlosen Geschosse der Armbrüste konnte er nicht vernehmen.

Comptes Wahrnehmungen decken sich mit einer weiteren Merkwürdigkeit, die bisher kaum Beachtung fand. Ich rede von der seltsamen Verdoppelung der Leichenzahl innerhalb von fünf Tagen. Ja, Sie hören richtig. Anfangs war nur von vierhundert Toten die Rede. Doch plötzlich waren *neunhundert* da. Hatte man fünfhundert Körper schlichtweg übersehen? Lag, wie teilweise behauptet wurde, über die Hälfte der Leichen unter den zuerst gezählten Toten? Oder war die Operation ›Jonestown‹ bei der ersten Zählung noch nicht abgeschlossen, weil sich viele Geflohene im Dschungel befanden, erst eingefangen und der Gesamtzahl der Opfer ›hinzugefügt‹ werden mussten? Abgesehen von einem kurzen Besuch unter strenger Aufsicht des Militärs durfte die Presse erst eine Woche nach der Weißen Nacht den Schauplatz des Geschehens in Augenschein nehmen. Was war in der Zwischenzeit geschehen?

Zwei weitere, voneinander unabhängige Quellen bestätigen meine persönlichen Beobachtungen. Ihnen zufolge haben sich bereits innerhalb von fünf bis sechs Stunden nach dem Jonestown-Massaker Truppen der US-Spezialeinheit Green Berets in Jonestown befunden. Quelle Nummer eins ist Charles Huff von den U.S. Army Special Forces in Panama. Der Name des zweiten Zeugen lautet Stanley Clayton. Er muss die Dschungelsiedlung noch nach mir verlassen haben. Gemäß seiner Aussage vor dem Untersuchungsrichter haben zu dieser Zeit, abgesehen von den bereits Geflohenen, mindestens noch einhundert bis zweihundert Personen gelebt. Nach etwa fünfundvierzig Minuten vollständiger Stille habe er plötzlich ›einen Chor aus Schreien und Schüssen‹ vernommen. Warum dieser plötzliche Ausbruch von Angst? Weil man sich ›Rettern‹ gegenübersah, die sich plötzlich in Mörder verwandelten? Beurteilen Sie die Fakten bitte selbst.

Am 18. November hoben gegen sechs Uhr abends – die Weiße Nacht war in vollem Gange – mehrere S-141-Armeetransporter von den Militärbasen in Panama und Dover (Delaware) mit Ziel Guyana ab. Legt man die Reisegeschwindigkeit dieser Flugzeuge zu Grunde, könnten die Ersten von ihnen etwa drei Stunden und vierzig Minuten später in Jonestown eingetroffen sein. Ohne die örtlichen Behörden zu informieren, brachen dorthin auch um etwa acht Uhr von Venezuela aus Militärhubschrauber der US-Streitkräfte auf – die Flugzeit beträgt etwa eine Stunde und zehn Minuten. Flugzeuge und Helikopter müssen somit ungefähr zur gleichen Zeit das Operationsgebiet erreicht haben. Erst anderthalb Tage später, am Montag, dem 20. November, gelangten offizielle Truppen des guyanischen Militärs nach Jonestown, in ihrer Begleitung einige Überlebende des Volkstempels zur Identifizierung von Leichen. Diese Stippvisite am Ort des Grauens dauerte nur wenige Stunden und fand unter strenger Kontrolle des Militärs statt. Warum? War die Bühne für die Weltöffentlichkeit noch nicht angemessen dekoriert?

Und noch eine Besonderheit: Der Tod in Jonestown wurde erstmalig über eine CIA-Funkverbindung am Sonntagmorgen, also dem 19. November, um drei Uhr neunundzwanzig bestätigt. Hatte der stellvertretende Missionschef der US-Botschaft in Georgetown, Richard Dwyer, diesen Ruf abgesetzt, oder waren es die Green Berets, die sich bereits in Jonestown befanden? Nach Angaben des Außenministeriums traf zur Versorgung der Verwundeten die MEDEVAC C-141, ein medizinisches Spezialflugzeug, von Charleston, South Carolina, kommend, erst um sieben Uhr fünfundfünfzig in Georgetown ein. Das Logbuch des State Department erwähnt nichts von den Green Berets, die sich bereits seit Mitternacht in Jonestown befanden – nicht um die Verletzten in Port Kaituma zu betreuen, sondern offenbar aus anderen Gründen. Aber aus welchen?

Obwohl also bereits um drei Uhr neunundzwanzig der Tod in Jonestown bestätigt worden war, wurde dem medizinischen Hilfsflug der C-141 davon nichts mitgeteilt. Man kümmerte sich um wenige Verletzte, untersuchte aber nicht die über neunhundert als tot gemeldeten Menschen, bis bei den Leichen am Montag bereits die Verwesung eingesetzt hatte. Im *Freedom Magazine* gab U.S. Air Force Colonel L. Fletcher Prouty zu, dass die Vereinigten Stabschefs bereits Stunden nach dem Vorfall anordneten, Hunderte von Leichensäcken nach Georgetown zu fliegen. Wie konnten sie das tun, ohne zu wissen, was im Dschungel geschehen war? Es gibt nur eine plausible Erklärung dafür: Für das schreckliche Szenario von Jonestown existierte eine minutiös ausgearbeitete militärische Planung …«

»Die Medien lassen sich nicht gerne instrumentalisieren, Professor Bellman«, rief ein stoppelhaariger Mann aus der zweiten Reihe dazwischen. »Haben Sie nicht mehr für uns als einen Haufen Verdächtigungen und eine Hand voll zweifelhafter Zeugenaussagen?«

»Ich hoffe doch sehr, Sie bezeichnen die Augenzeugenberichte nicht allein deshalb als ›zweifelhaft‹, weil sie nicht Ihren Erwartungen entsprechen«, konterte Yeremi, rief sich dann jedoch schnell zur Ordnung. Sie musste die Presse *für* sich gewinnen, anstatt sie *gegen* sich aufzubringen. Mit einem Lächeln fuhr sie fort: »Sie werden anschließend Unterlagen ausgehändigt bekommen, aus denen Sie die bereits erwähnten und weitere Berichte von Zeugen entnehmen können. Dazu gehören auch die Ergebnisse der Untersuchung des guyanischen Gerichtsmediziners Doktor Leslie Mootoo. Ihm wurden für seine Ermittlungen nur wenige Stunden eingeräumt, aber selbst die von ihm gewonnenen Erkenntnisse fanden keinen Eingang in den offiziellen Untersuchungsbericht des FBI. Was fand Doktor Mootoo heraus?

Er untersuchte im Beisein der Green Berets am Ort des Geschehens ungefähr zweihundert Leichen. Viele der Toten hatten Schaum auf den Lippen und geronnenes Blut an den Nasen. Mindestens siebzig Tote zeigten Spuren einer Injektion, was ihn zu der Hochrechnung veranlasste, an die *siebenhundert* Menschen in Jonestown seien *ermordet* worden. Die Einstiche befanden sich an Stellen des Körpers, wo sie sich die Opfer nicht hatten selbst zufügen können, etwa zwischen den Schulterblättern. Entgegen der offiziellen Darstellung des FBI wurden außerdem zahlreiche Opfer mit Schussverletzungen gefunden. Der bereits erwähnte Charles Huff, der mit sechs weiteren Green Berets zu den ersten amerikanischen Einheiten am Ort des Geschehens gehörte, sagte später aus – ich zitiere –: ›Wir sahen viele Wunden von Projektilen und von Armbrustbolzen.‹ Zitat Ende.

Vermutlich nehmen Sie jetzt an, die Behörden hätten angesichts einer solchen Entdeckung verstärkte Anstrengungen unternommen, um die Todesursachen der Opfer zu klären. Genau das Gegenteil war der Fall. Es gab nur *sieben* Autopsien, und selbst diese wurden erst in den Vereinigten Staaten von einem Medizinerteam durchgeführt, *nachdem* die Körper bereits einbalsamiert worden waren. Keine einzige Blut- oder Urinprobe der Toten war auf Gift untersucht worden.

Die Frage lautet also nicht: Warum brachten sich so viele Anhänger des Volkstempels selbst um? Sondern: Wer ermordete die vielen, die sich dem Freitod verweigert hatten? Und warum mussten sie sterben?«

Die Unruhe im Saal nahm zu. Kameras klickten. Obwohl Dutzende von Tonaufzeichnungsgeräten eingeschaltet waren, hörte man doch unablässig das Rascheln von Notizblöcken, auf denen jungfräuliche Seiten herbeigeblättert wurden. Während Yeremi sich eine rhetorische Pause gönnte und einen Schluck Wasser nahm, ließ sie ihren Blick durch das Zwielicht des Raumes schweifen. Sie suchte Leary, und als sie ihn fand, schrak sie zusammen. Dicht beim Ausgang stand an der Wand, neben dem Psychologen, Professor McFarell. Plante Leary etwa schon eine neue Niederträchtigkeit, um sie in den Augen ihres Dekans gänzlich zu verunglimpfen?

»Auf dieses Warum«, fuhr Yeremi fort, während sie sich nur schwer vom Anblick der beiden Männer bei der Tür lösen konnte, »möchte ich nun eingehen.« Sie räusperte sich erneut. »In mehr als einem Vierteljahrhundert hat es zahlreiche Versuche gegeben, die Hintergründe des Jonestown-Massakers aufzudecken. Hier ist eine Erklärung, die Ihnen vielleicht nicht gefallen wird.« Yeremi gab einen kurzen Abriss über die unter dem Namen MK-Ultra vom

CIA betriebenen Gedankenkontrollprogramme, nannte die unglaubliche Zahl von eintausendfünfhundert illegalen Unterprojekten, von denen kaum mehr als eine Hand voll öffentlich gemacht worden waren, und ließ ihren Monolog schließlich in der Frage gipfeln: »War Jonestown ein riesiges Freiluftlabor, in dem Jim Jones für den CIA die Manipulation menschlicher Gedanken und Verhaltensweisen erprobte?«

»MK-Ultra wird immer herangezogen, wenn eine Schweinerei passiert ist«, rief jemand dazwischen.

»Das stimmt«, erwiderte Yeremi. »Vergessen wir jedoch nicht die zweite Tragödie, die sich am 18. November 1978 nur etwa acht Meilen vom Jonestown-Zentrum entfernt auf dem Flugplatz von Port Kaituma zutrug. Hier wurden Congressman Leo J. Ryan und vier weitere Personen getötet.« Yeremi fasste auch dieses Geschehen für die Reporter zusammen, wobei sie die von Frielander erwähnte Diamantformation besonders hervorhob. »Als Ryan nach Guyana aufbrach, sollen dem amerikanischen Außenministerium mindestens neunhundert Dokumente vorgelegen haben, von denen schon *eines* ausgereicht hätte, den Congressman vor den extremen Gefahren seiner Reise zu warnen. Warum bekam er kein einziges dieser Papiere zu sehen? Die offizielle Erklärung lautet, sie seien ›verloren gegangen‹.«

Wieder ging ein Raunen durch den Saal.

»Wollte man Leo Ryan mit Absicht in ein offenes Messer laufen lassen? Nebenbei bemerkt: Kurz vor seiner Ermordung wäre er in Jonestown fast mit einem Messer getötet worden. Der Congressman war bekanntermaßen kein Freund des CIA. Wegen der vielen Verstöße gegen rechtsstaatliche Grundsätze durch den Auslandsgeheimdienst, die Mitte der Siebzigerjahre des letzten Jahrhunderts bekannt geworden waren, stand er mit seiner Haltung keineswegs allein auf weiter Flur. Gemeinsam mit seinem Kollegen Harold Hughes und Senator Frank Church prangerte er die zweifelhaften CIA-Methoden immer wieder an: die Komplotte gegen ausländische Staatsführer, das Schüren von Bandenkriegen und auch die geheimen Experimente zur Manipulation menschlicher Sinneswahrnehmung sowie zur Gedankenkontrolle und Gehirnwäsche, wie sie an Gefängnisinsassen und Studenten durchgeführt worden waren – oft ohne deren Wissen. Schließlich konnte der Congressman den ›Hughes-Ryan Act‹ durchsetzen, der dem CIA bei verdeckten Auslandsoperationen die vorherige Informierung des Senats abverlangte. Damit schaffte sich Ryan noch mehr Feinde beim Geheimdienst. Von einigen wurde er als Vaterlandsverräter beschimpft, als ein Mann, der die nationale Sicherheit gefährde. Hatten bestimmte Personen gefürchtet, er könne in Jonestown etwas aufdecken, das der von ihm mit so viel Leidenschaft erstrittenen ›Meldepflicht‹ zuwiderlief? Was könnte so brisant gewesen sein, um den Mord an einem Mitglied des amerikanischen Kongresses zu rechtfertigen?«

Wieder gab Yeremi den Reportern die Gelegenheit, das Gehörte zu verdauen. Sie wusste, wie wenige harte Fakten sie zu bieten hatte. Nur wenn die Dramaturgie stimmte, konnte sie ihr Ziel erreichen.

»Wir könnten die Frage vielleicht zweifelsfrei beantworten, wenn jenes Phantom, das wohl für Jim Jones zum Todesengel wurde, heute hier unter uns weilte. Sein Adjutant dagegen war, nach derzeitigem Kenntnisstand, ein US-Bürger afroamerikanischer Herkunft namens Eugene Smith. Mehrere Zeugen haben ihn als den eigentlichen Todesschützen bei der Ermordung von Leo Ryan identifiziert, darunter Ihr angesehener Kollege Ken Frielander von der *Los Angeles Times*. Ich bin überzeugt, auch Senatorin Jacqueline Tailor könnte Frielanders Beobachtungen bestätigen – als Ryans Assistentin und Rechtsberaterin befand sie sich bei dessen Exekution in unmittelbarer Nähe. Leider konnte ich bis zum gegenwärtigen Zeitpunkt keine Stellungnahme der Senatorin erhalten.«

»Was ist aus den anderen Killern geworden?«, rief jemand dazwischen.

»Zu Ihren Fragen komme ich gleich. Doch diese Antwort vielleicht vorweg: Die Männer von dem Tieflader wurden in Jonestown erschossen aufgefunden. Ob Eugene Smith, der vor allem durch seine völlige Haarlosigkeit auffällt, sie tötete oder derselbe Mann, der Jim Jones erschoss, kann ich nicht sagen.«

»Wo ist die Verbindung zum Silbernen Volk?«, fragte eine Reporterin. Die Journalisten waren mittlerweile kaum noch zu bändigen.

»Darauf wollte ich jetzt zu sprechen kommen.« Das Eis, auf dem Yeremi sich bewegte, wurde nun dünner. Sie berichtete von Ed Edmundsons Ermittlungen, ohne ihn oder seine Informanten jedoch namentlich zu nennen. Die Unruhe nahm zu, als sie die Ergebnisse ihrer eigenen Blutprobe präsentierte. Jefferson Flatstone sei als Chef von Stheno Industries zumindest indirekt für das jüngste Massensterben in Guyana verantwortlich. Ihn rundweg als das »Phantom von Jonestown« zu titulieren, wagte sie denn doch nicht.

»Flatstone wird Sie wegen Rufschädigung ins Gefängnis werfen lassen und Ihnen außerdem eine Millionenklage an den Hals hängen«, rief jemand, den Yeremi nicht sehen konnte.

»Wir sind immer noch ein Land, in dem die freie Meinungsäußerung eines der höchsten Güter ist«, verteidigte sich Yeremi. Der Zeitpunkt war gekommen, aufs Ganze zu gehen. »Gleichwohl bin ich mir der Stichhaltigkeit Ihrer Einwände bewusst, und ich gehe dieses Risiko ein, weil ich keinen anderen Ausweg sehe. Gestern in den frühen Morgenstunden wurde die verkohlte Leiche des Mikrobiologen Cedric Youngberg aus dem benachbarten San Jose tot aufgefunden. Das von ihm geleitete Labor wurde von Flammen völlig zerstört. Mr Youngberg hatte die von mir bereits erwähnte Probe meines Blutes analysiert, in der das genmanipulierte Bakterium nachgewiesen worden war, das aus einem Labor von Stheno Industries stammt. Der gleiche Erreger dürfte das Silberne Volk getötet haben. Geben Sie mir noch etwas Zeit, und ich werde Ihnen eine zweite Analyse vorlegen können, die meine Behauptung bestätigt … Bitte, meine Damen und Herren, bewahren Sie doch noch einen Augenblick Geduld.«

Im Saal drohte ein Tumult auszubrechen. Einige der Journalisten hielten Yeremis Vorstellung für einen geschickt inszenierten PR-Gag, andere waren nachdenklich geworden, und eine dritte Gruppe brachte bereits ihre Empörung über das menschenverachtende Vorgehen amerikanischer Behörden zum Ausdruck. Yeremi drückte eine Kurzwahltaste auf ihrem Handy – das verabredete

Zeichen. Entweder Saraf betrat innerhalb der nächsten Sekunden den Saal, oder ihre Dramaturgie würde wie ein Kartenhaus in sich zusammenfallen.

»Nun …«, rief sie und hielt kurz inne. Erst als etwas mehr Ruhe im Raum eingekehrt war, setzte sie ihre Ausführungen fort: »Nun möchte ich Ihnen zeigen, warum die Organisation, mit der wir es hier zu tun haben, selbst vor Massenmord nicht zurückschreckt. Es geht um den Besitz einer Waffe, die alles in den Schatten stellt, was Sie sich vorstellen können. Dieses vielleicht schärfste aller Schwerter ist der Silberne Sinn.«

Ratlosigkeit verschaffte sich Gehör.

»In der Sprache der modernen Wissenschaft«, fuhr Yeremi unbeirrt fort, »bezeichnen wir diese Fähigkeit als empathische Telepathie.« *Wo bleibt Saraf?* Um die Journalisten hinzuhalten, dozierte Yeremi über die Natur der Empathie, sprach über den kollektiven Fühlsinn des Silbernen Volkes und wurde dabei immer nervöser. Je länger die Tür zum Saal geschlossen blieb, desto häufiger verhaspelte sie sich. Unmut regte sich im Raum.

»Aufhören!«, rief jemand.

»Wir lassen uns nicht instrumentalisieren«, wiederholte der Stoppelhaarige aus der zweiten Reihe.

»Was wollen Sie uns denn nun eigentlich vorführen?«, fragte eine Reporterin in gemäßigterem Ton.

In diesem Moment flog die Tür auf, und Laute bitterlichen Weinens drangen in den Saal. Dutzende von Köpfen flogen herum. Sprachlos wie alle anderen ließ Yeremi den grotesken Anblick auf sich wirken.

In dem von der Flurbeleuchtung erhellten Türausschnitt stand eine hoch gewachsene Gestalt. Sie war flankiert von zwei fast ebenso großen Männern mit militärisch kurzem Haarschnitt. Es handelte sich um Flatstones Leibwächter. Die Männer – der ältere war höchstens fünfunddreißig – schienen Saraf zu stützen, als wäre er ein Trauernder, dessen Zusammenbruch es zu verhindern gelte. Seltsam war nur, wie gefasst er im Vergleich zu seinen tränenüberströmten Helfern wirkte.

Die Leibwächter führten Saraf in den Raum. Wenn sich alles Mitleid der Welt über das tragische Schicksal des Silbernen Volkes in zwei Menschen abfüllen ließe, dann wären diese beiden Elitekämpfer fraglos die geeignetsten Gefäße dafür gewesen. Gleich orientalischen Klagefrauen geleiteten sie unter lautem Jammern und Zetern, mit verweinten Gesichtern, ihren Schützling zur Referentin. Derweil drehte jemand das Licht heller.

Yeremi begriff als Erste, was da vor sich ging. Saraf spielte auf den Gefühlen der Leibwächter wie auf einer Harfe ein unendlich trauriges Lied. Die zweifellos hartgesottenen Männer waren vor lauter Mitleid unfähig, sich ihrer Zielperson zu bemächtigen. Das Bedürfnis, Trost zu spenden, stand im Mittelpunkt all ihres Denkens.

»Diese zart fühlenden Männer sind Bodyguards von Jefferson H. Flatstone, dem Chef von Stheno Industries«, sprach Yeremi laut ins Mikrofon und deutete auf die Dreiergruppe. Es gelang ihr nur schwer, das Geheule zu übertönen. »Und der Mann in der Mitte ist Saraf Argyr. Er ist der Bote der Weißen Götter, der letzte Überlebende des Silbernen Volkes …«

Das vorangegangene Wetterleuchten der Fotoapparate war nichts gegen das nun losbrechende Gewitter aus Blitzlichtern und Stimmen. Wie die Masten im Sturm kämpfender Schiffe tauchten immer wieder Arme auf, die Wortmeldungen anzeigten, auf die einzugehen aber völlig sinnlos war. Es hätte ohnehin niemand Yeremis Antwort verstehen können. Sie drängte sich verunsichert an Sarafs Seite. Die beiden Leibwächter hatten sich inzwischen von ihrem Schützling gelöst und sahen aus, als erwachten sie gerade aus einem beunruhigenden Traum. Erst jetzt schienen sie Saraf zu erkennen, aber ihre Chance zum unauffälligen Zugriff war verpasst. Eine Entführung vor laufenden Kameras wäre eine schlechte Publicity für ihren Arbeitgeber gewesen.

Yeremi reckte den Hals, um sich nach Leary umzusehen. Er stand immer noch bei der Tür und bombardierte sie mit Blicken, die alles andere als freundlich waren. Von Professor McFarell fehlte jede Spur. Der kamerascheue Akademiker hatte sich allem Anschein nach aus dem Staub gemacht.

Es dauerte mindestens fünf Minuten, bis die Pressekonferenz fortgesetzt werden konnte. Yeremi erklärte den Journalisten sodann das Geheimnis der heulenden Bodyguards. Das Klagegeschrei sei nur eine Kostprobe des Silbernen Sinnes gewesen. Kaum jemand glaubte ihr. Die skeptischen Medienvertreter verlangten Beweise. Yeremi schaltete kurz ihr Mikrofon aus, um etwas in Sarafs Ohr zu raunen. Er flüsterte eine Antwort in das ihrige und nickte. Dann wandte sie sich wieder der argwöhnischen Pressemeute zu.

»Also gut. Saraf Argyr hat sich bereit erklärt, Sie von der Echtheit des Silbernen Sinnes zu überzeugen. Er wird nun *Ihre* Gefühle ›zum Klingen bringen‹ – genau so hat er sich ausgedrückt.«

Einige im Raum lächelten abschätzig, andere sahen mit einem Mal beunruhigt aus.

»Ich sagte Ihnen bereits, die Manipulation menschlicher Gefühle sei eine Waffe mit kaum abschätzbarem Potenzial«, merkte Yeremi an. »Stheno Industries – und wer immer sich hinter diesem Unternehmen verbirgt – scheint sich dieser Macht mit allen Mitteln bemächtigen zu wollen. Nun freue ich mich, Ihnen einen Vertreter dieses Unternehmens vorstellen zu dürfen. Es ist der mittelgroße, aschblonde, gut gekleidete Herr in dem blauen Anzug da neben der Tür. Sein Name lautet Doktor Al Leary. Er ist Psychologe …«

Weiter kam Yeremi mit ihrer Vorstellung nicht, denn nun brach ein tosendes Gelächter aus. Die versammelte Journalistenschaft war Leary zugewandt und überschüttete ihn mit ihrem Frohsinn. Unzählige Finger zeigten auf ihn. Man hätte glauben können, er trüge ein selten komisches Clownskostüm. Er war der Einzige im Auditorium, der sich von der Heiterkeit nicht anstecken ließ. Die Zornesröte stieg ihm ins Gesicht, und er funkelte in Yeremis Richtung. Allzu lange konnte er der geballten Tollerei nicht widerstehen. Entnervt riss Leary die Tür auf und floh aus dem Raum.

Yeremi drückte dankbar Sarafs Hand, bevor sie sich wieder – selbst schmunzelnd – den Berichterstattern mit einer einfachen Frage zuwandte. »Was ist an dem Mann so komisch?«

Schlagartig hörte das Gelächter auf. Sie wurde mit einer Salve verdutzter Blicke eingedeckt.

»Nun, ich will es Ihnen verraten«, fuhr Yeremi geduldig fort. »Gar nichts! Die Heiterkeit und das unbändige Glücksgefühl, das Sie beim Anblick des soeben geflüchteten Stheno-Mitarbeiters überkam, war Ihnen von Saraf Argyr eingepflanzt worden. Ebenso hatte er zuvor die beiden Bodyguards mit herzerweichendem Mitleid erfüllt. Ich möchte an dieser Stelle betonen, wie wenig Saraf Argyr daran gelegen ist, den Willen anderer Menschen zu manipulieren. Im Gegenteil, er hat kürzlich unter dem Namen Silverman in Pacific Grove, wie sie den dortigen Medienarchiven leicht entnehmen können, einigen sehr deprimierten Menschen neuen Lebensmut vermittelt.

Aber wie fast jede Arznei bei falscher Dosierung als Gift verwendet werden kann, darf auch der Silberne Sinn Saraf Argyrs nicht in die Hände skrupelloser Geheimdienste, Militärs oder Profitjäger fallen. Deshalb wende ich mich an die Öffentlichkeit: Helfen Sie mir, den Silbermann, Saraf Argyr, vor solcher Ausbeutung zu schützen. Er darf nicht in einem Labor verschwinden, in dem man seine Gabe analysiert, synthetisiert und ihn, sobald er entbehrlich geworden ist, eliminiert. Saraf Argyr hat dasselbe Recht auf Menschenwürde und Unversehrtheit wie jeder andere Erdenbürger. Um ihn zu schützen, müssen wir die letzten Geheimnisse lüften, die das Jonestown-Massaker und den Tod des Silbernen Volkes umgeben. Ja, das gebe ich zu. Ich musste heute mehr Fragen aufwerfen, als ich Ihnen beantworten konnte. Und trotzdem hoffe ich, Sie von der Notwendigkeit einer gemeinsamen Anstrengung in dieser Angelegenheit überzeugt zu haben. Suchen Sie mit mir die Verantwortlichen, die schon so viel Leid verursacht haben, nur weil sie sich der empathischen Telepathie bemächtigen wollten! Sollte Saraf Argyr oder ich selbst in den nächsten Tagen von der Bildfläche verschwinden oder tot aufgefunden werden, dann wäre das ein Schuldeingeständnis unserer Gegner. Ich hoffe, wir ergründen die Wahrheit auch ohne ein solches Opfer. Stellen Sie jedem Politiker, jedem Geheimdienstdirektor, jedem General immer wieder dieselbe Frage: Zu welchem Zweck soll die mächtige Waffe der Empathie eingesetzt werden?« Yeremi holte tief Luft, bevor sie die Anwesenden eindringlich beschwor: *»Bitte, helfen Sie mir!«*

Die Fragen hatten kein Ende nehmen wollen. Erst kurz vor zwei Uhr Mittag waren größere Scharen von Reportern abgewandert – der Redaktionsschluss nahte, und die Sensation musste noch in Headlines, Berichte und Kommentare gegossen werden.

Als der letzte Reporter den Raum verlassen hatte, beglückwünschten sich die Gladiatoren zu ihrem siegreichen Kampf. Yeremi umarmte Saraf.

»Jetzt können sie dir nichts mehr anhaben. Du bist in Sicherheit.«

Der Silbermann blieb ernst. »Ich fürchte, du unterschätzt unsere Gegner, Jerry.«

Shoemaker verabschiedete sich von Carl und erklärte, er habe noch einen Termin. Sandra nahm Sarafs Platz an Yeremis Seite ein und drückte sie fest an sich. »Du warst einfach Spitze, Cousinchen. Mich hast du überzeugt.«

Yeremi schielte zu Saraf hinüber und lächelte. »Was das Wohlwollen der Pressemeute gegen Ende unserer Show anbelangt, hat wohl unser Silbermann ein wenig nachgeholfen.«

Saraf tat so, als hätte er die Bemerkung nicht gehört.

»Mr Saraf Argyr?«

Die männliche Stimme klang gekünstelt und entbehrte jeder Herzlichkeit. Yeremi drehte sich, nichts Gutes ahnend, langsam um und erblickte einen bleichen Polizeibeamten, der einigermaßen unglücklich aussah. Daneben stand ein lächelnder Al Leary. An der Tür erschien eine zweite Polizeiuniform, in der eine ebenholzschwarze Beamtin von enormen Dimensionen steckte.

»Das bin ich«, antwortete Saraf und blickte den Polizisten offen und ohne jede Furcht an.

»Ich muss Sie leider verhaften, Sir«, beteuerte der Polizist glaubhaft.

»Saraf?«, fragten Yeremi, Sandra und Carl wie aus einem Mund, und Erstere fügte hinzu: »Was liegt gegen ihn vor?«

»Versuchter Raub und Brandstiftung. Mr Argyr wird zur Last gelegt, am Abend des 30. Dezember in das U.C. Berkeley Art Museum eingedrungen zu sein und wertvolle antike Dokumente angezündet zu haben, nachdem es ihm nicht gelungen war, sie zu stehlen.«

»Sie brauchen einen Haftbefehl«, knurrte Carl.

»Officer Bean hat eben aus dem Haftbefehl zitiert«, sagte Leary voller Genugtuung und befahl dem Polizisten: »Zeigen Sie dem Herrn ruhig Ihren Wisch.«

Officer Bean präsentierte das amtliche Verhaftungsformular.

»Das ist ein Witz!«, ereiferte sich Yeremi.

»Es bleibt so lange keiner, bis die rechtmäßigen Besitzer der zerstörten Quipus ihre Anzeige zurückziehen.«

»Die Knotenschnüre gehören dem guyanischen Volk.«

Leary erlaubte sich ein kleines Lächeln. »Du sagst es, Jerry. Das Volk von Guyana, vertreten durch seine Regierung, hat Saraf Argyr auch angezeigt.«

»Ha! Dass ich nicht lache! Dieser Winkelzug ist auf deinem Mist gewachsen, Al Leary. Ich kenne dich.«

Der Psychologe zischte: »Jetzt musst du die Verantwortung für deine Eigenmächtigkeit tragen, meine Liebe. Und das ist erst der Anfang. Mit deiner Pressekonferenz hast du dir selbst das Grab geschaufelt – Flatstones Anwälte werden dir das letzte Hemd vom Leibe klagen.«

»Das dürfte nicht schwer sein. Ich bin nämlich arm wie eine Kirchenmaus.«

Leary sah sie verdutzt an, um sodann den Kopf zu schütteln. »Dass ich nicht lache!«

»Sie hat mir heute früh ihr gesamtes Vermögen übereignet«, erklärte Carl.

»Dann muss eben der Silbermann für deine Dummheit bluten«, drohte Leary.

»Anstatt die Sache zwischen uns beiden zu regeln, ziehst du einen Unschuldigen mit hinein«, fauchte Yeremi.

Officer Bean hielt offenbar den Zeitpunkt für gekommen, seiner Pflicht zu walten. »Gemäß Haftbefehl ist es Mr Argyr, der hier eines Verbrechens beschuldigt wird, nicht Sie, Professor Bellman, wenigstens nicht im Augenblick. Und nun lassen Sie mich Mr Argyr seine Rechte vorlesen.« Der Beamte wandte sich Saraf zu. »Sie haben das Recht …«

»Gar nichts werden Sie ihm vorlesen.« Yeremi ging wie eine um ihr Junges kämpfende Löwenmutter dazwischen. Carl und Sandra nickten heftig. Der Polizist wich erschrocken zurück und nestelte an seiner Dienstwaffe herum.

»Warten Sie einen Moment«, sagte Leary mit erhobener Hand. Officer Bean gehorchte. Der Psychologe zog Yeremi auf die Seite. »Mir liegt nichts daran, den Silbermann einzulochen. Er kann weiter in Freiheit bleiben, wenn du kooperierst.«

»Die Presse wird dich und deinen Boss zerreißen.«

»Ihr beide seid in krimineller Absicht in das Kunstmuseum eingedrungen. Du kennst die Beweise, Jerry. Daran können auch die Medien nichts drehen.«

»Saraf hat sein Leben lang in der Natur gelebt. Ein Gefängnis würde ihn umbringen.«

»Es liegt an dir, das zu verhindern. Sarafs mentale und sensorische Fähigkeiten sollen von einem Wissenschaftlerteam erforscht werden. Mehr will Flatstone nicht.«

»In euren Labors ist er genauso eingesperrt.«

»Deiner kleinen Show heute und der Fürsprache von Professor McFarell verdankst du die Zusicherung Flatstones, dass so etwas nicht passieren wird. Die Tests werden in Berkeley durchgeführt. Saraf bekommt eine Wohnung auf dem Campus, und wenn du willst, darfst du gleich daneben einziehen.«

Yeremi sah zu Saraf hinüber, der ihren schmerzerfüllten Blick erwiderte. Er schien sich mehr Sorgen um sie zu machen als um sich selbst. »Lass mich mit ihm reden«, bat sie den Psychologen.

Leary überlegte zwei oder drei Sekunden lang, dann nickte er. »Eine Minute. Aber erlaubt euch keine Mätzchen, die Ausgänge sind bewacht.« Er gab dem Polizisten einen Wink.

Mit einer unscheinbaren Geste rief Yeremi den Silbermann zu sich heran. Sie zogen sich zu einem der Fenster zurück, wo sie ungestört über den Stand der Dinge reden konnten.

»Ich werde mit ihm gehen«, sagte Saraf, als er alles gehört hatte.

»Aber das ist Wahnsinn! Sie werden dich umbringen«, widersprach Yeremi und brach in Tränen aus.

Saraf wischte mit dem Daumen über eine der feuchten Spuren unter ihren Augen, seine warme Hand lag dabei an ihrer Wange. »Sorge dich nicht um mich. Ich bin zäher, als du denkst, meine kleine Jerry.«

Sie sank an seine Brust und drückte ihn fest an sich. »Ich verfluche diesen Al Leary.«

»Mit solchen Äußerungen spaßt man nicht.«

»Was ist nun?«, rief der Psychologe von der Mitte des Raumes herüber.

Yeremi schoss ihm einen ihrer Laserblicke zu. Dabei sah sie, wie Carl mit jemandem telefonierte. Vermutlich war schon ein Anwalt unterwegs. Saraf würde bald wieder ein freier Mann sein. Sie atmete tief durch, bevor sie fragte: »Wo bringt ihr ihn hin?«

»Zunächst auf die Polizeistation. Dort wird er erkennungsdienstlich behandelt, man stellt ihm ein paar Fragen und fertigt ein Protokoll an. Flatstone wird eine Kaution für ihn hinterlegen, bis sein Fall niedergeschlagen ist. Heute Abend könnt ihr beiden Turteltäubchen auf dem Campus in Berkeley schon wieder miteinander dinieren.«

Yeremi blickte zweifelnd in Sarafs strahlend blaue Augen. Er wirkte völlig unbesorgt. »Gib den Dingen Raum, dann wird sich alles klären«, sagte er und küsste sie auf die Stirn. Ehe er sich von ihr lösen konnte, drückte Yeremi ihn abermals an sich.

»Pass auf dich auf!«

»Das werde ich«, antwortete Saraf. Und dann sagte er etwas Seltsames: »Lebe wohl!«

Sie hatte sich nicht früher als nötig von ihm trennen wollen, aber dann kam alles ganz anders. Als Yeremi den beiden Polizeibeamten, Saraf und Leary in den Fahrstuhl folgen wollte, wurde sie plötzlich abgedrängt. Vier Frauen von einer im benachbarten Sonoma-Saal tagenden Tierschützerversammlung stießen sie ungestüm zur Seite, die Türen des Lifts schlossen sich, und Yeremi wie auch Carl und Sandra blieben zurück.

Yeremi wartete nicht erst, bis ein neuer Fahrstuhl anhielt, sondern rannte zur Treppe, die in das untere Stockwerk hinabführte.

Schon auf dem Weg dorthin hörte sie plötzlich lautes Gekreische. Immer wieder rief jemand nach der Polizei. Als sie die Hotelhalle erreichte, bot sich ihr ein bizarres Bild: In der offenen Fahrstuhltür hatten sich die Polizistin, ihr blasser Kollege und Leary ineinander verkeilt. Vor und in dem Lift befanden sich jeweils zwei Tierschützerinnen und schlugen mit ihren Handtaschen, begleitet von lautem Geschrei, auf die in der Unterzahl befindliche Verhaftungstruppe ein. Von Saraf Argyr fehlte jede Spur.

Zunächst glaubte Yeremi, ihn in dem tumultuösen Durcheinander nur nicht auszumachen. Aber als sie sich – neben vielen anderen Schaulustigen – dem Ort des Kampfes näherte, wurde die unglaubliche Wahrheit offenbar: Saraf befand sich weder im Fahrstuhl, noch war er in der Hotelhalle zu sehen. Er hatte sich schlichtweg in Luft aufgelöst.

»Was für ein hübsches Bild! Wo ist Saraf?«, meldete sich neben Yeremi die keuchende Sandra zu Wort. Yeremi blickte ihre Freundin an, sah, wie sich Carl herbeischleppte.

»Ich habe nicht die geringste Ahnung. Er ist einfach weg.«

»Hilfe, Polizei!«, kreischte derweil eine dralle Tierfreundin im Fahrstuhl und drosch der Ordnungshüterin ihre Polyestertasche ins Gesicht.

»Nimm deine Dreckshände weg!«, schrie eine andere und malträtierte Leary mit einer Plastiktüte ungeklärten Inhalts.

»Lustmolch!«, schimpfte die Dritte und verpasste dem bleichen Cop einen Tritt gegen das Schienbein.

Yeremi wandte sich ab und lief zum Ausgang. Auf den Stufen vor dem Gebäude erwischte sie einen Hotelpagen. Sie packte den auffallend apathisch wirkenden Mann an seinem Mantel und schüttelte ihn.

»Haben Sie eben einen sehr großen Mann hinausgehen sehen? Blonde Haare, Vollbart. Trägt Segelschuhe, khakifarbene Baumwollhose und ein blaues Sportsakko.«

Der Page erwiderte ihren flehenden Blick mit glasigen Augen, die auf ein elysisches Etwas in weiter Ferne gerichtet schienen. Da wusste Yeremi: Er hatte ihn gesehen.

VIERTER TEIL

DAS GEDÄCHTNIS DES SILBERNEN VOLKES

DIE DEMONTIERTE HELDIN

San Francisco (Kalifornien, USA)
2. Januar 2006
19.48 Uhr

Yeremi saß auf einem riesigen Kingsize-Bett – vor sich eine Kleenex-Schachtel, um sich herum unzählige bereits mit Tränen und Rotz getränkte, zusammengeknüllte Tücher – und zelebrierte ihr Elend. Immer wieder ging ihr die abstruse Szene durch den Kopf, der kurze Moment der Unaufmerksamkeit vor dem Fahrstuhl, das Gezeter der vier um ihre Unschuld bangenden Damen, der leere Blick des Hoteldieners. *Lebe wohl!* Saraf hatte angedeutet, was er plante, aber sie war taub und blind gewesen, hatte ihn nicht verstanden.

Jetzt weinte sie in einem der fünfhundert Zimmer des Hotels und gab sich der vagen Hoffnung hin, Saraf könne an diesen Ort zurückkehren. Zu ihr. Al Learys ihr zum Abschied ins Ohr gezischte Drohung hatte sie nicht davon abhalten können, Carls Angebot auszuschlagen – sie wollte sich nicht in der Fischerhütte bei Morgan Hill verstecken, denn Saraf war *hier*, in San Francisco, irgendwo. Gleich morgen würde sie noch einmal hinausgehen und die Straßen und Parks nach ihm absuchen, um ihn vielleicht doch noch zu finden. Bevor die Polizei es tat.

Es klopfte an der Tür.

Yeremi reagierte nicht sofort darauf. Der Laut musste sich ihr Bewusstsein erst erobern.

»Ja?«, schniefte sie.

»Professor Bellman.« Eine weibliche Stimme. Selbstbewusst. Dennoch freundlich. Irgendwie kam sie Yeremi bekannt vor.

»Wer ist da?«

»Ich muss Sie dringend sprechen. Es geht um Ihre Pressekonferenz heute Mittag.«

Yeremi, inzwischen im hoteleigenen Frotteemorgenmantel und eigentlich nicht mehr auf Besuch eingestellt, zögerte. Dann erhob sie sich aber doch und schlurfte zur Tür. Sie blickte durch den Spion – und wäre vor Überraschung fast umgefallen. Verstört öffnete sie die Tür.

Vor ihr stand eine mittelgroße Frau von fünfundfünfzig Jahren – Yeremi kannte ihr Alter genau –, die aber wesentlich jünger aussah. Ihre Figur war immer noch bewundernswert, die brünetten Haare vermutlich gefärbt. Über die Natürlichkeit ihrer glatten Gesichtshaut mochte man spekulieren. Jedenfalls sah Jackie Tailor immer noch sehr attraktiv aus.

Yeremi wollte gerade erstaunt den Namen der Senatorin aussprechen, als diese ihre Hand auf die Lippen legte und ein unmissverständliches Geräusch von sich gab.

»Schsch!«

Wusste Tailor von den Wanzen, die Yeremi, vermutlich schon seit Wochen, belauscht hatten? Oder besaß sie nur ein berufsbedingtes Misstrauen? Die Senatorin lockte Yeremi mit einem sich rhythmisch krümmenden Zeigefinger auf den Gang hinaus. Ein japanisches Paar mittleren Alters schloss gerade die Tür zum Nachbarzimmer auf und nickte den beiden Frauen freundlich zu. Als sie verschwunden waren, flüsterte die unverhoffte Besucherin Yeremi ins Ohr: »Ich habe auf der anderen Seite des Flurs ein Zimmer gemietet. Kommen Sie, Professor Bellman. Ich muss mit Ihnen sprechen.«

Wie benommen schloss Yeremi die Zimmertür und folgte Tailor barfuß quer über den Gang. An dessen Ende entdeckte sie einen breitschultrigen Mann im dunkelgrauen Anzug, der zu ihnen herüberblickte. Aus seinem Ohr ragte ein gedrehtes Kabel heraus. Er war Anfang vierzig, also vermutlich ein Vorgängermodell jener schneidigen Leibwächter, die Leary mitgebracht hatte. Mit versteinerter Miene nickte er den beiden Frauen zu.

Endlich hatte die Senatorin ihr Zimmer geöffnet, und Yeremi trat ein. Wie unter Hypnose stand sie auf dem bunten Plüschteppich, unfähig, etwas zu sagen. Dabei schwirrten ihr etliche Fragen durch den Kopf.

Die Senatorin umrundete Yeremi wie zur Begutachtung einer eigenwilligen Plastik. »Ehrlich gesagt, ich hätte Sie nicht wiedererkannt.«

Yeremi brachte noch immer keinen Laut heraus.

Tailor lächelte. »Sie sehen furchtbar aus, meine Liebe.«

Endlich fand Yeremi die Sprache wieder. »Das sagen heute alle zu mir.«

»Haben Sie wegen … *ihm* geweint?«

Yeremi nickte schniefend.

Tailor öffnete ihr schwarzes Handtäschchen und förderte ein Kleenex zu Tage, das sie Yeremi anbot. »Mit den Männern ist es immer dasselbe: Erst verdrehen Sie uns den Kopf, und dann machen sie sich aus dem Staub.«

»Sie wissen schon …?«

»Ganz San Francisco weiß es. Seit Ihrer grandiosen Pressekonferenz heute Mittag ist der Silbermann in aller Munde. Setzen Sie sich doch, meine Liebe. Wollen wir die Minibar plündern?«

Yeremi kam sich vor wie ein kleines Mädchen, das sich nicht traute, den Mund aufzumachen. »Tonicwater« war alles, was sie flüstern konnte.

Tailor goss ihr eine Limonade ein und genehmigte sich selbst einen Jack Daniels. Sie reichte Yeremi das Glas, und beide nahmen an einem kleinen Tisch in Sesseln Platz.

»Sie fragen sich vermutlich, was mein Überfall hier bei Ihnen soll.«

Yeremi lächelte schwach, nippte an ihrem Tonic und erwiderte: »Offen gestanden, ja. Ich hatte mit Engelszungen auf …«

»Mrs Splendour? Sie genießen mein Mitgefühl. Thelma ist schwer zu überwinden.«

»Sie ist ein Drache.«

Tailor lachte. »Sie kennen Thelmas Spitznamen also schon! Wissen Sie, als Senatorin bekomme ich tausend Anrufe am Tag. Da brauche ich einfach jemanden, der ein wenig vorsortiert. Niemand kann das so gut wie Thelma. Sie hat noch eine Reihe anderer Qualitäten. Zum Beispiel trägt sie die Namen aller Anrufer in eine Datenbank ein. Als ich heute Mittag einen Blick hineinwarf, habe ich Ihren Namen entdeckt.«

»Soll das heißen …?«

Die Fröhlichkeit auf Tailors Gesicht verflog. »Denken Sie nicht, ich hätte den Schrecken von Port Kaituma verdrängt. Das ist nicht meine Art, mit unangenehmen Erfahrungen umzugehen. Ich habe mich Hunderte von Malen gefragt, ob wir im November 1978 etwas hätten besser machen oder ob die ganze Tragödie hätte verhindert werden können. Minute für Minute bin ich diesen verfluchten Tag immer wieder in Gedanken durchgegangen. Und zu dieser Erinnerung gehören auch Sie, Professor.«

»Mir wäre wohler, wenn Sie mich Yeremi nennen könnten.«

Die Miene der Senatorin hellte sich wieder auf. »Und ich bin Jackie. Ihre Mutter nannte Sie Jerry, nicht wahr?«

»Sogar daran können Sie sich noch erinnern?«, staunte Yeremi.

»Sie gehören einer prominenten Familie an. Ihr Großvater hat damals einiges angestellt, um seine Enkelin aus den Medien herauszuhalten. Und dann …« Tailor wirkte plötzlich unsicher.

»Sie machen sich Vorwürfe, weil Mama Sie darum gebeten hat, uns aus Jonestown herauszuschaffen, und Sie uns auf später vertröstet haben.«

Die Senatorin nickte mit unglücklichem Gesicht. »Ich bin Ihnen etwas schuldig, Yeremi. Ihnen und allen Menschen, die damals sterben mussten. Außerdem haben Sie mich durch Ihre Pressekonferenz gehörig unter Zugzwang gesetzt. Kurz darauf schrillten bei uns in der Golden Gate Avenue die Telefone. Im Moment kann Thelma die Pressemeute noch abwehren. Alle wollen wissen, ob ich wie Mr Frielander bei den Angreifern eine Diamantformation bemerkt habe.«

»Und? Haben Sie?«

Tailor nickte ernst. »Ich werde die kaltblütige Zielstrebigkeit nie vergessen, mit der die Killertruppe vorgerückt ist. Vielleicht kann ich Ihnen für Ihr Puzzle ein wichtiges Teil liefern.«

Schlagartig fiel alle Erschöpfung von Yeremi ab. »Was wissen Sie über Jonestown?«

Jackie Tailor lehnte sich in ihrem Sessel zurück, nahm einen

Schluck Whiskey und malte sodann ein Bild der Siebzigerjahre des zwanzigsten Jahrhunderts aus der Sicht von Congressman Leo Joseph Ryan. Der Politiker war kein Stubenhocker und fürchtete auch riskante Missionen nicht, um seine politischen Ziele zu verfolgen. Er hatte 1975 Südvietnam besucht und Henry Kissinger anschließend vor einer baldigen Invasion der Kommunisten gewarnt. »Wie Sie heute ganz richtig erklärten, Yeremi, wusste er jedoch nicht um die Gefahr, in die er sich und seine Begleiter durch den Besuch von Jonestown brachte. Abgesehen vom Führer des Volkstempels hasste ihn wohl niemand so sehr wie der CIA. Der Geheimdienst konnte keine verdeckten Schweinereien mehr durchführen, ohne vorher den Kongress zu informieren. Und dann war da die *First Executive Order on Intelligence Activities* von 1976.«

»Sie meinen die Präsidentenverordnung von Gerald Ford.«

»Richtig. Experimente an ahnungslosen Personen galten ab sofort als ethisch nicht vertretbar und die Gedankenkontrollprogramme von MK-Ultra als kriminelle Machenschaft. Aber zwei Jahre zuvor hatte man im Dschungel von Guyana den Aufbau von Jonestown begonnen.«

»Wollen Sie damit sagen, Jim Jones' angebliches Agrarprojekt war tatsächlich eine CIA-Einrichtung?«

»Es gehörte zu Ryans vorrangigen Zielen, genau *das* zu klären. Er glaubte, Reverend Jones und möglicherweise einige seiner engsten Vertrauten arbeiteten im Auftrag des Geheimdienstes. In Jonestown sollten Methoden zur gezielten Manipulation von Massen erprobt werden, möglicherweise unter Verwendung bestimmter Drogen. Uns war bekannt, dass Jones sich elftausend Einheiten Thorazin verschafft hatte, ein gefährliches und streng kontrolliertes Beruhigungsmittel zur Behandlung von Psychosen. Es gab auch Gerüchte von anderen bewusstseinsverändernden Wirkstoffen, die ein gewisser Doktor Schacht in der so genannten Erweiterten Pflegestation verabreichte. Wussten Sie, dass trotz der vorbildlichen Ausstattung Jonestowns zur Versorgung von Alten und Patienten nach dem Massaker kein einziger Krankenbericht gefunden wurde? Sämtliche medizinischen Unterlagen des Projekts sind bis heute unauffindbar.«

Yeremi starrte die Senatorin gebannt an und schüttelte nur den Kopf.

»Als wir das Dschungelareal verließen, flüsterte mir Congressman Ryan zu: ›Jetzt haben wir sie! Sie versuchen in Jonestown die Gefühle der Gläubigen zu manipulieren. Eines der Mitglieder ist bereit auszusagen, und ich bin überzeugt, es werden weitere folgen.‹«

»Gehörte diese Person zu den Aussteigern, die Sie begleiteten?«

»Nein. Jedenfalls nicht zu der ersten Gruppe, die wir am 18. November ausfliegen wollten. Es handelte sich um eine Mitarbeiterin der Erweiterten Pflegestation, die zu Jones' Führungszirkel gehörte. Ich hatte mir ihren Namen notiert. Er lautet Mildred Quingley. Offenbar ist sie in der Weißen Nacht ums Leben gekommen.«

»Wurde ihre Leiche denn identifiziert?«

»Nein, aber das trifft auf Hunderte von Toten zu.«

»Würden Sie das, was Sie mir eben gesagt haben, vor einem Gericht wiederholen, Jackie?«

Die Senatorin erwiderte standhaft Yeremis festen Blick. Spätestens jetzt musste der Politikerin klar werden, was es für sie bedeuten konnte, den CIA, möglicherweise sogar das Weiße Haus selbst öffentlich anzuprangern. Sie nickte entschieden. »Ja, Yeremi. Ich bin dazu bereit.«

»Warum erst jetzt, erst heute?«

Tailor nippte an ihrem Glas, was ihr erlaubte, Yeremis bohrendem Blick auszuweichen. »Ich war damals jung. Erst zwei Jahre zuvor hatte ich meinen Abschluss auf dem U.C. Hastings College of the Law gemacht. Ich war verunsichert, weil Ryan mir als seiner juristischen Beraterin einige Dinge anvertraut hatte, die mich völlig desillusionierten. Als gerade zugelassene Anwältin lebte ich bis dahin in der naiven Vorstellung, die Vereinigten Staaten seien ein Land, in dem rechtsstaatliche Prinzipien heilig sind. Das geheime, offenbar von der *Regierung* initiierte Gedankenkontrollprogramm in Jonestown bedeutete genau das Gegenteil. Ryans feste Absicht, etwas aufzudecken, was es seit spätestens zwei Jahren nicht mehr geben durfte, stimmte mich jedoch euphorisch. Hier lag nicht nur ein eklatanter Verstoß gegen den Hughes-Ryan Act, sondern auch gegen Gerald Fords ethischen Kodex für die US-Geheimdienste vor. Wenn wir eine Reihe von Mitgliedern des Volkstempels zum Aussteigen und zu einer Aussage über die Machenschaften in Jonestown bewegen konnten, würde das den illegalen Experimenten ein Ende machen. Aber unser Gegner war auf der Hut. In der Weißen Nacht verwischte er so gut wie alle verräterischen Spuren. Und er wusste – wenn Ryan vor aller Welt auf möglichst bestialische Weise abgeschlachtet würde, konnte man die Überlebenden mit der Angst zum Schweigen bringen.« Tailor trank ihren Whiskey aus und schwieg.

Yeremi konnte sich nur zu gut in die Gefühle der Senatorin hineinversetzen. Dennoch klang ihre Antwort streng: »Sie haben nach dem Jonestown-Massaker eine beachtliche Karriere hingelegt. Zwei Jahre nach Port Kaituma wurden Sie zur jüngsten Oberstadtdirektorin von San Mateo gewählt: Als Dreißigjährige schlugen Sie Ihren Amtsvorgänger, der zwanzig Jahre lang auf diesem Stuhl geklebt hatte. Gab es da vielleicht einen Handel: Sie verpflichteten sich dazu, Jonestown aus Ihrem Sprachschatz zu streichen, und erhielten dafür massive Unterstützung im Wahlkampf?«

Tailor lächelte abgeklärt. »Erwarten Sie darauf allen Ernstes eine Antwort?«

Der Ausdruck in Yeremis Gesicht wurde wieder weicher. »Nein, nicht wirklich. Sie waren einem Mordanschlag knapp entkommen und dürften sich ausgerechnet haben, welchen Preis allzu viel Geschwätzigkeit für Sie haben konnte.«

»Ich bin froh, diesen Punkt geklärt zu haben. Und dabei sollten wir es belassen, Yeremi. Sie wissen jetzt, was ich über die geheimen CIA-Aktivitäten in Jonestown weiß. Sie kennen den Grund, warum Leo Ryan und so viele Mitglieder des Volkstempels sterben mussten. Wenn Sie den Fall jetzt aufrollen, sich die Medien und vor allem die Gerichte damit beschäftigen, dann können Sie auf meine Unterstützung rechnen. Die Verantwortlichen dürfen damit nicht durchkommen, denn das würde das Ende unserer Freiheit bedeuten.«

»Würden Sie den kahlen Anführer der Killertruppe wiedererkennen?«

»Heute? Nach fast drei Jahrzehnten.« Tailor dachte kurz darüber nach. »Ja. Ich denke schon.«

»Und wie steht es mit dem Phantom?«

»Sie meinen den Unbekannten, der Jim Jones erschossen haben soll? Da muss ich, ehrlich gesagt, passen. Ich kenne diesen Mann nicht.«

»Könnte es Jefferson H. Flatstone sein?«

»Der Boss von Stheno? Das kann ich nicht sagen. Ich bin Mitglied in einem Senatskomitee, das sich unter anderem mit Energiefragen beschäftigt. In diesem Zusammenhang hatte ich mich vor zwei oder drei Jahren um ein persönliches Gespräch mit Mr Flatstone bemüht: vergeblich. Er ist eine geheimnisvolle Figur, lässt sich nie in der Öffentlichkeit blicken. Das einzige Foto, das ich von ihm kenne, ist unscharf. Es zeigt einen Afroamerikaner in Hut und Mantel seitlich von hinten.«

»Anscheinend haben Sie die gleiche Fotografie gesehen wie ich.«

»Ist anzunehmen. Im Komitee wurde gescherzt, Flatstone habe einen Großteil seiner scheinbar unerschöpflichen Geldmittel zum Aufkauf der Bilder verwandt, die jemals von ihm angefertigt worden sind. Das mag übertrieben sein. Fakt ist: In dem, was er tut, ist er sehr effizient. Er bedient sich knallharter, aber – soweit wir das feststellen konnten – legaler Geschäftsmethoden. Das ist auch schon alles, was ich über ihn sagen kann.« Tailor stellte ihr Glas auf den Tisch und erhob sich.

Yeremi folgte ihrem Beispiel. »Ich danke Ihnen für Ihren Besuch, Senator …«

»Jackie! Schon vergessen?«, unterbrach diese sie. »Tut mir Leid, wenn ich Ihnen nicht mehr sagen konnte.«

»Oh, Sie haben mir sehr geholfen. Ich werde zu gegebener Zeit auf Ihr Angebot zurückkommen.«

»Tun Sie das. Viel Glück noch bei der Suche nach Ihrem Mr Silverman.«

Als Yeremi sich vor ihrer Zimmertür von der Senatorin verabschiedete, verließ das japanische Paar von nebenan gerade wieder seine

Suite. Es lächelte der Frau im Morgenrock und ihrer perfekt gestylten Begleiterin freundlich zu, um sich sodann eilig in Richtung Fahrstuhl zu begeben. Der Leibwächter behielt die Asiaten wachsam im Auge, bis sie verschwunden waren.

Wieder im Zimmer, warf sich Yeremi lang auf ihr Bett, das Gesicht in der Überdecke vergraben, und blieb minutenlang so liegen. Mit dem Entschluss, sich an die Öffentlichkeit zu wenden, hatte sie unverhofft eine Lawine losgetreten, von der noch nicht abzuschätzen war, was sie alles aufstören würde. Erst Frielander und jetzt sogar die Senatorin – immer mehr Beweise für eine Verstrickung des CIA in das Jonestown-Massaker wurden ihr, Yeremi, zugespielt. Die Belege für eine Verbindung zu der jüngsten Tragödie auf dem Dach des Waldes blieben dagegen spärlich. Und vor allem war da immer noch die drängende Frage: Was wollte Flatstone mit der empathischen Telepathie anfangen? Ging es ihm nur darum, seinen Auftraggebern eine mächtige Allzweckwaffe an die Hand zu geben, oder existierten bereits konkrete Einsatzpläne?

Yeremi hob den Kopf, um nach dem Glas zu suchen, das irgendwo auf ihrem Nachttisch stehen musste. Dabei bemerkte sie unter der Leselampe das zusammengefaltete Blatt Papier, das Sandra ihr am Mittag zugesteckt hatte. Sie war noch nicht dazu gekommen, sich näher damit zu befassen. Jetzt angelte sie es sich vom Schränkchen, drehte sich auf den Rücken und erschauerte. Es handelte sich um die Kopie eines Zeitungsartikels, der am 30. September 2001 im *San Francisco Chronicle* erschienen war. Schon der Aufmacher bereitete ihr eine Gänsehaut.

ERSCHRECKENDE PARALLELEN ZU REVEREND JIM JONES
Brief des Flugzeugentführers enthielt ähnliche Botschaft über Selbstmord

In dem Bericht ging es um die muslimischen Fundamentalisten, die am 11. September 2001 Verkehrsflugzeuge entführt und ins New Yorker World Trade Center gesteuert hatten und dabei selbst ums Leben gekommen waren. Bei der anschließenden Untersuchung hätten sich erstaunliche Parallelen zwischen Jim Jones und dem Topterroristen Osama bin Laden gezeigt: Beide waren Anführer, erklärten sich zu Propheten Gottes, forderten revolutionäre politische Veränderungen, verfluchten den Kapitalismus und flohen unter Druck mit ihrer »fanatischen Armee von Anhängern in ein isoliertes, verarmtes Land. Einmal dort, schmiedeten sie einen unvorstellbaren Akt des Massen- und Selbstmordes – alles im Namen Gottes«.

Doch die Übereinstimmungen zwischen dem Terroristen- und dem Kultführer erschöpften sich damit noch lange nicht. Was der *Chronicle* nun anführte, ließ Yeremi zu Eis erstarren. Im dunklen Verließ ihres Gedächtnisses wurden weitere Ketten gesprengt, und dadurch kamen Erinnerungen frei, die eine schmerzhafte Konfrontation heraufbeschworen. Der Artikel bezog sich auf das so genannte *Death Tape*, also jenen Tonbandmitschnitt aus der letzten Weißen Nacht, der den flammenden Aufruf von Jim Jones zum kollektiven Selbstmord enthielt. Dieser Aufruf, schrieb das Blatt, weise verblüffende Parallelen zu Osama bin Ladens suggestiven Parolen auf. Der saudische Anführer der Extremisten ließ durch Mohammed al-Amir Awad al-Sajjid Atta, einen der Kommandanten der Terroraktionen, verbreiten: »Jeder hasst den Tod, fürchtet den Tod. Aber nur solche Gläubigen, die vom Leben nach dem Tod und der Belohnung nach dem Tod wissen, werden jene sein, die den Tod suchen. … Ihr werdet in das Paradies eingehen.«

Bei Jim Jones klang die Botschaft verblüffend ähnlich: »Es ist der Wille des Souveräns, dass an uns dieses geschieht. … Habt keine Angst zu sterben. … Da ist nichts, das sterben könnte. Es ist nur das Hinübergehen auf eine andere Ebene.« Beide Führer beteuerten ihren Jüngern, sie würden normalem Selbstmord nicht zustimmen, er sei etwas, das die Glaubenslehren – sowohl des Christentums wie auch des Islam – verletze. Bin Laden versprach seinen Märtyrern, in das Paradies, »in das glücklichste, das unvergängliche Leben einzugehen«. Jones stellte seiner Gefolgschaft dieselben Wonnen in Aussicht. Beide Führer hätten es geschafft, ihre Anhänger zur Selbstaufgabe zu verleiten, behauptete Don Lattin, der Autor des Artikels.

Yeremi wusste zwar um die Unzulänglichkeit von Jones' suggestiver Kraft – zahlreiche Angehörige des Volkstempels waren ermordet worden –, aber im Grundsatz hatte Sandras Kollege Recht.

Weiter erklärte er, Jim Jones habe den Tonbandmitschnitt der Weißen Nacht persönlich angeordnet, und verwies auf die Schreie der von ihren Müttern getöteten Kinder, vor deren Hintergrund der Reverend erklärte: »Es führt euch nur zur Ruhe. … Der Tod ist eine Million Mal besser als zehn weitere Tage dieses Lebens.« Und zum Schluss habe Jones wiederholt: »Wir können dem Selbstmord nicht zustimmen.«

Yeremi glaubte die Schreie der Kleinen wieder zu hören. Unweigerlich musste sie an John denken, ihren Spielkameraden, der von Marcy »Mutter« Jones persönlich in den Tod begleitet worden war. Sie ließ das Blatt aus den Fingern gleiten und schlang den Morgenmantel enger um sich, weil das Frösteln wieder zunahm. Zwar konnte sie sich längst nicht an jede Einzelheit jener schrecklichen Nacht erinnern – schon allein deshalb, weil sie Reverend Jones' Ansprache nur zum Teil mitverfolgt hatte –, aber die Reminiszenzen in dem Artikel reichten aus, um sie tief zu erschüttern. Hätte sie ihn nur nicht bekommen! Der Reichstagsbrand von 1933, der kollektive Selbstmord Hunderter im Jahr 1978 – und nun das!

Ihr kamen die Milzbrandanschläge nach den Terrorattacken vom 11. September 2001 wieder in den Sinn, der verschwundene Mikrobiologe, die Spur der gentechnisch veränderten Mikroben, die schließlich bis in Flatstones Labors führte … Allmählich glaubte Yeremi, in all diesen Vorfällen so etwas wie eine gemeinsame Handschrift zu erkennen. Jonestown 1978 und New York 2001 zeigten das gleiche Schema der Beeinflussung von Selbstmördern. Hier wie da war auf ganz ähnliche Weise die Todessehnsucht geweckt worden. Hatte man die Suizidenten durch empathische Telepathie zu ihrer Tat angeregt?

Aufgeregt sprang Yeremi vom Bett auf und begann im Hotelzimmer hin und her zu laufen. Sie konnte kaum noch klar denken – erst das Verschwinden Sarafs und nun diese unglaubliche Geschichte! Einige Sekunden lang blickte sie aus dem Fenster auf die New

Montgomery Street hinab. Aber das verschaffte ihr auch keine Erleichterung. Deshalb schaltete sie den Fernseher ein.

Die Neun-Uhr-Nachrichten hatten gerade begonnen. Auf fast allen Kanälen wurde über die unerwartete Entdeckung sowie das ebenso überraschende Verschwinden des »Silbernen Mannes« berichtet. Yeremi setzte sich mit untergeschlagenen Beinen aufs Bett und zappte mit der Fernbedienung von einem Sender zum nächsten. Die Bilder glichen sich: Ein Heer so genannter Experten spekulierte darüber, ob die Präsentation des empathischen Telepathen nun ein besonders ausgefallener Werbegag des für solche Aktionen berüchtigten Berkeley-Professors McFarell war oder ob das hellhäutige Urwaldvolk tatsächlich neben den bekannten fünf Sinnen auch einen »Silbernen« besaß. Und dann kippte die Berichterstattung.

Der Moderator bei ABC bekam für ein oder zwei Sekunden einen abwesenden Blick – offenbar lauschte er einer überraschenden Anweisung aus seinem Ohrstöpsel –, ließ die Experten Experten sein und begann über Professor Bellman zu berichten.

Yeremi fiel die Kinnlade herab. Der Nachrichtenmoderator behauptete, ohne rot zu werden, *sie* habe das ganze Spektakel zu verantworten. Der Silbermann sei von ihr versteckt worden. Außerdem stehe sie unter Verdacht, einen Museumsraub begangen zu haben. Darüber hinaus werde in einem Entführungsfall mit Todesfolge gegen sie ermittelt. Auf den anderen Sendern wurde ähnlicher Schwachsinn über sie verbreitet.

»Al Leary!«, hauchte Yeremi. Er hatte seine Drohungen also wahr gemacht. Wie auf Bestellung klingelte einige Minuten später ihr Handy. Als sie abhob, meldete sich die Stimme des Psychologen.

»Heute schon Nachrichten geguckt?«

»Du bist ein verdammter Lügner!«, fauchte sie.

»Ich kann mich nicht erinnern, etwas Unwahres gesagt zu haben.«

»Damit kommst du nicht durch.«

»Wen interessiert das schon? Du hast die Öffentlichkeit ins Spiel gebracht, jetzt schlagen wir dich mit deinen eigenen Waffen. Nach dieser Kampagne wird man dich an keiner Universität der Welt mehr beschäftigen, nicht mal als Putzfrau. Jeff Flatstone ist allerdings bereit, dich mit allen ihm zur Verfügung stehenden Mitteln zu rehabilitieren.«

»Du bist verrückt! Ich habe nichts getan!«

»Und die Quipus?«

Yeremi schwieg. Vielleicht zeichnete der Kerl das Gespräch ja auf.

»Folgender Vorschlag«, führte Leary schließlich das Gespräch fort. »Du bringst Saraf Argyr nach Berkeley. Er unterschreibt die Einverständniserklärung, die uns dazu berechtigt, einige medizinische und psychologische Tests mit ihm durchzuführen. Meinetwegen kannst du ihm dabei das Händchen halten. Was sagst du dazu?«

»Du bist ein A... ein abgefeimter Opportunist. Was zahlt dir Flatstone für deine Speichelleckerei?«

»Ist das ein Nein?«

»Ich *weiß* nicht, wo Saraf ist!«

»Diese Antwort ist *nicht* richtig«, sagte Leary wie ein überdrehter Quizmaster. »Ich melde mich morgen wieder.« Nach dieser Ankündigung unterbrach er die Verbindung.

Am liebsten hätte Yeremi das Handy gegen die Wand geworfen und einige derbe Flüche ausgestoßen, aber sie hielt sich zurück. *Der Silberne Sinn gedeiht in einem überhitzten oder unterkühlten Umfeld nicht besonders gut.* Sie hatte die Lektion nicht vergessen. Zum x-ten Mal wählte sie Sarafs Nummer. Sein Handy war eingeschaltet. Es klingelte. Aber er nahm nicht ab.

Yeremi wurde am Morgen durch das Hoteltelefon geweckt. Als sie abnahm, war ein Reporter von CNN am Apparat. Er bat um eine Stellungnahme zu den verschiedenen Anklagepunkten, die tags zuvor der ABC-Moderator verlesen hatte. Yeremi sagte nur »Schmierenkampagne« und legte auf.

Sie schaltete das Fernsehgerät ein. Die Frühstückssendung beschäftigte sich mit den verbrecherischen Umtrieben von Professor Bellman. Vor kurzem hatten sich die Berichterstatter noch in ihren

Lobeshymnen über die Entdeckerin des Silbernen Volkes gegenseitig übertroffen, sie als Pionierin der Wissenschaft gefeiert. Jetzt wurde die Heldin systematisch demontiert.

Etwa zehn Minuten nach dem CNN-Anruf meldete sich das Hotelmanagement durch dezentes Klopfen an der Tür. Yeremi, inzwischen daran gewöhnt, empfing den stellvertretenden Hotelmanager im Morgenrock. Der respektable Endvierziger hielt eine kurze, aber ergreifende Ansprache: Im Foyer hielte sich eine größere Anzahl von Reportern auf, die das dringende Bedürfnis verspürten, Professor Bellman zu interviewen. Angesichts der jüngsten Berichte in den Medien wäre ihr die Hotelleitung sehr dankbar, wenn sie sich eine andere Unterkunft suchen könnte. Möglichst schnell! Yeremi überlegte nicht lange. Sie versprach, das gastfreundliche Etablissement umgehend zu verlassen und niemals wiederzukehren. Das Management kam ihr insofern entgegen, als es eine diskrete Abreise zusicherte.

Etwa eine halbe Stunde später stieg Yeremi – ohne gefrühstückt zu haben – am Lieferanteneingang in einen hoteleigenen Kleinbus und ließ sich zum Parkplatz ihres Daihatsu auf die andere Straßenseite fahren. Ohne von der Pressemeute bemerkt zu werden, verließ sie San Francisco.

ZWIESPÄLTIGKEITEN

San Francisco (Kalifornien, USA)
4. Januar 2006
6.24 Uhr

Saraf Argyr verspürte großen Hunger. Seit zwei Tagen streifte er nun schon durch die Stadt, immer auf der Hut vor der Polizei und auf der Suche nach etwas Essbarem. Das Überleben in dieser ihm feindlich gesinnten Welt war schwerer, als er es sich vorgestellt hatte. Mehrere Versuche, einen Hund zu erjagen, waren am harschen Protest der Besitzer gescheitert. Er hätte Yeremi um etwas Geld bitten sollen, bevor er das Weite suchte.

Die erste Nacht hatte er in einer Seitenstraße zwischen einer Anzahl Mülltonnen verbracht, in Gesellschaft eines reichlich hageren und nicht besonders angenehm riechenden Obdachlosen, der sich »Mr T-Bone« nannte und aus seiner Schwäche für alkoholische Getränke keinen Hehl machte. Zum Abschied schenkte Saraf ihm den unablässig musizierenden Sprechknochen, den Yeremi als Krönung menschlicher Kommunikation betrachtete. Danach fühlte er sich einerseits befreit, andererseits auch sehr einsam.

Am Dienstag gelang es Saraf, die Hauptzentrale von Stheno Industries im Finanzdistrikt ausfindig zu machen. Er klopfte sich, so gut es ging, den Staub aus den Kleidern und betrat das marmorglänzende Foyer des Gebäudes. Als er die auf Freundlichkeit abgerichtete Empfangsdame darum bat, Mr Jefferson Flatstone sprechen zu dürfen, erlitt sie fast einen Herzanfall, zeigte ansonsten aber keinerlei Entgegenkommen. Mr Flatstone weile im Augenblick nicht im Gebäude. Außerdem empfange er keinen Besuch. Die wenigen Menschen, die er in das Allerheiligste im sechsundvierzigsten Stock lasse, würden von seinen Beratern abgeholt.

Die mitleidvollen »Berater« hatte Saraf ja bereits kennen gelernt.

Ob man nicht warten könne, wagte er noch zu fragen. Das wäre ein aussichtsloses Unterfangen, antwortete die Empfangsdame kühl. Manchmal dauere es Tage, bis Mr Flatstone wieder hereinschneie. Und, fügte sie hinzu, nur damit das klar sei: Ihm aufzulauern habe keinen Zweck, denn der Chef von Stheno Industries verfüge selbstverständlich über einen eigenen Fahrstuhl, der ihn direkt von der eigenen Tiefgarage in seine eigene Büroetage hieve, von wo aus er auf eigenen Telefonleitungen mit der ganzen Welt spreche. Saraf fragte, ob Mr Jefferson Flatstone sich diese demnächst auch anzueignen beabsichtige, was von der Empfangsdame mit Unverständnis quittiert wurde. Hierauf bedankte sich Saraf freundlich und verließ die Empfangshalle.

Die Einfahrt zu Flatstones privater Tiefgarage zu finden bereitete ihm wenig Mühe. Im Finanzdistrikt standen jedoch überall uniformierte und bewaffnete Sicherheitsleute mit grimmigen Gesichtern vor den Gebäuden. Es war daher nicht ganz einfach, das Stheno Building zu observieren, ohne das Misstrauen der Posten zu erregen. Notgedrungen bediente sich Saraf einer bewährten Methode, und die Wachen gewannen Interesse an bisher unbekannten Freuden: Sie jagten kleinen Hunden hinterher (auch nicht erfolgreicher als er), machten Parkplatzsuchende mit ihren Halogenlampen auf Stellflächen im Halteverbot aufmerksam (am helllichten Tage) oder halfen jungen Müttern mit Kinderwagen beim Überqueren der Straße (selbst wenn die überhaupt nicht an einem Seitenwechsel interessiert waren).

Weil sich keine Limousine dazu anschicken wollte, Flatstones »eigene Tiefgarage« aufzusuchen, musste Saraf nächtens vor dem Gebäude kampieren. Das erwies sich als große Herausforderung, weil immer wieder Streifenwagen der Polizei auftauchten und er nun auch die patrouillierenden Beamten mit trügerischen Gefühlen überschwemmen musste. In der zweiten Nacht tat Saraf kein Auge zu.

Und dann wurde der Hunger übermächtig. Im Dschungel hatte er gelernt, mehrere Tage nur von Wasser und speziellen Kräutern zu leben, aber abgesehen von einigen ungenießbaren Bäumen wuchs hier nur Stein in den Himmel. Schweren Herzens entschloss er sich, die Beobachtung für kurze Zeit aufzugeben, sich Nahrung zu besorgen und anschließend die dressierte Empfangsdame erneut um eine Audienz bei ihrem Herrn zu ersuchen, und wenn es nur dem Zweck diente, dessen An- oder Abwesenheit zu ergründen.

Er lief ein Stück weit die Straße hinab, vorbei an Schaufenstern und bewachten Hauseingängen. Büroarbeiter kamen ihm entgegen, viele mit griesgrämigen Gesichtern. Anscheinend waren die Menschen nicht sehr glücklich in dieser Stadt. Endlich entdeckte seine Nase, wonach er so sehnlich gesucht hatte.

Auf dem Gehweg, gegenüber einem Geschäft, in dem Frühstücksflocken über bunte Fernsehapparate flatterten und verborgene Lautsprecher hirnlose Werbespots nach draußen bliesen, stand ein silbrig glänzender Wagen, der einen verführerischen Duft absonderte. Dahinter erblickte Saraf einen schwarzen Mann mit dünnem grauem Vollbart und lederner Schiebermütze. Der Besitzer des fahrbaren Imbissstandes pfiff ein fröhliches Lied.

»Na, Bruder«, eröffnete der mobile Gaststättenbesitzer den Dialog, sobald sich ihm der neugierig äugende Fremde in seiner teuren, aber nicht besonders sauberen Kluft bis auf wenige Schritte genähert hatte. »Lange Nacht gehabt, was?«

Saraf bemerkte ein freundliches Wesen an dem Mann und ging auf das seltsame Begrüßungsritual ein. »Na, Bruder. Ja, die Nacht war lang.«

»Willst 'n Hot Dog?«

Einen heißen Hund?, überlegte der Silbermann. Sollte seine Jagd doch noch von Erfolg gekrönt sein? »Ja, gern!«

»Is' bei deiner Zechtour noch Geld übrig geblieben?«

Saraf erschrak. Er griff in seine Hosentaschen und kehrte das Innerste nach außen. »Nicht die kleinste Dublone.«

»Dann kann ich dir nichts geben, Bruder. Tut mir Leid, aber ich hab selbst zu knapsen.«

Saraf überlegte einen Moment, ob er sich den Weg zum »heißen Hund« mit einem Paukenschlag der Freigebigkeit erkämpfen sollte, aber der Standbesitzer machte einen ehrlichen Eindruck. Er hatte wirklich nichts zu verschenken. In diesem Moment hielt mit quietschenden Reifen ein Streifenwagen der Polizei vor dem Hot-Dog-Stand. Aus diesem stiegen ein blasser Beamter und seine dunkelhäutige, riesig dimensionierte Kollegin aus. Sofort erkannte Saraf sie wieder. Es waren die beiden Streifenbeamten, die ihn zwei Tage zuvor über seine Rechte hatten aufklären wollen.

Was tun?, überlegte er fieberhaft. War er bereits entdeckt? Oder trieb die Ordnungshüter nur der Heißhunger, der auch ihn hier hatte stranden lassen, zu diesem duftenden Ort? Er beschloss, sich unsichtbar zu machen.

Der Fahrer – es handelte sich um Officer Bean – bestellte einen Hot Dog, seine Begleiterin drei. Sie bekamen aufgeschnittene warme Brötchen und dampfende Würste, reicherten diese Grundbestandteile aus eigens dafür vorgesehenen Behältern mit Röstzwiebeln, Gurken, Senf, Ketchup, Relish, Majonäse und weiteren Ingredienzen an und begannen, dies alles zu vertilgen. Je länger Saraf den beiden futternden Beamten bei ihrem »Hundemahl« zusah, desto mehr lief ihm das Wasser im Mund zusammen.

Während die Polizistin noch an ihrem dritten Hot Dog kaute, langte sie in ihre Tasche und förderte eine Fotografie zu Tage, die sie dem Standbesitzer reichte. »Haben Sie in den letzten zwei Tagen zufällig diesen Mann gesehen? Er könnte sich hier in der Nähe aufhalten.«

Der Befragte wischte den Senf von dem Bild und betrachtete es. Hierauf blickte er, ohne dabei das Gesicht zu verziehen, zwischen den beiden Polizisten hindurch zu Saraf. Schließlich gab er der Streifenbeamtin das Bild zurück. »Was hat er angestellt?«

»Das dürfen wir Ihnen nicht sagen.«

»Ist er gefährlich?«

»Das dürfen wir Ihnen auch nicht sagen.«

»Trägt er eine Waffe?«

»Das …«

»Dürfen Sie mir ebenfalls nicht sagen«, unterbrach der Standbesitzer die kauende Beamtin.

Saraf spürte die Zweifel des Hot-Dog-Verkäufers. Der Mann besaß, aus welchen Gründen auch immer, ein tief sitzendes Misstrauen gegenüber der Polizei. Nur um ihn nicht in Versuchung zu bringen, sagte der Silbermann zu der Polizistin: »Ich habe Hunger.«

Die beiden Beamten drehten sich zu ihm um, vermieden aber direkten Augenkontakt. Sie fühlte sich von diesem Penner abgestoßen, der sie da anbettelte. »Schick dich!«, sagte der Streifenwagenfahrer und deutete die Straße hinab.

Hierauf wandten sich die beiden wieder dem Stand zu. Dessen Besitzer starrte sie entgeistert an, blickte zu Saraf, dann wieder in die begehrlichen Mienen der Polizisten. Die Gesetzeshüter empfanden urplötzlich einen Heißhunger auf Hot Dogs.

»Geben Sie mir noch drei!«, befahl die üppige Beamtin.

»Und mir auch«, schloss sich ihr Kollege an.

Der Standbesitzer witterte ein gutes Geschäft und kam der Bestellung umgehend nach.

Nun begann ein beispielloses Fressen. Auf den Uniformen der Gesetzeshüter klebten bald sämtliche Zutaten, mit denen man einen Hot Dog veredeln konnte. Die Polizistin erreichte ihr Limit bei zwölf »heißen Hunden«, ihr Kamerad hatte schon bei der Hälfte aufgegeben. Als sich die beiden am Straßenrand übergaben, löste der Hot-Dog-Verkäufer die Bremsen seines Imbissstandes, um einen appetitlicheren Platz anzusteuern. Mit dem Kopf gab er Saraf einen Wink, ihm zu folgen.

Als er außer Hörweite war, fragte er: »Der auf dem Foto warst doch du, oder?«

Saraf grinste. »Du hast es also bemerkt?«

»Was hast du wirklich angestellt?«

»Ich helfe Menschen, ihre Gefühle zu ergründen.«

»Und was soll daran kriminell sein?«

»Das kann ich dir auch nicht sagen.«

»Der dünne Cop hat noch zwei Hot Dogs bezahlt, aber nicht gegessen. Willst du sie haben?«

Saraf strahlte über das ganze Gesicht. »Gerne!«

Das Verspeisen der beiden »heißen Hunde« hatte in unmittelbarer Nachbarschaft zum ursprünglichen Stützpunkt des »einfachen Berts« stattgefunden. Unter diesem Namen (»Sag einfach Bert zu mir«) hatte sich der Hot-Dog-Verkäufer Saraf vorgestellt und ihm noch einen dritten Hund (»Auf Kosten des Hauses«) spendiert, bevor er dann weitergezogen war. Der Silbermann vertilgte seine Beute restlos. Nicht eine Gurkenscheibe blieb übrig.

Dann erst wurde Sarafs Interesse von dem Elektroladen angezogen, in dessen Sichtweite er sich immer noch befand. Hinter dem Schaufenster standen die neuesten Fernsehermodelle, und in einem besonders großen Exemplar glaubte Saraf Yeremis Gesicht gesehen zu haben. Sofort lief er zu dem Geschäft.

Es hatte noch nicht geöffnet. Aber der Ton der Sendung war auch auf dem Gehweg zu verstehen. Das Frühstücksfernsehen des eingestellten Kanals wurde von einem Paar bestritten, das sich redlich Mühe gab, gute Laune zu verbreiten. Die beiden Moderatoren sahen so aus, als hätten sie in einer braunen Tinktur gebadet, und ihre Gesichter wirkten auf eine künstliche Weise ebenmäßig. Im Plauderton sprachen die beiden über Professor Yeremi Bellman. Zwischendurch wurden immer wieder Bilder oder Kurzfilme gezeigt. Je länger Saraf die Sendung verfolgte, desto mehr Beherrschung kostete es ihn, nicht laut aufzuschreien.

Seit dem Nachmittag des 2. Januar versuche man schon, eine Stellungnahme von Professor Bellman zu erhalten. Man habe sie aber bisher noch nicht einmal aufspüren können, beklagte sich der weibliche Part des Gute-Laune-Duos. Das männliche Gegenstück rasselte für die gerade erst aus dem Bad gekommenen Zuschauer noch einmal die Liste der Anklagepunkte herunter, die man der Anthropologin zur Last legte.

Die eigene Lage erschien Saraf plötzlich unbedeutend. Yeremi hatte sich für ihn aufgeopfert, und nun musste sie dafür leiden. Aus Halbwahrheiten war da ein Lügenkerker gezimmert worden, in den man sie einzusperren gedachte. Das durfte er nicht zulassen.

Seine Hand wanderte zur Brusttasche des Jacketts. Das Handy war nicht mehr da – Mr T-Bone hatte es vermutlich längst verflüssigt. Saraf blickte einem vorbeifahrenden Streifenwagen nach. Die Insassen sahen ihn nicht. Wie konnte er Yeremi helfen? Wenn er sich der Polizei stellte, würde Flatstone ihn vermutlich unauffällig verschwinden lassen. Seiner treuen Beschützerin wäre damit kaum gedient. Saraf beschloss, einen anderen Weg zu gehen.

UNKLARE FRONTEN

San Francisco (Kalifornien, USA)
4. Januar 2006
9.46 Uhr

Damals, kurz nach der Sache mit Al Leary, war es ihr ähnlich schlecht gegangen, wenn auch auf eine gänzlich andere Weise. Yeremi hatte in den vergangenen zwei Tagen so viele Tränen vergossen, dass sie darin ein Vollbad hätte nehmen können. Ohne den Beistand ihrer Großeltern wäre sie in dem Blockhaus am Coyote Creek vermutlich längst ausgetrocknet.

Sie saß auf dem Büffelfell im großen Kaminzimmer, hielt ein riesiges Sofakissen eng umschlungen und starrte auf die Mattscheibe. Stündlich wurden neue Verdächtigungen und Spekulationen über sie in Umlauf gebracht. Anscheinend legte sich Leary für seinen Chef mächtig ins Zeug.

Die Ermahnungen Fredrikas, doch den Fernseher wenigstens für kurze Zeit auszuschalten und bei einem Waldspaziergang neue Kraft zu tanken, lehnte Yeremi kategorisch ab. Sie musste Wache halten, vor dem Bildschirm ausharren – vielleicht kam ja endlich eine Nachricht von Saraf.

Auf ihre Telefonanrufe hatte er nicht reagiert. Als dann gestern Morgen doch eine Verbindung zu Stande kam, wallten euphorische Gefühle in ihr auf – ungefähr eine Sekunde lang. Dann folgte ein kalter Schauer. Auf dem winzigen Bildschirm des Handys erschien das schmutzige Gesicht eines an Zähnen armen, jedoch an Bartstoppeln umso reicheren Mannes.

»Wer sind Sie?«, fragte Yeremi.

»Mr T-Bone«, lallte der Handybesitzer und grinste lückenhaft.

»Wo haben Sie das Telefon her?«

»Von dem blonden Riesen.«

Yeremi erschrak. War Saraf etwa einem Raubmörder zum Opfer gefallen. »Ich möchte ihn sofort sprechen«, sagte sie energisch.

»G-geht leider nicht«, stotterte Mr T-Bone. »Ist schon weitergezogen.«

Yeremi atmete auf. »Hat er Ihnen gesagt, wohin?«

»Wollte wissen, wo das Sch...« – vor dem Gesicht von Mr T-Bone erschien vorübergehend eine flache Flasche mit bräunlichem Inhalt –, »das Schtenohaus ist.«

»Sie meinen das Stheno Building?«

»Sag ich doch.«

Sie hätte es sich denken können! »Sonst können Sie mir nichts über den blonden Mann sagen?«

»Doch. Is' 'n netter Kerl.«

»Ich danke Ihnen, Mr T-Bone.«

»Nichts für ungut, Ma'am. Ich würd mich von Ihnen gern mal zum Essen einladen lassen.«

»Verkaufen Sie mein Handy, und gehen Sie von dem Geld in ein Restaurant. Guten Tag, Mr T-Bone.« Yeremi unterbrach die Verbindung.

Nach dem Gespräch hatte sie mit Sandra Schroeder Kontakt aufgenommen. In der Schwarzen Kammer schilderte Yeremi ihre Sorge: Saraf lauere Flatstone irgendwo in der Nähe seines Hauptquartiers auf. Sandra antwortete wie erwartet: Sie habe den Stheno-Chef schon mindestens ein Dutzend Mal um ein Interview gebeten und wenigstens ebenso viele abschlägige Antworten erhalten. Ihren Kollegen sei es kaum besser ergangen. Nein, Saraf könne die Stheno-Festung im Finanzdistrikt unmöglich stürmen, und falls doch, sei es fraglich, ob er Flatstone in seinem Büro antreffe. Sie werde sich sofort ins Auto setzen und nach »unserem Sorgenkind« suchen.

Seitdem waren mehr als vierundzwanzig Stunden vergangen. Dreimal hatte Sandra Bericht erstattet: Von Saraf fehle jede Spur. Und nun platzte plötzlich, mitten in die Berichterstattung über die ruchlose Berkeley-Anthropologin, eine aufregende Nachricht.

»Soeben erreicht uns eine Meldung vom *San Francisco Chroni-*

cle«, verkündete der Moderator des Frühstücksfernsehens. Sarafs Bild erschien auf der Mattscheibe.

»Dies ist Saraf Argyr, der Silberne Mann«, erläuterte der solariumgebräunte Schönling, der schon den ganzen Morgen über verzweifelt versucht hatte, komisch zu sein. »Vor wenigen Minuten erst hat er sich in den Redaktionsräumen der Tageszeitung den Behörden gestellt. Professor Stanley A. McFarell, Dekan der Anthropologischen Fakultät der Universität von Kalifornien in Berkeley – leider liegt uns kein Archivbild des Wissenschaftlers vor –, gab uns am Telefon folgende Erklärung: Mr Argyr werde in Kürze eine Unterkunft auf dem Campus beziehen und sich anschließend freiwillig für einige Untersuchungen bereithalten. Ein Team von Forschern werde dabei der Frage auf den Grund gehen, ob seine empathische Telepathie ...«

Während der Adonis sich noch über Sarafs Silbernen Sinn ausbreitete, war Yeremi längst aufgesprungen und zu ihren Großeltern vor die Hütte geeilt. Aufgeregt erzählte sie ihnen die Neuigkeit aus dem Fernsehen.

»Nun beruhige dich, Kind«, sagte Fredrika und ließ sich von ihrer überglücklichen Enkeltochter umarmen.

»Das könnte eine Falle sein«, gab Carl zu bedenken.

»In ein paar Stunden werde ich es wissen.«

»Was heckst du jetzt schon wieder aus, Jerry?«, stieß Carl entsetzt hervor.

»Ich fahre nach Berkeley und verlange von Stan die Einhaltung des mir gegebenen Versprechens: Wenn Saraf untersucht wird, will ich dabei sein.«

»Seitdem hat sich einiges geändert, Jerry. Man wird dich verhaften.«

»Das glaube ich nicht, Opa Carl.«

»Ach! Und woher nimmst du diese Erleuchtung?«

Fredrika legte ihrem Mann besänftigend die Hand auf den Arm. »Sie wird gehen, ob du sie nun anfährst wie ein knurriger Wolf oder einfach schweigst. Spar dir also besser deine Kräfte für später auf, mein Lieber, wenn du Jerry wieder irgendwo herausboxen musst.«

An die Enkelin gewandt, fügte Fredrika lächelnd hinzu: »Und du versuche nicht noch einmal, deiner alten Großmutter etwas vorzumachen. Ich hab doch gewusst, dass du ihn liebst.«

Yeremi brachte ihren Daihatsu gleich neben den Tenniscourts quer auf zwei Parkplätzen zum Stehen und sprang heraus. Ohne den Wagen abzuschließen, hastete sie auf den Eingang der Kroeber Hall zu. Ihre Gedanken waren auf die Begegnung mit McFarell fixiert. Er konnte sie vor Flatstone schützen. Das wusste sie. Wenn sie ihn für sich gewann, würde sie in eine der Studentenwohnungen der Universität einziehen und Saraf während der Experimente begleiten. Ihre beiden Rucksäcke lagen hinten im Wagen. Sie war auf alles vorbereitet.

Schon in ihren Sportschuhen, den Bluejeans und der roten Bluse sah Yeremi eher wie eine Studentin aus, aber ihre forsche Gangart wollte gleich gar nicht zu der gewöhnlich sehr disziplinierten Fortbewegungsweise von Berkeley-Professoren passen. In Rekordzeit erreichte sie das Vorzimmer des Dekans. Ehe die Sekretärin sich ihr in den Weg werfen konnte, hatte sie auch schon die Tür zum Büro aufgestoßen.

Professor McFarell saß zwischen Schrumpfkopf und Schiffskompass über einem Stapel von Papieren gebeugt und blickte der ungestümen Besucherin verwundert entgegen. Seine bürstenartigen Augenbrauen hoben sich hinter der Hornbrille.

»Jerry! Sie sind früh dran.«

Yeremi stutzte. »Soll das heißen, Sie haben mich erwartet?«

Er präsentierte eine De-Luxe-Ausgabe seines väterlichen Lächelns. »Nun, das war nicht schwer zu erraten. Sie scheinen mittlerweile mehr als nur ein wissenschaftliches Interesse an unserem Silbermann zu haben.«

Yeremi baute sich mit verschränkten Armen vor McFarells Schreibtisch auf, um ihren Forderungen Gehör zu verschaffen. »Stan, ich *bestehe* darauf, die Tests an Saraf Argyr zu begleiten.« Sie schloss die Augen, kämpfte gegen die Tränen an und korrigierte sich sogleich: »Nein, ich *flehe* Sie an: Schlagen Sie mir diese Bitte nicht ab! Ich werde auch alles tun, um Schaden von der Universität abzuwenden. Die Falschmeldungen in den Medien kann ich richtig stellen. Und für die durch Saraf und mir entstandenen Kosten komme ich auf.«

McFarell lacht freudlos. »Jerry, Sie sind ganz schön kühn! Nach all der Aufregung und dem Dauerbombardement in der Presse auch noch Bedingungen zu stellen …« Er schüttelte amüsiert den Kopf, klang jedoch alles andere als ablehnend, als er hinzufügte: »Für einen Wilden ist der Silbermann äußerst klug, so wie er die Massenmedien für sich eingespannt hat. Anstatt sich in irgendeinem Polizeirevier zu stellen, marschiert er geradewegs in die Redaktion des *San Francisco Chronicle* und gesteht Sandra Schroeder, die Flucht aus dem Hotel sei allein auf seinem Mist gewachsen und Sie, Yeremi, treffe keine Schuld. Wenn ich mich nicht irre, ist diese Reporterin doch eine Freundin von Ihnen, oder?«

»Sogar eine entfernte Verwandte. Ich finde es nur verständlich, dass sich Saraf an eine Vertrauensperson gewandt hat.«

»Und ich habe dem Silbermann keine Lüge unterstellt. Sie werden lachen, aber ich glaube ihm. Was allerdings den Ruf der Universität im Allgemeinen und den unserer Fakultät im Besonderen betrifft – der hat fürwahr unter der Medienkampagne gelitten. Sie können jetzt beweisen, Jerry, wie ernst es Ihnen mit der Wiedergutmachung ist.«

Yeremi riss die Augen auf. »Heißt das, Sie erfüllen meine … Bitte?«

McFarell lachte. »Es macht keinen Sinn, meine Lieblingsfamula einsperren zu lassen. Halten Sie sich an unsere Abmachung, und ich regele das mit den Behörden.«

»Sie wollen sagen, mit Jeff Flatstone.«

McFarells entspannte Miene litt unter Yeremis neu erwachender Aufmüpfigkeit keinen Schaden. Sichtlich gelöst antwortete er: »Flatstone ist und bleibt ein Teil unseres Handels, darüber sollten Sie sich im Klaren sein.«

Mit zitternden Knien ging Yeremi zur Tür. Die Innenflächen ihrer Hände waren feucht. Ihr Herz klopfte wie wild. Sie drehte sich noch einmal zu dem Sicherheitsbeamten um, der im Treppenaufgang Posten bezogen hatte, einem kaum dreißigjährigen Puertoricaner mit einem freundlichen, ovalen Großen-Jungen-Gesicht.

»Gehen Sie schon«, ermunterte er sie.

Yeremi klopfte zaghaft an die Tür. Aus der Wohnung drang das Geräusch von Schritten, die sich rasch näherten. Dann stand Saraf vor ihr.

Er zog sie in die Wohnung, ließ die Tür ins Schloss fallen und umarmte sie. Yeremi wäre in diesem Augenblick vor Glück fast zersprungen. Die beiden Tage ohne ihn waren erschreckend leer gewesen. Sie bedeckte sein Gesicht mit Küssen. Bis er sie sanft von sich schob.

»Wir müssen vorsichtig sein.«

Sie verstand nicht, wie er das meinte, wollte es nicht verstehen. »Es ist mir egal, ob ich neben dir dahinwelke«, sagte sie unter Tränen.

Saraf küsste sie, merkwürdig distanziert, auf die Stirn und zog sie dann in sein winziges Zimmer. Dort bot er ihr einen Stuhl an und nahm selbst Platz. Unter der Dachschräge gegenüber stand ein Bett. Hinter Yeremi befand sich eine Miniaturküche. Kleiderschrank, Esstisch und Sitzgelegenheiten in dem Raum bestanden aus Buchenholz. Helles Parkett und ein ovaler blauer Teppich rundeten das freundliche Ambiente ab. Auf dem Tisch stand sogar eine Vase mit einer bizarren Orchidee, die mit ihren orangefarbenen, roten und grünen Blütenblättern wie ein exotischer Vogel aussah.

»Vermutlich haben die Wände hier Ohren«, sagte der Silbermann und gab sich nicht die geringste Mühe, leise zu sprechen.

Im Überschwang ihrer Gefühle hatte Yeremi überhaupt nicht daran gedacht. War das der Grund für Sarafs Zurückhaltung? »Geht es dir gut? Ich habe mir große Sorgen um dich gemacht.«

Er nickte. »Ja. Morgen sollen die Untersuchungen beginnen.«

»Professor McFarell erlaubte mir, dabei zu sein.«

»Ich habe die Menschen in deiner Welt falsch eingeschätzt, Jerry.«

Sie stutzte. Meinte er das ernst?

Saraf bemerkte ihr Zögern und fügte hinzu: »Du musstest durch mich viel Leid ertragen. Kannst du mir vergeben?«

Am liebsten wäre Yeremi ihm sofort wieder um den Hals gefallen, aber sie tat es nicht. Gab es in diesem Raum vielleicht auch Kameras? Wusste Saraf von diesen »Augen«? Sie lächelte unbehaglich. »Dir verzeihen? Ich hätte es längst getan, wenn es da irgendetwas gäbe …«

»Nun bin ich bereit, alles zu ertragen, was immer man mir abverlangt. Hauptsache, dir geht es gut, Jerry.«

Mehrere Herzschläge lang blickte Yeremi ihn argwöhnisch an. An dieser merkwürdig sterilen Unterhaltung stimmte etwas nicht. Seine hellen Augen schienen zu ihr sprechen zu wollen, aber sie verstand die Sprache nicht. Doch plötzlich, wie aus heiterem Himmel, kam ihr eine Eingebung: Saraf wollte mit ihr fliehen.

Fünf Tage Gefangenschaft. Auf diesen Nenner brachte Yeremi die Zeit auf dem Campus von Berkeley. Universitäten seien per se Institutionen des freien Lebens und Gedankenaustauschs, hieß es. Aber das stimmte nicht. Jedenfalls nicht uneingeschränkt. Spätestens seit den terroristischen Anschlägen vom 11. September 2001 hatte man auch auf den Hochschulen die Sicherheitsvorkehrungen verschärft. Man fürchtete sich davor, Nattern am eigenen Busen zu nähren. So fiel es kaum auf, dass rings um die *Casa Joaquin Murrieta* Posten stationiert waren. Ihre Fürsorge galt jedoch nicht der Abwehr von Spionen oder Terroristen. Sie bewachten ausschließlich den Silbermann und seine Begleiterin.

Das universitätseigene Wohnhaus befand sich an der Piedmont Avenue, zwei Blocks von der südöstlichen Ecke des Campus entfernt. Professor McFarell hatte ausrichten lassen, er habe Saraf Argyr und Yeremi hier einquartieren müssen, weil sich in der kurzen Zeit direkt auf dem Hochschulgelände keine Unterkunft organisieren ließ. Neben zweiundzwanzig winzigen Wohneinheiten besaß die Casa eine Bibliothek, ein Computerzimmer und große Räume zum Studieren. Es herrschte strenges Alkoholverbot. Die per Hausordnung aufgezwungene Prohibition wurde durch laute Musik kompensiert, ständig plärrten irgendwo Lautsprecher. Die Bewohner waren überwiegend Xicanos, aus Mexiko stammende Studenten. Selbst Yeremi war mütterlicherseits eine Xicana, was ihrer Unterbringung in der Casa Joaquin Murrieta einen Hauch von Normalität verlieh. Aber nichts war normal.

Yeremi und ihr Schützling konnten sich nicht frei bewegen, wenngleich die übrigen Hausbewohner davon nichts bemerkten. Aus Furcht vor Sarafs Silbernem Sinn wurde die Überwachung nämlich nicht allein Menschen, sondern vor allem einer kleinen Armada elektronischer Spezialgeräte anvertraut. Kameras, Bewegungsmelder und Personenverfolgungssysteme waren gegen den Fühlsinn immun.

Der Donnerstag stand ganz im Zeichen medizinischer Untersuchungen. Am Morgen hielt ein Van mit verdunkelten Scheiben vor dem Fachwerkhaus und fuhr das Paar ins Tang Center, in dem auch der Gesundheitsdienst der Universität untergebracht war. Saraf und Yeremi wurden in ein schmuckloses Sprechzimmer geführt, in dem kurz darauf ein junger Arzt chinesischer Herkunft erschien. Er wirkte angespannt, aber nicht unfreundlich. Nachdem er beiden die Hand gedrückt, sich als Doktor Wang vorgestellt, ihnen einen Stuhl vor seinem Schreibtisch angeboten und selbst auf der anderen Seite Platz genommen hatte, richtete er zuerst das Wort an Yeremi.

»Professor Bellman, ich sehe aus meinen Unterlagen, dass Sie die Untersuchungen an Mr Argyr begleiten wollen.«

»Sein vollständiger Name lautet Saraf Argyr, Doktor Wang. Argyr ist kein Familienname«, erwiderte Yeremi gereizt.

»Ja, natürlich«, erwiderte der Arzt. »Worauf ich hinauswollte: Professor McFarell bat mich darum – und das trifft wohl auf alle Kollegen zu, die an diesem Projekt beteiligt sind –, in die Tests eine Referenzperson einzubeziehen.«

Yeremis Mund war leicht geöffnet. Sie blickte den Mediziner an, als habe er ihr gerade einen unsittlichen Antrag gemacht.

»Ist Ihnen klar, worum ich Sie bitte?«, erkundigte sich Doktor Wang.

»Sie wollen nicht nur Saraf Argyr zerschneiden, sondern synchron eine zweite Person.«

Der Arzt schob seine runde Chrombrille zurecht und lächelte nachsichtig. »Offen gestanden habe ich nichts von einer Sektion in meinen Unterlagen gefunden. Ich will lediglich wissen, ob Mr Argyr gesund ist, einige anatomische Daten erfassen und seine Belastbarkeit erproben.«

»Jetzt haben Sie sich verraten. Sie wollen ihn in ein Hamsterrad sperren und ihn zu Tode hetzen.«

»Die Astronauten der Internationalen Raumstation ISS müssen härtere Tests absolvieren, darauf gebe ich Ihnen Brief und Siegel. Also, was ist?«

»Was soll sein?«

»Machen Sie mit? Helfen Sie uns, einen direkten Vergleich zwischen Mr Argyr und einem – lassen Sie es mich so ausdrücken – ›ganz normalen zivilisationsgeschädigten Homo sapiens‹ herauszufinden? Sind Sie bereit, Professor Bellman, als *Referenzperson* die Untersuchungen zu begleiten?«

»Ich?!«

»Wieso nicht? Der Dekan sagte, Sie würden ohnehin nicht von Mr Argyrs Seite weichen. Wenn Sie also schon da sind – was spricht dagegen?«

Yeremi sah verwirrt erst in Doktor Wangs, dann in Sarafs Gesicht. Die Miene des Silbermannes war ausdruckslos. Was ging in seinem Kopf vor? »Wie denkst du darüber?«, fragte sie ihn freiheraus.

»Doktor Wang ist sehr daran gelegen, dich für diese Tests zu gewinnen«, antwortete Saraf beinahe heiter.

Wieder blickte Yeremi über den Schreibtisch hinweg in das Gesicht des Arztes, der gerade umständlich sein Gewicht auf dem Stuhl verlagerte. Seine Nervosität war unübersehbar. Warum wollte er unbedingt *sie* als Referenzperson gewinnen? »Also gut«, sagte Yeremi zögernd und dachte: *Wir sind sowieso bald hier weg.*

»Schön.« Doktor Wang sah erleichtert aus und erhob sich von seinem Stuhl. »Darf ich Sie und Mr Argyr jetzt in das Nebenzimmer bitten?« Saraf stand ebenfalls auf. Yeremi blieb sitzen.

»Ist noch was?«, fragte der Doktor.

Yeremi deutete auf Saraf und antwortete unerbittlich: »Ja. Ich verlange, dass Sie diesen Mann mit großem Respekt behandeln. Und merken Sie sich seinen Namen. Er heißt Saraf Argyr.«

Ständig waren sie unter Beobachtung, entweder direkt oder durch Kameras. Big Brother versteckte sich nicht einmal. Offensichtlich sollten Saraf und Yeremi wissen, wie sinnlos jeder Fluchtversuch wäre. Da standen Wagen mit dunkel getönten Scheiben am Straßenrand, Polizisten mit dunkel getönten Brillen an den Eingängen und Zivilisten mit dunkel getönten Mienen in den Fluren. Yeremi hätte sich gerne mit Saraf über ihre Fluchtgedanken unterhalten, aber es war unmöglich. Ein Gutes hatte dieser »Schutzwall« allerdings. Er hielt zuverlässig die Reporter ab.

Schon am Mittwoch, dem Tag von Yeremis Ankunft, waren die ersten Journalisten vor der Casa Joaquin Murrieta aufgetaucht, von der Campuspolizei unter Androhung eines Hausverbots jedoch bald vertrieben worden.

Am folgenden Spätnachmittag veranstaltete die Anthropologische Fakultät eine Pressekonferenz. Yeremi durfte Saraf Argyr ein zweites Mal der Öffentlichkeit vorstellen, doch jetzt führte Al Leary Regie. »Ein falsches Wort, und Flatstones Geduld mit dir ist ein für alle Mal zu Ende«, raunte er ihr kurz vor Beginn der Veranstaltung zu. Professor McFarell ließ sich nicht blicken.

Die Abendnachrichten widmeten dem Silbernen Mann dann auch einen ausführlichen Beitrag. Wieder tauschten Experten Meinungen aus. Konnte es so etwas geben? Einen Menschen, der im Buch der Gefühle anderer zu lesen und sogar zu schreiben vermochte? Einige Psychologen und Psychiater erkannten den therapeutischen Nutzen einer solchen Gabe, aber es gab auch andere, die vor dem Silbermann warnten. Im gespaltenen Lager der Militärexperten wurde Saraf Argyr entweder als der Prototyp zukünftiger Antiterrorkämpfer bezeichnet oder als brandgefährlicher Superspion. Ein Wissenschaftler propagierte ihn als »nächsten Schritt und erstes zuverlässiges Indiz der Evolution«, ein zweiter nannte ihn dagegen

»das letzte Modell aus der Serie ›Krone der Schöpfung‹, aus dem noch kein Zacken ausgebrochen ist«. Auch die Kirchen und einige kleinere religiöse Gruppierungen wollten sich in die Diskussion einbringen und erkannten Saraf Argyr als göttlichen Wink, der die Menschheit zur Besinnung bringen sollte, oder als teuflischen Verführer, der möglichst umgehend im Tartarus unter Arrest zu stellen sei. Erstaunlicherweise meldeten nur wenige Zweifel an Sarafs Fähigkeiten an.

Der Freitag stand ganz im Zeichen psychologischer Tests. Die Großraumlimousine mit den dunklen Scheiben fuhr Yeremi und Saraf in die Warren Hall auf der anderen Seite des Campus. Hier residierte die School of Public Health. An diesem Tag beobachtete Al Leary die Untersuchungen. Er hatte sich hinter einer halb verspiegelten Glasscheibe versteckt, aber Saraf entdeckte ihn innerhalb weniger Minuten am »Klang seiner Gefühle«. Yeremi war einigermaßen aufgebracht, doch Leary beruhigte sie. Es dürfe sie kaum verwundern, wenn er als Psychologe diesen Teil der Experimente verfolge. Schließlich gab Yeremi nach.

Man ermittelte an diesem Tag die Intelligenzquotienten der beiden Probanden und attestierte ihnen eine Begabung »jenseits der Genialität«. Saraf erreichte einen unglaublichen Wert von zweihundertvierzehn, Yeremi lag zweiundzwanzig Punkte hinter ihm. Anschließend versuchte man, das Paar auf telepathischem Wege zu »verdrahten«. Sie nahmen beiderseits einer Trennwand Platz. Yeremi sollte sich entspannen und anschließend eine Reihe von Karten betrachten, auf denen sich Schattenrisse befanden: Anker, Herz, Mann, Kreuz, Frau, Kreis, Säugling … Saraf durfte ihre Gedanken lesen, was ihm nicht gelang. Jedenfalls nicht richtig. Je abstrakter nämlich die Motive waren, desto mehr gerieten seine Antworten zur Raterei, die Trefferquote war zufallsbedingt gering. Wenn sich das Bild jedoch mit einem Gefühl in Verbindung bringen ließ – das Herz mit der Liebe oder ein Baby mit mütterlicher Fürsorge –, dann konnte er das Motiv mit großer Zuverlässigkeit bestimmen.

Anschließend wurde das Spiel mit umgekehrten Vorzeichen wiederholt. Diesmal betrachtete Saraf die Karten. Der Versuchsleiter mahnte ihn inständig, seinen Silbernen Sinn »auszuschalten«, also nicht bewusst Gefühle zu transportieren. Anfangs gab Yeremi ihre Tipps eher widerstrebend ab. Wozu das Ganze? Saraf war der empathische Telepath, nicht sie. Ihre Treffer konnten nur zufällig sein. Dann geschah etwas Sonderbares. In dem Labor herrschte völlige Stille. Der Versuchsleiter sprach nur, wenn es unbedingt nötig war. Yeremi schloss die Augen und versuchte, etwas zu sehen: einen Anker, ein Herz, eine Frau. Aber sie sah nichts. Stattdessen begann sie plötzlich zu hören.

Ein Schauer lief ihr über den Rücken. Sie riss die Augen auf und sah den Versuchsleiter an, einen rundlichen Psychologen mit Brille und Halbglatze. Der machte ein erwartungsvolles Gesicht.

»Tod«, sagte sie und korrigierte sich sogleich: »Ein Totenschädel.«

Obwohl der Wissenschaftler ihre Aussage zu diesem Zeitpunkt weder als richtig noch als falsch bewerten durfte, konnte Yeremi den Volltreffer spüren. Nie zuvor hatte sie so etwas erlebt, jedenfalls nicht bewusst. Ihr Inneres war plötzlich ein Resonanzkörper, in dem die Gefühle Sarafs widerhallten, sehr leise nur, ähnlich dem Rauschen, das man in einer Muschel hört. Bei manchen Bildern vernahm sie gar nichts. Andere dagegen besaßen einen fast unverwechselbaren Klang. Selten – erst jetzt wurde sich Yeremi dieses Umstandes bewusst – empfindet der Mensch nämlich ein reines, unverfälschtes Gefühl. Meistens verspürt er zugleich mehrere Emotionen. Jede Besetzung dieses Orchesters besitzt einen einzigartigen Charakter, der Bilder entstehen lässt – ebenso wie ein Musikstück in der Fantasie des Zuhörers einen Flusslauf, das Gezwitscher eines Vogels oder das Tapsen eines Bären erschaffen kann.

Am Ende des Tests lag Yeremi nur zwei Treffer hinter Saraf. Sie war erschüttert. Die Intensität ihrer Wahrnehmung konnte nur eines bedeuten: Saraf hatte in ihr Gefühlsbuch geschrieben. Yeremi fasste sich an den Kopf und verzog das Gesicht.

»Mein Schädel brummt. Ich glaube, ich bekomme Migräne.«

Der Versuchsleiter blickte fragend zu dem Spiegel, hinter dem Saraf das Versteck Learys entdeckt hatte. Aus einem Lautsprecher ertönte die Stimme des Stheno-Psychologen. Sie klang euphorisch. »Machen wir für diese Woche Schluss. Wir haben genug geschafft.«

Die Experimente waren in der vorletzten Etage der Warren Hall durchgeführt worden. Insgesamt verfügte der von Rasenflächen und hohen Bäumen umgebene Bau im Nordwesten des Campus über sechs Stockwerke. Al Leary begleitete das Paar zum Fahrstuhl.

»Keine Tricks!«, warnte er die beiden. »Ich habe die zuständigen Bewacher informiert. Sie erwarten euch unten. Über den Keller kann man übrigens nicht fliehen.« Leary grinste.

Yeremis Gesicht blieb ausdruckslos. »Hat der CIA eigentlich nichts Besseres zu tun, als Probanden zu eskortieren?«

»Das kommt auf die VP an. Also, wir sehen uns spätestens am Montag.«

Yeremi und Saraf betraten den Fahrstuhl. Leary beugte sich hinein und drückte die Taste für das Erdgeschoss, dann winkte er ihnen zum Abschied zu.

»VP?«, fragte Saraf, nachdem sich die Türen geschlossen hatten.

»Versuchspersonen«, erklärte Yeremi das Kürzel und kam sofort zur Sache. »Du willst fliehen, nicht wahr?«

Saraf nickte. »Ich warte nur auf eine passende Gelegenheit.«

»Und wie sähe die aus?«

»Du wirst es merken, wenn es so weit ist.«

»Etwa wie eben, als du mir deine Gefühle aufgedrängt hast?«, fragte Yeremi gereizt.

Saraf erwiderte ernst ihren stechenden Blick. »Ich habe keinen Augenblick lang auf deinen Gefühlen gespielt.«

»Das glaube ich nicht.«

»Solltest du aber, Jerry, denn gerade hast du Al Leary gezeigt, was er seit Wochen von dir zu erhalten hoffte.«

Für Yeremi bedeutete das kurze, vermutlich unbelauschte Gespräch im Fahrstuhl einen Schock. Was hatte Saraf damit andeuten wollen? Es ging doch um *ihn*, um den Silbermann. *Sein* Silberner Sinn sollte erforscht werden. *Er* war gejagt worden. Warum nur wurde sie das Gefühl nicht los, dass an dieser Erklärung etwas nicht stimmte.

Das Wochenende bedeutete weder für die Bewacher noch für die Bewachten eine Ruhepause, weil die Medien immer stärkeren Druck ausübten. Vor der Casa Joaquin Murrieta tummelten sich die Kamerateams. Fotografen fotografierten von Leitern, Korrespondenten »korrespondierten« von kleinen Kisten aus – alles nur, um das Dachgeschoss oder sich selbst ins rechte Licht zu rücken. Von Geheimhaltung konnte längst keine Rede mehr sein.

Mehrmals waren Yeremi und Saraf am Samstag vor die Kameras getreten, obwohl McFarell anschließend jedes Mal anrief und seinen Unmut über diese Art der Öffentlichkeitsarbeit ausdrückte. Immerhin galt es für Yeremi, ihren Ruf zu retten. Die Schmutzkampagne der letzten Tage musste vergessen gemacht, für Saraf und sie selbst ein sympathisches Klima geschaffen werden. Nur so konnte sie sich die Plattform schaffen, auf der sie zur gegebenen Zeit den Gegenangriff starten würde. Doch noch war es nicht so weit.

Gegen sieben Uhr abends legten die beiden Öffentlichkeitsarbeiter eine Ruhepause ein. Wenige Minuten vorher hatte das *Time Magazine* angerufen. Man wolle den Silbernen Mann aufs Titelblatt bringen und erbitte kurzfristig einen Interviewtermin. Am Sonntagnachmittag um drei sei noch eine Lücke frei, zwischen *People* und *Nature*, antwortete Yeremi und fixierte den Termin. Sie kam sich vor wie die Agentin eines heiß begehrten Rockstars. Doch hier ging es nicht um Publicity, sondern ums nackte Überleben.

Als am Montag wieder die Wissenschaft ihr Recht verlangte, atmete Yeremi innerlich auf. Public-Relations-Arbeit war nie ihr Ding gewesen.

Zwei dunkle Großraumlimousinen hielten vor der Casa Joaquin Murrieta. Aus der hinteren stieg Al Leary aus und hieß seine Versuchskaninchen willkommen.

»Was steht heute auf dem Programm?«, fragte Yeremi.

»Wir nehmen euer Gehirn auseinander«, antwortete der Psychologe.

Ihr Atem stockte. Der kurze Blickkontakt mit Saraf verriet dessen Unbesorgtheit. Sie entspannte sich wieder. Einen Moment lang hatte sie Leary tatsächlich geglaubt, aber jetzt begann er zu grinsen.

»Hat dir schon mal jemand gesagt, dass deinem Humor ein penetranter Moder- und Grabgeruch anhaftet, Al Leary?«

Er lachte. »Das bekomme ich ständig zu hören! Aber wenn's dich beruhigt: Wir fahren zum Campus nach San Francisco rüber. In der Abteilung für Nuklearmedizin haben sie alles Nötige, um eure Köpfe ohne jedes Skalpell auseinander zu nehmen. Schon mal was von SPECT gehört?«

»Hört sich für mich verdächtig nach Spektakulum an. Oder hat es irgendetwas mit Voyeurismus zu tun?«

»Ich habe es schon früher gemocht, wenn du so klug redest, Jerry. Das macht dich so verführerisch. Aber ich kann dich beruhigen. Wenn überhaupt, dann ist SPECT eine Peepshow der Neuronen. Ratnakar S. Chidambarampillai von der U.C. San Diego ist heute früh eingeschwebt. Er wird die Untersuchung auswerten.«

Der Name kam Yeremi bekannt vor, möglicherweise von ihren Recherchen im Vorfeld der Guyana-Expedition. »Ist der nicht Neurologe?«

»Einer der besten! Er ist Direktor des Center for Brain and Cognition und außerdem Professor am Salk Institute for Biological Studies in La Jolla. Wenn es in Saraf Argyrs Kopf etwas Neues zu entdecken gibt, dann ist er genau der Richtige dafür. Und jetzt steigt ein. Das Equipment, das Flatstone für heute gemietet hat, ist schweineteuer.«

Yeremi und Saraf stiegen in den Fond des ersten Vans, vorne nahmen zwei schweigsame Herren in grauen Anzügen Platz. Leary bestieg wieder den zweiten Wagen. Der Konvoi setzte sich in Bewegung.

Die Wagen fuhren zum Freeway 80 und auf diesem über die Bay Bridge nach San Francisco hinüber. Während der Fahrt musste Yeremi einmal mehr an jenen winzigen Sieg denken, den sie am vergangenen Freitag über Al Leary errungen hatte. In seinem Überschwang war ihm ein Lapsus unterlaufen. Sie hatte ihn gefragt, ob der CIA nichts Besseres zu tun habe, als den Personenschutz für Probanden zu übernehmen, und er war darauf reingefallen. Anstatt sich von der »Firma« zu distanzieren, hatte er Yeremis Vermutung bestätigt.

Seitdem grübelte sie darüber nach, was der amerikanische *Auslands*geheimdienst bei einer *Inlands*operation zu tun hatte. Nach langem Abwägen erschien ihr eine Erklärung die plausibelste zu sein: Flatstone gehörte immer noch dem CIA an, er besaß genügend Macht, um auf die Ressourcen der Behörde zurückgreifen zu können. Aber er operierte offenbar *neben* den offiziellen Befehlsstrukturen, was bedeutete, dass sein »Empathie-Projekt« ein *Alleingang* war.

Wenig später wurden Yeremi und Saraf in ein weiteres Labor geführt. Professor Ratnakar Chidambarampillai sowie fünf oder sechs Mitarbeiter der hiesigen Dependance der Universität von Kalifornien bildeten das Begrüßungskomitee. Der untersetzte Neurologe aus San Diego war indischer Herkunft und wirkte leicht exzentrisch.

Er umrundete Saraf wie einen fünfhundert Jahre alten Globus, murmelte »Bemerkenswert!« und schritt erneut um den Silbermann herum.

Yeremi verfolgte, gespannt an der Oberlippe saugend, die Inspektion, bis sie nach einer Weile etwas spöttisch fragte: »Schon was entdeckt? Neuland? Oder wenigstens Möwen am Horizont?«

Chidambarampillai verharrte mitten im Lauf. Ohne das linke Bein auf den Boden zurückzustellen, antwortete er: »Höcker und Dellen des Schädels galten früher als Merkmale besonderer geistiger Fähigkeiten.«

»Aber über dieses Stadium sind wir inzwischen hinweg?«

Chidambarampillai nickte. »Über dieses Stadium sind wir inzwischen hinweg.«

»Und warum starren Sie Saraf Argyr dann so an?«

»Würde ein Besucher von einem fremden Stern die Erde nicht auch viele Male umrunden und bewundern, bevor er sich zu ihrer Erkundung aufmacht? Nichts anderes tue ich.«

»Bei allem Respekt, Professor Chidambarampillai, aber ich bin auch Wissenschaftlerin, und das ist ...«

Der Neurologe riss die Hand hoch. »Sagen Sie es nicht! Sie könnten es später bereuen. Lernen Sie, das *Ganze* zu sehen. Das Gehirn des Menschen zu erforschen, aber Haut und Knochen drum herum unberücksichtigt zu lassen, das wäre das Gleiche, als reisten

Sie in die Hauptstadt eines Staates und würden behaupten, das Land in toto zu kennen.«

Yeremi lächelte. »*Touché*, Professor. Dieser Mann da« – sie deutete auf Al Leary – »hat Sie ja in den höchsten Tönen gelobt. Wie steht es denn nun wirklich um das Wissen über den menschlichen Geist. Angenommen, unser Gehirn wäre tatsächlich eine Landkarte, wie viele weiße Flecken gibt es noch darauf?«

Chidambarampillais dunkle Augen funkelten vergnügt. »Sehr viele! Wir machen zwar wöchentlich neue Entdeckungen, aber trotzdem ist es so, als hätten wir Amerika zwar im Fernrohr erblickt, es aber noch längst nicht betreten.«

»Und trotzdem wollen Sie dem Geheimnis der empathischen Telepathie auf die Schliche kommen?«

»Ha!« Der Professor lachte. »Hat Doktor Leary das behauptet? Ich würde mich froh schätzen, wenn wir uns *anschleichen* könnten, um es ein wenig zu beobachten.«

»Und wie stellen Sie das an?«

»Oh, wir haben hier verschiedene Möglichkeiten: Positronen-Emissions-Tomografie, funktionelle Magnetresonanz-Tomografie und SPECT.«

»Aha.«

»Das steht für *Single Photon Emission Computed Tomography.*«

»Klingt beeindruckend.«

»Ist es auch! Im Grunde handelt es sich bei allen diesen Techniken um bildgebende Verfahren, die uns einen Blick in die Geisteslandschaften des Menschen erlauben, ohne seinen Schädel zu knacken.«

»Wie beruhigend! Sind diese Tomografie-Methoden mit den röntgenologischen Schichtaufnahmen zu vergleichen?«

»Grob gesagt ja, aber die Belastung für den Organismus ist um vieles geringer, die bildgebenden Auswertungsmöglichkeiten dagegen um Dimensionen größer. Wir können den verstärkten Blutfluss in bestimmten Hirnregionen messen, was uns Rückschlüsse auf erhöhte oder reduzierte Neuronenaktivitäten erlaubt. Dadurch lässt sich das Gehirn, um bei unserem kleinen Beispiel zu bleiben, kartografieren. Wir erfahren, wo sich etwas tut, wenn sich etwas tut.«

»Sofern ich Sie richtig verstanden habe, wollen Sie feststellen, welche Regionen von Saraf Argyrs Nervenzellen durch den Silbernen Sinn aktiviert werden.«

In Professor Chidambarampillais Gesicht ging die Sonne auf. Seine Augenbrauen waren bis dicht unter den Haaransatz hochgezogen. »Ach!«, seufzte er, als habe er gerade einen delikaten Wein verkostet, »ach, wie das klingt! Der *Silberne Sinn*! Wenn es ihn denn wirklich gibt, dann würde ich ihm gerne auf die Schliche kommen.«

Der Professor machte auf Yeremi einen rundum aufrichtigen Eindruck. Nachdem sie sich die Verfahrensweise der verschiedenen Untersuchungen genau hatte erklären lassen, willigten sie und ihr Schützling ein. Obwohl Saraf nicht viel von den gelehrten Schwärmereien des bronzehäutigen Mannes verstand, konnte er Chidambarampillais Gefühle hören, und die beruhigten ihn.

Die verschiedenen Tests dauerten Stunden. Immer wieder verlangten die Wissenschaftler von Saraf, seinen Fühlsinn anzustrengen. Auch Yeremi durchlief sämtliche Versuche und sollte sich ebenfalls in die Rolle einer Gefühlsspielerin versetzen. Zuletzt lag Saraf in einem abgedunkelten Raum und musste kurze Filmausschnitte ansehen, die mehrere Hinrichtungen, das rituelle Schlachten eines Schafes, die Befreiung des Konzentrationslagers Auschwitz und andere Szenen zeigten, von denen man glaubte, sie würden einen normalen Menschen nicht kalt lassen. Gleichzeitig sollte Yeremi hinter einer Trennwand, die ihr den Blick auf das Bildmaterial verwehrte, versuchen, die Gefühle ihres Partners durch empathische Telepathie zu erkennen. Während des Experiments erhielten die beiden Probanden eine schwach radioaktive Substanz injiziert. Die strahlenden Moleküle erreichten sie vom Überwachungsraum her durch einen langen Infusionsschlauch. Nach Ende von Phase eins, der Anregung der Hirnaktivität, folgte Phase zwei: die Auswertung.

Hierzu wurden die Probanden in ein Zimmer geführt, das eine

bizarre Kamera für die SPECT beherbergte. Bald führten drei Kristallköpfe einen roboterhaften Tanz um Yeremis Kopf auf und registrierten dabei die Verteilung der Radioaktivität in ihrem Gehirn. Es dauerte ungefähr eine Stunde, bis der »Schnappschuss« fertig war. Chidambarampillai sah sehr nachdenklich aus, als er die vom Computer in bunte Bilder umgerechneten Daten im Beisein seiner beiden Testpersonen einer ersten Begutachtung unterzog.

»Was sehen Sie?«, fragte Yeremi gespannt.

Chidambarampillai rieb sich das Kinn. »Nichts.«

Sie musste schmunzeln. »Ist das Ihr Ernst?«

»Nein.«

Jetzt war Yeremi irritiert. »Könnten Sie das etwas deutlicher erklären?«

»Gerne. Das, was Sie hier sehen, ist die komplexeste Struktur des ganzen Universums.« Chidambarampillai hielt einen billigen Plastikkugelschreiber in der Hand und fuhr damit den weißen Umriss eines menschlichen Gehirns ab, das auf schwarzem Untergrund dargestellt wurde. Innerhalb dieser Linien konnte Yeremi mehrere »Wolken« sehen, die in unterschiedlich hellen Violetttönen leuchteten. Ein Areal hinter dem optischen Zentrum des Gehirns hob sich farblich besonders ab. Es war am Rande grün, ging dann in Gelb und schließlich in einen kleinen roten Punkt über. Genau auf diesen Bereich deutete nun des Professors Stift, während er fortfuhr: »Und das da ist der rechte somatosensorische Cortex. In seine Zuständigkeit fällt die Körperwahrnehmung. Hier findet, wie wir bisher angenommen haben, Empathie statt. Wenn wir uns in die Emotionen eines anderen Menschen hineinversetzen, ahmen diese Gehirnregionen die Empfindungen unseres Gegenübers nach.«

»Der Bereich sticht deutlich hervor.«

»Was auf eine leicht erhöhte Aktivität der Nervenzellen hinweist – da haben Sie Recht. Wäre unsere Testperson A« – er deutete mit dem Stift auf die Beschriftung am unteren Bildschirmrand – »ein normaler Mensch, den wir zufällig auf der Straße getroffen und um Mitwirkung bei unserem kleinen Experiment gebeten hätten, dann würde ich sagen: Der oder die Gute rangiert weit unter dem

Durchschnitt. Nach allem, was man mir über die empathische Gabe unseres Probanden gesagt hat, liegt jedoch ein Lichtjahr zwischen den erwarteten und den tatsächlichen Messwerten. In der Region müsste ein tiefrot leuchtendes Neuronenfeuerwerk zu sehen sein. Stattdessen …« Wieder massierte der Professor sein Kinn, ließ sich dabei viel Zeit, murmelte noch: »Es sei denn …« Und verstummte erneut.

Yeremi machten die sporadischen Verbalisierungen des Professors ganz kribbelig. »Es sei denn *was*?«, hakte sie ungeduldig nach.

Ein knubbeliger Zeigefinger bohrte sich in die Höhe. »Das ist es!«, sagte Chidambarampillai und strahlte dabei über das ganze Gesicht.

Yeremi stöhnte und fragte sich, ob sie mit ihren Studenten genauso umging.

»Was, glauben Sie, würde passieren, wenn Sie mich drei Runden um den Sportplatz jagen?«, fragte der Professor.

»Sie würden drei Pfund abnehmen?«

»Das auch. Aber ich käme hechelnd und völlig erschöpft an. Am nächsten Tag hätte ich einen tödlichen Muskelkater.«

»Ich brauche ungefähr acht Wochen Pause und die zehnfache Distanz für denselben Effekt.«

»Sehen Sie!« Der Professor strahlte über das ganze Gesicht. »Genau das meine ich. Wie erginge es einem *empathischen* Langstreckenläufer, wenn man ihn unterfordert? Vermutlich ähnlich. Seine Neuronen müssen sich nicht besonders anstrengen, um etwas zu vollbringen, zu dem der normale Mensch kaum in der Lage ist.« Chidambarampillai nickte, wie um sich selbst zuzustimmen. Sein Blick wanderte wieder auf den Bildschirm. »Genau das ist es, was sich hier zeigt.«

Aus einem unbestimmten Gefühl heraus schauderte Yeremi bei dem Gedanken, die empathische Telepathie als »Feuerwerk« von Nervenzellen auf einem Computermonitor betrachten zu können. Sie deutete auf das bunte Bild und sagte mit ehrfürchtiger Stimme: »Kann man aus der Intensität der Farben ablesen, wie … *stark* Saraf Argyrs Gabe ist?«

»Genaueres können wir erst nach einer Reihe praktischer Tests sagen. Aber ich tippe – vorausgesetzt, meine ›Theorie der durchtrainierten Neuronen‹ stimmt – auf eine *außergewöhnliche* Begabung. Übrigens muss ich Sie korrigieren, Professor Bellman.« Chidambarampillai hämmerte mit dem Druckknopf seines Kugelschreibers gegen das Gehirn auf der Mattscheibe. »Das hier, die Testperson A, ist nicht der Silberne Mann. Das sind *Sie*.«

Yeremi taumelte wie eine Schlafwandlerin auf den Rücksitz der Großraumlimousine. Mechanisch schnallte sie sich an, als Saraf sie darum bat. Ohne wirklich etwas zu erkennen, blickte sie aus dem Wagenfenster, hinter dem dieselben Häuser vorbeizogen wie am Morgen, nur in umgekehrter Reihenfolge. Es war gegen drei Uhr nachmittags. Ihr wollte nicht aus dem Sinn gehen, was Ratnakar Chidambarampillai über ihre SPECT-Aufnahme gesagt hatte. *Ich tippe auf eine außergewöhnliche Begabung.* Wie Nebelschwaden zogen Erinnerungsfetzen an ihr vorüber. In den letzten Wochen hatte sie hin und wieder geglaubt, die Empfindungen anderer Menschen erraten zu können. Diese Erfahrung war neu für sie … Nein, das stimmte nicht. Jetzt, wo sie darüber nachdachte, erinnerte sie sich dunkel an eine Zeit, in der die Gefühle anderer für sie genauso fassbar waren wie ihre Worte, Gerüche und Berührungen.

Ein Zittern durchlief Yeremis Körper, als sie sich jäh eines im Schlamm stecken gebliebenen Lastwagens entsann. Es war in Jonestown. Über der Dschungelsiedlung lag ein grauer, klammer Schleier aus schrecklichen Gefühlen. Angst kroch in ihren kleinen Körper und trieb ihr die Tränen in die Augen. Sie hatte ihre Mutter angefleht, auf den Truck zu steigen und mit Congressman Ryan zu gehen. Aber ihre Eltern konnten nicht spüren, was sie fühlte. Und so nahm das Verhängnis seinen Lauf.

»War es ein Zufall, dass sie ausgerechnet mich als Referenzperson ausgewählt haben?«, murmelte Yeremi vor sich hin. Sie empfand plötzlich das starke Bedürfnis fortzulaufen, sich diesen Menschen zu entziehen, die ihr drohten und die sie anscheinend für ihre Zwecke missbrauchten. Yeremi wandte sich nach links und blickte in Sarafs Gesicht. Er schüttelte unmerklich den Kopf. Was bedeutete das? War es ein Nein? Oder wollte er sagen: Später, Jerry, jetzt muss ich mich auf etwas anderes konzentrieren …

Die Antwort kam schnell, überraschend und wieder einmal auf jene bizarre Weise, die für Sarafs Aktionen typisch war.

Die beiden schwarzen Vans näherten sich gerade einer Baustelle, in der ein Bulldozer Erde aushob. Der einspurige Verkehr wurde hier von einer Ampel geregelt, die eben auf Rot geschaltet hatte und damit den vorderen Wagen, in dem Yeremi und Saraf saßen, zum Halten zwang. Die nachfolgende Limousine mit Al Leary und zwei CIA-Agenten rückte so dicht auf, dass keine Postkarte mehr zwischen die Stoßstangen der Fahrzeuge passte; sie hielt genau auf Höhe einer Einmündung. Yeremi bemerkte, wie Saraf sich umdrehte und die Querstraße hinaufsah. Von dort näherte sich ein Nahverkehrsbus und blieb vor Limousine Nummer zwei stehen. Der Busfahrer schimpfte hinter seiner Scheibe, weil der schwarze Wagen die Einmündung versperrte.

Etwa eine Minute lang bewegte sich nichts. Nur der Gegenverkehr zwängte sich durch den Engpass und scherte vor der wartenden Fahrzeugkolonne, aus Yeremis Sicht, nach links aus. In der Lücke zwischen zwei vorbeifahrenden Taxis entdeckte sie auf der gegenüberliegenden Straßenseite unvermittelt eine alte Frau in zerlumpten Kleidern, vermutlich eine Obdachlose. Sie schob einen rostigen Einkaufswagen voller Gerümpel vor sich her, vermutlich die Ausbeute langen »Fischens« im Müll, für die sie nun einen Käufer suchte.

Plötzlich brüllte der Motor des Busses auf. Yeremis Kopf flog herum, und sie sah, wie sich das mit Passagieren voll besetzte Fahrzeug in Bewegung setzte. Der Busfahrer wetterte nicht mehr, sondern blickte vielmehr schmachtend zur anderen Straßenseite hinüber, wo die zerlumpte Frau ihren Wagen schob. Krachend traf die flache Schnauze des Busses gegen die Flanke von Learys Van und schob diesen über die gesamte Fahrbahnbreite hinweg auf den gegenüberliegenden Gehsteig, wo er vor dem Schaufenster eines Cafés zum Stehen kam, ohne das Glas zu zerbrechen.

Die beiden Agenten in Yeremis Wagen verfolgten ungläubig

die Arretierung ihrer Kameraden – rechts waren die Türen des Vans durch den Bus versperrt und links durch die Fensterscheibe. In dem Café beäugte man neugierig die in dem Wagen um ihre Freiheit kämpfenden Männer. Schnell zog jedoch der Busfahrer die Aufmerksamkeit des Publikums auf sich. Er öffnete schwungvoll die Tür, sprang aufs Trottoir, umrundete sein langes Fahrzeug und näherte sich stürmisch der inzwischen stehen gebliebenen Gerümpelsammlerin. Sie hatte schon nicht schlecht über die Riesenschubkarre gestaunt, nun jedoch gingen ihr die Augen erst richtig auf: Der Busfahrer ging vor ihr auf die Knie, bedeckte sein von Liebe überschwemmtes Herz mit den Händen und machte ihr einen Heiratsantrag.

Das Ereignis auf der anderen Straßenseite sorgte für genau jene Ablenkung, die Saraf sich erhofft hatte. Denn als er nun auch dem Bulldozerfahrer das Gefühl vermittelte, eine spontane Straßenüberquerung zum Zwecke der Brautwerbung sei momentan das Wichtigste in seinem Leben, reagierten die Agenten auf den vorderen Sitzplätzen zu spät. Das Raupenfahrzeug rammte den Van schräg von vorn, und während die Airbags den Aufpassern die Sicht raubten, öffnete Saraf seinen Sicherheitsgurt, bedeutete Yeremi, seinem Beispiel zu folgen, riss die Tür des Wagens auf und zerrte sie ins Freie. Die Agenten hinter den Luftsäcken befanden sich noch in einem Nebelflug der Orientierungslosigkeit, den Saraf ihnen eingegeben hatte.

»Was hast du getan?«, stieß Yeremi hervor, während sie an Sarafs Hand in die Querstraße rannte, aus der zuvor der Bus gekommen war.

»Zweien habe ich ein von Liebe überquellendes Herz geschenkt, den beiden in unserem Wagen das Gefühl, endlos durch Wolken zu fallen.«

»Das ist ja grauenhaft!«

»Meinst du das Verirrtsein oder die Liebe?«

Yeremi wurde hart nach rechts gerissen, weil Saraf die Richtung geändert hatte. »Wo willst du überhaupt hin?«, rief sie.

»Weg von diesen Männern, die es auf dich abgesehen haben.«

Einige schnelle Schritte lang war Yeremi zu verwirrt, um zu reagieren. Dann beschloss sie, sich zuerst um das Nächstliegende zu kümmern. »Warte!«, stieß sie hervor.

Saraf blieb augenblicklich stehen und sah sie fragend an.

»Wir können nicht zu Fuß fliehen. Dann hätten sie uns schnell eingeholt.« Sie trat auf die Straße und riss den Arm hoch. Mit quietschenden Rädern blieb ein Wagen vor ihr stehen. Es war ein Taxi. Der Fahrer spuckte einen Zahnstocher aus, auf dem er eben noch herumgekaut hatte, und begann zu schimpfen. Yeremi zog Saraf zur Hintertür, öffnete sie, drängte ihn einzusteigen und kletterte hinterher.

»Es ist ein Notfall«, sagte sie zu dem Mann am Steuer. »Bitte bringen Sie uns so schnell es geht nach Brisbane. Ich komme auch für die Rückfahrt auf.«

Der Fahrer war für einen Augenblick perplex, dann zog er aus einer Pappschachtel in der Mittelkonsole einen neuen Zahnstocher, klemmte ihn sich ins Gebiss und brauste davon.

DAS GEHEIMNIS DER PUTTEN

Östlich von Morgan Hill (Kalifornien, USA)
9. Januar 2006
22.26 Uhr

Sie erreichten Carls Fischerhütte knapp fünf Stunden nach Sonnenuntergang. Die Reise von San Francisco nach Morgan Hill war eine Odyssee gewesen. Mit Taxi, Bus, Bahn, per Anhalter und am Ende zu Fuß hatten sie sich ihrem Versteck genähert – Yeremi wollte es eventuellen Verfolgern so schwer wie möglich machen. Ihr Großvater war glücklich und besorgt zugleich, als das Paar plötzlich vor der Tür stand.

»Ihr seid ausgebüxt, nicht wahr?«, lautete seine erste Einschätzung der Lage.

Yeremi trat in das Blockhaus, gefolgt von Saraf, und erschrak. Neben Großmutter Fredrika entdeckte sie einen bulligen Mann von knapp einem Meter achtzig Größe mit gelblich grauen Haaren. Sein faltiges Gesicht war breit und mit Altersflecken übersät, das Kinn rund und die Nasenspitze in zwei kleine Höcker unterteilt. Er musste in Carls Alter sein, hielt sich jedoch aufrecht, und seine wachen blauen Augen verrieten Intelligenz. Als er ihr entgegentrat, erkannte sie ihn. Ihre letzte Begegnung lag schon Jahrzehnte zurück.

»Das nenne ich eine freudige Überraschung. Ed Edmundson, nicht wahr?« Sie schüttelte seine kräftige Hand.

»O bitte, sag Onkel Ed zu mir! Schließlich sind wir verwandt, wenn auch nur um viele Ecken«, sagte Ed und grinste über die gesamte Breite seines Gesichts. »Du bist gewachsen, Yeremi. Ziemlich sogar!«

Fredrika bot den Ankömmlingen ein Nachtmahl an, das Yeremi und Saraf gerne annahmen. Sie erzählten im Wechsel von den Ereignissen der letzten Tage, wobei Yeremi den größeren Anteil am

Bericht hatte. Als sie auf das Treffen mit Jackie Tailor zu sprechen kam und der Name Quingley fiel, wurde Ed hellhörig.

»Meinte die Senatorin etwa Mildred Quingley?«, unterbrach er Yeremi.

»Ja. Du kennst sie?«

»Ich bin bei meinen Nachforschungen auf ihren Namen gestoßen. Sie nennt sich jetzt Quenild Morghan. Als ich mit ihr telefonierte, machte sie einen sehr verschlossenen Eindruck. Ich hielt es für aussichtslos, sie zum Reden zu bringen, deshalb habe ich sie auch nie erwähnt.«

»Die Senatorin meinte, Quingley sei damals zum Auspacken bereit gewesen. Sie wollte den Tempel verlassen.«

»Dann hat sie anschließend wohl jemand eingeschüchtert.«

»Ich könnte mit ihr sprechen«, schlug der Silbermann vor.

Alle Blicke wanderten zu ihm. Yeremi schüttelte den Kopf. »Ich bin überzeugt, wenn du bei ihr aufkreuzt, wäre ihr Misstrauen innerhalb einer Minute verschwunden, aber wir haben keine Zeit mehr, durchs Land zu reisen und Leute zu befragen.«

»Also das dürfte kein Problem sein«, sagte Ed. »Die alte Dame lebt in Gilroy, vielleicht zehn Meilen südlich von Morgan Hill.«

»Dann sollten wir sie besuchen«, entschied Yeremi. »Vielleicht können wir mit ihrer Hilfe einige Lücken in unserem Dossier füllen und Flatstone samt Konsorten dadurch festnageln.«

Carl, der mit nachdenklicher Miene zugehört hatte, meldete sich zu Wort. »Wenn das geklärt ist, dann solltest du zunächst deinen Lagebericht abschließen, Jerry. Was habt ihr in den letzten Tagen noch erlebt oder erfahren, das wir wissen sollten?«

Yeremi fuhr da fort, wo Ed sie unterbrochen hatte. Carls Gesicht wurde immer ernster. Zuletzt wechselte er einen langen Blick mit Ed, bevor er seine Gedanken aussprach.

»Meinetwegen besucht noch diese Quingley in Gilroy. Aber dann solltet ihr schleunigst das Land verlassen.«

Yeremi nickte. »Genau das habe ich vor. Könnte ich mir deinen Firmenjet ausleihen?«

Carl schmunzelte. »Ich würde ihn dir schenken, wenn das dein

Problem lösen könnte.« Wieder sah er zu Ed hinüber, der mit dem Kopf schüttelte.

»Nach allem, was wir wissen, kann Flatstone zwar nicht nach Belieben den ganzen CIA für sich einsetzen, aber zumindest verfügt er dort über erhebliche Ressourcen. Wir müssen einfach davon ausgehen, dass er die beiden Flugzeuge von Bellman Enterprises überwacht.«

Carl nickte. »Wenn ihr sowieso nach Gilroy fahrt, dann weiß ich da jemanden für euch. Er veranstaltet Rundflüge für Touristen. Sein Stützpunkt ist ein kleiner Flugplatz außerhalb der Stadt. Ich werde ihn darum bitten, euch nach El Paso zu bringen. Von Texas aus fliegt ihr dann mit einem Charterunternehmen weiter, das dem Sohn eines ehemaligen Studienfreundes von mir gehört. Wenn ihr wollt, bringen die euch sogar nach Feuerland.«

Yeremi verlor sich einige Herzschläge lang in den leuchtend blauen Augen des Silbermannes. Dann riss sie sich von ihm los und antwortete: »Ich möchte mit Saraf nach Nord-Peru gehen. Von dort aus überqueren wir die Anden und suchen uns einen stillen Platz im Quellgebiet des Amazonas.«

»Heißt das …?« Fredrika wagte den Gedanken nicht auszusprechen.

Yeremi nickte entschlossen. »Ich werde Saraf begleiten. Meine wissenschaftliche Karriere ist sowieso beendet – dafür wird Flatstone schon sorgen.«

»Solltest du nicht zuerst mich fragen, bevor du so eine Entscheidung triffst?«, fragte Saraf. Der Ausdruck in seinem ernsten Gesicht war schwer zu deuten.

Sie sah ihn lange an, bevor sie mit bitterem Ton antwortete: »Wenn du mich nicht willst, dann trennen wir uns eben im Dschungel. Aber wenigstens das musst du mir zugestehen: Ich will dich in Sicherheit wissen, in einer Welt, die du kennst. Wenn ich auch versagt habe, dann lass mich dich wenigstens dorthin bringen.«

Saraf nahm ihre Hand. »Du hast nicht versagt, Jerry. Nur durch dich wissen wir heute, wer für den Tod meines Volkes verantwortlich ist.«

»Aber ihm sollte Gerechtigkeit widerfahren. Und daran bin ich gescheitert …« Sie schüttelte verzweifelt den Kopf.

»Du hast mir dein Dossier zur Aufbewahrung anvertraut«, sagte Carl mit sanfter Stimme. »Darin sind genug Beweise enthalten, um eine Untersuchungskommission ins Leben zu rufen, die sich mit Flatstone und seinen Machenschaften beschäftigen wird. Er kommt nicht ungeschoren davon, das verspreche ich dir.«

Sie blickte unglücklich in das Gesicht des alten Mannes. »Wenn ich wenigstens eine Ahnung hätte, warum Flatstone das alles getan hat. Weshalb will er den Silbernen Sinn beherrschen? Welches Ziel rechtfertigt den Tod so vieler Menschen?« Müde ließ sie den Kopf sinken.

»Ich fürchte, Jerry, nur die Engel werden dir darauf eine Antwort geben können. Vielleicht bekommen wir ja von Flatstone ein Geständnis, wenn wir ihn erst in die Mangel …«

»Was hast du eben gesagt?«, unterbrach Yeremi ihren Großvater. Sie wirkte plötzlich wieder hellwach.

Carls buschige Augenbrauen zogen sich fragend zusammen. »Ich habe nur wiederholt, was meine Mutter nie müde wurde zu betonen: Nur die Engel …«

»Die Putten!«, entfuhr es Yeremi. Sie sprang vom Sessel auf und deutete auf die alte Kleidertruhe, die rechts von ihr an der Wand stand. Mit drei, vier schnellen Schritten war sie bei der großen Kiste. Sie bestand aus dunklem braunrotem Holz, das an einigen Stellen schwarz war. Aufwändiges Schnitzwerk aus Engelsgesichtern und Blumenranken bedeckte die gesamte Außenseite, die in mehrere Kassetten aufgeteilt war. Yeremi ging davor in die Knie und fing an, die Figuren und Verzierungen Quadratzentimeter für Quadratzentimeter abzusuchen.

Ihr Verhalten hatte Neugier geweckt. Bald standen Saraf, Carl, Fredrika und Ed hinter ihr.

»Was suchst du eigentlich, Kind?«, fragte ihre Großmutter.

»Den Mechanismus, der das Geheimfach öffnet.«

»Aber ich weiß gar nichts von einem …«

»Dann wäre es ja kein *Geheim*fach mehr, Oma Fredrika. Überlegt doch mal: Uroma Rose hat immer gesagt, nur die Engel wüssten um die Geheimnisse Hanussens. Sie meinte gar keine richtigen Engel, sondern die da.« Yeremi deutete auf die Putten.

Ed nickte anerkennend. »Das ist ein prüfenswerter Ansatz.«

»Du warst zu lange beim Geheimdienst«, brummte Carl.

»Ich habe auch schon solche Truhen gesehen«, mischte sich Saraf ein.

Alle sahen ihn verwundert an.

»Wo?«, fragte Yeremi.

»Das ist eine lange Geschichte«, antwortete er ausweichend.

Yeremi ließ sich nicht ablenken. Sie betastete die Truhe. Sie drückte hier, zog da, schob dort. Als sie den rechten Zeigefinger in den Mund eines Engels steckte und wie ein Zahnarzt dort herumdrückte, glaubte sie eine leichte Bewegung wahrzunehmen.

»Da ist etwas! Aber ich kann es nicht runterdrücken.«

»Vielleicht gibt es eine zweite Engelszunge, die du lockern musst«, schlug Saraf vor.

Yeremi nahm die Linke zu Hilfe und stocherte, während ihr rechter Zeigefinger weiter zwischen den Lippen des ersten Engels steckte, in den Mündern der anderen herum. Plötzlich ließen sich, ganz leicht, beide Finger herunterdrücken. Es klickte leise.

»Da ist was aufgesprungen!«, sagte Ed aufgeregt.

Yeremi erhob sich, öffnete den Deckel der Truhe und räumte den Nachlass ihrer Urgroßmutter heraus: Dokumente, Erinnerungsfotos, Kleidungsstücke, ein zusammengerolltes Ölgemälde und einiges mehr. Unvermittelt verharrten Yeremis Hände. »Da ist es!«, flüsterte sie.

Ed beugte sich über die Truhe. »Der Boden ist beweglich. Drücke noch mal die Engelszungen.«

Yeremi tat es, und das nun unbelastete Bodenbrett sprang um Daumenbreite nach oben. Sie griff mit beiden Händen in die Kiste, richtete die quietschende Klappe auf, und zum Vorschein kam …

»Eine schwarze Akte?«, flüsterte Ed.

Yeremis Augen strahlten. »Nicht irgendeine – es ist *die* schwarze Akte. Darin müssen die Dokumente zu finden sein, die Moltridge und Baecker unbedingt von Rose bekommen wollten.«

»Und was soll da drinstehen?«

Yeremi tauschte einen langen Blick mit Carl, bevor sie antwortete: »Ein Geheimnis, für das mein Urgroßvater Hanussen sterben musste.«

Eine Familie, ganz versunken in die Betrachtung eines Albums mit Urlaubsfotos – genau so sahen die fünf aus. Yeremi saß auf einem schweren Sofa, rechts von ihr Carl, links Ed, und hinter ihnen standen Fredrika und Saraf. Im Laufe der Zeit wechselten sie gelegentlich die Positionen, hier wurde ein Stuhl hinzugezogen, dort ein Tablett mit Getränken bereitgestellt – die schwarze Akte war umfangreich.

Schon beim ersten Überfliegen stieß Yeremi auf brisante Informationen. Einige Blätter beschäftigten sich mit dem Medusa-Projekt. Hanussen beschrieb akribisch die Zielsetzungen und Vorgehensweisen der Nazis. Offenbar hatte er seinen Bericht als »Gastgeschenk« für den amerikanischen Militärgeheimdienst G-2 verfasst. Um Methoden zur Manipulation von Menschen zu entwickeln, wurde mit Hypnose, Suggestion, Telepathie, Drogen, Folter und vielem mehr experimentiert. Mehrere Listen von Versuchsreihen lagen dem Bericht bei. In einer Notiz beschwerte sich Hanussen über ein »unbrauchbares« Medium, das einfach nicht mit ihm habe zusammenarbeiten *wollen* (dieses Wort war doppelt unterstrichen).

Als Yeremi weiterblätterte, stieß sie auf etwas Aufregendes. Es handelte sich um den Durchschlag eines Briefes an ihre Urgroßmutter Rose Bellman, geborene Presi. Er trug das Datum des 24. März 1933.

»Am selben Tag hat die Gestapo meinen Vater verhaftet«, flüsterte Carl.

Yeremi nickte. »Und in der darauf folgenden Nacht wurde er ermordet.«

Sie bemerkte die nachlässige Handschrift Hanussens. Er musste die Zeilen in großer Eile aufs Papier geworfen haben. In dem Schreiben wiederholte er seine Absicht, Berlin in drei Tagen zu verlassen. Er hoffe, Rose sei gesund in die Vereinigten Staaten zurückgekehrt und er werde sie in Bälde wiedersehen. Allerdings beschleiche ihn eine böse Ahnung. Doktor Baecker – Rose müsse sich an diesen unangenehmen Menschen erinnern, da sie ihm im Palast des Okkultismus begegnet sei – treibe ein doppeltes Spiel. Endlich habe er, Hanussen, die Gewissheit erlangt. Der Verrat Baeckers sei mehr als die für Nazis übliche Speichelleckerei, er übersteige sogar die Impertinenz seines Erzrivalen Erich Juhn, der jahrzehntelang einen privaten Kreuzzug gegen ihn geführt habe. Hanussen bezog sich nun auf seinen Privatsekretär Dzino, einen ehemaligen Detektiv und »gewieften Schnüffler«. Dzino habe in Erfahrung gebracht, dass Baecker mit den Amerikanern in Verbindung getreten sei, um ihnen das gleiche Angebot zu unterbreiten, jedoch zu einem Schleuderpreis. Vermutlich wolle er sie nur mit gefälschten Informationen in die Irre führen, während er in Wirklichkeit die Spuren der Wahrheit zu verwischen suche, mutmaßte Yeremis Urgroßvater.

Der Rest des Briefes ergab keine neuen Anhaltspunkte. Yeremi legte ihn zur Seite und hielt den Atem an.

»Das ist …!« Mit aufgerissenen Augen starrte sie auf die zwei vergilbten, doppelt gefalteten Blätter.

»Eine Zeitung«, sagte Fredrikas Stimme in ihrem Rücken.

»Nicht irgendeine. Seht doch hier!« Yeremi deutete erregt auf die Zahl im Kopf des Titelblattes. »Das ist die verschollene Nummer 26 der *Hanussen-Zeitung*. Ich habe euch doch von diesem Deutschen erzählt, Wilfried Kugel. Er sagte, diese Ausgabe sei als Einzige in keinem Archiv mehr zu finden, und vermutet, jemand habe sie bewusst aus dem Verkehr gezogen.«

»Und warum?«, fragte Ed.

»Einige Historiker sind der Meinung, die Nazis hätten alle Exemplare vernichtet, weil darin Hanussens großes Hitler-Horoskop stand und man sich später von dem jüdischen Hellseher habe distanzieren wollen. Aber schaut hier.« Yeremi entfaltete das zweite Blatt. »Warum hat Uroma Rose ausgerechnet das da aufgehoben?«

»Was ist das? Ich kann's von hier so schlecht erkennen«, sagte Fredrika.

»Ein schon lange angekündigter Bericht über Hanussens Experimente mit Telepathin. Das ist ein Halluzinogen, von dem er sich viel versprochen hat. Wartet ...«

Sie beugte sich über das Blatt und las in Windeseile den Artikel. Als Yeremi sich wieder aufrichtete, war sie verwirrt. Sollte sie nun enttäuscht oder erleichtert sein?

»Was steht da drin?«, fragte Carl.

»Hanussen schreibt: ›Die Droge verfügt zwar über gewisse bewusstseinserweiternde Eigenschaften, die für das Hellsehen und die telepathische Sensibilität hilfreich sind, sie taugt aber nicht dazu, einem unbegabten Medium diese wünschenswerten Fähigkeiten einzuhauchen.‹«

Mit dem Zeigefinger folgte Yeremi einer Zeile in dem Artikel. »Hier nimmt er auf Joe Labéro Bezug. Hanussen ist vor dem Ersten Weltkrieg, wie ich in Kugels Buch gelesen habe, bei diesem so genannten ›Experimental-Psychologen‹ in die Lehre gegangen, um das Muskellesen zu erlernen. Jedenfalls behauptete Labéro, Frauen seien als Medium im Allgemeinen besser geeignet; ganz unbrauchbar wären korpulente Männer. Hanussen zitiert hier offenbar seinen Lehrmeister, um eine grundsätzliche Schwierigkeit in Verbindung mit der Telepathie zu erläutern. Wörtlich schreibt er: ›Jeder Mensch *ist* ein Medium, *kann* ein Medium sein, aber nicht jeder Mensch *will* ein Medium sein.‹ Nur wer die erbliche Prädisposition für das Gedankenlesen oder die Suggestion besitzt, behauptet er dann, kann durch das Telepathin zu höherer Leistung beflügelt werden.«

Yeremi hob den Blick und sah ihren Großvater verwirrt an. »Was bedeutet das?« Mit der Frage wollte sie eher ihrer Beunruhigung Ausdruck verleihen, denn die Worte hatte sie durchaus verstanden. Die Antwort kam von Saraf.

»Weißt du es nach den vergangenen fünf Tagen etwa immer noch nicht, Jerry? Oder willst du es dir nicht eingestehen? Dein Urgroßvater hatte vielleicht nur eine Ahnung vom Silbernen Sinn, aber er erkannte einen Teil seines Wesens: Der Fühlsinn wird durch Vererbung weitergegeben.«

»Und kann durch Drogen ›beflügelt‹ werden?« Yeremi starrte

fassungslos vor sich hin. »Und *ich* bin die Urenkelin dieses Mannes. Das bedeutet …« Sie schüttelte den Kopf.

Saraf legte ihr von hinten die Hände auf die Schultern. »Ja, Jerry, sie wollten *dich*. Der Brief deines Urgroßvaters lässt kaum noch Zweifel über Doktor W. Baeckers Verbindung zu S. Arthur Moltridge aufkommen. Und dessen geistiger Nachlassverwalter ist Jefferson H. Flatstone. Ihnen ging es immer um das Erbe des Silbernen Sinnes. Sie wussten, bei irgendjemandem in Hanussens Geschlecht musste er wieder zu Tage treten. Erst haben sie deinen Vater nach Jonestown gelockt, um in der Abgeschiedenheit des Dschungels Gewalt über ihn zu gewinnen. Und jetzt wollen sie dich.«

Yeremi schüttelte den Kopf. »Aber du und dein Volk … Ihr seid doch die Silbernen!«

»Ja, und das war unser Verhängnis. Leary hat meine Schwestern und Brüder immer wieder nach Pflanzensäften befragt, die unseren Fühlsinn ›beflügeln‹ – er benutzte dasselbe Wort wie dein Urgroßvater. Hätten wir ihm gegeben, wonach er suchte, dann wäre er vermutlich mit dir davongezogen, hätte deinen Willen gebrochen und dir zum Schluss die Droge verabreicht, damit du für ihn und seine Herren jeden Menschen manipulierst, über den sie Gewalt ausüben wollen.«

Mit einem Mal fiel es Yeremi wie Schuppen von den Augen. Sie schüttelte immer wieder den Kopf, als könnte sie das Unleugbare dadurch zum Verschwinden bringen. Düster vor sich hinblickend, murmelte sie: »Damals, als ich mit McFarell in seinem Büro über den Sinn und Zweck der Suche nach den Weißen Göttern diskutiert habe, sagte er: ›Ich will Sie keineswegs nach Süd-Guyana schicken, um Sie von Ihrem Forschungsschwerpunkt abzuziehen, sondern gerade *weil* Sie mit Ihren speziellen Kenntnissen und Fähigkeiten die ideale Besetzung dafür sind.‹« Sie schlug die Hände vor das Gesicht und schüttelte weiter den Kopf. Fredrika lief um das Sofa herum, ließ sich vor ihr auf den Boden nieder und streichelte tröstend ihre Beine.

Saraf fühlte sich durch Yeremis Erinnerung bestätigt. »Als er von deinen *Fähigkeiten* sprach, meinte er die in dir schlummernde Gabe.

Wahrscheinlich hat Jefferson Flatstone ihn darauf aufmerksam gemacht.«

Yeremi richtete sich abrupt auf und legte den Nacken auf die Lehne, um Saraf ansehen zu können. »Anscheinend wussten alle davon, nur *ich* nicht.«

»Ja, weil dein Fühlsinn zugeschüttet war. Als kleines Kind hast du Furchtbares erlebt und danach keinem Gefühl mehr getraut, weil du ja fürchten musstest, wieder verletzt zu werden. Aber mit deiner Rückkehr in den Dschungel ist der Silberne Sinn in dir wieder erwacht. Erinnerst du dich noch, als ich mit euch auf die Reise ging und dich am ersten Tag lange vor Sonnenuntergang darum bat, das Nachtlager aufzuschlagen? Meine Wunden waren noch nicht verheilt, und mir fehlte die Ausdauer. Erst gefiel dir mein Vorschlag überhaupt nicht, aber dann entschuldigtest du dich mit einem Mal, weil du mir zu viel abverlangt habest.«

Yeremi nickte. »Ich habe gespürt, wie es dir ging, aber suchte rationale Erklärungen für dieses Gefühl.«

»Später hat sich der Silberne Sinn in dir immer wieder bemerkbar gemacht.«

»Ich muss blind gewesen sein. Dabei war es so offensichtlich, dass sogar Al an meine Gabe glaubte. Als wir auf dem Dach darüber stritten, ob es so etwas wie den Silbernen Sinn überhaupt gebe, beschwor er mich geradezu: ›Spürst du das denn nicht?‹ Ich hielt ihn für übergeschnappt, fragte ihn blauäugig, was ich denn fühlen solle. Selbst als er darauf erwiderte, er beginne allmählich an mir zu zweifeln, habe ich nicht begriffen, worüber er in Wirklichkeit sprach.«

Sarafs Hand strich behutsam eine blonde Strähne aus Yeremis Stirn. Er lächelte. »Wissen ohne Selbsterkenntnis ist wie ein ungeschliffener Edelstein – die wahre Schönheit kann sich nicht entfalten. Ich hatte gehofft, du würdest eines Tages zu dieser Einsicht gelangen, Jerry. Als ich in dein Zelt kam, tat ich es auch wegen deines Fühlsinnes. Ich spürte, was in dir vor sich ging. Vor langer Zeit wurde dir im Dschungel eine bedrückende Bürde auferlegt. Du wolltest sie dorthin zurücktragen, um dich endlich in jene Frau zu verwandeln, die zu werden man dir als Kind verwehrt hatte.«

»Das scheint mir nicht besonders gut gelungen zu sein.«

Saraf schüttelte den Kopf, lief nun seinerseits um das Sitzmöbel herum und ging neben Fredrika vor Yeremi auf die Knie. Carl und Ed, die jede seiner Bewegungen verfolgten, würdigte er keines Blickes. Stattdessen umschloss er ihre zitternden, kalten Finger mit seinen großen, warmen Händen und blickte ihr fest in die Augen. Nach einer Weile sagte er ebenso langsam wie eindringlich: »Du hast nicht versagt, Jerry. Heute bist du stärker als je zuvor. Denke nur an die Versuche der Gelehrten in den letzten Tagen: Selbst sie haben deinen Fühlsinn bemerkt. Du besitzt ein gutes Herz, was sehr wichtig für einen Träger dieser Gabe ist. Das Einzige, was dir noch fehlt, ist der Mut, sie auch einzusetzen.«

»Ich will nur nicht von Al Leary und Flatstone dazu missbraucht werden, andere Menschen zu manipulieren. Als ich Al im Caffè Trieste auf die russischen Dissidenten angesprochen habe, die man mit Neuroleptika gefoltert hatte, meinte er zynisch, es habe viele Versuche gegeben, die Gedanken und Empfindungen von Menschen auf *stümperhafte Weise* zu manipulieren.« Yeremi blickte schmerzerfüllt und zugleich fragend in die Runde. »Was hat er wohl damit gemeint? Denkt ihr nicht auch: Er sucht die perfekte Waffe, und – jetzt ist mir klar, wie Recht Saraf damit hat – in *mir* hofft er sie gefunden zu haben.«

Carl nickte gewichtig. »Das würde erklären, warum ihn das Aussterben des Silbernen Volkes nicht weiter störte.«

»Deshalb haben sie mein Volk vorsätzlich *ermordet*«, korrigierte Saraf ihn voller Schmerz. »Sie hatten die Knotenschnüre, sie hatten Yeremi, und sie rechneten sich aus, dass es noch weitere begabte Menschen wie deine Enkelin geben würde. Mit dem von Al Leary gesuchten ›Super-Telepathin‹ konnte man solche Menschen nach Belieben kontrollieren, aber eine Gruppe wie das Silberne Volk – Menschen, die den Fühlsinn auch ohne die Droge besaßen – war gefährlich für sie. Sie könnte sich eines Tages gegen die Mächte eures Landes stellen. Einen Vorgeschmack davon hatten sie ja bereits zu spüren bekommen. Deshalb haben sie die gelben Geister geschickt.«

Ed kratzte sich am Hals. »Das musst du uns genauer erklären, Saraf – die Sache mit dem ›Vorgeschmack‹ meine ich.«

Sarafs Augen lösten sich von Yeremis Gesicht. »Im Rat unseres Volkes gab es einen Bruder namens Ugranfir. Al Leary hatte ihn betört, indem er ihm die Stellung des Hüters unseres Volkes versprach. Dazu musste ich jedoch aus dem Weg geräumt werden. Der Seelenheiler wollte mich eigenhändig vom Dach des Waldes stoßen, von Ugranfir verlangte er nicht mehr, als mich unter einem Vorwand auf den Felsen zu locken. Ich konnte meinen Bruder jedoch zur Besinnung bringen. Er muss dann in der Dunkelheit zu Al Leary gegangen sein, um ihm eine Absage zu erteilen …«

»Und dann stieß Al *ihn* in die Tiefe«, flüsterte Yeremi bestürzt.

»Es könnte eine Verwechslung gewesen sein«, meinte Carl.

»Und was bedeutet das? Deswegen bleibt er trotzdem ein Mörder.«

»Jerry dürfte die Wahrheit sagen«, pflichtete Saraf ihr bei. »Als Colonel Hoogeven mich wegen Ugranfirs Tod aushorchte, war auch Al Leary anwesend. Ich konnte seine Gefühle spüren. Er versuchte, die Anwesenden von einer Selbstentleibung Ugranfirs zu überzeugen, und war dabei voller Angst.«

»Ich glaube, ihr beiden seid keinen Moment zu spät aus Berkeley geflohen«, sagte Ed.

»Wie meinst du das?«, fragte Yeremi.

»Überleg doch mal: Die Experimente der letzten Tage haben bewiesen, welche Fähigkeiten in dir stecken, Yeremi. Damit sind sie ihrem Ziel, die empathische Telepathie beherrschbar zu machen, ein großes Stück näher gekommen. In Wirklichkeit war Saraf die Referenzperson, nicht du. Sie haben bald keine Verwendung mehr für ihn, zumal sich eine Entschlüsselung der Quipus erübrigt hat. Vermutlich hätte man noch eine Zeit lang versucht, ihm sein Wissen über den Inhalt der Knotenschnüre zu entlocken, aber früher oder später wäre er für sie nur noch ein unbeherrschbares Risiko gewesen. Seine Gabe lässt sich nicht durch irgendeine Droge nach Belieben ein- und ausschalten. Sie ist immer präsent. Deshalb hätten sie mit ihm das Gleiche getan wie mit seinem Volk.«

»Erzähl den beiden, was du herausgefunden hast«, forderte Carl seinen Verwandten auf.

Ed legte die Fingerspitzen seiner gespreizten Hände aneinander, suchte dann anscheinend nach den passenden Worten und sagte schließlich: »Ich habe einen alten Kameraden vom CIA aufgespürt, der mir etwas über Sam Iceberg und das Jonestown-Massaker erzählt hat. Er sagte, Iceberg habe vor siebenundzwanzig Jahren sein Projekt zur Manipulation menschlicher Gefühle vorübergehend eingefroren, nachdem Reverend Jones durch eine Geisteskrankheit unberechenbar geworden war.«

»Könnte diese angebliche Erkrankung nicht eine Folge von Manipulationen gewesen sein?«, fragte Yeremi.

»Das war auch mein erster Gedanke. Solche Fälle hat es in den verschiedenen MK-Ultra-Projekten immer wieder gegeben. Zumindest will sich mein Informant nicht festlegen, ob das Jonestown-Massaker durch die unmittelbare Einflussnahme Icebergs und Flatstones ausgelöst wurde oder nur eine willkommene Wendung des Schicksals war, die allein auf das Konto von Jim Jones ging. Anhaltspunkte soll es für beide Optionen geben.«

»Ich habe selbst erlebt, wie Jones viele seiner Anhänger zum Schlucken des vergifteten Tranks überredete. Aber genauso kenne ich auch das furchtbare Blutbad an denen, die sich geweigert haben. Inzwischen habe ich sogar weitere Zeugen ausfindig gemacht, die den Mord an Congressman Ryan für eine Verschwörung von Geheimdienstleuten halten.«

Eds runzeliges Gesicht verzog sich zu einem zufriedenen Grinsen. »Das ist eine gute Nachricht! Mein Informant ist ebenfalls bereit auszusagen, wenn der Prozess gegen die Verantwortlichen Erfolg verspricht. Er meint, der CIA habe Mitte der Siebziger ziemlich unter Druck gestanden. In diesem Klima drohte dessen Verstrickung in die Experimente zur Gedankenkontrolle aufzufliegen, die Hunderten von US-Bürgern das Leben gekostet hatten. So etwas konnte und wollte man sich nicht leisten.«

Yeremi befreite ihre Hand aus Sarafs Umklammerung, denn das Gespräch erregte sie so sehr, dass sie nicht mehr still sitzen konnte und Worte nun instinktiv mit Gesten unterstrich. »Also wurde das Projekt kurzerhand getarnt. Sam Iceberg alias S. Arthur Moltridge verschwand von der Bildfläche, und Jefferson H. Flatstone gründete Mental Health.«

Ed nickte. »Damit war das problematische Forschungsprojekt ›ausgelagert‹, nicht mehr ein Kind des CIA, zumindest offiziell. Hier wird die Sache allerdings ›undurchsichtig‹ – genau so hat sich mein Informant ausgedrückt. Mental Health wurde wenig später unter die Fittiche von Stheno Industries genommen, und Flatstone avancierte zum Konzernchef. Zu dieser Zeit soll er sich zunehmend von der Gurkenfabrik abgenabelt haben. Hin und wieder sei es zu Gemeinschaftsunternehmen gekommen …«

»Ja, als der Irak die UN-Inspekteure an der Nase herumführte. Davon hat Accolon uns erzählt.«

»Das ist nur ein Beispiel von mehreren. Offenbar unterhielt Flatstone auch enge Beziehungen zu Afghanistan, wo er ja einige Zeit untergetaucht war. Sogar in seiner neuen Rolle als Wirtschaftsboss soll er mehrmals persönlich in das Land am Hindukusch gereist sein und sich mit den Mudschaheddin getroffen haben, um ihnen sein Know-how zu vermitteln. Sein bester Kunde war, wie mein Informant mir sagte, ein Mann, der kein Unbekannter ist: Osama bin Laden.«

Der Name des saudischen Terroristenführers löste eine Assoziationskette in Yeremis Kopf aus. Sofort erinnerte sie sich wieder an den ihr von Sandra zugesteckten Artikel aus dem *San Francisco Chronicle*, an das von Saraf entdeckte Foto des gelben Geistes, an den anfangs vermissten und dann ermordet aufgefundenen Mikrobiologen und Harvard-Professor Don C. Wiley …

»Er hat wieder dasselbe gemacht!«, flüsterte sie bestürzt. Sie sprach ihre Gedanken aus, ohne es selbst zu merken.

»Ich kann dir nicht ganz folgen«, sagte Carl.

Sie sah mit leuchtenden Augen in die Runde. »Aber ist euch das denn nicht klar? Onkel Ed hat es doch selbst angedeutet. Flatstone dachte nach dem Scheitern in Jonestown überhaupt nicht ans Aufgeben. Vermutlich hat Iceberg ihm die Mittel verschafft, Mental

Health zu gründen. Hier sollte fortgeführt werden, was nach dem Jonestown-Massaker unter CIA-Regie nicht mehr möglich war. Die USA wollten Afghanistan auf keinen Fall der Sowjetunion überlassen. Sie standen vor der fast unlösbaren Aufgabe, einen zerstrittenen Haufen mittelalterlich bewaffneter Krieger gegen den Ansturm einer Weltmacht zu rüsten. Mit Stinger-Raketen allein war das nicht zu bewältigen. Nur mit Todesverachtung ließ sich ein so mächtiger Gegner wie die Sowjetunion zurückdrängen. Offenbar hat Flatstone den Widerstandskämpfern das mentale Rüstzeug dazu geliefert und den an sich friedlichen Islam in ein Schwert verwandelt, eine Art Zauberschwert, das selbst die Russen fürchteten.«

»Wer das Schwert in die Hand nimmt, kommt dadurch um«, zitierte Carl mit düsterer Miene aus der Bibel.

Ed kratzte sich einmal mehr am Hals. »Dein Großvater hat Recht, Yeremi. Am 11. September 2001 sind die Vereinigten Staaten von diesem selbst geschmiedeten Schwert heimgesucht und dabei tragischerweise wieder einmal Unschuldige niedergestreckt worden.«

Sie nickte. »Anstatt aus Jonestown eine Lehre zu ziehen und sich die Unzuverlässigkeit ihrer Methoden einzugestehen, haben Iceberg und Flatstone erneut mit der Empathie herumgespielt. Sie glaubten, den Anführern der Mudschaheddin beibringen zu können, wie man aus Menschen selbstmörderische Killer macht, die trotzdem noch zu kontrollieren sind. Als sie dann abermals scheiterten, startete man ein Ablenkungsmanöver. Die Medien berichteten weltweit von den Milzbrandanschlägen, und alle Welt verfluchte die Terroristen. Dabei stammten die Anthrax-Erreger aus unseren eigenen Labors.«

»Wenn sie auf ihrem Weg fortfahren, werden sie den Silbernen Sinn niemals beherrschen«, sagte Saraf mit düsterer Miene und wandte sich Carl zu. »Nicht ohne Grund hast du deine Enkelin vor dunklen Mächten aus dem Geisterreich gewarnt. Es gibt verschiedene Wege, auf die Gefühle von Menschen einzuwirken, und die meisten von ihnen sind gefährlich. Wir Silbernen wussten das schon lange, deshalb haben wir nie Zaubertränke, Magie, nicht einmal die Trance als Hilfsmittel gesucht – das eine wie das andere verlangt die Aufgabe des eigenen Willens, wodurch man leicht in die Gewalt finsterer Mächte gerät. Du und deine Familie, ihr habt die Folgen solchen Leichtsinns zu spüren bekommen. Männer wie Sam Iceberg oder Jefferson Flatstone mögen Menschen verführen können, aber sie kennen die Geheimnisse des Fühlsinns nicht. Deshalb geraten ihre Beeinflussungen immer wieder außer Kontrolle.«

»Anscheinend lassen sie sich durch ihre Rückschläge nicht entmutigen«, brummte Ed. »Ich kann mich noch gut an die Pressemeldungen nach den Terroranschlägen vom 11. September erinnern. Die US-Regierung beschloss, ›jede Möglichkeit einer neuen Kriegsführung auszuloten, um den internationalen Terrorismus zu bekämpfen‹. Dabei hat man wohl die Büchse der Pandora geöffnet. Seitdem sind sie hektisch um Schadensbegrenzung bemüht. Von einem Gegenmittel ist da die Rede, um die gerufenen Geister wieder in die Büchse zu scheuchen. Leider konnte mir bisher niemand verraten, worum es sich dabei handelt.«

»Das passt genau in unser Szenario.«

»Nicht nur das. Es deckt sich auch auffällig mit der neuerlichen Annäherung, die es kurz nach den Terroranschlägen zwischen der Firma – also dem CIA – und Jeff Flatstone gegeben hat. Angeblich ist das geheime Projekt ›Stheno‹ wiederbelebt worden. Wusstet ihr übrigens, dass Stheno in der griechischen Mythologie Medusas Schwester war? Beide konnten Menschen durch Blicke versteinern.«

Yeremis Kiefer klappte herunter. »Das kann kein Zufall mehr sein! Wer ist diese Kontaktperson?«

»Das darf ich euch im Augenblick noch nicht verraten, und vielleicht ist es auch besser so – vergesst nicht, was mit Cedric Youngberg geschehen ist. Zumindest behauptet diese Quelle, das unter Doktor Al Learys Leitung stehende Forschungsvorhaben ›Silbermann‹ sei ein offizieller Ableger der geheimen CIA-Abteilung. Außerdem bestätigt sie, was wir schon geahnt haben: Jefferson H. Flatstone war einer der Sicherheitschefs von Jim Jones.«

»Das Phantom«, flüsterte Yeremi.

Saraf fragte: »Wer, abgesehen von den Terroristen, könnte in eurem Land aus der Bluttat vom 11. September Nutzen gezogen haben?«

Zunächst erntete er für seine Kühnheit nur entrüstete Blicke. Aber dann räumte Ed widerstrebend ein: »Niemand hat am internationalen Krieg gegen den Terror so gut verdient wie die Rüstungsunternehmen.«

»Du meinst die amerikanischen Waffenschmieden?« Saraf nickte, als wäre seine Frage damit erschöpfend beantwortet.

Die Übrigen in der Runde tauschten ungläubige Blicke. Carl fand als Erster die Sprache wieder.

»Soll der ganze Zauber um die empathische Telepathie nur eine Promotionkampagne für die US-Rüstungskonzerne gewesen sein? Das kann ich mir kaum vorstellen.«

Yeremi wiegte den Kopf hin und her, saugte ein wenig an ihrer Unterlippe und sagte dann: »Es ist vielleicht ein neuer Aspekt, der für den Privatunternehmer in Flatstones multipler Persönlichkeit eine große Versuchung darstellen könnte. Als ich vorhin sagte, die Vereinigten Staaten hätten Afghanistan niemals der UdSSR überlassen wollen, hatte ich die Unterhaltung in Königin Wilhelminas Tulpengarten im Sinn …«

»Du redest von diesem Accolon?«, hakte Ed nach.

»Ja. Er sagte etwas, über das ich immer wieder nachdenken muss: Die Vereinigten Staaten könnten den Verfall jeglicher Ordnung in einem Staat, der immer noch ein stattliches Atomarsenal hat, nicht ewig dulden. Ungefähr das waren seine Worte.«

»Mein Gott!« Dieser Ausruf kam von Ed.

»Woran denkst du?«, fragte Yeremi.

»Sie wollen einen Krieg anzetteln.«

»Wer? Die Russen?«

»Nicht doch! Flatstone und wer immer hinter ihm steht. Er könnte durch die empathische Telepathie eine Situation heraufbeschwören, die dem Weißen Haus keine andere Chance lässt, als in Russland einzumarschieren.«

»Bist du verrückt?«, entfuhr es Carl. »Präsident Putin hat den Kalten Krieg vor vier Jahren in Rom für beendet erklärt.«

Ed erinnerte ihn an die Realitäten. »Damals glaubten viele Optimisten, Russland werde die Mafia, Korruption und Terroristen in den Griff bekommen. Aber spätestens seit dem Vorfall in Murmansk wissen wir, was aus solchen Hoffnungen geworden ist. Das Land als atomares Pulverfass zu bezeichnen dürfte nicht übertrieben sein.«

Yeremi nickte langsam. Schon bei dem Gedanken an das von Ed gezeichnete Bild sträubten sich ihr die Haare. Aber es war weit mehr als ein verrücktes Gedankenspiel. Eine wirtschaftlich, militärisch und politisch angeschlagene Nation wie Russland könnte Begehrlichkeiten bei einigen einflussreichen Personen der letzten verbliebenen Supermacht der Erde wecken. Nach einem siegreichen Krieg gegen den Terrorismus in Russland – getreu dem afghanischen Vorbild – wäre der Einfluss Amerikas auf Jahrzehnte hinaus weltweit unangefochten. Und nebenbei könnten sich nicht nur die US-Rüstungskonzerne eine goldene Nase verdienen.

Ein Punkt blieb in Eds Gedankenspiel jedoch offen, und dieses Problem gärte in Yeremis Innerem. Sie war ja nur eine einzelne Person, eine Frau mit einem gewissen Talent für die Empathie. Welche Rolle, das fragte sie sich, hatte man ihr in diesem unfassbaren Drehbuch zugedacht?

Sie war zu aufgewühlt, um schlafen zu können, und Saraf ging es ähnlich. Yeremi musste immer wieder an die Gefahr denken, in der sie beide schwebten. Dann wiederum fragte sie sich, was schon das Leben zweier Menschen im Vergleich von so vielen wog, die bei einem Krieg in Russland ausgelöscht werden könnten. Würden es Ed, Carl, die Senatorin Tailor, Ken Frielander und all die anderen besorgten Mitmenschen schaffen, Flatstone zur Strecke zu bringen? Nachdem sie sich gerade erst dazu durchgerungen hatte, ihr altes Leben wie ein ausgedientes Kleid im Tausch gegen ein neues im Garten Gottes einzutauschen, geriet sie erneut ins Schwanken. Es würde sich wohl nicht vermeiden lassen, noch einmal in die angeblich so zivilisierte Welt zurückzukehren, um den Drachen zu töten, der aller Menschen Glück und Frieden bedrohte.

»In vier Tagen wird der Vollmond am Himmel stehen.«

Sarafs leise Worte rissen Yeremi aus den Gedanken. Sie hatten sich mit Taschenlampen einen Weg zum Fluss gesucht und saßen dort, von dicken Wollpullovern und einer Decke gewärmt, auf einem Stein, der von gurgelndem Wasser umspült wurde. Yeremi blickte in sein Gesicht. Es leuchtete silbern im Licht der Himmelslaterne.

»Bis dahin wirst du in Sicherheit sein.«

»Das spielt keine Rolle.«

»Für mich schon.«

Er streichelte ihre Wange und lächelte. »Nach Faïnas Tod dachte ich, mein Herz hätte sich in einen Stein verwandelt. Doch heute lebt es wieder. Das habe ich dir zu verdanken, Jerry.«

Sie musste mehrmals heftig schlucken, bevor sie mit einigermaßen fester Stimme erwidern konnte: »Und trotzdem wünschte ich, es wäre anders gekommen. Ich habe Al Leary zu deinem Volk geführt, obwohl ich ihm nicht traute.«

»Du trägst keine Schuld am Tod meiner Schwestern und Brüder«, wiederholte Saraf wohl schon zum hundertsten Mal. »Es war Jefferson Flatstone und sein Meister, Sam Iceberg, die uns fürchteten. Sie wollten einen kontrollierbaren Fühlsinn, aber nicht einen, der gegen sie verwendet werden kann. Deshalb haben sie mein Volk getötet, als sie sich seines Wissens sicher wähnten.«

»Wenn man es so betrachtet, bin ich über die Vernichtung der Azofa sogar froh.« Sie blickte zu den Sternen empor. Das Gespräch in der Hütte hing ihr noch immer nach. »Glaubst du, Saraf, jemand könnte einen Menschen so manipulieren, dass er heute mein Verbündeter ist und sich morgen als Selbstmordattentäter gegen mich wendet?«

»Ein Gefühl vermag ein anderes zu überlagern, so wie Hunger den Ekel verdecken kann: Wenn du nur hungrig genug bist, würdest du vermutlich sogar einen Skorpion verspeisen. Ist der Hunger erst gestillt, machst du voller Abscheu einen großen Bogen um seine Artgenossen.«

Sie schüttelte den Kopf. »Es ist unfassbar! Unsere Mächtigen manipulieren Menschen nur um eines zeitweiligen Vorteils willen.

Es scheint sie kaum zu belasten, wen sie sich als Verbündete wählen. Ja, sie säen selbst dann noch Krieg, wenn eines Tages die eigenen Kinder als Soldaten sterben werden.«

»Das ist wohl wahr! Der Mensch verfügt als Krone der Schöpfung über so viele wunderbare Gaben – aber leider mangelt es ihm seit jeher an Weitsicht.«

»Wenn nur die Folgen nicht immer katastrophaler würden! Denke nur daran, wie die Nazis sich der Dienste meines Urgroßvaters bedient haben: Hanussen suggerierte dem Holländer Marinus van der Lubbe eine Tat, die ihre Macht festigte und damit letztlich eine Voraussetzung für den schlimmsten Krieg der Menschheitsgeschichte schuf. Flatstone scheint nicht einmal zu stören, wie unberechenbar seine ›emotionelle Waffe‹ ist.«

»Menschen wie er haben kein Gewissen, Jerry. Sie denken nur an den eigenen Vorteil. Wenn sie erst über eine Waffe verfügen, dann setzen sie diese früher oder später auch ein, die Folgen können noch so entsetzlich sein. Manchen erscheint selbst der eigene Tod noch als Gewinn. Solange sich daran nichts ändert, muss das Gedächtnis des Silbernen Volkes verborgen bleiben. Gäbe es diesen Schatz nicht, hätten sie mich vermutlich schon lange getötet.«

»Das ist mir heute auch klar geworden. Vermutlich kennen Sie sogar den Inhalt unseres Gespräches, als du mir von Fürst Rocas Vermächtnis erzählt hast. Am liebsten würde ich Al Leary vierteilen für das, was er uns angetan hat.« Yeremi fand auf dem Felsen einen Stein, den sie packen und – stellvertretend für den Psychologen – in den Fluss werfen konnte.

Saraf blickte sie eine Weile nachdenklich an, bevor er sich zu der Frage überwand: »Warum ist dein Herz so voller Hass gegen diesen Mann?«

Ihre Augen richteten sich auf die gurgelnde Strömung des Coyote Creek. »Willst du etwa abstreiten, dass er ein Scheusal ist?«

Der Silbermann lehnte sich auf dem Felsen ein Stück nach hinten und berührte Yeremis Hand. Diesmal zuckte sie nicht wie unter einem Stromstoß zurück, sondern umschloss seine Finger fest.

»Immer wenn du von Al Leary sprichst, toben in dir heftige Gefühle«, erklärte Saraf den Grund seiner Frage. »Sie sind so laut, dass ich sie gar nicht überhören kann. Ich …«

»Schon gut«, unterbrach Yeremi ihn leise. »Ich mache dir keine Vorwürfe wegen dem, was dein Silberner Sinn dir verrät.« Einige Sekunden lang blickte sie in die vom Mondlicht glitzernde Strömung. Dann begann sie leise auszusprechen, was sie jahrelang in ihrem Innern eingeschlossen hatte.

»Ich habe Al Leary einmal sehr gemocht. Er ist älter als ich. Ich bewunderte ihn wegen seiner Reife, seiner Erfahrung. Als Marineflieger hatte er bei UN-Einsätzen sein Leben aufs Spiel gesetzt. Dann verließ er die Armee und begann in Berkeley Psychologie zu studieren. Dort lernten wir uns auch kennen …«

»Und lieben.«

Yeremi nickte. »Auch das. Aber es war eine scheue Liebe, die ich für ihn empfand. Meine Seele war wund, zu empfindsam, ich fürchtete, verletzt zu werden. Eines Abends begleitete er mich nach dem Kino nach Hause. Ich ließ mich überreden, ihm noch einen Kaffee zu kochen. Dann …« Sie schluckte.

»Als Mann kann man wohl nur schwer nachempfinden, was du durchgemacht hast.«

Sie sah ihn verdutzt an.

Saraf nahm ihr Gesicht in seine Hände und küsste sie auf den Mund. »Ich kann mir denken, was geschehen ist, Jerry. Du brauchst nicht weiter darüber zu reden, wenn es zu schmerzlich für dich ist.«

»Doch«, beharrte sie. »Jetzt habe ich damit angefangen und bringe es auch zu Ende. Es gibt auch nicht mehr viel darüber zu erzählen. Al und ich saßen nebeneinander auf dem Sofa. Dann fing er an, mich zu streicheln. Anfangs gefiel mir seine Zärtlichkeit, und ich erwiderte sie sogar. Bald küssten wir uns. Aber plötzlich schlug die romantische Stimmung um. Er wurde immer stürmischer, und mit einem Mal wollte ich seinem Tempo nicht mehr folgen. Ich bat ihn aufzuhören, flehte ihn an zu gehen, aber er hörte nicht auf mich. Al war wie berauscht. Er hat … hat mich einfach genommen. Gegen meinen Willen. Ich … ich konnte nichts dagegen tun.« Tränen rannen über Yeremis

Wangen. Noch einmal fühlte sie den Schmerz, die Verletzlichkeit, die Wertlosigkeit, die Schuld, all die brennenden Gefühle, die ihre Seele nach der Vergewaltigung mit Asche überzogen hatten.

Saraf nahm sie in seine Arme und drückte sie fest an sich. »Weine ruhig, Jerry. Tränen spülen die Bitterkeit fort.«

Yeremi vergoss viele Tränen in dieser Nacht, und sie spürte, wie gut ihr die Nähe Sarafs, sein Verständnis und sein Mitgefühl taten. Sie fühlte sich anschließend zwar matter als je zuvor, doch auch auf befreiende Weise geläutert.

Zögernd löste sie sich wieder aus seiner Umarmung, nur ihre Hände hielten sich an seinen fest, und erzählte ruhig den Rest ihrer Geschichte. Nach jener verhängnisvollen Nacht habe sie Therapeuten besucht und lange geglaubt, die Folgen des Missbrauchs überwunden zu haben. Aber das stimmte nicht. Im Dschungel hatte sie von Al geträumt, er war zu ihr gekommen im Körper einer Schlange, das Gesicht haarlos und dunkel wie das eines anderen Mannes, den sie nie vergessen würde … Yeremi schluckte. Darüber zu sprechen fiel ihr nicht leicht. Als sie vor einigen Wochen gespürt habe, wie sich in ihr Gefühle für ihn, Saraf, regten, sei sie zutiefst beunruhigt gewesen. Wie nur konnte sie ihrer Gefühle sicher sein? Vielleicht waren es ja neue Irreführungen, Trugbilder eines empathisch begabten Silbermannes.

»Die Antwort liegt in dir selbst«, sagte Saraf verständnisvoll. »Menschen, die in sich ruhen, können nur schwer aus dem Gleichgewicht gebracht werden.«

Yeremi lachte auf eine seltsam traurige Art. »Ich habe mein seelisches Gleichgewicht verloren, als Al über mich hergefallen ist.«

»Das stimmt nicht«, widersprach Saraf. »Menschen ohne Überzeugung sind leicht zu manipulieren, das war zu allen Zeiten so. Denke an die schwarze Akte deines Urgroßvaters, er hat dasselbe festgestellt. Doch wer *glaubt*, der kann nur schwer ins Wanken gebracht werden. Im Gedächtnis des Silbernen Volkes gibt es viele Weisheiten, die von den unterschiedlichsten Völkern stammen. Darunter ist auch eine in Latein. Die Römer sagten: ›*Credendo vides.*‹ – ›Wer glaubt, der sieht.‹«

»Dann musst du neuerdings blind geworden sein.«

»Weil ich dir vertraut habe?« Er strich, wie er es in letzter Zeit häufiger tat, eine Strähne aus ihrem Gesicht, streichelte ihre Wange und erwiderte: »Ich glaube mit ganzer Seele an dich, Jerry, und an meine Liebe zu dir. Damals, im Dschungel, habe ich mit den Gefühlen deiner Gefährten gespielt, weil ich mein Volk schützen wollte. Aber seitdem sind deine Empfindungen für mich tabu. Natürlich habe ich oft dem wunderbaren Klang deiner Gefühle gelauscht, das ließ sich nicht verhindern. Aber was da in dir spielte, das waren ganz allein *deine* Melodien. Wenn du nur für einen Moment den Vorhang deiner Zweifel beiseite ziehst und deine innersten Gefühle erforschst, dann wirst du die Wahrheit meiner Worte erkennen.«

Yeremi beobachtete, wie das Mondlicht sich in Sarafs Augen spiegelte, und sie glaubte darin versinken zu müssen. »Ich habe diesen Vorhang schon vor einigen Tagen gelüftet«, flüsterte sie. Auf ihre Lippen schlich sich ein Lächeln, so unbeholfen wie ein sich erstmals erhebendes Rehkitz. Erneut umarmten sie sich. Aber dieses Mal schien sein kräftiges Herz mit jedem Schlag ein wenig mehr von der bleiernen Schwere aus ihrem Körper zu pumpen.

Endlich gab sie Saraf wieder frei und fühlte sich dabei seltsam leicht. Jede Müdigkeit war verflogen. Nun sprudelten die Worte nur so aus ihr heraus. Sie erzählte aus ihrem bewegten Leben, beleuchtete für ihn auch die dunkelsten Winkel ihrer Vergangenheit. Als die Sonne über dem Wald aufging, wusste sie nicht mehr, wie sie dem Menschen an ihrer Seite je hatte misstrauen können. Und dann schloss sich der Kreis, als sie sich an einen Ausspruch von Dave Clarke erinnerte, jenem Mann, der mit den Blumen sprach. Seine weisen Worte wiederholte sie für Saraf mit feierlicher Stimme:

»Ich glaube, es kommt nicht so sehr darauf an, was wir sehen können, sondern vielmehr darauf, wofür wir unseren Blick öffnen.«

AUF DER FLUCHT

Gilroy (Kalifornien, USA)
10. Januar 2006
10.04 Uhr

Mildred Quingley wohnte in einem blau gestrichenen Holzhaus mit weißen Fensterläden. Es stand in einer ruhigen Wohngegend am Rande von Gilroy. Die Bewohnerin musste ein goldenes Händchen für Blumen haben, denn unter den Fenstern und im Vorgarten blühte es in fröhlichen Farben. Neben dem von Rabatten gesäumten Aufgang stand ein Briefkasten mit dem gepinselten Namenszug »Q. Morghan«.

Yeremi wuchtete die Tür des zehn Jahre alten Jeep Grand Cherokee ins Schloss. Ed hatte seinen vierradgetriebenen »Liebling« nur widerstrebend gegen den Daihatsu eingetauscht und erwartete, das »Schmuckstück« am Abend »ohne jeden Kratzer« am Flughafen außerhalb von Gilroy wiederzufinden.

Saraf entstieg dem Cherokee auf der Beifahrerseite und lächelte Yeremi aufmunternd zu. »Bald haben wir es geschafft.«

Sie umrundete den Wagen, ging mit ihm Hand in Hand zur Haustür und drückte den Klingelknopf. Kein Laut war zu hören.

An der Tür befand sich in Augenhöhe ein Messingklopfer, den Saraf drei-, viermal krachen ließ. Anschließend grinste er Yeremi an. »Die Methode ist vielleicht alt, aber weit weniger anfällig als eure Elektrizität.«

Sie legte die Stirn in Falten und hoffte einige Herzschläge lang, der Türklopfer würde ebenfalls versagen, aber bald schon näherte sich ein schlurfendes Geräusch. Die Tür wurde nach innen geöffnet, und hinter einem Fliegengitter erschien das fragende Gesicht einer kleinen, vielleicht sechzigjährigen Frau. Sie trug ein alles andere als altmodisch aussehendes cremefarbenes Kleid, das mit winzigen blauen Blümchen übersät war. Nachdem sie die zweite Tür mit dem feinen Drahtgeflecht nach außen geöffnet hatte, bedachte sie die Fremden mit einem argwöhnischen Blick.

»Sie wünschen bitte?«

Verabredungsgemäß übernahm Saraf das Gespräch. In fast akzentfreiem Englisch begrüßte er die elegant gekleidete Dame, stellte sich und Yeremi vor und sagte sodann: »Wir müssen dringend mit Ihnen reden, Mrs Quingley.«

Sie erschrak. Vermutlich hatte sie – abgesehen von Ed Edmundson – lange niemanden mehr ihren wahren Namen aussprechen gehört. Yeremi fiel die Zerbrechlichkeit der kleinen Dame auf. Ja, so wirkte sie – wie ein zartes, feinsinniges Persönchen, das jeden Moment zerspringen konnte. Sie sah blass aus, krank. Ihr besorgtes Gesicht war von schneeweißem, hinten zum Zopf geflochtenem Haar umrahmt. Plötzlich geschah etwas Seltsames. Der furchtsame Ausdruck in ihrem Gesicht wich einer stillen Freundlichkeit, als Mildred Quingley sich Yeremi zuwandte.

»Kennen wir uns?«, fragte die feenhaft erscheinende Frau.

Genau dieselben Worte hatten sich zuvor in Yeremis Kopf geformt. Sie lächelte schüchtern. »Es wäre möglich, Mrs Quingley, und offen gesagt, wünsche ich es mir sogar.«

Die elegante Dame deutete mit ausgestrecktem Arm in ihr Haus. »Bitte treten Sie doch ein.«

Yeremi und Saraf folgten der Einladung. Während sich die beiden in ein geschmackvoll mit alten Möbeln eingerichtetes Wohnzimmer führen ließen, flüsterte sie ihm zu: »Hast du den Holzhammer eingesetzt? Warum ist sie mit einem Mal so freundlich zu uns?«

Saraf lächelte. »Ich habe sie nur ein wenig angestoßen, der Rest stammt von dir, Jerry.«

Eher abwesend bejahte Yeremi die Einladung zu einem schwarzen Tee. Sie fragte sich, was sie denn getan hatte, um Mrs Quingleys Vertrauen zu gewinnen.

Bald kehrte die Gastgeberin mit einem Tablett zurück und schenkte den Besuchern dampfenden Tee ein. Inzwischen hatte Yeremi genug Mut gesammelt, um das Gespräch selbst in die Hand zu nehmen. Mit allem Einfühlungsvermögen, zu dem sie sich fähig fühlte, sprach sie über Jonestown, die Weiße Nacht und die Zeit danach; immer wieder flocht sie Fragen ein, die Mrs Quingleys eigene Erfahrungen betrafen. Yeremi konnte spüren, dass sich das Herz ihrer Gesprächspartnerin zunehmend öffnete.

Bald sprach Mrs Quingley aus, worüber sie fast drei Jahrzehnte lang geschwiegen hatte. »Nun«, sagte sie, »wo ich sowieso nur noch wenige Monate zu leben habe, kann ich auch die ganze Wahrheit sagen.«

»W-was …?«, stammelte Yeremi betroffen.

Mrs Quingley lächelte. »Sie müssen mich nicht bedauern, Kindchen. Ich trage die Krankheit schon lange in mir und habe inzwischen gelernt, mich mit dem Unausweichlichen anzufreunden. Wenn man auf Raten stirbt, begrüßt man den Tod wie einen alten Bekannten.«

Yeremi konnte nicht anders, sie musste Mrs Quingleys zerbrechliche Hand nehmen und halten. »Wir beide haben Sie aufgesucht, weil das Leben vieler Menschen in Gefahr ist. Jackie Tailor, die Senatorin, sagte mir, Sie wüssten vielleicht Dinge über die Vorgänge in Jonestown, die noch nicht in den Zeitungen gestanden haben.«

»Das ist wohl wahr«, antwortete Mrs Quingley und machte sich daran, Yeremis Erinnerungslücken zu füllen. Hierbei ging sie mit derselben Korrektheit vor, die sich auch in ihrem Äußeren widerspiegelte. Sie berichtete von einem konspirativen Gespräch, das sie am frühen Morgen des 18. November mit Congressman Ryan in Jonestown geführt hatte. Ryan habe in dem angeblichen Agrarprojekt eine MK-Ultra-Versuchseinrichtung des CIA vermutet. Sie, Mrs Quingley, sei nicht überrascht gewesen. Sie habe damals in der so genannten Erweiterten Pflegestation gearbeitet und außerdem zum Führungskreis des Reverend gehört. Selbst der wusste, bis auf wenige Ausnahmen, jedoch nichts von dem, was in Jonestown wirklich vor sich ging. Einmal habe sie jedoch zufällig ein Gespräch zwischen dem Reverend und Eugene Smith belauscht, einem haarlosen Muskelpaket, das ständig in Jones' Nähe herumscharwenzelte. Dabei fiel das Wort »Gefühlskontrolle«. Die beiden sprachen darüber, eine größere Anzahl von Menschen für ein Selbstmordkommando zu präparieren, einen Krieg, einen Anschlag oder etwas Ähnliches. Genaueres habe sie damals nicht erfahren können, weil das Gehörte ihr Angst einjagte und sie von diesem Tag an alles daransetzte, Jonestown zu verlassen.

Yeremis Herz raste vor Erregung. Was sie da hörte, bestätigte ihre schlimmsten Vermutungen. Sie fragte Mrs Quingley, ob ihr je ein Mann namens S. Arthur Moltridge begegnet sei, er könne sich auch Sam Iceberg genannt haben. Mildred schüttelte den Kopf. Yeremi kramte aus ihrem kleinen Rucksack das Foto hervor, das ihren Vater, Carl und Moltridge zeigte. Sie legte es vor Mrs Quingley auf den Tisch. Deren Augen begannen plötzlich zu leuchten. Sie nahm das Bild in die Hand, um es besser betrachten zu können. »Ja, an *den* Mann kann ich mich noch gut erinnern«, sagte sie aufgeregt. »Er hatte so klare Augen wie grünes Eiswasser.« Sein Name lautete anders – ihr Gedächtnis sei in letzter Zeit wie ein Sieb. Irgendetwas Schottisches …

»Moltridge muss Iceberg sein«, murmelte Yeremi in Sarafs Richtung und wandte sich wieder Mrs Quingley zu. »Wie hat Ryan auf das reagiert, was Sie ihm sagten?«

»Er war entsetzt. Der Volkstempel ein Laboratorium voller menschlicher Versuchskaninchen – der Congressman wollte unverzüglich in die Heimat zurückreisen und seinen Befürchtungen eine Stimme verleihen. Er versprach die Einsetzung einer offiziellen Untersuchungskommission der Regierung. Damit hatte er sein Todesurteil unterschrieben.«

»Wie meinen Sie das?«, hakte Yeremi nach.

»Ich glaube, man hat uns belauscht. Ganz Jonestown war verkabelt. Es würde mich nicht wundern, wenn der Haarlose Eugene … Jedenfalls hat er Ryan kaltblütig erschossen. Und nicht nur ihn. In Jonestown gab es viele, die dem Aufruf des Vaters zum revolutionären Selbstmord nicht folgen wollten. Aus meinem Versteck musste ich mit ansehen, wie man viele von ihnen abschlachtete. Eugene Smith selbst war zu dieser Zeit verletzt. Er und eine Geisel wurden mit Hubschraubern weggebracht.«

Wieder wurde ein Stück jenes Vorhanges zur Seite gezogen, der Yeremis Erinnerungen verdeckte. In jener furchtbaren Nacht hatte sie zwei Männer auf Bahren erblickt, sie aber nicht erkannt. Einer war dunkelhäutig, es musste der Haarlose Eugene gewesen sein. Aber der andere …?

»Können Sie sich erinnern, wer diese Geisel war?«

Mrs Quingley verneinte. Sie habe den Mann nur von hinten gesehen. Nach dem Abflug der Hubschrauber sei sie in den Dschungel geflohen und habe sich dort versteckt. Zweimal zogen kleinere Einheiten von Uniformierten vorüber, die offenbar Überlebende jagten. Später sei sie dann von Rettungsmannschaften gefunden und in Port Kaituma von amerikanischen Soldaten einer Eliteeinheit zum Schweigen verpflichtet worden. Danach habe man sie in die USA ausgeflogen.

Yeremi nickte. »Ich war auch dabei.«

Mrs Quingleys blaue Augen fixierten mit einem Mal die Narbe an Yeremis Hals und weiteten sich. »Jetzt erkenne ich dich wieder! Du bist das kleine blonde Mädchen mit den großen dunklen Augen und dem bandagierten Hals.«

Die Sonne schien von einem azurblauen Himmel, als Yeremi den Cherokee aus Gilroy lenkte – ideale Flugbedingungen.

Die sterbenskranke Frau hatte versprochen, ihre Erinnerungen vor Gericht zu wiederholen, sollte es je zu einer Anklage Flatstones kommen, und sie unverzüglich einem Notar zu diktieren. Immerhin musste sie darauf gefasst sein, die Eröffnung des Verfahrens nicht mehr zu erleben. Obwohl die Begegnung mit Mildred Quingley nicht länger als eine Stunde dauerte, hatte Yeremi sich von ihr wie von einer langjährigen Freundin verabschiedet. Sich vorzustellen, diese warmherzige Frau würde bald für immer die Augen schließen, fiel Yeremi schwer. Ich werde zurückkommen und dich zur Strecke bringen, Flatstone, dachte Yeremi, ein Gedanke, der sie mit Befriedigung erfüllte, selbst wenn er mit Schmerz verbunden war: dem der Trennung von Saraf.

Schweren Herzens blickte sie nach rechts. Sarafs Augen sahen sie traurig an. Hatte er ihre Gedanken erraten? Yeremi bezwang die Rachegelüste und schenkte ihm ein Lächeln.

»Das da vorne muss der Flugplatz sein.« Sie deutete durch die Windschutzscheibe nach Nordwesten.

Das von zwei Gebirgszügen umgebene Santa Clara Valley war nicht gerade reich bestückt mit Flughäfen. Die wenigen Pisten waren so kurz, dass nur kleinere Verkehrsmaschinen dort starten oder landen konnten. Auch der Airport von Gilroy bot einen eher jämmerlichen Anblick. Es gab eine einzige Asphaltbahn, einen Tower, der in seinem früheren Leben ein Leuchtturm gewesen sein musste, drei Wellblechhangars und eine kleine Empfangshalle aus flachen Quaderelementen, die an einen Containerpark erinnerte.

Yeremi stoppte den Jeep vor einem geschlossenen Fenster, hinter dem jemand mit schulterlangen Haaren an einem Schreibtisch saß und telefonierte. Unerschrocken klopfte sie gegen die Scheibe. Der Kopf drehte sich, und ein Mann funkelte sie unwirsch an.

»Bert Hodgson«, rief Yeremi – der Name des Piloten, den Carl am Morgen telefonisch gebucht hatte.

Der Mann am Telefon deutete auf seine Uhr und streckte ihr dreimal die freie Hand entgegen, an der der kleine Finger fehlte. »Hodgson ist noch nicht da. Er kommt in zwölf bis fünfzehn Minunten«, erklärte Yeremi Saraf, als der neunfingrige Mann mit seinem Arm einen weiten Bogen beschrieb.

»Wenn wir das Gebäude umrunden, finden wir vermutlich einen Warteraum. Lass uns da reingehen.« Yeremi lief bereits in die gewiesene Richtung.

Sie entdeckten eine weiß korrodierte Aluminiumtür, die klemmte, sich jedoch rasch, wenn auch kreischend, Sarafs Muskelkraft ergab. Die beiden Fluggäste betraten einen schlecht beleuchteten Raum. Hinter ihnen flog die Metalltür krachend ins Schloss.

Die »Empfangshalle« war ungefähr so anheimelnd wie das Wartezimmer eines Feldlazaretts: Linoleum auf dem Boden, PVC an Wänden und Decke, eine nervös blinkende Leuchtstoffröhre in Türnähe und graue Schalensessel aus Kunststoff zum Verweilen. Durch ein kleines Fenster am anderen Ende konnte man die Piste sehen. Links zweigte ein Gang ab, der mit einem Toilettenschild auf sich aufmerksam machte.

»Nicht gerade gemütlich«, sagte Yeremi.

Saraf, der schräg hinter ihr stand, antwortete nicht.

Sie drehte sich zu ihm um. Sein Gesicht wirkte angespannt, so als lausche er auf ein fernes Geräusch. »Was ist?«, fragte sie.

»Das kann ich nicht erklären«, antwortete er leise. »Ich habe so etwas noch nie erlebt.«

»Ich verstehe kein Wort. Sprichst du von dem Mann im Büro? Hörst du ein Gefühl, das …?«

»Eher das Gegenteil davon«, unterbrach er sie und flüsterte ihr ins Ohr: »Ich spüre eine Leere, die nicht natürlich ist.«

Ohne sich mit weiteren Erklärungen aufzuhalten, umrundete er Yeremi auf leisen Sohlen und schlich direkt auf den Gang unter dem Toilettenschild zu. Ehe er diesen erreichte, trat unvermittelt ein Fremder in den Warteraum. Yeremi konnte den Mann nur über Sarafs Schulter hinweg sehen. Er war groß, kräftig gebaut, trug einen weiten grauen Sommermantel und hatte zottige schwarze Haare. In seinem breiten, versteinerten Gesicht ließ sich nicht die geringste Regung erkennen. Und dann kreuzte Yeremis Blick den seinen und blieb sofort daran haften, wie ein Insekt an einem Spinnennetz. Ein kalter Schauer lief ihr über den Rücken. Würden die sicheren Bewegungen des Unbekannten sie nicht Lügen strafen, hätte Yeremi seine braunen Augen für gläserne Prothesen gehalten. In ihnen gab es weder Liebe noch Hass. Sie waren kalt, völlig ohne Gefühl oder – wie Saraf sich ausgedrückt hatte – *leer*.

Der Fremde wollte den Silbermann mit einem Ausfallschritt ausmanövrieren. Er rückte gezielt gegen Yeremi vor. Fast sah es so aus, als gleite er auf Schienen. Yeremi konnte gerade noch erkennen, wie er eine Maschinenpistole unter dem Mantel hervorzog. Sie glaubte, ihr letztes Stündlein habe geschlagen. Aber dann reagierte Saraf und versperrte dem Angreifer den Weg.

»Bleib stehen! Wenn du die Frau töten willst, musst du zuerst mich umbringen. Lautet so dein Auftrag?«

Offenbar besaß der gefühlsleere Bursche, den selbst Sarafs empathische Antennen nicht hatten orten können, andere Instruktionen. Während er die Mündung seiner Waffe weiter auf den Gegner gerichtet hielt, zog er ein Funkgerät aus der Manteltasche. Yeremi hörte ein Knacken, gefolgt von lautem Rauschen, und dann den harten Dialekt eines Ausländers. *Ein Rumäne?* Ihre Gedanken vermischten sich mit den Worten des Schurken.

»Ich habe sie. Aber es gibt Probleme. Der Silberne Mann steht im Weg.«

Yeremi kam sich vor, als hätte sie Drogen genommen. Die ganze Situation war so unwirklich! Da standen sie nun – jeder belauerte den anderen – und warteten auf die Regieanweisungen irgendeines Unbekannten. Anstatt vor Todesangst zu zittern, sorgte sich Yeremi nur um Saraf. Wenn der Bewaffnete ein Killer Flatstones war und dieser den Silbermann für entbehrlich hielt, dann schwebte nicht sie, sondern er in Lebensgefahr. Sie hätte schwören können, die Temperatur im Warteraum würde rapide fallen. Der Widerling mit der Maschinenpistole schien wie ein Strudel alle Emotionen aufzusaugen. Zur Zeit lauschte er jedoch den Direktiven aus dem Äther. Und diesen Moment der Unaufmerksamkeit nutzte Saraf.

»Lauf, Jerry!«, rief er über die linke Schulter.

Sein plötzliches Ausbrechen aus der irrealen Stimmung ließ diese wie einen Luftballon zerplatzen. Yeremi erwachte aus der Benommenheit, und ihre Gefühle strömten mit Gewalt in sie zurück: Verwirrung und Beklommenheit, Liebe und Sorge, Hass und Angst.

Der Fremde ließ sein Walkie-Talkie fallen und riss die Waffe hoch. Yeremi zögerte. Sie konnte Saraf doch nicht …

»Nun lauf endlich!«, wiederholte er. »Ich finde dich.« Damit stürzte er sich auch schon auf den Feind.

Eine kurze Salve löste sich, die automatische Waffe meckerte wie eine Ziege. An der Decke raste eine Reihe von Löchern auf Yeremi zu. Dann sah sie eine feine rote Tröpfchenwolke, die wie aus einem Parfümzerstäuber Sarafs Körper entwich. Yeremi schrie. Der Fremde wurde vom Aufprall seines Gegners umgerissen. Die Maschinenpistole schepperte auf den Boden. Sarafs Jacke tränkte sich rasch mit Blut, aber er kämpfte, wie er vor Wochen mit dem schwarzen Jaguar gerungen hatte. Yeremi trat zwei oder drei schnelle Schritte vor. Einige rasende Herzschläge lang versuchte sie, die am Boden liegende Maschinenpistole zu packen. Aber es gelang ihr nicht. Mehrmals rollten die kämpfenden Männer darüber hinweg.

»Flieh, Jerry!«, keuchte Saraf abermals und steckte für die Ablenkung einen schweren Fausthieb ein.

Endlich gehorchte Yeremi. Sie rannte zum Ausgang, stieß die störrische Tür mit einem Fußtritt auf und stürzte hinaus. Hier blieb sie orientierungslos stehen. Das Herz drohte ihr aus der Brust zu springen. Sie weinte, ohne es zu merken. Ihre Gedanken waren mehr als konfus. Sollte sie den Mann im Büro alarmieren? Vermutlich hatte er nach den Schüssen ohnehin längst die Notrufnummer gewählt. *Ein Taxi!* Die Idee kam ihr schon vernünftiger vor. Tatsächlich erblickte sie ein solches ganz in der Nähe. Sie setzte zum Spurt an. Yeremi war eine gute Läuferin.

Wenige Sekunden später erreichte sie den Wagen und riss die Tür auf. Laute Countrymusic quoll ihr entgegen. Der Chauffeur hatte die Schüsse in dem Gebäude nicht einmal gehört. Erst jetzt drehte er sich um und blickte erstaunt in das tränenüberströmte Gesicht des gehetzten Fahrgastes. Gerade wollte Yeremi in den Wagen steigen, als hinter ihr Reifen quietschten. Sie warf den Kopf herum – und staunte.

»Schnell, springen Sie herein!«, rief Professor McFarell ihr aus seinem silbernen Jaguar S-Type zu; das Beifahrerfenster musste er schon vorher abgesenkt haben.

Yeremi war völlig konsterniert. Woher …?

»Carl hat mir gesagt, ich könne Sie hier finden. Und nun kommen Sie schon!«, fügte der Dekan drängend hinzu.

Aus dem Flughafengebäude ertönte eine weitere Salve.

»Wollen Sie, dass der Kerl Sie umbringt?«, rief der Professor gehetzt.

Yeremi drehte sich noch einmal zu dem Flachbau um, dann riss sie die Tür des Jaguar auf und sprang hinein.

McFarell trat das Gaspedal nieder, und der Wagen jagte wie eine Raubkatze davon.

Yeremi wischte sich mit dem Ärmel ihrer sandfarbenen Jacke die Tränen aus dem Gesicht und blickte starr aus dem Seitenfenster. Bäume und Sträucher flogen vorbei. Sie war noch immer viel zu aufgewühlt, um einen klaren Gedanken zu fassen. Verschüchtert wie ein kleines Mädchen umklammerte sie ihren kleinen Lederrucksack. Ob Saraf noch am Leben war? Der Professor hatte gleich nach dem Losfahren telefoniert, eine Schießerei gemeldet ...

»Alles in Ordnung?« Die besorgte Stimme drang wie durch eine Wand in ihr Bewusstsein vor.

Sie riss sich vom Anblick der vorbeifliegenden Landschaft los und sah in McFarells Gesicht, in seine gletschereisgrünen Augen – und spürte jäh einen kalten Schauer. Schnell drehte sie wieder den Kopf und blickte wie versteinert durch die Windschutzscheibe.

Der Silberne Sinn gedeiht in einem überhitzten oder unterkühlten Umfeld nicht besonders gut. Sarafs Worte hallten von weit her durch ihren Geist. Wann hatte er das gesagt? Diese Augen! Woher hatte der Dekan eigentlich gewusst, was in dem Flughafengebäude vor sich ging? Er sprach weder von einer Gruppe von Angreifern, noch zog er überhaupt die Möglichkeit eines weiblichen Killers in Betracht – sondern legte sich ohne Zögern auf einen »Kerl« fest. Yeremi spürte ein Ziehen im Nacken, weil sie sich verkrampfte. Dennoch blickte sie weder nach rechts noch nach links.

In immer schnellerer Folge tauchten nun aus ihrem brodelnden Gedankensumpf neue Alarmsignale auf: Mrs Quingley hatte den Mann auf Carls Fotografie erkannt, ihn aber weder als Iceberg noch als Moltridge identifiziert. *Irgendetwas Schottisches* ... »McFarell«, flüsterte sie.

»Was gibt's, Jerry?«, fragte der Professor am Steuer.

Sie wandte sich ihm wieder zu. »Warum haben Sie meinen Großvater gerade eben Carl genannt, so als wäre er ein alter Bekannter von Ihnen?«

Der Dekan zuckte die Schultern. »Uns beide verbindet das Interesse am Wohlergehen einer hübschen und äußerst hoffnungsvollen Wissenschaftlerin.«

Yeremis Hände bewegten sich mit einem Mal, als wären sie eigenständige Wesen. Sie öffneten den Rucksack und zogen das zusammengeklebte Metadiagramm heraus.

»Was haben Sie da?«, fragte McFarell.

Yeremi starrte auf die gestrichelte Lassoschlinge, die um den Symbolen Moltridges und Icebergs lag. Sie hatte diese Verbindung eingezeichnet, weil die Initialen Moltridges – S, A und M – mit dem Vornamen Icebergs übereinstimmen.

Auch die Anfangsbuchstaben von Professor McFarells Namen lauten S, A und M …

»So klare Augen, wie grünes Eiswasser«, wiederholte sie leise, was vor nicht einmal zwei Stunden Mrs Quingley über S. Arthur Moltridge gesagt hatte. Yeremi wurde blass. Alles Blut schien aus ihrem Kopf zu stürzen. Warum hatten bei ihr nicht schon damals die Alarmsirenen geschrillt, als ihr Großvater den Unbekannten auf der Fotografie »als sehr einfühlsamen Mann« beschrieb, als den »Typ, dem du – sieht man mal von seinen *merkwürdig kühlen Augen* ab – sofort helfen willst«? Kein Wunder, dass der zu einem Erinnerungsschnappschuss genötigte Mann ihr irgendwie bekannt vorgekommen war, denn ihm, ihrem einfühlsamen, kamerascheuen und mit so erstaunlicher Überredungskunst gesegneten Mentor, hatte sie vertraut wie nur wenigen anderen. Seine ehemals roten Haare waren inzwischen schlohweiß und zudem äußerst spärlich. Auch hatte er seit Ende der Siebziger mindestens zwanzig Pfund zugenommen. Deshalb dürfte auch Carl ihn nicht erkannt haben. Aber, kein Zweifel, es war derselbe Mann.

Yeremi fasste sich mit beiden Händen an die Schläfen, um gegen das Schwindelgefühl und den pochenden Kopfschmerz anzukämpfen. Sie fühlte sich wie unter einer Eisscholle gefangen, so als müsse sie jeden Moment einen nasskalten Erstickungstod sterben …

»Ich habe mich schon gefragt, wann Sie endlich darauf kommen«, sagte McFarell, zog eine silbrig schimmernde Pistole auffällig großen Kalibers aus der Jackentasche und richtete die Mündung auf Yeremi.

Ihr Blick suchte nun, da es nichts mehr zu verlieren gab, Kontakt mit jenen eisig kühlen Augen, die sie so lange betrogen hatten. »Ich muss blind gewesen sein.«

McFarell lächelte. »Die Empathie kann blenden, das gehört zu ihrem dunklen Wesen. Ehrlich gesagt, dachte ich damals, als ich Sie in meinem Büro zu der Expedition überredete, Sie wären mir schon auf die Schliche gekommen. Erinnern Sie sich noch, Jerry? Sie sagten, Sie seien versucht, an meiner Identität zu zweifeln. Ob ich denn wirklich *der* Stanley A. McFarell sei, den Sie seit mehr als anderthalb Jahrzehnten zu kennen glaubten? Oder sähen Sie sich einem Schwindler gegenüber, der nur vorgebe, Dekan der Anthropologischen Fakultät von Berkeley zu sein?« McFarell lachte leise. »Das war noch zu der Zeit, als Sie Ihrem empathischen Sinn nicht vertrauten.«

Yeremi sorgte sich im Augenblick weniger um sich selbst als vielmehr um den Mann, der ihre Liebe und ihr Vertrauen noch nicht enttäuscht hatte. »Was haben Sie mit Saraf vor?«, fragte sie.

»Feraru Madalin wird sich um ihn kümmern. Wenn der Silbermann vernünftig ist, wird ihm nichts geschehen.«

Lüge! Ich habe Sarafs Blut gesehen! Am liebsten hätte Yeremi diesem Betrüger am Steuer die Worte ins Gesicht gespien, aber sie tat es nicht. *Der Silberne Sinn gedeiht in einem überhitzten oder unterkühlten Umfeld nicht besonders gut.* Sie fühlte sich elend, verraten, manipuliert, aber sie wollte keinen neuen Fehler begehen. Erst musste sie sich beruhigen …

Der Jaguar spurtete in Richtung Osten, direkt auf die Berge zu. Nach einigen Meilen fragte Yeremi leise: »Warum das alles?«

McFarells Kopf glich schaukelnd eine Bodenwelle aus. Nach einem kurzen Blick zu seiner Beifahrerin erwiderte er: »Wie Sie wissen, bin ich von Hause aus Psychologe – das ist nicht gelogen. Als solcher hat mich schon immer der Gedanke fasziniert, die Gefühle anderer Menschen lesen und verändern zu können. Wir behaupten zwar oft, der Verstand regiere die Welt, aber das ist eitler Selbstbetrug. Unsere Emotionen steuern die meisten unserer wichtigen Entscheidungen. Wenn man sich erst einmal dieser ernüchternden Tatsache stellt, dann kann man sie sich zu Nutze machen.«

»Indem man Menschen für Selbstmordkommandos abrichtet?«

McFarell hob die Hand vom Lenkrad und ließ sie wieder fallen. »Das war eine von verschiedenen Optionen. Sie sind noch jung, Jerry. Vielleicht können Sie sich das in unserem Land herrschende Klima zur Zeit des Kalten Krieges nicht vorstellen. Damals, lange bevor Präsident Ford in seinem wählerhörigen Herzen ethische Bedenken gegen solche Projekte entdeckte, begann die Regierung Forschungsvorhaben zu fördern, die man heute vielleicht als zu kostspielig oder als wenig Erfolg versprechend gar nicht erst in Betracht ziehen würde …«

»Oder weil sie gegen die Ethik verstoßen«, beharrte Yeremi.

»In der Politik und im Krieg gibt es keine Ethik.«

»Und deshalb hat Ihre ›Firma‹ Doktor W. Baecker für das Projekt Bluebird eingekauft, damit er ihnen die Geheimnisse des Nazi-Programmes Medusa und seines großen Geistes Hanussen verrät.« Yeremi hielt die Luft an und saugte McFarells Reaktion mit allen Sinnen auf.

»Baecker war ein Blender. Er wollte mit einem Wissen glänzen, das er nicht besaß. Immerhin hatte er genug über Hanussens Tricks gelernt, um sich damit nicht nur bei den Verantwortlichen für Bluebird einzuschleimen, sondern auch während der Zeit von Artischocke und MK-Ultra eine Menge Geld zu verdienen. Selbst ich bin noch Jahre später auf ihn hereingefallen.«

»Kann es so etwas geben?«, spöttelte Yeremi und freute sich insgeheim über McFarells lockere Zunge.

Der Professor schien ihre Gedanken zu erraten. »Wir wissen mehr über Sie und Ihren Silbermann, als Sie denken, Jerry. Zwar haben wir die verschlüsselten Daten auf dem Notebook-Computer noch nicht geknackt, den Sie in der Casa Joaquin Murrieta zurücklassen mussten, aber die Abhöraktionen in Georgetown und all Ihren späteren Schlupfwinkeln dürften uns trotzdem über Ihren Wissensstand auf dem Laufenden gehalten haben.«

»Warum der Angler?«, fragte Yeremi spontan.

McFarell lächelte. »Das war eine Idee von Flatstone. Er wählte den Mexikaner aus, weil er ein schwaches Herz hatte. Jeff nahm an, es würde in einer Stresssituation versagen, was dann in Carls Haus ja auch tatsächlich geschehen ist. Der Angler, wie Sie ihn nennen, sollte Sie nur aus der Reserve locken, mehr nicht. Wir hofften, Sie würden zu mir kommen und mich um Schutz bitten. So hätten wir ohne direkten Druck die Forschung an Ihnen und Saraf Argyr durchführen können. Ich sagte Jeff, er dürfe meine Lieblingsfamula nicht unterschätzen. Nun ja, Sie wissen, was daraus geworden ist.«

Yeremi schüttelte fassungslos den Kopf. »Was für ein Mann ist dieser Jefferson Flatstone überhaupt, dass er einen Menschen sterben lässt, um …« Sie verstummte, weil sie sich plötzlich nicht mehr sicher war, ob nicht ihr alter Freund und Förderer das Massensterben von Jonestown und in den Höhlen des Orion angeordnet hatte.

McFarell bog in eine Seitenstraße ein, die weiter in die Berge führte. »Flatstone ist ein typischer Außendienstler«, beklagte er sich. »Zwar gebildet, aber trotzdem öfters mal grob. Ich sagte ihm, wir müssten uns auf das Potenzial konzentrieren, das in den empathischen Techniken von Medusa steckte …«

»Potenzial?«, unterbrach ihn Yeremi empört. »Sie sprechen von diesen mörderischen Versuchen wie von einer neuen umweltverträglichen Art der Energieerzeugung. Sie wussten doch, was nach dem Reichstagsbrand geschehen ist. Wollen Sie den *dritten* Weltkrieg, oder worum geht es Ihnen?«

»Wenn er unserem Planeten endlich Frieden brächte – warum nicht?« McFarell bemerkte Yeremis Entsetzen und lächelte nachsichtig. »Sie dürfen sich den Blick auf die Möglichkeiten der Empathie nicht durch einige bedauerliche Vorfälle verstellen lassen, Jerry. Carl Gustav Jung hat einmal gesagt: ›Die Psychologie weiß nicht, was gut und böse ist; sie kennt diese nur als Urteil über Relationen.‹«

»Dieser Zynismus kommt mir bekannt vor. Ist Al Leary zufällig auch einer Ihrer Schüler?«

»Er muss sich noch entwickeln. Aber ich setze große Hoffnungen in ihn.«

»Ha! Dass ich nicht lache! Und jetzt erzählen Sie mir wahrscheinlich, es gehe bei alldem nur um die Wissenschaft zum Wohle der Menschheit.«

McFarell seufzte wie ein nachsichtiger Großvater. »Meine Aufgabe ist, ob Sie es nun glauben oder nicht, die Grundlagenforschung. Flatstone kümmert sich um die Finanzen und praktischen Erprobungen unserer Erkenntnisse.«

»Grundlagenforschung! Praktische Erprobung!« Yeremi äffte den verharmlosenden Ton des Professors nach. »Fallen die Terroranschläge vom 11. September 2001 etwa auch unter die Rubrik ›Praxistests‹?«

Der Professor ließ sich nicht noch einmal aus der Reserve locken. In fatalistischem Ton klagte er: »Die Welt ist ein Chaos. Der Flügelschlag eines Schmetterlings in China kann bei uns einen Hurrikan verursachen. Wer vermag da schon von Schuld oder Unschuld zu sprechen?«

Yeremi holte tief Luft und verlangsamte ihren Herzschlag bewusst. Die Diskussion war in eine Sackgasse geraten. Während sie ruhig wieder ausatmete, beschloss sie, einen überraschenden Ausfall zu wagen. »Wo bringen Sie mich hin?«

McFarells gute Laune blieb unerschütterlich. »Zu ein paar Männern, die Sie schon gespannt erwarten, Jerry. Aber bis wir dort sind, wird noch einige Zeit vergehen. Ich schlage vor, Sie schlafen ein wenig.«

Yeremi fühlte, wie Adrenalin in ihre Blutbahn schoss. Die Worte McFarells gellten wie Alarmglocken in ihren Ohren. Sie wusste nur nicht, wovor sie eigentlich gewarnt werden sollte.

Bis der Professor den Finger am Abzug seiner Pistole krümmte.

Ein schnalzendes Geräusch drang aus der Waffe, als würde der Schnappverschluss einer unter Druck stehenden Bierflasche geöffnet. Yeremi spürte schmerzhaft das Eindringen einer Nadel zwischen ihren Rippen. Es folgte ein kurzes Brennen, eine heiße Woge, die ihren Körper durchflutete, dann wurde ihr schwarz vor Augen, und sie verlor die Besinnung.

DER MAULWURFSHÜGEL

Irgendwo in Kalifornien (USA)
10. Januar 2006
21.15 Uhr

Ihr Scharfsinn hat mir schon immer gefallen, Jerry. Sie hörte die vor langer Zeit gesprochenen Worte, als hätten die Schallwellen sie erst jetzt erreicht – der Verstand braucht manchmal lange, um die Ironie zu erkennen. Yeremi schluckte diese Erkenntnis wie eine bittere Medizin. McFarells Stimme drohte in einem Rauschen unterzugehen, das nur in ihren Ohren existierte. Es fehlte nicht viel, und sie wäre wieder in die Bewusstlosigkeit zurückgesunken, aber sie klammerte sich an die Erinnerungsbilder wie an einen Rettungsring.

Ihre Glieder waren zu schwer, um sich vom Fleck zu bewegen. Von irgendwoher hörte sie neue Geräusche: leises Rascheln, ab und zu ein Klappern, Schritte ... Spielten ihre Sinne immer noch verrückt, oder waren die Laute real? Yeremi kam sich vor, als liege sie rücklings auf einem Karussell. Ihre Augen waren geschlossen, aber alles drehte sich. *Nicht ohnmächtig werden!*, beschwor sie sich selbst und lenkte die Gedanken zu den beißenden Erinnerungen zurück, die sie bei Bewusstsein hielten.

Der verborgene Spott des Professors hatte ihr damals geschmeichelt. Erst später warnte Saraf sie vor der dunklen Empathie: *Wenn Verführung und Einschüchterung zusammenkommen, bewegt sich der Silberne Sinn auf der Grenze zwischen Finsternis und Licht.* Saraf erklärte, dass bereits Kinder, die von ihren Eltern Liebe und Leitung erfahren, sich an ein Wechselspiel der Strenge und Liebkosung gewöhnen, dem sie deshalb als Erwachsene kaum widerstehen können. McFarell – der Mann, dessen »Lieblingsfamula« sie einmal gewesen war – beherrschte die Kopplung von Kommando und Verführung meisterhaft. Und auch Al Leary kannte sich damit aus. Wie in einer Fernsehreportage zur besten Sendezeit liefen die Szenen vor Yeremis innerem Auge ab. Sie war gelobt worden für ihre Professionalität, ihre Intelligenz und alles Mögliche, fast im gleichen Atemzug hatte sie jedoch Befehle entgegennehmen müssen, Forderungen und Mahnungen …

Ihr Mund war so trocken, als hätte sie eine Hand voll Laub zerkaut. Aber das Rauschen in den Ohren wurde ein wenig schwächer. Yeremi bewegte die Lippen, versuchte sie mit ihrer Zunge zu benetzen, aber die war nur ein nutzloser Klumpen in ihrem Mund. Mehrere Regimenter von Ameisen machten sich von ihren Extremitäten aus auf zu einer Begegnung irgendwo in Yeremis Magen. Wenigstens war das Kribbeln ein Zeichen von Leben. Sie schlug die Augen auf und erschrak …

Al Learys Gesicht schwebte vor ihr wie das wabernde Spiegelbild in einer Schale Milch. Es grinste, bewegte die Lippen und produzierte Laute, die nur langsam Yeremis Bewusstsein erreichten.

»… lange geschlafen. Wie geht es dir?«

War die Frage ernst gemeint? In ihrem Kopf tobte ein Hurrikan. Kalter Schweiß trat auf ihre Stirn. Ihr Herz hämmerte in Rekordgeschwindigkeit. Mit weit aufgerissenen Augen starrte sie ihn an – wie damals war er über sie gebeugt. Was konnte sie tun, um sich zu verteidigen?

»Hast du mich verstanden, Jerry?«, fragte Leary.

Sie reckte ihm den Kopf entgegen und krächzte: »Ja!«

»Und?«

»Ich habe Durst.«

»Das ist normal. Sam hat dir einen ziemlichen Hammer verpasst.«

Yeremi spürte einen drückenden Schmerz in der Seite, genau dort, wo das Betäubungsprojektil sie getroffen hatte. Wer war Sam? Erst allmählich dämmerte ihr, von wem Leary sprach. »Was will Professor McFarell von uns?«

»Das Gedächtnis des Silbernen Volkes.«

Die offene Antwort verblüffte sie. Vermutlich war sie schon von Flatstone belauscht worden, als Saraf ihr im Strandhaus von dem

Heiligtum seiner Ahnen erzählt hatte. Ihr Kopf fiel auf das Lager zurück. Sie erblickte eine Decke aus glattem grauem Gestein. Der rechteckige Raum wirkte wie aus dem Fels geschlagen. Yeremi schloss die Augen und zischte: »Vergiss es!«

»Sam sagt, du bist ein kluges Mädchen.« Leary versuchte anders ans Ziel zu kommen.

Verführung!, dachte Yeremi.

»Und deshalb *musst* du einfach auf sein Angebot eingehen. Sonst ... Mr Flatstone ist weniger zimperlich als der Professor.«

Und Kommando. Sie drehte ihren Kopf zur Wand. Das gehorsame Kind in ihr hatte hinzugelernt.

»Jerry!«, flehte Leary, oder zumindest hörte es sich so an. »Saraf braucht jetzt deine Hilfe. Lass ihn nicht im Stich.«

Sie riss die Augen auf, und ihr Kopf flog herum. »Wo ist er? Wie geht es ihm?« Mühsam stemmte sie sich mit einem Ellbogen hoch.

»Er ist dort.« Leary deutete zu einer Stelle, die sich irgendwo hinter Yeremis Kopf befand. Sie drehte den Oberkörper. Dabei streifte ihr Blick eine massive Stahltür. Die ganze Kerkerzelle war ungefähr fünf mal drei Meter groß. An der Querwand hinter ihr stand ein Feldbett, und darauf lag Saraf, mit einer graubraunen Wolldecke bis zum Kinn zugedeckt. Er schlief.

Obwohl sie sich dabei wie auf einem Segelschiff in stürmischer See vorkam, hievte sich Yeremi in eine sitzende Position, rutschte von der Liege und taumelte zu Saraf. »Habt ihr ihn auch ...?«, fragte sie Leary, mit dem Kopf auf den Schlafenden deutend.

»Er hat bei dem Kampf mit Madalin einen glatten Durchschuss erlitten und viel Blut verloren. Im Moment schläft er von den Schmerz- und Beruhigungsmitteln, die unsere Ärzte ihm gegeben haben. Er wird bald wieder auf den Beinen sein.«

»Wo sind wir hier?« Yeremi ließ ihren Blick an der Decke kreisen.

»Kennst du NORAD, diese unterirdische Luftüberwachungszentrale im Cheyenne Mountain? Das hier ist zwar hundertmal kleiner, aber es dient nur einem einzigen Zweck.«

»Als Testlabor für euer Gefühlskontrollprogramm?«

»Du sagst es.«

»Damit ist aber meine Frage noch nicht beantwortet.«

»Denkst du wirklich, ich würde dir unser Versteck verraten?«

»Nein.« Yeremi wandte sich wieder Saraf zu und strich ihm sanft über die Stirn. Er schien es nicht zu spüren.

»Was soll ich dem Professor nun sagen?«

Ohne Leary noch einmal anzublicken, erwiderte Yeremi: »Richte ihm aus, ich hätte Durst.«

Leary schwieg, als müsse er zunächst auf ein anderes Programm umschalten. Als er wieder zu sprechen begann, klang seine bis dahin moderate Stimme hart und unbarmherzig. »Ich lasse dir etwas zu trinken bringen. Vielleicht denkst du anschließend noch einmal über meinen Vorschlag nach.«

»Das glaube ich kaum«, antwortete Yeremi, die Augen fest auf Sarafs bleiches Antlitz gerichtet. »Ich habe für Stan oder Sam oder wie immer euer Chefverräter heißt nur eine Botschaft: Ihr habt einen großen Fehler begangen.«

Saraf erwachte kurz nach Learys leisem Abgang. Yeremis letzte Worte mussten auf den Psychologen wie ein bleierner Fluch gewirkt haben, anders konnte sie sich seine Reaktion nicht erklären. Die Nachwirkungen der ihr in den Körper geschossenen Droge nahmen allmählich ab. Sie fühlte sich, abgesehen von dem brennenden Durst, schon erheblich besser. Als sich Sarafs Augen öffneten, wäre sie vor Glück am liebsten in die Luft gesprungen. Ersatzweise drückte sie die Lippen auf seinen Mund. Erst als er unruhig wurde, ließ sie wieder von ihm ab.

»Du willst mich wohl ersticken«, sagte er mit einem müden Lächeln.

»Ich freue mich so sehr, dich wieder unter den Lebenden zu sehen!«

»Aber ich war niemals tot.«

»Das ist nur so eine Redensart. Hast du Schmerzen?«

»Im Augenblick nicht. Aber da ist so eine Benommenheit …« Er fasste sich an die Stirn.

»Das kommt von der Medizin, die sie dir gegeben haben. Al Leary ist hier …« Yeremi verstummte, weil die Stahltür hinter ihr zu rasseln begann. Ein Schlüssel drehte sich im Schloss, Riegel wurden zur Seite geschoben, und dann erschien ein gebeugter alter Mann.

Der Greis bückte sich, hob vom Boden ein braunes, rundes Tablett auf und betrat die Zelle. Er musste von Leary geschickt worden sein, denn auf seiner Servierplatte standen zwei Plastikbecher und eine Kunststoffkaraffe. Yeremi verfolgte den Wasserträger, als sei er eine übernatürliche Erscheinung. An diesem Mann stimmte etwas nicht. Er vermied jeden Blickkontakt mit den Gefangenen, bewegte sich zaudernd, als müsse er fürchten, von ihnen angesprungen zu werden. Zielstrebig näherte er sich dem freien Bett, das für ihn wohl das geringste Risiko darstellte. Je länger Yeremi den Alten beobachtete, desto jünger erschien er ihr. Anfangs hatte sie ihn auf Ende siebzig geschätzt, aber nun neigte sie eher dazu, ihm zwanzig Jahre nachzulassen. War sie diesem Mann schon einmal begegnet?

»Halt!«, sagte sie, nachdem er sein Tablett auf ihrer Liege abgestellt und sich wie eine hölzerne Marionette zum Gehen gewandt hatte.

Er gehorchte.

Sie erhob sich von Sarafs Bettkante und lief zu dem seltsamen Kerkerdiener hin. Er trug keine Waffen – vielleicht, weil jeder Fluchtversuch zwecklos gewesen wäre. Als Yeremi dem Mann ins Gesicht blicken wollte, sah er scheu zu Boden. Aus irgendeinem Grund konnte sie in ihm keinen Peiniger sehen, vermutete eher einen Mitgefangenen, der sich mit Hilfsarbeiten ein wenig Freiheit erkaufen konnte. Vorsichtig legte sie ihre Hände an seinen Kopf und richtete diesen auf. Ein eisiger Schauer durchlief ihren Körper. Die blauen Augen des Mannes wirkten gebrochen, auf eine furchtbare Weise trostlos. Jedes Gefühl schien in ihnen erstorben zu sein, wenngleich ihnen die Leere des rumänischen Killers Madalin fehlte.

»Ich kenne dich«, flüsterte Yeremi.

Der Alte wollte ihrem Blick ausweichen, doch sie hielt seinen Kopf fest.

Mit einem Mal durchfuhr es sie wie ein Blitz. Ihre Hände sprangen förmlich vom Gesicht des Alten, und sie wandte sich von ihm ab. »Nein!«, schluchzte sie, und alle Kraft stürzte aus ihrem Leib. Ihre Knie gaben nach, und sie sank auf den Boden. Dort blieb sie liegen, geschüttelt von Weinkrämpfen.

Der Alte stand neben ihr. Sah auf sie herab. Sein Gesicht war unbewegt, reglos wie der ganze Mann.

Saraf brauchte einige Zeit, um sich von seinem Lager hochzuquälen, den – nun doch – stechenden Schmerz in seiner Seite ins Unterbewusstsein zu verbannen und sich bis zu der Frau am Boden vorzukämpfen. Als er endlich neben ihr kniete und sein warmer Oberkörper, halb schützend, halb sich stützend, auf ihr lag, begann er beruhigend auf sie einzureden. Seine Hand strich immer wieder über ihr Haar. Er konnte nicht mehr für Yeremi tun, als ihren Schmerz in sich aufzunehmen, doch dazu war niemand besser geeignet als er.

Der Alte beobachtete die Szene scheinbar teilnahmslos. Dabei rührte er sich nicht vom Fleck.

»Was hat der Mann getan?«, fragte Saraf, als Yeremis Körper nicht mehr von Krämpfen geschüttelt wurde und sie nur noch leise schluchzte.

Sie wischte sich mit dem Handrücken die Tränen aus den Augen und blickte ihn voller Schmerz an. »Er hat mich gezeugt.«

Nun zeigte sogar Sarafs sonst immer so ausgeglichene Miene Anzeichen größter Verwunderung. Er blickte zu dem Alten hin, dann wieder in Yeremis Gesicht. »Willst du damit sagen …?«

Sie nickte. »Er ist mein Vater.«

Einige Sekunden lang starrte Saraf nur auf den Boden. In seinem Kopf schien ein riesiges Räderwerk zu arbeiten. Dann wandte er sich wieder Yeremi zu. »Das ist niederträchtig von Jefferson Flatstone. Er will dir demonstrieren, was mit dir geschieht, wenn du nicht mit ihm zusammenarbeitest.«

Yeremi hob eine Hand, die eher wie eine Kralle aussah, und fuchtelte damit vor Sarafs Gesicht herum. »Aber was haben sie mit Papa gemacht? In ihm ist es so … *still.*«

Saraf rückte näher an sie heran, bettete ihr Gesicht an seiner Brust und streichelte ihren Rücken. »Wie stark der Silberne Sinn schon in dir ist! Du hast Recht. Sie müssen seine Seele durch ein Feuer geschickt haben, bis sie empfindungslos geworden ist. Seine Gefühle sind verkrustet. Aber vielleicht ist noch nicht alle Hoffnung verloren.«

Sie hob den Kopf und schaute ihm in die Augen. »Wie meinst du das?«

»Der Mann, der mich heute mit seiner Waffe niedergestreckt hat, ist ein Ungeheuer. Es ist, als hätte man die Gefühle aus ihm herausgeschnitten. Aber bei deinem Vater ... Wie soll ich das anders erklären? ... Warte!«

Saraf erhob sich ächzend, drückte dabei seine Hand in die linke Seite und kam schließlich vor dem apathischen Alten zum Stehen. Mindestens eine Minute lang sah er ihn nur ruhig an. Yeremis Vater wich den strahlenden blauen Augen des Silbermannes aus und fixierte einen imaginären Punkt am Boden. Dabei schwankte er unruhig hin und her. Saraf rückte um einen Zoll näher und tat scheinbar nichts weiter, als den Alten anzusehen. Dessen Nervosität steigerte sich. Er stieß unwillige Laute aus, hob wie zur Abwehr die Arme, ließ sie dann aber wieder sinken.

Yeremi verfolgte wie gebannt das seltsame Schauspiel. Über ihre Wangen rollten Tränen. Als Saraf plötzlich die Hände des greisenhaften Mannes ergriff, hielt sie den Atem an. Sie fürchtete, ihr Vater könne um sich schlagen, doch stattdessen wurde er mit einem Mal seltsam ruhig.

»Wie lautet doch gleich sein Name?«, fragte Saraf, nur sein Kopf war leicht in Yeremis Richtung geneigt.

»L...« Sie räusperte sich. »Er heißt Lars.«

Saraf bedankte sich mit einem Nicken. »Und jetzt setzen wir uns, Lars«, sagte er zu dem verschüchterten Alten. Damit schob er ihn langsam rückwärts, bis Lars Bellmans Beine gegen Yeremis Bett stießen. Sarafs Stimme klang unglaublich beruhigend, als er sagte: »Nimm Platz, Lars. Wir wollen uns unterhalten.«

Lars gehorchte.

Yeremi konnte nicht mehr untätig zusehen. Sie drückte sich vom Boden hoch und eilte an ihres Vaters Seite. Saraf mahnte sie zu maßvolleren Bewegungen.

Was nun folgte, hätte Männern wie Al Leary bestenfalls ein ungläubiges Kopfschütteln abgenötigt. Mit sanften Worten gelang es Saraf, die Seelenblockade des Mitgefangenen zu lösen. Nach einigen Minuten begann Lars zu sprechen, und in seine gebrochenen Augen kehrte ein Schimmer zurück, der Yeremi an den Widerschein einer Kerze in finsterer Nacht erinnerte. Die psychischen Wunden, die man ihrem Vater zugefügt hatte, waren selbst für den Silbernen Sinn zu groß, um sie einfach ungeschehen zu machen, aber in seiner vernarbten Seele begann Lars wieder zu fühlen. Ein Abglanz seines verschütteten Wesens kehrte in ihn zurück.

Mit neuen Augen betrachtete er seine Tochter. Und nun fingen *beide* an zu weinen. Minutenlang lagen sie sich in den Armen. Die Tränenflut wollte kein Ende nehmen.

Saraf betrachtete erschöpft, aber mit stiller Freude die Wiederkehr des Glücks an diesen trostlosen Ort. Nach einer Weile begann er dann doch zu drängen: »Man wird deinen Vater schon vermissen. Er sollte jetzt wieder dorthin zurückkehren, woher er gekommen ist.«

Lars wandte sich dem Silbernen Mann zu, reichte ihm die Hand und sagte: »Du bist ein guter Mensch. Danke.«

»Ich liebe deine Tochter«, antwortete Saraf. »Auch sie ist gut, und ich denke, daran bist du nicht ganz unbeteiligt.«

Lars lächelte auf eine Weise, als entdecke er diese Regung gerade eben wieder.

»Papa«, sagte Yeremi leise. »Werden wir hier bespitzelt?«

Lars blickte zur Decke hinauf. Dann schüttelte er den Kopf. »Wer hierher kommt, der kann nichts mehr verraten.«

»Hat man mit dir und anderen hier unten Experimente angestellt?«

Das Gesicht ihres Vaters verfinsterte sich wieder. Er nickte. »Ich muss jetzt gehen, aber ich komme wieder.« Rasch umarmte er Yeremi, drückte noch einmal Sarafs Hand und verließ die Zelle.

Lars hielt sein Versprechen. Er sagte, es sei drei Uhr morgens, als er in den Kerker zurückkehrte. Yeremi hatte den Zeitsinn verloren, worauf ihre Peiniger vermutlich abzielten, als sie ihr das Chronometer abgenommen hatten. Die letzten achtundvierzig Stunden waren eine Martyrium gewesen. In der letzten Nacht hatte sie überhaupt nicht geschlafen, und auch in dieser fand sie aus Sorge um Sarafs Zustand nicht die ersehnte Ruhe.

Sie schlief bis zum Kommen ihres Vaters höchstens zwei Stunden. Die »Fühlsinntherapie« hatte den Silbermann völlig ausgelaugt, und er fantasierte im Schlaf wie damals im Strandhaus, als sein Stöhnen Yeremi in sein Zimmer getrieben hatte. Zusammen setzten Vater und Tochter sich, Hand in Hand, auf Sarafs Bettkante, und Lars erzählte stockend seine Geschichte:

In der Nacht des 18. November 1978 war er aus Jonestown entführt worden, weil man ihn für einen empathischen Telepathen hielt. Mit ihm sollte auch Yeremi in die versteckten Höhlenlabors verschleppt werden, aber sie war dem verletzten Eugene Smith entwischt, was diesen in Rage versetzt hatte.

Mit der Weißen Nacht war für Lars eine finstere Zeit angebrochen. Man wollte mit aller Macht eine Gabe aus ihm herauskitzeln, die er offenbar nicht besaß. Er wurde den grausamsten Torturen ausgesetzt: Hitze, Kälte, Elektroschocks. Man infizierte ihn mit Krankheitserregern. Immer wieder erprobte man Drogen an ihm, bis seine Seele schließlich in Dunkelheit versank.

Er könne sich nicht mehr erinnern, wann dieses Leben als Zombie begann, sagte Lars bitter. Jedenfalls genieße er seither mehr Freiheiten. Man halte ihn für geistesgestört, aber harmlos. Dabei sei nur sein Gefühlsleben erloschen, sein Verstand glimme noch. Bald durfte er sich innerhalb der Höhlen verhältnismäßig frei bewegen. Leider sei ihm die Flucht aus der streng bewachten unterirdischen Anlage nie gelungen, bedauerte er. Allerdings habe er im Innern des Berges manches gesehen und gehört, was seine Peiniger wohl lieber für sich behalten hätten …

An dieser Stelle hakte Yeremi nach. »Al Leary hat diesen Komplex mit der NORAD-Zentrale im Cheyenne Mountain verglichen.

Der liegt in Colorado. So weit wird man uns wohl kaum transportiert haben, während wir bewusstlos waren. Hast du eine Ahnung, wo wir uns befinden, Paps?«

Auf sein Gesicht trat ein Ausdruck großer Anstrengung, das Denken fiel ihm offenbar noch schwer. »Nicht genau«, erwiderte er zögernd. »Da hat mal jemand … Also, an der Kreuzung in Alum Rock gab's mal einen Unfall und … Einer der Techniker … Er ist zu spät zum Dienst erschienen.«

»Alum Rock? Ich fahre auf dem Weg nach Berkeley ständig dort vorbei. Hast du vielleicht noch etwas gehört? Irgendetwas? Versuche dich zu erinnern, Papa!«

Lars verfiel wieder ins Grübeln. Yeremi streichelte indessen Sarafs Hand. Mit einem Mal hellte sich das Gesicht ihres Vaters auf. »Das Observatorium! Wir müssen uns in der Nähe einer Beobachtungsstation … Also, davon habe ich sogar mehrmals …«

»Das Lick-Observatorium auf dem Mount Hamilton!«, stieß Yeremi hervor. »Es liegt – ich weiß nicht genau – etwa zwanzig Meilen von Alum Rock entfernt.«

»Dann kennst du die Gegend, wo wir uns befinden?«, fragte Saraf.

»Ungefähr. Wenn wir fliehen wollen, müssen wir die Straße nach Westen nehmen.«

Lars schüttelte heftig den Kopf. »Hast du mir nicht zugehört, Jerry? Das hier … Es ist die Hölle. Aus der entkommt man nicht.«

Sie wollte sich damit nicht abfinden. »Irgendwie müssen wir es trotzdem versuchen, Papa. Hast du je darüber nachgedacht, warum du überhaupt noch lebst?«

»Oft sogar. Mir scheint … Sie werden wohl gehofft haben, ich könne ihnen irgendwann doch noch nützlich sein.«

»Und dieser Tag ist jetzt gekommen.« Yeremis Erleichterung darüber war getrübt. »Doch nun, da sie deine ›begabte‹ Tochter haben, ist der in ihren Augen schwachsinnige Lars Bellman entbehrlich geworden. Saraf und ich haben erst kürzlich erleben müssen, was das bedeuten kann. Du bist in großer Gefahr, Papa!«

Lars schien sich dieses Umstands nicht bewusst zu sein. Er blickte seine Tochter liebevoll an und sagte, fast schon heiter: »Aber ... Aber sie haben die Rechnung ohne den Wirt gemacht, oder?«

Yeremi drückte Sarafs Hand. »Ohne dich wäre Papa nie mehr gesund geworden. Damit hat wohl keiner hier gerechnet. Vielleicht können wir uns das zu Nutze machen.«

»Auf jeden Fall sollten wir unser kleines Geheimnis vorerst für uns behalten«, pflichtete der im Bett Liegende ihr bei.

Lars grunzte, was wohl seine neue Art war, Heiterkeit auszudrücken. »Ich habe lange ... lange gelernt, mich wie ein Idiot zu benehmen. Jetzt kriegen sie eine Galavorstellung.«

Als die Zellentür aufflog, war der Zeitpunkt für das Theaterspiel gekommen. Feraru Madalin stand in der Tür. Seine Augen starrten wie erkaltete Kohlen auf die unsanft Geweckten.

»Frühstück!«, rief der gefühlstote Rumäne. Aus seinem Mund klang das wie ein Befehl.

An ihm vorbei drängte sich Yeremis Vater in die Zelle, in der Hand ein Tablett mit einer Thermoskanne, zwei Plastikbechern und Papptellern mit Toast und Rührei. Wie ein gebeugter Tattergreis schlurfte er durch den Raum und stellte das Frühstück neben seine Tochter aufs Bett. Während sein Hinterkopf dem Rumänen zugewandt war, zwinkerte er Yeremi verschmitzt zu, dann kehrte der blöde Ausdruck zurück, der ihm so lange das Leben erleichtert hatte. Lars drängelte sich an Madalin vorbei und verschwand im Gang jenseits der Zelle.

»In fünfzehn Minuten komme ich wieder und hole euch ab«, knurrte die Stimme des Rumänen, und es klang fast wie eine automatische Ansage.

»Uns?«, stieß Yeremi hervor. »Saraf Argyr ist schwer verletzt. Er darf sich nicht bewegen.«

»Das ist nicht mein Problem«, erwiderte Madalin und schloss die Zellentür.

Yeremi hatte übertrieben. Saraf war zwar alles andere als fit, aber es ging ihm immer noch erheblich besser als am Tag nach seinem Kampf mit dem Jaguar. Gleichwohl appellierte sie an seine schauspielerischen Talente, er solle nicht allzu gesund aussehen. Saraf versprach, sein Bestes zu tun.

Nach kurzer Zeit kehrte Madalin zurück. Seine Präsenz ließ nicht nur Yeremi schaudern. Die völlige Abwesenheit jeglicher Gefühle war auch für Saraf eine höchst beunruhigende Erfahrung. Während er sich auf Yeremi stützte, schleppte er sich stöhnend und provozierend langsam aus der Zelle in einen kahlen grauen Flur hinaus. Der Rumäne passierte mit ihnen, die rechte Hand ständig an einem Pistolenhalfter, mehrere Sicherheitsschleusen: kleine quadratische Räume mit je einem tresortürartigen Ein- und Ausgang sowie allerlei Elektronik zur Überwachung und Identifizierung. Madalin drückte seinen Daumen auf Fingerabdruckscanner, lieferte an Mikrofonen Sprachmuster ab und präsentierte Kamera-Augen eine Iris, die ebenso kühl und tot war wie die gläsernen Linsen. Allmählich begriff Yeremi, warum ihr Vater jede Flucht aus diesem Berg für unmöglich hielt.

Endlich erreichten sie einen Fahrstuhl. Madalin ließ seinen Geiseln den Vortritt, wenigstens mechanisch beherrschte er die Regeln des Anstandes. Die Bedienelemente in dem Lift gaben keinen Aufschluss darüber, wie viele Stockwerke die unterirdische Anlage hatte. Madalin sagte nur ein Wort – »Audienz« –, und der Aufzug schien zu wissen, was seine Pflicht war.

Die Kabine ruckte, und Yeremi spürte einen Druck in den Knien. Sinnigerweise hieß das Bergmassiv, in dem sie ihren derzeitigen Aufenthaltsort vermutete, Diablo Range, Teufelskette. Momentan bewegten sie sich in der Hölle von McFarell und Flatstone nach oben. Bis der Lift wieder zum Halten kam, zählte Yeremi etwa zwanzig Sekunden. Bei normaler Geschwindigkeit konnte man in dieser Zeit eine ganze Reihe von Stockwerken überwinden.

Als die Fahrstuhltüren sich wieder öffneten, erlebten Yeremi und Saraf eine Überraschung. Sie blickten in einen Konferenzraum, der mit rotem Tropenholz getäfelt war. An der gegenüberliegenden Wand gab es Fenster, durch die Licht hereinströmte. Es handelte sich um Attrappen, wie Yeremi erst beim zweiten Hinsehen erkannte – sie befanden sich immer noch unter der Erde. Hinter dem

Kopfende eines langen Tisches hing ein riesiger Bilderrahmen an der Wand, der eine Mona Lisa zeigte, die Yeremi zublinzelte. Das Gemälde war eine digitale Animation.

Im Raum befanden sich drei Personen. Nummer eins lief in diesem Moment lächelnd auf den Fahrstuhl zu, es handelte sich um Al Leary. Der Zweite im Bunde war Professor Doktor Stanley A. McFarell oder S. Arthur Moltridge oder Sam Iceberg – oder wie immer dieser Betrüger hieß, der da Yeremi mit scheinheiliger Freundlichkeit entgegenblickte. Den dritten Mann konnte sie nicht identifizieren, weil er ihr den Rücken zuwandte. Er hatte den Kopf in den Nacken gelegt und ließ sich vom Blinzeln der Mona Lisa betören.

Leary führte die Geiseln zum Tisch. Er bot Saraf geradezu fürsorglich einen Platz an und wollte schon für Yeremi den Stuhl daneben zurechtrücken, als sich Jefferson H. Flatstone umdrehte – und Yeremi erstarrte.

Die Mona Lisa über dem Kopf des Stheno-Imperators blinzelte erneut.

Sekundenlang geschah nichts, wenn man einmal davon absah, dass Flatstone diabolisch grinste und Yeremi den Mund nicht mehr zubekam. Unter dem Dach des Waldes hatte sie in einem Albtraum das gleiche hämische Grinsen gesehen: am Kopf einer Schlange und auf groteske Weise vermischt mit den Gesichtszügen Al Learys. Aber dies hier war kein Flashback, kein Trugbild ihrer überspannten Nerven. Es war die Wirklichkeit. Von den Füßen her glaubte sie zu einem Eiszapfen zu erstarren. Mit allem hatte sie gerechnet, aber damit …! Jetzt, viel zu spät, wurde ihr alles klar, begriff sie die Zusammenhänge, durchschaute sie ihn …

»Na, Jerry, hast es wieder mal eilig gehabt, dich aus dem Staub zu machen, was?«

Zwei dunkle Marderaugen hielten Yeremis Blick gefangen. Ganz ähnliche Worte hatte sie schon einmal gehört, in einem anderen Leben. In letzter Zeit stiegen häufiger Bilder aus ferner Vergangenheit in ihr auf. So auch jetzt. Bereits damals hatte sie diesen Mann gefürchtet, als wäre er eine Green Mama – denn genau wie eine solche Giftschlange sah er für sie aus. Inzwischen war er älter geworden. Yeremi bemerkte die Narbe über seinem linken Auge, das Andenken einer unrühmlichen Niederlage. Aber dieses Detail war nur Nebensache. Die launische Natur hatte den Mann, der inzwischen Jefferson H. Flatstone hieß, auf eine andere, unverwechselbare Weise gezeichnet: Er war gänzlich kahl; deshalb nannte man ihn in Jonestown auch den Haarlosen Eugene.

Flatstone alias Eugene Smith kam auf Yeremi zu, als wolle er einen hoch geschätzten Geschäftspartner begrüßen, doch sie wich vor ihm zurück. Erst als sie mit dem Rücken an Madalins Brust prallte, blieb sie stehen.

Der Stheno-Chef zeigte ihr die hellen Innenhandflächen seiner Hände und lächelte beschwichtigend. »Du brauchst dich nicht vor mir zu fürchten, Jerry. Oder ist es Ihnen lieber, wenn ich Sie Professor Bellman nenne?«

Der Silberne Sinn gedeiht in einem überhitzten oder unterkühlten Umfeld nicht besonders gut. Yeremi rief sich Sarafs Lektion in den Sinn. Sie zwang ihren Atem in einen ruhigeren Takt, was nicht ganz leicht war, denn von Jackie Tailor wusste sie, was für ein Blutbad ihr Gegenüber auf dem Flugfeld von Port Kaituma angerichtet hatte. Flatstone versuchte es mit empathischen Tricks. Diesmal würde sie nicht darauf hereinfallen. »Mir ist weder das eine noch das andere lieb«, antwortete Yeremi erstaunlich ruhig. »Was wollen Sie von mir?«

Flatstone sah zunächst McFarell fragend an, dann Leary. »Hat Al Ihnen das nicht schon gesagt? Uns ist zu Ohren gekommen, dass es da einen Schatz gibt, dessen Versteck nur Ihr Freund kennt. Er nannte ihn das Gedächtnis des Silbernen Volkes. Unseren Vermutungen zufolge müsste es sich dabei um eine Bibliothek handeln, aus der wir uns wertvollen Aufschluss für unsere Forschungsarbeit versprechen. Habe ich Recht, Saraf Argyr?« Flatstone wandte sich überraschend dem Silbermann zu.

Der erwiderte gelassen den stechenden Blick der beiden Knopfaugen und blieb stumm.

»Kommen Sie zur Sache, Jeff!«, mahnte McFarell von seinem Drehsessel aus.

Flatstone schien sich nicht hetzen zu lassen. Auf Sarafs Schweigen reagierte er eher amüsiert. »Wie wäre es, Mr Silverman, wenn Sie uns zum Versteck Ihres Schatzes führten? Dann können wir uns selbst ein Bild über dessen Nutzen für uns machen.«

Saraf blickte zu Yeremi hinüber, die wie eingekeilt zwischen Madalin, Leary und Flatstone stand. Letzterer wechselte erneut seinen Ansprechpartner.

»Jerry! Ihr Freund scheint ein wenig entscheidungsschwach zu sein. Helfen Sie ihm auf die Sprünge. Mein Angebot lautet: Ihre und seine Freiheit im Tausch gegen das Volksheiligtum der Silbernen. Was halten Sie davon?«

Eine glatte Lüge!, dachte sie und lächelte. »Sie haben mit keinem Wort meinen Vater erwähnt.«

»Lars?« Flatstones Heiterkeit erlebte ein neues Hoch. »Er war eigentlich nur als Anschauungsobjekt gedacht, damit Sie erkennen, was Ihnen blüht, sollten Sie sich gegen meinen Vorschlag entscheiden. Aber wenn Sie dieses menschliche Wrack unbedingt haben wollen – meinetwegen. Erfüllen Sie, ohne zu mucken, Ihren Teil unserer Abmachung, und Sie bekommen ihn als Bonus dazu.«

»Sie sind ein Ungeheuer!«, zischte Yeremi.

Sie bemerkte einen kurzen Blickwechsel zwischen McFarell und Flatstone, bevor dieser erwiderte: »Schmeicheleien bringen uns nicht weiter. Ich brauche Ihre Entscheidung, und zwar *jetzt*!«

Das letzte Wort hatte der Haarlose Eugene auf eine Weise ausgesprochen, die es Yeremi nicht ratsam erscheinen ließ, ihn unnötig zu reizen. Er und sein Mentor schienen unter erheblichem Druck zu stehen. Dennoch verlangten sie eine Entscheidung, die in erster Linie Saraf und nicht Yeremi treffen musste. Fragend sah sie in das bleiche und müde Gesicht ihres Schützlings.

»Ich bin bereit, Sie zu dem Versteck zu führen, Jefferson Flatstone. Unter einer Bedingung«, lenkte Saraf ein.

»Sie sind nicht in der Position, Bedingungen zu stellen«, erwiderte der Stheno-Chef kühl.

Yeremi war überrascht. Etwas mehr Gegenwehr hatte sie von

Saraf schon erwartet. Ehe sie jedoch für ihn in die Bresche springen konnte, meldete sich wieder McFarell zu Wort.

»Was verlangen Sie, Saraf Argyr?«

»Wenn ich Sie zum Gedächtnis des Silbernen Volkes führe, sollen Yeremi Bellman und ihr Vater uns begleiten.«

»Würden *Sie* diesem Vorschlag zustimmen?«, fragte McFarell.

»Nein«, antwortete Saraf freiheraus. »Ich müsste wohl annehmen, meine Geiseln planten einen Fluchtversuch. Aber vielleicht würde ich auch meiner Geheimwaffe vertrauen.« Der Silbermann blickte demonstrativ zu Feraru Madalin hinüber.

McFarell folgte Sarafs Beispiel, um sodann einzuräumen: »Ich schlage Ihnen einen Kompromiss vor: Jerry darf Sie begleiten. Ihren Vater behalten wir als Pfand hier.«

Sarafs Augen richteten sich fragend auf Yeremis verwirrtes Gesicht. »Ich vertraue dir«, war alles, was sie ihm sagen konnte. Zu Flatstone gewandt, verkündete der Silbermann: »Dann soll es so sein.«

Der Stheno-Chef klatschte in seine Hände. »Also doch entschlussfreudig. Das gefällt mir. Nun müssen wir nur noch wissen, wo die Reise hingeht.«

Yeremi wankte zu dem Stuhl neben Saraf. Das alles ging ihr viel zu schnell. Den Vater verlassen, mit einer Mörderbande auf Schatzsuche gehen – sie war völlig benommen.

Saraf verlangte eine Landkarte. Al Leary trat zum Kopfende des Konferenztisches und drückte einen unter der Platte verborgenen Knopf. Im Tisch öffnete sich summend ein rechteckiges Fenster, und von unten hob sich eine dunkle Glasscheibe in den Ausschnitt, der sich damit sogleich wieder schloss. Yeremi konnte bunte Lichter in der transparenten Tafel erkennen. Es handelte sich offenbar um einen druckempfindlichen Bildschirm, denn der Psychologe tippte auf ein grünes Feld, und die blinzelnde Mona Lisa verschwand. Im nächsten Moment leuchtete eine Weltkarte auf dem Wandbildschirm. Ein weiterer Tastendruck senkte ihn ab.

Flatstone deutete auf die Karte und sagte zu Saraf: »Sie brauchen nur den Ort zu berühren, an dem sich der Schatz befindet. Dann bekommen wir eine Vergrößerung des Gebiets zu sehen.«

Saraf erhob sich keuchend. Yeremi sprang auf, um ihn zu stützen. Nachdem sie erst vor dem Bildschirm zum Stehen gekommen waren, brauchte Saraf sich nicht lange zu orientieren. Nach wenigen Sekunden schon bohrte er seinen Zeigefinger in den Westen Südamerikas.

Eine Karte von Peru erschien. Die Atmosphäre im Raum war wie elektrisch geladen. Geradezu ehrfürchtig gingen McFarell, Flatstone und Leary zum Großbildschirm nach vorne. Allein der Gefühlstote blieb am Fahrstuhl stehen.

Saraf musste nur unwesentlich länger suchen, um Cuzco zu finden. Sein Finger schwebte über der alten Inkahauptstadt.

»Ist es dort?«, flüsterte Yeremi aufgeregt.

»Nein, weiter nördlich ... Ah! Hier muss es sein.« Saraf tippte auf eine winzige, aus drei kleinen Punkten bestehende Pyramide, das Symbol für eine archäologische Ausgrabungsstätte. »Vilcapampa!«, verkündete er in beschwörendem Ton.

Yeremi ging näher an die Karte heran und schüttelte den Kopf. »Du meinst *Vilcabamba*? Die letzte Zuflucht der Inka? Das kann nicht stimmen, Saraf. Die Stadt liegt hier, knapp fünfundfünfzig Meilen weiter westlich.« Sie deutete auf eine zweite Pyramide, links von der ersten.

»Keinen wissenschaftlichen Disput!«, mahnte Flatstone. Yeremi und Saraf drehten sich zu ihm um. »Was ist Vilcapampa oder -bamba oder ... Um welchen Ort geht es hier eigentlich?«

Professor McFarell verdrehte die Augen und sagte: »Vilcabamba galt lange als sagenumwobene Stadt, weil die Spanier sie nie fanden. Manco Inca hat Mitte des sechzehnten Jahrhunderts von dort aus einen verzweifelten Guerillakrieg gegen die Konquistadoren geführt. Erst 1911 ist es Hiram Bingham, einem Landsmann von uns, gelungen, die geheimnisvolle letzte Hauptstadt der Inka zu entdecken. Wenigstens glaubten das viele in der Wissenschaftsgemeinde, aber es war ...«

»Machu Picchu«, sagte Yeremi und kehrte damit wieder dorthin zurück, wo man sie zuvor unterbrochen hatte. »Wir gehen heute davon aus, dass Vilcabamba weiter westlich von dem Ort liegt, den Saraf uns gezeigt hat.«

»Fünfundfünfzig Meilen sind ziemlich viel, wenn man jeden Grashalm umdrehen muss«, sagte Flatstone drohend. Und während er auf Machu Picchu deutete, fragte er Saraf: »Sind Sie sicher? Der Schatz liegt dort?«

Sarafs Finger spielten mit den Perlen seiner Kette, während er nickte und noch einmal bekräftigte: »Vilcapampa ist genau da, wo ich es Ihnen gezeigt habe. Dort müssen wir suchen.«

Wäre es nach McFarell und Flatstone gegangen, hätten Yeremi und Saraf schon eine Stunde später in einem Jet nach Peru gesessen. Aber nachdem man einen Arzt hinzugezogen hatte, wurde dem Silbermann noch eine Schonfrist von zwei vollen Tagen zugestanden.

Als Lars das Abendbrot servierte, klärte Yeremi ihn über den Stand der Dinge auf. Sie war untröstlich, sich so schnell wieder von ihrem Vater verabschieden zu müssen. Während sich McFarell und Flatstone in den folgenden zwei Tagen kein einziges Mal blicken ließen – irgendetwas schien ihre volle Aufmerksamkeit zu beanspruchen –, nutzten Yeremi und Lars jede Mahlzeit, um ihre vor siebenundzwanzig Jahren abgerissene Beziehung zu erneuern. Dreimal täglich durfte der vermeintlich Schwachsinnige die Gefangenen mit Essen versorgen, insgesamt achtmal noch sahen sich Vater und Tochter nach dem Treffen mit Flatstone.

Am Abend vor der Abreise drückte und küsste Yeremi ihren Vater unter Tränen. Sie versprach, ihn zu retten. Aber sie spürte Beklommenheit, fürchtete sie doch, die bevorstehende Reise selbst nicht zu überleben.

Bevor er die Zellentür wieder zusperrte, erklärte Lars: »Morgen kann ich … werde ich vielleicht keine Gelegenheit mehr dazu haben, dir das zu sagen: Ich liebe dich, Jerry. So lange dachte ich … Liebe war mir fremd geworden. Heute habe ich nachgedacht und … und da ist mir etwas eingefallen, das euch vielleicht helfen könnte … Nur eine Kleinigkeit … Vielleicht ist es auch unwichtig …«

Yeremi sah gespannt Saraf an, der in seinem Feldbett lag, dann wieder ihren Vater. »Ich liebe dich auch, Papa, von ganzem Herzen, und ich wünsche mir nichts sehnlicher, als in Zukunft noch viel Zeit mit dir zu verbringen. Doch was wolltest du uns sagen?«

»Eugene, der Mann, von dem ihr sagt, sein Name lautet Flatstone …«

»Ja?«

»Er ist auf dem linken Auge fast blind. Deshalb … Dafür gibt er dir die Schuld, Jerry. Er hasst dich, wie man einen Menschen nur hassen kann.«

»Danke, Lars Bellman«, sagte Saraf, während Yeremi noch darüber nachdachte, was diese Information bedeutete.

Der Augenblick des Abschieds war gekommen, und sie drängte alles in den Hintergrund. Sie musste ihren Vater noch einmal küssen, ihn so fest umarmen, wie sie es vielleicht nie wieder würde tun können – für die Sorgen blieb noch genug Zeit.

Bevor Lars die Zellentür verriegelte, schenkte er den beiden Gefangenen ein letztes Lächeln.

Erschrocken fuhr Yeremi von ihrem Kopfkissen hoch und lauschte. Um sie herum herrschte Dunkelheit. Sekundenlang wusste sie nicht, wo sie sich befand, bis sie die kühle, trockene Luft in der Zelle spürte und sich wieder ihrer trostlosen Lage bewusst wurde. Ein Geräusch musste sie geweckt haben. Vielleicht ihr Vater, der ihr doch noch einen heimlichen Besuch abstattete?

Dann hörte sie es wieder: Klappern, Stimmen, Schritte, die sich der Zellentür näherten. Ein Schlüssel malträtierte das Schloss, Riegel flogen zur Seite, und eine Horde von weiß gekleideten Männern stürmte herein. Für einen Moment sah Yeremi das ausdruckslose Gesicht von Feraru Madalin. Schon drückten sie starke Hände auf das Bett zurück. Sie stemmte sich dagegen an, ihr Ärmel wurde hochgekrempelt, sie schrie, spürte eine kühle Nässe auf dem Unterarm und dann den Einstich …

Das Erste, was sie registrierte, waren dröhnende Triebwerke und pfeifende Windgeräusche. Ihre Wange klebte an einer Plexiglasscheibe. Aus ihrem Mundwinkel lief Speichel herab. Als sie die Augen öffnete, traf sie ein stechender Schmerz. Erschrocken wich sie zurück.

Während sie sich noch an die Helligkeit gewöhnte, erschien über der Lehne vor ihr das schwarze Gesicht des Haarlosen Eugene. »Einen herzlichen guten Morgen. Haben Sie gut geschlafen?«

»Sie machen wohl Witze«, krächzte Yeremi und schmatzte wie eine zahnlose alte Frau. Ihr Kopf dröhnte. Sie fasste sich an die Stirn. »War das wirklich nötig?«

»Leider ja. Ich wollte Sie nicht unbedingt wissen lassen, wo sich unser Maulwurfsbau befindet. Sonst müsste ich Sie töten.«

»Ah! Das ist was anderes.« Yeremi schloss die Augen und massierte ihre Schläfen. Sie glaubte Flatstone kein Wort. Er wollte sie nur in Sicherheit wiegen. Als sie die Lider erneut hob, war er immer noch da. »Hätten Sie ein Aspirin für mich? Und etwas zu trinken?«

»Natürlich. Wir sind bestens ausgestattet. Sie haben übrigens eine erheblich schonendere Substanz verabreicht bekommen als beim ersten Mal. Es müsste Ihnen bald wieder besser gehen.« Flatstone verschwand.

Endlich konnte sich Yeremi umsehen. Sie saß in der vorletzten von acht Sitzreihen eines kleinen Düsenjets. Zu ihrer Linken, nur von einem Gang getrennt, starrte Madalin sie aus gläsernen Augen an. Sie unterdrückte einen Schauer und wandte sich nach hinten. Dort fiel ihr ein Paar langer Beine auf.

Es gehörte Saraf Argyr. Er schlief in der letzten Sitzreihe auf einer Art Notbett: Sein Körper ragte über den Mittelgang hinweg, wo er von einem großen Polster abgestützt wurde. Er wirkte entspannt, was Yeremi aufatmen ließ.

Als sie wieder nach vorn blickte, kam Flatstone gerade mit einem Glas Wasser und den Kopfschmerztabletten zurück. Yeremi versuchte nicht daran zu denken, dass dieser Mann ihre Mutter ermordet hatte.

Sie schluckte das Medikament, trank das Glas aus und reichte es dem wartenden Stheno-Chef zurück. Dabei bemerkte sie, wie er den Kopf leicht nach links drehte, offenbar konnte er ohne das gesunde rechte Auge nicht sicher zugreifen. Obwohl alle ihre Sinne angespannt waren, gab sie sich nonchalant.

»Jobben Sie häufiger als Stewardess, Mr Flatstone?«

Er grinste. »Eher selten. Mir fehlt leider die Zeit dazu. Ich mache heute eine Ausnahme, weil nicht mehr als die bereits eingeweihten Personen vom Ziel und Zweck unserer Reise erfahren sollen.«

Yeremi nickte. »Sie, McFarell, Al Leary und das Glasauge da.« Sie deutete mit dem Daumen auf Madalin. »Wo ist eigentlich der Professor?«

»Sam passt auf den Maulwurfsbau auf.«

»Und Ihr Chefpsychologe?«

»Doktor Leary? Der sitzt im Cockpit. Er ist ein viel besserer Pilot als ich.«

Zum Verdauen dieser Nachricht brauchte Yeremi mehrere Sekunden. Anstatt ihren Erzfeind endlich los zu sein, hatte sie es nun mit zwei, nein, drei menschlichen Ungeheuern zu tun – Feraru Madalin fiel ohne Frage ebenfalls unter diese Kategorie. Aber diesmal wollte sie sich von ihren Gefühlen nicht lähmen lassen, sondern selbst die Initiative ergreifen, auch wenn sie sich nicht viele Chancen ausrechnete, diese Reise zu überleben.

»Was versprechen Sie sich von diesem Ausflug, Mr Flatstone?«, fragte sie mit fester Stimme. Gleich darauf hatte sie das Gefühl, Flatstones Marderaugen wollten ihr die Gedanken aus dem Kopf saugen. Dennoch hielt sie seinem Blick nicht nur stand, sondern fing ihn mit ihren dunklen Augen sogar ein, hielt ihn fest und schuf so eine Verbindung zu seiner Seele. Mit einem Mal hörte sie den blechernen Klang des Größenwahns, der ihn erfüllte. Flatstone sah sich längst als Sieger, als einen schwarzen Jaguar, der mit seinem Opfer spielte, bevor er ihm das Genick brach. Yeremi unterdrückte die eigene Furcht nicht, sie beherrschte sie und gewann daraus eine ihr bis dahin unbekannte Kraft.

»Verbesserungen«, antwortete Flatstone.

»Für Sie persönlich oder für Ihre Auftraggeber?«

»Was für meine Kunden gut ist, muss mir nicht schaden. Sie wollen mich aushorchen, Jerry.«

»Nein, Flatstone, *Sie* wollen endlich die Anerkennung bekommen, die Ihnen für Ihre jahrzehntelange Arbeit zusteht. So ist es doch, nicht wahr? Sie nennen den CIA Ihren Kunden, weil Sie sich längst seiner Kontrolle entzogen haben. Niemand darf Ihnen mehr etwas vorschreiben, selbst …«

»Der Präsident der mächtigsten Nation dieses Planeten nicht.« Flatstone hatte den Köder gefressen. In seinen Augen funkelte ein geheimnisvolles Feuer. »Die Gabe in Ihnen ist stark geworden, Jerry.«

»Nichts als Menschenkenntnis«, wiegelte sie ab und ging zum Gegenangriff über. »Wie schätzen Sie die Lage in Russland ein?«

Flatstone fühlte sich immer noch im Vorteil, wenngleich dieses Empfinden längst nicht mehr sein eigenes war. Freiheraus sagte er: »Ernst, *sehr* ernst, Jerry. Das Land versinkt in Anarchie. Schon bald könnte ein Terroranschlag mit einer schmutzigen Bombe große Teile der Bevölkerung einer amerikanischen Großstadt auslöschen. Ich habe Satellitenaufnahmen mehrerer terroristischer Ausbildungslager im Ural gesehen. Wir müssen diese Bedrohung ausschalten, bevor sie uns ausschaltet.«

Yeremi erinnerte sich an die ungewöhnlich hohe Qualität der Fotos, die McFarell ihr vor Antritt der Expedition gezeigt hatte. Mit einem Mal war ihr klar, woher diese Bilder von den Wassarai Mountains stammten: von amerikanischen Spionagesatelliten. »Und dazu wollen Sie einen Krieg anzetteln?«

Flatstone lächelte herablassend. »Sam hat mich schon vor Ihrem Scharfsinn gewarnt.«

Keine Verführungen mehr, keine Kommandos!, mahnte sich Yeremi selbst. »Warum habe ich nur das Gefühl, es geht Ihnen gar nicht um die nationale Sicherheit der Vereinigten Staaten, sondern einzig und allein darum, der Rüstungsindustrie – vor allem Ihren *eigenen* Unternehmen – Aufträge des Pentagons zuzuschanzen? Ein Krieg mit Russland müsste Ihnen doch sehr gelegen kommen.«

Zum ersten Mal wankte die Selbstherrlichkeit des Stheno-Chefs.

Über sein Gesicht zog ein besorgter Ausdruck, wich aber sogleich wieder der Miene eines Siegers. »Wenn ich auch gerne das Nützliche mit dem Angenehmen verbinde, sollten Sie doch nicht an meinem Patriotismus zweifeln, Jerry. Ich liebe mein Land.«

»Natürlich. Unter dem Banner der Vaterlandsliebe wurde schon mancher Willkür Tür und Tor geöffnet. Ich denke, Ihre Absichten sind klar, Mr Flatstone: Sie suchen empathisch begabte Menschen wie mich und brechen ihren Willen. Damit können Sie uns nach Ihrem Gutdünken kontrollieren. Nun müssen Sie die empathische Telepathie Ihrer Legionäre nur noch nach Bedarf an- oder ausschalten. Und dazu brauchen Sie das im Gedächtnis des Silbernen Volkes gehütete Wissen. Hier hoffen Sie die Droge zu finden, die Ihre Labors bisher nicht herstellen konnten. Selbst wenn es Ihnen gelingt, das von Al so viel beschworene Super-Telepathin zu finden, bleibt da immer noch ein Problem. Vielleicht helfen Sie mir auf die Sprünge. Wie kann eine Hand voll Begabter oder sogar ich allein eine ganze Nation in den Krieg stürzen?«

»Eine fast perfekte Analyse! Im Grunde genommen ist die Antwort ganz einfach …«

»Geben Sie Acht, was Sie sagen, Mr Flatstone!«, unterbrach Madalin seinen Boss.

Der Stheno-Chef blinzelte benommen. »Was?«

Yeremi hielt den Atem an.

»Die Schlampe versucht, Sie zu manipulieren«, sagte der Rumäne.

Flatstone blickte erschrocken in das Gesicht seiner Geisel. Der Bann war gebrochen, sein emotionales Gleichgewicht kippte zur anderen Seite. »Versuchen Sie das nie wieder!«, zischte er Yeremi an und deutete auf seinen gefühlstoten Killer. »Ich habe diesen Mann da engagiert, um Saraf Argyr und Sie in Schach zu halten. Mr Madalin hat den Befehl, Sie zu töten, wenn er glaubt, Sie würden Ihre empathischen Tricks gegen mich einsetzen. Und falls Sie versuchen zu fliehen, wird er das Gleiche tun.«

DIE VERSCHOLLENE STADT

Machu Picchu (Peru)
14. Januar 2006
18.12 Uhr

»Es war wie in einem fantastischen Traum.« Die Worte des Forschungsreisenden Hiram Bingham, der Machu Picchu entdeckte, gingen Yeremi unwillkürlich durch den Kopf, als unterhalb des Helikopters das Plateau auftauchte. Selbst in ihrer verzweifelten Situation konnte sie sich nicht dem Zauber dieser so lange verborgenen Stadt hoch über dem grünen Wasserband des Rio Urubamba entziehen, dem sie bisher bei jedem ihrer Besuche erlegen war. Ohne sich dessen bewusst zu sein, umklammerte sie aufgeregt Sarafs Hand.

Al Leary ließ die Maschine über den Ruinen kreisen, um einen Landeplatz zu finden. Er durfte keine Zeit verlieren, denn in wenigen Minuten würde die Sonne untergehen. Als vor knapp einer Stunde der Stheno-Jet in Cuzco gelandet war, stand der Hubschrauber schon startbereit auf dem Flugfeld. Sofort waren die Passagiere umgestiegen und hatten ihre Reise zur etwa siebzig Meilen nordöstlich gelegenen Inkastadt fortgesetzt. Kein Einreisebeamter fragte nach Papieren, kein Zöllner interessierte sich für das Gepäck der Reisenden – Flatstone musste über weit reichende Kontakte verfügen.

In Machu Picchu hatte Yeremi vor Jahren zum ersten Mal gefühlt, was die Inka unter Schönheit und Heiligkeit verstanden. Auch vom technischen Geschick ihrer Erbauer kündete immer noch die »hohe Stadt der steinernen Stufen« – wie der chilenische Dichter Pablo Neruda sie einst nannte. Mit unermesslichem Aufwand hatten die alten Baumeister ihr Refugium zwischen zwei Berggipfeln angelegt, ein Juwel in einer königlichen Krone. Gleich der Fassung eines meisterlichen Goldschmiedes hielten es massive Stützmauern und Terrassen dort oben nun schon seit mehr als einem halben Jahrtausend.

Das Tal des Urubamba lag sechshundert Meter weiter unten. Wer dort dem Flusslauf folgte, konnte nicht ahnen, was sich jenseits der steil aufragenden Felswände hoch über ihm befand. Die Aura des Geheimnisvollen wurde noch von den großen Wolkenfetzen unterstrichen, in die sich die Stadt zu hüllen pflegte wie in einen tarnenden Umhang. Auch jetzt umwaberten Wolken die kahlen Ruinen, die sich auf Terrassen beiderseits eines lang gezogenen, zentralen Platzes gruppierten. Er bestand ebenfalls aus mehreren Ebenen, weshalb Leary nicht sofort einen sicheren Landeplatz fand, der ausreichend groß, aber auch weit genug von den Häusern entfernt war.

Die Sonne verschwand gerade hinter den Bergrücken im Westen, als der ehemalige Navy-Pilot eine geeignete Stelle gefunden hatte. Yeremi spürte einen Ruck durch den sechssitzigen Helikopter gehen. Unter ihr tauchte *El Torreón* hinweg, ein wuchtiger Rundturm, der den Inka einst als Observatorium gedient haben dürfte. Yeremi erblickte mehrere Steinhäuser, die um Innenhöfe herum angeordnet waren; ohne ihre Strohdächer wirkten sie wie die Skelette längst ausgestorbener Schalentiere. Im nächsten Moment gähnte ein Schwindel erregender Abgrund unter ihr. Bei früheren Besuchen hatte sie die *huacas* im näheren Umkreis erforscht, heilige Stätten, die allerdings den Untergang Machu Picchus nicht hatten verhindern können, auch wenn die Inka ihnen übernatürliche Kräfte zusprachen. Sollte nun ein weiteres tragisches Kapitel in der Geschichte dieser »Stadt in den Wolken« geschrieben werden?

Die Maschine flog in einer Schleife von Westen her auf den Zentralplatz zu. Dabei musste sie das *Intihuatana* überqueren, den »Sitz der Sonne«, einen pyramidenförmig behauenen Steinblock, der den höchsten Punkt der Anlage bildet. Leary ließ sein Fluggerät vor dem Sonnenthron aufsteigen und danach sogleich wieder absacken. Er steuerte direkt auf eine Art Stufenpyramide in der Mitte des Platzes zu, die wie eine Faust einen oben spitz zulaufenden Felsen umschloss. Knapp zwanzig Meter nordwestlich davon reckte der

Hubschrauber seine Nase nach oben, verharrte einen Moment und senkte sich dann langsam nach unten. Bald berührte das Fahrwerk den grünen Rasen und gab unter dem Gewicht des Helikopters nach. Das Dröhnen des Motors erstarb.

Yeremi erblickte eine Geisterstadt. An diesem Tag, so vermutete sie, waren die Touristen schon früh vom Berg verbannt worden. Schließlich konnte Flatstone keine Zeugen gebrauchen, und er besaß sowohl das Geld als auch die Beziehungen, um »unliebsame« Zuschauer auf Distanz zu halten. Yeremi wandte sich Saraf zu, der an ihrer Seite saß und gedankenverloren mit den Korallenperlen seiner Halskette spielte. Die Strapazen der langen Flugreise waren ihm anzusehen, aber er wirkte ausgesprochen ruhig.

»Wie geht es dir?«, fragte sie ihn und bemerkte sogleich, wie sich Madalin vor ihr regte.

»Heute ist Vollmond«, antwortete Saraf.

Sie runzelte verwirrt die Stirn.

Er strich ihr lächelnd eine Strähne aus dem Gesicht. »Du weißt, woher der Name meines Volkes stammt. Unseren Überlieferungen nach steht Gold für ungezügelte Gefühle, Silber dagegen für die kühle Überlegung des Verstandes. Dies ist die Nacht der Silbernen.« Saraf wandte sich Madalin zu, weil dieser plötzlich mit seiner Pistole auf ihn zielte. Yeremi hielt den Atem an.

»Noch ein Wort, und das Ding geht los«, drohte der Rumäne.

»Dein Herr hat dir bestimmt gesagt, du sollst uns erst nachher töten«, erwiderte Saraf gelassen und ohne jede Feindseligkeit.

»Madalin! Lassen Sie die beiden in Frieden«, rief Flatstone, der neben Leary auf dem Sessel des Copiloten saß.

Die Mündung der Pistole blieb weiter auf Saraf gerichtet. Das Gesicht des Killers zeigte nicht die geringste Regung.

»Madalin!«, wiederholte Flatstone energischer.

Der Rumäne drehte sich wieder um.

Yeremi atmete erleichtert aus. »Puh! Das war knapp«, raunte sie.

Nachdem alle den Helikopter verlassen hatten, richtete Flatstone das Wort an Saraf. »Nur damit wir uns richtig verstehen, Freundchen: Ist das hier *dein* Vilcapampa?«

»Das ist die Stadt, die von Pachacuti Inca Yupanqui errichtet wurde, um dem Gedächtnis des Silbernen Volkes als Hort zu dienen.«

Der Stheno-Chef sah Hilfe suchend Yeremi an, die mit grimmiger Miene erklärte: »Machu Picchu wurde nach heutigem Kenntnisstand tatsächlich um 1450 unserer Zeitrechnung von dem Inkaherrscher Pachacuti erbaut. Und wenn Ihre Wanzen keine Aussetzer hatten, Mr Flatstone, dann dürften Sie die Geschichte der Hüter des Silbernen Volkes kennen und wissen, was Saraf Argyrs Antwort zu bedeuten hat.«

Flatstones Knopfaugen richteten sich wieder auf Saraf. »Also gut, Silberner Mann. Dann zeigen Sie uns mal, wo Ihr Schatz begraben liegt.«

Saraf blickte an Flatstone vorbei und deutete entlang der Längsachse des Zentralplatzes in nordwestliche Richtung. »Der Huayna Picchu ist unser Ziel.« Ohne eine Antwort des Stheno-Chefs abzuwarten, setzte er sich mit langen Schritten in Bewegung. Yeremi folgte ihm dichtauf. Nach wenigen Sekunden wurde sie von Flatstone und Leary flankiert. Madalin bildete die Nachhut. Über der Schulter trug er einen Rucksack mit Taschenlampen, in der Rechten eine entsicherte Waffe.

»Huayna Picchu? Ist das Inka?«, fragte Flatstone.

»Ja, es bedeutet ›Junger Gipfel‹«, antwortete Yeremi und deutete dabei auf den kegelförmigen Berg, der im Nordwesten die Stadt überragte.

Leary zeigte mit dem Daumen zu dem zweiten Berg, der hinter ihnen lag. »Dann ist das da vermutlich der ›Alte Gipfel‹.«

»Du sagst es. Sein Name lautet Machu Picchu.«

»So wie die Stadt?«

»Nein. Saraf sagte, die Stadt heißt Vilcapampa.«

Der Psychologe sah sie verwirrt an und schwieg.

Um zum Jungen Gipfel zu gelangen, mussten die fünf abendlichen Besucher mehrere Terrassenstufen überwinden. Je länger Yeremi zwischen den Gebäuden hindurchschritt, desto näher fühlte sie sich ihren längst verstorbenen Erbauern. Offenbar hatte ihr hohes technisches und handwerkliches Können weit mehr als nur der Errichtung einer Stadt gedient. Sarafs Worte ließen diesen Ort in einem völlig neuen Licht erscheinen. Seine Unzugänglichkeit war umso einleuchtender, wenn man bedachte, was Pachacuti Inca Yupanqui hier zu verbergen suchte: Gold und Silber, feurige Leidenschaft und kühle Vernunft, den materiellen Schatz der Inka und den geistigen des Silbernen Volkes.

Spontan musste Yeremi an Professor McFarells Ausführungen über die Pyramiden in Ägypten und Amerika, an Sarafs Erklärungen zu den spitzen Höhlengewölben im mexikanischen Aguascalientes und im letzten Refugium des Silbernen Volkes in den Wassarai-Bergen von Guyana denken. All die Rätsel jener Orte schienen sich *hier* zu fokussieren, als könne ihre Lösung nur an dieser so lange verschollenen Stätte gefunden werden. Warum hatten die Inka ihre nahe Hauptstadt wohl Cuzco, »Nabel der Welt«, genannt?

Während Yeremi darüber nachsann, wanderte die Gruppe am Intihuatana vorbei. Der »Sitz der Sonne« zog links an ihnen vorüber. Das Heiligtum thronte oberhalb einer Felswand. Man konnte es nur von einer heiligen Plaza aus über ein System von Treppen erreichen. Rasch und doch würdevoll, so als führe er eine Prozession an, verließ Saraf das eigentliche Stadtgebiet und marschierte durch zunehmend unwegsames Gelände auf Huayna Picchu zu, den Jungen Gipfel. Das Tageslicht schwand in der Nähe des Äquators sehr rasch. Als die Gruppe einen Streifen aus Bäumen und Buschwerk durchqueren musste, wurde es fast schlagartig dunkel. Madalin verteilte Taschenlampen.

Hinter dem Waldstück führte der Weg über ein Terrassenfeld an der Flanke des Huayna Picchu entlang. Als Erster in der Gruppe fing zu Yeremis Überraschung nicht etwa Flatstone an zu keuchen, sondern Madalin. Und noch etwas fiel ihr auf: Fast wie mit einem Rosenkranz spielten Sarafs Finger nun ständig mit der Perlenkette. War er etwa doch nervöser, als er zugeben wollte? Bis zu diesem Augenblick hatte sie sich felsenfest auf ihn verlassen, aber jetzt nagten Zweifel an ihr. Wenn Saraf versagte, dann …

»Wir müssen dort hinauf«, verkündete der Silbermann, nachdem er für einen Moment stehen geblieben war und auch den hechelnden Killer hatte aufholen lassen. Die von Saraf gezeigte Richtung war ein steiniger Abhang, an dem hier und da flaches Buschwerk wucherte. Nur einen Steinwurf weit oberhalb zogen Wolken vorbei.

»Ist es noch weit?«, fragte Flatstone. Auch seiner Stimme waren die Strapazen anzuhören.

»Nein«, antwortete Saraf knapp und kletterte weiter.

Der Aufstieg wurde zur Quälerei. Selbst Yeremi begann in ihrem gelben Parka zu schwitzen – er gehörte zu der Ausrüstung, für die Flatstones expeditionserfahrene Organisation gesorgt hatte. Immer wieder rutschte jemand auf Geröll aus und fing sich erst im letzten Moment. Die tief hängenden Wolken machten die Orientierung selbst mit den Taschenlampen zu einem Verwirrspiel. Einzig Saraf schien genau zu wissen, wo sie waren und wohin er wollte. Nach ungefähr zehn Minuten blieb er plötzlich vor einer zerklüfteten Felswand stehen und drehte sich zu seinen Begleitern um. Der dunkle Berg hinter ihm hob sich kaum noch von dem graphitfarbenen Himmel ab. Sein Gesicht leuchtete im Schein von Flatstones Taschenlampe auf.

»Was ist? Erzählen Sie mir jetzt nicht, wir hätten uns verlaufen«, fuhr er den Silbernen Mann barsch an.

Yeremi beobachtete Saraf genau. Ihm war der Druck, der auf ihm lastete, nicht anzusehen. Nur die unruhige Hand an der Perlenkette minderte ihre Zuversicht. Warum tat er das? Wusste er nicht, wie leicht Leary und wohl auch Flatstone seine Körpersprache zu deuten vermochten?

»Wir sind am Ziel«, erklärte Saraf.

Die Lichtfinger mehrerer Taschenlampen tasteten zuerst den Fels, dann den steinigen Boden ab. »Und wo ist Ihr Schatz?«, knurrte Flatstone erbost.

»Sie bekommen ihn zu sehen. Darauf gebe ich Ihnen mein Wort. Doch zunächst müssen Sie Yeremi Bellman gehen lassen.«

»Sind Sie toll! Versuchen Sie nur, mich zu zwingen. Madalin würde keinen Moment zögern, Ihre Freundin zu erschießen. Ich brauche nur den kleinen Finger zu rühren, und selbst Ihr Silberner Sinn könnte nichts daran ändern.«

»Jefferson Flatstone«, antwortete Saraf mit fast schon unnatürlichem Gleichmut, ein wenig Traurigkeit schwang in seiner Stimme. »Ich weiß, Sie werden mich töten, sobald ich Ihnen das Gedächtnis meines Volkes übergebe ... Nein! Versuchen Sie nicht, es abzustreiten. Warum also sollte ich mit Ihnen verhandeln?«

»Vielleicht, weil Sie diese Frau lieben?«, schlug Flatstone vor. In seinen Marderaugen funkelte das von Sarafs goldenem Katzenanhänger reflektierte Licht.

Der Silbermann hüllte sich in Schweigen, was den Stheno-Chef schließlich nervös machte. Beschwichtigend fügte er hinzu: »Sehen Sie es einmal so, Saraf Argyr: Selbst wenn Sie die heiligen Schriften Ihres Volkes nicht gestohlen und verbrannt hätten, wären sie für meine Mitarbeiter vermutlich trotzdem ein Rätsel geblieben, weil mit dem Tod in den Höhlen des Orion auch die Fähigkeit ausstarb, die Quipus zu entziffern.« Flatstone lächelte weltmännisch. »Nun, ich pflege Fehler nicht zu wiederholen. Weshalb sollte ich Sie also töten, solange ich nicht hundertprozentig sicher sein kann, das Gedächtnis Ihres Volkes zu verstehen? Erfüllen Sie einfach Ihren Teil unserer Abmachung, und ich werde mich an den meinen halten.«

Alles in Yeremi schrie: *Nein!* Flatstone log. Selbst wenn er seine Mordpläne hinausschob, dann doch nur, um ein noch tausendfach größeres Töten anzuzetteln. Fassungslos vernahm sie Sarafs Antwort.

»Also gut, Jefferson Flatstone. Dann zeige ich Ihnen das Gedächtnis. *Ihnen* allein. Anschließend kehren wir hierher zurück, und Sie treffen eine Entscheidung über den Abtransport.«

Ein Ausdruck des Triumphes huschte über Flatstones Gesicht. »Das hört sich nach einer umfangreicheren Aktion an. Ich biete Ihnen einen Kompromiss an, und das ist mein letztes Wort: Feraru Madalin geht mit uns – ich würde mir nie anmaßen, Ihrer Gefühlsspielerei allein widerstehen zu können. Aber Leary und Jerry bleiben hier und warten.«

Saraf holte tief Atem und erwiderte: »So soll es sein.«

Yeremi schnappte nach Luft. »Aber das kannst du nicht tun!«, rief sie und stürzte auf Saraf zu.

Er fing sie in seinen Armen auf und drehte sich leicht in der Hüfte, sodass sein Mund von ihrem Kopf verdeckt war. Beruhigend sprach er auf sie ein: »Es ist das Beste für uns, Jerry. Und für deinen Vater. Glaube mir, alles wird gut.« Seine beruhigende Stimme wurde immer leiser, und als er annehmen konnte, von Flatstone und den anderen nicht mehr verstanden zu werden, flüsterte er: »Wir sehen uns wieder am Sitz der Sonne.« Mit einem zärtlichen Kuss auf den Mund löste er sich von ihr.

Yeremi kämpfte gegen die Tränen an. Ohne rechten Erfolg.

Der Rumäne holte indessen drei Walkie-Talkies aus seinem Rucksack, reichte Leary eines davon, das andere gab er Flatstone. Der wiederum erteilte Anweisungen. Madalin solle nicht zögern, Saraf zu erschießen, wenn dieser irgendwelche Tricks versuche, egal ob mit seiner empathischen Telepathie oder sonst wie. Dem Psychologen befahl er, Yeremi zu fesseln.

Auch für diesen Zweck hielt Madalins Rucksack die geeigneten Utensilien bereit. Der Rumäne förderte ein Nylonseil zu Tage, zog unter seinem Hosenbein ein martialisch anmutendes Kampfmesser hervor, schnitt zwei Stücke vom Seil ab und reichte sie Leary. Dieser nahm sie eher lustlos entgegen und machte sich daran, Yeremis Füße und Hände zu fesseln. Sie bemerkte, wie Saraf die Prozedur mit starrem Blick verfolgte. Einen Moment lang schauderte sie, als Leary sich mit ihren Handgelenken beschäftigte und sein Gesicht dem ihren ganz nahe kam. Nachdem sie jedoch die Gefühle, die der Duft seines Eau de Toilette stets in ihr hochkochen ließ, abgekühlt hatte, fiel ihr der gelangweilte Ausdruck seiner Augen auf. Er arbeitete zwar langsam, achtete jedoch kaum auf die losen Stricke. Yeremi musste die Arme auseinander drücken, um die Fesseln nicht sogleich zu verlieren. Sie spähte zu Saraf hinüber, dessen Miene nicht die geringste Regung verriet.

»Sind Sie endlich fertig?«, fragte Flatstone ungeduldig.

Leary bejahte.

»Wurde auch Zeit. Sollte Jerry versuchen zu fliehen, wissen Sie, was Sie zu tun haben.«

Der Psychologe nickte. Eine Hand verschwand unter der Jacke und zog einen schwarzen Revolver hervor. So gewappnet, gönnte Leary sich ein triumphierendes Grinsen, das an Yeremis Adresse gerichtet war. Die Gefesselte wandte sich angewidert von ihm ab.

»Dann lassen Sie Ihr ›Sesam öffne dich‹ mal hören«, befahl Flatstone.

Saraf zögerte einen Moment, bis ihm der Sinn dieser Botschaft aufging. Er stellte sich auf einen flachen, oval geformten Stein, der unmittelbar vor der Felswand lag, und begann mit der Taschenlampe die Ritzen und Vorsprünge abzusuchen. Nach einer Weile berührten seine Finger ganz leicht ein unregelmäßig geformtes Felsstück, dann ein weiteres. Erst da bemerkte Yeremi die vielen Sprünge in der Wand. Sie kannte die in Cuzco immer noch zu bewundernde Kunst der Inka, Felsen ohne Mörtel fast nahtlos aufeinander zu fügen, selbst wenn die Steine nicht streng quaderförmig waren. Der geschickte Umgang mit dem harten Material reichte jedoch wesentlich weiter zurück. Die atlantische Westkultur, deren Menschen man für die Kulturbringer Amerikas und die eigentlichen Erfinder der Pyramiden hielt, war auch unter einem anderen Namen bekannt, der sich von den griechischen Wörtern für »großer Stein« ableitete: Megalithkultur. Sah diese Felswand nur so aus wie erodiertes Gestein? War sie in Wirklichkeit das geniale Werk der Weißen Götter?

Sarafs Hände übten keinen erkennbaren Druck auf die kleinen und großen Flächen des fast senkrechten Felsens aus. Vermutlich zählte er in Gedanken etwas ab. Unvermittelt spreizte er die Arme und presste die Handballen gegen zwei weit auseinander liegende Stellen der Wand. Yeremi hörte ein knirschendes Geräusch, sah sekundenlang zwei etwa handtellergroße Segmente, die wie gewaltige Knöpfe in einer Schalttafel tief in die Wand hineinragten und sich plötzlich wieder langsam und mit leisem Knirschen nach außen bewegten, bis sie wie zuvor mit der rauen Oberfläche bündig abschlossen. Unfassbar! Sogar nach fünfhundert Jahren funktionierte dieser verborgene Mechanismus noch wie am ersten Tag.

Oder etwa nicht?

»Es rührt sich nichts«, sagte Flatstone gereizt.

»Die Geduld ist jedes guten Gedächtnisses Schatzmeister«, antwortete Saraf, ohne den Blick von der Wand zu nehmen. So verharrte er mehrere Minuten.

Abgesehen von Saraf bewahrte einzig Madalin die Ruhe. Er stand mit seiner Pistole da wie die Nachbildung eines Bankräubers in Madame Tussauds Wachsfigurenkabinett. Die Geduld der beiden anderen Männer drohte zu erlahmen. Learys Waffenhand wackelte nervös hin und her. Flatstone trat von einem Bein aufs andere.

»Was soll das werden …?«, fauchte er und verstummte jäh.

Die Felswand bewegte sich. Ein unregelmäßig gezackter Ausschnitt, kaum größer als Saraf, zog sich langsam in den Berg zurück. Yeremi ahnte, was da vor sich ging. Die zuvor gedrückten Segmente mussten einen Mechanismus in Gang gesetzt haben, der zunächst ein Gegengewicht mit Sand oder Wasser gefüllt hatte, bis es schwer genug geworden war, um die Steintür zurückzuziehen. Ähnlich raffinierte Konstruktionen hatten die alten Ägypter gebaut, meist jedoch, um Gräber fest zu verschließen.

Endlich blieb die Tür stehen. Zu beiden Seiten hatte sich ein Spalt geöffnet, der breit genug war, um einen korpulenten Mann durchzulassen. »Hier beginnt der geheime Weg zum heiligen Schatz zweier Völker«, sagte Saraf feierlich.

»Na, dann nichts wie rein«, rief Flatstone.

Ohne auf Madalin zu achten, lief Saraf zu Yeremi und umarmte sie ein weiteres Mal. Sie legte ihre gefesselten Arme wie eine Schlinge über seinen Kopf und küsste ihn.

»Pass auf dich auf, Saraf«, flehte sie.

»Das werde ich. Und du – denke daran, wer du bist«, flüsterte er.

»Dafür haben Sie später noch genug Zeit«, drängte der Stheno-Chef.

Widerstrebend löste sich Yeremi aus Sarafs Armen. Während er sich rückwärts gehend von ihr entfernte, hielten ihre Blicke einander noch fest. Was hatte er mit seiner letzten Äußerung gemeint?

Saraf drehte sich um und trat in die Höhle, gefolgt von Madalin und Flatstone. Erst als ihre Schritte verhallt waren, wandte Yeremi sich ihrem Bewacher zu und erschrak.

Sie kannte es nur zu gut, dieses lüsterne Grinsen auf Learys Gesicht.

Saraf ließ sich viel Zeit, während er den Tunnel durchschritt, der ihn an die Gänge in den Höhlen des Orion erinnerte. Seine Linke umfasste die Taschenlampe, die Rechte beschäftigte sich mit den unterschiedlich großen und verschieden geformten Korallen der Halskette. Mehrmals musste er an Quergängen entscheiden, welcher Weg der richtige war. Die Sorge um Yeremi machte es ihm nicht leicht, sich ganz auf seine Aufgabe zu konzentrieren. Aber das war notwendig, denn der kleinste Fehler konnte tödlich enden. Hinter ihm lief Madalin, der ihn keinen Moment aus den Augen ließ. Unvermittelt blieb Saraf stehen.

»Was ist?«, fragte Flatstone von hinten.

»Hier ist eine Falle.«

»Und was gedenken Sie dagegen zu tun?«

»Ich muss darüber nachdenken.«

»Soll das heißen, Sie wissen nicht …?«

»Jefferson Flatstone«, unterbrach Saraf den Stheno-Chef, »ich kann Sie hier vorbeiführen, nur nicht auf die … vorgeschriebene Weise.«

Flatstone entspannte sich. »Wenn es darum geht, Vorschriften zu übertreten, nur zu.«

Saraf blickte sich um. Neben dem Stheno-Chef lag ein Stein, so groß wie eine Honigmelone. Er zeigte auf den Fels und fragte Madalin: »Darf ich?«

Der Rumäne sah seinen Boss an. Dieser nickte.

Saraf lief an der Pistolenmündung vorbei zu Flatstone und packte den Stein. Als er ihn anhob, spürte er ein Ziehen in der Seite – die Schusswunde machte sich bemerkbar. Unter normalen Umständen hätte er das Gewicht einhändig gestemmt. Mit seiner Last kehrte er zu der vorherigen Stelle zurück, holte weit aus und schleuderte den Brocken etwa drei Schritte weit in den Tunnel hinein. Als der Stein aufschlug, geschah etwas buchstäblich Erschütterndes: Zuerst brach er im Boden ein, als bestehe dieser nur aus dünnem Eis, dann löste sich aus der rechten Wand ein riesiger Steinquader und rutschte wie ein Rammbock auf die gegenüberliegende Tunnelwand zu. Krachend kam er dort zum Stillstand. Das ganze Gewölbe schien zu zittern. Staub rieselte zu Boden. Jeder unbedarfte Eindringling wäre von der tonnenschweren Wucht des Felsblocks zermalmt worden.

Saraf drehte sich zu den beiden Männern um. Madalin wartete auf weitere Anweisungen. »Und wie geht es jetzt weiter?«, fragte Flatstone. Der Schrecken stand ihm ins Gesicht geschrieben.

Der Silbermann leuchtete auf den Quader – darin waren Vertiefungen eingemeißelt: eine steinerne Leiter –, wandte sich wieder seinen zwei Bewachern zu und antwortete gleichmütig: »Wir klettern über den Block und gehen zur nächsten Falle.«

Die letzten Jahre waren nur ein Wimpernschlag. Seit jener Nacht in ihrer Studentenbude hatte sich nichts geändert – so jedenfalls empfand Yeremi die augenblickliche Situation. Sie hatte den Reflektor ihrer Taschenlampe abgeschraubt und sie wie eine Kerze zwischen sich und Leary gestellt. Sechs oder acht Schritte von der Höhlenöffnung entfernt, saßen sie sich auf zwei großen Felsen gegenüber, und er glotzte sie unentwegt an. Das Funkeln in seinen graublauen Augen ließ sie unwillkürlich an eine Raubkatze denken, die endlich frei war und wieder jagen durfte. In den letzten Wochen hatte er sich oft verstellen, den umgänglichen Kollegen spielen müssen, aber damit war nun Schluss. »Sollte Jerry versuchen zu fliehen, wissen Sie, was Sie zu tun haben«, hatte Flatstone gesagt. Damit hatte er die Bestie in Al Leary geweckt.

Und doch unterschied sich dieser Moment von jenem, der nur noch ein dunkles Kapitel in Yeremis Erinnerung war. Sie selbst hatte sich verändert. Das war nicht zuletzt Sarafs Verdienst. Hinzu kam ihre eigene Entschlossenheit, die Geister der Vergangenheit zu besiegen.

»Was starrst du mich so an?«, fragte sie ihn mit erhobenem Haupt.

Er grinste. »Ist es verboten, eine attraktive Frau anzusehen?«

»Es kommt darauf an, was hinter diesen Blicken steckt. Du fühlst dich im Moment stark, weil du die Kanone hast.«

»Ich bekomme auch so, was ich will.«

Hinter der Antwort steckte mehr als sinnliches Verlangen, wie Yeremi deutlich spüren konnte. Sie beschloss, Learys Lustgefühle ein wenig abzukühlen, indem sie an seinen Geltungsdrang appellierte. »Flatstone hält große Stücke auf dich, habe ich Recht?«

Unmerklich, aber für Yeremi dennoch erkennbar, schwellte die Brust des Psychologen. »Durch mich ist sein Plan erst in greifbare Nähe gerückt.«

»Wieso *sein* Plan? Ist Professor McFarell nicht Flatstones Mentor?«

»Das schon, aber wir haben die ursprüngliche Idee zu einer ultimativen Waffe ausgebaut.«

»Das glaube ich nicht.«

»Es ist aber so. Uns fehlt nur noch eine winzige Ingredienz.«

»Du übertreibst. Ich sehe ja ein, dass ein empathischer Telepath eine wichtige Person – sagen wir, einen Präsidenten – manipulieren und damit Ereignisse von großer Tragweite auslösen kann, aber eine ›ultimative Waffe‹ …?« Sie schüttelte nachdrücklich den Kopf. »Das klingt für mich eher nach Größenwahn. Du warst schon immer …«

»Pass auf, was du sagst!«, zischte Leary. Halb war er von seinem Stein aufgesprungen und fuchtelte dabei mit dem Revolver herum. Yeremi lehnte sich demonstrativ auf ihrem Felsen zurück und schwieg. Sie bemühte sich, mäßigende Töne auf seinem Gefühlsklavier anzuschlagen, ohne recht zu wissen, wie. Doch es schien zu glücken. Er atmete langsam aus, sank wieder auf seinen Felsen zurück und fügte beschwörend hinzu: »Du ahnst ja nicht, welche Gewalt in einem Schneeball stecken kann.«

Einen Moment lang stutzte Yeremi. Wie hatte er das gemeint? Dann glaubte sie zu ahnen, worauf Leary angespielt hatte. Der Schneeballeffekt konnte aus ein paar verklumpten Flocken eine Lawine zaubern, die ganze Städte unter sich begrub … Yeremi riss die Augen auf. Ja, das war die Lösung! »Ihr wollt die Menschen irgendwie anstecken, mit einer Idee, vielleicht einem Hassgefühl. Wie eine Epidemie soll es sich ausbreiten, bis ihr euer Ziel erreicht habt. Ist das euer Plan?«

Leary grinste. »Wir sprechen gerade über das bestgehütete Geheimnis von Stheno Industries. Du erwartest doch nicht allen Ernstes von mir, meinen Boss zu verraten.«

Das hast du Narr doch schon längst getan!, schrien Yeremis Gedanken. Sie durchlebte ein Wechselbad der Gefühle. Der Triumph über die Lösung des letzten Rätsels reichte dem Entsetzen die Hand, das allein der Gedanke an die Folgen eines solchen Missbrauchs der Empathie in ihr auslöste. »Der Krieg mit Russland – Flatstone hat ihn ja bereits zugegeben –, er ist gar kein Erstschlag der Vereinigten Staaten gegen einen geschwächten Gegner, nicht wahr? Ihr wollt einen Bürgerkrieg auslösen. Nichts eignet sich besser dazu als außer Kontrolle geratene Gefühle. Ihr infiziert eine kleine Gruppe, und die Emotionen schwappen von einem zum anderen über. Am Ende zerfleischen sich Russen und Russen, so wie damals, als sich die Menschen im Kosovo gegenseitig abgeschlachtet haben. Wenn das Gemetzel nur blutig genug ist, wird die UN sogar ein Mandat erteilen, um in Russland für Recht und Ordnung zu sorgen …«

»Und das ist – angesichts der Größe des zu befriedenden Gebietes – die Stunde der amerikanischen Rüstungsindustrie.« Leary freute sich über die Kombinationsgabe seiner Exfreundin.

Yeremi schüttelte den Kopf. »Nein, das ist pervers.«

Leary lachte. »Sieh dir doch an, was aus dem russischen Bären geworden ist. Sein Fell ist voller kahler Flecken, schmutzig und verlaust. Ehe uns dieser Markt völlig verloren …«

Ein dumpfes Krachen unterbrach die Rechtfertigungen des Psychologen. Erschrocken richtete er die Taschenlampe auf den Höhleneingang. Eine kleine Staubwolke war zu sehen. Nervös nahm er die Stablampe in die Waffenhand, um mit der nun freien das Walkie-Talkie aus der Jackentasche zu fischen. Während er den Lichtstrahl auf Yeremis Gesicht gerichtet hielt, drückte er die Sprechtaste und rief: »Mr Flatstone, hier ist Leary. Sind Sie in Ordnung? *Over.*«

Keine Antwort. Nur statisches Rauschen.

Leary wiederholte den Funkruf.

Mit einem Mal schwoll das Störgeräusch auf einen ohrenbetäubenden Pegel an, und aus dem Walkie-Talkie drang, kaum hörbar, Flatstones Stimme: »*Roger*, Leary. Bei uns ist alles okay. Ich kann Sie nur sehr schlecht empfangen. Vermutlich wird der Funkkontakt gleich ganz abreißen, aber bleiben Sie auf Ihrem Posten. *Over and out.*« Ein lautes Knacken verriet den Abbruch der Verbindung.

Kurz darauf war ein schabendes Geräusch zu vernehmen. Erschrocken blickte Leary zum Höhleneingang, der sich ebenso langsam schloss, wie er sich zuvor geöffnet hatte. »Was hat das zu bedeuten?«, stieß er hervor.

Yeremi war von dem Vorgang weit weniger beeindruckt. Während sie ihre Fußfesseln unauffällig weiter lockerte, fragte sie: »Würdest du die Tür zu deinem kostbarsten Schatz einfach offen stehen lassen?«

Der Psychologe sah sie verdutzt an. Mit einem Mal entspannte sich seine Miene, und er drehte sich zu der nun wieder ebenen Felswand um. »Nein. Ehrlich gesagt, hätte ich sie sogar gleich hinter mir zugeschlagen.« Er steckte das Funkgerät in die Jacke, und sein auf Yeremi gerichteter Raubtierblick kehrte zurück. Grinsend sagte er: »Anscheinend kann der Abend noch lang werden. Was hältst du davon, wenn wir uns ein wenig die Zeit vertreiben?«

Flatstone blitzte Saraf wütend an. Er deutete mit dem Daumen auf den Felsquader hinter sich. »Wie viele von diesen Fallen müssen wir noch überwinden?«

Der Silbermann zuckte die Achseln. »Fragen Sie mich das später noch einmal.« Damit wandte er sich um und lief den Tunnel hinab. Madalin und sein Boss folgten ihm.

Zwei Wegkreuzungen später trafen die Höhlenwanderer auf eine Art Gitter, einen Wald von Speeren, die mit den Klingen nach unten zwischen Boden und Decke klemmten. Es war unmöglich, sich zwischen den dichten Schäften hindurchzuzwängen. Saraf blieb vor dem Lanzenwald stehen und spielte mit seiner Perlenkette.

»Ich vermute, das ist Falle Nummer zwei«, sagte Flatstone neben ihm.

»Wie haben Sie das erkannt?«

»Was passiert, wenn wir die Spieße einfach herausreißen?«

»Das kann ich nicht sagen. Aber wir sollten es besser vermeiden.«

»Wozu habe ich Sie eigentlich mitgenommen?«

Saraf ersparte sich eine Antwort und widmete sich wieder der Betrachtung der Lanzen. Nach kurzer Zeit begann er mit dem Zeigefinger auf diesen und jenen Speer zu deuten, ähnlich wie er zuvor die Segmente der Felstür abgezählt hatte. Dann griff er zielstrebig nach einem Schaft und zog daran.

Unter normalen Umständen hätte er den Spieß nun in der Hand halten müssen, was Madalin zu erhöhter Vorsicht anstachelte. Doch der hölzerne Schaft zerbröckelte wie grober Sand zwischen seinen Fingern. Die rasiermesserscharfe Klinge am Boden war dagegen aus Obsidian und glitzerte im Licht der Taschenlampe wie ein gläsernes Skalpell.

»Versuchen Sie es nur«, drohte Madalin, als er Sarafs nach unten gerichteten Blick bemerkte.

Der Silbermann ignorierte den Rumänen und sagte zu Flatstone: »Wenn Sie mir folgen, berühren Sie die übrigen Speere *niemals*. Haben wir uns verstanden?«

Der Stheno-Chef nickte eifrig. Ihm war anzusehen, wie wenig ihm diese Höhlenwanderung behagte.

Langsam, Speer um Speer, bahnte Saraf sich und seinen Begleitern den Weg. Der Lanzenwald hatte eine Tiefe von neun, höchstens zehn Metern. Obwohl in den Höhlen das Wasser nicht gerade von den Wänden tropfte, hatte die Luftfeuchtigkeit offenbar ausgereicht, um das Holz im Verlauf von fünf Jahrhunderten mürbe werden zu lassen. Die aus vulkanischem Gesteinsglas bestehenden Klingen blieben unter den wachsamen Augen des Rumänen für Saraf unerreichbar. Endlich entfernte er den letzten Schaft und trat in den freien Gang. Madalin folgte ihm. Zuletzt drängte sich Flatstone heraus. Obwohl es in der Höhle alles andere als warm war, glänzte sein Gesicht von Schweiß. Um den Lanzenwald zu verlassen, musste er sich scharf nach rechts wenden, verschätzte sich aber beim links von ihm stehenden Schaft. Hier, wo sein halbblindes Auge ihm nur verschwommene Schatten zeigte, stieß er mit der Schulter gegen das Hindernis.

»Achtung!«, stieß Saraf hervor.

Der Speer zerfiel in seine Einzelteile. Aus der Decke drang jäh ein unheimliches Knirschen, etwa eine Sekunde lang, dann rasten Dutzende von Obsidianspießen nach unten.

Madalin reagierte kaltblütig – Angst war ein Gefühl, und Gefühle kannte er nicht. Fast gleichzeitig mit Sarafs Warnung war er herumgewirbelt. Mit zwei schnellen Schritten erreichte er Flatstone, packte ihn am Revers und riss ihn aus der Gefahrenzone. Keinen Augenblick zu spät. Die Obsidianspieße trafen mit einem schrillen Klirren auf den Boden. Zwar brachen die Schäfte, aber die von einem Katapult abgeschossenen Klingen hätten den Stheno-Chef fast getötet.

Ruppig befreite sich Flatstone aus Madalins Griff, bedankte sich knapp, um hiernach mit ausgestrecktem Zeigefinger auf Saraf zu zielen. »Noch so ein Trick …«, fauchte er, ohne seine Drohung näher zu präzisieren.

»Ich habe Sie gewarnt«, antwortete Saraf ruhig.

»Das stimmt«, pflichtete Madalin ihm bei. Sein Sinn für Fakten war offenbar nicht gestört.

»Jetzt gehen Sie schon!«, befahl Flatstone, um seinen Fehler nicht einzugestehen. Vielleicht hatte der Silberne Mann ja doch sein Augenleiden bemerkt und ihn absichtlich in diese lebensgefährliche Situation gebracht.

»Gleich sind wir am Ziel«, verkündete Saraf, nachdem sie zwei weitere Fallen überwunden hatten und sich nun einer neuen Prüfung gegenübersahen.

Die drei Männer standen vor einer schiefen Ebene, die in einem Winkel von ungefähr dreißig Grad nach links geneigt war. Dort endete sie in einer scharfen Kante, hinter der das *Nichts* gähnte.

»Was ist das nun wieder für eine Teufelei?«, flüsterte Flatstone.

Saraf hob einen kleinen Stein auf und warf ihn in den breiten Spalt hinter dem Abriss der schiefen Ebene. Die drei Männer warteten und warteten – fast unhörbar war schließlich das Geräusch des Aufschlags.

»Der Abgrund muss gewaltig sein«, sagte Flatstone. Er hatte Angst, und es war ihm auch anzusehen.

»Nach Ihrem Maß ungefähr fünfundfünfzig Meter«, sagte Saraf.

»Woher wollen Sie das wissen?«

»Ich habe die Zeit gezählt, bis der Stein den Boden erreichte.«

Flatstone stand nicht der Sinn danach, mit Saraf über dessen Berechnungen zu streiten. Etwas anderes interessierte ihn sehr viel mehr. »Was passiert, wenn wir über diese geneigte Fläche laufen?«

»Das kommt darauf an.« Saraf deutete auf die Schräge. Abgesehen von einer Schicht Staub war sie auffallend glatt. Trotz des Belags konnte man deutlich ein Muster erkennen, das wie eingraviert wirkte: konzentrische Kreise, die, keiner erkennbaren Ordnung folgend, über die schiefe Ebene verteilt waren. Überall verbanden gerade Linien die einzelnen Ringe. »Was Sie dort sehen, dient nicht zur Verzierung, sondern es ist unser Pfad.«

»Und wenn man die falschen Kreise betritt, geht's abwärts?«, knirschte Flatstone.

»Sie sagen es.« Zwischen Sarafs Finger drehte sich die letzte der Korallenperlen, in unmittelbarer Nachbarschaft des goldenen Anhängers.

»Ziemlich schlüpfrige Angelegenheit. Glauben Sie wirklich, die flache Kreisgravur gibt uns genügend Halt?«

Saraf ließ die Hand von dem Halsband sinken. »Das sollte unsere geringste Sorge sein.«

Mit einem großen Schritt stieg er dicht am Abgrund auf die schiefe Ebene. Er achtete streng darauf, mit den Füßen in dem Kreis zu bleiben, den er sich erwählt hatte. Nach rechts deutend, forderte er Flatstone auf: »Klettern Sie auf den Sockel, und setzen Sie Ihre Füße in diesen Kreis dort. Sie haben es schwerer, weil dieser Weg nur für zwei Hüter gedacht ist. Deshalb müssen Sie gemeinsam jeweils einen Kreis benutzen.«

»Sie machen mir Spaß! Die sind nicht viel größer als ein Frisbee.«

Saraf wandte sich ganz um. »Ist das ein anderes Wort für Pizza?«

»Ja. Ich steige nicht mit Madalin auf diese Rutschbahn.«

»Wenn es Ihnen lieber ist, kann auch ich mit einem von Ihnen über die Ebene tanzen.«

»Netter Vergleich! Aber danke. Sie könnten mich oder Madalin in den Abgrund stoßen. Das eine wie das andere wäre mir äußerst unlieb.«

»Dann kehren wir also um?«

»Nein!«, schrie Flatstone. Der Konflikt, in dem er sich befand, sprühte geradezu aus seinen eng stehenden Augen. Sich seinem Leibwächter zuwendend, befahl er: »Sie gehen vor, ich klebe an Ihnen. Wir machen's wie beim Tango. Sie können doch Tango tanzen, oder?«

Madalin schüttelte den Kopf.

Flatstone verdrehte die Augen und deutete ungeduldig auf die Rampe. Geschmeidig schwang sich der Rumäne auf das hüfthohe Hindernis und reichte seinem Boss die Hand. Obwohl Flatstone alles andere als steif war, nahm er die Hilfe dankend an.

Nun begann fürwahr ein sonderbarer Tanz. Die letzte Sicherung vor dem Ziel glich der eines Tresors, nur wurde hier die richtige Kombination damit belohnt, dass sich *nichts* öffnete. Saraf tastete sich mit großen Schritten von Kreis zu Kreis und bedeutete den beiden »Tangotänzern«, welche Ringe sie als Nächstes zu betreten hatten. Der Weg führte keineswegs schnurgerade über die Ebene, ganz im Gegenteil. Zweimal umrundeten sich die beiden Parteien sogar, bevor sie weiter dem anderen Ende der Fläche entgegenstreben durften. Saraf hatte sie, ignorierte man einfach alle Schleifen und Umwege, diagonal überquert. Er stand direkt am rechten Ursprung der schiefen Ebene. Über deren gesamte Breite zog sich hier ein dunkler Schlitz. Schwerfällig – die verletzte Seite bereitete ihm zunehmend Schmerzen – schwang sich der Silbermann auf den

Tunnelboden hinunter. Madalin und Flatstone balancierten direkt am Rande des Abgrundes.

»Der Absatz ist bei Ihnen nur eine Elle hoch. Springen Sie einfach«, forderte Saraf das Duo auf.

Beide Männer gingen zugleich in die Knie und stießen sich ab. Während Madalin jedoch vorbildlich nach vorne schnellte, musste er seinen Tanzpartner irgendwie nach hinten gestoßen haben. Jedenfalls ruderte Flatstone wild mit den Armen in der Luft herum und drohte nach hinten zu kippen.

»Ziehen Sie ihn runter!«, rief Saraf dem Rumänen zu.

Zu spät. Aus Angst, in die Tiefe zu stürzen, machte Flatstone einen Ausfallschritt. Augenblicklich gab der Boden unter seinem Fuß nach. Von rechts hörte er gleich darauf ein bedrohliches Rumoren. Entsetzt blickte er zu dem Schlitz am oberen Ende der schiefen Ebene. Nur einen Herzschlag später schoss ein schwarzer Schwall aus der schmalen Öffnung und ergoss sich auf die Schräge. Ehe Madalin ihn erreicht hatte, umspülte die zähe Flüssigkeit schon Flatstones Schuhe. Ein vertrauter Geruch stieg ihm in die Nase: Er stand mitten in einem stinkenden, schmierigen Bach aus Erdöl.

»Bewegen Sie sich nicht!«, sagte Madalin mit eiskalter Ruhe.

Flatstone war klar, was der Rumäne meinte. Im Augenblick kroch das Öl nur langsam unter seine Sohlen, aber wenn er nur kurz einen Fuß anhob, würde er keinen festen Halt mehr finden und unweigerlich die Rampe hinabrutschen. Saraf beobachtete die Szene, ohne sich von der Stelle zu rühren. »Was soll ich tun?«, fragte Flatstone mit zitternder Stimme.

Madalin verstaute seine Pistole im Holster und streckte seinem Boss den Arm entgegen. »Beugen Sie den Oberkörper vor, und nehmen Sie meine Hand.«

Flatstones Füße gerieten ins Rutschen. »Nun tun Sie doch etwas!«, schrie er entsetzt.

»Die Hand!«, wiederholte Madalin.

Der Stheno-Chef bewegte sich immer schneller auf die Kante zu, aber er war lange genug im Kampfeinsatz tätig gewesen, um nicht völlig die Nerven zu verlieren. Sein Arm schnellte vor und ergriff Madalins Handgelenk. Auch der Leibwächter packte mit aller Kraft zu.

»Wenn Sie mich fallen lassen, sind Sie gekündigt«, knurrte Flatstone.

Der Rumäne konzentrierte sich ganz auf die Rettungsaktion. Er angelte sich auch Flatstones Linke und riss ihn dann mit einem heftigen Ruck von der Rampe. Der Stheno-Chef kam sogar mit den Füßen auf, rutschte jedoch aus. Einige Augenblicke lang krönten die beiden ihren bizarren Tango mit einem merkwürdigen Ziehen und Schieben, bis sie endlich – Flatstone bis zum Umfallen nach hinten geneigt und nur von dem über ihn gebeugten Madalin gehalten – zur Ruhe kamen.

Saraf betrachtete die Schlussfigur mit ausdruckslosem Gesicht.

Flatstone kämpfte sich aus Madalins Umklammerung frei. Wie ein Rhinozeros stampfte er auf den Silbermann zu, wäre dabei zweimal fast ausgerutscht und wetterte: »Das war Absicht!« Er kochte vor Wut.

»Sie haben Recht«, antwortete Saraf gelassen. »Die Erbauer dieses Horts wollten ihren Schatz vor Räubern schützen.«

»Wollen Sie mir allen Ernstes weismachen, die Inka oder Ihre Vorfahren hätten bei jeder Inventur diesen Zirkus hier aufgeführt?«

»Wie ich Ihnen schon sagte, besitze ich nur einen Teil vom großartigen Wissen der Erbauer. Möchten Sie jetzt das Gedächtnis des Silbernen Volkes sehen oder nicht?«

Flatstones Wut verrauchte ebenso schnell, wie sie gekommen war. Seine Knopfaugen funkelten gierig. »Und keine weiteren Fallen?«

Sarafs Gesicht blieb ausdruckslos. »Der Schatz ist schon zum Greifen nahe.« Damit wandte er sich um und lief voraus.

Der Tunnel neigte sich nun stark nach unten und beschrieb dabei eine enge Linkskurve. An dieser Stelle vermochte wohl ein einziger Hüter den Schatz gegen eine große Übermacht zu verteidigen. Nach weniger als zweihundert Metern mündete der Gang in einer großen, runden Halle. Saraf schritt bis zur Mitte des riesigen Felsendoms voraus. Madalin blieb dicht hinter ihm. Mit in den Nacken gelegtem

Kopf, den Lichtstrahl der Taschenlampe nach oben gerichtet, stolperte Flatstone hinterher.

»Das ist fantastisch!«, stieß er hervor. »Ich kann mit Mühe die Decke sehen.«

»Und was erkennen Sie?«, fragte Saraf.

»Es sieht aus wie in einer Tropfsteinhöhle, Hunderte von Stalaktiten, nur regelmäßiger angeordnet.«

»Es ist ein Meisterwerk meiner Vorfahren.«

Flatstone nahm den Blick von der Decke und sah nun direkt in Sarafs Gesicht. »Ich werde mich ihm später widmen. Nun sollten wir zum eigentlichen Zweck unseres Ausflugs kommen. Wo ist das Gedächtnis?«

Der Silbermann drehte den Oberkörper und zeigte in die dem Eingang gegenüberliegende Richtung. »Dort.«

Flatstones Lichtfinger folgte Sarafs ausgestrecktem Arm und stieß in weiter Ferne gegen eine gebogene Wand. Zahllose Reihen tiefer Alkoven waren darin zu sehen. Die ganze hintere Hälfte der Halle schien ein einziges kolossales Regal zu bilden. So besehen, erfüllten sich Flatstones Erwartungen: In den Regalen und Nischen des Felsendoms standen vermutlich Myriaden von Büchern. Der Stheno-Chef deutete mit seiner Taschenlampe zur Wand. »Gehen Sie voran. Und keine Mätzchen!«

Saraf schritt mit demselben würdevollen Gang, dessen er sich schon bei der Durchquerung Machu Picchus bedient hatte, durch den Dom. Hinter sich hörte er Flatstones misstrauische Stimme.

»Bleiben Sie ein Stück zurück, Madalin. Das könnte eine Falle sein. Wenn er zu fliehen versucht, legen Sie ihn um.«

Aus der Nähe wurde bald das ganze Ausmaß der Bibliothek erkennbar. Die Regale waren nun gleichfalls als schmale, in den Fels gehauene Nischen zu erkennen, die sich über die gesamte hintere Hallenwand erstreckten und auch sämtliche Alkoven ausfüllten. Saraf blieb neben einer hüfthohen, viereckigen Säule stehen, auf der ein eiförmiger Gegenstand ruhte. Und hier endete Flatstones Euphorie, um sogleich in grenzenlose Überraschung umzuschlagen.

Er hatte nicht wirklich mit modernen Büchern oder Kodizes gerechnet, eher schon mit Tontafeln, Papyri, Pergamenten, Rollzylindern oder anderen Schriftträgern, wie man sie aus dem Altertum kannte – aber nicht damit: Der weißgelbe Strahl seiner Halogenlampe wanderte über Abertausende von Totenschädeln.

»Was soll das?«, keuchte Flatstone. Er stand acht oder zehn Schritte vom Silbermann entfernt. Seine weit aufgerissenen Augen sprangen zwischen diesem und den Schädeln hin und her.

Sarafs Stimme bewahrte noch immer Würde. »Fürst Roca wusste den Wert dieses Schatzes zu würdigen. Sie sehen, was ich Ihnen versprochen habe: das Gedächtnis des Silbernen Volkes.«

Flatstone drohte zu kollabieren. »Ich habe eine Sammlung von Dokumenten erwartet«, schrie er. Speichel spritzte ihm aus dem Mund. »Ein wenig Inkagold als Dreingabe wäre auch nicht schlecht gewesen. Aber was soll ich mit *Totenköpfen* anfangen?«

»Der Schädel ist der Tempel, in dem unser Geist wohnt«, antwortete Saraf ehrfürchtig.

»Der dürfte bei den Kameraden hier längst ausgezogen sein«, spöttelte Flatstone.

»Das sollten Sie nicht sagen, Jefferson Flatstone«, gab Saraf zurück. Der Ton seiner Stimme ließ Madalin aufhorchen. »Den Goldschatz gibt es schon lange nicht mehr. Fürst Roca hat damit das Lösegeld bezahlt, das Pizarro für die Freiheit von Inca Atahualpa verlangte. Diese Schädel sind alles, was Sie hier finden werden. Sie sind Schatz genug. In dieser ›Gedächtnisgruft‹ ruhen die Geistestempel der Weisen und Edlen des Silbernen Volkes. Am bedeutendsten ist dieser hier.« Saraf deutete auf den Totenkopf, der neben ihm auf der Säule ruhte. »In ihm arbeitete einst ein großer Verstand. Er gehörte einem Mann, der jenseits des großen Meeres geboren wurde. Mein Volk nahm seinen Schädel mit, um den Geist des Friedens und der Verständigung, den er in seinem Leben verkörperte, hierher zu tragen.«

»Und wer soll das sein?«, fragte Flatstone genervt.

»Atlax vom Meer. Ich stamme in direkter Linie von ihm ab.«

»Wie aufregend! Der Totenkopf eines unbekannten Weisen …«

»Er dürfte auch für Sie kein Fremder sein«, unterbrach Saraf den arroganten Abgesang Flatstones. »Ihnen ist er wahrscheinlich besser unter seinem griechischen Namen bekannt: Atlas, Sohn des Poseidon, König von Atlantis.«

Jetzt staunte Flatstone doch. Die Langeweile war in einem Augenblick verflogen, und der Sammler exklusiver Raritäten erwachte in ihm. Der Schädel des sagenhaften Königs von Atlantis – auch das war ein Schatz von Wert.

»Wenn Sie die wahre Kostbarkeit dieser Schädel nicht erkennen«, verkündete Saraf und erwog zugleich, was im Geist seines Kontrahenten vor sich ging, »dann soll es so sein. Aber wenigstens diesen einen hier werden Sie wohl schätzen. Kommen Sie ruhig, und nehmen Sie ihn in die Hand.«

Flatstone wollte schon zu der Säule gehen, verharrte aber plötzlich mitten im Schritt. Ein diabolisches Lächeln kroch über sein Gesicht. »Nein, Silberner Mann. Das ist eine Falle, nicht wahr? Wenn ich den Totenkopf vom Sockel nehme, werde ich von Pfeilen durchbohrt oder eine Feuerwalze macht Frühstücksspeck aus mir – oder was immer Ihre kranken Vorväter sich noch haben einfallen lassen.«

»Soll ich den Schädel holen?«, erbot sich Madalin.

»Nein«, antwortete Flatstone und deutete mit dem Kopf auf den Silbermann. »Er wird ihn uns bringen.« Damit wandte er sich wieder Saraf zu. »Zeige mir deinen König, und ich werde mir überlegen, ob ich dich trotz deines Betrugs leben lasse.«

»So soll es sein«, sagte Saraf. Wie in einem feierlichen Ritual drehte er sich zur Säule hin, setzte beide Hände an die Seiten des Schädels und hob ihn wie eine kostbare Königskrone an.

Hierauf geschah etwas Ungewöhnliches: Die Säule bewegte sich um einen Fingerbreit nach oben, dann begann sie langsam in den Boden zu sinken.

»Was hat das zu bedeuten?«, stieß Flatstone mit schriller Stimme hervor.

»Soll ich ihn abknallen?«, erkundigte sich Madalin.

»Nein, ohne ihn kommen wir hier nicht lebend raus.«

Saraf drehte sich zu den beiden um, wodurch die leeren Augenhöhlen des Schädels sie unverwandt anglotzten. Atlax vom Meer schien dabei höhnisch zu grinsen. »Kommen Sie, holen Sie sich Ihre Beute«, sagte der Silbermann mit lockender Stimme.

Die Säule ragte nur noch ein paar Fingerbreit aus dem Boden.

Flatstone riss vor Madalin die Hand hoch und schrie: »Nicht bewegen!« Panik drohte ihn zu übermannen.

Mit einem dumpfen Klacken verschwand der Sockel im Boden. Gleich darauf erfüllte den Felsendom ein Geräusch, das an einen fernen Gewitterdonner erinnerte.

Saraf blickte nach oben.

Flatstone und Madalin legten ihrerseits die Köpfe nach hinten. Erst jetzt sahen sie die Stalaktiten aus Obsidian wie schwarze Schwerter auf sie zu rasen.

»Wenn du mich anrühren willst, musst du mich zuerst erschießen.« Zum wiederholten Mal wehrte Yeremi nun schon die anzüglichen Bemerkungen Learys ab, und in die letzte Zurückweisung hatte sie ihre ganze Willenskraft gelegt. Zwar war er noch nicht handgreiflich geworden, aber es fehlte nicht mehr viel. Mit dem Revolver in der Hand war er auf Tuchfühlung zu ihr gegangen und hatte erklärt, wie sehr er sie begehre. Yeremis Herz raste. Ihre Hände waren feucht. Würde sie im Ernstfall rechtzeitig die Fesseln abstreifen können, um sich zu wehren?

Man glaubt oft ohnmächtig zu sein, ist aber so gut wie nie wehrlos. Die Erinnerung an Sarafs Worte gab ihr Kraft. Sie ließ sich ihre Erregung nicht anmerken, umgab sich mit einer Aura der Stärke. Und sie wunderte sich: In Learys eben noch so lüsternem Blick war plötzlich Unsicherheit zu erkennen. Oder hatte er Angst? Als Psychologe dürfte er gelernt haben, die Körpersprache anderer Menschen zu verstehen. Konnte er sehen, welche Kräfte er da herauszufordern drohte? Yeremi war sich ihrer erst kürzlich wieder entdeckten Gabe ja selbst nicht sicher. Hatte sie die Verzagtheit in Learys Herz gepflanzt?

Der Psychologe zog sich auf seinen Felsen zurück und starrte

Yeremi grimmig an. Einmal mehr hallten seine während der Guyana-Expedition geäußerten Worte durch ihren Sinn. Sie hatten über die kollektiven Albträume gesprochen, über Sarafs Silbernen Sinn. »Es handelt sich eindeutig um eine empathische Gabe«, lautete Learys Urteil. Und dann hatte er sie gefragt: »Spürst du das denn nicht?«

Yeremi war sich nicht sicher, ob sie es fühlte. Was hatte sie da eben schon getan? Sie trotzte Learys Zudringlichkeit, wie es jede couragierte Frau tun würde. Und die Art und Weise, wie sie ihm zuvor Flatstones geheime, auf einer »empathischen Kettenreaktion« basierenden Pläne entlockt hatte …?

Rhetorische Tricks. Ihr Blick wanderte verstohlen zu dem Psychologen hin, der sie belauerte wie eine Katze die Maus. Nein, da musste noch etwas anderes sein. Auch Flatstone waren auf dem Flug einige hoch brisante Informationen herausgerutscht, bis Madalin ihn schließlich stoppte. Was hatte Saraf gesagt? *Denke daran, wer du bist.* Was nur wollte er ihr damit sagen?

Sie schloss die Augen und befahl ihrem Geist, sich auf das Nächstliegende zu konzentrieren. Um zu überleben, musste sie fliehen. Als sie Leary erneut ansah, bemerkte sie seinen forschenden Blick. Er hätte in diesem Moment allzu gerne ihre Gedanken oder wenigstens ihre Gefühle gelesen, aber das gelang ihm nicht. Nicht ihm! Als er erneut zur Wand mit dem nun wieder unsichtbaren Höhleneingang hinüberblickte, arbeitete Yeremi weiter an ihren Stricken.

Die Zeit des Wartens schleppte sich träge dahin. Leary wurde immer nervöser. Mehrmals sprang er, wie von einem Insekt gebissen, auf, lief zu der Felswand, nur um gleich wieder umzukehren. Hierauf konnte er minutenlang auf seinem Stein sitzen und Yeremi mit hungrigen Blicken verschlingen. Dann wieder drückte er unerwartet die Sprechtaste an seinem Walkie-Talkie und rief seinen Boss – aber nur ein Rauschen kam aus dem Lautsprecher. Yeremi spürte, wie sich sein Unwille zunehmend auf sie richtete.

»Glaubst du, Flatstone erhebt Ansprüche auf dich?«, fragte er unvermittelt.

Yeremi spitzte alarmiert die Ohren. »Glaubst *du*, ich sei ein

Häschen, das man zum Streicheln herumreicht, bevor man ihm am Ende doch das Fell über die Ohren zieht?«

Diesmal erhob sich Leary sehr langsam von seinem Felsen und näherte sich ihr mit vorgehaltener Waffe. »Du hast deine Jungfräulichkeit schon vor Jahren verloren. Wofür willst du dein Leben opfern?«

Wieder stieg der Duft von Cool Water in Yeremis Nase. Sie blickte in die Mündung von Learys Revolver und beobachtete, wie sich seine Linke ihrem Gesicht näherte. *Nein!*, schrie alles in ihr. *Nie wieder!* Plötzlich verharrte seine Hand. Sie spürte seine Wärme in ihrem Gesicht und glaubte, es müsse verbrennen. Doch ihre dunklen Augen glühten wie Kohlen, während sie ihn offen ansah. Wie lange würde sie in diesem stillen Zweikampf noch die Oberhand behalten? Zweifel stiegen in ihr auf. Und mit einem Mal setzte sich Learys Hand wieder in Bewegung.

Sie wanderte zu ihrem Blusenausschnitt herab, näherte sich dem obersten Knopf. *Niemals!*, bäumte sich Yeremis Wille auf, und mit diesem Gedanken sprang sie hoch. »Nimm deine dreckigen Finger weg!«, schrie sie. Leary stolperte überrascht nach hinten, doch auch Yeremi fand keinen sicheren Stand. Sie hatte ihre zwar lockeren, aber immer noch vorhandenen Fußfesseln vergessen und verlor das Gleichgewicht.

In diesem Moment stieg ein beunruhigendes Geräusch vom Boden auf, ein tiefes Grollen. Der ganze Berg schien zu vibrieren. Es hörte sich wie der Vorbote eines Erdbebens an. Leary fuhr herum und blickte zum Höhleneingang. Er blieb fest verschlossen. Während Yeremi ihren Sturz mit ausgestreckten Händen abfing, lief der Psychologe zur Felswand und schrie in sein Walkie-Talkie.

»Flatstone, hier Leary. Was ist passiert? *Over.*« Mit zunehmend schriller Stimme setzte er den Funkspruch immer und immer wieder ab.

Hätte er dabei nur eine Sekunde auf Yeremi geachtet, wäre ihm zweifellos aufgefallen, dass ihre Hände frei waren. Noch im Fallen hatte sie die Fesseln abstreifen können. Nun saß sie auf dem Boden und löste hastig den Strick an ihren Fußgelenken.

»Flatstone! Madalin! Hier spricht Leary. Melden Sie sich doch! *Over.*«

Endlich stand Yeremi auf ihren Beinen. Für eine Lagebeurteilung blieb ihr nicht viel Zeit. Schon erstarb das Grollen im Berg. Gleich würde sich Leary zu ihr umwenden. Einen Herzschlag später hatte sie ihren Entschluss gefasst.

Sie lief zu dem Felsen, der dem Psychologen eben noch als Sitzplatz gedient hatte, und schnappte sich dessen Taschenlampe. Anschließend kickte sie die zweite, aufrecht am Boden stehende Halogenleuchte wie das Ei im American Football aus dem Spielfeld. Sekundenlang flog das Licht wie eine Sternschnuppe durch die Nacht. Dann folgte ein Klappern, und es wurde dunkel.

Spätestens jetzt wurde Leary klar, was da in seinem Rücken vor sich gegangen war, während er gefunkt und seinen schlimmen Ahnungen nachgehangen hatte. Er zielte in die Richtung, in der er die Fliehende vermutete, und feuerte drei Schüsse ab.

Yeremi hatte die eigene Taschenlampe wohlweislich ausgeschaltet. Diese Voraussicht rettete ihr vermutlich das Leben. Leary war ein ausgebildeter Kämpfer und hätte sie andernfalls sicher nicht verfehlt. Die Wolken waren weitergezogen, und der Vollmond hing wie eine riesige Laterne über der fantastischen Landschaft. Sein silbriger Schein musste zur Orientierung reichen.

Die Ruinen der Inkastadt breiteten sich wie ein geheimnisvolles Orakel zu ihren Füßen aus. Doch Yeremi hatte weder Muße noch war sie in der Stimmung, die Schönheit dieses geschichtsträchtigen Ortes zu bewundern. Hinter ihr befand sich ein wütender Mordbube, und vor ihrem inneren Auge stand das Bild Saraf Argyrs. Sie hatte nie wirklich angenommen, dass er den Verbrechern das Gedächtnis seines Volkes ausliefern würde. Das Donnern des Berges konnte nur eines bedeuten: Er musste irgendeinen Schutzmechanismus ausgelöst, damit die Anlagen zum Einsturz gebracht und auf diese Weise Flatstone wie auch Madalin mit sich in den Tod gerissen haben.

So schnell es nur ging, stolperte Yeremi den Jungen Gipfel hinab, einen Schleier aus Tränen vor den Augen. Mehrmals überlegte sie, einfach aufzugeben. Wenn Saraf nicht mehr lebte, wozu sollte sie sich dann noch weiter quälen? An besonders gefährlichen Stellen schaltete sie sogar ihre Taschenlampe ein, aber als hinter ihr Learys Waffe aufblitzte, siegte doch ihr Überlebenswille, und sie vertraute sich erneut dem Mondlicht an.

Wohlbehalten erreichte sie die Terrassen an der Flanke des Huayna Picchu und lief nun schneller der Stadt entgegen. Hinter sich hörte sie noch immer die Schritte ihres hartnäckigen Verfolgers, glaubte sogar, seinen Zorn zu fühlen. Sie wusste nicht genau, wie es weitergehen sollte, wenn sie erst die Ruinen erreicht hätte. Immerhin verfügte sie hier über genaue Ortskenntnisse und rechnete sich einen Vorteil aus.

Als Yeremi den bewaldeten Streifen erreichte, hörte sie Learys Husten. Er war kein Marathonläufer. Wie oft konnte er seinen Revolver abfeuern, ohne nachzuladen? Hatte er schon sechsmal abgedrückt? Durfte sie es wagen, ihre Lampe erneut zu benutzen? Unter den Bäumen war es finster. Nur hier und da warf der Mond silberne Speere auf den Boden, so wie damals, als sie im Dschungel an einem Baum lehnte und Saraf unerwartet …

Plötzlich spürte sie ein starkes Ziehen in ihrem linken Fuß, sie stürzte zu Boden, und es wurde dunkel. Im Fallen war ihr die Taschenlampe aus der Hand gerutscht und irgendwohin verschwunden. Neue Tränen schossen Yeremi in die Augen, diesmal vor Schmerz. Sie musste ziemlich unglücklich auf eine Wurzel oder einen Stein getreten und dabei umgeknickt sein. Mit beiden Händen hielt sie ihr Fußgelenk und kämpfte gegen die aufwallende Übelkeit an. *Nicht sitzen bleiben!*, verlangte ihre Vernunft, aber der Fuß wollte sich dieser Weisung nicht fügen.

Und dann war mit einem Mal Leary über ihr. Ein helles Licht blendete sie – er musste die Taschenlampe gefunden haben. Sein Revolver zielte direkt auf ihre Stirn.

»Das hättest du nicht tun sollen«, sagte er. Seine Stimme klang kühl und bedrohlich.

Yeremi kniff die Augen zusammen, weil sie sicher war, was nun folgen musste. Er würde den Abzug betätigen und …

Klick!

Der Schlagbolzen hatte eine leere Patronenhülse getroffen. Yeremi glaubte wie Wachs in einer Flamme schmelzen zu müssen. Alle Kraft war mit einem Mal aus ihr entwichen. Sie wappnete sich für den zweiten, finalen Schuss, doch stattdessen hörte sie Learys ätzende Stimme.

»Das ist mir noch nie passiert.«

Yeremi öffnete die Augen. Im nächsten Moment fühlte sie seinen harten Griff an ihrem Oberarm. Mit einer Kraft, die ihr nicht fremd war, riss er sie auf die Füße. Vor Schmerz jaulte sie auf.

»Hab dich nicht so, mein Schatz«, säuselte er ihr ins Ohr. »Wir suchen uns jetzt ein nettes Plätzchen, wo wir unsere alte Liebe auffrischen können. Mein Boss wird wohl nichts dagegen haben.« Er lachte auf eine Weise, die Yeremi erschauern ließ.

Der seelische und körperliche Schmerz hatte ihren Widerstand gelähmt. Sie ließ sich durch den Wald zur Stadt hinaufschieben. Leary sah, wie sie humpelte, er hörte ihr Stöhnen, aber es kümmerte ihn nicht.

Nach einer Zeit, die Yeremi wie eine Ewigkeit vorkam, erreichten sie endlich den nordwestlichen Ausläufer des Zentralplatzes. An Stelle ihres Fußes spürte sie nur noch ein qualvolles Pochen. Rechts von ihr ragte der Hügel mit dem Thron der Sonne auf. Das Intihuatana hob sich dunkel von dem Sternenhimmel ab. Brutal stieß Leary sie weiter.

»Was hast du vor?«, keuchte Yeremi.

»Muss ich mich wirklich wiederholen?«, erwiderte er und lachte euphorisch. Man hätte glauben können, er habe einen Rausch. Nie zuvor hatte Yeremi dieses intensive Gefühl an ihm bemerkt, diese glühende Wildheit, die sich aus seiner wollüstigen Gier speiste.

»Ehe ich dir das gebe, was du Liebe nennst, teile ich lieber Ugranfirs Schicksal und lasse mich von dir umbringen«, fauchte sie ihn an und spürte mit Befriedigung, wie sie die Kontrolle über ihre Gefühle zurückgewann.

Learys Reaktion war für sie zunächst nur als erbärmliche Dissonanz wahrzunehmen. Sie hörte eine Woge der Enttäuschung durch ihn hindurchrollen. Er musste ihre Standhaftigkeit spüren und ahnen, dass er ihren Willen niemals wieder würde brechen können. Aber dann erschrak Yeremi, denn sie merkte, wie der Zorn von Leary Besitz ergriff – ein Paukenwirbel, der immer stärker anschwoll –, und der daraus aufsteigende Wahnsinn war noch schlimmer als die besiegte Lüsternheit.

»Du willst Ugranfir folgen?«, schrie Leary mit schriller Stimme. »Meinetwegen, das kannst du haben! Denke nicht, du wärst mehr wert als dieser wankelmütige Wilde, der sich im letzten Moment zum Retter seines Volkes aufschwingen und mir die Quipus vorenthalten wollte.«

Es waren nur noch wenige Schritte bis zum Hubschrauber. Jetzt begann Yeremi zu begreifen, was in Learys Kopf vorging. »Du willst mich doch nicht …?«

Flatstones Erfüllungsgehilfe lachte irre. »Warum nicht? Du hattest genug Chancen zu kapitulieren. Im Dschungel warst du schon besiegt. Als ich mir Ugranfir vom Halse schaffte, bist auch du zum ersten Mal gestürzt. Ich hatte dir faktisch die Leitung des Expeditionsteams abgenommen. Aber du musstest dich ja unbedingt wieder aufrappeln, hast plötzlich diesen Silbermann aus dem Hut gezaubert …«

»Du bist tatsächlich Ugranfirs Mörder!«, entfuhr es Yeremi. Obwohl Leary ihren Verdacht nur bestätigt hatte, war sie von seinem Geständnis trotzdem erschüttert.

Der Psychologe sah sich ein weiteres Mal ausgetrickst. Neben der Einstiegsluke des Helikopters verharrend, geiferte er: »Was denkst du denn? Meinst du, ich lasse mir von einem Hinterwäldler die Früchte meiner Arbeit verhageln? Und dir wird das ebenso wenig gelingen. Iceberg weiß meine Qualitäten zu schätzen. Und wenn ich erst Flatstones Nachfolge angetreten habe, werden wir unsere Pläne Wirklichkeit werden lassen – in wenigen Tagen schon.«

»Etwa mit euren stümperhaften Methoden, die immer wieder in Katastrophen endeten?«, erwiderte Yeremi trotzig.

»Wir haben schon mehr erreicht, als du denkst. Und nun steig ein.« Er riss die Luke des Hubschraubers auf.

Mit bangem Blick sah sie in die Maschine.

»Los!«, brüllte er. »Oder willst du ausprobieren, ob ich nicht doch noch eine Kugel für dich aufgespart habe?«

Grimmig blickte Yeremi auf den Revolver. *Man glaubt oft ohnmächtig zu sein, ist aber so gut wie nie wehrlos.* Nein, dachte sie, solange ich lebe, kann ich auch kämpfen. Mit dem gesunden Fuß voran kletterte sie ins Cockpit. Als sie die Luke zuziehen wollte, hielt Leary sie fest.

»Heute fliegen wir zur Abwechslung mal mit offener Tür«, sagte er grinsend.

Yeremi blitzte ihn zornig an. Er zielte immer noch mit dem Revolver auf sie. Sie ließ sich in ihren Sitz sinken und schnallte sich an.

Leary lief um den Helikopter herum und nahm den Platz neben ihr ein.

Die Gedanken schossen wie Blitze durch Yeremis Kopf. Was konnte sie tun, um diesen Irrsinnigen aufzuhalten? Vor den Höhlen des Orion hatte Leary sich einmal als Hermes bezeichnet. Der Götterbote und Gott der Schelme und Diebe war auch ein Seelenführer – er geleitete die Seelen der Verstorbenen zum Fährmann Charon, der sie dann über den Grenzfluss des Totenreiches setzte und sie in den Hades brachte. Nun zeigte Leary sein wahres Gesicht – das des kaltblütigen Mörders. Ugranfir musste ihm auf die Schliche gekommen sein, denn Adma hatte seine Bedenken offen ausgesprochen: Ugranfir behaupte, jemand in Yeremis Gruppe »trage eine Maske«. Deshalb musste Sarafs Ratsbruder sterben, daran hegte sie nicht den geringsten Zweifel. Ich hätte auf Faïnas Schwester hören und die Warnsignale richtig deuten sollen, warf sich Yeremi vor. Wäre so nicht wenigstens der Untergang des Silbernen Volkes zu verhindern gewesen? Rasch verscheuchte sie diesen zersetzenden Gedanken. Es liegt im Wesen des Irrtums, dass man ihn erst im Augenblick des Scheiterns erkennt. Die Vorstellung, einmal in Leary so etwas wie romantische Gefühle geweckt zu haben, erschien ihr in diesem Moment dennoch aberwitzig. Er wollte sie nur noch töten, aber – auch das glaubte sie zu fühlen – er war zu feige, sie aus nächster Nähe zu erschießen. Learys herablassende Stimme beendete vorerst ihre Betrachtungen.

»Wenn man deine Leiche hier findet, fangen die Behörden an zu schnüffeln. Der Hinweis auf Ugranfir ist Gold wert, Jerry: Dir wird es genauso ergehen wie ihm. Wenn du über dem Dschungel aus dem Helikopter fällst, bleibt mir genügend Zeit, um meine große Vision zu verwirklichen. Sollte man je deine Knochen finden und identifizieren, wird die Welt längst eine andere sein.«

Mechanisch legte er Hebel um, drückte Knöpfe, ließ den Motor anspringen und auf Touren kommen …

Yeremi spürte, wie ernst er es meinte. Als kleines Mädchen hatte sie ihre Mutter in Jonestown zur Flucht gedrängt. Es müsse sofort geschehen, ein anderes Mal sei es zu spät, hatte sie gefleht. Sie erinnerte sich, was ihr damals eine solche Furcht eingejagt hatte: Sie hörte den Klang des Todes. Und in diesem Augenblick war es wieder so.

Der Helikopter stieg senkrecht in die Luft, neigte die Nase und nahm Fahrt auf. Yeremi musste immer mehr Kraft aufwenden, um nicht in Panik zu geraten. Sie blickte zur hellen Scheibe des Mondes empor. Silber steht für die kühle Überlegung des Verstandes, hatte Saraf gesagt. Wie sollte sie in einer solchen Situation ruhig bleiben? Was konnte sie tun, um Leary die Mordlust auszutreiben? Ihre Kehle war wie zugeschnürt. Hilflos blickte sie nach unten. Der Hubschrauber flog direkt auf den Jungen Gipfel zu. Leary schaltete den Suchscheinwerfer ein. Yeremi sah in sein verbissenes Gesicht. Wollte er ein letztes Mal nach seinem Boss Ausschau halten? Oder begann er gleich hier nach einer geeigneten »Abwurfstelle« zu suchen?

Schon wollte sie ihre Aufmerksamkeit wieder nach vorne wenden, als ihr Blick den höchsten Punkt der Ruinenstadt streifte. Auf dem abgeflachten Hügel ragten einige halb zerfallene Mauern auf, die Überreste mehrerer kleiner Häuser, die einmal rituellen Zwecken gedient hatten. Beherrscht wurde das kleine Plateau jedoch von dem pyramidenförmigen Steinblock Intihuatana, der fahl im Licht des Mondes schimmerte. Was hatte Saraf zum Abschied gesagt? *Wir sehen uns wieder am Sitz der Sonne …*

Yeremi zuckte zusammen, eine Folge ihrer überstrapazierten Nerven. Plötzlich stieg Hoffnung in ihr auf. Saraf musste von Anfang an einen Plan gehabt haben, und der hing mit dem Sonnenthron zusammen …

»Da!«, rief sie und deutete an Leary vorbei aus dem Cockpitfenster. Sie hatte bei dem höchsten der Gebäude eine Bewegung gesehen. Die kunstvoll aufeinander gefügten Steine zitterten …

Jetzt reagierte auch Leary, indem er das Heck des Helikopters herumschwenken ließ. Er konnte Flatstone nicht im Stich lassen, sollte dieser einen anderen Weg aus den Höhlen gefunden haben. Am nächsten Morgen würden die Fremdenführer und Touristen zurückkehren und die »Höhlenforscher« entdecken, und danach begänne eine gnadenlose Jagd auf den illoyalen Psychologen. Leary steckte in einer Zwickmühle.

Er lenkte den Hubschrauber an die Zwergenpyramide heran. Als er dicht über der Hügelkuppe schwebte, stürzte plötzlich das am höchsten aufragende Gemäuer zusammen.

»Was war das?«, stieß Leary hervor.

Yeremi starrte gebannt auf die Staubwolke, die im Scheinwerferkegel herumwirbelte. »Jedenfalls kein Erdbeben«, murmelte sie. Ihre Stimme ging im Motorenlärm unter.

Der Rotor beförderte den Staub schnell aus dem Weg. Im grellen Licht erschien die steinerne Statue eines Mannes – so jedenfalls sah die graue Figur aus, die über den Trümmern des zusammengebrochenen Gemäuers aufragte: wie ein merkwürdiges Standbild. Ein runder Gegenstand klemmte unter dem Arm des völlig eingestaubten Mannes. Er sah zum Hubschrauber hinauf. Dieser schwebte nun fast auf gleicher Höhe mit dem Intihuatana. Einen Moment lang glaubte Yeremi, sie sehe Rauch von der grauen Gestalt aufsteigen, aber es war nur Staub, der von den Luftverwirbelungen fortgerissen wurde.

»Ist das Madalin?«, rief Leary, ohne den Blick von dem winkenden Mann zu nehmen.

Der Rotor des Hubschraubers hatte inzwischen genug Staub weggeweht, um Yeremis Hoffnung zu bestätigen. Sie erschauerte unter einem überwältigenden Glücksgefühl. »Nein, es ist Saraf Argyr!«

Leary starrte wie in Trance zu der geisterhaften Gestalt hinab.

Sein Gefühl leugnete noch, was sein Verstand längst begriffen hatte: Da stand der Silbermann, hielt einen Gegenstand im Arm, der an einen Totenkopf erinnerte, und winkte herauf.

Yeremi sah, wie Saraf die Lippen bewegte. »Komm, spring herunter!«, schien er zu rufen. Aber wie sollte sie das tun? Unterhalb der offenen Kabinentür befand sich die Steilwand, die zur Stadt hinabführte. Der Sprung in die Tiefe konnte nur tödlich enden. Voller Angst blickte Yeremi in Learys Gesicht, und was sie dort entdeckte, ließ sie erschauern.

Panik, aber auch eine gewaltige Anstrengung spiegelte sich in seinem starren Antlitz. Jetzt erst begriff Yeremi, was da vor sich ging: ein unsichtbarer Kampf, Sarafs Wille rang mit dem seinen. Leary stemmte sich gegen eine Kraft, die ihn zu sich befahl, so wie es früher sein Vater getan hatte, den Hosengürtel in der Hand, wenn er Klein Al zur Züchtigung rief. Der Hubschrauber ging noch tiefer, nur nützte das Yeremi wenig, solange ihr Ausstieg über dem Abhang schwebte.

Saraf stieg von den Trümmern herab und lief, das Gesicht unverwandt nach oben gerichtet, auf das Intihuatana zu. Dort legte er den Schädel nieder und winkte Yeremi nun mit beiden Händen. Einmal mehr sah sie seine Lippen die beschwörenden Worte sprechen. »Komm, spring herunter!«

»Aber ich kann nicht!«, flüsterte sie mit bebenden Lippen. Leary starrte nur nach unten. Und mit einem Mal glaubte Yeremi zu verstehen, was Saraf von ihr wollte. Fast war es so, als höre sie seine Stimme in ihrem Kopf. *Hilf mir! Ich habe Vertrauen in dich!* Ihr gehetzter Blick flog rasch zwischen ihm und dem schweißüberströmten Gesicht Learys hin und her. Helfen? Wie sollte sie das tun? Hatte Saraf nicht auch gesagt, wenn jemand seinen Geist zu einer Festung mache, könne niemand sie so leicht einnehmen? Sie, Yeremi, hatte versucht, Learys Mordlust zu bezwingen, aber es war ihr nicht gelungen. *Denke daran, wer du bist.* Was hatte Saraf damit nur gemeint?

Einen Augenblick erwog Yeremi, sich auf Leary zu stürzen, selbst wenn er seinen Revolver abfeuerte, aber dann wurde ihr plötzlich bewusst, was Saraf gemeint hatte …

»Nein!«, schrie Leary, ein irrer, lang gezogener Laut der Gegenwehr. Noch einmal erlangte sein Wille die Oberhand. Der Hubschrauber stieg wieder in die Höhe.

Wenn er jetzt abdrehte, würde ihr Leben nur noch wenige Minuten dauern. Nicht sie hätte dann einen Verlust zu betrauern, sondern Saraf. Dieser Gedanke mobilisierte die letzten Kraftreserven ihrer geschundenen Seele. *Möge dein Gewissen dich auffressen, Al, dich aushöhlen, dich leer brennen, bis du keine Kraft mehr hast!*, brüllte sie. Aber nur in Gedanken.

Learys Kopf flog herum, als hätte er trotzdem jedes einzelne Wort verstanden. Entsetzt starrte er in ihr Gesicht. Die Maschine drehte sich und sackte mit einem Ruck nach unten. Der Sitz der Sonne flog förmlich auf sie zu. Das war Yeremis Chance. Ehe Leary auch nur ahnen konnte, was sie vorhatte, hieb sie ihm die Faust ins Gesicht. Fast gleichzeitig löste sie den Beckengurt und sprang.

Sie hatte keine Gelegenheit mehr gehabt, die Richtung ihres Sturzes zu beeinflussen, alles war so schnell gegangen. Doch Saraf stand genau unter ihr, die Arme weit ausgebreitet. Im Luftwirbel unter dem taumelnden Helikopter flatterten seine staubigen Kleider, und Yeremi flog direkt auf ihn zu. Als ihr Körper auf den seinen prallte, schrie er vor Schmerz auf und brach mit ihr zusammen. Zum Glück war der Sturz nicht besonders tief.

Der Helikopter dröhnte dicht über ihnen wie eine gigantische wütende Hornisse. Noch war die Gefahr nicht gebannt. Yeremi wälzte sich von Saraf auf den fest gestampften Sandboden herab und landete auf dem Rücken, gerade rechtzeitig, um das Aufbäumen des Riseninsekts zu sehen. Während der Bug des Helikopters sich nach oben neigte, drehte er sich um die eigene Achse. Der Heckrotor näherte sich immer weiter der Spitze von Intihuatana. Die Inka hatten sie als Zeiger einer Sonnenuhr aus dem Fels geschlagen, doch nun war sie das Zünglein an Learys Lebenswaage. Als der kleine Propeller die Pyramide touchierte, zuckte Yeremi zusammen und riss die Arme hoch. Steinsplitter sausten wie tödliche Geschosse über sie und Saraf hinweg.

Beide dachten zunächst, die Kollision hätte dem Helikopter keinen größeren Schaden zugefügt. Auf dem Bauch liegend, sahen sie, wie er regelrecht in die Höhe schoss. Aber dann hörten sie ein hässliches metallisches Kreischen, und mit einem Mal fiel ein Funkenregen vom Heck der Flugmaschine herab. Nur einen Wimpernschlag später wurde der von der Unwucht aus dem Gleichgewicht gebrachte Heckrotor regelrecht zerrissen. Der Helikopter driftete brennend nach Westen ab und begann sich immer schneller um seine eigene Achse zu drehen. Gleichzeitig stürzte er in die Tiefe.

Yeremi und Saraf eilten, so schnell es ihre malträtierten Körper erlaubten, zur äußersten Kante des Intihuatana-Plateaus. Dort hielten sie einander fest und spähten ins Tal. Sie konnten den Helikopter nicht mehr sehen, aber noch immer war sein Jaulen und Kreischen zu hören. Kurz darauf drang der Laut einer gewaltigen Explosion zu ihnen herauf. Die umliegenden Berge leuchteten einen Moment auf, stumme, ganz in grün gekleidete Zeugen. Schnell wurden die Flammen kleiner; in der feuchten Umgebung würde das Feuer bald ganz erlöschen.

Zitternd schmiegte sich Yeremi an Sarafs Körper. Sie spürte seine Hand über ihr Haar streichen, eine Berührung, die ihr neue Kraft verlieh. So standen sie eine ganze Weile auf dem höchsten Punkt der Wolkenstadt, und der Vollmond tauchte sie in sein silbriges Licht.

Nach einer Weile sagte Saraf leise: »Ich hatte schon befürchtet, meinen kostbarsten Schatz für immer zu verlieren. Es war höchste Zeit.«

Yeremi reckte ihm das Kinn entgegen. Sie war sich nicht ganz sicher, wovon er sprach.

Er lächelte, und sein Ringfinger scheuchte eine aufmüpfige Haarsträhne aus ihrem Gesicht. »Wir Silbernen benutzen den Fühlsinn so wie ein Chor seine Stimme: in der Gruppe. Selbst meine Kraft ist begrenzt, wenn sich jemand zu wehren weiß.«

»Wie Al Leary, meinst du?«

Er nickte. »Ja. Es war höchste Zeit für dich, mir zu Hilfe zu kommen.«

Yeremi schüttelte den Kopf. »Rede keinen Unsinn, Saraf! Ich habe ihm auf die Nase gehauen. Vielleicht gibt's da bei mir eine gewisse Begabung, aber …«

Saraf legte ihr den Zeigefinger auf die Lippen. »Schsch!«

Yeremi sah ihn fragend an.

»Jeder Mensch besitzt von Natur aus die Einfühlung – bei dem einen ist sie etwas stärker, beim anderen eher schwach entwickelt. Aber nur wenige machen von ihrer Gabe Gebrauch. Wer dies tun will, muss zuallererst geben, anstatt nur nehmen zu wollen. Das macht ihn zu einem besonderen Menschen. Schon als wir uns das erste Mal begegnet sind und du so voller Zweifel und Ängste stecktest, konnte ich fühlen, was für ein außergewöhnlicher Mensch du bist. Die Einfühlung schlummerte in dir, stark wie ein schlafender Jaguar, aber auch ebenso gefährlich, wenn du nicht auf sie Acht gibst – eben hast du es bewiesen. Doch bei dir wird die Gabe in den richtigen Händen sein. Jetzt kann der Silberne Mann endlich seine seit langem verheißene Reise antreten.«

Yeremi befreite sich aus Sarafs Armen. »Du willst mich verlassen?«

Selbst im Mondlicht konnte sie den Schmerz in seinen hellen Augen sehen. »Es ist keine Frage des Wollens, Jerry. Ich liebe dich, aber …«

»Aber was?«, stieß sie hervor. Ihre Stimme zitterte, und Tränen traten in ihre Augen.

»Mir wurde eine Bestimmung in die Wiege gelegt, Jerry. Du weißt es. Wir dürfen einander nicht den Weg versperren.«

Sie blinzelte verwirrt. »Was … Wovon redest du überhaupt?«

»Als du in der brummenden Maschine gesessen hast, ist dir zum ersten Mal bewusst geworden, wer du wirklich bist. Aber jetzt verdrängst du das Wissen um deine wahre Natur schon wieder. Solange du dich ihr nicht öffnest, gibt es keinen gemeinsamen Weg für uns.«

»*Was* soll ich verdrängen?«, fragte sie verzweifelt. Die Angst, den Menschen zu verlieren, den sie am meisten liebte, verhinderte jeden klaren Gedanken. Und Sarafs Antwort verwirrte sie noch mehr.

»Das musst du ganz allein herausfinden, Jerry.«

Erregt lief sie zum Intihuatana und deutete auf den dort abgelegten Schädel. »Warum hast du diesen Totenkopf mitgebracht?«

Saraf war ihr gefolgt, bückte sich und hob den Schädel auf. »Das ist mein Urvater«, antwortete er feierlich. »Er gründete einst ein mächtiges Reich im Westen.«

Yeremi erinnerte sich sehr gut an das Verhör in Colonel Hoogevens Zelt, als Thomas Sosé die Personalien Sarafs aufgenommen hatte. »Du sagtest einmal, dein Geschlecht stammt aus Kerne und dein Ahnherr sei Atlax vom Meer. Ist das …?« Sie deutete auf den grinsenden Schädel.

Saraf nickte. »In diesem Tempel wohnte einst der Geist von Atlax, dem ersten und mächtigsten König von Atlantis. Als unser Reich von Kriegern aus dem Osten überrannt wurde und man unsere Pyramiden mit Erde zuschüttete, retteten meine Vorfahren das Kostbarste unseres Volkes.«

»Sein Gedächtnis. Dann gibt es noch mehr Schädel da unten im Berg? Oder wurden sie gerade zerstört?«

»Nein. Niemals hätten die Hüter so etwas zugelassen. Jefferson Flatstone und Feraru Madalin sind von ihrem eigenen Misstrauen getötet worden. Wären sie nur ein paar Schritte näher bei mir gewesen, hätten die Obsidianschwerter sie nicht durchbohrt.«

Yeremi wollte sich lieber nicht ausmalen, was in den Eingeweiden von Huayna Picchu vorgefallen war. Außerdem galt es, ein anderes Rätsel zu lösen, von dem ihre Zukunft und ihr Glück abhingen. »Welche Bewandtnis hat es mit diesen Totenköpfen?«, fragte sie.

Saraf stellte den Schädel auf seine linke Handfläche und öffnete ihn oben wie eine Pralinendose. Wegen der Dunkelheit nahm er Yeremis Hand und ließ ihre Fingerkuppen über die Innenwand der Schädeldecke streichen. Sie fühlte feine Vertiefungen, gerade so, als hätte jemand eine Inschrift in den Knochen geritzt. »Was du da spürst, ist Atlax' Gedächtnis«, sagte Saraf.

Jetzt endlich begriff Yeremi. »Das Gedächtnis des Silbernen Volkes! Ihr habt euer *Wissen* in die Innenseiten der Totenköpfe eingraviert. Wie viele von diesen ›Schädeldokumenten‹ gibt es in der geheimen Schatzkammer?«

»Tausende! Niemand hat sie je gezählt, da ja auch die Weisheit unerschöpflich ist. Seit Anbeginn der Zeit bewahrt unser Volk sein Wissen auf diese Weise, um es an spätere Generationen weiterzugeben.«

»Also hatte Dave Clarke doch Recht. Sein Lieblingsspruch lautete: ›Sammeln ist der Anfang der Erkenntnis.‹ Was tun wir jetzt? Man wird das eingestürzte Gebäude untersuchen und den Eingang zur Höhle finden.«

»Wohl kaum. Dieser Ausgang ist – wie nennt ihr es doch gleich? – eine *Einbahnstraße*. Als ich das Haus des Intihuatana zum Einsturz brachte, wurde auch der Tunnel verschlossen. Man wird unter dem Schutt nur eine glatte Felswand finden.«

Yeremi schüttelte ungläubig den Kopf. »Und das alles wusstest du, weil es dir überliefert wurde? Mir fällt es schwer, das zu glauben.«

Saraf lächelte. »Ich hatte … Auch dafür gibt es bei euch doch so ein komisches Wort … Ja! Einen *Spickzettel*.«

Yeremis Augenbrauen hoben sich. »Die Azofa?«

»Nein. Das hier.« Sarafs Rechte legte sich auf die Perlenkette an seinem Hals. »Die Korallen sind nicht zufällig so unterschiedlich geformt. Es ist eine Art der Schrift, ähnlich wie die Knotenschnüre. Obwohl ich zum ersten Mal durch die Höhlen ging, wusste ich jederzeit, wohin ich mich wenden und welchen Fallen ich aus dem Weg gehen musste.«

Yeremi nickte gewichtig. »Jetzt wird mir klar, warum du dein Schmuckstück immer wie deinen Augapfel gehütet hast.«

»Ich hatte gehofft, dir würde noch etwas anderes aufgehen.«

In seiner Stimme lag etwas Endgültiges, das Yeremi erschreckte. Sie geriet erneut in Unruhe. »Fängst du schon wieder damit an! Können wir nicht glücklich miteinander werden, so wie wir sind? Darf ich nicht einfach sein, wer ich bin?«

»Doch, Jerry«, antwortete er traurig. »Gerade das ist es, was ich von dir erwarte. Vielleicht sollten wir einander Zeit geben, um uns selbst zu finden. Bis dahin ist es besser, wenn wir uns nicht sehen.« Er nahm sie in den Arm, küsste sie und sagte: »Lebe wohl! Wenn der Vollmond in einem Jahr über Vilcapampa aufgeht, werde ich wieder hier sein.«

Yeremi war zu benommen, um sogleich darauf zu reagieren. Sie sah, wie er auf die Treppe zuging, die zur heiligen Plaza hinabführte. Erst als er die erste Stufe genommen hatte, erlangte sie die Fassung zurück. Warum machte er das? Zornig rief sie ihm hinterher: »Wenn du mich jetzt verlässt, werden wir uns niemals wiedersehen.«

»Die Entscheidung liegt ganz bei dir, Jerry.« Seine Antwort klang fern, weil er sich nicht einmal umdrehte und schnell zur Stadt hinabstieg.

Der Seelenschmerz verzerrte Yeremis Gesicht, Tränen liefen über ihre Wangen. Sie konnte kaum erkennen, wie Sarafs Kopf ihrem Blickfeld entschwand. »Dann geh doch!«, zischte sie, verschränkte die Arme vor der Brust und drehte sich um. Wütend starrte sie die beschädigte Sonnenuhr an. Nein, sie war keine Gefühlsspielerin, sondern nur ein schwaches, kleines Mädchen, dem man die Eltern gestohlen hatte …

Aber noch gab es ihren Vater, der sie brauchte. Saraf hatte ihn in die Welt der Fühlenden zurückgeführt. Und wenn in ihr wirklich ein Abglanz jener Gabe steckte … Die Szene in dem Hubschrauber tauchte wieder vor ihrem inneren Auge auf. Im Angesicht des Todes hatte sie ihr Unterbewusstsein nach außen gekehrt und mit einem Mal erkannt …

»Saraf, warte!«, rief sie und lief auf die Treppe zu.

Als sie die oberste Stufe erreichte, konnte sie ihn nicht sehen. Panik breitete sich in ihr aus. So schnell es die Sichtverhältnisse erlaubten, rannte sie die verwinkelte Treppe hinab. Was, wenn er die Stadt schon verlassen hatte? Im Dschungel würde sie ihn niemals finden.

»Saraf!«, schrie sie und lief weiter.

Mit einem Mal entdeckte sie vor sich einen Schemen. »Bitte warte doch, ich muss dir etwas sagen!«, rief sie.

Die hohe Gestalt blieb mitten auf der heiligen Plaza stehen.

Als Yeremi atemlos Saraf Argyr erreichte, breitete er diesmal nicht die Arme aus, um sie zu empfangen. Seltsam distanziert, den Oberkörper wie zum Gehen gewandt, stand er da und sah sie fragend an.

»Wir beide haben dieselbe typische Kombination von Blutgruppe und Rhesusfaktor«, stieß sie hervor.

Er rührte sich nicht.

»Außerdem stammt der Vater meiner Mutter aus Aguascalientes, demselben Ort, in dem einst die Silbernen in Katakomben lebten und in dem der erste Saraf Argyr geboren wurde.«

Saraf trat einen Schritt auf sie zu.

»Meine Mutter soll immer gesagt haben, ihr Vater sei blond wie ein Wikinger gewesen. Wir beide sind *blond*, Saraf!«

»Aber du hast braune Augen«, erwiderte er.

»Ja, weil in meinen Adern das Blut vieler Völker fließt, aber …«

»Aber?«

Sie atmete lang aus. »Aber auch das unserer gemeinsamen Vorfahren. Du selbst hast mir in meinem Zelt die Geschichte deines Volkes erzählt, um *sie zu meiner eigenen zu machen* – ich war wirklich schwer von Begriff. Du sagtest, nicht die ganze Sippe des jungen Saraf Argyr sei einst nach Süden gezogen. Einige Familien müssen zurückgeblieben sein und sich mit anderen Volksgruppen vermischt haben. Nur alle paar Generationen kommt das Erbe der Weißen Götter wieder zum Vorschein, vielleicht wenn eine günstige Konstellation von Genen auftritt.«

»Und was willst du mir damit erklären?«, fragte Saraf erwartungsvoll.

Yeremi trat dicht an ihn heran und blickte ihm fest in die Augen. »Dass ich eine Silberne bin – so wie du.«

Im Licht des Vollmondes begannen Sarafs Augen wie blaue Sterne zu funkeln. Sie füllten sich rasch mit Tränen, die das Glück in seinem Herzen nach außen schwemmten. Jetzt breitete er die Arme aus, und Yeremi zögerte nicht, sich hineinsinken zu lassen.

»Ich liebe dich!«, sagte er mit zitternder Stimme. »Fast glaubte ich, dich am Ende doch zu verlieren.«

»Und ich liebe dich auch, Saraf, mein lieber, lieber Saraf.« Sie küsste ihn auf den Mund, die Nase, die Stirn und die Augen.

»Ist das irgendein Ritus bei euch, den ich noch nicht kenne?«, fragte er scheu.

Sie bettete die Wange an seine Brust und hauchte: »Ja! Er bedeutet ewige Liebe.«

Sanft strich er über ihr Haar. »Dann ist es gut.«

EPILOG

Insel Gavrinis (Bretagne, Frankreich)
29. Juli 2007
13.05 Uhr

Eine frische Brise wehte über den Golf von Morbihan. Sie machte die sommerliche Hitze auf der Ziegeninsel erträglicher. Das bretonische Landhaus lag weit genug von den ausgetretenen Pfaden entfernt, über die bei einem solchen Wetter die Touristen zu dem großen Tumulus pilgerten, der eines der schönsten Grabmonumente der Erde barg. Noch viel älter als die ägyptischen Pyramiden war dieser verborgene Stufenbau. Seine Entstehung reiche zweitausend Jahre weiter in die Vergangenheit zurück, behaupteten die Gelehrten. Ob hier die Wiege des alten Atlantis stand, darüber disputierten sie noch immer.

Für die drei am Swimmingpool war diese Frage keinen Streit wert. Der eine wusste es besser, die andere vertraute seinem Urteil, und der Dritte im Bunde war noch zu klein, um sich über so etwas Gedanken zu machen. Im Moment schlummerte er, den Daumen im Mund, an Frau Silbermanns Brust. Sie selbst beschäftigte sich mit einem Artikel der *Los Angeles Times*. Die Zeitung war am Morgen mit der Post eingetroffen. Als Absender hatte sich ein gewisser Ken Frielander zu erkennen gegeben, der diesjährige Pulitzerpreisträger in der Kategorie »Dienst an der Öffentlichkeit«.

Auf die enorme Wirkung seiner Enthüllungsstory angesprochen, versäumte es Frielander nicht, seinen Informanten zu danken, die bescheiden auf eine namentliche Nennung oder gar eine Co-Autorenschaft verzichtet hatten. Ansonsten zelebrierte die *Los Angeles Times* ihren Preisträger angemessen und fasste noch einmal die Höhepunkte des Artikels zusammen, dem er seine Auszeichnung verdankte.

Ohne Frielanders Enthüllungen, begründete das Preiskomitee der Columbia University in New York seine Entscheidung, hätte es mit ziemlicher Sicherheit einen blutigen Bürgerkrieg in Russland gegeben. Dieser wäre keineswegs eine logische Folge der zunehmenden Destabilisierung im Herzen der ehemaligen Sowjetunion gewesen, sondern die kaltblütig geplante Konsequenz einer außer Kontrolle geratenen, streng geheimen CIA-Abteilung. Diese habe unter der Leitung von Jefferson H. Flatstone gestanden, der Gerüchten zufolge bei einer Expedition in Südamerika ums Leben gekommen sei. Der Chef von Stheno Industries, einer inzwischen Konkurs gegangenen Tarnfirma des amerikanischen Auslandsgeheimdienstes, habe westlich von San Jose ein geheimes Labor betrieben, das nur ein Ziel verfolgte – die »kaskadierende Suggestion« möglich zu machen. Darunter verstehe man eine Form der Gefühlskontrolle, die sich der Gesetzmäßigkeiten der Massenhysterie bediente. Man habe eine kleine Gruppe russischer Terroristen emotionell so manipulieren wollen, dass sie eine Kettenreaktion auslösten, die zu dem besagten Bürgerkrieg führen solle.

Inzwischen gelte der Fall als gelöst, weil die graue Eminenz des so genannten Stheno-Projektes, ein gewisser Sam Arthur Moltridge, Deckname Sam Iceberg, ein umfassendes Geständnis abgelegt habe. Bis vor einem Jahr leitete der Topagent unter dem Namen Stanley A. McFarell die Anthropologische Fakultät der Universität von Kalifornien in Berkeley. Als Kronzeuge trat gegen ihn unter anderem Lars Bellman an, der dem CIA fast drei Jahrzehnte lang als menschliches Versuchskaninchen gedient habe. Bellman sei der Vater von Professor Yeremi R. Bellman, die kürzlich durch die Entdeckung des Silbernen Volkes Furore machte. Sie sei es auch gewesen, die als Erste auf eine mögliche Verbindung zwischen MK-Ultra und früheren Gedankenkontrollprogrammen des CIA mit dem so genannten Medusa-Projekt Adolf Hitlers hingewiesen habe.

Wie Frielander anhand zahlreicher Dokumente nachweisen konnte, hieß es in dem Artikel weiter, gehe auch das so genannte Jonestown-Massaker von 1978 auf das Konto der Stheno-Gruppe. Es gelte nun als erwiesen, dass weit weniger Menschen im Dschungel von Guyana freiwillig in den Tod gingen, als bisher angenommen wurde. Der angebliche Massenselbstmord sei vielmehr eine groß angelegte Vertuschungsaktion von Moltridge und Flatstone gewesen. Diese Darstellung werde unter anderem durch die Zeugenaussage der kalifornischen Senatorin Jackie Tailor und den vom FBI freigegebenen Film des in Jonestown ermordeten NBC-Kameramanns Bob Brown gestützt. Der unter Leitung Tailors tagende Untersuchungsausschuss des Kongresses sehe es weiterhin als erwiesen an, dass der CIA-Kritiker Ryan von ebendiesem Geheimdienst liquidiert wurde, weil er kurz davor stand, die eigentliche Bedeutung von Jonestown zu entlarven.

Über die wahren Motive Flatstones könne nur spekuliert werden. Es heißt, er habe bei seinen Kriegsplänen weniger die Sicherheit seines Landes im Auge gehabt als die Auftragsbücher seiner Rüstungsfirmen. Der CIA distanzierte sich ausdrücklich von dem Treiben Flatstones, Moltridges und ihres Teams. Wie aus Regierungskreisen verlautet, hätten sie sich durch geschickte Manipulationen der Kontrolle durch die vorgesetzten Stellen entzogen …

Frau Silbermann ließ die Zeitung zu Boden gleiten, weil ihre Gedanken zu einem fernen Gespräch abschweiften. Rhythmisch streichelte ihr Daumen über die Wange des allmählich erwachenden Babys. Ihr Gatte räkelte sich neben ihr auf seiner Liege. Damals hatte er sich verraten, bei jener Unterhaltung, in der es um den Bau der Hohlpyramiden unter dem Dach des Waldes in den Wassarai-Bergen Guyanas ging. Er sagte, als die drei großen Hallen nach acht Silberjahren endlich eingeweiht werden konnten, habe sich der Wunsch des Hüters erfüllt. Acht Silberjahre waren sechsundneunzig Jahre nach dem gregorianischen Kalender! Wie alt war der weise Führer des Silbernen Volkes damals schon gewesen, wenn allein der Bau fast ein Jahrhundert in Anspruch nahm?

Ihre Hand strich über sein Bein hinauf zum Ansatz seiner knappen Badehose. Er seufzte genüsslich. Ihre Finger berührten die uralte Narbe, dort, wo der Oberschenkel in das Gesäß überging.

Er drehte ihr den Oberkörper zu, hob den Kopf und lächelte sie an. »Was ist, Schatz?«

»Ich habe nur nachgedacht.«

»Und worüber?«

»Über dies und das.«

»Du bist eine sehr scharfsinnige Frau.«

Sie schenkte ihm ein geheimnisvolles Lächeln. »Ist das die Verführung, der gleich das Kommando folgt?«

»Wie lange schläft der Kleine noch?«

»Er wird gleich aufwachen.«

»Dann muss ich wohl bis heute Nacht warten.«

Sie schob die Unterlippe vor. »Das ist ungerecht. Der Stöpsel bekommt immer gleich, was er will.«

Herr Silbermann schwang die Beine herum und begann den Rücken des Kindes zu streicheln. Nach einer Weile fragte er: »Wärst du nach einem Jahr zurückgekehrt?«

»Nein«, antwortete sie prompt.

Er runzelte die Stirn.

Sie lachte leise. »Ich habe dich ja nicht gehen lassen und hätte es auch nie, nie, nie getan.« Mit einem Mal wurde ihr Gesicht nachdenklich. »Ob jemals jemand erfahren wird, was wirklich mit dem Hauptschuldigen des Jownestown-Massakers geschehen ist?«

Er grinste. »Du meinst, dass Flatstone und sein Henkersknecht unter einem Berg Schutt begraben liegen und ihre Knochen nun das Gedächtnis des Silbernen Volkes bewachen? Wie man hört, sollen die Wissenschaftler erstaunlich wenig Elan gezeigt haben, das Geheimnis des eingestürzten Gemäuers beim Intihuatana zu ergründen. Die Presse hat nur über den abgesplitterten Zeiger der Sonnenuhr geklagt.«

Sie musste nun ebenfalls lächeln. »Ja, allerdings mit dieser haarsträubenden Geschichte. Der Kran einer Filmfirma soll den Sitz der Sonne angekratzt haben, als man einen Werbespot für Bier drehen wollte. Ein Kran in Machu Picchu! Etwas Blöderes ist den Behörden scheinbar nicht eingefallen.«

»Vermutlich hat sich der CIA das ausgedacht, nachdem die sterblichen Überreste von Al Leary gefunden worden waren.«

Sie zwirbelte nachdenklich eine Locke des an ihrer Brust schlummernden Kindes. »Stell dir nur vor, was aus Jefferson Flatstones ›Operation‹ geworden wäre, wenn er wirklich das Gedächtnis des Silbernen Volkes entdeckt und entschlüsselt hätte. Womöglich wäre es sogar zu einem dritten Weltkrieg gekommen.«

Herr Silbermann seufzte. »Ich hoffe, es wird so schnell niemand den Schatz der Weißen Götter finden. Die Menschen sind noch nicht reif, das alte Wissen zu empfangen. Jedenfalls nicht in seiner ganzen Fülle. Wir werden ihnen gerade so viel Licht geben, wie sie ertragen können. Und vielleicht – wenn der Kleine da einmal groß ist – sind auch sie für den Fühlsinn erwachsen genug. Auf der Tonleiter der Emotionen gibt es viele Harmonien; wenn die Menschen sie mit Herz und Verstand spielen, wird ein wunderbares Konzert erklingen.« Liebevoll streichelte er über den Kopf des Kindes, das sich im Arm seiner Mutter unruhig bewegte.

Sie blickte stirnrunzelnd zu dem Kleinen hinab. »Ich habe plötzlich einen unbändigen Hunger!«

»Kommt uns das nicht bekannt vor?«, fragte Herr Silbermann.

Sie streichelte ihm die Wange. Dann setzte sie sich auf und legte sich den Säugling an die Brust. Der Kleine trank, als ginge es um sein Leben. Dabei beobachtete er aus hellblauen Augen aufmerksam seine lächelnde Mutter. Sie strich ihm zärtlich über das weizenblonde Haar. Einige Zeit später hatte sich das Kind satt getrunken, und auch der Hunger seiner Mutter war plötzlich verflogen.

Sie lächelte ihren Mann schelmisch an. »Ich glaube, Schatz, diese Unsitte hat er von dir geerbt.«

ANMERKUNGEN DES AUTORS

Einem Menschen den freien Willen zu rauben gehört wohl zu den infamsten Angriffen auf die persönliche Freiheit. Nun kann sich unsere Gedanken- und Gefühlswelt jedoch nicht aus sich selbst entwickeln, sie ist auf ständige Interaktion angewiesen. Fast täglich wirken solche Wechselbeziehungen auf unsere Persönlichkeit ein, und häufig profitieren wir davon: Erziehen bedeutet, einen Menschen zu formen, jemanden zu unterrichten heißt auch, ihn zu prägen, selbst Freundschaft geht in aller Regel mit einer gegenseitigen Beeinflussung einher. Leider ist nicht jede von außen angestoßene Veränderung unseres Verhaltens oder Denkens als Fortschritt zu werten. Der Journalist Eric Clark erklärt in seinem Buch *Weltmacht Werbung*: »Je mehr wir mit Werbung bombardiert werden, desto weniger bemerken wir sie und desto stärker werden wir – mit fast hundertprozentiger Sicherheit – von ihr beeinflußt.« Die meisten Menschen seien sich, wie er weiter ausführt, »darüber einig, daß sie Auswirkungen hat, jedoch nicht auf die Befragten selbst«. Deshalb kommt er zu dem Schluss: »Es scheint, als seien die Befragten als einzige gegen Werbung immun.« Wäre ein wenig mehr Wachsamkeit in unserer medienbestimmten Welt nicht angebracht? Wie sicher können wir sein, dass nicht schon längst jemand die von uns gezogene Grenze des Gewollten oder zumindest Tolerierten überschritten hat?

Im vorliegenden Roman stelle ich genau diese Frage. *Der Silberne Sinn* zeichnet ein Szenario, dem eine Vielzahl von Fakten zu Grunde liegen. Mehr als einhundertfünfzig Quellen aus der Biologie, Geografie, Geschichte, Medizin, Religion und vielen weiteren Wissensgebieten sind in das Buch eingeflossen. Dennoch ist es alles andere als eine wahre Geschichte. Vielleicht ist es eine, die so gewesen sein könnte.

Unter den zahlreichen Quellen muss ich zwei Werke und ihre Verfasser besonders hervorheben. Da ist zunächst Dr. Wilfried Kugel, der sich im Roman auf Yeremis Seite schlägt. Er ist tatsächlich der Autor des Buches *Hanussen – Die wahre Geschichte des Hermann Steinschneider* und hat mir dankenswerterweise verziehen, dass ich einige seiner Recherchen künstlerisch weitergeführt habe. *Der Silberne Sinn* ist übrigens schon die dritte Geschichte, in der er eine Rolle spielt.

Harald Braem, aus dessen Buch *Das magische Dreieck* ich viel über die atlantische Westkultur und die ersten weißen Besucher Amerikas lernen konnte, schrieb: »Nur eine solche Vorgehensweise, das scheinbar Unmögliche für denkbar zu halten und das anscheinend bereits Bekannte in Frage zu stellen, bringt ja die Wissenschaft insgesamt weiter.« Die vorliegende Geschichte soll keine neue »Unmöglichkeit« in den zahlreichen Deutungen archäologischer Funde anbieten, sondern lediglich als Einladung dienen, neue Gedankenpfade einzuschlagen, denn, wie Braem so treffend feststellt, »es dauert erfahrungsgemäß sehr lange, bis sich neue Erkenntnisse, von allen Wissenschaftlern akzeptiert und abgesegnet, im Bewusstsein der Menschen durchsetzen«.

Auch den vielen anderen, die durch ihre Forschungen und ihren Fleiß zum Entstehen des *Silbernen Sinns* beigetragen haben, gilt mein ausdrücklicher Dank. Es ist unmöglich, alle namentlich zu nennen. Neben den Autoren jener Dutzenden von Quellen, die ich für meine Recherchen heranziehen konnte, möchte ich insbesondere Matthias und Eva Löwer danken, die mir immer zur Seite standen, wenn mir etwas spanisch (respektive lateinamerikanisch) vorkam. Weiterhin muss ich Dr. med. Holger M. Buchholz erwähnen, der einige medizinisch relevante Passagen einer kritischen Prüfung unterzog. Auch Prof. Dr. Johannes Wöstemeyer von der Universität Jena und Dr. Dieter Jendrossek vom Stuttgarter Institut für Mikrobiologie, die mich unter anderem in die Geheimnisse des immunologischen Gedächtnisses der Menschen und der Analyse von Bakterien einführten, gilt mein Dank. Diese ausgezeichneten Experten haben mir ihr komplexes Wissen auf einfache Weise vermittelt. Sollten mir dennoch bei der Schilderung wissenschaftlicher Zusammenhänge Fehler unterlaufen sein, so nehme ich sie voll und ganz auf meine Kappe.

Obwohl die von mir geworfenen Schlaglichter auf das Leben und Wirken des angeblichen Hellsehers Erik Jan Hanussen und die Ereignisse der letzten Weißen Nacht in Jonestown (Guyana) vom 18. November 1978 reale Hintergründe beleuchten, wage ich nicht die Behauptung, sie jemals in Gänze überblickt zu haben. In diesem Umfeld existieren einfach zu viele irreführende Legenden und Spekulationen, bis hin zu den wildesten Verschwörungstheorien. Zur letztgenannten Kategorie gehört vielleicht auch das sich hartnäckig haltende Gerücht, der CIA habe etwas mit dem Massensterben von Jonestown zu tun. Wenig davon lässt sich mit harten Fakten unterfüttern. Einer der Überlebenden des Blutbades auf dem Flugfeld von Port Kaituma (sein Alter Ego tritt im Roman unter anderem Namen auf) schrieb mir, es gebe »eine Menge Missverständnisse und Fehlinformationen über Jonestown«. Die Frage muss natürlich erlaubt sein, ob derlei falsche Auskünfte bewusst lanciert sein könnten und wenn ja, von wem.

Als sehr hilfreich für meine Recherchen hat sich die Website *Alternative Considerations of Jonestown & Peoples Temple* (http://www.rohan.sdsu.edu/~remoore/jonestown/) erwiesen. Sie entstand unter der Federführung des Department of Philosophy and Religion an der Universität von North Dakota, um eine – wie ich denke, sehr ausgeglichene und informative – »Alternative zu der allgemeinen Antikulthysterie zu präsentieren, welche die Diskussion um den Volkstempel charakterisiert«. Die tragischen Vorfälle der Weißen Nacht auf das Treiben eines »gefährlichen Kults« zu reduzieren ist natürlich bequem und kommt einigen Sektengegnern sehr gelegen, müssten sie sich doch andernfalls, sobald sie einen Blick über den eigenen Tellerrand wagen, sehr unbequemen Fragen stellen: Das Committee on Foreign Affairs des US-Repräsentantenhauses (heute Committee on International Relations) stellte eine Untersuchung der Todesumstände von Congressman Leo J. Ryan an. Viele der zusammengetragenen Dokumente wurden als geheim eingestuft (offizielle Klassifizierung: *»Remained inaccessible for the intervening decades to scholars, individuals who lost family members at Jonestown, and the general public«*). Eine Gruppe von Wissenschaftlern ersuchte das Repräsentantenhaus um die Freigabe der Dokumente. Sollte diese nur eine Bestätigung der offiziellen Darstellung der Vorgänge in Jonestown beinhalten, dürfte der Öffnung der Akten eigentlich nichts im Wege stehen. Wie lautete also die Antwort? Am 18. November 1998 veranstalteten die Gelehrten anlässlich des zwanzigsten Todestages von Ryan in Washington eine Pressekonferenz, auf der Dr. Gordon Melton vom Institute for the Study of American Religion resümierte: »Zwanzig Jahre danach scheint es keine zwingenden Gründe der nationalen Sicherheit oder nationaler Interessen zu geben, die Dokumente länger geheim zu halten (...) Es ist unsere Überzeugung, dass die Zeit gekommen ist, diese Dokumente freizugeben, sodass eine gründlichere Beurteilung dessen, was wirklich in Jonestown passiert ist, erreicht werden kann. Unser Verständnis der Jonestown-Todesfälle wird immer noch behindert durch die fehlende Verfügbarkeit zahlreicher Schlüsseldokumente, welche die Situation in Jonestown kurz vor und während des Besuches von Congressman Ryan, die Beziehung des Außenministeriums zur Jonestown-Gemeinde und die geistige Verfassung des Führers des ›Volkstempels‹, Reverend Jim Jones, erhellen würde.«

Einige Personen glauben, der Volkstempel sei ein experimentelles Labor gewesen, das vom und für den CIA unterhalten wurde, um Techniken der Gedankenkontrolle zu perfektionieren. Bis heute gibt es keine überzeugenden Beweise für derartige Spekulationen. Ergänzend bleibt zu erwähnen, was der *San Francisco Chronicle* am 13. November 1998 über die Hintergründe von Jonestown schrieb und was, soweit mir bekannt, nach wie vor gültig ist. Unter der Überschrift »Die meisten Volkstempel-Dokumente immer noch unter Verschluss« hieß es dort mit Blick auf den Geheimhaltungsstatus von Ermittlungsakten, der Kongress habe »etwa *fünftausend* Dokumente, die Gelehrte und Konspirationsverfechter lieben würden, niemals deklassifiziert«. Welche unbequemen Wahrheiten enthalten diese Akten? Stören sie etwa das schlichte Bild von den »labilen Sektenanhängern«, die sich von ihrem Führer den Suizid aufzwingen ließen? Da ich nicht weiß, was in diesem Berg von Papieren steht, musste ich mich von meiner eigenen Fantasie leiten lassen.

Immerhin trug die Lektüre der RYMUR-Akte maßgeblich zu den Schilderungen im Teil I des Romans bei. Das Kürzel des FBI-Dokuments steht für *Ryan murdered.* Auf dreihundertvierundsechzig Seiten kommen hier die Augenzeugen des Mordes an Congressman Leo J. Ryan zu Wort. Ein rührendes und durchaus spannendes Erlebnis war es für mich, mit anzusehen, wie das FBI penibel Namen und andere Informationen geschwärzt hat, die Rückschlüsse auf die Identität der Zeugen zulassen, es gleichzeitig aber versäumte, die Querverbindungen der einzelnen Zeugnisse zu zensieren. Wenn etwa Zeuge X (Name geschwärzt) berichtet, ihm habe ein Schuss das Handgelenk zertrümmert und seine Uhr sei im hohen Bogen davongeflogen, und sich einhundert Seiten später Zeuge Y erinnert, dass genau so etwas dem Reporter Soundso passiert sei, dann gerät der Zeugenschutz zur Farce. Solche »Ausrutscher« waren für mich sehr hilfreich, die Ereignisse von Jonestown möglichst authentisch zu rekonstruieren, wobei – das sei noch einmal betont – das CIA-Komplott unbewiesen ist und die Person des Haarlosen Eugene alias Jefferson H. Flatstone in den mir vorliegenden Unterlagen keine namentliche Entsprechung hat. Die Erwähnung der parapsychologischen Forschungen auf sowjetischer und amerikanischer Seite basiert jedoch auf Tatsachen. Unter anderem sollen die USA, wie in dem Roman geschildert, mit PSI-Methoden zwei Lager für biologische Kampfstoffe im Irak lokalisiert haben.

Generell gilt anzumerken, dass sämtliche Personen des Romans frei erfundene Charaktere darstellen, wenngleich ich mich von der Wirklichkeit inspirieren ließ. Insoweit die Aktionen und Äußerungen der Personen über die öffentlich verfügbaren Informationen hinausgehen, wurden außerdem ihre Namen abgeändert.

Zu den wenigen Überlebenden von Jonestown gehörte übrigens tatsächlich ein kleines Mädchen, dessen Hals »aufgeschlitzt« worden war und das der Heldin des vorliegenden Romans, Yeremi Bellman, Leben eingehaucht hat. Man stellt sich natürlich die Frage, wer ihm diese Verletzung beigebracht hat, wenn doch das von Jones beschworene »Hinüberschreiten auf die höhere Ebene« freiwillig und mithilfe von Zyankali hätte bewältigt werden sollen. War der Attentäter fremdgesteuert? Das Mädchen, dessen Name mir unbekannt ist, scheint sich jedenfalls der Manipulation der Weißen Nacht widersetzt und auch seinen Henker abgewehrt zu haben. Zwar musste es dafür bluten, konnte sich jedoch irgendwie mit den begrenzten Mitteln eines Kindes aus der Umklammerung des Todes retten. Die Kleine ist ein ermutigendes Beispiel für jeden, der sich selbst von einer Übermacht nicht seines freien Willens berauben lassen will.

Ralf Isau
11. September 2002

Ein farbenprächtiger Roman um ein Thema, das Millionen in die Kinos lockte und seit jeher fasziniert.

Vandenberg erzählt die Geschichte des beispiellosen Aufstiegs des Kesselflickers Gaius Vitellius zum gefeierten Idol seiner Zeit. Ein Drama am Rande der Weltgeschichte, ein Roman um die zarte Liebe zweier junger Menschen und um die Ausschweifungen von mächtigen Senatoren, die ihre Frauen vernachlässigen und sich mit Kurtisanen vergnügen. *Der Gladiator* ist ein aufwühlendes Sittengemälde des ersten nachchristlichen Jahrhunderts: vor dem Hintergrund des Brandes von Rom, der Zerstörung Jerusalems und der letzten Tage von Pompeji. Ein packender Roman über das alte Rom von Bestsellerautor Philipp Vandenberg.

ISBN 3-404-15209-5

BASTEI LÜBBE

ALAN SAVAGE
Die letzte Königin
Historischer Roman
BASTEI LÜBBE

»Gott ist ein Krämer. Eines Tages wird er auch dir ein Angebot machen, dem du nicht widerstehen kannst.«

London im Jahr 1330: Der achtzehnjährige Jonah hat kein leichtes Leben als Lehrjunge im Haushalt seines Cousins. Einzig seine Großmutter schenkt ihrem verwaisten Enkel ein wenig Zuneigung. Doch eine Begegnung mit König Edward und Königin Philippa lenkt Jonahs Schicksal in neue Bahnen. Er findet Aufnahme in der elitären Londoner Tuchhändlergilde, und gemeinsam mit Königin Philippa revolutioniert er die englische Tuchproduktion. Aber je größer sein Erfolg, desto heimtückischer werden die Intrigen seiner Neider, und Jonahs Schwäche für Frauen – vor allem für die Königin – macht ihn verwundbar …

ISBN 3-404-15218-2

BASTEI LÜBBE